U0554161

外 国 文 学 名 著 丛 书

〔意大利〕但丁／著

神曲·地狱篇

田德望／译

"外国文学名著丛书"编委会

人民文学出版社
PEOPLE'S LITERATURE PUBLISHING HOUSE

Dante Alighieri
LA DIVINA COMMEDIA
据 Umberto Bosco 与 Giovanni Reggio 合注本,参考 Sapegno 等
的注释本译出。

图书在版编目(CIP)数据

神曲:地狱篇、炼狱篇、天国篇 / (意)但丁著;田德望译.—北京:
人民文学出版社,2020(2024.8 重印)
(外国文学名著丛书)
ISBN 978-7-02-015849-2

Ⅰ.①神… Ⅱ.①但…②田… Ⅲ.①诗歌—意大利—中世纪
Ⅳ.①I546.23

中国版本图书馆 CIP 数据核字(2019)第 254422 号

责任编辑　张欣宜
装帧设计　刘　静
责任印制　王重艺

出版发行　人民文学出版社
社　　址　北京市朝内大街 166 号
邮政编码　100705

印　　刷　河北新华第一印刷有限责任公司
经　　销　全国新华书店等

字　　数　693 千字
开　　本　850 毫米×1168 毫米　1/32
印　　张　33.875　插页 5
印　　数　12001—14000
版　　次　2002 年 12 月北京第 1 版
印　　次　2024 年 8 月第 4 次印刷

书　　号　978-7-02-015849-2
定　　价　128.00 元(全三册)

如有印装质量问题,请与本社图书销售中心调换。电话:010-65233595

但丁

出 版 说 明

人民文学出版社自一九五一年成立起，就承担起向中国读者介绍优秀外国文学作品的重任。一九五八年，中宣部指示中国科学院文学研究所筹组编委会，组织朱光潜、冯至、戈宝权、叶水夫等三十余位外国文学权威专家，编选三套丛书——"马克思主义文艺理论丛书""外国古典文艺理论丛书""外国古典文学名著丛书"。

人民文学出版社与中国科学院文学研究所，根据"一流的原著、一流的译本、一流的译者"的原则进行翻译和出版工作。一九六四年，中国社会科学院外国文学研究所成立，是中国外国文学的最高研究机构。一九七八年，"外国古典文学名著丛书"更名为"外国文学名著丛书"，至二〇〇〇年完成。这是新中国第一套系统介绍外国文学作品的大型丛书，是外国文学名著翻译的奠基性工程，其作品之多、质量之精、跨度之大，至今仍是中国外国文学出版史上之最，体现了中国外国文学研究界、翻译界和出版界的最高水平。

历经半个多世纪，"外国文学名著丛书"在中国读者中依然以系统性、权威性与普及性著称，但由于时代久远，许多图书在市场上已难见踪影，甚至成为收藏对象，稀缺品种更是一书难求。在中国读者阅读力持续增强的二十一世纪，在世界文明交流互鉴空前频繁的新时代，为满足人民日益增长的美好生活的需要,人民文学出版社决定再度与中国社会科学院外国文学研究所合作,以"网罗经典,格高意远,本色传承"为出发点,优中选优,推陈出新,出版新版"外国文学名著丛书"。

值此新版"外国文学名著丛书"面世之际,人民文学出版社与中国社会科学院外国文学研究所谨向为本丛书做出卓越贡献的翻译家们和热爱外国文学名著的广大读者致以崇高敬意!

"外国文学名著丛书"编委会
二〇一九年三月

编委会名单

（以姓氏笔画为序）

1958—1966

卞之琳	戈宝权	叶水夫	包文棣	冯 至	田德望
朱光潜	孙家晋	孙绳武	陈占元	杨季康	杨周翰
杨宪益	李健吾	罗大冈	金克木	郑效洵	季羡林
闻家驷	钱学熙	钱锺书	楼适夷	蒯斯曛	蔡 仪

1978—2001

卞之琳	巴 金	戈宝权	叶水夫	包文棣	卢永福
冯 至	田德望	叶麟鎏	朱光潜	朱 虹	孙家晋
孙绳武	陈占元	张 羽	陈冰夷	杨季康	杨周翰
杨宪益	李健吾	陈 燊	罗大冈	金克木	郑效洵
季羡林	姚 见	骆兆添	闻家驷	赵家璧	秦顺新
钱锺书	绿 原	蒋 路	董衡巽	楼适夷	蒯斯曛
蔡 仪					

2019—

王焕生	刘文飞	任吉生	刘 建	许金龙	李永平
陈众议	肖丽媛	吴岳添	陆建德	赵白生	高 兴
秦顺新	聂震宁	臧永清			

目　次

译　本　序

——但丁和他的《神曲》

　　但丁·阿利吉耶里（Dante Alighieri, 1265—1321）是意大利的民族诗人，中古到文艺复兴的过渡时期最有代表性的作家，恩格斯称他"是中世纪的最后一位诗人，同时又是新时代的最初一位诗人"，他继往开来，在欧洲文学发展中占据一个关键地位。

　　但丁的创作和他的生平与时代关系极为密切。他生活的时代是十三世纪后半和十四世纪初年。十三世纪，意大利在政治上处于分裂状态，北部小邦林立，名义上隶属神圣罗马帝国，实际上是独立的或自治的，其中有经济繁荣的城市共和国，也有受封建主统治的小国。这些小邦之间和小邦内部由于利害冲突时常进行斗争，乃至发生内战。中部是教皇领地，教皇既是西方教会的最高权威和精神领袖，又是拥有世俗权力的封建君主。他为了扩张自己的势力和领土，经常运用纵横捭阖的手段，插手小邦之间和小邦内部的斗争。神圣罗马皇帝一般从德意志诸侯中选出，但在法理上拥有对意大利的统治权，有实力的皇帝也力图行使这种权力。因此，教皇和皇帝之间长期存在着尖锐的矛盾和斗争。各小邦和小邦内部的政治力量，根据不同的利害关系，分别依靠这两个最高的封建权威,形成了贵尔弗和吉伯林两个对立的党派,前者号称教皇党,实际上主要代表新兴的市民阶级和城市小贵族,后者号称皇帝党,主要代表封建贵族。贵尔弗和吉伯林两党的划分,一二一六年最初出现于佛罗伦萨,当时具有和后来不同的阶级内容和政治立场,随着政治斗争的发展,逐渐遍及其他地区。南部是西西里王国,原在德国霍亨斯陶芬王朝统治下,一二六八年为法国安茹伯爵查理所夺,他建立的安茹王朝成为教皇的同盟军和贵尔弗党的后援。一二八二年,意大利人民为反抗法国统治者的暴政,发动了"西西里晚祷"起义,消灭了岛上的驻军。十四世纪初年,西西里岛落入阿拉冈王国之手。安茹王朝失去了西西里后,仍统治着半岛南部,称那不勒斯王国。神圣罗马帝位自从一二五四年霍亨斯陶芬王朝告终,二十年间一直虚悬,历史上称为"大空位时代"(1254—1273)。这时意大利实际已经不受皇帝控制,但是贵尔弗和吉伯林的斗争仍然继续下去。以上所述就是但丁时代意大利的政治概况。

但丁于一二六五年五月下旬出生在佛罗伦萨。这个城市共和国当时是意大利最大的手工业中心,以呢绒和丝绸工业著称,银钱业也很发达,人口约六万到七万,是欧洲最富庶的城市。十三世纪前半,政权掌握在贵族手中。一二五〇至一二六〇年间,市民阶级壮大起来,贵尔弗和吉伯林两党斗争日益激烈。一二六六年,贵尔弗党获得最后的胜利,结果使佛罗伦萨成为全托斯卡那贵尔弗党的坚强堡垒。

但丁出身城市小贵族,自称是古罗马人的苗裔。高祖卡洽圭达(Cacciaguida)随从神圣罗马皇帝康拉德三世参加第二次十字军(1147—1149),被封为骑士,战死在圣地。高祖母是波河流域的人,她的姓氏阿利吉耶里(Alighieri)后来成为家族的姓氏。但丁的家族是贵尔弗党,但在政治上没有什么地位,家庭经济状况也不宽裕。他五六岁时,母亲贝拉(Bella)去世,一二八三年左右,父亲阿利吉耶罗(Alighiero)去世。一二七七年,他由父亲做主,和杰玛·窦那蒂(Gemma Donati)订婚,结婚后至少生了两个儿子:彼埃特罗(Pietro)和雅各波(Jacopo),一个女儿:安东尼娅(Antonia)。彼埃特罗和雅各波兄弟二人,都是《神曲》最初的传抄者和注释者。

但丁少年时代就好学深思,在学校里学到了有关拉丁文法、逻辑和修辞学的初步知识,后来又从著名的学者勃鲁内托·拉蒂尼(Brunetto Latini)学过修辞学,包括演说和写拉丁文书信的艺术,这对于担任公职和参加政治活动是必要的。他大概还在著名的波伦亚大学听过修辞学课。更重要的是他通过自学,接触到拉丁诗人的作品,法国骑士传奇和普洛旺斯骑士抒情诗。十八岁时,他已经自己学会了作诗。当时佛罗伦萨是波伦亚诗人圭多·圭尼采里(Guido Guinizelli)创立的"温柔的新体"诗派的中心。但丁和这个诗派的一些诗人互相赠答,并和诗派的领袖圭多·卡瓦尔堪提(Guido Cavalcanti)结成深厚的友谊。但丁赠给卡瓦尔堪提等诗人的第一首诗,是一首抒写自己对贝雅特丽齐(Beatrice)的爱情的十四行诗。据考证,贝雅特丽齐是福尔科·波尔蒂纳里(Folco Portinari)的女儿,后来和西蒙奈·德·巴尔迪(Simone dei Bardi)结婚,一二九〇年逝世。但丁对她的爱情是精神上的爱情,带有强烈的神秘色彩,在歌颂她的诗中,把她高度理想化,描写为"从天上来到人间显示奇迹"的天使,充满精神之美和使人高贵的道德力量。在她死后,但丁把抒写对她的爱情、寄托对她逝世的哀思以及其他有关的诗,用散文连缀在一起,构成他的第一部文学作品(约 1292—1293),取名《新生》(*Vita Nova*),是但丁除了《神曲》以外最重要的作品。书中使用了中古文学所惯用的梦幻、寓意、象征等艺术手法。全书的末尾说,作者经历了一番"神奇的梦幻"之后,"决定不再讲这位享天国之福的人,直到自己更配讲她的时候",到那时,关于她要讲"人们关于任何一位女性都从未讲过的话"。这就是但丁写作《神曲》的最初的动机。

对贝雅特丽齐的爱情是但丁作为诗人的意义深远的生活经验之一。在她死后,但丁开始了勤奋学习、追求真理的时期。为了在悲痛中寻找精神上的安慰,他潜心研究哲学,先后阅读了波依修斯的《论哲学的安慰》、西塞罗的《论友谊》和其他哲学著作以及塞内加的《道德对话》,还旁听修道院里宗教家的讲课和哲学家的讨论,广泛阅读经院哲学家大阿尔伯图斯、托马斯·阿奎那斯和阿拉伯哲学家阿威罗厄斯等人的著作,又从托马斯·阿奎那斯上窥亚里士多德,特别是他的《政治学》和《伦理学》。与此同时,他还加深了对拉丁文学的理解,精读了维吉尔的《埃涅阿斯纪》、贺拉斯的《讽刺诗集》和《诗艺》、奥维德的《变形记》和卢卡努斯的《法尔萨利亚》。他博览群书,掌握了中古文化领域里的丰富的知识,这为他后来的创作准备了有利的条件。

然而,他并不是书斋里的学者,相反地,一二八九年六月堪帕尔迪诺(Campaldino)之战,他作为骑兵先锋对阿雷佐的吉伯林军作战,同年八月,又参加了攻占比萨的卡波洛纳(Caprona)城堡的战斗。更重要的是他开始了政治生活。

一二六六年贵尔弗党最后战胜吉伯林党后,佛罗伦萨内部斗争仍很激烈。一二九三年,贵族的统治被推翻,建立了行会民主政权,行政机关由六名行政官组成,任期两月,期满改选,代表富裕市民阶级,即羊毛商、丝绸商、呢绒场主、毛皮商、银钱商、律师以及医生和药剂师七大行会,称为"肥人"。行会民主政权不许贵族担任行政官,但在外交和军事方面使用他们。堪帕尔迪诺之战,贵族立了大功,开始飞扬跋扈起来。为此,行会民主政权于一二九三年颁布"正义法规",规定凡非实际从事一种行业者,一律不许担任公职,严格限制了贵族的政治权利;一二九五年七月,对"正义法规"进行了修改,规定非豪门的贵族,只要加入一种行会,就可担任公职。但丁出身小贵族,为了参加政治活动,加入了医生和药剂师行会。一二九五年十一月到一二九六年六月,他是人民首领特别会议的成员;一二九五年十二月四日,是被征求关于选举行政官问题的意见的顾问之一;一二九六年五月到九月,是百人会议的成员(百人会议是市议会性质);一三○○年五月,任特使,邀请圣吉米尼亚诺市参加托斯卡那贵尔弗党城市联席会议;接着,当选为六名行政官之一,任期从一三○○年六月十五日到八月十五日。

当时,佛罗伦萨贵尔弗党已经分裂成黑白两党,黑党的首领窦那蒂(Donati)家族(但丁的妻子来自这一家族的支派)是世系悠久的贵族,对行会民主政权不满,一方面同以切尔契(Cerchi)家族为代表的"肥人"做斗争,一方面煽动"瘦人"即平民反抗、闹事。白党的首领切尔契家族是新贵族,从乡间来到城市后,暴发致富,成为大银行家和大商人,为了保障经济利益和过和平生活而拥护行会民主政权。黑白两党的斗争,除了家族仇恨和阶级矛盾以外,还掺杂着私人之间的冤仇以及个人的野心、贪欲、专横等因素,情况异常复杂。不仅如此,佛罗伦萨的内讧还由于外来的干涉而变本加厉。这种干涉来自教皇卜尼法斯八世(1294—1303),他野心勃勃,借口神圣罗马皇帝阿尔伯特一世(1298—1308)尚未加冕,帝位依然虚悬,企图代行皇帝的权力,把托斯卡那全境置于教廷的统治下。

但丁任行政官时,以共和国的利益为重,置身党派斗争之外。他就职后不久,黑白两党发生了流血冲突,严重危及社会秩序。他秉公处理这一事件,建议政府将两党首领各七名流放到边境,其中包括他的好友白党首领圭多·卡瓦尔堪提。对于教皇干涉佛罗伦萨内政,他坚决反对,在职期间,顶住了教廷的压力,挫败了教皇使节的阴谋诡计。佛罗伦萨政府的强硬态度激怒了教皇,他下令把在职的行政官逐出教门,由于教皇使节迟迟没有执行,而但丁任期已满,才免遭惩罚。

离开行政官职位后,但丁继续参加政治斗争,一三〇一年三月,在顾问会议上,反对向和教皇勾结的那不勒斯国王查理二世拨款,支援他重新征服西西里;同年四月到九月,他再度成为百人会议的成员,在六月十九日的会议上,讨论是否应以武力支援教皇对阿尔多勃兰戴斯齐(Aldobrandeschi)家族作战,发言表示反对;他的意见由于得票少而被否决。在这同时,黑党企图借助教皇的力量取得政权,表示赞成教廷干涉佛罗伦萨的党争。但丁为形势所迫,不得不靠拢态度比较温和、对共和国前途比较关心的白党。在黑党的请求下,教皇派遣法国国王腓力四世的弟弟瓦洛亚(Valois)伯爵查理去佛罗伦萨,以调解两党争端为名,实则暗助黑党战胜白党。一三〇一年十月,查理即将来到时,白党执政的政府派遣但丁和另外两名代表去教廷交涉，以挽回危局。但丁滞留罗马期间，黑党在查理的支持下，夺取了政权，对反对党大肆报复迫害。一三〇二年一月二十七日，但丁缺席被判五千金弗洛林的巨额罚金，流放在托斯卡那境外二年，永远不许担任公职，罪名是贪污公款，反对教皇和查理，扰乱共和国和平。但丁在外地听到这一消息后，拒不承认强加的罪名和回乡交纳罚金，三月十日，又被判处永久流放，一旦落入共和国政府之手，将被活活烧死。他从此开始了长期的流浪生活，至死未能返回故乡。

　　但丁意识到自己是为维护共和国的独立而被放逐的，所以"认为自己遭到的放逐是光荣"。最初他曾同白党和吉伯林党流亡者一起，试图用武力打回家乡，结果失败，以后不久，就离开了"那一群邪恶、愚蠢的伙伴"，自成一派，只身漂泊异乡，行踪不定。他首先投奔维罗纳封建主巴尔托罗美奥·德拉·斯卡拉（Bartolomeo della Scala）的宫廷。一三〇六年，他在卢尼（Luni）地区玛拉斯庇纳（Malaspina）侯爵的宫廷作客。在长期流浪中，他慨叹自己不得不作为行旅，几乎是乞讨着，"走遍几乎所有说这种语言（指意大利语）的地方"，好像"既无帆，又无舵手的船，被凄楚的贫困吹来的干风刮到不同的港口、河口和海岸"。他深切感到"别人家的面包味道多么咸，走上走下别人家的楼梯，路多么艰难"。流亡者的辛酸使他更加思念故乡，关怀家人的命运，尤其是因为按照一三〇三年颁布的一道法令规定，他的儿子们满十四周岁，就要和他一样遭到放逐。他打算写出有学术水平的著作，来恢复和提高受到放逐和贫困损害的声望，引起家乡的重视，借以实现还乡的愿望。为此，他于一三〇四年到一三〇七年间撰写了《论俗语》和《筵席》。

《筵席》（1304—1307）是一部具有百科全书性质的学术著作，借诠释作者的一些诗歌，把各种知识通俗地介绍给一般读者，作为精神食粮，故名《筵席》。原计划写十五篇，但只完成了四篇。这部著作显示出但丁博闻强记，学识渊深。其中介绍的知识主要来源于亚里士多德、托马斯·阿奎那斯，其次是《圣经》和其他哲学家、神学家的著作，基本上局限于经院哲学的思想范围，但也不乏独到的见解。书中关于“高贵”的观点值得注意。作者认为“高贵”在于个人天性爱好美德，不在于家族门第，强调“不是家族使个人高贵，而是个人使家族高贵”，批判了封建等级观念和特权思想。书中还论证了帝国的必要性，认为它是天命注定为保障人类享受现世幸福而建立的。这种思想在《帝制论》中得到进一步发展。《筵席》的重大意义尤其在于强调理性，指出“人的生活就是运用理性”“去掉理性，人就不再成其为人，而只是有感觉的东西，即畜生而已”，认为真正使人高贵、接近上帝的就是理性。这种观点闪现出人文主义的曙光。书中还阐明了诗的四种意义，即字面的、寓言的、道德的、奥秘的四种意义。这是中世纪长期以来普遍流行的概念，但丁在给堪格兰德·德拉·斯卡拉（Cangrande della Scala）的信里再次加以阐述，对于《神曲》的创作具有指导意义。当时，学术性著作一般都使用拉丁文，作者在说明用俗语写《筵席》的原因时，盛赞意大利俗语，预言它将来要战胜拉丁文，并且斥责“赞美人家的俗语（指法语和普洛旺斯语），贬低自己的俗语的坏意大利人”，表达了他对祖国语言的热爱。在《论俗语》中，但丁更详尽地阐述自己关于意大利俗语的论点。

　　《论俗语》（1304—1305）是一部关于意大利的民族语言

及其文体和诗律的著作，使用拉丁文撰写，目的在于引起知识界对民族语言问题的重视，因为意大利在当时既不是一个统一的国家，也没有一种统一的民族语言。书中阐明了俗语的优越性和形成标准意大利语的必要性，不仅对于解决意大利的民族语言和文学用语问题有重大意义，而且从中可以看出但丁不用拉丁文而用意大利俗语写《神曲》的理论根据。这部著作原来计划至少写四卷，但只写到第二卷第十四章为止。值得注意的是作者认识到法语、普洛旺斯语和意大利语三者同出一源，讲到意大利语时，根据各地方言的特点，把全国方言分成十四种。这些科学成果，就当时来说，是难能可贵的，使但丁不愧为近代语言学的先驱之一。作者把重点放在解决民族语言和文学用语的问题，逐一检查了全国方言中哪一种可以作为标准语和文学用语，发现这十四种方言，连最占优势的托斯卡那方言（但丁自己的佛罗伦萨方言属于这一系统）在内，无一够上标准，但是每一种方言都或多或少地含有标准因素。他认为，只有圭多·卡瓦尔堪提和他自己以及其他优秀作家的语言，才适合做标准语和文学用语。这一论点强调了作家在形成统一的民族语言中的作用，具有深远的意义。《神曲》的出现以事实证明了这一论点。

在放逐期间，但丁看到祖国壮丽的河山，接触社会各个阶层，加深了爱国思想，丰富了生活经验，视野从佛罗伦萨扩大到意大利全国乃至整个基督教世界。他看到意大利和整个欧洲处于纷争混乱的状态，探索了祸乱的根源和拨乱反正的途径，意识到自己担负着揭露现实，唤醒人心，给意大利指出政治上、道德上复兴之路的历史使命，认为自己作为诗人，就是要通过创作一部有巨大的艺术感染力的作品，来完成这一使命。为此,他中断了《论俗语》和《筵席》的写作,大约于一三〇七年开始创作《神曲》。

在这同时,欧洲政治舞台上发生了一些重大的历史事件。法国国王腓力四世由于对外进行战争,财政困难,向法国教士征收捐税,和教廷发生冲突。卜尼法斯八世宣布把腓力逐出教会。腓力派遣密使去罗马,勾结教皇的仇敌科隆纳家族共同反对教皇,一三〇三年九月七日,在罗马附近的阿南尼逮捕了教皇。教皇遭此侮辱,不久死去。继任的教皇在位仅九个月。一三〇五年,波尔多大主教依靠腓力四世的势力当选为教皇,称克力门五世。他把教廷迁到邻近法国边境的阿维农城,从此教廷受法国控制达七十年之久(1308—1378),史称"阿维农之囚"。一三一〇年新选的皇帝亨利七世南下来意大利加冕,声称要伸张正义,消除各城市、各党派的争端,使一切流亡者返回故乡,还要重新建立帝国和教会之间的良好关系,实现持久和平。但丁得知这一消息后,对他寄托了很大的希望,写了致意大利诸侯和人民书,号召对皇帝表示爱戴和欢迎,大概还亲自到意大利北部谒见皇帝,向他致敬。但佛罗伦萨联合贵尔弗党诸侯和城市,武装反抗皇帝。为此,但丁于一三一一年三月三十一日在卡森提诺地区写了《致穷凶极恶的佛罗伦萨人的信》,愤怒声讨他们的罪行,又于四月十六日上书给皇帝,敦促他从速进军讨伐。但亨利七世并未向佛罗伦萨进军,而于一三一二年前往罗马加冕。那不勒斯国王罗伯特公然和他为敌,否认他的权力,预先占据了梵蒂冈,阻止皇帝在圣彼得教堂加冕,致使加冕礼被迫在拉特兰的圣约翰教堂举行。教皇克力门五世在阿维农害怕腓力四世势力太大,企图以神圣罗马皇帝为外援,所以曾赞助亨利七世来意大利,但后来在腓力四世的压力下改变了态度,唆使各地贵尔弗党纷纷起来反对皇帝,并且警告亨利七世不得进攻那不勒斯王国。在这种情况下,亨利离开了罗马,挥军北上包围佛罗伦萨,但丁由于对故乡的热爱,没有亲自参加,但他对亨利的事业,始终在精神上给以热情支持。为了从理论上捍卫皇帝的权力,他在这段时间用拉丁文撰写了《帝制论》。

《帝制论》(1310—1312)以经院哲学的推理方式系统地阐明但丁的政治观点,带有强烈的空想色彩。全书共三卷:第一卷论证帝国的必要性,指出人类社会的目的在于使人类能够充分发挥潜在的才能,这只有在皇帝的统治下,正义、和平与自由得到保障的局面中,才能实现。第二卷论证天意注定建立帝国的权利归于罗马人。第三卷指出万物当中只有人既具有可毁灭的部分(肉体),又具有不灭的部分(灵魂),因此人生有两种目的:一是享受现世生活的幸福,二是来世享受天国永恒的幸福;上天规定由两个权威分别引导人类达到这两种不同的目的:皇帝根据哲学的道理,引导人类走上现世幸福的道路;教皇根据启示的真理,引导人类走上来世享受天国之福的道路,这两个权威都是直接受命于天,彼此独立存在的。作为人文主义的先驱,但丁首先肯定现世生活有其自身的价值,不从属于宗教上来世永生的目的,并且以此为出发点,阐明政教分离,教皇无权干涉政治的观点,向神权论提出英勇的挑战,意义是重大的。《帝制论》中的观点在《神曲》中得到鲜明的反映。

亨利七世围困佛罗伦萨失败后,准备南征那不勒斯王国,于一三一三年八月病死。但丁寄托在他身上的希望化为泡影,但仍然坚信一定会有拨乱反正的人出现。然而,还乡的愿望是绝不可能实现了。一三一一年九月，佛罗伦萨政府对流亡者实行大赦，但丁由于写了《致穷凶极恶的佛罗伦萨人的信》，不在赦免之列。一三一五年五月，佛罗伦萨政府又宣布，流亡者交付少量罚金，并亲往圣约翰洗礼堂当众把自己奉献给城市的守护神圣约翰，就可获准还乡。一位佛罗伦萨朋友劝但丁利用这个机会。但丁在给这位朋友的信中，坚决拒绝在这种变相认罪的屈辱条件下还乡，信中说："那么，这就是在忍受了几乎十五年的流亡之苦后，但丁借以返回故乡的宽厚优惠的召还流亡的法令吗？他这众所周知的清白无罪者，难道就应该受到这样的待遇吗？他在学术上所流的汗水，付出的辛勤劳动，难道就应该得到这样的结果吗？我的父老啊！这条道路可不是我还乡的道路；不过，如果您或者别人找到一条无损于但丁的名望和荣誉的道路，我会迈着不慢的脚步接受它；因为，如果不由这样的道路进入佛罗伦萨，我就永远不再进入佛罗伦萨了。为什么这样？难道我在任何地方都不能见到太阳和星光吗？如果不在佛罗伦萨城和人民面前辱没自己的光荣，甚至使自己名誉扫地，难道我就不能在任何地方的天空下探求最甜蜜的真理吗？我肯定是不会缺少面包的。"这些话鲜明地表现出诗人的倔强性格和崇高气节。同年九月，佛罗伦萨政府在新的法令中规定，只要肯亲自取保，就可对但丁和其他政治犯把死刑减轻为流放。但丁并未亲自取保。因此，十月十五日，那不勒斯国王驻佛罗伦萨的代表宣布，按照吉伯林分子和叛逆论罪，判处但丁和他的儿子们死刑，自十一月六日起，任何人都可以随意侵犯他们的人身和财产而不受惩罚。

我们对亨利七世死后但丁的行踪和生活、行动所知不详。

可以肯定的是,不久他就重新去维罗纳,在堪格兰德·德拉·斯卡拉的宫廷受到优厚的待遇,后来,他把《神曲·天国篇》中的几章献给他,还附上一封拉丁文信,说明《神曲》全书的主题、目的和已经在《筵席》中提到的四种意义。一三一四年,教皇克力门五世死后,但丁写信给意大利的枢机主教们,敦促他们选举意大利人为教皇,把教廷从阿维农迁回罗马,以摆脱法国国王的控制。最后,他大概于一三一八年接受封建主小圭多·达·波伦塔(Guido Novello da Polenta)的邀请,离开维罗纳宫廷,定居于腊万纳。他的儿女都来和他团聚。一三一九到一三二一年间,他曾和在波伦亚讲授古典文学的学者乔万尼·戴尔·维尔吉利奥(Giovanni del Virgilio)用拉丁文牧歌互相赠答。一三二〇年一月二十日,他曾到维罗纳的一个教堂中做学术讲演,论证地球上任何地方的水面都不可能高于陆地,后来用拉丁文写成题为《关于水与地的问题》的论文,可见他对于自然科学也很有兴趣。但他在维罗纳和腊万纳期间,主要是致力于完成《神曲》的创作。《天国篇》刚一脱稿,他就受小圭多·达·波伦塔委托,去威尼斯进行谈判,不幸染上疟疾,回到腊万纳后不久,于一三二一年九月十三日到十四日之间的夜里逝世。

《神曲》是但丁的代表作。如前面所述,《新生》末尾表明但丁立志写一部作品,用"人们关于任何一位女性都从未讲过的话"来歌颂贝雅特丽齐。她死后,但丁失去了精神上的向导,一时思想上和道德上迷失了方向,接着又经历了政治上的失败和流亡的艰辛,意识到理想和现实的矛盾,觉得自己如同"无帆、无舵手的船在暴风雨中漂流",同时又看到意大利和整个基督教世界的黑暗,感到自身是在黑暗中生活的人类的缩影。他计划创作一部作品,把个人的遭遇和祖国以及人类的命运联系起来,把抒写个人迷途知返、悔过自新的过程和给意大利人民指出政治上、道德上复兴的道路的历史使命联系起来。《神曲》就是这一计划和以独特的方式歌颂贝雅特丽齐的计划相结合的产物。

《神曲》写作的具体年份难以确定,根据内证和外证,大概开始于一三〇七年前后,《地狱篇》和《炼狱篇》大概在一三一三年前后就写完了,《天国篇》是但丁逝世前不久才完成的。《天国篇》脱稿以前,前两篇已传抄问世。《神曲》原稿已佚,各种抄本文字颇有出入,现在最佳版本是佩特洛齐(G. Petrocchi)的校勘本(意大利但丁学会的国家版《神曲》)。

《神曲》的故事采取了中古梦幻文学的形式。作品的主人公是但丁自己。诗中叙述他"在人生的中途(即一三〇〇年,诗人三十五岁时),我发现我已经迷失了正路,走进了一座幽暗的森林";他彷徨了一夜后,才走出森林,来到一座曙光笼罩着的小山脚下,刚一开始登山,就被三只野兽(豹、狮、狼)挡住去路。正危急时,古罗马诗人维吉尔出现了,他受贝雅特丽齐嘱托,前来搭救但丁,引导他去游历地狱和炼狱,接着贝雅特丽齐又亲自引导他游历天国。游历的过程和见闻构成了《地狱篇》、《炼狱篇》和《天国篇》三部曲。

和许多中古文学作品一样,《神曲》除了字面的意义外,还有寓言的意义。但丁在给堪格兰德·德拉·斯卡拉的信里说(译文见朱光潜《西方美学史》第五章):"这部作品的意义不是单纯的,无宁说,它有许多意义。第一种意义是单从字面上来的,第二种意义是从文字所指的事物来的;前一种叫做字面的意义,后一种叫做寓言的,精神哲学的或秘奥的意义……

这些神秘的意义虽有不同的名称,可以总称为寓言,因为它们都不同于字面的或历史的意义。"从字面上说,《神曲》的主题是"死后灵魂的状况","从寓言来看全诗,主题就是人凭自由意志去行善行恶,理应受到公道的奖惩"。他还指出,《神曲》是隶属于哲学的,但它所隶属的哲学是"属于道德活动或伦理那个范畴的,因为全诗和其中各部分都不是为思辨而设的,而是为可能的行为而设的。如果某些章节的讨论方式是思辨的方式,目的却不在思辨而在实际行动"。这里明确肯定他写《神曲》是为了影响人的实际行动,也就是"为了对邪恶的世界有所裨益",为了"把生活在现世的人们从悲惨的境地中解救出来,引导他们达到幸福的境界"。诗中叙述但丁在维吉尔的引导下,看到地狱中罪恶的灵魂所受的惩罚,看到炼狱中因忏悔而已被赦罪的灵魂在升天前所必须经受的磨炼,在贝雅特丽齐的引导下,看到各重天上得救的灵魂和圣徒以及天国的庄严景象,最后,在圣伯纳德的指引下,得以凝神观照三位一体的神本身,达到天国之行的终极目的。从寓言来看,这个虚构的神奇的旅行乃灵魂的进修历程。维吉尔象征理性和哲学,他引导但丁游历地狱和炼狱,象征人凭理性和哲学认识罪恶的后果,从而悔过自新,通过锻炼,达到道德上的完美境界,获得现世生活的幸福。贝雅特丽齐象征信仰和神学,她引导但丁游历天国,最后见到上帝,象征人通过信仰的途径和神学的启迪,认识最高真理和至善,获得来世永生的幸福。但丁以个人灵魂的进修历程为范例,启发人们对自己的思想行动进行反省,对黑暗的社会现实密切加以注意,来促使意大利在政治上、道德上复兴的希望早日实现。围绕着这个中心思想,《神曲》广泛地反映了现实,给了中古文化以艺术性的总结,同时也现出文艺复兴时代人文主义思想的曙光。

《神曲》是为影响人的实际行动而写作的,因而具有强烈的政治倾向性。诗人在作品中广泛、深刻地揭露了当时的政治和社会现实。他哀叹意大利是"奴隶般的",是"苦难的旅舍",是"暴风雨中无舵手的船","不是各省的女主,而是妓院!""意大利的城市全都充满了暴君",意大利人"无时无刻不处于战争状态,同一城墙、同一城壕圈子里的人都自相残杀""看一看沿海,再看一看腹地,哪有一处享受和平"。他严厉谴责神圣罗马皇帝鲁道夫一世和阿尔伯特一世父子只顾在德国扩充势力,不来意大利行使皇帝的权力,"容忍帝国的花园(指意大利)变成了荒漠"。诗中还忠实地描绘了佛罗伦萨从封建关系向资本主义关系过渡时期的社会和政治变化,指出"在你(指佛罗伦萨)记忆犹新的时间内,你曾有多少次改变法律、币制、官职和风俗,更换成员""犹如躺在羽毛床上不能安息的病人,辗转反侧以减轻自己的痛苦一样";"新来的人和暴发的财,佛罗伦萨呀,在你的内部滋长了骄傲和放恣",在那里"骄傲、忌妒和贪婪是使人心燃烧起来的三个火星"。诗中对教会的揭露和批判尤其尖锐。诗人愤怒地斥责教皇买卖圣职的罪行:"你们的贪婪使世界陷于悲惨的境地,把好人踩在脚下,把坏人提拔上来。""你们把金银做成神,你们和偶像崇拜者有什么不同,除了他们崇拜一个,你们崇拜一百个?"上行下效,主教和枢机主教们都贪污成风,变成"穿着牧人衣服的贪婪的狼",教士们也从"牧羊人变成了狼",由于贪财好利,"把福音书和伟大的教会圣师们的著作抛开,只醉心于《教会法令汇编》的研究……"诗中形象地阐明了《帝制论》里政教分离的思想,反对教皇掌握世俗权力:"造福于世界的罗马向来有两个太阳,分别照亮两条道路,一条是尘世的道路,另一条是上帝的道路。如今一个太阳(指教皇的权威)已经消灭了另一个(指皇帝的权威);宝剑(指世俗权力)和牧杖(指宗教权力)已经连接起来,二者强行结合,必然领导不好……""罗马教会由于把两种权力合并于一身而跌入泥潭,玷污了自身和担负的职责"。其代表人物就是买卖圣职、企图建立神权统治的教皇卜尼法斯八世,因此多处揭露他的罪行作为主要的批判对象,并且借犯买卖圣职罪的教皇尼古拉三世的灵魂之口,当他还在世的时候,就宣布他一定要入地狱。

《神曲》对于现实的揭露一般是通过人物形象进行的。揭露者和揭露的对象大都是历史上或当代的著名人物,如用号称第一代教皇的圣彼得揭露罗马教廷的腐败,用法国卡佩王朝的始祖休·卡佩揭发腓力四世和其他后裔的罪行,用教皇尼古拉三世揭发他自己和他的后继者卜尼法斯八世和克力门五世的罪行,因为但丁相信,只有通过著名的人物和事件,才能打动人心,促使改革早日实现。关于这一点,但丁的高祖卡洽圭达在天国对他说得很明确:"你这呼声将如同风一样,对最高的山峰打击最为猛烈;这将成为你获得荣誉不小的理由。为此,在这诸天中(指天国),在那座山上(指炼狱),在那个悲惨的深谷里(指地狱),使你看到的只是闻名于世的灵魂,因为,来源于不知名的、出身卑微的人的事例或者其他不明显的论证,都不能使听者的心对你的话感到满足和坚信不疑。"但是,在诗中如实地揭露现实,尤其是揭发有权势的统治者的罪行,"会使许多人感觉味道辛辣"而仇恨作者,致使他会在漂泊中无处安身;"如果我对于真理是胆怯的朋友"而不秉笔直书,则又不能借作品名传后世。针对但丁思想上的矛盾,卡洽圭达晓谕他说:"受到自己或他人的耻辱污染的良心的确会觉得你的话刺耳。但是,尽管如此,你要抛弃一切谎言,把你所见到的全部揭露出来,就让有疥疮的人自搔痒处吧。因为,你的声音乍一听会令人感到难堪,经过消化后,会留下摄生的营养。"这些诗句是诗人的心声,明确地表达出他敢于揭露黑暗势力的勇气和决心。

《神曲》通过但丁和他在地狱、炼狱、天国中遇到的著名人物的谈话,反映出中古文化领域里的成就和重大问题。例如和卢卡诗人波拿君塔的谈话(《炼狱篇》第二十四章)反映了意大利抒情诗发展的情况,和圭多·圭尼采里的谈话(《炼狱篇》第二十六章)反映了当时对普洛旺斯诗人的评价,和手抄本彩饰画家欧德利西的谈话(《炼狱篇》第十一章)反映了意大利绘画发展的情况,维吉尔的话和但丁自己的叙述(《地狱篇》第四章)反映了中古对希腊、罗马诗人和哲学家的认识和评价。尤其是维吉尔和贝雅特丽齐这两位向导,用答疑的方式广泛地阐述了当时哲学、科学和神学上的重要问题和理论。因此,《神曲》除了是一部政治倾向性强烈的长诗外,还起了传播知识的作用,被法国学者拉莫奈(Lamenais)称为"百科全书性质的诗"(poème encyclopédique)。这在一定程度上损害了作品的艺术性。

《神曲》肯定现世生活的意义,认为它不只是来世永生的准备,而且有其本身的价值。诗中显示出但丁对现世生活、斗争的兴趣,即使"从佛罗伦萨来到正直的健全的人民中间"(指天国),他也忘不了"那个使我们人类变得如此凶猛的打谷场"(指地球)的事情。诗中强调人赋有理性和自由意志,对自己的行为负有道德责任,在生活、斗争中,应遵循理性指导,立场坚定:"你跟着我(指维吉尔,象征理性)走,让人们说去吧!你要像坚塔一样屹立着,任凭风怎样吹,塔顶都永不动摇";要克服惰性,"因为坐在绒毛上或者躺在被子里是不会成名的;无声无息、把一生消磨过去的人在世上留下的痕迹,就如同空中的云烟、水上的泡沫一样"。这种追求荣誉的思想,是但丁作为新时代的最初一位诗人的特征之一。诗中热烈歌颂古今英雄人物,作为在生活、斗争中的光辉榜样,例如兵败后由于热爱自由而舍生取义的古罗马政治家卡托和在紧要关头挺身而出,保卫佛罗伦萨使它免遭毁灭的爱国者法利那塔。

《神曲》还表现了但丁作为文艺复兴的先驱,反对中世纪的蒙昧主义,提倡发展文化、追求真理的理想。诗中赞美人的才能和智慧,对古典文化推崇备至:称亚里士多德是"哲学家的大师",称荷马是"诗人之王""他那种诗像鹰一般高翔于其他种诗歌之上",称维吉尔是"智慧的海洋""拉丁人的光荣""其他诗人的光荣和明灯""一千多诗人的创作热情都是被这神圣的火焰(指《埃涅阿斯记》)点燃起来的";还以赞颂的笔调描写荷马史诗中的英雄尤利西斯(奥德修)受了求知欲的推动,在远征特洛亚胜利后,不肯还乡,坚持航海探险的英勇行为,并借他的口指出:"人生来不是为了像兽一般活着,而是为了追求美德和知识。"

《神曲》中也反映出但丁作为新旧交替时代的诗人存在的偏见和世界观上的矛盾。例如,诗中以维吉尔作为游地狱和炼狱的向导,以贝雅特丽齐作为游天国的向导,表明作者还局限在信仰和神学高于理性和哲学的经院哲学观点里。他一方面通过上述尤利西斯所说的话,肯定追求美德和知识是人生的目的,一方面又通过维吉尔的话肯定理性的局限性:"谁希望我们的理性能探索三位一体的神所走的无限的道路,谁就是痴狂。"一方面通过上述维吉尔的话肯定追求荣誉的必要,并且表示要借《神曲》永垂不朽,一方面又通过欧德利西的话说明荣誉的虚幻无常:"啊,人的才力博得的虚荣啊!你的绿色留在枝头的时间多么短促,除非随后就出现衰微时代!"在政治观点上,但丁渴望祖国能实现正义与和平,但同时又把希望寄托在纯粹中古的政治力量神圣罗马皇帝身上。在对待诗中人物的态度上,他也常常是矛盾的。例如,他一方面根据教会的道德标准,把保罗和弗兰齐斯嘉作为犯淫行的罪人放在地狱里,但同时又对他们的命运极度同情以致晕倒;书中屡次揭发卜尼法斯八世的罪行,当他在世的时候就宣布他一定要入地狱,但又把他在阿南尼受到的污辱看成是对基督的污辱(因为教会认为教皇是基督在世上的代表)而为之义愤填膺。

《神曲》描写的虽然是来世,但不是从禁欲主义观点出发的。诗中的来世正是现世的反映:地狱是现世的实际情况,天国是争取实现的理想,炼狱是现实到达来世的苦难历程。书中揭露现实的部分占很大比重,可是但丁也很着重描写生活的理想。这说明《神曲》并不纯粹是现实主义的,也是浪漫主义的。在黑暗的现实基础上产生了他的光明理想,诗人渴望一个没有黑暗和罪恶的世界。

《神曲》塑造的各种类型的人物,大都性格鲜明,栩栩如生,形成一座丰富多姿的人物画廊,这在中古文学中是无与伦比的。作为《神曲》的主人公,诗人自己的性格和精神面貌描绘得最为细致入微。维吉尔和贝雅特丽齐这两位向导虽然具有象征的意义，但并没有概念化和抽象化，而是显示出不同程度的鲜明性格。在各种不同的场合，维吉尔以导师和父亲的形象，贝雅特丽齐以恋人、长姊和慈母的形象出现，训诲、批评、鼓励和救护但丁。诗中常常通过人物在戏剧性场面的行动和对行为动机的挖掘来刻画性格。但丁勾勒人物形象的特征，有时只用寥寥数语，例如"他昂头挺胸岿然直立，似乎对地狱怀着极大的轻蔑"，这两行诗就使法利那塔的英雄气概呈现在读者面前。《神曲》中人物性格的鲜明程度由于地狱、炼狱、天国三个境界性质不同而依次递减。地狱是绝望的境界，在其中受苦的灵魂，和在世时一样，依然受各自的私欲和激情控制，并在言语和行动中充分表现出来，显得个性异常鲜明突出：弗兰齐斯嘉、法利那塔、勃鲁内托·拉蒂尼、彼埃尔·德拉·维涅、卡帕纽斯、尤利西斯、圭多·达·蒙泰菲尔特罗、腓力浦·阿尔津蒂和乌格利诺伯爵等都是令人难忘的人物形象。炼狱是希望的境界，在其中净罪的灵魂，个人的意志都统一在渴望升天的共同愿望中，彼此之间没有什么矛盾冲突，也很少有戏剧性的场面出现，因此人物形象和个性不如地狱中的人物鲜明突出，但也具有各自独特的精神面貌：卡塞拉、曼夫烈德、贝拉夸、波恩康特·达·蒙泰菲尔特罗、毕娅、索尔戴罗、欧德利西、斯塔提乌斯、萨庇娅，都会使读者感到异常亲切；尤其是山顶的地上乐园中那个在勒特河彼岸边采花边唱歌的少女玛苔尔达，她的天人般的绰约形象简直可以和《奥德修纪》中的腓依基公主瑙西嘉雅媲美。天国是幸福的境界，那里的灵魂都已超凡入圣，他们的意志已经完全和神的意志冥合，因而不再具有明显的个性，但他们毕竟都曾生活在人间,在天上对人世间仍甚关怀,显示出不同程度的人情味,其中如毕卡尔达、查理·马尔泰罗和卡洽圭达,都会给读者留下不可磨灭的印象。

《神曲》中三个境界的构思也是独具匠心的。荷马史诗《奥德修纪》中已有关于阴间的描写,但是,由于不懂希腊文,当时又没有译本,但丁无法借鉴;维吉尔在《埃涅阿斯纪》中仿效荷马,对阴间的情景进行了更详细的描绘,这些描绘为但丁对地狱的构思提供了丰富的资料,但是他对天国和炼狱的构思,在古代文学中是无前例可以借鉴的。基督教《圣经》中虽然多处提到天国和地狱,但都没有具体的描写,只是《新约·启示录》中叙述基督启示给圣约翰的种种神秘情景,对于但丁的艺术构思有一定的影响。至于炼狱这一名称,则根本不见经传;它是后世基督教神学家头脑中的产物。在中世纪,一般人对于炼狱和地狱的区别也无明确的概念。当时已经有许多描写地狱、炼狱和天国的梦幻文学流行,但其中的描写都粗糙庸俗、模糊混乱,没有什么艺术价值,不可能受到但丁的重视。因此,我们可以说,但丁对于三个境界的构思主要是凭借自己的丰富的想象力、精深的神学、哲学、文学素养和深广的生活经验。

诗人对于地狱、炼狱和天国的构思十分明确。他幻想地狱在位于北半球中心的圣城耶路撒冷的地下,是一个巨大无比的深渊,从地面通到地心,形状像圆形剧场或上宽下窄的漏斗。进入地狱之门后,就是一片昏暗的平原,这是地狱的走廊或者外围地带。醉生梦死、无所作为、无声无息地度过一生的懒汉、懦夫和在卢奇菲罗背叛上帝时保持中立的天使,都在这里受惩罚。真正的地狱由这漏斗形的巨大深渊中紧贴漏斗内壁的一圈一圈的圆环构成。这些圆环由上而下一个比一个小,共有九个,即九层地狱。第一层名"林勃"(Limbo),凡是不信仰基督教而曾立德、立功或立言的圣哲和英雄,以及未受洗礼而夭殇的婴儿都在这一层;他们除了有人类固有的"原罪"外,自己没有犯罪,所以不受什么苦刑惩罚,他们唯一的痛苦就在于渴望升天而不可能如愿。作为真正受苦处的地狱,从第二层开始。在这一层的入口处,地狱里的判官米诺斯审判亡魂,根据罪行的类别和轻重,宣判亡魂应去哪一层受苦。关于罪的类别和轻重,但丁以亚里士多德的《尼可马克伦理学》和《政治学》中有关的学说作为理论根据。亚里士多德把罪分为无节制、暴力、欺诈三种。无节制罪比较轻,所以但丁把犯纵欲(邪淫)、贪食(大吃大喝)、贪财(吝啬)和浪费、愤怒等罪的亡魂分别放在第二、三、四、五层地狱里。这五层位于狄斯(Dis)城外(狄斯原是罗马神话中的冥神,但丁用他来指地狱之王卢奇菲罗)。第六、七、八层都在狄斯城内,是惩罚重罪者的深层地狱。在第六层地狱里受苦的灵魂,都是创立、传播和信仰异端邪说者,这种罪名是教会定出来的,和亚里士多德的著作无关。第七层是惩罚犯使用暴力罪者的地方,这一层划分为三个同心圆环:对他人使用暴力者(暴君和杀人犯、破坏者和纵火者、强盗和土匪)在第一环受苦;对自己使用暴力者(自杀者、倾家荡产者)在第二环受苦;对上帝使用暴力者(渎神者)、对自然使用暴力者(即违反自然好男色者)和对艺术使用暴力者(高利贷者)在第三环受苦。欺诈是用智力使他人受害,罪行比使用暴力罪更重。欺诈的对象,一是和自己无关的人,二是相信自己的人;二者相比,欺诈前一种人比欺诈后一种人罪行较轻,所以在第八层地狱受惩罚。这层地狱地势向里倾斜，由十条壕沟构成，一条套着一条，形似十个同心圆，壕沟与壕沟被堤岸隔开，壕沟上都有岩石形成的天然石桥可以通过。这层地狱的中心是一个巨大的竖井，一直通到第九层地狱。淫媒和诱奸者、阿谀奉承者、买卖圣职者、占卜和预言者、贪官污吏、伪善者、窃贼、策划阴谋诡计者、制造分裂和挑拨离间者、作伪以假乱真者（炼金术士、造伪币者、假冒他人者）分别在十条壕沟里受苦，因此，这十条壕沟统称"恶囊"（Malebolge）。欺诈相信自己的人，罪大恶极，所以在第九层地狱受惩罚。这层地狱是一个冰湖，名科奇土斯（Cocytus）。湖面划分为四个同心圆形的受苦区，叛卖亲属者、叛国叛党者、叛卖宾客者和叛卖恩人者分别在其中受惩罚。冰湖的中央站着魔王卢奇菲罗（即撒旦）。他原是六翼天使，因背叛上帝而堕入地狱底层，成为万恶之源。他既是受上天惩罚者，又是上天用来惩罚出卖耶稣的犹大和谋害恺撒的布鲁都和卡修斯这三个最大叛徒的工具。地狱中的刑罚大都是报复刑（Contrapasso），报复可能采取和导致罪人犯罪的欲望相似的方式，例如，犯邪淫罪者因被肉欲驱迫不能自制而犯罪，就被地狱里的狂飙席卷着旋转翻滚，迅猛奔驰；也可能采取和导致罪人犯罪的欲望相反的方式，例如，犯占卜和预言罪者因企图预知未来之事，在地狱中就被罚把头扭到背后倒着前进，如同我国神魔小说《封神演义》中的申公豹一样。魔王所在的地狱底层在地球中心。游完地狱，维吉尔就背着但丁，顺着魔王的身躯爬过地心，稍稍休息一下后，他们就由一条隐秘的小路来到位于南半球的炼狱。

神学家和中世纪传说都认为炼狱在地下。但丁从道德意义上着眼，想象炼狱为一座雄伟无比的高山，和由巨大深渊构成的地狱对比。这座高山是卢奇菲罗被逐出天国向地球坠落时，南半球海底的土地为了躲避他而从水中涌出形成的。它岿然耸立在海洋中，是南半球唯一的陆地，同时又是南半球的中心，和北半球的中心圣城耶路撒冷遥遥对峙。从寓意上说，正如地狱作为深渊象征灵魂在罪恶中越陷越深，沦于万劫不复之地；炼狱作为高山象征灵魂悔罪自新，努力向上，获得新生，最后得以升入天国。炼狱分为三个区域：从海滨到山门（名圣彼得门）为外围，凡是忏悔太晚者，灵魂不能立即进入山门，必须在外围停留若干年。外围由海滨地带和悬崖地带两部分构成。凡是被逐出教会、临终忏悔而蒙神赦罪者，都必须在海滨绕山环行三十倍于他们被逐出教会的时间，才能进入山门。凡是由于怠惰或者惨死或者忙于尘事而迟至临终才忏悔者，必须在悬崖顶上的豁然开朗的山坡上停留到和他们有罪的年数相等的时间，才能进入山门。如果有善人在人间为停留在炼狱外围的灵魂祈祷，停留的期限就可以缩短而提前进入山门。从山门到山顶的地上乐园是炼狱本部，由环绕山腰的七层平台构成，层次越高，平台的圆周就越小，每层都有台阶可以上去。这七层平台是灵魂经受磨炼来净罪之所。能来炼狱净罪的灵魂都是基督教徒，他们须要消除的罪是教会规定的七种大罪：骄傲、忌妒、愤怒、怠惰、贪财、贪食、贪色。但丁根据阿奎那斯的学说，把这七种罪都归结为在"爱"的问题上的失误：（1）"爱"的对象错误，也就是说，爱他人之不利（骄傲、忌妒、愤怒），（2）"爱"善不足（怠惰），（3）"爱"尘世物质享受太过（贪财、贪食、贪色）。犯重罪者在层次较低的平台上经受磨炼，犯轻罪者在层次较高的平台上经受磨炼。骄傲、忌妒、愤怒是较重的罪，这三种罪人分别在从下往上数第一、二、三层平台上净罪，犯怠惰罪者在第四层平台上净罪，贪财、贪食、贪色的罪人分别在第五、第六、第七层平台上净罪。净罪的方式是：一面受"报复刑"惩罚，一面对照与自己的罪过相反的美德的榜样和与自己的罪过相同者受惩罚的实例，时时警告自己，进行反省。例如：犯骄傲罪者生前昂首阔步，如今一面背负重荷，弯身徐行，一面对照刻在石壁上表现谦卑之德的浮雕和刻在地面上表现骄傲之罪的浮雕，进行反省。山顶的地上乐园乃《旧约·创世记》中所说亚当和夏娃犯罪以前所在的伊甸乐园。灵魂经受磨炼消除罪孽后，就来到这里，从寓言的意义上说，就是达到了现世幸福的境界。乐园有两条同源的河，一条名勒特河，灵魂喝了河水，就忘记了生前犯过的罪，一条名欧诺埃河，灵魂喝了河水，就记得起生前所行的善。喝完河水后，灵魂获得了新生，就能飞升到天国。

但丁想象的天国由托勒密天文体系的月天、水星天、金星天、日天、火星天、木星天、土星天、恒星天、原动天（水晶天）和超越时间空间的净火天（即上帝所在的严格意义上的天国）构成。这九重天环绕着地球旋转，净火天则是永恒静止的。升天的超凡入圣的灵魂都在净火天和上帝在一起。但是，在但丁游天国时，他们按照功德的高低，先分别在九重天中与自己相适应的天体里出现，为了使但丁了解他们各自的幸福程度和在世上时所受的天体星象的影响。

地狱、炼狱和天国这三个境界细分为若干层，体现出作者根据哲学、神学观点所要阐明的道德意义。三个境界的性质不同，因而色调也各不相同。地狱是痛苦和绝望的境界，色调是阴暗的或者浓淡不匀的；炼狱是宁静和希望的境界，色调是柔和爽目的;天国是幸福和喜悦的境界,色调是光辉耀眼的。在《地狱篇》里,但丁只用自然景象作为背景和陪衬,或用来描绘人物受苦的场面,例如,犯邪淫罪者的灵魂被飓风刮来刮去,犯叛卖罪者的灵魂被冻结在冰湖里。在《炼狱篇》里才直接描写了自然景色,例如:黎明时分,两位诗人刚来到炼狱山脚下时,蔚蓝明净的晴空,出现在东方天空的启明星,远方大海的颤动;清晨时分,来到地上乐园中时,茂密苍翠的圣林,拂面的和风,清脆的鸟声,芬芳馥郁的繁花,清澈见底的溪流,这些赏心悦目的美景无不跃然纸上。《天国篇》所描写的是非物质的、纯精神的世界,自然界的景物,除了作为比喻外,不可能在那里出现;为了表现自己所见的情景和超凡入圣的灵魂们精神喜悦的程度,诗人不得不广泛地利用自然界最空灵的现象——光来描写。这些境界的描述都非常真实,使人如身历其境。对自然的描写也往往富有高度的画意,足见但丁对自然之美极为敏感。这一点也是他作为新时代诗人的特征之一。为了加强读者对于诗中描述的旅途见闻的真实感,但丁还通过一些细节说明他游历地狱、炼狱和天国并非神游、梦游,而是真正身临其境。例如:诗中在叙述他和维吉尔乘船渡斯提克斯沼泽时,特意提到,他上船后,那船才似乎装载着东西,比往常吃水更深;在叙述他们二人来到炼狱山下的海滨时,着重指出,新被天使用船接引来的亡魂,一看到但丁在呼吸,得知他是活人,都不禁大惊失色;在叙述他们来到山脚下时,再次说明,一群慢步迎面走来的灵魂,瞥见日光把但丁的影子投射到岩石上,都惊讶得倒退了好几步。这些细节增加了作品的现实主义因素,收到了良好的艺术效果。再者,天国之行的终极目的在于见到三位一体的上帝。诗人在描写自己所见时,并没有像当时的宗教画家那样,把圣父的形象描绘成白发老人,用一只在圣父和圣子之间展翅而飞的鸽子来代表圣灵,也不像后来弥尔顿在《失乐园》中那样,让上帝作为诗中的一个人物出场说话;他深知那样做势必降低神至高无上的形象。为了解决这个艺术上的难题,他采用了纯粹象征的手法,在这一点上,他也是独具匠心的。

但丁在塑造人物形象和描写情景时,善于使用来源于现实生活和自然界的比喻。例如:形容一群迎面走来的鬼魂纵目望着但丁和维吉尔,如同人们通常在一钩新月下互相望着一样,他们凝眸注视着两位诗人,如同老裁缝穿针时注视着针眼一样。形容两队魂灵相遇,彼此接吻致意,像蚂蚁在路上觅食,彼此相遇时互相碰头探询消息的样子。形容禁食的魂灵瘦得两眼深陷无神,像宝石脱落的戒指。所描写的对象和情景越不平常,就越是用人们熟悉的事物来比拟。形容火星天的光芒耀眼的十字架上,有无数得救的灵魂的亮光上下左右动来动去,像暗室中从缝隙里射入的光线中,有无数尘埃飞舞一样。形容基督上升,光芒下射,照耀着圣者们,像日光从云缝透出,射在繁花如锦的草坪上一样。这些比喻使人物和情景鲜明突出,取得了造型艺术的效果。歌德在一八二六年写的一封信里,把但丁和意大利美术复兴时代联系起来,因为他"和乔托(译者按:但丁同时代意大利画家)一样,主要是具有造型感的天才,因此能运用想象力的目光把事物看得那样清晰,从而能用鲜明的轮廓把它勾画出来,即使是最隐晦、最离奇的事物,他描绘起来,都仿佛是对着眼前现实中的事物一样"。这一精辟的论断确实指出了《神曲》艺术上的特点之一。不仅如此,但丁还用比喻描写人的心理和精神状态。例如：形容自己听了维吉尔的话以后，疑虑顿消，精神振奋，像受夜间寒气侵袭而低垂闭合的小花，一经阳光照射朵朵挺起在梗上开放一样；形容自己喝了地上乐园里的欧诺埃河的水，精神上获得了新生，像新树长出了新叶，欣欣向荣。

《神曲》的细节描写虽有高度技巧，但它的主要成就还在于高度概括和综合。这部作品把诗人的内心生活经验、宗教热情、爱国思想和政治文化方面的重大问题，把历史的和现实的、古典的和基督教的因素融为一个和谐的整体，在这一点上，《神曲》确实是很成功的。

《神曲》是一部长诗，《地狱篇》《炼狱篇》《天国篇》各有三十三章，加上作为全书序曲的第一章共一百章，长达 14233 行，其中《地狱篇》共 4720 行，《炼狱篇》共 4755 行，《天国篇》共 4758 行，篇幅大致相等，三篇最后一行都以"群星"（stelle）作韵脚煞尾。诗中所写的三个境界结构匀称。地狱有九层，加上地狱外围共十层；炼狱本部有七层平台，加上地上乐园和外围上下两部分共十层；天国包括净火天和托勒密天文体系的九重天共十重。这种匀称的布局和结构，完全是建立在中古关于数字的神秘意义和象征性的概念上的，因为中世纪人认为"三"象征"三位一体"，是个神圣的数字，"十"象征"完美""完善"，是个吉祥的数字。但丁以此作为《神曲》的构思和布局的依据，也是他作为中世纪最后一位诗人的特点。

《神曲》是用三韵句（terza rima）写成的，这是但丁以当时流行的一种名为"塞尔文台塞"（serventese）的诗体的格律为基础创制的新格律，每段三行，每行由十一个（一般是抑扬格）音节构成，诗韵大都是阴性韵（第二音节无重音的双音节韵），通过连锁押韵的方式把各段衔接起来，最后用一个单行诗句煞尾（押韵的格式：aba，bcb，cdc……yzy，z）。这种格律最适用于长篇叙事诗。但丁在《神曲》中运用这种格律，既严格又灵活，得心应手，变化多端。更重要的是《神曲》不是用拉丁文而是用意大利俗语写成的，对于解决意大利的文学用语问题和促进意大利民族语言的统一起了很大的作用，这使但丁成为意大利第一个民族诗人。

关于《神曲》以体裁为标准的分类问题，自从文艺复兴时期以来，就争论不休，有的学者认为它是史诗，有的认为它是诗剧，有的认为它是一种既非史诗又非戏剧的新体诗，还有人认为它是各种诗的混合体。黑格尔在《美学》中阐明《神曲》是基督教中世纪的史诗。这一论断是正确的，因为这部长诗给了中古文化以艺术性的总结。但是《神曲》又是一种新型的文人史诗，它不像维吉尔的《埃涅阿斯纪》那样，以古代传说中的英雄为主人公，而是以诗人自己为主人公。这一艺术上的创新使得这部史诗便于直接反映当时的社会现实和抒写诗人自己的思想感情，从而对读者起到更大的教育作用。

《神曲》原名《喜剧》(*la Commedia*)，这里喜剧并没有戏剧的涵义。由于罗马时代戏剧演变的历史原因，中世纪对于戏剧主要是表演性艺术的概念已经非常模糊，惯于根据题材内容和语言风格的不同，把叙事体的文学作品也称为悲剧或喜剧。但丁因为自己这部作品叙述从地狱到天国、从苦难到幸福的历程，结局圆满，又因为作品不像《埃涅阿斯纪》那样用拉丁文写成，风格高华典雅，而是用意大利俗语写成，风格平易朴素，所以取名为《喜剧》。薄伽丘在《但丁赞》(*Tratta-tello in laude di Dante*)一文中（1357—1362）对这部作品推崇备至，称它为"神圣的"(*divina*)《喜剧》。一五五五年的威尼斯版本第一次以《神圣的喜剧》为书名，随即被普遍采用。中文译本通称《神曲》。

但丁是欧洲文学史上继往开来的伟大诗人，马克思和恩格斯对他评价很高，马克思还在自己的著作中引用《神曲》中的诗句和人物形象。《神曲》已经译成许多种文字，成为世界人民共同的精神财富。

早在清朝末年，我国即有人知道但丁和他的《神曲》。译者的朋友山西大学常风教授来信说，最早提到但丁和《神曲》的，是钱单士厘所著《归潜记》（1910）一书（湖南人民出版社将此书与作者另一著作《癸卯旅行记》合为一册，收入《走向世界丛书》，于1981年重新出版），随后就把书寄来。钱单士厘是我国最早译《神曲》者钱稻孙先生的母亲，她的丈夫任清朝政府驻意公使。她在罗马期间留心异邦的政教、文化、艺术，《归潜记》一书详细记述她的广博的见闻。在有关彼得寺（即罗马圣彼得大教堂）的记述中，谓寺内有教皇保罗三世墓，"墓基四女石像，曰'富裕'，曰'慈悲'……曰'谨慎'，曰'正直'。……'谨慎'像又酷肖义儒檀戴（即但丁），有'彼得寺中女檀戴'之称……"；在有关彼得寺墓室内各代教皇棺的记述中，还提到《神曲》和其中的人物："婆尼法爵八（即卜尼法斯八世）棺残片，有铭曰：'其来也如狐，其宰政也如狮，其死也如犬。'义儒檀戴所著《神剧》（即《神曲》）书中，清净山（即炼狱山）凡九重，最下一级，遇婆尼法爵八，即指此人。讥与欤，抑恕之欤？（译者按：此处著者误，《神曲·地狱篇》第十九章中预言卜尼法斯八世死后要入第八层地狱第三"恶囊"受苦）……曰尼哿拉三（即尼古拉三世）棺：……檀戴《神剧》中所见首入火坑中，足露火焰外者，即指其人。（译者按：

此处所说的刑罚也和但丁诗中有出入）"这些记述虽不尽翔实可信，但在当时能注意及此，已是难能可贵。

钱稻孙先生幼年随父母侨居罗马，当时即读《神曲》原文，归国后，陆续将第一、二、三曲译为骚体，于一九二一年但丁逝世六百周年之际，用《神曲一脔》的标题，发表在《小说月报》上，一九二四年出单行本，为《小说月报丛刊》之一，译文典雅可诵，注释较详，可惜后来搁置未续。

译者在中学学习时，通过钱译《神曲一脔》，初次得知但丁的名字和他的《神曲》。进大学后，阅读了英译本，对这部作品发生了兴趣，后来学了意大利语，逐渐领会到原作的韵味，兴趣随之日益浓厚。多年以来，就有翻译这部世界名著的志愿，由于种种主观和客观原因，一直未能实现，迟至一九八三年秋，其他工作告一段落，在朋友们的热情鼓励和支持下，才着手试译《地狱篇》。刚动笔时，感到困难重重，力不从心，产生了失败主义情绪，后来，在翻译实践过程中逐渐克服了这种思想障碍。

翻译《神曲》的先决问题是：译成诗还是译成散文？译者对此曾考虑很久，也问过朋友们，大家意见很不一致，最后，自己决定译成散文，因为，就主观条件来说，译者不是诗人，而《神曲》却是极高的诗，如果不自量译成诗体，恐怕"画虎不成"，使读者得到错误的印象，以为但丁的诗也不过尔尔。意大利有句俗话"traduttore-traditore"（翻译者–背叛者），译者不愿这句俗话在自己身上得以证实。就客观条件来说，《神曲》全诗都是用三韵句写成的。汉语和意大利语属于不同的语系，诗律也根本不同，中国旧体诗没有与三韵句相当的格律。钱稻孙先生用骚体译《地狱篇》前三曲，但押韵格式不依照

《离骚》，而力图"傲其韵之法"，开端译得很好："方吾生之半路，恍余处乎幽林，失正轨而迷误。道其况兮不可禁，林荒蛮以惨烈，言念及之复怖心！戚其苦兮死何择，惟获益之足谘，愿觌缕其所历。"但是第二曲和第三曲的译文，并没有再严格依照这种格式押韵。不仅如此，《神曲》每行一般都是十一音节，钱译则每行少者六个字，多者十三四个字，远不如原诗韵律严整匀称。钱先生通晓意大利文，对《神曲》和中国旧诗都很有研究，他的翻译实践说明，把《神曲》译成旧体诗是不易成功的。译者无此文学素养，译成旧体诗非自己能力所及，当然不敢一试。

那么，可否把《神曲》译成新体诗呢？译者面对的事实是：《神曲》是格律严整的诗，而中国新诗的格律没有定型，译时苦于无所遵循。如果按照三韵句的格式押韵，原诗的韵律（抑扬格、音步等问题）应如何处理？如果不按照三韵句的格式押韵，那么，应当依照什么格式呢？译者对此感到困惑。因此，决定就自己力所能及，暂把《神曲》译成散文，等将来新体诗的格律问题解决后，我国出现既有诗才而又通晓意大利文的翻译家时，再把这一世界文学名著译成诗体。

在考虑用诗体还是用散文体时，译者曾借鉴于一些英文和德文译本。英语和德语虽然与意大利语同属印欧语系，但意大利语元音较多，适于用三韵句写诗，英语和德语就不大适合这种格律。用三韵句写成的英文诗最成功的作品是雪莱的《西风颂》(1819)，全诗五节，共七十行，算是较长的抒情诗，但和《神曲》的篇幅相比，差得很远。英、德翻译家也有用这种格律译《神曲》者，他们步武前贤，刻意求工的精神是令人钦佩的。然而，对照原文细读，就会发现，他们为使译文合乎格律，往往削足适履或者添枝加叶，前一种作法有损于原诗的内容，后一种作法违背原诗凝练的风格。译成抑扬格无韵诗（blank verse）的译本，如美国诗人朗费罗（Longfellow）的译本（1865），由于不受韵脚束缚，这种缺点出现很少。而完全摆脱格律束缚的散文译本，如美国但丁学家诺尔顿（Norton）的译本（1891）和辛格尔顿（Singleton）的译本（1970），则尤为忠实可靠。这些事实坚定了译者采用散文体的信念。

不言而喻，把诗译成散文等于用白水代替存放多年的美酒，味道相差甚远。译者的目的仅在于使读者通过译文了解《神曲》的故事情节和思想内涵，如欲欣赏诗的神韵及其韵律之美，就须要学习意大利语，阅读原作，因为，正如但丁所说的话："人都知道，凡是按照音乐规律来调配成和谐体的作品，都不能从一种语言译成另一语言而不致完全破坏它的优美与和谐。这就是为什么荷马不能像希腊人流传下来的其他著作那样从希腊文译成拉丁文的缘故。这就是为什么《诗篇》中的诗句没有音乐性的和谐之美的缘故；因为这些诗句是从希伯来文译成希腊文，又从希腊文译成拉丁文，在第一次翻译中，那种优美就消失了。"（《筵席》第一篇第七章）

译文和注释主要根据意大利但丁学家翁贝尔托·波斯科（Umberto Bosco）与乔万尼·雷吉奥（Giovanni Reggio）合注的《神曲》最新版本，参考萨佩纽（Sapegno）、牟米利亚诺（Momigliano）、卡西尼-巴尔比（Casini-Barbi）、斯卡尔塔齐-万戴里（Scartazzi-Vandelli）、格拉伯尔（Grabher）等但丁学家以及美国但丁学家辛格尔顿的注释本，有时也略陈管见。

原作是长篇史诗，译成散文须分段落；译者的译文是依照诺尔顿的英文译本划分段落的。原作分成一百"canto"，钱稻孙先生把"canto"译为"曲",日文译本有的译为"曲",有的译为"歌";译者的译文是散文体,所以考虑用"章"。

译文和注释中,凡是《圣经》中的人名和地名,译音均依照上海美华圣经会的《新旧约全书》;凡是维吉尔史诗《埃涅阿斯纪》中的人名和地名,译音一般依照杨周翰教授的译本;常见的人名采用通用的译音,地名一般采用地图出版社的《世界地图册》的译音;不常见的人名均照意大利语读法译音。

本书文中插图均采用法国画家多雷(Gustavo Doré,1832—1883)所制版画。

《神曲》博大精深,其哲理性和艺术性均非一般文学名著可比,译者对原诗的领会和个人的中文表达能力都很不够,译文和注释难免有错误、疏漏和不妥之处,希望读者指正。

田 德 望

一九八七年二月十二日晚

(夏历丁卯元宵)

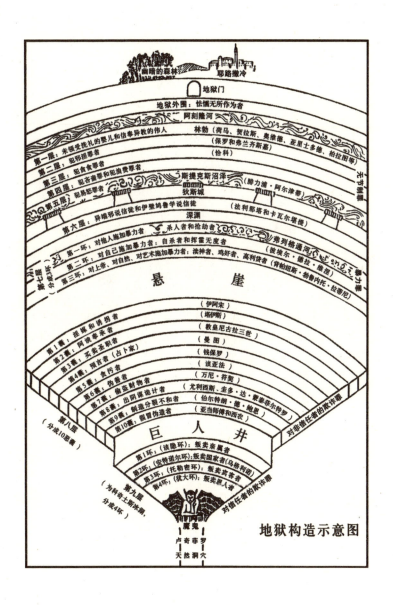

地狱构造示意图

第 一 章*

　　在人生的中途①，我发现我已经迷失了正路，走进了一座
幽暗的森林②，啊！要说明这座森林多么荒野、艰险、难行，是
一件多么困难的事啊！只要一想起它，我就又觉得害怕。它
的苦和死相差无几。但是为了述说我在那里遇到的福星，我
要讲一下我在那里看见的其他的事物③。

　　我说不清我是怎样走进了这座森林的，因为我在离弃真
理之路的时刻，充满了强烈的睡意④。但是，走到使我胆战心
惊的山谷⑤的尽头，一座小山⑥脚下之后，我向上一望，瞥见
山肩已经披上了指导世人走各条正路的行星⑦的光辉。这
时，在那样悲惨可怜地度过的夜里，我的心湖⑧中一直存在的
恐怖情绪，才稍微平静下来。犹如从海里逃到岸上的人，喘息
未定，回过头来凝望惊涛骇浪一样，我的仍然在奔逃的心灵，
回过头来重新注视那道从来不让人生还的关口⑨。

　　我使疲惫的身体稍微休息了一下，然后又顺着荒凉的山
坡走去，所以脚底下最稳的，总是后面那只较低的脚⑩。瞧！
刚走到山势陡峭的地方，只见一只身子轻巧而且非常灵便的
豹⑪在那里，身上的毛皮布满五色斑斓的花纹。它不从我面
前走开，却极力挡住我的去路，迫使我一再转身想退回来。

　　这时天刚破晓，太阳正同那群星一起升起，这群星在神爱

1

最初推动那些美丽的事物运行时,就曾同它在一起⑫;所以这个一天开始的时辰和这个温和的季节,使我觉得很有希望战胜这只毛皮斑斓悦目的野兽⑬;但这并不足以使我对于一只狮子⑭的凶猛形象出现在面前心里不觉得害怕。只见它高昂着头,饿得发疯的样子,似乎要向我扑来,好像空气都为之颤抖。还有一只母狼⑮,瘦得仿佛满载着一切贪欲,它已经迫使很多人过着悲惨的生活,它的凶相引起的恐怖使得我心情异常沉重,以致丧失了登上山顶的希望。正如专想赢钱的人,一遇到输钱的时刻到来,他一切心思就都沉浸在悲哀沮丧的情绪中,这只永不安静的野兽也使我这样,它冲着我走来,一步步紧逼着我退向太阳沉寂的地方⑯。

我正往低处退下去时,一个人影儿⑰出现在眼前,他似乎由于长久沉默而声音沙哑⑱。一见他在这荒野里,我就向他喊道:"可怜我吧,不论你是什么,是鬼魂还是真人!"他回答我说:"我不是人,从前是人,我的父母是伦巴第人⑲,论籍贯,他们俩都是曼图阿⑳人。我出生 Sub Julio㉑,虽然迟了些,在圣明的奥古斯都㉒统治下,住在罗马,那是信奉虚妄假冒的神祇的时代㉓。我是诗人,歌唱安奇塞斯的正直的儿子在睥睨一切的伊利乌姆城被焚毁后,从特洛亚迁来的事迹㉔。可是你为什么回到这样的痛苦境地?为什么不攀登这座令人喜悦的山?它是一切欢乐的基础和阶梯㉕。""那么,你就是那位维吉尔,就是那涌出滔滔不绝的语言洪流的源泉吗?"我面带羞涩的神情回答说,"啊,其他诗人的光荣和明灯啊,但愿我长久学习和怀着深爱研寻你的诗卷能使我博得你的同情和援助。你是我的老师,我的权威作家,只是从你那里我才学来了使我成名的优美风格㉖。你看那只逼得我转身后退的野兽,

　　在人生的中途,我发现我已经迷失了正路,走进了
一座幽暗的森林……

帮助我逃脱它吧，著名的圣哲，因为它吓得我胆战心惊。"

他见我流下泪来，回答说："你要逃离这个荒凉的地方，就须要走另一条路㉗，因为这只迫使你大声呼救的野兽不让人从它这条路通过，而是极力挡住他，把他弄死㉘；它本性穷凶极恶，永远不能满足自己的贪欲，得食后，比以前更饿㉙。同它结合的人很多，而且以后更多㉚，直到猎犬来到，使它痛苦地死掉为止。他既不以土地也不以金钱，而以智慧、爱和美德为食，将降生在菲尔特雷和蒙特菲尔特罗之间㉛。他是衰微的㉜意大利的救星，处女卡密拉、欧吕阿鲁斯、图尔努斯和尼苏斯都是为这个国土负伤而死㉝的。他将把这只母狼赶出各个城市，最后把它重新放进地狱，当初是忌妒从那里放出它来的㉞。所以，为你着想，我认为你最好跟着我，由我做你的向导，从这里把你带出去游历一个永恒的地方，你在那里将听到绝望的呼号，看到自古以来的受苦的灵魂每个都乞求第二次死㉟；你还将看到那些安心处于火中的灵魂，因为他们希望有一天会来到有福的人们中间㊱。如果你想随后就上升到这些人中间，一位比我更配去那里的灵魂㊲会来接引你，我离开时，就把你交给她；因为统治天上的皇帝由于我未奉行他的法度，不让我进他的都城㊳。他的威权遍及宇宙，直接主宰天上，那是他的都城和崇高的宝座所在，啊！被他挑选到那里的人有福啊！"于是，我对他说："诗人哪，我以你所不知的上帝的名义恳求你，为使我逃脱这场灾难和更大的灾难㊴，请你把我领到你所说的地方去，让我看到圣彼得之门和你说得那样悲惨的人们㊵。"

于是，他动身前行，我在后面跟着他。

注释：

* 　《神曲》全诗开宗明义的序曲。

① 　指1300年但丁三十五岁时。《旧约·诗篇》卷四第九十篇中说："我们一生的年日是七十岁。"但丁在《筵席》第四篇第二十三章中把人生比作拱门，拱门的顶点，就人的天年来说，是三十五岁。这里又把人生比作旅程，"人生的中途"必然指三十五岁。此外，但丁这句诗还受了《旧约·以赛亚书》第三十九章中"正在我中年之日，必进入阴间的门"这句话的启发。1300年对于但丁，对于佛罗伦萨，乃至对于基督教世界都是关键性的一年。这年他被选为佛罗伦萨六名行政官之一，这是他的政治生涯的顶点，也是他一生的转折点和1302年被放逐、长期颠沛流离的远因。这年5月1日春节，佛罗伦萨黑白两党长期内讧后，发生了流血事件，从此再也没有和平的日子。这年是卜尼法斯八世宣布的大赦年（giubileo），凡是基督教徒都能通过巡礼、忏悔和功德来赎一切罪。但丁也曾去罗马朝圣，因为他已经到了人生的中途和顶点，以后就要走以死为终点的下坡路，所以迫切需要考虑与自己来世的命运攸关的灵魂得救问题。在这同时，但丁希望基督教世界能开始一个新的时代，在一位理想的英雄人物的领导下，根绝贪欲，消除争端，恢复和平，享受现世幸福，在基督教教义的指引下，弃恶从善，达到享受来世幸福的目的。因此，诗中选定1300年4月8日耶稣受难日（复活节前的星期五）为虚构的地狱、炼狱、天国之行的开始，是用意深长的。

② 　"幽暗的森林"具有双重寓意：一、象征1290年但丁所爱的女性贝雅特丽齐（见第二章注⑪）死后，他失去精神上的向导，陷入迷惘和错误中不能自拔；二、象征当时基督教世界，尤其是意大利，由于教皇掌握世俗权力，买卖圣职，主教僧侣贪婪成风，教会日益腐败，神圣罗马皇帝放弃自己的职责，封建割据势力纷争不已，以致完全陷入混乱状态。诗中表明但丁作为个人则迷途知返，悔过自新；作为人类代表，则揭露现实的黑暗，唤醒人心进行改革，使自己和世界都达到得救的目的，这大致是全诗的主旨。

③ 　"福星"指古罗马诗人维吉尔（前70—前19）的灵魂；"其他的

事物"指下文所说的三只拦路的野兽。

④ "真理之路"即上文所说的"正路";"睡意"指灵魂因有罪陷入昏沉迷糊的状态。

⑤ 指"幽暗的森林"所在的山谷。

⑥ "小山"象征现世的幸福。

⑦ "山肩"指山顶和山坡。"行星"指太阳;中世纪相信古希腊天文学家托勒密的"地球中心说",认为太阳是围绕地球运行的行星之一。这里太阳象征上帝,因为"宇宙间一切可以感知的事物中,没有比太阳更配做上帝的象征的"(《筵席》第三篇第十二章)。

⑧ 根据薄伽丘的注释,"心湖"指心脏内部(即心房、心室),中世纪人认为这是各种情感的贮藏所。诗中用隐喻"心湖"来指情感所在的心,正如汉语用隐喻"脑海"来指作为思想、记忆的器官的脑子一样。

⑨ "关口"即"幽暗的森林",寓意是:人如果不能以理性克服罪障,就不能得救。

⑩ 字面的意义:说明但丁在一步步走上山坡,上坡时,较低的那只脚着地,支撑全身的重量,脚底下总是最稳的。寓意是:人在改过自新的过程中,并非一往直前,而是时而踟蹰,时而前进。

⑪ "豹"象征肉欲。

⑫ "群星"指白羊座。太阳进入白羊宫为春分,即阳历 3 月 21、22 日,在白羊宫的时间约一个月,诗中以此来表明但丁在山坡上遇到豹拦路时,是在春天的清晨(具体时间是 1300 年 4 月 8 日清晨)。"神爱"即上帝,因为意大利经院哲学家托马斯·阿奎那斯(1225—1274)在《神学大全》第三十七卷第三章中说:"爱是圣灵固有的名称。"基督教传说,上帝创造宇宙在春季,创造太阳后,就安放在白羊宫,使它从那里开始运行。"那些美丽的事物"指星辰。

⑬ 中世纪计算白天的时辰,从日出时(约在六点钟)算起,到日没时(约在十八点钟)为止。"破晓"是一天开始的时辰,"温和的季节"指春天,是一年开始的季节,二者都是天文学上有利的时机,所以但丁认为自己很有希望逃脱豹的危险。

⑭　"狮子"象征骄傲。

⑮　"母狼"象征贪婪(包括贪财、贪求名位和物质利益等)。贪婪是人的最难消除的劣根性,所以诗中表明,三只野兽中,母狼是最大的危险。根据圣保罗的话"贪财是万恶之根"(见《新约·提摩太前书》第六章),但丁认定贪婪之风是佛罗伦萨和意大利的祸根,是教会腐败的原因,是实现正义的障碍。当时在位的神圣罗马皇帝阿尔伯特一世放弃职责,不来意大利行使皇帝的权力,制止贪婪,致使社会风气每况愈下。因此,但丁在诗中着重描写象征贪婪的母狼,借维吉尔的口预言将有驱逐它的猎犬来到世间。

⑯　指不见阳光的"幽暗的森林"。这里诗人大胆使用了一个以声觉代替视觉构成的隐喻。

⑰　他是维吉尔的灵魂来为但丁游地狱和炼狱做向导,把但丁从"幽暗的森林"领到炼狱山顶上的地上乐园(象征现世的幸福)。他既象征能使人获得现世幸福的皇帝的权威,又象征理性和哲学,因为皇帝须要根据哲学把人类引上现世幸福的道路(见《帝制论》卷三第十六章)。但丁认为自古以来最伟大的哲学家是亚里士多德,称他为"哲学家的大师",但并不选他而选维吉尔做自己的向导,因为后者在中世纪享有极大的声誉,被视为学识最渊博的哲人,甚至被说成术士和预言家;他在第四首《牧歌》中预言一个婴儿的诞生将给人类带来黄金时代,被教会附会为预言耶稣基督的降生,他的史诗《埃涅阿斯纪》歌颂罗马和罗马帝国的光荣,其中还叙述埃涅阿斯在神巫引导下往游阴间的故事。此外,还由于他是但丁最敬爱的、受益最深的诗人,愿在《神曲》中加以歌颂。

⑱　注释家关于此句众说纷纭,莫衷一是。维吉尔尚未开口,但丁怎么会觉得他声音沙哑?按照常情,说话太多,声音才会沙哑,怎么会由于长久沉默而声音沙哑?寓意讲得通:维吉尔象征理性,理性的声音在迷失正路的人心中久已沉默,在他刚觉悟时,还难以听得清楚,就会觉得微弱沙哑。字面上的意义,虽有种种解释,但多失之牵强附会。这句话的寓意和字面上的意义虽然不相吻合,我们须要从诗的角度去领会,不要从逻辑上去理解。

⑲ "伦巴第亚"(Lombardia)得名于六世纪占领意大利北部和中部的日耳曼族伦巴第人(Longobardi),在中世纪泛指意大利北部的广大地区:"伦巴第人"在但丁的时代已成为意大利北部居民的通称,在维吉尔的时代,这个地区名为阿尔卑斯山南的高卢(Gallia Cisalpina),因而"伦巴第人"这个名称出自维吉尔之口显然与年代不合。

⑳ 维吉尔出生在曼图阿附近的安德斯(Andes)村,即今庇埃托勒(Pietole),因此,父母论籍贯都是曼图阿人。

㉑ "Sub Julio"是拉丁文,意即在尤利乌斯·恺撒时代,公元前44年恺撒遇刺身死时,维吉尔才二十六岁,所以说生得迟了些,未能受到他的赏识。

㉒ "奥古斯都"意即神圣、崇高,是恺撒的甥孙和继承者屋大维获得的尊号。他实际上是罗马帝国的第一个皇帝,在位时(前27—14)为巩固自己的统治,重视文学创作,维吉尔是他最尊重的诗人。

㉓ 信奉多神的异教时代。

㉔ 史诗《埃涅阿斯纪》叙述埃涅阿斯在伊利乌姆城被攻陷焚毁后,带着老父安奇塞斯和幼儿尤路斯从特洛亚逃出来,安奇塞斯死在西西里岛上,埃涅阿斯父子辗转来到意大利的拉丁姆地区。埃涅阿斯娶了当地的公主,战胜了敌对的部落,为未来的罗马奠定了初步基础。诗中把尤路斯写成为恺撒和屋大维的祖先,而埃涅阿斯又是爱神维纳斯所生,从而肯定了屋大维的"神统"。"睥睨一切的伊利乌姆"一语见《埃涅阿斯纪》卷三。

㉕ "令人喜悦的山"即那座象征现世幸福的小山,现世幸福是来世永恒幸福的基础和阶梯。

㉖ "诗卷"指《埃涅阿斯纪》和《牧歌》,至于但丁是否读过《农事诗》,则难以确定。"使我成名的优美风格"指但丁在1300年以前所写的"以爱情和美德为主题"(《筵席》第一篇第一章)、风格高华典雅的寓意抒情诗。

㉗ 由于三只野兽(寓意:肉欲、骄傲、贪婪)尤其是母狼(寓意:贪婪)的障碍,不可能直接登上小山(寓意:个人和人类不可能获得现世幸福),必须走游历地狱(寓意:考虑罪孽的严重后

果)、炼狱(寓意:经受磨难赎罪)、天国(寓意:获得来世永恒幸福的希望)的道路。

㉘ 寓意是贪婪使灵魂堕入地狱。

㉙ 即贪得无厌、欲壑难填之意,这里显然以寓意为主,真狼习性并非如此。

㉚ 意大利文"animali"(复数)含义是"动物"或"众生"。有些注释家认为这里指的是"兽",他们根据圣保罗所说的"贪财是万恶之根"这句话(《新约·提摩太前书》第六章),把这句诗解释为"娶它(指母狼)的野兽是很多的"(直译),寓意是同贪婪结合在一起的罪恶是很多的;旧译本大都根据这种解释。现在一些很可靠的注释家根据但丁用拉丁文写的《致意大利各枢机主教书》中"每人都已经娶贪婪为妻"这句话,把"ani-mali"理解为"人",寓意是沾染上贪婪这种歪风邪气的人是很多的。译者的译文采取了这种解释。

㉛ 猎犬善于追踪搜索野兽,用它来指驱除象征贪婪的母狼的未来救星是很恰当的。但是寓意与字面上的意义的一致性,只限于此。"既不以土地也不以金钱,而以智慧、爱和美德为食"这句话,则需要完全从寓意的角度来理解,命意在于说明未来的救星由于具有这样高贵的品格,才能清除贪婪之风,实现和平、正义。至于未来的救星究竟指谁,注释家有种种不同的猜测,迄无定论。对"菲尔特罗"(feltro)的解释,也存在着重大的分歧。有人认为是一种好布,说明这位救星出身高贵,有人认为是一种坏布,说明他出身微贱,有人甚至认为是包装投票箱的布,说明他是投票选出的;还有人认为是地名(在版本中将第一个字大写),表明他降生在菲尔特雷(Feltre)和蒙特菲尔特罗(Montefeltro)两地之间,从而断定这位救星就是但丁曾在其宫廷受到礼遇的维罗纳封建主堪格兰德·德拉·斯卡拉(Cangrande della Scala)。由于这里是预言未来的事,犹如我国古代的谶纬一般,恐怕泄露天机,故意把话说得非常隐晦,所以无法确定救星所指的具体人。根据但丁在《帝制论》阐明的政治观点来看,大概指他理想中的皇帝。

㉜ 这里沿用维吉尔史诗中(《埃涅阿斯纪》卷三第522—523行)所用的形容词 humilis(相当于意大利文 umile)来形容意大利;

但是在维吉尔诗中,"humilis"含义是地势低平,指拉丁姆地区,这里"umile"含义是衰微、悲惨、不幸,泛指但丁时代的意大利。

㉝ 卡密拉是沃尔斯克人的国王之女,同埃涅阿斯率领的特洛亚人打仗时阵亡。图尔努斯是鲁图利亚人的国王,曾向拉丁姆国王之女求婚,但她顺从神意和埃涅阿斯结婚,他兴师问罪,为埃涅阿斯所杀。欧吕阿鲁斯和尼苏斯是好朋友,同沃尔斯克人打仗时阵亡。他们都是《埃涅阿斯纪》中的英雄,前两个是特洛亚人的敌人,后两人是特洛亚人的将领,双方都为意大利光荣牺牲。

㉞ 指魔鬼妒忌亚当和夏娃在乐园里的幸福,从地狱里放出象征贪婪的母狼。他们俩受贪欲的诱惑,偷吃了分别善恶之树的果子,被上帝逐出乐园。

㉟ "永恒的地方"指地狱;地狱和天国永远存在,炼狱一到世界末日,就不存在了。在地狱里受苦的灵魂完全陷入绝望的境地,所以大声乞求第二次死,即灵魂灭亡,来解脱永恒之苦。

㊱ "安心处于火中的灵魂"指在炼狱经受磨难的灵魂;"火"泛指炼狱的种种磨难,这些灵魂安心经受磨难,因为经受磨难消除罪孽后,就有升入天国的希望。

㊲ 指贝雅特丽齐。但丁以她象征信仰和神学,以维吉尔象征理性和哲学,因为他作为"中世纪最后一位诗人",囿于时代的偏见,认为信仰和神学高于理性和哲学,理性和哲学只能使人认识罪恶的严重后果,通过悔罪自新,获得现世幸福,依靠信仰和神学才能使灵魂得救,享受天国之福。

㊳ "天上"指上帝所在的净火天(Empireo),"他的都城"即天国。维吉尔在世时,耶稣尚未降生,所以不可能信基督教,死后灵魂也就不可能进天国。

㊴ "这场灾难"指"幽暗的森林"和三只野兽拦路,"更大的灾难"指死后灵魂可能入地狱。

㊵ "圣彼得之门"指炼狱之门,"你说得那样悲惨的人们"指在地狱受苦的灵魂。

第二章*

　　白昼渐渐消逝,昏黄的天色使大地上的众生都解除劳役,唯独我一个人①正准备经受这场克服征途之苦和怜悯之情②的战斗,我的真确无误的记忆将追述这些经历。

　　啊,缪斯啊! 啊,崇高的才华③呀! 现在帮助我吧! 啊,记载我所看到的一切事物的记忆呀! 这里将显示出你的高贵。

　　我开始说:“引导我的诗人哪,你在让我冒险去做这次艰难的旅行之前,先考虑一下我的能力够不够吧! 你说西尔维乌斯的父亲还活着的时候,就去过永恒的世界,而且是肉身去的④。可是,如果众恶之敌待他优厚的话,聪明人只要想一想注定由他来起的伟大作用,谁和什么样的人是他的苗裔⑤,就不会觉得这是不恰当的;因为在净火天上他被选定做神圣的罗马及其帝国的父亲,罗马和帝国实在说来注定是大彼得的继承者奠居的圣地⑥。通过这趟被你歌颂的旅行,他知道了一些事情,这些事情是他胜利和教皇法衣胜利的原因⑦。后来,神‘所拣选的器皿’去过那里,为了给信仰带回证明,这种信仰是得救之路的起点⑧。但是我呢,我为什么去那里呢? 谁准许我去呢? 我不是埃涅阿斯,我不是保罗;不论我自己还是别人都不相信我配去那里。所以,假如我贸然同意去,恐怕此行是胆大妄为。你是明智的,理解我的意思比我说的还清楚。正如一个人打消原来的念头,由于种种新的考虑而翻然改计,以致完全丢开已经开始的事,我在昏暗的山坡上情况也变成这样,因为想来想去,我就把匆忙开始的冒险计划化为泡影了。"

"如果我没有误解你这话的意思,"那位豪迈者的灵魂⑨回答说,"你的心灵是受了怯懦情绪的伤害,这种情绪常常阻碍人,使他从光荣的事业上后退,犹如牲口眼岔看到的东西吓得它惊了一样。为了解除你这种恐惧,我要告诉你,我为什么来,当初听到了什么,才对你产生了怜悯之情。我是在那些悬空的灵魂⑩中间,一位享天国之福的美丽的圣女来叫我,我连忙请她吩咐。她眼睛闪耀着比星星还明亮的光芒,用天使般的声音,温柔平和的语调开始对我说:'啊,温厚的曼图阿人的灵魂哪,你的美名如今仍然留在世上,并且将与世长存。我的朋友,但非时运的朋友,在荒凉的山坡上被挡住去路,吓得转身后退;据我在天上听到的关于他的消息,恐怕他迷途已经太远,我起来救他已经迟了。现在请你动身前去,以你的美妙的言辞,以一切必要的使他得救的办法援助他,让我得到安慰。我是贝雅特丽齐⑪,是我让你去;我是从我愿意返回的地方⑫来的;爱推动我,让我说话。今后在我主面前,我要常常向他称赞你。'于是,她沉默了,接着,我开始说:'啊,有美德的圣女呀,只因有你,人类才超越了最小的圆天所包覆的一切众生⑬,你的命令正中下怀,即使已经遵行,我都觉得太晚;除了向我说出你的愿望以外,别的都不必讲。但是,请你告诉我,我不怕从你渴望返回的寥廓的地方降临这低下的中心⑭,是什么缘故。''既然你想深知这里面的道理,我就简单地告诉你，'她回答说，'我为什么不怕到这里来。人们只须怕那些有力为害于人的事物，其他的就不必怕，因为它们并不可怕⑮。蒙神的恩泽把我造成这样，使你们的不幸不能触动我，这里的火焰也伤不着我⑯。天上的一位崇高的圣女⑰怜悯那个人遇到我派你去解除的这种障碍，结果打破了天上的严峻判决。'她召唤卢齐亚⑱说：'忠于你的人现在需要你，我把他托付给你。'卢齐亚乃一切残忍行为之敌，闻命而动，来到我同古代的拉结⑲坐在一起的地方。她说：'上帝的真正赞美者⑳贝雅特丽齐呀，你为什么不去救助那个那样爱你、由于你而离开了凡庸的人群的人㉑哪？你没听见他的痛苦的悲叹吗？没看见他正在风浪比海还险恶的洪流中受到死的冲击吗？'她说了这话以后，我立刻离开了我的幸福的座位，从天上来到这里，世人趋利避害也没有这样快，'我信赖你的高华典雅的言辞的力量，这种言辞给你和听的人都增加光彩。'她对我说了这番话以后，就把含泪的明眸转过去，使得我来得更快。于是，我就按照她的意思来到你这儿，从那只不让你由近路登上那座优美的山的野兽前面把你救出来了。那么，你到底是怎么一回事啊？为什么，为什么踟蹰不前？为什么心里存着这样的怯懦情绪？既然三位这样崇高的圣女在天上的法庭关怀你，我的话又保证你会得到这样的好处，你为什么还没有勇气和信心？"

如同受夜间寒气侵袭而低垂、闭合的小花，经微白的朝阳一照，朵朵在花茎上挺起、开放，我的萎靡的精神又振作起来㉒，一股良好的勇气涌入我的心中，我像获得自由的人似的开始说："啊，她拯救我，够多么慈悲呀！你立刻听从她对你说的真实的话，够多么殷勤哪！你这番话说得我心里非常乐意到那里去,我已经回到我原来的意图。现在走吧,因为我们二人一条心:你是向导,你是主人,你是老师。"我这样对他说;他一动身,我就跟着走上了艰难、荒野的道路。

注释:

* 《地狱篇》的序曲。
① 因为维吉尔不是活人。
② 抑制自己的恻隐之心,不怜悯地狱里受苦的灵魂,因为他们罪有应得。
③ 但丁依照维吉尔的《埃涅阿斯纪》的范例,在叙述诗中的情节之前,先祈求诗神缪斯的帮助,也就是求助于灵感、艺术和学问。但是求助于自己的才华,似无先例。《神曲》中有不少诗句表明但丁意识到自己有很高的天才。
④ "西尔维乌斯的父亲"即埃涅阿斯,他曾由神巫带路,肉身往游(非梦游、神游)冥界(事见《埃涅阿斯纪》卷六)。
⑤ "众恶之敌"指上帝。"伟大作用"指埃涅阿斯作为罗马最初的奠基人所起的伟大历史作用;"谁和什么样的人"指他的苗裔恺撒、屋大维等伟大人物。
⑥ "大彼得"指圣彼得,他是耶稣最初的门徒,也是最伟大的使徒。天主教会把他看成第一位教皇,他的继承者就是以后历代的教皇。但丁认为天意建立罗马和罗马帝国,是为统一地中海沿岸,便于基督教广泛传布。使徒圣彼得在罗马以身殉道,使罗马成为圣地和教廷所在的西方教会中心。
⑦ 指埃涅阿斯在阴间遇到亡父安奇塞斯的灵魂,亡父向他预示罗马的未来,使他受到鼓舞,战胜了敌人;他的胜利是建立罗马的远因,罗马注定成为未来的教廷所在地,所以他的胜利也是"教皇法衣"(象征教皇职位和权威)胜利的原因。
⑧ "神所拣选的器皿"指圣保罗。"主对亚拿尼亚说:'……他是我所拣选的器皿。'"(《新约·使徒行传》第九章)这里"器皿"含义是被视为容器来接受思想影响的人,也就是说,圣保罗是耶稣选中的接受和传布福音的人。《圣经》上说他活着的时候,就到过第三层天:"他前十四年被提到第三层天上去,或

在身内,我不知道,或在身外,我也不知道,只有上帝知道。"(《新约·哥林多后书》第十二章)他去那里是为给信仰带回证明。基督教义认为信仰是得救之路的起点:"人非有信,就不能得上帝的喜悦。"(《新约·希伯来书》第十一章)

⑨ 指维吉尔。"豪迈"与下句中的"怯懦"相对立,也就是说,与但丁当时的怯懦情绪形成鲜明的对照,这种怯懦情绪是由于缺乏自信心所致。

⑩ 指在"林勃"(Limbo,即地狱"边缘"之意)的灵魂。在埃涅阿斯所游历的冥界中,"林勃"是短命鬼界,那里的鬼魂都是婴儿、冤死鬼、自戕者、殉情者(见《埃涅阿斯纪》卷六)。在但丁所游历的地狱中,林勃里的鬼魂都是那些在基督降生以前的立德、立功、立言的不朽人物和未受洗礼而夭殇的婴儿,他们因生前未曾犯罪而不受地狱的刑法,但因未受洗礼,也不能享天国之福,可以说是处于悬空状态,在这种状态中的唯一的痛苦是希望进天国而不可能实现。

⑪ 贝雅特丽齐(Beatrice)是但丁所爱的佛罗伦萨少女的名字。据考证,她是福尔科·波尔蒂纳里(Folco Portinari)的女儿,和但丁同岁,1286年和西蒙奈·德·巴尔迪(Simone dei Bardi)结婚,1290年逝世。但丁对她的爱情是精神上的爱情,带有神秘色彩。在她死后,但丁把抒写对她的爱情、寄托对她逝世的哀思以及其他有关的诗,用散文连缀在一起,构成他的第一部文学作品,取名《新生》(约1292—1293);歌颂她也是写《神曲》的目的之一。

⑫ 指净火天,即天国。

⑬ 即九重天中最低的、距离地球最近的月天。月天所包覆的众生指地球上除人类以外的一切众生。

⑭ "寥廓的地方"指九重天之上的最高、最广的净火天;"低下的中心"指地狱,它形似上宽下窄的漏斗,从地面通到地心,可以说是地球的中心;根据托勒密天文体系,地球是宇宙的中心,所以地狱也可以说是宇宙的中心。

⑮ 这话来源于亚里士多德的《尼可马克伦理学》卷三第九章。

⑯ "你们的不幸"指地狱里的灵魂的不幸;"这里的火焰"泛指地狱里的酷刑。

15

⑰ 指圣母马利亚。但丁对她极其崇敬，在《地狱篇》中永不提她的名字。她象征未求预赐的恩泽（grazia preveniente）或慈悲。

⑱ 圣卢齐亚（Santa Lucia，281—304）是西西里岛锡腊库扎人，因信基督教受酷刑殉道；她象征启迪人心的恩泽（grazia illuminante）；中世纪以她为患眼病者的守护神，但丁自幼目力较弱，又好读书，因而特别敬奉她。

⑲ 拉结是亚伯拉罕的孙子雅各的妻子（见《旧约·创世记》第二十九章），神学家以她象征冥想生活，以她姐姐利亚象征行动生活。

⑳ 意即贝雅特丽齐尽美尽善，真正体现出造物主的伟大，使所有看到她的人都衷心赞美上帝。

㉑ 可以理解为但丁因写赞美贝雅特丽齐的诗而蜚声文坛，也可以理解为但丁由于爱贝雅特丽齐，道德和精神境界均高出众人之上。

㉒ 这个美妙的比喻把但丁当时的心情变化描写得十分入神。不仅意大利诗人波利齐亚诺在《比武篇》第二章中，塔索在《耶路撒冷的解放》第四歌中受到它的启发，英国诗人乔叟在《特罗伊拉斯和克莱西德》卷二第 139 节甚至还模拟了它。

第 三 章

由我①进入愁苦之城，

由我进入永劫之苦，

由我进入万劫不复的人群②中。

正义推动了崇高的造物主，

神圣的力量、最高的智慧、本原的爱

创造了我③。在我以前未有造物，

除了永久存在的以外④，

而我也将永世长存。

进来的人们，你们必须把一切希望抛开！

我瞥见一座门的门楣上写着这段文字，颜色黯淡阴森；因此我说："老师，我觉得这些话的含义很可怕。"

他像老练的人似的对我说："这里必须丢掉一切疑惧，这里必须清除一切畏怯。我们已经来到我对你说过的地方，你将看到那些失去了心智之善⑤的悲惨的人。"

他拉着我的手，面带喜色，使我感到安慰，随后就把我带到幽冥世界的秘密中。这里叹息、悲泣和号哭的声音响彻无星的空中，使我起初不禁为之伤心落泪。种种奇异的语言，可怕的语音，痛苦的言辞，愤怒的喊叫，洪亮的和沙哑的嗓音，同绝望的击掌声合在一起,构成一团喧嚣,在永远昏黑的空气中不住地旋转,犹如旋风刮起的沙尘。

我觉得恐怖⑥紧箍着我的头,就说:"我听见的是什么声音?这些看起来被痛苦压倒的是什么人?"

他对我说:"这是那些一生既无恶名又无美名的凄惨的灵魂⑦发出来的悲鸣哀叹。他们中间还混杂着那一队卑劣的天使,这些天使既不背叛也不忠于上帝,而只顾自己。各重天都驱逐他们,以免自己的美为之减色,地狱深层也不接受他们,因为作恶者和他们相比,还会觉得有点自豪⑧。"

我说:"老师,什么使他们这样痛苦,致使他们悲鸣哀叹如此沉痛呢?"

他回答说:"我简单地告诉你。他们没有死的希望⑨,他们盲目度过的一生如此卑不足道,以至于对任何别种命运他们都忌妒⑩。世上不容许他们的名字留下来,慈悲和正义都鄙弃他们,我们不要讲他们了,你看一看就走吧。"

我定睛细看,只见一面旗子飞速回旋奔驰⑪,似乎永远不肯停下来。旗子后面涌来如此漫长不尽的人流,若非亲眼看到,我决不相信死神已经毁掉了这么多的人。我认出其中的几个之后,就瞥见了一个鬼魂,识得他是那个由于怯懦而放弃大位的人⑫。我立刻知道并且认定,这是那一群既为上帝又为他的仇敌们⑬所不喜的卑怯之徒。这些从来没有真正生活过的可怜虫都赤身裸体,被麇集在那里的牛虻和黄蜂蜇来蜇去。蜇得他们脸上流下一道一道的血,流到脚上被可厌的蛆虫所吮吸。

当我纵目向前眺望时,只见许多人在一条大河的岸上,因此我说:"老师,现在请让我知道这些是什么人,据我借这微弱的光所看到的情景,他们似乎急于渡河,是什么规律使他们这样。"他对我说:"等我们在阿刻隆河⑭岸上停住脚步时,你就明白这些事了。"于是,我把眼睛羞惭地低垂着,恐怕我说话他并不高兴,直到我们走到河边,我都闭口无言。

瞧!一个须发皆白的老人驾着一只船冲我们来了,他喊道:"罪恶的鬼魂们,你们该遭劫了!再也没有希望见天日了!我来把你们带到对岸,带进永恒的黑暗,带进烈火和寒冰⑮。站在那儿的活人的灵魂,你离开那些死人吧。"但是,看到我不离开,他随后就说:"你将走另一条路,从别的渡口渡过去上岸,不从这里,一只较轻的船要来载你⑯。"

我的向导对他说:"卡隆⑰,不要发怒:这是有能力为所欲为者所在的地方⑱决定的,不要再问。"铅灰色的沼泽上这个两眼辐射着愤怒的火焰的船夫听了这话以后,毛烘烘的脸上的怒气就平静下来了。

但是,那些疲惫不堪的赤身裸体的鬼魂一听见他这残酷的话,都勃然变色,咬牙切齿。他们诅咒上帝和自己的父母,诅咒人类,诅咒自己出生的地方和时间,诅咒自己的祖先和生身的种子⑲。然后,大家痛哭着一同集合在等待着一切不畏惧上帝的人的不祥的河岸上。魔鬼卡隆怒目圆睁,如同火炭一般,向他们招手示意,把他们统统赶上船去;谁上得慢,他就用船桨来打。

如同秋天的树叶一片一片落下,直到树枝看见自己的衣服都落在地上一样⑳,亚当的有罪孽的苗裔㉑一见他招手,就一个一个从岸上跳上船去,好像驯鸟听到呼唤就飞过来似的。他们就这样渡过水波昏暗的河,还没有在对岸下船,这边就又有一群新来的鬼魂集合。

"我的儿子,"蔼然可亲的老师说,"凡在上帝震怒中死去的人②,都从各国来到这里集合;他们急于渡河,因为神的正义鞭策他们,使恐惧化为愿望。善良的灵魂从来不打这里过;所以,如果卡隆生你的气,口出怨言,现在你就会明白他的话是什么意思了㉓。"

他说完了这话,昏黑的原野就发生了那样强烈的地震,如今回想起当时的恐怖,还使我浑身冷汗淋漓。泪水渗透的地上刮起一阵风,风中闪射出一道红彤彤的电光,使我完全失去了知觉;我像睡着了的人似的倒下了。

注释:

① 指地狱之门。

② 指地狱里的灵魂。

③ 说明地狱是三位一体的上帝在自身的正义推动下创造的,"神圣的力量"指圣父,"最高的智慧"指圣子,"本原的爱"指圣灵。

④ 基督教神学家认为,上帝在创造地狱之前,先创造了天使、各重天和土、水、气、火四要素,这些都是永久存在的。天使们被创造后不久,六翼天使卢奇菲罗(Lucifero)就带领一部分天使背叛了上帝,从天上坠落下来。上帝就创造了地狱,卢奇菲罗及其党羽随即堕入其中,变成魔鬼。卢奇菲罗从天上坠落下来,见《旧约·以赛亚书》第十四章、《新约·路加福音》第十章和《新约·启示录》第十二章。

⑤ "心智之善"(il ben dell' intelletto)指见到上帝,即获得所谓"神福的灵见"(visione beatifica)。亚里士多德《伦理学》以至善为人生的最高目的,至善就是福,福乃"思辨的活动",也就是探求真理的活动,所以但丁在《筵席》第二篇第三章引用他的话:"真理乃心智之善。"中世纪神学家认为上帝乃最高真理,见到上帝,人的心智就完全得到满足,达到了至善的目的。地狱里的灵魂虽然还保有心智,但永远见不到上帝,也就是说

"失去了心智之善"。

⑥ 此处有两种异文：波斯科－雷吉奥（Bosco－Reggio）注释本为"error"，释义为"dubbio"（怀疑），牟米利亚诺（Momigliano）注释本和萨佩纽（Sapegno）注释本则为"orror"（恐怖）。译文根据后者。

⑦ 但丁认为人生在世应该有所作为，名传后世，醉生梦死的人可以说是"从来没有生活过"，他们没有为善，所以灵魂不能进天国，但又没有作恶，所以也不沦入地狱深层，而永远留在地狱外围。

⑧ 指在卢奇菲罗叛变时保持中立的天使，这些天使的存在不见基督教经传，大概来源于民间传说。"各重天都驱逐他们"，因为"假如它们接受这类邪恶的天使，他们就会玷污它们的美"（薄伽丘的注释）。"作恶者"指地狱里的叛变的天使，也泛指沦入地狱的罪恶的灵魂，他们和中立的天使或怯懦而无所作为的灵魂相比，会以自己至少还有勇气作恶自豪，如果深层地狱接受中立的天使或怯懦而无所作为的灵魂，他们会不屑与之为伍。

⑨ 意即他们没有第二次死的希望（参看第一章注㉟），因为灵魂是不死的；也就是说，他们不可能通过灵魂灭亡结束自己的痛苦。

⑩ 意即对于沦入地狱深层受苦者的命运他们都忌妒。"盲目度过的一生"意即懵懵懂懂、无声无息的一生。

⑪ 地狱和炼狱中的灵魂所受的惩罚大都根据"一报还一报"（contrapasso）的原则，罪与罚的方式或性质要么相似，要么相反，关系极为密切。无所作为的人和守中立的天使从来没有在任何旗帜下行动起来，因而罚他们跟在前面飞速奔驰的旗子后面永远不停地跑去；他们从来没有受过任何事物的刺激而有所作为，因而罚他们被牛虻和黄蜂蜇来蜇去，他们怯懦卑下，只配受这些小动物折磨，流下的血和泪，只配被蛆虫吮吸。

⑫ 大多数注释家都认为指教皇切勒斯蒂诺（Celestino）五世（约1210—1296）。他出身寒微，出家修道多年，1294 年当选为教皇，不久即感到不能胜任；加冕后不到四个月，就在枢机主教卡埃塔尼（Caetani）的怂恿和压力下，宣布退位。野心勃勃的

卡埃塔尼继任为教皇，称卜尼法斯八世，他给教会和意大利造成很大的祸患，是但丁深恶痛绝的人。但丁认为，切勒斯蒂诺由于怯懦而退位，为卜尼法斯八世掌权铺平了道路，因而诗中对他表示鄙夷和厌恶，把他当作卑怯无所作为的典型。

⑬ 指魔王卢奇菲罗和魔鬼们。

⑭ 希腊神话中的冥界的河流之一，意即"愁河"，它既是河又是沼泽。《埃涅阿斯纪》卷六描写鬼魂渡此河的诗句，为但丁所借鉴和取法。

⑮ 泛指地狱中的酷刑。

⑯ 指得救的灵魂不渡阿刻隆河，而在流经罗马的台伯河河口集合，由天使驾轻舟运载他们渡过海洋，到达炼狱山脚下（详见《炼狱篇》第二章）。

⑰ 据希腊神话，卡隆是幽冥和夜的儿子，在冥界担任驾船运载亡灵渡阿刻隆河的职务。但丁根据《新约·哥林多前书》第十章中所说"外邦人所献的祭是祭鬼，不是祭上帝"，认为异教的神就是《圣经》中所说的鬼，因而在写地狱时，大胆利用异教神话中有关冥界的材料。

⑱ "有能力为所欲为者"指全能的上帝，他所在的地方指净火天。

⑲ "生身的种子"指自己的父亲，这里回过来重复诅咒父母生育自己；这些由于绝望而诅咒一切的话，显然受到《旧约·约伯记》第三章和《旧约·耶利米书》第二十章的启发。

⑳ 这一比喻脱胎于《埃涅阿斯纪》卷六第300—310行，维吉尔用秋天树叶飘落的情景比拟河滩上纷纷请求上船的亡魂数目之多；但丁别出心裁，加以变化，使情景更加鲜明生动。

㉑ 据《旧约·创世记》，亚当是人类的始祖；他的"有罪孽的苗裔"指应该入地狱的人。

㉒ 指有罪临终不肯忏悔，因而不能蒙神赦免的人。

㉓ 卡隆的话暗示但丁是注定要得救的人。

第 四 章

一声巨雷震破我头脑沉酣的睡梦,我犹如被撼醒的人似的惊醒了;站起身来,把已经恢复视觉的眼睛转向四周,凝神观察,想知道自己在什么地方。事实是,我发现我在愁苦的深渊的边沿①,深渊中聚集着无穷无尽的轰隆的号哭声。它是那样黑暗、深邃、烟雾弥漫,我无论怎样向谷底凝视,都看不清那里的东西。

"现在我们就从这里下去,进入幽冥世界吧,"诗人面无人色,开始说,"我第一个进去,你第二个。"

我觉察到他的脸色,说:"我恐惧时,你总给我安慰,如果你害怕了,我怎么去呢?"他对我说:"这下面的人们的痛苦使我的怜悯之情表露在脸上,你把这种表情看成了恐惧。我们走吧,因为遥远的路程在催促我们。"

说了这话,他就先进去,让我也跟着走进环绕深渊的第一圈②。据我所听到的,这里没有其他悲哀的表现,只有叹息的声音使永恒的空气颤动。这种叹息是一大群一大群的婴儿、妇女和男人并非由于受苦而是由于内心的悲哀发出来的。

善良的老师对我说:"你不问一问你看见的这些灵魂是什么人吗? 在你再往前走以前,我得先让你知道,他们并没有犯罪;如果他们是有功德的,那也不够,因为他们没有领受洗礼,而洗礼是你所信奉的宗教之门③;如果他们是生在基督教以前的,他们未曾以应该采取的方式崇拜上帝④:我自己就在这种人之列。由于这两种缺陷,并非由于其他的罪过,我们就不能得救,我们所受的惩罚只是在向往中生活而没有希望⑤。"

我听了他的话以后,剧烈的痛苦袭击了我的心,因为我知道,在这"林勃"中处于悬空状态⑥的,有许多非常杰出的人物。"告诉我,我的老师,告诉我,我的主人,"由于想使克服一切怀疑的信仰得到证明⑦,我开始说,"曾经有人或者靠自己的功德或者靠别人的功德从这里出去,随后得享天国之福吗?"他明白了我的隐晦的话,回答说:"我处于这种境地不久⑧,就看见一位戴着有胜利象征的冠冕的强有力者⑨来临。他从这里带走了我们的始祖和他儿子亚伯的灵魂⑩,挪亚⑪以及立法者和唯神命是从的摩西⑫的灵魂,族长亚伯拉罕⑬和国王大卫⑭,以色列⑮和他的父亲、儿子们以及他服务多年才娶到的拉结⑯,还有许多别的人,都使他们得享天国之福。我还想让你知道,在他们以前,人类的灵魂没有得救的。"

我们没有因为他说话停止脚步,而仍然从林中走过去,我说的是从密集的灵魂之林里走过去。离开我睡着的地方还没走多远,我就瞥见一片火光把周围的一团黑暗战胜了一半⑰。我们距离那里还有一段路,但并不太远,我还大致看得出,有一些尊贵的人物占有那个地方。"啊,为科学和艺术增光的诗人哪,请问你,这些享有使他们景况与众不同⑱的光荣地位的是什么人哪?"他对我说,"他们为世人所传扬的荣誉,赢得了天上的恩泽,把他们提高到这样的地位。"这时,我听见一个声音说:"向最崇高的诗人致敬吧,他的灵魂离开了这里,现在回来啦⑲。"话音一落,并且沉静下来后,我就看见四位伟大的灵魂向我们走来:他们的神情既不悲哀,也不喜悦。善良的老师开始说:"你看手里拿着那把宝剑、像君主似的走在三个人前面的那一位:那就是诗人之王荷马⑳;跟在他后面走来的是讽刺诗人贺拉斯㉑;第三位是奥维德㉒,最后一位是卢卡努斯㉓。因为他们都和我一样有那一个声音说出来的称号㉔,他们就都向我表示敬意,他们这样做,做得好。"我就这样看到那位创作最崇高的诗歌㉕的诗人之王的美好的流派集合在这里,他那种诗歌像鹰一般高翔于其他种诗歌之上。他们在一起谈了一下之后,就转过身来向我表示敬意,对此,我的老师微微一笑;此外,他们还给了我更多的荣誉,因为他们把我列入他们的行列,结果,我就是这样赫赫有名的智者中的第六位。我们就这样一直走到那火光跟前,一面走,一面谈,对于谈的那些事,在这里最好是保持沉默,正如在那里最好是谈一样。我们来到了一座高贵的城堡㉖前,这座城堡有七道高墙环绕,周围有一条美丽的小河防护着。我们如履平地一般渡过了这条小河;我和这几位智者穿过七道门进去,来到一块青翠的草坪上㉗。这里有一群人,目光缓慢、严肃,容颜具有重大的威仪。他们话很少,声音柔和。接着,我们就退到一边,走上空旷、明亮的高地,从那里可以看见所有的人。在对面那块珐琅般的草坪上,那些伟大的灵魂都出现在我眼前,由于看见了他们,如今我内心还感到自豪。

我看见厄列克特拉和许多同伴㉘,其中我认出赫克托尔和埃涅阿斯㉙,戎装鹰眼㉚的恺撒。看见卡密拉和彭特希莱亚㉛;在另一边,看见拉提努斯和他女儿拉维尼亚㉜坐在一起。看见驱逐塔尔昆纽斯的布鲁图斯㉝,还有卢柯蕾齐亚、优丽亚㉞、玛尔齐亚㉟和科尔奈丽亚㊱;看见萨拉丁独自在一边㊲。我稍微抬起眉毛仰望时,看见智者们的大师㊳坐在哲学家族中间。他们大家都注视着他,都向他表示敬意:这里我看见苏格拉底㊴和柏拉图㊵,他们站在其他人的前面离他最近;还有主张偶然乃宇宙的成因的德谟克里特㊶;狄奥格尼斯㊷,阿那克萨哥拉㊸和泰利斯㊹,恩沛多克勒斯㊺,赫拉克利图㊻和芝诺㊼;看见搜集、研究植物特性的优秀搜集家,我说的是狄奥斯科利德㊽;看见奥尔甫斯㊾,图留斯㊿,黎努斯51和道德哲学家塞内加52,几何学家欧几里得53,还有托勒密54,希波克拉底55,阿维森纳56和嘉伦57以及作出伟大的注释的阿威罗厄斯58。我不详细描写所有的人,因为漫长旅程的诗题紧紧驱迫着我,叙述事实时,言辞就往往失之简略。

我们一行六人减为二人,我的睿智的向导由另一条路领着我走出宁静的空气,进入颤动的空气中59。我来到没有一线光明的地方。

注释:

①　"愁苦的深渊"指地狱。前章末尾说,一道红彤彤的电光使但丁完全失去了知觉,像睡着了的人似的倒在地上;这里说,一声巨雷惊醒了他,他发现自己已经在地狱深渊的边沿;他是怎样到达阿刻隆河彼岸的?注释家有种种不同的猜想,因为诗中没有说明,我们只好存疑。

②　但丁幻想地狱在北半球,是一个巨大无比的深渊,从地面通到地心,形状像圆形剧场或上宽下窄的漏斗,共分九层。"环绕深渊的第一圈"即第一层地狱,名叫"林勃",未受洗礼而死的婴儿的灵魂和生在基督教以前的、信奉异教的、因立德、立功、立言而名传后世的人的灵魂都在这一层。他们并不受苦,只是由于不可能进天国而叹息(参看第二章注⑩)。

③　洗礼是基督教第一圣礼,领受了洗礼才能成为基督徒。

④ 指生在基督以前的有功德的异教徒。"未曾以应该采取的方式崇拜上帝",就是说,他们没有像《旧约》中的犹太先哲们那样相信弥赛亚(即救主)将降生,为人赎罪。

⑤ 意即向往天国而又没有希望实现这种愿望。

⑥ 指不能享天国之福而又不受地狱之苦的悬空状态。

⑦ 指有关耶稣基督死后降临地狱,从"林勃"中救出《旧约》中的犹太先哲们的传说,这一传说当时已经成为基督教信条。维吉尔的灵魂在"林勃",因此,但丁请求维吉尔证实这一信条,但他用措辞婉转隐晦的话来问。

⑧ 维吉尔死于公元前 19 年,耶稣基督是三十四岁时死的,前后相隔仅五十三年,在注定永久留在"林勃"中的维吉尔看来,这是微不足道的,即使比起基督之死与但丁游地狱时相隔的一千二百六十六年来,也可以说时间很短。

⑨ "强有力者"指基督。为了表示尊敬,但丁在《地狱篇》中不直提基督,在《炼狱篇》中,不以基督一词作韵脚,在《天国篇》中,不以之与其他的词押韵,而与其自身押韵。"戴着有胜利象征的冠冕"大概指教堂中镶嵌画基督像头上饰有十字形图案的光环,十字架象征基督的胜利。

⑩ 指人类的始祖亚当,亚伯是亚当的第二个儿子,他是牧羊的,他哥哥该隐是种地的,他们把各自的供物献给上帝,上帝只"看中了亚伯和他的供物",该隐气愤不平,杀死了亚伯(见《旧约·创世记》第四章)。

⑪ 挪亚是亚当的第三个儿子塞特的后裔,他"是个义人,在当时的世代是个完全人";上帝因世人罪恶滔天,准备使洪水泛滥,毁灭世界时,唯独预先命挪亚造方舟,使他全家得免于难(见《旧约·创世记》第六至九章)。

⑫ 摩西是带领以色列人逃离埃及,定居迦南的部落首领,相传他在西奈山从上帝受十诫和各种典章法律,奠定了犹太教的基础(见《旧约·出埃及记》);这里说他"唯神命是从",因为《旧约·约书亚记》第一章称他为"耶和华的仆人摩西"。

⑬ 亚伯拉罕是以色列人的始祖,原名亚伯兰,他九十九岁时,上帝对他说:"从此以后,你的名不再叫亚伯兰,要叫亚伯拉罕,因为我已立你作多国的父。"(见《旧约·创世记》第十七章)。

⑭ 大卫(前1013—前973)是犹太部落的首领,以色列人的第一个国王扫罗和非利士人打仗,兵败自杀后,以色列人拥戴他为国王;他赶走非利士人,建立统一的以色列—犹太国家,定都耶路撒冷;他又是诗人,《旧约·诗篇》中的一些诗歌相传是他作的。

⑮ 亚伯拉罕的孙子雅各和天使摔跤,战胜天使后,上帝给他改名为以色列,就是"上帝的战士"的意思(见《旧约·创世记》第三十二章)。雅各的父亲是以撒。雅各一共有十二个儿子。

⑯ 拉结是雅各的母舅拉班的第二个女儿,为了娶她,雅各为拉班服务十四年之久(见《旧约·创世记》第二十九章)。

⑰ 指下面所说的"高贵的城堡"辐射出的光芒战胜了周围的黑暗,但丁由于在城堡前面,只能看见城堡周围的黑暗有一半被火光照亮,这火光是古代文化或智慧之光的象征。

⑱ 指这些名人的灵魂在光明的"高贵的城堡"中,和"林勃"中其他的灵魂在黑暗中的景况迥然不同。

⑲ 诗中没有讲这话是谁说的,大概出自荷马之口,他代表以他为首的诗人们欢迎维吉尔归来。

⑳ 荷马(前九、前八世纪间),古希腊诗人,相传为《伊利昂纪》和《奥德修纪》两大史诗的作者;"手里拿着那把宝剑"说明他是写战争的诗人。但丁不懂希腊文,当时荷马史诗又没有完整的拉丁文译本,他只从拉丁作家的书中间接知道荷马。

㉑ 贺拉斯(前65—前8),古罗马诗人。这里主要把他作为《讽刺诗集》和《诗简》的作者,称他为讽刺诗人。

㉒ 奥维德(前43—17),古罗马诗人。但丁从他的作品,尤其从《变形记》中,获得了许多古代文学和神话方面的知识。

㉓ 卢卡努斯(39—65),古罗马诗人。但丁曾深入研究他的史诗《法尔萨利亚》(一称《内战记》),在《筵席》第四篇第二十八章中称他为"大诗人"。

㉔ 指四位伟大的灵魂中的一位(大概是荷马)喊出的"诗人"这一称号。全句大意是:由于他们都和我一样是诗人,他们向我表示敬意是得当的,因为他们这样做,也意味着尊重他们自己和诗。

㉕ 指史诗,但丁称这种诗为"悲剧"风格的诗,也就是风格高华

的诗。

㉖ "高贵的城堡"在建筑形式上和寓意上都具有中世纪的特征。对于寓意的解释,迄无定论。波斯科–雷吉奥注释本根据《筵席》第四篇第十九章中"凡美德所在即为高贵"这句话,认为"高贵的城堡"象征人的高贵性;七道高墙象征四种道德方面的美德,即谨慎、公正、坚忍、节制和三种心智方面的美德,即聪明、学问、智慧;七道门象征中世纪学校中教授的七艺,前三艺是拉丁文、逻辑、修辞,后四艺是音乐、算术、几何、天文;小河象征达到心灵的高贵性须要克服的障碍,六位诗人凭借自己的才能很容易地克服了这种障碍。

㉗ 大概象征这些伟大的灵魂的美名万古长青。

㉘ 厄列克特拉是传说中特洛亚的奠基者、特洛亚人的祖先达达努斯的母亲,"许多同伴"指她的后裔。

㉙ 赫克托尔是伊利昂城的主将和最英勇的保卫者,埃涅阿斯是罗马的奠基者(详见第一章注㉔)。

㉚ 形容恺撒的眼睛像鹰眼似的闪射着炯炯的光芒。

㉛ 卡密拉见第一章注㉝;彭特希莱亚是神话中阿玛松女儿国的国王,赫克托尔战死后,她率军援助特洛亚,被希腊英雄阿奇琉斯杀死。

㉜ 拉提努斯是拉丁姆国王;拉维尼亚是他的女儿,埃涅阿斯的妻子。

㉝ 布鲁图斯全名为卢丘斯·优纽斯·布鲁图斯,是罗马历史传说中的人物。古罗马王政时期最后一个国王塔尔昆纽斯(绰号暴君)的儿子塞克斯图斯奸污了同族柯拉蒂努斯的妻子卢柯蕾齐亚,卢柯蕾齐亚是个贞烈的女性,愤而自杀;布鲁图斯领导罗马人民赶走了塔尔昆纽斯家族,废除王政,建立了贵族共和国(前510)。

㉞ 优丽亚是恺撒的女儿,庞培的妻子。

㉟ 玛尔齐亚是古罗马政治家卡托(前95—前46)的妻子,关于卡托,《炼狱篇》第一章将另有注。

㊱ 科尔奈丽亚是战胜迦太基名将汉尼拔的罗马名将西庇阿的女儿,在儿子盖约斯·格拉古斯推行改革失败而死后,她退隐,潜心研究希腊罗马文学,但丁在《天国篇》第十五章中以她为

高贵女性的典型。

㊲ 萨拉丁是中世纪埃及苏丹国家的君主(1174—1193),1187年,他消灭了十字军的主力,随后收复了耶路撒冷;他以慷慨大方闻名四方,但丁在《筵席》第四篇第一章把他列入因慷慨大方而受人赞美的君主中。因为他是伊斯兰教徒,属于另一文化传统,所以"独自在一边"。

㊳ 指古希腊集大成的哲学家亚里士多德(前384—前322)。

㊴ 苏格拉底(前469—前399),古希腊哲学家。

㊵ 柏拉图(前427—前347),古希腊哲学家,苏格拉底的弟子,亚里士多德的老师。

㊶ 德谟克里特(约前460—前370),古希腊哲学家,原子论者,认为宇宙是由原子偶然遇合而形成的。

㊷ 大概指古希腊犬儒学派哲学家狄奥格尼斯(约前400—前325),但也可能指古希腊自然哲学家、阿波罗尼亚人狄奥格尼斯(约前460—前370)。

㊸ 阿那克萨哥拉(约前500—前428),古希腊哲学家,种子论者,认为自然界的一切物体均由物质的"种子"构成。

㊹ 泰利斯(前七世纪末至前六世纪初),古希腊哲学家,主张万物起源于水。

㊺ 恩沛多克勒斯(约前490—前430),古希腊哲学家,认为宇宙间火、气、水、土四要素受"爱"和"争"这两种力量推动,在永远不住地互相结合,互相分离。

㊻ 赫拉克利图(前六世纪末至前五世纪初),古希腊哲学家,他遗留下来的思想片断含有一些朴素的辩证法思想。

㊼ 这里指的究竟是古希腊斯多噶派哲学家芝诺(约前335—前263),还是古希腊哲学中埃利亚(在意大利南部)人芝诺,很难确定。

㊽ 狄奥斯科利德(一世纪),古希腊名医,著有论植物的医疗效能的书。

㊾ 奥尔甫斯是希腊神话传说中的音乐家和诗人,他的音乐能使顽石起舞,猛兽驯服。

㊿ 马尔库斯·图留斯·西塞罗(前106—前43),古罗马政治家、哲学家和散文作家。

(51) 黎努斯是希腊神话传说中的诗人。

(52) 塞内加(约前 4—65),古罗马悲剧作家,作为哲学家,他宣扬斯多噶派伦理学。

(53) 欧几里得,生于公元前 330 年顷,古希腊数学家,被视为几何学的创始者。

(54) 托勒密(二世纪),古希腊天文学家、地理学家。

(55) 希波克拉底(约前 460—前 377),古希腊医学家,号称"医学之父"。

(56) 阿维森纳(980—1037),阿拉伯医学家,号称"医中之王"。

(57) 嘉伦(130—200),古希腊医学家。

(58) 阿威罗厄斯(1126—1198),阿拉伯哲学家,他所作的亚里士多德哲学著作的评注,对中世纪西方思想、文化很有影响。

(59) "宁静的空气"指"高贵的城堡"范围内;"颤动的空气"指这个城堡范围外充满灵魂叹息声的地方。

第 五 章

我就这样从第一层下到了第二层,这一层的圈子比较小,其中的痛苦却大得多,它使受苦者发出一片哭声①。

那里站着可怕的米诺斯②,龇着牙咆哮:他在入口处审查罪行,做出判决,把尾巴绕在自己身上,表示怎样发落亡魂,勒令他们下去。我是说,不幸生在世上的人③的灵魂来到他面前时,就供出一切罪行:那位判官就判决他该在地狱中什么地方受苦,把尾巴在自己身上绕几遭,就表明要让他到第几层去。在他面前总站着许多亡灵:个个都依次受审判,招供罪行,听他宣判,随后就被卷下去了。

"啊,来到愁苦的旅舍④的人,"米诺斯瞥见我,就中断执行这样重大的职务,对我说,"你要想一想,自己是怎么进来的,依靠的是什么人;不要让宽阔的门口把你骗进来⑤!"我的向导对他说:"你为什么直叫嚣! 不要阻止天命注定他做的旅行。这是有能力为所欲为者所在的地方决定的⑥,不要再问。"

现在悲惨的声音开始传到我耳边;现在我来到许多哭声向我袭击的地方。我来到一切光全都喑哑⑦的地方,这里如同大海在暴风雨中受一阵阵方向相反的风冲击时那样怒吼。地狱里的永不停止的狂飙⑧猛力席卷着群魂飘荡;刮得他们

"诗人哪,我愿意同那两个在一起的、似乎那样轻飘飘地乘风而来的灵魂说话。"

旋转翻滚,互相碰撞,痛苦万分。每逢刮到断层悬崖⑨前面,他们就在那里喊叫、痛哭、哀号,就在那里诅咒神的力量。我知道,被判处这种刑罚的,是让情欲压倒理性的犯邪淫罪者⑩。犹如寒冷季节,大批椋鸟密集成群,展翅乱飞⑪,同样,那些罪恶的亡魂被狂飙刮来刮去,忽上忽下,永远没有什么希望安慰他们,不要说休息的希望,就连减轻痛苦的希望也没有。

犹如群鹤在空中排成长行,唱着它们的哀歌飞去⑫,同样,我看到一些阴魂哀号痛哭着被上述的狂飙卷来;因此我说:"老师,这些受漆黑的空气这样惩罚的,都是什么人哪?""你想知道情况的那些人之中的第一个,"他随即对我说,"是许多语言不同的民族的女皇帝。她沉溺于淫乱的罪恶那样深,竟然在她的法律中把人人恣意淫乱定为合法,来免除她所遭到的谴责。她是塞米拉密斯⑬,据史书记载,她是尼诺的妻子,后来继承了他的帝位,拥有如今苏丹所统治的国土⑭。另一个是因为爱情自杀的对希凯斯的骨灰背信失节的女性⑮,她后面来的是淫荡的克利奥帕特拉⑯。你看那是海伦,为了她,多么漫长的不幸的岁月流转过去⑰,你看那是伟大的阿奇琉斯,他最后是同爱情战斗⑱。你看那是帕里斯⑲,那是特里斯丹⑳。"他还把一千多个因为爱情离开人世的人指给我看,并且一一说出他们的名字。我听了我的老师说出古代的贵妇人和骑士们㉑的名字以后,怜悯之情抓住了我的心,我几乎神志昏乱了。我开始说:"诗人哪,我愿意同那两个在一起的、似乎那样轻飘飘地乘风而来的灵魂说话。"他对我说:"你注意着他们什么时候离我们近些;那时,你以支配他们的行动的爱的名义恳求他们,他们就会来的。"当风刚把他们刮向我们这里时,我就开始说:"受折磨的灵魂们,过来同我们交谈吧,如果无人禁止的话!"

　　犹如斑鸠受情欲召唤,在意愿的推动下,伸展着稳健的翅膀,凌空而过,飞向甜蜜的鸠巢,同样,那两个灵魂走出狄多所在的行列㉒,穿过昏暗的空气向我们奔来,因为我那充满同情的呼唤是如此强烈动人。

　　"啊,温厚仁慈的活人哪,你前来访问我们这些用血染红大地的阴魂,假如宇宙之王是我们的朋友的话㉓,我们会为你的平安向他祈祷,因为你可怜我们受这残酷的惩罚。在风像这里现在这样静止的时候,凡是你们喜欢听的和喜欢谈的事,我们都愿意听,都愿意对你们谈。我出生的城市坐落在海滨,在波河汇合它的支流入海得到安息的地方㉔。在高贵的心中迅速燃烧起来的爱㉕,使他热恋上我的被夺去的美丽的身体;被夺的方式至今仍然使我受害㉖。不容许被爱者不还报的爱㉗,使我那样强烈地迷恋他的美貌,就像你看到的这样,直到如今仍然不离开我。爱引导我们同死。该隐环等待着害我们性命的人㉘。"他们对我们说了这些话㉙。

　　听了这两个受伤害的灵魂所说的话,我低下头来,一直没有抬起,诗人对我说:"你在想什么?"我向他回答时说:"哎呀,多少甜蜜的思想,多么强烈的欲望把他们引到那悲惨的关口啊!"接着,我又转身对着他们,开始说:"弗兰齐斯嘉,你的痛苦使得我因悲伤和怜悯而流泪。但是,你告诉我:在发出甜蜜的叹息时,爱通过什么迹象、什么方式使你们明白了彼此心里的朦胧的欲望?"她对我说:"再没有比不幸中回忆幸福的时光更大的痛苦了;这一点你的老师是知道的㉚。但是,如果你有这样热切的愿望,想知道我们的爱的最初的根苗,我就像一面哭,一面说的人那样说给你听。

"有一天,我们为了消遣,共同阅读朗斯洛怎样被爱所俘房的故事③;只有我们俩在一起,全无一点疑惧㉜。那次阅读促使我们的目光屡屡相遇,彼此相顾失色,但是使我们无法抵抗的,只是书中的一点。当我们读到那渴望吻到的微笑的嘴被这样一位情人亲吻时㉝,这个永远不会和我分离的人就全身颤抖着亲我的嘴。那本书和写书的人就是我们的加勒奥托㉞:那一天,我们没有再读下去㉟。"

当这一个灵魂说这番话时,那一个一直在啼哭;使得我激于怜悯之情仿佛要死似的昏过去。我像死尸一般倒下了㊱。

注释:

① 第二层地狱是犯邪淫罪者的灵魂受苦的地方。地狱共分为九层,由上而下,一层比一层小,痛苦则一层比一层大。第一层("林勃")中只有叹息的声音,第二层中受苦的灵魂就发号哭的声音。

② 希腊神话中的米诺斯(Minos)是克里特岛的国王,在位时公正严明,死后成为冥界判官。荷马史诗《奥德修纪》叙述奥德修斯游冥界时见到了他:"我就又看到宙斯的显耀儿子弥诺(即米诺斯),他手里拿着黄金的王杖,坐在那里,给鬼魂们宣判;鬼魂们在阴府的大门里,有的坐着,有的站着,请他裁判。"(《奥德修纪》卷十一)维吉尔在《埃涅阿斯纪》中叙述埃涅阿斯游冥界时,沿袭荷马史诗的传统,也把米诺斯作为冥界判官,诗中说:"……在这里,有选任的陪审官指定他们席位,米诺斯任审判官,掌有决定权,他把这些默不作声的灵魂召集起来开会。听取他生前的经历,决定处分。"(《埃涅阿斯纪》卷六)在荷马史诗中,米诺斯作为庄严的王者形象出现,在维吉尔史诗中,则把他描写成具有罗马法官开庭审判时的气派。但丁从维吉尔诗中借用了这个神话中的人物作为地狱判官,但他根据基督教关于异教的神祇皆是鬼物的说法,把米诺斯

塑造成有尾巴的、狰狞可怖的魔鬼形象。

③ 指在地狱里受苦的罪人。他们正如耶稣关于叛徒犹大所说的,"不生在世上倒好"(《新约·马太福音》第七章),因为这样他们就不至于入地狱。

④ 指地狱。第三章第一句称地狱为"愁苦之城"。

⑤ 这句话是有所本的:"下到阿维尔努斯(罗马神话传说中阴府入口处)是容易的;狄斯(罗马神话中的冥神,亦作冥界)的黑门昼夜开着;但是掉转脚步,再走出来,到阳间的空气里,那是困难和危险的。"(《埃涅阿斯纪》卷六);耶稣登山训众说:"你们要进窄门,因为引到灭亡,那门是宽的,路是大的,进去的人也多。"(《新约·马太福音》第七章)

⑥ 维吉尔对运载亡灵渡阿刻隆河的船夫卡隆说过同样的话(参看第三章注⑱)。

⑦ 即没有一点光明之意。诗人在这里又大胆使用了一个以声觉代替视觉构成的隐喻(参看第一章注⑯)。

⑧ 这些犯邪淫罪者受苦的方式是一报还一报,罪与罚关系极为密切:地狱里的狂飙是他们的情欲的象征;他们生前受情欲驱使,不能自制,死后灵魂就被地狱里的狂飙刮来刮去,永远不得安息。

⑨ 原文是 ruina,注释家对这个词有不同的解释。萨佩纽注释本和波斯科-雷吉奥注释本都认为,指的是耶稣死在十字架上时发生的大地震使地狱里塌方所形成的断层悬崖。犯邪淫罪者的灵魂受审判后,就被卷下这个悬崖,到第二层地狱受苦,所以每逢被狂飙刮到悬崖前面,他们就想起,是神的力量使他们陷入万劫不复的境地,因而诅咒"神的力量"。译文根据这种解释。

⑩ 但丁怎么知道受这种惩罚的是犯邪淫罪者,诗中没有说明;可能是维吉尔告诉他的,也可能是他看到惩罚方式后,自己猜想到的,从诗中的情景看来,后一种可能似乎更大。

⑪ 这里用椋鸟密集成群,展翅乱飞的状况,来比拟大批阴魂被狂飙刮得凌乱翻腾的状况。

⑫ 这个比喻不仅以群鹤的哀鸣来比拟亡魂们的悲号,还以群鹤齐飞时排成行列来比拟其中的一批阴魂结成队形随风飘来飘

去,这一批就是那些"因为爱情离开人世的灵魂"(自杀者和被杀者)。

⑬ 塞米拉密斯是传说中的亚述女王(前十四世纪或前十三世纪),但丁从五世纪历史家奥洛席乌斯(Orosius)的七卷《反异教徒史》中得知她的事迹。书中说她淫荡无度,甚至和她儿子有乱伦的秽行,最后被他杀死。中世纪以她为纵欲淫乱的典型。

⑭ "拥有如今苏丹所统治的国土"这句话不符合历史事实:"如今"指1300年但丁游地狱的时间,"苏丹"指当时统治埃及的马木路克王朝的君主;但是,除了埃及以外,马木路克苏丹只占有巴勒斯坦和叙利亚的一部分,古代亚述王国的本土则属于伊尔汗国,并不在他的版图之内。注释家认为,诗中出现这一历史地理上的错误,是由于但丁把亚述所征服的古巴比伦王国(Babylonia)和埃及尼罗河畔的城市巴比伦(Babylon,即古开罗)混淆了。这种差错无关宏旨,并不使但丁的诗减色。

⑮ 指迦太基女王狄多。伊利昂城被攻破后,埃涅阿斯经历千辛万苦来到迦基。狄多对他发生了爱情,并且背弃了对临死的丈夫希凯斯所发的永不再嫁的誓言,同他结了婚。后来,埃涅阿斯服从神意,离弃了她,到意大利重建邦国,她因此自杀(见《埃涅阿斯纪》卷四)。

⑯ 克利奥帕特拉(前69—前30)是埃及托勒密王朝女王,姿容秀媚,罗马大将恺撒进军埃及时,她深得他的欢心,并且给他生了一个儿子;恺撒被刺死后,执政官安东尼是罗马"后三头"之一,也对她十分迷恋;安东尼在阿克兴角海战(前31)中被屋大维击败,她和他一同逃往埃及亚历山大城,在敌军围城时自杀。

⑰ 海伦是斯巴达王墨涅劳斯的妻子,具有绝代姿容。伊利昂城的王子帕里斯渡海来到斯巴达,爱上了海伦,把她拐走。希腊人动了公愤,共同兴师问罪,渡海讨伐特洛亚人。"多么漫长的不幸的岁月流转过去"指经过十年战争才攻破伊利昂城,夺回海伦。荷马史诗《伊利昂纪》集中描述十年战争中的五十一天的事情。

⑱ 阿奇琉斯是《伊利昂纪》中的希腊英雄,武艺高强,所向无敌,

由于他退出战斗,希腊大军被特洛亚人击败,后来,他重上战场,杀死了伊利昂城的主将赫克托尔,希腊大军转败为胜。据奥维德的《变形记》和中世纪的《特洛亚传奇》所说,阿奇琉斯爱上了伊利昂城老王普里阿摩斯的女儿波利克塞娜,被诱入神庙,由埋伏在那里的帕里斯用毒箭射死;所以诗中说"他最后是同爱情战斗",结果失败。

⑲ 帕里斯(参看注⑰)是普里阿摩斯的儿子,赫克托尔的弟弟。他娶了河神凯勃伦的女儿奥诺娜为妻,但他骗到海伦后,就离弃了奥诺娜;伊利昂城被攻破时,他被菲洛克特特斯用毒箭射伤;奥诺娜精通医术,他求她医治,遭到拒绝,毒发身死。

⑳ 特里斯丹是法国骑士传奇《特里斯丹和绮瑟》(十二世纪)中的人物,奉命航海去邻国为他叔父国王玛克迎接新娘绮瑟公主,在归途中误饮了为玛克和绮瑟结婚准备的一种神秘饮料,结果对绮瑟发生了永远不变的爱情。玛克发现了他们相爱之后,把他们逐出王宫,但最后宽恕了绮瑟。薄伽丘在《神曲》注释中说,特里斯丹"被国王玛克用毒箭射伤,垂死之际,王后前来探视,他顿时把她搂在怀里,因用力太猛,他和她的心都迸裂了,这样他们俩就一同死去"。

㉑ "骑士"泛指上述的英雄人物,其中只有特里斯丹是骑士,其余的人本来不是骑士,但在中世纪流行的属于古代系统的传奇中都被塑造成骑士的形象。

㉒ 指狄多等因爱情自杀或被杀者的灵魂排成的行列。

㉓ "宇宙之王"指上帝。"是我们的朋友"意即怜悯我们,肯接受我们的祷告。原文是不现实条件句,表示很想为但丁祈祷,无奈上帝绝不会听地狱里的罪人的祷告。

㉔ "城市"指腊万纳。波河是意大利最大的河,发源于阿尔卑斯山,流入亚得里亚海。"汇合它的支流入海得到安息"这句话流露出说话的灵魂渴望安息而不能如愿的悲哀情绪。她是弗兰齐斯嘉·达·里米尼(Francesca da Rimini),腊万纳的封建主圭多·达·波伦塔的女儿,后来邀请但丁定居腊万纳的小圭多·达·波伦塔的姑母。1275 年以后不久,她嫁给里米尼的封建主简乔托·马拉台斯塔为妻,这纯粹是一种政略婚姻,因为简乔托跛脚,相貌丑陋,举止粗野。简乔托的弟弟保罗是

个美少年,后来,叔嫂二人私下里相爱,简乔托发现后,当场把他们杀死。这一事件发生在1283—1285年间,曾轰动一时。1282—1283年,保罗曾在佛罗伦萨担任人民首领和维持和平专员的职务,但丁可能在家乡见到过他。所以但丁对他们的痛苦表示深切的同情和怜悯是有特殊原因的。

㉕ 这是"温柔的新体"诗派对爱情的看法,圭多·圭尼采里的诗"爱总逃避到高贵的心里",但丁的一首十四行诗的第一行"爱和高贵的心是一回事",都表达了这种思想。在《神曲》中,但丁改变了这种看法,认为爱既可以使人产生高尚的情操,也可以使人犯罪。保罗和弗兰齐斯嘉叔嫂相爱,由于不能以理性克制情欲,反而"让情欲压倒理性",结果演成悲剧。

㉖ "被夺去的美丽的身体"这句话里,"被夺去"指弗兰齐斯嘉被她丈夫杀死。多数注释家把后面的句子"e'l modo ancor m'offende"和"被夺去"联系起来,认为意即:我被杀方式如今还使我受害,也就是说,在他们俩犯罪时,当场被杀,来不及忏悔,以致死后永远在地狱里受苦。萨佩纽注释本和波斯科-雷吉奥注释本则认为,根据上下文的逻辑关系,这个句子的意义同"使他爱上"(Amor……prese costui)衔接,说明爱得多么强烈。译文根据多数注释家的解释。

㉗ 这种说法来源于安德莱亚·卡佩拉诺(Andrea Cappellano,十二、十三世纪间)的《论爱情》(De amore)一书,对普洛旺斯骑士抒情诗和意大利"温柔的新体"诗派的抒情诗都有影响。弗兰齐斯嘉是宫廷中的贵妇人,当然也接触到这种思想。爱不容许被爱者不以爱还爱,是不符合生活实际的说法,但对她来说,却是不可抗拒的法则;她觉得,既然保罗这样爱她,她就非得爱他不可,这足以表明她的爱是多么强烈。

㉘ 弗兰齐斯嘉预言,她丈夫简乔托(死于1304年,但丁游地狱时还在世)由于犯了杀弟杀妻罪,死后注定在第九层地狱(寒冰地狱)中的"该隐环"受苦。"该隐环"(Caina)得名于第一个犯杀弟罪的该隐(见《旧约·创世记》第四章),是科奇土斯冰湖划分成四个同心圆形的受苦处之一,凡是出卖和杀害亲属者的灵魂都在此受寒冰封冻之苦。

㉙ 诗中虽是弗兰齐斯嘉一个人说话,但她同时代表保罗,因此这

里代词用第三人称复数。

㉚ 维吉尔生前是赫赫有名的诗人,受到罗马皇帝奥古斯丁的敬重和优遇,死后灵魂永远留在第一层地狱里,不能进天国,抚今追昔,自然感到莫大的痛苦。

㉛ 弗兰齐斯嘉和保罗共同阅读的书是法国骑士传奇《湖上的朗斯洛》(十二世纪)。传奇的主人公朗斯洛是布列塔尼王的儿子,幼年被"湖上夫人"窃走养大,送到亚瑟王的宫廷,故称"湖上的朗斯洛";他是亚瑟王的第一名圆桌骑士,和王后圭尼维尔秘密相爱。书中叙述王后的管家加勒奥(意大利语为加勒奥托)把朗斯洛带到菜园里和王后幽会,他在王后面前比较羞怯,加勒奥劝说王后主动和他接吻,王后就吻了他很久。

㉜ 意即他们决没有料到,这种心心相印的爱,受阅读这部传奇的刺激,会产生什么严重的后果。

㉝ 但丁把传奇中圭尼维尔主动吻朗斯洛改为圭尼维尔的"微笑的嘴"被朗斯洛亲吻,有些注释家认为他所根据的是这部传奇的另一种抄本,但更可能的是为了适应诗中的人物和情境。"微笑的嘴"原文是 riso(笑、微笑),较早的注释家布蒂(Buti)认为这里指"喜悦的面孔"或者指嘴,因为"嘴比面孔的任何其他部分更能显示笑容";后来的注释家大都同意这种解释;但是,著名的文学批评家德·桑克蒂斯(1817—1883)认为,指的不是具体的嘴,而是微笑:"微笑是嘴的表情、诗意和情感,是某种空灵的东西,看到它在嘴唇间浮动,又仿佛离开了嘴唇,你能看到它,却不能触摸它。"这话的确说出了原诗的妙处。"被这样一位情人亲吻",意即被朗斯洛这样一位著名的、英勇的骑士情人亲吻。

㉞ 这句话大意是:骑士传奇《湖上的朗斯洛》及其作者在保罗和我之间所起的作用,如同加勒奥托在朗斯洛和圭尼维尔之间所起的作用一样,也就是说,起了海淫的作用。由于《神曲》在意大利广泛流传,Galeotto(加勒奥托)这个人名后来变成了具有"淫媒"含义的普通名词。弗兰齐斯嘉这句话表明,但丁很重视文艺的教育作用,看到当时宫廷中风行的骑士文学的不良影响,借保罗和弗兰齐斯嘉的悲剧给人们敲起警钟。

㉟ 这句平常的话十分含蓄,为弗兰齐斯嘉的叙述作了耐人寻味

的结束,注释家对这句话有不同的解释,译者不敢妄加论断,但是,认为字里行间流露出这位贵妇人羞于出口的隐情的看法,似乎合乎情理。

㊱　表示突然倒下。原诗 e caddi come corpo morto cade 连用五个两音节的词,其中四个是由颚音 c 构成的双声,读起来使人仿佛听到死尸突然倒下的沉重声音,这种音韵效果是译文无法模拟的。

第 六 章

那叔嫂二人的悲惨情景引起来的怜悯之情,使我悲痛得昏迷过去,完全不省人事,及至神志清醒过来,不论向哪边转身,向哪边扭过头去看,周围触目皆是新的苦刑和新的受苦者。

现在我已经在第三圈①,这里下着永恒的、可诅咒的、寒冷的、沉重的雨;降雨的规则和雨的性质一成不变。大颗的冰雹、黑水和雪从昏暗的天空倾泻下来;这些东西落到地上,使地面发出臭味。残酷的怪兽刻尔勃路斯②站在淹没在这里的人们上面,用三个喉咙像狗一样对他们狂吠。它眼睛赤红,黑胡须上沾满油脂,大肚子,手上有爪;它抓那些亡魂,把他们剥皮,一片一片地撕裂。雨下得他们像狗一般号叫;他们用身体的一个侧面掩护另一个侧面;这些悲惨的罪人经常翻身。

大虫③刻尔勃路斯看到我们,就张开三个嘴,向我们龇着尖牙;它四肢百骸无不紧张颤动。我的向导张开两只手,抓起满把的泥土,扔到它的食管里④。正如那猎狗狂吠着求食的狗,咬着食物后,就安静下来,因为它只顾拼命把食物吞下去,这个对着亡魂们咆哮如雷,使得他们但愿变成聋子的恶魔刻尔勃路斯,它那三副肮脏的嘴脸也这样安静下来了。

我们从那些被沉重的大雨浇倒的阴魂上面走过,脚掌踩在他们那似乎是人体一般的虚幻的影子上。他们统统躺在地上，只有一个阴魂一见我们从他面前走过，就突然坐起来。"啊，你这被引导走过这地狱的人哪，"他对我说，"如果你认得出来，你就认一认我吧：你出世时，我还没有去世。"我对他说："你所受的苦也许从我的记忆中抹去了你的形象，所以我似乎未曾看见过你。但是，你告诉我，你是谁，被放在这样悲惨的地方，受这种刑罚，如果说别的刑罚比这更重，却再也没有像这样讨厌的了。"他对我说："你那装满了忌妒的、装得口袋已经冒尖的城市，是我在世时的安身之地。你们市民们管我叫恰科⑤：我由于放纵口腹之欲，犯了有害的贪食罪，像你所看到的这样，惨遭了雨打。悲哀的灵魂并不止我一个，因为所有这些灵魂都是由于同样的罪受同样的刑罚。"他没再说什么话。我回答他说："恰科，你的苦沉重地压在我的心上，使我流下泪来；但是，如果你知道的话，告诉我，这个分裂的城市⑥的市民们要闹到什么地步；那里有没有正直的人；还告诉我，这个城市之所以这样严重不和，原因何在⑦。"

他对我说："在他们长期斗争后，要闹到流血的地步⑧。村野党将赶走另一个党，并且使它受到许多损害⑨。以后在三年之内，这个党就得倒台，那个党将凭借着一个目前正持骑墙态度的人的力量重占上风⑩。他们将长期趾高气扬，把另一个党重重地压在底下⑪，不管它怎样为此哭泣，感到羞耻。有两个正直人⑫，但是那里没有人听他们的话；骄傲、忌妒和贪婪是使人心燃烧起来的三个火星。"他就此结束了他这番沉痛的话。

我对他说："我还要你指教我，继续向我赠言。法利那塔⑬和台嘉佑⑭是那样值得尊敬的人，雅各波·卢斯蒂库奇⑮,阿里格⑯和莫斯卡⑰以及其他把聪明才智用于做好事的人⑱,告诉我,他们都在哪里,并且让我知道他们的情况;因为强烈的愿望促使我急于了解,他们是在天国享福,还是在地狱受苦。"

他对我说:"他们是在更黑的灵魂⑲中间;不同的罪恶把他们坠得向地狱的底层沉下去;如果你往下走那么深,你在那里可以看到他们。但是我请求你,回到阳间时,使人们心里回想起我来。我不再对你说什么,不再回答你什么了。"于是,他把直视的眼睛一斜楞⑳,看了我一下,然后低下头来:如同其他的盲目的亡魂㉑一般,连头带身子倒下去了。

我的向导对我说:"在天使的号角声响起以前,他不会再醒了;当敌对的掌权者来临时,这些灵魂将重新找到各自的凄惨的坟墓,重新和各自的肉体结合并且具有自己的形象,将听到永恒回荡的宣判㉒。"

我们就这样漫步走过阴魂们和雨水混合成的一片污秽的泥淖,一面走,一面略微谈论着来世;因此,我说:"老师,他们所受的种种苦,在伟大的审判后,将要加重呢? 还是将要减轻呢? 还是仍旧像现在这样厉害?"他对我说:"重温一下你所学的学问㉓吧,它指出,一件事物越完美,就越感到幸福,这样也就越感到痛苦。虽然这些受诅咒的人绝不可能达到真正的完美,但是在最后审判后,他们期待着比现在更接近完美。"

我们顺着那条路绕了一周,一面走,一面说,所说的话比我重述的要多得多;我们来到了下去的地方㉔:发现大敌普鲁托㉕在这里。

注释:

① 即第三层地狱,生前犯贪食罪者的亡魂在此受苦。有的注释家认为贪食是指嘴馋,讲究吃珍馐美味,有的则认为是指放纵食欲,大吃大喝,简直和野兽相差无几。从诗中的描写来看,第二种说法比较恰当。

② 刻尔勃路斯是希腊神话中看守地狱之门的狗。《埃涅阿斯纪》卷六把它描写成一个巨大的怪物,有三个头,脖子上缠着许多条蛇。但丁把它放在第三层地狱,他的描写别出心裁,使得这个怪物既像狗(尖牙、爪子、吠声),又像人(脸、手、胡须);既是惩罚贪食罪的工具,又是贪食的象征。

③ "大虫"具有贬义,这里用来表明刻尔勃路斯肮脏而又可怕的样子以及但丁对它的厌恶之情。

④ 《埃涅阿斯纪》中,神巫见刻尔勃路斯拦路,就把有蜂蜜的饼扔给它,它吃了以后,就趴在地上不动。但丁笔下的刻尔勃路斯,更突出了它作为狗所特有的贪嘴不择食的习性:尽管它张口龇牙,凶相毕露,维吉尔只消抓起满把泥土扔到它嘴里,它立刻就安静下来。

⑤ 恰科是佛罗伦萨人,生卒年份和生平事迹不详。注释家有的认为恰科(Ciacco)是人名,乃 Giacomo 或 Jacopo 的简称,是这个人物的真名,有的认为 Ciacco 含义是猪,是人们给他起的绰号,迄今仍无定论;不过,即使是绰号,叫惯了也就失去了原有的贬义,所以但丁这样叫他,他自己也不忌讳。

⑥ "这个分裂的城市"指由于内部斗争而陷于分裂的佛罗伦萨。

⑦ 但丁对佛罗伦萨的政治局势和前途异常关心,认为地狱里的亡魂大概能知道未来的事,所以向恰科提出这方面的问题。

⑧ "长期斗争"指窦那蒂家族和切尔契家族之间自从 1280 年开始已达二十年之久的明争暗斗。窦那蒂家族是古老的封建贵族,切尔契家族是"新人",从乡间来到城市后,暴发致富,成为大银行家和大商人。这两大敌对集团在 1300 年 5 月 1 日(春节)发生冲突,"闹到流血的地步",切尔契家族的利克维里诺被窦那蒂家族的某一个人砍掉了鼻子,"这是贵尔弗党和我们这个城市的巨大灾难的开始"(迪诺·康帕尼《当代事件记》)。这两大集团成为争夺政权的真正的政党,1301 年夏季

有了正式的名称:窦那蒂集团名为黑党,切尔契集团名为白党。

⑨ "村野党"指白党,因为它的首领切尔契家族来自乡间;1301年6月,黑党在圣三位一体教堂集合,"阴谋策划反对政府",被执政的白党发现,将其首领统统流放,"除了黑党所受的其他痛苦和压迫以外,罚款的数目也是极大的"(薄伽丘的注释)。

⑩ "目前正持骑墙态度的人",指教皇卜尼法斯八世。"目前"指1300年4月恰科在地狱里和但丁交谈的时刻,那时,这位教皇对待两个互相敌对的集团态度还模棱两可,后来决定扶助黑党上台,以实现自己统治佛罗伦萨的政治野心,为此派法国瓦洛亚伯爵查理率领军队到佛罗伦萨(1301年11月),借调解两党争端的名义,以武力帮助黑党战胜白党(1302年春天),夺取了政权。对白党进行的处罚和放逐,从1302年1月起一直持续到10月,受害者包括但丁自己。从1300年4月恰科和但丁交谈的时刻算起,到1302年10月对白党的判罪结束为止,为时不到三年,所以诗中说"在三年之内"。

⑪ "长期趾高气扬"指黑党战胜白党后,长期掌握政权,飞扬跋扈,迫害、压迫白党。

⑫ 这"两个正直人"是谁,注释家有种种不同的说法;有的认为但丁乃其中之一;有的认为"两个"是不定数,泛泛强调正直人在佛罗伦萨为数极少,但丁也很可能在这极少数人之列。薄伽丘说:"这两个人是谁,是难以猜测的。"薄伽丘距离但丁的时代很近,都不能确定这两个人是谁,我们对这个问题只好存疑。

⑬ 法利那塔(Farinata)是吉伯林党的首领,因异端罪在第六层地狱受苦。

⑭ 台嘉佑·阿尔多勃兰迪(Tegghiaio Aldobrandi),1238年任圣吉米尼亚诺市的主要行政官,1256年任阿雷佐市的主要行政官,他因鸡奸罪在第七层地狱第三环受苦。

⑮ 雅各波·卢斯蒂库奇(Iacopo Rusticucci)曾和台嘉佑·阿尔多勃兰迪一起调解沃尔泰拉(Volterra)同圣吉米尼亚诺(San Gimignano)的争端,使两个城市言归于好;1254年任佛罗伦萨政

府特使,同托斯卡那的其他城市谈判停战和缔结联盟;因鸡奸罪在第七层地狱第三环受苦。

⑯ 阿里格(Arrigo)姓氏不详,诗中也没有再讲到他。注释家桑蒂尼(Santini)认为是阿里格·蒂·卡沙,因为此人和卢斯蒂库奇及台嘉佑同是沃尔泰拉争端的调停人,在这里和他们二人一同被诗人提及。

⑰ 莫斯卡·朗贝尔提(Mosca Lamberti),1242年任勒佐市的主要行政官,死于该市。因犯挑拨离间、制造分裂罪,在第八层地狱第九恶囊中受苦。

⑱ "把聪明才智用于做好事"和"值得尊敬"都只是就这些人在政治上对国家有功而言,并非指他们的私德方面。意大利但丁学家马佐尼(Mazzoni)指出:"政治上做好事和被打入地狱之间的矛盾,是一个宏观的范例……它说明政治上的美德是不足以使人得到永生的:单是人的智慧,善于为国立功的人的豪迈行为,当未受神的恩泽支持使之完善时,是不足以遏制个人的情欲的。"(《新讲稿》)

⑲ "更黑的灵魂"指罪孽更深重的灵魂。

⑳ 恰科原来把眼睛对着但丁,现在身子向污泥中倒下去时,目光还舍不得离开这个要回到阳间的人,所以斜看眼看他。

㉑ 指其他的贪食者的亡魂。因为他们脸朝下趴在泥里,看不见任何东西,又因为他们在地狱里受苦,见不到上帝,所以就物质和精神两方面来说,他们都是盲目的。

㉒ 意思是说,在天使吹起号角,让灵魂们集合,去听候基督对他们的最后审判以前,恰科的灵魂不再从泥里爬起来了。"敌对的掌权者"指基督。"永恒回荡的宣判"指基督在世界末日对一切世人的灵魂最后的判决。

㉓ 指被经院哲学所吸收的亚里士多德哲学原理。但丁诗中的话直接来源于托马斯·阿奎那斯对亚里士多德《灵魂论》的注释。大意是:事物越完美,就越能感到乐和苦;从这一原理可以推断,在最后审判后,人由于灵魂与肉体重新结合而复归完美,乐和苦的感觉也随之增加。虽然入地狱的灵魂决不可能达到只有进天国者才具有的完美性,但在最后审判后,将比以前完美,因此,痛苦也将比以前更甚。

㉔ 指从这里下到第四层地狱。

㉕ 关于"普鲁托"(意大利文 Pluto)注释家有两种不同的解释:有人认为指希腊罗马神话中的财神普鲁图斯(拉丁文 Plutus,意大利文 Pluto);有人则认为指希腊罗马神话中的冥王普鲁托(意大利文 Pluto,拉丁文 Plutone,这里是简称),罗马作家西塞罗认为他同"狄斯"(拉丁文 Dis,意大利文 Dite)是一个神的两个名字,因为二者在希腊文和拉丁文都具有"富"的含义。但是,但丁笔下的"狄斯"专指魔王卢奇菲罗,所以译者认为,"普鲁托"指的大概是财神普鲁图斯,但丁把他变成魔鬼,守卫第四层地狱(贪财者和浪费者的灵魂受苦处)。他是人类的"大敌",因为基督教教义认为,"贪财是万恶之根"(《新约·提摩太前书》第六章)。

第 七 章

"Pape Satàn, pape Satàn aleppe①!"普鲁托用嘶哑刺耳的声音开始喊道。那位洞察一切②的高贵的哲人安慰我说:"不要让你的恐惧之情伤害你;因为不论他有什么权力,他都不能阻止你走下这巉岩③。"随后就转身对着那副气得膨胀起来的面孔说:"住口,该死的狼④!让你自己的怒火在心中把你烧毁吧⑤。我们并不是无缘无故来到这深渊中的:这是天上的意旨,在那里米迦勒曾惩罚那狂妄的叛乱⑥。"如同桅杆一断,被风吹胀的帆缠结在一起落下来一样,那残酷的野兽一听这话就倒在地上了。

于是,我们就顺着囊括全宇宙罪恶的地狱⑦斜坡再往下走了一段,下到了第四层⑧。啊,神的正义呀!谁积聚了像我所看到的那样多的新的苦难和刑罚?为什么我们的罪孽这样危害我们?如同那里卡里勃底斯上面的波涛碰到对面来的波涛就碰得粉碎,这里的人们也必须这样跳他们的圆舞⑨。

我们看见这里的人比别处更多,有些人从这边,有些人从那边大喊大叫着用胸部的力量滚动着重物。他们遇到一起,互相碰撞,然后各自就地掉头,往回滚动,一面喊:"你为什么吝啬?"和"你为什么浪费?"他们就这样各自在这昏暗的圈子的一半边环行,又朝着遥遥相对的另一终点走去,彼此还喊出责骂的话;到达这个终点后,他们就都顺着自己走的那半个圈子转回来,再次比武⑩。

我的心惨痛得似乎被刺穿了,随即说道:"我的老师,现在给我说明,这些是什么人,我们左边这些削了发的,他们是否全是教士。"他对我说:"他们活在世上时,他们的心灵患了斜视⑪,使得他们在世上花钱永不适度。每逢他们走到圈子上的两个终点,相反的罪过使他们在那里分离时,他们的吠声⑫就把这点说得相当清楚。这些人都是头顶上没有头发的教士、教皇和枢机主教,在他们身上贪婪的行为达到了过火的程度。"

我说:"老师,在这类人当中,我当然应该认得出几个被这些罪恶玷污的人。"

他对我说:"你怀的是妄想:他们生前不明是非,使他们被罪恶玷污,如今使他们面目模糊,无法辨认。他们将永远不停地来回在半个圈子的两头互相碰撞;这一部分人将攥紧拳头,那一部分人将剃光了头发,从坟墓里爬起来⑬。挥霍无度和一毛不拔使他们失去了美好的世界⑭,被判处这种互相冲撞的刑罚:这是怎样的刑罚,我无须用美妙的言辞来说明了。现在,我的儿子,你可以看出,托付给时运女神的、人类互相争夺的钱财,乃短暂的骗人之物⑮;因为,月天之下现有的和已有的一切黄金,都不能使这些疲惫不堪的灵魂中的一个得到安息。"

"老师,"我对他说,"现在还请告诉我:你对我提到的这位时运女神,她是什么呀,手里这样掌握着世上的钱财?"

他对我说:"啊,愚蠢的世人哪,使你们受害的愚昧无知是多么严重啊!现在我要让你接受我关于时运女神的看法。

智慧超越一切者⑯创造了诸天,并且给它们指派了推动者⑰,使每一部分的光反射到每一相应的部分,把光分配得均匀⑱。同样,他也给世上的荣华指定了一位女总管和领导者⑲,她及时把虚幻的荣华从一个民族转移给另一个民族,从一个家族转移给另一个家族,人的智慧无法加以阻挠;所以一个民族就统治,另一个民族就衰微,都是根据她的判断而定,这种判断就像草里的蛇似的,为人的眼睛所不能见。你们的智慧不能抗拒她:她预见,判断并且如同其他的神⑳执行各自的职务一样,执行她的职务。她的变化无尽无休,必然性㉑迫使她行动迅速;因此,就常常轮到一些人经历命运变化。她甚至受到应该称赞她的人的很多诅咒㉒,他们错怪她,诽谤她;但她是幸福的,听不见这些,她同其他的最初造物㉓一起转动着自己的轮子,幸福地享受着自身的乐处。现在我们就下到更痛苦的地方去吧;我动身时上升的星,每颗都已往下落了,停留太久是不准许的㉔。"

我们穿过圈子到达对岸㉕,来到一个泉源旁边,泉水汩汩地倾注到被泉水自身冲成的一道沟里流下来。这水与其说是昏暗的,还不如说是黑色的;我们随着这浑浊的流水,由一条崎岖的小路下到另一圈里。这条凄惨的小溪流下去,流到险恶的灰色的陡坡脚下,积成了名为斯提克斯㉖的沼泽。我站着凝眸注视,只见那个沼泽里都是沾满污泥的人,一个个赤身裸体,怒容满面。他们不仅用手,而且用头、用胸膛、用两脚互相殴打踢撞,互相用牙齿把对方的身躯一块一块地咬下来。

善良的老师说:"我的儿子,现在你看见那些被怒火压倒的人的灵魂了;此外我要你确信,水底下还有人叹气,使得这水面上冒泡儿,就像你的眼睛不论转向哪边,都会告诉你的那样。他们陷在烂泥里说：'我们在被阳光照得欢快的温和空气⑳里时，心里生着闷气，郁郁不乐，如今我们在黑泥里烦恼㉘。'他们喉咙里咯咯作响地唱出这支赞歌㉙，因为他们无法整字整句地说。"

　　我们就这样在干燥的陡岸和湿泥之间行走，环绕污浊的沼泽走了一大段㉚，眼睛望着那些吞下污泥的人。我们终于来到了一座塔楼脚下。

注释：

① 从上下文来看，这句话表现出普鲁托的愤怒和威胁，含义虽然十分隐晦，但维吉尔显然是懂得的；由于"撒旦（Satàn）"一词在话里出现两次，注释家认为，这是魔鬼普鲁托乞灵于魔王撒旦的祷词，但仅仅是祷词的头一句，因为诗中说："普鲁托……开始喊道"。根据多梅尼科·圭埃里（Domenico Guerri）的解释，这句话的含义是"啊，撒旦，啊，撒旦，神哪！"这位但丁学家说："这不是讲话，而是突然脱口而出，普鲁托以此开始表露他的情绪：在惊异中已经含有威胁的意味。"

② 意即维吉尔既懂得普鲁托的威胁的话，又了解但丁的恐惧心情。

③ 指从第三层地狱到第四层地狱去必须走下的悬崖。

④ 维吉尔称普鲁托为"狼"，多数注释家认为，这是因为狼象征贪婪，普鲁托在地狱里作为象征贪婪的魔鬼，和狼是一丘之貉。

⑤ 意即发怒也是枉然，不能抗拒天意。

⑥ 指在天上，大天使米迦勒曾讨平以撒旦为首的天使们的叛乱（见《新约·启示录》第十二章）。因为普鲁托乞灵于撒旦，维吉尔就针锋相对地提这件事来慑服普鲁托。

⑦ 意即地狱聚集着所有的罪人和叛逆的天使的一切罪孽。

⑧ 第四层地狱是贪财者和浪费者的亡魂受苦之处。这一层地狱也是个圆形的圈子。贪财者的亡魂成为一队，在这半个圈子，浪费者的亡魂成为另一队，在那半个圈子，各自用胸部使劲滚动着重物。两队亡魂在终点遇到一起，就互相碰撞，互相责

骂,然后,各自掉头往回滚动,到达终点时,就又互相碰撞,互相责骂。他们总是这样来回来去地走着,一刻也不能停顿。

⑨ 卡里勃底斯是意大利南部墨西拿海峡中的大漩涡,对面是斯库拉岩礁,爱奥尼亚海的潮水在这里同第勒尼安海的潮水涌到一起,互相冲击,行船十分危险。诗中把这两个海的潮水互相冲击的情景来比拟贪财者和浪费者这两队亡魂互相碰撞的情景。"圆舞"是许多人一起跳的、快速转圈子的集体舞,这里用来比拟亡魂们滚动着重物来回来去地转圈子。

⑩ 意即再次互相碰撞。

⑪ 正如斜眼儿由于视线偏斜,看东西不准确一样,心灵患斜视的人由于心里糊涂,不认识钱财的真正价值和用处,或则爱财入迷,或则挥金如土,各走极端。

⑫ "相反的罪过"指贪财罪和浪费罪。"吠声"是贬词,指亡魂们喊"你为什么吝啬?"和"你为什么浪费?"这两句话。

⑬ 指受最后审判时,贪财者将攥紧拳头从坟墓里爬起来,表示他们是执迷不悟的守财奴,浪费者将剃光头发从坟墓里爬起来,表示他们已经倾家荡产,一贫如洗。

⑭ 指天国。

⑮ 原文是"buffa"。有的注释家认为这个词的含义是"一阵风"或"过眼云烟";有的注释家认为含义是"欺骗",大意是说,世人信赖走红运得来的钱财,但不久就发现自己受了骗。译文根据第二种解释。

⑯ 指无所不知的上帝。

⑰ "推动者"指各级天使。但丁在《筵席》第二篇第四章中说:"〔诸天的〕推动者是同物质分离的实体,即天智(intelligenze),俗名'天使'。"

⑱ 意即九级天使都各自把神的光芒反射在九层天当中的一层上面,使光得以均匀分配。

⑲ 正如指派天使推动诸天运行一样,上帝指派时运女神掌管世上荣华(包括财富、名位、权力等)的不断重新分配,这种分配是人所不能阻挠的。

⑳ "其他的神"指天使们。

㉑ "必然性"是哲学术语,这里指必须遵循天命。

㉒ 指不能享荣华富贵的人们,这些人错误地诅咒时运女神。实际上,他们应该感谢她,因为她不让他们享受荣华富贵,从而使他们认识到荣华富贵是过眼云烟,精神财富才是真正有价值的。这种思想来源于罗马哲学家波依修斯(约480—524)的《论哲学的慰藉》。

㉓ "最初造物"指天使们。如同天使转动天体使它们运行一样,时运女神转动她的轮子,使世上的荣华不断转移。当时教堂里的时运女神画像一般是蒙着眼睛、站在一个轮子上,轮子由八部分构成,象征人生的浮沉兴替,其中最著名的是维罗纳的圣泽诺教堂里的时运女神画像。但丁可能受到这幅画像的启发,但他并不认为时运女神是盲目的(蒙着眼睛象征时运的盲目性),而肯定她是同天使一样,秉承上天的意旨而行的。

㉔ 两位诗人起程游地狱时是黄昏时候,众星正从地平线上升起,现在这些星已开始往下落了:这表明时间已经过了午夜。他们不能停留太久,因为游地狱的时间不许超过二十四小时。

㉕ 指圈子的边缘,从那里下到第五层地狱。

㉖ "斯提克斯"(Styx)是希腊神话中环绕阴间的河流。维吉尔在史诗中已经提到这个沼泽:埃涅阿斯游地狱时,神巫对他说:"你面前看到的是科奇土斯深潭和斯提克斯沼泽"(《埃涅阿斯纪》卷六)。但丁沿袭维吉尔史诗,也把它作为地狱里的沼泽。

㉗ 指阳间。

㉘ 在斯提克斯沼泽的黑泥里受苦的都是生前犯愤怒罪者的亡魂。根据基督教教义,愤怒是一种罪过。

㉙ 意即"诉苦的话";"赞歌"是讽刺的说法。

㉚ "干燥的陡岸"指间隔第四层和第五层地狱的悬崖或陡坡,"湿泥"指斯提克斯沼泽中的泥水。

第 八 章

我接着叙说①,早在我们来到那座高塔脚下之前,我们的眼睛就仰望塔顶,因为瞥见那里设置了两个烽火②,另有一个塔楼从远处打回信号,远得眼睛几乎望不见它。我转身向着一切智慧之海③说:"这烽火说明什么?那烽火回答什么?设置这些烽火的是什么人?"他对我说:"假如沼泽里的雾气不遮上它,你就已经看得见他们所期待的东西在那污浊的波浪上了。"

弓弦把箭弹出去,迅速穿过空中,绝没有我在那一瞬间看到的一只由一个船夫独自驾驶的小船从水面上向我们驶来那样快,那船夫喊道:"现在你④来啦,邪恶的亡灵!"

"弗列居阿斯⑤,弗列居阿斯,这次你白喊了,"我的主人说,"你能扣留我们的时间,不会长于我们渡过这片沼泽的时间。"如同一个人听到人家使他受到的巨大欺骗以后,就为此感到痛心,弗列居阿斯在被迫压下心头的怒火时,情形正是这样。

我的向导上了小船,随后让我跟着他上去;我上去后,船才像装载着什么的样子⑥。我的向导和我刚一上了船,古老的船头就向前行驶,比往常载着别人的时候吃水更深。

我们在这死水的渠道上航行时,一个浑身是泥的人出现在我面前,他说:"你是谁呀,没到时候就来了?"我对他说:"我来是来了,并不留下;可是,你是谁呀,弄得身上这样肮脏?"他回答说:"你看到,我是个受苦的人。"我对他说:"可诅咒的亡魂,你留在这里受苦、悲痛吧;因为你虽然浑身泥污,我还是认得你。"一听这话,他就把两只手伸向这小船;因此,我的机敏的老师把他推开,说:"滚开,到其他的狗那里去!"随后,用双臂搂住我的脖子,吻我的脸,说:"义愤填膺的灵魂哪,怀孕生下你的人有福了⑦!那厮在阳间是个狂妄的人;没有善行使他留下美名:所以他的阴魂在这里咆哮如雷。多少人如今在世上以伟大的帝王自居,将在这里像猪一样在泥里趴着,给自己的罪行留下可怕的骂名!"我说:"老师,我很愿意看到,他在我们离开这个湖以前被泡在这汤⑧里。"他对我说:"在你没有看到对岸以前,你就会感到满足:你怀着这种愿望,是该让你称愿的。"少时,我就看到此人被那些浑身泥污的人狠狠地撕裂,使得我如今还为此赞美上帝,感谢上帝。他们大家一齐喊:"痛打腓力浦·阿尔津蒂⑨!"那个狂怒的佛罗伦萨人气得用牙自己咬自己⑩。我们在这里离开了他,所以我不再讲他。

但是,一片悲声震动我的耳鼓,我为此睁大眼睛向前凝望。善良的老师说:"儿子,现在我们临近那座名叫狄斯的城了,城里有罪孽深重的市民和大军⑪。"我说:"老师,我已经看得清楚,那谷地里的城上的塔楼⑫红彤彤的,好像刚从火里取出来的铁一般。"他对我说:"永恒之火从里面烧着这些塔楼,使它们如同你所看到的那样,在这深层地狱⑬里显得通红。"

我们终于来到环卫这块绝望之城的深壕里:在我看来,城墙好像是铁的。我们先绕了个大圈子才来到一个地方,在这里船夫大声喊道:"你们下船,这里是入口!"

我看到城门上有一千多个从天上坠落下来的⑭,他们怒气冲冲地说:"这个人是谁,他还没死就走过这死人的王国?"我的睿智的老师示意要单独同他们谈。于是,他们的巨大的愤怒情绪稍微收敛了些,说:"你一个人来,让那个胆敢闯入这个王国的人走开。让他独自由他鲁莽走过的那条路回去:他要是有本领,就让他试一试吧!因为你这个领着他走这样黑暗的道路的人,你得留在这里。"

读者呀,你想一想,我一听到这些可诅咒的话,心里恐慌不恐慌,因为我不相信,我能再回到阳间了。

我说:"啊,我的亲爱的向导啊,你不止七次⑮使得我恢复了信心和勇气,拯救我脱离了面临的严重危险,你可不要让我遭到毁灭呀;如果不许我们再往前走,我们就赶快顺着原路一同回去吧。"那位已经把我领到那里的主人对我说:"不要害怕;因为谁都挡不住我们的去路:那是这样的权威⑯所特许的。你暂且在这里等我,振起萎靡的精神,抱着良好的希望吧,因为我不会把你丢在这地下的世界⑰。"

和蔼的父亲说了这话就走了,留下我在这里,我仍然满腹疑团,"能"与"否"⑱在我的头脑中交战。我听不见他对他们说了什么;但他在那里没同他们谈多久,他们就一个个争先恐后地跑回城里。我们这些敌人当着我的主人的面关上了所有的城门,把他拒之于城外,他随即转身慢步向我走来。他眼睛瞅着地,眉梢上自信的喜气已经完全消失,叹息着说:"谁拒绝我进入这些愁苦的房子!"他对我说:"你不要因为我烦恼就惊慌起来,因为,无论谁在里面用什么办法阻挡,我都会在这场斗争中获胜。他们这种蛮横行为并不新奇,因为他们在那一道不像这样秘密的门[19]前就已经有过这种举动,那道门直到如今还没有门闩。你曾看到那道门楣上的死的铭文[20]:现在已经有一位从那道门这边下了陡坡,不带向导穿过每个圈子来了[21],要由他来给我们打开这座城。"

注释:

① 前七章均开门见山,直接叙述故事情节,这一章却以"我接着叙说"作为开端,显得很不寻常,因而引起了注释家的猜测和争论。据薄伽丘说,前七章是但丁被放逐以前在佛罗伦萨写成的,原稿留在家里,诗人以为已经散失,几年以后,偶然被发现了,设法送到诗人手里,当时他在卢尼地区玛拉斯庇纳侯爵的宫廷作客(1306);原稿失而复得后,但丁重新继续已经中断的《神曲》写作。因此,有的注释家认为,"我接着叙说"就指接续中断的写作而言。这种说法现在已经不大令人信服。多数注释家认为,这句话的意思是告诉读者:现在要稍微回过头去,接着叙说第七章已经谈起,但在末尾中断了叙说的事。

② 这是报警的信号,表示来了两个人(维吉尔和但丁);中世纪城堡之间惯于举火报警。

③ 指维吉尔。

④ 大概这是这个船夫习惯的喊法,并非专对但丁一个人,况且船夫还没看清来的是两个人。

⑤ 弗列居阿斯是神话中的人物,因为愤恨阿波罗诱奸他女儿,他放火烧毁了得尔福的阿波罗神庙。《埃涅阿斯纪》卷六曾提到他。但丁在诗中使他变成魔鬼,作为斯提克斯沼泽上的船夫和第五层地狱的看守者。由于在盛怒之下烧毁了阿波罗神庙,他又是愤怒的象征。诗中没有描写他的外貌,也没有说明他作为船夫经常执行什么任务。从维吉尔的话里看来,弗列居阿斯驾船把二位诗人渡过沼泽去,是一次例外的行动,他并不像卡隆那样摆渡亡魂,因为沼泽岸上并没有亡魂集合待渡。他的职务似乎是把亡魂运载到沼泽中间,扔进污泥里,在他所指定的地方受苦。

⑥　因为但丁是活人，他的体重使船吃水比往常深。《埃涅阿斯纪》卷六有类似的话。

⑦　意即你的母亲有福了。这话来源于《新约·路加福音》第十一章："怀你胎的和乳养你的有福了。"借用《圣经》中的词句使维吉尔的话显得更庄严郑重。

⑧　用"汤"来指污水，带有谐谑的意味。

⑨　腓力浦·阿尔津蒂是佛罗伦萨贵族，本名腓力浦·德·卡维乔利（卡维乔利是豪强的阿蒂玛利家族的支派），为人豪富奢侈，他的马钉的马掌都不用铁制而用银制，因此，外号叫腓力浦·阿尔津蒂（意大利文 argento 是"银"，外号的意思是"银马掌的腓力浦"）。早期注释家说，他是黑党，和但丁是政敌，他的兄弟薄伽齐诺曾分到但丁被没收的家产；还有人说，他还打过但丁一记耳光，二人始终互相仇恨。关于他的生平没有传记材料可考，但是薄伽丘的《十日谈》（第九天，故事第八）和萨凯蒂的《故事三百篇》（故事第一百十四）都有关于他的传说。

⑩　来发泄他无法在别人身上发泄的怒气。

⑪　"狄斯"是古代神话中的冥王的名称之一，维吉尔在史诗中也称冥界为狄斯；但丁认为古代神话中的冥王就是《圣经》中的魔王卢奇菲罗或撒旦，这里所说的狄斯之城即魔王之城；"罪孽深重的市民"指在深层地狱受苦的灵魂；"大军"指成群的魔鬼。

⑫　"塔楼"原文是"meschite"，含义为"清真寺"；出于中世纪人的宗教偏见，但丁借用这个词指狄斯之城的塔楼；"谷地"指地形由外向内倾斜、构成第五、六层地狱的整个地带。

⑬　"深层地狱"指圈在城墙里面的第六、七、八、九层地狱，即低层地狱。

⑭　指追随撒旦背叛上帝，从天上坠落到地狱里变成魔鬼的天使们。

⑮　"七次"是不定的数字，指若干次，《圣经》中已有这样的用法。

⑯　指上帝。

⑰　指地狱。

⑱　指维吉尔和魔鬼们谈判能否成功？能否排除障碍继续前进？

自己能否回到阳间？

⑲ 相传耶稣基督降临地狱时,魔鬼们曾关上地狱的大门,企图阻止他进去,但他破门而入,从那时起,地狱的大门由于没有门闩,而一直敞开着;这道门比狄斯城的城门靠外,所以说不像后者那样秘密。

⑳ 指第三章开头所讲的铭文。

㉑ 指一位天使已经从地狱的大门走下陡坡,独自穿过第一、二、三、四、五层地狱,来给他们俩开狄斯城的城门。

第 九 章

看到我的向导折回时,我的畏怯情绪显露在脸上的那种颜色,促使他更快地把自己脸上新显露的颜色收敛起来,藏在心里①。他停住脚步,像听什么动静的人似的,凝神注意起来;因为他的眼睛不能透过黢黑的空气和浓重的烟雾看到远处。

"可是,我们必然打赢这场战斗,"他开始说,"除非……答应给我们帮助的是那样的一位嘛②。啊,我望眼欲穿,怎么另一位③还迟迟没来到这里呀!"

我分明看出,他用后来说的那句话掩盖了已经开头但未说完的那句含义不同的话④;但他的话仍然使我害怕,因为我也许曲解了他中断的话,认为它含有比它的命意更不好的意义。

"灵魂所受的惩罚仅限于断绝升天希望的第一圈里,曾经有人来到这悲惨的深谷的底层吗⑤?"我提出了这个问题。他回答我说:"我们当中,很少有人做我现在所做的旅行。从前我确实有一次,被常给死尸招魂的残酷的厄里克托⑥用咒语召唤,下到了这里。我离开自己的肉体后不久,她就让我进入这道城墙里面,从那里把一个在犹大环⑦受苦的亡魂带出来。那是最低的地方,又是最黑暗的、距离环绕着一切运行的

他来到城门前,用一根小杖开了城门,没有遇到任何抵抗。

那重天⑧最远的地方：我熟悉这条路；所以你就放心吧。这片散发着恶臭的沼泽围绕着这愁苦之城，我们现在不经过斗争是进不去的。"

他还说了许多话，但我记不得了：因为我的眼睛已经把我的心神完全吸引到高耸的塔楼的火红的顶上去了，那里霎时间忽然站着地狱里的三个浑身血污的复仇女神⑨，四肢和举止和女人一样，腰间缠着深绿色的水蛇，她们的头发都是小蛇和有角的蛇，盘绕在凶恶的鬓角上。他认得清楚她们是永恒悲叹之国的王后⑩的侍女，对我说："你看这三个凶恶的厄里倪厄斯⑪。左边这个是梅盖拉；右边哭的那个是阿列克托；中间的是提希丰涅。"说了这话就沉默了。

她们各自用指甲撕裂自己的胸膛；自己用手掌打自己，用那样大的音声喊叫，吓得我紧紧地向诗人靠拢。"让米杜萨⑫来：我们好把他变成石头。"她们望着下面，大家一齐说，"我们没有报复特修斯进行的攻击，是失策的⑬。""你向后转过身去，闭着眼睛，因为，如果果尔刚⑭出现，你看到他，就再也不能回到阳间了。"老师这样说；他还亲自把我的身子扳转过去，他不相信我的手，所以又用他自己的手捂上我的眼睛。

啊，有健全的理解力的人哪，你们揣摩在这些神秘的诗句的面纱下隐藏着的寓意⑮吧！

这时，已经从浑浊的水波上传来了轰隆一声充满恐怖的巨响，震得两岸都摇动起来。它和由冷、热空气相激而起的一阵狂风的怒号声一样，这阵风冲击森林，所向披靡，把树枝刮断、吹落、裹走；它卷起尘沙，傲然前进，吓得兽群和牧人仓皇奔逃。

他把捂着我的眼睛的手松开，说："现在你顺着这古老的沼泽的冒着泡沫的水面，纵目向那烟雾最浓重的地方眺望吧。"

如同群蛙遇到它们的天敌蛇时，纷纷没入水中，各自缩作一团蹲伏在水底一样，我看到一千多个亡魂这样逃避一位步行走过斯提克斯沼泽而不沾湿脚跟者。他时时在面前挥动左手，拨开浓雾；似乎只有这种麻烦使他感到疲倦。我认清他是一位天使，就转身向着老师；老师示意要我肃静，向他鞠躬致敬。啊，看来，他多么愤怒啊！他来到城门前，用一根小杖开了城门，没有遇到任何抵抗。

　　"啊，被天上逐出的，可鄙之徒，"他在那可怕的门坎上开始说，"你们怀的这种狂妄是从哪儿来的？你们为什么抗拒那非实现不可的意旨⑯，而且这样做每次都加重了你们的痛苦⑰？对命运⑱顽抗，有什么用？你们记得，你们的刻尔勃路斯因为这样下巴和脖子上仍然没有皮⑲。"随后，他就转身顺着那条泥污的路回去，没有和我们说话，却显露那样一种神情，像一个人有别的事驱迫、催促着⑳，顾不得理睬眼前的人一样。

　　我们听了那番神圣的言语后，感到放心，就向那座城走去。没有受到任何阻拦，就进去了；我怀有观察这种堡垒的内部情况的愿望，一到里面，就纵目四望，只见左、右两边是广大的平川，到处都是痛苦的声音和残酷的刑罚。

　　如同在罗讷河淤滞之处的阿尔㉑，如同在标明意大利边界的、冲刷着它的边境的夸尔纳罗湾附近的普拉㉒，一座座的坟墓使地面起伏不平，在这里，坟墓也到处使地面呈现出这个样子，只是这里情景更为悲惨；因为坟墓周围都散布着火焰，把坟墓统统烧得那样热㉓，工匠无论制造什么都不需要更热的铁。坟墓的盖子全都掀起来靠在一边，从里面发出那样悲惨的哭声，明确地显示出是不幸者和受苦者的哭声。

我说:"老师,埋葬在那些棺椁里的、使人听到他们悲叹的那些人们都是什么人哪?"他对我说:"这里都是异端祖师和他们各自的宗派的门徒,坟墓里装着的人比你所料想的要多得多。这里同类的和同类的葬在一起,坟墓的热度有的较高有的较低㉔。"

他向右边转过身去以后,我们就从这些受苦处和城墙㉕之间走过去了。

注释:

① 意即维吉尔看到但丁吓得面无人色,就赶快抑制自己的情绪,使脸上刚显露的气愤和苦恼的神色迅速消失。

② "除非……"表明维吉尔心里忽然产生的怀疑,大意是说:"除非我对贝雅特丽齐所说上天要给以帮助的话理解得不正确。"但他立刻克服了这种怀疑,中断了自己刚开始的话,因为他想到前来做出诺言的是贝雅特丽齐这样一位极其可靠的、而且又是奉上天之命而来的人物。

③ 指一位天使。

④ 意即用"答应给我们帮助的是那样的一位嘛"这句话掩盖了"除非……"这句中断的话的含义。

⑤ 但丁问:第一层地狱(林勃)中的灵魂是否有人来过地狱的底层。

⑥ 厄里克托是希腊色萨利地方的女巫。古罗马作家卢卡努斯在史诗《法尔萨利亚》卷六中叙述,厄里克托在法尔萨利亚之战前夕,曾应庞培的儿子塞克斯图斯的请求,为一名阵亡战士招魂,使他还阳来预言这次战争的胜负。但丁主要根据这段叙述,虚构出厄里克托曾召唤维吉尔到地狱底层带出一个亡魂之事,以证明维吉尔确实认识那一条路。

⑦ 意即死后不久,就被厄里克托召唤,下到"犹大环"(Giudecca)。"犹大环"是构成第九层地狱的科奇土斯冰湖的四个同心圆之中最靠里的一个,得名于出卖耶稣的叛徒犹大,凡是出卖恩人者,死后灵魂都在此环受苦。

⑧ 指第九重天,即水晶天,亦名原动天,是托勒密天文体系中的最外层天体;地球是宇宙中心,第九层地狱又在地心,所以说"犹大环"是距离水晶天最远的地方,就地球来说,是最低的地方。

⑨ 据希腊神话,三个复仇女神是阿刻隆河和夜的女儿,象征犯杀人罪者受良心责备产生的懊悔情绪。

⑩ "永恒悲叹之国"指冥界,冥界的王后是普洛塞皮娜。《神曲》中没有提到她的名字。

⑪ "厄里倪厄斯"是三个复仇女神的希腊文总称,其中"梅盖拉"含义是"仇视的","阿列克托"含义是"永远不睡的","提希丰涅"含义是"对杀人罪复仇者"。在但丁诗中,她们象征不能促使人忏悔的那种无益的懊悔情绪。诗中对她们的描写显然受维吉尔的《埃涅阿斯纪》卷六、卷七和卷十二的启发。

⑫ "米杜萨"是希腊神话中三个两肋生翼,头上有无数小蛇的女妖之一,人一看到她的脸,就化为石头。她象征阻止人悔罪的绝望情绪。

⑬ 根据古希腊神话,雅典王特修斯和他的朋友珀里托俄斯一起去冥界,企图拐走冥界王后普洛塞皮娜,但他们失败了,珀里托俄斯被冥界的狗刻尔勃路斯吃掉,特修斯被冥王囚在地府,后来被英雄赫剌克勒斯救出。这句话大意是,当初特修斯攻入地府时,假如对他进行报复,就不会再有人胆敢闯入地府了。

⑭ "果尔刚"(Gorgona)是三个蛇发女妖的通称。

⑮ 诗人在这里提醒读者,要注意领会诗中所含的道德寓意。"神秘的诗句"究竟指有关复仇女神和女妖米杜萨以及维吉尔的失败和但丁的恐惧的诗句,还是指有关天使来临的诗句,或者指这一整段情节的诗句,注释家众说纷纭;现在多数学者都认为指整段情节的诗句。关于其中的道德寓意,萨佩纽所作的注释最为简明扼要:"从整个情节看来,……但丁在面临地狱之行(象征悔悟和解脱罪恶的过程)最困难的一段旅途时,显然要强调指出人在努力自救的过程中将会遇到的、必须克服的最严重的障碍。阻止有罪的人悔罪自新的障碍是种种诱惑(群魔)和内疚,也就是说,对自己过去生活的回忆和懊悔(复

67

仇女神),以及宗教上的怀疑或者绝望(米杜萨)。人的理性
(维吉尔)的力量在一定范围内足以打退这一切攻击;但是最
终须要有神恩(天使)的帮助才能完成赎罪和得救的过程。"

⑯ 指上帝的意旨。

⑰ "每次"指基督降临地狱以及上面提到的特修斯和下面间接提
到的赫剌克勒斯闯入地狱时,魔鬼们抗拒,遭受失败的情况。
"加重了你们的痛苦"指经受了被逐出天国的痛苦后,又遭受
新的失败。

⑱ 这里"命运"指上帝的不可改变的意旨。

⑲ 根据古希腊神话,力大无穷的英雄赫剌克勒斯本着命运的意
志进入地狱时,冥界的狗刻尔勃路斯曾挡住他的去路;但他把
铁链子拴在刻尔勃路斯的颈子上,把它拉了出去(见《埃涅阿
斯纪》卷六)。铁链子勒得太紧,磨掉了刻尔勃路斯颈子上的
毛,是但丁在维吉尔史诗的启发下想象出来的情景。

⑳ 指天使急于返回天国。

㉑ "阿尔"是法国南部位于罗讷河左岸的城市,附近有许多古罗
马时代的坟墓。"淤滞"原文是"stagna",薄伽丘解释为"入
海",这种解释为格拉伯尔和萨佩纽所采纳,但大多数注释家
都认为阿尔并不临海,"stagna"指罗讷河流速减低,变成沼泽,
译文根据这种解释译为"淤滞"。

㉒ "普拉"是伊斯的利亚半岛南端的城市,靠近夸尔纳罗湾,附近
也有古罗马时代的墓地,但现已不存。"边界"指地理上的边
界。普拉现属南斯拉夫。

㉓ 这些坟墓是第六层地狱里的犯异端罪者的灵魂受苦处。由诗
中的描写可以想见这些坟墓都是石棺,棺盖可以掀起来。中
世纪教会常把创立和信仰异端邪说者活活烧死,这一事实使
但丁设想这些人的灵魂入地狱后,永远在被烧得灼热的石棺
中受苦。

㉔ 意即同一异端的信徒都葬在一起;坟墓(即石棺)的热度根据
异端的严重性的程度而有高低的差别。

㉕ "受苦处"指烧得灼热的石棺;"城墙"原文为"Spaldi",本义是
"雉堞",这里扩大含义,指整个城墙。

第 十 章

现在我的老师顺着城墙和受苦的地方之间的一条狭窄的小路走去,我跟在他背后。

"啊,有至高的美德的人哪,你从心所欲引导我转过这些万恶的圈子①,"我开始说,"请回答我,满足我的愿望。可以看那些躺在坟墓里的人吗?墓盖已经统统掀起来,又没有人看守。"他对我说:"当他们带着留在世上的遗体,从约沙法谷②回到这里时,墓盖将统统封闭起来。这一部分就是认为灵魂与肉体一起死亡的伊壁鸠鲁和他的一切信徒③的墓地。因此,你向我提出的问题和你没有对我说出的愿望④,在这个地方很快就会得到满足。"我说:"和善的向导,我并不对你隐瞒我的心愿,除非为了少说话,你不只现在要我这样⑤。"

"啊,托斯卡那人,你活着就走过这火城⑥,谈吐这样文雅,愿你高兴在这个地方停留一下。你的口音表明你出生在我那高贵的家乡,对于家乡也许我造成了过多的危害⑦。"这声音突然从其中的一个石棺里发出;吓得我向我的向导靠拢得更近一些。他对我说:"你做什么?转过身去!你看那儿法利那塔⑧已经站起来啦;他腰部以上你全都看得见。"

我已经把目光对准他的目光;只见他昂首挺胸直立,似乎对地狱极为蔑视。我的向导的勇敢、敏捷的手把我从那些坟

69

墓中间向他跟前推去,说:"你说话要得体⑨。"

当我来到他的坟墓旁边时,他稍微看了看我,随后就带着几乎是轻蔑的表情问我:"你的祖辈是什么人?"我愿意顺从他的意愿,没对他隐瞒,完全告诉了他;他听了就稍稍抬起眉头⑩,随后说:"他们激烈地反对我,反对我的祖先,反对我的党,所以我驱散了他们两次⑪。"我回答他说:"如果说他们被赶走了,他们两次都从各地回来了,您的家族却没有学好那种技术⑫。"

这时,那敞开着的墓里,在他旁边又出现了一个幽魂⑬,只露出下巴以上:我想,他是挺身跪在那里。他向我周围张望,似乎想看一看另一个人是否和我在一起;当他的猜想破灭之后,他哭着说:"如果你是凭着崇高的天才来游历这黑暗的牢狱的话,那我儿子在哪里? 他为什么不和你在一起⑭?"我对他说:"我不是凭自己来的,在那边等着的那个人引导我走过这里⑮,或许能到达您的圭多曾不屑于去见的人面前⑯。"他的话和受苦的方式已经使我知道了他的姓名;所以我的回答才那样明确⑰。

他突然一跃而起,喊道:"怎么? 你说'他曾'? 他已经不在人世吗? 甜蜜的阳光不照射他的眼睛了吗⑱?"当他觉察到我稍微迟疑了一下,没有回答,他身子就又向后倒下,不再从墓中出现⑲。

但是,请我停留的那另一位豪迈的人却神色不变,既不转动颈部,也不弯腰⑳;他接续前面的话说:"如果他们没有学好那种技术,这比这火床更使我痛苦㉑。但是,不等到统治此地的王后脸上再放五十次光,你就会知道,那种技术是多么难学㉒。愿你迟早能回到甜蜜的世界,请告诉我,为什么那里的

人民在一切法令中对我的家族那样残酷㉓?"我回答他说:
"鲜血染红阿尔比亚河水的可怕的大屠杀㉔,使得在我们的圣
殿里做出这样的决定㉕。"他摇了摇头,叹息着说:"那并不是
我一个人干的,假如没有理由的话㉖,我当初是决不会和其他
的人一同行动的。但是,在人人都同意毁灭佛罗伦萨的地方,
就只我一个人当场挺身而出来保卫它㉗。""愿您的后代迟早
能过安定的生活,"我恳求他说,"请您把那个在这里缠住我
的头脑的结子给我解开㉘。如果我没有听错的话,你们似乎
能预见未来的事,对于现在就不然了。"他说:"我们就像远视
眼一样,看得见距离我们远的事情;至高的主宰仍然给我们这
点光明。当事情临近或者已经发生时,我们的智力就完全无
用了;如果别人不给我们带来消息,我们对于人世间的情况就
一无所知㉙。所以,你就可以想见,未来之门一旦关闭,我们
的知识就完全灭绝了㉚。"这时,我觉得对自己的过错非常懊
悔,说:"现在就请您告诉那个倒下的人:他儿子还在人世,如
果说我起先没有回答他的问题,请告诉他,那是因为我当时正
在思索您现在给我解答了的疑问。"我的老师已经叫我走开;
因此我请求这个鬼魂快些告诉我,都是谁和他在一起。他对
我说:"我和一千多人躺在这里㉛:这儿里面有腓特烈二世㉜
和那位枢机主教㉝;其余的人我不讲了。"

　　他说罢,就隐身于墓中不见了,我回味着那些对我来说不
祥的话㉞,转身向那位古代诗人走去。他移步前行;然后,一
面这样走着,一面对我说:"你为什么怅惘?"对这个问题我回
答得明确,使他满意。"你要把你所听到的那些对你不利的
话记在心里,"那位哲人命令我说,"现在你注意听这话,"他
伸起手指说,"当你到了那美丽的眼睛闪耀着温柔的目光洞

察一切的圣女面前时㉟,你会从她口里知道你的人生旅程。"随后,他就向左边走去。

我们离开了城墙,顺着一条通到山谷的小路走向中心地带,山谷里的臭气熏得上面都很难闻㊱。

注释:

① "有至高的美德的人"指维吉尔,他象征着理性,根据亚里士多德学说,理性是人的至高的美德。"万恶的圈子"指各层地狱,其中都是有罪的灵魂。"从心所欲"很费解,萨佩纽认为,大概指维吉尔在这层地狱里不像通常那样引导但丁向左转,而向右转(参看第七章末尾)。

② "约沙法谷"是耶路撒冷附近的一个山谷,上帝将在那里进行最后审判,届时灵魂和肉体将合在一起前往受审。

③ 伊壁鸠鲁(前341—前270),古希腊哲学家,伊壁鸠鲁学派创始人。他的学说出现在基督教以前,严格说来,不能说是教会所谓的异端。但是中世纪人把他看成否定灵魂不死的哲学家;否定灵魂不死就从根本上否定了基督教,因此,但丁认为他的学说是异端邪说,把他和"他的一切信徒"都放在第六层地狱里。"他的一切信徒"主要指但丁时代的否定灵魂不死的人们,并非泛指古代伊壁鸠鲁派哲学家;这些人的灵魂在烈火烧红的坟墓里受苦,是当时教会对信异端者施以火刑的反映。异端兴起的目的主要是反对教会,吉伯林党斗争的锋芒又主要指向教皇的世俗权力,人们受贵尔弗党宣传的影响,把二者混为一谈,也称吉伯林党为伊壁鸠鲁派。

④ 指但丁想知道坟墓里的鬼魂中有没有自己的同乡,尤其想知道佛罗伦萨吉伯林党首领法利那塔(见注⑧)是否在那里,此人死后十九年(1283)被宗教裁判所宣布为信异端者,他的遗体埋葬在教堂地下,又被挖出。当时但丁已经十八岁,对此事印象深刻。他在第二层地狱曾向恰科打听法利那塔的灵魂在哪里,足见他对这个人物的命运异常关心。

⑤ 多数注释家认为大意是:我只是为了少发问,免得麻烦你,才没有说出自己的愿望,因为不仅现在,而且在其他的场合(例

如,在走近阿刻隆河时),你已经示意给我,不要急于发问。但是波雷纳(Porena)指出,这里"non pur mo"的含义是"不久以前",不能照字面解释为"不只现在",因为维吉尔当时并没有向但丁示意,要他抑制住自己的好奇心。译文根据多数注释家的解释。

⑥ 托斯卡那(Toscana)是但丁的家乡佛罗伦萨所在的地区。"火城"指城楼被火烧得通红的狄斯城。

⑦ "高贵的家乡"指佛罗伦萨;"造成了过多的危害"指法利那塔通过激烈的党派斗争和蒙塔培尔蒂(Montaperti)之战使佛罗伦萨遭受巨大的损害。

⑧ 他的全名是法利那塔·德·乌伯尔蒂(Farinata degli Uberti)。1216年,佛罗伦萨内部开始分裂成贵尔弗和吉伯林两个敌对的党派,乌伯尔蒂家族属于吉伯林党。1234年,法利那塔成为吉伯林党的首领。1248年,他领导吉伯林党战胜贵尔弗党,并把后者逐出佛罗伦萨。1251年,贵尔弗党返回家乡,斗争的烈火再次燃起,他失败后,和自己的家族以及其他吉伯林家族遭到流放。后来,他在锡耶纳组成全托斯卡那吉伯林联军,得到西西里王曼夫烈德的支援,在1260年蒙塔培尔蒂之战击溃佛罗伦萨贵尔弗军,胜利返回家乡,再次把贵尔弗党驱逐出去。1264年,他死在佛罗伦萨。

⑨ 原文是"conte",对这个词的含义有种种不同的解释:帕罗狄(Parodi)的释义是"恰当","得体";巴尔比(Barbi)的释义是"体面","尊贵";戴尔·隆格(Del Lungo)的释义是"清楚","明确"。译文根据帕罗狄的解释。

⑩ 这个动作通常表示凝神回忆;这里却不然,因为法利那塔的话表明他对往事记忆犹新;根据诗中的具体情景来看,大概表示这位吉伯林党首领听到但丁的祖辈是贵尔弗党时,心中顿时产生的愤恨情绪。

⑪ "驱散"(dispersi)意即通过放逐,消灭了贵尔弗家族在佛罗伦萨的政治势力。

⑫ 但丁针对法利那塔的话,当面向他指出,贵尔弗家族虽然两次遭到放逐,但每次都能返回家乡,作为吉伯林党首领的乌伯尔蒂家族却不然;因为1266年本尼凡托之战后,支持吉伯林党

73

的霍亨斯陶芬王一蹶不振,贵尔弗党于 1267 年重新回到佛罗伦萨,吉伯林家族再次遭到放逐,其中乌伯尔蒂家族的主要成员永远未能返回家乡。

⑬ 此人是但丁的知己朋友诗人圭多·卡瓦尔堪提(Guido Cavalcanti)的父亲卡瓦尔堪台·卡瓦尔堪提(Cavalcante Cavalcanti)。据薄伽丘说,他是一位俊美、豪富的骑士,接受伊壁鸠鲁的学说,不相信人死后灵魂不死,认为人生最大的幸福是肉体的快乐;他属于贵尔弗党,在政治上是和法利那塔相敌对的;1267 年,贵尔弗党返回佛罗伦萨后,为巩固依然不稳的和平局面而使敌对的家族联姻,法利那塔的女儿就和卡瓦尔堪提的儿子圭多订了婚。这两位亲家都信仰伊壁鸠鲁派异端邪说,死后在同一个坟墓里受苦。

⑭ 卡瓦尔堪台从但丁和法利那塔的对话中听出他是自己的儿子圭多的朋友但丁,以为他活着游历地狱是凭崇高的天才,寻思自己的儿子圭多也有崇高的天才,理应和但丁同来,一发现他并不在但丁身边,不禁连声追问起来;他的话里表示出焦急不安的情绪和对儿子的热爱与自豪感。

圭多·卡瓦尔堪提(约 1255—1300)是"温柔的新体"诗派的主要代表之一,在哲学思想上深受阿拉伯哲学家阿威罗厄斯的影响;薄伽丘说:"他倾向于伊壁鸠鲁派学说,老百姓中间传说,他进行哲学思考,只是为了探索能否设法证明上帝不存在。"在政治上,他是白党的首领之一。1300 年 6 月 24 日,佛罗伦萨政府(当时但丁是六名行政官之一)由于黑白两党发生流血冲突,危及社会秩序,下令流放两党首领,他被流放到萨尔扎纳,不久因病获准还乡,8 月底病死。《神曲》中虚构的地狱、炼狱、天国旅行开始于 1300 年 4 月 8 日,当时他还活着。

⑮ 但丁说明自己活着游历地狱,并非凭个人的天才,而是靠上天的特殊恩惠,由维吉尔做向导,才能实现的。

⑯ 根据旧的注释,当译为:"在那边等着的那个人(指维吉尔)引导我走过这里,或许您的圭多曾轻视他。"这样译法在字面上讲得通,但是圭多为什么轻视维吉尔,实在费解。过去的注释理由都很勉强。帕利阿罗(Pagliaro)提出的新解释颇能自圆其说,译者根据这种解释把这两句诗译成:"在那边等着的那

个人引导我走过这里,或许能到达您的圭多曾不屑于去见的
人面前。"这里"曾不屑于去见的人"指贝雅特丽齐,她象征神
学,圭多信仰伊壁鸠鲁派异端,当然鄙视神学。"或许"表明但
丁由于旅程艰苦、遥远,还不敢说一定能到达贝雅特丽齐
面前。

⑰ 但丁听到他的话,又看到他和信仰伊壁鸠鲁派异端者在一起
受苦,就知道他是自己的朋友圭多的父亲,所以回答得那样
"明确",并且对他使用尊称"您"。

⑱ 但丁在答话里使用过去时"ebbe a disdegno"(曾不屑于),表示
那已经是过去的事,言外之意是:现在也许不再这样。卡瓦尔
堪台因为但丁的话里使用过去时,误认为自己的儿子圭多已
死,但又不愿相信这是事实;内心的矛盾驱使他连声追问起
来。"甜蜜的阳光"这一美妙的词语表达出卡瓦尔堪台作为伊
壁鸠鲁学说的信徒在黑暗的地狱里对光明的人世间的向往。

⑲ 但丁听了卡瓦尔堪台的话以后,对于他不知道他儿子现在的
情况感到惊奇,寻思地狱里的鬼魂莫非对现世的情况一无所
知? 在第三层地狱受苦的恰科(见第六章)所说的话,却证明
他既了解佛罗伦萨的现状,又预知它的未来。但丁由于思索
这个问题,没有立刻回答他。他误认为但丁迟疑不答证明圭
多已死,顿时悲痛得倒在墓中不再起来,足见他的父子之情异
常深厚。

⑳ 法利那塔的形象和卡瓦尔堪台的形象形成鲜明的对比:前者
上半身露出在石棺中,"昂首挺胸直立,似乎对地狱极为蔑
视";后者跪在石棺里,"只露出下巴以上",而且感情脆弱,一
见但丁迟疑不答,就以为自己的儿子已死,顿时悲痛得倒下
去;法利那塔却无动于衷,神色不变,因为他正细想但丁关于
吉伯林党和乌伯尔蒂家族的命运的话。

㉑ 注释家彼埃特罗波诺(Pietrobono)指出:这句话概括了法利那
塔的性格;他的党派热情在地狱里依然存在,如同在世时一
样。最使他痛苦的事是政治上的失败,这种痛苦比在烈火燃
烧的石棺中受苦还难以忍受。

㉒ "统治此地的王后"指冥界王后普洛塞皮娜(Proserpina)。据
古代神话,她和冥界女神赫卡特(Hecate)是同一女神,赫卡特

是月神狄安娜(Diana)的化身之一,所以普洛塞皮娜又是月神,这里指月亮不等到她"脸上再放五十次光",意即不等到月亮再圆五十次,也就是说,不到五十个月,或者说,在五十个月内。"你就知道那种技术是多么难学",指但丁被放逐后难回故乡。但丁于1302年遭到放逐,曾和白党流亡者一起试图用武力打回佛罗伦萨,1304年6月初彻底失败。他所虚构的地狱旅行是1300年4月8日开始的,到1304年6月初共计五十个月。法利那塔的预言和古代一切其他的预言、谶语一样,措辞隐晦,带有神秘色彩。

㉓ "那里的人民"指佛罗伦萨人。贵尔弗党彻底战胜吉伯林党后,宣布乌伯尔蒂家族为"共和国敌人",把他们的家宅夷为平地,在历次颁布的准许流亡者还乡的法令中,都把这一家族排除在外。

㉔ "阿尔比亚河"是蒙塔培尔蒂附近的小河;"可怕的大屠杀"指1260年9月4日蒙塔培尔蒂之战,全托斯卡那吉伯林联军击溃佛罗伦萨贵尔弗军,使它伤亡惨重,当时的一位参战者写道:"一切道路、小山和每一条河都好像一道巨大的血河。"法利那塔和他的家族对这次胜利起了决定性作用,应对那次"大屠杀"负主要罪责。

㉕ 对于"在我们的圣殿里",注释家有种种不同的解释:薄伽丘说:"'在我们的圣殿里'指在我们的元老会议中,在制定新的法令、法规和法律的地方";巴尔比认为,"在我们的圣殿里"纯粹是比喻,意即在佛罗伦萨;戴尔·隆格则把"在我们的圣殿里"解释为在教堂里,也就是说,在佛罗伦萨人民会议上,当时这种会议在教堂中举行。牟米利亚诺认为具体指圣约翰洗礼堂,当时行政官们在那里集会。

㉖ 重要的理由是他和所有其他的流亡者都渴望返回家乡。

㉗ 指蒙塔培尔蒂之战胜利后,全托斯卡那吉伯林党的首领们在恩波里(Empoli)会议上都主张通过决议,把佛罗伦萨夷为平地,只有法利那塔一个人坚决反对,他当场严正声明,"如果除他以外别无一人的话,只要他一息尚存,他都用剑来保卫它"(见维拉尼的《编年史》卷六),结果,使佛罗伦萨免遭毁灭。由于他的爱国行为,但丁对他十分敬重,称他为"豪迈的人"

（magnanimo），在和他对话中使用尊称"您"。法利那塔提到自己在会议上力排众议，坚决保卫佛罗伦萨时，流露出由于自己对家乡的功绩被抹杀，家族受到不公正的待遇而感到的内心痛苦；他的话反映了但丁自己遭到放逐后的痛苦心情。

㉘ 意即请给我解答我百思不得其解的疑难问题：地狱里的灵魂为什么只知道未来的事，而不知道现在的事？

㉙ "至高的主宰"指上帝。"我们"究竟单指伊壁鸠鲁派异端的信徒，还是包括地狱里一切其他的罪人在内？对此注释家意见分歧。有的学者认为，伊壁鸠鲁派异端的信徒只承认现世，否定灵魂不死和来世，上天就让他们只知道未来的事，不知道现在的事，作为对他们的惩罚，因此他们断定"我们"单指这种罪人的灵魂。这种论断很有说服力，因为实际上其他的罪人中也有既知未来，又知现在者，例如犯贪食罪的佛罗伦萨人恰科。

㉚ 因为最后审判日就是世界末日，再也无所谓"未来"，那些灵魂的知识当然也就完全灭绝了。

㉛ "一千多"是不定数，表示人数众多。

㉜ 指西西里王和神圣罗马皇帝腓特烈二世（1194—1250）。萨林贝涅·达·巴马（Salimbene da Parma）在《编年史》中说："他（指腓特烈二世）确实是伊壁鸠鲁学说的信徒，所以凡是他自己或者他的学者们能够从《圣经》中找到的可以说明死后没有来世的材料，他都搜集起来。"但丁虽然在《论俗语》中和《地狱篇》第十三章中称赞他是值得尊敬的君主，在《筵席》中称赞他是优秀的逻辑学家和学者，但由于他信仰伊壁鸠鲁派异端，仍然把他的灵魂放在地狱里。

㉝ 指奥塔维亚诺·德·乌巴尔迪尼（Ottaviano degli Ubaldini）。他出身显赫的吉伯林家族，1240—1244 年任波伦亚主教，1245 年起任枢机主教，死于 1273 年。他在当时深受人们敬畏，通常一说枢机主教，不提姓名，人们就知道指的是他。他虽然站在教皇一边对腓特烈二世进行过斗争，但由于家庭出身关系仍然忠于吉伯林党。早期注释家雅各波·德拉·拉纳（Jacopo della Lana）说："他（指奥塔维亚诺）乃世俗之人，十分热中尘世的事物，似乎不相信现世之外还有来世。"据早期注释家本

维努托·达·伊牟拉(Bevenuto da Imola)说,奥塔维亚诺曾说过这样的话:"假如有灵魂,我也已经为吉伯林党丧失它一千次了。"

㉞ 指法利那塔预言但丁将被放逐、难回故乡的话。

㉟ 指贝雅特丽齐。但是后来但丁并不是从她口里,而是从自己的高祖卡洽圭达(Cacciaguida)口里得知自己的人生旅程的(见《天国篇》第二十七章)。在《神曲》这样的长篇史诗中,难免出现前后不一致之处。

㊱ "山谷"指第七层地狱;"中心地带"指第六层地狱的中心地带;"上面"指两位诗人所在的地方。

第十一章

我们来到了一道由崩塌的大块岩石形成的圆形高岸①的边沿上，下面有成堆的鬼魂受更残酷的惩罚。我们在这里由于深渊中发出的臭气②过于可怕，就退到一座大墓的盖子后面，我瞥见上面有铭文写着："我看守被浮提努斯引诱离开了正路的教皇阿纳斯塔修斯③。"

"我们得慢点下去，先让嗅觉稍微习惯于这种讨厌的气味，以后就不在乎它了。"老师这样说。我对他说："你找到什么补偿的办法，以免时间白白过去。"他说："你瞧，我正在想这个呢。"接着，他开始说："我的儿子，这道石岸里边有三个小圈子④，一个比一个靠下，像你离开的那些一样，里面全都充满了可诅咒的鬼魂；但是为了你以后一看到他们就知道他们的情况，你且听我说明，他们是怎样和为什么被囚在那里的⑤：

"一切获罪于天的恶意行为，都是以伤害为目的，凡是这种目的都用暴力或者欺诈伤害别人。但因为欺诈是人类特有的⑥罪恶，它更为上帝所憎恶；所以欺诈者在底层地狱，受更大的苦。

"第一个圈子⑦里全是犯暴力行为罪者；但是因为暴力能施加于三种不同的对象，所以又分成三个环。对上帝，对自己,对邻人都能施加暴力,我是说,施加于他们本身和他们的所有物,关于这点你将听到明确的解说。暴力施加于邻人是使他横死和重伤,施加于他的所有物是破坏、放火和进行有危害的掠夺;因此,凡是杀人者、蓄意伤人者、破坏者和强盗都各成一队,在第一环里分别受苦。

"人们能施加暴力于自身和自己的财产;因此,凡是自寻短见离开人世的人,赌博荡尽自己的家产,在应当快乐的地方哭泣的人⑧,都要在第二环里进行无用的忏悔⑨。

"暴力可施加于上帝:心里否定他存在,亵渎他,蔑视自然和她的恩惠⑩;因此,最小的一环给所多玛和卡奥尔以及心里蔑视上帝、口里说出来的人打上它的烙印⑪。

"刺伤每个良心的欺诈⑫,能施加于信任自己的人,也能施加于对自己并不信任的人。后一种方式的欺诈显然只切断自然所造成的爱的纽带⑬;因此,第二个圈子里麋集着伪善、谄媚、妖术惑人者、诈骗、盗窃、买卖圣职、诱淫者、贪官污吏⑭以及诸如此类的污垢。

"前一种方式的欺诈忘掉了自然所造成的爱以及后来加上的从而产生特殊信任的爱⑮;因此凡是叛卖者都在位于狄斯所在的宇宙中心的那个最小的圈子里⑯受永恒之苦。"

我说:"老师,你解说得很清楚,把这个深渊和其中的人划分得很明确。但是,请告诉我:那些在泥沼里的人⑰,那些被风刮着跑的人⑱,那些被雨打的人⑲,那些碰到一起,就用那样粗鲁的话互相责骂的人⑳,如果上帝对他们震怒的话,那他们为什么不在这红城㉑之内受惩罚呢? 如果他不震怒的话,那他们为什么受那种苦呢?"

他对我说:"你的悟性为什么这样偏离常轨? 不然的话,

你的心想到什么别的地方去啦？你不记得，你的《伦理学》里详细阐明放纵、恶意和疯狂的兽性这三种为上天所不容的劣根性的那些话吗㉒？不记得放纵为什么得罪上帝较轻，受到责罚较轻吗？如果你好好想一想这个道理，回忆一下上面那些在城外受惩罚的都是什么人㉓，你就会明白为什么把他们和这些凶恶的人㉔分开，为什么神的正义锤打他们，怒气较轻。"

"啊，驱散一切障眼的云雾的太阳啊㉕，你解除了我的疑团，使我如此心满意足，觉得怀疑的乐趣不下于理解㉖。请你还稍微回到你讲高利贷伤害神的恩惠那一点上，"我说，"把疑问的结子给我解开。"

"哲学㉗，"他说，"不只在一处教导懂哲学的人：自然来源于神智和神工㉘；如果你细心翻阅你的《物理学》㉙，从头翻过不多的几页，就会看到书中说，你们的艺术尽可能模仿自然㉚，就像徒弟模仿师傅一样；所以你们的艺术可以说是上帝的孙子㉛。如果你想得起《创世记》开头的话，人是必须靠此二者㉜维持生活和前进的。但因为高利贷者走另一条路，他就轻蔑自然本身和它的模仿者，把希望寄托在别的事物上㉝。可是现在我想往前走了，你跟着我走吧：因为双鱼星已经在地平线上闪烁，北斗星已经横卧在西北风的方向㉞，再往前走一段路才能从这悬崖上下去。"

注释：

① 指第六层和第七层地狱之间的悬崖峭壁，这一道悬崖峭壁的岩石已经塌方，第十二章一开始就讲到塌方的原因和情况。
② 象征地狱深层的鬼魂们罪行的丑恶。
③ "我"指大墓。"教皇阿纳斯塔修斯"指阿纳斯塔修斯二世，他

于公元496年当选为教皇,498年死去,在位时,正当东西教会分裂之际,他力图寻求和解的途径,于497年派遣两名主教去君士坦丁堡见东罗马皇帝,准备进行谈判。大约在这同时,他还亲切地接见了忒萨洛尼卡副主祭浮提努斯,而此人却是君士坦丁堡主教阿卡丘斯所主张的基督只有人性而无神性的异端的信徒。这件事引起了坚决不妥协的正统派教士们的不满和抗议,从而产生了阿纳斯塔修斯被浮提努斯引诱,离开了正统的教义,相信阿卡丘斯异端的传说(这种传说一直到十六世纪都被视为历史事实)。

④ 指最后三层地狱(即第七、八、九层),因为地狱呈上宽下窄的漏斗形,所以这三层地狱一层比一层小,正如但丁已经走过的前面那六层地狱一样。

⑤ 维吉尔利用站在阿纳斯塔修斯墓的盖子后面躲避臭气的时间,给但丁说明深层地狱的结构和罪恶的类别,使他一看到受苦的鬼魂,就知道他们犯的什么罪,而不必多问。
《神曲》中关于地狱里所惩罚的罪行的类别和轻重问题,主要以亚里士多德伦理学和罗马法为理论根据。

⑥ 兽类只有力气,唯独人类赋有理性和智力;兽类只能以暴力伤害,人类则除暴力外还可用欺诈手段,欺诈是滥用理性和智力,乃人类特有的罪恶,因而比用暴力伤害更为上天所不容。

⑦ 指第七层地狱。

⑧ 赌博输得倾家荡产的人,在世上为丧失的家产而悲泣,在那里,他们本来是能快乐的,如果他们不犯这种罪。
赌博荡尽家产者跟在第四层受苦的挥霍浪费者不同:后者的罪在于花钱无节制,并不一定落得倾家荡产,也不损害他人;前者则怀有损人利己之心,因而罪孽更为深重。

⑨ 入地狱后忏悔是无效的,因为为时已晚,得不到上帝的宽恕。

⑩ 指施加暴力于上帝之物:自然与人工(指生产劳动);施加暴力于自然者是犯鸡奸罪者,施加暴力于人工者是高利贷者。原文"sua bontade"含义模棱两可,可指上帝的恩惠,也可指自然的恩惠;译文根据后一种解释,因为注释家齐门兹(Chimenz)讲得好:"自然的恩惠在于像母亲似的教给人怎样去'遵循她',模仿她,这就是通过劳动去生产(如同她本着天意所做的

那样)生活所必需的财富,在于慈祥地以其果实赋予劳动。"高利贷者由于靠金钱生利息增加财富,就犯了蔑视生产劳动的罪。

⑪ 指第三环。"所多玛"是巴勒斯坦的一座古城,由于居民犯鸡奸(违反自然的性行为)罪而为上帝用天火烧毁,这里指犯鸡奸罪者。"卡奥尔"是法国南部的城市,在中世纪,居民好重利盘剥,因而人们通常用卡奥尔人来指高利贷者。"打上它的烙印"指用火雨来烧那些渎神者、高利贷者和犯鸡奸罪者,使他们带上伤痕。

⑫ 对于这句话的含义注释家有种种不同的解释:

(1)托玛塞奥(Tommaseo)认为:"欺诈是那样一种罪恶,连心肠最硬的人的良心都会悔恨自己有这种行为。"

(2)巴尔比指出:"在欺诈中总有理性干预,总意识到它是罪恶,因此良心总受到伤害。当人们犯放纵罪或暴力罪时,理性可能昏沉到这样程度,以至于完全没有它的干预,在这种情况下,良心可能不觉得受到伤害;但在欺诈中良心不可避免地受到刺伤。"

(3)纳尔迪(Nardi)认为:欺诈总离不开算计,总要明确什么是达到不正当的目的的最适当的手段;因此,欺诈总伤害进行抗拒的道德良心,在这个意义上诗中指的是欺诈者自己的道德良心中的冲突,他的道德良心受了"刺伤"。

(4)齐门兹认为这句话的含义是:每个(不欺诈的)人的道德良心,对于欺诈比对于一切其他的罪行,都更觉得受到严重伤害。

(5)帕里阿罗(Pagliaro)认为:这句话"意思是说,运用理性来做欺骗人的坏事,是那样滥用理性,以至于使人对于这种滥用感到懊悔,如同对于一种共同的罪行一样……因为欺诈是人'特有的罪恶'"。

⑬ 指人类之间的友爱关系,也就是但丁所谓"人与人自然是朋友"(《筵席》第一篇第一章)。

⑭ 这里有意识地把抽象名词和具体名词混杂在一起,以免诗句韵律失之单调。

⑮ 欺诈对自己信任的人,不仅割断人与人之间自然友爱的纽带,

还割断另外加上的一种由特殊关系（亲属、共同的祖国、好客的习俗、个人的恩德等）造成的爱的纽带，这种爱的纽带产生特殊的信任。犯这种罪的是形形色色的叛卖者。

⑯ 指最靠下面的最小的第九层地狱，这层地狱位于地球中心，也就是宇宙中心，是冥王狄斯（即魔王撒旦或卢奇菲罗）所在的地方。

⑰ 指第五层地狱里沉没在斯提克斯沼泽的污泥浊水中受苦的犯愤怒罪者。

⑱ 指第二层地狱里被狂风刮来刮去的犯邪淫罪者。

⑲ 指第三层地狱里被"永恒的、可诅咒的、寒冷的、沉重的雨"浇打的犯贪食罪者。

⑳ 指第四层地狱里分成两队各自滚动着重物前进，碰到一起时就互相责骂的犯贪财罪者和犯浪费罪者。

㉑ 指城墙被烧得通红的狄斯城。

㉒ 指亚里士多德的《尼可马克伦理学》（*Etica Nicomachea*）。但丁对这部著作进行过深入的研究，掌握其精神实质，所以维吉尔称这本书为"你的《伦理学》"。书中论三种罪恶的劣根性的话在第七卷第一章。

诗中提到其中有关三种罪恶的劣根性的论断，目的仅在于借助亚里士多德《伦理学》的理论权威，来说明"放纵"比"恶意"和"疯狂的兽性"罪恶较轻。"放纵"是无节制地享受以身体需要为基础的乐趣（食欲、性欲）或享受本身为情理所许可的乐趣（如对财富的欲望）而陷于邪淫、贪食、贪财或浪费。"放纵"不以伤害为目的，所以罪恶较轻。

应该指出，这三种罪恶的劣根性并不能完全概括地狱中罪恶的类别，因为但丁另外还以罗马法作为罪恶分类的依据。更重要的是：但丁是在写一部史诗，而不是在写哲学论文，他的诗的世界是由许多引起愤怒或怜悯的具体的罪人表现出来的，而不是用抽象的概念来说明的。

㉓ 意即在狄斯城外上面那六层地狱受苦的鬼魂都是犯什么罪的人。

㉔ 指犯形形色色的欺诈罪者。

㉕ 维吉尔作为理性和哲学的象征，驱散人心里的疑云，犹如太阳

驱散遮蔽人的目光的云雾一样。

㉖　因为怀疑促使但丁发问，从而得以聆听维吉尔的讲述，这种乐趣并不下于理解道理时的乐趣。

㉗　指亚里士多德哲学。

㉘　"神智"和"神工"指上帝的心智和他的创造活动。

㉙　指亚里士多德的《物理学》。

㉚　原话是"人工尽可能模仿自然"，人工意即人的劳动技术，也包括我们所说的艺术。

㉛　自然是上帝的女儿，艺术就是上帝的孙子。

㉜　即必须靠自然和人工。《旧约·创世记》开头讲到上帝命令自然根据人的需要生长万物，同时又命令人类靠劳动生活。诗中所指的有关的话是"耶和华上帝将那人（指亚当）安置在伊甸园，使他修理看守"（《创世记》第二章 15 节），"你（指亚当）必须终身劳苦，才能从地里得吃的"（第三章 17 节），"你必须汗流满面才得糊口"（第三章 19 节）。

㉝　高利贷者另走一条与上帝所指定的根本不相同的道路，他不追求自然的果实，而追求金钱的果实（利息），就犯了蔑视自然本身的罪，他不劳而获，就犯了蔑视她的模仿者——人工（即生产劳动）的罪；他由于把希望寄托在其他事物，即重利盘剥上，就犯了蔑视自然和生产劳动的罪，也就犯了间接施加暴力于上帝的罪。

㉞　但丁游地狱时是春天，太阳早晨在白羊宫升起；双鱼星座在白羊星座升起之前约两小时出现在地平线上，这说明当时已经是 4 月 9 日早晨四点来钟。在这同时，北斗星将没于天的西北角。地狱中昏黑不见天日，用星宿的方位和转移来表示时间，当然出于诗人心中的估计，但有时也能起到一定的艺术上的作用。正如注释家牟米利阿诺所说："这种纯粹是想象出来的满天星斗在地狱的不可思议的穹隆上闪光的景象，这种在永恒的世界（译者按：指地狱）表示钟点（午夜后三时）的办法，产生一种奇妙的效果。"

第十二章

我们为了走下岸去而来到的地方山石嶙峋，又因为那里还有那样的东西①，任何人一看到这个地方都会望而却步。

犹如那次或是因地震或是因地基支撑不住而发生的山崩，冲击特兰托以下的阿迪杰河左岸②，塌方从山顶开始，从那里一直到平地，崩塌的岩石给山上的人提供了一条勉强可以下山的路。我们走下深谷的路也像这种路一样：断岸的边沿上，伸开四肢趴着假牛肚里怀孕而生的、成为克里特岛的耻辱的怪物③。他看见我们，就像怒火中烧的人似的自己咬自己。我的圣哲向他喝道："你大概以为，到这儿来的人是在世上把你置之死地的雅典公爵吧？滚开，畜生，因为这个人并不是受了你姐姐的教导④来的，而是来看你们所受的惩罚。"

犹如公牛受了致命的打击时，挣脱套索，不知道往哪儿跑，只是东蹿西跳；我看到米诺涛尔也变成这样。

那位机敏的向导喊道："快跑到通道口去；趁他盛怒时，你正好下去。"于是，我们就取路踩着那些石头堆下去，石头由于承受新奇的重量⑤在我脚下常常滑动。

我一面走，一面想；他说："你大概是在想我刚制服的那只发怒的野兽所看守的这座崩塌的悬崖吧。现在我要告诉你，那一次我去深层地狱⑥经过这里时，这座悬崖还没有塌下来。但是，如果我记得不错的话，确实在他来到这里，从狄斯手中夺去最上面的一个圈子里的大批猎物[7]以前不久，这个又深又污秽的峡谷[8]四面八方震动得那样利害，我以为宇宙感觉到爱了，有人认为[9]，由于爱，世界常常变成混沌；在那一瞬间，这古老的巉岩在这里和别处[10]都出现了这样的塌方。但是，你把眼睛注视下面，因为其中煮着用暴力伤害他人者的那条血水河[11]已经离着我们很近了。"

啊，盲目的贪欲和疯狂的怒火呀，在短促的人生中那样刺激我们为恶，然后在永恒的来世这样残酷地浸泡我们[12]！

我看到一道宽沟，正如我的向导所说的那样，弯曲得呈弧形，因为它环绕着整个平原[13]；高岸脚下和这道宽沟之间，有许多肯陶尔[14]排成一队奔跑，他们带着箭，如同通常在世上出去打猎时一样。看到我们下来，他们就都站住了，有三个从队里走出来，拿着预先选好的弓箭；其中一个从远处喊道："你们走下山坡的人是来受什么苦的？ 就在那儿说出来，不然，我就拉弓。"我的老师说："等我们走到奇隆[15]跟前时，我们要向他回答：你的性情总是这样暴躁，这使你遭殃[16]。"

接着，他推了我一下，说："那是为美丽的得伊阿尼拉而死的、自己为自己报了仇的涅索斯[17]。中间那个俯视自己的胸膛的，是教养阿奇琉斯的伟大的奇隆[18]；另外一个是满腔怒火的福罗斯[19]。他们数以千计围着那道沟走，看到任何一个鬼魂从血水里露出身子，超过了他的罪孽规定的限度[20]，就用箭来射。"

我们走近那些飞快的野兽：奇隆拿了一支箭，用箭尾把胡须向后拨到两腮上。他露出了大嘴后，对伙伴们说："你们觉察出后面那个人脚碰着什么，什么就动吗？死人的脚平常不会这样。"我的善良的向导已经站在他面前,头部只达到他那两种性质㉑互相衔接之处的胸膛,回答说:"他的确是活人,而且是这样孤零零的一个人,我必须带他来看这黑暗的深谷㉒;引导他来这里是由于必要,而不是为了娱乐。那样一位圣女中止了唱哈利路亚㉓,委派我担负这个崭新的使命;他不是强盗,我也不是强盗的鬼魂。但是,我以我在这样荒野的路上迈步前进所凭借的那种力量㉔的名义要求你,把你的伙伴当中派一个给我们,我们可以跟他一起走,让他把可以涉水渡河的地方指给我们,并且把这个人驮在背上渡河,因为他不是能在空中飞行的灵魂。"

奇隆向左边转身,对涅索斯说:"你转回头,像他们所说的那样给他们带路,如果另一队碰见你们,你就叫他们让路。"

于是,我们跟这个可靠的护卫一起顺着沸腾的红水河的河岸向前走去,河里被煮的人发出高声号叫。我瞥见有的人被血水一直淹没到眉毛。庞大的肯陶尔说:"这些是杀人流血、掠夺臣民财产的暴君。他们在这里为自己的残酷的暴行抵罪;这里是亚历山大㉕和使西西里经历悲惨的年月的狄奥尼西奥斯㉖。那个额上有那样黑的头发的是阿佐利诺㉗;另一个头上有金黄色的头发,那是奥庇佐·达·艾斯提,他在世上确实是被他的忤逆不孝的儿子害死的㉘。"

于是,我转身向着诗人,他说:"现在让他当你的第一个向导,我当第二个。"又稍微向前走了一段路,肯陶尔停住了脚步,下面有一群人,似乎头部一直到喉咙都露出那道沸腾的河水的水面。他指给我们看一个独自在一边的孤魂,说:"他在上帝的怀抱里刺穿了那颗如今仍然在泰晤士河上受尊敬的心㉙。"接着,我看到把头部甚至整个胸膛都露出水面的人;这些人当中我认出了许多。越往前走,那条血河就越浅,以至于只煮着脚;我们就在这里过河。

"正如你所看到的,从这边走去㉚,这沸腾的河水越来越浅一样,"肯陶尔说,"我要你相信,从那边走去㉛,河底越来越深,直到在暴君们注定受苦而呻吟的地方达到最高的深度为止。在这里神的正义刺痛那个号称世上的鞭子的阿提拉㉜以及皮鲁斯㉝和塞克斯图斯㉞;还永远不停地从在大路上那样行凶作恶的里涅尔·达·科尔奈托和里涅尔·帕佐的眼里挤出泪㉟来,煮得他们眼泪夺眶而出。"

说罢,他就掉头往回走,重新从浅处渡过河去。

注释:

① 指下面所说的半人半牛的怪物米诺涛尔,这里暂时不讲明,从而引起读者的好奇心。

② 指公元 883 年顷在意大利北方城市特兰托以南发生的山崩,这次山崩使阿迪杰河左岸的悬崖坍塌,岩石一直滚落到河床上,形成名为兹拉维尼·迪·玛尔科(Slavini di Marco)的断崖(在罗维雷托镇以南三公里处)。"地基支撑不住"指受河水侵蚀冲刷,地基塌陷。有人认为但丁曾亲身到过这个地方,有人认为他对这个地方的描写以哲学家大阿尔伯图斯(Albertus Magnus)的《论大气现象》(De Meteoris)一书中的话为依据,大概后一种说法更为可靠。

③ 指古希腊神话中半人半牛的怪物米诺涛尔。克里特岛的国王米诺斯的王后帕西淮爱上了一头公牛,为了达到她的目的,她钻进一只木制的母牛肚里,把公牛引来和她相会,结果生了这个怪物。因为他是人和兽杂交生的,所以诗中称之为克里特岛的耻辱。

关于米诺涛尔的职责和象征意义,注释家意见分歧。有的认为他是吃人的怪物,所以但丁把他作为惩罚暴力罪的第七层地狱的看守者;有的认为他并不是第七层地狱的看守者,也不是暴力的象征,而是被放在第六层和第七层地狱的交界处,作为无明火的象征,把守那座崩塌的悬崖。格拉伯尔(Grabher)认为米诺涛尔作为半人半兽的怪物,象征人性的兽性化,也就是说,象征疯狂的兽性,这种兽性刺激人犯下在第七层地狱里受惩罚的暴力罪。在古代的圆形雕饰和雕刻中,米诺涛尔都是人身牛首,但丁把他塑造成人首牛身,也说明这个怪物的寓意就是这样。这种看法比较恰当。

④ "雅典公爵"指英雄忒修斯,他从雅典带着童男童女来到克里特岛上给国王米诺斯进贡,国王把童男童女送到一座迷宫里供怪物米诺涛尔吞食。国王的女儿阿里阿德涅公主爱上了忒修斯,送给他一个线球,教他将线球的一端拴在迷宫的入口处,然后捯着线通过错综复杂的路到米诺涛尔那儿去,还给他一把魔剑来斩这个怪物。忒修斯顺着线走进迷宫深处,用剑杀死米诺涛尔,救出童男童女,然后和公主一起逃跑。公主和米诺涛尔是一母所生,所以诗中说她是他的姐姐。维吉尔告诉他,但丁来地狱里是为了看罪与罚的真实情况,并非像忒修斯当年那样,受了阿里阿德涅的教导前来杀害他。

⑤ 因为但丁是活人,他的身体有一定的重量。活人来到地狱里是不寻常的事,所以他的体重是"新奇的重量"。

⑥ 指维吉尔受女巫厄里克托的召唤,到地狱的底层去把一个亡魂带出来,路过这里(参看第九章注⑥)。

⑦ 指耶稣基督死后从"林勃"中救出《旧约》中的犹太先哲们(参看第四章注⑦、注⑧)。

⑧ "又深又污秽的峡谷"指地狱。耶稣基督被钉死时,上天震怒,"地也震动,磐石也崩"(《新约·马太福音》第二十七章),这次地震使地狱里一些地方塌方。

⑨ 指古希腊哲学家恩沛多克勒斯(参看第四章注㊺),他认为宇宙的存在是由于四种要素(土、水、气、火)因互相憎恨而处于不和谐状态,一旦四种要素之间由于爱占了优势而出现和谐状态,宇宙就回归于混沌。但丁从亚里士多德的《形而上学》一书中获得有关恩沛多克勒斯学说的知识。

⑩ 指第五章注⑨所说的"断层悬崖";有的注释家认为也指将在

第二十一章中提到的"断桥"(在伪善者受苦的"恶囊"中),但维吉尔似乎不知道此桥已断。

⑪ 指弗列格通(Phlegethon)河。在《埃涅阿斯纪》中,它是冥界中的火焰河,但丁把它改变为血水河,借以象征施加暴力伤害他人所流之血。河名将在第十四章中出现。

⑫ 这里所说的"贪欲"和"怒火"不是作为促使人犯放纵罪的激情而言,而是指促使人犯暴力杀害罪的劣根性:"盲目的贪欲"使人掠夺别人的财产,"疯狂的怒火"使人伤害别人的生命。"这样残酷地浸泡我们"意即把我们浸泡在沸腾的血水里煮,当年用暴力伤害、掠夺他人的生命财产所流的血,如今变成惩罚这种罪人的工具。

⑬ "宽沟"指血水河的河床。河床呈弧形,因为它形成了地狱的第七圈(即第七层地狱)的第一环,也就是最靠外的一环。"整个平原"指整个第七圈而言。

⑭ 肯陶尔(Centaur)是古希腊神话中的半人半马的怪物。但丁把这种怪物作为暴力的象征,同时又使他们看守、监视犯以暴力伤害他人罪者的鬼魂。

⑮ 奇隆是这队肯陶尔的首领,古罗马诗人奥维德和斯塔提乌斯都把他描写成一位聪明的教育家、医生、天文学家和音乐家,和其他肯陶尔不同,具有突出的人性。

⑯ "你"指名字叫涅索斯的肯陶尔。据古希腊神话传说,英雄赫剌克勒斯和妻子得伊阿尼拉来到欧厄诺斯河边时,他让涅索斯驮着她过河,自己先涉水过去。涅索斯在半渡时,迷恋得伊阿尼拉的绝世之美,情不自禁,大胆拥抱她。赫剌克勒斯在对岸听到她呼救,看到这种情景,勃然大怒,一箭射去,射穿了他的胸膛。维吉尔说涅索斯由于性情暴躁而遭殃,指的就是这件事。

⑰ 涅索斯临死时,用谎言欺骗得伊阿尼拉,让她收集从他的伤口流出的鲜血,用这血来染她丈夫的内衣,说他穿上后,除她以外,就永远不会再爱别的女性。她不知这是毒计,照他所说的去做。赫剌克勒斯穿上这件有毒的内衣后,因疼痛难忍,自焚而死。涅索斯就这样"自己为自己报了仇"。

⑱ 荷马史诗《伊利昂纪》第十一卷中称奇隆是最正直的肯陶尔,

英雄阿奇琉斯曾受到他的教养。斯塔提乌斯在《阿奇琉斯纪》中也讲到他教养阿奇琉斯。"俯视自己的胸膛"形容奇隆沉思默想的状态，说明他是个严肃的、有头脑的肯陶尔。

⑲　维吉尔在《农事诗》第二卷中称福罗斯为"狂怒的肯陶尔"。

⑳　犯暴力罪者都根据其罪行的性质和轻重被指定在沸腾的血水河较深或较浅的地方受苦，不许他们离开指定的地方，把身子露出水面超过限定的程度。

㉑　指人性和马性，即胸膛以上为人形，胸膛以下为马形。维吉尔的头部只达到奇隆的胸部，可见这个肯陶尔身躯异常高大。

㉒　指地狱。

㉓　"哈利路亚"（alleluia）是希伯来文，含义是赞美主。这句话的意思是：贝雅特丽齐从对神唱赞美诗的天国来到"林勃"，委派我担负这个特殊的使命。

㉔　指上帝。

㉕　多数注释家认为指马其顿王亚历山大大帝（前356—前323）。有的注释家以但丁在《筵席》和《帝制论》中有赞美亚历山大大帝的话来反对此说，认为这里指的是希腊色萨利地方菲莱（Pherae）城的僭主亚历山大（前四世纪）；此说理由并不充足，因为但丁对一些其他的历史人物也称赞其某一方面的功德，但仍然把他们放在地狱里（例如神圣罗马皇帝腓特烈二世）。诗中只提"亚历山大"而不加任何说明，当然应指赫赫有名的亚历山大大帝（早期注释家薄伽丘和本维努托·达·伊牟拉已经指出这一点），菲莱的僭主亚历山大虽是残酷的暴君，比起亚历山大大帝来，显然是微不足道的，但丁似乎不可能舍巨人而取侏儒作为暴君的典型。

㉖　指希腊移民在西西里岛上建立的叙拉古（Syracuse）城邦的僭主老狄奥尼西奥斯（前432—前367），他被一些古代作家视为惨无人道的暴君的典型。

㉗　指伯爵阿佐利诺（或埃采利诺）·达·罗马诺（Azzolino〔或Ezzelino〕da Romano，1194—1259）。此人是神圣罗马皇帝腓特烈二世的女婿，帝国在意大利北方的代表和吉伯林党的支柱。历史学家乔万尼·维拉尼说，他多年用武力和暴政统治整个特雷维吉（Trevigi）边区和帕多瓦城以及伦巴第地区大部

分,是基督教世界自古以来最残酷、最令人恐怖的暴君。

㉘ 指斐拉拉侯爵奥庇佐二世。他是狂热的贵尔弗党徒,死于1293年,当时传说是被他儿子阿佐(Azzo)八世用羽毛枕头闷死的。但丁的目的显然是想郑重地揭发并证实这一事件。这是非常勇敢的行为,因为阿佐八世1308年才死。此外,在《论俗语》第一卷和《炼狱篇》第五章中,都有谴责阿佐八世的话,足见但丁对他憎恨之深。"忤逆不孝的儿子"原文是"figlias-tro",这个词也可以译为"私生子",如果按照这样解释,但丁就不仅揭发了阿佐杀父的事实,而且指出了他是奥庇佐的私生子。

㉙ "孤魂"指盖伊·德·孟福尔(Guy de Montfort)。他父亲累斯特伯爵西蒙·德·孟福尔(Simon de Montfort)率领英国骑士领主反对英王亨利三世,于1265年被王子爱德华(继位后称爱德华一世)打败杀死。盖伊为了给父亲报仇,1272年在意大利维台尔勃(Viterbo)城的圣西尔维斯特罗(San Silvestro)教堂内利用做弥撒的时机,当着法国国王腓力三世和西西里王查理的面,刺死英王爱德华一世的堂兄弟亨利。这一骇人听闻的罪行由于是在教堂中("上帝的怀抱里")发生的,引起了极大的公愤。诗中说盖伊是"孤魂",指的就是他处于彻底孤立的状态。维拉尼在《编年史》(卷七第三十九章)中说,亨利的心被收藏在一只金杯中,安放在泰晤士河的伦敦桥桥头一根圆柱的顶上。

"受尊敬"原文是"si cola",旧注释家都这样解释;现代注释家则理解为"滴血",认为但丁用这一形象性词藻来表明暗杀者尚未受到惩罚和报复。历史事实是:盖伊被逐出教会,逃往其岳父家,后来被教会赦免,重新为西西里王服务,在1282年8月31日西西里人民以晚祷钟声为号的起义战斗中被俘,1291年死在墨西拿。译文根据旧注释家的释义。

㉚ 指在两位诗人和涅索斯顺着河所走的这一段路上。

㉛ 指从他们渡河的地方朝另一方向顺着河走去。

㉜ 民族大迁徙时期,匈奴王阿提拉(406—453)曾入侵高卢和意大利,使人民深受其祸,中世纪传说称他为"世上的鞭子"。

㉝ 有的注释家认为指厄皮鲁斯王皮鲁斯(前319—前272),他穷

兵黩武,对臣民和敌人均极残暴;有的注释家则认为指阿奇琉斯的儿子皮鲁斯,他异常残酷,《埃涅阿斯纪》卷二生动地描写特洛亚城破后,他在老王普利阿姆斯眼前杀死老王的儿子波利特斯,接着又杀死老王的惨无人道的行为。看来,诗中所说的皮鲁斯多半指的是他。

㉞ 塞克斯图斯是罗马大将庞培的儿子,卢卡努斯的史诗《法尔萨利亚》卷六叙述他在地中海上的海盗行径。

㉟ 这两个人都是当时的恶名远扬的大强盗,经常在佛罗伦萨和罗马之间的大路上以及罗马乡间杀人越货。

第 十 三 章

涅索斯还没有到达对岸,我们就开始走过一座不见任何一条小路痕迹的森林。树叶不是绿的,而是黝黑的颜色;树枝不是直溜光滑的,而是疙疙瘩瘩,曲里拐弯的;树上没有果实,只有毒刺。那些出没于柴齐纳和科尔奈托①之间、憎恨已经耕种的地方②的野兽,也找不到这样荒野、这样繁密的树林作为藏身之地。

污秽的哈尔皮③在这里做窝,她们曾向特洛亚人预言他们未来的灾难,用这种丧气的话吓得他们离开了斯特洛法德斯岛④。她们有宽阔的翅膀,人颈和人面,脚上有爪,大肚子上长着羽毛;正在那些怪树上哀鸣。

善良的老师开始对我说:"在你再往深处走以前⑤,你先要知道,你是在第二环了⑥,而且直到你走到那可怕的沙地为止,都是在这一环里。所以你好好地看吧;这样,你就要看到我说你也不会相信的事。"

我听见处处发出哭声,却看不见哭的人;因此,我完全陷于迷惘中而止步不前。现在我认为当时他是认为我认为⑦,从那些枝柯中间传来的这许多声音,是隐藏起来的、我们所看不见的人们⑧发出来的。所以老师说:"如果你把这些树当中的一棵上的小枝子随意折断一根,你的猜想就会统统打消⑨。"于是,我把手稍微向前一伸,从一大棵荆棘上折下了一根小枝子,它的茎就喊道:"你为什么折断我?"它被血染得发黑后,又开始说:"你为什么撕裂我?难道你没有一点怜悯之心吗?我们从前是人,如今已经变成了树:假如我们是蛇的灵魂,你也应该比方才手软些呀⑩。"

犹如一根青柴一头燃烧时,另一头就滴答着水,往外冒出气来,吱吱咝咝地作响,那根折断的树枝的伤口也像这样说出话来,同时又流出血来⑪;看到这种情景,我不觉撒手丢掉树枝,像害怕的人似的站在那里。

"啊,受到伤害的灵魂哪,假如他能相信他仅只在我的诗⑫里所看到的情况,他是不会伸手伤害你的;但由于这是一件令人不能相信的事,我才敦促他采取了这种使我自己也痛心的行动。不过,你告诉我你是谁吧,因为他是许可回阳间去的,这样,他回去后,就可以在世上恢复你的名誉,以此来稍稍补偿你所受的损害。"

树干说:"你用这样甜蜜的话引诱我,使得我不能沉默下去;如果我稍微多谈一点,希望你们不感到厌烦。我是握着腓特烈⑬的心的两把钥匙的人,我那样柔和地转动这两把钥匙去锁和开他的心,结果他几乎所有的人都不得参与他的机密⑭。我那样忠于这光荣的职责,以至于为之失眠和停止了脉搏⑮。淫荡的眼睛永不离开恺撒的住处的那个娼妓,作为普遍的祸根和宫廷的罪恶,燃起所有的人心中的怒火来反对我,怒火中烧的人们又那样燃起奥古斯都心中的怒火,致使欢欣的荣誉变成悲惨的哭泣。我的心激于愤懑的反抗情绪,想以死来逃避人们的愤怒和轻蔑,致使我对自己这正义的人做出了不正义之事⑯。我以这棵树的奇异的树根对你们发誓:

　　我把手稍微向前一伸,从一大棵荆棘上折下了一根小枝子,它的茎就喊道:"你为什么折断我?"

我对于我的那样值得受人崇敬的君主从来没有不忠的行为。如果你们当中有一个回到世上,就给我恢复受忌妒的打击而依然扫地的名誉吧。"

诗人稍微等了一下,然后说:"既然他沉默了,你不要错过时机:说话吧,如果你愿意再问什么,你就问他吧。"我听了这话,就对他说:"你认为可以使我的愿望得到满足的事,就请你再去问他吧;因为我心里不胜怜悯,不能再问了。"

因此,他又开始说:"被幽囚的灵魂哪,但愿人家自愿为你办到你的话里所求的事,希望你再告诉我们,灵魂怎样被拘禁在这些疙疙瘩瘩的树里,如果你能够的话,还告诉我们,曾经有什么人的灵魂脱离开这样的肢体没有。"

于是,树干使大劲吹气,随后气就变成了这些话:"我将简短地回答你们。当凶狠的灵魂离开自己用暴力挣脱的肉体时,米诺斯就把它打发到第七谷里⑰。它落在树林里,并没有给它选定地方;而是命运把它甩到哪儿,就在哪儿像斯佩尔塔小麦⑱似的发芽;它长成幼苗,然后长成野生植物:哈尔皮们随后就吃它的叶子,给它造成痛苦,并且给痛苦造成窗口⑲。我们将像其他的灵魂一样去取回我们的遗体,但是谁都不能再穿上它,因为,重新占有自己狠心抛弃的东西,是不合理的⑳。我们将把自己的遗体拖到这里,挂在这凄惨的树林中,每个都挂在它自己的、曾与它为敌的灵魂㉑长成的荆棘上。"

我们以为这个树干还有别的话要对我们说,正在注意听时,忽然被一阵嘈杂的声音所惊动,犹如猎人觉察到野猪和猎狗向自己埋伏的地方跑来,听到猎狗的吠声和树枝刷刷响的声音一样。看哪,左手边两个鬼魂光着身子,被抓得遍体鳞伤,正在那样拼命地奔逃,把树林里的枝柯都给碰断了。前面的那个喊道:"现在快来吧,快来吧,死啊㉒!"另一个觉得自己太落后了,喊道:"拉诺,你的腿在托波附近比武时可没有这样灵便哪㉓!"大概是因为跑得喘不过气来了,他㉔蜷伏在一丛灌木里,同灌木合为一体。他们后面,树林里满都是黑狗,如同挣脱了锁链的猎狗一般,饥不择食,迅速奔跑。它们张嘴把牙齿咬进那个蜷伏着的鬼魂㉕的身子,把它一片一片地撕下来,然后把凄惨的肢体叼走。

我的向导拉着我的手,把我带到那一丛灌木跟前,它正从流血的伤口徒然发出哭声。"啊,雅各波·达·圣安德烈亚呀,你拿我作掩护有什么用啊?对于你的罪恶的一生我有什么责任哪?"我的老师站在他前面往下看着他㉖时,说:"你是谁呀,从这样折断的枝柯的一端流着血说出这些悲哀的话?"他对我们说:"啊,灵魂们哪,你们来到这里看见使我的嫩枝和我分离开的这种残酷的暴行,请你们把这些嫩枝收集在这不幸的灌木底下吧。我是那个城市的人,这城市以施洗礼者代替了它最初的保护神;所以那个保护神为这件事将经常用他的法术使它悲哀㉗,要不是阿尔诺河的通道旁边还保留着他的神像的一些残余的话,后来那些在被阿提拉烧毁后残留下来的废墟上重建这座城市的市民们,就会劳而无功㉘。我把我的房子给自己做成了绞刑架㉙。"

注释:

① 指托斯卡那的近海沼泽地(Maremma toscana)。柴齐纳(Cecina)是一条小河,在里窝那(Livorno)以南流入第勒尼安海,近河有同名的小城。科尔奈托(Corneto)是契维塔韦基亚(Civitavecchia)附近的一个小城,第十二章注㉟所说的那两个强盗之一就来自这个小城。北至柴齐纳城或者柴齐纳河,南至科

尔奈托城,在但丁的时代是一片灌木丛生、荒无人烟的沼泽地,野猪和狼等野兽经常出没其间,如今大部分已经开垦为良田。

② 意即野猪和狼等野兽逃避有人烟的地方。

③ "哈尔皮"希腊文意为抢夺者,是神话中的鸟身人首的妖怪的通名。《埃涅阿斯纪》卷三叙述埃涅阿斯率领特洛亚人抵达斯特洛法德斯岛时,遭到哈尔皮的袭击;"她们抢去了菜肴,把她们接触到的一切统统染污",所以但丁在诗中用"污秽"来形容她们。

④ 指最老的一只名叫凯莱诺的哈尔皮向特洛亚人预言,他们只有饿得吃桌子的时候,才能重建城邦。

⑤ 意即深入树林里去以前。

⑥ 意即在第七层地狱的第二环,这里是对自己施加暴力的人(自杀者)和对自己的财产施加暴力的人(倾家荡产者)的鬼魂受苦的地方。下文"那可怕的沙地"是第三环。

⑦ 原文是 "Cred'ïo ch'ei credette ch'io credesse";动词 credere(认为,以为,相信)在主句 cred'ïo 中是现在时,指但丁在写诗时认为;在从句 ch'ei credette 中是过去时,指维吉尔在同但丁一起在树林里时认为;译成中文,只好加上"现在"和"当时"来表明时间的不同。

这一句诗是异常矫揉造作的。但丁在这里为什么写出这样的诗句?意大利但丁学者窦维狄奥(D'ovidio)认为,但丁的目的在于借此使读者在听到本章的主要人物彼埃尔·德拉·维涅的声音以前,就先认识到此人的文笔风格的特点。这种看法当时为大多数意大利和外国注释家所接受。后来美国但丁学者葛兰津特(Grandgent)指出,但丁在这里有意地或者无意地使用了彼埃尔·德拉·维涅的矫揉造作的公文体文笔。利奥·史皮策(Leo Spitzer)则认为,这句诗明确地表现出但丁遵照维吉尔的话注意去看稀奇的事物,但只听到哭声时,不觉陷于迷惘中,和维吉尔的思想交流一时中断的情况;这行拙笨的、结结巴巴的诗句是但丁精神上这种隔阂和混乱状态的拟声法的写照(versione onomatopeica)。

⑧ 这行诗被一些注释家解释为"……这许多声音是隐藏起来不

100

让我们看见的人发出来的";萨佩纽驳斥这种解释,他认为,假如那些人故意隐藏起来,不让但丁和维吉尔看见的话,他们也就会默不作声了。译文根据萨佩纽的解释。

⑨ 意即你关于哭声的来源的猜想也就会完全打消。

⑩ 这段情节受到《埃涅阿斯纪》卷三有关普利阿姆斯最小的儿子波利多鲁斯的故事的启发。但是但丁诗中和维吉尔诗中的共同之处仅在于树说话和流黑血这一点,诗中的整个气氛则是各不相同的。

⑪ 这个比喻直接取材于实际生活,用青柴一端燃烧时的情况来比拟自杀者的鬼魂变成的树木从树枝折断后的伤口一面说话一面流血的异常现象,是十分贴切而又通俗的。

⑫ 指《埃涅阿斯纪》卷三中所讲的波利多鲁斯的故事(见注⑩)。

⑬ 这个说话的人是彼埃尔·德拉·维涅(约1190—1249);"腓特烈"指神圣罗马皇帝兼西西里王腓特烈二世(见第十章注㉜)。彼埃尔·德拉·维涅出身微贱,曾在波伦亚大学学习法律。1221年开始供职于腓特烈二世的宫廷,由于才能出众,忠于职守,从1230年到1247年,一直是腓特烈的左右手。1246年,被任命为西西里王国宰相,达到了权势的顶峰。1248年,腓特烈在巴马附近为北方城市联军所败,性情变得猜忌多疑,彼埃尔·德拉·维涅也失去了他的信任,1249年,受谋反事件的牵连,或许也由于嫉贤妒能的奸臣的谗害,被捕入狱,受到弄瞎眼睛的非刑处罚,"由于此事他在狱中悲痛得情愿速死,有人说他是自杀而死的"(维拉尼的《编年史》卷六)。

彼埃尔·德拉·维涅是最早用意大利文写诗的人之一;他的拉丁文书札词藻华丽浮夸,文笔矫揉造作,颇能代表当时宫廷的文风。

⑭ 彼埃尔用两把钥匙的比喻来表明他能左右皇帝的心:一把是开他的心的钥匙,另一把是锁他的心的钥匙。彼埃尔运用这两把钥匙去锁和开他的心时,都使他感到温和愉快,从而避免遭到拒绝,结果彼埃尔就成为他唯一亲信的大臣。

⑮ 托玛塞奥(Tommaseo)认为这句诗的意思是"先失去安宁,然后丧命";彼埃尔·德拉·维涅由于忠心耿耿地执行自己的光荣的职责,自然博得了皇帝的欢心,同时也引起了其他朝臣的

忌妒和怨恨,到后来落到悲愤自杀的下场。这种解释比把"脉搏"解释为"健康"(注释家们通常这样解释)更为妥帖。

⑯　这里"娼妓"是"忌妒"的人格化;"恺撒的住处"指皇帝的宫廷;"奥古斯都"和"恺撒"都是皇帝的同义词;诗的大意是:忌妒作为人类共同的祸根(魔鬼由于忌妒而诱惑亚当夏娃犯罪)和宫廷中特别流行的罪恶,一直在皇帝的宫廷起着破坏作用;它激起了其他大臣们对我的愤恨,他们又用谗言陷害我激起皇帝对我的愤恨,致使我落到身败名裂的下场。我的心被愤懑的反抗情绪所驱使,幻想以死来逃避世人的愤怒和轻蔑,以至于犯下了自杀罪,我本来是清白无辜的,这样一来,却对自己做出非正义的事,因为自杀是违背基督教伦理的行为。在这里彼埃尔·德拉·维涅揭露自己的自杀行为的内在矛盾和这种行为的根本原因。但丁虽然对于彼埃尔忠诚无辜遭到谗害深为同情,并且为他申冤,恢复名誉,却仍然让他作为犯自杀罪者在地狱里受苦,正如对于保罗和弗兰齐斯嘉惨遭杀害不胜怜悯,却仍然让他们俩作为犯邪淫罪者在地狱里受苦一样。

⑰　指第七层地狱。

⑱　一种生长极快的小麦。

⑲　意即造成伤口,从这些伤口发出痛苦呻吟和哭泣的声音。

⑳　意即在最后审判日,自杀者的灵魂将像其他的灵魂一样前去受审,各自把遗体拖回地狱,但是不能像其他的灵魂一样和遗体合而为一,因为自杀者用暴力把灵魂和肉体分割开来,如果他们使二者重新结合在一起,那是不合理的事。

㉑　因为自杀者的灵魂用暴力和肉体分离,所以说与肉体"为敌"。这三行诗简洁有力地写出荒凉的丛林中一棵棵树上挂着死尸的阴森恐怖的景象。

㉒　说这话的人是锡耶纳人拉诺(Lano),全名是阿尔科拉诺·马科尼(Arcolano Maconi)。他参加了所谓"浪子俱乐部"(详见第二十九章注㉝),在这个小团体中吃喝玩乐,挥霍无度,落到倾家荡产的结局。1288 年,在锡耶纳和阿雷佐的战争中,他中了敌人的埋伏而死。因为他生前用暴力毁掉自己的家产,死后灵魂堕入第七层地狱。他被黑狗跟踪追逐,不堪其苦,渴望

第二次死。但灵魂不可能死，他的呼喊无济于事。

㉓ 这个鬼魂是帕多瓦人雅各波·达·圣安德烈亚（Jacopo da Santo Andrea）。1237 年，他做腓特烈二世的扈从，1239 年，被阿佐利诺·达·罗马诺的刺客杀死。据早期注释家拉纳（Lana）说，他继承了巨大的家产，但他是个挥霍无度的败家子，一时心血来潮，想看大火熊熊燃烧的情景，竟然让人放火烧毁自己的一座别墅，他站在安全的地方观看。他这句话是讥讽拉诺在战场上跑得不如现在快，以致丧命。话里"比武"（la giostra）一词原义是娱乐性的武艺比赛，这里用来指"打仗"，带有讥讽色彩。此外，这句话还流露出他害怕被黑狗追上咬伤，忌妒拉诺跑得比自己快的意思。

㉔㉕ 指雅各波·达·圣安德烈亚。

㉖ 这个人是谁，无法考证；诗中只强调他是佛罗伦萨人。

这句诗原文是：Quando 'l maestro fu sovr' esso fermo，用 sovra（＝sopra）而不用 davanti，表明这一丛灌木比较矮小；介词 sovra 含义是在其所支配的宾语上面而又不互相接触，译文很难简明地表达这种含义，只好采用迂回的说法，这就不免与原文高度凝练的风格大相径庭。

㉗ 佛罗伦萨在异教时代以罗马神话中的战神玛尔斯为保护神，改信基督教后，以施洗礼者圣约翰代替玛尔斯，作为保护本城的圣者，因为这件事得罪了战神，他就"经常用他的法术"，即战争来祸害佛罗伦萨（使它不断地内讧并和邻邦打仗）。

㉘ "阿尔诺河"是一条流经佛罗伦萨的河，"通道"是河上的"古桥"（Ponte Vecchio）。佛罗伦萨人改信基督教后，将战神庙改为圣约翰洗礼堂，战神像被移到阿尔诺河边的一座塔楼上，相传公元 542 年，佛罗伦萨城被东哥德王托提拉焚毁时（但丁根据中世纪史书的错误记载，把他和匈奴王阿提拉混淆起来），神像落入河中。在查理大帝时，佛罗伦萨城被重建起来，人们传说，要不是当时把残破的神像从河里打捞出来，放在"古桥"桥头的话，这座城市是建不成的。

㉙ 意即他是在自己家里自缢而死的。

第十四章

被爱乡心所驱使,我把散落下来的嫩枝收集起来,还给了声音已经喑哑的幽魂。

从那里我们来到第二环和第三环的边界,在这里看到正义对罪人的可怕的惩罚方式。

为了把奇特的事物讲清楚,我说,我们来到的地方是一片地面上没有任何植物的旷野。那凄惨的树林形成了一个花环围绕着它,正如那惨苦的壕沟形成了一个花环围绕着树林一样;我们就在这片旷野的紧边上停止了脚步。地面是一片又干燥又厚的沙漠,和卡托脚踏过的①没有什么不同。

啊,上帝的惩罚啊,凡是读了描写映入我眼帘的情景的诗句的,都应该多么畏惧你呀!

我看见许多群裸体的鬼魂,他们都哭得十分凄惨,似乎受着不同方式的惩罚。有些人在地上仰卧着②,有的蜷作一团坐在那里③,有的不住地走④。绕着圈子走的人最多,躺着受苦的人最少,但他们的舌头最容易说叫苦的话⑤。

整个沙地上空飘落着一片片巨大的火花⑥,落得很慢,好像无风时山上纷飞的雪花似的。犹如亚历山大在印度那些炎热地带所见的飘落在他的军队身上的火焰⑦一样,落地后依然完整,为此,他采取了措施,让他的军队用力踏地,因为单独

的火焰更容易扑灭;永恒的火雨就像这样落下来;沙地如同火
绒碰上火镰一样被火雨燃起来⑧,使得痛苦加倍。那些受苦
者的手永不休息地挥舞着,一会儿从这儿,一会儿从那儿拂去
身上的新火星。

我开始说:"老师啊,除了那些在大门口⑨出来阻挡我们
的事物顽梗不化的魔鬼外,你是能战胜一切的,请问,那个巨
大的鬼魂⑩是谁呀?他似乎对于受火烧毫不在乎,面上带着
轻蔑和凶恶的神色躺在那里,似乎火雨并不使他痛苦似的。"
那个鬼魂知道我向我的向导问的是他,就喊道:"我活着是什
么样的人,死了还是什么样的人。即使朱庇特使他的铁匠⑪
累得精疲力竭,在我的末日,他曾在盛怒之下从这个铁匠那里
拿到锐利的雷电把我击中,即使他像在弗雷格拉之战⑫时那
样呼喊:'好伏尔坎,帮忙啊,帮忙啊!'使蒙吉贝勒的乌黑的
锻炉旁其他的铁匠们⑬一个一个的都累得精疲力尽,并且用
他的全部力量向我投掷雷电,他也不可能对我实现称心如意
的报复⑭。"

一听这话,我的向导就用极大的声音说:"啊,卡帕纽斯,
你的傲气没有消灭,这正是对你的更重的惩罚;除了你自己的
怒气外,任何苦刑对于你的狂妄都不是适当的惩罚⑮。"我从
来没有听到过他用这样大的声音说话。

接着,他就转过身来,和颜悦色地对着我,说:"那是围困
忒拜的七王之一;他以往蔑视上帝,现在似乎还是这样,似乎
并不尊重他;但是,正如我对他所说的,他的轻蔑态度是他的
心胸的十分适当的装饰⑯。现在你跟着我走吧,还要当心,脚
不要踩在灼热的沙子上;而要始终紧挨着树林走去。"

我们一直沉默着,来到了从树林里涌出一条小河⑰的地

方,河水的红色至今还使我毛骨悚然。如同那条发源于布利卡梅,流出后,河水被有罪的女人们分用的小河⑱一样,这条小河穿过沙漠往下流去。河底、河两边的斜坡以及堤岸都是石头做的;我看得出,这里就是穿过沙漠的路⑲。

"自从我们由那一道不拒绝任何人迈过门坎的大门⑳进来后,在我指给你看的一切其他事物中,你的眼睛还没有见过像现在这条使它上空落下来的火焰统统熄灭的小河这样值得注意的。"我的向导这样说;因此,我请求他把他已经引起我的食欲的食物赐给我㉑。

于是,他说:"在大海中央有一块已经荒废的国土,叫克里特,在它的国王统治下,世人原先是纯洁的。那里有一座原先有水、有草木,欣欣向荣的山,叫伊达㉒;如今是一片荒凉,如同废品一样。瑞阿选定这山作为她的小儿子的可靠的摇篮,在他哭时,为了把他隐藏得更好,她让在那里发出喧天的声响㉓。山中挺然屹立着一个巨大的老人,他肩膀向着达米亚塔,眼睛眺望着罗马,好像照自己的镜子似的。他的头是纯金造成的,两臂和胸部是纯银做的,胸部以下直到腹股沟都是铜的;从此往下完全是纯铁做的,只有右脚是陶土做的;他挺立着,主要是用这只脚,不是用另一只脚支撑体重。除了金的部分以外,每一部分都裂开了一道缝,裂缝里滴答着眼泪,汇合在一起,穿透那块岩石。泪水流入这一深渊,从一层悬崖落到另一层悬崖㉔,形成了阿刻隆、斯提克斯和弗列格通;然后由这道狭窄的水道流下去,一直流到不能再往下流的地方,形成了科奇土斯㉕;那是什么样的沼泽,你自己会看到的,所以在这里就不讲了。"

我对他说:"如果跟前这条小河是像你说的这样发源于

我们的世界，为什么现在它在这个边缘上才出现在我们眼前㉖？”

他对我说：“你知道这个地方是圆的，虽然你一直向左走下这座深渊已经走得很远，你还没有走完整个圈子；所以，如果有什么新的事物出现在我们眼前，不应该使你脸上显出惊奇的神色㉗。”

我又说：“老师，弗列格通和勒特㉘在哪里？因为这一条河你没有提到，关于那一条，你说它是这泪雨形成的。”

“你提出的问题的确都使我高兴，”他回答说，“但是那条红水沸腾的小河应该解答了你的问题之一㉙。勒特河你以后会看到的，但它是在这深渊之外，在灵魂们通过忏悔解脱罪过后前去洗净自己的地方㉚。”接着，他说：“现在是离开这座树林的时候了；你注意跟着我走：没有被火烧热的、从它的上空落下来的火雨全都熄灭的河岸，形成了一条可以通行的路。”

注释：

① 指利比亚沙漠。公元前 47 年，罗马政治家卡托（他在乌提卡自杀，因而历史学家称他为乌提卡的卡托，以免和他的曾祖老卡托混淆）在法尔萨利亚之战败北后，率领庞培军队的残部越过这个沙漠，同努米底亚王尤巴的军队会师（事见史诗《法尔萨利亚》卷九）。

② 指渎神者（施加暴力于上帝者）。

③ 指高利贷者（施加暴力于人工者）。

④ 指犯鸡奸罪者（施加暴力于自然者）。

⑤ 正如他们生前最容易说渎神的话一样。

⑥ 火雨来源于《旧约·创世记》第十九章中的话：“当时耶和华将硫磺与火从天上耶和华那里降与所多玛和蛾摩拉。”

⑦ 在一封伪托亚历山大致其师亚里士多德的信里，他讲到入侵印度时，降了一场特大的雪，他不得不命令兵士用力踏地开

路。下了这场雪后,空中又降下火焰,他命令用衣服来扑灭飘落的火焰。大阿尔图斯的《论大气现象》一书中提到这封信,但他把信中所讲的两件事实混为一谈。但丁诗中这段话显然是根据他的说法。

⑧ 火雨落在沙地上把沙子烧得灼热,如同取火用的火镰打在火石上,发出火星,点着火绒一样。

⑨ 指狄斯城的城门(参看第八章)。

⑩ 此人名叫卡帕纽斯,是"七将攻忒拜"的故事中的七将之一,他登着云梯攻城时,狂妄地夸口说连众神之父朱庇特都不能阻止他,被朱庇特用雷电击毙(事见史诗《忒拜战纪》第十卷)。

⑪ 指朱庇特和朱诺的儿子伏尔坎,他司火,善锻铸,和独眼巨人们一起为朱庇特制造兵器。

⑫ 指古代神话中所说的朱庇特等奥林普斯山上的神和提坦神(早一代的神或巨人们)之间在弗雷格拉平原(在希腊色萨利地方)进行的一场战斗。《忒拜战纪》第十卷也提到这次战斗。

⑬ 西西里岛的埃特纳火山,中世纪叫作蒙吉贝勒,这一名称来源于阿拉伯文。据古代神话传说,这座火山是铁匠神伏尔坎和独眼巨人们的锻炉。"其他的铁匠们"指独眼巨人们。

⑭ 意即朱庇特不可能看到我屈服而觉得喜悦。朱庇特是异教的神,对于基督教信徒来说,是虚妄的,但丁把一个亵渎异教的神的人打入地狱,似乎讲不通。关于这一点,注释家牟米利亚诺说:"这是古典文化施加于但丁的压力的又一证明:在斯塔提乌斯的《忒拜战纪》中上阵的人物诱惑了他的想象力,他没有注意到由此产生思想上的不谐和。甚至一般读者也注意不到这一点,因为这段诗写得完全成功……"注释家雷吉奥则认为,卡帕纽斯不敬神自然是对异教的神朱庇特不敬,但是调和异教文化和基督教文化是整个中世纪的特点。但丁本着这种精神,采取了古代神话中这个人物,作为基督教所谓的渎神罪的典型。

⑮ 意即除了受火雨烧身的刑罚外,又加上怒火中烧而又无可奈何的内心痛苦,这种永不熄灭的怒火正是对卡帕纽斯的狂妄无比适当的惩罚。

⑯ "装饰"(fregi)是讽刺话,显然是诗人受韵脚"pregi"的启发巧妙地想出来的词藻。

⑰ 指弗列格通河,但维吉尔没有说出它的名称。

⑱ "布利卡梅"(Bulicame)是位于维台尔勃城以北六公里的小湖,湖中有含硫磺的温泉,泉水颜色发红,流出后成为小河,那里的妓女们分用这条河的水洗衣服、洗澡。"有罪的女人们"(peccatrici)指妓女们。有的注释家认为,传统文本中的"peccatrici"应作"pettatrici",含义是"梳麻女工们",她们利用小河的水泡麻。译文根据传统文本。但丁用这条水色发红、水温很高的小河来比拟地狱中的弗列格通河,使读者印象更深。

⑲ 因为在石头做的河岸上走可以避开火雨和热沙。

⑳ 指地狱之门,因为被基督打破后,一直敞开着(参看第八章注⑲)。《埃涅阿斯纪》卷三也有这样的话:"下到阿维尔努斯(传说是阴府入口处)去是容易的,黝黑的冥界大门是昼夜敞开的。"

㉑ 意即我请求他解答他已经引起我的好奇心的问题:那条小河有什么值得这样注意? 但丁常用"食物"和"渴"来比拟求知欲。

㉒ 这几行诗脱胎于《埃涅阿斯纪》卷三中的诗句:"在大海中央有一座伟大的朱庇特的岛,叫克里特,上面有真正的伊达山……""大海"指地中海。据说,克里特岛的第一个国王是朱庇特的父亲萨图努斯,他在位时期是传说中的"黄金时代",那时,世人是纯洁无罪的。"伊达"是克里特岛上最高的山。

㉓ "瑞阿"是萨图努斯的妻子,朱庇特的母亲。当初曾有预言:萨图努斯注定要被他的儿子推翻;为了使预言不应验,瑞阿一生下男孩,就被他吃掉;生下朱庇特后,她把一块石头裹在襁褓里,哄骗他说是刚生下的婴儿,然后带着朱庇特逃到克里特岛,把他藏在伊达山的山洞里。孩子哭时,她就命令她的祭司们用铙钹、兵器的响声和唱歌、喊叫的声音淹没哭声,使萨图努斯不能发现他。

㉔ 但丁对克里特岛的老人巨像的构思,显然受到《旧约·但以理书》第二章有关尼布甲尼撒王之梦的话的启发:"王啊,你梦见一个大像,这像甚高,极其光耀,站在你面前,形状甚是可怕。

这像的头是精金的,胸膛和膀臂是银的,肚腹和腰是铜的,腿是铁的,脚是半铁半泥的。"关于这一老人巨像的寓意,过去的注释家认为,它象征古代人(如奥维德在《变形记》卷一中)所说的人类经历的黄金时代,白银时代,青铜时代和黑铁时代,也就是说,象征人类从淳朴的状态逐渐堕落的过程。"达米亚塔"是埃及的一个城市,这里代表古代文化发源地的东方。老人像背朝着过去的文明世界,面向着帝国和教会中心的罗马。铁做的左脚象征帝国,体重不放在这只脚上,意即帝国的威信大减,陶土做的右脚象征腐化堕落的教会。金做的头没有裂缝,因为人类在黄金时代,也就是说,在犯"原罪"以前,享受的是完美的幸福。现代注释家提出了不同解释,但比较牵强,说服力不及旧注。

在但丁的构思中,真正独出心裁之处是老人像的裂缝中滴下来的泪水汇集在一起,流入池中,形成地狱里的河流。"穿透那块岩石"指老人巨像脚下的岩石;"深渊"指地狱;"悬崖"指从一层地狱下到另一层地狱去的悬崖。泪水象征种种使人的灵魂堕入地狱的罪恶,泪水汇成河流入地狱,意即世上的罪恶和痛苦统统汇合在地狱里。

㉕ 意即泪水汇合成河后,就继续往下流;"这道狭窄的水道"指这道小河(即弗列格通河)的水道;"不能再往下流的地方"指地球的中心;"科奇土斯"是巨大的冰湖,所以这里把它叫作"沼泽"。

㉖ 意即既然地狱里的河流都来源于克里特岛的老人流的泪,为什么我们只在这里看到这条小河,而在已经走过的几层地狱里都没看到它呢?"边缘"指第七层地狱的第三环,即最靠里的一环,它是这一层地狱的边缘。

其实但丁在第四层地狱和第五层地狱之间已经看到过一条小河,并且说明这条河形成斯提克斯沼泽(参看第七章倒数第三段)。这种前后不一致之处大概是由于一时遗忘或者由于对地狱里的河流的来源变更了想法。

《神曲》中地狱里的河名都来源于维吉尔等古代诗人的作品,这些作品并没有明确描写河流的地形如何。但丁想象克里特岛的老人巨像的裂缝里滴下的泪水汇合成了一条河,这条河从一层地狱流到另一层地狱,有时扩大成环形的湖泊,在流程中出现了不同的名称(阿刻隆、斯提克斯、弗列格通、科奇土斯)和不同的形态(水、泥、沸血、冰)。这是绝大多数注释家一致的看法。巴尔比反对此说,认为巨像上的每道裂缝滴下的泪水"各自汇集起来,分别穿透岩石流下去,一道裂缝的泪水形成阿刻隆,另一道裂缝的泪水形成斯提克斯,第三道裂缝的泪水形成弗列格通,第四道裂缝的泪水形成眼前这条流成科奇土斯湖的小河。"

㉗ 意即地狱的深渊是圆形的,但丁虽然一直向左一层一层地走下这圆形的深渊,走了很远,但他每层都只走了一段路,并没走完整个圈子,所以如果有什么从未遇见的事物出现,那是不足为奇的。

㉘ 这一条河指勒特河,那一条河指弗列格通河。

㉙ 意即你提出的问题都使我高兴,因为表明你有强烈的求知欲;但是那条红水沸腾的小河应该把弗列格通河在何处的问题解答得很清楚,因为那条河正是弗列格通河(弗列格通〔Phlege-thon〕含义是火焰河)。

㉚ 指炼狱山顶上的地上乐园。"勒特"(Lethe)含义是"忘川",灵魂喝了河水,便忘记生前的一切,在古代神话中,原是冥界的河之一,但丁把它放在地上乐园里。

第 十 五 章

现在我们顺着一道坚硬的堤岸离开那里向前走去,小河的水蒸气遮住上空,使河水和两岸落不上火雨。如同圭参忒和布鲁嘉①之间的佛兰芒人怕潮水向他们冲来,筑堤把海拦住;又如在卡伦塔纳感到热以前②,帕多瓦人沿着勃伦塔河筑堤保护他们的城市和砦堡:这两道河堤也造得像那些堤一样,虽然,不论建造者是谁,他造的既没有那些堤那样高,也没有那样厚。

我们已经离开树林那么远了,即使我回头望,我也望不见它在哪里,这时,我们遇到一队鬼魂沿着河岸走来,每一个都望着我们,如同黄昏时分在一弯新月下一个人望着另一个人一样;他们那样用力皱着眉头向我们凝视,犹如老裁缝穿针时凝视针眼一样③。

在那一伙人这样凝视下,我被一个人认出来了,他拉住我的衣裾,喊道:"多么奇怪呀!"当他把胳膊向我伸出时,我定睛细看他的烧伤的脸,那被烧得破了相的面孔并没有能够阻止我的眼力认出他来;我伸手向下面指着他的脸④,回答说:"您在这里吗,勃鲁内托先生?"他说:"啊,我的儿子啊,如果勃鲁内托·拉蒂诺⑤离开自己的队伍,转身同你一起走一会儿,但愿你不觉得讨厌。"我说:"我全心全意请求您这样做;

如果您想让我同您一起坐下的话,只要这位和我同行的人许可,我就这样做。""啊,儿子啊,"他说,"这一群当中不论谁,只要停留片刻,以后就要躺一百年,火雨打在他身上,他也不能挡开⑥。所以,你向前走吧:我在你身边跟着走;然后,回到我的一面走一面哀叹自己受永恒惩罚的队伍里去。"

我不敢走下河岸去和他并肩而行;但我一直像毕恭毕敬的人似的低着头走。他开始说:"什么命运或⑦天命在你的末日到来以前把你带到这冥界来啦?这位给你带路的是谁呀?"

我回答他说:"在这上面的世界,在明朗的人间,当我还未到人生的预点时,我迷了路,走进了一个山谷。昨天早晨我才掉过头来离开了那里:当我正要退回到那个山谷里去时⑧,这位出现在我面前,引导我由这条路回家。"⑨

他对我说:"如果我在美好的人世时判断得正确的话,你要是追随着自己的星前进,不会达不到光荣的港口⑩。假如我死得不那么早,看到上天对你这样优惠,我会支持你的事业的⑪。但是那些来源于古时从菲埃佐勒迁下来的家族、仍然带有山和岩石气质的、忘恩负义、心肠邪恶的市民⑫,由于你的善行⑬将与你为敌;这是理所当然的,因为在酸的山梨树中间,甜的无花果树是不可能结果的。世上自古相传,称他们为盲人⑭;他们是贪婪、忌妒、狂妄的人:你当心不要沾染上他们的习气。你的命运给你保留着这样的光荣:这个党和那个党都将对你感到饥饿⑮;但是青草将距离山羊很远⑯。让菲埃佐勒的畜生们自己互相作为饲料吧⑰,如果在他们那样的粪堆里,还生出一些体现那些在建造这万恶之巢时留在那里的罗马人的神圣种子复活的植物,让那些畜生不要触动它们吧⑱。"

"假如我的愿望已经完全得到满足的话,您会直到现在还没有从人生中被放逐出去⑲;因为,您在世上时时教导我,人怎样使自己永垂不朽⑳:您那亲切、和善的、父亲般的形象已经铭刻在我的记忆里,现在使我感到伤心;我活在世上一天,就一定要在我的话里表明,我多么感谢您的教导。您关于我的前途所说的话,我都记下来,和另一个人的话一起保留给一位能解释这些话的圣女去解释,如果我能到达她面前的话㉑。现在我只想向您表明这点心迹:只要我的良心不责备我,无论时运女神怎样对待我,我都准备承受。这类预言对于我的耳朵来说并不新奇;所以,让时运女神爱怎样转动她的轮盘就怎样转动吧,让农夫爱怎样挥动他的锄头就怎样挥动吧㉒。"

我的老师听了这话就向右边回头注视我,然后说:"边听边记下来的人,是善于听的人㉓。"

我仍然一面走,一面和勃鲁内托先生谈下去㉔,问他,他的最著名的和职位最高的㉕同伴们都是什么人。他对我说:"知道一些人,是好的,关于其他的人,我们还是不谈好,因为时间太短,不能说那么多话。简要地说,你要知道,他们都是神职人员㉖中大名鼎鼎的大文人,在世上被同一罪行所玷污。普利珊㉗和那群悲惨的人一起走,弗兰切斯科·德·阿科尔索㉘也在其中;那个被'众仆之仆'从阿尔诺调到巴奇利奥内,并且在那里遗留下用于邪行而过劳的神经的人㉙,你也能看到他,假如你想看这样恶心的丑类㉚的话。我是想多讲一些的,但是我不能再走,也不能再谈了,因为我看见那里从沙地上升起了一片新的烟雾㉛。一群我不能跟他们在一起的人往这里来了。请允许我把使我永垂不朽的《宝库》推荐给你，此外，我别无所求。"

随后，他就掉头像那些参加维罗纳越野赛跑争夺绿布锦标[32]的人似的往回跑，并且像其中的得胜者，而不像失败者[33]。

注释：

① "圭参忒"（Guizzante）是中世纪从欧洲大陆去英国的佛兰德尔港口 Wissand（或 Guitsand）的意大利文名称，在加来（Calais）西南，现属法国；"布鲁嘉"（Bruggia）是佛兰德尔东部的商业城市，当时有许多意大利商人，特别是佛罗伦萨商人来这里做生意，现属比利时。佛兰德尔沿海地势低洼，居民筑成防浪堤，以抵挡海潮冲击。但丁用这两个地名大致标志出佛兰德尔防浪堤的西南和东北两端（相距约 120 公里）。

② "卡伦塔纳"（Garentana）指中世纪卡伦齐亚（Garinzia）公爵领地，勃伦塔（Brenta）河发源于此地的阿尔卑斯山中，流经帕多瓦，注入亚得里亚海。在卡伦塔纳山中春暖雪融，勃伦塔河水暴涨以前，帕多瓦居民就沿河修筑堤坝，以防洪水泛滥成灾。

③ 这两个比喻用得十分贴切。第一个比喻说明对面来的鬼魂们在未来到但丁和维吉尔跟前时，眼睛望着他们，如同晚上的行人在新月的微光下互相注视一样；第二个比喻说明，那些鬼魂来到他们跟前时，凝眸端详他们，如同老眼昏花的裁缝穿针时，觑着眼睛，力图把线对准针眼一样。两个比喻起到互相补充的作用：前者生动地写出在光线微弱的条件下，看一定距离之外的事物的一般情况；后者具体地描绘出注视和辨认近处的事物的情景。

这两个比喻还起到另一种作用：使无照明设备的中世纪城市的夜晚和手工业工人在店里劳动的情景浮现在读者的想象中，从而为但丁与勃鲁内托·拉蒂尼相遇的场面准备了适当的气氛。

④ 原文是"chinando la mano a la sua faccia"，意即：但丁认出那个

115

鬼魂是谁后,向他伸出一只手表示亲切的姿态,斯卡尔塔齐-
万戴里(Scartazzini-Vandelli)注释本说得更为明确:"伸手向下
用食指指着那个引起了他的惊奇的人。"有的学者(例如萨佩
纽)主张采用较晚的抄本中的异文"chinando la mia a la sua
faccia"(把我的脸低下去,挨近他的脸),认为这种姿态更自
然,更适合当时那种场面。但是其他的学者认为,那个鬼魂在
沙地上走,但丁在河岸上走,地势较高,诗中既然说他"定睛细
看他的烧伤的脸",他势必把头低下去,如果采用这个异文,意
思就略嫌重复。

⑤ 勃鲁内托·拉蒂尼或拉蒂诺(Brunetto Latini 或 Latino),1220
年顷生于佛罗伦萨,贵尔弗党政治家和著名的学者。1260 年,
他在出使卡斯提王国的归途中,得知贵尔弗党在蒙塔培尔蒂
之战大败的消息,留在法国,直到 1267 年,本尼凡托之战后,
贵尔弗党重新掌权,他才回到佛罗伦萨,任共和国政府秘书长
等要职,1294 年死去。在法国流亡期间,用法文编写了一部百
科全书性质的著作,取名《宝库》(Li Livres dou Tesor),后来又
将内容压缩,用意大利文写出一篇未完成的训世诗,取名《小
宝库》(Tesoretto)。但丁对这两部书都很熟悉,《小宝库》采用
寓意的旅行形式,对但丁影响尤深。但丁曾从勃鲁内托·拉
蒂尼学过修辞学,包括当众演说和写拉丁文书信的艺术;由于
得到他的教益,也由于他对共和国有功而对他非常尊敬,和他
说话时,用"您"来称呼。

⑥ 如果犯鸡奸罪的鬼魂站住,就得受更重的惩罚:躺在灼热的沙
地上,被火雨打击,无法遮挡(有的注释家理解为"无法用手给
自己扇一扇风"),如同犯渎神罪的鬼魂所受的惩罚一样。

⑦ 这里"或"并不意味着非此即彼,而是表明命运和天命二者的
同一性,因为诗人在第七章中已经指出时运女神是上帝的
使者。

⑧ "山谷"指第一章所讲的幽暗的森林。"当我正要退回到那个
山谷里去时"指被母狼逼得退向幽暗的森林。

⑨ 意即走上得救的正路。

⑩ 关于"自己的星"注释家有种种不同的解释。有的认为泛指但
丁诞生时吉星高照,有的认为具体地指但丁诞生时,太阳在双

子宫,根据占星学家的说法,受双子星的影响的人,生来就有文学天才,但丁自己在《天国篇》第二十二章中也承认自己的才华受惠于这一星座。但是联系下句中"光荣的港口"来看,这里所说的"星"不是指占星学上的星,正如注释家波斯科所指出的,"这个形象化的比喻不是占星学方面的,而只不过是航海方面的。这星是给航海家导航的星:如果他们按照它指示的方向走,就会到达港口。勃鲁内托简单地告诉但丁:如果你随着你的星,如果你不偏离你的道路,如果你准确地掌着你的生活之舵奔向你给自己确定的目的,你是不会达不到的。""光荣的港口"指永垂不朽的美名。

⑪ 勃鲁内托·拉蒂尼死于 1294 年,当时但丁才二十九岁,还只是一位知名的抒情诗人,尚未参加政治活动。"上天对你这样优惠"指但丁生来就有很高的天才。"支持你的事业",波斯科认为,不是指在文学创作方面,而是在公共生活和政治活动方面。联系下面所说的"你的善行"(tuo ben far)来看,波斯科的解释是正确的。

⑫ 指佛罗伦萨人。根据古代传说,罗马激进派领袖喀提林(Catilina)鼓动菲埃佐勒城的居民背叛罗马,喀提林战败后,菲埃佐勒被夷为平地。恺撒为了不让菲埃佐勒重新兴起,在阿尔诺河边另建了一座新城,名佛罗伦萨,城市的居民大部分是迁来的菲埃佐勒人,小部分是罗马人,"所以佛罗伦萨人经常处于战争和内讧状态,这也没有什么奇怪的,因为他们是高贵的、有德行的罗马人和粗野的、凶悍好战的菲埃佐勒人这样两种互相对抗和敌视的、习俗也不相同的民族的后裔"(维拉尼《编年史》卷二第三十八章)。菲埃佐勒位于佛罗伦萨城北两座小山之间。薄伽丘对"带有山和岩石气质"的解释是:山气质指粗野,岩石气质指顽梗不化,不易接受文明习俗。根据杰利(Gelli)的解释,"忘恩负义"指佛罗伦萨人将要对但丁以怨报德;"心肠邪恶"指他们将要把但丁所做的一切好事硬说成是为了不正当的目的。

⑬ "善行"泛指但丁在公共生活和政治活动中以共和国的利益为重,一贯正直不阿;由于坚持正义,引起人们的敌视,无辜遭到流放。

⑭ 根据历史学家维拉尼的记载,东哥德王托提拉(见第十三章注㉘)为了征服佛罗伦萨,特意派使者去该城,声言要和佛罗伦萨人做朋友,佛罗伦萨人信以为真,让他进城,这样他就一举将佛罗伦萨占领并且摧毁,"因此,以后佛罗伦萨人在谚语中一直被称为盲人"(维拉尼《编年史》卷二第一章)。一些早期注释家则认为,佛罗伦萨人被称为盲人,是由于曾受到比萨人的欺骗:比萨远征巴利阿里群岛时,佛罗伦萨曾派军队守卫该城,事后,比萨人把两根残破的斑岩石柱用红布包裹起来送给佛罗伦萨作为报酬,佛罗伦萨人没有察觉,当作完好的石柱收下来。

⑮ 意即佛罗伦萨人对你的敌视,倒是命运保留给你的光荣;但丁自己在著名的寓意和道德诗《三位女性来到我的心边》中也说:"我认为,我所遭受的放逐是我的光荣。"

"这个党和那个党"指黑白两党;"对你感到饥饿",十四世纪的一些注释家理解为黑白两党都想把但丁争取到自己一边,这种解释也为一些现代注释家所接受。但是,萨佩纽的看法恰恰相反,认为这句话的含义是:"(黑白两党)都想吃掉你,都想发泄他们对你的仇恨。黑党在对诗人宣布判刑时先这样,后来,诗人和那一伙'邪恶、愚蠢的伙伴'(指白党)决裂时,白党又这样。"根据上下文来看,萨佩纽的解释是正确的。

⑯ 这句比喻的含义是:但丁将远远地离开他们,遭不到他们的迫害。

⑰ 这句是"山羊"和"青草"的比喻的延伸,意即让那些反你的佛罗伦萨人互相吞食,互相残杀吧。

⑱ "粪堆里"指在污浊的佛罗伦萨社会;"万恶之巢"指佛罗伦萨城;全句的含义是:让那些万恶的佛罗伦萨人不要迫害建立佛罗伦萨时留在那里的高贵的罗马人的后裔。但丁认为自己是古罗马血统,而用"菲埃佐勒的畜生们"来指大部分佛罗伦萨人。

⑲ 原文是不现实条件复合句,含义是:假如上天完全满足了我的心愿的话,那您现在就还在人世呢。

⑳ 但丁这句话似乎和《宝库》一书的十四世纪意大利文译本中的话相呼应:"荣誉赋予有功德的人以第二生命,也就是说,在他

死后,他的善行留下的声誉表明他仍然活着。"

㉑ "另一个人的话"指从法利那塔口里听到的预言;"圣女"(原文是"donna",尚未找到恰当的译法)指贝雅特丽齐;"如果我能到达她面前的话",流露出没有把握的意思,这并非怀疑上帝特许的天国之行,而是对自己的力量感到信心不足。

㉒ 注释家对这两句话有不同的解释:布蒂(Buti)理解为:"命运和人们爱怎么做就让他们怎么做吧,因为我是要坚持下去的(意即我的目的将一直坚定不移)";牟米利亚诺认为,第二句以谚语形式补充第一句,似乎带有轻蔑的意味,表示但丁对时运女神转动轮盘就像对农夫干活一样毫不在乎。

㉓ 对这句格言式的话有种种解释;萨佩纽认为:"大概维吉尔只是想说:谁把听到的事物铭刻在心里,把它记住为了将来之用,谁就是善于听的人";维吉尔"想简单地赞美但丁决计把勃鲁内托的预言记在心里,从而使自己遇到事变不至于毫无准备"。这种解释似乎最恰当。

㉔ 意即但丁并没有因为维吉尔插话而停止同勃鲁内托交谈。

㉕ 原文是"più sommo",根据多数注释家的解释译成"职位最高的";但丁在《神曲》中常用著名的和职位高的人物作为美德和罪恶的典型。

㉖ 原文是"Cherci" = Chierici, 即 ecclesiastici(教会中人);译为"教士"或"僧侣"似乎都不恰当,姑且译为"神职人员"。

㉗ 普利珊(Priscian,拉丁文 Priscianus),公元六世纪前半期著名的拉丁文法家,他的十八卷《拉丁文法教程》(*Institutio de arte grammatica*)是中世纪学校通用的课本。没有任何文献证明他曾犯鸡奸罪。由于早期注释家说他是个叛教的僧侣,有些学者就认为但丁把他跟公元五世纪创立异端教派的主教普利希利阿努斯(Priscilianus)混淆了,此人的罪状之一是鸡奸罪。然而这种说法没有足够的说服力。诗中显然以普利珊和弗兰切斯科·德·阿科尔索作为著名的文人学者犯鸡奸罪的实例,公元六世纪的文法家普利珊是名副其实的大学者,诗中所指的只能是他,关于他的罪行,但丁必有所本。

㉘ 弗兰切斯科·德·阿科尔索(Francesco d'Accorso, 1225—1293)是著名的法学家,波伦亚大学教授,1273 年,应英王爱德

华一世之聘,去牛津大学任教,1281 年回国,后来死在故乡波伦亚。

㉙ 此人的姓名是佛罗伦萨人安德烈亚·德·摩奇(Andrea de' Mozzi),他出身贵族,曾奉教皇尼古拉三世之命,做贵尔弗党与吉伯林党之间的调解人,1287 年任佛罗伦萨主教,1295 年被教皇卜尼法斯八世调往维琴察(Vicenza)做主教,当年或次年初死去。早期注释家说他是道德败坏和愚蠢无知的人;他被调离佛罗伦萨,据说是由于秽行败露;"(上帝的)众仆之仆"(servo de' servi,拉丁文 servus servorum〔Dei〕)意即上帝的最低下的仆人,教皇以此自称,这里指教皇卜尼法斯八世;阿尔诺河是流经佛罗伦萨的河,这里指佛罗伦萨;巴奇利奥内(Bacchiglione)是流经维琴察的河,这里指维琴察。"在那里遗留下用于邪行而过劳的神经"意即死在维琴察。但丁用这个主教作为高级神职人员犯鸡奸罪的实例加以鞭挞。

㉚ 原文是"tal tigna";"tigna"是一种令人厌恶的头疮,用来比拟行为丑恶的人。

㉛ 指另一群鬼魂向这里走来,在沙地上掀起的尘土。

㉜ 维罗纳越野赛跑创始于 1207 年,每年四旬斋期间的第一个星期日在圣卢齐亚村附近的平川上举行,优胜者获得一块绿布作为锦标。

㉝ 勃鲁内托跑得"像其中的得胜者",意即像其中最快的人;"而不像失败者"这句话也不是多余的,因为注释家们说,最后到达终点的人得到一只公鸡,成为观众嘲笑的对象。

第十六章

我已经来到一个地方,在那里听见泻入另一个圈子①的流水的淙淙声,犹如蜂房发出的嗡嗡的响声,这时有三个鬼魂一起飞跑着离开了在火雨的酷刑下走过的队伍。他们向我们走来,每个都喊:"你站住吧,看你的服装,你似乎是我们那万恶的城市②的市民。"

哎呀,我看到他们四肢上被火烧的新的和旧的创伤多么可怕呀,只要一回想起来,还感到难过。

我的老师注意他们的喊叫,转过脸来向着我,说:"现在等一等,对他们应该毕恭毕敬,要不是由于这个地方的特性使火雨降下来的话,我就要说,你更应该急忙走近他们。"

我们刚一站住,他们就又开始唱起他们的旧歌③来;当他们来到我们跟前时,三个人就共同排成一个圈子。如同裸体的、身上涂油的角斗的人们④,在交手互打互冲以前,通常都先注意窥测进攻的有利时机,他们三个都一面团团转着走,一面像这样用目光盯着我,因此,脖子和脚转动的方向相反⑤。

其中的一个开始说:"如果这松软的沙地的凄惨景象和我们烧得发黑的没有须眉的面孔,引起了你对我们和我们的请求的轻蔑,愿我们的声誉能使你乐意告诉我们,你是什么人,迈着活人的脚步这样安全地在地狱里行走。你看见我正踩着他的脚印走的这个人，虽然赤身裸体，烧得没有毛发，身分却比你所料想的要高：他是贤良的郭尔德拉达⑥的孙子，名叫圭多·贵拉；他曾用智与剑屡建功勋⑦。在我后面踩着沙子走的这个人，是台嘉佑·阿尔多勃兰迪，他的话在世上本应被人们听从⑧。我，这个同他们在一起受苦的人，是雅科波·卢斯蒂库奇，我的凶悍的妻子实在比什么都使我受害⑨。"

假如火烧不着我的话，我就已经跳下去，来到他们中间了，我想，我的老师会允许我这样做的；但是，因为那样做我会被烧坏烤煳，恐惧之情战胜了使我渴望拥抱他们的善良的愿望。于是，我开始说："当我从我这位主人对我所说的话里⑩想象出，向我们走来的是你们这样的人时，你们的情况在我心里引起来的，并不是轻蔑，而是悲痛，这种悲痛扎根在心里那样深，将会迟迟不能完全消释。我是你们那个城市的人，经常怀着敬爱之情听人讲你们的业绩和你们的光荣的名字，并且自己也对人讲。我是丢下苦胆，去寻求我的诚实的向导所许给我的甜果的；但是我得先下到中心去⑪。"

"愿你的灵魂能长久支配你的肢体⑫，"他接着说，"愿你的美名在你身后能永放光芒，请告诉我们，廉耻⑬和勇武是一如既往留在我们的城市里，还是已经在那里绝迹；因为方才同我们一起受苦、现在正同我们的伙伴们一起在那里走的葛利摩·波西厄尔⑭所说的话使我们非常痛心。""新来的人和暴发的财，佛罗伦萨呀，在你的内部滋长了骄傲和放恣，使得你已经为此而哭泣了⑮。"我仰面向天这样喊道；那三个人认为这话就是我的回答，他们便像听到真情实况的人那样面面相觑。

他们都回答说："如果你随时都这样乐于回答问题使人

家满意,如果你这样直爽地说出自己的真心话,你真幸福啊!因此,祝愿你逃出这幽冥世界,回去重新看见美丽的星辰,当你高兴地说‘我已经到过那里[16]’时,请你务必向人们提起我们的姓名。”他们说罢,就拆散共同排成的圈子,飞奔而去,他们的腿快得犹如翅膀。

还不到说一声“阿门”的工夫[17],就不见他们的踪影了;因此,我的老师认为应该离开那里。我跟着他走,我们没走多远,就听到水声距离我们那样近,我们如果说话,简直谁都听不见谁说什么。如同从蒙维佐峰往东数起,在从亚平宁山脉左坡流下去的河当中,那第一条有自己的河道的河[18]——流到平原以前的上游它叫作阿夸凯塔河,流到福尔里就失去了这个名称[19]——在高山圣贝内戴托修道院上边,本来应该为一千座悬崖[20]所接受,却从一座悬崖上倾泻下来,发出轰轰的水声;我们发现那血红的河水从一道峭壁流下,发出同样的轰轰的水声,以至于顷刻间就会把耳朵震聋。

我腰间系着一条绳子,有一次我曾想用它来捕捉那只毛皮五色斑斓的豹[21]。我遵照我的向导的命令,从身上把它完全解下来以后,就把它绕成一团递给了他。随后,他就转身向右,从距离边沿稍远的地方把它扔进下面那个深谷里[22]。我暗自想道:“我的老师这样注意地目送着这不同寻常的信号,一定会有新奇的事物出现作为反应。”

啊,人们在那些不仅看到行动,而且以自己的智力看出内心思想的人跟前,应该多么小心谨慎哪!他对我说:“我所期待的和你心里想象的东西[23]马上就会上来;它一定会马上出现在你眼前。”

对于貌似虚妄的真理,人总应该尽可能闭口不谈,因为那会使他无辜而蒙受耻辱㉔;但是在这里我却不能保持沉默;读者呀,我用这部喜剧㉕的诗句——但愿这些诗句能够长久受人喜爱——向你发誓:我看到浓重、昏暗的空气中有一个会使每颗镇定的心都感到惊奇的怪物游上来,就像有时为了解开被海里的暗礁或者别的东西挂住的船锚而下到水里的人㉖,伸直上身,缩回两脚,游回来时一样。

注释:

① 指第八层地狱。弗列格通河顺着悬崖峭壁从第七层流到第八层地狱,形成水声轰轰的瀑布。

② 指佛罗伦萨。

③ 指他们重新哭起来。

④ 他们不敢站住,在和但丁交谈时,不得不排成一个圈子,一面团团转着走,一面注视着但丁。

比喻中所说的角斗的人们,有些注释家认为指古代诗人们所描写的摔跤运动员,例如,《埃涅阿斯纪》卷三所描写的特洛亚式的运动会上的摔跤者:"我们……在这阿克提姆城的海滩上举行了特洛亚式的运动会。我的同伴们脱去衣服,用橄榄油涂在身上玩起我们特洛亚人传统的摔跤游戏……"因为这个比喻异常鲜明生动,使人觉得它来源于现实生活,所以另有一些注释家认为其中所说的角斗的人们指中世纪的神意裁判会上的角斗者。所谓神意裁判,就是在没有足够的确凿的证据来判决某一案件的情况下,由诉讼的双方各选一名角斗者去角斗场和对方的角斗者搏斗,谁得胜就意味谁所代表的那一方有理。但是这种角斗者并不赤身上阵,与比喻中所说的不完全符合。注释家雷吉奥认为,但丁在选择这一比喻时,可能把古代诗人所描写的角斗者的形象同中世纪的神意裁判的习俗混合起来了。

⑤ 这个比喻的意义在于用角斗者凝眸窥测进攻的有利时机的神态,来比拟那三个鬼魂把视线集中在但丁的面孔上的神态。他们一方面须要注视着但丁,同时又须要像跳圆舞似的转圈

子,所以,直到转完半个圈子为止,头扭动的方向总是和脚走的方向恰恰相反。

⑥ 郭尔德拉达(Gualdrada)是德高望重的佛罗伦萨贵族贝林丘内·贝尔提(Bellicione Berti)的女儿,被当时的历史家誉为贞洁贤淑的女性的典型。她是圭多·贵拉的祖母。

⑦ 圭多·贵拉(Guido Guerra,约1220—1270)四世是佛罗伦萨的一位世袭的伯爵,在神圣罗马皇帝腓特烈二世的宫廷度过少年时代,后来一反家族传统,成为佛罗伦萨和全托斯卡那贵尔弗党的支柱;1255年统帅佛罗伦萨贵尔弗军作战,将吉伯林党逐出阿雷佐;1260年蒙塔培尔蒂之战后,被迫流亡;1266年,率领流亡的贵尔弗党人参加本尼凡托之战,建立殊勋,被安茹伯爵查理一世任命为托斯卡那总督;1267年返回家乡。但丁通过"他曾用智与剑屡建功勋"这一警句概括了他一生在文武两方面的功业。

⑧ 台嘉佑·阿尔多勃兰迪出身于佛罗伦萨有势力的阿狄玛里(Adimari)家族,政治上属于贵尔弗党;是"聪明的骑士,作战英勇,享有很大的权威"(维拉尼《编年史》卷六第七十七章)。1266年,作为共和国军队的司令官之一,曾劝告共和国政府不要出兵对锡耶纳作战,但未被听从,结果,招致蒙塔培尔蒂之战的惨败。所以诗中说:"他的话在世上本应被人们听从。"也有许多注释家认为诗中Voce一词含义是名声,把这句诗理解为,由于他曾提出这个明智的忠告,"他的名声在世上应受人重视"。

⑨ 雅科波·卢斯蒂库奇是出身低微的平民,但家里很有钱,据早期注释家说,他属于卡瓦尔堪提集团,1254年曾作为佛罗伦萨政府特使同其他托斯卡那城市谈判结盟和订约的问题。对于"我的凶悍的妻子实在比什么都使我受害"这句话,注释家们一致认为,这大意是说,他的妻子为人凶悍难处,使得他转好男色,以致死后堕入地狱受苦。

⑩ 指本章第三段中维吉尔的话。

⑪ "苦胆"和"甜果"都是比喻,前者指罪孽之苦,后者指天国之福;"诚实的向导"指维吉尔,他曾保证给但丁带路,走过地狱和炼狱,然后把他交给贝雅特丽齐,由她带路去天国,他这话

125

是真诚可靠的。"中心"指地球的中心,即魔王卢奇菲罗所在的地狱底层。这句诗利用比喻说明从地狱走向天国的旅程,同时又表达出离开罪孽、趋向善与美德的寓意。

⑫ 意即愿你长寿。

⑬ 原文为"cortesia"。但丁对这个词的含义有明确的解释:"cortesia 和 onestade(廉耻)完全是一回事。因为古时宫廷里流行着美德和优良的风尚,正如今天情况恰恰相反一样,所以这个词来源于那时的宫廷,cortesia 的含义就等于说是宫廷的作风。"(《筵席》第二篇第十章)译文根据这种解释采用"廉耻"一词。但丁以廉耻和勇武来概括构成人的高贵品格的文武两方面的一切美德。

⑭ 葛利摩·波西厄尔,据薄伽丘说,是"宫廷中的骑士,为人很有教养,举止文雅;他和其他像他那类的人常做的事情,是为豪门贵族谈判和约,谈判联姻,有时还讲有趣的、正经的故事使疲倦者精力恢复,鼓舞他们去做光荣的事。"不仅如此,他还是《十日谈》第一天第八个故事中的人物,这表明他的名声流传下来了。他大概死于 1300 年前不久或许就在年初,作为新入地狱的亡魂给同乡的鬼魂们带来了有关佛罗伦萨的最新消息。

⑮ "新来的人"指从乡间来到城里落户的人,这些人靠经营商业和放高利贷很快就发了大财,他们得势以后,骄傲放恣,穷奢极侈,破坏了佛罗伦萨原先崇尚廉耻和勇武的优良风尚,使诗人感到十分痛心,不禁仰天慨叹。

⑯ "那里"指地狱,这句话的意思是说,当你回到阳间,高兴地回忆地狱之行的时候。因为但丁乐于满足别人的愿望,能做到直言不讳,所以那三个佛罗伦萨人请求他回到阳间后向人们提起他们的姓名。诗人"设想入地狱的人都爱好传播自己的名声,因为他们觉得,名声流传下来,自己就似乎仍然活在世上;这样设想同时也是为了使别人以他们为鉴戒而不做坏事"(布蒂的注释)。

⑰ 指极短的时间。

⑱ 蒙维佐(Monviso 即 Monte Veso)峰是意大利西北边境的科奇阿尔卑斯山脉(Alpi Cozie)的最高峰,波(Po)河发源于此地。

从蒙维佐峰往东去,有许多条河从亚平宁山脉的左坡流下去,一般都流入波河,在但丁时代,其中"第一条有自己的河道的",也就是不流入波河而直接注入亚得里亚海的河是蒙托内(Montone 意即山羊)河。

⑲ 上游名阿夸凯塔(Aquacheta 意即静水)河,流到福尔里(Forli)始名蒙托内河。

⑳ 这句诗的含意异常晦涩,注释家提出种种不同的解释,迄今尚无定论。有一种解释这样说:蒙托内河上游的阿夸凯塔河水在爱米利亚(Emilia)地区的亚平宁山脉中的高山圣贝内戴托修道院(San Benedetto dell'Alpe)附近从一座悬崖上倾泻下来,形成巨大的瀑布,由于水量很大,发出轰隆巨响,假如从一千(这里是"许许多多"的意思)座悬崖流下来,形成许多的小瀑布,就不会有这样巨大的水声了。这种解释似乎最确切,译文根据这种解释。

为了把虚构的地狱之行所见所闻描绘得异常真切,使人读后如身临其境,但丁常用世上的、尤其是意大利的景物来比拟地狱中的景物。这里用阿夸凯塔河在圣贝内戴托修道院附近形成的大瀑布的轰轰的水声,来比拟弗列格通河的血红的水从第七层地狱边沿的峭壁上向第八层地狱奔流直下发出的轰轰的水声。

㉑ 这条绳子显然具有象征意义,因为诗中把它和第一章提到的那只具有象征意义的毛皮五色斑斓的豹联系在一起。但其寓意何在,则众说纷纭,主要有三种说法:(1)布蒂和彼埃特罗波诺等人认为指方济各会修士的腰带,但丁少年时代曾做过方济各会的小修士(frate minor),但未出家。这种腰带象征洁身禁欲,用它来制伏象征肉欲的豹是说得通的;但是巴尔比指出,方济各会修士的腰带是皮带,不是绳了,与诗中所说的不符合,以此来驳斥这种解释;(2)早期注释家都认为这条绳子象征欺诈(或者一种特殊形式的欺诈——伪善);在这个意义上,可能是邪淫者行淫所使用的手段,也可能是用来迫使欺诈者为自己的目的效劳的手段;(3)现代注释家中,纳尔迪(Nardi)认为它象征正义和纯洁;卡莱提(Caretti)认为它象征正义;菲古莱里(Figurelli)认为它象征民法和道德法则;牟米利亚诺

127

认为它象征制伏肉欲（豹）和欺诈（其化身是将要出现的怪物格吕翁）的法律；波斯科（Bosco）认为它象征人的制伏肉欲和欺诈的意志。

㉒ 维吉尔转身向右，为了用右手把绳子扔下去；"边沿"指第七层地狱的边沿，他"从距离边沿稍远的地方"把它扔出去，以便使大劲扔得远些，免得被深谷边上突出的岩石挂住；"深谷"指构成第八层地狱的深谷。

㉓ "你心里想象的东西"指但丁寻思将要出现的新奇的事物，"想象"原文是"Sogna"（梦想）。

㉔ 大意是：对于那些过于离奇、貌似虚构的事实，应该尽可能不讲，因为在这种情况下，讲的虽然是事实，并没有瞎说，却容易被人指责为说谎而蒙受耻辱。

㉕ 《神曲》原名《喜剧》（*La Commedia*），这里喜剧并没有戏剧的含义，因为中世纪对于戏剧主要是表演性艺术的概念已经非常模糊，惯于根据题材内容和语言风格的不同，把叙事体的文学作品也称为悲剧或喜剧。但丁因为自己的史诗叙述从地狱到天国，从苦难到幸福的历程，结局圆满，又因为它不像《埃涅阿斯纪》那样用拉丁文写成，风格高华典雅，而是用意大利俗语写成，风格平易朴素，所以取名为《喜剧》。薄伽丘在《但丁赞》（*Trattatello in Laude di Dante*，1357—1362）一文中，对这部作品推崇备至，称它为"神圣的《喜剧》"。1555年的威尼斯版本第一次以《神圣的喜剧》为书名，后来被普遍采用。中文本通称《神曲》。

㉖ 指水手。但丁用水手下海排除障碍物后，伸直上身，缩回两腿，借水的浮力，游回海面上来的情景，来比拟那个会使每颗镇定的心都感到惊奇的怪物从深谷里的浓重、昏暗的空气中游上来的情景。

第 十 七 章

"你瞧,那只翻山越岭,摧毁城墙和武器的尖尾巴的野
兽①!瞧那个放臭气熏坏世界的怪物!"我的向导开始对我这
样说;他向它示意,要它靠近我们所走的大理石路的尽头上
岸。那个象征欺诈的肮脏的形象就上来了,把头和躯干伸到
岸上,但没有把尾巴拖上岸来②。它的面孔是正直人的面孔,
外貌是那样和善,身体其余部分完全是蛇身;它有两只一直到
腋下都长满了毛的有爪子的脚;背上、胸部和左右腰间都画着
花纹和圆圈儿③。鞑靼人和突厥人④织成的织物,都未曾有
过比这更多的色彩、底衬和花纹,阿剌克涅⑤也没有织出过这
样的布。

犹如有时小船停在岸边,一部分在水中,一部分在陆上,
犹如在贪食嗜酒的德意志人那里,海狸摆好架势,准备作
战⑥,那只最坏的野兽就这样趴在那道把沙地围起来的石头
边沿上⑦。它的整个尾巴悬空摇摆着,尾巴尖上那个像蝎子
的钩子一般作为武器的毒叉向上弯曲着。

我的向导说:"现在我们的路得稍微拐点弯儿,向趴在那
儿的那只恶毒的野兽走去。"于是,我们向右边走下堤去⑧,为
了完全避开沙地和火雨,紧挨着边沿走了十步。当我们来到
野兽跟前时,我瞥见再往前不远有一群人⑨靠近深渊坐在沙

地上。

我的老师在这里对我说:"为了使你能把自己在这一圈的经历完完全全地带回去,你去看一下他们的情况。你在那里说话要简短,在你回来以前,我要同这只野兽谈一下,让它允许我们借助它的强壮有力的肩膀。"

这样,我就独自一人继续顺着第七圈的边沿前行,走到那些受苦的人们坐的地方。他们的痛苦正从他们的眼睛里迸发出来[10];他们向这边、向那边挥动自己的手,时而用来抵御火雨,时而用来抵御灼热的土地。狗在夏天被跳蚤或者狗蝇或者牛虻咬时,有时用嘴,有时用爪子来抵御,和这种情景没有什么不同[11]。我把目光投射到那些受落下来的火雨烧身之苦的人们当中的一些人的脸上之后,我连一个都不认识他们;但是我看到每个人脖子上都挂着一个有某种颜色和某种图案的钱袋,他们的眼睛似乎都在饱看自己的钱袋[12]。当我东张西望地来到他们中间时,我看到一个黄色的钱袋上有狮子形象和姿态的天蓝色的图案[13]。当我把我的目光的车向前推进[14]时,我就看到一个血红的钱袋,上面呈现出一只比奶油还白的鹅[15]。一个以一头天蓝色的、怀胎的母猪作为自己的白色小钱袋上的图案的人[16]对我说:"你在这壕沟里[17]做什么?你现在就走开吧;因为你还是活人,我要你知道,我的邻人维塔利阿诺[18]将来到这里,坐在我左边。我是帕多瓦人,同这些佛罗伦萨人在一起:他们屡次用震得我耳朵要聋的声音喊叫:'让那个带着上面有鸟喙的钱袋的伟大骑士来吧!'"他说罢,就把嘴一咧,像舔鼻子的公牛似的伸出舌头来。[19]我怕再待下去会使告诫我不要久留的老师生气,就离开了那些受苦的鬼魂往回走。

我找到了我的向导,他已骑上那只凶恶的动物的臀部,对我说:"现在你要坚强勇敢,今后要凭借这样的阶梯[20]下去;你骑在前面吧,因为我愿意坐在中间,为的使它的尾巴不能伤害你。"

犹如患三日疟的人临近寒颤发作时,指甲已经发白,只要一看阴凉儿,就浑身打战,我听到他对我说的话时,就变得这样;但是羞耻心向我发出它的威胁,这羞耻心使仆人在英明的主人面前变得勇敢。

我坐在它那巨大的肩膀上,心里真想说:"你抱住我吧。"可是声音出乎我意料地发不出来。但我一骑上去,这位在别的危险境地中曾救助过我的老师,就用双臂抱住我,扶住我;他说:"格吕翁,现在开动吧:圈子要兜得大,降落要慢;要想到你所承载的新奇的负担[21]。"

犹如小船离开岸时徐徐后退,那怪物就这样离开了那里;当它觉得自己可以完全自由转动时,就把尾巴掉转到胸部原来所在的地方,像鳗鱼似的摆动伸开了的尾巴,还用有爪子的脚扇风。当法厄同撒开了缰绳,致使天穹至今还看得出被烧的痕迹[22];当可怜的伊卡洛斯觉察到腰间的羽毛由于黄蜡融化而脱落下来[23],听见父亲向他喊:"你走错路了!"我想,他们的恐惧都不比我看到自己四面悬空,下临无地,除了那只野兽,什么都看不见时的恐惧更大。那只野兽慢慢地、慢慢地游去;它盘旋着降落,但我并不觉得,只是感到风迎面和从下边吹来。

我从右边已经听到旋涡[24]在我们下面发出可怕的轰隆声,因此,我伸出头去,向下面望了一眼。这时,我对于降落更觉得害怕,因为我看到了火光,听到了哭声;我为此浑身发抖,两腿紧紧地夹住兽背。后来,我才看到——因为起初没有看到——那野兽已经在降落和盘旋,因为四面八方的种种苦刑的情景越来越近。

犹如猎鹰飞了很久,没有看到诱饵㉕或鸟儿,使得鹰猎者说:"哎呀,你下来啦㉖!"它飞起时那样快,现在疲惫不堪地兜了一百个圈子飞回来,落在离它主人远远的地方,露出气愤不满的神气;格吕翁就这样把我们放下来,放在紧挨着悬崖峭壁脚下的地方㉗,卸下了我们的身体的负担以后,它就像箭离弦似的不见了。

注释:
① 野兽指格吕翁(Geryon)。根据古希腊神话,格吕翁是一个巨人,居住在西方日没处的厄律提亚(Erythia)岛上,没有一个凡人敢和他作战,半神半人的英雄赫剌克勒斯(Heracles)为了抢走他的宝贵的牛群,在和他搏斗中杀死了他。在《埃涅阿斯纪》卷六,他作为"三个身子的、若隐若现的怪物"在冥界大门里出现在埃涅阿斯面前。古代神话和维吉尔的史诗都没有把他描写成欺诈者。在中世纪传说中,他才变成一个残忍狡诈的国王,装出一副诚恳和善的面孔接待客人,随后就狠毒地杀害他们。在古代神话、维吉尔史诗和中世纪传说中有关的描写的基础上,但丁凭借丰富的想象力,重新塑造了格吕翁的形象,把他作为第八层地狱的守护者和欺诈的象征。"翻山越岭,摧毁城墙和武器"表明欺诈由于惯用阴谋诡计而具有难以抵抗的力量,它既能越过一切天然的障碍,又能突破任何人为的防御。"放臭气熏坏世界"表明世人到处遭受欺诈之风的污染和毒害。
② 这句话的寓意是:欺诈总隐瞒自己的目的。
③ "花纹和圆圈儿"象征欺诈者欺骗人所使用的种种阴谋、诡计、花招和圈套。
④ 指中世纪居住在波斯及其邻国的鞑靼人和突厥人,以善于织色彩鲜艳、花纹美丽的织物驰名。

⑤ 据古代神话,阿剌克涅(Arachne)是吕底亚(Lydia)善于织布的少女,自恃技艺精巧,胆敢向弥涅耳瓦女神挑战,比赛织布;她织出了一块精美无比的布,弥涅耳瓦挑不出什么毛病来,就把它扯得粉碎。阿剌克涅因陷于绝望而上吊寻死,但弥涅耳瓦救活了她,使她变成了蜘蛛,她上吊的绳子变成了蛛网。

⑥ 在但丁时代,海狸主要产于德国。"海狸摆好架势,准备作战"指海狸准备捕鱼时的姿态。据说,海狸捕鱼时,身子趴在岸上,尾巴伸到水里,来回摆动,从尾巴里冒出一种油脂,作为诱饵。但丁用小船和海狸这两个比喻具体说明,格吕翁身体趴在第七层地狱边沿上,尾巴悬在深渊上空的情况。温图里(Venturi)在《但丁的比喻》一书中指出:"用小船描绘出格吕翁身体的姿态;用海狸又描绘出这种姿态的狡诈的目的。"

⑦ 指环绕第七层地狱的沙地的石头边沿。

⑧ "我们的路得稍微拐点弯儿"意即我们得稍微向右转;但丁和维吉尔在地狱里总是向左走,只有两次是例外;一次是在第六层地狱里曾向右转,从烧得灼热的石棺和狄斯城的城墙之间走过去;一次是在这里,这次"向右边走下堤去",是因为左边是弗列格通河和它形成的瀑布,不可能向左转。

⑨ 这一群人是高利贷者的灵魂。

⑩ 意即他们的痛苦使得他们的眼泪夺眶而出。

⑪ 这个用动物比拟人的比喻,通过细节的描写表达出诗人对高利贷者的厌恶和鄙视。

⑫ 每个人的钱袋的颜色和图案都和他的家族的纹章一样,注释家托玛塞奥指出,为了把诗人对肮脏的贵族的嘲讽带到地狱里,这是一个巧妙的艺术手段。"他们的眼睛似乎都在饱看自己的钱袋",是一句意味深长的诗。注释家牟米利亚诺指出:"高利贷者的生活完全集中于这注视钱袋的目光之中,他们的尘世生涯的全部内容和意义都在钱袋里。"

⑬ 金地蓝狮纹章是佛罗伦萨有名的贵族蔫菲利阿齐(Gianfigliaz-zi)家族的纹章,这一家族属于贵尔弗党;贵尔弗党分裂成黑白两党后,属于黑党。许多早期注释家认为,脖子上挂着这种钱袋的人是卡泰罗·蔫菲利阿齐(Catello Gianfigliazzi),他和他的兄弟及堂兄弟都在法国放高利贷。

⑭ 这句话使用大胆的、古怪的比喻,含义是:当我继续看下去时。

⑮ 红地白鹅纹章是佛罗伦萨世系悠久的贵族奥勃利雅齐(Obria-chi)家族的纹章。这个家族属于吉伯林党,1258 年遭到放逐。据注释家拉纳(Lana)说,"这个家族同样是高利贷者"。一位早期无名氏注释家认为,但丁在这里所指的是这个家族的一个名叫洽波(Ciapo)的人。有一文献证明,一个姓名为洛科·奥勃利雅齐(Locco Obriachi)的人 1298 年在西西里放高利贷。

⑯ 白地母猪纹章是帕多瓦著名的斯科洛维尼(Scrovegni)家族的纹章。多数注释家认为,和但丁说话的人是臭名远扬的高利贷者雷吉那尔多·斯科洛维尼(Reginaldo Scrovegni),此人利欲熏心,贪得无厌;他儿子阿里格(Arrigo)也是高利贷者,为了给父亲赎罪,修建了著名的斯科洛维尼教堂,其中的壁画是著名画家乔托(Giotto)的手笔。

⑰ 指地狱。

⑱ "邻人"意即同城的人。多数早期注释家认为指的是维塔利阿诺·戴尔·敦忒(Vitaliano del Dente),1304 年,他任维琴察最高行政官,1307 年任帕多瓦最高行政官。但是,据当时的历史学家说,他为人慷慨大方。

⑲ 指佛罗伦萨贝齐(Becchi)家族的简尼·布亚蒙忒(Gianni Buiamonte),1293 年,任佛罗伦萨市长,1298 年后,被称为骑士。他是靠高利贷致富的银行家,后来因赌博破产,并且由于诈骗而被判罪,死于 1310 年。他的家族的纹章是金地衬托着三只黑鸟喙的图案。"伟大骑士"是讽刺语,"把嘴一咧,像舔鼻子的公牛似的伸出舌头来",是嘲笑的姿态。

⑳ 在此以前但丁和维吉尔都是自己从一层地狱下到另一层地狱,不靠外力帮助;到达最后两层地狱和从地球中心到达南半球,将需要借助外力或阶梯。

㉑ 但丁是活人,身体有重量。

㉒ 据古希腊神话,法厄同(Phaëthon)是日神的儿子,他坚决要求驾着父亲的驷马车辇在天空游玩一天,日神再三劝阻,他都不听,最后勉强答应了。四匹飞马奔向天空后,法厄同不知道路在哪里,也无法控制飞马,不禁惊慌失措,车辇驶到天蝎座时,"他看见大蝎弯着两条臂,像一对弓似的,长长的尾巴,其余的

臂膊向两面伸开,……身上冒出黑色的毒汁,想用弯弯的尾巴来螫他,他吓得浑身发冷,失去了知觉,撒开了手里的缰绳"(奥维德《变形记》卷二),四匹马无人驾驭,就在天空任意驰骋,使得"天空从南极到北极都在起烟"。为了防止大火烧毁一切,宙斯用雷电击死了法厄同。"天穹至今还看得出被烧的痕迹",指的是银河。

㉓ 据古希腊神话,伊卡洛斯(Icarus)是雅典的巧匠代达罗斯(Daedalus)的儿子,代达罗斯因杀人被判处死刑,他带着儿子逃到克里特岛,克里特王米诺斯为了长期利用他的巧技,把岛屿周围的船只都封锁起来,不准他离开那里。他采集了许多羽毛,按大小长短排列整齐,然后用线和黄蜡串连起来,又把这一串羽毛略微扭弯,就像真鸟的翅膀一样。他把一对人工翅膀缚在身上,又把另一对装在儿子肩上,然后鼓起双翼,飞上天空。他在前面引导,让儿子跟着他飞。伊卡洛斯愈飞愈胆大,愈飞愈高兴,最后"抛弃了引路人,直向高空飞去。离太阳近了,太阳炽热的光芒把粘住羽毛的芬芳的黄蜡烤软烤化,伊卡洛斯两臂空空,还不住上下拍打,但是没有长桨一般的翅膀,也就扑不着空气了。他淹死在深蓝色的大海里"(奥维德《变形记》卷八)。

㉔ 原文是"il gorgo"。注释家对这词的含义有种种不同的解释:有的人认为指弗列格通河的瀑布从第七层地狱倾泻到第八层地狱所形成的旋涡;有的人认为指瀑布本身;有的人认为指倾泻的大量瀑水。译文根据第一种解释。

㉕ "诱饵"原文是"logoro";这是一种鹰猎用具:把两只鸟翼绑在一根小木棍上,摇动起来,就像鸟儿似的,鹰猎者用它来招回猎鹰。

㉖ 意即"我很不高兴你下来了"。猎鹰没有看到诱饵,也没有看到飞鸟,就飞下来,使得猎人不满;由于没有抓到猎物,知道猎人不满,猎鹰自己也很生气,所以飞起时扶摇直上,异常迅速,飞下来时无精打采,缓慢盘旋,最后,快快不乐地落在离主人远远的地方。但丁用这个比喻来比拟格吕翁放下两位诗人来的情景。

㉗ 指第七层地狱和第八层地狱之间的悬崖峭壁脚下。

135

第 十 八 章

地狱里有一个地方名叫马勒勃尔介①,这个地方和周围的圆墙同是铁色的石头构成的。这万恶的地域正中是一眼极大极深的井的井口,关于这个井的构造,到适当的地方再讲②。这井和高大的石墙墙根之间的地带自然是圆形的,这个地带的地面被划分成十条壕沟。为保卫城墙而用一道一道的城壕把城堡围起来,这种城壕所在的地方呈现出什么样的地形,这里的壕沟也呈现出类似的地形。正如这样的城堡都有一些小桥从城门一直通到最靠外的堤岸,同样,这里也有一些石桥从石墙脚下伸展出去,横跨堤岸和壕沟,一直通到那井边,被井切断,并聚集在井口③。

我们从格吕翁背上下来后,就发现我们在这个地方;诗人向左走去,我在后面跟着他。我从右边看到新的悲惨景象、新的酷刑和新的鞭打者,充满了第一恶囊。恶囊底的罪人都赤身露体;从当中划界,这一边的罪人都向我们迎面走来,那一边的罪人都和我们向同一方向走去④,但是脚步比我们大。犹如罗马人在大赦年因为巡礼者的队伍众多,想出了这样让人们过桥的办法:凡是面朝着城堡到圣彼得教堂去的人,都走这一边,朝着山走去的,都走那一边。我看到这边、那边的灰暗的岩石上都有长着角的鬼卒拿着大鞭子,正在后面残酷地

　　哎呀，一鞭子就打得他们抬起脚跟就跑，确实没有一个人等着挨第二下或第三下的。

鞭打那些罪人⑤。哎呀，一鞭子就打得他们抬起脚跟就跑,确实没有一个人等着挨第二下或第三下的。

我正向前走着,我的眼睛瞥见了一个罪人,我立刻说:"这个人我似乎已经见过。"因此,我停住脚步来端详他;和善的向导和我一同站住,而且同意我稍微往回走几步。那个被鞭打的罪人低下头,想隐藏自己,但这对他没什么用处,因为我说:"啊,你这把目光投射到地上的人,如果你所显现的面貌不是虚假的,那你就是维奈狄科·卡洽奈米科⑥;但是什么罪使你吃这种苦头啊?"

他对我说:"我是不愿意说的;但是你的明确的话使我想起了过去的世界,迫使我说。我就是那个引诱吉佐拉贝拉去顺从侯爵的意愿的人,不论人们对这件可耻的事怎样传说⑦。在这里哭泣的不只我一个人是波伦亚人;恰恰相反,这个地方波伦亚人满坑满谷,就连萨维纳河和雷诺河之间的地区⑧,现在都没有这么多学会说'sipa'的舌头⑨;关于这点,如果你想要可靠的证据的话,那你就回想一下我们的贪心吧⑩。"他正在这样讲时,一个鬼卒拿皮鞭子打他,说:"滚吧,拉皮条的!这里没有女人可骗⑪。"

我回到我的护送者那里;随后,我们稍微走了几步,就来到了悬崖峭壁下有岩石突出、形成一座石桥的地方。我们很容易就登上了石桥;上了石桥的陡坡向右转,就离开了那些永恒的圈子⑫。

当我们来到了下面开着桥洞、使被鞭打的罪人可以通过的地方时⑬,我的向导说:"你站住,让这另一队生得不幸的鬼魂⑭的目光投射到你身上,他们的面孔你还没有看到,因为他们所走的方向和我们相同。"

我们从古桥上望着从另一边向我们走来的一队鬼魂，他们同样被鞭子驱策着[15]。善良的老师不等我问，就对我说："你看来的那个伟大的灵魂，他似乎不因为痛苦而流泪：他还保持着何等的王者气概呀！那就是凭勇气和智慧使科尔喀斯失去了公羊的伊阿宋[16]。当楞诺斯岛上的强悍无情的妇女们把她们的男人统统杀死后，他路过那个岛。在那里，他用倾心爱慕的姿态和花言巧语欺骗了那个先已欺骗过所有其他妇女的少女许普西皮勒。他使她怀孕后，撇下她孤零零的在那里[17]；这样的罪孽罚他受这样的苦刑。这也给美狄亚报了仇[18]。凡是有这种欺骗行为的，都同他在一起走；关于这第一谷和被它咬住不放的人们[19]，你知道这些就够了。"

我们已经来到这条狭路和第二道堤岸交叉、使堤岸形成另一拱桥的桥台的地方。从这里，我们听见第二囊里的人呻吟，用嘴和鼻子噗噗地吹气，用巴掌自己打自己[20]。堤岸的斜坡上布满了一层由于下面蒸发的气味凝结在那里而形成的霉，它使眼睛看到它，鼻子闻到它都难以忍受。谷底是那么深，除非登上石桥的最高处——拱券的脊背，没有别的地方能够看得见它。我们来到了那里；从那里，我看见下面沟里有许多罪人浸泡在一片好像是来自人间的厕所里的粪便中。

我用眼睛向下面观察时，看见一个罪人头上被粪汁泡得那样脏，简直看不清他是僧是俗。他向我喝道："你干吗这样贪看我，比看其他的肮脏的人更仔细？"我对他说："因为，如果我没有记错的话，在你头发干的时候，我就看见过你，你是卢卡人阿莱修·殷特尔米奈伊[21]：所以我对你比对所有其他的罪人都更加注视。"于是，他拍拍自己的脑袋，说："我的舌头说不够的阿谀谄媚话，使我沉没在这里了。"

随后，我的向导对我说："你尽着目力再稍微向前边看一下，使你的眼睛清楚地看到那个肮脏的、披头散发的娼妓的脸，她正在那里用肮脏的手指甲自己抓自己，一会儿蹲下，一会儿站着。她就是妓女塔伊斯^㉒，当她的情人问她：'你很感谢我吗？'她回答说：'简直是千恩万谢！'我们看到这里就够了。"

注释：

① "马勒勃尔介"（Malebolge 复数）意即装满罪恶的口袋，是第八层地狱的名称。凡是对并非信任自己的人犯下欺诈罪者，死后灵魂都在这里受苦。这层地狱是个圆形的广大地区，四周有悬崖峭壁围绕（悬崖峭壁顶上就是第七层地狱），形成一道围墙，地面和围墙都是铁色的，即深灰色的岩石。

② 井底是第九层地狱，在第三十二章才讲这口井的构造。

③ 因为围墙是圆形的，所以墙根和井之间的地带也是圆形的，这个地带的地面划分成十条壕沟，以那口井为中心，一条壕沟套着另一条壕沟，形成十个恶囊，有十种不同罪恶的灵魂分别在其中受苦。壕沟与壕沟之间当然有堤岸隔开。为了具体说明第八层地狱的地形，使读者如身临其境，但丁采用了在实际生活中常见的事物作为比喻。中世纪城堡四周都有城壕，即护城河，为防守之用；城门口都有吊桥通到城壕最靠外的堤岸；第八层地狱里，从悬崖峭壁脚下到当中的井之间，有许多座由岩石构成的天然石桥横跨那十条壕沟；但丁就用中世纪城堡的城壕和吊桥来比拟第八层地狱里的壕沟和天然石桥。"被井切断，并聚集在井口"意即所有的石桥都通到井边为止，并集中于此，就像车辐集中于车毂一样。

④ 第一条壕沟（即第一恶囊）以壕沟正中为界，分成两个大小相等的圆形场地，受惩罚的鬼魂分成两队，各在一个场地中，朝着彼此相反的方向前进；走在靠两位诗人所走的堤岸这一边的，是犯做淫媒罪者，他们和两位诗人走的方向相反，所以但丁完全看得见他们的脸；走在另一边的，是诱奸者，他们和两

位诗人所走的是同一方向,所以但丁非得到了桥上,才能看见他们的脸。犯做淫媒罪者劝诱妇女去满足别人的情欲,诱奸者引诱妇女来满足自己的情欲,二者的共同点是:都用欺骗手段达到罪恶的目的,使他人受害,因而都犯下了欺诈罪,同在第一恶囊中受苦。

⑤ 为了说明第一恶囊中犯做淫媒罪者和犯诱奸罪者各成一队,朝着彼此相反的方向前进的情景,但丁使用了在当时的读者记忆犹新的重大事件中出现的情景作为比喻:教皇卜尼法斯八世把 1300 年宣布为大赦年(Giubileo),欧洲各国前往罗马朝圣的信徒人山人海;圣天使堡桥(ponte di Castel S. Angelo)是台伯河上唯一直接通往圣彼得教堂的桥梁,为了避免桥上行人拥挤,交通阻塞,临时在桥当中建了一道矮墙,将桥隔成两半;去圣彼得教堂朝圣的人从一边过桥,从圣彼得教堂朝圣回来的人从另一边过桥。"面朝着城堡"意即面朝着圣天使堡,是去圣彼得教堂的方向;"朝着山走去的"指从圣彼得教堂回来的人;"山"指位于台伯河彼岸的、正对圣天使堡的小丘乔尔达诺山(Monte Giordano)。

"这一边""那一边"指第一条壕沟从当中划分成的两部分;"灰暗的岩石"指铁色的岩石构成的沟底。

⑥ 维奈狄科·卡洽奈米科(Venedico Caccianemico)是波伦亚人,1228 年左右出生在一个有钱有势的家庭。他是属于贵尔弗党的吉勒美伊(Geremei)家族集团的首领,1274 年战胜属于吉伯林党的兰伯塔乔(Lambertazzi)家族集团,并把这个集团的首领逐出波伦亚;他曾任种种要职,1287 年和 1289 年,由于赞助斐拉拉的埃斯泰(Este)侯爵对波伦亚的政治野心,先后两次遭受流放,返回家乡后,1294 年订立了他儿子兰伯提诺(Lambertino)和侯爵阿佐(Azzo)八世的女儿科斯坦察(Costanza)的婚约,使自己的家族和埃斯泰家族的关系更加密切。1301 年再次遭受放逐,似乎死于第二年。但丁大概认为他死于 1300 年以前。

⑦ 吉佐拉贝拉(Ghisolabella)是维奈狄科的妹妹,嫁给斐拉拉人尼科洛·冯塔纳(Niccolò Fontana)为妻,死于 1281 年。维奈狄科劝诱吉佐拉贝拉与侯爵私通,注释家万戴里(Vandelli)

认为,也是为了密切与埃斯泰家族的关系这一政治目的。这个侯爵是奥比佐(Obizzo)二世还是指阿佐八世,尚无定论,现代注释家大多数认为指前者,因为史籍中说他道德败坏。维奈狄科干的这一罪恶勾当,虽然不见于史籍和文献,但从诗中"不论人们对这件可耻的事怎样传说"这句话看来,当时已经辗转流传到意大利许多地区。但丁在何时何地看见过维奈狄科,难以确定,据注释家推测,大概是在1287年以前,诗人青年时代在波伦亚求学期间。

⑧ "在这里哭泣"意即在这里受苦。"萨维纳河和雷诺河之间的地区"指波伦亚地区。

⑨ "sipa"是意大利语连系动词essere(含义为"是")的虚拟式现在时第三人称单数,出现在古波伦亚方言中的形式(现代波伦亚方言为"sepa"),相当于标准意大利语的"sia";"学会说'sipa'的舌头"意即从咿呀学语时就学会说sipa的人,即波伦亚人。全句的大意是:因犯做淫媒罪死后在这里受苦的波伦亚人,比波伦亚地区活着的波伦亚人还多。

⑩ 但丁通过维奈狄科的口揭发波伦亚人贪婪的本性。他认为贪欲是世上万恶的根源,所以一再加以揭发批判。

⑪ 原文是"qui non son femmine da conio",对此注释家有两种不同的解释;有人认为含义是:这里没有女人可以供你拉皮条赚钱的;有人认为含义是:这里没有女人可以欺骗;前者把"conio"解释为"moneta"(钱),强调贪婪是所犯罪行的根本原因;后者把"conio"解释为"inganno"(欺骗),强调欺骗是所犯罪行的本质。牟米利亚诺以及波斯科-雷吉奥都肯定第二种解释。译文根据这种解释。

⑫ 可以想象,这些天然石桥都是拱桥(即罗锅桥),"陡坡"指拱券的陡坡。"永恒的圈子"含义隐晦,注释家有种种不同的解释:毕扬齐(Bianchi)、万戴里和巴尔比都认为指那些被鞭打的、永远不停地在壕沟里转圈子的鬼魂们。反对这种解释的学者指出,但丁和维吉尔不但没有离开受鞭打的鬼魂们,而且还走上石桥去看他们。佩特洛齐(Petrocchi)说,两位诗人登上石桥就可以说是离开了那些鬼魂,但这种解释很勉强,没有足够的说服力。彼埃特罗波诺和萨佩纽都认为指第八层地狱

周围的悬崖峭壁形成的围墙(因为地狱是永远存在的,所以诗人用"永恒"一词来形容这道围墙)。彼埃特罗波诺还说,如果不想放弃第一种解释,将"永恒的圈子"专指犯做淫媒罪者所转的圈子,就说得通。译者认为,这样解释颇能自圆其说,因为两位诗人上桥后,注意力就转移到诱奸者的队伍上,所以可以说离开了那些犯淫媒罪者的鬼魂。

⑬ 指拱券顶上,即弧形桥洞的最高处。

⑭ 意即入地狱受苦者。

⑮ 这一队是犯诱奸罪者的鬼魂。

⑯ 伊阿宋(Iason)是古希腊神话中乘坐名叫阿耳戈(Argo)的大船前往黑海东岸的科尔喀斯(Colchis)去取金羊毛的英雄。

⑰ 伊阿宋和他的伙伴们途中路过楞诺斯(Lemnos)岛时,岛上的妇女由于愤恨他们的丈夫从外地带来宠爱的女人,已经把所有的男人统统杀死。岛上的女王许普西皮勒(Hypsipyle)是个美貌的少女,伊阿宋和她发生了爱情,使她怀了孕,她让他和他的伙伴们留在岛上,但伊阿宋狠心遗弃了她。"先已欺骗过所有其他妇女"指当初杀死岛上所有的男人时,许普西皮勒暗地里救出自己的父亲托阿斯(Thoas),将他藏在箱子里,扔在海上任其漂流,而不让其他的妇女知道(见奥维德的《列女志》(Heroides)第六篇书信和斯塔提乌斯的《忒拜战纪》第五卷)。

⑱ 美狄亚(Medea)是科尔喀斯国王的女儿,和伊阿宋相爱,帮助伊阿宋得到了她父亲的金羊毛。为了爱情,她离开了自己的家乡,同他一起逃回希腊,和他正式结婚,生了两个儿子。伊阿宋后来爱上了科任托斯(Corinthus)王克瑞翁(Creon)的女儿,娶她为妻,遗弃了美狄亚。美狄亚设计报仇,送给这位公主一件金袍,她穿上后,被衣裳上的毒药毒死,国王抱住她时,也中毒而死;不仅如此,她还当着伊阿宋的面杀死她和他生的两个儿子,然后逃走(事见《变形记》卷七和《列女志》第十二篇书信)。伊阿宋在地狱里受惩罚,就意味着给美狄亚报了仇。

⑲ "第一谷"即第一壕沟(第一恶囊),隐喻"咬住不放"(azzanna)说明第一谷把罪恶的灵魂们圈在里面加以惩罚,好像嘴咬

住食物来咀嚼似的。

⑳ 第二恶囊里的人是犯谄谀罪者。"嘴和鼻子"原文是 muso(兽的口鼻部),借用来指人的嘴和鼻子,表示诗人对这些罪人的轻蔑。由于浸泡在屎尿里,他们就像猪吃食时似的用口鼻噗噗地吹气。"用巴掌自己打自己"是痛苦和绝望的表现。

㉑ 阿莱修·殷特尔米奈伊(Alessio Interminei)出身卢卡贵族,属于白党,生平事迹不详,文献证明他 1295 年还在世,大概以后不久就死了。

㉒ 塔伊斯(Thaïs)是古罗马泰伦提乌斯(Terentius,约前 195—约前 159)的喜剧《阉奴》(Eunucus,前 161)中的人物,乃雅典名妓。在剧本第三幕第一场中,塔伊斯的情人军人特拉索(Thraso)通过拉皮条的格纳托(Gnatho)赠给了她一个女奴,他问格纳托:"那么,塔伊斯很感谢我吗?"格纳托回答说:"千恩万谢。"西塞罗在《论友谊》第二十六章中引用了这两句问答的话,把答话作为谀辞的例子;但丁在诗中把格纳托的答话放在塔伊斯口中,好像问答是在特拉索和塔伊斯之间进行的,足以证明他的诗句所根据的,不是泰伦提乌斯的剧本中的对话,而是西塞罗的引文,这段引文中没有明确对话者是谁,问话中的主语 Thaïs 很容易被认为是呼格,因而把答话看成是塔伊斯说的。

第 十 九 章

啊,术士西门哪①,啊,西门的可鄙的徒子徒孙哪②,上帝的事物理当是与善结合的新娘③,你们这些贪得无厌的人,为了金银而非法买卖这些事物,现在应该为你们吹起喇叭了④,因为你们是在第三恶囊里。

我们来到了下一道壕沟,已经登上石桥下临壕沟正中的部分。啊,至高的智慧呀,你在天上、地上和罪恶世界显示的神工多么伟大呀!你的权力在赏罚的分配上多么公正啊⑤!

我看见壕沟两侧和沟底的青灰色的石头上布满了孔洞,这些孔洞都一般大,每个都是圆的。据我看来,和我的美丽的圣约翰洗礼堂中为施洗而做的那些孔洞相比,既不大也不小;距今还没有多少年,我曾破坏过其中的一个,为了救出一个掉进去快要闷死的人⑥:让这话成为证明事件真相的印信,使所有的人都不受欺骗吧⑦。

每个洞口都露出一个罪人的两只脚,两条腿直到大腿都露着,身体其余部分全在洞里。所有的罪人两脚的脚掌都在燃烧;因此,他们的膝关节抖动得那样厉害,会把柳条绳和草绳挣断。犹如有油的东西燃烧时,火焰通常只在表面上浮动,在那里,他们的脚从脚跟到脚尖燃烧的情况也是这样。

我说:"老师,那个比他的同伙们抖动得更厉害,显得痛苦不堪的,被更红的火焰烧着的人是谁呀?"他对我说:"如果你愿意让我顺着那道较低的堤岸的斜坡下去,把你带到那里,你会从他自己口里知道他和他的罪行。"我说:"你高兴怎么做,都符合我的心愿:你是我的主人,知道我不背离你的意旨,还知道我没说出来的心思。"

于是,我们来到第四道堤岸上⑧;向左转身走下堤去,走到布满孔洞,道路狭窄难行的沟底。善良的老师一直把我抱到那个用腿哭泣的人⑨的孔洞附近,才从腰间把我放下来。

"啊,受苦的灵魂哪,你头朝下像一根木桩似的倒插在那里,不论你是谁,如果你能够说话,就说话吧⑩。"我站在那里像教士听不忠的刺客忏悔似的,这个刺客在被倒栽在坑里后,又把他叫回来,为了免于死刑⑪。

这个罪人喊道:"你已经站在那儿吗,你已经站在那儿吗,卜尼法斯⑫?书上的话骗了我,时间差了好几年⑬。难道你这么快就对那些财富感到腻烦了吗,为了捞到这些财富,你不怕用欺诈手段来娶那个美女,然后辱没她⑭。"

我听了这番话,就像那些因为对于回答他们的话感到莫名其妙而站在那里,尴尬困惑,不知道怎样回答才好的人一样。

这时,维吉尔说:"你赶快对他说:'我不是他,我不是你所指的那个人。'"我照他嘱咐我的话回答了。因此,那个鬼魂两只脚全都扭动起来;接着,就叹息着用哭泣的声音对我说:"那么,你向我要求什么呢? 如果你那样迫切需要了解我是什么人,以至于为此走下堤岸来到这里,那么你要知道,我曾穿过大法衣⑮呀;我真是母熊的儿子,为了使小熊们得势,我那样贪得无厌,使得我在世上把钱财装入私囊,在这里把自已装入囊中⑯。我头底下是其他的在我以前犯买卖圣职罪被拖入孔洞的人，他们一个压着一个挤在石头缝里躺着⑰。等那个人一来，我也要掉到那下面去，方才我突然问你时，还以为你就是那个人⑱呢。但是我这样两脚被火烧着，身子倒栽着的时间，已经比他将要被倒栽着，两脚烧得通红的时间长了⑲：因为在他以后，将有一个无法无天的、行为更丑恶的牧人从西方来，这个牧人该把他和我都盖上⑳。此人将是《玛喀比传》中所讲的新伊阿宋；犹如伊阿宋的国王俯就伊阿宋一样，当今统治法国的君主对他也将要这样㉑。"

我不知道，我在这里是否太莽撞了，因为我只是用这种腔调回答他："现在请你告诉我，我们的主把钥匙交给圣彼得保管以前㉒，先向他要了多少钱？当然，除了说：'来跟从我'㉓以外，他什么都没要求。当马提亚被拣选来填补那罪恶的灵魂所丧失的位置㉔时，彼得和其他的人都没有向他索取金子或者银子，所以，你就待在这里吧，因为你罪有应得；你好好地守住那些使得你敢于大胆反对查理的不义之财㉕吧。要不是我对于你在欢乐的人世间掌管的至高无上的钥匙所怀的敬意仍在阻止我的话，我还要使用更严厉的言语呢；因为你们的贪婪使世界陷于悲惨的境地，把好人踩在脚下，把坏人提拔上来。当福音书的作者看见那个坐在众水上和国王们行淫的女人时，他就预见到你们这样的牧人；那女人生来就有七个头，只要她丈夫爱好美德，她就一直能从那十个角吸取活力㉖。你们把金银做成神；你们和偶像崇拜者有什么不同，除了他们崇拜一个，你们崇拜一百个㉗？啊，君士坦丁，不是你改变信仰，而是第一个富裕的父亲从你手里拿到布施，成为多少祸患之母啊㉘！"

当我向他唱这些调子时,不知他是受怒气还是受良心的刺激,他两只脚一直在剧烈地踢蹬着。我确信,这使我的向导感到高兴,他一直面带着那样满意的表情,注意听我坦率说出来的实话的声音。因此,他用双臂抱住我;当他完全把我抱在怀里以后,就顺着他下来时所走的路重新上去。他紧紧地抱着我也不嫌累,一直这样把我带到从第四道堤岸通到第五道堤岸的拱桥的顶上。在这里,他轻轻地放下他的负担,轻轻地,因为石桥崎岖陡峭,对于山羊来说,都是难以通过的路。从那里,我瞥见另一道又大又深的山谷㉙展现在我眼前。

注释:

① 行邪术的西门见撒玛利亚人信了基督教,自己也信了,并受了洗;他看见使徒按手在信徒们头上,便有圣灵降在他们身上,"就拿钱给使徒,说:'把这权柄也给我,叫我手按着谁,谁就可以受圣灵。'彼得说:'你的银子和你一同灭亡吧,因你想上帝的恩赐是可以用钱买的。'"(见《新约·使徒行传》第八章)买卖圣职罪(simonia)一词就来源于想用钱来买上帝恩赐的权柄的术士西门的名字。

② 指犯买卖圣职罪者。

③ "上帝的事物"指圣职;"理当是与善结合的新娘"意即应当授予有德之人。

④ 按照中世纪习俗,大声宣读公告的人在宣读以前,先吹起喇叭引起市民注意;根据基督教传说,上帝进行最后审判时,先由天使吹起喇叭召集一切受审者;二者都可能是但丁的诗句所本,意即现在应该宣布你们的罪状了。

⑤ "至高的智慧"是三位一体的上帝的属性之一。"罪恶世界"指地狱。但丁既赞叹上帝创造诸天、大地和地狱的伟大神工,又赞叹他奖善惩恶的公正严明。

⑥ 指佛罗伦萨的圣约翰洗礼堂,但丁诞生后在此受洗,对它怀有特殊的感情,在被流放时期,这种感情由于和思乡之情相结合

而更加深厚，所以《神曲》中不止一次提到这个教堂。注释家对于"为施洗而做的那些孔洞"的含义有两种不同的解释：有的认为那些孔洞是为施浸礼用的（但丁时代施洗还是施浸礼）；有的认为那些孔洞是施洗的教士们站的地方，因为当时每年一般只举行两次施洗仪式（一次在复活节前一周的星期六，一次在圣灵降临节前一天），许多人都把孩子带来领洗，施洗的教士站在孔洞里，既可以避免拥挤，又便于在中间的大洗礼盆中施浸礼。关于这两种说法的是非问题，迄今尚无定论，因为圣约翰洗礼堂的旧洗礼盆已于1576年为给托斯卡那大公弗兰齐斯科一世的儿子施洗而被彻底拆除。但前一种说法最初是佛罗伦萨的无名氏注释家在他的《最佳注释》(*Ottimo Commento*)中提出的，他说："以佛罗伦萨的守护神圣约翰命名的教堂……大约在它的正中有一些如下列图形的洗礼盆；这些洗礼盆的大小，每个都进得去一个男孩。有一次，但丁在场时，一个男孩进入这些洗礼盆之中的一个，可巧他两腿交叉着架在盆底，要把他拉出来，就须要破坏洗礼盆，这件事但丁做了；现在这还看得出来。"这位注释家熟悉佛罗伦萨的事物，又和但丁相识，他的话是可信的，万戴里、牟米利亚诺和波斯科-雷吉奥的注释都接受了他的说法。1965年，比斯托亚(Pistoia)的圣约翰洗礼堂中1226年制造的洗礼盆被发现了，经专家鉴定，其构造和《最佳注释》中的附图完全相符，足以证实这种说法是正确的。

注释家对诗句中"annegava"一词的解释也有分歧，因为这个词有"闷死"和"淹死"两种含义。译文根据波斯科-雷吉奥的注释采取了前一种，因为平时那些孔洞中不见得有水，那个男孩也未必是在施浸礼那天掉进去的。

⑦ 当时大概有人曲解但丁为了救人而破坏（或者使人破坏）洗礼池的事实，把它说成是亵渎圣物的行为，不明真相的人难免受到欺骗，为此，但丁在诗中附带说明自己当时的动机，来澄清事实，消除人们的误解。诗人希望自己的话能起到如同印信足以证明文件的真实性那样的作用，换句话说，就是能使真相大白。

⑧ 两位诗人过了天然石桥，来到第三道壕沟和第四道壕沟之间

的堤岸上。

⑨ 这句话带有嘲讽的意味,和上段中"抖动得更厉害,显得痛苦不堪"那句话含义大致相同。

⑩ 这是教皇尼古拉三世的灵魂。他的姓名是乔万尼·喀埃塔诺·奥尔西尼(Giovanni Gaetano Orsini),1277 年 11 月 25 日至 1280 年 8 月 22 日在位,历史家一致斥责他买卖圣职,重用亲族。

⑪ "像教士听不忠的刺客忏悔似的":这个比喻含有极其尖锐的讽刺意味,因为通常都是由教士听俗人忏悔,现在反倒是由俗人但丁来听教皇忏悔。

中世纪处死受人雇用的刺客,一般都是把他头朝下活埋。"为了免于死刑"这句话,大多数注释家都解释为:罪犯把教士叫回来,补充忏悔一些罪行,使死刑稍稍推迟,争取多活一会儿。但是帕利阿罗(Pagliaro)从 assassino(刺客)这个词的词源出发,提出了另一种解释,他说:"Assassini(刺客派)是伊思马因教派(Ismailiti),其成员喝了 hashich(麻叶酒,这个词是 assassino 的词源)后,根据其首领'山中老人'(il Veglio della Montagna)的命令,胆大包天地行凶作恶,对于他们的首领,他们直到死都盲目服从。"他认为,刺客的特点就在于对其主使者无限忠诚;诗中所说的"不忠的刺客"指的是那种叛卖其主使者的刺客,把教士叫回来,是为了向他说出主使者的姓名或者一些尚未交代的罪行,以求免于一死。这种说法颇有说服力,为波斯科-雷吉奥的注释本和贾卡罗内(Giacalone)的注释本所采用。

⑫ "卜尼法斯"指教皇卜尼法斯八世,他的姓名是贝奈戴托·卡埃塔尼(Benedetto Caetani),在位期间(1294—1303)好大喜功,贪得无厌,买卖圣职,重用亲族,极力扩大自己的政治势力,企图建立神权统治,在同他的家族的仇敌进行斗争中,曾要求佛罗伦萨提供军事援助。白党和但丁自己都阻止佛罗伦萨支持这种为家族私利而进行的斗争,结果完全失败。不仅如此,他还派遣法国瓦洛亚伯爵查理(Charles de Valois)暗助黑党战胜白党,夺取佛罗伦萨政权,致使但丁遭受放逐,永远不能返回故乡。卜尼法斯八世给教会、意大利、佛罗伦萨和但

丁本人都造成极大的危害,因而成为诗人在《神曲》中的主要批判对象之一。

⑬ "书上的话"指预言未来的天书上说,卜尼法斯八世注定死于1303年10月11日(这是历史事实,诗人假托是预言)。但丁虚构的地狱之行在1300年春天,当时卜尼法斯八世还活着,三年以后才死。入地狱的人只知未来,不知现在的事,头朝下倒插在孔洞里的尼古拉三世误认为站在洞穴旁边说话的但丁,就是注定在他之后被倒插在孔洞中受苦的卜尼法斯八世,所以他说,天书上的预言欺骗了他,时间差了好几年。诗人通过尼古拉三世的话宣布,在卜尼法斯八世还活着的时候,地狱里早已给他指定了位置。

⑭ "那个美女"指教会,中世纪的神秘主义者和神学家常常使用结婚作为比喻,把教皇比拟作教会的新郎。"不怕用欺诈手段来娶那个美女"指他胆敢以诈术劝诱切勒斯蒂诺五世退位,使自己当选为教皇(参看第三章注⑫)。"然后辱没她"指卜尼法斯八世即位后,买卖圣职,使教会声名狼藉。

⑮ 意即做过教皇。

⑯ "母熊的儿子"指尼古拉三世的家族姓熊(Orsini),在当时的文献中,这一家族的成员被称为"母熊之子"(de filiis Ursae)。"为了使小熊们得势"意即为了扩张自己家族的势力。尼古拉三世生前买卖圣职,搜刮钱财,来达到这个目的,死后灵魂堕入第八层地狱第三恶囊的孔洞里受苦。他说自己"真是母熊的儿子",因为,在中世纪的动物寓言中,母熊被视为习性贪婪、热爱幼兽的动物,他生前贪得无厌,重用亲族,酷似母熊的习性。"把自己装入囊中",一些注释家认为指他在第三恶囊里,另一些注释家认为指他被倒插在孔洞穴里,后一种说法似乎更确切。

⑰ 每一个犯买卖圣职罪者都头朝下被倒插在孔洞里,两腿露出洞口,脚掌被火烧着,直到另一个犯同样罪者来接替他为止,那时他就掉到穴底,同那些在他以前掉下去的罪人一起,一个压着一个挤在岩石缝里躺着。

⑱ "那个人"指卜尼法斯八世。

⑲ 因为尼古拉三世死于1280年,到但丁虚构的游地狱的时间

1300 年,被倒插在洞穴里已有二十年之久,而卜尼法斯八世死于 1303 年 10 月,1314 年 4 月就被克力门五世接替,被倒插在洞穴里的时间还不满十一年。

⑳ 前句指克力门五世(Clemente V,1305—1314 年在位)。他是法国西南部加斯科涅(Gascogne)地区的人,在被选为教皇以前,任波尔多大主教,所以诗中说他从西方来。"牧人"是《圣经》语言中对一切教士的通称,这里指教皇。克力门五世的姓名是贝尔特朗·德·勾(Bertrand de Got)。他为人圆滑老练,在法国国王腓力四世同教皇卜尼法斯八世的斗争中,左右逢源,保持平衡。继卜尼法斯八世为教皇的贝奈戴托十一世即位九个月后就死了。在腓力四世的操纵下,波尔多大主教贝尔特朗当选为教皇,称克力门五世。他把教廷从罗马迁到阿维农,从此教皇受制于法国国王达七十年之久(1308—1378),历史上称为"阿维农之囚"。他和尼古拉三世及卜尼法斯八世一样,买卖圣职,重用亲戚,不仅如此,还把教廷迁离罗马,对于神圣罗马皇帝亨利七世前来意大利消除内争,实现和平,他表面上表示赞助,暗中勾结那不勒斯国王罗伯特阻挠亨利在罗马加冕,最后使亨利的计划以失败告终。他这些罪行,在但丁看来,比前两任教皇尤为严重,因此诗中说他是"无法无天的、行为更丑恶的牧人",把他也作为主要批判对象之一。"这个牧人该把他和我都盖上",意即克力门五世注定要继尼古拉三世和卜尼法斯八世之后被倒插在同一孔洞里。

㉑ 《圣经》的逸经《玛喀比传》(Maccabei)上卷第四章叙述犹大祭祀长西门二世(Simon Ⅱ)的次子,欧尼亚斯三世(Onias Ⅲ)的弟弟伊阿宋(Iason)许给叙利亚安条克四世 440 银币,来谋取祭祀长的职位。克力门五世为促使腓力四世支持自己登上教皇的宝座,答应事成之后,法国全国五年内的什一税都归国王所有。他这种行径和伊阿宋的故事如出一辙,所以诗中说他是"新伊阿宋"。正如叙利亚国王安条克四世俯允伊阿宋的请求一样,法国国王腓力四世也将俯允他的请求。

㉒ 耶稣对圣彼得说:"我要把天国的钥匙给你。"(见《新约·马太福音》第十六章)

㉓ 耶稣对圣彼得和他的兄弟圣安得烈(他们本是打鱼的)说:

"来跟从我,我要叫你们得人如得鱼一样。"(见《新约·马太福音》第四章)

㉔ "罪恶的灵魂"指犹大,他原是耶稣的十二门徒之一,因出卖耶稣变成叛徒,失去了使徒的资格。圣彼得要求弟兄们补选一人做使徒,他们选出了两个人,一个是约瑟,一个是马提亚,"众人就祷告说:'主啊,你知道万人的心,求你从这两个人中指明你所拣选的是谁,叫他得这使徒的位分,这位分犹大已经丢弃,往自己的地方去了。'于是,众人为他们摇签,摇出马提亚来,他就和十一个使徒同列"(见《新约·使徒行传》第一章)。

㉕ "查理"指西西里王安茹家族的查理一世。尼古拉三世想把侄女嫁给查理一世的侄子,查理严词拒绝,说:"他虽然穿着红袜,他的门第不配同我们的门第联姻,而且他的权力不是世袭的。"(见维拉尼《编年史》卷七)尼古拉三世为此怀恨在心,一直与查理为敌。"不义之财"指尼古拉三世买卖圣职,侵吞教会的什一税和地产进款所积累的钱财,这些不义之财加强了他的实力,使他敢于大胆地反对查理,取消了查理罗马元老院议员的头衔,撤除了他所兼任的帝国驻托斯卡那代表的职务。当时还有一种传说:尼古拉三世接受了拜占庭帝国的贿赂,参加了乔万尼·达·普洛齐达(Giovanni da Procida)密谋反抗安茹王朝对西西里岛的统治的计划,这一计划由于西西里人民于1282年8月31日以晚祷钟声为号,在巴勒莫(Palermo)发动起义,消灭了安茹王朝在岛上的驻军而获得成功。虽然现代历史家指出尼古拉三世死于"西西里晚祷"事件前两年,他接受重金,参加密谋之说并非历史事实,但是维拉尼在《编年史》(卷七第五十七章)中相信这个传说,但丁也很可能相信它,所以有些注释家认为"不义之财"可能指尼古拉三世从拜占庭帝国接受的贿赂。

㉖ "福音书的作者"指《约翰福音》的作者圣约翰,他在《新约·启示录》第十七章中说:"拿着七碗的七位天使中,有一位前来对我说:'你到这里来,我将坐在众水上的大淫妇所要受的刑罚指给你看。地上的君王与她行淫。住在地上的人喝醉她淫乱的酒。'我被圣灵感动,天使带我到旷野去。我就看见一个

女人骑在朱红色的兽上,那兽有七头十角,遍体有亵渎的名号。"在《新约·启示录》中,大淫妇本来象征信奉异教的罗马,但中世纪一些异端、半异端,甚至一些渴望教会深入改革的正统基督徒的著作中,认为大淫妇指的是腐败的教会。但丁采取了这种解释,根据诗中所要表达的思想内容,把《新约·启示录》中的女人和七头十角的兽的形象合并起来,用七头十角的女人来象征当时的教会。"在众水上"原指骑在罗马帝国所统治的各民族头上,但丁用来指骑在信奉基督教的各族人民头上。"和国王们行淫"指教皇们与各国君主狼狈为奸,争权夺利,尤指使教会受法国国王控制。"七个头"原指罗马发祥地的七座小山,但丁大概用来象征圣灵对教会的七种恩赐(智慧、聪明、学问、训诲、幸运、怜悯、敬畏上帝),或者象征作为教会存在的基础的七种圣礼(洗礼、坚信礼、圣餐礼、补赎礼、临终涂油礼、神职礼、婚礼)。"十个角"原指十个国王,这里肯定指十诫。"她丈夫"指教会的丈夫,即教皇;只要教皇爱好美德,十诫就能被忠实地遵守,发挥其道德力量,使教会健全纯洁。

㉗ "你们把金银做成神"化用《旧约·何西阿书》第八章中的话"他们(指以色列诸王)用金银为自己制造偶像";以色列诸王用黄金铸造了一个牛犊来崇拜,也就是拜金。但丁斥责买卖圣职的教皇们崇拜金银,不崇拜上神,而且比偶像崇拜者还坏,因为偶像崇拜者只崇拜一个偶像,买卖圣职的教皇则崇拜一百个,也就是说,他们崇拜无数的偶像,积累多少钱就崇拜多少。

㉘ "君士坦丁"指古罗马君士坦丁(Constantinus)大帝(306—337年在位)。相传由于教皇席尔维斯特罗一世(Silvester Ⅰ)治好了他的麻风病,他放弃了异教,改信基督教,在希腊旧城拜占庭建立新都,定名为君士坦丁堡,把罗马赠赐给教皇,史称"君士坦丁赠赐"(donazione di Constantino)。这一事件的文书一直流传到1450年才被人文主义者罗伦佐·瓦拉(Lorenzo Valla)证明是伪造的。但丁相信它的真实性,不仅在《神曲》中一再提到它,而且在《帝制论》中加以批判,阐明皇帝无权把世俗权力让给教会,教会也无权接受这种权力,因为他断定教

会腐败的根本原因在于教皇掌握世俗权力;"君士坦丁赠赐"是教皇执掌政权的开端,也是一切祸患的来源。"第一个富裕的父亲"指教皇席尔维斯特罗一世("父亲"是教徒对一切教士的通称),含有责备的意思,指摘他违背了耶稣基督对使徒们所宣明的必须保持贫穷的教训(见《新约·马太福音》第十章),为后世贪财好利的教皇们开例。

㉙　即第四恶囊。

第二十章

　　我现在该作诗描述新的刑罚，给写沉沦者的第一部曲的第二十歌①提供题材了。

　　我已经完全做好准备，去观察展现在面前的、被痛苦的泪水②浸透的谷底；我看见人们默不作声，流着眼泪，迈着世人在宗教仪式的行列中唱着连祷文行进的步伐③，顺着环形的山谷走来。当我的目光更向下俯视他们时④，发现每个人下巴颏儿和胸膛顶端之间的部分⑤都令人惊奇地歪扭着，因为他们的面孔扭转向着脊背，他们由于无法向前看，只好倒着走。也许从前有人由于患风瘫而体形这样完全歪扭，但是我没有看到过，也不相信会出现这样的情况。

　　读者呀，但愿上帝让你能从阅读我的诗篇获得教益，现在请你自己设身处地想一想，当我从近处看到我们人的形象被歪扭成这个样子，致使眼里的泪水顺着臀部中间那条沟浸湿了臀部，我怎么能够使我的面孔保持干燥⑥哇。我靠在坚硬的天然石桥的一块岩石上，确实哭起来了，使得我的向导对我说："你还像其他的愚人们那样吗⑦？这里恻隐之心死灭了，才存在着恻隐之心⑧；还有谁比对神的判决感到怜悯的人罪恶更大的吗⑨？抬起头来，抬起头来看那个人吧，大地曾在忒拜人眼前为他裂开；为此，他们都喊道：'你坠落到哪儿去，安菲阿剌俄斯？你为什么临阵脱逃[⑩]？'他不住地向下坠落，一直掉在抓住每个亡魂[⑪]的米诺斯跟前。你看他把脊背变成了胸膛；因为当初他想向前看得太远[⑫]，如今他就向后看，倒退着走。

"你看泰瑞西阿斯，当他的肢体全变了形，从男人变成女人时，他的模样改变了；后来，他须要先用那根手杖再打那两条交配的蛇，才恢复了男人的须眉[⑬]。那个把脊背向着这个人的腹部的人是阿伦斯[⑭]，他把卡腊腊人居住在山下垦荒的卢尼[⑮]山里的白大理石中间的一个洞窟作为他的住处，从那里观察星宿和海，他的视线不被任何东西遮住。

"那个用披散的头发遮盖着你所看不见的乳房身子那一边长满了毛的女人，就是曼图[⑯]，她走遍许多的国土，后来定居在我出生的地方[⑰]；所以我愿意你稍微听我讲一下。在她父亲去世和巴克科斯的城变成奴隶后[⑱]，她长期漫游世界。大地上，在美丽的意大利，那道封锁德意志、俯瞰提拉里的阿尔卑斯山脚下，有一个名叫贝纳科的湖[⑲]。千条或许千条以上的泉水流经加尔达、卡牟尼卡谷和平宁山之间的地区，注入上述的湖中[⑳]。湖心有一个地方，特兰托的牧人，布里西亚的牧人，维罗纳的牧人，如果路过那里，他们都可以在那里祝福[㉑]。美丽坚固的堡垒佩斯齐埃拉，为防御布里西亚人和贝加摩人而建，坐落在湖岸最低的地方。贝纳科的怀里容纳不下的水不得不统统倾泻到这里，成为一条河，穿过碧绿的牧场流下去。湖水一开始外流，就不再叫作贝纳科了，直到在戈维尔诺洛注入波河为止，都名叫敏乔河[㉒]。它还没流出多远，就找到了一片低地，在这片低地上，使它变成了一片沼泽；夏季某些时候经常水少[㉓]。那残酷的处女走过这里，看见沼泽中央有一块未开垦的、没有人烟的土地。为了避免接触人类社会,她带着她的奴仆们留在那里,来施行她的法术,她在那里生活,并且在那里留下了她的躯壳。后来,分散居住在周围的人都聚集到那个地方,那里由于四面都有沼泽而安全牢靠。他们在她死后埋骨处的地上建起了那座城;为了纪念她作为最初选择这个地方的人,他们没有另外求助于什么占卜的办法,就把它命名为曼图阿。在昏庸的卡萨罗迪受到庇纳蒙忒的欺骗㉔以前,城里的居民原来是更稠密的。因此,我嘱咐你,如果听到关于我的城市起源的其他说法,可不要容许以伪乱真。"

我说:"老师,我觉得,你的说法是那样确凿,那样令我信服,使得其他的说法对我来说,都要成为已经烧完的炭一般了㉕。但是,如果你看到那些正往前走的人之中有谁值得注意,你就给我讲一讲他吧;因为我的心又回过来,专注在这方面了。"

于是,他对我说:"那个面颊上的胡须垂到黑糊糊的肩膀上的人,是个占卜家㉖,当希腊男子走得空无一人,只剩下摇篮里的男孩㉗时,他在奥利斯曾和卡尔卡斯共同指出砍断第一条缆绳的时间㉘。他名叫欧利皮鲁斯,我的崇高的悲剧在某处㉙讲到他是这样的人。你熟悉全诗,肯定熟悉这一点。那另一个两胁那样瘦的人,是迈克尔·司各特㉚,他确实会施妖术邪法。你看圭多·波纳提㉛;你看阿兹顿忒㉜,他现在倒愿意从前一直在拿皮子和线干活来着㉝,但是已经后悔不及。你看那些邪恶的女人,她们抛弃了针、梭和纺锤来做算命者;她们用药草和人像来施行妖术邪法㉞。

"但是现在快走吧,因为该隐和他的荆棘已经在两半球

158

的交界处了,正要在塞维利亚下面和海波接触㉟;昨天夜里㊱月亮已经圆了:你一定记得很清楚,因为在那座深林中她曾一度使你㊲受益。"

他这样对我说;一面说,我们就一面往前走。

注释:

① "沉沦者"指地狱里的灵魂。但丁在致堪格兰德·德拉·斯卡拉的信中说:《神曲》"全诗分成三部曲,每部曲分成若干歌"。"第一部曲"即《地狱篇》。

② 指受苦的灵魂的泪水。

③ 意即徐步而行。

④ "但丁站在高处,一直在目不转睛地注视着那些人……当那些人走近他时,他显然须要渐渐把眼睛低下来;因此这句话等于说:当他们离我更近,更在我眼底下时。"(毕扬齐的注释)

⑤ 指脖子。这些受苦的灵魂面孔扭到背后,无法向前看,只好倒着走,如同《封神演义》中的申公豹一样。

⑥ 意即目睹我们人类的高贵的形象被歪扭得这样,我怎么能不泪流满面呢?

⑦ 意即你也像其他的愚人那样怜悯人吗? 有的注释指出,诗中的"还"字含义是:"在看到上面几层地狱里的情景以后,你还对有罪的灵魂表示怜悯吗?"这种解释也很有道理。

⑧ 意即在这里不应对受苦的灵魂有丝毫怜悯之情,对他们冷酷无情就是真正的怜悯。"这里"指第四恶囊,还是泛指地狱或深层地狱,这取决于对下句如何解释。

⑨ 这句话含义很不明确,引起注释家的争论。有的人认为,这和上句一样,是维吉尔责备但丁的话,意思是说:入地狱的灵魂所受的苦是上帝的判决,谁对此表示怜悯,谁就有很大的罪。根据这种解释,"这里"泛指地狱或深层地狱;许多注释家认为,这种解释比较符合原诗字面上的意思;有的人反对此说,认为这句话是维吉尔谴责占卜家的话,意思是说,只有上帝自己知道未来的事而不许世人知道,占卜家妄图利用种种方法推断未来,实属罪大恶极,根据这种解释,"这里"专指第四恶

囊;一些注释家认为,这种解释进一步阐明了上句的意义,就上下文来看,比较合乎逻辑,但从原诗字面上的意思来看,比较牵强。译文根据前一种解释。

⑩ 据古希腊传说,安菲阿剌俄斯(Amphiaraus)是七将攻忒拜的七将之一。他能预言未来,知道这次出征自己一定丧命,就隐藏起来。他妻子说出了他的藏身之处,他不得不去参战。他在战场上显示了自己的英勇,最后被敌将追击,断绝了生路。宙斯不愿让他不光荣地死去,就用雷霆轰裂大地,使他连人带战车一起陷入地中,一直坠落到冥界的米诺斯面前。事见斯塔提乌斯的《忒拜战纪》。但丁从这部史诗中采取了这个故事,根据自己的创作的需要加以剪裁,去掉了这个人物在斯塔提乌斯笔下的英雄气概,着重嘲讽他的预言无济于事,不能使他免于死亡,为此,在诗中把斯塔提乌斯的史诗中米诺斯嘲笑安菲阿剌俄斯的话,改为出自忒拜人之口。

⑪ 意即任何入地狱的亡魂都逃脱不了米诺斯的审判。

⑫ 意即预见未来。

⑬ 据古希腊传说,泰瑞西阿斯(Tiresias)是忒拜城著名的盲占卜家,因为用手杖打了两条正在交配的蛇而变为女人,七年以后,他又用那根手杖打了那两条蛇,才恢复了原形(见奥维德的《变形记》卷三)。

⑭ 阿伦斯(Aruns)是伊特鲁里亚占卜家,在卢卡努斯的史诗《法尔萨利亚》中他预言罗马将爆发内战,恺撒将获得胜利。

⑮ "卢尼"(Luni)是厄特鲁利亚古城,附近山中以产白大理石著称于世,意大利雕刻家多采用这种材料。1306年,大概在写这一歌以前不久,但丁曾在卢尼地区(Lunigiana)住过,那里的白大理石山和海景肯定给他留下了深刻的印象。卡腊腊(Carrara)是一座小城,附近有大理石采石场,在但丁时代,住在山下的农民在乱石间开荒种田。

⑯ 曼图(Manto)是泰瑞西阿斯的女儿和有名的占卜家。《埃涅阿斯纪》卷十,《变形记》卷六,《忒拜战纪》第四卷、第七卷都讲到她。但丁根据的主要是斯塔提乌斯的史诗,因为曼图在维吉尔诗中是图斯库斯(Tuscus)河神的妻子,《忒拜战纪》中则讲她没有结婚,而且性情残忍,举行血腥的祭祀。但丁把她说

成"残酷的处女",显然是对斯塔提乌斯诗中的描述的概括。

⑰ 维吉尔出生在意大利北部波河北岸曼图阿(Mantua)附近的安德斯(Andes)村(参看第一章注⑳)。

⑱ "巴克科斯的城"指酒神巴克科斯(Bacchus)的出生地忒拜城。忒拜城在正统的君主厄忒俄克勒斯(Eteocles)和波吕尼克斯(Polynices)死后,受克瑞翁(Creon)的暴虐统治。曼图为逃避暴政压迫,离开了忒拜,四处流浪。

⑲ 此湖由于水源丰沛而形成,即意大利北部的加尔达(Garda)湖,拉丁文名贝纳库斯(Benacus)湖。"封锁德意志"意即形成德意志南部的国界。"提拉里"(Tiralli)即提洛罗(Tirolo)地区,是但丁时代刚形成的一个封建小邦。"那道……阿尔卑斯山……"指莱提科阿尔卑斯山(Alpi Retiche)横亘在提洛罗城堡以北的那一段,这一段山脉位于梅拉诺(Merano)附近,距离加尔达湖相当远,诗中说湖在"山脚下",只不过是指明它的方位而已。

⑳ "加尔达"指加尔达湖迤东地区;卡牟尼卡谷(Val Camonica)指加尔达湖迤西地区;"平宁"(Pennino)和"亚平宁"(Apennino)在中世纪指阿尔卑斯山或这一山脉的某一段,这里指加尔达湖以北的平宁阿尔卑斯山(Alpi Pennine,拉丁文 Alpes Apenninae),并不指纵贯意大利半岛南北的亚平宁山脉。

㉑ 对于位于湖心的这个地方,注释家们有三种不同的解释:有的认为指修士岛(isola dei Frati),今名莱奇岛(isola Lechi),岛上的小教堂由特兰托(Trento)、布里西亚(Brescia)和维罗纳(Verona)这三个主教区共管;有的认为指堪比奥内(Campione)地方,这个地方也是上述三个主教区的交界处;有的认为指诗人理想中位于湖中心的、三个主教区交界的地方,这个地方不是陆地,而是水上;第三种解释似较确切,因为莱奇岛和堪比奥内地方都不在湖中央,与诗中所说的情况不符合。

㉒ 戈维尔诺洛(Governolo)是一个市镇,敏乔(Mincio)河从加尔达湖流出后,在距离这个市镇两公里处流入波河。

㉓ 意即由于水少而成为瘟疫流行的地方。

㉔ 统治曼图阿城的封建主卡萨罗迪(Casalodi)伯爵为人昏庸,听从庇纳蒙忒(Pinamonte)的劝告,放逐了许多贵族,树敌太多,

在对平民党的斗争中陷于孤立无援的境地,庇纳蒙忒依靠平民党的支持,于1272年赶走了卡萨罗迪,夺取了政权,统治曼图阿城一直到1291年。他掌权后,放逐了所有的贵族,并且杀死了许多,以致城里的居民大大减少。

㉕ 意即一切其他关于曼图阿城的起源的说法,对我来说,都如同烧完的木炭一样毫无用处,不起任何作用。

㉖ 此人名叫欧利皮鲁斯(Euripylus),能通过观察鸟类的飞翔预知未来的事。见《埃涅阿斯纪》卷二。

㉗ 指希腊大军渡海讨伐特洛亚时,成年男子统统出征,只有摇篮里的男婴留在国内。

㉘ 卡尔卡斯(Calchas)是随希腊大军出征特洛亚的占卜家,他预言围攻特洛亚是一次旷日持久的战争。"奥利斯(Aulis)"是希腊港口,希腊军队在此登船,去远征特洛亚。"共同指出砍断第一条缆绳的时间"意即共同推算出舰只启航的吉利时刻。

㉙ 指《埃涅阿斯纪》,但丁把风格高华的诗篇都称为悲剧。"在某处"指卷二第114—119行;不过,这几行诗只叙述希腊奸细西农(Sinon)骗特洛亚人说,希腊人做成木马时,因为狂风暴雨大作而惊慌失措,"就派欧利皮鲁斯去求阿波罗的神谕",并没有说他是卜人,曾和卡尔卡斯共同推算出开船的吉利时刻。

㉚ 迈克尔·司各特(Michael Scot)是苏格兰人,曾游学牛津、巴黎和托莱多(Toledo)大学,从阿拉伯文转译出亚里士多德的一些哲学著作,在神圣罗马皇帝腓特烈二世宫廷中服务多年,1250年左右死在苏格兰,相传他会妖术邪法,能预知未来。

㉛ 圭多·波纳提(Guido Bonatti)是意大利福尔里(Forli)人,做过皇帝腓特烈二世以及埃采利诺·达·罗马诺(见第十二章注㉗)、圭多·达·蒙泰菲尔特罗(Guido da Montefeltro)等人的私人占星师,死于十三世纪末年。

㉜ 阿兹顿忒(Asdente)是意大利巴马城里的鞋匠,他以能预言未来的事驰名;他是十三世纪后半叶的人,但丁在《筵席》第四篇第十六章用轻蔑的口气提到他。历史家萨林贝奈(Salimbene)说他名叫本维努托(Benvenuto),绰号阿兹顿忒(无牙),因为实际上恰恰相反,他的牙很大而且参差不齐。

㉝ 意即假如当初他一直只做鞋匠的话,他死后就不至于入地

狱了。

㉞ 指形形色色的女巫,她们用药草炮制春药,用蜡或其他材料做成人的形象,放入火中烧毁或者用针扎透来害人,像《红楼梦》中马道婆害宝玉和凤姐那样。

㉟ 意即月亮已经在南北两半球共同的地平线上,将没入西班牙塞维利亚(Sevilla)城附近海中。但丁用"该隐和他的荆棘"来指月亮,因为民间传说,月亮上的阴影是该隐背着一捆荆棘,正如我国民间传说,那是吴刚伐桂树一样。这时正是春分时节,月落大约在早晨六点钟,所以这里所表示的时间是刚过早六点。

㊱ 指但丁在幽暗的森林里"那样悲惨可怜地度过的夜里",即1300 年 4 月 8 日耶稣受难日前一夜。

㊲ 第一章并没有讲但丁在那座森林中曾借助于满月的光辉。这句话可能意味着:月光乃人的知识之光的象征,这种光虽然是神的真理的微弱的反射,但由于其光源的力量而仍然能使人受益。

第二十一章

　　我们就这样一面谈论与我的《喜剧》①无关的事,一面从一座桥向另一座桥②走去;到了桥顶上,我们就站住来看恶囊的另一道裂缝③和另一片无用的啼哭④;我发现那里昏黑得令人惊奇⑤。

　　犹如威尼斯人的船厂⑥里,冬天熬着黏糊糊的沥青,来涂抹已经损坏的船只,因为他们不能去航海了——代替航海这项工作,有的正给自己造新船,有的正用麻屑填塞已经航行多次的船只两侧的缝隙;有的正在船头,有的正在船尾钉钉子;有的正在造船桨,有的正在制船索;有的正在缝补前桅的帆,有的正在缝补主桅的帆——同样,在这下面的壕沟里,并非用火而是凭神工熬着浓稠的沥青⑦,处处黏满堤岸的内壁。我看到了沥青,但没看到其中有什么,只看到沸腾而起的气泡,看到沥青全部膨胀起来,然后收缩,重新落下去。

　　我正在目不转睛地俯视着那里,我的向导说:"当心!当心!"一面说,一面把我从我站着的地方拉到自己身边。于是,我就像一个人急于看他须要躲避的东西,突然感到惊恐气馁而一面看,一面急忙离开一样,转身一看:只见我们后面有一个黑鬼顺着石桥跑上来了。啊,他的面目多么狰狞呀!他张着翅膀,脚步轻快如飞,看样子来势多么凶啊!一个罪人双臀压在他那又尖又高的肩膀上，他紧紧抓着那个罪人的踝子骨⑧。

他从我们站的桥上说："马拉勃朗卡⑨们，你们看，这是圣齐塔的行政长官之一⑩，你们把他放到下面去吧，因为我还要回到⑪那个城去，那里这种人多着呢：那里除了邦杜罗⑫以外，每个人都是贪污犯；那里为了钱把'否'说成'是'⑬。"他把罪人扔下，随即转身顺着石桥走了；猛犬被放开去追贼，跑得也决没有这样快。

那罪人沉下去，又浮上来，被沥青弄得很脏⑭。但是隐蔽在桥下的鬼卒们喝道："这里可不是摆出'圣颜'的地方⑮！在这里游泳和在塞尔丘河⑯可不一样啊！所以，你要是不想尝一尝挨我们叉的滋味，你就别在沥青浆表面上露头。"

他们用一百多把铁叉叉住他之后，说："这里你得在掩蔽下跳舞⑰，这样，你要能捞，就可以偷偷地捞一把⑱。"这种做法，和厨师们让他们的下手们用肉钩子把肉浸入锅正中，不让它浮起来，没有什么两样。

和善的老师对我说："为了不让人看见你在这里，你在一块岩石后面蹲下，使自己有点遮挡；无论他们对我有什么暴行，你都不要害怕，因为我从前曾经一度遇到过这样的争吵⑲，知道这类事情是怎样的情况。"

于是，他走过桥头去；当他到达第六道堤岸⑳上时，他须要神色镇定。如同一群狗跑出来，向一个走到哪儿一站住，就立刻就地乞讨的可怜的乞丐扑去时那样凶猛狂暴，这些鬼卒从桥下跑了出来，把铁叉统统对准他；但他喝道："你们谁都别逞凶！你们用铁叉叉我以前，先让你们当中一个跑过来听我讲一下，再商量叉我吧。"他们都喊："让马拉科达㉑去！"于是，就有一个迈开脚步——其余的都站着不动——来到他跟前，说："这对他有什么用呢？"我的老师说："马拉科达，难道你以为，没有神意和上天保佑，我就能越过你们的一切障碍，像你所看到的那样安全来到了这里吗？你们放行吧，因为天意要我指引另一个人走这条荒野的路。"他的气焰顿时低落下来，不由得把铁叉放在脚边，对其他的鬼卒说："现在不要去伤他。"

我的向导对我说："你一直在石桥的岩石中间蹲伏着，现在平平安安地回到我这儿来吧。"于是，我迈开脚步，急速来到他跟前；所有的鬼卒也都向前冲过来，我生怕他们不守约㉒；从前我曾看到那些根据誓约从卡波洛纳㉓退出来的步兵由于发现自己在那么多的敌人中间而产生这种恐惧。我把全身紧紧靠拢我的向导，眼睛一直注视着他们那不怀好意的神态。他们把铁叉放低㉔，其中一个对另一个说："我在他的臀部㉕捅他一下好吗？"大家回答说："行，你就给他一下子吧。"但是那个正和我的向导谈判的鬼卒火速转过身来，说："安静着，安静着，斯卡密琉涅㉖！"

然后，他对我们说："顺着这座巉岩㉗再往前走是不可能的，因为第六座拱桥已经完全破碎，落在沟底了㉘。如果你们仍然想往前走，你们就顺着这道堤岸走吧；附近有另一座巉岩可以通行㉙。到昨天，比此刻靠后五小时的那个时辰，这里这条路就已经断了一千二百六十六年㉚了。我派遣我手下这些人到那边去，查看是否有人露出身子来了；你们和他们一同走吧，因为他们是不会伤害你们的。"

他开始说："阿利奇诺，你过来，还有你，卡尔卡勃利纳，你也来吧，卡尼阿佐；让巴尔巴利洽带领这十个人。让利比科

　　他们用一百多把铁叉叉住他之后,说:"这里你得在掩
蔽下跳舞,这样,你要能捞,就可以偷偷地捞一把。"

科也来,还有德拉吉尼亚佐,长着獠牙的奇利阿托以及格拉菲亚卡内,法尔法赖罗和疯狂的卢比堪忒^{③⓵}。你们环绕沸腾的沥青巡查一遭;把这两个人一直护送到另一座巉岩,那座巉岩完好无损,横跨在那些壕沟上。"

"哎呀,老师,我看到的是什么哟?"我说,"我恳求你,如果你知道怎么走,我们就不要护送,自己走吧;因为,就我来说,我是不要求护送的。你要是像平常那样注意的话,你没见他们磨牙切齿,眼神露出行凶的意思吗?"他对我说:"我希望你不要害怕;他们要磨牙,就让他们磨吧,因为他们是对那些被煮的不幸者这样做的。"

他们转身向左边的堤上走去^{③②},但是每个鬼卒都先向他们的首领伸出舌头,用牙咬紧,作为信号^{③③},他就把自己的屁股当作喇叭^{③④}。

注释:

① 《喜剧》是《神曲》原来的名称(参看第十六章注㉕)。

② 意即从第四道壕沟的桥走到第五道壕沟的桥。

③ 指第五道壕沟。

④ 地狱里的刑罚是永恒的,啼哭不能使它减轻。

⑤ 由于熬着沥青而显得特别昏黑。

⑥ 威尼斯船厂是当时欧洲最重要的船厂之一,创建于 1104 年,1303—1304 年间扩建,方圆约两英里,周围有高墙环绕,上面建有雉堞和塔楼。

⑦ 这个比喻用威尼斯船厂里熬着沥青来比拟第五道壕沟里熬着沥青的情景,是《神曲》中最长的和最著名的比喻之一,比喻的前一部分除了讲到船厂里熬着沥青以外,还对工匠们的繁忙的劳动作出具体的、生动的描写。注释家们有的赞美它体现出诗人丰富的想象和非凡的写实才能,有的指摘它离开本题,另生枝节。克罗齐在《但丁的诗》中指出,《神曲》中的比喻有

三个类型:一种只是说明性的,例如用中世纪城堡的城壕和护城河上的桥作为比喻,来说明地狱里"恶囊"的地形、构造;一种是把想要说明的情况表达得更加鲜明生动的比喻,例如用老裁缝皱着眉头凝视针眼来穿针的情景比拟鬼魂们凝眸注视但丁和维吉尔的情景;还有一种比喻超出比喻的范围,自身成为一首小诗,例如威尼斯船厂的比喻。美国但丁学者辛格尔顿(Singleton)在他的英译本《神曲》的注释中指出:"这个比喻不像一些注释家所认为的那样,是另生枝节或者是作装饰用的,而是起加深第六行诗里已经存在的悬念和惊奇之情的作用。第一部分写出威尼斯船厂中沸腾的沥青周围繁忙劳动的场面。第二部分并无与此相比配的东西,除了沸腾的沥青,什么都没有。比喻的两部分不相对应这一点,是整个比喻的最有效力的特点;以这种方式显示出来的惊人的差别,使得读者的眼睛仔细观察'黏糊糊的沥青'和'它冒出的黏性的气泡'。"这些解释都很有启发性。

⑧ 有些注释家认为,黑鬼把罪人扛来的方式是罪人两腿分开,跨在他的肩膀上;波斯科-雷吉奥反对这种解释,指出诗中"肩膀"用单数,意味着黑鬼是用一个肩膀扛着罪人,罪人脸朝外,头和半个身子都朝下,在黑鬼背上耷拉着,两腿并在一起,伸到前面,被黑鬼紧紧抓着,这种方式,正如早期注释家本维努托·达·伊牟拉所指出的,就像"屠户把屠宰的牲畜扛到屠宰场去剥皮和出售"一样。

⑨ 马拉勃朗卡(Malabranca)含义为"恶爪",指鬼卒们手上的爪和手里的叉,是第五"恶囊"中的鬼卒们共同的名称,他们还各有自己独特的名称。

⑩ 圣齐塔(Santa Zita,1218—1272)是一位虔诚的女仆,死后被卢卡城的市民尊为圣者;这里用她的名字来指卢卡。"行政官"原文为"anziani"(元老),其职权相当于佛罗伦萨的"priori";卢卡的行政官共十名,被鬼卒抓来的亡灵是其中的一个,诗中没有提他的姓名,十四世纪注释家圭多·达·庇萨(Guido da Pisa)认为他是马尔提诺·波塔优(Martino Bottaio),后来的注释家们考证出此人死于1300年4月9日(圣星期六),这正是但丁和维吉尔游地狱到达第五"恶囊"的时间。此人既然是死

在这个时间,刚被鬼卒抓到地狱里来的,诗中又说他"是圣齐塔的行政长官之一",不提他的姓名,卢卡的读者也会知道他是什么人。有的注释家,例如萨佩纽和贾卡罗内,认为但丁在诗中没有讲这个亡灵的姓名,因为他所讽刺的并不限于某一个人,而是针对卢卡的全体当权派,这些当权派不仅犯有买卖官职的罪行,而且属于黑党,对佛罗伦萨白党流亡者极为敌视,竟于1309年下令将他们驱逐出去。

⑪ 鬼卒去卢卡把犯贪污罪的亡灵直接捉到地狱里来,这种说法和第三章所说的,一切入地狱的亡灵都先集合在阿刻隆河岸上,不相符合。

⑫ 这里用反语嘲讽,其实此人是犯买卖官职罪最严重的人。邦杜罗·达提(Bonturo Dati)是十四世纪初年卢卡民众党的首领,很有权威,1308年把贵族们驱逐出去后,吹嘘自己清除了前任行政们买卖官职的歪风,实际上自己却几乎包揽了这种肮脏的交易;1313年以后,流亡到佛罗伦萨,1324年还在世,活着就被诗人写成入地狱的人物。

⑬ 指选举行政官,投票表决,做出决议时,通过贿赂就能颠倒是非黑白,使不称职者当选,使有道德、有才能者受到排斥。

⑭ 原文是 convolto。对于这个词所指的姿势,注释家有不同的解释:"蜷缩成一团""脊背弯曲着""臀部朝上""身子颠倒过来"(被扔下去头朝下,现在在沥青中露出头来);戴尔·隆格指出,这个词在早期意大利语中含义是"弄脏"或"玷污",这里指被沥青弄脏;这种解释为巴尔比、万戴里、萨佩纽和雷吉奥所接受;译文根据这种解释。

⑮ 原文是"Qui non ha loco il Santo Volto!"直译是"这里圣颜可没有地方啊!"这是鬼卒们为了嘲笑被扔到沥青中去的亡灵而说的一句渎神的话,但含义比较模糊,引起了注释家不同的解释;"圣颜"指的是卢卡圣马丁教堂中的一尊拜占庭式的耶稣被钉在十字架上的黑木雕像,相传面部是神手雕成的,因名"圣颜"。卢卡人对这尊雕像异常崇敬,常常向它祈祷,尤其是在遇到苦难的时候。有些注释家认为,亡灵的脊背弯曲着露出在沥青的表面上,很像祈祷的姿势,因此,鬼卒们用这话来打趣他,意思是说:"这里礼拜圣颜是没有用的!"或者"这里

没有供奉着圣颜！"另一些注释家认为,亡灵是头朝下扔到沥青中去的,浮上来时,头部露出来,被沥青染成黑色,活像卢卡教堂中的"圣颜",因而鬼卒用这句渎神的话嘲笑他。根据巴尔比的解释,这句话的意思是:"这里不要展出圣颜,这里不要露出头来";波斯科-雷吉奥注释本也指出,这句话显然是说:被罚入地狱的罪人露出被沥青染黑的脸,如同在卢卡展出圣颜一样。译文采取这种解释。

⑯ 塞尔丘(Serchio)河在卢卡附近,夏天卢卡人通常都在这条河里游泳。鬼卒们用这句恶毒的开玩笑的话来警告刚被扔到沥青中去的罪人。

⑰ "在掩蔽下"指在沥青遮盖下;"跳舞"是嘲讽性的比喻,指亡灵在沸腾的沥青浆中疼得身子乱动。

⑱ 意即如同他在世上时,一有机会,就捞一把一样。

⑲ 指维吉尔曾一度下到第九层地狱的科奇土斯冰湖边(参看第九章注⑦)。

⑳ 指第五"恶囊"和第六"恶囊"之间的堤岸。

㉑ "马拉科达"(Malacoda)含义为"恶尾",是鬼卒头目的名字。

㉒ 意即恐怕他们不遵照马拉科达所说的"现在不要去伤他"的话行事。

㉓ 卡波洛纳(Caprona)是比萨境内的一座城堡,以佛罗伦萨和卢卡的军队为主力的贵尔弗党联军围攻这座城堡,守军被围困八天之后,在敌方答应保证生命安全的条件下,于1298年8月6日投降。但丁作为佛罗伦萨骑兵战士参加了这次战役。

㉔ 意即做出准备刺杀的架势。

㉕ "臀部":原文"groppone"是谑词,含义为"背部(的下部)"。

㉖ 斯卡密琉涅(Scarmiglione)是企图用铁叉叉但丁的鬼卒。

㉗ "巉岩"指一行一行像车辐似的伸展在第八层地狱里、形成一系列横跨在各"恶囊"上的天然拱桥的巨大岩石。

㉘ 指横跨在第六"恶囊"上的拱桥。

㉙ 马拉科达用这句谎话欺骗维吉尔和但丁,其实所有横跨在第六"恶囊"上的拱桥都已坍塌,无法通过。

㉚ "昨天"指公元1300年4月8日耶稣受难日(复活节前的星期五);"现在"指马拉科达对维吉尔说话的时间,据推算,这是4

月 9 日早晨 7 点钟。拱桥是耶稣钉死在十字架上时发生的地震震塌的。耶稣是三十四岁时死的,也就是死于公元 34 年,下距但丁虚构的地狱之行的时间(公元 1300)恰恰是一千二百六十六年。《新约·路加福音》认为耶稣死的时刻是正午,比早晨 7 点"晚五小时"。

㉛ 但丁为这些鬼卒起了离奇古怪的名字,这些名字可能均有一定的含义,但不像马拉科达那样明显,注释家们都是根据自己的猜测作出解释,未必可靠,因此我们只好存疑。

㉜ "左边"指桥左边,"堤上"指第五"恶囊"和第六"恶囊"之间的堤上。

㉝ 对于这个古怪的信号的用意,注释家们提出不同的解释。万戴里认为,鬼卒们做出这种庸俗而又滑稽的举动,是为了向他们的首领巴尔巴利洽示意,他们已经做好准备,他可以发出出动的信号了。这种解释似乎最符合诗中所描写的情况。

㉞ 注释家没有直言不讳地注出这句诗指的是什么。万戴里说:"巴尔巴利洽以不能登大雅之堂的、但是和他以及他的小队相称的方式发出信号,一听到这种和他们相称的信号,小队就出动了。"波斯科-雷吉奥说:"这个不能登大雅之堂的信号为这出地狱里的喜剧的第一部分作了和它相称的结束。"根据原文措辞和两家的评注,可以断定这句诗指的是巴尔巴利洽放了一个响屁作为号令小队出发的信号。这样的写法是不是有伤大雅呢?万戴里说:"这里的措辞是粗话,但很有效:任何把文笔色调冲淡的写法在这里都不合时宜,都是假装正经,那样做是和但丁的精神、艺术的真实性背道而驰的。"迪诺·普洛文萨尔(Dino Provenzal)说:"如同一切伟大的艺术家一样,但丁不避免写人性和生活的卑下部分;他以巧妙的寥寥数笔就把庸俗的事物用恰当的词语描绘出来。"

第二十二章

　　从前我曾见过骑兵拔营,发动进攻,举行检阅,有时为保全自己而退却①;啊,阿雷佐人哪,我曾见过轻骑深入你们境内侦察②,我曾见过骑兵发起袭击,进行假战③和单骑比武;在这些场合,发布命令有时用喇叭,有时用钟④,有时用城堡使用的信号⑤,既用本国的,也用外国的东西⑥;但是我从来没有见过骑兵或步兵开拔,或者以陆地或星辰作为方向标志⑦的船只起航,使用这样奇异的笛子发出信号。

　　我们和那十个鬼卒同行:哎呀,凶恶的伙伴哪!但是在教堂里就同圣徒们在一起,在酒店里就同酒鬼们在一起嘛⑧。我的注意力完全集中在沥青上,想看到这个恶囊和其中被烧着的人们的一切情况。

　　如同海豚用拱形的脊背向水手们发出信号,要他们努力设法保全他们的船⑨,有的罪人为了减轻痛苦,也像这样不时露出脊背,不到电光一闪的工夫,就又把它隐藏起来。犹如青蛙趴在沟水边,只露出嘴和鼻子,把脚和身体其他部分都藏起来,那些罪人到处⑩也都这样;但是,当巴尔巴利洽走近时,他们就缩回沸腾的沥青中去了。

　　我看见——我的心至今犹有余悸——一个罪人还待在那儿,正如有时一只青蛙留下来,另一只飞快地跳走了一样。离他最近的格拉菲亚卡内钩住他的被沥青粘在一起的头发把他提起,在我看来,他就活像一只水獭⑪。我已经知道所有的鬼卒的名字,原来,在他们被挑选出来时,我就注意观察他们的相貌;后来,他们互相呼唤时,我又留心听他们喊什么⑫。"喂,卢比堪忒,你务必用你的爪子抓住他剥他的皮。"那些被诅咒的家伙齐声喊道。

我说:"我的老师啊,如果你能办到的话,就请你了解一下,那个落在他的敌人手里的不幸者是谁吧。"我的向导走到他身边,问他是从什么地方来的,他回答说:"我生在那伐尔王国⑬。我母亲把我送到一个贵族家做奴仆,因为她嫁了个浪子生下了我,那个人毁了自己和自己的家产⑭。后来我做了善良的国王忒巴尔多⑮的家臣;在那里我干起了买卖官职的勾当,因此我在这热沥青里受惩罚。"

那个像野猪似的嘴两边都露出一只长牙的鬼卒奇利阿托使他感觉到,只用一只长牙就能剥开他的皮。现在他可是老鼠来到恶猫中间了;但是巴尔巴利洽用两臂圈住他,说:"你们都往后站,由我在他背后圈着他⑯。"随后,他就把脸转过来向着我的老师,说:"你要是想从他口里知道更多的事情,在别人干掉他以前,你就继续问吧。"于是,我的向导说:"那么告诉我:在沥青下面的其他罪人当中,你知道有谁是意大利人吗?"他说:"我刚才离开了一个人,他是他们的邻人⑰。我巴不得还和他一起在沥青的遮盖下,那样我就不怕爪子和钩子了!"利比科科说:"我们忍耐不住了。"随后就用钩子钩住他的一只胳膊,一扯就扯去上面的一块肌肉。德拉吉尼亚佐也想往下一叉叉中他的两条腿,看到这种情况,他们的队长转身向周围怒目而视。

当他们又稍微安静些以后，我的向导就毫不迟延地问那个仍在注视着自己的伤口的罪人："你说你不幸离开了那个人到岸上来，那个人是谁呀？"他回答说："他是化募修士郭弥塔，加卢拉总督，一切诈术的器皿⑱，他的主人的仇敌在他手里，他对待他们的办法使得他们个个都称赞他⑲。正如他所说的那样，他拿到了钱，就轻易放了他们⑳；在他的其他职务中，他也不是个小的，而是个最大的贪污者。罗格道罗省总督堂·米凯尔·臧凯㉑和他摽在一块儿，他们的舌头谈起萨丁岛上的事来从不感到疲倦。哎呀，你们看那另一个正在磨牙；我本想再说下去，但是我害怕他正在准备给我挠痒痒呢㉒。"那位大司令㉓转身向着那个眼珠子滚来滚去、正要下手攻击的鬼卒法尔法赖罗说："你滚开，恶鸟！"

那受惊的罪人重新开始说："你们要是想看到托斯卡那人或伦巴第人，或是听一听他们讲什么，我就把他们当中的一些人叫来；但是让马拉勃朗卡们㉔站得稍微远一点，免得这些人害怕他们报复；我坐在原地不动，虽然就我一个人在这儿，但我一吹口哨就会叫来七个，因为我们当中谁露出来时，谁就这样做，这是我们的习惯㉕。"卡尼阿佐一听这话，就翘起鼻子和嘴巴，摇头说："听听他为跳下去逃走想出来的狡计㉖吧！"对此，那个诡计多端的人回答说："我设法让我的伙伴们受苦，我可真太狡猾啦㉗。"阿利奇诺再也忍不住了㉘，反对其他的鬼卒的意见，对他说："假如你跳下去，我并不跑去追你，而要扑棱开翅膀飞到沥青面上去。我们都离开这堤岸高处，用堤岸做掩护，看你一个人是否比得过我们大家㉙。"

啊，读者呀，你要听到新奇的趣剧了：他们个个都把眼睛转向堤岸的另一边，那个原来最不肯这样做的鬼卒，是首先这样做的○30。那伐尔人选着了好时机,他脚掌在地上一蹬,马上跳下去,从他们的司令手里逃走了。一看这样,他们个个都悔恨自己的过错,但是那个铸成这一错误的鬼卒○31悔恨得最厉害,因此他跳起来,喊道:"你被捉住了。"但这对他没有什么用:因为翅膀的速度超不过恐怖○32;这一个沉下去了,那一个把胸脯向上一翻就飞走了○33。犹如猎鹰飞近时,野鸭突然潜入水中,猎鹰又恼怒又颓丧地飞回空中一样。卡尔卡勃利纳对于受到愚弄非常气愤,飞着去追阿利奇诺,巴不得罪人逃脱了,好和他打架○34;那个贪污者刚一沉没不见了,他就把爪子转向自己的伙伴,在壕沟上空和他扭在一起。但对方实在是一只成熟的鹰○35,狠狠地抓住了他,他们俩就一起坠落在沸腾的沥青池的中心。他们烫得顿时松了手;但他们飞不起来,因为他们的翅膀被牢牢地粘住了。巴尔巴利洽和他部下的其他鬼卒都很难过,他派其中的四名都带着铁叉飞往对岸去,他们从这边那边急速降落到指定的地方;把钩子伸向那两个被粘住的、皮下的肉已经烧坏的鬼卒。我们在他们这样陷入混乱中时离开了他们。

注释:

① 因为但丁作为骑兵先锋,曾参加 1289 年 6 月堪帕尔迪诺之战和同年 8 月攻打卡波洛纳城堡的战斗。
② 指佛罗萨贵尔弗军对阿雷佐进行的战役,以阿雷佐吉伯林军在堪帕尔迪诺败绩而告终。
③ "假战"指队与队之间比武。
④ 中世纪意大利城邦在作战时,把钟放在战车上用来发布号令,指挥行军。
⑤ 中世纪城堡白天用旗帜或烟,夜间用火作为报警的信号。
⑥ 指外国雇佣兵引进的或其他国家使用的发布号令的工具。

⑦ "水手们航行时,根据两个标志:一是陆地,如果他们能看到陆地的话,他们就以远远望见的山作为标志前进……当他们在海上看不见陆地时,他们就以北极星作为标志来航行"(布蒂的注释)。

⑧ 这是当时流行的谚语,注释家托拉卡(Torraca)还从《圆桌》(Tavola Rotonda)一书中发现类似的谚语:"商人们有商店,酒徒们有酒店,赌徒们有牌桌,各得其所。"

⑨ 这是古老的传说,中世纪人的著作中也有记载,例如帕萨万提(Passavanti)的《真诚悔罪通鉴》(Specchio di vera penitenza)中说:"海豚游到海面上向船只靠近时,就是风暴即将到来的预兆。"

⑩ 意即在"恶囊"两岸。

⑪ 水獭是"全身都有毛的黑色的动物;有四只脚,身体很长,有一条长尾巴;大部分时间生活、栖息在水里"(布蒂的注释)。诗人所写的是水獭被人用鱼叉从水里叉上来时的形象:它两腿悬空,全身的黑毛湿淋淋的、滑溜的,贴在身上,用它来比拟那个被格拉菲亚卡内用铁叉提起来的、浑身沾满沥青的罪人,可谓惟妙惟肖。

⑫ 这几句诗说明但丁怎么会知道格拉菲亚卡内和其他鬼卒的名字。
对"si li notai"的含义,多数注释家都解释为"我那样注意观察他们的相貌";但是齐门兹提出另一种解释,认为这几句诗的大意是:"当他们被马拉科达挑选出来时,我就把他们的名字记在心里,后来点名喊他们时,我又注意应声走上前来的各个鬼卒的相貌是否符合我所记的名字。"译文根据多数注释家的解释。

⑬ 那伐尔(Navarre=意大利文 Navarra)王国位于现今法国的西南角和西班牙北部,大部分领土在比利牛斯山以南。诗中没有提这个罪人的姓名。早期注释家说他名叫钱保罗(Ciampolo)或简保罗(Giampolo),但是除了他在诗中的自述以外,生平事迹不详。

⑭ 意即倾家荡产,自杀身亡。

⑮ 指忒巴尔多(Tebaldo=法文 Thibut)二世。他原来是香槟

（Champagne）伯爵，称忒巴尔多五世，1253年做了那伐尔国王，称忒巴尔多二世，死于1270年。本维努托·达·伊牟拉说："他是个非常正直、仁慈的人，超过任何其他的那伐尔国王。"

⑯ 那伐尔人浑身沾满了沥青，所以巴尔巴利洽用双臂从他背后圈住他，而不接触他的身体。

⑰ 意即他是萨丁人，萨丁岛在意大利半岛旁边，所以说他是意大利人的邻人。

⑱ 化募修士郭弥塔（Fra Gomita）是萨丁人；萨丁岛当时受比萨统治，分成四省，加卢拉（Gallura）是其中之一，位于此岛东北部。尼诺·维斯康提（Nino Visconti，此人与但丁相识，将在《炼狱篇》第八章中出现）任加卢拉总督时（1275—1296），委任郭弥塔为总督代表。诗中"一切诈术的器皿"一语，套用《圣经》中"我所拣选的器皿"的辞藻，而赋予贬义，来说明郭弥塔为人奸诈，诡计多端。

⑲ 早期佛罗伦萨无名氏（Anonimo fiorentino）的注释说，加卢拉总督尼诺"捉住了他的敌人后，把他们交给郭弥塔看管，这些人都很富，他们给了郭弥塔许多钱；一天夜里，他开了牢房放了他们，佯言他们是自己逃走的；但是最后尼诺看出他比往常更有钱了，追查事实真相，发现他有罪，就将他处以绞刑"。
"他对待他们的办法使得他们个个都称赞他"，意即使他们个个都很满意，因为获得了自由。

⑳ "轻易放了他们"原文是"Lasciolli di piano"；巴尔比解释di pi-ano的含义说："这里讲的是释放须要受审判的人们，di piano的意义大概是经过'即决裁判手续'，没有正式审判的喧哗和样子。"这也就是说，悄悄地放了他们。

㉑ 堂·米凯尔·臧凯（donno Michel Zanche）据说是萨丁岛西北部的罗戈多罗（Logodoro）省的总督，他以神圣罗马皇帝腓特烈二世的儿子萨丁王恩佐（Enzo）的名义统治该省。关于他的生平事迹，早期注释家有种种不同的说法，但均未经历史文献证实。据无名氏的注释（Chiose anonime），尼诺·维斯康提把郭弥塔关进监狱后，派米凯尔·臧凯接替了他的职务。米凯尔·臧凯就任后，立刻接收了某些财产，贪污受贿的行为比郭

弥塔尤为恶劣。

㉒ "挠痒痒"是下流话,含义为狠狠地抓或打。

㉓ "大司令"('l gran proposto)指巴尔巴利洽。这里有意识地使用高雅的词 proposto(拉丁文 propositus)来嘲讽他的无能。

㉔ 见第二十一章注⑨。

㉕ 这段话的大意是:罪人当中无论谁露出沥青表面,都要观察动静,如果没有被鬼卒们看见的危险,就吹口哨作信号,把别的罪人叫出来。"七个"在这里是不定数,含义是"几个"或"许多"。"这是我们的习惯",这句话是真话吗?看来大概也是一句谎言,但合乎情理,貌似真实,容易哄骗鬼卒们,使他们中计。

㉖ 卡尼阿佐是鬼卒中唯一能识破那伐尔人企图逃跑的狡计。"鼻子和嘴巴"原文是 muso,指狗、羊、狐等动物的口鼻部,鬼卒的名字是卡尼阿佐(Cagnazzo = Cagnaccio),含义为大而丑的狗,诗中用 muso 这个词来指卡尼阿佐的鼻子和嘴巴,非常恰当。

㉗ 这是那伐尔人针对卡尼阿佐揭穿他企图用狡计逃跑而假意用自我嘲讽的口气所说的反话。"malizia"这一名词有"狡诈"和"恶意"两种不同的含义,形容词"malizioso"也相应地有这样两种不同的含义,许多注释家都把卡尼阿佐话里使用的"malizia"一词的含义理解为"狡计",而把那伐尔人话里使用的"malizioso"一词理解为"恶毒",认为那伐尔人的话大意是:"我设计把我的伙伴们诱出来,使他们挨鬼卒们的铁叉,受这种比扔在沥青里熬更大的惩罚,我可真太恶毒啦。"萨佩纽则把"malizia"理解为"狡计",把"malizioso"理解为"狡猾",认为这样就使那伐尔人的话和卡尼阿佐的话针锋相对,前后互相呼应,比较符合诗中的命意。译文根据这种解释。

㉘ 意即抑制不住自己的好胜心,巴不得向那伐尔人提出挑战。

㉙ "恶囊"地带的地势由外向内倾斜,阿利奇诺建议离开的"堤岸高处",指当时鬼卒们站的地方,即靠第五恶囊的沥青池的一侧。"用堤岸做掩护"意即退到堤岸的另一侧,即靠第六恶囊的一侧,这一侧地势较低,鬼卒们退到这里,对面较高的那一侧就成为一道屏障,使那些听到那伐尔人的口哨声露出沥

青表面的罪人们不至于看见他们。这样一来,在阿利奇诺向那伐尔人挑战的速度比赛中,那伐尔人就在空间距离上占了这道堤岸的全部宽度的优势,他站在堤岸的边缘上,只要一跳就扎进沥青池里去了。阿利奇诺自以为人多势众,大家又有翅膀能飞,那伐尔人决不可能逃脱,万万没有想到这一点。

㉚ 意即鬼卒们都把眼睛转过去,准备退到堤岸的另一边去,卡尼阿佐原来最反对退到堤岸的另一边去,却是第一个这样做的人。现实生活中也有这种心理现象:最晚才把事情想通了的人,做起事情来常常是最积极的。

㉛ 指阿利奇诺,他让大家离开堤岸高处,致使那伐尔人乘机逃掉。

㉜ 意即阿利奇诺虽然飞得很快,但恐惧的心情促使那伐尔人跑得比他飞得更快。

㉝ 这里以简洁有力的笔触描写阿利奇诺头朝下飞近沥青表面,看到那伐尔人已经没入沥青中,他再也无法提到他时,急速转身向上飞起的情景。

㉞ 卡尔卡勃利纳希望那伐尔人能够逃脱,以便以此当借口,和阿利奇诺打架来泄愤。

㉟ 成熟的鹰(sparvier grifagno)指捉来时已经是长成的鹰,比从巢里捉来的雏鹰和刚能飞的幼鹰难以驯养,但更凶猛矫捷。

第二十三章

我们沉默、孤独、没有伴侣,继续走去,一个在前,一个在后,如同方济各会修士们走路一样①。方才那场争斗使我想到伊索在他的寓言中所讲的青蛙和老鼠的故事②;因为,如果细心比较一下这两件事的开端和结局,就会觉得"mo"和"is-sa"都不比它们更相似③。正如一个思想从另一个思想涌出一样,从方才这个思想接着又产生了另一个思想,它使我起初的恐惧倍增④。我这样想道:他们是由于我们的缘故而被愚弄的,我相信,受到这样的伤害和嘲弄会使他们十分恼怒。如果怒气加在他们的恶意上,他们会向我们追来,比狗对它咬住的小兔还更凶残。

我已经感到害怕得毛发都竖起来了,一面注意着后面,一面说:"老师,你要不立刻把你和我藏起来,我怕马拉勃朗卡们。他们已经在我们后面追来了;我仿佛已经听见他们了。"他说:"假如我是一面镜子,我摄入你的外貌都不会比接受你的内心面貌更快⑤。现在你的思想已经进入我的思想当中,带有同样态度和同样面貌,使得我把两者构成了一个主意⑥。假如右边的斜坡可以使我们下到另一恶囊中去⑦,我们就能逃脱我们所料想的追逐。"

他还没有讲完他的主意,我就看到他们张着翅膀已经飞到离我们不很远的地方,企图来捉我们。我的向导立刻抱起我来,如同母亲被人声喧嚷惊醒,看到身边燃起的火焰,抱起儿子就逃走,对他比对自己更关心,甚至顾不得停留一下穿上一件内衣⑧;他从坚硬的堤岸的最高处顺着那围成另一恶囊的一侧的石坡滑下去。从渠道里引过来转动陆上磨坊的水车轮子的水,流近轮子的叶片时,从来也没有我老师滑下沟沿那样快⑨;他怀里抱着我,像他的儿子,不像他的同伴。他的脚刚一蹭着下面的沟底,他们就已经在我们头顶上的堤岸最高处了;但是我们再也不必害怕了,因为崇高的天意注定他们做第五壕沟的看守,使他们统统不能离开那里。

我们发现沟底有一群色彩鲜明的人⑩迈着十分缓慢的脚步绕着圈子走去,一面走,一面哭,样子疲惫不堪。他们披着克吕尼修道院为僧侣们做的那种式样的带风帽的斗篷,风帽低低地垂到眼睛前面⑪。斗篷外面镀金,亮得令人目眩;但里面完全是铅,重得出奇⑫,相形之下,腓特烈使罪犯们穿的那种铅衣就等于草做的了⑬。啊,永远使人疲惫不堪的外衣呀!

我们还和通常一样向左转,同他们一起走去,同时注视着他们的悲惨的哭泣;但是那些疲惫的人由于重负在身走得非常慢,我们每走一步都遇到了新的同伴⑭。因此,我对我的向导说:"请你注意把世人可能知道其事迹或名字的人找出来,一面这样走去,一面向四周看吧。"后来,就有一个灵魂听出我的托斯卡那口音来,在我们背后喊道:"你们在这昏暗的空气中跑得这样快的人哪,请停住脚步吧!或许你会从我这里听到你想问的事情。"听到这话,我的向导就转身对我说:"你等一等他,然后按照他的步子前进吧。"我就站住了,看见两个人脸上显露着心里急于赶到我跟前的神情,但是沉重的负

　　"你正在注视的那个被钉着的人曾劝告法利赛人说，为了百姓必须让一个人去受酷刑……"

担和狭窄的道路⑮迫使他们走得很慢。

他们来到我跟前,就斜着眼凝视⑯了我好一会儿,一言不发,随后就转过身去,彼此面对面说:"看来这个人喉咙直动,似乎是个活人⑰;如果他们是死人的话,他们凭什么特权不穿沉重的法衣呢?"接着,他们就对我说:"啊,托斯卡那人,你来到这悲惨的伪善者的队里,请你不要不屑于告诉我们你是什么人吧。"我对他们说:"我生长在美丽的阿尔诺河边的大城市里⑱,我并没有离开我生来就有的肉体。但是,你们是什么人哪?我看到这样伤心的泪水顺着你们的面颊滴下来,在你们身上那样闪闪发光的是什么刑具呀?"其中一个人回答我说:"这些橙黄的斗篷是那样厚的铅做的,重得把秤杆都压得咯吱咯吱地响⑲。我们是快活修士⑳和波伦亚人;我叫卡塔拉诺,他叫罗戴林格㉑,我们一同被你的城市请去维持和平,通常本来只选一个人去㉒;我们是怎样维持的,在加尔丁格四周还看得出来㉓。"我开始说:"啊,你们的祸……㉔"但我没再说下去,因为一个像被钉十字架似的被三个橛子钉在地上的人㉕吸引了我的眼光。他一看到我,就全身扭动,吹胡子叹气㉖;卡塔拉诺修士意识到这种情况㉗,对我说:"你正在注视的那个被钉着的人曾劝告法利赛人说,为了百姓必须让一个人去受酷刑㉘。他像你看到的那样,赤身露体横躺在地上,谁走过,谁都要使他感觉到身体多重㉙。他的岳父㉚也在这沟里受同样的酷刑,还有其他参加公会的人们,这次公会是犹太人的苦难的种子㉛。"接着,我就看见维吉尔对于这个在永久放逐中的、像被钉十字架一般这样可耻地横躺着的人现出惊奇的神情㉜。随后,他向修士这样说:"假如许可你们讲,希望你们不嫌麻烦,告诉我们一下,右边是否有个豁口,我们俩可以打那儿从这里走出去,而不必由一些黑天使③③来把我们从这沟底救出。"于是,修士回答说:"离这里比你所希望的还近,有一块岩石从巨大的围墙伸出去,横跨在所有那些阴森的壕沟上,只是这一条壕沟上的岩石已断,不再横跨壕沟两岸了;你们可以从那些在堤岸下形成斜坡的、在沟底堆成堆的废墟攀登上去。"我的向导低着头站了片刻,随后说:"在那边钩那些罪人的鬼卒③④没有如实告诉我们这种情况。"修士说:"我从前在波伦亚听人讲,魔鬼有许多罪恶,据说其中之一就是:他是个说谎者,而且是谎言之父③⑤。"于是,我的向导迈开大步走开,脸色由于愠怒而显得稍微有些阴沉;随后,我就离开了那些重负在身的亡魂,跟随着敬爱的人的足迹前进。

注释:

① 据佛罗伦萨无名氏的注释,圣方济各会修士走路时,惯于让有权威者走在前面,别人跟在后面。

② 公元前六世纪的希腊作家伊索的《寓言》在中世纪有多种拉丁文本,以瓜尔铁留斯·安格利库斯(Gualtierius Anglicus)的《伊索书》(*Liber Esopi*)最为流行;诗中所指的是其中的这一寓言:"一只老鼠请求一只青蛙帮助它过一条水沟;青蛙怀着恶意假惺惺地答应了,它把老鼠的一条腿绑在自己的一条腿上,开始游泳,打算游到半路时,自己钻到水里,把老鼠淹死。但是就在它正实现这个计划的时候,一只老鹰瞥见老鼠在水面上,就飞下来,把它抓住了;结果,那只和老鼠绑在一起的青蛙也被拖走。"

③ "mo"和"issa"是早期意大利语,含义都是"现在"。"方才那场争斗"指鬼卒的争斗。卡尔卡勃利纳飞去,表面上是要帮助阿利奇诺,实际上怀着恶意,正如青蛙对老鼠一样,结果,这两个鬼卒都掉进沸腾的沥青里,正如青蛙和老鼠都被老鹰捉去一样。诗中用 mo 和 issa 这两个同义词来比拟鬼卒争斗和蛙鼠寓言开端和结局的相似程度。

④ 意即从鬼卒争斗和蛙鼠寓言开端和结局十分相似联想到下句所说的思想顾虑。"起初的恐惧"指但丁在马拉科达命令鬼卒们去护送他和维吉尔时,心里产生的恐惧。

⑤ "镜子"原文是"涂上铅的玻璃"(piombato vetro)。全句大意是:假如我是一面镜子,我照见你的外貌都不会比照见你的思想感情更快。

⑥ 大意是:此刻你的思想已经和我的思想融和在一起,因为我们俩的思想都来源于对大祸即将临头的恐惧,态度和面貌方面没有什么差别,因而共同促使我拿定了一个主意:逃走。

⑦ 两位诗人顺着第五恶囊和第六恶囊之间的堤岸向左走去,他们右边的斜坡就是这道堤岸靠第六恶囊一侧的斜坡,这个斜坡如果不很陡的话,他们就可以安全下到第六恶囊。

⑧ 这个比喻是超出比拟的范围而自成小抒情诗的那种类型的比喻(见克罗齐所著《论但丁的诗》),它强调维吉尔对但丁的亲切关怀。

⑨ "陆上磨坊"建在河流附近,通过渠道引水做动力,它和设在河里的大船上或木筏上的、直接以流动的河水做动力的"水上磨坊"不同。为了增强水力,"陆上磨坊"的引水渠道修建得坡度相当大,使水从高处流下来,因而流速逐渐加快,接近轮子上的叶片时,流得就最快。

⑩ 这群人是伪善者的灵魂,他们穿着镀金的斗篷,所以显得"色彩鲜明"。

⑪ 克吕尼(Clugni 即 Clugny)修道院是法国勃艮第省的著名的修道院,其中的修士属于本笃会,号称克吕尼派修士,他们穿长袖的带有宽大风帽的斗篷。Clugni 有异文作 Cologna,一些注释家认为指德国科隆(Köln)的修道院,其中的修士穿肥大的斗篷。译文根据波斯科-雷吉奥的注释本。

⑫ 伪善者在地狱里仍然保持着在人世间的虚伪的谦卑态度。斗篷外面镀金,说明他们是虚有其表的正人君子,里面是铅,说明他们的罪恶被善良的外表掩盖起来。诗中对伪善者的描写大概受到《新约·马太福音》第二十三章中耶稣的话的启发:"你们这假冒为善的文士和法利赛人有祸了,因为你们好像粉饰的坟墓,外面好看,里面却装满了死人的骨头和一切的污

秽。你们也是如此,在人前,外面显出公义来,里面都装满了假善和不法的事。"伪善者的灵魂穿着克吕尼派修士式样的斗篷,眼睛向下,缓步而行,像宗教节日僧侣们列队行进一般,这都说明诗中鞭挞的对象主要是伪善的僧侣和教士,这些人暗中在社会和政治方面作恶多端,危害极大。

⑬ 据雅各波·德拉·拉纳(Jacopo della Lana)的注释,神圣罗马皇帝腓特烈二世常用这样的苦刑惩罚背叛他的人:他让人给罪犯做好一件可以遮盖全身的、大约一英寸厚的铅衣,把罪人放在一口锅里,给他穿上这件铅衣,然后在锅底下生火,铅遇热熔化,把罪犯的皮肉层层烫掉,最后连铅带人都熔化成液体。这种说法并没有历史文献可考,大概是教会和贵尔弗党编造出来的,但流传很广,就连但丁也信以为真。

⑭ 意即每走一步,都发现旁边又是另一些伪善者的灵魂。

⑮ 第十九章中已经提到恶囊底部很狭窄,第六恶囊里,由于伪善者的亡魂众多,又都披着肥大笨重的铅斗篷,路就显得更窄。

⑯ 这两个亡魂站在但丁旁边,头上戴着低垂到眼睛前面的沉重的铅风帽,难以扭过头来面对着但丁,只好斜着眼看他。牟米利亚诺指出,"……这也是伪善者的眼神,具有画像般的鲜明性。"

⑰ "喉咙直动"意味着但丁在不断地呼吸,这说明他是活人。

⑱ 指佛罗伦萨。

⑲ 意即沉重的铅斗篷压得伪善者的亡魂不住地呻吟,正如过重的东西压得秤杆咯吱咯吱地响一样。据辛格尔顿(Singleton)的注释,这里所说的是横梁正中有竖杆支承着,两端挂着两个重量相等的秤盘的秤,这种秤像人的形体,特别像人的脖子和两个肩膀。正如这些罪人穿着沉重的铅斗篷一样,这种秤如果称过重的东西,就会咯吱咯吱地作响,尤其是横梁和竖杆的接合点会发出这样的响声,这个接合点在比喻中相当于罪人的脖子。

⑳ "快活修士"是圣马利亚骑士团成员的诨名,这个教团创建于1260年顷,1261年经教皇乌尔班四世批准;它以调解党派争端,保护弱者不受强暴欺压为宗旨;由于教团戒律不严,准许其成员结婚,在自己家里居住,人们就给他们起了"快活修士"

的绰号。起初教团成员尚能伸张正义,但不久即蜕化变质,致使快活修士这个称号,像注释家托拉卡(Torraca)所说的那样,"成为享乐者和伪善者的同义词"。

㉑ 卡塔拉诺(Catalano)出生在1210年顷,家族姓马拉沃尔提(Malavolti),是贵尔弗党;罗戴林格(Loderingo)也出生在1210年顷,家族姓安达洛(Andalò),是吉伯林党;二人生平有许多共同点:1260年顷,他们在波伦亚一同创建了圣马利亚骑士团;1265年一同担任波伦亚最高行政长官(podestà);1266年一同担任佛罗伦萨最高行政长官(诗中所说的,即指此事,详情见注㉒);1267年又一同担任波伦亚最高行政长官;后来,都退隐于伦扎诺(Ronzano)修道院。

㉒ 1266年,西西里王曼夫烈德(Manfred)在本尼凡托(Benevento)之战兵败阵亡后,佛罗伦萨当权的吉伯林党恐慌沮丧,贵尔弗党人心振奋,企图恢复自己的权势,两党的矛盾日益激化。在这危急的形势下,教皇克力门四世设法使卡塔拉诺和罗戴林格被选为佛罗伦萨的最高行政长官,表面上为了调解党争,维持和平;通常本来只选一名最高行政长官,这次选了两名,一来因为这两个人都是以调解争端为宗旨的圣马利亚骑士成员,1265年担任波伦亚最高行政长官时,曾调解当地贵尔弗和吉伯林两党的冲突,二来因为一个是贵尔弗党人,一个是吉伯林党人,具有代表性,他们共同掌权,好似组成联合政府;然而教皇的真正目的却是驱逐吉伯林党,使贵尔弗党执政。他们起初还秉公办事,不偏不倚,为促进两党和解,设立了三十六名好人会议,但不久就改弦易辙,暗中支持贵尔弗党扩充势力,市民群众在贵尔弗党挑动下,起来暴动,结果,吉伯林贵族被放逐出去,他们的首领家产被没收,房屋被毁。根据以上事实,诗中把他们二人作为假冒为善的典型。

㉓ "加尔丁格"(Gardingo)本来是伦巴第(Longobardi)人统治佛罗伦萨时的一座城防碉堡的名称,后来,这个名称泛指碉堡周围的地方。吉伯林党首领乌伯尔蒂(Uberti)家族的房屋就在那里,经过这次暴动被毁,废墟依然存在,是这两个快活修士假冒为善的见证。

㉔ 译文中的"祸"原文是mali,这个词也有"苦"的含义;由于诗

人没有把这句话讲完,乍一看,很难断定他的命意究竟是要谴责这两个人生前引起的祸乱,还是要对他们现在所受的苦表示怜悯。但是,联系上下文细读,就会发现,诚如萨佩纽所说的那样,但丁这句话只不过对于两个伪善者来说是模棱两可的,他们可能捉摸不定它命意何在;但是对于诗中的情境本身来说,并无所谓模棱两可。在但丁的心里,这话只能是一顿责骂的开端。这样解释是符合但丁的性格的,因为他热爱家乡,对两个在佛罗伦萨引起祸乱的人,根本谈不到什么怜悯之情。

㉕ 此人是大祭司该亚法,他用伪善的话劝法利赛人害死耶稣(见注㉘)。当初他和他的同伙在世上使耶稣被钉死在十字架上,如今他们在地狱里永久被三个橛子钉在地上,两个钉着他两只手,一个钉着他交叉的双脚,如同耶稣被三个钉子钉着一般。

㉖ 他被一个活人看见受这种刑罚,引以为耻,又害怕这个人把他受苦的情况传到人间,以致恼羞成怒,做出这样的动作。

㉗ 卡塔拉诺由于但丁的话中断了,又看到该亚法做出那样的动作,就意识到但丁的注意力已经完全集中在那个罪人身上。

㉘ 见《新约·约翰福音》第十一章:"那些来看马利亚的犹太人,见了耶稣所做的事,就多有信他的,但其中也有去见法利赛人的,将耶稣所做的事告诉他们。祭司长和法利赛人聚集公会,说:'这人行好些神迹,我们怎么办呢?若这样由着他,人人都要信他,罗马人也要来夺我们的土地和我们的百姓。'内中有一个人,名叫该亚法,本年做大祭司,对他们说:'你们不知道什么,独不想一个人替百姓死,免得通国灭亡,就是你们的益处。'……从那日起,他们就商议要杀耶稣。"

㉙ 路本来狭窄,该亚法横着躺在那里挡着路,披着沉重的铅斗篷的灵魂,都得睬着他的身了慢慢走过去。许多注释家指出,诗人对于这种刑罚的构思,受到《旧约·以赛亚书》第五十一章中的启发:"我必将这杯子递在苦待你的人手中,他们曾对你说:'你屈身,由我们践踏过去吧。'你便以背为地,好像街市,任人经过。"其他伪善者的灵魂都穿着沉重的铅斗篷,该亚法和他的同伙却赤身露体,这样就加重了他们被众灵魂踩过时的痛苦。

㉚ 该亚法的岳父名叫亚那,关于他《新约·约翰福音》第十八章中这样说:"那队兵和千夫长并犹太人的差役就拿住耶稣,把他捆绑了,先带到亚那面前,因为亚那是本年做大祭司的该亚法的岳父,这该亚法就是从前向犹太人发议论说,一个人替百姓死是有益的那位。"

㉛ "这次公会"指祭司长和法利赛人聚集的公会(见注㉘),会后,他们就用计杀害耶稣,使他被钉十字架而死。"犹太人的苦难的种子"指公元一世纪七十年代罗马统治者对犹太人进行军事镇压,耶路撒冷被毁,犹太人统统被迫离开巴勒斯坦,到各地流浪,诗中认为这是他们杀害耶稣的罪行产生的恶果。

㉜ "在永久放逐中"指陷于万劫不复的境地,在地狱中受苦,永世不能升天国。"这样可耻地"指身子被其他灵魂踩着走过去。维吉尔现出惊奇的神情,原因不明,多数注释家认为,维吉尔第一次下到深层地狱时,该亚法还没有入地狱,因为没见过他而感到惊奇。但他为什么对其他上次未曾见过的人不惊奇呢?也有人认为,诗中指的是对该亚法所受的刑罚的特殊形式感到惊奇;维吉尔死在耶稣被钉死十字架上以前,不知道该亚法所以受这种刑罚的理由。这种说法似乎讲得通。

㉝ "黑天使"指鬼卒。"不必"原文是 costringer(含义是"强迫",因为游地狱是天意决定的,所以在必要时,可以迫使鬼卒们来帮助)。

㉞ 指马拉科达。他用谎言骗维吉尔说,附近有一座石桥完好无损,其实横跨在第六恶囊上的一切石桥都已在耶稣死时发生的大地震中坍塌。这次地震单单震塌了伪善者受苦处的一切石桥,可能意味着上天对这种罪人特别表示震怒,在这种罪人当中,对耶稣之死负有罪责的该亚法及其同伙注定要受特殊方式的惩罚。

㉟ 参看耶稣关于魔鬼的话:"他……不守真理,因他心里没有真理,他说谎是出于自己,因他本来是说谎的,也是说谎之人的父。"(《新约·约翰福音》第八章)

第二十四章

在新年开始后的那一段时期，当太阳在宝瓶宫温暖着她的头发，黑夜已经逐渐趋向与白昼相等，当霜在地上描摹她的白姐姐的形象，但她的笔锋不能持久时①，缺乏饲料的农人起来一看，只见田野全是一片白茫茫的；因此他把大腿一拍②，回到屋子里，走来走去，唉声叹气，像不知道怎么办才好的可怜的人似的；于是，他又走出来，看到世界已经在顷刻间改变了面貌，就重新获得了希望③，拿起牧杖，把羊群赶出去吃草。我也是这样，当我看到我的老师脸色那样阴沉时，他使我惶恐起来，而且随后又同样是药到病除；因为，当我们来到那座断桥时，我的向导转过身来对着我，面上带着我在山脚下④初次看到他时那种和蔼的表情。他先仔细看了看那废墟，自己心里琢磨了一下之后，就张开双臂抱住我⑤。如同一个人一面行动，一面估计，似乎总是事先有所准备一样，他在推着我向一块巨大的岩石顶上爬去时，已经在注视另一块岩石，并且说："随后，你就爬上那一块，但你先要试一试，看它是否牢靠，经得住你。"这可不是适于穿斗篷的人走的路，因为虽然他轻⑥，我被他推着，我们都几乎不能从一块岩石爬上另一块去。要不是这堤岸的斜坡比另一堤岸的短些⑦，我不知道他怎么样，反正我是会累垮的。但是因为马勒勃尔介整个地面

191

都向那口最低的井⑧的井口倾斜,所以每一条壕沟的地势必然是一边高,一边低;我们爬了又爬,终于爬到最后一块石头从那儿断裂开来的地方⑨。爬上去时,我的肺已经喘不过气来,再也不能往前走了,而是刚一到就坐下了。

"现在你应该去掉懒惰,"我的老师说,"因为坐在绒毛上或者躺在被子里是不会成名的,无声无臭、把一生消磨过去的人在世上留下的痕迹,就如同空中的云烟,水上的泡沫一样;所以,你站起来吧;用精神来克服气喘吧,如果不和沉重的肉体一同倒下来,精神是战无不胜的⑩。我们还得爬上更长的阶梯⑪;只离开了这些人是不够的。如果你明白我的意思,那就行动起来,使你得到益处⑫吧。"于是,我站起来,显示出自己肺里提供的气息比自己所感到的更充足的样子,说:"走吧,因为我是坚强勇敢的。"

我们取路走上石桥,这座桥崎岖、狭窄、难行,还比先走过的那座⑬陡得多。我一面走,一面说话,为的不显得疲惫不堪;因为听到我说话,从另一条壕沟里就发出了一种不能形成词句的声音。我虽然已经来到横跨那条壕沟的拱桥的顶上,却不知道那声音说的什么,但说话的人似乎在走动着⑭。我已经低头向下去看,但是因为一团漆黑,我这活人的⑮肉眼望不见沟底;因此,我说:"请你走到另一道环形堤岸上去,让我们从墙一般的桥头上下去吧⑯,因为从这里我听又听不懂,往下看又什么也看不清。"他说:"我不能给你别的回答,只有照办,因为正当的请求应该用沉默的行动来满足。"

我们从连接第八道堤岸的桥头下了桥,接着,壕沟就展现在我眼前:我看到里面有可怕的一大群蛇,蛇的种类形态是那样千奇百怪,至今回忆起来,还使我恐怖得血液都要凝滞。让多沙漠的利比亚⑰不要再夸耀自己啦！因为它虽然产生凯利德里、雅库里、法雷埃、沁克里和安菲斯贝纳，它再加上全埃塞俄比亚或者红海沿岸一带地方，也从来没有生出过这么多、这么凶恶的瘟虫⑱。

在这残酷的、极其凶恶的蛇群中，许多赤身露体、惊恐万状的人在奔窜，他们没有希望找到洞穴或鸡血石⑲。他们的双手倒背着被蛇缠住；蛇把尾巴和头顺着他们的腰伸过去，在他们身子前面打成结子。

看哪！一条蛇向一个靠近我们这道堤岸的人猛然一跳，就刺穿了他的脖子和肩膀相连接的地方。还不到写完 o 或 l 的工夫⑳，他就着了火，燃烧起来，不得不倒下去，完全化成灰；他这样被烧毁在地上后，骨灰又自行聚合起来，顿时恢复了原形。这就像伟大的圣哲们所说的，凤凰活到近五百岁时死去，然后以这种方式再生；它一生不食草类或五谷，只饮乳香和豆蔻的脂滴，松香和没药是它最后的裹尸布㉑。

如同一个人跌倒了，他不知道是怎么跌倒的，是由于魔鬼的力量把他拉倒在地，还是由于其他的闭塞使人失去知觉㉒，当他站起来时，他定睛四顾，因为受了极大的痛苦，完全陷入迷茫状态，一面张望，一面叹息；那罪人站起来后，也是这样。啊，神的力量啊，降下这样的打击作为惩罚㉓，是多么严厉呀！

我的向导随后就问他是谁；对此，他回答说："不久以前，我从托斯卡纳降落到这残酷的食道里㉔。我是骡子，和骡子一样，不喜爱兽的生活，不喜爱人的生活；我是万尼·符契，是兽，皮斯托亚是配得上我住的窝㉕。"我对我的向导说："告诉他不要溜走，问他是什么罪把他推到了这下层，因为我看到他是个血腥的、好动火的人㉖。"那罪人听了这话，并没有假装没听见,却把心和脸正对着我,现出阴郁的羞耻的脸色㉗,随后说:"你当场看到我在这个悲惨的地方,这比我从人世间被捉走时,更使我痛苦㉘。我不能拒绝回答你所问的问题;我被放在这样的深层,因为我是偷盗圣器室里收藏的精美器物的贼,这个罪名曾被误加在另一个人头上㉙。但是,为了不让你因为看见我在这里而感到称愿,你要是能从这幽冥世界走出去,那你就张开两耳听我宣布:先是皮斯托亚由于放逐黑党而人口减少,随后,佛罗伦萨就更换它的人和体制㉚。玛尔斯从玛格拉河谷引来被乌云包围的火气;接着,将在皮切诺原野上猛烈的暴风雨中交战;结果,火气将用猛力撕破云层,使白党个个都被它击伤㉛。我说这话为的是让你痛心。"

注释:

① 太阳在宝瓶宫大约是在阳历 1 月 21 日至 2 月 21 日之间,那时昼渐长,夜渐短,到了春分那一天(3 月 20 日或 21 日),昼夜就一样长了。"温暖着他的头发"指阳光越来越暖和。"她的白姐姐"指雪,这里把霜拟人,"在地上描摹她的白姐姐的形象"指地上降的霜白茫茫的一片,像雪一样。"她的笔锋不能持久"指她所用的鹅毛笔的笔尖不久就秃了,意即日出后不久,霜就融化消失了。

② 表示绝望或懊丧,因为农人以为夜里下了雪,不能赶着羊群到野外去牧放,家里又没有饲料喂羊。

③ 原文是"e la speranza ringavagna"。"gavagna"是一种篮子,动词 ringavagnare 含义是重新放在篮子里,在这句诗中转义是重新把希望放在心里。

④ 意即维吉尔脸上和蔼的表情使但丁惶恐的心情顿时得到了安慰,正如那个农人看到霜已消失,大地恢复了原来的样子,立刻转忧为喜一般。"在山脚下"指第一章所提到的小山的山脚下。克罗齐指出,这个长达 21 行的比喻属于超出比拟的范围而自成小抒情诗的那种类型。

⑤　显然是从背后抱住但丁。

⑥　可能指那些穿着肥大沉重的铅衣的罪人，也可能泛指穿着又肥又长的外衣的人。因为维吉尔是灵魂，没有肉体，所以说"他轻"。

⑦　意即靠里的那道（也就是第六恶囊和第七恶囊之间的那道）堤岸的斜坡比靠外的那道（也就是第五恶囊和第六恶囊之间的那道）短些。

⑧　"马勒勃尔介"是构成第八层地狱的"恶囊地区"的总称（见第十八章注①）。"那口最低的井"指第十八章注②所说的井；井底构成第九层地狱，也就是最下面的一层地狱，所以说是最低的井。

⑨　指断桥桥头的堤岸上。

⑩　"精神"指自由意志的力量，这种力量能克服一切障碍。

⑪　有的注释家认为指但丁和维吉尔游完地狱后，还须要从地心上到地面上重见天日（"重见群星"）；有的注释家认为指他们还须要攀登炼狱所在的净罪山的各层平台到达山顶的地上乐园。波斯科–雷吉奥的注释本认为兼指二者，这一说法比较全面，因为两位诗人走完这两段路后，才算走完了地狱和炼狱之行的全程。

⑫　"这些人"指伪善者以及一切其他的罪人。意即除了去恶之外，还须要涤罪，才能得救，这需要长期的坚苦的努力。"明白我的意思"意即明白维吉尔的话的道德寓意。"使你得到益处"意即获得力量和勇气继续前进。

⑬　"走上石桥"指横跨第七恶囊的天然石桥；"先走过的那座"指横跨第五恶囊的天然石桥。从诗中的描写看得出这些天然石桥坡度不同，距离井口越近的，越陡峻难行。

⑭　这行诗有两种异文：有的版本采用"……ad ire parea mosso"（……似乎在走动），有的版本采用"……ad ira parea mosso"（……似乎在动怒）；一字之差，意义大不相同，注释家争论不休，迄无定论。译文根据前者，一来由于但丁的儿子彼埃特罗（Pietro）用拉丁文作的《神曲》注释明确指出，后者是错误的；他的说法比较可靠，因为他很可能见过诗人的手稿；二来由于后面的诗句也说明罪人们确实在奔跑，萨佩纽认为，正因为这

样,沟底说话的那个罪人的声音传到但丁耳中才那样断断续续,听不清楚。

⑮ 原文是"li occhi vivi"(活的眼睛);多数注释家解释为:但丁作为活人,他的肉眼看不见漆黑的沟底,不像那些罪人已经习惯于黑暗的气氛。另有一些注释家把"li occhi vivi"解释为"凝视的眼睛",全句的意思是:但丁虽然凝眸俯视,也看不见沟底。译文根据多数注释家的解释。

⑯ "另一道环形堤岸"指第七恶囊和第八恶囊之间的堤岸;"从墙一般的桥头"说明这座石桥坡度特别大。

⑰ 在古代希腊地理学著作中,利比亚指埃及以外的北部非洲,这个地方后来成为罗马帝国的一部分。据古代神话传说,利比亚沙漠多毒蛇,因为珀耳修斯杀死蛇发女怪墨杜萨后,她头上的血滴落在那里,变成了各种不同的蛇(见《变形记》卷四)。

⑱ 这些蛇名显然来源于《法尔萨利亚》卷九:"凯利德里"是爬行后踪迹冒烟的蛇;"雅库里"是能飞的蛇;"法雷埃"是爬行时尾巴能开出一道沟的蛇;"沁克里"是永远走直线的蛇;"安菲斯贝纳"是两头蛇。古代埃塞俄比亚指非洲东北部红海迤西的大片土地,包括现今埃及南部、苏丹东部和埃塞俄比亚北部,"红海沿岸一带地方"指阿拉伯沙漠,相传这都是多蛇的地带。

⑲ 中世纪的宝石鉴赏家认为鸡血石具有神奇的效能:能治毒蛇咬伤,能使人隐身。

⑳ 佛罗伦萨无名氏注释家说:"o和l这两个字母一笔就写出来;所以写得比其他的字母都快。"

㉑ "伟大的圣哲们"指伟大的诗人和学者,如奥维德、普林尼等人。诗中所根据的大概是奥维德的《变形记》卷十五中的描述:"但是唯有一只鸟,它自己生自己,生出来就再不变样了。亚述人称它为凤凰。它不吃五谷菜蔬,只吃香脂和香草。你们也许都知道,这种鸟活到五百岁就在棕榈树梢用脚爪和干净的嘴给自己筑个巢,在巢上堆起桂树皮、光润的甘松的穗子、碎肉桂和黄色的没药。它就在上面一坐,在香气缭绕之中结束寿命。据说,从这父体生出一只小凤凰,也活五百岁。"

㉒ 指癫痫病患者。关于发病的原因,诗中提出两种解释,一是由

于患者着了魔,这是当时一般人的说法;二是由于患者血管内充满了浊气,闭塞了心脏到脑的通路,使生命的气息流通受到阻碍,这是中世纪医学家的解释。

㉓ 原文是"croscia"。"crosciare"这个动词含义是"倾泻下来",常用于大雨或大水;这里作为隐喻,表示上帝的惩罚迅猛地降到罪人们头上。

㉔ "降落"原文是"piovvi",通常用于雨,这里作为隐喻,表示这个罪人一死,他的灵魂就猛然堕入第八层地狱的第七恶囊。"残酷的食道"指第七恶囊,它像猛兽的食道一般吞噬罪人。

㉕ 万尼·符契(Vanni Fucci)是皮斯托亚贵族符丘·德·拉扎利(Fuccio de' Lazzari)的私生子,因此说自己是"骡子"(意即杂种)。他性情凶暴好斗,在皮斯托亚贵尔弗党1288年开始的内讧中,作为黑党分子对白党进行残酷斗争,并大肆抢掠。1292年,加入佛罗伦萨的军队对比萨作战,但丁或许是在那时候见到他的。1295年2月,在藐视法庭、拒不受审的情况下,被宣判犯下杀人罪和抢劫罪;他怙恶不悛,同年8月又放火烧毁白党的房屋,抢掠他们的财物。此后事迹不详,从诗中有关的叙述看来,大概死于1300年3月以前不久。万尼·符契自称为"兽",据佛罗伦萨无名氏的注释,"兽"是人们给他起的诨名,因为他性情极端野蛮、残忍。"皮斯托亚是配得上我住的窝",因为那里有很多的坏人。

㉖ "血腥的、好动火的人"意即好斗、好杀人的人。但丁知道他是这样的人,认为他死后,按说应该入第七层地狱(犯暴力罪者受苦处),而不应该入第八层地狱(犯欺诈罪者受苦处),所以请维吉尔问他因为犯了什么罪,才在第八层地狱的第七恶囊里受惩罚。

㉗ "假装没听见"原文是"s'infinse";动词 infingersi 含义是"假装",注释家帕洛蒂(Parodi)则认为 infingersi 来源于古法语 se feindre,释义为"踌躇,犹豫"。译文根据多数注释家的解释。"把心和脸正对着我",化用《埃涅阿斯纪》卷十一第800—801行,意即凝神注视我。

"现出阴郁的羞耻的脸色"意即由于老羞成怒而红了脸。万尼·符契回答维吉尔时,坦率地说出自己"是骡子""是兽"

"喜爱兽的生活",为的是强调自己的暴行,借以掩盖所犯的盗窃罪。当他发现自己已经被但丁认出来,而只好坦白自己的盗窃罪时,脸上不由得现出上述的表情。

㉘ 意即被你当场看到由于犯了盗窃罪在这第七恶囊里受惩罚,这使我感到的痛苦比死的痛苦还大。人都把死看成最大的苦,万尼·符契也不例外;但他为人极端狂妄,突然被一个在政治上和他处于敌对阵营的人(但丁当时和白党站在一起)发现犯了盗窃罪,当然认为是莫大的耻辱,这种耻辱使他感到比死还要痛苦。

㉙ 大约在 1293 年最初几个月里,万尼·符契伙同公证人万尼·德拉·蒙纳(Vanni della Monna)等人偷了皮斯托亚圣芝诺(San Zeno)大教堂的圣雅各波(San Jacopo)圣器收藏室里的珍贵圣器。当时逮捕了一些嫌疑犯,其中有一个叫兰庇诺(Rampino)的几乎被处死。"这个罪名曾被误加在另一个人头上"大概指这个人。幸而捉到了真正罪犯之一:公证人万尼·德拉·蒙纳,他对自己的罪行供认不讳,并揭发了一些同伙,于 1296 年被处绞刑。那时万尼·符契大概已畏罪潜逃。

㉚ 这是万尼·符契对但丁做出的幸灾乐祸的预言。"先是皮斯托亚由于放逐黑党而人口减少"指 1301 年 5 月皮斯托亚白党在佛罗伦萨白党的援助下,取得胜利,将黑党驱逐出去;"随后,佛罗伦萨就更换它的人和体制"指佛罗伦萨政权改变,黑白两党的命运颠倒过来:原来是白党掌权,1301 年 11 月 4 日法国瓦洛瓦伯爵查理奉教皇命令率军队来佛罗伦萨后,被放逐的黑党首领科尔索·窦那蒂(Corso Donati)和他的党羽卷土重来,在查理的支持下战胜白党,政权落入黑党手中,1302 年初白党遭到放逐。

㉛ 如同《神曲》中其他的预言一样,这几行诗使用了隐喻,文字比较晦涩。"玛尔斯"是罗马神话中的战神,这里象征战争。"火气"原文是 vapor(气),据各家注释,指 vapore igneo(火气),这是中世纪气象学名词,现在我们叫它雷电;"火气"在空气中被"水气"(vapore acqueo,指云)包围,和"火气"搏斗,冲破包围圈,发出光就是闪电,发出声音就是雷。"火气"或雷电在这里指牟洛埃罗·玛拉斯庇纳(Moroello Malaspina)侯

爵,他在1288年统帅佛罗伦萨贵尔弗军对阿雷佐吉伯林军作战,从1301年到1312年间经常为托斯卡那各地的黑党上阵杀敌;"玛格拉河谷"(Val di Magra)泛指他的封地卢尼地方(Lunigiana);"被乌云包围"指被白党军队包围;"皮切诺原野"(Campo Piceno)泛指皮斯托亚境内,这个地名来源于对古罗马历史学家萨卢斯提乌斯的《卡提利那暴乱记》中一段的误解;"猛烈的暴风雨"意义双关,比拟战斗的激烈。

这段预言指哪一次战役,注释家有两种不同的说法:有的认为指牟洛埃罗·玛拉斯庇纳率领卢卡和佛罗伦萨黑党联军围攻皮斯托亚的塞拉瓦勒(Serravalle)城堡,于1302年5月将它攻克;有的认为指他在指挥佛罗伦萨和卢卡联军围攻皮斯托亚城本身,于1306年4月占领该城;自从1302年佛罗伦萨白党被放逐以来,皮斯托亚一直是白党在托斯卡那的唯一据点,它的投降意味着白党势力的消灭。后一种说法的弱点在于但丁那时已经把白党流亡者看成"邪恶、愚蠢的伙伴",离开了他们,对白党的命运不再关心;前一种说法似乎比较符合诗中所写的具体情景。

第二十五章

　　那个贼说完话,就举起双手,做出污辱人的手势①,喊道:
"接受吧,上帝,因为我是把它对准你的!"从这时起,蛇就是
我的朋友②,因为当下就有一条蛇缠住他的脖子,似乎说:"我
不让你再说了。"另一条缠住他的双臂,重新把他捆起来,在
前面紧紧地打成结子,使他的双臂一点都不能动③。啊,皮斯
托亚,皮斯托亚,既然你作恶超过你的祖先④,为什么你不决
定使自己化为灰烬,不再存在呢?我走过地狱的各层黑暗的
圈子,从未见过对上帝这样傲慢的鬼魂,连那个从忒拜城墙上
摔下来的人⑤都不这样。那个贼逃走了,没有再说什么话,我
瞥见一个怒容满面的肯陶尔走来,喊道:"他在哪儿,那个无
法无天的东西在哪儿?"我不相信近海的沼泽地⑥有他的臀部
到他的人形开始处⑦那样多的蛇。他脖颈子后面,在肩膀上
蟠着⑧一条展开翅膀的龙;谁碰见它,它就喷火烧谁。我的老
师说:"这是卡库斯,他屡次在阿汶提努斯山的岩石下造成一
片血湖。他不同他的兄弟们走一条路,因为他故弄狡狯偷走
了他附近的一大群牛;结果,他的恶行就在赫剌克勒斯的狼牙
棒下停止了,赫剌克勒斯或许打了他一百下,他连十下也没
觉到⑨。"

　　他正在这样说着,瞧,那肯陶尔跑过去了,我们下面⑩来

　　另外两个鬼鬼魂正在从旁观看，每个都喊道："哎哟，阿涅尔，你变成什么样子了！……"

了三个鬼魂,我和我的向导都没有觉察出他们,直到他们大声喊叫:"你们是谁?"因此,我们的谈话就此中止,随后,我们就专去注意他们。我不认识他们;但是,正如通常偶尔发生的那样,可巧一个不得不提到另一个的名字,说:"钱法在哪儿呢⑪?"因此,我把食指伸直放在下巴和鼻子之间⑫,为的让我的向导注意。

　　读者呀,如果你现在对于我在下面要说的事迟迟不肯相信的话,那是不足怪的,因为,我是亲眼看见的,都几乎不能让自己相信。当我继续凝眸注视他们时,瞧,一条六脚蛇跳到一个鬼魂面前,把他完全缠住⑬。它用中间的脚抱住他的腹部,用前脚抓住他的两臂,然后用牙咬住他的两颊⑭,后脚伸到他的大腿上,尾巴放在他的大腿中间,再向上伸到他的后腰上。常春藤缠绕在树上从来没有这可怕的爬虫把它的肢体缠在这个人的肢体上那样紧。接着,他们就好像热蜡一般粘在一起,他们的颜色互相混合,现在谁的颜色都已经不和从前一样了:正如在纸燃烧以前,纸上有一种昏黄色向上移动,还不是黑色,而白色已经消失⑮。另外两个鬼魂⑯正在从旁观看,每个都喊道:"哎哟,阿涅尔,你变成什么样子了! 瞧,你现在既不是两个身子,也不是一个身子啦!"两个头现在已经变成一个,同时我们看到两个面孔的形象各自消失,混合成了一个面孔。四个长条的东西形成了两臂⑰;大腿连同小腿、肚子和胸脯都变成了从来没见过的肢体。那里原来的形态统统消失:这个变态的形体似乎两个都像,又哪个都不是⑱;它就呈现着这种形状慢步走开。

　　犹如在伏天酷暑的鞭笞下,蜥蜴从一个篱笆转移到另一个篱笆,它如果从路上穿过去,就像闪电似的,一条胡椒末般铅黑色的、眼里冒着怒火的小蛇⑲向另外两个鬼魂的腹部扑来时,也像这样;它把其中的一个鬼魂身上的人类最初吸收营养的地方⑳刺穿,随后就倒下来,伸开身体躺在他面前。那个被刺穿的注视着它,却一言不发;而且立定脚跟不动,直打呵欠,好像睡魔或者热病在侵袭他似的。他盯着蛇,蛇盯着他;一个从伤口,另一个从嘴里猛烈地冒烟,烟遇合在一起。让卢卡努斯今后不要提可怜的萨贝卢斯和纳席底乌斯的故事㉑,等着听现在我要讲的吧。让奥维德不要讲卡德摩斯和阿瑞图萨的故事㉒,因为,如果说他在诗中使前者变成了蛇,后者变成了泉,我并不忌妒他;因为他从来没有描写过两种自然物面对面这样变形,使双方的灵魂都肯互换形体㉓。这两种自然物一起按照这样的程序彼此相应地变形:蛇把尾巴分裂成叉状,受伤的鬼魂把两脚合而为一。两条小腿和两条大腿都各自紧紧地粘连起来,以至于接合处顷刻间就看不出任何痕迹。蛇的裂开的尾巴呈现出对方身上消失的形状,它的皮变得柔软了,对方的皮变得坚硬了。我看到他的两臂缩到夹肢窝里,蛇的两脚原来很短,现在渐渐变长,他的两臂缩短多少,它的两脚就增长多少。接着,它的两只后脚绕在一起,变成人所隐藏的器官㉔,那个可怜虫把他那个器官伸展成两只脚㉕。

当那股烟用新的颜色把双方遮盖起来,使一个长上头发,另一个脱光头发时,一个就站起来,另一个就倒下去,但他们并不因此移动他们邪恶的目光,在这种目光下,双方正变换嘴脸㉖。那个站着的把嘴脸向太阳穴收缩,由于进入那里的材料过剩,原来没有耳朵的面颊就长出耳朵来;没有缩回去而留在原处的材料就变成了脸上的鼻子,并且把嘴唇加厚到适当的程度㉗。那个躺着的把嘴脸展长,把耳朵缩到脑袋里去,好像蜗牛把触角缩入壳里一样;他的舌头原先是完整的、适于说话的,现在分裂成两片,那一个的叉状的舌头合拢到一起;烟停止了。已经变成爬行动物的鬼魂发出嘶嘶的响声顺着沟底逃走了,另一个在它后面说话,向它啐唾沫^㉘。接着,他就把新长成的肩膀掉过去对着它,向第三个鬼魂说:"我愿意卜奥索像我从前那样顺着这条路爬着跑^㉙。"

我看到第七恶囊里的渣滓变形和相互变形的情况就是这样^㉚;如果我的笔写得有点杂乱,就让题材的新奇在这里作为原谅我的理由吧。虽然我有些眼花缭乱,心神恍惚,但其余的那两个鬼魂并没有能够偷偷地逃掉,我还是明确地认出了瘸子普乔^㉛,他是那三个先来的伙伴中唯一没有变形的;另一个鬼魂就是那个使你,加维勒呀,哭起来的人^㉜。

注释:

① 指拇指插在食指和中指之间来象征性行为的一种猥亵的手势,向谁伸出或者举起做出这种手势的拳头,就表示侮辱谁。注释家托玛塞奥说,普拉托(Prato)有一条法律规定,任何人向耶稣或圣母马利亚像做出这种手势……每次都必须缴纳十里拉罚金,否则,就要受鞭笞。

② 因为蛇缠住万尼·符契,惩罚和制止他的亵渎神明的行为。

③ 在他化为灰烬以前,蛇曾经缠住过他(见第二十四章),现在重新缠住他,是为的使他既不能再说渎神的话,又不能再做侮辱神的手势。

④ 罗马政治家卡提利那(Catilina)于公元前63年被政敌西塞罗(Cicero)击败,战死在现今皮斯托亚附近。相传他的残部建立了皮斯托亚城,是皮斯托亚人的祖先。维拉尼说:"皮斯托亚人在内战和对外作战时,过去曾经是、如今仍然是凶猛、残忍的战士,这是不足怪的,因为他们是卡提利那和他那支被切断的败军残部的后裔。"(《编年史》卷一第三十二章)这个传说

并无历史根据,显然是当时城市之间和党派之间的仇恨的产物。但丁对皮斯托亚的咒骂,当然是出于对万尼·符契盗窃圣器和渎神的罪行的义愤,但也与城市之间、党派之间的仇恨有关,因为万尼·符契是皮斯托亚黑党的死硬派,但丁当时是站在佛罗伦萨白党一边的。

⑤ 指七将攻忒拜的故事中的七将之一卡帕纽斯(见第十四章注⑩)。

⑥ 指托斯卡那近海的沼泽地(Maremma toscana),早期注释家布蒂(Buti)说,那一带"蛇非常多,瓦达(Vade)地方有一座美丽的修道院,据说由于蛇多,无人居住"。

⑦ 肯陶尔是半人半马的怪物(见第十二章注⑭)。"臀部"指马形下身的臀部;"人形开始处"指马形下身的前肢以上。

⑧ 据佛罗伦萨无名氏注释,诗中所说的部位指"两肩在脖颈底下的脊背上形成的凹陷处"。

⑨ 据《埃涅阿斯纪》卷八中的描述,卡库斯(Cacus)"是个面貌丑恶的半人半妖的怪物",住在罗马七山之一的阿汶提努斯(Aventinus)山的洞里,那里"地上经常流淌着新杀死的人的热血"。他是伏尔坎的儿子,"走起路来⋯⋯嘴里吐出黑火"。他施展诡计从英雄赫剌克勒斯(Hercules)的牛群里偷了四头公牛和四头牛犊,"为了不让牛的蹄迹泄露去向,他拽着牛尾把它们拉回洞里,好像牛是朝相反的方向去了。他把牛藏在阴暗的洞里,谁要来找牛,看不到任何可以把他引向山洞去的标志"。但是,"一只母牛从大山洞里发出吼叫,和外面的牛群相呼应",赫剌克勒斯就找到了卡库斯的巢穴,抓住了这个偷牛的贼,"把他挤成一团,抱住他不放,掐住他的头颈,直到他双眼凸出,喉头干涸,失去了血色"。

但丁诗中所写的卡库斯主要取材于维吉尔史诗中的描述,但他别出心裁,把史诗中半人半妖的卡库斯改变为半人半马的肯陶尔;在史诗中卡库斯嘴里吐出黑火,但丁笔下的卡库斯嘴里并不吐火,而是他背上的龙嘴里喷火;在史诗中卡库斯是被赫剌克勒斯掐死的,他在但丁诗中则是死于赫剌克勒斯的狼牙棒下,在这一点上,但丁采用了奥维德的《岁时记》(Fasti)卷一中的说法。

"他不同他的兄弟们走一条路"指其他的肯陶尔都在第七层地狱里的弗列格通河畔监视那些在沸腾的血水中受苦的对他人施加暴力者的鬼魂(见第十二章),卡库斯则由于用诡计偷走赫剌克勒斯的牛,犯了盗窃罪,而被放在第八层地狱第七恶囊里。

"他连十下也没觉到",意即还没打到第十下,他就死了。

⑩ 指两位诗人所站的堤岸下面。

⑪ 钱法(Cianfa)是佛罗伦萨贵族,属于窦那蒂(Donati)家族,生年不详,死于 1283 年和 1289 年之间。一位早期注释家说,"他总好偷牲畜,抢商店,把钱柜倒空"。

⑫ 这个非常自然的手势,正如注释家布蒂(Buti)所说,"好像给嘴上闩似的",向人示意不要说话;但丁一听到钱法的名字,就知道这些鬼魂是佛罗伦萨人,因此,向维吉尔做这个手势,让他沉默,注意去看他们的动静。

⑬ 这条六脚蛇是钱法变的,由于他变成了蛇,所以那三个鬼魂不知他的去向。被这条蛇完全缠住的,是三个鬼魂之一,名叫阿涅埃尔(Agnel),即阿涅埃罗(Agnello)。早期注释家认为他就是属于佛罗伦萨勃鲁奈莱斯齐(Brunelleschi)家族的阿涅埃罗,此人起先参加白党,后来转变成黑党。佛罗伦萨无名氏注释家说,"甚至小时候,他就常偷光他父母钱袋里的钱,后来就常偷光商店钱柜里的钱,还偷别的东西。成年以后,他常打扮成乞丐的样子,还像老人似的留着胡子,闯入别人家里去偷窃。"

⑭ 从诗中的描述可以想见,蛇大概把头转向一侧,嘴放在阿涅埃罗脸上,张得很大,从而可以用它的毒牙同时咬住他的两颊。

⑮ 佛罗伦萨无名氏的注释说:"蛇和鬼魂,鬼魂和蛇的颜色混合在一起,形成了第三种颜色。"但丁用实际生活中白纸经火刚烧焦时,失去白色,变成昏黄色,但还未变焦发黑的现象作为比喻,来比拟蛇和鬼魂身体变色的进程。

⑯ 这两个鬼魂一个名叫卜奥索(Buoso)(详见注㉙);一个名叫普乔(Puccio)(详见注㉛)。

⑰ "四个长条的东西"指鬼魂的两臂和蛇的两只前脚;人和爬虫的这四个肢体形成了新的变态的形体的两臂。

206

⑱ 意即这个变态的形体既像人又像蛇,但既非人又非蛇,是一种无适当名称的怪物。

⑲ 这条有四只脚的小蛇是佛罗伦萨人弗兰齐斯科·德·卡瓦尔堪提(Francesco de' Cavalcanti)(详见注㉜)。
注释家对于形容小蛇的定语"acceso"的含义提出不同的解释:有的照字面的意义"燃烧的"理解,认为这条小蛇是火蛇或吐火的蛇;有的以诗中只说蛇口中冒烟,并不吐火为理由,来反驳此说,认为应照这个词的转义来解释为冒着怒火的蛇,也就是说,蛇在跳出来咬人时,眼里冒着怒火。译文根据这种说法。

⑳ 这个鬼魂是佛罗伦萨人卜奥索(Buoso)(见注㉙)。"人类最初吸收营养的地方"指肚脐,因为肚脐是胚胎吸取营养的通道。

㉑ 萨贝卢斯(Sabellus)和纳席底乌斯(Nasidius),都是卡托(Cato)军中的兵士,他们在利比亚沙漠中各被一种毒蛇咬伤,前者身体溃烂化为脓水肉泥而死,后者身体肿胀得撑破铠甲,爆炸成一堆碎骨烂肉而死(事见卢卡努斯的史诗《法尔萨利亚》卷九)。

㉒ 卡德摩斯(Cadmus)是忒拜城邦的创建者,因为杀死战神玛尔斯的蛇,受到惩罚变成了蛇(事见《变形记》卷四)。阿瑞图萨(Arethusa)是一位水仙,她在河里洗澡时,被河神阿尔弗斯(Alpheus)看见;他爱上了她,跑去追她;月神狄安娜把她变成阿瑞图萨泉,但是阿尔弗斯继续追她,河水和泉水终于汇合(见《变形记》卷五)。

㉓ 意大利文 natura(自然)的复数 nature 指万物,即大自然所产生的一切东西;诗中"due nature"指人和蛇,这里勉强译为"两种自然物"。但丁并不忌妒奥维德的艺术才能,因为后者在《变形记》中根本没有写出像这里所描写的这种不可思议的事:两个不同种类的生物(人和蛇)并不互相接触,而是面对面地各自变成对方的形状。
原文是"forme"(forma 的复数),作为经院哲学名词,forma 指灵魂,人类的灵魂是理性的灵魂(anima razionale),和蛇类的灵魂不同,所以人是人,而不是蛇,他的肉体具有人形而不呈

现蛇形;"双方的灵魂都肯互换形体"意即人的灵魂和蛇的灵魂虽然本质不同,但在神的意志支配下,一反事物的自然法则,竟肯各自变换成对方的形体。

奥维德所写的卡德摩斯变蛇的故事和阿瑞图萨变泉的故事,都是个体变形。但丁在这里所写的,是人与蛇双方形体互相转化,这种描写独出心裁,为拉丁诗人所难以想象,所以但丁对他们的艺术成就并不忌妒。

㉔ 指阴茎。

㉕ "可怜虫"指卜奥索的鬼魂,他的阴茎伸出去,一分为二,形成了蛇的两只后脚。

㉖ "一个"指弗兰齐斯科·德·卡瓦尔堪提,他先是蛇,现在大致变成了人,站起来了,"另一个"指卜奥索,他先是人,现在倒下去,不久就要变成蛇。

"目光"原文是"lucerne",含义是灯(复数),这里指眼睛,因为"眼睛就是身上的灯"(见《新约·马太福音》第六章);"并不因此移动他们邪恶的目光"意即他们仍然互相凝视;他们的目光是"邪恶的",因为他们都是入地狱的人;在互相凝视的同时,他们在各自完成蛇面变人面和人面变蛇面的转化。

㉗ 意即加厚而呈现出人的嘴唇的形状。

㉘ 说话和啐唾沫是人类独有的动作,蛇逃走时总发出嘶嘶的响声,但丁用极其简练的笔触准确地写出人和蛇变形后的特征。弗兰齐斯科·德·卡瓦尔堪提的鬼魂由蛇变成人后,向从人变成蛇的卜奥索的鬼魂啐唾沫,表示轻蔑。注释家托拉卡(Torraca)则认为,啐唾沫是一种辟邪防祸的行动,因为中世纪有一种迷信,认为人的唾液对蛇有毒,啐唾沫可以驱蛇,防止被蛇咬伤。前一种解释比较符合诗中所写的情况。

㉙ 这是弗兰齐斯科·德·卡瓦尔堪提看到卜奥索变成蛇,在地上爬行时,心里感到称愿而说的一句幸灾乐祸的话,因为他对卜奥索怀有宿怨;他是小蛇时,眼里冒着怒火向卜奥索进攻,刺穿他的肚脐,也是出于这种宿怨。

卜奥索(Buoso)是佛罗伦萨人,对于他的姓氏,注释家的说法不一致,有的认为他属于阿巴蒂(Abati)家族,有的认为他属于窦那蒂(Donati)家族,后一种说法论据比较充足。他所犯的具体盗窃罪行不详。大概死于 1285 年前后。

㉚ "渣滓"原文是 Zavorra,本义是"压舱物"(货物太轻时,放在货舱里压舱的沙子等物),引申义为沉淀物、渣滓,在这里是转义,指第七恶囊里的犯盗窃罪者,因为这些人统统是社会渣滓。

"变形"指万尼·符契、阿涅埃罗和钱法的个体变形;"相互变形"指弗兰齐斯科和卜奥索二人形体的互相转化。

㉛ 瘸子普乔(Puccio Sciancato)属于佛罗伦萨的加利盖(Galigai)家族,是吉伯林党人,1268 年遭到放逐,1280 年和其他吉伯林党人一起和贵尔弗党签订和平条约。他虽然和其他犯盗窃罪者一起被放在第七恶囊里,但并未变形,因为有一个抄本的注释说"他是个有礼貌的贼,……白天偷,晚上不偷,被人看见,他也满不在乎"。

㉜ "另一个鬼魂"指弗兰齐斯科·德·卡瓦尔堪提(Francesco de' Cavalcanti),绰号斜眼儿(Guercio),属于佛罗伦萨的卡瓦尔堪提家族,被加维勒(Gaville)市镇的居民杀死,卡瓦尔堪提族人为他报仇,杀死了许多加维勒人,所以说加维勒为他的死带来的灾难一直在哭泣。

第二十六章

得意吧,佛罗伦萨,既然你是那样伟大,以至于在海上和陆上鼓翼飞翔①,你的名字还传遍全地狱! 在盗贼中间,我发现了五个是你的显贵的市民②,这给我带来了耻辱,你也不会因此得到很大的光荣。但是,凌晨的梦如果灵验的话,今后不久你就要遭受普拉托以及其他城市渴望你遭受的灾祸③。假如灾祸已经发生,那也不算太早,既然它必定要发生,那就宁愿它早日发生! 因为我越老,对我的打击就越沉重④。

我们离开了那里,我的向导顺着我们先前下去时那些突出的岩石给我们提供的台阶重新上去,并且把我也拉上去⑤;我们踏上孤寂的路途,从天然石桥⑥的尖石和圆石当中走过,脚没有手的帮助,就寸步难行。当时我感到悲痛,现在回想起我看到的情景,我重新感到悲痛⑦,并且比往常更加约束自己的天才,使它不至于离开美德的指导而奔驰⑧;这样做的话,如果照命的吉星或者更美好的事物赋予了我这种天资,我就不会把它丧失⑨。

正如普照世界者藏起他的面孔不让世人看见的时间最短的那个季节⑩,当苍蝇让位于蚊子的时候⑪,在小山上休息的农民看见下面那一道或许就是他收葡萄和耕地的山沟里⑫有无数的萤火虫在闪闪发光:我一来到望得见沟底的地方,就看见第八条壕沟里到处闪烁着一团团的火焰,数量之多就像那些萤火虫一样。正如由熊为他报仇的那个人看到以利亚的战车离开时,拉车的骏马直立起来向天空驶去,因为他的眼光跟不上它,他看不到别的,只看见那一团火焰像一朵小云彩似的飘然上升⑬;那些火焰也个个都像这样顺着食道般的壕沟移动,因为没有一团火焰露出它所盗窃的东西,而每一团火焰都偷去了一个罪人⑭。

我站在桥上探身去看,看得那样入神,要不是先抓住了一块岩石,没有人推我,我也会掉下去。我的向导见我这样凝神注视,说:"那些火焰里面都是鬼魂,每个鬼魂都被烧他的火包裹着。""我的老师,"我回答说,"听了你的话,我更肯定无疑了;但我已经想到是这么回事,并且想这样对你说:向这里来的那团火焰,顶端分成两岔,好像从厄忒俄克勒斯和他弟弟一起火葬的柴堆上升起的一般⑮,那里面是谁呀?"他回答我说:"在那里面受苦的是尤利西斯和狄俄墨得斯,他们就这样一起受惩罚,正如他们当初一起使神震怒一样⑯;他们在火焰中为用木马伏兵计而痛苦呻吟⑰,这一计为罗马人的高贵的祖先从那里逃出去开了大门⑱。他们在那里为使用诡计结果戴伊达密娅死后仍然为哀悼阿奇琉斯而受苦⑲,他们在那里还为盗走雅典娜神像而受惩罚⑳。"我说:"如果他们在那些火焰里面能够说话,老师,我诚恳地请求你,而且再次请求你,愿我的请求顶一千次,请你不要不容许我等待那团有角的火焰来到这里:你看,我因为盼着它来正在弯身望着它呢。"他对我说:"你的请求很值得称赞,所以我肯接受;但是,你要缄口不言,让我来说话,因为我已经了解你的愿望,而且,由于他们是希腊人,或许他们还会不屑于听你说话呢㉑。"

当那团火焰来到我的向导认为时间和地点便于说话的地方后,我听见他用这样的方式说:"啊,同在一团火焰里的两位幽魂哪,假如我生前有功于你们,假如我在世上写出高华的诗篇②,对你们有或多或少的功劳,那就请你们不要走开;让你们中间的一位叙说一下,他是往哪里去迷了路死的㉓。"那团古老的火焰的较大的角㉔开始摇曳起来,并且飒飒作响,正如被风吹动的火焰似的,接着,它的尖端就像说话的舌头一般来回地动起来,迸发出声音说:"当我离开了把我强留在当时还没有被埃涅阿斯命名为卡耶塔的那个地方附近十多年之久的刻尔吉㉕以后,对我的儿子的慈爱,对年老的父亲的孝心以及会使潘奈洛佩喜悦的应有的恩爱,都不能战胜我渴望阅历世界、体验人类的罪恶和美德的热情㉖;却仅仅乘着一只船,带着那一小伙没有离弃我的同伴,起航驶向又深又辽阔的海㉗。直到西班牙,直到摩洛哥,两边的海岸我都看到了,还看到萨丁岛和被这个海环绕的其他的岛屿㉘。当我们来到赫剌克勒斯在那里树立他的界碑,为了不让人再向前进的那道狭窄的海峡㉙时,我和我的伙伴们都已经老迈迟钝。在右边我离开了塞维利亚,在另一边我已经离开了休达㉚。'啊,弟兄们哪,'我说,'你们经历千万种危险到达了西方,现在我们的残余的生命已经这样短促,你们不要不肯利用它去认识太阳背后的无人的世界㉛。细想一想你们的来源吧:人生来不是为了像兽一般活着,而是为追求美德和知识㉜。'我用这段简短的讲话促使我的伙伴们那样渴望出发,即使我随后想阻止他们都再也阻止不住;清晨时分,掉转了船尾㉝,我们就把我们的桨当作翅膀,来做这飞一般的疯狂航行,航向经常偏向左边㉞。黑夜已经看到另一极和那里的一切星辰,我们的北

　　我的向导见我这样凝神注视,说:"那些火焰里面都是鬼魂,每个鬼魂都被烧他的火包裹着。"

极星却那样低,已经露不出海面㉟。从我们开始这次艰险的
航程以来,普照下界的月光已经亮了五次,暗了五次㊱,那时,
远处隐隐约约地有一座山出现在我们前面,我觉得它高得出
奇,生平从未见过这样高的山。我们欢乐起来,但是顷刻间欢
乐化为悲哀;因为从新的陆地上起了一阵旋风,打在船头上。
它使船连同海水旋转了三次;第四次,正如另一位喜欢看到的
那样㊲,就使船尾翘起,船头下沉,直到大海把我们吞没。"

注释:

① 意即你的名声传播到很远的地方。十三世纪佛罗伦萨工商业
和银行业已经相当发达,它的商人遍于西欧和地中海沿岸城
市,经济势力日益强大,因此滋长了骄傲自满的情绪。最高行
政官的政务宫的西墙上有 1255 年的拉丁文铭文:"她统治海、
陆和全世界。"这句铭文但丁当然见到过。诗中的讽刺可能与
这句狂妄的自我吹嘘的话有关。

② 但丁在第七恶囊中遇到的五个犯盗窃罪的佛罗伦萨市民都出
身贵族世家或属于上层社会的家族。

③ 古代和中世纪都有一种迷信,认为凌晨的梦预示即将发生的
事,最为灵验(但丁自己在《炼狱篇》第九章也这样讲)。这里
诗人假托在凌晨的梦中梦见佛罗伦萨恶贯满盈,即将受到上
天的惩罚,发生灾祸。
普拉托(Prato)是个小城市,在佛罗伦萨西北约十六公里处,当
时隶属佛罗伦萨。"其他城市"指托斯卡那境内其他城市,如
比萨、阿雷佐等。诗中所说的灾祸究竟指什么,难以确定。有
的注释家认为指的是 1309 年普拉托反抗佛罗伦萨,把黑党驱
逐出去;有的认为"普拉托"指的不是普拉托城,而是枢机主教
尼古拉·达·普拉托(Niccolò da Prato),他于 1304 年奉教皇
之命来调解佛罗伦萨的党派争端,结果完全失败,愤怒地离开
了那里,宣布褫夺佛罗伦萨人教权,把他们驱逐出教会。当
年,阿尔诺(Arno)河上的卡拉亚(Carraia)木桥就因节日桥上
观众过多,突然断裂,许多人落水淹死;以后不久,市中心又发

生大火,烧毁了1700多座宫殿、塔楼和房屋,使大批宝物和商品化为灰烬。当时,一般人认为这些灾祸都是由于受教会的诅咒所致。

④ 注释家们对这句诗提出了截然不同的解释:早期但丁学家认为大意是说,上天对佛罗伦萨的惩罚如果迟迟不实现,诗人越年老,就觉得越痛心;这种解释强调但丁渴望上天惩罚佛罗伦萨的罪恶;现代但丁学家傅比尼(Fubini)的看法与此相反,他说:"正义的惩罚来得越晚,诗人的痛苦就越大,他看到惩罚是必要的,而且他也希望它来,但他毕竟是他的城市的儿子,当它来到时,他越年老,对他的打击就越大。"这种解释阐明了但丁作为道德家和爱国者的矛盾心理,比较符合但丁的性格,为大多数现代注释家所接受。

⑤ 前一章提到,但丁和维吉尔为了看清楚第七恶囊里的情景,从天然桥上下到了堤上;现在他们顺原路重新上去。"那些突出的岩石"原文是"i borni";"bornio"一词在任何其他早期意大利文作品中都未见到,注释家们认为可能来源于法语 borne(建筑物墙角突出的石头),佩特洛齐和帕利阿罗则认为,i borni 是抄本笔误,应作 iborni,这个词来源于拉丁文 eburneus(象牙色的),这里用来形容面色,从而断定这句诗的意思是:"顺着先前下去时,累得我们面色苍白的石阶重新上去。"译文根据前一种解释。

⑥ 指第八恶囊的壕沟上的石桥。

⑦ 诗人不先说明看到了什么样的情景,只说当时感到悲痛,现在回想起看到的情景,仍然感到悲痛,这种写法使读者产生悬念,急于知道下文如何。

⑧ 在第八恶囊里受苦的是为做坏事出谋划策的人,这些人聪明过人,但他们不把天赋的聪明才智用在正义的事业上,而滥用它来为非作歹,以致死后在地狱里受火刑惩罚。但丁回忆起自己看到的情景,联系自身的情况,认识到自己既然也有很高的天才,就必须经常用理性严加约束,使它不离开正路,误入歧途,因为正如窦维蒂奥(D'Ovidio)在《神曲研究》中所说:"但丁在被放逐时期成为一位宫廷中人,一位政治谈判家……对于他来说,出诡计和设骗局是可能成为一种职业罪,一种行

业恶习的。"

⑨ "照命的吉星"这里指双子座,但丁诞生时,太阳在双子宫(见《天国篇》第二十二章),根据占星学家的说法,这个星座注定人生来就有天才。"更美好的事物"指神的恩惠。"不会把它丧失"意即不至于因滥用它,结果把它毁掉。

⑩ 意即在昼长夜短的夏季。

⑪ 意即在黄昏时分。

⑫ 注释家罗西(Rossi)指出:"使用'或许'一词取得了绘画的效果;在半明半暗的黄昏时分,那个农民从高处看不清楚哪些是自己的耕地,哪些是别人家的。"辛格尔顿指出:"耕地通常在春天,收葡萄在秋天。现在是夏季,这两种劳作之间正好有一段休息时间。"所以诗中用"他收葡萄和耕地"来形容山沟,与"在小山上休息"相呼应。

⑬ "由熊为他报仇的那个人"指先知以利沙:"以利沙从那里上伯特利去。正上去的时候,有些童子从城里出来,戏笑他说,秃头的上去吧,秃头的上去吧。他回头看见,就奉耶和华的名咒诅他们。于是,有两个母熊从林中出来,撕裂他们中间四十二个童子。"(见《旧约·列王纪下》第二章)
先知以利亚是以利沙的师傅,"他们正走着说话,忽有火车火马将二人隔开,以利亚就乘旋风升天去了。以利沙看见,就呼叫说,我父啊,我父啊,以色列的战车马兵啊。以后不再见他了"(见《旧约·列王纪下》第二章)。但丁根据这段简单的叙述想象出诗中的美妙的比喻,这个来源于《旧约》的比喻和前一个取材于实际生活的比喻形成鲜明的对照,起了把叙述引向悠远的过去时代的作用,为古代传说中的人物尤利西斯的出现做了准备。

⑭ 沟底比上部狭窄,所以用"食道"来比拟。"它所盗窃的东西"指火焰包藏的罪人;"偷去了一个罪人"意即隐藏着一个罪人,好像贼把偷走的东西藏起来,不让人看见一样。

⑮ 但丁看到顶端分成两岔的火焰后,想起了古希腊传说中厄忒俄克勒斯和波吕尼刻斯兄弟二人的故事:他们是杀父娶母的忒拜国王俄狄浦斯的孪生子。他们长大后,强迫俄狄浦斯退位,离开忒拜。俄狄浦斯祷告诸神,让他们兄弟二人永远互相

仇视。他们约好逐年轮流执政，但厄忒俄克勒斯任期满后，拒不让位。波吕尼刻斯请求阿尔戈斯国王援助他夺回王位，因而发生了七将攻忒拜的战争。波吕尼刻斯和厄忒俄克勒斯在对打时互相杀死，他们的尸体被放在同一柴堆上火化，上面升起的火焰一分为二，表明他们死后仍然互相仇视。斯塔提乌斯的《忒拜战纪》第十二卷和卢卡努斯的《法尔萨利亚》卷一都有关于这种情景的描写，但丁诗中这一比喻可能来源于这两部史诗中的描写。

⑯ 尤利西斯是荷马史诗《奥德修纪》中的主人公奥德修斯的拉丁化名字，他以足智多谋著称，是特洛亚战争中的希腊英雄之一；狄俄墨得斯也是特洛亚战争中著名的希腊将领，他们共同犯下诗中列举的种种欺诈罪，引起了神的震怒，死后在地狱里一同受火刑惩罚。

⑰ 希腊人围攻特洛亚城九年不下，后来尤利西斯献木马计，把一批勇士和精兵埋伏在一只特制的巨大无比的木马中，佯装撤退，留下木马，并且派一个名叫西农的奸细去诈降，他骗特洛亚人说，希腊人造这庞大的木马是为了赎尤利西斯和狄俄墨得斯盗窃雅典娜像和亵渎神灵之罪（参看注⑳），如果特洛亚人把木马运进城去，他们就能彻底打垮希腊人。特洛亚人信以为真，把木马运进城内。夜里木马中的伏兵出来打开城门，与攻城的大军里应外合，占领了特洛亚（事见《埃涅阿斯纪》卷二）。

⑱ "罗马人的高贵的祖先"指埃涅阿斯。这句诗大意是：木马计导致特洛亚城陷落，埃涅阿斯带着父亲和儿子逃往他乡，最后建立了罗马。

⑲ 希腊英雄阿奇琉斯小时候，有一位预言家说，特洛亚城注定要被希腊人毁灭，但是要征服特洛亚，非得阿奇琉斯参战不行。他母亲知道他会死于这次战争，就把他装扮成女孩，送到斯库洛斯岛的国王的宫廷。他长大后，同国王的女儿戴伊达密娅相爱，使她生了一个儿子。因为他是征服特洛亚所不可缺少的人物，希腊联军统帅就派尤利西斯和狄俄墨得斯去邀请他参战。阿奇琉斯容貌俊美，混在公主及侍女们中间，他们二人认不出他来。尤利西斯心生一计，将一矛一盾放在屋子里，然

后命随从吹起军号,少女们听了都逃出去,只有阿奇琉斯不但不走,还拿起了矛和盾。于是,他的伪装被他们识破,在他们的劝说下,他同意去参战。他离开斯库洛斯岛后,戴伊达密娅悲痛而死(事见斯塔提乌斯的史诗《阿奇琉斯纪》卷一、卷二)。她的鬼魂在"林勃"中仍然为他伤心(见《炼狱篇》第二十二章)。维吉尔自己也在"林勃"中,他可能直接听她讲到过阿奇琉斯的事。

⑳ 特洛亚城内的雅典娜像相传是众神之父朱庇特(即宙斯)赐予特洛亚城的建立者伊路斯作为护国神来供奉的。特洛亚城的安全兴旺全靠这尊神像存在。因此,狄俄墨得斯和尤利西斯"摸到特洛亚城堡高处雅典娜的神庙,杀死守卫,把对特洛亚生死攸关的雅典娜神像起了下来",偷出城去(见《埃涅阿斯纪》卷二)。

㉑ 希腊人由于创造了灿烂的文明,向来非常高傲,目空一切,所以这两位英雄可能不屑于同中世纪人但丁交谈;维吉尔是罗马诗人,思想文化和他们比较接近,由他出面来问他们,他们容易同意。

㉒ "高华的诗篇"指《埃涅阿斯纪》,其中也叙述尤利西斯和狄俄墨得斯的一些事迹。

㉓ 荷马史诗《奥德修纪》最后讲到主人公回到家里,设法杀掉向他的妻子求婚的人们,同父亲、妻子、儿子团圆为止,并未讲他死在何处,只是卷十一叙述他游阴间时,预言家泰瑞西阿的鬼魂对他说:"在你用阴谋或用利剑当众把你家里的求婚子弟杀掉之后,你就挑选一把好用的船桨,到外地去游历,一直到你找到那个部族,他们不知道有海,不知道有彩绘的船和作为船的双翼的长桨,也不知道有盐的食物……然后你可以回家……你的老年将过得很舒畅,温柔的死亡将从海上降临……我告诉你的一切都将实现。"这里虽然讲到他要去外地游历以及他的老年生活和死亡,但是但丁不懂希腊文,不能读《奥德修纪》,据但丁学家考证,也未曾读过用拉丁文写的荷马史诗故事梗概,所以在写作时,不可能从这些书中受到启发。纳尔迪(Nardi)在《但丁与中世纪文化》一书中指出,但丁在构思尤利西斯的远游和死亡时,可能受到热那亚人维瓦尔迪(Vivaldi)兄弟航

海事件的启发,他们于 1291 年穿过直布罗陀海峡西行,企图探寻通往印度的新航路,但是一去永无消息。他的论断很有说服力,因为维瓦尔迪兄弟的远航大西洋早于哥伦布二百年,是一件激动人心的壮举。

㉔ 诗人用"古老的"(antica)来形容火焰,一来由于尤利西斯和狄俄墨得斯的灵魂入地狱已有千百年之久,二来这个形容词能起到把将要讲的故事情节推到遥远的古代,使主人公尤利西斯的形象染上神奇色彩的作用。"较大的角"指隐藏着尤利西斯的那一只角,因为他的名声高于狄俄墨得斯。

㉕ "刻尔吉"(Circe)是希腊神话中日神赫利俄斯的女儿,能用巫术把人变成动物。尤利西斯漂流来到她居住的岛上后,她把他留在岛上和她同居一年多以后,才放他走(事见《奥德修纪》卷十)。刻尔吉居住的海岛名埃亚依(Aeaea)岛,在维吉尔时代名刻尔卡岬(Circaeum Promontorium),即今齐尔切奥山(monte Circeo)或齐尔切洛山(monte Circello),这座山在该埃塔(Gaeta)湾北面;该埃塔是那不勒斯西北约 45 英里处的海港,古名卡耶塔(Caieta),埃涅阿斯的乳母卡耶塔死于此地并葬于此地,埃涅阿斯为了永久纪念她,采用她的名字作为这个地方的名称(见《埃涅阿斯纪》卷七);尤利西斯被刻尔吉留在岛上,是埃涅阿斯来到卡耶塔(该埃塔)港以前的事,那时候当然还没有这个地名。

㉖ 尤利西斯的儿子名叫帖雷马科(Telemachus);他父亲名叫拉埃提(Laertes);潘奈洛佩是他的妻子,在他远征特洛亚和在海上漂流期间,她对他始终忠实不渝,所以他理应对她表示恩爱,使她喜悦。就一般人来说,对儿子的慈爱,对父亲的孝心和对妻子的恩爱,会促使长期在外漂流的人急于回家,但是在尤利西斯心中,认识世界的欲望远比这种感情强烈,以至于促使他不肯还乡与家人团聚,而毅然决然地冒险远航去阅历"太阳背后的无人的世界"。从这一点来看,但丁所塑造的尤利西斯形象已经具有文艺复兴时期的人物的特征。德·桑克蒂斯称之为屹立在马勒勃尔介泥潭中的金字塔,是非常中肯的。

㉗ 指地中海西半部,比东半部的爱琴海和爱奥尼亚海辽阔。

㉘ 指西西里岛、科西嘉岛、巴利阿里群岛等。

㉙ "狭窄的海峡"指直布罗陀海峡。"他的界碑"指海峡两岸的悬崖,在北岸的名卡尔培(Calpe)岬,在南岸的名阿比拉(Abyla)岬,相传这两个悬崖原来是一座山,被赫剌克勒斯分成两半,作为界碑,标明这里是世界的尽头,不让人再向前进,人们就把这两个悬崖称为赫剌克勒斯石柱。

㉚ 西班牙城市塞维利亚并不临海。这里泛指塞维利亚地区,这个地区,对于由东向西航行穿过海峡的船来说,在右边岸上;休达是临海的北非城市,与直布罗陀城隔海南北相对,对于由东向西航行的船来说,在左边岸上;休达的地理位置比塞维利亚靠东,船先离开休达,后离开塞维利亚,所以离开前者,动词用过去完成时,离开后者,动词用过去时。

㉛ "到达了西方"指到达了当时世人所知的世界的极西方。译文"残余的生命"中,"生命"原文是"vigilia dei sensi",直译应作"感官醒着的时候",指生命而言,因为生命和感官活动分不开,也因为醒意味着活动;生的对立面是死,也就是感官长眠不醒。

"太阳背后"原文为"di retro al sol",注释家对此有两种不同的解释:一般认为指船顺着太阳运行的方向由东向西航行,但是,这与诗中所讲的情况不同。尤利西斯所要认识的"无人的世界"是南半球,在《神曲》的地理中,耶路撒冷是北半球中心,极东是印度的恒河,极西是直布罗陀海峡,北半球为陆半球,南半球为水半球,完全被海洋覆盖,只有高峻无比的炼狱山耸立在海洋中,作为南半球中心与耶路撒冷遥遥相对,自古以来,还没有人到过那里,尤利西斯既然要去南半球,过了直布罗陀海峡以后,就不应一直向西航行,而应折向西南方。帕利阿罗提出了另一种解释,他认为"太阳背后"不是指船的航向,而是指南半球的方位,因为当太阳高悬在中天时,在北半球的人看来,南半球是在太阳背后。这种解释能自圆其说。

㉜ 尤利西斯提醒伙伴们想一想自己是人,作为万物之灵,生来就有心智和理性,能够认识世界,不像兽类那样浑浑噩噩,醉生梦死,所以应该明白人生的目的在于追求美德和知识。《筵席》第一篇中已经阐明这种早期人文主义思想。

㉝ "清晨时分"原文是"nel mattino"。注释家一般都把 nel mattino 理解为向着东方,指船尾转向东方。托拉卡认为这种说法不合理,因为尤利西斯的船由东向西航行,船尾本来就向着东方,他要去南半球,过了海峡后,就不应一直向正西行驶,而必须把船尾转向东北,朝西南方航行,因此,nel mattino 在这里并不是说明船的航向,而是说明起航的时间是清晨时分。格拉伯尔(Grabher)和帕利阿罗都同意他的解释。

㉞ "疯狂航行"是尤利西斯回忆船沉人尽的悲剧,认识到不应该越过赫剌克勒斯标出的界限,闯入上天划定的禁区后,对这次远航所下的断语。"航向经常偏向左边"指出了海峡后,他的船的航向越来越偏向西南方,最后变为向东南方航行,因为只有这样,他才能来到与耶路撒冷遥遥相对的炼狱山所在的海域。就诗中所说的看来,他的航向似乎和 1486 年葡萄牙人迪亚士(Diaz)顺着非洲海岸航行的方向大致相同。

㉟ 表明船已经过了赤道;"另一极"指南极。

㊱ 表明已经航行了大约五个月。

㊲ "另一位"指上帝,因为他不许世人来到炼狱山。

第二十七章

那团火焰因为不再说话,已经直竖起来,稳定不动,在和善的诗人的许可下①,离开我们而去,那时,在它后面来的另一团火焰促使我们把眼睛转过去向着它的尖顶,因为从那里发出了一种杂乱的声音。正如西西里的公牛(它的第一次吼声来自用他自己的工具制造它的那个人的哭声,这是公正的)经常借受害者的声音吼叫,所以它虽然是黄铜做的,却仿佛被痛苦所刺穿;同样,罪人的悲惨的话,由于起初没有通路或出口从火焰中发出,就转变成火焰自身的语言②。但是,当那些话从火焰尖顶上找到了出路,使火焰尖顶如同舌头在这些话通过时那样颤动起来以后,我们就听见他这样说:"啊,你呀,我的声音是对你而发的,你刚才用伦巴第方言说:'现在你走开吧,我不再催你说话了③',虽然我来得或许迟了些,请你不要厌烦停下来和我说话;你瞧,我并不厌烦,尽管我在燃烧着呢!如果你是刚离开我从那里带来我一切罪过的可爱的意大利国土,堕入这幽冥世界的,就请你告诉我,罗马涅人现在是在和平还是在战争中,因为我是乌尔比诺和台伯河发源处的山脉之间那个地区的山里的人④。"

我还在俯身注视,我的向导捅了我的肋部一下,说:"你来说吧,因为这个人是意大利人。"我已经准备好了回答,就毫不迟延地开始说:"在下面隐身不见的灵魂哪,你的罗马涅在它的暴君们心中不论现在还是过去都无时无刻不处于战争状态;但是,我刚才离开那里时,并没有公开的战争⑤。腊万纳现在和多年来一样:达·波伦塔的鹰伏在上面保护着它,同时也用翅膀遮盖着切尔维亚⑥。那座曾经受长期围困,使法国人变成血淋淋的尸堆的城市,又处于绿爪的控制下⑦。残酷处置蒙塔涅的、维卢乔家族的老恶狗和小恶狗,在它们惯常肆虐的地方把自己的牙当作钻使用⑧。那只从夏天到冬天就转变阵营的、住在白色兽窝里的小狮子,统治着拉摩内河畔的城市和桑特尔诺河畔的城市⑨。那座一侧被萨维奥河冲洗的城市,犹如它坐落在平原和山之间一样,生活在专制和自由之间⑩。现在我请求你告诉我们你是谁;你可不要比别人⑪不愿意说,这样你的名字就能留传下去。"

那团火焰以自己的方式咆哮了一会儿后,尖端就晃来晃去,然后发出这样的气息⑫:"假如我相信我的话是回答一个终究会返回世上的人,这团火焰就会静止不摇曳了;但是,既然果真像我听到的那样,从来没有人从这深渊中生还,我就不怕名誉扫地来回答你⑬。我是武人,后来当了束绳的修士⑭,我确信这样束上绳子就可以赎罪;要不是那个大祭司⑮的缘故,愿他遭殃!我的信念一定会完全实现,是他把我拖回到我原先的罪恶中去了;他是怎样和为什么做这件事的,我愿你听我讲。当我作为母亲给予我的骨肉的形式⑯时,我的行为不像狮子,而像狐狸。各种阴谋诡计我都知道,而且把这些诈术运用得那样巧妙,使得我的名声传到了天涯海角。当我发现我的年岁已经到了每个人都应该落帆卷缆的时候⑰,以前使我喜欢的事,那时使我憎恶,我经过悔罪和忏悔当了修士;唉,我真不幸啊！这样做本来是会有效果的,无奈新法利赛人之王在拉泰兰附近进行战争⑱,不是对撒拉森人,也不是对犹太人⑲,因为他的每个敌人都是基督教徒,没有一个曾去攻占阿克,也没有一个曾在苏丹的国土经商⑳,他不顾自身至高无上的地位和圣职,也不顾我身上那条曾经常使系着的人消瘦的绳子㉑,却像君士坦丁把在希拉提山洞中的席尔维斯特罗召去给他治好麻风病一样,把我作为医生召去治好他的狂妄的热病㉒;他要求我出谋划策,我保持沉默,因为他的话像醉汉说的。于是,他又说:‘你的心不要疑惧;从现在起我就赦你的罪,你指教我怎样把佩内斯特里诺夷为平地㉓吧。你知道,我是能锁、能开天国之门的;因为我有两把钥匙,对这两把钥匙我的前任并不珍惜㉔。’这时,他的强有力的论据迫使我感到,沉默比献计更坏㉕,我说:‘父亲哪,既然你洗掉我现在必然要陷入的那种罪,那么,长许诺、短守约的策略会使得你在崇高的宝座上胜利㉖。’后来,圣方济各在我死后来接我㉗;但是黑噻嗒啪㉘中的一个对他说:‘不要把他带走;不要让我吃亏。他得下来,到我的走卒队里去,因为他献了那条诡计,从那时起一直到现在,我时刻准备着去揪他的头发;因为不悔罪的人是不能赦免的,也不可能既悔罪而同时又想犯罪,因为这是自相矛盾,不能成立的。’哎呀,我真不幸啊！当他抓住我,对我说:‘也许你没想到我是逻辑学家吧!’我多么震动啊㉙!他把我带到米诺斯那里,米诺斯把尾巴在坚硬的脊背上绕了八遭㉚,在盛怒之下咬了咬尾巴,说:‘这个人该到受贼火烧的罪人当中去㉛。’所以我就在现在你看到我的地方,穿着这样的服装㉜,怀着悲痛的心情行走。”

当他这样说完话后,那团火焰就弯下来,摇荡着它的尖端,惨然离去。

我和我的向导,我们俩继续前行,顺着岩石一直走上另一座拱桥,这座拱桥横跨在一条壕沟上,负有制造分裂罪的罪责者,都在这条壕沟里偿还罪债㉝。

注释:

① 维吉尔允许尤利西斯走开的话,见注③。

② "西西里的公牛"指雅典的能工巧匠佩利路斯(Perillus)所造的铜牛。这是一种残酷的刑具,把罪犯关进铜牛肚子里,活活烤死,因为造得巧妙,铜牛被烧红后,受刑者的惨叫声就能变成牛吼声。他把这种刑具献给西西里岛上阿克拉加斯(即今阿格里琴托)城的暴君法拉利斯(Phalaris,前570—前554年在位)。法拉利斯命人首先把佩利路斯本人关进去做试验,结果他就是第一个被他自己所造的铜牛烤死的人。诗人认为,他作法自毙,活该如此。

诗中用铜牛被烧红后受刑者的惨叫声变成牛吼声作为比喻,来比拟火焰中罪人的悲痛的话,起初听起来乱哄哄的,好像火被风吹动时发出的响声一样。

③ 这两句话是维吉尔对尤利西斯所说的原话,维吉尔是伦巴第人(见第一章注⑲),所以他的话里带有伦巴第方言(其中第一个词"现在"原文是伦巴第方言 istra)。在中世纪,伦巴第亚泛指意大利北部的广大地区,包括罗马涅(Romagna)在内,从火焰中对维吉尔说话的鬼魂是罗马涅人圭多·达·蒙泰菲尔特罗,所以他听得出维吉尔对尤利西斯说的话里有伦巴第方言。

④ "山脉"指亚平宁山脉,台伯河发源于其中的科罗那罗山(Monte Coronaro)脚下。"那个地区的山里"指蒙泰菲尔特罗伯爵领地(Contea di Montefeltro),圭多是那里的封建主,诗中始终未提他的姓名,但叙述的事实足以证明指的是他。

⑤ 根据但丁所下的定义,"暴君"是那些"不是为公众利益执行公法,而是用公法来为自己谋求私利者"(《帝制论》卷三第四章)。这里指当时在意大利北方城市内部的斗争中取得政权

的家族代表或党派首领,其性质和身分类似古代希腊城邦的僭主。"我刚才离开那里时"指 1300 年春天,即但丁虚构的游历地狱的时间。"并没有公开的战争",因为经过二十五年接连不断的战争,罗马涅各城市及暴君们于 1299 年 4 月签订了普遍和"永久的"和平条约。

⑥ "多年来"指腊万纳自从 1270 年以来就在达·波伦塔(Da Polenta)家族的统治下。1300 年,弗兰齐斯嘉·达·里米尼(见第五章)的父亲老圭多·达·波伦塔执掌政权,他的孙子小圭多(Guido Novello)对但丁非常景仰,在他的邀请下,但丁最后定居于腊万纳,完成了《神曲》最后的篇章。达·波伦塔家族的纹章图案是一只鹰,据拉纳(Lana)说是黄地儿红鹰,据本维努托(Benvenuto)说,这只鹰一半是银白色衬着蓝地儿,一半是红色衬着黄地儿。

切尔维亚(Cervia)在腊万纳东南,是亚得里亚海滨的小城市,因经营盐业相当富庶,曾隶属腊万纳。

⑦ 指罗马涅中部的城市福尔里(Forli),当时掌握在吉伯林党手中,教皇马丁四世派法国人让·代普(Jean d'Eppes)率领教廷和那不勒斯安茹王朝联军进攻罗马涅的吉伯林党,从 1281 到 1283 年长期围困福尔里,守城将领就是圭多·达·蒙泰菲尔特罗(但丁对火焰中的鬼魂叙说此事时,还不知道这个鬼魂是他),1282 年 5 月 1 日,圭多指挥守军突围出击,击溃敌军主力,然后回击攻入城内的法国骑兵,"使法国人变成血淋淋的尸堆"。这一战绩显示出圭多的卓越的军事才能。

"又处于绿爪的控制下"指福尔里在奥尔德拉菲(Ordelaffi)家族统治下,这个家族的纹章是黄地绿狮子;"绿爪"指绿狮子的爪。从 1296 年起,斯卡尔佩塔·德·奥尔德拉菲(Scarpetta degli Ordelaffi)就掌握福尔里的政权,1303 年,他被选为佛罗伦萨白党流亡者的领袖,但丁在福尔里和他相识。

⑧ 这里讲的是里米尼(Rimini)城的情况。"老恶狗"指马拉台斯塔·达·维卢乔(Malatesta da Verrucchio),他是弗兰齐斯嘉的丈夫简乔托和她的情人保罗的父亲。他的家族从蒙泰菲尔特罗迁移到维卢乔堡,这个地名就成为他的家族的姓氏。马拉台斯塔于 1295 年打败了蒙塔涅·德·帕尔奇塔提(Montagna de'Parcitati)为首的吉伯林党,成为里米尼的统治者。"小恶狗"指他的儿子马拉台斯提诺(Malatestino,意即小马拉台斯塔)。"残酷虐待蒙塔涅"指马拉台斯塔俘虏了蒙塔涅后,将他囚禁起来,最后背信弃义地在狱中杀害了他。据说,他把蒙塔涅交给自己的儿子马拉台斯提诺去看管。"后来,父亲问他是怎样对待蒙塔涅的,他回答说:'我的老爷,他被看守得非常好,虽然他离海很近,但是,即使他想跳海淹死自己,也是不可能的。'马拉台斯塔这样查问了几次,都得到同样的回答后,终于说:'我看你并不知道怎样看守他。'马拉台斯提诺会意,就杀害了蒙塔涅和另外几个人"(引自本维努托的注释)。

"它们惯常肆虐的地方"指里米尼。"把自己的牙当作钻使用"意即老恶狗和小恶狗用牙齿狠狠地咬人;诗中以此来比拟马拉台斯塔和马拉台斯提诺父子在里米尼和其他受他们管辖的地方实行残酷的统治。

⑨ "小狮子"指马吉纳尔多·帕格尼·达·苏希亚那(Maghinar-do Pagani da Susiana),死于1302年,他的家族是吉伯林党,纹章是银白地儿蓝狮子。他统治着拉摩内(Lamone)河畔的城市法恩扎(Faenza)和桑特尔诺(Santerno)河畔的城市伊牟拉(Imola)。他在罗马涅支持吉伯林党,但由于幼年丧父,受过佛罗伦萨政府的监护之恩,始终同佛罗伦萨的贵尔弗党站在一起。因此,早期注释家都把他"转变阵营"解释成他"在罗马涅是吉伯林党,在托斯卡那是贵尔弗党"。对于"从夏天到冬天"的解释,则有分歧:拉纳和本维努托从地理意义上理解,认为夏天指托斯卡那,因为它方位靠南,接近炎热地带,冬天指罗马涅,因为它方位靠北,接近寒冷地带。这种解释失于穿凿附会。布蒂和佛罗伦萨无名氏则从时间意义上理解,认为这句话的意思是:马吉纳尔多常常从一个季节到另一个季节转变阵营,站到另一个党派方面去。现代注释家大都认为,但丁用这句夸张的讽刺话来说明马吉纳尔多在政治上反复无常,在罗马涅各派系、各集团的纷争中,忽而站在这一方,忽而站在那一方。这种解释比较确切。

⑩ 指拉于福尔里和里米尼之间的城市切塞纳(Cesena)。这座城市在亚平宁山余脉北麓的平原上,萨维奥(Savio)河沿着城西

侧从南向北流去,它在政体上是个自治城市,但并未真正实行自治,而由圭多·达·蒙泰菲尔特罗的堂兄弟嘉拉索(Galasso)掌权,他以人民首领(Capitano del popolo)和市长(podestà)的身分进行统治,但他并不是残酷压迫人民的暴君,所以切塞纳比诗中提到的其他城市享有较大的自由。

⑪ "别人"在这里指谁?对此有两种不同的解释:早期注释家以及大多数现代注释家认为指但丁自己,在当时的语言用法上,altri 或 altrui(别人)用来指 io(我),是一种不突出自己的、客气的表达方式。但丁的意思是说,既然我已经乐意回答你所问的情况,希望你也同样乐意告诉我你是谁,好让你的名字长久留在世上。但有些注释家认为"别人"指但丁所遇到的其他鬼魂,他们都很乐意回答但丁的问题,但丁希望这个鬼魂也同样乐意回答。前一种解释更符合诗中的情景。

⑫ "以自己的方式咆哮"意即发出火焰的独特的响声。"气息"意即言语。台拉契尼(Terracini)指出,这三句诗写出圭多的灵魂回答但丁时犹犹豫豫的神态。

⑬ 圭多的灵魂在火焰中看不见但丁是活人,以为自己是对一个刚入地狱的灵魂说话。深层地狱里的罪人因罪孽深重,绝大多数都不愿意被认出来,让世人知道自己的情况。圭多也是这样。

⑭ 圭多·达·蒙泰菲尔特罗是罗马涅吉伯林党首领,绰号"狐狸",维拉尼在《编年史》卷七第八十章中说他是"他那个时代意大利最精明、最优秀的军人"。生于 1220 年左右,1268 年,任霍亨斯陶芬朝末代皇帝康拉丁的代表,1275 年统率罗马涅吉伯林党和被放逐的波伦亚及佛罗伦萨吉伯林党联军,击败马拉台斯塔·达·维卢乔(见注⑧)统率的波伦亚贵尔弗军,同年又在切塞纳附近击败贵尔弗军,占领切塞纳和切尔维亚。1282 年,指挥守军抗击让·代普率领的教廷和安茹王朝联军对福尔里的长期围攻,使敌人伤亡惨重(见注⑦),次年福尔里市民向教皇屈服,把圭多驱逐出境。1286 年,圭多自己也向新教皇屈服,与教会和解,但被流放到皮埃蒙特。1289 年,离开流放地,被推举为比萨吉伯林军司令对佛罗伦萨作战。教皇为惩罚他违反禁令的行为,宣布开除他及其家族的教籍。在

圭多的指挥下,比萨吉伯林军获得了数次胜利。1292年,他自立为乌尔比诺城主,打退马拉台斯提诺多次对该城的进攻。不久以后,他再次与教会和解,1296年成为方济各会修士,1298年死于阿希希(Assisi)修道院。"束绳的修士"即方济各会修士,因为这派修士腰间都系着一条象征修道和悔罪的绳子。

⑮ "大祭司"指教皇卜尼法斯八世。

⑯ "母亲给予我的骨肉"指圭多的肉体,"我"是圭多的灵魂说话时自称。"形式"在这里是经院哲学名词,经院哲学家把理性灵魂(anima razionale)称为人的肉体的形式,也就是说,它是肉体的能动性、有生命力的因素,人活着时,灵肉结合,死后灵肉分离,灵魂就不再是肉体的形式,因此,这句诗意即我活着的时候。

⑰ "落帆卷缆的时候"指老年。但丁在《筵席》第四篇第二十八章中说:"正如良好的水手走近港口时,把帆落下来,以适当的驾驶方式进港;同样,我们也应该把我们的世俗活动之帆落下来,全心全意皈依上帝,使我们能完全宁静和平地进入那个港口。"他还说"我们的极高贵的意大利人圭多·蒙泰菲尔特罗"就是这样,他"落下世俗活动之帆,在老年皈依了宗教,把一切世俗的乐事和工作统统丢开"。这里和在诗中一样用"落帆"的时候来指老年,并且把这个比喻用在同一人物身上,但在《筵席》中称圭多为极高贵的意大利人,肯定他在晚年悔罪自新,皈依宗教,不问世事;在《神曲》中则改变了对他的看法,把他放在深层地狱里,显然是由于但丁后来才知道圭多为教皇出谋划策,重犯旧罪的事。

⑱ "新法利赛人之王"指教皇卜尼法斯八世。"新法利赛人"指一切卑劣的教士和僧侣,这些人和《圣经》中陷害耶稣的伪善的法利赛人一样,在宗教的外衣下掩藏着他们的罪恶行为。"在拉泰兰附近进行战争"意即在基督教中心罗马作战,因为拉泰兰宫当时是教皇的宫廷。这里所说的"战争"指卜尼法斯八世在1297年对罗马科伦纳(Colonna)家族进行的斗争,这个家族拒不承认切勒斯蒂诺五世退位(见第三章注⑫)有效,因而也不承认卜尼法斯当选教皇合法。卜尼法斯对科伦纳家族

宣布破门律,开除其教籍,限他们在十天内降服,他们逃避到帕勒斯特里纳(Palestrina)城堡(即诗中所说的佩内斯特里诺城堡)内,抵抗了一年半之久。

⑲ "撒拉森人"指信奉伊斯兰教的阿拉伯人。这句话说明卜尼法斯进行的斗争并不是对基督教的敌人穆斯林和犹太教信徒。

⑳ "阿克"(Acre)是巴勒斯坦的濒海城市,十字军东侵时被基督教徒侵占,由耶路撒冷圣约翰骑士团管辖。这座城市在基督教徒手中达百年之久,是基督教在巴勒斯坦的最后一个堡垒,1291年被撒拉森人攻克。曾去参加围攻阿克的人,当然就是站到异教徒一边去,成为基督教的叛徒。"苏丹的国土"指埃及马木路克苏丹统治的地区。阿克陷落的消息传到罗马后,教皇尼古拉四世立即试图组织十字军夺回这个城市,并且宣布禁止基督教徒与埃及苏丹统治的地区进行贸易,违禁者一律开除教籍。

㉑ "至高无上的地位"指教皇作为教会领袖的地位。"圣职"指教皇作为僧侣的职位。"那条曾经常使系着的人消瘦的绳子"指方济各会修士腰间系着的绳子,修士们由于禁欲悔罪,身体消瘦;"曾经常"原文是 solea,为过去未完成时态,在这里带有讽刺意味,言外之意就是说,这是从前的情况,如今教会已经腐败,修士们贪图享乐,不再真心修道。

㉒ 据中世纪传说,罗马皇帝君士坦丁(306—337 年在位)因迫害基督教徒患了麻风病,夜里梦见圣彼得和圣保罗告诉他,把在索拉克忒(Soracte)山(即诗中所说的希拉提〔Siratti〕山)的洞穴中逃避迫害的教皇席尔维斯特罗(Silvestro)一世找来,就能治好他的病。他派人去找,席尔维斯特罗来到后,给他一施洗礼,他的病就立刻痊愈了。索拉克忒山在罗马城北,距离罗马约三十六公里。卜尼法斯的"狂妄的热病"指他为人狂妄,怀有极大的权力欲和野心,企图打败所有的敌人。

㉓ "佩内斯特里诺"(Penestrino),即今帕勒斯特里纳镇,位于罗马东南一座陡峭的小山上,距离罗马约三十公里。科伦纳家族在这座城堡中抵抗教皇军的长期围攻,直到1298 年 9 月,教皇答应对这个家族实行大赦后才投降。

㉔ 据说,圣彼得作为基督在人间的代表和第一任教皇,掌握着天

国之门的钥匙,因为《新约·马太福音》第十六章中耶稣对圣彼得说:"我要把天国的钥匙给你,凡你在地上所捆绑的,在天上也要捆绑,凡你在地上所释放的,在天上也要释放。"也就是说,圣彼得掌握着决定人的灵魂能否得救的权力,历代教皇作为他的继承者也都有这种权利。诗中所说的"两把钥匙",一把是开天国之门的,象征赦罪,使人得救的权力,一把是关天国之门的,象征开除教籍,使人不能得救的权力。中世纪历史上有不少的教皇利用这种神权作威作福。

"我的前任"指教皇切勒斯蒂诺五世,他在加冕后不到四个月就退位(见第三章注⑫),卜尼法斯八世用伪善和讥诮的口吻说,这表明他对这两把钥匙所象征的权力并不珍惜,实际上,切勒斯蒂诺退位是受卜尼法斯本人(当时还是枢机主教)的怂恿,他为了实现自己做教皇的野心而出此一举。

㉕ 教皇以基督授予自己的权力作为论据来说服圭多,圭多觉得教皇的论据是强有力的,因为他作为方济各会修士,受入会誓约的约束,必须服从教皇。此外,卜尼法斯的话也暗示出威胁之意,圭多觉得,自己如果再不答应,势必激怒教皇,受到开除教籍的惩罚,因此,他认为,拒绝教皇的要求比重犯策划阴谋诡计的罪,后果更为严重。

㉖ 圭多给教皇贡献的计策是"长许诺、短守约",也就是说,要多答应敌方所提的条件,但要少履行诺言。"在崇高的宝座上胜利"意即取得对敌人科伦纳家族的胜利,从而使自己的教皇职位得到承认和巩固。卜尼法斯八世采纳圭多的计策,答应宽恕科伦纳家族,恢复他们的地位和职位;他们信以为真,交出帕勒斯特里纳城堡,向教皇投降。事后,卜尼法斯八世公然背信弃义,将帕勒斯特里纳夷为平地,并且继续迫害科伦纳家族。

㉗ 圣方济各前来接引圭多的灵魂进天国,因为圭多是束绳的修士。

㉘ 神学家把天使分成九级,嗫嚼啪(Cherubim)是其中的第二级,阿奎那斯在《神学大全》第一卷中说:"嗫嚼啪释义是知识渊博。"诗中所说的"黑嗫嚼啪"指的是因追随撒旦反抗上帝而随入地狱变成魔鬼的嗫嚼啪,他们变质后仍然保有一部分知

识,所以这个黑噻嘧啪能运用形式逻辑中的矛盾律来和圣方济各说理,抓住圭多时,居然以逻辑学家自诩。

㉙ "震动"意即猛然觉悟。圭多现在才认识到,他相信卜尼法斯所许诺的欺骗性的赦罪,是错误的。他知道对他的指责确有根据;他献了奸计而又始终没有忏悔(辛格尔顿的注释)。

㉚ 表示判决圭多的灵魂入第八层地狱。

㉛ 意即让圭多的灵魂堕入第八恶囊中去受火焰焚烧的惩罚。"贼火"(见第二十六章注⑮)。

㉜ 意即被火焰包围着。

㉝ "岩石"指第八恶囊上的天然石桥。"另一座拱桥"指第九恶囊上的拱桥。"在这条壕沟里偿还罪债"意即在世上散布不和的种子、制造分裂者,死后灵魂在第九恶囊中受惩罚。

第二十八章

即使用不受束缚的语言①并且经过多次叙述②,谁又能把我现在看到的血和创伤讲得详尽呢?任何人的舌头都必然失败,因为我们的言语和记忆容纳不下这么多的事物。

即使所有过去在饱受命运摆布的普里亚③土地上,或是由于特洛亚人的缘故④,或是由于那次据记事无误的李维乌斯所说缴获了那么多戒指的长期战争⑤的缘故而经受流血的痛苦的人们,连同那些为抵抗罗伯托·圭斯卡尔多⑥而遭受惨痛打击的人们,另外还有那些人们,他们的尸骨依然堆积在阿普里亚人个个都临阵叛变的切普拉诺地方⑦和老阿拉尔多不用武器就战胜的塔利亚科佐⑧附近,即使所有这些人统统集合在一起,有的暴露着被刺穿的、有的暴露着被砍断的肢体,那也绝对比不上第九恶囊的景象悲惨可怖⑨。

我看见一个身体从下巴直到放屁的地方被劈开的鬼魂,甚至连桶底掉了中板或侧板⑩的木桶肯定都没有他的伤口张开得那么宽。他的肠子垂到他的两腿中间;心、肝、脾、肺以及那个把咽下去的东西变成屎的脏口袋⑪都露了出来。我正定睛注视他时,他望着我,用手扯开他的胸腔,说:"你看我怎样把自己撕开!你看穆罕默德被砍伤得多么厉害⑫!在我前面哭着走的是阿里,他的脸从下巴直到额发全被劈开⑬。你在这里看到的所有其他的鬼魂生前全是散布不和与制造分裂者⑭，所以他们都被这样劈开。这里在我们后面有一个鬼卒⑮把我们那样残酷地劈开⑯，每逢我们顺着这条悲惨的路绕了一圈儿⑰之后，他就把刀刃重新加在我们这一帮每个人身上；因为我们的伤口在我们再走到他身边以前就已经愈合。但是你是谁呀？你站在这石桥上眺望，也许是想延迟去受根据你所坦白的罪行而宣判的刑罚吧？"我的老师回答说："死还没有临到他头上，也不是由于犯了什么罪使他前来受苦；而是为的让他获得完整的经历⑱，由我这已经死去的人负责引导他到这下界游历一层一层的地狱，这事就像我在对你说话一样真实。"

有一百多鬼魂听见他说的话，都惊奇得忘了所受的苦刑，在壕沟里站住看我。

"那就请你这也许不久就会见太阳的人告诉多里奇诺修士，如果他不愿很快就跟在我后面到这里来，就要他多储备粮食，以免被雪围困给诺瓦腊人带来他们别无可能轻易取得的胜利⑲。"穆罕默德抬起了一只脚要走时，对我说了这话；随后就把那脚放平在地上，拔步而去⑳。

另有一个喉咙被刺穿、鼻子直到眉毛下面全被削去、仅仅剩下了一只耳朵的鬼魂和别的鬼魂一起站住，惊奇地注视，在别的鬼魂开口以前，先张开外部呈现一片红色的喉管㉑，说："啊，你这是不是因犯罪受处罚的人哪，除非相貌太相像使我认错了人，我在地上的意大利国曾见过你，祝愿你有朝一日能回去看见那一片从维切利到玛尔卡勃地势逐渐倾斜的美好的平原，请你记住彼埃尔·达·美第奇那吧㉒。还请你告诉法诺的两位最优秀的人物圭多先生和安乔莱罗：除非这里的预

　　他揪住头上的头发提着割下来的头,像手提着灯
笼似的把它摆动!那颗头注视着我们,说:"哎哟!"

见错误,他们将由于一个残酷的暴君背信弃义而被人从他们的船上扔出去,淹死在卡托利卡附近㉓。涅普图努斯在塞浦路斯和马略卡之间从未见过这样大的罪行,不论是海盗犯下的,还是阿尔各斯人犯下的㉔。那个只用一只眼睛看的背信弃义者占据着那座城市,某一个同我一起在这里的人宁愿自己从未见过这座城市㉕;这个背信弃义者将邀请他们前来同他会谈,然后就要干出那样的勾当,使得他们不必为了浮卡腊的风许愿或祈祷㉖。"我对他说:"如果你要我把你的消息带到世上去,那你就向我指出并且说明,那个悔恨见过那座城市的人是谁。"于是,他就把手放在他的一个同伴的下巴颏儿上,掰开他的嘴,喊道:"这就是他,他不能说话:他被放逐后,曾断言,对于有准备的人来说,延宕总是有害的,拿这话消除了恺撒心中的疑虑㉗。"啊,当初说话那样大胆的库利奥,现在舌头从喉咙连根割掉,在我看来,神情多么惊恐啊!

一个被砍去双手的鬼魂在昏黑的空气中举起两只残臂,滴下来的血都弄脏了他的脸,他喊道:"你也会记得莫斯卡吧,哎呀!他曾说过'事情一下手就有结果'㉘,这话是托斯卡那人的祸乱的种子㉙。"我给他加上了这句:"它还使你的家族灭亡㉚。"他听了这话痛上加痛㉛,像悲伤得发狂的人似的走了。

我却留在那里观察那队鬼魂,看到了一件没有别的证据我连讲都害怕讲㉜的事;但是良心给我壮胆,它是使人在自觉问心无愧的铠甲保护下勇敢起来的好伴侣㉝。我确实看到了,而且现在还似乎看到一个无头的躯干像那一群凄惨的鬼魂中其他的罪人一样行走;他揪住头上的头发提着割下来的头,像手提着灯笼似的把它摆动!那颗头注视着我们,说:

"哎哟!"他把自己给自己做成了灯,他们是二而一,一而二;这怎么可能,那只有制定这种刑罚者知道㉞。当他走到了桥的正下面时,他就把提着头的手臂高高举起,为了使他的话在我们听起来近些;这些话是:"你活着前来看已经死去的人们,现在看一看我受的严酷的刑罚吧,你看还有没有什么刑罚像这样重!为了使你能够把我的消息带回去,你要知道我就是贝尔特朗·德·鲍恩,那个向幼王进谗言者㉟。我使他们父子变为仇敌;亚希多弗通过恶意的挑拨也没有在押沙龙和大卫之间造成更大的仇恨㊱。因为我离间了这样的有血统关系的人,现在我就提着自己的脑袋,哎呀!使它落得和在躯干中的根子㊲分开。报应的法则就这样在我身上实现㊳。"

注释:

① 指散文,因为散文不受格律束缚。

② 意即经过反复修改补充,使叙述更为详细明确。

③ "普里亚"(Puglia)古名阿普里亚(Apulia),是意大利半岛东南部的一省,在中世纪,人们用来泛指意大利半岛南部地区,这个地区在历史上发生过多次战争,惨遭兵燹,所以诗中说它"饱受命运摆布"。

④ 指罗马人对萨姆尼乌姆(Samnium)部落联盟进行的战争(前343—前290)和对希腊移民城市塔连土姆(Tarentum)及厄皮鲁斯(Epirus)王皮鲁斯(Pyrrhus)进行的战争(前280—前272)。"特洛亚人"这里指罗马人,因为相传他们是埃涅阿斯和跟随他来意大利的特洛亚人的后裔。

⑤ 指第二次布匿战争(前218—前202)。公元前216年6月,迦太基军与罗马军决战于康奈(Canne),迦太基统帅汉尼拔以劣势兵力采取两翼包抄的战术击溃了罗马军,歼五万四千人,俘一万八千人。据古罗马历史家李维乌斯(Livius)的《罗马史》卷二十三第四章记载,迦太基人从阵亡的罗马将士手指上掠去了大量的金戒指,"为了证明这样重大的胜利,他(指汉尼

拔）下令将金戒指统统倒在元老院门口。金戒指堆成了那么大的一堆,据某些历史家说,计量时,足有三个半摩狄乌斯(modius)之多(摩狄乌斯是古罗马计量名称,约合英美计量一配克或9092公升),流行的说法认为并不超过一摩狄乌斯,这种说法更接近事实"。

⑥ 指为阻止罗伯托·圭斯卡尔多(Ruberto Guiscardo)征服普里亚(1059—1084)而进行的战斗。公元十一世纪前半,普里亚属于东罗马帝国(拜占庭帝国)。罗伯托·圭斯卡尔多(这个词是罗伯托的绰号,意即狡猾的人)是诺曼底公国的骑士,他来到意大利南部,击败了东罗马人,夺去了阿普里亚和卡拉勃里亚(Calabria),成为那不勒斯王国和诺曼王朝的开创者。但丁在《天国篇》把他的灵魂放在木星天。

⑦ 指本尼凡托(Benevento)之战。公元1266年,法国安茹伯爵查理一世入侵西西里王国,西西里王曼夫烈德(Manfredi)命令普里亚贵族们把守教皇领地和西西里王国交界处的切普拉诺(Ceprano)镇,因为那里的利黎(Liri)河上的桥是通往西西里王国的交通孔道。但是这些普里亚将领临阵背叛了国王,听任敌军过桥,不加阻击,致使敌人侵入国境,占领一些战略要地,曼夫烈德被迫退到本尼凡托,在决战中败绩阵亡。正如注释家本维努托和塞拉瓦勒(Serravalle)所说,但丁在诗中提到切普拉诺是把它"作为本尼凡托之战的关键地区,并不是作为这一战役的战场"。诗中所说的"他们的尸骨依然堆积在……切普拉诺……"指这一战役中阵亡的将士。

⑧ 指1268年的塔利亚科佐(Tagliacozzo)之战。曼夫烈德战死后,西西里王国为查理所夺。曼夫烈德之侄康拉丁(Corradino)企图从查理手中夺回应由自己继承的西西里王位,率军从德国来到意大利。查理准备同康拉丁作战时,凑巧法国足智多谋的老将艾拉尔·德·瓦雷利(Érard de Valéry),也就是诗中所说的老阿拉尔多(Alardo),从圣地回国路过意大利,他向查理献计,把后备军布置在阵后,待机出击,查理采纳了他的计策。两军在意大利中部的塔利亚科佐镇刚一交战时,康拉丁的军队击败了查理的军队,但在追击败军时,队伍零乱分散,遭到敌方后备军袭击,伤亡惨重,溃不成军,康拉丁被敌人

俘虏,在那不勒斯遇害。"老阿拉尔多不用武器就战胜"指的是他用计谋克敌制胜。

⑨ 为了使读者对第九恶囊里的罪人肢体残缺的惨状获得更深更明确的印象,但丁使用了这一假定性的比喻:即使он把历来在意大利南方进行的重要战争的伤亡将士统统聚集起来,也比不上这个恶囊里的景象悲惨可怖。许多注释家指出,但丁在使用这个比喻时,大概受到本章末尾提到的抒情诗人贝尔特朗·德·鲍恩(见注㉟)的《哭幼王之死》这首诗的启发:诗中说:"假如把这悲惨的世间历来所听到的一切悲痛、哭泣、烦恼、痛苦、不幸和苦难统统合在一起,那和这位英国幼王之死相比,都似乎微不足道。"

⑩ 木桶底由三块木板构成,中间的一块大致呈长方形,旁边的两块呈月牙形。

⑪ "心、肝、脾、肺"原文是集合名词 Corata,这个名词不包括肾,所以不能译成"五脏"。

⑫ 穆罕默德(约570—632)是伊斯兰教的创始人,但丁作为中世纪的虔诚的基督教徒,囿于宗教偏见,把他的灵魂放在地狱里。但为什么不作为异端放在第六层地狱里,而作为制造分裂者放在这里,对此注释家们有不同的解释。有的认为,这是由于中世纪相传穆罕默德原来是基督教徒,后来背叛了基督教,另创新教,甚至说他是枢机主教,希望做教皇而没有当选,因而怀恨在心,另立宗派,制造分裂。萨佩纽认为,但丁把他列入制造分裂者,是因为他创立伊斯兰教分裂了人类社会,阻碍基督教传遍世界,成为全人类的宗教。这种说法比较可信,因为伊斯兰教兴起后,陆续占领了叙利亚、圣地巴勒斯坦、埃及和迤西的地中海沿岸地带,并且渡海征服了西班牙、西西里岛和萨丁岛,使基督教的地盘缩小了许多。

⑬ 阿里(约601—661)是穆罕默德的堂弟和女婿,公元656年当选为第四任哈里发(意即安拉使者的继承人),661年被暗杀。有的注释家认为,因为他创立了"什叶派",在伊斯兰教内部造成了分裂,所以诗中把他作为制造分裂者放在第九恶囊中。另一些注释家认为阿里从下巴直到额部被砍裂,是对穆罕默德从下巴直到小腹被砍裂的情况的一种补充,表明阿里忠于

穆罕默德的教导,继续进行他的宗教分裂活动。

⑭ "散布不和"指在人与人之间挑拨离间,"制造分裂"指在宗教
方面制造分裂。

⑮ "这里在我们后面"指在第九恶囊里的一个地方,这队鬼魂已
经从那里走过,但丁和维吉尔由于距离远,看不见这个地方。

⑯ "劈开"原文为 accisma,许多注释家认为这个动词来源于古法
语 acesmer 和普洛旺斯语 acesmar,在古意大利语为"cesmare"
和"acesmare",含义是"装饰"或"打扮",用在这里带有嘲讽色
彩。但是格拉伯尔(Grabher)反对这种说法,认为使用带嘲讽
色彩的词与词中严肃恐怖的气氛不协调,让受刀劈之刑的穆
罕默德对这种刑罚说俏皮话很不合宜,用状语"那样残酷地"
和"装饰"或"打扮"搭配也不适当;他同意早期注释家布蒂
(Buti)的意见,把"accisma"理解为"劈开"。译文采取这种
解释。

⑰ 意即当我们顺着壕沟把第九恶囊走完一圈之后。

⑱ 意即使他了解地狱里恶与罚的全面情况。

⑲ 这番话是穆罕默德作为预言对但丁说的。历史事实是:1260
年左右,巴马(Parma)人哲拉德·塞加烈里(Gerardo Segarelli)
创立了"使徒兄弟派"(Setta degli Apostolici),主张财产共有,
反对教会腐化,遭到教皇迫害,1300 年被捕,以异端罪被处火
刑。方济各会僧侣出身的多里奇诺(Dolcino)和做过修女的玛
格丽特(Margherita)成为他的继承者,异端运动发展成为农民
起义。1304 年,起义在皮埃蒙特地区爆发。敌人指控多里奇
诺宣传异端邪说,主张财产、妇女共有,但是为多里奇诺作传
的学者马利奥提(Mariotti)说,他只是企图改革教会,消灭教
士的世俗权力。1305 年,教皇克力门五世宣布组织十字军讨
伐。1306 年,多里奇诺率领部下退入诺瓦腊(Novara)和维切
利(Vercelli)之间的山中。冬季奇寒,大雪封山,又受敌人围
困,粮食断绝,饿死者甚众,战斗力削弱,1307 年,多里奇诺和
玛格丽特被俘,不久被处火刑。

但丁由于多里奇诺是"使徒兄弟派"的首领,犯下了分裂教会
的罪行,在诗中借穆罕默德之口预言他死后灵魂将堕入第九
恶囊里受苦。"如果他不愿很快就跟在我后面到这里来"意即

如果他不愿很快就战败被杀,灵魂入地狱和穆罕默德一起受惩罚。"诺瓦腊人"指诺瓦腊人组成的围剿的军队;有的注释家认为指领导这次十字军的诺瓦腊主教,但据当时的记载,主要负责讨伐者是维切利主教。"给诺瓦腊人带来他们别无可能轻易取得的胜利"意即若非大雪封山,粮食断绝,多里奇诺的士卒为饥饿所迫,诺瓦腊人的围剿是不能轻易取得胜利的。

⑳ 多数注释家理解为:穆罕默德对但丁说这番话时,抬着一只脚,一直没有沾地。萨佩纽说,这样来理解会给诗中的描述带来一种与情景毫不协调的古怪因素,应该采取窦维迪奥(D'Ovidio)的解释:穆罕默德说这番话时,已经抬起一只脚来要走,这只脚一直抬着,只有脚后跟沾地,说完了话,才把脚放平,迈出已经开始的一步。萨佩纽认为,只有这样解释才能说明但丁描写的姿态是很自然的。

㉑ 意即话不从口中而直接从被刺穿的喉管发出;喉管外部完全被血染红。

㉒ 指波河平原。维切利(见注⑲)是皮埃蒙特地区的城市。玛尔卡勃(Marcabò)是威尼斯为了保护商船顺波河与腊万纳和斐拉拉进行贸易,在普利玛罗(Primaro)港波河入海处建筑的一座城堡,1309年被腊万纳的封建主拆毁。诗中用波河上游和入海处的两个地点来指波河流域。

彼埃尔·达·美第奇那(Piero da Medicina)生平事迹不详。美第奇那位于伊牟拉和波伦亚之间。早期注释家本维努托·达·伊牟拉是这个地区的人,他的话比较可靠。据他说,美第奇那从前是一块领地,曾有城堡,由当地贵族统治,彼埃尔属于这个家族。但丁去过领主宫廷,受到隆重的礼遇。彼埃尔大概在这个场合见过他。本维努托说,彼埃尔"是个恶意的搬弄是非者,通过欺诈和无耻的行为曾显赫一时,并且因此致富"。

㉓ 圭多·戴尔·卡塞罗(Guido del Cassero)和安乔莱罗·迪·卡里尼阿诺(Angiolello di Carignano)是法诺(Fano)城(里米尼以南的滨海城市)的两位贵族,属于彼此对立的党派。"残酷的暴君"指里米尼的统治者马拉台斯提诺(见第二十七章注⑧)。彼埃尔·达·美第奇那预言,这个暴君为了实现占领法

诺城的野心,将邀请圭多和安乔莱罗前来亚得里亚海滨的卡托利卡(Cattolica)城会谈,这两个人在途中将被马拉台斯提诺派去的人从船上扔到海里淹死(原文为 mazzerati,据布蒂的注释,这个词含义是:把人的手脚捆绑起来,在脖子上绑上一块大石头,然后把人装在布袋里,坠上一块大石头,扔到海里去。在汉语中找不到确切的相应词,只好这样译出)。

㉔ 涅普图努斯(Neptunus)是罗马神话中的海神。塞浦路斯岛在地中海东部,马略卡岛在地中海西部,诗中用两岛之间的海域来指整个地中海。"海盗"在这里指中世纪出没在地中海海域的撒拉森海盗。"阿尔各斯人"指希腊人(阿尔各斯 Argos 是希腊南部城市,特洛亚战争中希腊统帅阿伽门农王的都城,《埃涅阿斯纪》中用它来泛指希腊)。古代常有希腊人在地中海海域进行掳掠。

㉕ "只用一只眼睛看的背信弃义者"指马拉台斯提诺(Malatestino dall Occhio),因为他瞎了一只眼睛,绰号独眼。他是简乔托和保罗的异母兄弟,第二十七章已经提到他的残酷。"占据着那座城市"指他是里米尼的封建主。"某一个同我一起在这里的人"指下面提到的库利奥,他在里米尼附近犯下了入地狱的罪行因而悔恨自己看见过这座城市。

㉖ "浮卡腊"(Focara)岬在卡托利卡和佩扎罗之间,这里风暴猛烈,又无港湾,航行非常危险,船只经过时,水手们都要祈祷、许愿,避免翻船;彼埃尔用冷嘲的语气预言,圭多和安乔莱罗用不着这样做,因为他们反正是要被马拉台斯提诺派去的人扔到海里淹死的。

㉗ 此人是古罗马政客小库利奥(Curio),他起初因拥护庞培当选为护民官,后来被恺撒收买,利用职权反对原先的朋友。庞培与恺撒最后分裂,他被驱逐出罗马,与恺撒会合。据卢卡努斯的《法尔萨利亚》卷一的叙述,他用"迟延对于有准备者总是致命的危害"这句话促使恺撒渡过卢比康(Rubicone)河,进军罗马,结果爆发了内战。所以但丁把他作为散布不和者放在第九恶囊里。库利奥悔恨自己看见过里米尼,因为和他的罪行分不开的卢比康河在里米尼附近。

㉘ 莫斯卡·德·朗贝尔提(Mosca de' Lamberti)怂恿阿米戴伊

（Amidei）家族杀死庞戴尔蒙特·德·庞戴尔蒙提（Buondel-
monte de'Buondelmonti）导致佛罗伦萨市民分裂成贵尔弗和吉
伯林两个党派。据维拉尼说，公元 1215 年，庞戴尔蒙特已经
和阿米戴伊家族的一个少女订了婚，在窦那蒂家族的一位妇
女的劝说下，娶了她的美丽的女儿，这件事激怒了阿米戴伊家
族，他们同其他贵族一起商量对庞戴尔蒙特进行报复。"大家
正讨论应该用什么方式向他进攻，打他还是让他流血，莫斯卡
说了这句坏话：事情一下手就有结果：也就是说，要把他杀死。
后来大家果然照办了⋯⋯杀死庞戴尔蒙特这件事成为佛罗伦
萨不幸的贵尔弗和吉伯林党派斗争的根由和开始，虽然由于
教会和皇帝之间的纠纷和争吵，贵族们以前就已经分别参加
了这两个党派；但是这位庞戴尔蒙特先生之死使佛罗伦萨一
切显贵家族和其他市民统统分成两派⋯⋯"（《编年史》卷五
第三十八章）。戴尔·隆格（Del Lungo）对莫斯卡这句坏话做
出最透彻的解释："事情做了是无可挽回的；它有了一个结局，
达到了一个目的，取得了一种效果。干脆把庞戴尔蒙特杀死，
不要过多地考虑后果如何。要紧的事是让他死。"

㉙ 因为贵尔弗和吉伯林两党的斗争从佛罗伦萨传布到托斯卡那
其他城市，产生了严重的恶果。

㉚ 因为 1258 年他的家族同其他吉伯林家族一起遭到流放，1268
年这个家族不论男女老幼一律被宣布为反叛，1280 年几乎完
全从佛罗伦萨历史上消失。莫斯卡是但丁在第三层地狱里向
恰科询问下落的五个佛罗伦萨人之一（见第六章注⑰），他们
是"把聪明才智用于做好事的人"。因此，但丁说这句话究竟
是为了反击，还是出于怜悯之情，注释家对于这个问题是有争
议的。

㉛ 有的注释家认为"痛上加痛"指受苦刑惩罚的痛苦加上获悉家
族灭亡的痛苦，有的认为指悔恨自己的话在托斯卡那人中间
引起无穷的祸乱，又为自己家族灭亡痛心。

㉜ "没有别的证据"意即"除了说：'我亲眼看见过'以外，拿不出
别的证据"（巴尔比的解释）。"连讲都害怕讲"意即事情过于
离奇，我简直讲都不敢讲，因为怕人家说我凭空捏造。

㉝ "自觉问心无愧"原文是 sentirsi pura（感觉自己清白），意即由

于自己要讲的都是事实,并非捏造,而觉得讲起来问心无愧,理直气壮,犹如骑士穿上铠甲,敢于冲锋陷阵一样。

㉞ 他把自身的一部分(割下的头连同头上的眼睛)当作灯来给自己照明引路;"他们是二而一,一而二"意即头和躯干是一个人的身体一分为二,但它们又是合二而一,作为一个整体在行动着,也就是说,这个身首分离的人还像活人一样行走,怎么能有这样的奇迹,只有上帝知道。

㉟ 贝尔特朗·德·鲍恩(Bertran de Born)是佩里高尔(Périgord)郡和奥特浮尔(Hautefort)城堡的领主(佩里高尔郡在今法国西南部,当时隶属英国金雀花王朝),生于 1140 年以前,原是军人,后来出家做修士,1215 年以前死在达隆(Dalon)修道院里。他是最早的和最著名的普洛旺斯抒情诗人之一,但丁在《论俗语》第二卷中称他为善咏战争的诗人,在《筵席》第四篇中赞美他的慷慨大方;他是英国国王亨利二世的陪臣,因为亨利原是阿奎丹(Aquitaine)公爵,贝尔特朗的领地在阿奎丹公国领域内。"幼王"指国王的长子亨利亲王,因为他父亲曾给他加冕两次。传说贝尔特朗曾煽动亨利亲王背叛他父亲,所以但丁把他放在地狱里;但是这件事在史书和贝尔特朗的诗歌中都找不到什么证据,只是早期普洛旺斯文传说中说,英国国王痛恨贝尔特朗,认为贝尔特朗是他儿子的邪恶的谋士,是引起他们父子之间冲突的祸首。但丁诗中大概根据这部传记的说法。

㊱ 基罗人亚希多弗原是以色列王大卫的谋士,后来,大卫的儿子押沙龙背叛大卫,大卫被迫逃遁,他给押沙龙出谋划策追杀大卫,他的计谋被挫败后,自缢而死(见《旧约·撒母耳记》下第十五章至第十七章)。

㊲ "在躯干中的根子"指躯干的脊髓,根据亚里士多德的学说,脊髓是人脑之根。

㊳ 意即我犯下了离间人家骨肉的罪行,因而相应地受到身首分离的惩罚。

第二十九章

　　众多的人和奇异①的创伤使我泪眼模糊②，我很想停留在那里哭一场。但是维吉尔说："你还注视什么？你的眼光为什么还停留在下面那些悲惨的、肢体残缺的阴魂中间？在别的恶囊你并没有这样做；假如你认为能把他们数清楚，你就想一想这个山谷绕一圈儿有二十二英里③吧。况且月亮已经在我们脚下④了；现在许可我们逗留的时间已经很短，除了你看到的以外，还有别的须要去看。"我随后就回答说："假如你已经想到我所以注视的原因，也许你还会允许我停留呢。"

　　在这同时，我的向导已经向前走去，我跟在他后面做出了这个回答，随后又添加说："在我方才凝眸注视的那条沟里，我相信，我的一个亲族的阴魂正在为那种要在下面付出这样重大代价的罪行而哭泣⑤。"接着，我的老师说："今后你的心思不要分散在他身上。你注意别的，让他待在那里吧；因为我看见他在桥脚下用手指头指着你，做出很凶的威胁姿态，还听见人们叫他杰利·戴尔·贝洛⑥。那时你正全神贯注在那个生前拥有奥特浮尔城堡者⑦身上，没有向那边看，直到他离开了那里。"我说："啊，我的向导，对于他的横死，还没有任何一个共同蒙受耻辱的人为他报仇⑧，这使他愤慨；我认为，由于这个缘故，他没有和我说话就走了；正因为这样，他使我对他更加怜悯⑨。"

我们这样说着,就走到石桥上最先看得见另一道山谷的地方,假如有更多的光,就可以一直看到谷底。当我们来到马勒勃尔介最后的一处修道院上面,能够看见其中的世俗修士们时⑩,奇异可怖的叫苦连天的声音犹如箭一般射中了我,引起了我的怜悯⑪;因此,我用手捂上耳朵。设想在七月和九月之间,瓦尔第洽纳、马莱姆玛和萨丁岛⑫的医院里的病人统统聚集在一条沟里,会是什么样的痛苦情景,这里的情景就是那样,从这里散发出来的臭气好像腐烂的肢体通常散发出来的一般。我们下到这条漫长的岩石的最后一道堤岸上⑬,依旧向左转,那时我俯视沟底,看得就更清楚,在那里崇高的上帝的使女,万无一失的正义女神,处罚她在这里记录下来的作假者⑭。

我相信,当空中瘴气弥漫,致使埃癸那岛上的一切动物,甚至小蠕虫全都死掉,据诗人们确信无疑地说,后来,古代的人又从蚂蚁的种族重新生出来⑮,当时埃癸那的居民统统患病的情景,看起来也不会比那个幽暗的山谷里东一堆西一堆的鬼魂们病恹恹的场面⑯更为悲惨。有的在地上趴着,有的肩膀靠在另一个的肩膀上坐着,有的顺着那条凄惨的道路爬行。我们一面看那些站不起身来的病人,听他们说话,一面默不作声地徐步走去。

我看见两个互相靠着坐在那里,好像两个平锅在火上互相支着似的⑰,他们从头到脚痂痕斑斑;由于别无办法解除奇痒,他们个个都不住地用指甲在自己身上狠命地抓,我从来没有看见过被主人等着的马僮或者不愿意熬夜的马夫用马梳子这样迅猛地刷马⑱;他们的指甲搔落身上的创痂,好像厨刀刮下鲤鱼或者其他鳞更大的鱼身上的鳞一样。

我的向导开始对其中的一个说:"啊,你用手指剥自己的皮,有时还把手指当钳子用⑲,愿你的指甲能永久供你做这种工作使用⑳,你告诉我这里的人们中间有没有意大利人吧。"其中的一个哭着回答说:"你看我们俩在这里被刑罚这样严重地破了相,我们都是意大利人,但是你这向我们打听的人,你是谁呀?"我的向导说:"我是同这个活人一起走下一层又一层的断岩㉑,要让他来看地狱的。"于是,这两个人就不再互相靠着了;每个都颤抖着㉒转身面向我,其他的间接听到他的话的鬼魂们也都这样。和善的老师向我紧紧地靠拢,说:"你要说什么就对他们说吧。"我就遵照他的意思开始说:"愿你们在第一世界㉓的名声不从人们心中消失,而能存在多年,告诉我你们是谁和什么地方的人吧;不要因为你们受的是肮脏恶心的刑罚㉔而怕向我讲明。"其中的一个说:"我是阿雷佐人,锡耶纳人阿尔伯罗使人把我扔进火里烧死。但我来到这里并非由于犯下使我被烧死的那种罪。我确实曾对他开玩笑说:'我能凌空飞行。'他很好奇而又昏庸,要我教给他这种技术;只因我没有使他成为代达罗斯,他就让那个把他当作儿子的人烧死我㉕。但是,判断决不会有错误的米诺斯却判我进入这十个恶囊的最后一个,因为我在阳间施行炼金术㉖。"

我对诗人说:"难道世上还有过像锡耶纳这样浮华的人吗?法兰西人肯定都远远不像他们那样㉗。"

另一个生癞病者听了以后回答我的话说㉘:"除了知道节约用钱的斯特里卡㉙和在这类种子生根的花园里最先想出了丁香的奢侈用途的尼科洛㉚;还除了阿沙诺人卡洽在其中挥霍掉了他的葡萄园和大森林㉛、阿巴利亚托在其中显出他的明智^㉜的那个俱乐部^㉝。但是为了让你知道谁这样跟着你反对锡耶纳人,你就定睛看一看我吧,我的面孔会明确回答你:你会看得出我是应用炼金术造假金属的卡波乔^㉞的亡魂;如果我没有认错你是谁,你一定想得起来,我怎么是自然的巧猴儿^㉟。"

注释:

① 原文是 diverse,这个词既有"各种各样"或"形形色色"的含义,也有"奇异""奇特"或"离奇"的含义。译文根据大多数注释家的注释。

② 原文是 inebriate,乃《圣经》中用语,含义为"被泪水浸湿"(《旧约·以赛亚书》第十六章第九节"我要以眼泪浇灌你")。

③ 这里明确指出第九恶囊周围二十二英里,下一章将明确指出第十恶囊周围十一英里,有人曾企图利用这些数据来推算整个地狱有多大,这种工作是钻牛角尖和毫无意义的。诗人举出这些具体数字,目的在于加强诗中对于地狱的描写的真实性,使人读后犹如身临其境。

④ 托拉卡指出:"在《地狱篇》中,时辰都用月亮的方位,而不用太阳的方位来标明。"牟米利亚诺认为,这是因为"月亮是夜间的星体,所以它的形象不会破坏地狱浑然一体的幽暗气氛"。诗中"月亮已经在我们脚下了"这句话,说明月亮已经在南半球正中的炼狱山的上空。但丁在幽暗的森林中彷徨的夜里,月亮已经圆了(参看第二十章注㊱和末尾),也就是说,那是个望日。每逢望日,月亮傍晚出现在地平线上,半夜时分升到中天,次日中午到达南半球的中天,即炼狱山上空,这对下到地狱深层的两位诗人来说,正是他们的脚下。但是,月圆之夜在两天以前,望日过后,月亮运行每天比太阳约迟五十分钟,当月亮运行到南半球的中天时,太阳越过子午线已将近两小时,所以诗中所指的时间是下午一点到两点之间。

⑤ "那种要在下面付出这样重大代价的罪行"指要在第九恶囊里受苦刑惩罚的散布不和与制造分裂罪。"哭泣"这里是抵罪

之意。

⑥ 杰利·戴尔·贝洛(Geri del Bello,意即贝洛之子杰利)是但丁的父亲阿利吉耶罗(Alighiero)的堂兄弟,生平事迹不详,只有1266年和1276年的两件档案提到他,1280年因斗殴伤人被普拉托法庭缺席审判。关于杰利被杀害的事,但丁的儿子雅各波和彼埃特罗所提供的材料最为可靠。雅各波说,他好挑拨离间,散布不和,最后因此被杀。彼埃特罗说,他是被佛罗伦萨的萨凯蒂(Sacchetti)家族中一个名叫勃罗达约(Brodaio)的人杀死的;后来,他的侄子们杀死了萨凯蒂家族中的一个人为他报仇雪耻。据注释家考证,报仇的事发生在他死去三十年以后,大约在1310年。阿利吉耶里和萨凯蒂两族之间仇恨极深,迟至1342年才实现和解。阿利吉耶里家族一方由但丁的异母弟弟弗兰切斯科(Francesco)出面作为保证人,他代表两个侄子彼埃特罗和雅各波以及其余的族人签署了和解协定。

⑦ 指奥特浮尔城堡的领主贝尔特朗·德·鲍恩(见第二十八章注㉟)。

⑧ "共同蒙受耻辱的人"指同一家族的人。在但丁的时代,私人报仇是一种受法律保障的权利,同时又是受害者的一切亲属的责任和义务。

⑨ 但丁体会到,杰利除了受苦刑惩罚的痛苦以外,内心又为无人给他报仇而感到愤恨,所以"对他更加怜悯"。这一事实表明但丁的家族观念很深,家族的耻辱在他心中是沉重的负担。

⑩ "马勒勃尔介"是十个恶囊的总称(见第十八章注①),"最后的一处修道院"指第十恶囊,"其中的世俗修士们"指其中的罪人们。这个隐喻并无嘲讽意味,因为原文chiostra含义是"圈起来的地方",转义是"修道院",用来比拟"恶囊"非常恰当;既然把"恶囊"比作"修道院",接着把其中的罪人比作"世俗修士"也是很自然的:罪人们在恶囊中受惩罚犹如修士们在修道院中实行苦行忏悔一样。"最后的一处修道院上面"指第十恶囊的石桥上。

⑪ 这两行诗直译是:种种奇异的叫苦声(像箭一般)射中了我,箭头是怜悯制成的。大意是:犹如铁制成的箭头射伤人体一样,

箭一般的叫苦声用怜悯制成的箭头射中了但丁的心,也就是说,引起了他的怜悯。彼特拉克在一首十四行诗里创造性地使用了这个比喻(《歌集》第 CC XLI 首)。

⑫ "瓦尔第洽纳"(Valdichiana)意即洽纳(Chiana)河流域,在阿雷佐、科尔托纳(Cortona)、丘西(Chiusi)和蒙泰普尔洽诺(Montepulciano)之间,因洽纳河水流缓慢,淤积成为沼泽地带;"马莱姆玛"(Maremma)指托斯卡那的近海沼泽地,萨丁岛上也有很多沼泽地,因此,这三个地方在但丁时代都是疟疾最流行的地区。

⑬ "漫长的岩石"指横跨各"恶囊"两岸的那一系列天然石桥,作为一个整体而言。"最后一道堤岸"指最靠里的那道堤岸,它是第八层地狱的边沿。

⑭ 这里把"正义"人格化,作为执行上帝的旨意绝无错误的天使。"在这里记录下来的",指在阳间记录下来的罪行,因为入地狱的鬼魂的罪行都是生前在世上犯下的:《新约·启示录》第二十章说:"我又看见死了的人,无论大小,都站在宝座前;案卷展开了;并且另有一卷展开,就是生命册;死了的人都凭着这些案卷所记载的,照他们所行的受审判。"诗中把"作假者"(falsador)分为四类:即做假金属者(炼金术士)、假冒他人者、伪造钱币者、发假誓者。

⑮ "埃癸那"(Egina)岛是希腊萨萨罗尼克湾中的小岛,在雅典西南,因水仙埃癸那居住在岛上而得名。"据诗人们确信无疑地说",指奥维德的《变形记》卷七中的叙述:众神之王朱庇特爱上了水仙埃癸那,引起了天后朱诺的忌妒,她降下可怕的瘟疫,使埃癸那岛上的人和动物都死了,只有国王埃阿科斯一人幸存。他看见一大队蚂蚁往一棵橡树上爬,数目多得惊人,就祈祷朱庇特赐给他像蚂蚁那样多的臣民。朱庇特答应他的请求,使蚂蚁变成了人,埃阿科斯把这些新的臣民叫作密耳弥多涅斯(意即"蚁人")。

⑯ "东一堆西一堆"的堆字原文是 biche,指竖放在田里晒晾的禾束一个靠着一个堆成的垛,这是收获时节常见的场面,用来形容那些鬼魂三三两两互相靠着有气无力的情景是异常贴切生动的。

⑰ 人们常把两个平锅倾斜着放在炉灶上,使它们互相支撑着,为了在火上少占地方,这是日常生活中,特别是在穷人家,经常看到的现象,一经诗人捕捉住,就成为奇妙的比喻,把那两个鬼魂背靠背坐在地上的姿态表现得惟妙惟肖。不仅如此,这个朴素的比喻还诗中带来一种新的写实的格调,为下面对鬼魂们搔痒的情况进行细腻的刻画开了路。

⑱ 这个比喻中的细节"被主人等着"和"不愿意熬夜"非常重要,因为主人等着上马,马僮就得赶快刷马,马夫瞌睡得很,又不得不把马刷完,所以狠命地刷马,前者从客观方面,后者从主观方面说明迅猛刷马的动机。

⑲ "剥自己的皮"原文是 ti dismaglie,含义是剥去你的铠甲。诗中用这个动词生动地写出这个鬼魂为了解除奇痒,像剥掉铠甲上的甲片似的把身上的疮痂抓下来。"当钳子用"意即使更大的劲把疮痂抓下来。

⑳ 意即祝愿你的指甲能够永远用来搔痒而不致磨损变钝,这话略带谐谑的色彩。

㉑ "一层的断岩"指一层地狱。

㉒ 对这两个鬼魂为什么颤抖,注释家有不同的解释:有的认为是由于他们看到但丁是活人而吃惊的缘故,有的认为是由于他们不再互相靠着,试图挺身坐起来而体力不支所致。

㉓ 指人世间。

㉔ 这两个恶人受生癞病的惩罚,癞是一种恶疾,令人厌恶,所以这种刑罚会成为思想障碍,使他们不愿说出自己的姓名和家乡。

㉕ 这个阿雷佐人名叫葛利浮里诺(Griffolino),是著名的炼金家,据注释家考证,他于 1258 年在波伦亚加入托斯卡那人会(Società dei Toschi),1272 年以前被打成异端,判处火刑而死。锡耶纳人阿尔伯罗(Albero)是贵族,家里很有钱,但头脑简单。葛利浮里诺和他交朋友,为了骗他的钱;有一天,他和阿尔伯罗开玩笑,说自己能像鸟一般凌空飞行。阿尔伯罗信以为真,要求葛利浮里诺教他飞行技术,结果当然没有教成("没有使他成为代达罗斯"——希腊神话中能制造飞翼凌空飞行的巧匠,见第十七章注㉓),阿尔伯罗大怒,指控他是异端和术

士,阿尔伯罗的保护人("那个把他当作儿子的人")锡耶纳主教就把他判处火刑活活烧死。"但我来到这里并非由于犯下使我被烧死的那种罪",意即我入地狱并非由于我是异端,而是由于我是炼金家。炼金术在中世纪分为两种:一种是合法炼金术(alchimia lecita),即力图寻求最好的方法从矿物提炼贵重金属(金、银);一种是造假的炼金术(alchimia sofistica),即制造假金属。后者是非法的、有罪的,葛利浮里诺生前施行的炼金术就是这一种。

㉖ 这里把人间的法庭的判决和米诺斯的判决对比:葛利浮里诺生前误被人间的法庭以异端和术士的罪名判处火刑,但他的真正罪行是施行造假的炼金术,这种罪行逃不出天道的惩罚,因为天网恢恢,疏而不漏;米诺斯的判决体现了天道的公正,是不可能有错误的。

㉗ "浮华"原文是 vana,这个词含义为"浮华""爱虚荣""愚妄",苦于找不到可以概括这些含义的相应词,这里姑且译为"浮华"。阿尔伯罗妄想凌空飞行一事引起但丁对锡耶纳人愚妄的谴责。德国学者巴塞尔曼(Bassermann)在《但丁在意大利的行踪》中说:"过分爱好华美的外表,轻率信赖自己的力量,是但丁所指摘的锡耶纳人的两种特性。"并且指出,本章中提到的阿尔伯罗妄想凌空飞行和锡耶纳的"浪子俱乐部"均与这两种特性有连带关系。

"高卢人(法兰西人)是自古以来最浮华的人。尤利乌斯·恺撒常这样说;今天,这已为事实所证明……他们脖子上带着项圈,手腕上带着镯子,穿着尖鞋和短衣服……以及其他浮华无用的东西"(本维努托的注释)。

㉘ 另一个罪人听见但丁说锡耶纳人是浮华绝伦的人以后,为了证实但丁的说法,用嘲讽的口吻列举了斯特里卡等四个锡耶纳人作为浮华的典型。

㉙ 斯特里卡(Stricca)是巴尔达斯特里卡(Baldastricca)的缩写。据注释家说,他大概是前后两次(1276 年和 1286 年)任波伦亚最高行政官的乔万尼·德·萨林贝尼(Giiovanni de' Salimbeni)的儿子:"父亲给他留下丰富的遗产,他干了一些疯狂的勾当和恶劣的蠢事,以致倾家荡产"(无名氏的注释);"他铺张浪费,

他的俱乐部取名为浪子俱乐部"(拉纳的注释)。诗中说他"知道节约用钱"是用反话嘲讽。

㉚ 尼科洛(Niccolò)是斯特里卡的兄弟。注释家拉纳说:"他慷慨大方,挥霍无度,是那个俱乐部的成员,他是第一个想出烤野鸡和鹧鸪时把丁香塞进野鸡和鹧鸪肚里去烤的人。"丁香是从东方运来的香料,价钱很高,尼科洛用它来做调味品,已经是奢侈浪费;但据本维努托说,尼科洛甚至用丁香当作炭来烤野味,这充分证明尼科洛确实是十足的败家子。"在这类种子生根的花园里"指在锡耶纳,那里人们讲求珍馐美味,尼科洛想出来的丁香的奢侈用途容易被人们采用。

㉛ 阿沙诺(Asciano)是锡耶纳东南方的小城镇。卡洽(Caccia)是特罗瓦托·德·沙棱吉(Trovato degli Scialenghi)的儿子,在浪子俱乐部中大吃大喝,把自己拥有的葡萄园和大森林都卖掉了。"森林"原文是 fronda,波斯科-雷吉奥的版本和辛格尔顿的版本均采用异文 fronda,这个词含义是钱包,指金钱,用在这里也讲得通。

㉜ 阿巴利亚托(Abbagliato,意即头昏眼花的人)是巴尔托罗麦约·德·浮尔卡切埃利(Bartolommeo dei Folcacchieri)的诨名。他也是浪子俱乐部的成员,曾在锡耶纳担任要职,并且做过托斯卡那贵尔弗联盟的首领,死于 1300 年。诗中说他在浪子俱乐部中显出他的明智,显然是用反话嘲讽他的穷奢极侈的生活。

㉝ 指前面提到的"浪子俱乐部",这是十三世纪后半叶由十二个锡耶纳富家子弟组成的以吃喝玩乐为宗旨的小团体。俱乐部的成员除了本章提到的这四个人以外还包括在第七层地狱受苦的拉诺(见第十三章注㉒)。据注释家本维努托说,他们租了一所豪华的房屋,每月聚会一次或两次,举行盛大的宴会招待一切来锡耶纳的知名人士,还赠送厚礼给这些贵客。他们以有各种希奇的珍馐美味而自豪,每次宴会结束后,就把金银餐具和餐桌上的装饰品从窗户扔出去。这个俱乐部两年就挥霍掉 216000 弗洛林金币。

㉞ 卡波乔(Capocchio)是佛罗伦萨人(也有人说他是锡耶纳人),据无名氏的注释说,他和但丁相识,因为他们曾在一起求学。

据本维努托说,他心灵手巧。有一天,他在自己的指甲上画出基督受难全图,可巧但丁来了,问他做什么来着,他赶忙用舌头舔掉这件苦心画成的作品。1293 年,他因犯制造假金属罪在锡耶纳被处火刑。

㉟ 猴子是善于模仿的动物。"自然的巧猴儿"意即善于模仿自然的人,"自然"在这里指人和事物。据无名氏的注释说,卡波乔像宫廷中的演员一样,能随意模仿任何人和任何事物,模仿得活灵活现,惟妙惟肖。后来他开始仿造各种金属,如同过去模仿各种人一样。

第 三 十 章

当朱诺像她不止一次表示过的那样,由于塞墨勒的缘故对忒拜的王族发怒时,阿塔玛斯变得那样疯狂,瞥见他的妻子每只手都抱着一个儿子走来,他喊道:"我们把网张开,让我来捉过路的母狮子和小狮子吧。"接着,就伸出无情的爪,抓住那个名叫雷阿尔库斯的儿子,把他旋转着甩到一块岩石上;她就抱着另一个儿子投海而死①。当时运女神把特洛亚人什么事都胆敢做的狂妄气焰转下去,使国王和王国一起灭亡时,悲哀、凄惨、沦为战俘的赫卡柏看到波吕克塞娜被杀死以后,这位悲伤的妇人又发现他的波吕多洛斯的尸首在海滩上,她发了疯,像狗一般猖狂狂吠起来,悲痛使她精神错乱到这等程度②。

但是,从未见过忒拜的疯人或者特洛亚的疯人攻击任何对象、杀伤野兽或者伤人的肢体像我所看到两个惨白裸体的阴魂那样残忍,他们跑着乱咬人,如同猪从圈里被放出来时一样③。其中的一个来到卡波乔跟前,用牙咬住他的脖颈子,拖曳着他,使他的肚子蹭着坚硬的沟底移动。那个阿雷佐人留在那儿,战栗着④对我说:"那个恶鬼是简尼·斯基奇⑤,他疯狂地走着就这样折磨别人。"我对他说:"但愿那另一个恶鬼不用牙咬住你,在她没有离开这里以前,请费心告诉我她是谁。"他对我说："那是罪大恶极的密耳拉的古老的阴魂，她爱她父亲超越了正当的爱。她假扮成另一个女人的模样来同他苟合⑥，犹如已经是走到那边去的那另一个鬼魂所做的一样，他为了捞到牲口中的女王，胆敢冒充卜奥索·窦那蒂立遗嘱，并使它具有合法的形式⑦。"

当我注视的这两个疯狂的鬼魂走过去后，我就把目光转过去看其他的不幸生在世上者⑧。我看到一个鬼魂，只要从他的腹股沟截去人体呈叉状的部分，他的形状就像琵琶⑨。使人身体沉重的水肿病由于体液消化不良而肢体比例失调，面部和腹部很不相称，这种病使他一直张着嘴，像消耗热患者一样，一片嘴唇向下撇着，另一片向上翘着⑩。

他对我们说："啊，你们在这悲惨世界我不知道为什么不受任何惩罚的人哪，你们注意看亚当师傅⑪的惨境吧；我生前，想要的东西我有很多⑫，现在，唉！我渴望一滴水！那一条条从卡森提诺的青翠的小山中流下来，倾注到阿尔诺河里，使它们流过的地方清凉湿润的小溪，如今还一直在我眼前，而且这并非徒然，因为它们的形象使我感觉焦渴干燥，远远甚于这种使我面孔消瘦的病⑬。那惩罚我的严峻的正义利用我犯罪的地方使我的叹息更加急促⑭。罗梅纳就在那里，我曾在那儿伪造铸着施洗礼者的圣像的钱币⑮；因为这件事，我把自己被烧毁的肉体留在世上。但是，假如我能在这里看到圭多或者亚历山德罗或者他们的弟弟的卑鄙的灵魂，我是不会为了能看到勃兰达泉而放弃看它的⑯。如果那些绕着圈子走的发疯的鬼魂说的是实话，他们当中的一个已经在这里面了⑰；但是我四肢不能动弹⑱，说这话又有什么用呢？假如我身体还灵便得使我一百年仅仅能移动一英寸，我就早已出发顺着这条路到这些肢体变形的人中间去找他了,虽然这壕沟绕一圈儿有十一英里⑲,宽度不少于半英里。我是由于他们的缘故在这样的家族中的;他们引诱我去铸造含有三开合金的弗洛林⑳。"我对他说:"那两个紧挨着躺在你右边、身上像湿手在冬天一样冒热气的不幸的人㉑是谁呀?"他回答说:"当我坠落到这个堤岸陡峭的壕沟里时,我就发现他们在这里,从那时以来,他们就一直没动,我想他们将永远不动。一个是诬告约瑟的那个奸诈的女人㉒,另一个是特洛亚的奸诈的希腊人西农㉓。他们由于患急性热病发出强烈的臭气㉔。"他们当中的一个或许因为被他这样无礼地指出了名字而发怒㉕,用拳头打他的肿得硬邦邦的肚皮。肚皮发出鼓一般的声音;亚当师傅用胳膊撞他的脸,这一撞似乎也不比那一拳轻,并且对他说:"我虽然肢体沉重不能动弹,我还有胳膊可以应付这种需要。"他一听这话就回答说:"你去受火刑时,你的胳膊没有这样灵便;但你铸钱时,却有这样灵便,而且更加灵便。"患水肿病者说:"关于这件事你说的是实话;但是你在特洛亚被人盘问实情时,你却不是这样诚实的见证人。"西农说:"我要是说了假话,你也造了假币嘛,我在这里是因为犯了一件罪行,你在这里是因为犯了比任何别的恶鬼都多的罪行!㉖"肚子肿胀起来的人说:"发假誓的,你记住那马吧,但愿全世界尽人皆知此事,对于你是一种苦刑!㉗"那个希腊人说:"渴得你舌头裂开,臭水使你的肚子鼓得如同你眼前有一道篱笆㉘,希望这对于你是一种苦刑!"接着,那个造假币者说:"你的热病就这样像通常一样使你的嘴破裂;因为,如果说我渴,体液使得我身体肿胀,你也在发烧头痛嘛;要让你去舔那耳喀索斯的镜子㉙,你是用不着人说许多话请你的。"

我正全神贯注地听着他们,老师对我说:"你就只管看吧,我差点儿就要跟你吵架啦!"一听他怒声对我说话,我就转身向着他,觉得羞愧万分,这种羞愧之情至今还在我的记忆中回旋。如同一个人梦见对他有害的事,在梦中愿意自己是在做梦,好像它并不是梦似的,渴望它真是个梦,我的情况也是这样,想为自己辩白,又说不出话来,实则我一直在为自己辩白,而没有意识到自己在这样做㉚。老师说:"小于你所感到的羞愧就是以洗刷大于你所犯的过错,所以你就完全解除内疚于心的重负吧。万一时运再把你带到人家正像这样争吵的地方,你要想到我总在你旁边㉛:因为想听这种争吵就是一种卑鄙的愿望。"

注释:

① 塞墨勒(Semele)是忒拜王卡德摩斯的女儿,众神之王朱庇特爱上了她,使她生下酒神巴克科斯。朱庇特的妻子朱诺(Juno)忌妒和愤恨她,为了进行报复,变作塞墨勒的老乳母,劝她请求朱庇特像在朱诺面前那样在她面前现出天神的形象。朱庇特知道这样做有危险,勉强答应了她。当他作为天神出现在她面前时,她被雷殛,化为灰烬(事见奥维德《变形记》卷三)。

阿塔玛斯(Athamas)是俄尔科美努斯王,他遵从朱诺的命令和涅菲勒结婚,但暗中和塞墨勒的妹妹伊诺(Ino)相爱,使她生了两个儿子,一个叫莱阿尔库斯(Learchus),一个叫梅利克尔塔(Melicertes)。不仅如此,伊诺还抚养她姐姐塞墨勒和朱庇特的儿子巴克科斯。因此,朱诺非常震怒,她为了泄愤,使阿塔玛斯发了疯,当他看到伊诺和两个儿子时,误认为是一只母狮子和两只小狮子,用手抓起莱阿尔库斯,把他甩到岩石上,碰得脑浆迸裂,伊诺悲痛绝望,也发了疯,抱着梅利克尔塔登上悬崖投海自尽(事见奥维德《变形记》卷四)。

② "特洛亚人什么事都胆敢做的狂妄气焰"表现在特洛亚王拉俄

墨东雇用海神波塞东为他建造城堡,雇用太阳神阿波罗为他牧牛,服役期满后胆敢不发给他们工资;特洛亚王子帕里斯胆敢拐走斯巴达王墨涅劳斯的妻子海伦,引起特洛亚战争。"时运女神"把他们的"狂妄气焰转下去"意即使他们国势衰落("转下去"指把象征运气的轮子转下去)。"使国王和王国一起灭亡"指特洛亚被攻破后,普里阿姆斯和他的国家同归于尽。普里阿姆斯的王后赫卡柏(Hecuba),和她的女儿波吕克塞娜(Polyxena)成为俘虏,在去希腊的途中,波吕克塞娜被杀死来祭阿奇琉斯的亡魂,最小的儿子波吕多洛斯(Polydorus)寄养在特剌刻(Thraca)国王的宫里,被国王谋害,尸体被海浪冲到海滩上,赫卡柏悲愤交集,以致发了疯,像狗一般叫唤起来(事见奥维德《变形记》卷十三)。

③ "忒拜的疯人"指阿塔玛斯,"杀伤野兽"指他发疯误把他的儿子莱阿尔库斯当作小狮子甩到岩石上。"特洛亚的疯人"指赫卡柏,"伤人的肢体"大概指她在盛怒之下用手指把杀害她儿子的特剌刻王的眼珠和眼眶挖了出来(事见奥维德《变形记》卷十三)。"猪从圈里被放出来"指猪刚被放出圈时饿得见东西就咬。

④ "阿雷佐人"指炼金家葛利浮里诺(见第二十九章注㉕)。他之所以"战栗着",是由于和他互相靠着坐在那里的卡波乔刚被那一个阴魂咬住脖颈子拖走,自己幸免于难而心有余悸,也由于害怕被那另一个阴魂咬住拖走。

⑤ 简尼·斯基奇(Gianni Schicchi)是佛罗伦萨人,和但丁的诗友圭多·卡瓦尔堪提同族,死于1280年以前。他善于模仿别人的声音和动作。据佛罗伦萨无名氏的注释,卜奥索·窦那蒂(Buoso Donati)病死后,他儿子西蒙奈(Simone)秘不发丧,唯恐他生前立下遗嘱,把财产分赠与人,就把自己的心事告诉了简尼·斯基奇,请求帮助。简尼·斯基奇让西蒙奈请一位公证人来家做证,说父亲病重,要立遗嘱,届时由他来模仿死者的声音,按照西蒙奈的愿望立假遗嘱。西蒙奈照办。简尼·斯基奇在遗嘱中加上了"把我的骡子(这是托斯卡那全区最好的骡子)赠与简尼·斯基奇"和"把邻居某人欠我的一百弗洛林赠与简尼·斯基奇"这两句话,从中捞了一笔横财。西蒙奈

吃了哑巴亏，无可奈何。简尼·斯基奇由于假装别人、伪造遗嘱，死后灵魂在第十恶囊中受到患狂犬病的惩罚（根据雷吉奥的注释）。有些早期注释则认为，在比喻中朱诺惩罚阿塔玛斯是使他发疯，因此，简尼·斯基奇受到的惩罚也应该是发疯。

⑥　密耳拉（Mirrha）是塞浦路斯王喀倪剌斯（Cinyras）的女儿，她对自己的父亲发生了不正常的爱情，在乳母的帮助下，趁母亲不在时，夜间乔装进入他的房间，达到了目的，事后为喀倪剌斯察觉，要杀死她，她逃往阿拉伯，变成了一棵没药树（见《变形记》卷十）。密耳拉是古代神话传说中的人物，因此诗中说她是"古老的阴魂"。她犯了乱伦罪，本应和犯邪淫罪者一起在第二层地狱里受苦；但诗人把她放在这里，因为她假装成另一个女人，用欺骗的办法，来达到她的罪恶的目的。

⑦　"牲口中的女王"指卜奥索·窦那蒂的骡子；"使它具有合法的形式"指简尼·斯基奇让西蒙奈请公证人前来做证。

⑧　意即在地狱里受苦的罪人（参看第五章注③），这里指犯伪造钱币罪者的鬼魂，他们所受的惩罚是患水肿病。

⑨　这个犯伪造钱币罪者是亚当师傅（详见注⑪）。"人体呈叉状的部分"指两腿。患水肿病者腹部浮肿，头部和颈部消瘦，只要从腹股沟截去两腿，他的形状就像琵琶。

⑩　这几句诗涉及中世纪医学有关水肿病的病理，注释家们多引用乔尔达诺·达·比萨（Giordano da Pisa）这段话加以说明："水肿病患者吃得喝得越来越多，那些体液就统统腐败，变成坏的粘液；因此，他吃得越多喝得越多，病就越重，浮肿得就越厉害，他就更加口渴。"（粘液是古生理学所称四种体液之一）"消耗热患者"即肺病热患者。

⑪　亚当师傅（Maestro Adamo）姓氏不详，早期注释家说，他的籍贯是布里西亚（Brescia），但据现代学者考证，他是英国人，1270 年侨居波伦亚，是罗梅纳（Romena）城堡的封建主圭多伯爵家的密友。据雷吉奥推断，布里西亚可能是他来波伦亚前居住过的城市。早期注释家说，圭多伯爵家怂恿他伪造当时已经在欧洲各地流通的佛罗伦萨货币金弗洛林（florin）。有一天，他来佛罗伦萨，在花自己伪造的钱币时，被人查出是赝币，结果佛罗伦萨政府下令把他活活烧死，这是 1281 年的事。

⑫ "想要的东西"主要指金钱,措辞含有爱钱入迷之意。

⑬ 卡森提诺(Casentino)是托斯卡那亚平宁山脉和阿尔诺河上游一带风景优美的地区,当时受圭多伯爵家族统治。许多小溪发源于此,流入阿尔诺河。这些小溪的形象在他入地狱受苦后仍然经常浮上他的脑海,他想到溪流所经之处清凉湿润,觉得这比所患的水肿病更使他干渴得要命。

⑭ 意即使用严峻的法度惩罚他,通过他对自己犯罪地点的记忆使他的痛苦变本加厉。"叹息更加急促"是由于回忆起自己犯罪的地点和那里的清凉的溪流而更加焦渴所致。

⑮ 意即罗梅纳城堡在卡森提诺,他在这座城堡伪造弗洛林金币,这种金币一面铸着百合花图案的城徽,另一面铸着守护圣徒施洗礼者圣约翰像。

⑯ 罗梅纳城堡领主圭多一世有四个儿子:圭多二世、亚历山德罗(Alessandro)、阿吉诺尔浮(Aghinolfo)和伊尔德勃兰底诺(Il-debrandino)。诗中提了前两个的名字,"他们的弟弟"可能指阿吉诺尔浮,也可能指伊尔德勃兰底诺。

勃兰达泉(Fonte Branda)在何处,有两种说法。早期注释家一致认为,这是锡耶纳的名泉,因为它在曾属于勃兰第(Brandi)家族的土地上,故名勃兰达泉。据文献记载,罗梅纳城堡附近也有一泉,与此同名,但现已枯竭,此泉距离亚当师傅犯罪的地点比锡耶纳的泉近得多,所以许多现代注释家认为这是诗中所指的泉。但是提到此泉的文献年份较晚,一切早期注释家,包括来自卡森提诺的兰迪诺(Landino)在内,都没有提到此泉;因此,雷吉奥认为,大概是后来卡森提诺的居民用但丁诗中的泉名为此泉命名加以附会的。

亚当师傅痛恨圭多伯爵兄弟怂恿他伪造钱币,致使他堕入地狱受苦,因此,他幸灾乐祸,一旦能看到他们也在地狱里受苦,他才称愿。他虽然患水肿病渴得要命,但是他即使能喝上勃兰达泉的水来解渴,也不肯为此放弃目睹仇人入地狱的乐趣。

⑰ "绕着圈子走的发疯的鬼魂"指犯假装他人罪者的鬼魂,他们在第十恶囊中绕来绕去,所以能把他们从一些鬼魂口中听到的消息传给另一些鬼魂。"他们当中的一个已经在这里面"指圭多二世,他于 1292 年死去,灵魂已经在第十恶囊里。1300

年(但丁虚构的游地狱的时间)圭多的弟弟们还活着。

⑱ 原文是 legate(被捆绑着),意即由于患水肿病,肢体沉重不能转动。

⑲ 意即第十恶囊圆周为十一英里,恰恰是第九恶囊圆周的一半(参看第二十九章注③)。

⑳ "这样的家族"指犯伪造钱币罪的人们。托拉卡指出:"亚当师傅也许是用'我'(io)这个代词最多的罪人(译者按:意大利语动词变位能明确表示出人称,除非加重语气,一般不用代词),在十三行诗里就用了十次。他一开口就先说出自己的头衔和名字,表示出自命不凡;因此他对于自己的'惨境'感到的愤怒和对于自己'在这样的家族中'感到的悲哀都更加剧烈。""开"(carato)是黄金成色的单位,纯金的标准为二十四开。据维拉尼说,1252 年佛罗伦萨"开始铸造二十四开纯金的优质钱币,这种钱币叫作金弗洛林(florini d'oro)"(《编年史》卷六第五十三章)。关于亚当师傅伪造的金弗洛林,无名氏的注释说:这些钱币"分量足但成色不好,因为它们仅为二十一开金,并非二十四开金。另外三开是铜或者某种别的金属"。

㉑ 他们由于患急性热病发烧出汗,汗水蒸发而浑身冒热气。

㉒ 埃及法老的内臣、护卫长波提乏(Putifarre)买了雅各和拉结的儿子约瑟(Giuseppe)做奴仆,对他非常信任,派他管理家务。约瑟生得秀雅俊美,波提乏的妻子爱上了他,要和他同寝,约瑟不从,她老羞成怒,反向自己的丈夫诬赖约瑟调戏她,要和她同寝。她的谎言激怒了波提乏,就把约瑟下在监里(事见《旧约·创世记》第三十九章)。

㉓ 西农(Sinon)是希腊奸细。当希腊将领们设木马计,把造成的木马留下,全军撤离大陆,隐蔽在泰涅多斯岛的海滩上时,他故意被特洛亚人俘虏,伪称为希腊人所遗弃,用声泪俱下的谎言博得了特洛亚人的怜悯,给他松了绑。他骗特洛亚人说,把木马拉进城去,特洛亚人必胜。特洛亚人信以为真,结果中了敌人的奸计,城破国亡(事见《埃涅阿斯纪》卷二)。诗中说他是"特洛亚的奸诈的希腊人",因为他假装成特洛亚的朋友;国王普利阿姆斯受了他的花言巧语欺骗,对他说:"不管你是谁,

现在希腊人已经撤退,把他们忘了吧。你是我们自己人了。"
(出处同上)

㉔ 乔达尔诺·达·比萨说:"血脉中的热病是严重的热病,这种
热病叫作急性热病。""臭气"原文是 leppo。布蒂说:"leppo 含
义是烧油脂的恶臭,比如当锅或者平锅烧热的时候。"

㉕ 指西农。他听见亚当师傅说他是特洛亚的奸诈的希腊人,触
动了他的痛处,因而发怒。

㉖ 意即铸造了多少赝币就犯了多少罪。

㉗ 亚当师傅骂西农是"发假誓的",指的是他对普利阿姆斯发假
誓:"那个骗人的老手,诡计多端的希腊人西农把解脱了捆绑
的双手向天高举,手心朝上,说道:'永恒的星火,不可玷污的
神灵,神坛,可诅咒的、没有把我杀死的刀斧,作为牺牲在我头
上箍着的彩带,你们都来替我做见证吧。'"(见《埃涅阿斯纪》
卷二)"那马"指木马计中的木马。"全世界尽人皆知此事",
因为《埃涅阿斯纪》中有详细的叙述,流传极为广泛,使他留下
千古的骂名,这对他来说是极大的痛苦。

㉘ 意即挡住视线,看不见前面。

㉙ 据希腊神话,那耳喀索斯(Narcissus)是个美少年,仙女厄科
(Echo)爱上了他,但他对她非常冷淡,她因为伤心日益消瘦,
最后只剩下了声音。为了惩罚那耳喀索斯的无情,复仇女神
让他在池边饮水时,顾影自怜,最后也消瘦憔悴而死(事见《变
形记》卷三)。因此,"那耳喀索斯的镜子"指水。

㉚ 意即犹如一个人做了噩梦,梦见不幸的事,心里想道:"假如这
仅仅是梦才好!"他希望那是梦,那也确实是梦,同样,但丁听
到维吉尔怒斥自己听亚当师傅和西农斗嘴,心里羞愧慌乱,想
为自己辩白,由于心慌意乱而又找不到适当的话,他在自恨不
能为自己辩白的同时,实际上已经一直在不自觉地为自己辩
白,因为他虽然默默无言,满面羞惭的表情足以说明他已经认
识了自己的过错。但丁利用这个来源于实际生活的贴切的比
喻,明确地表达出自己当时复杂的心理矛盾和状态。

㉛ 意即万一你碰巧再遇到人家这样争吵时,你要想到,我总在你
旁边时刻准备着警告你、责备你。

第三十一章

同一条舌头先刺伤了我,使我两颊染上红色,随后就给我提供了药①;我听说,阿奇琉斯和他父亲的长矛也是这样,常先使人受伤,随后就给人治好创伤②。

我们转身背向着悲惨的山谷,默默无言地横穿环绕山谷的堤岸③。这里不像夜晚那样黑,也不像白昼那样亮,所以我们的目光向前看不远;但我听见了号角的声音,异常响亮,会使一切雷声都显得微弱;它朝着和它相反的方向继续传来,把我的眼睛完全引向一个地方。在惨败之后,查理大帝丧失他的神圣的后卫时,罗兰吹出的号角声都没有这样可怕④。我头向着那里望了不久,就似乎看到了许多高耸的碉楼;于是,我说:"老师,你说那是什么城堡啊?"他对我说:"因为你在黑暗中向太远的对象望去,你就在你的想象中产生了错觉。等你走到那里,你就会明白,你的视觉受了距离的欺骗,程度多么大了;所以,你就快点儿走吧。"他随后就亲热地拉住我的手,说:"在我们还没有再往前走之前,为了使事实不至于让你过于惊奇,你要知道,那些并不是碉楼,而是巨人,他们都沿着井穴周围的堤岸站着,肚脐以下完全在井穴里⑤。"

如同雾消散时,视觉逐渐辨认出空中弥漫的雾气所遮蔽的东西一样,当我渐渐走近井穴的边缘,目光透过浓厚昏黑的

……他轻轻地把我们放到那吞没了卢奇菲罗和犹
大的地狱底层……

空气望去时,我的错觉就消失了,恐惧就增加了;因为,如同蒙泰雷乔尼的环形围墙上碉楼林立一样⑥,那些可怕的巨人使他们的半身形成了高耸在井穴周围的堤岸上的碉楼;直到如今,打雷时,朱庇特还从天上威慑他们⑦。

我已经看出其中一个的面孔、肩膀、胸膛、肚子的大部分和顺着两肋下垂的双臂。大自然停止产生这样的动物,从而使玛尔斯丧失了这样的执行号令者⑧,她这样做实在非常正确。虽然她并不后悔产生象和鲸鱼⑨,明察事理的人都认为她在这件事情上更公正,考虑更周到,因为如果心灵的机能加上恶意和力量,人类就不能防御了⑩。他的面孔在我看来就像罗马圣彼得大教堂的松球那样长大⑪,其他的骨骼也与面孔相称;所以,像围裙一般遮住他的下身的那道堤岸上面露着的上半身就那样高,即使三个弗里西亚人也不能夸口说够得着他的头发⑫;因为我看到他的身体从人们扣上斗篷扣子的地方往下足足有三十拃那么长⑬。

"Raphèl maì amècche zabì almi"⑭,那张不适于唱更甜蜜的诗篇的凶恶的嘴开始这样喊叫⑮。我的向导向他说:"愚蠢的鬼魂,你还是吹你的号角吧,受到怒气或者其他的激情触动时,你就用它来发泄吧!啊,头脑混乱的鬼魂哪,你在脖子上摸一摸,就会找到那条绑着它的皮带,你看它就斜着挂在你的大胸脯子上。"随后他就对我说:"他揭露了他自己⑯;他就是宁录,由于他的邪念世界上不只用一种语言。我们不要理他了,对他说话是白说,因为他什么语言都不懂,正如别人谁都不懂他的语言一样。"于是,我们就向左转,继续往前走去,走了一箭之地,就看到了第二个巨人,比那个还凶、还大得多。我不知道把他捆起来的工匠是谁,但是他右臂在后,左臂在前,从脖子往下被一条锁链紧紧地捆绑着,这条锁链绕在他身子露着的那部分上竟有五道之多。我的向导说:"这个狂妄的巨人想试一试自己的力量同至高无上的朱庇特对抗,因此他得到这样的报酬。他名叫厄菲阿尔特斯,当巨人们使众神害怕时,他做出了巨大的努力⑰。那时他挥动的两臂,如今再也不能动了。"

我对他说:"假如可能的话,我希望亲眼看到硕大无朋的布里阿留斯⑱。"他回答说:"在这附近你可以看到安泰俄斯,他会说话,而且没有被捆绑着,他会把我们放到一切罪恶之底去⑲。你想看的那个离这儿远得多,他像我们跟前这个一样被捆绑着,形状也相像,只是面貌看起来更为凶恶。"

厄菲阿尔特斯一听这话立刻摇动他的身躯⑳,多么强烈的地震都从来没有把一座碉楼震动得这样厉害。那时我比什么时候都害怕死,假如我没有看到他身上的锁链,光吓就能把我吓死。于是,我再往前走,来到安泰俄斯跟前,他的身子露出在井穴以外的部分,不算头部,就只有五阿拉㉑。"啊,你呀,你曾把捕获的一千头狮子运到汉尼拔和他的军队败退时,使西庇阿成为光荣的继承者的那道幸运的河谷里㉒,假如当初他参加了你的兄弟们进行的那场大战,似乎有人还相信,大地的儿子们是会得胜的㉓:你把我们放到下面的被寒冰封闭的科奇土斯湖去吧,不要不屑于这样做。不要使我们去找提替俄斯㉔或者提佛乌斯㉕:这个人能使人得到这里所渴望的东西㉖;所以,你就弯下身子吧,可不要撅起嘴巴㉗。他还能在世上恢复你的名誉,因为他还活着,如果天恩不在时间未到之前就召唤他,他还有希望活很久呢㉘。"我的老师这样说;那巨人连忙伸出他那曾使赫剌克勒斯感到巨大握力的双手㉙去

抱我的向导。维吉尔感到自己被那两只手抱住时,对我说:
"你到这儿来,我好抱住你。"随后就使他和我合成了一捆。
如同从倾斜的一面仰望卡里森达斜塔,当一片浮云朝着和倾
斜方向相反的方向飘过塔上时,觉得那塔就要倒下来似的㉚,
当我注意看着安泰俄斯弯身时,也有同样的感觉,那一瞬间如
此可怕,我真想走另一条路。但他轻轻地把我们放到那吞没
了卢奇菲罗和犹大的地狱底层㉛,没有这样弯着身子在那儿
停留,却像船上竖起桅杆一般挺起身来。

注释:

① 意即维吉尔的责备使但丁羞愧脸红,他的安慰又消除了但丁
的羞愧情绪。

② 意即但丁从奥维德的诗(如《变形记》卷十三)中得知,阿奇琉
斯从他父亲珀琉斯手里继承下来的长矛有神奇的作用,刺伤
人后,再一刺即能使伤口愈合。和但丁同时的意大利抒情诗
人以及彼特拉克都常用珀琉斯的长矛来比拟诗人所爱的女性
的目光和接吻既能造成又能医治爱的创伤。

③ "悲惨的山谷",指第十恶囊。"环绕山谷的堤岸"指第十恶囊
和形状像井的第九层地狱之间的堤岸,从诗中的字里行间可
以想见这道堤岸是很宽阔的。

④ 778 年,法兰克王国的国王查理(后来加冕为"罗马人皇帝",
史称查理大帝)征伐被阿拉伯人占领的西班牙,遭到失败,在
撤退途中,后卫队通过比利牛斯山的昂赛瓦峡谷(Ronces-
valles)时,遭到袭击,几乎全军覆没,后卫队的指挥官罗兰战
死,后来成为法国史诗《罗兰之歌》的主人公。诗中第一三〇
节这样描述罗兰在万分危急时吹起号角向查理王求援:"罗兰
把号角放在嘴上,他拼命吹,用大力把它吹响,山很高,声音远
震,三十里外都听到回声,查理王和所有他的同伴全都听
见了。"

⑤ 希腊神话中有巨人的故事,《圣经》中(例如《旧约·创世记》

第六章）也说远古时代有巨人存在。但丁放在这里的巨人有
的来源于希腊神话，有的来源于《圣经》。"井穴周围的堤岸"
指竖井的井壁。这些巨人看来大概是站在井底的科奇土斯冰
湖边的一种台阶上，而并非站在湖里被冰冻住，因为他们不是
叛卖者。

⑥ 蒙泰雷乔尼（Monteréggioni）是一座坚固的城堡，坐落在锡耶纳
西北约十四公里的小山上，建于 1213 年，1260 年和 1270 年这
段期间，又在四周加筑了约半公里长的围墙，墙上有十四座约
二十米高的碉楼。

⑦ 据古代神话传说，巨人企图篡夺朱庇特的神位，向奥林普斯山
进攻，朱庇特在英雄赫刺克勒斯的帮助下打败了他们（事见
《变形记》卷一）。至今朱庇特还用雷声震慑他们，足见他们
凶猛绝伦。

⑧ 意即使战神玛尔斯不再有这样的庞然大物作为战士。

⑨ 意即自然界在停止产生巨人后，还继续产生象和鲸鱼这样的
巨大动物。

⑩ "心灵的机能"指理性。象和鲸鱼躯体虽大，但无理性，故不能
危害人类；巨人和人类一样具有理性，身躯和力气则远远超过
人类，而且生性凶恶，因此，人类无法防御他们，假如自然界继
续产生巨人，人类势必灭绝。

⑪ 这个青铜制成的大松球（或松塔儿）在古代原是人造喷泉装置
的一部分，从层层鳞片上往外喷水；公元五世纪末、六世纪初，
被移到旧圣彼得大教堂前院，现在梵蒂冈宫的"松球庭院"里，
顶部已经残破，通高约四米，但丁看到它时，大概比现在高些。

⑫ 弗里西亚人属于日耳曼族，居住在今荷兰和联邦德国西北部，
身材异常高大。三个弗里西亚大汉人上架人从他的腰部都够
不着他的头发，可以想见他是多么可怕的庞然大物了。

⑬ 意即他上半身从脖子到腰部长约七米，按比例估计，全身高度
不下二十五米。

⑭ 说这句话的巨人名叫宁录（Nimrod），"他为世上英雄之首。他
在耶和华面前是个英勇的猎户"（《旧约·创世记》第十章），
诗中根据这话把他描写成胸前挂着号角，但《圣经》中没有讲
他是巨人。后来，圣奥古斯丁在《上帝之城》一书中提到宁录

时,说他是巨人。但丁大概是根据他的说法。

据《旧约·创世记》第十一章中所说,当初天下人的口音言语都是一样。他们来到示拿地的平原上后,就动工建造一座城和一座塔,塔顶通天,为了传扬他们的名,免得他们分散在全地上。耶和华说:"看哪,他们成为一样的人民,都是一样的言语,如今既做起这事来,以后他们所要做的事,就没有不成就的了。"于是,他就变乱了他们的口音,使他们的言语彼此不通,结果,他们就被迫停工,从那里分散在全地上。"因为耶和华在那里变乱天下人的言语,使众人分散在全地上,所以那城名叫巴别(Babele)。"巴别即巴比伦。相传宁录是巴比伦第一代国王,所以中世纪人就认为巴别塔是他计划建造的。

关于宁录所说的 Raphèl maì amècche zabì almi,早期注释家本维努托说:"这些词是没有意义的。……它们在这里只是用来表明他的语言任何人都不懂得,因为他的狂妄结果使世上的语言分为许多种。这就是作者的命意……"布蒂也说:"这些词没有什么意义。谁要把它们说成具有某种含义,就等于说作者自相矛盾。"他们的论断都很正确,因为诗中明明说:"别人谁都不懂他的语言。"近代有些学者仍然费尽心思来释读这些词,不仅徒劳无功,而且违背诗人的命意。

⑮ "诗篇"指话,言语。"不适于唱更甜蜜的诗篇"显然是嘲讽话。

⑯ 原文是 s'accusa(告发自己)。意即他嘴里喊出的无人懂得的言语和他身上挂着的号角,表明他是宁录。

⑰ 据希腊神话,厄菲阿尔特斯(Ephialtes)和他的兄弟是巨人阿洛尤斯(Aloeus)和伊菲美狄亚(Iphimedia)的儿子(实际是海神波塞冬诱奸伊菲美狄亚所生)。他们九岁时,就身高九英寸,宽九腕尺,力大无穷,胆敢与众神交战,把俄萨(Ossa)山摞在珀利翁(Pelion)山上作为云梯来进攻奥林普斯山。《埃涅阿斯纪》卷六提到埃涅阿斯游冥界时,见到了他们:"在这里我也曾见到阿洛尤斯的两个儿子的巨大身躯,他们曾冲进天宫想用他们的手把苍穹扯下来,把朱庇特从他至高无上的统治地位推翻。"贺拉斯在《歌集》第三卷第四首中也提到了他们:"那兄弟二人力图把珀利翁山放在林木荫翳的奥林普斯山上,

给朱庇特带来了巨大的恐怖。""他做出了巨大的努力"指他
用力搬山。

⑱ 布里阿留斯(Briareus)即希腊神话中的百头巨人埃该翁(Ae-
gaeon)。维吉尔在《埃涅阿斯纪》卷十说他有一百只手臂和五
十个头:"据说埃该翁有百臂百手,他的五十张嘴、五十胸膛都
能喷火,他能用五十面一色的盾牌,操五十柄宝剑,去抵挡朱
庇特的雷霆。"

⑲ 安泰俄斯(Antaeus)是海神涅普图努斯和大地的儿子,力大无
比,好迫使人和他角力,然后把人杀死。只要他身子不离地,
也就是说,不离开他母亲,他就所向无敌。赫剌克勒斯发现了
他的力量的来源,和他搏斗时,把他举到空中,就把他杀死了。
"他会说话",指他会说人听得懂的话。"没有被捆绑着",因
为他出生较晚,没有参加巨人们进攻奥林普斯山之战。"一切
罪恶之底"指地狱的最下部,即第九层地狱,在那里受苦的都
是罪大恶极的人。

⑳ 指他由于狂妄自大,一听见维吉尔说,布里阿留斯面貌比他更
为凶恶,气得浑身发抖。

㉑ 佛罗伦萨无名氏的注释:"阿拉(alla)是佛兰德尔的长度单
位……约合二勃拉乔(braccio)半。"勃拉乔是佛罗伦萨的长
度单位,约合六十公分。五阿拉就等于七米半。

㉒ 指突尼斯中北部扎玛(Zama)附近的巴格拉达斯(Bagradas)河
(即今梅介尔达河)谷。公元前202年,罗马大将西庇阿在扎
玛之战彻底击败了迦太基大将汉尼拔。"使西庇阿成为光荣
的继承者",指扎玛之战使他获得了"亚非利加的西庇阿"这
一光荣称号。"捕获的一千头狮子"是不定数,指捕获的许多
头狮子。安泰俄斯住在巴格拉达斯河谷的洞穴里,以捕获的
狮子为食(见《法尔萨利亚》卷四)。"幸运的河谷"(fortunata
valle),据雷吉奥的解释,意即这一河谷为巨人安泰俄斯所居,
又是西庇阿获得历史性胜利的见证,因而是幸运的;但也可以
像第二十八章中的"饱受命运摆布的土地"(fortunata terra)那
样,理解为"饱经沧桑的河谷"。

㉓ 意即假如安泰俄斯参加了其他巨人们进攻奥林普斯山之战,
巨人们是会战胜众神的。"大地的儿子们"指"巨人们"。"有

271

人还相信"指卢卡努斯在《法尔萨利亚》卷四中的话:"她(大地)宽待了天神们,没有把安泰俄斯用在弗莱格拉战场上。"维吉尔说这些称赞安泰俄斯的话,为了博得他的好感,答应把他们二人放到下面的最后一层地狱去。

㉔ 提替俄斯(Tityus)是神话中的巨人,他企图强奸阿波罗和狄安娜的母亲拉托娜(Latona),被他们兄妹二人杀死,在冥界受惩罚。"他是万物之母的大地抚养大的,他的身体足足占满九亩地。"(见《埃涅阿斯纪》卷六)

㉕ 提佛乌斯(Typhoeus)是神话中的吐火巨人,他在进攻奥林普斯山时,被朱庇特用雷击死,埋在埃特纳火山下。

㉖ 意即这个人(指但丁)能使地狱里的人在世上留名。

㉗ 表示拒绝。

㉘ 人的自然寿命是七十岁,"不在时间未到之前",意即不在七十岁以前。但丁当时正"在人生的中途"(三十五岁),如果上天能让他尽其天年,他还能再活三十五年。

㉙ 指赫剌克勒斯在和安泰俄斯搏斗,被他紧紧抓住时,感到他的手劲确实很大。参看《法尔萨利亚》卷四中的描写:"他们手和手紧紧地抓住,臂和臂紧紧地抱住……赫剌克勒斯停下来,对于这样可怕的力量大吃一惊。"

㉚ 卡里森达(Carisenda)斜塔是波伦亚的两座斜塔中较小的一个,建于 1110 年,现高 47.51 米,但丁见到它时,要比现在高些,因为十四世纪后半塔顶已残破。塔的倾斜度很大,当浮云飘来时,站在塔下的人仰望,就产生错觉,好像云是静止的,塔向云靠拢,眼看就要倒塌似的。但丁以此作为比喻来说明自己注意看着巨人弯身时那一瞬间的感受。值得注意的是:这一章中描写巨人的身躯和动作时,屡屡用 torre(塔、碉楼)作为比喻,都获得良好的艺术效果。

㉛ 指第九层地狱的科奇士斯冰湖。"吞没"意即被冻结在冰湖中。卢奇菲罗(即魔王撒旦)和犹大由于罪大恶极都堕入地狱最下层受惩罚。

第三十二章

假如我有粗犷刺耳的诗韵,适于描写这个被其他各层的岩石压在上面的阴惨的洞穴,我就可以把我的构思的结晶更充分地表达出来①;但是,因为没有这样的诗韵,我在着手描写时,不免怀着畏怯的情绪;因为描写全宇宙之底②并不是可以当儿戏的事,也不是叫妈妈和爸爸的舌头所能胜任的③。但愿那些帮助安菲翁筑成忒拜的围墙的女神④帮助我的诗句,使我的叙述不至于违背事实。

啊,你们这些比所有其他的人更不幸生下来的⑤,你们这些被罚在这里受苦的罪人哪,你们当初在世上倒不如是绵羊或者山羊好⑥!当我们下到黑洞洞的井里,站在比巨人脚下还低得多的地方,我仍在仰望四周的高墙时⑦,我听见有人对我说:"你走路要留神:注意你的脚掌不要踩在疲惫不堪的可怜的兄弟们⑧的头上。"我随后就转过身来,只见我面前和脚下是一个湖,湖面由于严寒看起来像玻璃而不像水⑨。

奥地利的多瑙河,或者远方寒空下的顿河⑩,在冬天河道都从来没有结过像这里这样厚的一层坚冰;因为即使坦贝尔尼契山⑪或者庇埃特拉帕纳峰⑫倒在它上面,连边上都不会发出咯吱的响声⑬。正如在农村姑娘经常梦见拾穗的季节⑭,青蛙趴在水里,把嘴鼻露出水面呱呱地叫着一样,那些悲哀的鬼魂冻得发青,身子直到人显露出愧色的地方⑮都在冰里,牙齿打颤,声音像鹳叫一般。每个鬼魂脸都向着下面⑯;他们的嘴给寒冷、眼睛给内心的悲哀提供证明⑰。

我向四周望了一下,随后就把目光转向脚下,看见两个罪人彼此紧紧地挨着,头发都纠缠在一起。我说:"你们这两个胸膛互相贴近的人,告诉我,你们是谁?"他们把脖子向上一弯;当他们抬起头来面向着我时,他们的眼睛原先只是里面湿漉漉的,这时泪水夺眶而出,一直流到嘴唇上,严寒使眼里的余泪冻结,又把眼睛紧紧地封住⑱。铁条把木板同木板箍起来也从来没有这样紧⑲,接着,他们就像两只山羊一般互相碰撞起来⑳,冲天的怒气把他们压倒了。

一个冻掉了两只耳朵的鬼魂,面孔仍然朝下,说:"你为什么像照镜子一般总这样注视我们㉑?如果你想知道这两个是谁,毕森乔河流经的山谷曾属于他们的父亲阿尔贝尔托,也曾属于他们㉒。他们是一母所生,你找遍整个该隐环,也不会找到一个比他们更应该冻结在冰里的鬼魂:连亚瑟王亲手只一刺就刺穿胸膛和影子的那个人㉓,连浮卡洽㉔,连这个挡着我、使我不能再往远看的人都包括在内,这个人叫萨索尔·马斯凯洛尼;如果你是托斯卡那人,现在你就一定知道他是谁了㉕。为了免得你再迫使我回答,你要知道我就是卡密施庸·德·帕齐㉖,我正等着卡尔利诺来开脱我的罪责㉗。"

接着,我就看到了一千副冻得发紫的面孔㉘;所以,如今一看见结冰的渡口,我就发抖,今后也将永远如此㉙。

当我们正走向一切重力的集中点㉚,我一直在永恒的严寒中战栗着,不知道是天意,还是命运注定或者机缘凑巧,我从许多的头颅中间走过时,我的脚重重地踩在一个头颅的脸上。他哭着责骂我说："你为什么踩我？如果你不是来加重对蒙塔培尔蒂事件的报复[31]的话，你为什么伤害我呢？"我说："我的老师，现在你在这里等我，我好去解除我对于这个人的一个疑问；以后，你想让我走多快都行。"我的向导就站住了，我对那个仍在恶狠狠地咒骂的人说："你是谁呀，你这样骂人家？"他回答说："你是谁呀，你走过安特诺尔环，这样踢人家的面颊，假如我是活人的话[32]，这也太重了。"我的回答是："我是活人，你要想扬名的话，我把你的名字放在其他的记录[33]中间，这对于你来说，可能是惬意的事。"他对我说："我所希望的正好相反。离开这里吧，别再缠磨我啦，因为你根本不懂得怎样在这深渊里说诌媚奉承话[34]。"随后，我就揪住他脖颈子上的头发，说："你一定得说出你的名字，不然，我就不让你这上面的头发留下一根。"接着，他就对我说："即使你把我的头发拔光，我也不告诉你我是谁，即使你在我的头上踩一千下，我也不会向你暴露我是谁[35]。"

我已经把他的头发绕在手上，并且拔去了不止一绺，他像狗一般叫着，眼睛一直在向下凝视，这时，另一个鬼魂喊道："鲍卡，你怎么啦？你的牙齿格格地打颤难道还不够，你还非得像狗一般叫不可吗？你着了什么魔啦？"我说："万恶的反叛，现在我不要你再说了；因为我要把有关你的真实消息带回去，使你遗臭万年。"他回答说："滚开，你爱怎么说就怎么说吧；但是，你要是能从这里走出去，可别不提这个方才这样饶舌的人。他因为受法国人的银子贿赂在这里受惩罚。你可以说：'我在罪人们乘凉的地方看到了杜埃拉家族的那个人[36]。'如果人家问你另外还有谁的话，那么，你旁边就是被佛罗伦萨切断咽喉的、属于贝凯利亚家族的那个人[37]。我想再往前些就是简尼·德·索尔达涅利[38]和甘尼仑[39]以及在居民睡着时开了法恩察城门的泰巴尔戴罗[40]。"

当我们离开了他再往前走去时,我看到两个鬼魂冻结在一个冰窟窿里,彼此那样贴近,使得一个的头成为另一个的帽子;上面那个的牙齿咬着下面那个的脑袋和脖颈子相连接的地方,就像人饿了吃面包时那样;他狠狠地啃那个人的脑壳和其他部分,样子和提德乌斯在盛怒之下咬梅纳利普斯的太阳穴[41]没有什么不同。我说:"啊,你以这样野兽般的举动表示对你吃的这个人的仇恨,你就在这个条件下告诉我仇恨的原因吧:如果你控诉他是有理的,我知道你是谁和他的罪行后,要是我说话的舌头不干枯的话,我还可以在世上报偿你[42]。"

注释:

① "阴惨的洞穴"指第九层地狱,因为它是最下面的一层,所以"被其他各层的岩石压在上面"。"我的构思的结晶"指但丁在游地狱的历程中所见的第九层地狱的情景。诗的大意是:这一层地狱异常阴惨可怖,只有用音调粗犷刺耳的诗句,才能充分描绘出其中的情景。

② "全宇宙之底"指第九层地狱。因为地球在托勒密天文体系中是宇宙中心,这层地狱根据但丁的想象直接通到地心,可以说是全宇宙的中心或"全宇宙之底"。

③ 注释家们对这句诗提出不同的解释。有的认为,大意是说,不能试图用日常生活和通俗的语言来描写这一层地狱的情景,因为但丁在《论俗语》中明确指出,"妈妈"和"爸爸"这类的词不可以出现在风格高华的诗篇。有的认为,大意是说,描写这一层地狱的情景,不是才学幼稚浅薄的人所能胜任,非得有很高的诗才和艺术造诣不可。后一种解释比较恰当,因为诗人由于感到描写第九层地狱是非常困难的事,才向诗神祈求帮助。

④ 指希腊神话中掌管文艺、音乐、天文等九位女神,统称缪斯

（Muse）。安菲翁（Amphion）是宙斯和忒拜王后安提奥培（Antiope）的私生子，善奏竖琴，他建筑忒拜城的围墙时，得到了缪斯的帮助，奏出的琴声异常甜美，把契泰隆（Cithaeron）山上的石头吸引下来，自动砌成了城墙。贺拉斯的《诗艺》和斯塔提乌斯的《忒拜战纪》第十卷都提到这个故事。

⑤　"你们"指在第九层地狱里受苦的犯叛卖罪者，他们所犯的罪比一切其他的罪都深重，所以说，他们比其他的罪人更不如不生在世上好，因为这样他们就不至于在这里受惩罚（参看第五章注③）。

⑥　绵羊和山羊是兽；兽类无理性和心智，是不可能犯罪的。假如这些人生在世上不是人而是兽，他们就不会因犯罪而堕入地狱。上句说他们不如不生下来好，这句说他们生下来是人不如是兽好，目的都在于强调他们的罪孽极端深重。

⑦　"下到黑洞洞的井里"，指井底由科奇土斯冰湖构成的第九层地狱。"站在比巨人脚下还低得多的地方"，据注释家猜测，是因为地势微微向中心倾斜，巨人是站在冰湖边的台阶或者斜坡上把他们放在冰上的。"高墙"指井壁。

⑧　对但丁说话的人是谁？对于这个问题注释家众说纷纭，莫衷一是。多数认为，他是后面所描写的那两个互相靠得很紧的鬼魂之一。但是因为二者前后相距很远，中间插入了许多行描写冰湖及罪人们的状况的诗句，有的注释家不同意这种说法，认为对但丁说话的是冰湖上的某一个罪人。对于"兄弟们"的含义，注释家们也有不同的解释。有的认为指那两个鬼魂自己，因为他们生前确实是同胞兄弟。反对此说者指出，他们虽然是亲兄弟，但他们是互相残杀而死的，根本谈不到兄弟之情，认为"兄弟们"在这里泛指一切在该隐环受苦的鬼魂。有人反驳说，该隐环的鬼魂都是犯谋杀亲属罪者，他们彼此之间当然也不可能怀有同情心，乃至亲如兄弟。多数注释家认为，这句话是为了引起但丁的注意和同情，大意是说："我们这些罪人也都是人，都是你的同类和兄弟，你可千万不要踩我们的头啊！"

⑨　指科奇土斯（Cocytus）湖，在《埃涅阿斯纪》中原是阴间的一条河，但丁把它改为湖（参看第十四章注㉔，㉕，㉖）。魔王卢奇

菲罗的翅膀扇起的阴风使湖水冻成坚冰,象征犯叛卖罪者心肠之硬和冷酷,他们由于生前做下伤天害理、灭绝人性的事,死后相应地受到在寒冰地狱受苦的惩罚。

⑩ 指冰天雪地的俄国。

⑪ 这个山名究竟指什么山尚无定论。据早期佛罗伦萨无名氏的注释:"此山乃斯拉沃尼亚(今南斯拉夫北部)的一座山,非常高峻,完全由岩石构成,几乎没有土壤,看起来就是一整块巨大的岩石。"许多现代注释家都同意此说,认为这座山就是托瓦尔尼克(Tovarnik)附近的弗卢斯卡山(Fruska Gora)。托拉卡反对此说,认为坦贝尔尼契就是坦布拉(Tambura)山,古名斯坦贝尔里凯(Stamberlicche),和坦贝尔尼契谐音,而且此山与诗中和它一并提到的庇埃特拉帕纳峰(见注⑫)同属于阿普阿纳阿尔卑斯山脉,但丁在构思时,从一座高山联想到属于同一山脉的另一座高山,是很可能的事。这种说法比较可信。

⑫ 庇埃特拉帕纳(Pietrapana)峰拉丁文名 Petra Apuana,意即阿普阿尼人的石头(阿普阿尼〔Apuani〕人是古代居住在山峰附近的一个部落),属于托斯卡那西北角的阿普阿纳阿尔卑斯(Alpi Apuani)山脉,是托斯卡那最高的山峰。

⑬ 湖里的冰边上都比较薄,春天融化得早,容易破裂。这句诗意在强调科奇土斯湖的冰异常坚固。

⑭ 指初夏收割麦子的时节。

⑮ 指脸,因为人感觉羞惭时,常常脸红。科奇土斯湖分为四个区域,形如四个同心圆,一环套着一环,这里是从外往里数第一环,名该隐环(Caina),生前犯谋杀亲属罪者的灵魂在这里受苦。他们的身体直到脖子为止完全冻结在冰里。

⑯ 该隐环里的鬼魂们都低着头,脸朝着下面,这种姿势使他们能够哭泣,一部分泪水能够夺眶而出,而不至于完全冻结在眼眶里,他们的痛苦借助哭得以减轻几分。这是他们的情况和其他各环的鬼魂们不同之处。

⑰ 意即牙齿打颤证明他们感到寒冷,眼含着泪证明他们的内心悲哀。

⑱ 这三行诗意思不很明确,注释家提出种种不同的解释。译文根据波斯科–雷吉奥的注释:那两个鬼魂本来脸朝着下面,眼

里含着的泪落到冰上,这时,他们抬起头来仰面望着但丁,一部分泪水自然就流到嘴唇上去,一部分就停留在眼眶内冻成冰,把眼睛封上,使他们什么都看不见。他们除了受寒冰冻结之苦外,又加上眼中泪水成冰,视而不见之苦,因此怒不可遏,就用头互相碰撞起来。这种解释比较合乎情理。

⑲ 这个比喻直接来源于日常生活,例如,用铁环箍木桶。

⑳ 诗中没有明说,但是我们从这个比喻可以想见,这两个鬼魂是面对面站在冰里,他们身子虽然挨得很近,却力图彼此分开,否则,他们是不可能像山羊似的用头互相碰撞的。

㉑ 托拉卡对这句诗作出了细致的解释:"结了冰的湖看起来似乎是一面巨大无比的镜子,鬼魂们身子在冰湖中,站着看他们的人就得像照镜子似的把眼睛低下来。"雷吉奥认为,既然鬼魂们脸都朝着下面,但丁大概在注视着他们的脸在冰上反映出来的影子;这个罪人大概也从冰上的倒影看到但丁正在注视冻结在冰里的鬼魂们。

㉒ 毕森乔(Bisenzio)河顺着同名的河谷向普拉托(Prato)流去,在佛罗伦萨迤西约十七公里的锡涅(Signa)镇注入阿尔诺河。佛罗伦萨贵族阿尔贝尔托·德·阿尔贝尔提(Alberto degli Alberti)伯爵在毕森乔河流域拥有许多城堡,他临死时把家产的十分之九分给两个儿子亚历山德罗(Alessandro)和谷利埃尔摩(Guglielmo),只把十分之一分给另一个儿子拿破仑内(Napoleone)。诗中所说的这两个鬼魂就是拿破仑内和亚历山德罗。前者是吉伯林党,后者是贵尔弗党,在政治上处于敌对地位。尤其是财产上的纠纷使他们结下了很深的仇恨。1259年,拿破仑内强占了属于亚历山德罗的曼勾纳(Mangona)城堡,后来由于佛罗伦萨政府干涉,被迫将城堡交还原主。1279年,经枢机主教拉提诺(Latino)从中调解,兄弟二人立誓讲和,但不久双方就又明争暗斗起来,终于在1286年以前互相残杀而死。

㉓ 指亚瑟王的外甥摩德瑞德(Mordred或Mordret),他企图杀死亚瑟王,篡夺王位,在交战时,被"国王一矛刺穿胸膛,矛一拔出,日光就透过伤口从他身子这一边照到那一边,使他的影子上出现了一个破绽"(佛罗伦萨无名氏的注释)。事见中世纪

法语传奇《湖上的朗斯洛》(*Histoire de Lancelot du lac*)。

㉔ 浮卡洽(Focaccia,饼)是皮斯托亚贵族万尼·德·堪切里埃利(Vanni dei Cancellieri)的绰号。堪切里埃利家族分成黑白两党,万尼属于白党,而且派性很强。他的妻子的娘家某一个人被他的属于黑党的族人希尼巴尔多的儿子戴托(Detto di Sinibaldo)杀死。为了给被杀者报仇,他杀死了戴托。

㉕ 萨索尔·马斯凯洛尼(Sassol Mascheroni)是佛罗伦萨贵族,属于托斯齐(Toschi)家族。为谋取遗产,他杀死了一个亲属(究竟是他的亲兄弟,堂兄弟伯父,叔父,或者侄子,众说纷纭,莫衷一是)。罪行暴露后,他被放入布满钉子的木桶里,滚动着游街示众,然后被斩首。"这一事件尽人皆知,整个托斯卡那地区纷纷谈论此事:所以作者说:'如果你是托斯卡那人,现在你就一定知道他是谁了。'"(佛罗伦萨无名氏的注释)

㉖ 此人全名是阿尔贝尔托·卡密施庸·德·帕齐(Alberto Camiscion dei Pazzi),属于居住在阿尔诺阿上游的帕齐家族。他杀死了他的一个名叫乌伯尔提诺(Ubertino)的亲属,"因为他们作为亲属共同领有一些城堡,卡密施庸寻思,乌伯尔提诺一死,自己就占有这些城堡:于是,他就骑着马持刀在他背后袭击他,给了他几刀,最后把他杀死了"(佛罗伦萨无名氏的注释)。

㉗ 卡尔利诺(Carlino)是卡密施庸的族人,在政治上属于白党。1302年,佛罗伦萨黑党围攻阿尔诺河流域的皮安特拉维涅(Piantravigne)城堡,卡尔利诺率领六十名骑士和许多步兵为白党流亡者据险固守。后来,他接受了黑党的贿赂,里应外合,城堡终于陷落;白党流亡者有的被杀,有的成为俘虏。这一事件发生在1302年7月15日,比但丁虚构的地狱之行晚两年多。卡密施庸预言,卡尔利诺死后将因出卖同党罪堕入地狱,这是政治上的叛卖,比自己所犯的谋害亲属罪严重得多。所以他说:"我正等着卡尔利诺来开脱我的罪责。"也就是说,希望罪恶滔天的卡尔利诺入地狱后,使自己的罪相形之下显得轻些。

㉘ 科奇土斯冰湖中的四个区域之间并没有明显的界限,彼此的区别只在于冻结在冰里的罪人姿态不同。这里诗人用"接着"

(poscia)这个副词巧妙地点出了从第一环走进了第二环。这里的鬼魂不像该隐环里的那样脸朝着下面,所以但丁看得见他们冻得发紫的面孔。"一千"在这里作为不定数用,意即"成千上万"。

㉙　"结冰的渡口"泛指须要从上面走过去的冰层。那成千上万冻得发紫的面孔给但丁留下了无比深刻的印象,以至于回到阳间后,一见到结了冰的池水,就回忆起地狱中冰湖上的情景。关于为什么发抖的问题,有的注释家认为由于寒冷,有的注释家认为由于恐惧,都讲得通。

㉚　指地球的中心,"重力"指地球引力。地球的中心也是第九层地狱的中心。

㉛　但丁一听这话,立刻想到在蒙塔培尔蒂(Montaperti)战役中,鲍卡·德·阿巴蒂(Bocca degli Abati)的叛卖行为,疑心这个鬼魂就是鲍卡。蒙塔培尔蒂村坐落在锡耶纳迤东数公里的一座小山上,临近阿尔比亚河(参看第十章注㉔),是 1260 年 9 月 4 日锡耶纳和佛罗伦萨吉伯林党联军同佛罗伦萨贵尔弗党交战的战场。战斗开始时,站在贵尔弗党一边作战的鲍卡,一剑砍断了举着战旗的人的手,骑士和士卒们看到战旗落地,阵势大乱,结果,贵尔弗党败绩,溃不成军。在吉伯林党掌权期间,鲍卡依附吉伯林党,1266 年贵尔弗党卷土重来后,遭到放逐。

㉜　安特诺尔环(Antenora)是冰湖的第二环,名称来源于特洛亚将领安特诺尔(Antenor),他在荷马史诗《伊利昂纪》中是一个明智的人物,主张把海伦交还给希腊人来结束战争。但是在中世纪传说中,他变成了卖国贼,把保佑特洛亚的雅典娜神像交给了希腊人;希腊大军攻城时,他用灯笼给敌军打信号,并且打开木马,放出其中的伏兵,使敌军里应外合,攻占了特洛亚。因此,法文《特洛亚传奇》(十二世纪)中称他为"叛徒犹大"和"老犹大"。但丁根据这个传说把他的名字作为卖国贼和出卖同党的叛徒在地狱里受苦之处的名称。

㉝　原文是 Se fossi vivo。由于句中按照意大利语习惯省去了人称代词,谓语 fossi(是)的主语既可能是第一人称 io(我),也可能是第二人称 tu(你),因而对这句诗有两种不同的解释:有的注

释家认为，鬼魂头颅被踢伤后，以为但丁是个新来的亡魂，就愤怒地对他说，即使你是活人的话，把我踢得也太重了，对这种伤害我决不能容忍；并且认为，这种解释合乎情理，能使鬼魂的话和但丁的答话“我是活人”互相呼应。罗西（Rossi）、格拉伯尔（Grabher）、萨佩纽等注释家认为，这句诗大意是：假如我是活人的话，你把我踢得也太重了，对这种伤害我一定会报复，无奈我是被冻结在冰湖里的鬼魂，动弹不得；并且指出，照这样来理解，但丁的答话“我是活人”就和鬼魂的话“假如我是活人”针锋相对，异常尖锐，使这场对话具有强烈的戏剧性。译文根据后一种解释。

㉞ 意即我宁愿被世人忘掉。你想拿为我们扬名的甜言蜜语来讨好，是枉费心机，因为对第九层地狱里的罪人们来说，扬名意味着使他们遗臭万年。

㉟ 注释家们一般都认为意即：我也不会抬起头来，让你看见我的脸，认出我是谁。但是这里的鬼魂们并不像该隐环的鬼魂们那样脸朝着下面，而是朝着前面，但丁一脚就踢在他脸上，显然已经瞥见了他的面孔。不仅如此，蒙塔培尔蒂之战发生在但丁诞生前五年，但丁也从未见到过鲍卡，即使想从面貌上认出他是谁，也决不可能。因此，这种说法不能成立。译文根据萨佩纽的解释。

㊱ 鲍卡愤恨这个鬼魂饶舌说出了自己的名字，就对他进行报复，揭露他的家族和叛党的罪行。此人名卜奥索（Buoso），属于杜埃拉（Duera）家族，是科莱摩纳（Cremona）的封建主和吉伯林党首领。1265 年，法国安茹伯爵查理进军意大利去攻打西西里王国，西西里王曼夫烈德发给卜奥索军饷，命令他出兵阻击，挡住法军的去路。但是他“受法国人的银子贿赂”，不执行命令，使敌军得以长驱直入。1266 年本尼凡托之战后，他被驱逐出科莱摩纳，1286 年回到那里，被贵尔弗党下狱。“在罪人们乘凉的地方”是一句带有嘲讽色彩的话，意即在科奇土斯冰湖。

㊲ 指帕维亚人台骚罗・德・贝凯利亚（Tesauro dei Beccheria），家族属于吉伯林党。他曾任瓦隆勃娄萨（Vallombrosa）修道院院长和教皇驻托斯卡那使节。1258 年吉伯林党被驱逐出佛

罗伦萨后，他被指控与敌人勾结，密谋使吉伯林党卷土重来，结果，以叛国罪被佛罗伦萨人斩首（他虽然原籍帕维亚，但早已成为佛罗伦萨市民）。

㊳ 简尼·德·索尔达涅利（Gianni dei Soldanieri）是佛罗伦萨贵族，1266 年，曼夫烈德在本尼凡托之战阵亡后，佛罗伦萨平民暴动反对吉伯林党政府。简尼的家族属于吉伯林党，但他却站在平民一边，作为他们的首领来反对吉伯林党。历史学家维拉尼指出，他的动机是企图扩充自己的势力（见《编年史》卷七），但又称赞他为过去时代伟大的佛罗伦萨人之一，认为他和杰利·戴尔·贝洛（见第二十九章注⑥）、但丁等人都是对佛罗伦萨有功而受到不公正待遇的市民（见《编年史》卷十二）。

㊴ 甘尼仑（Ganelon）是《罗兰之歌》中的反面人物。查理大帝在西班牙对阿拉伯人作战，沙拉古索国王马西理遣使投降，甘尼仑奉命去和马西理议定投降条件，但他被敌人收买，向马西理献计，在查理大帝班师回国时，袭击他的后卫部队，结果，大将罗兰和两万精兵在昂赛瓦地方全部英勇牺牲（参看第三十一章注④）。甘尼仑和安特诺尔的名字在中世纪已经成为叛徒的别名。

㊵ 泰巴尔戴罗（Tebaldello）是法恩察（Faenza）的赞勃拉西（Zambrasi）家族的成员，属于吉伯林党。由于受到流亡在法恩察的一些属于波伦亚吉伯林党的兰伯尔塔齐（Lambertazzi）家族的人们的嘲笑，怀恨在心，为了对他们进行报复，他竟于 1280 年 11 月 13 日夜间打开城门，使波伦亚的属于贵尔弗党的杰勒美伊（Geremei）家族占领自己的家乡法恩察。两年后，在贵尔弗党进攻浮尔里，被圭多·达·蒙泰菲尔特罗击败时，他被杀死。

㊶ 提德乌斯（Tydeus）是围攻忒拜的七将之一，在和忒拜将领梅纳利普斯（Menalippus）交战时受了致命伤，临死前奋勇杀死了敌人梅纳利普斯，让战友们把首级递给他，随后就狠狠地用牙齿咬开脑壳，吞食了一部分脑髓（事见《忒拜战纪》第八卷）。

㊷ "报偿你"意即揭发你的仇人的罪行，来报答你对我的回答。"不干枯"意即不麻痹。对这句诗的意思注释家们有不同的解

释。有的认为这是一句发誓的话,意即如果我不履行诺言,就让我的舌头麻痹,再也说不出话来。有的理解为:如果我不先死去的话,我还可以为你伸冤。格拉伯尔反对这些说法。他认为,句中的 se(要是)一词并不带有怀疑的意味,恰恰相反,这句话表明但丁对自己的诗篇不朽怀有坚定的信念,大意是:要是我的舌头,也就是我的话,我的诗不消灭,我可以在世上为你昭雪,而我的诗是永世常存的。雷吉奥认为这种解释更确切些。

第三十三章

那个罪人把嘴从野兽般啃着的食物上抬起来,在已经从后头咬坏的脑壳的头发上蹭了蹭,然后说:"你要我重述那场令人绝望的苦难,在我还没有开口以前,这场苦难只要回想起来,就已经使我的心绞痛欲绝。但是,如果我的话是要成为一粒会给我所啃的叛卖者结出臭名之果的种子,那你就要看到我一面说一面哭。我不知道你是谁,也不知道你是怎样下到这里来的;但是,当我听到你的口音,我觉得你确实是佛罗伦萨人。你要知道,我就是乌格利诺伯爵,这一个就是卢吉埃里大主教①。现在我要告诉你,我为什么对他来说是这样的邻人②。由于他使用阴谋诡计,我对他相信而被捕,后来被处死,这都用不着说③;但是,你将要听到你不可能听到过的事,那就是,我死得多么惨,你将要知道他是否害苦了我。

"那个由于我的缘故而名为'饿塔'的、以后别人还要被关进去的牢笼④,有一个狭小的窗洞,这个窗洞的孔隙使我看到几次月光后,我做了那场给我撕破了未来的面纱的噩梦⑤。

"我梦见这个人作为猎队的首领和主人正向那座使比萨人望不见卢卡的山上追猎狼和小狼们。他已调遣瓜兰迪、席斯蒙迪和兰弗朗奇带着精瘦的、踊跃的、经过训练的猎狗作为他的先锋⑥。跑了一阵儿后,父亲和儿子们看来似乎都疲惫了，我似乎看到他们肚子两边都被尖利的牙齿撕裂了⑦。

"当我在天明以前醒来时，我听见和我在一起的儿子们在睡梦中哭着要面包⑧。如果你想到我的心所预感到的事还不悲痛，那你可真冷酷无情；如果你不哭，你向来为什么样的事才哭啊⑨？

"他们已经醒了，平常给我们送饭的时间已经快到了，我们每人都因为自己的梦恐惧不安⑩；我听见可怕的塔牢下面的门钉上了；于是，我看着我的儿子们的脸，一言不发⑪。我没有哭，我的心就这样化成了石头⑫。他们直哭，我的小安塞尔摩说：'父亲，你这样看着！你怎么啦⑬？'我没有为此落泪，那一整天我没有回答，后来夜里也没有，一直到另一天太阳出现在世上⑭。当一丝微弱的光线射进悲惨的牢狱，我从他们四个的脸上看到了我自己的面容时，我悲痛得咬我的双手⑮；他们以为我这样做是为食欲所驱使，顿时站起身来，说：'父亲，假如你吃了我们，那给我们的痛苦会少得多：你给我们穿上了这可怜的肉体的衣服，你就把它剥去吧⑯！'于是，我就极力镇静下来，为的不使他们更加悲痛。那一天和下一天，我们都一直默默无言⑰。啊，冷酷的大地呀，你为什么不裂开呀⑱？我们到了第四天后，伽多直挺挺地倒在我脚下，说：'我的父亲哪，你为什么不帮助我呀？'他就死在那儿了⑲；就像你现在看见我一样⑳，我看见那三个在第五和第六天之间一个一个倒下了；那时，我的眼睛已经失明，就在他们身上摸索起来，在他们死后，叫了他们两天。后来，饥饿就比悲痛力量更强大㉑。"

他说了这番话后，就斜着眼重新用牙咬住那个不幸的脑壳㉒；他的牙咬在头骨上就像狗牙那样厉害。

啊,比萨,你是说 Sì 的美丽国土㉓上的人民的耻辱啊!既然你的邻居们㉔都迟迟不去惩罚你,就让卡普拉亚和格尔勾纳㉕移动,在阿尔诺河口构成堤坝,使河水把你的居民统统淹死吧!因为,如果乌格利诺伯爵有出卖你的城堡的名声,你也不该使他的儿子们受这样的折磨㉖。你这新的忒拜呀,乌圭乔涅和勃利伽塔以及在这一章前面提到的另外那两个,由于年龄幼小都是无辜的呀㉗。

我们再往前走,来到寒冰把另一群人残酷地封住的地方,这些人不是低着头,而是都仰面朝天㉘。在那里,哭本身就不容许他们哭出来,悲哀发现眼睛上有障碍,就转向内心,使痛苦增加;因为最初的泪水凝成了冰疙瘩,像水晶面甲一般,把眉毛下面的眼窝完全填满㉙。

虽然我的脸已经冻得像生了趼子的地方一样失去了一切感觉,这时,我却觉得好像有些风吹来;因此我说:"我的老师,这风是谁扇起的? 在这底下不是一切蒸气都已消失了吗㉚?"他对我说:"不久你就会来到那个地方,在那儿你的眼睛看到吹下这阵风来的原因,就会回答你这个问题。"

这时冰层里那些悲惨的鬼魂之中的一个向我们喊道:"喂,被指定到最后一环去的残酷的亡魂们,给我去掉我脸上的坚硬的面纱吧,好让我在眼泪重新冻结以前,稍微发泄一下我心里充塞着的悲哀㉛。"因此,我对他说:"如果你要我帮助你,那你就告诉我你是谁,如果我不给你解除障碍,那就让我到冰底去㉜。"于是,他回答说:"我是阿尔伯利格修士,是提供罪恶之园的水果的那个人㉝,因为我给了别人无花果,我就在这里接受海枣㉞。"我对他说:"哦,难道你已经死了吗㉟?"他对我说:"我的肉体在世上情况如何,我不得而知。这托勒密环里的罪人享有这样的特权:他的灵魂常常在阿特洛波斯使它离开以前,就落到这里来㊱。为了使你更乐意从我脸上剥去这层玻璃般的眼泪,我要告诉你:灵魂刚一像我那样犯下叛卖罪,肉体就被一个恶鬼夺去,这个恶鬼以后就一直主宰着它,直到它的寿数已尽为止。他的灵魂就坠落到这样的井㊲里;这里这一个在我背后过冬㊳的灵魂,他的肉体或许至今还在世上出现呢。如果你是刚下到这里来的,你就一定会知道他:他就是勃朗卡·多利亚先生,自从他被这样禁闭起来后,已经过了许多年了㊴。"我对他说:"我相信你是骗我呢,因为勃朗卡·多利亚还没有死,他还吃、喝、睡觉、穿衣服嘛。"他说:"当米凯尔·臧凯还没有来到上面那条熬着黏糊糊的沥青的、由马拉勃朗卡们看守的壕沟㊵以前,这个人就让一个魔鬼留在他的肉体里来代替他,一个同他一起犯下叛卖罪的近亲也是这样㊶。但是,现在把你的手伸过来,打开我的眼睛吧。"我并没有给他打开眼睛;对他无礼就是有礼㊷。

啊,热那亚人哪,你们这些远离一切美好风俗,充满一切恶习的人哪,为什么你们不从世上灭绝呀?因为我发现你们当中的一个和罗马涅的穷凶极恶的鬼魂㊸在一起,这个人由于他的罪行的缘故,灵魂已经沉浸在科奇土斯湖里,肉体还活着出现在世上。

注释:

① 多诺拉提科(Donoratico)伯爵乌格利诺(Ugolino)大约于1220年出生在比萨的显赫的德拉·盖拉尔戴斯卡(Della Gherardesca)贵族之家,在比萨沿海地带和萨丁岛上拥有许多领地。比萨是传统的吉伯林城邦,德拉·盖拉尔戴斯卡是传统的吉伯林家族,但是,当乌格利诺看到贵尔弗党势力在托斯卡那占

了上风时,就背叛了吉伯林党,于 1275 年和他的女婿——贵尔弗党首领乔万尼·维斯康提(Giovanni Visconti)阴谋使贵尔弗党在比萨掌权。阴谋败露后,乌格利诺遭到流放。1276 年,在佛罗伦萨等贵尔弗城邦的支援下,他和外孙尼诺·维斯康提(Nino Visconti)一起返回比萨。不久,乌格利诺就建立了威信。1284 年,他率领舰队对热那亚作战,在美洛利亚(Meloria)海战中败绩。战后,热那亚和卢卡与佛罗伦萨结成同盟,严重威胁着比萨。在这危急时刻,乌格利诺由于具有政治才能,作为贵尔弗党人又便于和各个敌对的贵尔弗城邦进行谈判,当选为比萨最高行政官。1285 年,为了分化敌人,解除家乡所受的威胁,他把几座城堡分别割让给卢卡和佛罗伦萨。同年,他让外孙尼诺·维斯康提和他共同执政,以加强自己的势力,但是不久二人就发生了矛盾。1288 年,同热那亚签订了和约,战俘被遣回比萨后,以大主教卢吉埃里为首的吉伯林党重新壮大,很可能再掌政权。在这种形势下,乌格利诺就顺风转舵,暗中同卢吉埃里达成协议,策划赶走尼诺。在卢吉埃里采取行动以前,乌格利诺先退避到自己的庄园,佯做与此事无关。尼诺见形势危急,向外祖父求援,遭到拒绝,被迫逃往他乡,结果,卢吉埃里出任最高行政官。他立即约请乌格利诺回城议事。乌格利诺信以为真,接受了约请。但他进城后,市民受卢吉埃里挑动,一齐起来反对他,指控他出卖城堡,把他和他的儿孙们一起关进塔牢,使他们活活饿死(1289 年 2 月)。

卢吉埃里(Ruggieri)大主教俗姓乌巴尔狄尼(Ubaldini),是犯异端罪的枢机主教奥塔维亚诺(见第十章注㉝)的侄子,于 1278 年被任命为比萨大主教。他赶走尼诺,出卖乌格利诺后,执掌了大权。但他无法抵抗尼诺率领的贵尔弗党流亡者的武装进攻,被迫辞去最高行政官之职。由于残害乌格利诺和贵尔弗党人,他受到教皇尼古拉六世的严厉斥责,甚至被判处终身监禁。教皇之死使他免于身受囹圄。1295 年,他死在维台尔勃。

② 意即这样凶狠的邻人。德·桑克蒂斯指出,“邻人”这个词通常使人联想到人与人之间的团结友爱,但在乌格利诺口中却是恶毒的讥刺。

③ "我对他相信而被捕",说明卢吉埃里设下圈套来逮捕乌格利诺是背信弃义的行为。"这都用不着说",因为乌格利诺和他的外甥尼诺曾多次和佛罗伦萨有直接政治联系,但丁作为佛罗伦萨市民必然知道比萨发生的这一重大政治事件的经过。但是,但丁不可能知道乌格利诺在塔牢里活活饿死的详情,被害者得亲口追述,才能使诗人在世上为他伸冤。

④ 指瓜兰迪家族的塔牢。由于乌格利诺饿死在那里,这个塔牢后来被称为"饿塔"。

⑤ "乌格利诺被关在狱里,微光从一个小孔透进来,他伫立在小孔旁边;月亮就是他的钟表,他用它来计算坐牢的月数"(德·桑克蒂斯)。据中世纪的迷信说法,黎明时做的梦最灵,能预示将要发生的事情。乌格利诺从他看到月光的次数得知自己已经被囚禁若干月后,黎明时分做了一场噩梦,梦中的情景象征他和他的孩子们的苦难。

⑥ 梦中打猎的场面象征比萨吉伯林党对乌格利诺和他的儿子和孙子的迫害。卢吉埃里大主教作为猎队队长和主人象征他在政治上作为吉伯林党的首领。"狼和小狼们","狼"用定冠词,指乌格利诺和他的孩子们。瓜兰迪(Gualandi)、席斯蒙迪(Sismondi)和兰弗朗奇(Lanfranchi)是比萨三大吉伯林家族,他们在大主教的鼓动下同他一起反对乌格利诺伯爵。"猎狗"象征平民,他们也被挑动起来向乌格利诺进攻。正如一般梦境一样,这场梦中打围也有具体地点——"那座使比萨人望不见卢卡的山",这座山名圣朱利亚诺(San Giuliano)山,在比萨东北,是卢卡和比萨两个城邦之间的界山。这两个城市相距不远,假如没有这座山,都可以互相望见。猎队向这座山上追猎那只狼和它的小狼们,表示乌格利诺企图逃往卢卡,因为那是贵尔弗党掌权的城市。

⑦ "父亲和儿子们"指狼和小狼们。"他眼睛看到的是动物,但心灵恍恍惚惚觉得,那是他自己和他的儿子们,对那只狼和那些小狼就使用人与人之间的称谓,把它们说成'父亲和儿子们'"(德·桑克蒂斯)。"他们肚子两边都被尖利的牙齿撕裂了"预示他们将被敌人残酷地处死。

⑧ 其实同他囚禁在一起的是两个儿子和两个孙子。诗中为什么

把他们都说成他的儿子？注释家们对此提出不同的解释：卡西尼(Casini)认为，"figliuoli"(儿子们)在家人亲热的谈话中也可以用来称呼孙子们。萨佩纽认为诗中使用 figliuoli 这个词，是由于乌格利诺在复述不幸的遭遇时，激于父亲对孩子们的疼爱之情，把儿子和孙子完全等同起来，他们在他心里统统是"儿子"。"在睡梦中哭着要面包"暗示他们做了同样的不祥的梦，大概都梦见了食物断绝，饥饿难忍。

⑨ "我的心所预感到的事"指乌格利诺想到自己梦中的情景和孩子们在睡梦中要面包的哭叫声，心里预感到要活活饿死。他认为这是惨绝人寰的苦难，使人一想到它，就会伤心落泪。
罗西(Rossi)指出："叙述极为恰当地在这里停顿一下，可以说是把序幕和剧情的发展划分出来。"

⑩ 每个人都因为做了噩梦，生怕梦中的事能够应验。

⑪ "这一看把父亲和儿子们谁都没有说出的梦以及送饭的时间和钉门的声音都默默地连在一起了。"(牟米利亚诺)

⑫ 此时此刻他已经变成了"绝望的雕像"(德·桑克蒂斯)。"乌格利诺的悲痛，一直到孩子统统死去，都是沉默的、不落泪的。这种沉默作为唯一跟这场悲剧的可怕程度相称的表现，显得悲壮伟大，只是等到悲剧终结时，这种沉默才被打破。"(牟米利亚诺)

⑬ 小安塞尔摩(Anselmuccio)是乌格利诺的孙子，也是他的四个孩子之中最幼小的，当时大约十四五岁(诗中把他们都写得比实际年龄小些)。安塞尔摩虽然是乌格利诺的孙子，但由于父母不在眼前，就把祖父看成父亲，向他说出那句天真的、使人心酸的问话。"小安塞尔摩既不能解释，也不能说明那种看的方式：'这样'也就是说'以这样不平常、不普通的方式'。'你怎么啦？'孩子问道。伤心惨目之处完全在于意识到那默默无言的看的方式和那声泪俱下的天真的问话：'你怎么啦？'"(德·桑克蒂斯)

⑭ 意即直到次日天色破晓。乌格利诺已经凄惨地沉默了二十四小时。

⑮ 阳光已经普照大地，但只有一线微光射进塔牢，他看到了四个孩子的瘦削憔悴的面孔，想到自己的面容必然也是那样。他

面对他们的苦难极为痛心，又爱莫能助，由于悲愤、绝望而狠狠地咬自己的手。

⑯ 这两句话里的隐喻意即我们的肉体是你给我们的，你就把它收回吧。

⑰ 指塔牢的门钉上以后的第二天和第三天。

⑱ 乌格利诺恨大地冷酷无情，"因为假如那时它把他们吞没了，他们就不至于受更惨痛的折磨：各自目睹别人死去，父亲目睹他们一个个死去。"（波斯科）这句话是乌格利诺再次中断了叙说，面对着但丁发出的悲愤的感叹。《埃涅阿斯纪》卷十也有类似的话：图尔努斯在危难中说："大地为什么不裂开一道把我吞没的深沟呢？"

⑲ 伽多（Gaddo）是同乌格利诺囚禁在一起的两个儿子之一，出生年份不详，但当时已经是成年人。他倒在父亲脚下，临死极其自然地向父亲喊道：父亲哪，你为什么不帮助垂死的儿子啊？说了这句话后，就断了气。伽多的话很像耶稣在十字架上临死以前所说的话："我的上帝，我的上帝，为什么离弃我？"（《新约·马太福音》第二十八章）

⑳ 强调他目睹的悲惨情景的真实性。

㉑ 这句诗意义不很明确，引起了注释家的争论。几乎所有的早期注释家都认为含义是：后来，我不是由于悲痛，而是由于饥饿气绝身死的。这种说法已为多数现代注释家所接受。但也有一些注释家提出另一种解释：乌格利诺在快要饿死时，终于吃了已死的孩子们的肉，来延长自己的生命。这种说法受到法国但丁学家贝扎尔（Pézard）有力的驳斥，因为，正如他一针见血地指出，这一章的目的在于引起读者的怜悯，而不是引起恐怖。

㉒ 在叙说孩子们饿死的过程时，乌格利诺胸中对敌人的仇恨被他对孩子们的疼爱和悲痛之情所压倒，叙说完结后，仇恨的火焰又重新燃起，使他"斜着眼"咬住卢吉埃里的脑壳，如同猛犬咬住它捕获的猎物时，怒目斜视，防备其他野兽前来抢夺一样。

㉓ 但丁在《论俗语》中根据各个语种所使用的肯定副词把拉丁系语言分为 OC 语（普洛旺斯语）、Oïl 语（法语）和 Sì 语（意大利

语）。"Sì"意即"是的"。"说 Sì 的美丽国土"指意大利。

㉔ 指和比萨敌对的城市,特别是卢卡和佛罗伦萨。

㉕ 卡普拉亚(Capraia)和格尔勾纳(Gorgona)是托斯康群岛中的两个小岛,在利古里亚海中,位于厄尔巴岛西北,从地图上看起来,距离阿尔诺河口并不算近,但是,从比萨附近的山上能望见它们,而且方位恰恰是在河口。

㉖ 从诗中的语气看来,但丁似乎认为,乌格利诺伯爵为了拯救比萨,把一些城堡分别割让给卢卡和佛罗伦萨,不能算是卖国罪行;他在安特诺尔环受苦,是由于背叛了吉伯林党或者由于和外孙尼诺共同执政后,暗中和卢吉埃里勾结,出卖了尼诺。虽然乌格利诺犯了出卖城堡的罪,也理应只惩罚他本人,而不应该株连他的儿孙,使他们活活饿死。

㉗ 忒拜是充满血腥内讧和暴行的古希腊城市。比萨的情况类似古代的忒拜,所以诗中称它为"新的忒拜"。

乌圭乔涅(Uguiccione)是乌格利诺最小的儿子,当时年龄还小。勃利伽塔(il Brigata)是乌格利诺的孙子尼诺(Nino)的绰号。尼诺的名字出现在 1272 年的文献上,1288 年被捕下狱时,大概已经是成年人。

"另外那两个"指伽多和小安塞尔摩。为了强调这四个人是清白无辜的,诗中把他们统统写成青少年。

但丁出于诗人的强烈正义感和人道精神,对这场惨绝人寰的悲剧感到义愤填膺,不禁对比萨发出偏激的、可怕的诅咒:愿上天移动海岛堵塞阿尔诺河口,使河水淹死比萨所有的市民,这个诅咒颇有《旧约·创世记》中上帝震怒,降天火毁灭所多玛和蛾摩拉两个恶贯满盈的城市的意味。英国诗人乔叟的《坎特伯雷故事》中的僧侣的故事,叙述的也是乌格利诺伯爵饿死狱中的惨剧,由于艺术上的原因,省去了对比萨的诅咒,和但丁的叙述相比,显得稍逊一筹。

㉘ 这是冰湖的第三环,名托勒密环(Tolomea),是犯出卖宾客罪者的灵魂受惩罚的地方。"不是低着头"原文是"non volta in giù"(不向下弯着),也有人理解为"不弯着身子";"仰面朝天"原文是"riversata"(翻过来),有人理解为"仰卧着",也有人理解为"仰着脸直身站在冰里"。总之,这两句诗都说明这

些罪人既不像该隐环的罪人们那样脸向着下面,也不像安特诺尔环的罪人们那样脸向着前面。

㉙ 对于这些罪人来说,哭本身就使他们哭不出来,因为他们仰着脸,眼泪一流出,就结成冰,把眼睑封住,泪水再也淌不出来,悲哀的情绪无法发泄,就回归内心,使痛苦变本加厉。

"面甲"(visiere)是头盔的前部,用来保护眼睛和脸,可以移动,戴着它也可以看见东西,因此,拿它来比拟这些罪人的泪水在眼窝里结成的冰是恰当的。

㉚ 根据中世纪气象学,风是日光照射使地中的湿气蒸发出来形成的。地狱里既然没有日光照射,使地中的湿气蒸发出来变为风,怎么会有风呢? 所以但丁为此感到惊异。但他在第五章中曾讲到"地狱里的永不停止的狂飙"席卷着鬼魂们迅猛奔驰,似乎前后不一致。

㉛ 这个鬼魂以为但丁和维吉尔是因犯了残酷的叛卖罪而被指定去第四环受苦的亡魂,就请求他们给他剥去眼泪结成的冰,使他能哭一哭,稍稍发泄内心的悲哀。"坚硬的面纱"即"面甲"。

㉜ "那就让我到冰底去",意即:让我到科奇土斯冰湖的中心去,因为冰的冰层向内倾斜,"冰底"指最低处,即冰湖中央和地狱底层。这句话听起来似乎是赌咒保证要帮助那个罪人,其实是用来骗他说出姓名,因为但丁反正要到地狱的底层去,但不是留在那里。

㉝ 阿尔伯利格(Alberigo)属于法恩察的曼夫雷蒂(Manfredi)家族,是贵尔弗党的首领之一,1267 年成为快活修士会修士("快活修士"见第二十三章注㉔),为争夺法恩察的统治权,同族人曼夫雷多(Manfredo)和他儿子阿尔伯尔盖托(Alberghetto)发生内讧,在激烈争吵之际,挨了阿尔伯尔盖托一个耳光。他受到这次侮辱,怀恨在心,经过调停,表面上表示宽恕对方,暗地里却处心积虑地策划报复,1285 年 5 月 2 日,佯言要与曼夫雷多父子言归于好,在别墅中摆下酒席,邀请他们赴宴,宴会将结束时,他喊道:"端上水果来!"一听到信号,挂毯后隐藏着的亲属和家丁们顿时跳出来,把客人杀死。这一事件发生后,当时人们就常用"阿尔伯利格的水果"来指暗算

谋杀。"罪恶之园的水果",意即罪恶之园里结的水果,因为那是背信弃义杀害宾客的信号。

㉞ 意即我犯了重罪,不得不受到更重的惩罚,因为海枣产于西亚和北非,比产于意大利本土的无花果贵重。阿尔伯利格在上句话里用"罪恶之园的水果"影射他的杀人的信号,在这句里继续用果子作为隐喻来指罪与罚的轻重。

㉟ 阿尔伯利格用"端上水果"为信号杀害宾客的事件传布很广,但丁一听到鬼魂的话,就断定他正是那个罪人,并且知道他还没有死,所以表示惊讶(阿尔伯利格卒年不可考,但 1300 年但丁游地狱时,还在人世)。

㊱ 托勒密环(Tolomea)即冰湖第三环。这一名称大概来源于《玛喀比传》上卷所说的大祭司西门·玛喀比的女婿、耶利科(Jericho)地方的行政长官托勒密(Ptolomee)。他为了使自己成为整个地区的统治者,趁西门和两个儿子来到耶利科的机会,摆下宴席款待他们,在宴会上背信弃义地把他们杀死(前 134)。另一说认为,名称来源于埃及国王托勒密十二世,他令人刺死了失败后去埃及避难的罗马大将庞培(前 48)。

"享有这样的特权"显然是一句含有嘲讽意味的话。

"阿特洛波斯"(Atropos)是希腊神话中司命运的三女神(Parcae)之一。每当一个凡人出生时,女神克罗托(Clotho)就把一定数量的纱线绕在女神拉凯茜斯(Lachesis)的绕线杆上纺起来;她所纺的线的长度就是那个人寿命的长度,等大限一到,女神阿特洛波斯就剪断其生命线,使之死亡。"在阿特洛波斯使它离开以前",意即在罪人未死以前。

㊲ 指构造像井一般的第九层地狱。

㊳ 多数注释家认为,"过冬"(verna)指鬼魂在冰湖里过永恒的冬天。但是托拉卡指出,动词 vernare 除了这一含义外,还指鸟儿在春天唱歌,而且第三十二章中也说,鬼魂们冻得"牙齿打颤,声音像鹳叫一般";阿尔伯利格修士是刻毒的人,不惜自我嘲讽,对他人当然更不留情,因此,"verna"出自他的口可能意在嘲讽那个鬼魂挨冻的惨状,把他牙齿打颤的声音说成是在"奏乐"(sonare)。

㊴ 勃朗卡·多利亚(Branca Doria)出身于热那亚著名的吉伯林

贵族之家,大约生于 1233 年,在萨丁岛上担任过几种官职。他是罗戈多罗总督米凯尔·臧凯(见第二十二章注㉑)的女婿,据佛罗伦萨无名氏的注释说,他阴谋夺取罗戈多罗省的统治权,邀请他的岳父到他的城堡里吃饭,最后命人当场将他和随从统统杀死。这一事件大约发生在 1275 年,也有人说大约在 1290 年。

"被这样禁闭起来"指被冻结在冰湖里;"已经过了许多年了"指从他犯杀害宾客罪那天到 1300 年但丁游地狱时。

㊵ "马拉勃朗卡们"是第五"恶囊"中的鬼卒们共同的名称(见第二十一章注⑨)。他们看守的壕沟即第五"恶囊"。犯贪污罪的米凯尔·臧凯被杀死后还没有来到这条壕沟里受苦以前,勃朗卡·多利亚的灵魂就先堕入科奇土斯冰湖里,他的肉体被一个魔鬼主宰着,作为行尸走肉继续活在世上;据文献证明,他几乎经常居住在萨丁岛上,1325 年,和他的儿子们同被放逐,卒年不详。

㊶ 指他的侄子作为他杀害米凯尔·臧凯的帮凶受到同样的惩罚:灵魂先入地狱,肉体还活在人间。

㊷ 布蒂解释说:"给他打开眼睛,根据但丁的说法,是违背上帝的公正原则的行动,那是莫大的无礼,所以不做这件事就是有礼。"

㊸ "你们当中的一个"指勃朗卡·多利亚;"罗马涅的穷凶极恶的鬼魂"指阿尔伯利格修士。

第三十四章

"Vexilla regis prodeunt inferni（地狱之王的旗帜正在前进），向着我们而来①。"我的老师说，"所以你就向前面望吧，看你是否能看得出他来。"犹如浓雾升起时，或者夜色降临我们这半球时，一个正转动着风磨的风车从远处出现，那时我好像看到了这样的一个庞然大物②；接着，我就由于有风而退到我的向导背后，因为那里别无避风之处③。

我已经来到那个地方，现在我写诗描绘这个地方时，犹有余悸，那里的鬼魂都全身被冰层所覆盖，透过冰层看起来如同玻璃中的麦秆一般④。有的躺着；有的头朝上；有的脚朝上直立着；有的身子弯曲得脸都够着了脚，像一张弓似的⑤。

当我们已经向前走了一段路，我的老师认为便于指给我看那个原先容貌那样美的造物⑥时，他就从我面前闪过，让我站住，说："你看这就是狄斯，你看这就是你须用大无畏精神武装自己的地方⑦。"读者呀，不要问我那时变得多么冰冷和喑哑，这我都不描写，因为一切词语都会显得不足。我既没有死，也没有活着；如果你有点儿才智，那你现在就自己想一想，我被剥夺了死与生，那时变成了什么状态⑧。

悲哀之国的皇帝从半胸以上露出在冰层外面；与其说巨人的身材比得上他的手臂，毋宁说我的身材比得上巨人：现在你可以想见,全身要和这样一部分相称,应该有多么高大⑨。如果他原先那样美如同现在这样丑一样,还扬起眉毛反抗他的创造者,那他成为一切苦难的来源,是理所当然的⑩。啊,当我看到他头上有三个面孔时,对我来说,这是多大的使人惊奇的事啊⑪! 一个面孔在前面,是红色的;另外那两个和这个相连结,位于肩膀正中的上方,它们在生长冠毛的地方连结起来⑫。右边那个的颜色似乎在白与黄之间;左边那个看起来就像来自尼罗河上游地方的人们的面孔⑬。每个面孔下面都伸出两只和这样的鸟相称的大翅膀:我从来没有见过海船的帆有这样大。翅膀上没有羽毛,而和蝙蝠的翅膀一样⑭;他摇动着各只翅膀,就有三股风从它那里吹来,使科奇土斯湖全结了冰。他六只眼睛哭,泪水和带血的唾液顺着三个下巴滴下来⑮。每张嘴里都用牙齿嚼着一个罪人,如同用打麻器粉碎麻茎一般,结果就这样使三个罪人受苦刑⑯。对于前面那个⑰来说,被牙齿咬比起被爪子抓来是微不足道的,因为他背上有时被抓得完全没了皮。

我的老师说:"那儿上面那个头在嘴里、腿在外面乱动的、受最大刑罚的是加略人犹大⑱。头朝下的另外那两个当中,那个从黑面孔的嘴里垂着的是布鲁都:你看,他怎样在那儿扭动着身子,一言不发⑲! 那一个是卡修斯,他看起来肢体那样健壮⑳。但是夜晚又回来了㉑,现在我们该离开了,因为我们全看完了。"

我按照他的意思抱住他的脖子,他看准时间和部位,在各只翅膀张得够大的时刻,爬上毛烘烘的胁部,然后抓住一簇又一簇的毛,从浓密的毛和凝冻的冰层之间下去㉒。当我们到达大腿向外弯曲、恰恰形成臀部的隆起处时,我的向导就吃力地、喘吁吁地把头和腿掉转过来,如同向上爬的人似的抓住了他的毛,我以为我们又要回到地狱里去㉓。

我的老师像疲惫不堪的人似的喘吁吁地说:"你可要抱紧,因为我们必须顺着这样的阶梯离开这万恶的渊薮㉔。"后来,他通过一块岩石的洞穴走出去,把我放在洞穴边沿上坐下;随后,就向我迈出了稳练的一步㉕。

我抬起眼睛,以为会看到卢奇菲罗像我离开他时那样,却看到他两腿在上伸着;那时我是否苦于百思莫解,就让不明白我已经越过了那个中心点的那些愚昧无知的人去推想吧㉖。

我的老师说:"站起来吧:因为路途遥远,道路难行,太阳已经回到第三时的一半了㉗。"

我们所在的地方不是什么宫廷的大厅,而是一个天然的地窖,地面高低不平,光线缺乏。我站起来后,说:"我的老师啊,在我离开这个深渊㉘以前,你稍微给我解说一下,使我摆脱心里的疑团吧。冰在哪里呀?他身子怎么这样倒插着啊?太阳怎么在这样短的时间就已经从黄昏运转到早晨啦㉙?"他对我说:"我在地心那一边抓着那洞穿世界的恶虫的毛爬到它身上去,你以为你现在还在那一边呢。在我顺着它的身子而下的时候,你一直是在那一边来着;当我掉转身子时,你就越过吸引各方面的重量的那个中心点㉚。现在你已经来到天球这半球下面,这半球正对着笼盖大片陆地的那半球,在那半球的天顶下,那个生下来无罪、生平也无罪的人被杀死㉛。你的脚踏在一个小小的圆形地面上,这个圆形地面形成犹大环的另一面㉜。那里是黄昏,这里就是早晨㉝;这个以他的毛给我们做梯子的,还和原先一样固定在那里㉞。他从天上掉下来,落到这边,原先在这里露出来的陆地由于怕他而把海作为面纱，来到我们那半球㉟。或许是为躲避他，出现在这边的那块陆地在这里留下了这个空处，向上涌起㊱。"

　　下面那里有一个地方，这个地方距离别西卜和他的坟墓的长度相等㊲，我们发现了这个地方，不是由于看到了它，而是由于听到了一条小河的水声，这条小河河道迂回曲折，坡度不大，从它侵蚀成的一个石穴中流到那里。我的向导和我开始顺着那条隐秘的道路返回光明的世界去；我们一会儿都不想休息，就向上攀登，他在前面我在后面，一直上到我从一个圆形的洞口见到了天上罗列着的一些美丽的东西㊳。我们从那儿走出去，重新见到了群星㊴。

注释:

①　这句拉丁文的前三个词是一首著名的赞美诗的第一行。这首赞美诗是法国普瓦提埃（Poitiers）主教浮图纳图斯（Fortunatus）为迎接耶稣受难十字架的残余部分从君士坦丁堡到来（569）而写的，后来为天主教会所采用，在举行耶稣受难日、十字架发现节和赞扬节的宗教仪式时，都唱这首诗。诗中 Vexilla regis（国王的旗帜）指十字架，它是天国之王的旗帜；但丁加上 inferni（地狱的）一词，把意思改变为地狱之王的旗帜，用来指卢奇菲罗的六只翅膀。

　　本章开端用拉丁文，来写地狱之王，显得气魄庄严，令人望而生畏。

　　"向着我们而来"字面的意思是：卢奇菲罗的旗帜向着我们行进，其实是说：我们走近了卢奇菲罗，因为他是固定在地球中心不动的。

②　"我们这半球"指北半球。但丁在昏暗的地狱底层望见硕大无朋的卢奇菲罗摆动着翅膀矗立在冰湖中央，好像大雾中或者黄昏时，一个转动着风磨的风车隐隐约约地从远处出现一样。这个比喻十分贴切，因为风车是一种巨大的机械装置，有宽阔的翅膀来扇风作为动力，和卢奇菲罗这个庞然大物摆动着翅

膀扇风,使科奇土斯湖结冰,非常相像,远处的风车在大雾中或暮色中显出朦胧的轮廓,和卢奇菲罗矗立在昏暗的地狱底层,从远处望去,隐约可见,也很类似。

"庞然大物"原文为 dificio(即 edificio 脱落了词首音节 e),早期意大利作家常用这个词指机器或工具,根据路易吉·温图里(Luigi Venturi)的解释,这里泛指说不出名称来的大东西。

③ "避风之处"原文为 grotta,有的注释家按照普通的意义解释为"洞穴";有的则理解为"岩石";波雷纳指出,这个词的另一含义是为了给植物挡风防冻而建的墙,这里泛指避风处。

④ "那个地方"指冰湖的第四环,是冰湖中心,乃犯出卖恩人罪者的鬼魂受苦之处。出卖恩人是最大的罪,所以这些鬼魂受最重的刑罚,全身被冰封住,永远不能动弹。

⑤ 鬼魂们在冰层中的姿势不同,大概表示罪与罚的程度不同,但是诗中对此并未具体说明,我们无法确定某种姿势表明对某种恩人犯下某种程度的罪行。

⑥ 指卢奇菲罗,他在背叛上帝以前,是天使中最美者。

⑦ "狄斯"是罗马神话中的冥界之王,但丁把他和基督教的地狱之王等同起来,在第十一章和第十二章中已经用他来指卢奇菲罗。"你须用大无畏精神武装自己"意即你已经来到犹大环,现在即将看到卢奇菲罗的可怕的形象,还得抓着他的身躯下到地心,走出地狱去,所以非鼓起最大的勇气不行。

⑧ "冰冷和喑哑"意即吓得浑身冰冷,由于恐怖而说不出话来。"我既没有死,也没有活着"和"我被剥夺了死与生"都指但丁看到卢奇菲罗的恐怖相时,身心顿时陷入的一种不可思议的状态。

⑨ "悲哀之国的皇帝"即地狱之王卢奇菲罗。诗中有关他的身材的说法,只不过强调他高大无比而已,但是一些学者试图根据诗中的话来计算魔王究竟有多么高大(例如安东奈里〔Antonelli〕计算出他臂长 410 米,身高 1230 米),这种努力当然是徒劳的。

⑩ 卢奇菲罗原是带光的六翼天使,即《圣经》中所谓"明亮之星,早晨之子"(见《旧约·以赛亚书》第十四章)。神学家波纳温图拉(Bonaventura)说:"他名叫卢奇菲罗,因为他比其他天使

更明亮。"他被上帝创造成最美的天使,理当感戴上帝,但他的美却滋长了骄傲情绪,他心里想道:"……我要高举我的宝座在上帝众星以上……我要与至上者同等……"(见《旧约·以赛亚书》第十四章)。这种骄傲情绪使他对上帝发动叛乱,结果堕入地狱,变为魔鬼。"扬起眉毛"是他的傲气的表现。既然他对上帝都忘恩负义,发动叛乱,那他自然就成为世人一切苦难的来源。所以圣奥古斯丁说:"世上一切苦难都来源于他(指卢奇菲罗)的恶意。"

⑪ 一个头上长着三个面孔,象征魔鬼的三位一体性作为神的三位一体性的对立面。三位一体的神的属性是力量、智慧和爱,魔鬼的三个面孔象征与此相反的三种属性:无力、无知和憎恨。

⑫ 意即旁边那两个面孔在两个肩膀正中的上方,它们都和中间那个面孔相连,彼此又在头部后面顺着正中的一条线衔接起来,这条线的终点是枕骨,一些动物(如公鸡)的冠毛长在那里。

⑬ "来自尼罗河上游地方的人们"指面目黧黑的埃塞俄比亚人。卢奇菲罗的淡黄面孔象征虚弱无力,黑面孔象征愚昧无知,红面孔象征憎恨。

⑭ 蝙蝠的翅膀有皮质的膜和黑褐色的细毛,在宗教画中魔鬼的翅膀都被画成这样,但丁在诗中也把魔鬼描写成有这样的翅膀,但他所塑造的魔王形象头上没有角,臀部也没有尾巴,又和绘画中以及其他文学作品中魔王的形象不同。

⑮ 卢奇菲罗哭是由于痛苦悲哀,也由于对神斗争失败,无力继续反抗而怒火中烧所致。"带血的唾液"指唾液带有被他嚼着的三个罪人的血。

⑯ "打麻器"亦名麻梳,是一种木制工具,用来粉碎大麻和亚麻茎,把纺织纤维和木质纤维分开。卢奇菲罗由天使变成魔王后,被罚在地狱里做惩罚三个最大罪人的工具。"这个明喻和动词 dirompea(粉碎)用在一起,似乎使人听得见那三个罪人的骨头被卢奇菲罗的牙齿咬碎的声音"(引自路易吉·温图里《但丁诗中的明喻》)。

⑰ "前面那个"指前面那个红面孔的嘴里咬着的罪人犹大。

⑱ "那儿上面那个"也指犹大,这话是维吉尔指给但丁看时说的,因为卢奇菲罗异常高大,所以让但丁往上面看。犹大出卖耶稣,罪大恶极,被判处最重的刑罚:头在魔王嘴里,身子被牙咬碎,皮被爪剥光。

⑲ 布鲁都(Marcus Junius Brutus)是罗马政治家,约生于公元前85年。内战爆发(前49)后,站在庞培一边反对恺撒,庞培失败后,受到恺撒的宽恕和信任,被授予阿尔卑斯山南省总督之职,两年后又被推举为执政官。他虽然受到恺撒的恩惠,但他为了保持元老贵族的统治,反对恺撒的军事独裁,同卡修斯联合起来,阴谋刺死了恺撒(前44年3月15日)。公元前42年秋,恺撒的后继者安东尼和屋大维进兵希腊,与布鲁都和卡修斯会战于马其顿的腓力比(Philippi)附近,布鲁都兵败自杀。
但丁认为罗马帝国是天意为保障人类享受现世生活的幸福而建立的,恺撒是帝国的始皇帝,布鲁都背叛了他,把他刺死,是获罪于天,理应受最重的惩罚。布鲁都被咬得粉身碎骨,都忍着剧痛,一言不发,显示出他的顽强的叛逆者的性格。

⑳ 卡修斯(Gaius Cassius Longinus)是古罗马将领,内战爆发时,任平民保民官,参加了元老贵族党。恺撒进军意大利,势如破竹,卡修斯随庞培和元老贵族仓皇逃出意大利。庞培在法尔萨利亚之战败绩后,卡修斯投降恺撒。恺撒不仅宽恕了他,而且推举他为执政官,并答应次年任命他为叙利亚总督。卡修斯虽然受到恺撒的恩惠,却仍然以他为仇敌,暗中组织起反对派,阴谋刺死了他;布鲁都也是在卡修斯的劝说下参加这一暗杀行动的。恺撒死后,卡修斯离开罗马去叙利亚,公元前42年秋,在腓力比附近与布鲁都协同迎战安东尼和屋大维。兵败后,命令一名被释放的奴隶结束了自己的生命。
诗中说"他看起来肢体那样健壮。"有些注释家指出,这与事实不符,因为据罗马帝国时期的传记作家普鲁塔克(Plutarchos)在《希腊罗马名人比较列传》中说,卡修斯瘦弱苍白;他们认为但丁把刺死恺撒的卡修斯·朗吉努斯和西塞罗在《对卡提利那的控告辞》中所提到的卢丘斯·卡修斯弄混了。雷吉奥驳斥此说,指出但丁当然没有读过普鲁塔克的《列传》,但他是否读过西塞罗的《对卡提利那的控告辞》也不能确定,况且其中

形容卢丘斯·卡修斯的拉丁文 adipes（肥胖）这个词和但丁诗中形容卡修斯·朗吉努斯的意大利文 membruto（肢体健壮）这个词意义根本不同。他认为，但丁所根据的可能是我们不知道的史料，也可能是凭想象力把卡修斯勾画成肢体健壮的人，和性格冷静顽强的布鲁都对称。

㉑ 诗中关于犹大环的描述到此结束。牟米利亚诺指出，这个区域是整个地狱中唯一的绝对静默的地方，不仅卢奇菲罗默不作声，而且他嚼着的三个罪人以及一切被惩罚的阴魂也都这样。这个地区也是地狱中最鬼气阴森的地方，甚至是唯一的绝对为鬼气所笼罩的地方。唯有这里生命已经全然熄灭。

"夜晚又回来了"，意即现在北半球已经是黄昏时分，也就是 1300 年 4 月 9 日下午六点钟（复活节前夕）。但丁游地狱是 4 月 8 日黄昏时分开始的，到这时结束，总共用了二十四小时。

㉒ 维吉尔趁魔王的翅膀都张得够大的时刻爬上他的胁部，为的是不被翅膀打着。"抓住一簇又一簇的毛"下去，如同下陡峭的山坡时揪住一丛又一丛的灌木似的。"从浓密的毛和凝冻的冰层之间下去"也就是说，从卢奇菲罗的毛烘烘的身躯和科奇土斯湖的冰层之间的空隙中下去。

㉓ 卢奇菲罗头向前从天上坠入地狱，上半身在北半球，下半身在南半球，臀部的隆起处恰恰在地球中心。维吉尔顺着他的身子下到他的臀部的隆起处时，必须掉过头来往上爬，才能离开地狱去南半球。根据古代的一种错误理论，地球引力在地心最大，维吉尔把头和腿掉转过来，须要克服地球引力的巨大阻力，因而很吃力，累得喘吁吁的。当时但丁趴在维吉尔背上，两手抱着他的脖子，当然会感觉到他掉头，但是紧接着他似乎又在往上爬，所以就以为又要回到地狱里去。

㉔ "这样的阶梯"意即这样困难的道路。"万恶的渊薮"指地狱。

㉕ 大意是：维吉尔掉过头来在卢奇菲罗和岩石之间的狭窄的空隙中顺着卢奇菲罗的身子继续爬去，爬到岩石上有一道裂缝构成了一个洞穴的地方，就利用这个洞穴从狭窄的空隙中出去；他先把但丁放在洞穴边沿上坐下，随后就离开卢奇菲罗的身子，一个稳练的箭步就迈到但丁跟前。

㉖ 因为但丁以为维吉尔在背着他重新回地狱去，而且维吉尔似

乎已经朝着卢奇菲罗头部的方向往回爬了一段,所以但丁坐在洞穴边沿上仰视卢奇菲罗时,就以为会看到他像自己离开他时那样头朝上站在那里。但是越过地心,维吉尔就掉过头来一直朝着卢奇菲罗的腿部爬去,现在这个方向就是上。但丁不知道已经越过了地心,以为自己还在北半球,就转了向,看到卢奇菲罗"两腿在上伸着",而感到莫名其妙。

"苦于百思莫解"原文为 travagliato(苦恼,受了折磨),对于这个词用在这里的意义,注释家有不同的解释,有的认为是"感到困惑",有的理解为"弄糊涂了",有的解释为"感到惊奇"。译文根据格拉伯尔的注释。

"那个中心点"指地心。

㉗ "路途遥远,道路难行"指维吉尔和但丁须要由一条狭窄曲折的小路从地心走到南半球炼狱山麓的地面上,路程大约和游地狱的路程一般远。

"太阳已经回到第三时的一半了"指那时已经是南半球时间上午七点半钟。原来教会为了按时祷告,把白天的十二个小时划分为四部分:即第三时(terza)、第六时(sesta)、第九时(nona)和晚祷时(vespro)。第三时指春分和秋分时节日出后的前三个小时,即六点钟到九点钟,所以"第三时的一半"就是七点半钟。

在地狱里,维吉尔从来不用太阳,而用黑夜和月亮来说明时间;现在已经离开地狱,越过地心,来到天球南半球之下,才第一次用太阳来说明时间。

㉘ 指地狱。但丁还认为自己没有离开地狱。

㉙ 因为维吉尔将要顺着卢奇菲罗的身子下去时曾说:"夜晚又回来了",现在刚过了一会儿又说:"太阳已经回到第三时的一半了",所以但丁产生了这个疑问。

㉚ "洞穿世界的恶虫",指卢奇菲罗。"洞穿世界",指他的身体穿过地心,一半在北半球地下,一半在南半球地下。《圣经》中常用"虫"来指撒旦(例如《旧约·以赛亚书》第六十六章、《新约·马可福音》第九章)。

"(地心)那一边",指北半球。

"吸引各方面的重量的那个中心点",指地球的中心,也是全宇宙的中心,根据亚里士多德的学说,乃是万有引力的中心。

㉛ "天球这半球"原文是 l'emisperio(这半球),这里显然是指天球南半球,而不是指地球南半球。"正对着笼盖大片陆地的那半球"指天球南半球正对着天球北半球,天球北半球下面就是人类所居住的、有大片陆地的北半球,天球北半球的天顶下是耶路撒冷,耶稣基督在那里被钉死在十字架上,他是"生下来无罪、生平也无罪的人"。"生下来无罪"指他作为上帝的儿子生下来无原罪,"生平也无罪"指他生活在世上时,也无任何罪行,因为在神的意志中是不可有罪的(见托马斯·阿奎那斯的《神学大全》第一卷)。

㉜ "犹大环"(Giudecca)是科奇土斯冰湖最靠里的第四环,得名于出卖耶稣的叛徒犹大。维吉尔告诉但丁:你现在脚踏在一个小小的圆形地面上,这个圆形地面的位置相当于地心那边的犹大环,所以现在你看不见冰层了。这是对他的第一个问题的回答。

㉝ "那里"指北半球,"这里"指南半球。两地时间相差十二小时。这是对他的第三个问题的回答。

㉞ 意即卢奇菲罗还和你初次看到他时一样固定在那里,并没有把头和脚颠倒过来。这是对他的第二个问题的回答。

㉟ 但丁根据《圣经》中(《旧约·以赛亚书》第十四章、《新约·路加福音》第十章和《新约·启示录》第十二章)有关卢奇菲罗从天上坠落地狱的话,运用想象力创造了这个神话:当卢奇菲罗从天上向南半球"这边"坠落时,原先露出在那里的海面的陆地,由于害怕他落到自己上面,就沉入海里("把海作为面纱"),转移到我们所居住的北半球。

㊱ 出现在南半球"这边"的那块陆地(指炼狱山),当初"或许"是为避免和这个罪大恶极者接触,而留下了这个空处,也就是我们目前所在的这个地窖,向上涌起,露出海面的。

㊲ "下面那里"是但丁在虚构的地狱、炼狱、天国之行结束后,写《神曲》叙述旅行的经历时,从北半球的角度说的,指的就是但丁站在那里听维吉尔解答问题、叙说卢奇菲罗从天上坠落地狱的后果之处。"别西卜"(Belzebù)是魔王的另一个名字(见《新约·马太福音》第十二章、《新约·马可福音》第三章、《新

约·路加福音》第十一章）。"别西卜和他的坟墓"指上面所说的那个"空处"，也就是但丁和维吉尔所在的那个"洞穴"或"地窖"。"这个地方距离别西卜和他的坟墓的长度相等"意即这个地方在"洞穴"或"地窖"的尽头。

㊳ 意即见到了天上的一些星辰。

㊴ 《神曲》三部曲都以"群星"结束，表示向往光明之意。

外国文学名著丛书

〔意大利〕但丁／著

神曲·炼狱篇

田德望／译

"外国文学名著丛书"编委会

人民文学出版社
PEOPLE'S LITERATURE PUBLISHING HOUSE

目　次

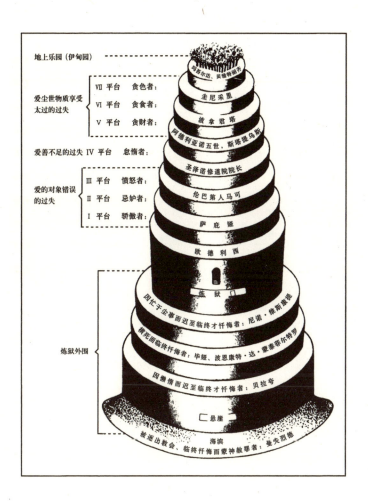

地上乐园（伊甸园） ------

爱尘世物质享受
太过的过失

VII 平台　贪色者：

VI 平台　贪食者：

V 平台　贪财者：

爱善不足的过失 IV 平台　怠惰者：

爱的对象错误
的过失

III 平台　愤怒者：

II 平台　忌妒者：

I 平台　骄傲者：

炼狱外围

玛蒂尔达、贝雅特丽齐

圭尼采里

波拿君塔

阿德利亚诺五世，斯塔提乌斯

圣泽诺修道院院长

伦巴第人马可

萨庇娅

欧德利西

监狱门

因忙于尘事而迟至临终才忏悔者：尼诺·维斯孔蒂

横死而临终忏悔者：毕娅、波恩康特·达·蒙泰菲尔特罗

因懒惰而迟至临终才忏悔者：贝拉夸

悬崖

被逐出教会、临终忏悔而蒙神敕罪者：曼失烈德

海滨

第 一 章

我的天才的小船把那样残酷的大海抛在后面,现在要扬帆向比较平静的水上航行。我要歌唱人的灵魂在那里消罪,使自己得以升天的第二个王国①。

啊,神圣的缪斯啊,让死亡的诗在这里复活吧,因为我是属于你们的②;让卡利俄珀稍微站起来,用她的声音为我的歌伴奏吧③,当初可怜的喜鹊们感受了她那声音如此沉重的打击,以至于失去了被宽恕的希望④。

我刚一走出了使我伤心惨目的死亡气氛⑤,凝聚在直到第一环⑥都明净无云的天空上那种东方蓝宝石⑦般柔和的颜色,就顿时使我的眼睛重新感到愉快。那颗引起爱情的美丽的行星使整个东方都在微笑,把尾随着它的双鱼星遮住⑧。我向右转身,注视另一极⑨,看到四颗除了最初的人以外谁都未曾见过的明星⑩。天空似乎由于它们的光芒而显得喜气洋洋:啊,北方的陆地呀,自从你失去了能看见它们的眼福后,你是多么空虚呀⑪!

我刚一停止注视它们,把身子稍微转向大熊星已经隐没的另一极⑫时,就瞥见一位老人⑬独自站在我面前,他的容貌看来是那样值得人对他毕恭毕敬,就连儿子对父亲应有的尊敬都比不上它。他的胡须很长,和两绺垂到胸前的头发一样花白^⑭。那四颗神圣的明星的光芒把他的面孔照耀得那样发亮,我看他就好像太阳在前面一般^⑮。

"你们是什么人,由那条阴暗的河逆流而上,逃出了永恒的牢狱^⑯?"他抖动着令人肃然起敬的长须说,"谁引导你们来着? 或者什么是你们的明灯,照着你走出那使地狱之谷永远漆黑的深沉的夜^⑰? 难道地狱深渊的法律就这样被破坏了^⑱吗? 还是天上改换了新的法令,使你们被打入地狱者来到我这山崖?"

我的向导于是抓住我,用话、用手、用眼示意要我低头,双腿下跪,表示恭敬,随后就回答他说:"我不是自己要来的:一位圣女^⑲从天上降临,我应她的请求,作为这个人的旅伴扶助他。但是,既然你想要我更详细如实说明我们的情况,你的要求我是不可能拒绝的。这个人还没有看到他的最后一夕,但由于他的痴迷,他距离这个时刻已经很近,眼看就要到了^⑳。正如我所说的,我是被派到他那里去救他的;除了我所走的这条路以外,没有别的路可以救他^㉑。我已经让他看到一切罪人^㉒,现在打算让他去看那些在你的监管下消除自己的罪孽的灵魂。我是怎样带他来的,要说给你听,话就长了;从天上降下的力量帮助我引导他前来见你,听你的指示。现在但愿你肯准许他来。他是来寻求自由的^㉓,为自由舍生的人知道自由如何宝贵;你是知道的,因为在乌提卡为自由而死你不以为苦,在那里你丢下了你的外衣,它在那个伟大的日子将大放光明^㉔。我们并没有破坏永恒的法律,因为这个人是活人,我也不受米诺斯管束^㉕;我是在你的玛尔齐亚的贞洁的明眸闪光的那一环里,她的神情表示她仍在恳求你,啊,神圣的胸怀呀,承认她是你的妻子^㉖:为了她的爱,请你俯允我们

　　那颗引起爱情的美丽的行星使整个东方都在微
笑,把尾随着它的双鱼星遮住。

的请求吧:让我们走过你的七重王国[27]。如果你允许在下面那个地方提到你,我就把你的恩惠报告给她[28]。"

于是他说:"我在世上时,玛尔齐亚在我的眼里是那样可爱,无论她要求什么,我都照办。如今她既然住在那条恶河的彼岸,根据我从那里出来时制定的法律,她再也不能使我动心了[29]。但是,如果正如你所说的那样,是一位天上的圣女感动了你,指引你来的,那就无须说什么恭维的话:你以她的名义来要求我就够了。那么,你就去吧,要注意把一棵光滑的灯芯草[30]束在他腰间,并且给他洗脸,去掉脸上的一切污垢;因为,眼睛被什么烟雾遮住,到第一位来自天国的使者[31]面前去,是不合适的。这个小岛周围的海滨,在受波涛冲击的低处,柔软的泥中生长着灯芯草[32]。任何别的能长出枝叶的或者能变得坚硬的植物,由于不能经受海浪打击,都不能在那里生长[33]。事毕之后,你们就不要再回到这里[34];现在正升起的太阳会指给你们从何处登山比较容易[35]。"

他说完就不见了;我默默无言地站起来,紧紧靠拢我的向导,把目光转向他。他开始说:"儿子啊,你跟随我的脚步:我们向后转吧,因为这片平原从这里一直倾斜到它最低的边缘[36]。"

黎明正战胜在它前面逃散的早祷时刻的夜色,使得我远远地看出大海的颤动[37]。我们在那片荒凉的平原上向前走去,如同正在返回迷失的路上的人,在回到那里以前,觉得一直在走徒劳的路[38]。当我们走到露水由于在阴凉处不易蒸发而能抵抗日光的地方时,我的老师把伸出的双手轻轻地放在草上:我明白他的意图,就把泪痕斑斑的面颊凑到他跟前;在那里,他使我那被地狱的烟雾遮住的面色完全显露出来。

我们随后就来到荒僻的海岸上,这海岸从未见过任何航行于它的海域、后来能生还的人㊴。在那里,他遵照另一位㊵的意旨给我束腰:啊,真是奇迹呀! 因为他所选的那一棵谦卑的植物,立刻就从他拔它的地方照样再生出来㊶。

注释:

① 但丁按照古代史诗的惯例,在诗的开端先点明主题。他把自己比作航海者,驾着天才的小船离开了风涛险恶的海面(指地狱),扬帆驶向风平浪静的海面(指炼狱),也就是说,他已写完《地狱篇》,现在动笔写《炼狱篇》。"第二个王国"指炼狱。

② 点明主题后,他随即向司文艺的九位女神缪斯求助。"死亡的诗"指《地狱篇》以写死人的世界为主题。"在这里复活"意即《炼狱篇》描述灵魂通过消罪而获得永生的过程。但丁请求缪斯赐给他灵感,把诗的风格提高,以适应这一崇高的主题。他称缪斯为"神圣的缪斯",因为他把诗看成神圣的事业。他对诗神说:"我是属于你们的",因为他献身于这种事业。

③ 卡利俄珀(Calliope)是九位文艺女神(缪斯)中的长姊(见《变形记》卷五),为司史诗的女神。维吉尔在史诗《埃涅阿斯纪》卷九描写图尔努斯同特洛亚人激战的场面时,向她求助。《神曲》也是史诗,所以但丁在这里特别向她请求赐与灵感。"稍微站起来,用她的声音为我的歌伴奏吧",意即请求她帮助,在《炼狱篇》中把诗的风格提高;"稍微"意即略高于《地狱篇》,而在《天国篇》中则要达最高的程度。

④ "可怜的喜鹊们"指色萨利亚(Thessalia)王皮厄鲁斯(Pierus)的九个女儿,她们异常狂妄,胆敢向九位缪斯挑战,竞赛唱歌。女神们推卡利俄珀起来应战,由女仙们做裁判,结果,公认女神胜利;九个姐妹就谩骂起来,惹怒了九位女神,使她们变成了喜鹊。(见《变形记》卷五)"以至于失去了被宽恕的希望"意即终于受到惩罚。

⑤ 指地狱的气氛。"死亡"是地狱的同义词。

⑥ "第一环"指地平线。

⑦ 东方蓝宝石(oriental zaffiro):"它是一种淡蓝色的,或者说,天蓝色和蔚蓝色的宝石,非常美观……有两种蓝宝石,一种名为

东方蓝宝石,因为产于东方的米底(Media)。这是比较优良的一种,它不是透明的。另一种有种种不同的名称,因为产于不同的地方。"(布蒂的注释)

⑧ "引起爱情的美丽的行星"指金星,地球上用肉眼看到它是在清晨或黄昏,清晨出现在东方时叫启明,黄昏出现在西方时叫长庚,这时它是天空中最亮的一颗星。在《筵席》第二篇,但丁根据星占学指出,世上人的灵魂在金星天的影响下燃起爱的火焰,也就是说,金星天是爱的本源。天文学家也以罗马神话中爱的女神维纳斯作为金星的名称。因此诗中称它是"引起爱情的美丽的行星"。但丁在清晨时分望见这颗星时,它是天空中最亮的星,所以诗中用"使整个东方都在微笑"这一形象化的说法描写它的光芒在东方闪耀的情景。"把尾随着它的双鱼星遮住"意即金星这时位于双鱼宫,它的光芒把双鱼星座遮住。但丁虚构的地狱、炼狱和天国三界的旅行时间是1300年春天,那时太阳在白羊宫,白羊宫在黄道十二宫中紧挨着双鱼宫,面向北看,从东往西数,位于双鱼宫之前。因此,这句诗说明这是复活节早晨日出前一个多小时,也就是说,是两位诗人起程后第四天的黎明时分,距离他们开始从地心向炼狱山麓的地面攀登的时刻已经二十多小时。

有的学者吹毛求疵地指出,根据天文学推算,1300年春天,金星并非作为晓星(启明)出现在东方,而是作为昏星(长庚)出现在西方,诗中的说法是错误的。我们认为,这种差错无关宏旨,因为《神曲》是诗,不是学术论文,何况这句诗的命意在于通过描写日出之前的景物,来说明诗人来到炼狱山下的具体时间是凌晨时分,而启明出现在东方又是这个时间常见的景物。我们在专心读这些诗句时,也不会想到1300年春天金星出现究竟在清晨还是在黄昏时分的问题。

⑨ 但丁看到启明星时,面向东方,向右转身后,就面向南方了。"另一极"指南极,因为但丁居住在北半球。

⑩ 四颗明星象征"谨慎""正义""坚忍""节制"四种基本美德(virtù cardinali),通称智、义、勇、节四枢德。大多数注释家认为"最初的人"指人类始祖亚当和夏娃,他们未犯罪时,在炼狱山顶上的地上乐园(伊甸)中,看见过这四颗明星,犯罪后,被

赶到北半球居住;人类作为他们的后代在这里生息繁衍,谁都看不到这四颗明星。这里寓意显然是:唯有纯真无邪的最初的人具备这四种美德,以后世风每况愈下,尤其是到了诗人所处的时代,就很难看到具备这些美德之人了。

⑪　"北方的陆地"指北半球的人。"空虚"原文是 vedovo(没有……的,失去了……的),这个词在这里极为含蓄,意味深长。译者苦于找不到贴切的译法,勉强译为"空虚"。但诗人的命意是明确的:他慨叹世人立身行事不复遵循"谨慎""正义""坚忍""节制"四种美德。

⑫　指北极。

⑬　"老人"指古罗马政治家玛尔库斯·波尔齐乌斯·卡托(Marcus Porcius Cato,前95—前46)。因与其曾祖著名的监察官老卡托同名,而被称为小卡托。他是斯多噶派哲学信徒,以德行严峻闻名。公元前63年,担任护民官,政治上属于元老贵族派。当激进派政治家卡提利那反对元老院被击败后,他支持西塞罗处死卡提利那的同谋者,成为元老派的领袖之一。后来,他反对恺撒、庞培、克拉苏"前三头"执政。内战开始后,他站在庞培一边,庞培失败后,他逃往亚非利加省,与庞培的岳父麦泰卢斯·西庇阿联合抗击恺撒,结果彻底失败。他困守孤城乌提卡(Utica),因不愿为敌人所俘虏,尤其不愿看到贵族共和国灭亡而自杀。

作为异教徒、恺撒的坚决反对者和犯自杀罪者,卡托死后,灵魂应入地狱,在第七层第二环受苦,但丁却选他作炼狱的监管者,预言他最后将入天国,原因何在?多数注释家认为,首先是由于受维吉尔史诗的启发,《埃涅阿斯纪》中不把卡托的灵魂放在塔尔塔路斯(Tartarus,地狱最深处),而放在埃吕西姆(Elysium,乐土)。此外,也由于西塞罗和卢卡努斯都对卡托评价甚高,后者在史诗《法尔萨利亚》中甚至把他写成美德的化身。但丁在自己的著作中也盛赞他的崇高的德行和酷爱自由的精神,说他是"真正自由的最严峻的战士","为了在世界上激发起对自由的热爱,他宁可作为自由人舍弃性命,而不肯作为丧失自由者苟全性命,以此来证明自由是多么宝贵"(见《帝制论》),这些话非但不把他的自杀视为罪行,而且誉为以身殉自由的高尚行为;他还说卡托是"认识和相信人生的目的就在于追求严峻的美德的人之一","他完全体现出高贵性在人生各个时期的特点",甚至有这样的溢美之辞:"凡人当中哪一个比卡托更配指上帝呢?肯定没有。"(见《筵席》第四篇第二十八章)

⑭ 卢卡努斯在《法尔萨利亚》卷二中说,从内战开始之日起,卡托就不再剃须剪发。但丁在诗中说"他的胡须很长",显然是根据卢卡努斯的话。卡托死时实际年龄是四十八—四十九岁。诗中说他须发花白,也是近情理的,何况这里的卡托是一个理想人物的形象,气派十分庄严,足以引起景仰之情。但丁在这个人物身上,确实"把古罗马英雄的形象和《圣经》中远古时代族长的形象融合在一起了。"(莱蒙迪〔Raimondi〕的评语)

⑮ 这四颗明星象征四种美德,所以是"神圣的"。"好像太阳在前面一般"意即好像太阳从正面照着他的脸似的,其寓意是:四种美德在卡托身上得到发扬光大,使得他看来几乎像受到上帝的启示一般。

⑯ "阴暗的河"指《地狱篇》第三十四章末尾提到的那条从炼狱山流到地球中心的小河;它在地下暗流,所以诗中说它是"阴暗的"(cieco,隐蔽的)。但丁和维吉尔从地狱底层来到炼狱山下,就是顺着这条"隐秘的道路"逆流而上的。"永恒的牢狱"即地狱。

⑰ "地狱"在这里原文是 la valle inferna(下界之谷),指地狱深渊。意大利语 inferno 本来是形容词,含义为"下方的,地下的,下界的",后来变成名词,指宗教神话中的地狱,它是永远不见天日的幽冥世界。

⑱ 地狱的法律禁止在其中受苦的鬼魂逃走。

⑲ 指贝雅特丽齐。

⑳ "最后一夕"指死亡。"在字面的意义上,指肉体的死亡,在寓言的意义上,指精神的死亡。"(布蒂的注释)"痴迷"(follia)指但丁迷失了正路,在"幽暗的森林"中彷徨,也就是说,在精神上误入歧途,眼看就要失去灵魂得救的可能性。

㉑ 指地狱、炼狱和天国之行(参看《地狱篇》第一章注㉗)。

㉒ 指在地狱中受苦的各种罪人。

㉓ 这里所说的自由指解脱罪恶的自由,即道德上的自由,这种自由是一切自由(包括政治自由)的基础。

㉔ 参看注⑬。乌提卡是古代非洲北部的滨海城市,位于巴格拉达斯(Bagradas)河(即今梅遮尔达〔Medjerda〕河)河口附近,在迦太基和现今突尼斯西北约三十英里处,原为腓尼基人的殖民地,后来被罗马占领,在内战时期,是庞培的残兵败将抗击恺撒的最后的战场。卡托是在这里自杀的,因而被称为乌提卡的卡托(Cato Uticensis)。

　　"外衣"指灵魂的外衣,即躯壳。"伟大的日子"指上帝进行最后审判的日子。"大放光明"指卡托的遗体将和圣徒们一样光芒耀眼;他的灵魂将升入天国,因为炼狱不复存在,他的职务也随之终结。

㉕ 米诺斯在第二层地狱入口处审判亡魂,维吉尔的灵魂在第一层地狱("林勃")中,不受他的审判。

㉖ 玛尔齐亚(见《地狱篇》第四章注㉟)是卡托的继配,生下第三个孩子后,卡托把她让给自己的朋友霍尔腾修斯(Hortensius),后者死后,她说服卡托和她重新结合(见《法尔萨利亚》卷二)。但丁在《筵席》第四篇第二十八章中提到此事,并且详细描述玛尔齐亚怎样用充满深情的话恳求卡托承认她为自己的妻子。

　　玛尔齐亚死后灵魂在"林勃"中。维吉尔在这里特意提到她的明眸和她脸上表现出恳求卡托仍然认她为妻子的神情,以此来引起卡托对夫妻间的恩爱的回忆。

　　"啊,神圣的胸怀呀,"一语表达出维吉尔对卡托的崇敬之情,《筵席》第四篇第五章中也有类似的话:"啊,卡托的最神圣的胸怀呀,谁敢于谈论你呢?"

㉗ "为了她的爱"意即为了她对你的爱。"七重王国"指炼狱山坡上的七层环山平台,是亡魂们通过磨炼来消除骄傲、忌妒、愤怒、怠惰、贪财、贪食、贪色七大罪之处。

㉘ "下面那个地方"指地狱第一层("林勃")。"你的恩惠"指卡托答应维吉尔的请求,准许他和但丁走过那"七重王国"。

　　"报告给她"意即等他回到"林勃",见到她时,他要为卡托由于对她的情意而对他们施恩,向她表示感谢。

㉙ "恶河"指阿刻隆河,玛尔齐亚所在的"林勃"位于此河的彼岸。"法律"指天条,它把得救的灵魂同不得救的灵魂严格分开,使前者对后者无动于衷。"我从那里出来时"指卡托从"林勃"中出来时。卡托于公元前46年自杀,在基督被钉死在十字架上以前约八十年,那时"人的灵魂没有得救的"(《地狱篇》第四章),所有的人死后都不能去炼狱,而统统下地狱;生前立德、立功、立言者被选入"林勃",有的永远留下(如维吉尔和玛尔齐亚),有的则在基督死后降临地狱时,被他救出,接引升入天国(如《旧约》中的圣哲和先知)。卡托作为德行崇高的异教徒,也被基督救出,去做炼狱的监管者。上述的"法律"就是从那时开始生效的。

㉚ 灯芯草象征谦卑(参看注㉜)。

㉛ 指把守圣彼得之门(炼狱之门)的天使。但丁和维吉尔登山去第一层平台,必须经过此门,其余六层平台入口处也都有天使把守,因此诗中说明他是"第一位"使者。

㉜ 灯芯草是多年生草本植物,生于沼泽湿地,茎细圆而长,高达四五尺,夏日,茎上部侧生花梗,多分枝,开黄绿色小花,茎可织席编篮子,中心部分用作油灯的灯芯;草茎柔韧,经得住风浪打击,所以用它来象征谦卑的美德非常恰当。

㉝ "能变得坚硬的植物"指生有木质茎的植物,即木本植物。生长枝叶的或者木本的植物,受风浪打击就会折断,因而不能在海边的软泥中生长。寓意是:任何其他美德都不能促使人悔罪自新;唯有谦卑能使人认识自己的罪,真心忏悔,甘于经受磨炼来消罪。

㉞ 有些注释家认为这句话的寓意是:悔罪自新的人不要再走回头路。

㉟ 太阳作为上帝的象征在炼狱中起着决定性的向导作用,因为太阳一没就不能登山,而必须等到次日清晨。

㊱ 辛格尔顿在注释中指出,但丁和维吉尔到达炼狱山的具体地点显然在山麓的斜坡上,距离海岸有一段路。但丁站在那里,起初面向东方,也就是说,背对着山,接着,就转身向右,面向南方,望见南极天空那四颗明星,然后又转身面向北极,发现北斗七星已经隐没,接着,就瞥见卡托在他跟前,看到南极那四颗明

星的光芒照在卡托的脸上,这说明卡托面向南方。维吉尔对但丁说:"我们向后转吧。"这句话表明他们转身向南,绕着岛大致向南走,去寻找海边生长的灯芯草。现在他们是顺时针方向环山而行,后来他们开始登山时,就逆时针方向前进。

"这片平原从这里一直倾斜到它最低的边缘",意即地势从他们站着的地方向海边倾斜。

㊲ "早祷时刻"(ora mattutina)指天主教会规定的僧侣每天凌晨的祈祷时刻,它在黎明之前,是黑夜的最后一部分。有的注释家把 ora 理解为 aura(微风),认为这句诗的大意是:黎明驱逐日出以前常起的微风,吹皱海水。这种解释不切合诗中描述的情景。根据上下文来看,诗句的大意是:东方的曙光驱散最后的夜色,使但丁能看出海波的荡漾。

㊳ 据万戴里(Vandelli)的注释,大意是:他们走在荒野上,如同正回到迷失的正路上的人一样,怀着焦急的情绪前进,在未回到正路以前,好像一直是徒劳跋涉,因而极力加快脚步,以免耽误时间。

格拉伯尔(Grabher)在注释中指出:诗句写出在荒野中旅行的艰辛,寻找迷失的道路时的焦急情绪以及回到正路前感到一路徒劳跋涉的内心痛苦,但丁作为常年流浪者和孤独的探求者,对此是有深切体会的。

㊴ 这里暗指尤利西斯冒险远航,驶向炼狱山时,船沉身死的故事。(见《地狱篇》第二十六章)

㊵ 指卡托,或者指上帝,因为卡托是秉承上帝的意旨行事的。

㊶ 《埃涅阿斯纪》卷六叙述,埃涅阿斯游地府前,神巫告诉他说,谁要想下到地府的深处,必须先把一条黄金的树枝摘下来献给冥后普洛塞皮娜,"这金枝摘下之后,第二枝金枝又会长出来"。但丁对灯芯草的构思显然受到这个故事的启发,但他另加上寓意,用灯芯草象征谦卑。尤利西斯由于骄傲不能到达炼狱山;但丁要想登上这座山,就必须以谦卑作为自己的"金枝",才能如愿以偿。

"照样再生出来",寓意是:"从一件谦卑行为产生另一件谦卑行为"(本维努托的注释),或者:"美德是不可能毁灭的,它能传给任何想得到它的人。"(布蒂的注释)

第 二 章

太阳已经到达子午线最高点在耶路撒冷上空的那条地平线上①,和太阳对着运行的黑夜正带着天秤出现在恒河上,当她一占优势,天秤就从她手里掉下来②;所以,我所在的地方,美丽的曙光女神由于上了年岁,白色和红色的面颊逐渐变为橙黄色③。

我们还留在海滨,如同考虑自己的路途的人们,心里想走,身子停步不进④。瞧!好像在晨光映射下⑤,火星从西方的海面上透过浓雾发出红光⑥一样,我看到这样的一个发光体——但愿我能再看到它——渡海而来⑦,来得那样快,任何鸟飞的速度都比不上它的运动。为了问我的向导,我的眼睛离开了它片刻,当我再看到它时,它已经变得更亮更大。随后,在它的两侧出现了一种我不知道是什么的白东西,在它的下面又逐渐出现了另一种白东西⑧。我的老师仍然没有说话,直到最初的白东西显出是翅膀来;当他明确认出这位舵手后,他就喊道:"赶快,赶快跪下。你看,那是上帝的天使,双手合掌⑨吧,今后你还会见到这样的使者。你看,他鄙视人间的工具,所以他在相隔如此遥远的两岸之间⑩航行不要桨,也不要帆,而把自己的翅膀做帆。你看,他把翅膀向天翘起,用他的永恒的羽毛划破空气,这羽毛不像尘世间的羽毛那样会发生变化⑪。"

后来,这只神鸟向我们这里来得越近,就显得越明亮;因而我的眼睛在近处不能忍受他的光芒,只好把目光垂下;他驾着一只船向海岸驶来,船那样轻那样快,一点也不吃水。船尾上站着这位来自天上的舵手,他脸上似乎写着他所享的天国之福⑫;船上坐着一百多个灵魂⑬,他们大家齐声合唱"In exitu Isräel de Aegypto"和这一诗篇的全部下文⑭。随后,他向他们画了神圣的十字,于是,他们大家就都跳上海岸⑮,他就像来时那样飞快地离开了。

那一群留在那里的幽魂似乎对于这个地方很陌生,如同试图了解新事物的人似的东张西望。太阳已经用准确的箭把摩羯座逐出中天⑯,正把光芒射向四面八方,这时,那一群新来的灵魂抬头向着我们,对我们说:"如果你们知道的话,就指给我们上山的路吧。"维吉尔回答说:"也许你们以为我们熟悉这个地方,但我们和你们一样是外来人。我们刚来,比你们早到一会儿,走的是另一条路,那条路那样艰险难行⑰,使我们觉得,登山对我们来说,会和游戏一样。"

那些幽魂从我的呼吸看出我还活着,都不禁大惊失色。犹如人们向手持橄榄枝的信使跑去听消息⑱时,无不争先恐后地往前挤,同样,那些幸运的幽魂全都凝视着我的面孔,好像忘了要前去净化自己⑲似的。

我看到其中的一个⑳走上前来,怀着那样深厚的感情拥抱我,使我感动得也像他那样做。啊,仅有外表的空虚的幽魂㉑哪!我三次把两手绕到他背后去搂抱他,每次两手都落空回到我胸前。我想,我脸上显露出了惊奇的神色;那幽魂对此微微一笑,就向后倒退,我紧跟着他向前走去。他用温柔的声音叫我站住㉒；于是，我认出了他是谁，就请他停留片刻，和我交谈。他回答说："正如我在肉体中时爱你，如今我离开了肉体一样爱你；但是，你为什么来到这里呀㉓？"

我说："我的卡塞拉，我做这次旅行是为了日后再回到现在我所在的这个地方㉔，但是，你为什么被剥夺了这么多时间㉕？"

他对我说："如果那位愿意何时接走何人就何时接走的舵手曾多次拒绝我过海到这里来，对此我一点都不感到委屈，因为他的意志是来源于公正的意志㉖。然而，三个月来，凡是想上船的，他都一律毫无异议地予以运载㉗。所以，当时我向台伯河水变咸处的海边㉘走去，就被他和蔼地接受下来。现在他已经把翅膀指向那个河口，因为凡是不向阿刻隆河堕落的总在那里集合㉙。"

我说："如果新的法律没有使你失去对那种常使我心中一切烦恼平静下来的爱情歌曲的记忆或歌唱的可能性㉚，那就请你以此来稍稍安慰一下我的灵魂吧，它带着肉体到这里来，是如此疲惫不堪！"

于是，他就唱起"爱神在我心中和我谈论"㉛来，唱得那样甜美，如今那甜美的声音依然在我心中回荡。我的老师和我以及那些同卡塞拉在一起的幽魂看来都那样心满意足，好像谁也不把别的放在心上了。我们大家正在专心听他的曲调，听得入神；瞧！那位可敬的老人喊道："怠惰的灵魂们，这是怎么回事？为什么这样疏忽，这样停留着？跑上山去，蜕掉那层使你们不能见上帝的皮㉜吧。"

犹如鸽子啄食小麦或者毒麦粒，聚在一起吃它们的食物时，都很安静，不现出惯有的傲气㉝，如果一出现它们害怕的

事物,就立刻把食物丢开,因为它们为更大的忧虑㉞所袭击;
我看到那一群新来的灵魂这样丢开了歌曲,像拔步就走而不
知会走到何处的人似的,向山坡跑去;我们也同样飞快地离
开了。

注释:

① 但丁在这里使用一些天文名词表示时间,这对于理解诗句的
意义是一种障碍。美国但丁学家葛兰坚(Grandgent)的注释比
较简明,他说:"我们须要知道,地球上任何地方的子午线都是
天空中一个直接越过该地上空,贯穿(南北)两个天极的大圆
圈。某一地方的地平线是一个在和该地的子午线相距90度
处环绕地球的大圆圈。子午线和地平线因此总是交叉成直角
的;例如,北极的地平线就是天球赤道——它也是南极的地平
线,因为南北两极相距180度。由于耶路撒冷和炼狱各在地
球上相反的两面,彼此相距180度,所以它们就有共同的地平
线:当耶路撒冷见日出时,炼狱就见日落,反过来也是这样。
这两个地方的时差正好是十二小时,所以耶路撒冷的中午就
是炼狱的午夜,耶路撒冷上午六时就是炼狱下午六时,以此
类推。"
"太阳已经到达子午线最高点在耶路撒冷上空的那条地平线
上"意即太阳已经到达和耶路撒冷的子午线交叉成直角的那
条地平线上,也就是说,已经到达耶路撒冷的地平线上,从下
文可以看出,这里指的是耶路撒冷西方的地平线,说明耶路撒
冷已经是日没时分。

② 但丁根据当时的地理学说,认为人类居住的北半球大陆极东
为印度的恒河口,极西为西班牙的埃布罗河的源头(或者西班
牙的加的斯城),东西相距经度共180度,时差十二小时,耶路
撒冷是北半球中心,与两地相距均为90度,时差六小时。"和
太阳对着运行的黑夜"指午夜,在这里但丁把"夜"人格化,想
象她也是一颗行星,在另一半球和太阳同时绕着地球运转;
"带着天秤"是形象化的说法,意即她当时正在天秤宫,因为但
丁虚构的地狱、炼狱和天国之行在1300年春分时节,太阳在

天秤宫对面的白羊宫;"出现在恒河上"意即这时印度恒河口
正是午夜时分,耶路撒冷是日没时分,西班牙埃布罗河源头和
加的斯城是中午时分。

"当她一占优势"(原文 quando soverchia 含义是:当她超过
时),指秋分以后,天变得夜长昼短;"天秤就从她手里掉下
来"是形象化的说法,指秋分以后,太阳进入天秤宫,"夜"进
入天蝎宫,天秤宫就不再由她掌握了(但丁游炼狱时,正是南
半球秋分以后)。

③ 大意是:所以,当耶路撒冷夕阳西下,恒河口午夜来临时,炼狱
山下旭日初升的东方天空已经由白色变为红色,再由红色逐
渐变为橙黄色。但丁和维吉尔是早晨四点到五点之间来到炼
狱山下的,也就是说,在日出之前;同卡托交谈和到海滨去,费
了一些时间,现在已经是早晨六点来钟,因为太阳已经出现在
地平线上。但丁用比喻说明日出前后天色变化的过程,把它
比拟成曙光女神由于年老红白的面颊变成黄色,由娇艳的少
女变成黄脸婆。这一形象在诗中出现与整个气氛颇不和谐,
使人读后产生不愉快的感觉,而且艺术趣味欠佳。

使用天文学名词来说明时间,在《炼狱篇》中屡见不鲜。不少
评论家认为这种说明只不过是炫示才学,没有什么诗意。萨
佩纽说:"整个这段使用天文学名词写成的冗长复杂的迂回说
明,以及和它相关联的神话尾巴,是一种纯粹中世纪的矫揉造
作的艺术风格。"

④ 这个比喻真切地表现出两位诗人急于登山但又不认识路,因
而感到迷惘的情景;"心里想走,身子停步不进"原文是 che va
col cuore e col corpo dimora,句中连用两个由颚音 c 构成的双
声,读起来有障碍重重之感,对于表达他们这种身心矛盾的状
态也有良好的艺术效果。

⑤ 这句话主要说明时间是"在清晨时分";旧版本原文作 sul
presso del mattino(将近清晨时)。

⑥ 关于火星,但丁在《筵席》第二篇第十三章中写道:"火星能使
东西干燥,能烧着东西,因为它的热像火的热一样;这就是它
的颜色为什么是火红的原因,这种颜色由于伴随着它的雾气
厚薄不同,而有时鲜明,有时暗淡。"这种说法是根据当时流行

16

的一种据说来源于亚里士多德的《气象学》的理论。

⑦ "发光体"是驾船的天使的面孔,但丁由于距离太远,只隐隐约约地看到它的亮光。"但愿我能再看到它"这句话流露出但丁希望死后灵魂能得救进入炼狱之意,因为这个"发光体"就是接引得救的灵魂去炼狱的天使。

⑧ 在发光体下面出现的白东西是天使的白衣。

⑨ "双手合掌"是祈祷时的姿势。

⑩ "相隔如此遥远的两岸之间"指罗马附近的台伯河口到炼狱山的海边。

⑪ "尘世间的羽毛"原文是 mortal pelo(会死的毛),多数注释家都认为泛指动物的羽或毛,格拉伯尔认为专指人的毛发,因为世上只有人能和天使相比。"发生变化"指变色、变稀和脱落。

⑫ 译文根据旧版本原文 tal che parea beato per iscripto;它用形象化的语言表现出天使脸上露出享受天国之福的神情。佩特洛齐的校订本把 parea 改为 farea,只有一字之差,含义却迥然不同,大意是:他(指天使)使每一个未见到他而只听到对他的描写的人都能体验天国之福。校订本文字的艺术效果不如旧版本。

⑬ "一百多"是不定数,意即许多。

⑭ 这是拉丁文《圣经》《旧约·诗篇》第一百十四篇的第一句,中文本《圣经》译文是"以色列出了埃及",本来指以色列人逃离埃及,摆脱了埃及人的奴役。但丁对它作出新的解释说,从秘奥的意义看,诗中所指的是"从罪恶中解脱出来,灵魂在其力量上就变得神圣了,自由了"(见《筵席》第二篇第十三章)。后来又在给堪格兰德·德拉·斯卡拉呈献《天国篇》若干章的一封拉丁文信中,详细说明了这一诗篇的寓意:"……如果从精神哲学的意义看,它所指的就是灵魂从罪孽的苦恼,转到享受上帝保佑的幸福;如果从秘奥的意义看,它所指的就是笃信上帝的灵魂从罪恶的束缚中解放出来,达到永恒光荣的自由。"(译文见朱光潜《西方美学史》第五章)

布蒂把刚来到炼狱的亡魂们合唱这一诗篇的原因说得很清楚:"作者假想那些灵魂唱这一诗篇……是为了表明他们感谢上帝使他们从魔鬼和罪孽的奴役中解放出来,到达了希望之乡。"

⑮ 天使向他们画十字表示向他们祝福;"跳上海岸"表现出他们
急于登山的愿望。

⑯ 太阳(当时在白羊宫)升起在地平线上时,摩羯座距离白羊座
90度,在子午线上,差不多正在炼狱上空。太阳逐渐升高,摩
羯座也相应地移动,离开了子午线。诗中形象地描写这一现
象,把太阳比拟为猎人(太阳神阿波罗善射,常常被描绘成狩
猎者),用他的百发百中的箭把摩羯座从子午线上赶走("逐
出中天")。

⑰ "走的是另一条路"指经过地狱的路,尤其是"由那条阴暗的
河逆流而上"的那条漫长、曲折、崎岖的地道。

⑱ 在古代,信使手持橄榄枝作为和平的象征,在但丁时代,一般
作为好消息的象征。"人们纷纷跑去集合在信使周围,尤其是
当他手里有橄榄枝时,因为这表明他带来了和平或者胜利的
消息。"(兰迪诺的注释)

⑲ 来到炼狱的灵魂是"幸运的",因为他们能进天国。"净化自
己"指通过磨炼消除罪孽。

⑳ 此人是但丁的朋友卡塞拉(Casella)。布蒂的注释说:"……卡
塞拉是佛罗伦萨人,是一位优秀的歌唱家和谱曲家,曾把作者
的某一首十四行诗或者颂歌谱成歌曲……他是个好行乐的
人,在世时,直到临终都忙于空虚的娱乐,很晚才进行忏悔。"
但丁的儿子彼埃特罗的注释、本维努托的注释以及兰迪诺的
注释也都说他是佛罗伦萨人;唯有佛罗伦萨无名氏的注释说
他是庇斯托亚人。从诗中看来,他是在但丁游炼狱三个月前
不久死去的。

㉑ 但丁在《地狱篇》第六章中说,犯贪食罪者的灵魂只有人形,但
是空虚、无实体;在第三十二章中却说,自己亲手揪住一个犯
叛国罪者的灵魂的头发,逼着他说出姓名,从这一事实看来,
灵魂显然是有实体的;然而这里又说,那一群新来的灵魂是
"仅有外表的空虚的幽魂";这些自相矛盾的说法都是由艺术
上的需要产生的。在《炼狱篇》第二十五章中,但丁阐述人死
后灵魂具有空灵体的学说,但在诗中却灵活掌握,根据所要描
写的具体情景,有时遵循、有时违背这个学说。

㉒ 卡塞拉让但丁站住,不要再试图拥抱自己。

㉓ 问但丁活着为什么来到炼狱。

㉔ 但丁说明此行是为了使自己死后能重来炼狱,使灵魂通过磨炼得以升天。

㉕ 但丁问卡塞拉,为什么他死了好长一段时间之后,现在才来到炼狱。

㉖ "舵手"指接引亡魂来炼狱的天使。卡塞拉认为,天使多次拒绝渡他,并非对他不公正,因为天使的意志来源于上帝的意志,上帝乃至高无上的正义。

卡塞拉的回答并未说明天使为什么迟迟不肯渡他。但丁学家对于迟延的原因有种种不同的解释,但都是臆说,不足置信,对于这个问题我们只好存疑。

㉗ "然而,三个月来"指自从教皇卜尼法斯八世宣布的大赦年(1299年圣诞节—1300年圣诞节)开始以来。教皇的训令中只规定,对这一年去罗马朝圣的人赦罪,并未提对死者赦罪。但是十三世纪的神学家(尤其是托马斯·阿奎那斯)认为,教会恩许的赦罪也适用于亡魂,而且一般人都相信这种说法。因此,但丁设想,凡是大赦年间请求到炼狱去的亡魂一律受到天使接引。

㉘ "当时"(原文 ora 在这里含义与 allora 相同)究竟指当时,还是指很久以前,难以确定,因为卡塞拉的卒年不详。

"台伯河水变咸处的海边"指奥斯提亚(Ostia)海滨,台伯河在这里流入第勒尼安海。但丁在诗中没有说明地狱之门在何处,但他明确指出,凡是去炼狱的亡魂都在台伯河口集合,等待天使接引,这个河口是教会的中心圣城罗马的港口。

㉙ 指一切得救的不入地狱的人。

㉚ "新的法律"指炼狱的法律,它对于卡塞拉来说是新的,因为他已离开人世,作为亡魂进入炼狱这一陌生的新世界。有的注释家把"新的"解释为"但丁所不知道的";这种解释虽然讲得通,但不如前一种说法切合诗中所讲的具体场合。"爱情歌曲",据萨佩纽的注释:"技术上指的大概是那种与风格高华的普洛旺斯抒情诗或模仿普洛旺斯诗风的(早期意大利)抒情诗密切结合的独唱歌曲。"

"失去对那种……爱情歌曲的记忆或歌唱的可能性"意即忘掉了唱那种爱情歌曲的技能或者被禁止唱那种爱情歌曲。

"烦恼"原文是 doglie(痛苦),和下文"疲惫不堪"(affannata)前后呼应;异文作 voglie(欲望),这里泛指情绪、激情,从上下文看也讲得通。

㉛ 原文是 Amor che ne la mente mi ragiona。这是但丁在《筵席》第三篇所诠释的一首颂歌的首句,这首颂歌原是歌颂爱情的诗(大概是为《新生》中那位在贝雅特丽齐死后对但丁表示怜悯的高贵女性写的),后来,作者在《筵席》中才对它作了寓言性的解释,把它说成是歌颂哲学的诗。据一些早期注释家说,卡塞拉把它谱成了歌曲,所以他在这里选唱这首歌曲是很自然的,当然纯粹是作为爱情歌曲来唱,并不寄托什么寓意。

㉜ "皮"原文是 scoglio,这里含义是 scorza(果皮、蛇皮、鱼皮),作为比喻,指生前的罪孽如同一层皮似的,仍然包着灵魂,使它无法看见上帝。

㉝ "惯有的傲气"指鸽子行走时,经常挺着胸脯,抬着头,仿佛炫耀自己的羽毛似的那种神气。

㉞ 指它们感到,现在逃命要紧,得飞往安全的地方。

第 三 章

　　虽然突如其来的逃遁迫使那些亡魂在平原上四散,奔向正义使我们经受磨难的山①去,我却靠拢着我的忠实旅伴:没有他,我怎么走呢?谁带我上山呢?我看他似乎自己感到内疚②:啊,高尚纯洁的良心哪,对于你微小的过失是多痛苦的悔恨哪!

　　当他的脚步脱离了使一切举动丧失尊严的慌忙状态③后,我的心原先贯注在一点上④,现在放开注意力,像渴望认识新事物一样,举目仰望那座从海中耸入云霄的最高的山。太阳在我们背后射出红光,在我的身体前面被遮断,因为它的光线在我身上遇到障碍⑤。当我看到只有我面前的地上有影子时,我就转身向旁边看,生怕被抛弃;我的安慰把身子完全转过来⑥,开始对我说:"你为什么还怀疑?你不相信我和你在一起,在引导你吗?当初我在其中使我能投下影子的肉体被埋葬的地方现在已经是晚祷时刻;那不勒斯保存着它,是从布兰迪乔移去的⑦。如果现在我前面没有影子,对此你不要比对诸天一层挡不住另一层的光更感到惊异⑧。神的力量使得像我这样的形体能感受热和冷的种种刑罚,但他不肯揭示给我们他怎样使它能这样⑨。谁希望我们的理性能探索三位一体的神所走的无限的道路,谁就是痴狂⑩。人类呀,你们满足于知其 quia⑪吧;因为假若你能知道一切,当初马利亚就不必生育了⑫;你们曾见过那样的人物,他们希望知道一切而毫无结果,假若人能知道一切的话,他们的愿望是会得到满足的,而这种愿望却成为永远施加给他们的惩罚⑬;我所说的是亚里士多德和柏拉图,还有许多别的人。"他说到这里,就垂头不语,一直面带烦恼的表情⑭。

在这同时,我们来到了山脚下:我们发现那里岩石异常陡峭,即使两腿矫捷,要想攀登也是徒然⑮。莱利齐和图尔比亚之间⑯的最荒僻、最崎岖险阻的山路,和它相比,就是一道便利、宽阔的阶梯。我的老师停住脚步说:"现在谁知道这山坡哪边坡度小,可使没有翅膀的能上去?"

当他正在眼睛向着地,心里考虑着路途,我正在仰望那座绝壁周围时,我看到左边有一队灵魂出现,他们移动脚步向我们走来,走得那样慢,仿佛脚步没有移动似的⑰。我说:"老师,你抬头看:你瞧,那里有一些人,如果你自己想不出什么办法,他们会给我们出主意的。"于是,他望了一眼,面带宽慰的神情回答说:"我们到那里去吧,因为他们来得很慢;亲爱的儿子,你要坚定你的希望。"⑱

我们走了一千步后,那些人距离我们还有优良的投石手用手投石所能投出的那么远,就全都拥到高高的悬崖的坚硬岩石跟前,挤在一起,站住不动,犹如行人感到疑惧时止步观望一样。维吉尔开始说:"啊,结局美好⑲的人们,啊,已被选中的灵魂们,我以我相信为你们大家所等待的那种平安⑳的名义请求你们告诉我们,这座山哪里坡度小,使人能够上去;因为最知道时间宝贵的人最嫌浪费时间㉑。"

犹如一群羊先有一头,接着有两头,随后又有三头走出羊圈,其余的都畏畏缩缩,站着不动,眼睛和鼻子向着地;那第一头怎么做,别的羊也怎么做,如果它站住,它们就跟着向它拥上来,样子都很老实安静,自己也不知道为什么这样做;当时,我看到那一群幸福的灵魂中领头的几个就这样移步向我们走来,面带谦卑的表情,举动安详稳重㉒。

当那些走在前面的灵魂看到日光在我右边的地上被遮断,从我身上把我的影子投到岩石上时,他们就停下来,倒退了几步,那些在后面跟着来的全都这样做,自己也不知道为什么㉓。我的老师这样对他们说:"我不等你们问,就向你们声明,你们看到的是一个活人的身体;因此日光在地上被分开了。你们不要惊异,而要相信,他企图克服攀登这道悬崖绝壁的难关,不是没有得到来自天上的力量。"那一群配升天国的灵魂用手背指示方向说:"那么,你们就掉头走在我们前面吧。"㉔随后,其中的一个开口说:"不论你是谁,请你一面走,一面扭过脸来看㉕,想一想你在世上曾见过我没有。"我转过身来向他定睛细看:他头发金黄,容貌俊美,仪态高贵,但是有一道眉毛被一刀砍断。当我谦恭地说我未曾见过他时,他说"现在你看",一面把胸膛上部一个伤口指给我。随后就微笑着说:"我是康斯坦斯皇后的孙子曼夫烈德㉖;因此我请求你,回去后,到我的美丽的女儿那里去,她是西西里和阿拉冈的光荣㉗之母,如果关于我有别的说法,就把实情告诉她㉘。当我身上受了两处致命伤后,我就哭着向乐意饶恕的上帝忏悔㉙。我的罪行是可怕的㉚;但是无限的善有那样大的手臂,凡是投入他的怀抱的,他全都接受。假若当初被克力门指派来迫害我的科森萨的牧人正确认识到上帝这一面貌的话,我的尸骨就仍然埋在本尼凡托附近的桥头,在沉重的石堆的守护下。

如今它却在王国境外维尔德河边被雨淋风吹,是他拿着吹灭了的蜡烛移到那里的㉛。只要希望还有一点绿色,人就不会由于他们的诅咒永远失去永恒之爱而不能复得㉜。但是,任何至死都拒不服从圣教会的人,即使他临终悔罪,也必须在这道绝壁外面停留三十倍于他傲慢顽抗的时间,除非善人的祷告㉝促使这条法律规定的期限缩短。现在你看,你能不能把你见到我的情况和这条禁令告诉我的善良的康斯坦斯,使我感到欣喜㉞;因为这里的人借助于世人的祷告可以前进许多。"

注释:

① 指炼狱山。"正义"原文是 ragione,根据戴尔·隆格的注释,"ragione 指司法,也指执法的地方"。萨佩纽认为,这句诗的大意是:神的正义使我们在这座山受磨难来消除自己的罪孽。

② 维吉尔"感到内疚",并非由于听到卡托的训斥,因为他的训斥是针对那一群灵魂,而不是针对两位诗人的。但它也使维吉尔间接受到触动,感觉自己一时没有尽到向导与导师的责任。

③ "慌忙的脚步……对于有尊严的人来说是不适宜的。"(本维努托的注释)

④ 意即心里一直只想着卡塞拉的歌唱和卡托的斥责。

⑤ 维吉尔和但丁正在向山走去,现在他们面向西方,所以清晨的太阳的红光照射在他们背上,把但丁的影子投射到地上;维吉尔是来自"林勃"的幽魂,没有肉体,也就没有影子。

⑥ "我的安慰"指维吉尔,但丁在极端紧张的心理状态中这样称呼他。"把身子完全转过来"表现维吉尔对但丁的极度关怀之情。

⑦ "我在其中使我能投下影子的肉体":"我"指维吉尔的灵魂;他活着的时候,灵魂在肉体中与肉体结合,肉体能挡住光线,使自身的形象映在地面或其他物体上,成为人影。他于公元前19年9月21日病死在意大利半岛南部亚得里亚海滨城市布伦迪

西姆(Brundisium),即诗中所说的布兰迪乔(Brandizio),今名布林的西(Brindisi)。按照罗马皇帝奥古斯都屋大维的命令,遗体被运往那不勒斯附近安葬。维吉尔对但丁说这番话,是在炼狱时间上午六点至八点之间,那时炼狱的对跖点耶路撒冷已是日落后的黄昏时分,根据但丁的说法,意大利在耶路撒冷以西45度,那时是下午三点至六点之间,即晚祷时刻。

⑧ 根据中世纪的说法,诸天均由一种特殊的第五要素(其余四要素是土、水、火、气)构成,这种要素是透明的,所以它所构成的各重天这一重的光线均可以透过另一重。死人的灵魂(鬼魂)现出的空灵的形体也是由第五要素构成的,因而挡不住光,也就没有影子。

⑨ "像我这样的形体"指鬼魂的空灵的形体。"能感受热和冷的种种刑罚"指地狱里的鬼魂能感受到烈火焚烧和寒冰冷冻种种苦刑的折磨。鬼魂的空灵的形象虽然和活人的肉体不同,却能同样感受种种痛苦,这种说法难以置信,但是对于基督来说则是必要的前提,否则,教会所说的地狱和炼狱就失去了其存在的理由。但丁作为中世纪的人和虔诚的教徒,对此说法深信不疑,却无法解释,在诗中只好借维吉尔之口说这是理性不可能知道的奥秘,因为上帝不肯揭示给世人他如何使鬼魂的空灵的形体也能感受苦刑。

⑩ 诗的大意是:三位一体的神的本质及其无穷的造化之功对于人的理性来说,都是无法探索的奥秘。《旧约·以赛亚书》第五十五章中说:"耶和华说,我的意念非同你们的意念,我的道路非同你们的道路。天怎样高过地,照样我的道路高过你们的道路,我的意念高过你们的意念。"《新约·罗马书》第十一章中说:"深哉,上帝丰富的智慧和知识,他的判断何其难测,他的踪迹何其难寻!""痴狂"原文是 matto,雷吉奥的注释说,在这里含义是 stolto(愚蠢,傻);但这个词本义为 pazzo(疯狂),从诗句的上下文看,这样去解释也讲得通。因此姑且译为"痴狂"。

⑪ "quia"是拉丁文。雷吉奥的注释说:"在经院哲学用语以及一般中古拉丁文中,quia 引起肯定句:实际上,在意大利文中,具有'dire'(说)、'affermare'(断言)含义的动词后面都有一个

连词'che',相当于中古拉丁文的 quia。所以它是和 perché（因为）对立的。"诗句大意是要人们对于神秘的事物满足于知"其然"，不要妄想知"其所以然"。

⑫ 本维努托的注释说："假若上帝肯使人知道一切,当初就不会告诫人类的始祖不要吃那棵使人能分别善恶的树上的果子了;假若他们没有吃那果子,人类就不会有罪受惩罚了;假若人类不是有罪受惩罚,基督就不必降生和受难来赎救我们了。"这种解释为许多现代但丁学家所接受。有些学者提出另一种解释:假若人的理性足以知道一切,启示就是不必要的了,也就是说,马利亚就不必生下耶稣基督来给世人启示真理了。根据诗句的上下文看,后一种解释更为确切。

⑬ 大意是:人的理性如能知道一切,亚里士多德和柏拉图等伟大哲人的无限的求知欲是会得到满足的;然而实际上理性的能力是有其限度的,他们的无限的求知欲凭借理性不可能得到满足,结果就成为他们死后灵魂在"林勃"中所受的永久的惩罚,即渴望获得至高无上的绝对真理(见到上帝)而不能如愿之苦。

⑭ 维吉尔自己也在那样的伟大哲人之列;由于他已经认识到理性的局限性,他谈到这里不禁情绪波动,垂头不语,一直面带烦恼的表情。

⑮ 意即那里都是悬崖绝壁,人腿脚纵然灵便,也上不去。这句话和下面维吉尔的话:"可使没有翅膀的能上去?"前后呼应。

⑯ 莱利齐(lerice)是斯培西亚海湾东岸的一座城堡,图尔比亚(Turbia)是尼斯(今属法国)附近的一个乡镇:这两个地方标志着利古里亚海岸的东西两端,海岸地带峰峦壁立,当时几乎无路可通。

⑰ 这些都是被逐出教会而迟至临终才忏悔者的灵魂。"就寓意上说,但丁设想这些人走得很慢,是因为他们都迟迟不肯悔罪。"(布蒂的注释)

⑱ 大意是:你要坚信登山的希望不会落空,那一队灵魂一定会给我们指路。

⑲ 意即蒙受神恩而死。

⑳ 指天国永恒的平安。

㉑ 这句诗异常简练含蓄,已经成为格言。原文 perder tempo a chi
più sa più spiace,直译是:损失时间对于最知道的人是最不愉
快的。"最知道时间宝贵的人"意义不明确,有的注释家理解
为"智者"。译文根据多数注释家的解释。

㉒ 这是《神曲》中最著名的比喻之一。关于这个比喻,法国学者
拉莫奈写道:"见过群羊走出羊圈的人都会在这些诗句中重新
看到那种情景。这些诗句给但丁的描绘所具有的惊人的真实
性提供了一个实例,他观察大自然时,不忽略任何特点,把看
到的特点以极端忠实的笔法表现出来,犹如一面镜子反映出
种种物体,绝无虚假或不明确之处;绝无无用之处……"通过
这个比喻,但丁把那些灵魂逐渐解除了疑惧、目光低垂着、一
个跟着一个地慢步向他们二人走来的情景表现得栩栩如生。

㉓ 两位诗人转身向左去迎那队灵魂,这时他们右边是山,左边是
海和太阳,因此但丁的影子被投射在右边的山岩上。细节描
写的准确入微使情景的真实性更加突出。
灵魂们的动作完全和比喻中的那群羊的动作一样:走在前面
的看到但丁的影子时,突然站住,倒退了几步,并非由于害怕,
而是由于惊奇和困惑;走在后面的没有看到但丁的影子,不知
道前面的同伴们为什么站住和后退,但他们也都像走在后面
的羊似的做出了同样的动作。

㉔ 他们让两位诗人转回头,在他们前面和他们一同向右走去。

㉕ 那个灵魂请但丁不要站住,要一面走,一面扭过脸来看他,免
得浪费宝贵的时间。

㉖ 曼夫烈德(Manfredi)是西西里王和神圣罗马皇帝腓特烈二世
(见《地狱篇》第十章注㉜)的私生子,大约 1232 年生于西西
里。1250 年腓特烈逝世时,他刚十八岁,以摄政身份统治意大
利半岛南部和西西里,直到其异母兄弟康拉德四世从德国南
下即王位为止。1254 年康拉德去世,王位的合法继承人是其
三岁的儿子康拉丁,但曼夫烈德受西西里贵族们拥戴,重新摄
政。在此期间,他通过卓越的政治才能建立了威信。1258 年,
谣传康拉丁已死(谣言大概是他令人散布的);他由贵族们劝
进,在巴勒莫登上那不勒斯和西西里王宝座。康拉丁的母亲
伊丽莎白王后对此提出抗议,曼夫烈德反驳说,由一妇人和一

27

幼儿执政,不符合王国的利益。教皇英诺森四世作为康拉丁的监护人,宣布把曼夫烈德开除教籍,他担心那不勒斯和西西里王国在曼夫烈德统治下强大起来,危及教皇领地的安全。曼夫烈德作为全意大利吉伯林党的领袖,继续实行其父腓特烈二世的政策,同教廷进行斗争。继任的教皇亚历山大四世和乌尔班四世也把他开除教籍。乌尔班四世是法国人,还把那不勒斯和西西里王位授予法国国王路易九世的弟弟安茹伯爵查理,他的后继者克力门四世也是法国人,邀请查理率领大军来意大利夺取曼夫烈德的王国。1265 年查理来到罗马,被加冕为那不勒斯王(根据雷吉奥的注释,加冕的日期是 1265 年 2 月 28 日,根据辛格尔顿的注释,则是 1266 年 1 月 6 日)。之后,查理率法军入侵王国领土,1266 年 2 月 26 日同曼夫烈德军在本尼凡托交战。曼夫烈德奋不顾身,英勇杀敌,但因法军在数量上占优势,寡不敌众,最后死在战场上。查理乘胜长驱直入,占领了那不勒斯和西西里王国全境,建立了安茹王朝的统治。1267 年,曼夫烈德的侄子、十五岁的康拉丁率军从德国南下,企图从查理手中夺回应由自己统治的王国,结果战败,被敌人俘虏杀害(见《地狱篇》第二十八章注⑧),霍亨斯陶芬家族在意大利南部的统治以此告终。

"我是康斯坦斯皇后的孙子",康斯坦斯(1154—1198)是西西里和那不勒斯王国诺曼王朝国王罗杰二世的女儿和最后的继承人。她同神圣罗马皇帝腓特烈一世的儿子亨利六世结婚,生下腓特烈二世。通过这种婚姻关系,霍亨斯陶芬王朝获得了意大利南部这块富庶的领地,腓特烈二世既是西西里国王,又是神圣罗马帝国皇帝。

曼夫烈德为何不说自己是腓特烈二世皇帝之子,而说自己是康斯坦斯皇后之孙呢?注释家们对此提出了不同的解释:有的认为,由于他是腓特烈二世的私生子;有的认为,由于腓特烈二世的灵魂被打入地狱,而康斯坦斯的灵魂则在天国中,被称为"伟大的康斯坦斯";还有一些人认为,曼夫烈德企图以此来说明自己确实有权继承西西里和那不勒斯王位。后一种解释更有说服力。

㉗ "我的美丽的女儿":曼夫烈德以自己祖母的名字给她起名为

康斯坦斯。她同阿拉冈王彼得罗三世结婚，生了三个儿子：阿尔方索、贾科莫和斐得利哥。由于同康斯坦斯结婚，彼得罗三世认为自己有权继承西西里王位。1282年，意大利人民不堪忍受安茹王朝的残酷压榨，在首府巴勒莫举行了"西西里晚祷起义"，歼灭了岛上的法军，彼得罗三世进行干涉，从而即位为西西里国王，建立了阿拉冈王朝的统治。1285年，彼得罗死后，他的长子阿尔方索为阿拉冈王（1285—1291），次子贾科莫为西西里王（1285—1296）。1291年，阿尔方索死后，贾科莫继任为阿拉冈王（1296—1327），令其弟斐得利哥代替他为西西里王（1296—1337）。"西西里和阿拉冈的光荣"：早期注释家一致认为，这指的是康斯坦斯所生的次子阿拉冈王贾科莫二世和三子西西里王斐得利哥二世，但丁虚构的游炼狱的时间（1300），他们还在位。有一些现代但丁学家反对这种说法，因为但丁在《炼狱篇》第七章和《天国篇》第十九章以及《筵席》第四篇第六章和《论俗语》第一卷第十二章提到他们时都严加斥责。但是诗中这句话并非出自但丁之口，而是由他们的外祖父曼夫烈德说出的，他可能是由于他们能抗击安茹王朝，保持对西西里岛的统治，而这样称赞他们。萨佩纽和雷吉奥认为，"光荣"（onor）在这里并非赞语，而是"王权""王位"的同义词，引申义为拥有王权、王位的"君主"。

㉘ "如果关于我有别的说法，就把实情告诉她"：意谓世上如果谣传我因被逐出教会，死后灵魂在地狱里，你就告诉我女儿说，你曾亲眼看到我已来到炼狱里。

㉙ "两处致命伤"：指眉毛和胸部两处重伤。"哭着"表明他真心悔罪。诗中的描述大概根据当时流行的有关曼夫烈德在临死的最后一刻悔罪的传说。

㉚ 关于曼大烈德的罪行，维拉尼在《编年史》中说："他和他父亲一样放荡，或者更甚……他喜欢看到魔术师、宫廷侍臣和妃嫔在他周围……他的全部生活都是享乐主义的，既不把上帝，也不把圣徒们放在心上，只顾享受肉体的快乐。他是圣教会、教士和僧侣的敌人。他和他父亲一样占据了教堂……"（见《编年史》卷六第四十六章）。他的敌人们还指控他杀害了他父亲，他的兄弟康拉德和两个侄子，还企图杀害他的侄子康拉

丁。但丁的老师布鲁内托·拉蒂尼在《宝库》第一卷中提到过这些或真或假的罪状。

㉛ "科森萨的牧人"指科森萨大主教巴尔托罗麦奥·皮尼亚台里。曼夫烈德战死后,因为他是被逐出教会者,查理不肯把他葬在教堂或墓地中,而葬在本尼凡托附近卡罗勒河的桥头,命令每个士兵都在他的墓上投一块石头,结果堆成了一个大石堆。后来,奉教皇克力门四世之命对曼夫烈德进行迫害的科森萨大主教令人从坟墓中掘出他的尸骨,按照埋葬被逐出教会者的仪式,举着熄灭的蜡烛把尸骨运到那不勒斯王国的国境之外,弃置在维尔德河边,任其受风吹雨打。

"上帝这一面貌"指上帝的仁慈,因为上帝既有严正的一面,又有仁慈的一面,对怙恶不悛者给以应受的惩罚,对真心悔罪者予以宽恕赦免。科森萨大主教只看到上帝的严正的一面,没有认识他的仁慈的一面,否则,他就不至于使曼夫烈德遭到掘墓弃尸之祸。

"维尔德河"(il Verde)大概指黎里河(il Liri),中世纪的文献中称之为维利德河(il Viride),即今嘉利里亚诺河(il Garigliano),那里是当时那不勒斯王国和教皇领地在第勒尼安海一侧的交界地区。

㉜ "只要希望还有一点绿色",意即只要希望还存在(还没有枯死),也就是说,只要人还活着,还有可能悔罪。"他们的诅咒"指教皇们把人逐出教会。"永恒之爱"指上帝的恩典。诗的大意是:被教皇开除教籍的人,只要一息尚存,能真心忏悔,还是能受到上帝的宽恕赦免的。实际上,根据天主教的教义,开除教籍并不能使人死后灵魂必然入地狱,何况教皇把曼夫烈德逐出教会纯粹是由于愤怒和仇恨而进行的一种政治迫害,在但丁看来,这是滥用威权,因而也是无效的。

㉝ "善人"指受上帝的恩典的活人。

㉞ 意即使我能借助于她的祈祷早日进入炼狱之门。

第 四 章

　　当灵魂由于某一感官接受愉快或者痛苦的印象而全神贯注于这一感官时,显而易见它就不再顾及其他的感官:这一事实正和那些认为我们心中一个灵魂上面点燃着另一个灵魂的人所持的错误说法相反①。所以,当某一种听到或者看到的事物强烈地吸引着我们的灵魂时,我们就觉察不到时光的流逝;因为觉察时光流逝的是一种功能,吸引住整个灵魂的是另一种功能:后者可以说是绑着的,前者可以说是放开的②。我在凝神倾听和注视着那个幽魂叙说时,对此有了真实的体验③;因为,当我们来到了一个地方时,太阳已经上升了50度,我都没有觉察出来;那些灵魂一到那里,就向我们齐声喊道:"这就是你们所问的地方④。"

　　在葡萄开始变为黑紫色的时节,农村里的人常用一小叉子荆棘堵塞篱笆上的缺口,这种缺口都大于那一队灵魂离开我们时,我的向导在前面、我在后面,二人独力登山所走的小路⑤。人们只用脚就能走到圣雷奥,下到诺里,登毕兹曼托哇,并且到达顶峰⑥;但是在这里人们就非得飞不行,我的意思是说,跟随着给与我希望、做我的指路明灯的向导,凭借伟大愿望的矫捷羽翼飞上去⑦。我们从岩石的裂缝里攀登,两边的岩壁紧夹着我们,下边的地面须要手脚一起着地行走⑧。

当我们爬到高堤的堤沿儿上,到达开朗的斜坡时⑨,我说:"我的老师,我们往哪儿走啊?"他对我说:"你一步都不要走偏了⑩;要跟着我一直向山前进,直到我们面前出现熟练的向导。"

　　山顶之高非目力所能及,山坡的坡度之大远远超过从四分之一圆周的中点画到圆心的直线⑪。我已经疲惫不堪,开始说:"啊,亲爱的父亲,你回过头来看,你要不站住,我就一个人落在后头啦。"他说:"你努力把身子拖到这儿来吧,"一面指给我一个稍微靠上些的台地,这台地从那边环绕全山⑫。他的话鞭策着我,使得我竭力跟在他后面匍匐前进,直到我的脚踏上了那个环山台地。我们俩在那儿坐下来,面向我们的来路所在的东方,因为回顾来路常使人感到欣慰⑬。我先把目光投向下面的海岸;然后举目仰望太阳,使我惊异的是:它从左边照射着我们⑭。那位诗人明确地看出,我对于光之车在我们和北方之间运转惊诧不置⑮。因此,他对我说:"假使卡斯托耳和波吕丢刻斯同那面把光向上下传送的镜子在一起的话,你会看到那发红光的黄道带运转得更靠近大、小熊星座,除非它偏离了它的旧轨道⑯。你要想在思想上明确何以如此,你就要集中精神在心中想象,锡安山和这座山在地球上的方位是这样的:二者具有一个共同的地平线,但各自在不同的半球⑰;因此,如果你的心智理解得很清楚,你就可以想见,法厄同由于不会驾驶日车而遭到不幸的那条路经过那座山的一边,同时就必然经过这座山的另一边⑱。"我说:"我的老师,的确,我对于自己的聪明似乎不足以理解的事物,从来没有像现在对于这一点领会得如此清楚:永远在太阳和冬天之间的、在某一种科学中叫作赤道的、位于最高的运转的天体中央的那个圆圈,由于你所说的原因,从这里向北看它,就如同当初希伯来人向炎热的地方看它时一般远⑲。但是,如果你高兴的话,我愿意知道我们还要走多少路,因为这座山耸入云霄,我的眼睛望不到它的顶峰。"他对我说:"这座山的情况是这样:从下面开始攀登时,一直很艰苦,越往上走,就越不觉得劳累。因此,等到你觉得往上走如同乘船顺流而下一样容易时,你就到达这条路的终点了⑳。你等待着在那里休息,消除疲劳吧。我不再多回答了,我知道这是真情实况㉑。"

他的话刚一说完,从近处就传来了一个人的声音说:"也许在那以前你就得坐下来㉒!"一听到这个声音,我们都转过身来,看到左边有一块他和我都没有注意到的巨大的岩石。我们拖着脚步向那里走去;只见那里有些人坐在岩石后面的阴凉里,如同人们由于懒惰坐下来休息似的㉓。其中的一个似乎很疲倦,抱膝而坐,把头低垂到膝间。我说:"啊,我的亲爱的主人哪,你定睛细看那个人的样子,要比懒惰是他的姐妹还懒得出奇㉔。"于是,那个人转脸向着我们注视起来,只把目光贴着大腿移动了一下,说:"那你就往上走吧,你是勇敢的嘛㉕!"于是,我认出了他是谁,那阵儿劳累还使我有点喘吁吁的,但没能阻止我向他走去;当我来到他跟前时,他稍微抬了抬头,说:"你真明白了怎么太阳赶着车在你左边走吗㉖?"他的懒洋洋的动作和简短的话语使我的嘴唇不禁微微一笑;我随后就开始说:"贝拉夸,现在我不再为你难过了;但是,告诉我,你为什么就在这儿坐着啊?你在等着人护送吗?还是你又故态复萌啦㉗?"他说:"啊,兄弟呀,往上走又有什么用呢?因为坐在山门口的上帝的天使不肯让我进去受磨炼㉘。我生前天围绕我转了多久,现在我就得在山门外滞留多久,因为我把良好的叹息推迟到临终时刻㉙,除非蒙受天恩的活人心中发出的祈祷先来帮助我;那种天上不肯倾听的、别的活人的祈祷有什么用呢㉚?"

这时,那位诗人已经在我之前登山了,他说:"快来吧;你看太阳已经接触了子午线,黑夜用脚盖住了海岸上的摩洛哥㉛。"

注释:

① 指柏拉图学派关于人有三个灵魂的说法:柏拉图认为植物性(生长性)灵魂在肝脏,感觉性灵魂在心脏,理智性灵魂在脑,三者是相继形成的,有高低之分;诗中用隐喻说明这一点:一个灵魂上面又有另一个灵魂,如同一个火焰上面点燃着另一个火焰一般。

亚里士多德在《论灵魂》卷三中驳斥此说,认为人只有一个灵魂,它同时具有生长、感觉、理智三种功能。感觉包括视觉、听觉、味觉、嗅觉和触觉。当某一感官感受到客观事物的强烈刺激时,灵魂就完全贯注在这一感觉上,其他的功能就都暂时停止,这就是所谓一心不可二用的道理。亚里士多德的说法为经院哲学家如托马斯·阿奎那斯所接受。但丁在《筵席》第三篇第二章中也赞同此说。

② 觉察时光流逝的是理智的功能,吸引住整个灵魂的是感觉的功能,这里具体指听觉和视觉。

"后者可以说是绑着的,前者可以说是放开的"含义比较晦涩,注释家有种种不同的解释,尚无定论。这里采用的是万戴里的注释,大意是:感觉的功能(这里指听觉和视觉)可以说是绑在灵魂上,灵魂因而意识到听见的和看见的事物;理智的功能可以说是放开的,也就是说,脱离了灵魂,暂时不发生作用,灵魂因而觉察不出时光的流逝。

③ "那个幽魂"指曼夫烈德。但丁一面走,一面注视着他,细听他叙说自己如何得救,听得入神,没有觉察到时光的流逝。

④ 根据托勒密的天文学说,太阳围绕地球运转,每小时走15度。

从清晨出现在地平线上到现在已经上升了 50 度,也就是说,时间已经过了三小时二十分。按当时的计时法,日出大约在清晨六点钟,所以现在时间是上午九点二十分左右。

"这就是你们所问的地方"意即:这就是山势坡度稍小、比较易于攀登的地方。在前一章中,维吉尔曾向这队灵魂问路。

⑤ 这个比喻取材于农村生活,清新朴素。秋天葡萄将熟时,农人常用荆棘堵塞篱笆上的缺口,以防有人钻进来摘葡萄。但丁善于选用取材于现实生活的比喻以加强描写的真实性。

"独力登山"意即只我二人登山,没有人给我们带路。

⑥ 但丁举出当时意大利的一些最陡峭、狭窄、艰险的山路,和他们二人现在登山所走的小路相比,来强调后者无比难行:"圣雷奥"(Sanleo):蒙泰菲尔特罗山区的一个小城,距离圣马力诺不远,坐落在小山上,山势陡峭,当时仅有一条在岩石上开凿的小路可通。

"诺里"(Noli):利古里亚沿海地带西端的一个小城,距离萨沃纳不远,三面环山,前临大海,当时由陆上去此城,必须顺着在城背后陡峭的山坡上开凿的台阶爬下去。

"毕兹曼托哇"(Bismantova):指毕兹曼托哇石(La pietra di Bismantova)。这是勒佐·艾米利亚地区亚平宁山脉的一座高山,山坡悬崖壁立,山顶为半圆形小台地,只有一条羊肠小道可通,顶峰在台地西南部,高 1047 米。本维努托在注释中说,此山形似诗中所描写的炼狱山。

"顶峰"原文为 cacume。有异文作 Caccume,为斯卡尔塔齐-万戴里的注释本和波斯科-雷吉奥的注释本所采用,认为指罗马东南方的城市弗罗齐诺内附近的卡库梅山。但卡西尼-巴尔比、彼埃特罗波诺、格拉伯尔、牟米利亚诺、萨佩纽均采用 cacume。彼埃特罗波诺尖锐地指出,卡库梅山并不难登。况且诗人所列举的三个地方一处比一处艰险难达,假若最后又举出卡库梅山,岂不令人读后有虎头蛇尾之感。

⑦ "凭借伟大愿望的矫捷羽翼飞上去"意即要想登上这悬崖峭壁,必须靠渴望见到贝雅特丽齐的伟大心愿的精神力量。注释家毕亚吉奥里(Biagioli)指出,诗人描写这条山路的陡峭艰险,命意在于向我们说明,人要想从罪孽中解脱出来,进入忏

悔之门,须要经过艰苦的历程,只有借助于对天国之福的向往和理性之光的指引,才能克服一切障碍。

⑧ 形容山路的狭窄、陡峭。寓意是:"忏悔之路是艰苦的、狭窄的、高峻的。"(布蒂的注释)《圣经》中说:"引到永生,那门是窄的,路是小的,找着的人也少。"(《新约·马太福音》第七章)

⑨ "高堤":指构成炼狱山脚的悬崖绝壁。"堤沿儿上":指悬崖绝壁顶上靠边的地方。即两位诗人所走的小路的尽头,从这里起就是宽敞开朗的山坡。

⑩ 原文是 Nessun tuo passo caggia,直译是"你一步都不要往下走";但维吉尔如果这样说,他这句就是多余的,因为他们俩一直在往上爬,分明知道应当继续攀登。本维努托的解释很确切:"既然这里没有明确标出的道路,你一步都不要向右走,也不要向左走。"也就是说,要勇往直前,继续向高处攀登。

⑪ 四分之一圆周成 90 度角,由其中点画一条直线到圆心,就成45 度角。诗人以此来说明炼狱山的坡度之大远远超过 45 度,几乎是直上直下的。

⑫ "从那边":意即从他们俩当时所在的地方能看到的那一边。

⑬ 意即"回头看一看我们登山已经走过的路,常常给我们带来好处和快乐,使我们觉得经历的艰苦是甜蜜的"。(丹尼埃罗〔Daniello〕的解释)这是登山者的经验之谈。"从道德意义上讲,已经走上美德之路的人回顾起过去的邪恶的生活时,就感到安慰,而决意彻底摆脱那种生活,继续沿着已经开始走上的道路前进。"(维卢泰罗〔Vellutello〕的解释)
"我们的来路所在的东方":这里明显指出但丁和维吉尔是从炼狱山的东侧开始登山的。

⑭ 但丁和维吉尔当时坐在炼狱山东侧的悬崖峭壁上面向东方。他们所在的地方是在赤道以南,所以但丁望见太阳转到他们东北边,把光芒投射到他们的左肩上;因为但丁向东望,北方就是他们的左边,南方就是他们的右边。这种情况恰恰和位在北半球的意大利相反:那里在春分时节上午的中段时间人们向东望,就看到太阳在天空东南方;但丁在家乡见惯了这样的情景;当时看到太阳上午转到天空东北方这一异常现象,自

然感到惊讶。

⑮ "光之车"(carro della Luce)指太阳,显然源于日神驾车在天空行驶的古代神话。我国古时有类似的神话,因此旧诗中也有"日车"之类的隐喻。

"北方"原文是 Aquilone(北风),常用来指北方。诗句大意是:维吉尔看出,但丁对于当时太阳从他们俩面向的东方天空向北运转,面上显露出十分惊异的表情,因为在北半球的人上午向东望时,太阳是从东向南转的。

⑯ "卡斯托耳(Castor)和波吕丢刻斯(Polydeuces)":据希腊神话,他们是孪生兄弟,手足情深,互相依恋,因此天神宙斯让他们成为天上的双子星座(Gemini)。"那面把光向上下传送的镜子":指太阳,因为太阳把它从天使接受的光反射到地球上;"向上下传送":意即太阳半年把光直射北半球,即直射赤道以北,或者说,赤道上方,另一半年把光直射南半球,即直射赤道以南,或者说,赤道下方。

"发红光的黄道带":地球一年绕太阳转一周,我们从地球上把它看成太阳一年在天空中移动一圈,太阳这样移动的路线叫作黄道(ecliptic)。它是天球上假设的一个大圆圈,即地球轨道在天球上的投影。黄道和赤道平面相交于春分点和秋分点。黄道两旁各宽 8 度的范围叫作黄道带(zodiac),日、月、行星都在带内运行。古代把黄道带分为十二等份,叫作黄道十二宫,每宫包括一个星座。它们的名称,从春分点起,依次为白羊、金牛、双子、巨蟹、狮子、室女、天秤、天蝎、人马、摩羯、宝瓶、双鱼(参看黄道十二宫图)。"发红光的黄道带":指黄道带中太阳逐渐运行到的地方,这里引申为太阳本身。"大熊星座"是距离北极星不远的一个星座,其中最亮的星是北斗七星;"小熊星座"是天空北部的一个星座,其中的恒星排列成勺状,以北极星为最明亮;这两个星座泛指北方。"偏离了它的旧轨道"指太阳偏离了它一贯运行的路线,即偏离了黄道,这种情况出现在法厄同驾日车的神话故事中(本章注⑱和《地狱篇》第十七章注㉒)。

诗的大意是:假如双子座和太阳在一起,你就会看到太阳运转得还要靠北,除非它偏离了黄道,也就是说,假如现在不是春

分时节(太阳春分时节在白羊宫),而是夏至时节(太阳从 5 月
21 日至 6 月 21 日在双子宫),太阳就会更靠近北回归线,也就
是说,比现在还更靠北,因为现在太阳差不多在赤道上。

⑰ 锡安山是圣城耶路撒冷的两座小山之一,这里指耶路撒冷。
"这座山"指炼狱山。圣城耶路撒冷在北半球,炼狱山在南半
球,二者互为对跖地,所以有共同的地平线(参看第二章注
①)。

⑱ "法厄同由于不会驾驶日车而遭到不幸的那条路"指太阳运行
的轨道。据希腊神话,日神的儿子法厄同驾日车遨游太空,由
于不能驾驭神马,致使日车离开了他父亲指示的路线,闯下大
祸,法厄同被宙斯的雷霆所殛(详见《地狱篇》第十七章注
㉒)。"那座山"指锡安山,"这座山"指炼狱山。诗的大意是:
由于耶路撒冷和炼狱在地球上是对跖地,前者在北半球,即赤
道以北,后者在南半球,即赤道以南,所以从耶路撒冷看,太阳
是从左向右转,经过锡安山的南边,从炼狱看,就必须从右向
左转,经过炼狱山的北边,因此,但丁在上午的中段时间向
东望,就看到太阳在东北方。

⑲ "位于最高的运转的天体中央的那个圆圈"指天球赤道;最高
的运转的天体即原动天(第九重天),围绕它的就是永恒静止
的清火天(第十重天);原动天 24 小时运转一圈,它推动其他
的八重天绕着宇宙中心的地球运转。"在某一种科学中",指
在天文学中,位于原动天中央的圆圈叫作天球赤道。"永远在
太阳和冬天之间":"因为,当太阳在南回归线上时,北半球是
冬天,当太阳在北回归线上时,南半球是冬天;所以赤道永远
在太阳和冬天之间。"(卡西尼-巴尔比的注释)
"由于你所说的原因":意即由于耶路撒冷和炼狱在地球上是
对跖地,所以我们现在从炼狱向北看赤道,就和古代希伯来人
从耶路撒冷向南(炎热地方)看赤道一般远,也就是说,赤道和
炼狱之间的距离与赤道和耶路撒冷之间的距离相等。

⑳ 这里的道德寓意是明显的:"美德之路开始是艰难困苦的,但
逐渐有行善的习惯,就能达到纯洁无罪的境界,这种境界是真
正的幸福和自由。"(卡西尼-巴尔比的注释)"这条路的终点"
即山顶上的地上乐园。

㉑ "我不再多回答了":这句话意味着维吉尔不知道更多的情况,因为他的知识局限于炼狱的范围内。"我知道这是真情实况":意即我只能告诉你这些,但是我所说的都是真实情况。

㉒ 这个人是但丁的朋友贝拉夸(Belacqua)(详见注㉗)。"也许在那以前你就得坐下来!":这是一句温和的嘲讽话,不带有丝毫的恶意,朋友之间互相打趣时,常常说这样的话。

㉓ 现在是临近正午的时候,阳光已经相当热了;但丁和维吉尔面向东方,那块遮住阳光的岩石在他们左边,也就是在他们北边。

㉔ 诗人用速写的笔法勾画出贝拉夸的懒惰的姿态;还用"要比懒惰是他的姐妹还懒得出奇"这句夸大的话启发读者的想象力,使懒汉的形象突出。

㉕ 诗句强调贝拉夸懒得出奇,他注视两位诗人时,连头都懒得抬起来,"只把目光贴着大腿移动了一下",看到但丁因登山累得喘吁吁的刚坐下来休息,就用那句温和的嘲讽话打趣他。

㉖ 诗句继续勾画贝拉夸的懒惰的姿态:方才他只把目光贴着大腿端详他们,现在但丁来到他跟前,他不得不抬起头来,但也只是稍微抬了一抬,懒得多费劲。
"你真明白了怎么太阳赶着车在你左边走吗?"又是一句温和的嘲讽话,贝拉夸说这句话,不是讥笑但丁理解力迟钝,而是讥笑他对这样一个问题竟有如此浓厚的兴趣;在贝拉夸看来,这种问题是毫无意义的,因为他自己不仅生活上是懒汉,而且思想上也是懒汉,对于任何科学问题,都不可能有什么求知欲。

㉗ 贝拉夸生平事迹不详。早期注释家说,他是佛罗伦萨人,以制作乐器为业,是但丁的朋友。据德贝奈戴提(Debenedetti)考证,贝拉夸是杜丘·迪·波纳维亚(Duccio di Bonavia)的诨名,住在圣普洛柯罗(San Procolo)区,邻近但丁的家,文献证明,1299年6月2日还在世,1302年3月4日已经去世,大概死于但丁游地狱、炼狱、天国前不久。佛罗伦萨无名氏的注释说:"他(指贝拉夸)是前所未有的最懒惰的人。据说他早晨一来到店里,就坐下来,除了要去吃饭和睡觉以外,决不站起来。作者(指但丁)大概是他的熟人,常常责备他这样懒惰;因

此,有一天责备他时,贝拉夸用亚里士多德的话回答说:seden-do et quiescendo anima efficitur sapiens(坐着休息使灵魂聪明);对此,作者回答说:'当然,要是坐着会使人变得聪明,那就没有人比你更聪明啦。'"

"现在我不再为你难过了"意即现在我看到你在炼狱,知道你已经得救,才放心了,因为我生怕你临终未曾忏悔,死后灵魂入了地狱,心里一直为此苦恼。"故态复萌":意即懒病复发。

㉘ 把守炼狱本部之门的天使不许他进去经受磨炼消罪,因为他由于怠惰迟至临终才忏悔。

㉙ 诸天围绕地球旋转,人生活在地球上,所以也可以说,诸天围绕着人旋转,"转了多久"指人在世上活了多少年。"良好的叹息"指人忏悔时发出的叹息,这种叹息能感动上天,使人得到宽恕。

诗的大意是:我由于怠惰,迟至生命的最后一刻才忏悔,所以不能立刻进入炼狱本部受磨炼消罪,必须先在山门外等待,等待的时间和我在世上活的岁数相等。

㉚ 蒙受天恩的活人为留在炼狱山门外的灵魂祈祷,能使停留的期限缩短,不蒙受天恩的活人(即罪人)的祈祷无效,因为他不为上帝所接受。

㉛ "太阳已经接触了子午线":意即太阳已经在子午线上,也就是说,天已是正午时候,但丁和维吉尔离开曼夫烈德和其他的被逐出教会者的灵魂已经两个半小时了。"黑夜用脚盖住了海岸上的摩洛哥"是形象化的说法,把黑夜人格化,来说明大西洋岸上的摩洛哥现在已是黄昏时分,即夜幕开始笼罩大地的时候。如同西班牙的加的斯和直布罗陀一样,摩洛哥在诗中常常泛指北半球大陆的西端,它和耶路撒冷相距90度,因此,炼狱时间是正午,耶路撒冷时间就是子夜,摩洛哥时间就是黄昏时分。

第 五 章

　　我已经离开那些灵魂,正跟随我的向导的脚步走去,那时有一个灵魂在我背后指着我喊道:"瞧,靠下边的那个人,日光好像没照到他左边,他的举动好像活人似的①!"我一听到这话的声音,就把目光转过去,看见他们带着惊奇的表情只注视着我,只注视着我和被遮断的光②。

　　我的老师说:"你的心为什么这样分散,使得你放慢了脚步?他们在那里嘀咕什么,与你何干?你跟着我走,让人们说去吧!你要像坚塔一样屹立着,任凭风怎样吹,塔顶都永不动摇③;因为心中念头一个接一个产生的人,由于一个念头的力量削弱另一个念头,经常会使自己的目标离开自己更远④。"对此,我除了说:"我来了",还能回答什么?我说了这句话,同时脸上稍微浮泛着那种有时可使人受到宽恕的颜色⑤。

　　在这同时,稍微在我们前面一点,一群人正沿着山坡横着走来,一句一句地唱着"Miserere"⑥。当他们看出我的身体不透光时,就把他们的歌声转变成一声悠长沙哑的"啊!"⑦,其中有两个人作为使者跑过来同我们相见,请求我们说:"让我们知道你们的情况吧。"我的老师说:"你们可以回去向那些派你们来的人报告,这个人的身体是真正的血肉之躯。如果像我所猜想的那样,他们是因为看到他的影子才停下来的,这样回答他们就够了:让他们向他表示欢迎吧,这会对他们有好处的⑧。"

我从未见过燃起来的蒸气在夜色降临时划破晴空,或者在日没时划破八月的云层,像他们俩回到山坡上去那样快⑨;他们刚一到那里,就和其他的人一起,掉头向我们跑来,如同一支纵缰奔驰的部队一般。我的诗人说:"这一群向我们蜂拥而来的人很多,他们是来求你的,但你还是往前走,边走边听吧。"他们走过来喊道:"啊,带着与生俱来的肢体为了获得幸福而来的灵魂哪⑩,你稍停一下脚步吧。看一看你是否见过我们当中哪一个,这样你就可把他的消息带到世上去。请问,你为什么走啊?请问,你为什么不站住啊?我们都是早先死于暴力的,直到最后一刻都是有罪的人⑪;那时,来自天上的光使我们醒悟了,我们通过悔罪和宽恕别人同上帝和解,离开了人世,如今他使我们被切盼去见他的愿望折磨着⑫。"我说:"尽管我端详了你们的面孔,我也没认出是谁来;但是,生来有福的灵魂们,如果你们要我为你们做些我能做到的事,你们就说吧,我愿以那种平安的名义发誓去做,这种平安使我跟随这样一位向导的脚步从一个世界到一个世界去追求它⑬。"一个灵魂开始说:"不用你发誓,我们每个人都相信,除非你心有余而力不足,你一定会做你要做的好事。因此我独自赶在其他的人前头,抢先开口恳求你,如果你一旦看到位于罗马涅和查理的王国之间的那个地方,就劳驾为我在法诺请求人们为我做良好的祈祷,直到我能洗净深重的罪孽⑭。我是那里的人;但是,那些使我流出我所在的血的深重的创伤,是在安特诺尔后裔的怀里受的,我本以为我在那里最安全⑮;这事是埃斯提家族的那个人派人干的,他愤恨我远远超过了正义

　　我的诗人说:"这一群向我们蜂拥而来的人很多,
他们是来求你的,但你还是往前走,边走边听吧。"

要求的限度⑯。但是,当我在欧利亚科被追及时,假若当时向拉密拉逃去,如今我还在人世呢⑰。我跑到了沼泽中,芦苇和淤泥把我绊住,使我倒下了:在那里,我看见我的血在地上流成了湖⑱。"

接着,另一个说:"啊,祝愿那个吸引你登上这座高山的愿望能够实现,请你通过有效的怜悯帮助我的愿望实现吧!我生前是达·蒙泰菲尔特罗,如今是波恩康特:乔万娜或其他的人都不关心我了;所以我在这些人中间垂着头走⑲。"我对他说:"什么暴力或者什么偶然事件迫使你远远离开堪帕尔迪诺,使人们永远不知道你的葬身之地⑳?"他回答说:"卡森提诺脚下有一条河流过去,名叫阿尔齐亚诺河,它发源于隐士修道院上方的亚平宁山。我喉部受伤后,徒步奔逃,血染原野,来到这条河不再叫这个名字的地方。在那里,我失去了视觉,我的言语以马利亚的名字告终,在那里,我倒下了,只留下我的肉体㉑。我要告诉你实情,你可要在活人中间把它重述。上帝的天使带走我,那个来自地狱的说:'啊,你这来自天上的使者呀,你为什么剥夺我?你由于一小滴眼泪就从我手里夺去他这个人的永恒的部分并把它带走;我要以另一种方式处理那另一部分㉒!'你知道得很清楚,潮湿的水蒸气在空中凝聚,上升到受冷气包围的地方,就立刻重新变成水㉓。那个来自地狱的把他专想作恶的邪恶意志同他的心智结合起来,凭借他的本性赋与他的那种能力掀起了雾和风㉔。接着,在日暮时,他就用雾遮住了从普拉托玛纽到大岭之间的流域;使上面的天空浓雾弥漫,饱含水蒸气的空气变成了水。天下起雨来,地上容纳不下的雨水流入沟壑;从沟壑汇入山洪中后,就迅猛奔向王河,势不可挡。凶猛的阿尔齐亚诺河发现我的冷冰冰的躯壳在河口边,就把它冲入阿尔诺河中,并且松开了我在痛苦不堪时双臂在胸前交叉成的十字。河水冲得我顺着河岸、顺着河底翻滚,后来,就用它的冲积物盖上了我,裹住了我㉕。"

　　第三个灵魂接着第二个说:"啊,等你回到了人间,从长途劳顿中休息过来时,请想到我,我就是那个毕娅;锡耶纳造的我,玛雷玛毁的我:这件事那个先同我结婚、给我戴上他的宝石戒指的人知道㉖。"

注释:

① "靠下边的那个人"指但丁,他跟在维吉尔后面登山,所以比较靠下些。

　　"日光好像没照到他左边"意即他左边有影子。但丁登山时,面向西方。这时南半球是正午,太阳在北方,也就是在他右边,阳光被他的身体挡住,所以他的影子落在他左边。

　　"他的举动好像活人似的!"可能指他攀登时显出很费力的样子。美国注释家辛格尔顿指出,诗中重复使用"好像"(par)来强调那个幽魂觉得自己所见的现象是难以置信的。

② "只注视着我,只注视着我和被遮断的光":这里连用两个"只"字来强调那些幽魂一直不断地注视着,表现出他们既惊异又好奇的神态。

③ 这两句诗由于富有道德意义,表达出但丁的性格特点,已经成为脍炙人口的格言,为人们所熟记和传诵。

④ 大意是:一个人心里如果一再改变想法或计划,就更达不到奋斗的目的,因为一种想法或计划的力量势必削弱另一种想法或计划的力量,其结果是好谋寡断,无所作为。

⑤ 意即由于过失羞愧得脸上泛红。"有时":意即在某些情况下,而不是在任何情况下;只有犯的过错较轻,脸上泛红是真心悔过的表情时,才可以受到宽恕。

⑥ "稍微在我们前面"指在山坡上较高的地方。"正沿着山坡横

着走来":指那一群人顺着环山的台地走来,对于正在登山的两位诗人来说,那一群人是横向而行的。在面对山坡的人看来,他们在按照炼狱中的规则,逆时针方向环山行走。他们发现但丁的身体有影子时,他们是在但丁左边,也就是在他南边;因为他登山时,面向西方,这时是正午时分,太阳在北方,把他的影子投射到他左边,也就是他南边的地上,所以很容易被那一群人看到。

"Miserere"是《旧约·诗篇》拉丁文译本第一句的第一个词,含义是"怜恤",全句按中译本的译文含义是"上帝啊,求你按你的慈爱怜恤我"。这一诗篇是天主教礼拜仪式中规定歌唱的七首悔罪诗篇之一,诗中表示自己认罪,祈求上帝大发慈悲,涤除罪孽,因而适于这一群灵魂歌唱。他们用这一诗篇中的话来祈求上帝让他们进入炼狱本部去经受磨炼,把罪孽消除净尽,获得新生。

"一句一句地"原文是 a verso a verso。多数注释家把 a verso a verso 理解为"交替"或"轮流",设想这群灵魂分成两组,一组合唱第一句,接着,另一组合唱第二句,一直轮流唱下去,把全篇唱完。注释家齐门兹(Chimenz)则认为 a verso a verso 含义是"一句一句地",因为炼狱里的灵魂一般都是集体行动,所以这一群人不是分组合唱,而是全体齐声合唱;"一句一句地唱"强调他们在歌唱时,内心在反省他们的罪孽。

⑦ "一声悠长沙哑的'啊!'"表明他们突然看到但丁的影子时,惊诧不置。

⑧ 指但丁回到世上能劝说活人为他们祈祷,以缩短他们在山门外滞留的时间。

⑨ 《最佳注释》说:"正如那位哲学家(指亚里士多德)在他的《气象学》中所说,从地中冒出的各种蒸气,各自根据其性质上升";有的停止在大气的第二区域或者第三区域,变成雪、雨和风;其他的就往上升,由于接近了火界而燃烧起来。"燃起来的蒸气"就成为流星或云层。

诗的大意是:夜晚流星划过天空,夏季黄昏时雷电划过云层,都不如这两个使者跑回去那样快。

弥尔顿在《失乐园》卷四中描写天使尤烈尔乘光线飞行,用流

星作为比喻来说明他飞行的速度,显然是借用但丁的比喻:
"那时尤烈尔乘着一线的阳光,从黄昏的天空滑下,好像一颗
秋夜的流星,闪过茫茫的夜空,……"(见朱维之译《失乐园》
卷四)

⑩ "为了获得幸福而来":意即为了获得天国之福而来炼狱消罪。
那一群灵魂由于但丁是活人带着肉体来游炼狱,猜想他一定
是蒙受神恩得救的人。

⑪ "死于暴力的"泛指阵亡者以及被仇人或亲属杀死的人,他们
临死还是有罪的,因为尚未忏悔。

⑫ "来自天上的光":指上帝的恩泽。他们受上帝的恩泽启迪,醒
悟到自己是有罪的人,死后灵魂要入地狱,才忏悔自己的罪,
并宽恕杀死他们的人,因而死前能同上帝和解,受到宽恕,不
入地狱而来炼狱。"如今他使我们被切盼去见他的愿望折磨
着":意即上帝使我们渴望进天国见他,但是,由于我们迟至最
后一刻方悔罪,在相当长的期间不能如愿以偿,一直为此感到
苦恼。

⑬ "生来有福的灵魂们":意即这些灵魂生来注定得救,享天国之
福,正如诗中称注定入地狱的灵魂为"不幸生在世上的人的灵
魂"一样。
"平安"原文是pace,宗教上的含义是与上帝的意志合一的境
界(见《天国篇》庇卡尔达的话)。这里沿用《圣经》中文译本
的译法,这种译法并不确切,但译成"宁静"或"安宁",仍然和
这个词宗教上的含义有一定的距离。
"从一个世界到一个世界":意即从地狱到炼狱。但丁所追求
的"平安"也是炼狱中的灵魂们共同希望达到的境界,所以他
以此发誓表示他的诚意。

⑭ "位于罗马涅和查理的王国之间的那个地方"指安科纳边境区
(Manca Anconitana),这个地区在罗马涅以南、安茹家族的查
理二世所统治的那不勒斯王国以北,大致相当于现今意大利
的马尔凯地区(Marche)。
法诺(Fano)是安科纳边境区的城镇,位于安科纳和佩扎罗之
间,当时在里米尼封建主马拉台斯塔家族(即弗兰齐斯嘉的丈
夫的家族)的统治下。

"良好的祈祷"：指蒙受上帝的恩泽之人的祈祷。在炼狱本部经过磨炼才能"洗净深重的罪孽"，"良好的祈祷"能使他提前进入炼狱之门。

⑮ 诗中未提此人的姓名，注释家根据诗中的叙述，一致确定他是雅各波·戴尔·卡塞罗（Jacopo del Cassero），1260 年出生在法诺的贵族家庭，有军事和政治才能，1288 年，同当地的贵尔弗党人一起，参加佛罗伦萨对阿雷佐的吉伯林军的战役，在1296—1297 年担任波伦亚的主要行政官期间，挫败了斐拉拉侯爵埃斯提家族的阿佐八世（Azzo Ⅷ d'Este）对波伦亚的野心和阴谋，捍卫了波伦亚的独立，阿佐八世怀恨在心，蓄意对他进行报复，1298 年，雅各波应聘出任米兰的主要行政官，赴任时，为安全起见，不经过埃斯提家族的领地，而从法诺由海路到威尼斯，然后经过帕多瓦地区去米兰，但他走到勃伦塔河边的欧利亚科市镇时，被阿佐八世派出的刺客追及、杀死。

"我所在的血"："我"指雅各波的灵魂，他活着的时候，他的灵魂在他的血里。当时人们都相信血是灵魂所在的地方，这种说法来源于《旧约·利未记》第十七章："一切活物的生命就在血中。"

"在安特诺尔后裔的怀里"指在帕多瓦境内。安特诺尔（Antenor）是特洛亚的一个首领，特洛亚灭亡后，定居意大利，建立帕多瓦城，他的后裔指帕多瓦人。据中世纪传说，安特诺尔向希腊人出卖了特洛亚，因此，但丁把叛国者的灵魂在科奇土斯冰湖中受苦之处命名为安特诺尔环。雅各波用"安特诺尔的后裔"来指帕多瓦人，言外之意是帕多瓦人和阿佐八世之间在暗杀他的问题上是有默契的。他说这话时，口气缓和，因为他如今已经得救，对生前的仇敌不再怨恨，在这里只不过是如实叙说自己的悲惨的结局，来引起但丁的同情而已。"我本以为我在那里最安全"：因为帕多瓦地区不在阿佐八世的势力范围内。

⑯ "埃斯提家族的那个人"：指阿佐八世，他从 1293—1308 年统治着斐拉拉（参看注⑮）。但丁在《地狱篇》第十二章中指出他犯有弑父罪。"他愤恨我远远超过了正义要求的限度"：据早期注释家说，雅各波之所以引起了阿佐八世的愤恨，不仅因

为他在政治上反对阿佐,也因为他对他进行了人身攻击,例如,拉纳的注释说:"他(指雅各波)不满足于做出一些反对这位侯爵的朋友们的事,还不断用粗鄙的话中伤他本人:说他同他的继母一起睡觉,说他是洗衣妇生的,为人又坏又胆小。他的舌头骂他永远也骂不够。这些言行使侯爵心中对他的仇恨越深,以至于用这种手段将他杀死。"雅各波的话承认自己伤害了侯爵,后者有理由进行报复,因为当时的风俗和法律都容许这样做,但是报复应当以与受害程度相当为限;侯爵派刺客将他杀死,这种报复就"远远超过了正义要求的限度",背离了人与人的关系的一切准则。他的话义正词严,而并无怨恨之情,因为,他作为得救的灵魂,已经宽恕了自己的仇敌。

⑰ 欧利亚科(Oriaco)今名欧利亚格(Oriago),是帕多瓦和威尼斯之间的一个市镇。从威尼斯通到帕多瓦的大路经过欧利亚科市镇边,继续向拉密拉(La Mira)延伸。根据辛格尔顿的注释,"在欧利亚科被追及"并不是说,侯爵的刺客们在那里捉住雅各波,而是说,在那里突然袭击他,当他向沼泽跑去时,才对他进行追击。这种解释符合诗中所写的情景。

拉密拉是威尼斯至帕多瓦的大路上的市镇,在欧利亚科和帕多瓦之间,靠近一条引勃伦塔河水开掘的运河,当时隶属帕多瓦。雅各波认为欧利亚科附近的沼泽是更安全的藏身之地,因而当时没有逃往拉密拉,现在回想起来,悔恨自己估计错误,惨遭刺客的毒手。辛格尔顿在注释中指出,雅各波的话显然是说,假如当初向拉密拉镇逃去,可能得到市镇居民的援救,或者找到避难的地方,或者再从那里由大路逃走,就会幸免于难。彼埃特罗波诺在注释中指出,"如今我还在人世呢"这句话,与其说是表明雅各波对人间生活的留恋,毋宁说是暗示他依然对自己不应遭受而竟然遭受暴力杀害深感痛心,因为炼狱里的灵魂们并不能立刻去掉人性的种种弱点。

⑱ "我跑到了沼泽中":卡西尼-巴尔比的注释指出,1282年的一件文献曾提到欧利亚科附近的一大片公有的芦苇地,可见诗中对事实和地点的细节描述是很真实的。

辛格尔顿说,从诗中"芦苇和淤泥把我绊住"这句话来看,雅各波是骑着马逃走的,他的马被芦苇和淤泥绊住,他才倒在泥里,被刺客们追上、杀死。

彼埃特罗波诺说,诗中用速写的笔触叙述,但叙述的事实足以重现当时的恐怖场面。雅各波重提自己被芦苇和淤泥绊住,倒下来,"因为那一绊和那一倒正是他死亡的近因。只是在那个时刻他才觉得再也无法逃生。""他不讲紧接着刺客们就突然来到(谁都会自己想到这种情况),一点都不谈所受的伤(他已经提到伤很深重因而是致命的也就够了);但他描述了他死前的那一瞬间的情景:向自己周围一看,看到他的血'在地上流成了湖',这最后一笔,或许是最有力的一笔,也来源于实际。因为是沼泽地,血和水混合,染红了水,可怜的雅各波就觉得好像躺在血湖中一般。这是他从人世间带来的留在记忆中的最鲜明的情景,也是我们一想到他时,就立刻回忆起来的最引人哀怜的情景。"

⑲ "有效的怜悯"原文是"良好的怜悯"(buona pietate),意即劝说蒙受神恩的活人为他做有效的祈祷。

这个灵魂是波恩康特·达·蒙泰菲尔特罗(Bonconte da Montefeltro)的灵魂。他是在第八层地狱第八恶囊中受苦的圭多·达·蒙泰菲尔特罗的儿子,生于1250—1255年间,同他父亲一样,是吉伯林党首领。他很有军事才能,1287年帮助吉伯林党把贵尔弗党逐出阿雷佐。1288年皮埃维·阿尔·托波(Pieve al Topo)之战,指挥阿雷佐吉伯林军打败锡耶纳人,1289年6月11日堪帕尔迪诺之战,率领阿雷佐吉伯林军对佛罗伦萨贵尔弗军作战,受重伤阵亡,但战场上找不到他的尸体。但丁曾参加这一战役,对情景记忆犹新。

"生前是"和"如今是":原文前者用动词 essere(是)的过去完成时 fui,后者用现在时 sono,因为汉语动词不变位,译者只好借助时间副词加以区别。"达·蒙泰菲尔特罗"表示他是封建贵族。蒙泰菲尔特罗不是他的籍贯,而是他的家族世袭的伯爵封号。他把生前和死后的情况区别开来,因为表示社会地位的贵族称号死后已经消失,只有个人的名字存在。萨佩纽认为,他作出这种区别,表现他作为炼狱中的灵魂的谦卑,也流露出对于死亡使他和亲属幽明异路,彼此隔绝,很快被人忘掉的伤感情绪。

乔万娜(Giovanna)是他的遗孀,"其他的人"指别的亲属,尤其是嫁给圭多伯爵家族(i conti Guidi)的女儿玛南台萨(Manentessa)和1300年担任阿雷佐最高行政官的弟弟斐得利哥(Federico)。"垂着头走"表明他由于被亲属迅速忘掉而伤心,走在那一群灵魂中间感觉羞耻,抬不起头来。

⑳ "暴力"指神使用的或者人使用的力量。

"堪帕尔迪诺"是卡森提诺地区的小平原,佛罗伦萨和阿雷佐两军交战的战场。

"葬身之地"指波恩康特阵亡后尸体的下落。

㉑ 卡森提诺(Casentino)是托斯卡那的一个地区(参看《地狱篇》第三十章注⑬),包括阿尔诺河上游和亚平宁山脉的坡地,"脚下"指这个地区较低的地带。阿尔齐亚诺(Archiano)河是阿尔诺河的支流,发源于亚平宁山脉,穿过卡森提诺地区,流入阿尔诺河。"隐士修道院"(L'Ermo = eremo)坐落在卡玛尔多里(Camaldoli),建于十一世纪初年,是个著名的修道院。"不再叫这个名字的地方"指阿尔齐亚诺河流入阿尔诺河的地方。"我的言语以马利亚的名字告终":意即我生前所说的最后一句话是呼圣母马利亚之名,向她祷告。"只留下我的肉体":意即他倒在地上死去后,灵魂被天使带走,只留下尸体在那里。

㉒ "你可要在活人中间把它重述":"为的是让人们知道,我是如何得救的,好让他们为我祈祷,并且认识到,即使像我那样,在临终的时刻乞灵于圣母马利亚,由她替罪人求情也是有效果的。"(斯卡尔塔齐-万戴里的注释)

"带走我":指天使带走波恩康特的灵魂。"那个来自地狱的":指魔鬼。"剥夺我":指天使把应该属于魔鬼的罪人的灵魂夺去。"由于一小滴眼泪":指波恩康特临死忏悔时滴下的眼泪,这滴表明真诚悔罪的眼泪感动了上天,使他的灵魂得救。"一小滴眼泪"(una lacrimetta)出自魔鬼之口,显然带有嘲讽的意味;他的话大意是:"在最后一刻滴下的一点眼泪,按照你们(天上)的公道,就足以从我手里夺去一个终生曾经属于我的灵魂——他本想以此来暗示他对上帝的公道的怀疑,殊不知这话却歌颂了上帝的无限仁慈。"(彼埃特罗波诺的注释)

"永恒的部分"：指他的灵魂。"以另一种方式处理那另一部分"："另一部分"，指他的尸体；天使带走他的灵魂后，魔鬼无可奈何，就以自己的方式折磨他的尸体来泄愤和进行报复。

应该指出，魔鬼同天使或圣者争夺人的灵魂的场面在中世纪传说和文学作品中屡见不鲜。《神曲》中除了这里所讲的以外，《地狱篇》第二十七章还有魔鬼同圣方济各争夺波恩康特的父亲圭多·达·蒙泰菲尔特罗的灵魂的场面。这一主题也出现在近代文学中，《浮士德》第二部第五幕中靡非斯托非勒斯同天使们展开的那场为浮士德的灵魂的争夺战就是一个显著的例子。

㉓ 这是中世纪根据亚里士多德的《气象学》阐明雨水成因的学说。

㉔ 托马斯·阿奎那斯断言，天使和魔鬼都有意志和心智。作为万恶之源的魔鬼"把他专想作恶的邪恶意志同他的心智（智力）结合起来"，利用自然力折磨波恩康特的尸体。"凭借他的本性赋与他的那种能力"：魔鬼在背叛上帝以前，也是天使，凡天使都有支配自然力的神通，魔鬼凭借他作为天使的本性赋与他的这种神通，呼风唤雨，腾云驾雾。

㉕ "从普拉托玛纽到大岭之间的流域"：指堪帕尔迪诺平原。普拉托玛纽（Pratomagno）是亚平宁山脉的支脉，在堪帕尔迪诺平原的西边或右边，"大岭"指卡玛尔多里附近的乔嘉纳（Gioga-na）岭，这道岭是亚平宁山脉的主体，在堪帕尔迪诺平原东边或左边。"王河"（fiume reale）指阿尔诺河。当时不少的著作中都把流入大海的河称为王河或皇河（fiume imperiale）。

"……阿尔齐亚诺河发现……"：这里把河流人格化，使叙述更为生动、有力。

"在痛苦不堪时"：指临终悔罪、良心感到极度痛苦之际。

"双臂在胸前交叉成的十字"是"纪念基督受难的虔诚姿态"（本维努托的注释）。波恩康特临终悔罪时做出了这种姿态。

"冲积物"原文是 pieda（掠夺物，战利品），这里作为隐喻：激流的河水冲走泥沙、石子、树枝、灌木等物，犹如战士带走缴获的战利品似的。

㉖ 这第三个也是遭暴力杀害，临死才忏悔的灵魂。诗中对前两

个人物的遭遇叙述较详，给读者留下永不磨灭的印象；对这第三个的遭遇仅仅用了六行诗加以概括，而这寥寥数语却使其性格和隐情跃然纸上，确实是神来之笔。她说出自己的名字是毕娅（Pia）。名字前有定冠词 la，带有几分亲切的意味，这是旁人谈论她时，而不是旁人同她说话时的用法。她的生平和事迹不详。多数早期注释家说，她出生于锡耶纳的托洛美（Tolomei）家族，嫁给奈罗·德·潘诺契埃斯齐（Nello dei Pannocchieschi）为妻。她丈夫是玛雷玛（Maremma，即托斯卡那的近海沼泽地，参看《地狱篇》第十三章注①）地区彼埃特拉城堡（castello della Pietra）的领主，1284 年为贵尔弗党联盟的首领，1322 年还在世。诗中毕娅对但丁说"锡耶纳造的我"（Siena mi fè）指她生于锡耶纳，"玛雷玛毁的我"（disfecemi Maremma）指她在玛雷玛遇害。措辞简练，类似维吉尔墓碑上的铭文："曼图亚生我，卡拉布利亚夺去我〔的生命〕（Mantua me genuit, Calabri rapuere）。"诗中有意识地连用两个词干相同、含义相反的动词 fare（造）和 disfare（毁），而不用更具体、更露骨的字眼，使叙述含蓄委宛，意在言外。关于她当初是为何遇害的问题，注释家提出种种说法：有的说，她丈夫杀害她是因为她不贞，有的说，是由于她丈夫猜疑她不贞，有的说，是由于他企图娶寡居的女伯爵玛格丽达·阿尔多勃兰戴斯齐（Margherita Aldobrandeschi）为妻；关于她是如何遇害的问题，注释家也有不同的意见：有的说，这一凶杀事件极其隐秘，实情无从知悉，有的说，是她丈夫令人从彼埃特拉城堡的阳台上把她扔下去，摔死在山谷中的。迄今尚无定论。彼埃特罗波诺说："我们可以设想她的过错是爱情上的过错。但不宜进行过多的考证，考证太多，确定诗人想令其继续隐藏在神秘中的事物，那样做就会损坏人物的性格……"牟米利亚诺说："在这一段情节和有关弗兰齐斯嘉的那一段情节中，比在诗中其他的地方，注释家们由于利用历史资料说明诗中的含蓄之处，而不可避免地破坏了诗的魅力。"这些论断是很有见地的。

"那个先同我结婚、给我戴上他的宝石戒指的人"：指她的丈夫奈罗，但她没有说出他的姓名，只强调他是和她正式结婚的。"先"标明他们的爱情和夫妇关系的开始，言外之意就是，后来他杀害了她,使这种关系不幸终结。她不明说是他杀害了她,只说他知道这件事,因为她的灵魂已经得救,不再怀有仇恨之情,而只是在提及这一惨剧时,流露出内心的悲伤而已。

"请想到我":意即请你在祈祷时,想着为我祷告,使我早日进入炼狱之门。曼夫烈德、雅各波、波恩康特都请求但丁提醒他们的亲属为他们祈祷,毕娅则恳求陌生人但丁自己为她祈祷,因为她觉得世上已经没有任何亲人。她在恳求但丁之前,先想到他此次旅行长途劳顿,需要休息,所以对他说,"从长途劳顿中休息过来时",再想着为她祈祷;这一句诗充分表现出毕娅的女性特有的温情和对人的体贴入微的关怀,使她的善良的形象深深铭刻在读者心中,对她的悲惨的遭遇充满哀怜之情。

第 六 章

当掷色子的赌局终了,赌徒们离开时,输家怀着愁苦的心情留下,重新掷色子,悲痛地学习技巧①:所有的人都跟另一个人一起走;有的走在前面,有的从后面拉他,有的从旁边提醒他关注自己②;他并不站住,只是听一听这个人的话,又听一听那个人的话;他伸手给了钱的人,就不再挤过来纠缠;他就这样摆脱了那一群人。我在那一群密集的灵魂中的情况也是这样,我向这边又向那边转过脸去对着他们,通过诺言从他们当中脱了身③。

这里有死在吉恩·迪·塔科的凶残的手臂下的那个阿雷佐人④和在追逐中溺死的另一个阿雷佐人⑤。这里伸着双手请求的,有小斐得利哥⑥和那个使善良的马尔佐科表现出坚忍精神的比萨人⑦。我看见奥尔索伯爵⑧和那个说自己是由于遭到怨恨和忌妒,并不是由于犯了罪而和肉体分离的灵魂;我说的是彼埃尔·德拉·勃洛斯⑨;让不拉奔的贵妇人还在人世时就注意这件事,以免因此落到更不幸的人群中⑩。

我一摆脱了所有那些一直在请求别人为他们祈祷使他们从速超升的灵魂,就开始说:"我的光明啊,似乎你在你的诗中某处明确地否定祈祷能改变天命⑪;而这些人正是为此而祈祷:那么,他们的希望莫非是痴心妄想,还是你的话我没有理解得很清楚？"

他对我说："我诗中的文字是简明易懂的；如果用健全的眼光来看，这些人的希望也不是虚妄的；因为，在这里居住的人须要满足的要求，爱的火焰一瞬间就能实现，这一事实并不意味着正义的顶峰的高度降低[12]；在我下那一断语的地方，罪是不可能通过祈祷来补救的，因为那种祈祷是和上帝隔离的[13]。但是，你不要把心神放在这样高深的疑难问题上，除非她告诉你这样做，她对于你将是真理和心智之间的光[14]。我不知道你明白了没有：我说的就是贝雅特丽齐；你将在山上，在这座山的顶上看到她微笑，洋溢着天国之福。"

我说："主人哪，我们快点儿走吧，因为我已经不像以前那样累了，你看，这山现在已经投下了影子[15]。"他回答说："我们今天白天还能向前走多远就走多远；但是事实和你所想象的不一样[16]。在你到达山顶之前，你将看到太阳回来[17]，现在它已经被山坡遮住，所以你不截断它的光线。但是，你看那边一个灵魂，独自坐着，向我们凝视：他会给我们指出最近的路[18]。"我们来到他跟前：啊，伦巴第人的灵魂哪，你的态度多么孤高、目无下尘，你的眼光转动多么庄严、缓慢！他没有对我们说什么，任凭我们走去，只是像蹲着休息的狮子一般注视着[19]。维吉尔独自走近他[20]，请求他指给我们最好的登山的路；那个灵魂不回答他的问题，却问我们的籍贯和情况；和蔼的向导开始说："曼图阿……"那个完全沉浸在孤寂中的灵魂从他原来所在的地方站起来向着他说："啊，曼图阿人哪，我是你那个城市的人索尔戴罗！"于是，他们就互相拥抱起来。

唉，奴隶般的意大利[21]，苦难的旅舍[22]，暴风雨中无舵手的船㉓,你不是各省的女主,而是妓院㉔!那个高贵的灵魂只因为听到故乡城市的甜蜜的名字,就急切地在这里向他的同乡表示欢迎;然而如今你境内的活人却无时无刻不处于战争状态,同一城墙、同一城壕圈子里的人都自相残杀㉕。可怜虫啊,你看一看沿海,再看一看腹地,哪有一处享受和平。如果马鞍子空着,查士丁尼整修了缰绳有什么用呢?假若没有缰绳,耻辱倒还小些㉖。唉,人们哪,如果你们正确理解上帝对你们的指示,你们就应该虔诚,让恺撒坐在马鞍子上,你看,自从你们用手去握缰绳后,这牲口由于不被踢马刺纠正,已经变得桀骜不驯㉗。啊,德意志人阿尔伯特呀,你遗弃了这匹变得野性不驯的马,而你本来是应该跨在它的鞍子前穹上的,但愿正义的惩罚从星辰降到你的家族,而且那样神异昭彰,使你的后继者对此感到畏惧㉘!因为你和你父亲被贪心拖住,在那边淹留,容忍帝国的花园变成了荒漠㉙。你这漠不关心的人哪,你来看蒙泰奇和卡佩莱提,牟纳尔迪和腓力佩斯齐:前者已很悲惨,后者在恐惧不安㉚。残忍的人哪,你来看你的贵族们的苦难,治愈他们的创伤吧;你将看到圣菲奥拉如何衰败㉛!你来看你的罗马,她孀居孤寂,昼夜哭着呼喊:"我的恺撒,你为什么不陪伴着我㉜?"你来看你的人民,他们多么相亲相爱㉝!如果没有丝毫对我们的怜悯之心感动你来,你就来为你的名声感到羞耻吧㉞。啊,在世上为了我们被钉死在十字架上的至高无上的朱庇特呀,如果我可以问的话,莫非你的正义的目光转向了别处,或者,在你的深奥的天意中,这是你为某种完全不能被我们的心智所洞察的幸福而做的准备㉟?因为意大利的城市全都充满了暴君,每个来参加党派斗争的村夫都变成了一个玛尔凯鲁斯㊱。

我的佛罗伦萨呀,你确实可以对这段离题的话感到高兴,多亏你的市民费尽心机,它没有牵涉到你㊲。许多人心中有正义感,由于他们非经过慎重考虑不把箭搭在弓弦上,而发射得迟缓㊳;但是你的市民却把正义挂在嘴上。许多人拒绝担任公职;但是你的市民不用召唤就急切地回答,喊道:"我来挑重担!"㊴现在你就扬扬得意吧,因为你很有理由这样:你富强,你享受和平,你明智嘛! 我说的这话是否属实,事实可以表明㊵。制定古代法律的、政治那样修明的雅典和拉刻代蒙,对于良好的公共生活做出的贡献,比起你来显得微不足道,你规定如此精细的措施,以至于你十月间纺出来的还维持不到十一月中旬㊶。在你记忆犹新的时间内,你曾有多少次改变法律、币制、官职和风俗,更换成员㊷! 如果你好好地反省,有了自知之明,你就会看到,你犹如躺在羽毛床上不能安息的病人,辗转反侧以减轻自己的痛苦一样㊸。

注释:

① 掷色子是当时盛行的一种赌博,赌时,由二人对局,在平滑的桌面上掷三个色子,每次掷前先喊出一个数目,掷出的色子上的点数的总和如与此数目符合,就算赢了一局。
　"重新掷色子":意即自己一个人试掷,看自己能否猜中掷出的色子上出现的点数。
　"悲痛地学习技巧":意即输了钱以后,才学着提高技巧,希望下次再赌时能操胜算。

② "另一个人":指赢家。"提醒他关注自己":意即请求赢家从赢得的钱里抽出一点儿给自己。

③ "通过诺言":意即通过对那些密集的灵魂做出的诺言:回到人间后,一定要劝他们的亲属为他们祈祷,使他们早日进入炼狱之门。

④ 指本茵卡萨·达·拉特利纳(Benincasa da Laterina)。此人是

十三世纪著名的法学家,在锡耶纳做法官时,因判处吉恩·迪·塔科的两个亲属死刑,后来,在罗马任法官时,"在法庭公案边"突然被吉恩杀死。

吉恩·迪·塔科(Ghin di Tacco)是锡耶纳贵族,后来变成恶名远扬的强盗,盘踞着拉地科凡尼(Radicofani)城堡,纠集党徒,拦路抢劫,煽动当地居民背叛罗马教廷。晚年与教皇卜尼法斯八世和解,借教皇之力,得到锡耶纳政府的宽恕,大约于1303年,在锡耶纳乡间被人暗杀。他是《十日谈》第十天故事第二的主人公。

⑤ "另一个阿雷佐人":指谷丘·德·塔尔拉提(Guccio de' Tarlati)。此人是阿雷佐境内彼埃特拉玛拉(Pietramala)地方的封建主,属于吉伯林党,生活在十三世纪后半叶;据一些早期注释家说,他在追击流亡在外的贵尔弗党人波斯托里(Bostoli)家族时,溺死于阿尔诺河中;据另一些早期注释家说,他是在堪帕尔迪诺之战被敌人追击时溺死的。这两种说法都讲得通,因为原文 correndo in caccia 可解释为 inseguire(追逐,追赶),也可解释为 fuggire(逃走),essere inseguito(被追逐,被追赶)。

⑥ 小斐得利哥(Federigo Novello)是圭多伯爵家族的小圭多(Guido Novello)之子,1289年或1291年,他去援助彼埃特拉玛拉的塔尔拉提家族(见注⑤)时,在比比埃纳(Bibbiena)附近被杀,大概死于波斯托里家族(见注⑤)的成员之手。

⑦ "比萨人":指马尔佐科·德·斯科尔尼利亚尼(Marzucco degli Scornigliani)的一个名叫嘉诺(Gano)的或者名叫法利那塔(Farinata)的儿子,大约在1287年,这个儿子在比萨内部斗争中被乌格利诺伯爵(见《地狱篇》第三十三章)下令杀死,而且不许埋葬。马尔佐科是个有名望的人,1250 1278年间曾多次担任要职,1286加入方济各会做修士,在佛罗伦萨圣十字架教堂的修道院中度过一生的最后十年,但丁在这所修道院里听宗教家讲神学时,可能见过他。关于他儿子之死使他怎样"表现出坚忍精神",注释家有不同的说法。据薄伽丘说,他乔装成陌生人,面上毫无悲痛的表情,去见乌格利诺伯爵,恳求准许他去埋葬死者的尸体,伯爵认出了他是谁,惊讶地说:

"去吧,因为你的忍耐战胜了我的执拗。"另一种说法是:他表现出来的坚忍精神在于他参加儿子的葬礼时,既不落泪,又无怒容,还劝告亲属宽恕敌人,不要报仇。后一种说法看来比较可信。

⑧ 奥尔索(Orso)伯爵是曼勾纳(Mangona)的阿尔贝尔提(Alberti)家族的拿破仑内(Napoleone)伯爵之子,1286 年,被他的伯父亚历山德罗(Alessandro)之子阿尔伯尔托(Alberto)杀害。他父亲拿破仑内和他伯父亚历山德罗因犯兄弟自相残杀罪在第九层地狱的该隐环中受苦。(参看《地狱篇》第三十二章注㉒)这一家族自相残杀的惨剧一直延续到 1325 年阿尔伯尔托被一个名叫斯皮奈罗(Spinello)的堂兄弟杀死为止。

⑨ 彼埃尔·德拉·勃洛斯(Pierre dela Brosse)是法国著名的外科医生,得到国王路易九世的宠信,后来又得到腓力三世的宠信,被任命为宫廷大臣。1276 年,腓力三世的长子路易突然死亡,彼埃尔指控路易的继母玛利令人用毒药害死了他,为的是使她自己的儿子(腓力四世)能继承王位,这一指控引起了王后和她的亲信们对他的仇恨。1278 年,在腓力三世和卡斯提国王阿尔芳索十世之间爆发了战争,玛利王后和朝臣们指控彼埃尔暗中与阿尔芳索勾结,犯有叛国罪,因此国王将他处以绞刑。一些早期注释家还说,玛利王后诬告他曾企图诱奸她。他(指彼埃尔的灵魂)"和肉体分离"指他死。从诗中的话看来,但丁显然认为,他是无辜的,被处绞刑而死完全是由于遭到王后的怨恨和大臣们的忌妒所致。

⑩ "不拉奔的贵妇人":指玛利王后,因为她是不拉奔(Brabant)公爵亨利六世之女(不拉奔公爵领地包括现今荷兰南部和比利时北部及中部)。
"还在人世时就注意这件事,以免因此落到更不幸的人群中":意即要在活着的时候忏悔诬告彼埃尔的罪行,以免死后堕入第八层地狱第十恶囊中,在犯诬告罪的鬼魂中间受苦,比炼狱中和彼埃尔在一起的那一群人更为不幸。玛利王后 1321 年才去世,很有可能得知但丁诗中对她提出的警告,因为《炼狱篇》那时已经传抄问世。

⑪ "我的光明":指维吉尔,因为他象征着理性,给但丁解除疑难,指

明道路。"在你的诗中某处":指在《埃涅阿斯纪》卷六第 376
行。埃涅阿斯随神巫西比尔游冥土时,遇见他的船队中的主
要舵手帕里努鲁斯的灵魂。这个舵手是落海溺死的;凡是尸
体没有入土的死者的灵魂,都不得渡过冥土中的斯提克斯河,
因此,帕里努鲁斯请求埃涅阿斯助他一臂之力,把他带过河
去,但是西比尔对他说:"不要妄想乞求一下就可以改变神的
旨意。"

⑫ "用健全的眼光来看":指用不带任何偏见的眼光来看。"在
这里居住的人":指在炼狱中的灵魂。"须要满足的要求":指
经历赎罪的过程。"爱的火焰":指蒙受天恩的活人怀着满腔
热爱为炼狱中的灵魂所做的祈祷,这种祈祷一瞬间就可以完
成那些灵魂需要很长时间才能独力完成的赎罪过程。"正义
的顶峰":指上帝的至高无上的正义判决,也就是天命。
这三句诗言简意赅,大意是:蒙受天恩的活人怀着热爱为炼狱
中的灵魂向上帝祈祷,瞬息间就可以使那些灵魂须要进行的
长期赎罪过程完结,这一事实并不意味着上帝的正义判决有
所减轻,实际上,上帝的正义判决是不可改变的。

⑬ "那种祈祷是和上帝隔离的":意即由于帕里努鲁斯是异教徒,
他的祈祷对象是异教神祇,所以不可能上达三位一体的上帝
的天听。

⑭ 对于但丁来说,蒙受天恩者的祈祷能缩短炼狱中的灵魂的赎
罪过程,但上帝的正义判决又是不可改变的。"这样高深的疑
难问题":对这种神学问题,象征理性的维吉尔只能约略加以
说明,所以他告诫但丁不要再对这种问题多费心思,因为这种
问题只能由贝雅特丽齐来解决。"她对于你将是真理和心智
之间的光":意即象征神学和信仰的贝雅特丽齐"使你的心智
得以认识真理,正如光使眼睛得以见到物体是什么形象一样"
(伦巴第的注释)。

⑮ "一听到贝雅特丽齐的名字,诗人就觉得受到向往之情的激发
而振奋起来,灵魂已经登上山顶;因为想见到她的愿望与认识
真理的需要融合在一起了。"(托玛塞奥的注释)
两位诗人是中午离开贝拉夸的,和那些遭暴力杀害、最后一刻
才忏悔的灵魂交谈耗费了很多时间,现在已经是下午三点时

分;他们从这座山的东坡登山,所以这时西下的太阳把山的影子投在他们所在的地方。

⑯ "事实和你所想象的不一样":意即登山的路程比你所想象的要远。实际上,需要三天才能到达山顶上的地上乐园。

⑰ 意即你将看到数次日出。

⑱ 这个灵魂是意大利最著名的行吟诗人索尔戴罗(Sordello),十三世纪初年诞生在距离曼图亚约十五公里的戈伊托(Goito)地方,出身于清贫的贵族家庭。据一位早期的普洛旺斯传记家说,他是个"美男子,优秀的歌唱家,优秀的行吟诗人,伟大的情人"。他青年时代生活在维罗纳的封建主李卡尔多·迪·圣卜尼法丘(Riccardo di San Bonifacio)伯爵的宫廷,爱上了伯爵的妻子库尼萨·达·罗马诺(Cunizza da Romano)。库尼萨是残暴的封建主埃采利诺(见《地狱篇》第十二章注㉗)的姐妹。埃采利诺由于和李卡尔多在政治上结下仇恨,唆使索尔戴罗诱拐库尼萨逃离她丈夫的宫廷,或者设法帮助她出走,以断绝姻亲关系。大约在1226年,索尔戴罗和库尼萨逃到隶属埃采利诺的特雷维佐边境区(Marca Trivigiana)。数年后,索尔戴罗由于和奥塔·迪·斯特拉索(Otta di Strasso)秘密结婚,被迫离开那里,大约1229年,投奔普洛旺斯伯爵莱蒙多·贝尔林吉耶里(Raimondo Berlinghieri)四世的宫廷,受到优待。他在宫廷中提高了自己的普洛旺斯语水平,熟练了行吟诗人的创作技巧,用普洛旺斯语写下了许多首爱情诗和讽刺诗。莱蒙多死后,他的女婿安茹家族的查理一世继承了普洛旺斯伯爵领地,索尔戴罗仍然受到优待。查理一世进军意大利,同曼夫烈德作战,索尔戴罗随同他回到自己的祖国。1269年,查理赐给他阿卜鲁齐(Abruzzi)地区的帕雷纳(Palena)采邑和五座城堡。索尔戴罗大概死于1273年以前。

他的诗都是用普洛旺斯语写的,其中最著名的一首是1236年的《哀悼卜拉卡茨先生之死》(*Compianto in morte di ser Blacatz*)。诗中指名责备当代的君主神圣罗马皇帝腓特烈二世以及法国国王、阿拉冈国王等人的软弱无能,邀请他们分食卜拉卡茨的心,以摄取他的勇气和魄力。这种敢于直言不讳的大无畏精神显然引起了但丁的共鸣,在诗中把他作为爱国心的象征,用简练的笔触塑造出他的孤高、目无下尘的形象。克罗齐在《但丁的诗》中称他为炼狱中的法利那塔。

⑲　"伦巴第人的灵魂":"伦巴第亚"在中世纪泛指意大利北部的广大地区,"伦巴第人"是意大利北部居民的通称(见《地狱篇》第一章注⑲)。维吉尔的家乡曼图阿在意大利北部,索尔戴罗的家乡在曼图阿附近,所以说他们都是"伦巴第人",彼此是同乡。

⑳　"独自"原文是 pur。多数注释家(斯卡尔塔齐-万戴里、牟米利亚诺、萨佩纽等)认为 pur 在这里的意义是 solamente,soltanto(仅仅,只),意即只有维吉尔一个人走近索尔戴罗,但丁没有同去;彼埃特罗波诺认为 pur 在这里的意义是 ciononostante(尽管如此),巴尔比认为它在这里的意义是 nondimeno(然而,却),意即虽然索尔戴罗态度那样孤高、目无下尘,维吉尔并没有畏缩不前,而是鼓起勇气走近他。译文根据前一种解释。

㉑　"但丁在《帝制论》卷一第十二章第7—8行说:'人类统一在皇帝之下是完全自由的。'意大利所以是奴隶,因为它没有皇帝的领导,受封建专制和平民政权的支配,为内部斗争所折磨。"(波斯科-雷吉奥的注释)

㉒　这个隐喻说明意大利是各种苦难集中之地,犹如旅舍是各地旅客汇集之所。

㉓　诗人把处于危难中而无皇帝领导的意大利比作暴风雨中无舵手的船,以此强调由皇帝领导(掌舵)才能挽救意大利。

㉔　东罗马帝国(拜占庭)皇帝下令编纂的《罗马民法汇编》(参看注㉖)中说:"意大利不是省,而是各省之主。"这句话一再重见于中世纪的文献中。诗中的意思是说,意大利如今不再像古代罗马帝国时代那样是地中海沿岸各民族的主人。
　　关于"妓院"的寓意,注释家有不同的解释:有的认为指腐化堕落、道德败坏的地方;有的认为这样说,是因为"这个国家不是按照法律治理,而是谁想要它,就献给谁"(戴尔·隆格的注释);有的则根据上下文,把"妓院"的含义引伸为"妓女"(换喻、转喻),以与"女主"对称。

㉕　"在这里":指在炼狱中。炼狱中的灵魂将成为天国的市民,对人世上家乡的感情已不热烈;尽管如此,索尔戴罗一听到维吉

尔回答说生在曼图阿,就立刻和他拥抱,显示出深厚的同乡情义。这和世上意大利各小邦之间以及同一城市的市民经常内讧、自相残杀的情况形成鲜明对比。

㉖ 拜占廷皇帝查士丁尼(Justinianus,527—565)下令汇集整理的全部罗马法律文献,统称《罗马民法汇编》,后世称《查士丁尼法典》。但丁把此书比作牵马的缰绳,把意大利比作马,把皇帝比作骑马的人。"马鞍子空着":指如今没有皇帝伸张正义,根据法律治理意大利;在这种情况下,查士丁尼编纂的法典还能起什么作用?

"假如没有缰绳,耻辱倒还小些":意即"假如没有作为缰绳的法律,耻辱倒还小些。野蛮民族的无政府状态不像文明民族的无政府状态那样可耻,那样应受谴责,文明民族明明知道有秩序的、正义的生活的准则,却践踏这些准则"(萨佩纽的注释)。

㉗ "人们"指教会中的当权者,即教皇、大主教、主教和教士等。"你们就应该虔诚":意即专心致力于宗教事业,让皇帝掌握世俗权力。"上帝对你们的指示":指《新约·马太福音》第二十二章中耶稣所说的话:"恺撒的物当归恺撒,上帝的物当归上帝。"("恺撒"指罗马皇帝)"自从你们用手去握缰绳后":意即自从教皇和主教等企图掌握世俗权力后。"由于不被踢马刺纠正":意即由于教皇和主教等不会治国安邦,唯一应行使而且能行使这种权力的皇帝又不来意大利。"已经变得桀骜不驯":意即变成性情暴躁不可驾驭的马,也就是说,意大利的城邦和封建割据的小国已经变得无法无天,不承认任何权威。

㉘ "德意志人阿尔伯特":指哈布斯堡家族的阿尔伯特一世。他生于1248年,先受封为奥地利伯爵(1282—1298),后来当选为德意志王和神圣罗马皇帝(1298—1308),但始终未来罗马加冕。教皇卜尼法斯八世起初不承认他是皇帝,"因为他相貌丑陋,只有一只眼睛",而且娶"属于腓特烈(二世)的毒蛇般血统的"女子为妻,公然宣布,帝位仍然虚悬,由教皇自己代行皇帝的职权。阿尔伯特不仅没有提出抗议,后来还派人与教皇协商,准备把托斯卡那地区全部交给教皇。因此,但丁对他异常愤恨,在诗中祈求上天严惩他的家族。卜尼法斯八世由

于同法国国王腓力四世进行激烈斗争,考虑到与阿尔伯特联合有利,最后于1303年承认他为皇帝。1308年,阿尔伯特被他的侄子士瓦本公爵约翰暗杀身亡。

"遗弃了这匹变得野性不驯的马":指阿尔伯特不行使皇帝的职权,整治不服从帝国权威的意大利。"本来是应该跨在它的鞍子前穹上的":指阿尔伯特作为神圣罗马皇帝理应统治意大利。但丁在诗中称他为"德意志人阿尔伯特",丝毫没有民族歧视之意,而是以此来谴责他专在德意志王国内部扩充势力,不尽对意大利的职责。"正义的惩罚从星辰降到你的家族":许多注释家认为指阿尔伯特的长子鲁道夫于1307年夭折,次年他自己遭到暗杀。

"你的后继者":指卢森堡王朝的亨利七世。这些历史事实以"事后的预言"形式出现在诗中,可以作为内证来推断《炼狱篇》的写作时间。雷吉奥认为,第六章中这些诗句可能是1308年5月阿尔伯特被暗杀后,同年11月亨利七世当选,但尚未明确表示将南下来意大利加冕时写成的,也可能是在他当选之前不久写成的,后一种可能性更大。

㉙ 阿尔伯特一世的父亲是奥地利公爵鲁道夫一世(1218—1291),他于1273年当选为德意志王和神圣罗马皇帝,建立了哈布斯堡王朝。

"被贪心拖住,在那边淹留":指他们父子二人被贪心所驱使,只顾在德国扩充领土。"容忍帝国的花园变成了荒漠":但丁认为意大利是帝国最美的部分,所以在诗中称它为"帝国的花园",它被皇帝遗弃,内讧和战乱频繁,陷于无政府状态。萨佩纽指出:"那边"这个词不指明何处,满含轻蔑的意味,与"帝国的花园意大利形成强烈的对比"。

㉚ 从前人们曾认为蒙泰奇(Montecchi)和卡佩莱提(Cappelletti)是维罗纳的两个世代为仇的贵族,莎士比亚的《罗密欧与朱丽叶》写的就是这两个家族的一对青年男女的爱情悲剧。其实,蒙泰奇是维罗纳的吉伯林家族,卡佩莱提是科雷摩纳(Cremona)的贵尔弗家族,后来这两个家族的名字成为在伦巴第地区争夺霸权的两个敌对党派的名称。十三世纪中叶以后,这两个党派日益衰微,卡佩莱提党在政治上已经无足轻重。但丁

用蒙泰奇和卡佩莱提这两个党派的名字来概括拥护皇权和反对皇权的党派的全部政治行动,它们之间的斗争导致伦巴第各城市的衰败和落入野心勃勃的暴君们之手(波斯科-雷吉奥的注释)。

牟纳尔迪(Monaldi)和腓力佩斯齐(Filipeschi)是奥尔维埃托(Orvieto)的两个家族,前者是贵尔弗党首领,后者是吉伯林党首领,因此经常处于敌对状态。这两个家族的名字后来分别变成了奥尔维埃托贵尔弗党和吉伯林党的名称。诗中所说"前者已很悲惨",指十三世纪末年,蒙泰奇和卡佩莱提两党都已衰落,因为它们互相争夺的城市——一落入那些利用它们的不和坐收渔利的暴君之手。"后者在恐惧不安"指牟纳尔迪和腓力佩斯齐两党由于预感到它们的灭亡即将到来而恐惧不安。

㉛ "你的贵族们":指帝国的封建贵族们。"圣菲奥拉"(Santafiora)是阿尔多勃兰戴斯科家族的世袭领地,这个家族从九世纪起就拥有这一领地和索阿纳(Soana)领地。1216 年,阿尔多勃兰戴斯科家族分成两个支系,一个拥有索阿纳和皮提利亚诺(Pitigliano)伯爵封号,属于贵尔弗党,一个拥有圣菲奥拉伯爵封号,属于吉伯林党。诗中所指的是后者,它在十三世纪末年已经衰微。但丁以它作为意大利一般封建贵族衰微的例证。

㉜ 按照但丁的想法,罗马是皇帝的天命所注定的配偶,皇帝不在那里,罗马就处于"孀居孤寂"的状态。但丁设想罗马在"孀居孤寂"中昼夜哭喊,哀求皇帝回来的情景时,显然受到《旧约·耶利米哀歌》第一章的启发:"先前满有人民的城(指耶路撒冷),现在何竟独坐,先前在列国中为大的,现在竟如寡妇。先前在诸省中为王后的,现在成为进贡的。她夜间痛哭,泪流满腮。在一切所亲爱的中间,没有一个安慰她的。"

㉝ 这是诗人由于痛心而说的反话,实际上是悲叹意大利人为派性所驱使,经常内讧,自相残杀。

㉞ 意即你至少要关心你的声誉,由于你的失职使意大利仍然处于无政府状态,你的声誉已经大大下降,如果你来这里,你会亲身证实这一点而为之感到羞耻。

㉟ 这里以罗马神话中的主神朱庇特来指耶稣基督。

"如果我可以问的话":但丁觉得向基督提出一个似乎带有责备上天之意的问题,恐怕要犯对神不敬之罪,所以先这样说。

"莫非你的正义的目光转向了别处":意即莫非神的正义离开了我们,遗弃了我们,不然,基督当初为了给人类赎罪而自己死在十字架上,如今为什么不坚持正义,使我们脱离苦难呢?

"或者,在你的深奥的天意中,这是你为某种完全不能被我们的心智所洞察的幸福而做的准备?":意即莫非神让我们遭受的这些苦难,是为让我们享受某种我们的心智所不能预见的幸福做准备?

㊱ "暴君"这里指意大利各城市的僭主和一切非法掌握实权的党派首领。"玛尔凯鲁斯"大概指公元前50年任罗马执政官、站在庞培一边坚决反对恺撒的克劳迪乌斯·玛尔凯鲁斯(C. Claudius Marcellus)。这句诗的大意是:每一个充当贵尔弗党首领的乡下佬都反对皇帝的权威,如同古时玛尔凯鲁斯反对罗马帝国的开创者恺撒一样。

㊲ "费尽心机":意即佛罗伦萨市民费尽心机使佛罗伦萨处于和平状态。这样说显然是用反话来讽刺。

"它没有牵涉到你"也是反话,因为抨击的锋芒特别指向佛罗伦萨。

㊳ "许多人":指许多别的城市的人,心中有正义感,但不急于表示出来,以免说话失于检点,犹如射手把箭搭在弦上,暂时引而不发,以免失误,射不中目标。

㊴ 大意是:许多别的城市的人不肯担任公职,佛罗伦萨市民不用召唤,就抢着要担任公职,因为他们怀有政治野心。"我来挑重担!"这句话听起来似乎是勉为其难之意,实际上隐藏着争权夺利的意图。

㊵ "你富强"这话是实情,因为佛罗伦萨当时是意大利最大的手工业中心,银钱业也很发达,为欧洲最富的城市。但是这话在诗中却仍是反话,命意在于表明这大量财富是用高利贷等不正当手段获得的,非但无益,而且有害,尽管佛罗伦萨人以此自豪。

"你享受和平"显然是反话,因为佛罗伦萨经常内讧和对外作战。

"你明智"也是反话,因为但丁认为,佛罗伦萨在政治上很不明智,很不稳健。

"事实可以表明":意即从下列事实可以看出来。

㊶ "拉刻代蒙"(Lacedaemon)即斯巴达,是拉科尼亚(Laconia)的首都。

雅典和斯巴达是古代希腊的两个最重要的城邦。"制定古代法律":指公元前六世纪梭伦(Solon)为雅典制定的宪法和传说中的立法者吕库尔格斯(Lycurgus)为斯巴达制定的宪法。

"措施"(Provedimenti)指政治和行政措施。"精细"原文是sottili,本义是"细",引申义是"细致"。上句说明佛罗伦萨人费尽心机想出种种极其细致的政治和行政措施,下句用隐喻"纺出来"(fili)比拟他们细心想出这些措施来,然而这些措施却实行不了多久,好像纺出来的细线纤弱易断、不能耐久一样。诗句的讽刺性完全在 sottili 这个词的双重意义上。译者苦于找不到具有双重意义的相应的词,只好勉强译成"精细"。

"你十月间纺出来的还维持不到十一月中旬":泛指佛罗伦萨政府朝令夕改的一般情况,戴尔·隆格认为,特指这一历史事实:白党最后一次执政时,1301 年 10 月 15 日选出的行政官,按照惯例,任期应为两月,但因黑党得势而被迫于 11 月 7 日辞职。诗人特别提到这两个月,因为它们标志着"白党的垮台和他自己的流放"。这种说法为多数注释家所接受。萨佩纽反对此说,认为这句诗讲的并非政权的改变(这在下面的诗句中才讲到),而是政治和行政措施不能实行很久。据译者看来,这两种说法没有什么矛盾,因为政治和行政措施通常都随着政权的改变而改变。

㊷ "风俗"(costume)指生活方式和风气。"成员"(membre)这里指市民。"更换"指佛罗伦萨内部党派斗争不断,有时这一党派得势,有时那一党派得势,随着党派势力的消长,常有一部分市民遭到放逐,另一部分市民则被召回家乡。

㊸ 这个形象生动的比喻是从封建关系向资本主义关系过渡时期的佛罗伦萨的忠实写照。

第　七　章

　　得体的、欣喜的欢迎礼节重复了三四次后，索尔戴罗向后退了退，说："你们是谁呀①？""在配升到上帝跟前的灵魂们向这座山走来以前，我的骸骨已经被屋大维埋葬②。我是维吉尔；我失去了天国，不是由于什么别的罪，只是由于没有信仰③。"我的向导当时这样回答。

　　犹如一个人突然看到自己面前有什么事物使他惊奇，觉得半信半疑，说："它是……它不是……"，索尔戴罗的神情就是这样；随后，他就垂下眼睛，以谦卑的姿态重新向他走去，在卑下者拥抱尊长者的部位拥抱他④。

　　"啊，拉丁人的光荣啊，"他说，"通过你，我们的语言显示出它的能力⑤，啊，我的出生地的永恒的荣耀啊，什么功绩或者什么恩泽使我见到你呀？如果我配听你的话，你就告诉我，你是否从地狱中来和来自哪一层吧⑥。""我一层一层地走遍那个愁苦的王国来到了这里，"他回答他说，"天上的力量推动我，我是借助它而来的。不是因为做什么，而是因为没做什么，使得我见不到你所向往的、被我知道得太晚的崇高的太阳⑦。地狱里有一个地方，情景悲惨并非由于苦刑，而只是由于黑暗，那里的悲哀的声音听起来不是痛苦的叫喊，而是叹息⑧。在那里，我同那些在免除人的罪孽以前就被死神的牙齿咬住的、天真无邪的婴儿在一起⑨;在那里,我同那些没有被三种圣德装饰起来、却完美无缺地认识而且实践一切其他的美德的人在一起⑩。但是,如果你知道而且可以的话,你就给我指点一下,使我们得以更快地走到炼狱真正开始的地方吧⑪。"他回答说:"没有指定我们留在一个固定的地点;我可以往上走,也可以环山而行;凡是我能去的地方,我都在你身边做向导⑫。可是,你看天色已近黄昏,夜间是不能往上走的;所以最好是找一个惬意的住宿之处。右边那儿有一些与众隔离的灵魂;如果你同意,我就带你到他们那儿去,认识他们不会不使你感到高兴。""为什么那样⑬?"维吉尔回答说:"想夜间上山的人会被外力阻止呢,还是由于没有力量而不能上呢?"善良的索尔戴罗用手指在地上画了一条线,说:"你看,太阳没后,你连这条线都不能越过。往上走的障碍不是别的东西,而是夜间的黑暗:黑暗使人不可能上山,从而阻挠人的上山的意志⑭。当地平线关闭着白昼时,在黑暗中的确可以往下走回头路和围绕着山腰游荡⑮。"听了这话,我的主人仿佛感到惊奇的样子,说:"那么,你就把我们带到据你说在那里停留能有乐趣的地方去吧。"

我们离开那里走了不远,我就发现这座山有个地方向内凹陷,如同人世间的山谷使山的地形凹陷一样。那个灵魂说:"我们要到那里去,到那山坡凹陷、自己形成怀抱状的山谷的地方去,在那里等待新的一天来临。"一条既非全然陡峭、又非全然平坦的斜径把我们引到了高度降低了一半多的山谷边缘的末端⑯。黄金和纯银,胭脂红和铅白,靛蓝,磨得平滑、光洁的木材,刚被破开的、鲜明的绿宝石,假如放在那个山谷里,都会被那里的花和草的颜色超过⑰,如同较小的被较大的事物超过一样。大自然不但在那里绘出了色彩，而且使千种气味的芬芳合成一种人们所不知道的、无法辨别的香气⑱。

我从那个地方看到一些灵魂坐在花草上唱着"Salve, Regina"⑲，因为他们在山谷中，所以从外面看不见他们。把我们带到那里的曼图阿人开始说："在夕阳目前尚未入巢以前⑳，你们不要让我把你们带到他们中间去。从这个高地上你们可以看出他们每个人的动作和面貌，比到下面的山谷里在他们中间去看更清楚些。那个坐在最高处、神情态度表露出他忽略了应该做的事、而且不动口同别人一齐唱歌的人，就是鲁道夫皇帝，他本来可以治愈意大利的致命伤，结果，留待别人去使它起死回生，为时已晚㉑。那另一个似乎在安慰他的人，曾统治着由摩尔达瓦河流入易北河、由易北河流入海中的水发源处的国土，他的名字是奥托卡尔，他在襁褓中就远远胜过他那个生了胡须的沉溺于色欲和怠惰的儿子瓦茨拉夫㉒。那个似乎正同那位面貌异常慈祥者密切商谈着的小鼻子的人，在逃跑时身死，辱没了百合花的光荣㉓：你们看，他正在那里捶胸！你们看，那另一个正用手掌托着腮，唉声叹气，他们是法兰西的祸胎的父亲和岳父；他们知道他的邪恶污秽的生活，从而产生了刺痛他们内心的悲哀㉔。那个看来身躯如此魁梧的、同那个大鼻子的配合唱歌的人，生前曾束着一切美德的腰带㉕；假如坐在他后面的那个青年人继承他为国王，美德确实会从这器皿倒在那器皿里，关于他的其他的嗣子就不能这么说了；贾科莫和斐得利哥都得到了王国，但是谁都没有得到更好的遗产㉖。人的美德很少传到枝条上去；这是恩赐美德者的意旨，为的是让人向他祈求㉗。我的话也适用于那个大鼻子的人，如同适用于那另一个人，那个和他一起唱歌的彼得罗一样,由于这个缘故,普利亚和普洛旺斯如今已经怨声载道^㉘。这棵植物之劣于生它的那粒种子,如同康斯坦斯比贝雅特丽齐和玛格丽特更有理由仍然为自己的丈夫自豪一样^㉙。你们看,那位生活朴素的英吉利国王亨利独自坐在那里:他在他的枝条中有较好的后嗣^㉚。他们当中,那个在最低的位置上席地而坐、抬头向上看的,是圭利埃尔莫侯爵,由于他的缘故,亚历山大里亚和它的战争使蒙菲拉托和卡那维塞哭泣^㉛。"

注释:

① "欢迎礼节"(accoglienze)这里指拥抱。"三四次"是不定数,意即多次。"你们"(Voi)指维吉尔和但丁;索尔戴罗在前一章中已经说出自己的名字,现在自然也想知道他们俩是谁。"Voi"之所以大写,是由于在句首;个别的注释本认为它是代词"您",是索尔戴罗对维吉尔表示尊敬的称呼,这样理解是错误的,因为以后他对维吉尔说话都一直用"你"(tu)来称呼。

② "我的骸骨已经被屋大维埋葬":公元前19年,维吉尔病死在布伦迪西姆,根据屋大维的命令,他的骸骨被运往那不勒斯安葬(参看第三章注⑦)。
"配升到上帝跟前的灵魂们":指得救的灵魂们。"向这座山走来":指被接引来炼狱。根据基督教教义,在耶稣基督被钉死在十字架上为人类赎罪以前,没有人能得救,死后灵魂均入地狱,不去炼狱。这两句诗说明维吉尔是基督教兴起以前的人,也说明他为什么不在炼狱中。

③ 维吉尔告诉索尔戴罗自己是谁,还说明自己不能升天国,并非由于犯有什么罪,而只是由于生活在异教时代,"没有信仰",也就是没有能够信奉基督,而"这种信仰是得救之路的起点"(见《地狱篇》第二章)。

④ 这次拥抱与欢迎礼节上的拥抱不同,关于索尔戴罗这次拥抱的是维吉尔身体的哪一部位,注释家有不同的解释:有的认为

是膝部,有的认为是两脚;佛罗伦萨无名氏注释说,诗中"指的是胸部以下,维吉尔的手臂下面,这是地位较低或年龄较小者通常拥抱尊长者的部位",这种说法比较可信。高傲的索尔戴罗"听到故乡城市的甜蜜的名字",知道维吉尔是自己的同乡,就对他亲热起来,按照地位平等的人互相拥抱的方式拥抱他的肩膀,随后又得知他是古罗马伟大诗人维吉尔,对于这千载难逢的奇遇,一时半信半疑,又惊又喜,心中不禁充满了景仰之情,同时又为方才以平等态度对待他感到惭愧,于是,"垂下眼睛",毕恭毕敬地重新走近他,拥抱他的大腿部分。

⑤ "拉丁人":指古罗马人和意大利人;但丁认为二者是一脉相传的。"通过你,我们的语言显示出它的能力":"我们的语言"主要指拉丁文和意大利语(后者是从通俗拉丁语演变成的),但也包括法语、普洛旺斯语、西班牙语,因为这些语言都来源于通俗的拉丁语。"通过你":意即通过你的诗,"我们的语言显示出它的能力":意即我们的语言充分显示出它的表达能力。

⑥ "功绩"(merito)指索尔戴罗自己的功绩;"恩泽"指上帝的恩泽。"层"原文是 chiostra(修道院),但丁曾借用这个词指第八层地狱的"恶囊"(参看《地狱篇》第二十九章注⑩)。
索尔戴罗从维吉尔的话里知道他不在炼狱里,就问他是否从地狱里来以及来自哪一层。

⑦ "崇高的太阳":指上帝。"被我知道得太晚":指维吉尔死后,灵魂在"林勃"中看到基督降临时,才知道上帝。
"不是因为做什么,而是因为没做什么":意即"不是因为犯罪,而是因为没有信仰〔基督〕"(佛罗伦萨无名氏的注释)。

⑧ "一个地方":指"林勃",即第一层地狱。"林勃中分配给维吉尔和其他的伟大灵魂的地区确实并不黑暗,也没有叹息的声音回荡:但它还是黑暗,因为上帝的恩泽不在那里闪光,而'不受苦刑折磨的内心悲哀'则是所有住在那一层的灵魂们的共同之处。"(萨佩纽的注释)

⑨ "免除人的罪孽":指领受洗礼来洗净人的原罪。凡是未领受洗礼而夭亡的婴儿的灵魂均在"林勃"中(见《地狱篇》第四章)。

⑩ 这些人指信奉异教的,因立德、立功、立言而名传后世的伟大人物的灵魂。他们"没有被三种圣德装饰起来":意即他们不具备信仰、希望、仁爱(简称信、望、爱)三德,因为这三种圣德都是上帝赋予的,只有基督教徒才可能具备。"一切其他的美德":指一切道德方面的美德和心智方面的美德,特别是谨慎、公正、坚忍、节制(简称智、义、勇、节)四种基本美德(简称四枢德)。信奉异教的伟大人物虽不具备信、望、爱三德,但他们知道谨慎、公正、坚忍、节制等美德,并能付诸实践,做到知行一致,因而他们的灵魂被分配在"林勃"中。

⑪ "如果你知道而且可以的话":意即如果你知道去炼狱真正开始的地方的路,而且准许你指给我们。"炼狱真正开始的地方":指炼狱本部的入口圣彼得之门。但丁和维吉尔直到这时还在炼狱外围。

⑫ "没有指定我们留在一个固定的地点":"我们"显然指索尔戴罗以及和他情况相同的灵魂们,但他究竟属于炼狱中哪一类型的灵魂,诗中没有明言,注释家也众说纷纭,莫衷一是。不过,他肯定是迟至临终时刻才忏悔的,由于什么原因则不得而知。"我们"可能指那些和他在同一峭壁上面的狭小的台地上的灵魂,也可能泛指一切迟至临终时刻才忏悔的灵魂。

⑬ 指索尔戴罗所说的"夜间是不能往上走的"那句话。

⑭ 这里寓意很明显,太阳象征上帝的恩泽,引导人走上灵魂得救之路,没有上帝的恩泽,人就不能达到灵魂得救的目的,正如《新约·约翰福音》第十二章耶稣所说的话:"应当趁着有光行走,免得黑暗临到你们;那在黑暗里走的,不知道往何处去。"夜间的黑暗作为登山者的不可克服的障碍,阻挠着他的意志,迫使他打消登山的念头。

⑮ "当地平线关闭着白昼时":指夜间。这是形象化的说法,夜间太阳隐藏在地平线下,好像地平线把白昼关闭在另一半球似的。"往下走回头路"寓意是:从已经达到的精神境界后退。"围绕着山腰游荡"寓意是:停留在已经达到的精神境界。

⑯ 意即我们由那条斜径来到了谷口旁的山坡上,那里是山谷较浅的地方,山坡高度比山谷其他部分的山坡降低了一半多,所以往下走三步就到了山谷里(见第八章注⑫)。

⑰ 意即黄金的金黄色、纯银的银白色、胭脂红的红色、铅白的白色、靛蓝的深蓝色、磨得平滑光洁的木材（例如经过加工切削或磨光的黄杨木）的浅黄色、刚刚被破开的鲜明的绿宝石的绿色，都不如那个山谷里的花草颜色鲜艳。

⑱ 意即“大自然在这里不仅用各种不同的颜料设色……而且这里还散发着千种芳香，这些香气又都变成一种混合的香气，人们辨别不出它是由哪些香气合成的。”（布蒂的注释）

⑲ “Salve, Regina”（万福，女王！）是一首歌颂圣母马利亚的拉丁文赞美诗的头两个词，这首赞美诗作于十一二世纪间，后来成为祈祷文，用于宗教仪式中，经教皇格利高里九世明令规定，在星期五晚祷时背诵它。赞美诗全文如下：

> 万福，女王，怜悯的母亲；
> 我们的生命，我们的喜悦，我们的希望，万福。
> 我们这些被放逐的夏娃子女向你呼吁。
> 我们在这个泪谷中呜咽哭泣着向你叹息。
> 请你，我们的维护者，把你的怜悯的眼睛转向我们吧。
> 在我们这放逐生活结束后，让我们见到出自你的子宫的
> 　　圣子耶稣吧。
> 啊，仁慈的，啊，亲爱的，啊，和蔼的圣处女马利亚。

索尔戴罗引导但丁和维吉尔来到谷口旁边的山坡上，天已黄昏时分，正是晚祷时间，所以谷中的灵魂们背诵这首诗是适宜的。“我们这些被放逐的夏娃子女”指失去乐园的人类。“泪谷”指人类居住的、充满苦难的世界。他们祈祷圣母帮助，使他们得救，能见到耶稣。山谷中的灵魂都是生前过分热衷于世俗的事物、迟至最后才悔罪的君主，他们为此在炼狱外面淹留，处境与世人很类似，从这一点上说，他们背诵这首诗来祈祷圣母也是恰当的。

⑳ “夕阳……入巢”是隐喻，指日落。

㉑ 鲁道夫皇帝指神圣罗马皇帝鲁道夫一世（见第六章注㉙）。他坐在最高处，因为他在君主中职位最高。“应该做的事”：指南下来意大利伸张正义，消弭内争，恢复和平，这是他作为皇帝应尽的职责。“不动口同别人一齐唱歌”，因为他追悔自己的失职，沉浸在往事的回忆中。“他本来可以治愈意大利的致命

伤":"致命伤"指内部纷争,四分五裂的状态。维拉尼在《编年史》卷七第五十五章中说:"鲁道夫王是有伟大作为的人。他宽宏大量,武艺高强,作战异常英勇,深为德意志人和意大利人所畏惧。假如当时他想南下来意大利,他会所向无敌成为意大利的主人……佛罗伦萨人束手无策;假如他南下的话,肯定会顺从他。那样强大的君主查理王(指安茹王朝的那不勒斯国王查理一世)也很怕他。"但是他没有来意大利被教皇加冕,"因为他一直热衷于增强自己在德国的力量和统治,为了给儿子们扩充领地和势力,根本不想来意大利建立功业。"(《编年史》卷七第一四六章)"结果,留待别人去使它起死回生,为时已晚。"意即:等到别人再去医治它时,已经太晚,不能奏效。大多数注释家认为,这指的是1310年,新当选的皇帝亨利七世南下来意大利,试图伸张正义,消除争端,建立和平,不幸以失败告终。

㉒ 指波希米亚(相当于现今的捷克和斯洛伐克,但版图较大)国王奥托卡尔(Ottokar)二世(1253—1278年在位)。"由摩尔达瓦河流入易北河、由易北河流入海中的水发源处的国土":指波希米亚。奥托卡尔二世是鲁道夫一世的死敌,因为他愤恨鲁道夫当选为皇帝,而自己不幸落选,一直拒不承认鲁道夫的帝位。鲁道夫兴兵讨伐,他迎战失败,被迫求和,割让了奥地利等地。1278年,他起兵反抗,在激战中阵亡,由他儿子瓦茨拉夫二世继承了王位。诗中把奥托卡尔同他的仇人鲁道夫放在一起,并且说明他在安慰悔恨自己生前失职的皇帝,目的在于强调,在炼狱中人与人之间生前的仇恨已消释净尽。"他在襁褓中就远远胜过他那个生了胡须的沉溺于色欲和怠惰的儿子瓦茨拉夫"意即奥托卡尔幼小时候就远远胜过成年的、淫荡怠惰的瓦茨拉夫。佛罗伦萨无名氏的注释中说:"他(指瓦茨拉夫)一般地说是个不中用的、怯懦、温顺的人。"但丁在《天国篇》第十九章中提到他时,除了指出他的"淫荡和奢侈逸乐的生活"以外,还说他"从来不知道也不愿遵循为君的道德准则"。

瓦茨拉夫(Wenceslaus)生于1271年,继承王位时,年方七岁,由摄政院摄政,当时鲁道夫已经占领了波希米亚王国的绝大部分,他不得不屈膝求和。鲁道夫接受了他的请求,交还了所占的波希米亚王国的领土,但保留了奥托卡尔割让的奥地利等地。双方和解后,鲁道夫许可他做波希米亚国王,还把自己的女儿嫁给他。1300年,他受波兰骑士们拥戴为波兰国王,1305年去世。

萨佩纽认为,但丁给予他不好的评价,可能是由于他对待教皇卜尼法斯八世态度过于软弱顺从。

㉓ "小鼻子的人"指法国国王腓力三世(1270—1285年在位),绰号"大胆的腓力"。他是路易九世(圣路易)之子,安茹伯爵查理(夺得西西里王国后,称查理一世)之侄。他娶阿拉冈王贾科莫一世之女伊萨伯拉为妻,生下他的继承人腓力四世(即诗中所说的"法兰西的祸胎")和瓦洛亚伯爵查理(即支持佛罗伦萨黑党推翻白党政府,致使但丁遭受放逐者)。1282年,"西西里晚祷起义"使他叔父查理一世失去西西里后,阿拉冈王彼得罗三世(见第三章注㉗)由于是前朝西西里王曼夫烈德之婿而登上了西西里王位。腓力三世受宫廷重臣劝说,在教皇马丁四世的支持下,发动战争,企图侵占阿拉冈。法军攻占了阿拉冈东北部的赫罗纳城,但因舰队被阿拉冈海军击败,供应断绝,被迫退却,途中发生瘟疫,死亡甚多,腓力自己也被传染,1285年死在比利牛斯山脉东北的滨海城市佩皮尼扬。"在逃跑时身死"这句诗即指此事。"辱没了百合花的光荣",指腓力丧师辱国(法兰西王国的国徽是蓝地衬托着三朵金色的百合花)。

"面貌异常慈祥者":指那瓦尔国王亨利一世(绰号"肥人亨利"),他的女儿约安娜是法国国王腓力四世(绰号"美男子腓力")的妻子。

㉔ 腓力四世(1285—1314年在位)是但丁深恶痛绝的人之一,但在《神曲》中从未指名提过他;在《地狱篇》第十九章中,教皇尼古拉三世的鬼魂讲到他时,用"当今统治法国的君主"来指他(见该章注㉑)。但丁在这里称他为"法兰西的祸胎",并且生动地勾画出他父亲腓力三世和他岳父亨利一世对他的邪恶污秽的生活深感痛心,前者用拳头捶胸,后者用手掌托腮叹息的情景;在诗中其他地方,也对他所犯的种种罪行,进行无情

的揭发和严正的批判。

㉕ "那个看来身躯如此魁梧的"人：指阿拉冈国王彼得罗三世（1276—1285年在位）。他于1282年登上西西里王位。尽管查理一世得到教皇马丁四世的支持（他把彼得罗开除教籍），试图卷土重来，夺回西西里，但以失败告终。在反击法国国王腓力三世入侵阿拉冈的战争中，彼得罗也获得了最后胜利。

"生前曾束着一切美德的腰带"：意即彼得罗三世具有一切文武美德，这一隐喻可能取自《旧约·以赛亚书》第十一章："公义必当他的腰带，信实必当他胁下的带子。"但丁对他的评价，在维拉尼的《编年史》卷七第一〇三章中得到证明："阿拉冈王彼得罗是一位英明的君主，武艺高强，非常勇敢、睿智，比当时在位的任何其他国王都更为基督教徒所畏惧，他同样为撒拉森人（指信奉伊斯兰教的阿拉伯人）所畏惧或者更甚。"

"那个大鼻子的"人：指查理一世。他生于1226年，先被封为安茹伯爵，后来继承他的岳父为普洛旺斯伯爵（见第六章注⑱），1266年，在本尼凡托之战击败曼夫烈德后，成为那不勒斯和西西里国王，死于1285年。诗中把他和他的敌人彼得罗三世放在一起，共同唱歌，目的也在于表明人与人之间生前的仇恨在炼狱中已经涣然冰释。但丁在《天国篇》第八章中严正指出他的恶政引起了"西西里晚祷起义"，在《炼狱篇》第二十章中谴责他残酷地杀死曼夫烈德之侄康拉丁和人们所传说的杀害圣托马斯·阿奎那斯的罪行，但仍然使他居于灵魂得救者之列；根据萨佩纽的解释，这是由于诗人深受佛罗伦萨贵尔弗党传统对查理一世的高度评价的影响，例如维拉尼在《编年史》卷七第一章中写道："他（指查理）很英明，具有健全的判断力，作战勇猛……为人宽宏大量，从事任何伟大的事业都抱着崇高的目的，处于任何逆境中都坚定不移，对于自己做出的诺言都信守不渝……"在卷七第八十九章中写道："他在当时是武功最卓越的、具备各种美德的君王。"万戴里则认为，但丁把他放在炼狱中，可能是因为他像维拉尼在《编年史》卷七第九十五章中所说的那样，忏悔了自己的罪行，作为良好的基督教徒死去。

㉖ "坐在他后面的那个青年人"：指彼得罗三世的最后一个儿子

彼得罗，他尚未成年即先于其父死去。有些注释家认为指长子阿尔方索，但这种说法不能成立，因为阿尔方索事实上继承了阿拉冈王位，虽然在位只有六年（1285—1291），不仅如此，他还留下了不好的名声。

"美德确实会从这器皿倒在那器皿里"：这个比喻来源于《旧约·耶利米书》第四十八章："摩押自幼年以来，常享安逸，如酒在渣滓上澄清，没有从这器皿倒在那器皿里……"波雷纳（Porena）认为，诗中这句话不能理解为美德从父亲传给儿子，因为确实曾经有过这样的事例，而必须理解为美德从一位君主传给另一位君主。

"他的其他的嗣子"指次子贾科莫二世和三子斐得利哥二世（参看第三章注㉗），前者从 1285 年至 1296 年为西西里王，1291 年，其兄阿尔方索三世死后，他登上阿拉冈王位，死于 1327 年；后者从 1296 年起为西西里王，死于 1337 年；所以诗中说他们得到了王国。"谁都没有得到更好的遗产"意即他们都没有得到父亲的美德。

㉗ "人的美德很少传到枝条上去"：意即父亲的美德很少像树液从树干传到枝条上去那样传给儿子。"恩赐美德者"：指上帝。父亲的优良品质遗传给儿子之所以罕见，是上帝的意志决定的，为了让人认识到优良品质是他恩赐的，须要向他祈求。但丁在《筵席》中已经指出，人的高贵性是上帝赋予个人的灵魂的，不是家族遗传的："这一神圣的种子不落在家族中，而落在个人身上。"（第四篇第二十章第五节）

㉘ 意即查理一世的嗣子如同彼得罗三世的嗣子一样不肖：查理一世死后，其子查理二世（绰号"瘸子"）继为那不勒斯国王和普洛旺斯伯爵，但因当时被囚在西班牙，1288 年被释放，1289 年才加冕，1309 年去世。他的统治引起了那不勒斯王国（当时通称普利亚王国）和普洛旺斯伯爵领地的臣民普遍不满。但丁在《神曲》中对查理二世的评论一贯严厉，对法国王室一般也都采取敌视的态度。

㉙ "这棵植物"：指查理二世，"生它的那粒种子"：指查理一世。康斯坦斯是彼得罗三世的妻子，1300 年还在世；贝雅特丽齐是查理一世的元配，死于 1267 年；玛格丽特是他的后妻。诗的

大意是：查理二世在品德上低于其父查理一世的程度，如同其父在品德上低于阿拉冈王彼得罗三世一样。

㉚ 指英国金雀花王朝亨利三世（1216—1272年在位），他是无地王约翰（1199—1216年在位）之子，生于1207年，1216年即位。在他统治时期，因奉行勒索捐税、重用法国宠臣、容许罗马教廷榨取英国的政策，引起了普遍不满，结果，爆发了内战。1264年，亨利三世及其子爱德华在战争中被大封建主西门·德·孟福尔指挥下的军队俘虏。后来爱德华逃脱，战胜并且杀死了孟福尔，使他得以复位。他死于1272年，在位共五十六年之久。维拉尼在《编年史》卷五第四章中说"他是个单纯的人，很诚实，但是没有什么才能"，在卷七第三十九章中说："他是个生活朴素的人，致使贵族们认为他等于零。"

"他在他的枝条中有较好的后嗣"：显然指他的儿子爱德华一世（1272—1309年在位）。维拉尼在《编年史》卷八第九十章中说爱德华一世是"有才能的好国王，是他那个时代最英勇的君主和最明智的基督教徒之一，他在海外对撒拉森人，在国内对苏格兰人，在加斯科涅（法国西南部）对法兰西人的战争中，都非常勇猛"。

㉛ 指蒙菲拉托（Monferrato）侯爵圭利埃尔莫（Guiglielmo）七世（1254—1292年在位）。"在最低的位置上席地而坐"，因为他是侯爵，在那些君主中他地位最低，势力最小。他是吉伯林党首领和帝国代表，勇猛好战，绰号"长剑"（Spadalunga），对贵尔弗城邦发动多次战争，扩张势力和领土。1290年，阿斯提城邦企图从他手中收复亚历山大里亚城，鼓动那里的市民起义；他前去镇压，被市民俘虏，关在铁笼中像野兽一般示众，达十七个月之久，1292年瘐死。其子乔万尼一世为父报仇，出兵进攻亚历山大里亚，但亚历山大里亚人在米兰的僭主马窦·维斯康提（Matteo Visconti）的援助下，入侵侯爵领地蒙菲拉托，占领了一些地方。"蒙菲拉托和卡那维塞（Canavese）"两个地区构成侯爵封地：这场战争的灾祸使侯爵封地的臣民痛苦不堪。

第 八 章

　　现在已经是使航海的人在告别了亲爱的朋友们那天,神驰故土,满怀柔情的时刻;是使新上征途的行旅听到远处传来的似乎在哀悼白昼的钟声时,被乡思刺痛的时刻①;这时,我开始不再使用听觉,而注视其中的一个灵魂站起身来,用手示意,请其他的灵魂们谛听②。他把两掌对合,向天举起,凝眸望着东方,好像对上帝说:"我别无所念③。"他口中唱出"Te lucis ante"④,态度那样虔诚,音调那样美妙,使我听得出了神;接着,其他的灵魂都举目向着诸天,跟着他一起用美妙的音调唱完全首圣歌。读者呀,擦亮眼睛注视这里的真谛吧,因为目前蒙着的面纱实在非常薄,透过它看到内部是很容易的⑤。

　　我看到那一队高贵的灵魂随后就默不作声地向上凝望着,面色苍白,态度谦卑⑥,好像在期待着什么;接着,就看到两位天使从天而降,手持两把折断的、失去锋芒的、发出火焰的剑。他们的衣服像初生的嫩叶一般绿,拖在身子后面,被他们绿色的翅膀拍打着,随风飘动⑦。一位来到比我们稍微靠上的地方站岗,另一位降落在对面的山坡上,这样那些人就处在他们中间。我清楚地看到他们头上的金黄的头发,但一注视他们的脸,眼睛就像任何感官受到过于强烈的刺激而失灵一样,顿时昏花起来⑧。"这两位天使是从马利亚的怀里来的，"索尔戴罗说，"为了守卫这个山谷，因为那条蛇一会儿就来了⑨。"我一听这话，由于不知道它从哪条路来，就环顾四周，吓得浑身冰冷，紧紧地靠拢那可靠的肩膀⑩。

索尔戴罗又说："现在我们下到山谷中去吧，到那些伟大的幽魂⑪中间去，和他们交谈；他们会非常高兴看到你们。"我想，我只往下走了三步就到了那里⑫；我看见一个灵魂直注视着我，好像希望认出我似的。这时已是天色渐渐昏暗起来的时候，但还没有那样黑，以至于使人看不清楚先前由于他的眼睛和我的眼睛之间的距离而看不出来的事物⑬。他向我走来，我向他走去：高贵的法官尼诺，当我看到你不在入地狱的人们中间时，我是多欣慰呀⑭！我们彼此之间用尽了一切得体的方式表示欢迎和敬意⑮；随后，他就问道："你渡过辽远的海洋来到这座山脚下有多久啦⑯？"

"嗳！"我对他说，"我是经过那些悲惨的地方今天早晨来到这里的，我还在今生，虽然我此行是为了获得来生⑰。"索尔戴罗和他听到我的回答后，都像突然感到茫然失措的人似的向后退缩。一个转身向维吉尔，另一个转身向坐在那儿的一个灵魂喊道："起来，库拉多！你看上帝的恩泽使什么奇事出现了⑱。"随后，他就转身对我说："上帝把他的最初的原因隐秘得如此之深，无路可以到达那里⑲，我以你应该特别感谢他赐予你的那种恩泽的名义请求你，等你回到茫茫大海彼岸时，告诉我的乔万娜为我向对天真无罪者有求必应的地方祈祷⑳。我不相信，她母亲换下白头巾后还爱我，可怜的人哪！她一定还要渴望戴着它呢㉑。从她就很容易知道，如果眼睛或触觉不经常点燃它的话，爱情之火在女人心里能保持多久了㉒。使米兰人扎营的蝰蛇不会给她造成像加卢拉的雄鸡本来会给她造成的那样美的一座坟墓㉓。"他这样说,面带着心中适度燃起的那种正当的热情的迹象㉔。

我的如饥似渴的眼睛不住地仰望天空,注视着星辰像车轮最靠近轴心的部分那样运转最慢的地方㉕。我的向导说:"儿子,你向天上望什么呢?"我对他说:"我望那三颗把这边的天极照得通明的火炬呢㉖。"他对我说:"你今天早晨看见的那四颗明星已经在那边落下去了,这三颗星现在那四颗星原先所在的地方升起㉗。"

当他正说话时,瞧!索尔戴罗把他拉到身边,说:"你看我们的仇敌㉘在那里。"还用手指着要他向那里看。在这个小山谷没有屏障的那一边有一条蛇,或许就像当初给夏娃苦果时的那一条㉙。这个恶毒的条状物㉚从花草丛中出来,不时回过头去舔自己的背,如同兽类舔自己的毛使它光滑一样。我没有看见,所以不能叙述那两只天国的苍鹰是怎样出动的㉛;但我看得清楚他们俩都已行动起来。一听到绿色的翅膀掠过天空,那条蛇就逃了,两位天使随后就一齐向上飞回他们的岗位㉜。

在这场袭击的全部过程中,那个听见那位法官一叫就来到他身边的灵魂目光一直没有离开我㉝。"祝愿引导你向上走的灯笼发现你的自由意志中有一直上到绚烂多彩的顶峰所需要的蜡㉞,"他开始说,"如果你知道玛格拉河谷或者附近地区的真实消息,你就告诉我吧,在那里我曾显赫一时。我名叫库拉多·玛拉斯庇纳;我并不是老库拉多,但我是他的后裔㉟;我生前对家族所怀的那种爱正在这里经受精炼㊱。"我对他说,"啊!我从来没有到过您的领地,但是,全欧洲有居民的地方,哪里不知道那些领地呢?为您的家族增光的荣誉使领主、使地区闻名于外,以至于尚未到过那里的人也有所知。我以能走上顶峰的希望向您发誓,您的受尊敬的家族没有失去它的钱袋和宝剑的声誉[37]。习惯和天性赋与它这样的特权,尽管邪恶的首领把世人引入歧途,而它却能独走正路,鄙视邪路[38]。"他说:"现在你去吧;因为,如果天意注定的进程不中断的话,太阳今后重新躺在'公羊'用所有的四只脚盖着和跨着的床上不到七次,你恳切表示的这种看法就会被比别人的话更大的钉子钉在你的头脑当中[39]。"

注释:

① 指晚祷时刻,即教会规定的一天最后的祈祷时刻。这时夕阳西下,暮色苍茫,最易引起沉郁伤感的情绪:刚告别亲友乘船去异乡的人,不由得思念家乡;新去外地的行旅,听到远处的钟声,不由得乡思缠绵。这是但丁在长期飘泊异乡时的深切感受,在诗中用极平常的词语表达出来,就成为众口传诵的名句,尤其受到浪漫派诗人和评论家的赞美。拜伦的长诗《唐璜》第三章第一〇八节显然脱胎于但丁的诗句:

> 动心的一刻呵!那海行的游子
>   第一天离开岸上亲爱的友朋,
> 这时会心绪万端,深深地祝愿;
>   行路的旅人听到远处的晚钟
> 悠悠地,似乎在哭泣日之将尽,
>   也会充满乡思急急趱赶归程。(查良铮译文)

② "我开始不再使用听觉",因为这时索尔戴罗不再说话,那队灵魂也唱完了那首颂歌。
"用手示意,请其他的灵魂们谛听":意即"示意……让每个灵魂都不声不响地听他要讲的话"(布蒂的注释)。

③ "凝眸望着东方":按照古代和中世纪基督教徒祈祷时的习惯,面向着东方,因为他们相信上帝的恩泽来自那里。
"我别无所念":意即"我不关心别的事,因为我全心向着你"

（本维努托的注释）。"这个灵魂是那样全神贯注于祈祷,他脸上的表情好像说,除了祈祷以外,他什么都不在意。"（雷吉奥的注释）

④ "Te lucis ante"是教会规定的晚祷时唱的一首拉丁文圣诗的第一行前三个词,这首圣诗相传是圣安布罗乔(S. Ambrogio)创作的。

全诗译文如下:

在日没以前,
造物主啊,我们祈祷
你,大发慈悲,
做我们的保护者和看守者。

让一切梦和黑夜的幻觉
远远地离开我们;
把我们的敌人(指魔鬼)制服,
使他不能玷污我们的身体。

最慈祥的天父啊,
请你通过你的独生子(指耶稣基督)
使我们所求的得以实现吧,
他同你和圣灵永恒主宰宇宙。

这些灵魂在太阳将没时唱这首圣诗是及时的,因为太阳是上帝的象征,太阳没后,夜幕降临,魔鬼就会出现,因此他们在这首诗中祈祷上帝恩典,保佑他们夜里平安,不受魔鬼诱惑。

⑤ 但丁在这里预先提醒读者,要注意理解下面描写的情景所隐含的寓意(即诗中所说的"真谛"),不要停止在字面意义的理解上。"面纱":指字面的意义,面纱"很薄",意即字面的意义很清楚,透过它很容易看出其中的寓意:蛇象征邪恶对灵魂们的诱惑,两位天使象征神的恩泽帮助灵魂们不受或战胜邪恶的诱惑。

⑥ 灵魂们"面色苍白",是由于他们害怕蛇,"态度谦卑",是由于他们意识到自己渺小,无力自卫,必须依靠上天帮助。这里简明勾画出他们等待上天佑助时的神态。

⑦ "两位天使"象征上天的佑助。根据佛罗伦萨无名氏等早期注释家的解释,天使手中的两把剑象征上帝的正义和慈悲,二者相结合,表明正义不能无慈悲,慈悲也不能无正义。两把剑已经"折断、失去锋芒",表明只能用剑刃砍伤,不能用剑尖刺伤,因为天使的援助是防御性的,不是进攻性的,诱惑可以逐渐克服、驱除,而不能一劳永逸地消灭。"发出火焰"典出于《圣经》:上帝把亚当和夏娃逐出伊甸园后,"又在伊甸园的东边安设嗶嗽啪(九级天使中的第二级天使,司知识)和四面转动发火焰的剑,要把守生命树的道路。"(《旧约·创世记》第三章)根据佛罗伦萨无名氏的注释,两位天使的衣服和翅膀的"绿色象征'希望'的永恒性,'希望'表现为绿色,因为'希望'在人心应该永远是生气勃勃的,喜洋洋的,新鲜活泼的。"

⑧ 但丁依照圣像学的传统,把天使的头发描写成金黄色,大概是由于这种颜色会使人感到更庄严、更圣洁、更空灵的缘故。天使的形象光芒四射,犹如太阳一样令人一望就觉得眼花。

⑨ "马利亚的怀里":据早期注释家说,指耶稣基督,因为圣母马利亚怀孕生的耶稣。现代注释家大多认为指马利亚所在的净火天,即严格意义上的天国;《新约·路加福音》第十六章中用"亚伯拉罕的怀里"指天国,这里仿照《圣经》的说法,用"马利亚的怀里"指天国。雷吉奥则认为指马利亚自己,她是慈悲之母,在前一章中,这些灵魂曾唱"Salve, Regina"歌颂她,恳求她怜悯、帮助,因此可以想见这时空中飞来的两位天使是她派来保护他们的。"那条蛇"象征魔王撒旦。

⑩ "可靠的肩膀"指维吉尔的肩膀。

⑪ "伟大的幽魂"(grandi ombre)指山谷中的帝王和诸侯的灵魂。"伟大"一词主要说明他们在封建社会中地位高、权势大;此外,根据波斯科的看法,还肯定这些灵魂具有几分豪迈(magnanimi)气概,在一定程度上类似"林勃"中草坪上的那些伟大的灵魂(spiriti magni),而 grandi ombre 也正是 spiriti magni 的同义词。

⑫ 说明索尔戴罗、维吉尔和但丁三人在谷坡上站着的地方比谷底高不多(参看第七章注⑯)。但丁根据艺术上的需要,随时随地说明旅途中的地形和时刻,以加强读者对诗中的情景的

真实感。

⑬ 大意是:原先我们俩一在谷坡,一在谷底,距离较远,谁都看不清谁,现在我来到谷底,距离近了,天色虽晚,还不太黑,因此我们能看清楚彼此的面貌,互相认出来。

⑭ 这两句诗并非但丁当面对认出来的朋友尼诺所说的话,而是如窦纳多尼(Donadoni)所说的那样,用"呼语法"(apostrofe)形式表达但丁的心情:"重新见到朋友的喜悦比知道他在得救者中间的喜悦小:这种心情诗人用呼语法形式表达出来,呼语法在《神曲》中的功能是表明旅途中经历的各种感情激动的状态在叙述者心中记忆犹新。"

这里所说的法官(giudice)并非我们通常所说的法官或审判官,而是一种类似总督(viceré)的官职。公元1022年,比萨从撒拉森人手中收复萨丁岛后,把它划分为卡利阿里、加卢拉、阿尔波雷亚、托雷四个州或区域,名为法官管辖区(giudicato),其执政官名为法官,是该地区的统治者。

尼诺(Nino)即《地狱篇》第二十二章注⑱提到的尼诺·维斯康提(Nino Visconti),出身比萨贵尔弗党贵族,是萨丁岛加卢拉法官管辖区法官,1285年与其外祖父乌格利诺共同执掌比萨的政权,后来发生矛盾,被外祖父出卖,流亡他乡,吉伯林首领卢吉埃里坐收渔利,夺取政权,乌格利诺被关进塔牢活活饿死。尼诺在流亡期间是热那亚、佛罗伦萨、卢卡等贵尔弗党掌权的城邦反对比萨的联盟的发起人之一,1293年是贵尔弗同盟会的首领。1283—1293年,他曾多次在佛罗伦萨,但丁和他的友谊大概是在这时建立的。1296年,他在萨丁岛上去世,始终不同吉伯林党掌权的故乡比萨和解,根据他的遗嘱,人们把他的心安葬在贵尔弗党掌权的卢卡城中的圣方济各教堂。早期注释家都称赞他品德高尚,性格坚强、勇敢。

⑮ "描写了索尔戴罗和维吉尔拥抱后,如果再描写他们俩(但丁和尼诺)如何互相表示欢迎,就会显得烦冗,所以让读者去想象。"(彼埃特罗波诺的注释)

⑯ 尼诺由于天色已晚,没有看出但丁是活人,认为他也和其他的亡灵一样,是由天使用船从台伯河口接引到炼狱的。

"辽远的海洋"指台伯河口和炼狱山之间的海洋,强调炼狱和活人居住的陆地相离极远。

⑰ "嗳!":带有疑问的含义,好像是说:事实跟你所想的根本不同。

"经过那些悲惨的地方":意即我不是渡过无边无际的海洋,而是经过一层层的地狱来的。

"今生"原文是 prima vita(第一生),"来生"原文是 l'altra〔vita〕(另一生):意即我还在人世,而我做这次旅行正是为了获得来世永生。但丁说这话的口气是谦卑的,绝不以上天赐予自己这种特权自负。

⑱ 索尔戴罗一直还不知但丁是活人,因为起初但丁在山坡上跟随维吉尔走近他时,天色已近黄昏,身体没有投下影子,当他问他们俩是谁时,一听维吉尔说出自己的名字,就俯身去拥抱他表示景慕之情,无暇再问他的同伴是谁;所以,现在一听但丁说自己是活人,由地狱来到炼狱,就惊讶得向后退缩,转过身去向着维吉尔,似乎想请他证明但丁的话。尼诺一听但丁的话,也非常惊讶,退后几步,转身向旁边坐着的一个灵魂喊道:"你看上帝的恩泽使什么奇事出现了。"

⑲ "他的最初的原因"(lo suo primo perché):根据萨佩纽的注释,指上帝的行为的最初原因,这里具体指他挑选这一个或那一个不知名的人赐予更大的恩泽的准则或标准。"无路可以到达那里":意即人无法理解这种最初的或者根本的原因,因为它是极其奥秘的;"路"原文是"guado",指河流可以涉水或者骑马通过的浅处,这里作为隐喻说明人的智力不能找到一条可以理解这种奥秘莫测的原因的途径。

⑳ "你应该特别感谢他赐予你的那种恩泽":指上帝准许但丁这样的一个活人游炼狱,是赐予他的一种特殊的恩泽,他应该为此特别感谢上帝。

"茫茫大海彼岸":指人间。"茫茫大海"(large onde)和"辽远的海洋"(lontane acque)均强调和人间相隔极远,同时也使人感到炼狱中的灵魂对于在人间经历的往事仍然不能忘怀。

"我的乔万娜":1300 年尼诺在炼狱中对但丁说这话时,他的独生女乔万娜(Giovanna)才九岁。他死后,全部家产被吉伯林党夺去,乔万娜随母亲先后流亡到斐拉拉和米兰,年龄很小就嫁给特雷维佐的封建主黎扎尔多·达·卡密诺(Rizzardo da Camino)。1312 年丈夫去世后,孀居生活困难。1323 年被迫去佛罗伦萨,城邦政府因其父有功于贵尔弗党,发给她一笔津贴救济她。她死于 1339 年以前。

"为我向对天真无罪者有求必应的地方祈祷":意即为我向天祈祷;只有蒙受天恩者和天真的儿童的祷告上帝才肯答应。乔万娜是九岁的小女孩,所以她为他祈祷会使他早日进入炼狱之门。

㉑ "她母亲":乔万娜的母亲贝雅特丽齐·德·埃斯提(Beatrice d'Este)是斐拉拉的封建主侯爵奥比佐二世之女。1296 年丈夫死后,带着乔万娜回到娘家。1300 年再婚,嫁给米兰的封建主吉伯林首领玛窦·维斯康提之子加雷阿佐(Galeazzo)。1302 年由于托里亚尼(Torriani)家族集团得势,加雷阿佐全家被逐出米兰,她随新夫过流亡生活,几经变迁,加雷阿佐来到托斯卡纳,沦为当时统治卢卡和比萨的卡斯特卢乔·卡斯特拉卡尼(Castruccio Castracani)手下的一名普通士兵,家境贫苦,1328 年死在那里。她再度丧夫后,不久时来运转,她的儿子阿佐(Azzo)又成为米兰的统治者,她得以在米兰安度余年,1334 年去世。

尼诺提到她时,"不称她为'我的妻子',而称她为'她(乔万娜)母亲',这是充满怜悯之情的责备。"(托玛塞奥语)"换下白头巾"指嫁给加雷阿佐;当时,意大利城邦法令规定,凡已婚妇女都须戴头巾,孀居者戴白头巾,穿黑衣服,因此,"换下白头巾"意即再嫁。在中世纪封建社会中,妇人再嫁意味着对亡夫不忠而为人所不齿。尼诺对于自己死后不久,贝雅特丽齐就和加雷阿佐结婚,自然不满,但他提到此事时,不直说她再嫁,而委婉地说她换下了白头巾,不断言她已经忘掉他,而用怀疑的口气说他不相信她还爱他,因此只希望女儿为他祈祷。这一切都说明他具备骑士的品德,不愧被但丁称为"高贵的法官尼诺"。"可怜的人哪!她一定还要渴望戴着它呢":意即她以后处在不幸的境地时,一定会后悔自己再嫁(炼狱中的灵魂能预知未来的事)。"可怜的人哪!"这句感叹话对于她注定要遭遇的不幸,表示出无限的怜悯。

㉒ 意即她很快就忘掉亡夫,再嫁他人,这一事实足以说明,如果没有所爱的人经常在身边,女人的爱情是不能持久的。这种论调自古以来就屡见不鲜,例如《埃涅阿斯纪》卷四中说"女人永远是反复无常、变化多端的"(第569—570行),早期基督教著作家也有类似的看法,到了中世纪,这种看法已经成为传统的偏见。

㉓ 米兰的统治者维斯康提家族的纹章是一条蝰蛇吞食一个撒拉森人;"使米兰人扎营":维斯康提家族的纹章是米兰的军旗,军旗在哪里升起,军队就在哪里扎营。萨丁岛加卢拉州的州徽是一只雄鸡,法官尼诺是一州之主,州徽实际上等于他的家族的纹章。诗的大意是:将来她死后,用加雷阿佐家的纹章装饰坟墓,还不如当初没再嫁,用尼诺家的纹章装饰坟墓光荣。1334年她去世前留下遗嘱,让人们把她的前夫和后夫家的纹章都刻在她的石棺上,大概是由于当时《神曲》抄本已经广泛流传,她企图借此来否定诗中的看法。

㉔ "正当的热情"(dritto zelo)意义含蓄,引起了种种不同的解释。早期注释家都认为,"热情"这里指爱情;"正当的热情"即"正当的爱情"(布蒂的注释),"纯洁的爱情"(佛罗伦萨无名氏的注释),"正当的、忠实的伉俪之情"(本维努托的注释)。一些现代注释家则把"热情"理解为"怨恨"之情或"惋惜"之情。萨佩纽反对这样的解释,认为"热情"这里指尼诺心中仍然对妻子怀着的旧情,由于不忘旧情,他才以怜悯的态度看待她的错误和不幸。"适度燃起"说明尼诺心中情绪激动,但不过火,这正是高贵的骑士品质的特征。

㉕ 指南极。靠近南(北)极的星辰转得最慢,正如车轮靠近轴心的部分转得最慢一样,因为靠近南(北)极的星辰在24小时内转完的圈子,比距离南(北)极远的星辰在同样的时间内转完的圈子小些。

㉖ 这三颗明星象征信、望、爱三种超德。

㉗ 这四颗明星象征勇、义、智、节四种枢德。

㉘ "我们的仇敌":指撒旦,是《圣经》用语。

㉙ "小山谷没有屏障的那一边":指谷口。"或许就像当初给夏娃苦果时的那一条"意即或许就像当初撒旦引诱夏娃吃分别

善恶树上的果子时,变成的那条蛇一样(见《旧约·创世记》第三章)。"苦果"原文是 il cibo amaro(苦的食物),因为那果子是死和其他诸苦的来源。

巴尔比把这句诗的意思理解为"或许就是当初给夏娃苦果的那条蛇"。波雷纳反对此说,他正确地指出,诱惑夏娃的蛇是魔鬼暂时变成的形象,并不是一条从那时起一直活着的真蛇。

㉚ "条状物"原文是 striscia(条,带),这是指蛇。"因为蛇身细长柔韧,好像布条或其他条状物。"(佛罗伦萨无名氏的注释)

㉛ "我没有看见",因为但丁一直在那里全神贯注地盯着那条蛇。"天国的苍鹰":指两位天使。"称他们为苍鹰,因为苍鹰是蛇的天敌。"(《最佳注释》)

㉜ "飞回他们的岗位":"这就是说,回到那两道山脊上他们起初站岗的地方去。"(本维努托的注释)有些现代注释家理解为飞回天国去。这种说法不符合诗中的情况,因为在夜间那条蛇随时都可能再来,天使必须通宵戒备。

㉝ "那个听见那位法官一叫就来到他身边的灵魂":指前面尼诺所喊的库拉多,他在那条蛇潜入山谷,随后被天使发现和赶走的过程中,始终注视着但丁,对他表现出极大的兴趣,这是因为但丁是活人,会带来世上的消息。

㉞ "引导你向上走的灯笼":指上帝的恩泽。"绚烂多彩的顶峰":原文是 sommo smalto,早期注释家认为 sommo(最高处)指天,即天国,smalto(釉)在这里相当于 smaltato(上釉的,涂色的;点缀的),sommo smalto 意即繁星点点的天空。现代注释家则认为 sommo 指炼狱山的顶峰,sommo smalto 指顶峰上的地上乐园,smalto 形容青翠的草地上百花争艳的景色。译文根据后一种解释。

"蜡":指个人的意志或毅力;没有足够的蜡,灯笼就不能继续照明,没有足够的个人意志或毅力,上帝的恩泽就不会起作用。诗句大意是:祝愿上帝赐予你的恩泽加上你个人的毅力使你能到达顶峰上的地上乐园。库拉多向但丁请问故乡的消息前,先向他表示这种良好的祝愿。

㉟ 库拉多·玛拉斯庇纳(Currado Malaspina)是维拉弗朗卡(Vil-lafranca)侯爵斐得利哥一世之子,穆拉多侯爵库拉多一世之

孙,据薄伽丘在《十日谈》第二天故事第六中说,他"是皇帝党
(即吉伯林党)",死于1294年。

"玛格拉河谷":玛格拉(Magra)河在托斯卡那西北部,发源于
亚平宁山脉,流经卢尼地区,在斯帕西亚湾附近入海,因而玛
格拉河谷在诗中泛指卢尼地区(见《地狱篇》第二十四章
注㉛)。这里是玛拉斯庇纳侯爵家族的世袭领地,斐得利哥一
世的维拉弗朗卡城堡就在此河谷中。

"曾显赫一时":"显赫"原文是常用词grande,含义宽泛,译文
根据多数注释本的释义potente(有权势的)措辞。

"老库拉多":指玛拉斯庇纳家族的始祖,库拉多的祖父库拉多
一世。他娶西西里王曼夫烈德的姐妹康斯坦斯为妻,声望甚
高,寿命颇长,大约死于十三世纪中叶。由于祖孙同名,库拉
多特别向但丁说明他们的血统关系,以免混淆。

㊱ 诗句大意是:在世上我的爱集中在自己的家族和权势上,忽视
了使灵魂得救的修养,如今在炼狱中正通过必要的磨炼,使自
己的爱成为纯正的对上帝的爱。

"精炼"(raffina)是隐喻,意即"如同在火中炼金一般"(本维努
托的注释)。

萨佩纽指出,库拉多也对自己生前的荣华富贵记忆犹新,对自
己家族和乡土的感情依然存在,但如今已视为空虚遥远的陈
迹,对但丁谈及时,语气淡漠尤甚于尼诺。

㊲ 但丁对库拉多使用尊称"您",表示敬意。据萨佩纽的注释,玛
拉斯庇纳家族的领地由于领主们有慷慨大方的声誉而闻名全
欧,十二世纪末和十三世纪初年之间的普洛旺斯行吟诗人们
在诗中对这些领主表示的敬意也可以证明这一点。

"能走上顶峰的希望":即灵魂得救的希望,这对但丁来说是至
关重要的,他以此向库拉多发誓,表示极其郑重。

"钱袋和宝剑的声誉":"钱袋"的声誉指慷慨大方、轻财重义
的声誉,"宝剑"的声誉指作战英勇的声誉;慷慨和英勇都是典
型的骑士美德。

㊳ "习惯":指家族的传统。"天性":指好善的天性。"邪恶的首
领"指谁,众说纷纭,有的认为指魔鬼,有的认为指皇帝,有的
认为指教皇;看来最有说服力的是第三种说法,因为诗中一再

指出,教皇掌握世俗权力,贪婪腐化,买卖圣职,忘掉自己的神圣职责,是世界走入歧途的根本原因。

㊴ "现在你去吧"言外之意是:现在你不必再多说了。

"'公羊'用所有的四只脚盖着和跨着的床":指白羊宫;安托奈利(Antonelli)说:"自古以来,在天文图上就把这个动物(指羊)画成卧着的姿势,它的下腹趴在黄道上,也就是太阳在白羊宫的'床'上,用它的蜷着的四只脚跨着和盖着黄道的这一段。"诗中的描写很可能受到天文图的启发。太阳躺在白羊宫的床上,意即太阳在白羊宫,重新躺不到七次,意即太阳今后再进入白羊宫不到七次,也就是说,今后不到七年。由于这话是预言,所以像诗中其他的预言一样,不照直说话,而采用迂曲隐晦的说法,使之带有几分神秘色彩。"你恳切表示的这种看法":指但丁对库拉多的家族作出的高度评价。"别人的话":指世人对这个家族的称赞,但丁的评价是根据这种传闻作出的。"就会被比别人的话更大的钉子钉在你的头脑当中":意即你将通过比传闻更有说服力的亲身经验证实自己的看法。"如果天意注定的进程不中断的话":意即如果天意所注定的你将遭到放逐、漂泊异乡的命运进程不中断的话,不言而喻,这种进程是绝对不可能中断的。库拉多向但丁预言:除非你未来的命运改变,你根据世人的普遍称赞对我的家族所作的评价,今后为时不到七年,就会通过比传闻更有力的亲身经验得到证实。这种预言当然是所谓事后(post eventum)的预言。历史文献证明,但丁被放逐后,1306 年 10 月曾在库拉多的堂兄弟弗兰切斯齐诺(Franceschino)侯爵宫廷中作客,受到优遇和信任,被委任为代表同卢尼主教安东尼奥·达·卡密拉(Antonio da Camilla)缔结和约。这一历史事实和库拉多对但丁说这番话的时间(1300 年春天)相距不到七年。但丁在困苦的流浪生活中对慷慨好客的玛拉斯庇纳家族自然衷心感激,为了表达这种感情,而写出赞美这个家族的诗句。应该指出的是:这些赞语并非庸俗虚伪的歌功颂德之词,因为这个家族虽系意大利一个小邦的贵族,却在法国以及一些其他的欧洲国家享有声誉,其慷慨大方为不少普洛旺斯行吟诗人所传扬,而真正使之名垂后世的则是但丁的诗。

第 九 章

老提托努斯的伴侣已经离开甜蜜的情人的怀抱,在东方的阳台上发白;她额上的宝石亮晶晶的,镶嵌成用尾巴打击人的冷血动物的图形①;在我们所在的地方,黑夜上升已经走完其中的两步,第三步已经在把翅膀垂下来②;那时,我因为带着亚当所给的那种东西,被睡魔战胜,躺倒在原来我们五个人都坐着的草上③。

凌晨,当燕子或许想起它旧日的灾难④而唱起哀歌,当我们的心灵更远离肉体,更少受思虑缠绕,所做的梦几乎具有预示未来的功能⑤时,我似乎梦见一只金黄色羽毛的鹰,张着翅膀,停在空中不动,准备猛扑下来;我好像是在加尼墨德被劫持到最高的会上时,丢下他的同伴们的地方⑥。我心中想道:"或许这只鹰惯于专在这里扑击,或许它不屑于从别的地方用爪抓住什么带上天空去。"接着,我就觉得,好像它盘旋了一会儿之后,就像闪电一般可怖地降下来,把我抓起,一直带到火焰界⑦。在那里,它和我好像都燃烧起来;梦幻中的大火烧得那样猛烈,使得我的睡梦必然中断⑧。

犹如阿奇琉斯睡在母亲怀抱里,被她从奇隆那里偷走,带到后来希腊人又使他离开的斯库罗斯岛上时,他睁开惺忪的睡眼环顾四周,茫然不知身在何处,而顿时醒过来一样⑨;当

　　在那里，它和我好像都燃烧起来；梦幻中的大火烧得那样猛烈，使得我的睡梦必然中断。

睡梦一从我面上消散,我就像那样突然惊醒了,变得脸色苍白,如同吓得浑身冰冷的人似的。在我旁边只有我的安慰者一个人,太阳已升高两个多小时,我的脸转向着大海⑩。"不要害怕,"我的主人说,"放心吧,因为我们已经走得很远了;不要抑制而要使出全部力量⑪。现在你已到达炼狱:你看围绕它的那道峭壁,你看那里在峭壁似乎断裂的地方的那个入口⑫。刚才,在天亮前的黎明时分,正值你的灵魂在肉体内沉睡之际,那一片装点着下面那个地方的花上来了一位圣女,她说:'我是卢齐亚;让我把这个睡着的人带走吧;这样我好在他的路上帮助他前进⑬。'索尔戴罗和其他的高贵灵魂都留下;她把你抱起来,天刚一亮,她就从那里向上走去,我在后面跟着她。她把你放在这里,但她先用她的美丽的眼睛把开着的入口指示给我,然后,就和睡梦一同离开。"⑭

如同心中充满疑惧的人,听了人家向他说明真实情况以后,心情安定下来,把恐惧变成勇气一样,我心里也起了这样的变化;我的向导一看到我已经没有疑虑,就动身顺着山坡向高处走去,我在后面跟着他。

读者呀,你清楚地看到,我正在提高我的主题,因此,如果我用更高的艺术技巧来支撑它,你可不要感到惊异⑮。

我们渐渐走近那里,来到原先在我看来似乎只不过像墙上裂开的一道缝似的那个豁口,我看到那里有一座门,下面有三级颜色不同的台阶可以上到门口,还有一个尚未说话的守门人⑯。当我睁大眼睛越来越近地注视他时,我看见他坐在最高的一级台阶上,他脸上的光那样耀眼,使我不能忍受。他手里有一把出鞘的宝剑,这把宝剑的光芒那样强烈地向我们射过来,使得我几次试图举目去看都是枉然⑰。他开始说:

"你们就在那里说:你们为何而来? 你们的向导在何处? 要当心,上来会使你们受害⑱。"我的向导向他回答说:"一位熟悉这些事情的天上的圣女⑲刚才对我们说:'你们往那儿去吧:门就在那里。'""愿她促使你们的脚步在向善的路上顺利前进,"殷勤的守门者又开始说,"那么,你们就往前走,到我们的台阶这儿来吧。"

我们来到了那里;第一级台阶是白大理石的,那样光滑、明净,我在上面都照得见我的影子⑳。第二级台阶颜色比黑紫色还深,是一种粗石的、干巴巴的像被火烧过一般,有纵一道、横一道的裂缝㉑。上面的那质地坚实的第三级台阶据我看来似乎是斑岩的,呈火红色,如同从血管里涌出的血一样㉒。上帝的天使双脚放在这级台阶上,坐在据我看来似乎是金刚石的门槛上㉓。我的向导拉着我甘心情愿地顺着三级台阶走上去,他说:"你以谦卑的态度去恳求他开门吧。"我虔诚地跪倒在他的圣洁的脚下:求他大发慈悲给我开门,但我先在自己的胸膛上捶了三下㉔。他用剑锋在我的额上刻了七个P字母,说:"你到了里面,要注意洗掉这些伤痕㉕。"

灰或刚掘出的干土大概和他的衣服是一样的颜色㉖,他从衣服下面掏出了两把钥匙。一把是金的,另一把是银的;他先用那把白的,然后用那把黄的开门上的锁,使得我满意㉗。他对我们说:"每逢这两把钥匙中的一把失效,在钥匙孔中转动不灵,这条路就不通了㉘。一把更宝贵,但另一把要有很高的技巧和智慧才能开锁,因为解开结子的就是这一把㉙。我从彼得手里接管了这两把钥匙;他嘱咐我,只要人们跪在我脚下,我就宁可犯开门而不要犯锁着门的错误㉚。"随后,他就把那神圣之门的门扇推开,说:"进来吧;但是我警告你们,谁往后看,谁就回到门外去㉛。"那神圣的大门的门扇是金属的,厚重坚实,铮铮有声,被推得枢轴转动时,就连当初塔尔佩亚在墨泰卢斯被人们拖走,因而随后被洗劫一空之际,都没有那样怒吼,也没有显示出那样的阻力㉜。

我一听见这第一个声音就转身注意起来,似乎听到 Te Deum laudamus 的歌词同这悦耳的声音混合在一起;我所听到的给我留下的印象,正如当人们和着管风琴唱歌时,我们通常得到的印象一样,歌词时而听得清楚,时而听不清楚㉝。

注释:

① 这几行诗是《神曲》中的难点之一,如同第二章前几行一样,用神话典故、天文现象和隐喻说明时间,内容比较复杂。注释家对其中的一些细节争论不休,问题迄今尚未圆满解决。
"老提托努斯的伴侣":指黎明女神(Aurora)。据古代神话,特洛亚王拉俄墨东(Laomedon)的儿子、普利阿姆斯的兄弟提托努斯(Tithonus)容貌俊美,黎明女神爱上他,把他带往埃塞俄比亚,同他结婚,并且为他求得宙斯的恩惠,让他永远不死,但她忘了恳求宙斯让他永葆青春,结果他也像其他的凡人一样,随着时光流逝而日益衰老。黎明女神通常指拂晓的曙色。但"伴侣"原文是 concubina,含义为姬妾。早期注释家认为,诗中不称黎明女神为提托努斯的妻子而把她说成提托努斯的姬妾,是因为诗人不用她指凌晨日出之前的曙色(aurora solare),而指黄昏月出之前的微光(aurora lunare)。"东方的阳台上":指炼狱东方的地平线上。"她额上的宝石亮晶晶的":指黄昏时分天蝎座中的明亮的群星在炼狱东方天空闪耀;"用尾巴打击人的冷血动物":指用腹部末端的毒钩蜇人的蝎子,天蝎座是以它命名的。月出之前的微光出现在炼狱东方的地平线上,天蝎座的明星在东方天空闪耀,都说明时间是下午 8 时半以后不久。这种解释为英国但丁学家穆尔(Moore)、美国但丁学家诺尔顿和辛格尔顿等人所接受。

现代意大利但丁学家大都反对此说。萨佩纽指出,如果认为诗中用黎明女神指月出以前的微光,就意味着强迫但丁编造了一个神话细节,因为过去任何其他的诗人都没有这样说过。格拉伯尔认为,不应把诗中 concubina 一词理解为"姬妾",而应依照其词源拉丁文 concumbo(我同卧)的意义理解为与提托努斯同床共寝的伴侣,这里"主要指他们二人牢不可破的结合",既不含贬义,也不涉及婚姻和妻妾问题。诗中用"情人"(原文是 amico:男朋友)指提托努斯,也可以证明这一点。"发白"(s'imbiancava)意味着黎明女神擦粉使自己显得更美。总之,黎明女神指的确定是凌晨日出以前的曙色。但是他们都断言,这里所说的不是炼狱的时间,而是诗人家乡意大利的时间。这种说法比前一种说法更令人信服,不过,也有难以自圆其说之处:意大利春分时节凌晨,天蝎座在西方天空,东方天空可以见到的却是双鱼座,而这一星座并不切合诗中的比喻,因为它的光比较暗淡,不能说它是"亮晶晶的";它被命名为双鱼座,鱼固然是冷血动物,但它不能"用尾巴打击人"。托拉卡肯定诗中的比喻指的是天蝎座,把原文 la sua fronte(她额上)理解为"她前面";他说:"诗人想象黎明女神从'东方的阳台上'把头伸向天空中部,这样,天蝎座中的群星就像灿烂的王冠一般呈现在她前面。"这种解释有些牵强,因为把 la sua fronte 理解为"她前面",在词义上虽然讲得通,从上下文来看,未免曲解原意。

② "我们所在的地方"指炼狱。诗人现在说明炼狱的时间,把它和上面所说的意大利的时间对照。如同在第二章开头一样,他把黑夜人格化,想象它像星辰一样运行,上升到中天,然后下降到地平线上。在但丁游炼狱的春分时节,南北半球昼夜等长,黑夜长十二小时,也就是它运行全程为十二小时,前半程从黄昏(下午六点)起到午夜(十二点)步步上升,后半程从午夜(零点)起至黎明(次日上午六点)步步下降,步数与时数对应。"黑夜上升已经走完其中的两步,第三步已经在把翅膀垂下来,"这两句诗用隐喻说明时间,意即黑夜已经走完上升的六步中的前两步,第三步即将走完,也就是说,夜间第三小时已经过去大半,炼狱时间是晚八点半到九点之间。这个隐

喻使人联想到维吉尔的诗句:"黑夜降临了,用它的灰暗的双翼拥抱着大地。"(《埃涅阿斯纪》卷八第389行)维吉尔在这个隐喻中把黑夜想象为一只用双翼拥抱大地的硕大无朋的鸟,是很贴切的;但丁诗中的隐喻"第三步已经在把翅膀垂下来",则实在费解。托拉卡认为,大意是第三步即将迈出时的姿态,犹如鸟要落下时,收拢双翼一样。

③ "亚当所给的那种东西":指肉体。诗中明说但丁不是神游炼狱,而是带着肉体而来,所以他感到劳累困倦,不知不觉地进入了睡乡。"我们五个人":指但丁、维吉尔、索尔戴罗、尼诺和库拉多。但丁入睡时,炼狱时间是晚八点半以后不久,那时意大利天刚黎明,大约早上六点钟。

④ "它旧日的灾难"是来源于希腊神话的典故:雅典王潘狄翁(Pandion)把女儿普洛克涅(Procne)嫁给特剌刻王忒柔斯(Tereus)为妻。后来,普洛克涅想念她妹妹菲罗墨拉(Philomela),恳求丈夫去雅典接她来小住。忒柔斯是个好色之徒,看到菲罗墨拉美貌绝伦,顿起淫念,在回国时,一上岸就把她拖进树林深处的小屋里,强奸了她。她拼命呼喊,忒柔斯怕罪行声张出去,就拔剑割下她的舌头。他回到宫中,就用谎话骗他的妻子,说她妹妹已死。普洛克涅听了这话,悲痛欲绝。菲罗墨拉在小屋里一直被人严密看守着。由于不能说话,诉说冤仇,她情急智生,在织布时,把所受的污辱、残害在布上织成文字,让自己的老女仆悄悄地送给王后普洛克涅。王后看了以后,悲愤交集,决心为妹妹报仇;她利用庆祝酒神节的时机,夜间穿着节日的装束,带着侍从来到小屋里,把菲罗墨拉装扮成庆祝酒神的女祭司带回宫中,接着,就砍死自己和忒柔斯所生的儿子,同妹妹一起动手支解了他的尸体,一部分扔在锅里煮,一部分放在火上烤,随后就请丈夫单独赴宴,伪称宴会是按她家乡习惯举行的。忒柔斯不知是诈,大嚼儿子的肉。普洛克涅当场说出了实情,菲罗墨拉接着就把他儿子的头扔到他面前。忒柔斯又悲痛又急于报仇,拔剑去杀她们,她们忽然长出翅膀飞掉了,普洛克涅变成了燕子,菲罗墨拉变成了夜莺,忒柔斯随后也变成田凫(见《变形记》卷六)。

⑤ 凌晨,经过长时间的睡眠,人的心灵解脱了肉体的负担和思虑

的缠绕,处于宁静自由的状态,这时所做的梦能预示未来,以后必然应验。这种说法来源于新柏拉图学派和阿拉伯哲学家阿维森纳,在中世纪普遍流行。

⑥ 指特洛亚的伊达(Ida)山。加尼墨德(Ganymede)是特洛亚王特洛斯(Tros)之子,容貌俊美绝伦,他和同伴们在伊达山行猎时,被朱庇特的神鹰用爪子抓到天上去做侍童,给群神捧杯斟酒。"最高的会上":指群神会上。但丁凌晨梦见自己像加尼墨德一样被神鹰抓去。

⑦ "火焰界":根据当时的宇宙志,火焰界在大气层之上,月天之下。

⑧ 早期注释家已经指出,但丁梦见神鹰把他抓往火焰界是下文所述卢齐亚在他睡着时把他抱到炼狱之门这一事实在梦中的反映。神鹰和卢齐亚一样象征上帝启迪人心的恩泽:"这种恩泽在他(指但丁)心中点燃起来,他在对神圣事物的热爱中燃烧得如此猛烈,以致这种烈火使他从睡梦中醒来,也就是说,使他完全从惰性中觉醒。"(兰迪诺的注释)

现代注释家牟米利亚诺、萨佩纽和雷吉奥根据下文所说:但丁一觉醒来,发现自己已经不在山谷中而在山坡上,"太阳已经升高了两个多小时"这一事实,断定但丁"梦幻中的大火"实际上就是高高升起的太阳,它的温暖、强烈的光芒照射着但丁的眼睛和身体,使得他的睡梦必然中断,因为,根据人们的共同经验,某些外在的情况作用于人的身体,会造成梦中的情境,现实中的感觉会在梦中得到反映。

⑨ 希腊英雄阿奇琉斯幼时被托付给半人半马的怪物奇隆抚养(参看《地狱篇》第十二章注⑱),他母亲海神忒堤斯(Thetis)听到预言家说,他将死于特洛亚之战,就趁他睡着的时候,从奇隆那里把他抱走,带到斯库洛斯岛上,把他扮扮成女孩子,隐藏在国王的宫中。后来,希腊将领尤利西斯和狄俄墨得斯识破了他的伪装,说服了他前去参战(参看《地狱篇》第二十六章注⑲)。斯塔提乌斯在《阿奇琉斯纪》第一卷中用下列诗句描写阿奇琉斯惊醒时的情景:

　　"这男孩的睡梦被惊醒时,他睁开眼睛意识到映入眼帘的天光。呈现在他面前的晨光使他惊奇,他问,他在什么地方,这些波浪是什么,佩利昂山(注)在哪里？他看到的一切都和往常所见的不同,感到十分陌生,他甚至迟迟不敢认自己的母亲。"

(注)佩利昂(Pelion)山是奇隆居住的地方,在希腊色萨利地区。

但丁的诗句大概受到这段描写的启发。

⑩ 卡西尼-巴尔比的注释指出,但丁睡醒后,有三种情况使他感到惊异,由惊异而引起恐惧:一是他发现只有维吉尔一人在他旁边,而在山谷中睡觉前,另外还有三位灵魂;二是太阳已经上升得这样高,而他入睡的时刻是夜幕降临后不久;三是他从高处看到茫茫大海,这是他从山谷中看不见的,因为他一进山谷,身子就转过去背着大海了。这些情况使他明白,在他睡着的时候,对他来说,一定发生了什么事,但不知道到底是什么事。

⑪ 上文用"我的安慰者"来指维吉尔,因为在荒凉寂静的山坡上,但丁身边只有维吉尔一人;这里则用"我的主人"来指维吉尔,因为他鞭策和教导但丁。

"已经走得很远":意即在前进的路上走了很远,已经来到炼狱门前。维吉尔看到但丁惊异和恐惧的表情,亲切地劝勉他不要畏缩不前,而要奋勇向上。

⑫ "炼狱":指炼狱本部。但丁想象它周围有一道峭壁作为它和炼狱外围的界线。这道峭壁只有一个豁口,圣彼得之门就在这里,为炼狱本部的唯一入口。

⑬ 旧版本标点都把"那一片装点着下面那个地方的花上"和上句连在一起,理解为:当但丁躺在山谷中的花上沉睡之际。佩特洛齐的校订本则把它和"来了一位圣女"连在一起,这种断句法较好,因为它把花的形象同圣女卢齐亚的形象联系起来,说明她作为天人体态轻盈,飘然而来。圣卢齐亚(参看《地狱篇》第二章注⑱):"象征上帝启迪人心的恩泽,这种恩泽使人认识为拯救自己的灵魂所必要的事,促使他恳求上帝赐予他圣灵之爱,这种爱把灵魂摄去,带到天上,使它燃起对神的热爱。"(布蒂的注释)

⑭ 卢齐亚的话是对维吉尔、索尔戴罗、尼诺和库拉多说的。在炼

狱中夜间不能登山,所以天一破晓,她就抱起还在睡梦中的但丁往上走,维吉尔跟在她后面,索尔戴罗等三人都留在山谷中。辛格尔顿指出,诗中特别提到"她的美丽的眼睛"是非常适当的,因为,相传圣卢齐亚由于一位求婚者赞美她的眼睛,她就剜掉自己的眼睛送给他,随后,上天就使她的眼睛复原,而且比以前更美,因而她殉道成为眼病患者的保护神。"就和睡梦一同离开":意即卢齐亚离开和但丁从睡梦中惊醒在同一时刻。从诗中看来,卢齐亚抱着熟睡的但丁从山谷攀登到炼狱之门大概费了两个多小时,这说明那一段路是很远的。等我们读到第二十一章时,对此将有明确的认识,因为诗人在那里指出,炼狱本部高出大气层变化的范围,没有雨、露、霜、雪和冰雹。

⑮ 但丁正告读者,现在要着笔描写炼狱本部,这是更崇高的题材,因而须要提高艺术风格,使它与题材相适合。

⑯ 这是炼狱之门(圣彼得门),它是狭窄的,关着的,由一位天使看守,地狱之门则是宽阔的,敞开的,无人把守,二者形成鲜明的对照,说明人造孽犯罪容易,通过忏悔去恶从善则很困难。炼狱之门象征忏悔。守门的天使在寓意上指听忏悔的教士。"尚未说话":因为教士不得给未请求赦罪的人赦罪,但一被人请求赦罪,他就得立刻准备赦罪。这是布蒂和其他早期注释家的解释。

⑰ "出鞘的宝剑"象征听忏悔的教士对忏悔者的秉公处理,尤其是用话来激励、规劝和开导他,最后给他赦罪或判罪。

⑱ 守门天使觉察到但丁和维吉尔不是从炼狱外围来的亡魂,于是命令他们止步,问他们是谁给他们带路的,什么权威准许他们来的。

⑲ 指圣卢齐亚。

⑳ 罗马天主教会有洗礼、圣餐、坚信、忏悔、临终涂油、圣职、结婚七大圣典。忏悔包括(1)内心悔悟(contritio cordis),(2)口头忏悔(confessio voris),(3)实行补赎(satisfactio operis)。第一级台阶象征"内心悔悟"。悔悟要求人进行反省,彻底检查自己的灵魂深处。诗中用光滑、明净的大理石作为比喻,形容人经过内心悔悟,灵魂变得纯洁清白。

㉑ 第二级台阶象征"口头忏悔"。内心悔悟后,就要向教士坦白自己的罪孽。"台阶颜色比黑紫色还深":意即台阶是黑色的,这种颜色象征口头忏悔把内心的阴暗处暴露无余。台阶"是一种粗石的":"粗石"原文是 petrina,"指石的质地粗糙而且满布裂缝,毋宁说是一种由碎石胶结成的砾岩。"(托拉卡的注释)这种石料做的台阶,象征口头忏悔"通过彻底暴露一切罪孽的广度和严重性,证明内心顽梗不化已被克服。"(万戴里的注释)

㉒ 第三级台阶象征"实行补赎",所谓"补赎"就是赎罪。只做到内心悔悟和口头忏悔还不够,必须以行动补赎自己的罪。台阶呈火红色,象征推动人进行补赎的那种热烈的爱。台阶质地坚实,象征决不再犯罪的坚强意志。

㉓ 天使双脚放在第三级即最上面的那一级台阶上,"表明许可罪人赎罪属于教士的职权范围"(佛罗伦萨无名氏的注释)。天使坐在金刚石门槛上,"表明教士在周密考虑许可谁赎罪的问题时,须要坚定不移⋯⋯决不由于爱,或者暴力,或者任何报酬而离开公正的裁判"(佛罗伦萨无名氏的注释)。金刚石作为坚定性的象征已出现在《圣经》中,如《旧约·以西结书》第三章中上帝对以西结所说的话:"⋯⋯以色列全家是额坚心硬的人。看哪,我使你的脸硬过他们的脸,使你的额硬过他们的额。我使你的额像金刚钻,比火石更硬。"

㉔ 捶胸三下表示悔恨自己的罪:"第一下是为思想所犯的罪,第二下是为言语造成的罪,第三下是为行为构成的罪。"(《最佳注释》)按照宗教仪式,忏悔者在捶胸三下的同时,还必须依次喊"mea culpa, mea culpa, mea maxima culpa"。(我的罪过,我的罪过,我的极大的罪过。)

但丁走出炼狱外围之后,就不能再作为旁观者继续游历炼狱本部,而必须和其中的灵魂一样参加忏悔圣典,经受赎罪的磨炼,因为这次旅行正是将来死后他的灵魂在炼狱中的历程的象征和前奏,而且,从寓意的角度来看,但丁在诗中还代表悔罪自新、渴望灵魂得救的世人,对他来说,在游炼狱的历程中经受磨炼是理所当然的。

㉕ "七个P字母":P是拉丁文 peccatum(罪)的第一个字母,七个

P 字母代表教会规定的七种大罪:骄傲、忌妒、愤怒、怠惰、贪财、贪食、贪色。进入炼狱之门后,灵魂们都要顺序登上七层石台,在石台上通过痛苦的磨炼分别消除这七种罪。但丁为了个人灵魂得救,同时又作为悔罪的世人的代表,在或大或小的程度上,也要经受炼狱里的灵魂必须经受的磨炼,以洗净七大罪的痕迹,因为"忏悔和赦罪之后,犯罪习惯留下的痕迹依然存在"(齐门兹的注释)。"伤痕":指天使用剑刻的七个 P 字母。

㉖ 据多数注释家的解释,天使穿着灰色或土色的衣服,表明听忏悔的教士须要以谦卑的态度行使自己的职权,因为灰和土都象征谦卑。

㉗ 这两把钥匙是基督交给圣彼得的。所有的注释家都认为,金钥匙象征神授予教士的赦罪的权威;银钥匙象征教士对罪进行审查和裁判时,必须具备的学问和智慧。天使先用银钥匙,然后用金钥匙开门:"因为先需要有学问和智慧来认识各种罪……并且向忏悔者说明他所犯的罪会带来什么后果,然后才给他赦罪。"(兰迪诺的注释)

㉘ 寓意是:如果听忏悔的教士没有神授予的权威,或者没有学问和智慧来做出正确的判断,赦罪就是无效的。

㉙ 金钥匙更宝贵,因为它象征上帝所授予的赦罪的权威;银钥匙象征教士应有的学问和智慧,因为教士必须运用学问和智慧,才能解开犯罪者内心的结子,了解他是否真心忏悔。

㉚ 基督把钥匙交给圣彼得,圣彼得又把它交给天使掌管,作为自己的代表,并且嘱咐他,只要人们真心忏悔自己的罪过,在赦罪的问题上,就宁可失之过宽,而不要失之过严。

㉛ 寓意是:忏悔后,不坚持悔改,故态复萌,就前功尽弃,赦罪也就完全无效。

㉜ 塔尔佩亚(Tarpea)是罗马卡匹托山著名的悬崖,上面有萨图努斯神庙,庙中保藏着罗马的公共财宝。公元前49年,内战爆发,恺撒占领罗马后,企图将这批财宝据为己有,负责看守财宝的护民官墨泰卢斯(Mettelus)极力抗拒,遭到失败。卢卡努斯的史诗《法尔萨利亚》中关于此事有简练生动的描述:

"墨泰卢斯被拖到一边,神庙即刻被打开了。塔尔佩亚悬

105

崖随即发出了回声,刺耳的巨响证明庙门开了;接着,罗马人民的财产就被运出去,这批财产保藏在神庙的地下室中,多年没有人动过……神庙被洗劫一空,令人伤心;于是,罗马就第一次变得比恺撒贫穷了。"

注释家们都认为,这就是但丁诗中的典故的出处;他利用这个典故说明炼狱之门被推开时,枢轴转动的声音多么大,阻力多么强。

"怒吼"(rugghiò)指门由于不常开,枢轴转动不灵活而发出刺耳的响声。"显示出那样的阻力"(原文是"si mostrò sì acra",直译是:显得那样固执)指门的枢轴转动时,磨擦阻力极大。

㉝ 注释家们对这些诗句的理解有很大的分歧,一直争论不休。巴尔比认为"第一个声音"指门开时,枢轴转动的声音。但丁本来面着天使,一听到这个声音,他的注意力就转移到这个声音上去。下句中的"悦耳的声音"也和这"第一个声音"一样,指门的枢轴转动的声音。他的解释为许多注释家所接受,但萨佩纽反对此说,认为诗中用"怒吼"来指门开的声音,这种声音不能说是悦耳的声音,因此二者不可能是同一声音。他认为,"第一个声音"指来自炼狱内部的第一个声音。但丁听到门开的声音后,就转移注意力,准备听里面有什么响声,也就是说,注意里面有什么动静,"悦耳的声音"指唱圣歌的歌声或许还有器乐的伴奏声。波斯科也认为,"第一种声音"指门开时,枢轴转动的声音,下句中的"悦耳的声音"也指同一声音,因为枢轴转动的声音固然强大刺耳,但它对但丁来说,意味着进入了灵魂得救的境界,所以听起来是美妙悦耳的。从上下文看来,诗的大意是:但丁一听到门开的声音,就更加注意起来,望着前方,忽然听到 Te Deum laudamus 这首圣歌的歌声同大门的枢轴缓慢转动的声音混合传到耳边来;他觉得,当时他所听到的声音给他留下的印象,就像通常听到人们在教堂中和着管风琴唱圣歌时所得到印象一样,歌词时而听得清楚,时而被琴声淹没。

"Te Deum laudamus"(上帝呀,我们赞美你)是一首有节律的拉丁文散文圣歌,大概作于五世纪初年。布蒂在注释中说:"当人离俗出家,进修士会时,通常都由神职人员唱这首圣歌。"诗中没有说明但丁所听到的这首是谁唱的,但我们可以想见,唱圣歌者是炼狱中正经受磨炼的灵魂,他们听见开门的声音,知道有新的得救的灵魂来到,就唱起这首圣歌赞美上帝,并且以此对新来者表示欢迎。

第　十　章

　　我们来到了那座门的门槛以内,这座门由于灵魂们不正当的爱而不通行,因为不正当的爱使弯路看起来似乎是直路①;随后,我就听见那门一响又关上了;假如我把目光转过去看它,我有什么正当的理由为我的过错辩解呢②?

　　我们由岩石的一道裂缝攀登,这道裂缝不断向这边又向那边弯曲,犹如忽而退去忽而涌来的波浪一般③。我的向导说:"在这里,我们必须使用一点技巧,随时靠拢向这边、向那边后退的一侧④。"这使得我们的脚步迈得那样少,直到下弦月已经返回它的床上安息后,我们才从那个针眼儿里走出来⑤;但是,当我们摆脱了那个隘口,登上山势后退、豁然开朗之处时,我已经累了,我们俩又都不认识路,就在那片比荒野中的路更冷清的平地上停下来。从这片平地邻接虚空的一边到一直向上耸立的高堤的脚下,这段距离估计有人体长度的三倍;我纵目向左边又向右边眺望,目力所及,这一层平台似乎都是这样宽⑥。我们在平台上还没有把脚迈出一步,我就发现这环形的堤坡度较小的那一部分是洁白的大理石构成的,上面有雕刻装饰着,雕刻的刀法那样神妙,不仅会使波吕克勒托斯,而且会使自然本身在那里感到惭愧⑦。

　　带着实现人类多年来所哭求的和平、使长期禁入的天国得以开放的旨意来到地上的那位天使,在那里栩栩如生地出现在我们眼前,他的温柔的神态雕刻得十分逼真,不像是不会说话的雕像。人们会发誓肯定他正在说:"Ave!"⑧因为那里雕刻着那位转动钥匙开启了崇高的爱的童女的形象;她的神态中印着"Ecce ancilla Dei"这句话,恰如印章印在蜡上的印记一般清晰⑨。

"你不要只注意一个地方。"和蔼的老师对我说,当时我站在他旁边,就在人的心脏所在的那一边⑩。于是,我就转移目光,向我的向导所在的那一边看去,只见马利亚的形象后面有另一个故事雕刻在岩石上;因此,我从维吉尔面前过去走到近处,使那个故事历历展现在我眼前⑪。那里,在同一大理石上雕刻着运载神圣的约柜的车和拉车的公牛,由于这个故事,人们害怕担任未经委派给自己的职务⑫。车前有一群人出现,全部分成七个合唱队,他们都使我的两种官能中的一种说:"不,他们没有唱歌。"另一种说:"是,他们正在唱歌。"同样,对于那里雕刻着的香烟,我的眼睛和鼻子也发生了是与否的争论⑬。在那里,谦卑的诗篇作者束起了衣服,跳着快步舞,走在圣器前面,他在那个场合既高于国王又低于国王⑭。在他对面雕刻着米甲正从一座巨大的王宫的窗户里惊奇地观看,神态活像一个满怀轻蔑和恼怒之情的妇人⑮。

我从我站着的地方走过去,到近处去细看在米甲那一边向我闪着白光的另一个故事的雕刻⑯。那里雕刻的历史故事是那位罗马君主的崇高、光荣的事迹,这位君主的美德感动了格利高里去取得他的伟大胜利;我说的是图拉真皇帝⑰;一个穷苦的寡妇在他的缰绳旁边,现出悲痛流泪的神态。一群骑兵蜂拥、践踏着出现在他周围,金地的鹰旗看起来仿佛在他们头上临风飘扬⑱。那个可怜的妇人在他们这群人中间好像说："皇上啊，替我给我被杀死的儿子报仇吧，我在为他被害悲痛欲绝。"他好像回答说："你等到我回来再说吧。"她如同悲痛得迫不及待的人似的，好像说："我的皇上啊，你要是回不来了呢？"他好像说："继承我的职位的人会为你做这件事。"她好像说："如果你忘了做你应该做的好事，别人做的好事又于你有什么益处呢？"对此他好像说："现在你就放心吧；因为我一定要在出发以前尽我的职责；正义要这样，恻隐之心使我留下⑲。"从未见过任何新的事物者创造了这种看得见的言语，它对我们来说是新奇的，因为它在世上是不存在的⑳。

我正高兴观看这些表现如此伟大谦卑之德的、由于它们的创作者的缘故而使人爱看的浮雕时㉑，那位诗人低声说："你看从这边来了许多人，但他们迈的步子很少；这些人会指引我们登上高层的平台㉒。"我的高兴观赏那些浮雕的眼睛毫不迟缓地转向他，为的去看渴望见到的新鲜事物。

但是，读者呀，我不愿你由于听了我所说上帝要求人怎样还债，就放弃良好的意图㉓。你不要注意受苦的形式；要想一想它的结果，想一想，在最坏的情况下，它也不能持续到最后的审判以后㉔。

我开始说："老师，我所看到的那些向我们这里来的，好像不是人，但我不知道是什么，我怎么看也看不清楚。"他对我说："他们受的严重的惩罚使他们的身子弯曲到地上，因而我的眼睛起初也为此自相争辩起来。但是，你定睛向那里看，用目光去分辨那些石头下面的人：你就能看出每个人都在捶胸呢㉕。"

啊，骄傲的基督教徒们，悲惨可怜的人们，你们的心失明，对于后退的脚步满怀信心㉖，你们没有意识到我们是幼虫，生下来是要成为天使般的蝴蝶，毫无防护地飞去受审判的吗㉗？既然你们像发育未完成的幼虫似的，可说是形态不完全的昆虫，你们的心为什么还傲气冲天㉘？正如我们有时看到一个双膝蜷曲和胸膛相连的人像作为托架来支撑楼板或屋顶，它使看到它的人心里对那非真实的痛苦产生真实的痛苦感觉㉙；当我注意观察时，我看到这些人身子也像那样蜷曲着。不过，事实上，他们身子蜷曲的程度大小要看他们背着的石头大小㉚；其中，表情看起来最有耐性的人，似乎哭着说："我再也背不动了㉛。"

注释：

① 但丁认为爱是人的一切行为的根源。正当的爱为善行之本，使人品德高尚，乃至超凡入圣。不正当的爱，如情欲、物欲、名利心等，则使人迷惑，把邪路（"弯路"）看成正路（"直路"），以致陷入罪恶中不能解脱，死后灵魂不得进入炼狱。由于灵魂得救者少，炼狱之门也就不常开。

② 为了加强语气，这句诗用疑问方式表达与字面意义相反的意义：假如我回头看的话，我是没有任何理由可以使我的错误得到原谅的，因为天使已经明确地告诫我不要回头看。

③ 但丁和维吉尔由岩石开凿的一条羊肠小道攀登，这条小道不断向左右弯曲，犹如潮水不住地涌来而又退去一般。这条羊肠小道是去炼狱本部的必由之路。它使人想起《圣经》中耶稣所说的话："引到永生，那门是窄的，路是小的，找着的人也少。"（见《新约·马太福音》第七章）

④ 这条小路弯曲的地方，一侧的岩石突出，另一侧的岩石缩进去，维吉尔提醒但丁随时注意靠拢岩石缩进去的一侧，以免碰撞在岩石上。

⑤ 在《地狱篇》末尾，维吉尔曾对但丁说："昨天夜里月亮已经圆了。"这里所说的"昨天夜里"指但丁在幽暗的森林中度过的

夜里。现在又过了四天,月亮每天运行速度比太阳慢50分钟(在望日,即月亮圆的那一天,太阳和月亮相冲,太阳从东边升起时,月亮就从西边落下去),结果,现在月亮在日出后大约四小时才落下去,也就是说,时间大约是上午十点钟。"床":指地平线。"安息"原文是 ricorcarsi(重新躺下),这里作为比喻,指月亮从地平线上落下去。

"针眼儿"(cruna):指羊肠小道,这个比喻来源于《圣经》中耶稣所说的话:"骆驼穿过针的眼,比财主进上帝的国还容易呢。"(见《新约·马太福音》第十九章)

⑥ "豁然开朗之处"和"那片……平地"均指环绕山腰的第一层平台,其内侧是悬崖峭壁,构成一道环形的"高堤",上连第二层平台,其外侧"邻接虚空"。这两侧之间的距离估计有通常的人体长度的三倍,也就是说,平台宽度约有5到6米。

但丁和维吉尔由羊肠小道攀登到平台上,大约费了两个小时。只有但丁感到劳累,因为他是活人,有肉体重量的负担。

⑦ "环形的堤坡度较小的那一部分":这句诗有异文,注释家对其含义有不同的解释。译文根据波斯科-雷吉奥的注释,大意是:悬崖峭壁的基底部分坡度较小,和平台的地面成钝角,这倾斜的部分是白大理石构成的,上面有浅浮雕供经受磨炼的灵魂们瞻仰,这些灵魂都是犯骄傲罪者,他们背着石头,低着头、弯着腰前行。假如,像某些注释家根据异文所理解的那样,诗中所说的悬崖峭壁从上到下坡度都同样大,和地面成直角,那么,刻在悬崖基底的大理石上的浅浮雕就难以被灵魂们瞻仰,因为他们不能抬头从正面看,只能斜着眼睛看。这些小地方也足以说明《神曲》细节描写的精确。

波吕克勒托斯(Polycleitus)是古希腊著名的雕刻家,与菲狄阿斯同时(公元前五世纪),古代拉丁作家常提到他,因而在中世纪为人们所熟知,被誉为完美的艺术家。他的最著名的作品是女神赫拉的巨像和持标枪的青年像(Doryphoros),后者完美地表现出人体各部分的理想比例,被称为雕塑的"规范"(Canone)。但丁认为艺术模仿自然,自然模仿神的理念。艺术由于是对自然的模仿,与自然相比,必然逊色;自然对于神的理念来说也只能是不确切的模仿:这些浅浮雕是上帝创造的,其神妙完美不仅远远超过最卓越的艺术家的作品,而且使自然本身相形见绌。

⑧ "那位天使":指大天使加百利(Gabriele),他奉命来到人间,向童女马利亚报信,说上帝已经决定要她怀孕生耶稣基督(详见《新约·路加福音》第一章)。"人类多年来所哭求的和平":指人类和上帝之间的和平,由于亚当和夏娃犯罪,破坏了这种和平,人类的灵魂一直不能进天国。因此,人类长期渴望并且祈求与上帝和解。等到基督降生、受难为人类赎罪,和解才终于实现,天国之门才重新对人类敞开。"Ave!"(福哉!)是拉丁文本《圣经》中天使对马利亚的问候,中文本译为"我问你安"。雕刻是空间艺术,不能表现声音,但是这一神妙的浮雕把天使的温柔神态刻得栩栩如生,而且在他前面又雕刻着童女马利亚的形象,使人们看了,就觉得好像他真在向她说:"我问你安"呢。

⑨ "转动钥匙开启了崇高的爱":这里"崇高的爱"指上帝对人类的爱,大意是:"童女马利亚的谦卑和圣洁如此伟大,以至于使上帝的爱感动,派遣圣子降世为人,来赎救人类。"(布蒂的注释)对于"转动钥匙开启了"上帝的爱这个比喻,参照托拉卡和辛格尔顿的注释,可以这样解释:自从亚当和夏娃犯罪后,上帝的爱一直对人类封闭着;马利亚领受了天使向她传达的要她怀孕生救世主的使命,天国就对人类敞开了;因此,可以说马利亚转动钥匙,开启了上帝的爱,使这种爱降到人类中间。

"Ecce ancilla Dei"是马利亚回答天使的话,意即"我是上帝的使女";《圣经》拉丁文本《新约·路加福音》第一章中原话是"Ecce ancilla Domini",意义是"我是主的使女",由于格律上的原因,诗中换用了一个同义词。"她的神态中印着"这句话,意即浮雕把她领报时的情景刻得十分逼真,使她的神态明确地表现出她好像在说这句话。由于句中使用动词"印着"作隐喻,下句就以"印章印在蜡上的印记"作明喻。意大利图章上刻着字样、数字或纹章等物,盖在蜡上或者火漆上来证明文件的真实性或者保证信件不被随便拆开;"印记"这里指图章印在蜡上的字样、数字或纹章的痕迹。

马利亚说了"我是主的使女"后,接着就说"情愿照你的话成就在我身上",这两句话都表现出她情愿顺从神意的谦卑态度。第一层平台是犯骄傲罪者受磨炼的地方,因此第一幅浮雕刻着马利亚的形象作为谦卑之德的典范,供灵魂们瞻仰、效法。其他各层平台也都首先以马利亚的美德作为楷模来启迪、教育受磨炼的灵魂们。

⑩ 意即但丁观看以马利亚的谦卑为主题的浮雕时,站在维吉尔的左边。

⑪ 但丁听了维吉尔的话后,先转眼向右边看去,看到马利亚的形象后面有另一个故事雕刻在岩石上,随后,他就从维吉尔面前走过去,到近处去看,为了看清楚是什么故事。

⑫ 这幅浮雕上雕刻着表现以色列—犹太国王大卫的谦卑之德的圣经故事。"约柜"是保藏刻着摩西十诫的石版的圣器。大卫做以色列—犹太国王后,想把约柜从亚比那达家里运到耶路撒冷,约柜被放在新车上,亚比那达的两个儿子乌撒和亚希约赶着这辆车,"到了拿艮的禾场,因为牛失前蹄,乌撒就伸手扶住上帝的约柜。上帝耶和华向乌撒发怒,因这错误击杀他,他就死在上帝的约柜旁。"(《旧约·撒母耳记下》第六章)这件事使人们不敢擅自担任上帝没有委派的职务,因为只准许祭司们触摸这神圣的车。乌撒扶车是越权和渎神行为,结果遭到雷殛。

⑬ "两种官能":指但丁的视觉和听觉。浮雕中的情景极其生动逼真,使但丁的视觉和听觉发生了争论,视觉以为他们真在唱歌,听觉则加以否定,因为耳朵没有听到歌声。同样,但丁的视觉和嗅觉对于浮雕中香炉里的香烟,也发生了争论,因为眼睛看到了它,鼻子却闻不见香味。

⑭ "谦卑的诗篇作者"指大卫,《旧约·诗篇》中的一些诗歌相传是他作的。"圣器":指上帝的约柜。"在那里":指浮雕中。《圣经》中这样描写把约柜抬到耶路撒冷城里去的情景:"抬耶和华约柜的人走了六步,大卫就献牛与肥羊为祭。大卫穿着细麻布的以弗得,在耶和华面前极力跳舞。这样,大卫和以色列的全家欢呼吹角,将耶和华的约柜抬上来。"(《旧约·撒母耳记下》第六章)诗中添加了"束起了衣服,跳着快步舞"这

一细节,使得情景更加生动。"既高于国王又低于国王":早期注释家理解为,他高于国王,因为他穿着祭司衣服,行使祭司的职权;他低于国王,因为他这时的举动确实不符合他的身份和尊严,这种解释为许多现代注释家所接受。但是,牟米利亚诺认为诗中的含义是:大卫高于国王,在于他以他的举动表明他鄙视王位之尊,他低于国王,是由于他的举动在一般人心目中,似乎是可鄙的。辛格尔顿的解释是:在上帝面前,大卫高于国王,因为他是那样谦卑,以至于在约柜前跳舞;但在世人心目中,他这样做是低于国王身份的。萨佩纽也认为,诗句的意思是说,大卫在上帝面前以他的举动表明他鄙视自己的权威,他之所以高于国王,就在于这种举动,他表现的谦卑,使他显得更加高贵。这些解释大同小异,均比早期注释家的解释更有说服力。

⑮ 这里所描写的情景以《旧约·撒母耳记下》第六章中的话为依据:"耶和华的约柜进了大卫城的时候,扫罗的女儿米甲从窗户里观看,见大卫王在耶和华面前踊跃跳舞,心里就轻视他。"米甲是大卫的妻子,大卫回到家中,米甲就责备他说:"以色列王今日在臣仆的婢女眼前露体,如同一个轻贱人无耻露体一样,有好大的荣耀啊。"由于这些话,米甲受到上帝的惩罚,"直到死日,没有生养儿女。"

⑯ 这幅浮雕"在米甲那一边":意即在第二幅左边。"闪着白光":是因为刻在纯白的大理石上。

⑰ "图拉真"(Traianus):罗马帝国安敦王朝第二个皇帝(98—117年在位)。安敦王朝是罗马全盛时期,被称为"黄金时代"。图拉真即位后,恢复了对外扩张政策,先后征服了达西亚(相当于现今罗马尼亚),建立了阿拉伯行省,在对帕提亚(即我国史书中的安息国)的战争中,侵占了亚美尼亚和美索不达米亚,使罗马帝国版图达到其最大限度。他曾迫害基督教徒,但与他以前的皇帝们相比,被誉为公正宽厚的君主。浮雕所表现的"崇高、光荣的事迹",指图拉真出征时,一位穷寡妇为其子被杀告御状,他答应为她执法惩凶的故事。这个故事体现了图拉真皇帝对待平民百姓的谦卑态度,在中世纪辗转流传,公元八九世纪以来,出现在许多人的著作中。据一些

学者的考证,但丁大概取材于十三世纪无名氏所编的《哲学家精华录》(*Fiore di filosofi*)和《故事集》(*Novellino*)。

格利高里(Gregorio)指教皇格利高里一世(590—604 年在位),他出生在罗马贵族家庭(约在 540 年),死后被封为圣者,历史上称为大格利高里(Gregorio Magno)。相传他经过古罗马图拉真广场遗址时,深为这位皇帝的美德所感动。由于图拉真是异教徒,他的灵魂必然在地狱里,格利高里就虔诚地为他祈祷,超度他升入天国,后来他梦见天使告诉他说,上帝已经答应了他的祈求。"取得他的伟大胜利":指格利高里取得对死和地狱的胜利,使图拉真的灵魂超升天国,获得永生。但丁游天国时,看到图拉真在木星天的公正者的灵魂们中间(见《天国篇》第二十章)。

⑱ "金地的鹰"(l'aguglie ne l'oro):指作为罗马军旗的金地黑鹰旗。在但丁的想象中,古罗马军队也如同他那个时代的军队一样有军旗,他以为罗马的军旗是金地黑鹰旗;其实,象征古罗马军队和帝国的鹰并不绣在旗帜上,而是制作成金鹰或者青铜镀金的鹰,把它连接在杆子顶端。

有异文"l'aguglie dell'oro"(金鹰),如果采用这一异文,也必须理解为旗上绣着的金鹰,而不能理解为金制的鹰,因为金制的鹰是不能"临风飘扬"的。

⑲ 意即正义迫使他尽皇帝的职责,恻隐之心驱使他从人道出发先执法惩凶,解除那位母亲的痛苦,然后出征。

⑳ "从未见过任何新的事物者":指上帝。一切对人来说是新鲜的、神奇的、异常的事物,对上帝来说并非如此,因为他是宇宙间一切事物的创造者,从永恒的高度同时看到过去、现在和未来的一切。"这种看得见的言语":指神妙的大理石浮雕表现出来的皇帝与穷寡妇的对话。雕刻作为空间艺术本来不适宜于表现有声的言语,但这幅浮雕是全能的上帝的作品,它突破了雕刻艺术的局限性,使那两个人物的对话成为"看得见的言语",也就是说,使观看浮雕者明白他们正在说什么,虽然听不见说话的声音。

牟米利亚诺指出,雕刻和绘画表现的是一时一刻的动作,而非连续出现的一系列动作。但丁则想象,由于神的奇迹,连续出现的一系列动作被刻出在同一幅浮雕的群像中。因此,这第三幅浮雕比前两幅更为神奇。

诗中所说的"看得见的言语""在世上是不存在的":意即人类不可能创作出一件如此神妙、完美的雕刻或绘画,能够同时表现出一系列的姿态和言语。

㉑ 意即这些浮雕所表现的都是体现谦卑之德的伟大典范,其所以使人赏心悦目也由于它们是上帝的作品。

㉒ "从这边来了许多人":意即有许多人从维吉尔那边,也就是说,从两位诗人左边正向右走来,这些人都是犯骄傲罪者的灵魂。"他们迈的步子很少":意即他们走得很慢,因为他们被罚背着巨石环山行走。

"高层的平台":"平台"原文是 gradi(台阶),这里用来指一层一层的平台,根据格拉伯尔的注释,是由于这些平台像台阶一般,拾级而上就到达顶峰。

㉓ "还债":指罪人向上帝偿还所欠的债,也就是赎罪。"怎样还债":意即经受多么重的惩罚来赎罪。"良好的意图":指罪人悔罪自新的意图。但丁劝告读者,不要因为看到诗中赎罪者受苦的情形,就沮丧气馁,放弃悔罪自新的意图。

㉔ "受苦的形式":指受苦的性质,即所受惩罚的严厉性。但丁劝人们不要顾虑惩罚多么严厉,要想一想赎罪之后获得的天国之福;要想一想,经受的惩罚不是永久的,在最坏的情况下,也不可能持续到最后的审判以后,因为那是世界末日,炼狱不复存在,世人的灵魂不进天国享永恒之福,就入地狱受永恒之苦。

㉕ "自相争辩起来":意即争辩那些向我们这里来的究竟是不是人。"捶胸"原文是 si picchia(敲,打自己),许多注释家理解为捶胸,表示悔罪。但萨佩纽认为,这些灵魂背着巨石弯着身子走时,必须用手扶住石头,保持平衡,这种姿态使他们很难腾出手来捶胸。早期注释家拉纳把 si picchia 解释成 è pic-chiato(被敲、打),意即为神的正义所惩罚。帕罗狄和萨佩纽都赞同这种解释。译文根据前一种解释,因为炼狱中的灵魂受神的正义惩罚,是不言而喻的事,诗中似乎没有必要特别强调。

㉖ 这些诗句是但丁以骄傲者的灵魂在炼狱中受惩罚的情景作为鉴戒,向世上自高自大的活人发出的警告。"悲惨可怜":指人们由于骄傲而陷入罪恶中,但丁对他们表示同情,希望他们悔罪自新。"心失明"原文是 de la vista della mente infermi(心的视力微弱),意即头脑被骄傲情绪冲昏,不明是非善恶。"对于后退的脚步满怀信心":意即热衷于追求名利、金钱和权力,相信自己一直在前进,而实际上在不断地倒退。

㉗ 牟米利亚诺根据本维努托的注释对这三句诗作出如下的解释:"蚕结茧后死亡,从茧中出来另一种长着翅膀的虫;同样,人走完了尘世的路程后死亡:但灵魂从其中出来,毫无防护地飞去受上帝的审判。"

"我们是幼虫,生下来是要成为天使般的蝴蝶"大概来源于圣奥古斯丁的话:"一切由肉体而生的人,除了是虫还是什么呢?〔上帝把他〕由虫造成天使。"

《圣经》也多次说人是虫。

诗句的大意是:我们是幼虫,注定要形成天使般的蝴蝶,也就是说,使灵魂为来世永生做准备,人死后,灵魂就脱离躯壳,飞升到上帝面前受审判;"毫无防护",因为人在世上享有的一切荣誉、权力和财富都丝毫无助于他得救。诗中用"天使般的蝴蝶"来比拟人的灵魂,是由于人的灵魂不死,具有天使的性质,人若不受物欲驱使去追求名利、权力和富贵,而一心向善,死后灵魂就会和天使一样得享天国之福。

㉘ 意即幼虫发育完成后才成为昆虫,既然你们现在仍然是幼虫,并没有成为天使般的蝴蝶,你们还有什么理由自以为了不起呢?"傲气冲天"原文是 in alto galla(飘,浮起)形容骄傲自满,得意扬扬的样子,直译就是"飘飘然"。

㉙ 意即正如"圆柱的柱头或屋梁的托架上有时雕刻着双膝蜷曲到胸膛的人像,这些人像好像支撑着那全部重负,使得看到它们的人有痛苦之感"(布蒂的注释)。这里所说的人像是建筑学中所谓人像柱(cariatide),它起源于古希腊,在中世纪的罗马式和哥特式建筑中是一个重要的组成部分,其雕刻风格具有强烈的写实色彩。"对那非真实的痛苦产生真实的痛苦之感":意即那些人像的痛苦表情虽然不是真人的痛苦,但由于

雕刻得十分逼真,而使人看了不由得产生真实的痛苦之感。诗中用这种人像柱来比拟骄傲者的灵魂背着巨石行走的姿态和表情以及在诗人自己心中引起的痛苦之感。

㉚ 根据他们在世上的骄傲程度,他们背着重量不同的巨石,因而他们身子蜷曲的程度也各不相同。

㉛ 大意是:"那里〔石头〕的重量如此大,使得任何一个最心平气和地负担重量的人都好像哭着说:我再也无力背这重负了,虽然我在愿望上并不疲惫。"(《最佳注释》)也就是说,连其中最能忍耐、最能支撑的人,都已达到其负重能力的极限。

牟米利亚诺指出,这两行朴素的诗句表现出受磨炼的灵魂们令人怜悯的顺从天命的心情,洋溢着诗人对他们的同情,为这一章作了使人伤感的结束。

第 十 一 章

"我们在天上的父,你不限定在天上,你在那里是由于对那高处的最初的造物怀有更大的爱①。愿你的名字和你的力量为一切造物所赞颂,正如对你的甜蜜的气息应该表示感谢②。愿你的王国的和平降临我们,因为它如果不降临,我们自己竭尽全力,也不能到达③。如同你的天使们唱着'和散那',以自己的意志为牺牲献给你,愿人们也都以自己的意志这样做④。愿你今天赐给我们日用的'吗哪',没有它,走过这艰险的旷野,最努力前进者也要后退⑤。愿你大发慈悲饶恕我们,如同我们饶恕每个伤害我们的人,而不计及我们的功德⑥。不要把我们的容易被击败的道德力量放在我们的古老的仇敌前面来考验,而要使我们脱离这极力鼓动人为恶者的诱惑⑦。这最后的祷告,亲爱的主,并不是为我们做的,因为没有必要,而是为留在我们后面的人们做的⑧。"

那些灵魂就这样一面为他们自己和为我们祈祷旅途平安⑨,一面被重物压着往前走,如同在梦中受到的重压一般⑩,他们受着不同程度的苦,大家都疲惫不堪地在第一层平台上环行,来消除从尘世带来的烟雾⑪。如果他们在那里一直为我们祈祷,在这里,那些既有意愿又有善根的人,有什么不应该通过言语和功德为他们做的呢⑫?我们实在应该帮助他们洗掉从这里带去的污点,使他们能够既洁净又轻快,从那里出去,上升到诸天⑬。

"啊,但愿正义和怜悯不久就解除你们的负担,使你们能展翅按照你们的愿望高飞,请指给我们,往哪一边走可以最快地走到往上去的磴道;假若磴道不只一条,请告诉我们⑭,哪一条坡度较小;因为和我同来的这个人,由于带着亚当的肉体的重量,而违反他自己的意愿攀登得很慢⑮。"对我跟随的人说的这番话,他们的回答不知来自何人之口⑯;只听见说:"你们来跟我们一起顺着这道堤岸⑰向右走去,就找到活人能够往上攀登的通道。假如我不受这压着我的高傲的颈项⑱、使我不得不低着头的巨石阻碍,我就要看一看这个还活着的、没有说出姓名的人,看我是否认识他,并且使他可怜我承受这沉重的负担⑲。我是意大利人,是一个伟大的托斯卡那人的儿子:圭利埃尔莫·阿尔多勃兰戴斯科就是我父亲;我不知道你们是否听到过他的名字⑳。我祖上古老的血统㉑和高贵的业绩使我异常狂妄,不想一想我们共同的母亲㉒,对所有的人都极为轻蔑,结果,如同锡耶纳人所知道的那样,我就因此而死,连康帕尼阿提科的小孩儿都知道㉓。我是翁伯尔托;骄傲不只使我受害,因为它把我的家族统统拖入灾难之中㉔。由于骄傲的缘故,我必须在这里,在死人们中间背着这重物,直到上帝满意为止,因为我在活人们中间没有这样做㉕。"

我一面听着,一面低下了头㉖;他们当中的一个,不是说话的这个,在妨碍他们动作的重负下扭过脸来,看到我,认得我,喊着我,眼睛费力地盯着我,当时我在深深地弯着腰同他们一起行走㉗。我对他说:"哦,你不就是欧德利西,阿戈毕奥的光荣和在巴黎叫作微小彩饰绘画的那种艺术的光荣吗㉘?"

他说:"兄弟呀,波伦亚人弗朗科绘出的画面色彩更鲜明;如今光荣全归于他,部分属于我㉙。我生前肯定是不会这样客气的,因为我的心专想超群出众㉚。由于这种傲气,我在这里受到应有的惩罚。要不是我在还能犯罪的时候皈依上帝,我还不会在这里呢㉛。啊,人的才力博得的虚荣啊!你的绿色留在枝头的时间多么短促,除非随后就出现衰微时代㉜!契马部埃自以为在绘画方面擅场㉝,如今乔托成名,使前者的盛名黯然失色㉞。同样,一个圭多也夺去了另一个圭多在语言方面的荣誉;或许要把他们俩从巢中赶出去的人已经出世㉟。尘世上的名声只不过是一阵微风,时而从这边吹来,时而从那边吹来,因改变方向而改变名称㊱。如果你老年脱离肉体,过了一千年之后,你会比在抛开'pappo'和'dindi'以前就死去,名声更大吗?而一千年与永恒相比,要比一瞬间与天上运转最慢的那个圆圈运行的周期相比,时间更短㊲。在我前面走得那样慢的那个人曾誉满全托斯卡那;如今在锡耶纳都几乎没有人低声提起他;当佛罗伦萨的凶焰被熄灭时,他是锡耶纳的主宰者,佛罗伦萨那时很骄傲,正如它如今是娼妓一样㊳。你们的名声像草的颜色一样,来得匆匆,去也匆匆,使草褪色者,正是使它从地中长出嫩芽者㊴。"我对他说:"你的至理名言使我心里充满了向善的谦卑情绪,消除了我心中的巨大的肿胀㊵;但是,你方才说的那个人是谁呀?"他回答说:"那是普洛温赞·萨尔瓦尼;他在这里是因为他野心太大,妄图使全锡耶纳都落到他的手里㊶。自从他死后,他就一直这样走,而且还要这样走下去,毫不停歇;在世上过于狂妄的人都得付这样的钱还债㊷。"我说:"如果说等到生命的尽头才悔罪的灵魂,不能上升到这里,必须在这下面停留到和他所活的年岁一般长的时间,除非受到善人祈祷的帮助,那么,怎么会准许他来这里呢^㊸?"他说:"当他处在生平最光荣的时候,他完全不顾羞耻,自动直立在锡耶纳广场上;在那里,为了解救在查理的牢狱中受苦的朋友,他使自己陷入每个血管都颤动起来的状态^㊹。我不再说什么了,我知道我的话说得很含糊,但是,过不了多久,你的邻人们就会那样做,使得你能解释我的话^㊺。他这一举动给他解除了那些限制^㊻。"

注释:

① 犯骄傲罪的灵魂背负巨石环山而行,一面口诵主祷文祷告上帝(主祷文是耶稣训诫人的祷词,见《新约·马太福音》第六章和《新约·路加福音》第十一章,两处的字句稍有不同)。但丁为了阐释主祷文的意义,结合骄傲者的思想实际,又在其中增添了一些字句。有些学者指责他把神学和哲理塞进主祷文中,损害了其朴素的内涵和风格。这种指责引起了另一些学者的反驳。波斯科说:"每个背诵祷词的人,如果他不是机械地背诵,即使所背诵的是流传下来的经文,他在背诵时也都把心中默想的事物'填塞'进去,也就是说,把自己的问题放进祷词中,使祷词适应自己的需要。所以,本章中的主祷文就是一种特定的罪人,即犯骄傲罪者,在诗中的一种特定的情况下,向上帝所致的祷词;是但丁自己由于犯有骄傲罪而且深刻认识到自己这种罪,向上帝所致的祷词。"牟米利亚诺指出,福音书中的主祷文本身并不是骄傲者的灵魂忏悔的表现,只是经过但丁改写才变成了这样。

主祷文第一句是:"我们在天上的父"。但丁加上"你不限定在天上,你在那里是由于对那高处的最初的造物怀有更大的爱"这两句话,目的在于从严格的神学观点阐释这句经文。"那高处的最初的造物"指诸天和天使们。这两句大意是:"我们在天上的父"并不意味着上帝只在天上,而不在别处,因为他是无所不在的、不受空间限制的;他之所以在天上,是因为他对诸天和天使们怀有更大的爱。

② 主祷文第二句是:"愿人都尊你的名为圣"。但丁针对犯骄傲罪者的思想情况,把这句改变为"愿你的名字和你的力量为一切造物所赞颂"。这样改动显然受到圣方济各的《造物的赞美歌》的影响。在句中特别提到上帝的力量,表明生前目空一切的骄傲者如今已经认识到,在全能的上帝面前,自己极其渺小,微不足道。但丁在后面加上"正如对你的甜蜜的气息应该表示感谢"这句话,说明一切造物不仅要赞颂上帝,而且应该感谢上帝。许多注释家认为"你的甜蜜的气息(vapore)"指上帝的智慧,因为拉丁文《圣经》中的《智慧篇》(中文《圣经》无此篇)第七章第二十五节中说:"智慧是神的力量的气息。"但是,感谢上帝的智慧这句话虽然讲得通,终究有些牵强。有些注释家说,"你的名字"指圣子,"你的力量"指圣父,"你的甜蜜的气息"指圣灵;这种解释不仅失之烦琐,而且与经文不合,因为主祷文中的上帝是圣父("我们在天上的父")。据卡西尼-巴尔比的注释,"你的甜蜜的气息"指上帝的爱(carità)或仁慈,这种解释比较恰当。

③ 主祷文第三句是:"愿你的国降临",但丁把它改变为"愿你的王国的和平降临我们","你的王国的和平"指天国之福。但丁在后加上了"因为它如果不降临,我们自己竭尽全力,也不能到达"这句话,以此来强调骄傲者承认人的能力微不足道,只有祈求上帝的恩泽,才能获得天国之福。

④ 主祷文第四句是:"愿你的旨意行在地上,如同行在天上",但丁把它改写为"如同你的天使们唱着'和散那',以自己的意志为牺牲献给你,愿人们也都以自己的意志这样做",这样改写是切合主祷文的原意的。"和散那"(osanna)来源于希伯来文 hosha'na,原有求救的意思,在这里指赞美歌。天使们牺牲自己的意志,顺从上帝的意志,意味着上帝的旨意行在天上;人们也牺牲自己的意志,顺从上帝的意志,意味着上帝的旨意行在地上。犯骄傲罪者生前不可一世,如今认识到,人都必须顺从上帝的意志,才能使自己的灵魂上升天国。但丁对主祷文第四句的改写也是为了表达出犯骄傲罪者的思想情况。

⑤ 主祷文第五句是:"我们日用的饮食,今日赐给我们"(《新约·马太福音》)或"我们日用的饮食,天天赐给我们"(《新

124

约·路加福音》)；但丁把这句改变为"愿你今天赐给我们日用的'吗哪'"。"吗哪"是摩西把以色列人领出埃及，经过旷野时，上帝赐给他们吃的食物："这食物以色列家叫吗哪，样子像芫荽子，颜色是白的，滋味如同搀蜜的薄饼。"（《旧约·出埃及记》第十六章）；紧接着又加上"没有它，走过这艰险的旷野，最努力前进者也要后退"这句话。"吗哪"这里是精神食粮，指上帝的恩泽，"这艰险的旷野"指炼狱。托拉卡指出，灵魂们在炼狱中经受磨难，等待进入天国，如同以色列人在旷野中经历艰难险阻四十年之久，才到达迦南地一样。没有上帝赐给的"吗哪"，以色列人在旷野中非但不能前进，而且都要饿死，同样，炼狱中的灵魂没有上帝的恩泽，无论怎样努力前进，也都要后退。在这里，犯骄傲罪者再次强调人的能力有限，必须祈求上帝的恩泽。

⑥ 主祷文第六句是"免我们的债，如同我们免了人的债"（《新约·马太福音》）或"赦免我们的罪，因为我们也赦免凡亏欠我们的人"（《新约·路加福音》）。但丁把这句改写为"愿你大发慈悲饶恕我们，如同我们饶恕每个伤害我们的人，而不计及我们的功德"，这样改写旨在表明祈祷者生前自高自大，如今翻然悔悟，态度谦卑，恳求上帝单纯本着他的无限慈悲饶恕他们，不要看他们的功德如何，因为他们的功德是微不足道的。

⑦ 主祷文第七句是"不叫我们遇见试探，救我们脱离凶恶"，但丁把它改变为"不要把我们的容易被击败的道德力量放在我们的古老的仇敌前面来考验，而要使我们脱离这极力鼓动人为恶者的诱惑"，用"我们的容易被击败的道德力量"这一词组来强调世人意志薄弱，禁不起诱惑。"我们的古老的仇敌"指魔鬼，他引诱人类的始祖犯罪，"极力鼓动人为恶"，所以说他是人类的"古老的仇敌"。

⑧ "这最后的祷告"指注⑦所讲的部分。"留在我们后面的人们"指活在世上的人们。炼狱中的灵魂已经确定得救，不会再受魔鬼诱惑而犯罪；生活在世上的人们则经常有受魔鬼诱惑的危险，因此，炼狱中的灵魂们为他们祈祷，请上帝保佑他们免受魔鬼的诱惑。这一举动说明，炼狱中的灵魂仍然关心活人，所以活人也应为他们祈祷，使他们早升天国。

⑨ "旅途平安"原文为 buona ramogna。ramogna 一词非常罕见，对其来源和意义，有种种不同的解释。多数注释家认为词义是"旅行""旅途"（viaggio）。译文根据这种解释。"为他们自己祈祷旅途平安"：意即祈求上帝使他们顺利完成赎罪的过程；"为我们祈祷旅途平安"：意即祈求上帝保佑世上的活人在人生的旅途上平安。

⑩ "在梦中"指梦魇中。

⑪ "他们受着不同程度的苦"：指他们各自按照自己罪孽的轻重，背着重量不同的巨石环山行走。
"从尘世带来的烟雾"：指他们的罪孽的痕迹。罪孽像烟雾一般蒙住他们的灵魂，虽然经过忏悔受到上帝宽恕，但其痕迹仍然存在，必须彻底消除，他们才能进天国。

⑫ "在那里"：指在炼狱里；"在这里"：指在世上；"那些既有意愿又有善根的人"：指那些既愿意为炼狱中的亲人祈祷而自己又是蒙受神恩的人（只有蒙受神恩者的祷告才能上达于天）；"通过言语和功德"：指通过祈祷和做好事。大意是：既然炼狱中的灵魂为世上的活人祈祷，世上的活人凡是有良好的愿望而又蒙受神恩者，也应该尽心竭力通过祷告和功德帮助他们早日升入天国。

⑬ "从这里带去的污点"：指罪孽的痕迹，如同上述"从尘世带来的烟雾"一样。
"上升到诸天"："诸天"原文是 stellate ruote（星轮），指各行星天和恒星天；炼狱中的灵魂赎罪后，经过这九重天升到净火天，即严格意义上的天国。

⑭ 维吉尔按照一贯的作风，在问路时，先对遇到的灵魂们这样表示良好的愿望：祝愿上帝的正义和怜悯很快就免除压在你们身上的重负，使你们能展翅飞升到你们向往的天国。神学家认为，正义和怜悯二者都是上帝的属性，并且总是一同表现出来，无论是奖励还是惩罚时，都是这样。"往上去的磴道"：指从第一层平台到第二层平台去的磴道。

⑮ "带着亚当的肉体的重量"，因为但丁是活人。"违反他自己的意愿"，但丁急于登上第二层平台，但力不从心。

⑯ 因为他们背着巨石、蜷曲着身子、彼此又挨得很近，看不见他

们的脸,所以但丁不知道他们当中谁回答了维吉尔的话。

⑰ 指耸立在第一层平台内侧、顶端构成第二层平台外沿的那一道峭壁。

⑱ "高傲的颈项":这个人在世时昂首阔步,目空一切,如今被巨石压得抬不起头来。《圣经》中用"硬着颈项"来指执拗的傲气:"耶和华对摩西说,我看这百姓真是硬着颈项的百姓。"(《旧约·出埃及记》第三十二章)

⑲ "没有说出姓名的人":维吉尔没有说出但丁的姓名;但丁蒙受神恩特许来游炼狱,但为了谦卑的缘故,也没有说出自己的姓名。

"使他可怜我承受这沉重的负担":意即使他可怜我受这种惩罚,回到人间后,为我祈祷,并促使别人也为我祈祷。

⑳ 这个说话的人名叫翁伯尔托·阿尔多勃兰戴斯科(Omberto Aldobrandesco),是圭利埃尔莫·阿尔多勃兰戴斯科(Guigliel-mo Aldobrandesco)的次子。圭利埃尔莫·阿尔多勃兰戴斯科是第一代索阿纳和皮提利亚诺伯爵(参看第六章注㉛),政治上属于贵尔弗党,曾被视为帝国的敌人遭到皇帝腓特烈二世的围困。他和锡耶纳有极深的仇恨,对贵尔弗城邦佛罗伦萨非常友好。1227 年,他在对锡耶纳的战争中成为俘虏,被释放后,在罗马教廷暗中的支持下,继续对锡耶纳作战,直到 1237 年为止。他于 1254 年以后不久死去,把他的封建权力遗留给他的两个儿子伊尔德勃兰迪诺(Ildebrandino)和翁伯尔托。

㉑ "古老的血统":阿尔多勃兰戴斯科家族世系悠久,可以追溯到八世纪末和九世纪初。这一古老的封建贵族统治着托斯卡那的玛雷玛地区(近海沼泽地带)的大片领地,大概相当于现今的格罗塞托(Grosseto)省,在圭利埃尔莫的父亲伊尔德勃兰多(Ildebrando)伯爵时代(十三世纪初)势力最强大。

㉒ "共同的母亲":有的注释家认为指夏娃,有的注释家认为指大地。两种解释都说明,所有的人由于同出一源,一律平等,谁都没有理由自高自大,藐视他人。

㉓ "我就因此而死":翁伯尔托这句话的意思可能是说,他对锡耶纳人的轻蔑激怒了锡耶纳人去进攻他,也可能是说,他在战斗

中对锡耶纳人极为轻蔑，不顾一切后果，因而丧命。

翁伯尔托继续执行他父亲与锡耶纳为敌的政策，在佛罗伦萨的支援下，同锡耶纳进行斗争，从他的驻地康帕尼阿提科（Compagnatico）城堡劫掠过路的锡耶纳人或者把他们绑架索取赎金。他死于1259年；一种说法是，在锡耶纳人进攻时，他为保卫自己的城堡，奋勇战死；另一种说法是，他被锡耶纳的刺客杀害。

㉔ 意即骄傲是整个阿尔多勃兰戴斯科家族的通病，使索阿纳和圣菲奥拉两个支系统统受害。"使我受害"：指他在炼狱中受惩罚。"统统拖入灾难之中"：指当时索阿纳和圣菲奥拉两个支系都处在极其不幸的境地，前者在1300年濒于灭绝，后者因不断遭受锡耶纳进攻，领地缩小，势力削弱。

㉕ 据托马斯·阿奎那斯在《神学大全》第三卷补遗中所说，炼狱中所受的惩罚是补还在世时未还清的债。从翁伯尔托·阿尔多勃兰戴斯科的话看来，诗中显然把他作为以家世高贵自负的典型。

㉖ 但丁低下了头，面朝着地，不仅为了便于听清楚那些灵魂的话，而且为了表示同他们一起赎罪，因为诗人承认自己也犯有骄傲罪（见第十三章末尾）。

㉗ 因为但丁低着头，这第二个背着石头弯身行走的灵魂才能扭过脸来看他，而翁伯尔托却不能这样做。但也可能是由于这个灵魂背着的石头比翁伯尔托背着的轻些。"深深地弯着腰同他们一起行走"：表明但丁似乎也像那些灵魂一样背着石头，同他们一起赎罪。

㉘ 欧德利西（Oderisi）是意大利著名的微小彩饰画家，生在翁布里亚北部的市镇谷毕奥（Gubbio，古意大利语作Agobbio〔阿戈毕奥〕）。有文献证明，1268—1269年和1271年，他在波伦亚工作，但丁大概在那里和他相识。据美术史家和画家瓦萨里（Vasari）说，欧德利西于1295年去罗马工作，大约于1299年死在那里。但丁在诗中把他作为以艺术才能和成就自负的典型。

㉙ 微小彩饰画家波伦亚人弗朗科（Franco Bolognese）生活在十三世纪后半叶和十四世纪初年，事迹不详。他和欧德利西都是

微小彩饰绘画波伦亚画派的主要代表。他们的真迹没有流传下来，但是根据但丁诗中所说，也可以想见，欧德利西代表仍然受拜占廷微小彩饰画风格束缚的保守派，弗朗科则代表由于受法国微小彩饰画影响或许还受乔托的绘画影响而具有哥特画风倾向的革新派。

"色彩更鲜明"：原文仅用了一个副词和一个动词"più ridon"（更呈现喜色），因为微小彩饰画主要用于羊皮纸手抄本中作为插画，所以色彩越鲜明越好。

"如今光荣全归于他，部分属于我"：意即如今弗朗科完全占有的那种光荣，只剩下一部分归我所有。总之，欧德利西虽未完全失去他的光荣，但已退居第二位。

㉚ "这样客气"：指他肯承认别人超出他之上。

㉛ "在还能犯罪的时候"：指活在世上，离死还远的时候。"皈依上帝"：指忏悔。"在这里"：指在炼狱的第一层平台上。大意是：要不是我在世时没拖到生命的最后就忏悔了自己的骄傲罪，如今我还不会在这第一层平台上，而必然还停留在炼狱外围。

㉜ "人的才力博得的虚荣"：指人的才华创作成的文学和艺术作品博得的荣誉是空虚的。这种荣誉像树枝上的绿叶一样不久就枯黄凋谢，除非紧接着就出现衰微时代，只有在这种条件下，过去的优秀文学家和艺术家的盛名才能不消失，因为没有人能比得上他们。

㉝ 契马部埃（Cimabue，1240—约1302）是佛罗伦萨最早的画家之一，真名是乔万尼（Giovanni）或秦尼（Cenni），契马部埃是绰号，据早期注释家说，他为人异常高傲。契马部埃开创了一种新的绘画风格，他的作品虽然尚未完全摆脱拜占廷绘画的法式，但已带有一些世俗的情味，对意大利文艺复兴时期的绘画具有前奏的意义。但丁在1300年以前在故乡佛罗伦萨大概见到过他的作品。

㉞ 乔托（Giotto）是文艺复兴初期的著名画家、雕塑家和建筑师，牧童出身，约1266年出生于佛罗伦萨附近的维斯皮尼亚诺（Vespignano），1337年在佛罗伦萨逝世。他是契马部埃的弟子，但他不久就超过了老师。他是当时第一个探索用新方法

作画的人,突破了拜占廷美术定型化的束缚,创作了许多具有生活气息的宗教画。他和但丁结下了友谊,佛罗伦萨警察长官公署的小教堂内的壁画中的但丁像,是他对青年时代的但丁的忠实写真。

㉟ "一个圭多":指但丁的朋友,诗人圭多·卡瓦尔堪提(见《地狱篇》第十章注⑭)。"另一个圭多":指"温柔的新体"诗派的开创者,圭多·圭尼采里(Guido Guinizelli,约 1230—1276)。"在语言方面的荣誉":指用意大利语写诗的荣誉。"从巢中赶出去":意即从诗坛的第一把交椅上赶下来。托拉卡指出:"巢(nido)使人联想到自己的安静、可爱的住所,放弃它时,不会没有痛苦。"欧德利西含糊其辞地说,高出他们二人之上的诗人或许已经出世,但未说明是谁。大多数早期注释家认为,欧德利西的预言指的是但丁自己。有的注释家反对此说,认为但丁不可能在这惩罚骄傲罪的地方借欧德利西之口抬高自己。其实,这里根本没有什么抬高自己的意思,至多也不过是表现但丁意识到自己的价值和历史地位而已。萨佩纽指出,欧德利西的话只是说,"如今乔托和但丁在自己的领域里各自超过了他们的前辈;但是,不言而喻,他们的名声不是持久的,有朝一日将被别的画家和诗人的名声超过,再说,任何名声都是一阵微风。"

㊱ 意即为世人所称誉的画家、诗人,今天叫契马部埃、卡瓦尔堪提,明天叫乔托、但丁,犹如风因吹来的方向不同而有东风、西风、南风、北风等不同的名称一样。

㊲ "脱离肉体":指人死时,灵魂与肉体分离。"pappo"(面包)和"dindi"(钱)都是幼儿咿呀学语时的话。"天上运转最慢的那个圆圈运行的周期":指恒星天运行的周期。恒星天从西向东运转,每一百年才转一度,慢得几乎难以觉察(见《筵席》第二篇第十四章);照这种说法,它转一周就需要 360 世纪。
诗的大意是:你老死或早殇,一千年后,都是一样,反正那时人们都不知道你了,而一千年对于永恒而言,是微不足道的。

㊳ 指下面所指出的普洛温赞·萨尔瓦尼(Provenzan Salvani)。他大约生于 1220 年,十三世纪中叶成为锡耶纳吉伯林党首领,1260 年 9 月 4 日蒙塔培尔蒂之战,托斯卡那吉伯林联军打

败了佛罗伦萨贵尔弗军,他对这一胜利起了重大的作用,在恩波里会议上,他支持把佛罗伦萨夷为平地的主张,遭到法利那塔的坚决反对(见《地狱篇》第十章)。"他在蒙塔培尔蒂得到胜利后,是锡耶纳的伟大人物,领导着整个城邦,全托斯卡那的吉伯林党人都把他看成领袖;而他为人骄傲专横。"(维拉尼的《编年史》卷七第三十一章)1266年本尼凡托之战后,他和各地的吉伯林党一样,势力日益衰落。1269年,佛罗伦萨人在科雷·迪·瓦尔戴尔萨(Colle di Valdelsa)之战,击败了锡耶纳人,他被俘虏。"斩首后,人们用长矛把砍下的头挑起来,在战场上示众。"(同上)流亡的贵尔弗党人在锡耶纳掌权后,毁了他的家宅和一切与他有关的纪念物。

"佛罗伦萨的凶焰被熄灭时":指佛罗伦萨在蒙塔培尔蒂之战大败后。

"他是锡耶纳的主宰者":普洛温赞·萨尔瓦尼不是锡耶纳的君主,因为锡耶纳是共和国,但他是其中最有权势的公民。

"佛罗伦萨那时很骄傲,正如它如今是娼妓一样":指当初佛罗伦萨很狂妄,企图凌驾一切邻邦;如今是娼妓,"因为佛罗伦萨人如同为臭钱卖身的妓女一样,为了钱什么事都做。"(布蒂的注释)

㊴ 大意是:世人的名声不能持久,如同草色不能常绿一样;草借助日光照射发生的热量娇嫩地从地里长出来,日光本身不久又把草晒得枯干,世人的名声也是这样,它由时间产生,还被时间消灭。诗中所用的比喻显然来源于《圣经》,例如,"早晨他们如生长的草,早晨发芽生长,晚上割下枯干"(《旧约·诗篇》卷四第九十篇);"……他必要过去,如同草上的花一样,太阳出来,热风刮起,草就枯干,花也凋谢,美容就消没了。"(《新约·雅各书》第一章)

㊵ "巨大的肿胀"(gran tumor)指但丁以天才和博学自负的情绪。

㊶ 普洛温赞·萨尔瓦尼掌握大权后,野心勃勃,企图使自己成为整个锡耶纳城邦之主。他在诗中是以权势自负的典型。

㊷ 意即凡是在世上过于狂妄的人,都得在这里受这样的苦,来偿还对上帝欠下的债。

㊸ "不能上升到这里":意即不能上升到炼狱本部;"必须在这下

面停留":意即必须在炼狱外围停留。普洛温赞·萨尔瓦尼显然是迟至临终时刻才忏悔的,怎么会准许他来到炼狱本部呢?但丁向欧德利西提出这个疑问。

㊹ "生平最光荣的时候":指他的权势和声誉最显赫的时候。"锡耶纳广场"是锡耶纳著名的广场,每年两次的赛马节都在那里举行。"为了解救在查理的牢狱中受苦的朋友":据最新的考证,这位朋友的姓名大概是巴尔托罗美奥·塞拉齐尼(Bartolomeo Seracini),他是曼夫烈德的侄子康拉丁的部下,对安茹王朝的查理作战时,在塔利亚科佐(Tagliacozzo)被俘,查理向他索取10000金弗洛林的巨额赎金,要求在短期内交付,否则,就将他杀死。他向普洛温赞·萨尔瓦尼求援,普洛温赞自己也无此巨额的金钱,为了火速拯救朋友的性命,他不顾自己显贵的身份地位,自觉自愿地在锡耶纳广场上向市民们乞讨,终于凑足了赎金,搭救朋友出狱。
"他使自己陷入每个血管都颤动起来的状态",因为他强使自己忍受向市民们乞讨的耻辱:"由于这个缘故,他作为显贵高傲的人,羞惭得每个血管都颤动起来……其中的血都跑到面部去了。"(布蒂的注释)

㊺ "我的话说得很含糊":欧德利西觉得,自己所说的"他使自己陷入每个血管都颤动起来的状态"这句话会使但丁感到费解。
"你的邻人们":指佛罗伦萨人。
"就会那样做,使得你能解释我的话":欧德利西预言,但丁不久将遭到放逐(1302),将在长期流浪中体验到高傲的人为生活所迫不得不求助于人的耻辱,通过这种痛苦的经历,会明确理解这句话的意义。

㊻ "这一举动":指通过乞讨凑足赎金搭救朋友。"给他解除了那些限制":意即使他免于在炼狱外围停留,直接进入炼狱本部。欧德利西这番话表明:"在上帝方面,正义和仁慈是一致的。正如片刻的真诚忏悔足以使人得救,同样,仅仅一件善举就能抵得上很长的一系列的罪过的分量。"(萨佩纽的注释)

第 十 二 章

　　我和那个背负重荷的灵魂①一起，如同架着牛轭子的牛似的并排而行②，在和蔼的教师容许下，我就一直这样走；但是，当他说："离开他前进吧；因为在这里每个人都应该用帆和桨竭尽全力推动自己的小船③，"我就像平常走路所要求的那样，重新直起身来，虽然思想上仍然低着头，缩着身子④。

　　我已经动身，乐意跟随着我老师的脚步前进，我们俩现在都显示出我们的脚步多么轻快⑤，这时，他对我说："把眼睛转向下面；观看你脚底下的地面，来减轻路途的艰苦，这对你是会有好处的⑥。"正如，为了保留对死者的纪念，在教堂地下埋葬他们的坟墓上，都雕刻着他们生前的形象⑦，因而那里屡次有人触起对他们的回忆而重新哭泣，这种回忆只能激发富有同情心的人的哀思⑧；同样，我看到那里由山的突出部分构成的路上满布着雕刻，但就艺术技巧而言，更为美观⑨。

　　在一边，我看见那个被创造得比任何其他的造物都高贵的天使，像闪电一样，从天上坠落下来⑩。

　　在另一边，我看见布里阿留斯被天上的箭射穿，冷冰冰的死尸沉重地躺在地上⑪。

　　我看见提姆勃拉由斯，看见帕拉斯和玛尔斯仍然全副武装，站在他们的父亲周围，注视着巨人们的支离破碎的肢体⑫。

我看见宁录站在他的巨大的工程脚下,好像茫然失措的样子,注视着同他一起在示拿地的骄傲的人们⑬。

啊,尼俄柏,我看见路上刻着你在你的被杀死的七个儿子和七个女儿当中,眼睛显露着多么悲痛的神情⑭。

啊,扫罗,这里刻着你怎样在基利波山伏在自己的剑上而死,那个地方就再也没有感受到雨露的滋润⑮。

啊,狂妄的阿剌克涅,我看见你这样已经一半变成了蜘蛛,悲惨地趴在你织成的那件使你自己遭到不幸的织物的破布条上⑯。

啊,罗波安,你在这里的雕像看起来已经不是吓人的样子,而是充满惊恐的神态,一辆车载走了你,并没有人追赶⑰。

那坚硬的路面还展现着,阿尔克迈翁怎样使他母亲感到那件不祥的首饰代价昂贵⑱。

它展现着,西拿基立的两个儿子怎样在神庙里向他身上扑去,杀死他后,怎样把他丢在那里⑲。

它展现着,托密利斯对居鲁士说:"你嗜血,我就让你喝足了血"时,她所造成的破坏和残酷的屠杀⑳。

它展现着,奥洛费尔内死后,亚述人的溃败和被杀者的遗尸㉑。

我看见,特洛亚化为灰烬和洞穴:啊,伊利昂,那里所见的雕刻表现出你是多么卑微可怜㉒!

有哪位使用画笔或铅笔的大师,能画出这些会在那里使精通艺术的天才都感到惊奇的形象和轮廓㉓?死的就像死的,活的就像活的。对于我弯身行走时所踏过的那一切雕刻的内容,连目睹事实者所见,都不比我所见的更真切㉔。那

　　我和那个背负重荷的灵魂一起,如同架着牛鞅子的牛似的并排而行,在和蔼的教师容许下,我就一直这样走……

么,夏娃的子孙们,你们就骄傲吧,就仰着目空一切的面孔走去,不低头看你们所走的邪路吧㉕!

我的心一直不闲,没有意识到,我们已经走了更多的路,太阳已经走过了它的行程的大半㉖,这时,一面走,一面总在向前看的向导开始说:"抬起头来吧;你再也没有时间这样埋头走路啦。你看那边有一位天使准备向我们走来;你看第六个使女已经完成她一天的任务回来㉗。你的脸和举动要表现出崇敬之情,使他乐意接引我们上去。你要想一想,这一天是永远不会重新破晓的呀㉘!"

我惯于听他经常告诫我不要浪费时间,所以他关于这个问题所说的话,不会使我感到隐晦费解。

那美丽的造物向我们走来,身穿白衣,面如闪烁的晨星。他张开双臂,然后展开翅膀,说:"你们来吧:这里附近就是台阶,现在上去很容易了㉙。"应这一邀请而来的人非常少。啊,人类呀,你们生来是为飞升的,为什么遇到一点风就这样落下来㉚?

他把我们带到岩石断开的地方㉛;在这里把翅膀在我额上横着扑打了一下㉜,然后向我们保证路途平安。

正如,为了攀登从卢巴康提桥上俯瞰那个治理得很好的城市的教堂所在的山,右手边有那些在案卷和桶板保持完好可靠的时代筑成的石级减轻陡峭的山势;同样,从另一层平台直上直下地通到这里的那道高堤,也由于有这种石级而减低了攀登的坡度,只是高大的岩石从这边和那边擦着攀登的人㉝。我们转身向那里走去时,听到唱"Beati pauperes spiri-tu!"的声音㉞,唱得那样美妙不可以言传。啊,这里的各个入口和地狱里的那些入口多么不同啊!因为这里是由歌声伴随着进去,那下面则是由剧烈的哭声伴随着进去。

我们已经踏着神圣的石级向上走去,我觉得,我比以前在平地上走还轻快得多。因此,我说:"老师,告诉我,我身上去掉了什么重东西,使我走起来几乎不觉得累?"他回答说:"当那些仍然留在你额上而几乎已经消失的 P 字㉟都像这一个一样被擦去时,你的脚将完全被良好的愿望所支配㊱,以至于不仅不会感到劳累,而且会觉得被催促着向上走是乐事。"于是,如同那些走路时头上有某种东西而自己却不知道的人,只是由于别人的示意才使他们疑心起来;因此,他们的手就努力查明事实,一摸就摸出来了,尽到了视觉未能尽的那种职责㊲;我就像他们一样撴开右手的指头去摸,发现那位拿着钥匙的天使在我额上所刻的字母只有六个了:看着我这样做,我的向导微微一笑。

注释:

① 指欧德利西。

② 这个比喻说明,但丁当时和欧德利西一样,弯着身子慢慢地走;牛是最顺从、最能忍耐的牲口,用来作比喻,也表示出那个赎罪的灵魂和但丁的谦卑心情。

③ 意即在炼狱中,每个人都应该尽力用一切最有效的方法赎罪。

④ 听了维吉尔所说的这番话,但丁现像平常起步走路时那样直起身来,但是思想上仍然低着头,身子蜷缩着,因为欧德利西的至理名言犹在他的耳边,此时他傲气全消,心中充满谦卑之情,仿佛还在继续同那些灵魂一起赎罪似的。

⑤ "我们俩现在都显示出我们的脚步多么轻快":维吉尔是灵魂,不受肉体拖累,脚步自然轻快;但丁这时已经去掉骄傲罪的沉重负担,而且已经是直着身子走路,所以脚步也同样轻快。

⑥ "观看你脚底下的地面":正如悬崖下部刻着表现谦卑美德的事例,供赎罪的灵魂们效法一样,平台路面上刻着交替取材于

《圣经》和古代神话及历史、表现骄傲受到惩罚的事例,使赎罪的灵魂们踩着这些雕刻走去,从中吸取教训。

"来减轻路途的艰苦"原文是 Per tranquillar la via(为了使路途平静),意义宽泛。这里根据丹尼埃罗(Daniello)的解释意译。诗的大意是:但丁观看路面上的雕刻,能从中得到益处,并且减轻走路的劳累。

⑦ "教堂地下埋葬他们的坟墓"(tombe terragne):在中世纪,意大利人常把死者埋葬在教堂地下,用长方形的石板覆盖着,石板与地面平,成为地面的一部分;为了纪念死者,石板上雕刻着死者生前作为法官、医生或骑士的形象以及纹章、铭文。诗中以这种坟墓上的雕刻来比拟第一层平台路面上的雕刻是很恰当的。

⑧ 诗的大意是:亲友们在教堂中看到死者生前的形象,常常会触起对死者的回忆而伤心落泪,这种回忆只能使富有同情心的人产生哀思,铁石心肠的人是无动于衷的。

⑨ "由山的突出部分构成的路":指从悬崖脚下向外延伸构成的第一层平台,作为赎罪的灵魂们环山行走的道路。路面上的雕刻因为出自上帝之手,比教堂中坟墓石盖上的雕刻更美观。

⑩ 第一个因骄傲受到惩罚的事例来源于《圣经》。卢奇菲罗原是最高贵的天使,《旧约·以赛亚书》第十四章称他为"明亮之星,早晨之子";由于他"心里曾说:我要高举我的宝座在上帝众星以上……我要与至上者同等",这种狂妄的野心促使他发动叛乱,结果受到惩罚,堕入地狱。萨佩纽指出,但丁以闪电作为比喻来形容卢奇菲罗坠落之速,显然是借用《新约·路加福音》第十章中的话:"耶稣对他们说,我曾看见撒旦从天上坠落,像闪电一样。"

⑪ 第二个事例来源于古代神话,刻在路的另一边,和前一个来源于《圣经》的事例对称。布里阿留斯是百臂巨人(见《地狱篇》第三十一章注⑱),在同其他巨人一起对天神作战、进攻奥林普斯山时,被朱庇特的雷霆击毙。"天上的箭":指雷霆。

⑫ 第三个事例是巨人们狂妄地与天神作战的下场。

提姆勃拉由斯(Thymbraeus)即日神阿波罗,在特洛亚的提姆勃拉(Thymbra)城有他的一座著名的庙宇,因而获得了这个称号。帕拉斯(Pallas)即希腊神话中的女神雅典娜,相当于罗马神话中的女神弥涅耳瓦(Minerva)。玛尔斯是罗马神话中的战神。

"他们的父亲":指朱庇特。

⑬ 第四个事例来源于《圣经》。巨人宁录(见《地狱篇》第三十一章注⑭)"为世上英雄之首"(见《旧约·创世记》第十章),他为了传播名声,率领手下的人们在示拿地的平原上建造一座高可通天的塔,由于上帝变乱了他们的口音,使他们的言语彼此不通,造塔的巨大工程被迫停工(事见《旧约·创世记》第十一章)。

⑭ 第五个事例来源于古代神话。尼俄柏是忒拜王安菲翁的妻子,生下了七男七女,她以此自负,口出狂言,贬低女神拉托娜,说她只生了日神阿波罗和月神狄安娜两个孩子,和无儿无女者差不多。拉托娜非常气愤,要求阿波罗和狄安娜为她惩罚尼俄柏。兄妹二人立刻来到忒拜,把尼俄柏的七子七女统统射死。尼俄柏目睹子女们的尸体,悲痛得变成了石头(事见《变形记》卷六)。

⑮ 第六个事例来源于《圣经》,表现以色列王扫罗在基利波山被非利士人打败,身负重伤,命令部下将他刺死,以免落入敌人之手,部下不肯,最后就自己伏刀而死的情景(事见《旧约·撒母耳记上》第三十一章)。扫罗死后,大卫作哀歌哀悼他,歌中说:"基利波山哪,愿你那里没有雨露。"(《旧约·撒母耳记下》第一章)

⑯ 第七个事例来源于古代神话。吕底亚染匠伊德蒙的女儿阿刺克涅(见《地狱篇》第十七章注⑤)精于纺织,以此自负,胆敢向纺织女神弥涅耳瓦(见注⑫)挑战,比赛技艺高低。她织出了一件十分精致的织物,女神看了,挑剔不出一点毛病,怒之下,把它扯碎。阿刺克涅悲愤交加,悬梁自尽。女神把她解下来,不让她死,为了惩罚她的傲慢,使她变成了蜘蛛,把她上吊的绳子变成了蛛网,让她永远悬在高处,纺着线,织来织去(事见《变形记》卷六)。路面上的雕刻表现阿刺克涅正在变形的过程中,一半已经变成蜘蛛,一半还具有人形,因而还可以看出她的悲惨的状况。

⑰ 第八个事例来源于《圣经》。"罗波安"是以色列王所罗门的儿子，所罗门死后，继承了王位。他是个暴君。以色列百姓来见他，对他说："你父亲使我们负重轭，作苦工，现在求你使我们作的苦工轻松些，我们就事奉你。"他用严厉的话回答说："我父亲使你们负重轭，我必使你们负更重的轭，我父亲用鞭子责打你们，我要用蝎子鞭责打你们。"以色列人见王不依从他们，就背叛他。"罗波安王差遣掌管服苦之人的亚多兰往以色列人那里去，以色列人就用石头打死他。罗波安王急忙上车，逃回耶路撒冷去了。"(事见《旧约·列王纪上》第十二章)

⑱ 第九个事例来源于古代神话。厄里费勒(Eriphyle)是预言家安菲阿剌俄斯(见《地狱篇》第二十章注⑩)的妻子。当七位英雄决定从阿尔戈斯出征忒拜时，安菲阿剌俄斯预知自己如果参加，一定不能生还，就隐藏起来。除了厄里费勒以外，谁都不知道他藏在何处。英雄波吕尼刻斯用家传的宝石项链贿赂她，她就把他带到了她丈夫隐藏的地方，安菲阿剌俄斯只好参加出征，后来果然丧命。在出征前，他曾嘱咐他儿子阿尔克迈翁惩罚厄里费勒的叛卖罪。阿尔克迈翁听到他父亲的死讯后，就杀死了他母亲(事见《忒拜战纪》第二卷)。"不祥的首饰"：指宝石项链，因为它给历来佩戴它的妇女都带来杀身之祸。"代价昂贵"：指他杀死厄里费勒。萨佩纽认为，厄里费勒的骄傲，与其说在于她热衷于装饰自己的女性虚荣心，毋宁说在于她贪图占有神物的狂妄野心，因为宝石项链是锻冶之神所造，作为爱神维纳斯赠给她女儿哈耳摩尼亚的结婚礼物。

⑲ 第十个事例来源于《圣经》，表现亚述王西拿基立因骄致祸的故事。西拿基立进攻犹太国，口出狂言，嘲笑犹太王希西家相信耶和华能拯救他的国家。希西家向耶和华祈祷，恳求他使犹太和耶路撒冷的人脱离亚述王的手。"当夜耶和华的使者出去，在亚述营中杀了十八万五千人，清早有人起来，一看，都是死尸了。亚述王西拿基立就拔营回去，住在尼尼微。一日在他的神尼斯洛庙里叩拜，他儿子亚得米勒和沙利色用刀杀了他，就逃到亚拉腊地。"(《旧约·列王纪下》第十九章和《旧约·以赛亚书》第三十七章)

⑳ 第十一个事例来源于历史。波斯王居鲁士(前558—前529年

140

在位)俘虏了里海以东的游牧部落马萨革泰人的女王托密利斯的儿子,并且傲慢地不顾她的抗议,把他杀死。她兴师问罪,居鲁士在激战后,被伏兵所杀。她令人割下了他的头,放进满装着人血的革囊中,然后,她就对他说了那两句尖刻的嘲笑话(见奥洛席乌斯的七卷《反异教徒史》卷二第七章第六节)。"她所造成的破坏和残酷的屠杀":指托密利斯杀戮波斯军,损坏居鲁士的尸体。

㉑ 第十二个事例来源于天主教《圣经》及《逸经》中的《犹滴书》。奥洛费尔内是新巴比伦王尼布甲尼撒二世的将军,奉命前去围攻贝图利亚城的以色列人。他非常骄傲,蔑视以色列人所信奉的上帝,宣称除了尼布甲尼撒以外,别无他神。贝图利亚被围困后,水源断绝,势必投降。为了拯救自己的同胞,年轻的寡妇犹滴只身进入敌营,以她的美貌迷住了奥洛费尔内,夜间乘他酒醉将他杀死,把他的头带回城去,挂在城墙上,敌军见主帅已死,惊慌逃窜,大部分被以色列人杀死(事见《犹滴书》第八至十五章)。

㉒ 第十三个事例来源于古代传说。特洛亚人由于骄傲,被希腊人用木马计攻破都城,纵火烧成平地(事见《埃涅阿斯纪》卷三)。严格说来,特洛亚是都城的名称,伊利昂是都城中的堡垒的名称,但这里均指特洛亚城。"洞穴"指都城被焚毁后,废墟中形成的洞穴。"卑微可怜":与昔日的富强高傲的伊利昂对比。

㉓ "形象和轮廓"原文是 Ombre e tratti;托拉卡认为,这两个词分别指浅浮雕的平面和突起的部分;格拉伯尔则认为,ombre 指明暗对照,tratti 指柔和的轮廓,这两个名词更准确地规定了雕刻和绘画的区别,这种区别恰恰在这里的浮雕上被神奇地消除了。译文根据万戴里和萨佩纽的解释。

㉔ 诗句表明路面上的浮雕刀法异常神妙,把事例中的人物故事雕刻得惟妙惟肖,栩栩如生。

㉕ 在这里诗人用反语警告世上自高自大的人们。"夏娃的子孙们":指世人,因为她是人类共同的母亲。
《最佳注释》指出,但丁在这里之所以不用亚当的子孙们,而用"夏娃的子孙们"来指世人,是因为夏娃是第一个由于骄傲,妄

图与上帝相似而违背上帝的告诫,偷食智慧之果的人,诗中把她同世上自高自大的人们联系起来是很恰当的。

㉖ "我的心一直不闲":但丁走路时,一直忙于注意观赏路面上的雕刻,没有意识到已经走了多远,时间已经过了多久。

㉗ 向他们走来的天使是谦卑的天使。

"第六个使女":指第六个时辰女神。据古代神话,时辰女神们是日神的使女。"第六个使女已经完成她一天的任务回来":意即从日出时到此刻已经过了六个小时,也就是说,现在是但丁和维吉尔来到炼狱的第二天中午已过的时刻。

㉘ 意即时光一流逝,就永不复返。

㉙ 意即从第一层平台拾级而上到第二层平台很容易,因为赎罪者已经去掉骄傲罪的重负,轻装前进。

㉚ "应这一邀请而来的人非常少"这句话使人想起《新约·马太福音》第二十二章中耶稣的话:"因为被召的人多,选上的人少。""你们生来是为飞升的":意即上帝创造人是为使他进天国的。"遇到一点风就这样落下来":指世人由于骄傲,爱慕虚荣而放弃追求天国之福。

早期注释家都认为这几句话是但丁说的,现代注释家除了卡西尼-巴尔比、牟米利亚诺和萨佩纽以外,大都认为,整个这段话都是天使说的,两种说法都有自己的论据,迄今尚无定论。译文根据早期注释家的说法,把这几句话作为但丁责备世人的话。

㉛ 指峭壁断开处形成的天然石级跟前。

㉜ 为了去掉守门天使刻在但丁额上代表骄傲罪的第一个P字。

㉝ 为了说明从第一层平台通向第二层平台的石级的具体情况,但丁使用了一个取材于故乡佛罗伦萨的比喻:正如,从佛罗伦萨城内去城外小山上的圣米尼阿托(San Miniato)教堂,右手边的路上筑有石级,便于登上陡峭的山坡;同样,从第一层平台高耸到第二层平台的峭壁的断裂处形成了天然石级,可供攀登到达第二层平台,只是这里的石级构成的磴道非常狭窄,而那座小山坡上的石级磴道则很宽阔。"卢巴康提桥"是阿尔诺河上最古的桥,1237年由最高行政长官卢巴康提·迪·曼戴拉(Rubaconte di Mandella)奠基建成,故有此名,后来改称神

恩桥,1944年被德国纳粹军炸毁,战后重建成现代形式。

"治理得很好的城市"是反语,但丁用来指佛罗伦萨,讽刺它政治上一团糟。

"教堂所在的山":指佛罗伦萨城东南的十字山(Monte alle Croci)。此山海拔仅138米,但山势比较陡峭。山上有初建于十一世纪的圣米尼阿托教堂。

"右手边有……石级":从城内去圣米尼阿托教堂,出城门后由一条路登山,走出不远,路就分成两条,在登山者右手边的岔路上筑有石级,便于攀登陡峭的山坡。

"在案卷和桶板保持完好可靠的时代":意即无人对案卷和度量衡做违法乱纪之事的时代,也就是先前政治修明的时代。但丁之所以特别提出"案卷"和"桶板",是由于当时佛罗伦萨发生了两起有关案卷和桶板的舞弊事件:

(1)1299年5月,最高行政官蒙菲奥里托·迪·科戴尔达(Monfiorito di Coderda)卸任后,因徇私枉法受到拷问,供出他曾接受假证,宣告尼古拉·阿治伊奥里(Niccola Acciaioli)无罪。尼古拉·阿治伊奥里得悉这一供词写进了案卷,非常害怕,就和他的律师巴尔多·迪·阿古里奥内(Baldo d'Aguglione)同谋,设法借出案卷,撕毁有关的一页灭迹。事发后,他们都受到罪有应得的惩罚。

(2)1283年,盐务长官多纳托·德·洽拉蒙台西(Donato dei Chiaramontesi)利用自己的职务营私舞弊。当时通常都用一种木桶般的斗来量盐。多纳托从政府接受盐时,都用标准斗量,出售给市民时,就用比标准斗少一桶板的斗量,通过大斗进、小斗出的花招发了横财。被查出后,受到严厉的惩罚。

㉞ "Beati pauperes spiritu!"是《新约·马太福音》第五章中耶稣登山训众时所说的第一句祝福词的前半句,中文《圣经》译文为"虚心的人有福了"。每当但丁和维吉尔离开一层平台,就有一位天使唱耶稣登山训众所说的一句祝福词。现在他们离开了消除骄傲罪的第一层平台,所以天使唱这句为谦卑者祝福的词是非常适当的,不言而喻,他还唱了后半句"因为天国是他们的"。

㉟ "几乎已经消失的P字":天使用翅膀扑打掉了代表骄傲罪的

第一个 P 字,骄傲是一切罪孽的根源,去掉了它,其他的罪就成了无本之木,无源之水,所以其余的六个 P 字就模糊了。

㊱ "完全被良好的愿望所支配":意即你往上走的强烈愿望将完全克服你身体的重量对你的脚产生的阻力。

㊲ "别人的示意":指别人看到他们头上有什么东西而他们自己都不知道时,做出的种种表示,如使眼色,微笑,打手势等。

"揸开右手的指头"是为了便于数清 P 字还有几个。

"尽到了视觉未能尽的那种职责":意即眼睛看不见自己头上的东西,用手摸出来了,触觉代替了视觉的功能。

"这个取材于观察到的极平常的一件事实的比喻,用准确的文辞把怀疑和查证的过程生动地描写出来。"(引自温图里的《但丁的明喻》)注释家们指出,这个比喻可能来源于奥维德的《变形记》卷十五第 565—568 行有关奇普斯的故事的诗句:奇普斯在河边照见自己头上生出两角,他看见之后,"以为是影像在捉弄他,连连在头上摸了几遍,果然摸着他所见的东西。"即使如此,但丁的比喻也显然青出于蓝。

第 十 三 章

　　我们到了石级的顶端，在那里，这座使攀登者消罪的山再次被切削，构成一个平台，这个平台在那里环绕山腰，如同第一个平台一样①；只是它的弧线弯曲得更急些②。那里，既看不到浅浮雕，也看不到雕像：堤岸和路面都显得光溜溜的，呈现出岩石的青灰色③。

　　诗人说："如果我们在这里等待有人来，向他们问路，我怕我们选定道路也许要耽搁太久。"于是，他把眼睛转过去凝望着太阳；把身体的右部作为动作的枢轴来转动身体的左侧④。他说："啊，甜蜜的光啊，我因为信赖你而走上这一条新路，你就以进入这个地方所须要的指导引导我们吧。你温暖着世界，你在它的上空放光，如果没有别的理由迫使我们走另一条路，你的光应该永远是我们的向导⑤。"

　　由于怀着热切的愿望，在那里我们很短的时间就走了在世上算是一哩的路⑥；那时，我们听见，但是看不见，一些灵魂向我们飞来，殷勤地邀请去赴爱的筵席⑦。第一个飞过来的声音高声说"Vinum non habent"⑧，飞到我们后面又重复说。在这个声音离开太远，使人完全听不见它以前，另一个声音就飞过来，喊道"我是俄瑞斯忒斯"⑨，也没有停下。我说："啊，父亲哪，这些是什么声音？"我正问时，突然第三个声音说：

"爱那些使你们受害的人。"⑩于是,善良的老师说:"这一层平台鞭打忌妒罪,因此马鞭子的皮条取材于爱。马嚼子必须是与此相反的声音;根据我的推断,我想,你在到达赦罪的关口以前,就会听到它⑪。但是,你要定睛透过空气注视,你就会看到,我们前面有一群人坐在那里,每个都靠着悬崖坐着。"于是,我把眼睛睁得比先前更大;向前看去,只见一群灵魂穿着颜色与石头没有差别的袍子。当我们稍微向前走近时,我听见喊"马利亚,为我们祈祷吧!"接着,又听见喊"米凯勒""彼得"和"一切圣徒"⑫。

我不相信,今天世上有如此冷酷的人,面对我随后就要见到的情景,都不会触动怜悯之情,因为当我走到距离他们很近的地方,他们的情况都清晰地映入我的眼帘时,沉重的悲痛迫使我眼泪夺眶而出。我看到他们身穿粗毛布袍子,彼此肩靠着肩互相支撑着,大家又都背靠着堤岸⑬。犹如无以为生的盲人们在赦罪的节日待在去乞讨生活必需之物的地方一样,每个人都把头垂到另一个人肩上,为了不仅通过他们说话的声音,而且通过同样表示哀求的神态,可以立刻在别人心中引起怜悯⑭。正如太阳无益于盲人,同样,天光也不肯把自己施与我现在所说的那个地方的灵魂们⑮,因为他们的眼皮都用一根铁丝穿透缝在一起,就像对于一只不肯安静的野鹰所做的那样⑯。

我从他们面前走过去,看得见他们,他们都看不见我,我觉得这是对他们失礼的行为;因此,我转身面向我的睿智的顾问⑰。他知道得很清楚,我沉默着,心里想说什么;所以他不等我问,就说:"你说吧,话要简明扼要。"

维吉尔在我右边沿着平台没有围着阑干、行人会摔下去的那一侧行走;我的另一边是那些虔诚的灵魂,他们都从可怕的缝隙里挤出泪水,滴湿了两颊[18]。我转身向着他们,开始说:"啊,你们这些已经肯定能见到你们所一心向往的至高无上之光[19]的人哪,祝愿神的恩泽迅速消除你们良心上的浮渣,使记忆之河能通过你们的良心清澈地流下去[20],请你们告诉我,你们中间有没有意大利人的灵魂,对我来说,这一信息是既惬意而又宝贵的,我知道后,或许会对他有好处[21]。""啊,我的兄弟,我们每个人都是那唯一真城的市民;但你的话意思是指作为外乡人旅居意大利者[22]。"我似乎听到这作为回答的话来自我前面稍远的地方,因此,我向前走去,使那里更可以听到我的声音。我看见那些灵魂中间有一个表现出期待的样子;如果有人问:"怎么表现出来?"因为她像盲人那样抬着下巴[23]。我说:"为了升天而忍受磨炼的灵魂哪,如果你是那个回答我的人,那就请你说出你的籍贯或者名字,使我认识你吧。"她回答说:"我生前是锡耶纳人,现在同这些人一起在这里洗净生平的罪孽,哭着祈求上帝允许我们见到他。虽然我名叫萨庇娅,但我并不聪明,我对于别人的灾祸远比对于自己的好运高兴[24]。为了使你不至于认为我欺骗你,你听我叙说一下,看我在年龄已经越过人生的拱顶下降时,是否像我对你所说的那样狂妄[25]。那时,我同城的人们已经在科勒附近同他们的敌人交战,我向上帝祈求他已经注定的事情[26]。他们果然在那里被击溃了,迈出败阵而逃的惨痛的脚步,看到他们被追击的情景,我感到无比的喜悦,好像乌鸫见到了短期的好天气一样,抬起我的狂妄的脸,向上帝喊道:'现在我再也不怕你了[27]!'到了生命的终点时,我与上帝和解了;要不是售梳者彼埃尔出于仁爱之心哀怜我,在他的神圣的祈祷中想着我,我所负的债至今还不会被忏悔减轻㉘。但是,你是谁呀?你来问我们的情况,我相信,你的眼睛并没有什么障碍,而且你是在一面说话,一面呼吸㉙。"我说:"我的眼睛有朝一日在这里也要失明,但为时很短,因为我由于用忌妒的眼光看别人而犯的罪是很小的。我更害怕的是受下面那一层的刑罚,这使我如此提心吊胆,简直觉得下面那种重负已经压在我身上㉚。"她对我说:"如果你认为你还要回到下面去,那么,是谁把你领到我们这上面来的呢㉛?"我说:"是这个同我在一起的人,他一直没有说话。我是活人;因此,被选上的灵魂哪,如果你也希望我在人间为你奔走效劳,你就向我提出要求吧㉜。"她回答说:"啊,这听起来可是一件非常新奇的事,它是上帝爱你的伟大表征;因此,请你有时以你的祈祷来使我受益吧㉝。我还以你最大的愿望的名义请求你,如果你踏上托斯卡那的土地,你可要在我的亲属中恢复我的名誉㉞。你将在那些浮华的人中间看到他们,这些人寄希望于塔拉莫奈,他们在那里将要比寻找狄安娜更为失望;但是在那里最失望的还是那些海军将官㉟。"

注释:

① 有的注释家认为这句诗说明这个平台像第一个平台一样环绕山腰;有的注释家认为它说明这个平台的形状和宽度同第一个平台一样。两种说法都讲得通。

② 意即拐更小或更急的弯,因为炼狱山呈圆锥形,环山的七层平台均为同心圆,越往上,平台的圆周和半径就越小,曲率就越大。

③ "浅浮雕"原文是 ombra,这里指峭壁上的浮雕;"雕像"原文是 segno,这里指地面上的雕像;为了明确起见,根据注释意译。第一层平台内侧的峭壁下部和平台的路面都是白大理石构成

的,前者饰有浅浮雕,后者饰有雕像;这第二层平台内侧的峭壁和平台的路面则是青灰色的岩石构成的,上面光溜溜的,既无浅浮雕,又无雕像;二者形成鲜明的对比。第二层平台是犯忌妒罪者受惩罚的地方,岩石呈现出一片青灰色,这种颜色象征忌妒。罗马哲学家波依修斯(Boethius,约480—525或526)说,忌妒是冷的,因为和爱相反,冷使人脸色发青。

④ 这一细致描写的动作说明维吉尔转身向右。他站在石级的尽头,面对第二层平台内侧的峭壁时,是面向西方或西南方,这时天刚过中午,太阳在北方的天空,也就是在两位诗人的右边。炼狱的路对维吉尔来说,也是"一条新路",不知道应该朝什么方向走,又无人可以询问,就转身向右,对太阳说了这番话。

⑤ 早期注释家大多数认为太阳象征上帝的恩泽。雷吉奥不同意这种说法,他指出,"如果没有别的理由迫使我们走另一条路"这句话使这种说法不能成立,因为不可能有任何理由促使我们去走和上帝的恩泽所指引给我们的不同的路。托玛塞奥认为太阳在这里代表人的理性,除非上帝的恩泽促使我们走别的路,理性就应该永远是我们的向导。萨佩纽和雷吉奥都认为这种说法较好。据译者看来,这种解释理由也不圆满,因为维吉尔自身就象征理性,怎么还要以另一个代理性的太阳作为向导呢?雷吉奥自己的看法是:这里所说的太阳指的是自然界的太阳,并没有什么字面意义以外的寓意。

⑥ 维吉尔说完这番话后,就以太阳为"向导",同但丁一起向右走去。"热切的愿望"指急于登上顶峰的愿望。"一哩"原文是migliaio=miglio(千步)。两位诗人因急于赶路,一会儿的工夫,在第二层平台上就走了相当于世上一哩那么远。

⑦ "爱的筵席":指下述三个体现爱(carita)的美德的范例。爱是一种与忌妒罪相反的美德;从空中飞过的灵魂们向犯忌妒罪者口头宣扬这些范例来教育他们,因为他们的眼皮被缝在一起,看不见任何形象。

⑧ "Vinum non habent"(他们没有酒了)是拉丁文《圣经》《新约·约翰福音》第二章中圣母马利亚的话:"在加利利的迦拿有娶亲的筵席,耶稣的母亲在那里。耶稣和他的门徒也被请

去赴席。酒用尽了,耶稣的母亲对他说:'他们没有酒了'。"
于是,耶稣就行了头一件神迹,使水变成了酒。圣母马利亚这
句话表明她对新郎、新娘的关怀,诗中以此作为体现爱的第一
个范例。

⑨ 第二个体现爱的范例来源于古代神话传说。"我是俄瑞斯忒
斯"是古罗马戏剧家帕库维乌斯(Pacuvius)的一部悲剧中的
台词,这部悲剧表现远征特洛亚胜利归来的希腊联军统帅阿
伽门农被妻子和她的情夫埃癸斯托斯谋害后,他的儿子俄瑞
斯忒斯为父报仇的故事。俄瑞斯忒斯同好友庇拉底斯一起杀
死了埃癸斯托斯,事发后,俄瑞斯忒斯被捕,并判处死刑。当
时,庇拉底斯尚未被认出,为了拯救朋友的性命,他高呼:"我
是俄瑞斯忒斯。"但是,俄瑞斯忒斯不肯让朋友替自己死,坚持
说:"我是俄瑞斯忒斯。"双方相持不下,显示出无比深挚的义
气。剧本已佚,但丁从西塞罗的《论友谊》一书中得知其故事
情节。

⑩ 第三个范例与其他范例不同,因为它并非一件具体的事实,而
是一条来源于《圣经》的行为准则,这条准则就是《新约·马
太福音》第五章中和《新约·路加福音》第六章中耶稣对他的
门徒所说的那些论爱仇敌的话。诗中用"爱那些使你们受害
的人"概括了耶稣的训诫。

⑪ "鞭打忌妒罪":意即惩罚忌妒罪。"马鞭子的皮条":指鞭策
人去追求与忌妒罪相反的美德的那三个体现爱的范例。"马
嚼子"的作用与马鞭子相反,是阻止马前进的工具,这里用来
比拟警戒人不要犯忌妒罪的事例。"必须是与此相反的声
音":意即必须是忌妒罪受惩罚的事例(见第十四章末尾)。
"赦罪的关口":指从第二层平台上第三层平台去的石级,那里
将有一位天使给但丁去掉额上象征忌妒罪的 P 字。

⑫ 这些犯忌妒罪者的灵魂正在一齐高声诵唱《祈祷众圣的连祷
文》:首先向圣母马利亚、然后向大天使米凯勒和众天使、接着
向圣彼得和其他使徒、最后向一切圣者祈祷。

⑬ "堤岸":即第二层平台内侧的峭壁。

⑭ 中世纪时,遇到教会赦罪的节日,无以为生的盲人们就云集在
教堂门前乞讨,每个人都把头垂到另一个肩上,彼此互相支

撑。但丁用现实生活中这一常见的场面作为比喻,使犯忌妒罪者的灵魂彼此肩靠肩互相支撑着、一个个背靠着峭壁席地而坐的情景跃然纸上。

⑮ "天光也不肯把自己施与……那个地方的灵魂们":意即不让他们看见天光。

⑯ 犯忌妒罪者生前对人从来不以好眼相看,经常以幸灾乐祸的眼光看人,因而死在炼狱里受到眼皮被铁丝穿透,缝在一起,像盲人一样看不见东西的惩罚。
"野鹰":指在林中捕获的、已经长成的鹰,这种鹰野性难驯,必须把它的眼皮缝起来,否则,它总不肯安静着,一见人,就想挣脱羁绊逃掉。

⑰ 但丁从那些眼皮被铁丝缝起来的灵魂跟前走过,他看到他们的面貌和举动,他们却看不见他,不知道他在观察他们;他觉得,自己在这件事情上占了便宜,这是对他们失礼的行为,因此,他想请求维吉尔允许他同他们说话,使他们知道他在他们跟前,但他话到嘴边,没有出口。

⑱ 维吉尔在但丁右边沿着平台的外侧行走,让但丁靠里边走,以免发生危险,足见他对但丁关怀备至。
"可怕的缝隙里":指眼皮被铁丝缝在一起的接合处。由于眼皮被缝在一起,他们不得不用力从缝隙里把泪水挤出来。

⑲ "至高无上之光":指上帝,他是这些灵魂向往的唯一对象。维吉尔用"光"指上帝,因为他设想,他们像盲人一样渴望重见光明。

⑳ "良心上的浮渣":指生前的罪行在良心上留下的污垢。
"记忆之河":指对一生经历的回忆。"清澈地流下去":意即不被罪行的浮渣污染,暗指他们将在山顶上的地上乐园里被浸入勒特河(忘河)中,得以忘掉生前所犯的罪。

㉑ "因为我将把他记在我的书里,使别人想起他,或许可以为他祈祷上帝。"(布蒂的注释)

㉒ "我们每个人都是那唯一真城的市民":意即得救的灵魂都是上帝之城或天上的耶路撒冷的市民,再也没有什么国籍的分别。"但你的话意思是指作为外乡人旅居意大利者":基督教认为,人的灵魂在世上如同游子旅居外地,天国才是其真正的

家乡。答话的灵魂以此来纠正但丁问"你们中间有没有意大利人的灵魂"这句话。

㉓ "表现出期待的样子":意即表现出期待但丁继续说话的样子。如果有人问,是怎么表现出来的?那就是:这个灵魂像一般盲人那样抬着下巴对着说话的人。但丁利用这个在现实生活中常常见到而不为人注意的现象作为比喻,使读者觉得这个灵魂的形象鲜明突出,如同雕塑一般有立体感。

㉔ 萨庇娅(Sapia)大约于1210年出生在锡耶纳显赫的贵族家庭,是普洛温赞・萨尔瓦尼(见第十一章注㊳)的姑母,嫁给卡斯提里翁切罗(Castiglioncello)城堡的封建主吉尼巴尔多・迪・萨拉奇诺(Ghinibaldo di Saracino)为妻。她的生平事迹不详,据考证,1274年还在世,可以肯定死于1289年以前。萨庇娅在诗中是个性格复杂的人物,注释家对她有不少比较深刻的论断。

"虽然我名叫萨庇娅(Sapia),但我并不聪明(savio)":sapia和savio词根相同,均来源于sapere(知);但她并非以自己的名字做文字游戏,而是如同托拉卡和格拉伯尔所指出的,在惨痛地回忆自己的行为,无情地进行自我剖析,断定自己是愚妄的。"我对于别人的灾祸远比对于自己的好运高兴":意即对别人幸灾乐祸的情绪甚至远远超过对自己走运的喜悦;"比这更为盲目的忌妒心是难以想象的。"(彼埃特罗波诺的注释)

㉕ 但丁把人生比作拱门,拱门的顶点,就人的自然寿命一般为七十岁而言,是三十五岁(见《筵席》第四篇第二十三章)。"年龄已经越过人生的拱顶下降时":意即年龄已经超过了三十五岁,进入人生的后半部。"萨庇娅并不只想附带讲一下她犯罪时的年龄,而是反思自己在那个年龄应该明智,但实际上却不明智。"(托拉卡的注释)

㉖ "科勒"(Colle)是埃尔萨(Elsa)河左岸的一个市镇,坐落在圣吉米尼亚诺附近的小山上,在锡耶纳西北约二十一公里。1269年6月8日,佛罗伦萨贵尔弗军在安茹王朝查理的法国部队支援下,在这里击溃了普洛温赞・萨尔瓦尼和小圭多伯爵统帅的锡耶纳吉伯林军和它的同盟军,普洛温赞・萨尔瓦尼在这一战役中阵亡。"我向上帝祈求他已经注定的事情":

意即她祈求上帝使锡耶纳军战败，其实，锡耶纳军战败是天意，并非由于她祈祷所致。至于她怨恨同城市民，尤其是她的侄子普洛温赞的原因，经多方考证，尚未明确。

㉗ "好像乌鸫见到了短期的好天气一样"：布蒂的注释说："这种鸟很怕冷和坏天气，一遇到坏天气，它就藏起来，天气一晴和，它就出来……在以它为题材的寓言中，它说：'我不怕你了，老天爷，因为冬天已经过去了！'"

萨庇娅看到锡耶纳人兵败、被敌军追击时，十分称愿，喜极如狂，仰面朝天向上帝喊道："现在我再也不怕你了！"意即"上帝呀，现在我已经如愿以偿，任凭你给我降什么灾祸，我都不怕了！"

波斯科认为，忌妒和狂妄是互相关联的，天使卢奇菲罗之所以堕落成为魔鬼，既由于忌妒也由于狂妄。假如这两种罪之间没有密切关系，就难以说明萨庇娅在诗中为什么既忏悔自己的忌妒，又忏悔自己的狂妄。这种见解是很精辟的。

㉘ 萨庇娅的话大意是：我临死忏悔了自己的罪，得到了上帝的宽恕，但是忏悔还不能减轻我对上帝所负的债（即罪孽）；要不是售梳者彼埃尔在他的祈祷中为我祷告，我还得和其他的临终才悔罪者一起停留在炼狱的外围，而不能来到这第二层平台赎罪。

售梳者彼埃尔（Pier Pettinaio）祖籍锡耶纳东北的乾提（Chianti）县堪皮（Campi）镇，居住在锡耶纳，以售梳子为业，为人诚实不欺，从来不出售有毛病的梳子。后来参加圣方济各会为修士，当时以虔诚和神迹闻名，1289年逝世。

㉙ 萨庇娅直觉地意识到但丁不是第二层平台的赎罪者的灵魂，因为她一答话，但丁就向她走过来，而那些灵魂却背靠峭壁坐着不动。此外，她还听到，他一面说话，一面呼吸，这也是异乎寻常的事。

㉚ 但丁的话大意是：我死后，也将在这里受惩罚，眼皮被铁丝缝上，但为时将很短，因为我犯忌妒罪较轻。我更害怕的是将要在第一层受到犯骄傲罪者所受的那种惩罚，这种惩罚使我提心吊胆，好像现在已经有巨石压在背上似的。

早期注释家和传记家（如薄伽丘）都提到但丁的高傲；诗人自

己也意识到他的"崇高的才华"(见《地狱篇》第二章),并且以出身高贵自豪(见《天国篇》第十六章);在这里,他坦率承认高傲是他的最大的罪过。

㉛ "下面":指第一层平台,"这上面":指第二层平台。根据炼狱的法规,灵魂们都必须先在层次较低的平台上消除较重的罪,然后依次在层次较高的平台上消除较轻的罪,登上层次较高的平台后,就不能再回到层次较低的平台去。但丁的话意思是说,死后他的灵魂要在第一层平台上消除生前的骄傲罪,并不是说,他现在要回到那里去。萨庇娅由于注㉙所说的种种原因而疑心但丁不是赎罪者的灵魂,但她看不见他本人,所以当时还不知道他真是活人,因而误解了他的话。

㉜ "是这个同我在一起的人":在地狱和炼狱中,但丁只对极少数配认识维吉尔的人说出这位伟大诗人的名字。
"也希望我在人间为你奔走效劳":意即也像其他的灵魂一样希望我去寻找为你祈祷的人。

㉝ 大意是:既然你是活人来游炼狱,足见你是蒙受神恩的人,你的祈祷肯定有效,那就请你自己有时为我祷告吧。

㉞ "你最大的愿望":指拯救灵魂。"恢复我的名誉":萨庇娅担心她的亲属以为她死后灵魂已堕入地狱,因此请求但丁告诉他们,她已得救,现在炼狱里,以便促使他们为她祈祷,使她早日升天。

㉟ "那些浮华的人":指锡耶纳人。"浮华"在这里含义宽泛,包括爱虚荣,好大喜功在内(参看《地狱篇》第二十九章注㉗)。
"塔拉莫奈"(Talamone)是托斯卡那近海沼泽地西南端的小港湾,原属圣救世主修道院,1303 年,锡耶纳政府以 8000 金弗洛林的重价购得,企图使它成为自己的贸易口岸,动工加以修建,但因港口容易淤塞,必须经常疏浚,又因位于疟疾多发地带,不适于居住,结果遭到失败,成为敌邦佛罗伦萨人的笑柄。
"狄安娜"(Diana)是相传流经锡耶纳地下的一条河。锡耶纳坐落在小山上,食用水的供给很困难。因为山脚下有一些泉眼,人们就认为,肯定有一条河从地下流过,由于城内市场上有一尊狄安娜女神像,就把这条河命名为狄安娜河。锡耶纳政府曾耗费巨资,掘地寻找这条传说中的地下河,来解决城市的供水问题,结果,大失所望,遭到佛罗伦萨人的耻笑。萨庇娅在诗中用嘲讽而又同情的口气向但丁预言,好大喜功的锡耶纳人妄图把塔拉莫奈港建成商港,结果会比寻找地下的狄安娜河更加失望。

"最失望的还是那些海军将官":据说当时佛罗伦萨人曾散布流言,硬说锡耶纳人修筑塔拉莫奈港是为了创建海军,企图与比萨、热那亚、威尼斯争夺海上霸权。在这种流言的影响下,萨庇娅断言,修筑塔拉莫奈港的计划一旦失败,最失望的还是那些想做海军将官的人,因为他们的野心将随之化为泡影。

第 十 四 章

　　"这个人是谁呀,在死使他能飞升以前,就环绕我们这座
山行走,还能随意睁开和闭上眼睛?""我不知道他是谁,但我
知道他并不是独自一个人;你离他更近,你问他吧,要亲切地
接待他,使得他肯说话。"两个灵魂互相偎依着,在我右边交
头接耳地这样谈论我;随后他们就仰起脸来要跟我说话①;一
个说:"啊,还被禁闭在肉体中就走向天国的灵魂哪,谨以爱
的名义请求你安慰我们,告诉我们你从哪里来,你是谁吧;因
为你使我们对你所蒙受的恩泽感到万分惊奇,正如一件前所
未有的事必然引起的那样②。"我说:"一条发源于法尔特罗
纳的小河流过托斯卡那中部,全程百哩仍不使他满足③。我
从这条河上带来这肉体:告诉你我是谁也是白说,因为我的名
字还不大为人所知④。"于是,那个首先说话的回答我说:"如
果我的理解力正确领会了你的意思,你所说的就是阿尔诺
河⑤。"那另一个对他说:"这个人为什么避讳那条小河的名
字,正如人们避讳骇人听闻的事物⑥一般?"那个被问的灵魂
这样回答说:"我不知道;但是这样的河谷的名字活该消灭;
因为从它的发源地(也就是从那一道与佩洛鲁斯突然分开的
巍峨的山脉异常庞大的地方,它在别处很少超过这个程度)
一直到它把天空从海里蒸发出来以供给河流的水作为补偿归

还给海之处⑦,所有的人或者由于地方的不幸,或者由于恶习驱使他们⑧,都把美德视为仇敌,躲避它像躲避蛇一般:因此这个悲惨的流域的居民已经改变了他们的本性,好像刻尔吉曾饲养过他们似的⑨。这条河水量贫乏的上游先向那些不配吃适于人食用的食物而配吃橡子的脏猪中间⑩流去。然后,向低处流过来,发现一群不自量力地狺狺狂吠的恶狗,就轻蔑地掉转嘴巴离开它们⑪。它继续往下流去;随着水量逐渐加大,这条被诅咒的、不幸的壕沟发现狗逐渐变成狼⑫。然后,穿过许多深邃的峡谷流下去,发现那些狐狸如此诡计多端,根本不怕用什么圈套捕捉它们⑬。我不会因为别人听见我讲,就不说下去了;如果这个人今后还记得真理之灵揭示给我的事,这会对他有益处的⑭。我看见你的孙子变成猎人,捕猎这条凶猛的河岸上那些狼,使他们全都惊慌失措⑮。他们活着他就预先出卖他们的肉;后来他就像古代神话中的野兽似的杀死他们⑯;他夺去许多生命,使他自己名誉扫地。他一身血迹走出那座凄惨的森林;抛下它那样残破,今后一千年内都不能把它重新绿化成原先的状态⑰。”

正如一听到预告灾祸即将发生的消息,听者脸上都会显露出恐惧不安的神色,不论危险会从哪方面临到他头上,同样,我看到那另一个正面向他细听的灵魂对他的话心领神会以后,就忧虑不安和痛心起来。

这个灵魂的话和那个灵魂的神情⑱,使我渴望知道他们的名字,我就用带着恳求的话语向他们提出这个要求。因此,那个首先和我说话的灵魂重新开口说:“你想要我同意为你做你不肯为我做的事⑲。不过,既然上帝肯把他的恩泽这样鲜明地在你身上显露出来,对你我是不会小气的⑳;所以我让你知道我是圭多·戴尔·杜卡。我的血液曾被炉火烧得那样，如果我看到人高兴起来，你就会看到我脸色发青[21]。我播下的种子使我收割这样的麦秆儿[22]。啊，人类呀，你为什么热衷那些必然排除分享者的事物呀[23]？

　　"这个人是黎尼埃尔；这个人是卡尔波里家族的光荣和荣誉，那里后来无人成为他的道德品质的继承者[24]。在波河和那道高山，海岸和雷诺河之间，丧失了现实和娱乐所必需的美德的[25]，不只他的家族；因为这些边界内长满了有毒的荆棘，如今纵使精耕细作，也会迟迟不能灭绝[26]。善良的黎齐奥[27]和阿利格·麦纳尔迪[28]在哪里呀？彼埃尔·特拉维尔萨罗[29]和圭多·卡尔庇涅[30]在哪里呀？啊，变成了杂种的[31]罗马涅人哪！像法勃罗那样的人何时在波伦亚重新扎根[32]哪？像伯尔纳尔丁·迪·浮斯科那样的从矮小的狗牙根长成的高贵的枝子[33]何时在法恩扎重新出现哪？我回想起圭多·达·普拉塔[34]和住在我们那里的乌格林·迪·阿佐[35]，斐得利哥·提纽索和他那一伙[36]人，特拉维尔萨里家族和阿纳斯塔吉家族（这两个家族都没有后代）[37]，回想起那里的贵妇人和骑士们，以及爱情和义勇精神促使我们乐意追求的种种艰苦和安乐，如今那里人心已经变得如此邪恶[38]；我回想起这些时，如果我哭起来，托斯卡那人，你不要惊奇[39]。啊，伯莱提诺罗，既然你的家族和许多人为了不变质而都已灭亡，你为什么不消失啊[40]？巴涅卡瓦罗做得好，不生儿子了[41]；卡斯特罗卡罗做得坏，科尼奥做得更坏，生下了一群这样的伯爵[42]。帕格尼家族等他们的'魔鬼'走后，将做得好；但他们不会因此而留下清白的名声[43]。啊，乌格林·德·范托林，你的名声保住了，因为再也不会有人蜕化变质，给它抹黑[44]了。但是，现在你走吧,托斯卡那人;因为现在我不想说了,就想哭,我们的谈话已经使我痛心极了[45]。"

我们知道,那两个亲切的灵魂听见我们走了;所以,他们沉默着,就使得我们确信,我们的路走对了[46]。我们前进到只有我们二人的地方后,一个像闪电划破天空时的声音从对面传到我们耳边,说:"凡遇见我的必杀我"[47];随后就像云层突然裂开时的雷声一般消失了。它刚一停止在我们耳边震动,瞧! 另一个声音就像随后又响出的轰隆的一声巨雷一般,说:"我是变成石头的阿格劳洛斯[48]";那时,为了向诗人靠拢,我没有向前而向右迈步[49]。四周空气已是一片沉寂;他对我说:"那是坚硬的马嚼子,要把人限制在他的范围内[50]。但是你们却吞饵上钩,被古老的仇敌拉到他那儿去;所以,马嚼子或呼唤效用很小[51]。天召唤你们,环绕你们运转,向你们显示它的永恒的美,你们的眼睛却只看着地;因此,洞察一切者鞭打你们[52]。"

注释:

① 本章开端是两个犯忌妒罪者的灵魂交谈的场面。先开口的是圭多·戴尔·杜卡(Guido del Duca),属于腊万纳的显赫的奥奈斯提(Onesti)家族,生活在十三世纪前半叶,有文献证明他1249年还在世。答话的是黎尼埃里·达·卡尔波里(Rinieri da Calboli),属于福尔里(Forli)的高贵的帕奥卢齐(Paolucci)家族,生活在十三世纪后半叶,死于1296年。前者是吉伯林党,后者是贵尔弗党,他们如今互相偎依着,如同其他的犯忌妒罪者的灵魂一样,因为在炼狱中的团结友爱之情战胜了在人世间的派性和忌妒。
圭多眼皮被铁丝缝在一起,看不见但丁,从萨庇娅和他的交谈中得知他是活人眼皮没有缝起来。他寻思,人死灵魂才离开

肉体,来到炼狱,这个人怎么活着就来了? 这是前所未有的事,使他异常惊奇,不由得向身边的同伴黎尼埃里问,这个人是谁。后者回答说他也不知道,但他从萨庇娅和这个人交谈的声音判断出圭多距离这个人更近,就请圭多自己去问他,而且态度要亲切,使他乐意回答。

"仰起脸来要跟我说话":如同通常盲人们要跟人说话时先抬起头来一样。这一细节描写加强了情景的真实感。

② "一个":指圭多,他听从黎尼埃里的话,亲切地向但丁招呼。

"还被禁闭在肉体中就走向天国的灵魂":指但丁的灵魂。由于蒙受上帝的特殊恩泽,但丁的灵魂还没有脱离肉体(也就是他还活着)就能来到炼狱,走向天国。

"谨以爱的名义"原文是 per carità:圭多生前非常忌妒,根本不知道人与人之间的爱,如今已经悔悟,认识到这种美德的感人力量,所以现在以其名义请求这个陌生人说出自己的姓名和籍贯。"安慰我们":意即他和他的同伴都想知道他的姓名和籍贯以及他怎么会带着肉体游炼狱,这种愿望异常强烈,如果得到满足,对他们就是很大的安慰。

"你所蒙受的恩泽":指但丁作为活人被特许来游炼狱。

③ "法尔特罗纳"(Falterona)是亚平宁山脉的一座高山(1650米),在托斯卡那和罗马涅两个地区之间。"小河":指阿尔诺河,发源于法尔特罗纳山南坡,流经托斯卡那中部,注入利古里亚海;"全程百哩":实际上这条河全长近150哩;"仍不使他满足":但丁把阿尔诺河人格化,说他流经托斯卡那中部的广大地区,全程百哩,似乎还不满足,希望更长,流域更大。有的注释家认为,但丁以此影射佛罗伦萨的霸权欲和扩张主义。

④ "我从这条河上带来这肉体":意即我来自这条河上的一个城市(佛罗伦萨)。

"我的名字还不大为人所知":1300 年幻游炼狱时,但丁仅仅是一位抒情诗人,尚未享有盛名。

有的学者认为这句话是但丁在第一层平台上清除骄傲罪后的一种谦卑的表示。其实,诗人在作品中不提自己的名字向来是中世纪诗学的一条准则。但丁的名字在全部《神曲》中仅出现一次,而且是出自贝雅特丽齐之口(《炼狱篇》第三十章),

并非由诗人自己说出。

⑤ "那个首先说话的":指圭多。因为但丁的话关于阿尔诺河采用了迂回的说法,未提河名,所以圭多根据自己的理解,断定他所说的是阿尔诺河。

"领会"原文是 accarnare,本意是"刺入肉中"(多指武器或牙齿),引伸为"领会","理解"。

⑥ "那另一个"指黎尼埃里。"骇人听闻的事物"原文是"orribili cose",这里指淫秽不堪入耳的事物。

⑦ "那个被问的灵魂":指圭多。

"河谷":原文是 Valle,多数注释家都认为指阿尔诺河。但雷吉奥认为指阿尔诺河流域(bacino);从上下文来看,这种解释不如前一种解释确切,因为下句中所说的"它的发源地"显然只能指阿尔诺河的发源地,如果把它说成阿尔诺河流域的发源地就讲不通了。

"那一道与佩洛鲁斯突然分开的巍峨的山脉":指纵贯意大利半岛南北的亚平宁山脉,它延伸到西西里岛北部,名西西里亚平宁山脉,其东北端是佩洛鲁斯(Pelorus)岬(意大利文名佩洛罗岬〔Capo Peloro〕或灯塔岬〔Punta del Faro〕)。公元前一世纪的罗马地理学家就知道,意大利半岛南部的亚平宁山脉与西西里岛北部的亚平宁山脉原来是连接着的,亿万年前,由于地壳的猛烈震动才一分为二。关于这一事实,维吉尔在史诗中写道:赫勒努斯对埃涅阿斯做了这样的预言:"当你乘风离开这里驶向西西里海岸之时,当狭窄的佩洛鲁斯海峡展现之时,你必须靠近左面的陆地航行,沿着左面的海道前进,尽管这是一条迂回的远路;你务必避开右边的海岸。人们说,过去这一带的陆地原是连成一片的,由于巨大而强有力的震动裂开了,千百年持续不断的发展是会引起如此巨大的变化的;海水猛力冲了进来,浪潮把意大利和西西里隔开,两边的田野和城市被一股狭窄的海流切断。"(《埃涅阿斯纪》卷三)但丁这句诗显然根据维吉尔这段描述。

亚平宁山脉"异常庞大的地方,它在别处很少超过这个程度":指阿尔诺河的发源地法尔特罗纳(Falterona)山。

"庞大"原文是 pregno,含义是"怀孕的"。对于诗人用 pregno

来形容此山,注释家提出三种不同的解释:(1)本维努托、布蒂认为 pregno 形容此山"高峻"(alto),这一说法与地理实况不符,因为此山海拔 1654 米,亚平宁山脉有许多山超过这个高度;况且把"怀孕的"含义解释成"高峻"也太牵强;(2)兰迪诺把 pregno 理解为"水源丰富"(ricco di acque)。多数现代注释家都同意这种解释,认为圭多这句话谈的主要是阿尔诺河的水,采取这种解释使读者的想象力不偏离主题。但此说也与地理实况不符,因为并没有许多河发源于此山,而且这些河源水量都很小。(3)卡西诺《神曲》手抄本(codice cassine)的注释者认为,pregno 形容此山,"庞大、厚实"(grosso e massiccio)。萨佩纽和雷吉奥都采取此说,因为法尔特罗纳山是亚平宁山脉山岳分布中心之一,从这里分出许多支脉。况且 pregno(怀孕的)使人联想到 panciuto(腹大的),也与 grosso e massiccio(庞大、厚实)意义相近。译文根据这种解释。

"它把天空从海里蒸发出来以供给河流的水作为补偿归还给海之处":指阿尔诺河的入海口。"天空"指太阳的热能,它使海水蒸发,变为雨或雪,降到地上,给河流增加水量,注入大海,把河流取之于海的水归还给海。

全句的意思是:从这条河的发源地到入海口。由于诗人采用了迂回的说法,插入了有关地理和气象学的描述,使得诗句内容过于复杂,因而注释不免失之烦冗。

⑧ "或者由于地方的不幸":指地方受星辰的不吉利的影响;"或者由于恶习驱使他们":指居民受自己长期形成的恶习的驱使。阿尔诺河流域的居民都执意为恶,视美德为仇敌,究竟是客观原因还是主观原因所致,圭多未能确定。这个问题将在第十六章马可·伦巴第的论断中得到解决。

⑨ "好像刻尔吉曾饲养过他们似的":意即他们统统变成了畜生,好像女巫刻尔吉曾向他们施妖术,让他们吃了一种药力极强的草似的(参看《地狱篇》第二十六章注㉕)。

但丁在这里借圭多的口咒骂阿尔诺河流域的居民蜕化变质,失去了人性。

⑩ "水量贫乏的上游":指卡森提诺(Casentino)地区,"脏猪"指这一地区的居民,尤指声势显赫的圭多伯爵家族,这个家族的

一个支系由于是法尔特罗纳山的泼尔洽诺（Porciano）城堡的领主而被称为泼尔洽诺伯爵家族，Porciano 一词容易使人联想到 porco（猪），这可能是诗中用"脏猪"指那里的人的原因。

"配吃橡子"：卡森提诺是森林茂密的地带，居民通常用橡子作为饲料喂猪。

⑪ "向低处流过来"：阿尔诺河从卡森提诺山区往南流向海拔较低的阿雷佐。

"不自量力地狺狺狂吠的恶狗"：指阿雷佐人。"恶狗"原文是 botoli，据《最佳注释》，这是一种个头小、力量小、好叫的狗。据布蒂的注释，诗中用 botoli 指阿雷佐人，"因为 botoli 是只会叫而别无用处的狗；据说阿雷佐人就是这样，好自高自大而并没有什么实力；"据佛罗伦萨无名氏的注释，"此外，还因为他们的城徽上刻着格言：'a cane magno saepe tenetur aper'（野猪常常被不大的狗拖住）。"阿雷佐是个小城邦，却自以为了不起，用这句格言来吹嘘自己的力量。诗中可能是针对这句格言使用 botoli 一词来讽刺阿雷佐人。

"就轻蔑地掉转嘴巴离开它们"："嘴巴"原文是 muso，指动物的口鼻部；诗中说阿尔诺河流域各地的居民都变成了动物，在这里把阿尔诺河本身也想象为动物。诗句大意是：这条河在未流到阿雷佐以前就不再向南流，而转一大弯向西北流去。"轻蔑地"表明阿尔诺河不屑于流向阿雷佐。

⑫ "这条被诅咒的、不幸的壕沟"：指阿尔诺河，诗中不再称之为"河"，而称之为"壕沟"，与"脏猪""恶狗"和"狼"的形象互相协调。"被诅咒的"和"不幸的"两个形容词表现出说话者对它既愤怒又怜悯。"水量逐渐加大"：因为阿尔诺河从阿雷佐到佛罗伦萨这一段左边和右边均有支流与之汇合。

"狗逐渐变成狼"："狼"指佛罗伦萨人。"他们像饿狼一样贪得无厌。千方百计牟取一切，通过暴力和掠夺，征服……他们的邻邦。"（布蒂的注释）

⑬ "狐狸"：指比萨人。"他们狡猾类似狐狸；因为比萨人诡计多端，他们对付邻邦与其说用武力，毋宁说用计谋。"（布蒂的注释）由于诡计多端，别人布下什么圈套，都会被他们识破。

⑭ "别人"：据佛罗伦萨无名氏的注释，指向圭多发问的黎尼埃

里,因为圭多现在要预言黎尼埃里的孙子弗尔齐埃里将犯的罪行,黎尼埃里听了肯定会痛心。但圭多不会因此就不再说下去。这种解释为多数现代注释家所接受。另有一些注释家提出不同的见解:有的认为指但丁,有的认为指但丁和维吉尔,论据均不如此说充足。

"这个人"指但丁。"真理之灵"(il vero spirto)即先知之灵(Lo spirito profetico),和《新约·约翰福音》第十六章十三所说的"真理的圣灵"一样指上帝。"揭示给我的":指关于弗尔齐埃里将犯的罪行的预言,而任何预言都来源于上帝的启示。"揭示"原文是 disnoda,含义是"解开结子",在这里意即从黑漆一团的未来中揭露出来。

"这会对他有益处":圭多预言弗尔齐埃里1303年任佛罗伦萨最高行政官时,将残酷迫害白党。如果但丁记住他的预言,对未来的灾祸先有思想准备,日后预言应验时,就不致过度惊骇、悲痛。

⑮ "我看见":并不意味着圭多肉眼看见,他只是使用《新约·启示录》中的说法(其中许多章第一句都是"我看见",强调他的预言具有先知性质,其内容是他在对上帝的观照中见到的)。

"你的孙子变成猎人":指弗尔齐埃里成为当权的黑党残酷迫害白党的政治工具。"凶猛的河岸":阿尔诺河流到佛罗伦萨,好像受当地居民的影响,也变得凶猛了。"那些狼":指属于白党的佛罗伦萨人。

⑯ "他们活着他就预先出卖他们的肉":指弗尔齐埃里·达·卡尔波里(Fulcieri da Calboli)1303年任佛罗伦萨的最高行政官(Podestà)时,成为掌权的黑党手中的驯服工具,下令逮捕、审讯和重判属于白党的市民,因此获得政治报酬,在任期(六个月)满后,得以连任六个月。

"后来他就像古代神话中的野兽似的杀死他们":指弗尔齐埃里残酷屠杀他们。"像古代神话中的野兽":原文是 come antica belva,对此注释家有不同的解释:(1)据《最佳注释》,指弗尔齐埃里,"像嗜人血的老猛兽似的",也就是说像惯于吃人的猛兽似的屠杀白党。这种说法为多数现代注释家所接受;(2)早期注释家本维努托、佛罗伦萨无名氏和兰迪诺,现代注释家戴尔·隆格和波雷纳则认为指白党,弗尔齐埃里在他们还活着时,就出卖他们的肉,也就是说,预先同黑党做政治交易,议定肉价;后来他就像宰杀送往屠宰场的老牲口似的杀死他们。这种解释把上下两句的内容联系在一起,显得文气更为连贯。但是就内容而言,这里要强调的是弗尔齐埃里的暴行,而用宰杀老牲口作为比喻,并不足以说明他的凶残;就用词而言,bel-va(野兽)是典雅的名词,把它说成"牲口"显得牵强,而且形容词 antico(古代的)也并非 vecchio(老)的同义词;(3)帕利阿罗提出新的解释,他说,这句诗把"弗尔齐埃里的血腥残杀比拟成犹如残杀人畜的'古代神话中的野兽'一般野蛮"。这一创见符合诗句的命意;译文根据这种解释。

⑰ "那座凄惨的森林":指佛罗伦萨。"不幸的"原文是 trista,这个词既有"邪恶的"含义,也有"可怜的"含义;雷吉奥认为,使用这一模棱两可的修饰语似乎反映出诗人对佛罗伦萨的情况极为痛心。译者苦于找不到与此相应的模棱两可的形容词。"重新绿化成原先的状态":意即恢复原先的繁荣景象。"重新绿化"原文是"rinselva",含义是重新变成枝繁叶茂的森林,这里意译作为隐喻。"今后一千年内"当然是夸张的说法。
这些诗句以预言的形式追述 1303 年弗尔齐埃里在佛罗伦萨的暴行,正如牟米利亚诺所说,"是弗尔齐埃里穷凶极恶的写照,同时又是被摧残的佛罗伦萨那些犹如《新约·启示录》中一般(apocalittica)的恐怖景象的再现,这是流放者的绝望之情启示给但丁的一幅最黑暗的画图。但丁似乎仍然生活在那些年间:使他锤炼、提炼出这九句诗的是那样的黑暗和暴力场面。"

⑱ 指圭多所说的话和黎尼埃里显露出的忧愁不安的神情。

⑲ "那个首先和我说话的灵魂":指圭多。"你想要我同意为你做你不肯为我做的事":意即你不肯告诉我你是谁,现在你想要我告诉你我是谁。

⑳ "上帝肯把他的恩泽这样鲜明地在你身上显露出来":指特许你活着来游炼狱。"不会小气":"小气"原文是 scarso(缺少,缺乏),在这里意义非常含蓄,注释家大都解释为 avaro(吝啬;少);意即:对你不会少礼(不肯回答,告诉我我是谁)。译者

试译为"不会小气"，因为中文"小气"含义是"吝啬"，用在这里似可理解为"对你不会小气，舍不得费话告诉你我是谁"。

波雷纳的注释说："圭多在世时，授予别人一种特权会引起他的忌妒；现在对他来说这是表示慷慨大方的原因。"

㉑　圭多·戴尔·杜卡（参看注①）曾在伊牟拉、法恩扎、里米尼、腊万纳、伯尔提诺罗等罗马涅地区城市担任法官。据本维努托的注释，"他为人高尚、谨慎"。关于他的忌妒，早期注释家除了但丁诗中所说的，别无所知。

"脸色发青"是妒火中烧的表现。

㉒　意即我撒下的是忌妒的种子，收的不是麦而是麦秆儿，即炼狱中的惩罚。

这句诗受到《圣经》中的话启发："人种的是什么，收到的也是什么。顺着情欲撒种的，必从情欲收败坏"（《新约·加拉太书》第六章）；"撒罪孽的，必受灾祸"（《旧约·箴言》第二十二章）。

㉓　"排除分享者"（di consorte divieto）：据戴尔·隆格的注释，这是法律用语；按照法律规定，某些公职的占有和行使排除在职者的亲属参预，这就是所谓排除分享者。"必然排除分享者的事物"：指一切物质财富和职权等。这种事物本身的性质决定其所有权必然只可能属于一人，而不可能同时又属于其他的人，换言之，它是我的，就不能同时又是你的或他的。既然如此，占有这种事物者就往往引起无这种事物者的忌妒，甚至发生纷争。

雷吉奥指出，"圭多对人类所说的这句警告的话又一次证实：在但丁的诗中，政治主题从来不与道德主题分离，教育功能是《神曲》全诗的基础。"

萨佩纽指出，这两句诗"把这一章的政治主题与更广泛的道德主题和第二层的特殊的悔罪场面联系起来。忌妒是独占物质财富的贪心的一种表现，是政治秩序和风俗之所以败坏的原因之一。"

㉔　黎尼埃尔（Rinier）即注①所说的黎尼埃里·达·卡尔波里。蒙托内河谷中的小市镇卡尔波里的封建主是福尔里的帕奥卢齐家族的一个支派，黎尼埃里是这一支派的成员，所以他和他

的孙子弗尔齐埃里的名字后面都加上"达·卡尔波里"。1247—1292 年间,他历任法恩扎、巴马、腊万纳的最高行政官,为罗马涅地区贵尔弗党首领之一。在 1276 年这一地区的战争中,他受到佛罗伦萨和波伦亚贵尔弗党的支援,反抗福尔里政府,被吉伯林党首领圭多·达·蒙泰菲尔特罗(见《地狱篇》第二十七章注⑭)击败。罗马涅地区并入教皇领地后,他力图恢复自己在贵尔弗党中和教皇面前的威信,重新与教廷和解。1292 年,他突然袭击、占领了福尔里,驱逐了教廷委派的长官。1294 年,他被逐出福尔里。1296 年,当福尔里的吉伯林民兵包围卡尔波里城堡时,他得以再度潜入福尔里,但遭到回师的民兵袭击而被杀。"无人成为他的道德品质的继承者":因为在他死后,他的家族腐化堕落,丧失了一切传统的骑士美德。他的孙子弗尔齐埃里就是明显的例证。

㉕ "那道高山":指亚平宁山脉;"海岸"指亚得里亚海西岸;"雷诺"(Reno)河发源于亚平宁山脉,流入亚得里亚海,长二百一十一公里。

"波河和那道高山,海岸和雷诺河之间":指罗马涅地区,这个地区北至波河,南至亚平宁山脉,东至亚得里亚海,西至雷诺河上游(参见但丁时代罗马涅地区图)。

"现实和娱乐所必需的美德"原文是 il ben richesto al vero e al trastullo,词义含蓄,注释家对此提出不同的解释。牟米利亚诺认为,这里所谓美德指"实际生活和娱乐所必需的种种美德"("娱乐"指骑士生活的高尚娱乐)。这种解释最为简明。

㉖ "这些边界内":指在罗马涅境内。"有毒的荆棘":比拟恶劣的社会风气。"精耕细作":比拟铲除这种风气。诗句的大意是:"人们心中是那样充满了派性、仇恨和忌妒的毒素,致使谁想把他们重新引向正直和道德生活,都会劳而无功。"(拉纳的注释)

㉗ 黎齐奥·达·瓦尔波纳(Lizio da Valbona)是位于罗马涅和托斯卡那交界处山中的瓦尔波纳城堡的封建主,生于十三世纪前半叶,1260 年曾为佛罗伦萨最高行政官小圭多(Guido Novello)服务,政治上属于贵尔弗党,后来曾帮助黎尼埃里·达·卡尔波里反对福尔里的吉伯林党人,1279 年还在世。早

期注释都说他为人慷慨豁达，有很高的才智。薄伽丘的《十日谈》第五天故事第四中把他作为主要人物，说他是"很有修养的高贵绅士"。

㉘ 阿利格·麦纳尔迪（Arrigo Mainardi）出身于伯尔提诺罗（Bertinoro）的封建主家族，1170年曾与彼埃尔·特拉维尔萨罗（见注㉙）一同成为法恩扎人的俘虏，1228年还在世。他是圭多·戴尔·杜卡的好朋友，相传圭多死后，他让人把他们二人常一同坐的板凳锯断，断言再也没有别人像圭多那样慷慨和光荣了。早期注释家都称赞他的聪明才智和慷慨大方。

㉙ 彼埃尔·特拉维尔萨罗（Pier Traversaro）出身腊万纳的特拉维尔萨里（Traversari）家族，这个家族世系悠久，来源于拜占廷帝国的封疆大吏，享有公爵封号，声势显赫，政治上属于吉伯林党。彼埃尔生于1145年前后，1218年至1225年，是腊万纳的统治者，作为坚定的吉伯林封建主，受到神圣罗马皇帝腓特烈二世的信任，1225年去世。早期注释家称赞他为人气量宽宏，慷慨大方。

㉚ 圭多·迪·卡尔庇涅（Guido di Carpigna）出身蒙泰菲尔特罗的伯爵家族，政治上属于贵尔弗党，曾帮助教皇特使反对神圣罗马皇帝腓特烈二世。1251年任腊万纳最高行政官。1283年前后去世。"他大部分时间住在伯尔提诺罗，以其慷慨大方胜过其他的人……"（《最佳注释》）

㉛ "变成了杂种的"：意即与他们前辈的高贵品德相比，他们已经蜕化变质。

㉜ 法勃罗·德·兰勃尔塔齐（Fabbro dei Lambertazzi）是波伦亚的吉伯林党和罗马涅地区的吉伯林党首领，历任维泰尔博、皮斯托亚、法恩扎、比萨的最高行政官，是精明强干的政治家，在波伦亚对莫德纳和腊万纳的战争中，是英勇善战的将领。他于1259年去世，他死后，吉伯林党的势力在波伦亚开始衰落，波伦亚在艾米利亚地区的霸权也开始衰落。

"重新扎根"原文是 si ralligna，含义是扎根生长，指植物而言，这里作为比喻。

㉝ 伯尔纳尔丁·迪·浮斯科（Bernardin di Fosco）出身微贱，因品德高贵而成为法恩扎的主要市民之一。1240年，他英勇保卫

法恩扎反抗神圣罗马皇帝腓特烈二世。1248 年,任比萨最高行政官。1249 年任锡耶纳最高行政官。他以慷慨大方闻名。"从矮小的狗牙根长成的高贵的枝子":比拟他出身微贱因品德高贵而成为杰出人物。

㉞ 圭多·达·普拉塔(Guido da Prata)是法恩扎附近的普拉塔镇人,出身高贵,生活在十二世纪末叶和十三世纪初年,1184 年的一个文献提到他,1228 年的一个文献说他在腊万纳。

㉟ 乌格林·迪·阿佐(Ugolin d'Azzo)出身托斯卡那著名的贵族乌巴尔迪尼家族(见《地狱篇》第十章注㉝),但一生大部分时间住在他的家族在罗马涅境内的一些城堡中,1293 年去世。圭多·戴尔·杜卡列举的罗马涅地区的品德高贵的人物都是本地人,只有他是托斯卡那人而在罗马涅以德行著称,因此特别指出他"住在我们那里"。

㊱ 斐得利哥·提纽索(Federigo Tignoso)大概是里米尼人。"提纽索"是他的绰号,原文 tignoso 含义是有发癣的。据本维努托说,这个绰号是使用词义反用法,因为斐得利哥头上长着金黄的头发,非常漂亮,还说他为人慷慨大方。"他那一伙人":指常在他家中聚会的朋友们。

㊲ 特拉维尔萨里家族(见注㉙)和阿纳斯塔吉(Anastagi)家族都是腊万纳的封建贵族。前者自称其世系可以追溯到公元五世纪,大约在十世纪中叶开始在腊万纳占重要地位,后者兴起于十二世纪,这两个家族同属于吉伯林党,都在十三世纪达到全盛时期,1300 年均已绝嗣。

㊳ "那里的贵妇人和骑士们":指圭多自己那个时代罗马涅地区的贵妇人和骑士们。"爱情":指骑士对贵妇人的爱情。"义勇精神":指骑士的义勇精神。"我们":指包括圭多在内的罗马涅骑士。"艰苦":指战争中的艰苦。"安乐":指和平时期宫廷中高尚优雅的娱乐。这两行诗概括了骑士生活的内容和理想,阿里奥斯托稍加改动,用来作为《疯狂的罗兰》的开端。"如今那里人心已经变得如此邪恶":圭多悲叹罗马涅地区世风败坏,人心不古,与他那个时代形成强烈对比。

㊴ "托斯卡那人":指但丁。诗句说明今昔对比使圭多极度痛心。

㊵ 伯莱提诺罗(Bretinoro)即伯尔提诺罗,是福尔里和切塞纳

（Cesena）之间的小城，这里的贵族以慷慨大方闻名。圭多·戴尔·杜卡一生中很长的时间是与阿利格·麦纳尔迪及圭多·迪·卡尔庇涅一起在这里度过的。"你的家族"：或许指早在1177年就断绝后嗣的伯尔提诺罗伯爵家族，或许指麦纳尔迪家族。"许多人"：指许多别的贵族。"为了不变质而都已灭亡"：这些贵族世系断绝，"好像是天命注定，以阻止蜕化变质似的。"（戴尔·隆格的注释）

"你为什么不消失啊？"：是悲愤的话，意即当地的品德高贵的家族已经灭亡，伯尔提诺罗这个小城为什么还不从地上消失？

④① 巴涅卡瓦罗（Bagnacavallo）是卢格（Lugo）和腊万纳之间的小城，1300年，那里的封建主马尔维齐尼（Malvicini）伯爵家族男系已绝，只有三名妇女在世，其中名喀台利娜（Caterina）者嫁给腊万纳的封建主小圭多·达·波伦塔。

④② 卡斯特罗卡罗（Castrocaro）是蒙托内河谷中的城堡。科尼奥（Conio）是伊牟拉附近的城堡。这两个城堡的封建主都是有伯爵封号的贵族，生下了许多不肖子孙。

④③ 帕格尼（Pagani）家族是法恩扎的封建主。"他们的魔鬼"：指这个家族当时的首领马吉纳尔多·帕格尼·达·苏希亚那（见《地狱篇》第二十七章注⑨）。据本维努托说，他绰号魔鬼，因为他是最狡猾、最机智的人。"等他们的魔鬼走了后"：意即等马吉纳尔多1302年死后。"将做得好"：指将断绝后嗣。"不会因此而留下清白的名声"：意即不会由于他死后没有后代，他的家族就会留下好名声，因为这个家族的名誉已经被他的恶行玷污。

④④ 乌格林·德·范托林（Ugolin de' Fantolin）是法恩扎地方几座城堡的封建主，据拉纳说，他为人英勇，品德高尚，政治上属于贵尔弗党，参加过罗马涅地区多次的斗争，与卡波里、蒙泰菲尔特罗等地的封建主有亲戚关系。他死于1278年，有两个儿子和两个女儿。一个儿子死于1282年，儿媳再嫁，成为弗兰齐斯嘉·达·里米尼的丈夫简乔托·马拉台斯塔（见《地狱篇》第五章注㉔）的后妻。另一个儿子大约死于1291年。兄弟二人均无子嗣，也就不会再有人辱没家族的声誉。

圭多关于上述各个家族的话概括起来就是：使高贵的家族不

蜕化变质的唯一办法是不再生育,断子绝孙。这个骇人听闻的结论是他基于对罗马涅地区的黑暗现实的悲愤之情做出的。

㊺ 圭多这样把但丁"打发走,乍一看,似乎一点都不客气;但是紧接着就说出的理由使得告别语气的粗鲁完全消除。他再也经不起回忆故乡衰落的情景,而想独自对之流泪。这个好忌妒的人在世上经常对别人的幸福那样感到苦恼,现在则对故乡的不幸而痛哭流涕,使得我们不愿和他离别。"(彼埃特罗波诺的注释)

㊻ 那两个"亲切的灵魂":"亲切的"原文是 care,据齐门兹的注释,"这个定语很可能首先反映出但丁听了圭多·戴尔·杜卡的慷慨沉痛的话以后,对那两个灵魂产生的好感,因为那些话非常符合他个人的情感;但并不排除它含有'对我们(指但丁和维吉尔)充满了爱'之意。"

诗句的大意是:那两个灵魂听见我们俩走了以后,一直沉默着,这使我确信我们的路走对了,否则,他们一定会把我们叫回来指点给我们的,因为他们对我们那样亲切。雷吉奥指出,"诗人虚构出这一严格说来并非必要的细节,或许是为了先创造寂静的气氛,然后在这一片寂静中突然发出雷声。"

㊼ "我们前进到只有我们二人的地方后":意即当我们走到远离那一队背靠悬崖的灵魂,我们旁边别无一人的地方后。

"凡遇见我的必杀我":这是该隐因忌妒杀死他兄弟亚伯,受到上帝诅咒后,对上帝说的话(见《旧约·创世记》第四章)。因忌妒罪受惩罚的第一个例子照例取自《圣经》,如同前一章中体现爱的美德的范例一样,是由空中的灵魂大声疾呼,来教育正进行消罪的灵魂们。

㊽ "我是变成石头的阿格劳洛斯":据古代神话,雅典王刻刻洛普斯(Cecrops)的女儿阿格劳洛斯(Aglauros)由于忌妒而阻止天神的使者墨丘利(Mercurius)爱她妹妹赫尔塞(Herse),被墨丘利变成了石头(见《变形记》卷二)。这第二个因忌妒罪受惩罚的例子照例取自古代神话,也由空中的灵魂高声喊出,来教育正进行消罪的灵魂们。

㊾ 但丁突然听到空中发出的两个巨雷般的声音,大吃一惊,不由

得转移脚步，向在自己右边行走的维吉尔靠拢。

(50) 意即你所听到的例子是一种严格的约束，要人们不越出上帝所限定的范围，也就是要人们不忌妒他人。

"嚼子"作为比喻见《旧约·诗篇》第三十二篇："你不可像那无知的骡马，必须用嚼环辔头勒住他，不然，就不能驯服。"

(51) "你们却吞饵上钩，被古老的仇敌拉到他那儿去"：古老的仇敌指魔鬼（见第十一章注⑦）。意即魔鬼以各种物质享受作为诱饵迷惑世人，使他们犯罪，世人因贪图这类享受而受他诱惑。

"马嚼子或呼唤"："马嚼子"，指因犯罪而受惩罚的例子，上帝把这种例子提供给世人作为鉴戒，使他们不要为恶；"呼唤"，指因具备美德而受表彰的例子，上帝用这种例子作为典范来教育世人，使他们一心向善。

(52) "洞察一切者"：指上帝；"鞭打"：意即惩罚。

第 十 五 章

那个总是像孩子一样玩耍的星球在第三时终了和白昼开始之间所走的路程多少,那时,太阳走向黄昏的路程就剩下多少了;那里是晚祷时,这里是半夜①。太阳的光线正刺着我们的脸,因为我们已经环山走了那么远,现在已经朝着日没的方向走去②,那时,我觉得,我的眼睛被光芒照得远比起初还难睁开,这一原因不明的情况使我惊奇③;因此,我把两手举到我的眉毛上边,给我的眼睛搭凉棚,使过强的光减弱④。

犹如光线从水面或镜面跳到相反的方向时,它上升的方式与下降的方式相同,距离石头坠落的轨道也相等,如同实验和科学所证明的那样;我好像这样被我面前那边来的反射的光线刺中了⑤;因此我的眼睛就迅速地避开。我说:"亲爱的父亲,那是什么光啊,面对它我未能有效地防护我的眼睛,它似乎正向我们移动⑥?"他回答我说:"如果天上的使者仍然使你目眩,你不要惊奇;这是一位前来迎接人上升的使者。不久,你就会觉得,见这些使者不是苦,而是你的本性使你所能感受的最大限度的快乐⑦。"

当我们走到这位受祝福的天使面前时,他指着一道远不如另外那两道陡峭的台阶,用喜悦的声音说:"从这里进去吧⑧!"

我们已经到了那里,正在拾级而上时,听见后面唱道:"Beati misericordes!"和"战胜者,你欢喜吧⑨!"

我的老师和我,只我们二人一起继续往上走;我想一面走,一面从他的话里获得益处⑩;于是,转身向他这样问道:"那个罗马涅人的灵魂谈到'排除'和'分享者'是什么意思啊⑪?"因此,他对我说:"他知道他最大的罪的害处;所以,如果他谴责这种罪,从而使人少因此受苦,那就没有什么奇怪了⑫。因为,你们的欲望指向那些由于大家分享而减少的东西所在之处,忌妒心就给叹息拉动风箱⑬。但是,倘若对至高无上的天体之爱把你们的欲望转向上方,你们心中就不会有那种恐惧了⑭;因为,在那里说'我们的'人数越多,每个人所享的福就越多,在那个修道院里爱的火焰燃烧得就越旺⑮。"我说:"现在我比原先如果没开口问你还不满足,心里积聚着更大的疑团。一份财富分给许多人,怎么会比为少数人所占有能使占有者更富呢⑯?"他对我说:"因为你的心总是只想着尘世的事物,你从真理之光中就只得出一团黑暗⑰。天上那无限的、不可言喻的善奔向爱他的人,如同光向明亮的物体射来一般⑱。他发现爱多么热烈,他就把自己赐予那么多;所以爱越扩大,永恒的善倾注在它上面就越增加⑲。天上爱的人数越多,那里神圣的爱就越多,那里每个人的爱就越多,如同镜子互相反光一样⑳。如果我的论证解除不了你的饥饿,你将见到贝雅特丽齐,她会给你完全消除这一个和一切其他的渴望㉑。你就专努力促使那五个经过痛苦才能愈合的伤口,像那两个已经消失的一样,迅速消失吧㉒。"

我正要说"你使我满足了",忽然发现我已经到了另一层平台上,眼睛急于看新的事物,就没有开口。在那里,我好像

　　随后，我就看见一群怒火中烧的人打死一个青年，
他们不断地互相大声喊道："打死，打死！"

突然间出了神,恍恍惚惚地进入一个梦境,看见许多人在一座圣殿里,一个妇人站在门口,以母亲的温和态度说:"我儿,为什么向我们这样行呢?你父亲和我伤心来找你㉓。"她说了这话,刚一沉默下来,起初显现的情景就消失了。

接着,就有另一个妇人出现在我眼前,由于对别人的极大愤恨而产生的悲痛使泪水涌出,从她的两颊流下来,她好像在说:"啊,庇西特拉图,如果你是这座在神与神之间为它的名称发生过很大争吵的、一切学术都从那里放射光芒的城市之主,你就向胆敢伸出手臂拥抱我们的女儿的人报仇雪耻吧!"那位君主似乎带着心平气和的表情,用和蔼温厚的口吻对她说:"如果爱我们的人受到我们的处罚,对恨我们的人我们应该怎么办呢㉔?"

随后,我就看见一群怒火中烧的人打死一个青年,他们不断地互相大声喊道:"打死,打死!"我看见他已经被死压得俯身倒在地上,但他还一直把眼睛作为向天开着的门,在这样的苦难中,面带引动怜恤的表情向崇高的主祈祷,请求饶恕迫害他的人们㉕。

当我的心回到外界的、在心外真实存在的事物时,我才意识到,我所见的那些真实不虚的情景都是梦幻㉖。我的向导看得出来,我的行动像从睡梦中醒来的人似的,他说:"你怎么啦?身子站不住,像喝醉了酒的或者昏昏欲睡的人一般,摇摇晃晃走了半哩多路㉗。"我说:"啊,我的亲爱的父亲,如果你听我讲,我就告诉你,我两腿那样不由自主时,我眼前出现了什么情景。"他说:"假如你脸上有一百个面具,你的思想无论是多么细微的,都瞒不了我。你所见的情景之所以展示给你,是为了使你不拒绝把你的心向永恒的泉源流出来的平和的水敞开㉘。我问'你怎么啦?'并非像人们看见有人身子晕倒时,由于不知道原因才那样问;而是为了促使你的脚走起来有力量㉙:对于睡醒后迟迟不利用醒着的时间的懒汉们须要这样鞭策㉚。"

我们在整个晚祷时间㉛一直在继续前行,面对着夕阳的明亮的光辉纵目向前远望,瞧! 一股像夜一般黑的烟渐渐地向我们逼近;没有地方可以躲避它:这股烟使我们失去了视力和洁净的空气㉜。

注释:

① "星球"原文是 spera(球体),多数注释家认为指太阳,因为它的表面看来很像圆盘(日轮)。但是,诗中说它"总是像孩子一样玩耍",却实在费解。注释家提出的种种解释,都不能自圆其说。波斯科认为,在这里"诗人把太阳比作一个玩捉迷藏的男孩,从一边(西边)消失,又从对面出来,尤其是经常(sempre)藏在云彩后面,随后就又露出头来"。这种说法比较令人信服。
"第三时"(ora terza):指教会规定的日课经第三时,这一时刻终了指上午九点,"白昼开始":指上午六点,在这段时间,太阳在天空运行共三小时。但丁和维吉尔于四月十一日中午十二点到下午一点之间来到炼狱的第二层平台,在那里大约和在第一层一样停留了两个多小时,所以现在已经是下午三点。诗人这样用太阳在天空运行的路程来说明这一具体时间:从现在到黄昏,太阳还要走它从白昼开始(即上午六点)到第三时终了(即上午九时)所走的那样一段路,也就是说,还有三小时的路程。他游炼狱在春分时节,黄昏大约是下午六点,所以现在具体时间是下午三点。
"那里是晚祷时":"那里"指炼狱。"晚祷时"(vespero)是下午三点到六点这段时间,因为它从下午三点开始,所以诗中所说的"晚祷时"具体指下午三点。

"这里是半夜"："这里"指诗人的家乡意大利。炼狱时间是下午三点，炼狱的对跖地耶路撒冷时间就是上午三点，位于耶路撒冷以西45度的意大利半岛时间就是半夜。但丁在说明自己在炼狱某处的具体时间时，为了使读者得到更明确的概念，还常常指出那时意大利是什么时间。

② 但丁和维吉尔是从东边开始登山的，他们在炼狱外围接着又在第一层和第二层平台上向右环山走了很长一段路，现在就"已经朝着日没的方向（西方）走去"。其实，下午三点太阳还高悬在天空，离地平线还远，因此，对于两位诗人来说，是在西北边，所以诗中所谓"朝着日没的方向"是粗略的估计。这时，太阳虽然还高，但已倾斜，因而它的光线就"正刺着"他们的脸。

③ 起初阳光正照着但丁的脸，他虽然觉得刺眼，但还能勉强忍受，后来忽然被一种更强烈的光芒照得睁不开眼睛，不知道这是怎么回事，心里十分惊奇。

④ "给我的眼睛搭凉棚"原文是 fecemi'l solecchio，solecchio 含义是阳伞，小伞，短语 far solecchio 含义是用手遮太阳光，大致相当于汉语短语"手搭凉棚"。

"过强的光"原文是 soverchio visibile，乃亚里士多德和经院哲学的物理学名词，表明所见的物体的光太强，超过了视觉器官的接受能力。

⑤ "跳"：意即反射。"上升的方式与下降的方式相同"：意即都根据同一规律，这就是说，它的反射角与入射角相等。

"距离石头坠落的轨道也相等"："石头坠落的轨道"，指垂线（中世纪人以为它是垂直线，后来伽里略才发现它是曲线）。假设光从一千米的高处下降又上升到一千米的高处，它这一端和那一端距离垂线也相等。

"如同实验和科学所证明的那样"："实验"（esperienza）指科学实验（esperimento）。"科学"原文是 arte，这里指 scienza（科学），具体指欧几里德光学（有关光的反射部分）。

但丁刚一觉得被一种更强烈的光照得眼花时，就手搭凉棚来遮光，但眼睛仍然不能睁开，只好赶快避开它。他觉得，这是从前面射来的一种光，如同从水面或镜面反射的光一样强烈得不能忍受。诗中这个比喻精确说明光的反射现象,会使人设想那时照得诗人睁不开眼睛的光真正是一种反射的光。正如维吉尔随后就说明的那样,这光是从天使的面部射来的;但它不可能是太阳的光从天使的面部反射到诗人来的,因为天使当时是背部对着太阳的,也不可能是天使的光从地面反射来的,因为地面是青灰色的岩石构成的。所以不要把比喻中所讲的和但丁当时经历的事实混为一谈。况且他在诗中明明说:"我好像这样被……反射的光线刺中了。"而并非说:"我就这样被……刺中了。"托拉卡认为,但丁并不是说从天使面部直来的这种耀眼的光也是反射的光,而只是说它像镜面或水面反射的光一样耀眼。这样说来,但丁在比喻中精确说明光的反射这一物理现象岂不是完全多余的吗?并非如此,因为其中还有一种更崇高、更深奥的意义,布蒂和兰迪诺的注释阐明了这种意义:诗人"并非无缘无故地说'反射的光',他想使人相信永恒的光,即上帝,照在天使脸上,从那里反射到他的面部"。这一说法为许多现代注释家所接受。

⑥ "我未能有效地防护我的眼睛":指但丁手搭凉棚遮光无效,眼睛不得不避开。"它似乎正向我们移动":由于光太强,晃得眼睛不能正视它,所以只觉它仿佛在向他们移动,而不能肯定。

⑦ 维吉尔告诉但丁说,那是天使的光,他是前来迎接灵魂们去登第三层平台的。你被他的光晃得眼睛睁不开,这并不奇怪,因为你的罪尚未全消。等你一消尽一切罪,你见到天使,就不再觉光芒耀眼,很不好受,反而会感到,那是你的本性(人性)使你所能感到的最大限度的快乐。

⑧ "指着一道远不如另外那两道陡峭的台阶":原文是 ad un sca-leo vie men che li altri eretto,牟米利亚诺理解为:指着(accen-nando ad)一道……台阶,反对万戴里等但丁学家把这句诗放在引号内作为天使所说的话,认为天使用喜悦的声音,说那句只有两个字的话——Intrate quinci(从这里进去吧),就作为一个一瞬即逝的、音乐般的幻象留在读者的想象中,如果加上这一句说地形的诗,就会降低自己身分,几乎成了导游人了。

"从这里进去吧"这句话表明那一磴一磴的台阶在山坡向内凹陷处。

⑨　"Beati misericordes!"：拉丁文《圣经》中耶稣登山训众论福的话，在《新约·马太福音》第五章，中文《圣经》译文为"怜恤人的人有福了"，后句是"因为他们必蒙怜恤"。天使针对犯忌妒罪者唱出这话，因为怜恤和忌妒恰恰相反："忌妒者为他人之福而悲哀，怜恤者则为他人之祸而悲哀。"（见托马斯·阿奎那斯的《神学大全》第一卷第二章）

"战胜者，你欢喜吧!"原文是 Godi tu che vinci! 对这句话的出处，注释家意见分歧，多数认为它来源于耶稣登山训众论福的结束语："应当欢喜快乐，因为你们在天上的赏赐是大的。"这种说法有些牵强，因为二者的共同点仅在于"欢喜"一词。出处虽然不明确，但这句话在这里的意思相当清楚："战胜者"指战胜罪的、尤其是忌妒罪的灵魂。正如罗西（Rossi）所说："这是一句祝词，表达如今已经变得充满热爱的犯忌妒罪者的灵魂们的情感。"

天使在两位诗人后面唱出这两句时，他们正在拾级而上。诗中没有说他去掉但丁额上的 P 字，等到本章后半才附带提到。由于艺术上的原因，但丁时常变换从一个平台到另一个平台过关时这一赦罪仪式的写法。

⑩　两位诗人顺着台阶一磴一磴往上走，在这同时，但丁请求维吉尔解决他提出的疑难问题。纳尔迪（Nardi）指出，这段哲学谈话的长度说明他们往上走了多久。

⑪　"那个罗马涅人的灵魂"：指圭多·戴尔·杜卡的灵魂。关于他所谈到的"排除"和"分享者"，参看第十四章注㉓。

⑫　大意是：圭多由于犯忌妒罪在炼狱中受磨炼，他从自身的经受认识到这种罪的害处，所以，如果他谴责世人犯这种罪，为了使他们避免它，从而使在炼狱中因这种罪受苦的灵魂少些，就是不足为奇的事了。

⑬　"那些由于大家分享而减少的东西"：指世上的各种物质财富，其特点是：分享者越多，每人享有的就越少。

"忌妒心就给叹息拉动风箱"：诗人把忌妒心人格化，用风箱比拟人的胸膛和肺脏。由于世人贪图物质财富，而这种财富的分享者越多，每人享有的就越少，大家就互相忌妒起来，都想得到他人享有的部分，因此，大家胸中就发出贪得无厌的叹息。

⑭ "至高无上的天体"(la spera suprema):指上帝所在的净火天。诗句大意是:倘若对上帝的爱使你的欲望转向天国之福的话,你们心里就不会害怕你们所享的天福会因更多的人分享而减少。换句话说,倘若世人追求的是天国之福,而不是世上的物质财富,他们就不会害怕他们所得到的会因别人分享而减少。

⑮ "我们的"表示大家共同享有。"那个修道院"(quel chiostro):指上帝和得救的灵魂们所在的净火天。诗句大意是:因为在天国享天福的灵魂越多,每个灵魂享有的福就越多,天国里的爱就变得更加热烈。

⑯ 听了维吉尔的解答,但丁非但不感到满足,心里反而因此产生更大的疑团:一份财富由多数人分享,每人所得怎么会比由少数人分享还多呢?

⑰ 意即由于你考虑问题时,你的心想到的总是尘世的事物,你从我的话的真理之光中,就只会得出一团黑暗,换句话说,我所讲的道理是非常清楚的,你却因而产生了更大的疑团。

⑱ "天上那无限的、不可言喻的善":指上帝。"奔向爱他的人":意即立刻把自己赐予爱他的人。诗人用光来比拟其速度:如同光向明亮的物体射来一般。实际上,光是射向一切物体的,但是,根据但丁时代的物理学,人们认为光只射向明亮的物体(这种物体之所以明亮其实是因为它不吸收光)。

⑲ 大意是:上帝发现灵魂对他的爱多么热烈,他就把自己赐予灵魂那么多;所以灵魂对上帝的爱越大,永恒的善倾注在灵魂上就越多。

⑳ "爱的人数越多":指爱上帝的人越多。诗句大意是:天上爱上帝的灵魂越多,那里神圣的爱可能性就越大,每个灵魂的爱就越增加,如同许多镜子互相反射从太阳射来的光一样。这个比喻说明,天上每个得救的灵魂的爱都反射到其他的得救的灵魂,爱的互相反射导致爱不断增长,犹如许多镜子互相反射日光使亮度增强一样。

㉑ "解除不了你的饥饿":意谓不能消除疑团,满足你的求知欲。"给你完全消除这一个和一切其他的渴望":意谓给你解答清楚这个问题和今后你提出的一切疑难问题,满足你的愿望。

维吉尔作为理性的象征有其局限性,理性不能解释的疑问,必须留给象征神学和上帝的启示的贝雅特丽齐来阐明。

㉒ "伤口":指天使用剑尖刻在但丁额上的象征七种罪的七个P字。"经过痛苦才能愈合":意谓经过忏悔赎罪才能消失。"像那两个已经消失的一样":这句话说明但丁上台阶以前,天使去掉了他额上象征忌妒罪的P字。

"你就专努力促使那五个……伤口……迅速消失吧":意思就是说,因此,如果你急于到达贝雅特丽齐面前,你首先要专心致志地努力促使其余的那五个P字尽快消失。

㉓ 但丁和维吉尔登上了供犯愤怒罪者的灵魂们赎罪的第三层平台。与愤怒罪相对立的是温顺的美德(mansuetudine)。诗中用一种新的艺术方法来表现三个体现这种美德的范例:即作为但丁当时在出神的状态中所见的梦幻景象(visione estatica)。关于这种幻象,他将在第二十七章中加以说明,哲学家、神学家和神秘主义者的著作中往往也有关于这种现象的描述。

第一个范例来自《圣经》:耶稣十二岁时,随父母去耶路撒冷守逾越节,守满了节期,他的父母就回去了,他仍旧留在耶路撒冷,他们并不知道。因为在亲族和熟识的人中间找不着他,他们就回耶路撒冷去找他,过了三天,才遇见他在圣殿里,坐在教师中间,一面听讲道,一面问。凡听见他的,都希奇他的聪明和他的应对。他父母看见就很希奇。他母亲对他说:"我儿,为什么向我们这样行呢?看哪,你父亲和我伤心来找你。"(事见《新约·路加福音》第二章)

《圣经》中叙述此事以耶稣为中心人物,诗中则突出马利亚的形象,使她成为体现温顺美德的典范,因此,除了把《圣经》中她所说的话从拉丁文译成韵文外,还添加上"以母亲的温和态度"这一细节,使读者的注意力集中在她身上,而把《圣经》中耶稣在圣殿里听教师们讲道的情景略去,只用"看见许多人在一座圣殿里"一语点出故事的背景。

㉔ 第二个范例来自异教时代。公元一世纪初的罗马历史家瓦雷里乌斯·马克西木斯(Valerius Maximus)在《值得记忆的言行录》(*Factorum et Dictorum Memorabilium*)第五卷第一章中,叙

述古代雅典的僭主庇西特拉图（Peisistratus，前560—前527）的一件轶事："当一个爱上了他女儿的青年当众吻了她，他的妻子鼓动他用死刑惩罚他时，他回答说：'如果我们杀死爱我们的人们，对恨我们的人们我们该怎么办呢？'"庇西特拉图的回答集中表现出他作为统治者的温和宽厚，因此但丁在诗中把原话从拉丁文译成韵文保留下来。但他在诗中还添加了一些细节，强调庇西特拉图的妻子的愤恨之情以及她如何突出他和他所统治的城市雅典的伟大，使他作为一城之主更深切地感觉荣誉受到了损伤，从而决定把那个胆大妄为的青年处以死刑。听了妻子这样去激动他报仇雪耻的话，庇西特拉图竟然心平气和地那样去回答她，更显得他异常温厚。

"这座在神与神之间为它的名称发生过很大争吵的、一切学术都从那里放射光芒的城市"：指古代雅典。

"神与神之间为它的名称发生过很大争吵"：据古代神话，女神雅典娜和海神波塞冬当初曾为雅典城的命名发生激烈争吵，各自坚持要以自己的名字作为城名。双方相持不下，最后只能由其他天神们裁决。他们宣布，谁能送给人类最有用的礼物，就以谁的名字作为城名。波塞冬用三叉戟往岩石上一戳，就冒出海水来，据另一传说，冒出一匹马来；雅典娜用尖矛戳地，就长出一棵橄榄树来。天神们都认为橄榄对人类更有用，应该以女神的名字为这座城命名，从此这座城就叫雅典（《变形记》卷六中提到这个故事）。

"一切学术都从那里放射光芒"：指古希腊灿烂的文化之光从雅典辐射到世界各地。西塞罗在《演说家》中称雅典为"一切学术的开创者"。奥古斯丁在《论上帝之城》（另一译名为《天国论》）中称雅典为"各种学术和那样多的伟大哲学家的母亲和保姆"。

㉕ 第三个范例来自《圣经》。早期殉教的使徒司提反被犹太人捉拿到公会后，当众揭发并谴责祭司们和犹太教徒们的罪，"众人听见这话，就极其恼怒，向司提反咬牙切齿。但司提反被圣灵充满，定睛望天，看见上帝的荣耀，又看见耶稣站在上帝的右边，就说：'天开了，人子站在上帝的右边。'众人大声喊叫，捂着耳朵，齐心拥上前去，把他推到城外，用石头打他。……

他们正用石头打的时候,司提反呼吁主说:'求主耶稣接收我的灵魂。'又跪下大声喊着说:'主啊,不要将这罪归于他们。'说了这话就睡了。"(《新约·使徒行传》第七章)

"他们不断地互相大声喊道:'打死,打死!'":但丁添加的这一戏剧性细节,使血腥和暴力的场面跃然纸上。

"他已经被死压得俯身倒在地上":但丁添加的这一刻画司提反之死的细节丰富了《圣经》中简略的叙述。

"但他还一直把眼睛作为向天开着的门":这是形象化地表现"定睛望天"姿态的比喻,说明他的眼睛好像开着的门一般把天国的景象接收进来。正如托玛塞奥所说,这是"奇异的表达方式,但很有力"。

㉖ 大意是:当我的心从出神的状态中醒来,回到心外独立存在的客观世界时,我才意识到,我所见的那些情景都是梦幻,虽然它们作为主观经验是真实不虚的,因为我确实看到和听到了那一切。

㉗ "半哩"原文为 mezza lega;lega 是长度名,相当于英语的 league;一 league 的长度在地区与地区之间差别很大,所以无法确定但丁用这词所指的究竟是多么长的一段路,现在姑且译为"哩"。

㉘ "平和的水"这个隐喻同上述圣司提反受难的故事中的所用隐喻"怒火"是直接对立的。"如果愤怒是火,使怒火熄灭的爱就是水,这种水来源于上帝。"(兰迪诺的注释)"永恒的泉源":指上帝。

诗的大意是:你在出神时所见的情景之所以展示给你,是为了使你能敞开你的心接受来源于上帝的温厚宽恕之情。

㉙ 大意是:我看到你摇摇晃晃地走路时,问"你怎么啦?"并非问你由于什么原因那样走路,因为原因我知道得很清楚;我当然也不是明知故问;我问"你怎么啦?"只是为激励你振奋精神,健步前进。

㉚ 有的注释家觉得,维吉尔说但丁是"懒汉",责备似乎过于严厉。实则维吉尔的话并非单独针对但丁,而是借题发挥,告诫世人不要懒散,虚度光阴。

㉛ "晚祷时间":这段时间从但丁和维吉尔来到第二层平台的守

卫天使跟前时开始,现在即将终了,大约是下午六点来钟,临
近黄昏时分。

㉜ "一股像夜一般黑的烟":我们从下章知道,这股浓厚的黑烟笼
罩着犯愤怒罪者的灵魂们;象征怒气使人理智不清,不能明辨
善恶。

"失去了视力和洁净的空气":意即黑烟使两位诗人睁不开眼
睛看东西,被迫呼吸被污染的、呛人的空气;这同时也是犯愤
怒罪者的灵魂们所受的惩罚。

第 十 六 章

地狱的黑暗,狭小的天穹下,被浓云遮得要多么昏暗有多么昏暗的、无任何行星的夜晚的黑暗,在我眼前构成的面纱都不像那里包围我们的烟构成的面纱那样厚,质料也不那样粗糙刺激感官,使得眼睛不能睁着①;因此,我的睿智的、可靠的向导靠近我,让我扶着他的肩膀。犹如盲人为了不迷路,也不撞上会使他受伤或许会使他丧命的东西,而跟在引路人背后行走,我就像那样穿过呛人的、污浊的空气向前走去,一面听着我的向导继续不断地说:“注意不要离开我。”

我听见许多的声音,每个似乎都向除罪的上帝的羔羊祈求和平和怜恤②。那些声音开头总是“Agnus Dei”;唱的都是同一祷词和同一调式,所以听起来十分和谐③。我说:“老师,我听到声音的那些人都是灵魂吗?”他对我说:“你猜着了,他们正在解愤怒的结子呢④。”“请问你是谁,你冲破了我们这烟,还如同仍然把时间划分成月份的人一样谈论我们⑤?”一个声音这样说;于是,我的老师对我说:“你回答吧,还问一下,从这里走是否可以上去⑥。”我说:“啊,为了使自己变美以回归你的创造者而正在给自己净罪的灵魂哪,你如果伴随着我走,你就会听到一件奇事⑦。”他回答说:“我要在许我行走的范围之内跟随着你,烟若使我们彼此看不见,听觉将代替视觉使我们保持联系⑧。"我开始说:"我带着由死来解除的躯壳向上走去,经历了地狱之苦来到这里。既然上帝已经这样把我接受在他的恩泽之中,以至要我以近代完全例外的方式去看他的宫廷,你就不要对我隐瞒,而要告诉我,你生前是谁吧,还告诉我,去那条通道,我这么走对不对吧。你的话要作为我们的向导⑨。""我是伦巴第人,名叫马可;我洞明世事,热爱如今人人都不向它张弓的美德⑩。要上去,你这么走对了⑪。"他这样回答,还补充说:"我请求你,当你到了天上时,为我祈祷。"我对他说:我发誓向你保证要做你要求我做的事;但是我有一个疑问,如果不摆脱它,我的心就要爆裂了⑫。我的疑问起初是单一的,现在由于你的话而加倍了,你的话在这里,另一个人的话在别处,都向我证实了我的疑问所指的那种情况⑬。世界确实像你对我所说的那样,一切美德荡然无存,内外充满了邪恶⑭;但是,请你向我指出原因,使我能看到并晓示给其他的人;因为,有的认为原因在天上,有的认为在下界⑮。

他先发出一声因悲痛而郁结成"哎哟"的深沉的叹息,然后说:"兄弟呀,世界是盲目的,你的确是从那里来的⑯。你们活着的人们总把一切事情发生的原因只归之于天,仿佛诸天运转必然带动一切。假如真是这样的话,你们心中的自由意志就被毁了,因善而得福,因恶而受罚就无所谓公正了⑰;诸天引起你们内心最初的冲动;我并不是说一切冲动,但是,假定我这样说的话,你们还赋有可以辨别善恶的光和自由意志;如果自由意志在对诸天的最初的战斗中遇到困难,若是有良好的修养,最后就能战胜一切⑱。你们是自由的,同时又受一种更大的力量和更善的本性支配;这种力量和本性创造你们的心灵,心灵是诸天不能影响的⑲;因此,如果现在世界离开了正路,原因就在你们,要在你们自己身上去寻找;现在我要把道理给你讲明白⑳。天真幼稚的灵魂来自它未存在以前就对它爱抚和观赏者的手中,如同一个时而哭、时而笑的撒娇的小女孩一般,什么都不懂㉑,只知道它来自喜悦的造物主,自然而然地就喜爱使它快乐的事物㉒。它先尝到微小的幸福的滋味;在那里就受骗,如果没有向导或者马嚼子扭转它的爱好,它就要追求那种幸福㉓。因此,必须制定法律作为马嚼子;必须有一位至少能辨明真理之城的塔楼的君主㉔。法律是有的,但谁去执行呢? 没有人,因为走在前面的牧人能倒嚼,但是没有分蹄㉕;因此,人们看到他们的向导只追求他们所贪图的那种幸福,就沉湎于那种幸福,不再进一步追求什么了㉖。你可以明确地看得出来,使世风邪恶的原因是领导不好,并不是由于你们的天性已经败坏㉗。造福于世界的罗马向来有两个太阳,分别照亮两条道路,一条是尘世的道路,另一条是上帝的道路㉘。如今一个太阳已经消灭了另一个;宝剑和牧杖已经连接起来,二者强行结合,必然领导不好,因为结合在一起,它们就不互相畏惧了㉙。假如你不相信我的话,那你就观察一下长出的穗儿吧,因为凡是草看种子就可以认出它来㉚。阿迪杰河和波河灌溉的地区,在腓特烈遭到反对以前,是经常见得到勇武和廉耻的;如今任何一个由于感到羞愧而避免同好人说话或靠近的人,都可以放心大胆地经过那里了㉛。现在确实还有三位代表旧时代谴责新时代的老人,他们都觉得上帝把他们召回到更美好的生活中去太迟㉜:库拉多·帕拉佐、善良的盖拉尔多和圭多·达·卡斯泰尔,这个人更以法国人给他起的外号老实的伦巴第人为人们所熟知③。现在你可以断言,罗马教会由于把两种权力合并于一身而跌入泥潭,玷污了自身和担负的职责③。"

我说:"啊,我的马可呀,你的论断很好;现在我明白为什么利未的子孙不可有产业了㉟。但是,你所说的那个硕果仅存、作为过去的那一代人的典范来谴责这个野蛮时代的盖拉尔多是什么人?"他回答我说:"不是你的话我没有听明白,就是你拿这话引诱我多谈一些,因为,你说话是托斯卡那方音,却似乎对贤良的盖拉尔多一无所知㊱。我不知道有什么别的名称可以指他,除非我从他女儿盖娅那里给他另起一个㊲。愿上帝和你们在一起,因为我不能和你们同行了。你看穿过黑烟的光已经发白,天使在那里,我在出现在他面前以前,就得离开㊳。"于是,他转身就走,不想再听我说什么了。

注释:

① 为了使读者能想象出他在那股烟里感到多么黑暗,但丁断言他所看到的地狱的黑暗和人间夜晚的黑暗,程度都没有那样深,也没有那样难以忍受。关于地狱的黑暗,诗中已有许多描写,这里无须赘述。至于人间夜晚的黑暗,诗人在这里拿来相比的,并非一般夜晚的黑暗,而是在下列条件下,夜晚的黑暗程度:(1)天空无任何行星(在但丁时代,人们认为太阳和月亮也是行星,这里讲的是夜晚,"行星"只能指月亮和星辰),(2)浓云密布,(3)"狭小的天穹下":原文为 sotto povero cielo,直译是"在贫乏的天空下面";用"贫乏"一词形容天空,实在费解。根据本维努托的注释,夜晚月亮和群星像珠宝一般装饰着天空,天空就显得富丽,反之,无月无星之夜,天空就显得贫乏。大多数早期注释家和一些现代注释家都同意这一说法。但是许多现代注释家认为 povero cielo 意谓"狭小的天穹",指视野狭小的地方,例如峡谷(gola)中所见的天空而言(汉语也有"坐井观天"这个比喻)。在"狭小的天穹下",夜色

显得更加黑暗。牟米利亚诺则认为,这种说法不能令人信服,因为浓云密布,无星光月光的夜晚,无论在峡谷中还是在平原上都一样黑暗,并无差别。译者没有亲身经验,不知究竟有无差别,但是,从心理上讲,这样的夜晚,在峡谷中肯定会比在原野上觉得还更黑暗。因此,译文根据这种解释。

"质料也不那样粗糙刺激感官":指上句所说的面纱而言;但丁之所以觉得黑烟像粗绒面纱似的刺人,是因为烟里微小的粒子刺激眼睛和面孔,产生类似的感觉。

② "除罪的上帝的羔羊":指耶稣基督,因为《新约·约翰福音》第一章中说:"次日,(施洗)约翰看见耶稣来到他那里,就说:'看哪,上帝的羔羊,除去世人罪孽的'。"耶稣之所以被称为上帝的羔羊,是由于他为了给人类赎罪,而牺牲自己,无辜被钉死在十字架上。

"祈求和平和怜恤":诗中所说的那许多的声音是犯愤怒罪者的灵魂发出来的,他们向基督祷告,因为他作为上帝的羔羊为了拯救有罪的人类而温顺无辜地牺牲自己,他们向他祈求和平和怜恤,因为"二者与愤怒相反,愤怒总企图进行战争和报复"(兰迪诺的注释)。

③ "Agnus Dei":拉丁文"上帝的羔羊"。做弥撒时唱的三句祷词均以"Agnus Dei"开始,祷词全文译文是:"除去世人罪孽的上帝的羔羊,怜恤我们吧!除去世人罪孽的上帝的羔羊,怜恤我们吧!除去世人罪孽的上帝的羔羊,赐予我们和平吧!"这三句祷词前半相同,第一句和第二句后半也相同,都是祈求基督怜恤,只有第三句不同,是祈求基督赐予和平。但丁把这三句拉丁文祷词意译,压缩成两句诗。

"十分和谐":表明正在赎罪的灵魂们现在的态度和他们生前的罪孽的性质形成鲜明对比;他们在世时,经常由于愤怒与人结怨,成为仇敌,现在却和大家齐声合唱同一祷词,彼此亲密无间。

④ "解愤怒的结子":诗人用这个隐喻比拟灵魂们通过在黑烟中像盲人似的行走来解除愤怒罪;罪孽如同绳子一般捆着他们,必须经过这种磨炼,才能解开绳子的结子,重新获得自由。

⑤ "如同仍然把时间划分成月份的人一样":意即如同活人一样。

"死人是不划分时间的,因为对他们来说时间并不流逝。"(本维努托的注释)

这个说话的灵魂在浓厚的黑烟中看不见两位诗人,但从但丁向维吉尔发问的话里听出但丁并不是灵魂,还觉察出他行走时把烟冲破了,灵魂不占空间,当然不会这样,因此猜想他大概是活人。

⑥ 意即朝这个方向走是否可以走到登第四层平台的地方。

⑦ "使自己变美以回归你的创造者":意即使自己重新变得如同被神创造时那样美,以这样美的形象回到神的怀抱里。

"一件奇事":指自己作为活人来到炼狱。

⑧ "在许我行走的范围之内":说明那些灵魂只许在烟里走,不得走到烟外去。

"听觉将代替视觉使我们保持联系":意即"因为烟使我们看不见,我们可以借助说话的声音一同前进"。(引自佛罗伦萨无名氏的注释)

⑨ "由死来解除的躯壳":"躯壳"原文是 fascia,含义是"带子",引伸为"包裹物",比喻肉体像包裹物一样包着灵魂,人一死,灵魂才脱离肉体的束缚。这个比喻类似佛教用语"臭皮囊",但 fascia 在诗中并无贬义,故不采用此语,而根据诗句的本意译为"躯壳"。

"以近代完全例外的方式去看他的宫廷":指但丁作为活人去游天国。《新约·哥林多后书》第十二章中说,圣保罗活着的时候去过天国,在他之后从未有人享受过这种特权。

"那条通道":指从第三层平台去第四层平台的通道。

⑩ 伦巴第人马可(Marco Lombardi)姓氏不可考,生平事迹不详。他在诗中自称是伦巴第人,注释家认为,伦巴第人泛指意大利北部的居民(参看《地狱篇》第一章注⑲)。他大概生活在十三世纪后半叶。早期注释家以及历史家和小说家都说,他曾在宫廷中供职,有很高的才智和丰富的经验,珍惜个人自由,傲视权贵,敢于谴责其罪行,而且为人轻财重义,慷慨大方,这些方面都与但丁相似,所以在诗中选定他作为自己的道德和政治观点的阐扬者,借他的口谴责当代人心不古,道德败坏。

"如今人人都不向它张弓的美德":诗人以对准目标张弓射箭

作为比喻,来说明当时人人都不以追求美德为人生的目的。他在《地狱篇》第二十六章中曾借尤利西斯的口指出,人生来是"为追求美德和知识"的,所以他对于人们背道而驰,"都把美德视为仇敌,躲避它像躲避蛇一般",感到悲愤,在诗中痛下针砭。

⑪ 这是对但丁向他问路的回答。

⑫ 诗人把疑问比作一条绳子紧紧地勒着自己的心,不解开它,心就要爆裂,以此来形象地说明解答这个疑问如何迫切。

⑬ 这三句诗含义晦涩。据多数注释家的解释,大意是:我的疑问起初只有一个根据,因为它是由一个人的话(指圭多·戴尔·杜卡关于世风败坏的话)引起的,现在你(指马可)又表示了同样的看法,就使得我的疑问有了双重根据;你在这里(指第三层平台)所说的话,另一个人(指圭多·戴尔·杜卡)在别处(指第二层平台)所说的话,都向我证实了我的疑问所指的那种情况(即世风败坏)。

⑭ "内外充满了邪恶":原文是 di malizia gravido e coverto;gravido 本义为"怀孕的","有孕的",引申为"充满";coverto = coperto 含义为"覆盖","布满"。注释家托玛塞奥指出,前者指的是邪恶的种子隐藏着的情况,后者指的是它发芽滋长、覆盖地面的情况。这种说法把这两个形容词解释得很透彻,译者苦于不能充分表达出原文的微妙之处,因而采用了格拉伯尔的注释:"世界不仅内部充满邪恶,外面也全被邪恶包裹着。"

⑮ "原因在天上":指诸天(即星辰)的影响。欧洲中世纪人,如同我国古代人一样,相信星辰能影响人事。"在下界":意即原因在人。

⑯ 意即世人蒙昧,不认识真理,你有这种疑问,表明你也像其他的人一样蒙昧。

⑰ 大意是:世人错误地认为人世间一切事情发生的原因都在于天,仿佛诸天运转必然带动一切;假若真是这样,人的一切行为就都取决于天,自由意志就不存在了,也就是说,人就不可能在善与恶之间自由选择,对自己的行为也就不负道德上的责任。这样一来,上帝奖善惩恶,使为善者享天国之福,作恶者受地狱之苦,就说不上是公正了。马可·伦巴第这些批驳

宿命论、捍卫自由意志的论点是有所本的:奥古斯丁在《论自由意志》中,波依修斯在《论哲学的安慰》中,托马斯·阿奎那斯在《神学大全》中都提出了同样的论据。

⑱ 大意是:人类居住的世界处于诸天的影响之下,所以人内心一些最初的活动(如欲望,感情等)是受诸天的影响产生的,但是,我并不是说人的一切内心活动都是诸天的影响所致;即使假定我这样说,人也并非一定得顺从内心的活动去做不可,因为他还有天赋的理性之光可以明辨善恶,还有天赋的自由意志可以择善而行,把邪恶的欲望压下去。人的自由意志在对诸天的影响和内心的不良倾向进行斗争时,最初难免遇到困难,如果人具有良好的道德修养,最后是能战胜一切的。

⑲ 大意是:人在具有自由意志的同时,却受一种比诸天更大的力量和更善的本性支配,这种力量和本性就是上帝,他创造人的心灵,即所谓心智的灵魂(L' anima intellettiva),这是由心智(intelletto)和意志(volontà)构成的人的"灵魂最后的和最高贵的部分"(见《筵席》第三篇第二章),它不受诸天的影响。

⑳ 马可已经说明世人道德败坏的原因在人,而不在星辰的影响,现在进一步说明世人如何由于自身的原因误入歧途,腐化堕落;他从人的灵魂的由来讲起。

㉑ "天真幼稚"(semplicetta):指灵魂原来处于无知无识的空白状态。"来自它未存在以前就对它爱抚和观赏者的手中":这句诗说明人的灵魂是上帝亲手创造的,上帝在把它造成以前,就已经在他的理念中爱抚和观赏着它。为了鲜明生动地表达出灵魂最初的天真幼稚、无知无识的状态,诗人把它比作一个一切举动出于本能,还没有理性指导的小女孩(意大利文 anima〔灵魂〕是阴性名词,所以把它比作"小女孩")。

㉒ 意即灵魂只知道自己来源于上帝,上帝的本质是至善和极乐,所以灵魂就本能地喜爱一切使它快乐的事物。

㉓ "微小的幸福":指物质财富提供的幸福。人的灵魂一尝到这种幸福的滋味,就误认为那是真正的幸福,而努力去追求,除非有皇帝作为向导给它指出真正的现世幸福,有法律作为马嚼子制止它放纵物欲。

㉔ "君主":这里专指但丁在《帝制论》中所说的理想的皇帝。

"真理之城":即上帝之城。塔楼是中世纪城堡最高的部分,从远处就可以望见。据多数注释家的解释,"真理之城的塔楼"象征正义。皇帝的职责是在世上实现正义,因为正义的实现是现世幸福和永恒幸福的基础。

㉕　"法律是有的":指东罗马皇帝查士丁尼时代留下的《罗马民法汇编》。"没有人"去执行:因为当时皇帝尚未加冕,而他是唯一合法的执行法律的最高权威。

"走在前面的牧人":指教皇,他的职责是引导人类走上享受天国之福的道路,如同牧人引导羊群去水草丰美之处一样。

"倒嚼"(反刍)和"分蹄"这两个典故都出自《圣经》。摩西法律规定犹太人只可以吃倒嚼分蹄的走兽(见《旧约·利未记》第十一章和《旧约·申命记》第十四章)。托马斯·阿奎那斯认为,"倒嚼"(反刍)的寓意是对《圣经》进行深刻的思考并做出正确的解释的能力;"分蹄"的寓意是辨别善恶的能力。但丁接受了这种解释并把它灵活地运用于诗中。"走在前面的牧人能倒嚼":注释家一致认为指教皇精通《圣经》,能正确地解释其中的义理。但是,把"没有分蹄"理解为教皇没有辨别善恶的能力,却有些牵强。但丁的儿子彼埃特罗认为,"没有分蹄"指教皇不能辨别世俗的事物和宗教的事物,把二者分开;这种解释符合马可·伦巴多的命意。本维努托的解释更一针见血:"作者的意思是说,现代的牧人(指教皇)很能倒嚼,因为他经常讲上帝的法则……当时在位的教皇卜尼法斯精通法律和《圣经》……但他不把世俗权力和教权分开,反而把两种职权合并在一起。"马可·伦巴多认为,卜尼法斯借口帝位虚悬,无人行使世俗权力,而强行把政权和教权集中于自身,是世风变坏的根本原因。

㉖　意即世人看到他们的带路人教皇只追求他们所贪图的尘世上的物质幸福,他们就完全沉湎于那种幸福,不再追求来世永恒的幸福了。

㉗　意即从我对你说的这番话,你就可以明白,世风之所以日坏,是因为教皇的领导不好,而不是因为诸天(星辰)的影响败坏了人性。

㉘　"造福于世界的罗马":指古罗马统一了地中海沿岸各地,建立

194

了世界帝国，使西方出现了空前的和平局面。由于时机成熟，耶稣基督于奥古斯都时代降生，传布福音，为人类赎罪，他死后，在"罗马和平"的条件下，基督教得以传遍西方世界各地。"两个太阳"：象征皇帝和教皇。但丁在《帝制论》卷三中指出万物当中只有人既具有可毁灭的部分（肉体），又具有不灭的部分（灵魂），因此人生有两种目的：一是享受现世生活的幸福，二是来世享受天国永恒的幸福；上天规定由两个权威分别引导人类达到这两种不同的目的：皇帝根据哲学的道理，引导人类走上现世幸福的道路，教皇根据启示的真理，引导人类走上来世享受天国之福的道路，这两个权威都是直接受命于天，彼此独立存在的。宗教法规学者和神学家用太阳来象征教皇的权威，用月亮来象征皇帝的权威，说明后者从属于前者。但丁在《帝制论》卷三第四章中虽然接受太阳和月亮的比喻，但他指出月亮有其独特的性质和功能，它的光是自身发出的，并非来自太阳。在这里，借马可·伦巴多之口，又进一步用两个太阳的比喻来强调皇帝的权威对教皇的权威的独立性。

㉙ "如今一个太阳已经消灭了另一个"：指教皇的权威在罗马已经消灭了皇帝的权威。腓特烈二世死后到亨利七世当选为止，帝国一直处于大空位时期，没有一位皇帝曾来罗马加冕。教皇卜尼法斯八世以帝位虚悬为借口，自称帝国的代理人，行使皇帝的权力，实现政教合一，企图建立神权统治。"宝剑"象征皇帝的权力，"牧杖"象征教皇的权力。"已经连接起来"：指这两种权力都掌握在教皇一人手里。据《最佳注释》，卜尼法斯当时居然"加冕佩剑，自立为皇帝"。

"二者强行结合"：指教皇专横独断，强行政教合一。"必然领导不好"，因为两种权力掌握在一人手中，就谈不到二者互相畏惧，互相监督。

㉚ 意即：如果你不相信我所说的世风日坏的原因，那你就看一看政权和教权集中于一人产生的结果吧；"因为凡是草看种子就可以认出它来"（这里"草"〔erba〕泛指植物）：这句话来源于《新约·路加福音》第六章："因为没有好树结坏果子，也没有坏树结好果子。凡树木看果子就可以认出它来。"

㉛ "阿迪杰（Adice＝Adige）河和波河灌溉的地区"：指广义上的

伦巴第地区。"在腓特烈遭到反对以前":指皇帝腓特烈二世的权威受到教皇和这个地区各贵尔弗城邦的反对以前(即1232—1248年以前),那时,"封建主们慷慨大方,侍臣们品德高尚,行吟诗人的诗歌风行一时,是伦巴第地区宫廷生活的盛世。"(牟米利亚诺的注释)

"勇武和廉耻":但丁用这两种美德来概括骑士应具有的文武两方面的一切美德。马可痛心地说,他的家乡所在的地区,在皇帝腓特烈二世的权威遭到教皇和贵尔弗城邦的反对以前,经常可以遇到品德高尚的人。如今则不然,"任何一个由于感到羞愧而避免同好人说话或靠近的"卑鄙邪恶之徒,都可放心大胆地经过那个地区,而不至于因遇见品德高尚的人而感到无地自容,换句话说,就是那里好人已经寥寥无几。

㉜ "代表旧时代谴责新时代":意即这三位硕果仅存的老人体现旧时代勇武和廉耻的美德,他们的崇高形象如今耸立在人海中,使新时代世风不良的状况显得更为突出。"他们都觉得上帝把他们召回到更美好的生活中去太迟":意即他们渴望上帝让他们早日离开这个世界进天国,因为他们生活在这今不如昔的人群之中比一般老人更感到孤寂。

㉝ 库拉多·达·帕拉佐(Currado da Palazzo):指布里西亚的帕拉佐伯爵家族中的库拉多三世。1276年,他任西西里王查理一世驻佛罗伦萨的代表和佛罗伦萨的最高行政官,1277年为贵尔弗党首领。在1279年布里西亚对特兰托的战争中任布里西亚军政首领,1288年任皮亚琴察的最高行政官。早期注释家一致称赞他为人慷慨大方,具备骑士的美德。

盖拉尔多(Gherardo):指盖拉尔多·达·卡米诺(da Camino)。他是帕多瓦市民,生于1240年,曾任贝卢诺和菲尔特雷军政首领(1266)。从1283年起任特雷维佐军政总首领,一直到1306年逝世为止。但丁在《筵席》第四篇第四章中推崇他,把他作为真正高贵的人的典型。

圭多·达·卡斯泰尔(Guido da Castel):属于勒佐·艾米利的罗贝尔蒂(Roberti)家族在卡斯泰罗(Castello)的支派。生于1233—1238年间,1315年还在世。关于他的生平事迹资料很少,而且自相矛盾。但丁对他很敬重,在《筵席》第四篇第十六章中提到他。

㉞ "自身":指自己的宗教职责;"担负的职责":指它越俎代庖担负的政治职责。

㉟ "利未的子孙":利未是族长雅各的儿子,他的子孙后代构成的宗族被称为利未人(Leviti),世世代代办"会幕的事",属于低级祭司之列。他们不可有产业,因为上帝把以色列中出产的十分之一赐给了他们为业(见《旧约·民数记》第十八章)。上帝这样规定,是为了防止担任祭司职务者有了产业会因俗事而荒废自己的职责。

㊱ 马可听但丁说话是托斯卡那口音,很奇怪他竟然对盖拉尔多一无所知,因为盖拉尔多同佛罗伦萨黑党首领寇尔索·窦那蒂(Corso Donati)的关系是众所周知的。

㊲ 意即叫他盖娅的父亲。盖娅(Gaia)是托尔贝尔托·达·卡米诺(Tolberto da Camino)的妻子,死于1311年。注释家有的说她是贞节的典范,有的说她是道德败坏的活标本。由于马可的话的命意在于强调新旧时代风气的对比,似乎后一种说法更令人信服。

㊳ "穿过黑烟的光已经发白":这光并不是天使的光,而是太阳的光。马可看到烟渐渐淡薄,阳光透进来,知道天使已在前面不远的地方。他作为犯愤怒罪者不得走出烟去,所以就此离别但丁,转身回去了。

第 十 七 章

　　读者呀,如果在高山中雾曾突然笼罩住你,你在雾里的能见度和鼹鼠透过它眼睛上的薄膜所见没有差别,你回想一下,潮湿、浓厚的雾气开始消散时,日轮透过它照进来的情景;你的想象力就会轻而易举地想见,我刚重新见到的太阳是什么样子,那时它已经快落山了①。就在这样的时刻,我把我的脚步迈得同我老师的可靠的脚步一般齐,从这里的这种烟雾中走出,来到在低处的海岸上已经消失的夕照中②。

　　啊,想象力呀,你有时那样使我们神驰物外,纵使一千喇叭在周围吹奏,我们都觉察不到,如果感官不给你提供什么材料,那么,是谁把你推动起来的呢?把你推动起来的是在天上形成的光自身,或者是把这种光引导到下界的意志③。那个变成最爱唱歌的鸟儿的女人的残忍形象出现在我的想象中④:我的心完全集中在它上面,那时任何来自外界的事物都不被接受⑤。随后,就有一个被钉在十字架上者的形象降落到我的崇高的想象中,他面带轻蔑和凶恶的神气,临死也是这样⑥。他周围是伟大的亚哈随鲁和他的妻子以斯帖,还有正直的末底改,他的言行都是那样完美无疵⑦。这一幻象刚像水下形成的气泡缺水时那样自行破灭⑧,我的想象中就升起一位少女的形象,她痛哭着说:"啊,王后啊,你为什么一怒之下就想毁灭自己呀？你自杀是为了不失去拉维尼亚；现在你失去我啦！在为他人之死痛哭以前，先为你的死而痛哭的人就是我呀⑨。"

　　正如，一种新的光射在闭着的眼睛上时，睡梦就被惊破了，惊破后，在完全消失以前还闪动着；同样，一种比我们见惯的那种还强烈得多的光刚射在我的脸上，我的想象顿时就失落了⑩。当我转身去看我在何处时，一个声音说："从这儿上去"，吸引我离开了一切其他的意图⑪；它使我想看清说话的人是谁这一愿望变得那样迫切，如果不当面看到他，就永不会平静下来⑫。但是，正如面对着太阳，我们就眼花，过强的光就遮住它的形象，同样，在这里我的视力也丧失了作用⑬。"这是一位神圣的使者，他不等我们请求，就指给我们往上去的路，他用他的光芒把自己遮住。他待我们如同世人待自己一样；因为看出人家的需要而等待请求者，已经怀着想拒绝人家的坏意⑭。现在我们用我们的脚步表示顺从这样的邀请吧⑮；我们争取在天黑以前上去吧，因为以后不到天亮就不能往上走了。"我的向导这样说，我就跟他一同把脚步转向一道石梯；刚登上第一级，我就觉得好像旁边扇动了一下翅膀，把风扇到了我脸上，还听见说道："Beati pacifici，因为他们是无恶愤的⑯！"

　　夜色降临前的落日的余晖已经只照射着我们这座山上的最高处了，使得一颗颗星从天空许多方面显露出来⑰。"啊，我的气力呀，你为什么这样快地消失啊？"我心里暗自说，因为我感觉我的腿力已经不济了⑱。我们上到了石梯最高的一级，就恰如靠了岸的船一样停住不动⑲。我听了片刻，看我在这新的一层能否听到什么；随后，就转身向着我的老师，说："我的和蔼的父亲,告诉我,在我们所在的这一层要消除的是什么罪呀?如果我们的脚停住,你的话可不要停住啊。"他对我说:"爱善缺乏应有的热情就在这里弥补;就在这里重划当初不幸划得过慢的桨⑳。但是为了使你理解得更清楚,你就专心听我讲吧,这样你就会从我们停留中摘到一些良好的果实㉑。"

他开始说:"我的儿子啊,造物主和创造物都从来不是没有爱的,或者自然的爱,或者心灵的爱;这点你是知道的㉒。自然的爱永远没有错误,但另一种爱会因对象邪恶,或者因力量过强或过弱而犯错误㉓。当它奔向首善时,和在次善方面能自我节制时,它不可能是有罪的享乐的原因㉔。但是当它转向邪恶,或者以过多或过少的热情追求善时,被造物就悖逆造物主而行㉕。你由此可以理解,爱必然是你们所有的一切美德和一切应受惩罚的行为的种子㉖。

"可是,因为爱决不会使眼光离开其主体的幸福,所以万物都不会憎恨自己㉗;因为不可能设想任何存在物是离开最初的存在物而独立的,所以一切被造物都不可能憎恨他㉘。如果我这样区分正确无误,那么,人就只有可能爱他的邻人之不幸了㉙;这种爱萌生于你们的泥土中㉚有三种形式。有人希望通过贬低他的邻人使自己出人头地,只是为了这一目的而渴望人家从崇高的地位上被打下来㉛;有人唯恐自己由于别人高升而失去权力、恩宠、光荣和声誉,因而忧心忡忡,以至于希望相反的情况出现㉜;还有人由于受到污辱而似乎怒火中烧,渴望进行报复,这种人必然准备加害于他人㉝。这三种形式的爱在这下面三层受惩罚㉞。

"现在我要你了解另一种爱,这种爱以不适度的热情追求善㉟。人人都模糊地认识到一种心灵在其中感到满足的善而向往着;因此,人人都努力去达到他[36]。如果迟缓的爱吸引你们去认识他或达到他,你们在适当的忏悔后,就在这一层为这种爱经受磨炼[37]。另有一种不能使人幸福的善;它不是福,不是一切善之果和根的善的本质[38]。沉溺于其中的爱在我们上方那三层受惩罚,但是,我不说明它怎样分成三类,为的是让你自己思索出来[39]。"

注释:

① 但丁为了使读者易于想象出他从已经逐渐消散的烟里走出来时,初见将落的太阳是什么样子,通过比喻说明他当时见到的太阳如同从山中逐渐消散的雾中看到的太阳一样。这个比喻描写人在高山中遇到大雾时的情景异常真切,显然来源于亲身经历,因为但丁在放逐时期曾多次途经托斯卡那和罗马涅两个地区之间的亚平宁山脉。

"和鼹鼠透过它眼睛上的薄膜所见没有差别":古代和中世纪人认为,鼹鼠由于眼睛上有薄膜,根本看不见东西,现在意大利民间还相信这种说法。其实,鼹鼠眼睛上的薄膜中间有一小孔可以见物,只是看不清楚而已。但丁这句的意思是说,人在大雾中看东西如同鼹鼠透过它眼睛上的薄膜看东西一样不清楚;这种说法是符合客观实际的。

"日轮"原文是 La spera del sol,用词十分确切,因为当时烟已变得稀薄,而且天色已晚,太阳将没,从烟里看太阳,轮廓显得分明。

② "就在这样的时刻":原文只有一个词"si"。萨佩纽理解为 co-sì, a questa luce fioca(这样,在这微光中),牟米利亚诺的注释也大致相同。译文参照这种解释,根据上下文稍加变通。

"我把我的脚步迈得同我老师的可靠的脚步一般齐":由于烟已变得稀薄,能看得清路,但丁就不再像盲人一样手扶着维吉尔的肩膀,跟他后面走,而开始同他并肩齐步前进,从烟里走出来。

"来到在低处的海岸上已经消失的夕照中":"低处的海岸"指

201

炼狱山脚下的海岸。但丁和维吉尔从烟里走出来后,在残照中从第三层平台上俯视,只见海岸上暮色苍茫,已经没有一点阳光。这时已是四月十一日下午六点来钟。

③ 刚从烟里走出后,但丁的想象力就使他神驰物外。在这种出神状态中,有三种体现愤怒罪受惩罚的幻象相继浮现在他眼前。他以向自己的想象力发问的方式说明这三种幻象是如何产生的。

经院哲学家认为,想象力是灵魂的内在官能之一,这种官能接受各种外在官能提供的知觉材料,把这些材料储存起来,加工造成新的形象。托马斯·阿奎那斯把想象力比作这种材料的储藏室。但是,但丁在出神状态中忘掉了客观世界,各种外在官能均已入睡,不再给想象力提供什么材料。因此,这三种幻象不可能是想象力把知觉材料加工造成的,而只能是从天上落到想象中来的。究竟是怎么落下来的呢? 但丁以自问自答的方式说:"如果感官不给你提供什么材料,那么,是谁把你推动起来的呢?"也就是说,如果感官不给你(指想象力)提供知觉材料的话,谁推动你,使你发生作用呢? 诗中的回答是:"把你推动起来的是在天上形成的光自身,或者是把这种光引导到下界的意志":意即把你(指想象力)推动起来的是一种在天上形成的光自身,即诸天的自然影响,或者是引导这种光使之对人起作用的上帝的意志。辛格尔顿认为,这些幻象如同第一层平台上的浅浮雕一样是上帝创造的,它们的性质和但丁登上这第三层平台时所经验的那些体现温顺之德的梦幻景象相同。因而,回答所提出的两种可能性中,适用于这里的是第二种:即上帝的意志把这些幻象引向下界,它们是直接从上帝那里降入但丁心中的。另一种可能性,即一种在自然界诸天中形成的光直接降入但丁心中,则被排除了,虽然但丁承认这是获得这种超越感觉的经验的另一种方式。

④ "那个变成最爱唱歌的鸟儿的女人":指雅典王潘狄翁的长女、特剌刻王忒柔斯的妻子普洛克涅。"女人的残忍形象"原文是l'empiezza di lei:指她杀死亲生的儿子,把他的肉煮熟给她丈夫吃的灭绝人性的罪行,她因而受到惩罚,变成了一只燕子(详见第九章注④)。普洛克涅的罪行是由愤怒引起的,所以

诗中把她作为因愤怒罪受惩罚的例子。

⑤ 意即我的心完全被这一幻象吸引住了,对外界一切事物都无所感受,因为各种感官的功能都暂时停止;这是诗中所说的出神状态的特点。

⑥ "一个被钉在十字架上者":指古代波斯王亚哈随鲁的宰相哈曼。他受国王宠信,气焰万丈,一切臣仆都跪拜他,"唯独末底改不跪不拜"。末底改是犹太人,他抚养他叔叔的女儿哈大沙(后改名以斯帖),收她为自己的女儿。以斯帖被选入宫,由于容貌俊美,深受国王宠爱,被册立为王后。"哈曼见末底改不跪不拜,他就怒气填胸","他以为下手害末底改一人是小事,就要灭绝亚哈随鲁王通国所有的犹太人",以解心中的愤恨。他对国王说,犹太人"散居在王国各省的民中,他们的律例与万民的律例不同,也不守王的律例,所以留他们与王无益,王若以为美,请下旨意灭绝他们"。国王准奏,下诏书灭绝全国的犹太人,命令哈曼传下这一旨意。末底改听到这个可怕的消息后,急忙求以斯帖向国王乞恩。以斯帖请国王率哈曼赴宴,当面揭发哈曼的罪恶,国王大怒,因为从太监口里获悉哈曼为末底改"作了五丈高的木架,现今立在哈曼家里",就下令"把哈曼挂在其上。于是人将哈曼挂在他为末底改所预备的木架上"。接着,亚哈随鲁王就答应以斯帖的请求,废除了哈曼所传的灭绝犹太人的旨意(详见《旧约·以斯帖记》第二至八章)。诗中用"一个被钉在十字架上者"(un crucifisso)来指哈曼,因为《旧约·以斯帖记》中希伯来文原文"木架"一词在拉丁文《圣经》中被译为 crux(十字架)。

"降落到我的崇高的想象中":"降落"原文是 piovve(下雨),作为隐喻形容幻象被上帝的意志引导,从天上落下来。这种用法也见于《天国篇》第三、第七、第二十七章中。"崇高的想象":"想象"(fantasia)是接受来自感官的形象以及来自诸天的影响和神的启示的幻象并把它们提供给心灵的能力。但丁用"崇高"(alta)形容接受来自天上的幻象时的想象,因为这时他的想象"已经超越感觉和理性,仿佛飞向上帝,从他接受崇高的、超自然的事物似的"。(卡西尼-巴尔比的注释)

"他面带轻蔑和凶恶的神气":这一细节是但丁添加的,在《旧约·以斯帖记》中,哈曼的态度恰恰与此相反:他在受刑以前,"就甚惊惶"求王后以斯帖救命"。格拉伯尔认为,诗中添加的这一细节改变了《圣经》中的哈曼形象,使人觉得他和《地狱篇》第二十三章的该亚法有点相似,也使人遥遥联想到第十四章中的卡帕纽斯和第十章中的法利那塔。不仅如此,对于哈曼受刑一事,但丁还添加了一个细节:亚哈随鲁、以斯帖和末底改三人在刑场旁观,仿佛为了加剧被钉在十字架上的哈曼的痛苦。

⑦ "伟大的亚哈随鲁":《旧约·以斯帖记》中的波斯王亚哈随鲁(Ahasuerus)就是历史上的波斯王薛西斯(Xerxes)一世(前485—前464在位)。《旧约·以斯帖记》中并没有说他"伟大",只不过说他"从印度直到古实(埃塞俄比亚)统管一百二十七省";"在位第三年,为他一切首领臣仆设摆筵席,……把他荣耀之国的丰富,和他美好威严的尊贵,给他们看了许多日,……"但丁也不大可能知道亚哈随鲁就是公元前480年率领海陆大军入侵希腊的薛西斯一世。诗中说亚哈随鲁"伟大",大概别有所本。

"正直的末底改,他的言行都是那样完美无疵":诗中这一评语大概是根据《旧约·以斯帖记》中末底改的言行作出的,这卷书中并未明说他正直(giusto)。

⑧ 意即在水下形成的气泡上升到水面上,由水构成的那层包着空气的薄膜一消失,气泡就自行破灭。这是日常生活中常见的现象,诗人用来作为比喻,说明闪现在想象中的幻象倏忽不见,显得异常贴切。

⑨ "一位少女":指拉丁姆王拉提努斯和王后阿玛塔的女儿拉维尼亚。她已许配给鲁图利亚王图尔努斯,但神意注定她将嫁给特洛亚英雄埃涅阿斯。埃涅阿斯来到拉丁姆后,国王拉提努斯答应把拉维尼亚嫁给他,但王后阿玛塔反对此事。图尔努斯得知埃涅阿斯要夺娶他的未婚妻时,不禁怒火中烧,双方为此兵戎相见。交战多次,互有胜负。后来,特洛亚人占了上风,王后阿玛塔在敌人兵临城下之际,不见图尔努斯上阵迎战,误以为他已经阵亡,就"立刻精神错乱,大声哀号,说是她害了他,是她的罪过,她是他致死的原因",说完这些伤心话以

后,就悬梁自尽了(事见《埃涅阿斯纪》卷十二)。维吉尔诗中描写拉维尼亚得知母后惨死之后,扯乱头发,抓破面颊,大声哀号;但丁诗中则叙述她说出悲怆动人的话。

"你为什么一怒之下就想毁灭自己呀?":指王后阿玛塔误以为图尔努斯已被埃涅阿斯杀死,悲愤交集,感到绝望而自杀。

"你自杀是为了不失去拉维尼亚":意谓王后阿玛塔之所以自杀是因为她害怕图尔努斯死后,拉维尼亚势必嫁给异乡人埃涅阿斯,她就要失去她的爱女。

"现在你失去我啦!":意即你这一死就真失去我啦!

"在为他人之痛哭以前,先为你的死而痛哭的人就是我呀":"他人"指拉维尼亚的未婚夫图尔努斯。王后阿玛塔自缢身死时,他还活着。"就是我呀"这句话似乎应和前面的话有某些联系,托拉卡的注释说:拉维尼亚这句话"好像是一声尖锐的叫喊,责备她自己是母后自杀的原因,尽管她并无过错。"

⑩ "一种比我们见惯的那种还强烈得多的光":指下面所说的天使的光,这种光比太阳的光还强烈,一射在但丁脸上,他的出神状态就失落了,失落后,仍然在心中荡漾,正如睡梦一样,当一种新的光突然照射在闭着的眼睛上时,就被惊破,惊破后,并不立即消失,而仍然在惺忪的睡眼上闪动。"闪动"原文是guizza,这个词作为隐喻,说明睡梦被惊破后,仍像火焰在熄灭前一样摇曳闪动,或者说,仍像鱼被捉住后一样挣扎扭动。"失落"原文是 cadde giuso(落下),牟米利亚诺指出,这个动词描写出一种力量的消失和继幻象而来的一片空虚;假如改用动词 cessò(停止),那就只不过是叙述一种情况而已。雷吉奥认为,cadde giuso(落下)表示幻象渐渐地消失,显然和前面的动词 surse(升起)遥相对立。

⑪ "一个声音":指第三层平台的天使的声音。"从这儿上去":是这位天使把去第四层平台的石梯指点给两位诗人时说的话,这句话"吸引我离开了一切其他的意图",也就是说,使我全神贯注,再也无心"去看我在何处"。

⑫ 拉纳和佛罗伦萨无名氏以及《最佳注释》都把这三行诗理解为:在我将来在天国中见到这位天使以前,这种愿望永不会平静下来。布蒂则理解为:如果我不当面端详一下这位天使的

容颜,我的愿望就永不会平静下来。萨佩纽认为,从诗的上下文来看,布蒂的理解更为确切。译文根据这种解释。

⑬ "过强的光就遮住它的形象":意即太阳光芒过强,好像用面纱遮住自己一般,使人看不见它的形象。"同样,在这里我的视力也丧失了作用":意即面对着这位天使,我作为凡人感到他的光芒过强,无法忍受,如同面对着太阳时,照得人睁不开眼睛一样。

⑭ "神圣的使者":指天使。原文是 divino spirito,直译应为"神圣的精神",但中文不能说"这是一位神圣的精神",因为"精神"是抽象名词,不能加(用于人的)量词;也不能译为"神圣的灵魂",因为"灵魂"(anima)和精神(spirito)在神学上有本质的不同,例如上帝和天使是精神而非灵魂。译文只好勉强采用"神圣的使者"。

"他待我们如同世人待自己一样":意谓这位天使对待我们如同世上的人对待他们自己一样。这句话使人联想到《新约·路加福音》第六章中耶稣的话:"你们愿意人怎样待你们,你们也要怎样待人",以及《新约·马太福音》第二十二章中、《新约·马可福音》第十二章中他所说的第二条诫命"要爱人如己"。

"因为看出人家的需要而等待请求者,已经怀着想拒绝人家的坏意":这句话意在强调,看到别人需要帮助时,应该立即主动给以帮助,而不要等人家求助。但丁在《筵席》第一篇第八章中说:"第三件可从中看出热诚的慷慨大方之德的事是不求就给;把乞求的东西给人,对一方面来说,并非美德而是买卖,因为在施与者固然不是卖出,在接受者则是买来这种东西。因此塞内加说,没有比用乞求买来的东西价钱更贵的。"

⑮ "用我们的脚步表示顺从这样的邀请":意即我们要顺应这样崇高的权威的邀请,加快脚步拾级而上。

⑯ "Beati pacifici":是拉丁文《圣经》《新约·马太福音》第五章耶稣登山训众的话,中文《圣经》译文是"使人和睦的人有福了"。下句原来是"因为他们必称为上帝的儿子";但丁结合诗中的具体情况,改用"因为他们是无恶愤的"。托马斯·阿奎那斯把"恶愤"(ira mala)和义愤区别开:"恶愤"是违背理

性的愤怒,是有罪的;义愤则是疾恶如仇的情绪引起的,是值得称赞的。在第三层平台上要消除的愤怒罪指"恶愤"。

这里所说的天使是和平天使(Angelo della pace),诗中没有明说但丁额上的第三个 P 字被去掉,读者也会知道。格拉伯尔指出,值得注意的是这位天使的动作,他并没像第一层平台上的天使那样把翅膀在但丁额上横着"扑打"一下(见第十二章),而是使但丁"觉得好像旁边扇动了一下翅膀,把风扇到了我脸上",天使的动作轻柔同他的和平精神更相协调。

⑰ 诗句勾画出黄昏景色。太阳刚落到地平线下,苍茫的暮色笼罩着山脚和山腰,只有山顶还残留着落日的余晖,天色渐渐昏暗起来,使得亮度较大的星陆续在天空各处出现。

⑱ "气力"和"腿力"这里均指登山的能力。根据炼狱的法则,这种能力一到天黑就消失。

⑲ "石梯最高的一级"即第四层平台的边缘。
"就恰如靠了岸的船一样停住不动":对于这个比喻,有两种不同的解释。温图里认为,这里比拟和被比拟的事物的共同之处在于二者均必须立刻停住:正如船一靠岸就得停泊,同样,根据炼狱的法则,天一黑,两位诗人就得止步不前。辛格尔顿认为,两位诗人到了石梯的最后一级,就面向第四层平台站住不动,如同船靠了岸一样,也就是说,到达了目的地。两家的解释各有道理,难以断言谁是谁非,故并存之以供读者参考。

⑳ "爱善缺乏应有的热情就在这里弥补":说明在这层平台上,灵魂们要赎的是怠惰罪(accidia),这里所谓怠惰专指爱善缺乏应有的热情而言。"弥补":指通过飞速奔跑的赎罪方式(见第十八章)弥补生前的怠惰。
"就在这里重划当初不幸划得过慢的桨":这句诗用隐喻说明,灵魂们在这层平台上通过加倍的勤奋行动(飞速奔跑)来补救生前的怠惰,犹如水手当初划船不起劲耽搁了时间,后来就要用更大的力气加速荡桨加以弥补一样。"不幸划得过慢":指水手荡桨过慢,结果使自己受害。

㉑ 维吉尔曾利用站在阿纳斯塔修斯墓的盖子后面躲避臭气的时间,给但丁说明深层地狱的结构和罪恶的类别(见《地狱篇》第十一章),现在又利用因天黑而被迫在这里停留的时间,给

但丁说明炼狱中所要消除的罪恶的来源和类别以及理性和自由意志的作用问题。这些哲理性的说明构成本章后半和下章前半的内容。

㉒　地狱是为惩罚至死未悔罪者的灵魂而设的,因而其中的灵魂是以其生前实际犯下的罪行为根据来分类。炼狱中的灵魂则不同,其生前犯下的罪行经过忏悔已被赦免,但其犯罪的劣根性还存在,必须经过痛苦的磨炼消除净尽,才能升入天国,因而这些灵魂的分类是以其犯罪的劣根性为根据的。

炼狱中的灵魂都是基督徒,他们须要消除的是教会规定的七种大罪:骄傲、忌妒、愤怒、怠惰、贪财、贪食、贪色。托马斯·阿奎那斯把这七种罪都归结为在"爱"的问题上的失误。因此,维吉尔说明炼狱中的灵魂的类别时,先从爱说起。这里所谓爱是广义的爱,经院哲学家认为宇宙间万物无一无爱,物体受地心引力的作用向下坠落也是爱的表现。

"造物主"即上帝。《新约·约翰福音》第四章中说:"上帝就是爱"。

"创造物":指上帝创造的一切有生命和无生命之物。

"自然的爱"(amore naturale):万物固有的、本能的爱。

"心灵的爱"(amore d'animo):指经院哲学家所谓"有选择性的爱"(amore d'elezione),它是由心智选择对象,由意志自由决定的;心智和意志是心灵所特有的,所以诗中称之为"心灵的爱"(即有理性的爱)。

"这点你是知道的":因为但丁精通经院哲学,托马斯·阿奎那斯的《神学大全》中区分了这两种爱,但丁自己在《筵席》中也谈到了自然的爱问题(见此书第三卷第三章)。

㉓　"自然的爱永远没有错误":但丁在《筵席》中论自然的爱时指出,一切有生命和无生命之物都有这种爱,例如重物向地心坠落,火焰向上升起(由于月天之下有火焰界),兽类爱其特定的栖息地,植物喜生于特定的地带,移植他处则枯死。托马斯·阿奎那斯认为,天使和人的自然的爱就是爱至善,即爱上帝。"自然的爱"永远没有错误,因为它是上帝赋予一切创造物的。"心灵的爱"能犯错误,因为它是能选择的,负有道德责任。一切创造物中,唯独赋有自由意志者才能选择,所以只有天使和

人才具有这种爱。但是天使的选择是永远坚定地爱上帝,所以实际上所谓"心灵的爱"犯错误就仅限于人类。人在"爱"的问题上犯错误有三种方式:(1)"爱"的对象错误,也就是说,爱他人之不利(骄傲、忌妒、愤怒),(2)"爱"至善(上帝)不足(怠惰),(3)"爱"尘世的物质享受太过(贪财、贪食、贪色)。

㉔ "首善":原文是 il primo ben,指上帝,"次善":原文是 i secondi(beni),指现世供人享受的福(主要指物质享受),二者用同一词 bene,就原文而言,词义上并无矛盾,哲理上也讲得通,因为亚里士多德《伦理学》以至善为人生的最高目的,至善就是福,福乃"思辨的活动",也就是求求真理的活动;中世纪神学家认为上帝乃最高真理,见到上帝,人的心智就完全得到满足,达到了至善的目的。由此可见,在 bene 这一词上,"善"与"福"是统一的。但是,译成汉语就出现了矛盾,因为在汉语中,"善"是"恶"的反义词,与"福"的含义并无相通之处。如果把 i secondi(beni)译成"次福",就表达不出与"首善"划分等次的意义,如果译成"次善",就是把现世的福(物质享受)说成善,又未免牵强;但是,如果把 il primo ben 改译成"首福",就不仅失去上帝作为至善的意义,而在处理后面的诗句:"只有一种不能使人幸福的善;这种善不是福,不是作为一切善之果和根的那种善的本体"时,也会遇到难以解决的矛盾(因为把诗句中的"善"都换成"福",就讲不通)。因此,只好勉强采用现在的译法,而在注释中加以说明。

"当它奔向首善时":意即当"心灵的爱"以上帝为其对象时;当它"在次善方面能自我节制时":意即当心灵的爱以现世的福(物质享受)为对象而不沉溺于其中时;"它不可能是有罪的享乐的原因":意即在这两种情况下,这种爱都不可能造成有罪的享乐(贪财、贪食、贪色)。

㉕ "当它转向邪恶":意即"当心灵的爱"选择邪恶的对象时。"转"原文是 si torce(转弯),这里带有误入歧途的意味。
"以过多或过少的热情追求善时":这句话意在解释前面所说的"力量过强或过弱",但文字未免过于简略。大意是:以过多的热情追求"次善"或者以过少的热情追求"首善",也就是说,爱上帝不足,爱尘世的物质享受太过。

"被造物就悖逆造物主而行"：这里"被造物"专指人类而言，意谓如果人这样爱就是犯罪（前一种情况是犯怠惰罪，后一种情况是犯贪财、贪食或贪色罪）。

㉖ "应受惩罚的行为"：即罪行。全句大意是，你从我所说的这番话就可以明白，爱必然是人的一切美德和一切罪行的种子。

㉗ 维吉尔现在谈论人可能恨谁的问题，也就是说，可能爱谁的不幸的问题。

"爱决不会使眼光离开其主体的幸福"："主体"原文是 subietto，相当于拉丁文 subiectum，是经院哲学名词，这里指一切作为爱的主体的事物。"决不会使眼光离开其主体的幸福"是形象化的说法，意即被造物（主要指人）都爱自身的幸福，所以谁都不可能憎恨自己。

㉘ "最初的存在物"（il primo Essere）：指上帝。一切被造物都不可能离开上帝独立存在，所以任何被造物都不可能憎恨上帝。雷吉奥指出，这一论证是很有争议的，因为《地狱篇》中的人物，如卡帕奈奥、卢奇菲罗，都憎恨上帝，而且托马斯·阿奎那斯在《神学大全》中也承认，憎恨上帝在极个别的情况下是可能的，他认为这是最重的罪。

㉙ 意谓：如果我这样区分一切可能的情况做出的论断不错的话，那么，人就只有可能憎恨自己的邻人（爱他人之不幸）。

㉚ 这个典故出自《旧约·创世记》第二章："耶和华上帝用地上的尘土造人"。

"这种爱萌生于你们的泥土中"：据本维努托的注释，"那就是说，萌生于人类，因为第一个人是用地上的泥土造的。"

㉛ 指骄傲罪。

㉜ 指忌妒罪。"愿意相反的情况出现"：意即希望别人职位声势下降。

㉝ 指愤怒罪。

㉞ 意即：这三种爱他人之不利的罪（骄傲、忌妒、愤怒）分别在两位诗人当时停留的地方下面倒数第一、二、三层平台受惩罚。

㉟ 这里所说的"善"泛指前面提到的"首善"和"次善"。"以不适度的热情"：意即以过少的或者过多的热情。

㊱ "心灵在其中感到满足的善"：指至善，即上帝。大意是，每个

人都对上帝有一种模糊的概念(上帝是无限的,人类对他只能有模糊的概念),唯有上帝能使人的心灵感到完全满足,因而人就对他向往,努力去达到他。

㊲ "迟缓的爱":意即微弱无力的、不大热烈的爱。"适当的忏悔":意即及时的忏悔。大意是,人如果对上帝的爱淡薄,不努力去认识和达到他,就犯怠惰罪,在生前及时进行忏悔,死后灵魂就在这第四层平台经受磨炼,消除犯这种罪的劣根性。

㊳ "另有一种不能使人幸福的善":指上述的"次善",即尘世的种种物质享受,这些都不足以使人真正幸福。"它不是福,不是一切善之果和根的善的本质":意谓"次善"对人来说不是真正的福,因为它不是"善的本质"。只有上帝是善的本质,作为善的本质的"造物主上帝是一切善的缘由和来源(根),但同时又是一切善的报酬(果),因为面见上帝是奖赏给善人的永恒之福。"(斯卡尔塔齐-万戴里的注释)

㊴ "沉溺于其中的爱":指爱尘世的种种物质享受太过而犯贪财、贪食或贪色罪。"在我们上方那三层受惩罚":指这三种罪分别在第五、第六、第七层平台受惩罚。但维吉尔不说明是哪三种罪,而让但丁自己动脑筋去思索。

第 十 八 章

　　我的学识高深的教师已经结束了他的论述,正在注视着我的眼睛,看我是否露出满足的神情①;我呢,受到一种新的焦渴的求知欲刺激,外表似乎沉默着,心里却想道:"或许我发问太多会使他厌烦。"但是,那位真实的父亲②看出了我由于胆怯而未敢表示的愿望,先说了话,使得我鼓起了说话的勇气。因此,我说:"老师,在你的光照耀下③,我的心智的视力增强了,使我得以清楚地理解你在论述中区分或剖析的一切。因此,亲爱的、和蔼的父亲,我请求你给我阐明一下,你把它归结为一切善行及其反面的种子的那种爱④。"

　　他说:"把你的心智的锐利的眼睛对着我,你就会明白那些使自己充当向导的盲人的错误⑤。天生具有爱的倾向的心灵,一受到任何可爱的事物推动把倾向化为行动,就向往那一事物⑥。你们的认识力从实际存在的事物摄取形象,把它展现在你们心中,从而使得心灵转向它⑦;如果转向它后,就倾向于它,这种倾向就是爱,那是自然的爱,它通过可爱的事物开始在你们心中生根⑧。然后,如同火由于其形式具有向它在其自身的物质中持续更久之处上升的倾向而向上升起一样,被俘虏的心灵就向往起来,这是一种精神运动,它永不平静下来,除非被爱的事物使它喜悦⑨。现在你可以看得清楚,对于那些坚持任何爱本身都是可称赞的事为真理的人来说，真理是隐藏得多么深了；他们坚持这种说法或许因为爱的材料看来总是好的，但是，蜡纵然是好的，印记也不是每个都好⑩。"

我回答他说："你的话和我领会你的讲述的智力使得我明白了爱的性质，但是，这又使得我更满腹疑团了；因为，如果爱是由外界提供给我们的，而且灵魂也不用别的脚走路的话，那它走对了还是走错了，就不是它的功罪了⑪。"他对我说："我能给你说明的，是就理性对这个问题所见为限；在这个限度以外的，你就只等待贝雅特丽齐吧，因为那是信仰的事⑫。一切与物质区分而又与之结合的实体形式本身都蕴含着一种独特的能力，这种能力在未发生作用时，是感觉不到的，而且它只能通过效果显示出来，如同植物的生命通过绿叶显示出来一样⑬。因此，人不知道他对最初的原理和对最初的可企求的对象的爱来自何处，二者在你们心中存在，正如蜜蜂具有酿蜜的本能一样；这最初的欲望本身是无可赞扬或责备的⑭。可是，为了使一切其他的欲望都符合这种欲望，你们心中就具有那种天赋的提忠告的能力，它应看守允诺的门槛⑮。根据它接受和筛选良善的和邪恶的爱，来决定你们应受赞扬和责备，道理就在于此⑯。那些推理彻底的人认识到这种天赋的自由，从而给世人留下了伦理学说⑰。由此可见，假定在你们心中燃起的爱都是必然发生的，抑制它的权力还在于你们⑱。贝雅特丽齐称这一高贵的能力为自由意志。因此，如果她对你谈到它，你心里可要记得这一点⑲。"

这时天已很晚，几乎是半夜了，月亮形状像个仍然闪闪发光的大桶似的，使得星辰在我们看来显得稀疏了⑳；它逆诸天运转的方向在那条轨道上运行,已经走到了罗马的居民看见太阳在萨丁人和科西嘉人之间没时所照之处㉑。使庇埃托拉名声高于曼图阿地区任何其他地方的那位高贵的灵魂已经卸下了我加在他身上的重负㉒;因此,我接受了他对我那些问题的明确浅显的论述后,就一直像在昏昏欲睡的状态中想入非非的人似的。但是这昏昏欲睡的状态突然被一群在我们背后奔向我们而来的人打破了㉓。正如古代每逢试拜人有求于巴克科斯时,伊斯美努斯河和阿索浦斯河夜间就看到沿岸人群疯狂拥挤而来,就我所见到的,那些被良好的意志和正当的爱驱策的人绕着那层平台快步腾跃而来,就像那个样子㉔。他们霎时间就到了我们跟前,因为那一大群人统统在向前跑;前面的两个哭着喊道:"马利亚急忙跑到山地里去"和"恺撒为征服伊莱尔达,打击了马赛,随后就跑到西班牙㉕。"其他的人紧跟着就喊道:"赶快,赶快,以免因缺乏爱失去时间,以便通过热心为善使神恩重新降临㉖。""啊,灵魂们哪,你们心中强烈的热情现在或许弥补你们由于热情不足在行善方面的疏忽和延误㉗,这个人是活人,我当然不对你们说谎㉘,只要太阳再一出来照射我们,他就要往上走。因此,就请你们告诉我们,到豁口去,往哪边走近吧。"这些是我的向导所说的话;那群灵魂中有一个说:"你跟着我们来,就会找到那个豁口。我们都满怀着一直继续前进的志愿,使得我们不能停下来。因此,如果你把我们受惩罚的行动看成粗野无礼,那就请你原谅吧。我生前是维罗纳圣泽诺修道院院长,在英勇的巴巴洛萨统治下,如今米兰人谈到他时,还很痛心㉙。有一个现在一只脚已经在墓穴里的人,他不久就要因为那个修道院受苦,就要为自己有权而悲伤;因为他把他那个身残而心更坏又是私生

　　但是这昏昏欲睡的状态突然被一群在我们背后奔向我们而来的人打破了。

的儿子放在那里代替合法的牧师㉚。"我不知道,他是否又说了些什么话还是沉默了,因为他已经跑得离我们那样远了;但是这些话我听到了,并且愿意记在心里㉛。

那个每逢我有需要时都援助我的人㉜说:"你转身向这里㉝;你瞧他们当中两个谴责怠惰的人㉞来了。"他们正在所有的人后面说:"海水为他们分开的那些人在约旦河尚未看到它的继承者之前就死了㉟;"和"那些不和安奇塞斯的儿子一同忍受艰苦到底的人沉溺于毫无光荣的生活㊱。"

之后,当那些灵魂已经离开我们很远,我们再也望不见他们时,新的念头在我心中出现,从它又生出许多不同的念头;我这样悠悠荡荡从一个念头转到另一个,由于浮想联翩而合上了眼睛,使遐想变成了梦。

注释:

① "学识高深的"原文是 alto,这个词具有"高"和"深"两种含义。维吉尔方才给但丁阐明了高深的哲理性问题,因而诗中说他是学识高深的教师。
"正在注视着我的眼睛":"眼睛"原文是 vista,许多英文译本都译成 face(脸),也未尝不可,但理解为 occhi(眼)则更为深切,因为萨佩纽指出,但丁在《筵席》第三篇第八章中说,眼睛好比灵魂的窗户,可以看出内心的情感。

② "那位真实的父亲":"真实的"原文是 verace,这里为什么用这个词来形容维吉尔?彼埃特罗波诺的注释说:"对自己的学生不同时怀着父亲般感情的老师是配不上这个名义和职位的。维吉尔对但丁来说之所以是教导功效最高的老师,是由于他的感情比父亲还深厚。"雷吉奥的注释说:"这位学识高深的教师由于关心〔学生〕而变成了父亲,但他依然是阐明真理的老师。"

③ "你的光":指维吉尔的学识的光。

④ "一切善行及其反面的种子":意即一切善行及恶行的种子。维吉尔已经断言爱是"一切美德和一切应受惩罚的行为的种子"(见第十七章);但丁现在希望维吉尔把有关这种论断的道理讲一讲,来证实这种说法。

⑤ 大意是:把你的锐利的悟性指向我所要讲的道理,你就会明白那些以他人的导师自居的思想上的盲人(指那些"肯定任何一种爱本身都是可称赞的事"的人)的错误。

牟米利亚诺的注释说:"注意'盲人'和'向导'间的尖锐的对照。诗句简明地反映《新约·马太福音》中的话:'若是瞎子领瞎子,两个人都要掉在坑里'(第十五章第十四节)。"

⑥ "天生具有爱的倾向的心灵":指人的理性灵魂(见《地狱篇》第二十七章注⑯)。根据经院哲学的学说,这种灵魂是由上帝创造并输入发育完全的胎儿体中。上帝充满了爱,所以人的理性灵魂天生具有爱的倾向。

诗句的大意是:人的心灵天生就具有爱的倾向或潜能,一受到可爱的事物(包括人)的吸引,倾向或潜能就化为行动,而对那一事物(或人)向往起来。

这三句诗概括地说明爱发生和发展的过程,后面的诗句分别说明这一过程的各个阶段。

⑦ "认识力"原文是 apprensiva, 即 capacità conoscitiva, 包括感官(senso)和心智(intelletto)。"形象"原文是 intenzione, 来源于经院哲学用语 intentio, 含义相当于现代意大利语 immagine。

诗句的大意是:人通过感官和心智获得某一客观存在的事物的形象,通过想象把它展现在心灵中,使得心灵贯注在它上面。这是爱的第一阶段。

⑧ 诗句的大意是:如果心灵贯注在它上面,对它做出判断,认为它美好,而受它吸引,倾向于它,这种倾向就是爱。这是爱的第二阶段。这爱是"自然的爱",因为它是一种自然倾向或潜能的结果,这种倾向或潜能由于可爱的事物的美而变成现实,在心灵中生根。

⑨ 诗句的大意是:然后,被爱俘虏的心灵就开始对那一可爱的事物向往起来,正如火由于其本质促使它返回火焰界而向上升起一样。心灵对所爱的对象的向往是一种精神运动(它和火

向火焰界上升的纯粹物质运动一样自然），这种精神运动决不
会平静下来，除非心灵能享受所爱的事物，也就是说，和它结
合把它占有，正如《筵席》第三篇第二章中所说，"爱就是灵魂
与被爱的事物的精神结合。"这是爱的第三（即最后）阶段。
"火由于其形式具有向它在其自身的物质中持续更久之处上
升的倾向而向上升起"："形式"（forma）是经院哲学名词，指事
物的本质，某一事物之所以是某一事物而非别的事物是由其
形式（即其本质）决定的。因此火的"形式"指的就是火的本
质。古代人相信地球和月天中间有火焰界（sfera del fuoco），
它在大气层之上，月天之下，距离月球很近。火焰之所以向上
升是由于火的本质促使它与火焰界重新结合。《筵席》第三篇
第三章中说："每一事物……都有其特殊的爱。正如简单的物
体本身具有天生对自己的地区的爱一样……火具有对上方那
个沿着月天的圆圈（指火焰界）的爱，因此它总向那里上升。"
诗中所说的"它在其自身的物质中持续最久之处"即火焰界。
"物质"（matera）这里指"要素"（elemento）。火是古希腊哲学
家所说的四要素之一，它在火焰界是"在其自身的物质中"，可
谓适得其所，因而比在地球上持久，不易熄灭。

⑩ "那些坚持任何爱本身都是可称赞的事为真理的人"：即前面
所说的"那些使自己充当向导的盲人"。萨佩纽认为指伊壁鸠
鲁学说的信徒；波斯科认为指包括但丁自己在内的温柔的新
体诗派抒情诗人。"爱的材料"（"材料"〔matera〕是亚里士多
德哲学用语）指爱的自然倾向，也就是爱的潜在能力。
诗句的大意是：那些人由于爱是人的心灵的自然倾向就认为
它总是好的，殊不知它作为潜在的能力虽然是好的，但一从潜
能变成现实，成为某种特殊的爱，就会向往虚伪的美，而成为
应受谴责的事，正如盖印章用的蜡虽然质量好，但盖上的印记
都未必每个都清晰、真切（译者按：欧洲人把刻着文字、数字或
纹章的石质的或金属的印章盖在蜡或者火漆上来证实文件是
有效的）。牟米利亚诺指出："这个形象化的比喻讲得很清楚：
蜡（cera）就是爱的自然倾向（它本身总是好的），印记（impron-
ta）是爱的这种或那种特殊行为，是对这一或那一对象的向往
或追求（对象可能是好的，也可能是坏的）。"

在这些诗句中,但丁借维吉尔之口既批判温柔的新体诗派其他诗人对于爱的观点,也纠正自己青年时代的错误。

⑪ "如果爱是由外界提供给我们的":意即如果爱是由外界的可爱的事物在我们心灵引起的。

"而且灵魂也不用别的脚走路":意即如果心灵只能依照爱的自然冲动去做。把用脚走路作为比喻来比拟心灵的动向如何见于《旧约·诗篇》第七十三篇亚萨的诗中:"上帝实在恩待以色列那些清心的人。至于我,我的脚几乎失闪,我的脚险些滑跌。"

诗句的大意是:如果我们心灵中的爱是由于受外界可爱的事物的吸引而产生的,如果我们的心灵在这种吸引力的制约下必然爱那一事物,那么,我们对这种爱的是非善恶就不负道德责任了。

⑫ 在《神曲》中,维吉尔象征理性和哲学,贝雅特丽齐象征信仰和神学。维吉尔对于但丁提出的疑难问题,只能就理性的能力所及,以哲学的推理方式予以解答。超越了理性所能认识的限度,就是信仰的事,属于神学的领域,必须由贝雅特丽齐来阐明。

⑬ "实体形式"(forma sostanzial)是经院哲学名词。所谓"实体"就是作为个体实际存在的事物。"实体形式":指决定某一实体为某一实体的那一因素,这在人就是他的理性灵魂(在其他动物就是其感性灵魂)。"与物质区分而又与之结合":指人的灵魂与肉体区别开来,但又与肉体结合成为新的统一体(这一点使人与天使不同,天使是纯粹精神而无物质〔肉体〕的)。

"独特的能力"(specifica virtute):指某一种类的存在物特有的能力。人类具有的独特的能力是他的心灵中存在着的潜在的认识能力和潜在的爱。这种能力只有在发生作用时,即从潜能变成现实时,才被心灵感知,只有通过它产生的效果才显示出来,正如植物的生命是人的眼睛看不见的,只有通过它生出的绿叶才显示出来一样。

⑭ "最初的原理"(le prime notizie):指作为一切推理、论证的基础和出发点的公理(assiomi)、范畴(categorie)、逻辑形式(forme logiche)等。

"最初的可企求的对象"（i primi appetibili）：指真、善、美、福等。因为人类具有的这种独特的能力只有在起作用时，才被感知，只有通过它的效果才显示出来，所以我们不知道自己对最初的原理的认识和对最初的可企求的对象的爱来自何处，这种潜在的认识能力和潜在的爱在人心中存在，就如同蜜蜂天生就有酿蜜的本能一样。

"这最初的欲望本身是无可赞扬或责备的"："这最初的欲望"，指"对最初的可企求的对象的爱"；它"本身是无可赞扬或责备的"，由于它是天生的，如同本能一样，"本身既无功，也无过；因为那位哲学家（指亚里士多德）说，其最初的运动不在我们的支配下"。（布蒂的注释）

⑮ "为了使一切其他的欲望都符合这种欲望"："这种欲望"，指"对最初的可企求的对象的爱"。"符合这种欲望"：意即和这种欲望合拍，协调一致，指向"最初的可企求的对象"，如真、善、美。

"天赋的提忠告的能力"：指理性。"看守允诺的门槛"：诗人把理性人格化，比作一个警惕性高的门卫，只允许正当的欲望进来，把邪恶的欲望拒之门外。这个隐喻"是形象化的，有些离奇，但很能传神"。（斯卡尔塔齐-万戴里的注释）

诗句大意是：为了使人的一切其他的欲望都和他对最初的可企求的对象的爱一样指向真、善、美，上帝赋与人理性，使他借以辨别善恶，明确哪些欲望是正当的，哪些欲望是不正当的。

⑯ 意谓人之所以应对自己的行为负道德责任，就是因为生来具有理性，能明辨是非，抉择善恶。

⑰ "那些推理彻底的人"：泛指古代哲学家，特指亚里士多德，他们运用理性对人的心灵，尤其对人的道德责任问题进行了深入的探究。"认识到这种天赋的自由"：结果，认识到人有天赋的自由意志。"从而给世人留下了伦理学说"：以自由意志为基础和出发点，创立了伦理学说，传给世人，用其中的道德准则指导世人的行为。因为，如果没有自由意志，人就是欲望的奴隶，对自己的行为不负道德责任，任何伦理学说也就无从创立了。

⑱ 意即由此可见，即使人心中燃起的爱都是必然发生的，人还是

有能力根据理性的忠告加以接受或者拒绝的。

波斯科指出,但丁在这里借维吉尔之口彻底否定圭多·卡瓦尔堪提等诗人关于爱的必然性的说法,这种说法影响颇为深远。弗兰齐斯嘉在地狱中对但丁叙说她和保罗相爱的经过时,就强调了爱的必然性,她说:"在高贵的心中迅速燃烧起来的爱,使他热恋上我……美丽的身体;……不容许被爱者不还报的爱,使我那样强烈地迷恋他的美貌……"他们俩正是由于不能以理性克制情欲,才犯了邪淫罪,结果一同被杀,灵魂堕入地狱。

⑲ 贝雅特丽齐将在月天中对但丁谈到自由意志,称它为上帝对天使和人类的最大的恩赐(见《天国篇》第五章)。

⑳ "这时天已很晚,几乎是半夜了,月亮……":原文是 la luna, quasi a mezzanotte tarda。多数注释家认为 tarda(晚,迟)形容 luna(月亮),意谓月亮几乎到半夜时分才出来,比昨晚迟些,因为这时已是望月后的第五天夜晚,月亮每天晚出来 50 分钟,所以这天应该在 2 点到 22 点之间出现在地平线上。但是,这是北半球的月相(fase lunare),南半球的情况则与此相反。一些学者认为,但丁一时心不在焉,把炼狱的月相写成和意大利的月相一样,让月亮出来较晚,而不是较早。

雷吉奥反对上述说法,认为这是对但丁的诗句的误解,但丁在诗中根本未提月出,tarda 一词不是用来形容 luna,而是用来形容 mezzanotte,意思是说,当时天已很晚,将近半夜时分了。

"形状像个仍然闪闪发光的大桶似的":"大桶"(secchione)在这里指的是一种深底圆铜锅(paiolo)。望月后第五天夜晚的月亮是下弦月,呈◗形,诗人把它比作闪闪发光的深底圆铜锅,非常贴切。雷吉奥认为,那些注释家之所以把上述的诗句误解为月亮迟至将近半夜时分才升起,是由诗中的比喻引起的。铜锅的淡紫红色使他们联想到月亮刚出现在地平线上时的颜色,却没有想到,刚出现在地平线上的月亮发出的光很微弱,决不可能使星辰在但丁和维吉尔看来"显得稀疏了"。他说:"但丁所强调的是:半夜(他进入昏昏欲睡状态的时刻),月亮呈现桶形,它的光晖而非它的颜色,以及星辰在月亮的更强的光映照下黯然失色,只此而已。"译文根据这种解释。

㉑　"逆诸天运转的方向":指月亮周月运转(corso mensile)的方向(即绕地球公转的方向)与诸天运转的方向相反,前者是由西向东,后者是由东向西(月亮周日运转〔corso diurno〕即自转的方向,则与诸天运转的方向相同)。

"在那条轨道上运行":指在黄道带内运行。

"已经走到了罗马的居民看见太阳在萨丁人和科西嘉人之间没时所照之处":"萨丁人和科西嘉人",指萨丁岛和科西嘉岛,两岛之间是博尼法乔海峡,距离罗马将近300公里,实际上罗马的居民望不见两岛和海峡,这里是就罗马城的纬度来说,海峡在西南方或西南偏西方,太阳在这个方位没时,是将近十一月底,这个时节太阳在人马宫(即其"所照之处")。但丁是1300年4月8日望月夜晚开始地狱之行的,那时月亮在天秤宫(因为太阳在白羊宫,月亮和它遥遥相对)。月亮每天走13度,五天后,就在黄道带上更东65度的地方,也就是说,在人马宫了。诗句的大意是:月亮那天夜里位于太阳十一月间所在的地方。

㉒　"庇埃托拉"(pietola)即庇埃托勒(见《地狱篇》第一章注㉒),在曼图阿附近,古名安德斯,维吉尔出生于此。

"高于曼图阿地区任何其他地方":原文是 più che villa manto-ana,对此注释家有不同的解释。本维努托把 villa 理解为"城市",认为诗句的意思是:庇埃托拉比曼图阿城还著名;由于但丁通常用 villa 指城市,萨佩纽也倾向于这种解释。但是诗中用 villa 指城市时,前面总加冠词,这里却非如此。布蒂则把 villa 理解为"乡村,村落",认为诗句的意思是:庇埃托拉名声高于曼图阿地区任何其他的乡村。雷吉奥认为,这里应把 vil-la 理解为含义宽泛的词 località(地方),诗句的意思是:庇埃托拉名声高于曼图阿地区任何其他的地方。译文根据这种解释。

"高贵的灵魂":指维吉尔,庇埃托拉由于是他的出生地而比曼图阿地区任何其他的地方名声都高。

"已经卸下了我加在他身上的重负":原文是 del mio carcar disposta avea la soma,对此有的注释家理解为:维吉尔已经卸下了我加在他身上的解决疑难问题的重担,有的则理解为:维吉尔已经解除了疑难问题压在我身上的沉重负担。从上下文看，两种解释都讲得通，但后一种跟下面两句意思稍嫌重复，因此译文根据前一种。

㉓ "一群在我们背后奔向我们而来的人"：我们从第十七章中知道，但丁和维吉尔已经登上通向第四层平台的石梯最高的一级，"恰如靠了岸的船一样停住不动。"但是他们肯定没有一直在那里站着，因为他们知道，天亮以前是不能前进的，我们可以想象，他们一直坐在平台边上，背部对着悬崖峭壁，俯视山坡和大海，或者仰观天上的星辰。诗中说一群灵魂"在我们背后奔向我们而来"就意味着但丁和维吉尔背部对着那群灵魂在上面跑步的平台。

这一群蜂拥而来的是犯怠惰罪者的灵魂，他们怀着极大的热情在这层平台上昼夜环山奔跑来消除他们生前的罪孽。这一群灵魂引起了但丁的好奇心，使他从昏昏欲睡的状态中清醒过来。

㉔ "巴克科斯"（Bacchus）是罗马神话中的酒神，相当于希腊神话中的狄奥尼索斯（Dionysus），传说他出生于忒拜（Thebes），因此，忒拜人把他作为守护神，每逢酒神节都举行狂热的祭礼，向他祈求保佑和帮助。

"伊斯美努斯河（Ismenus）和阿索浦斯河"：希腊中部波伊欧提亚（Boeotia）地区的两条小河，前者从忒拜城中流过去，后者从城的近郊流过去。古时忒拜人在酒神节举行祭礼之夜沿着河岸蜂拥狂奔而来。但丁用这种情景来比拟那天夜里那一群犯怠惰罪者的灵魂蜂拥奔向他们而来的情景。值得注意的是：他把伊斯美努斯河和阿索浦斯河人格化，设想它们看到了那种情景，从而使得人群蜂拥狂奔的画面跃然纸上。他使用这个比喻，显然受到斯塔提乌斯的启发，后者在《忒拜战纪》第九卷中使伊斯美努斯河说话，称阿索浦斯河为 frater Asopus（阿索浦斯兄弟）。"良好的意志（buon voler）和正当的爱"（giusto amor）：这两种美德是他们的怠惰罪的反面，正因为如此，他们必须受这两种美德驱策，在平台上昼夜环山飞跑进行赎罪。萨佩纽指出，他们所受的惩罚令人想起地狱外围那些生前无所作为者的灵魂所受的惩罚，显然根据"一报还一报"的原则。

"就我所见到的"：意谓由于是夜间,看不清楚,就我所能看出来的,……

"快步腾跃"：原文是 suo passo falca。动词 falcare 含义是：使……成镰刀状。据此,早期注释家大多理解为：那一群灵魂拐镰刀形的弯儿跑来,因为他们是在平台周绕着山转圈子。现代注释家则理解为：那一群灵魂跑的姿势好像马奔驰时呈现出的镰刀形的跳跃姿势(即先用力弯曲后腿,然后抬起前腿,全身向前冲的姿势)。

㉕ "马利亚急忙跑到山地里去"：这是体现勤快美德的第一个范例。这个范例来源于《圣经》中圣母马利亚的事迹。天使告诉马利亚说,她要怀孕生耶稣,她的亲戚年老的以利沙伯也怀了男胎。为了在以利沙伯分娩时帮助她,"马利亚起身,急忙往山地里去,来到犹大的一座城,进了撒迦利亚的家,问以利沙伯安。"(见《新约·路加福音》第一章)

"恺撒为征服伊莱尔达,打击了马赛,随后就跑到西班牙"：这是体现勤快美德的第二个范例。这个范例来源于古罗马史中恺撒的事迹。恺撒在进军攻打西班牙的伊莱尔达(Ilerda,即今 Lerida)城的路上,先包围了马赛,分兵给布鲁都(Brutus)围困此城,然后亲自挥师西进,迅速击溃庞培任的代理长官的部队,占领了伊莱尔达。注释家认为,但丁选择这一范例,受到卢卡努斯的启发,后者叙述此事时,强调恺撒进军迅速犹如闪电一般(见《法尔萨利亚》卷三)。波雷纳指出,这两个范例体现的勤快热心的美德,似乎是物质性质的,而不是精神性质的。其实,马利亚情愿遵从天使所传达的神意和她急忙前去看望以利沙伯,都是基督降生赎救世人的阶段;在但丁看来,恺撒在其进行的战争中是神的意志的工具,这场战争为罗马帝国的建立奠定了基础。所以这两个范例也体现了对造福于人类的最崇高的精神事业的勤快美德。

㉖ 跟在后面的大队灵魂们紧接着就一同呐喊,互相鼓励,要求大家赶快跑,不要怠惰,耽误时间,要努力经受磨炼,来争取重新获得上帝的恩泽。

"缺乏爱"：指爱善不足,犯怠惰罪。

"热心为善"：这里指勤奋履行赎罪的义务。

㉗ 维吉尔这句话暗示这些灵魂正在弥补的是怠惰罪，"或许"（forse）一词使语气比较委婉，不至于使人觉得武断生硬。

㉘ 维吉尔用"我当然不对你们说谎"这句话强调说明但丁是活人，但是那一群灵魂只顾向前奔跑，并没有像其他层的灵魂们那样对此表示惊异。

㉙ "你跟着我们来，就会找到那个豁口"：维吉尔向这些灵魂问路时说："请你们告诉我们，……"；这个灵魂在答话中则一律用"你"，表明他只对维吉尔说，根本没有理会但丁在场。"我们受惩罚的行动"：原文是 nostra giustizia，指他们因怠惰罪被罚昼夜不停地环山奔跑。这个灵魂恐怕维吉尔把他不站住回答视为无礼貌。"我生前是维罗纳圣泽诺修道院院长，在英勇的巴巴洛萨统治下"：圣泽诺（San Zeno）是公元四世纪时维罗纳主教。著名的圣泽诺教堂和修道院在维罗纳旧城外不远的地方。至于在神圣罗马皇帝腓特烈一世（绰号巴巴洛萨〔Barbarossa，红胡子〕）在位时（1152—1190），圣泽诺修道院的这位院长究竟是何人，早期注释家一无所知。现代注释家考证出当时这个修道院的院长是盖拉尔多（Gherardo）二世，死于1187年，生平事迹不详，英国沃农勋爵（Lord Vernon）编辑出版的注释说：他是"生活圣洁的人；但他有这种懒惰的毛病，正如他们〔修士们〕由于肥胖大都有这种毛病一样。"但这里所说的懒惰纯粹是物质性的，与爱善不足的怠惰罪有本质上的区别。雷吉奥认为，或许在维罗纳人们传说有一位知名的犯怠惰罪的修道院院长，但丁在那里居留时，听到了这个传说，把它收集下来作为资料。

"如今米兰人谈到他时，还很痛心"：腓特烈一世愤恨米兰拒不服从皇帝的权力，以重兵围攻此城，1162年城破之后，下令把它彻底摧毁，对此暴行米兰人至今记忆犹新。

㉚ "有一个现在一只脚已经在墓穴里的人"：指维罗纳的封建主阿尔伯尔托·德拉·斯卡拉（Alberto della Scala）。他死于1301年9月10日，因此诗中说他"现在一只脚已经在墓穴里"。他死后，三个儿子：巴尔托罗美奥（Bartolomeo）、阿尔伯伊诺（Alboino）、堪格兰德（Cangrande）相继掌权。但丁在流放中曾先后去巴尔托罗美奥和堪格兰德的宫廷中作客，受到优

厚的待遇。

"他不久就要因为那个修道院受苦,就要为自己有权而悲伤":
意谓他死后就要由于给圣泽诺修道院造成损害而在地狱或炼
狱受苦,就要悔恨生前滥用手中掌握的权力,把自己的私生子
约瑟佩(Giuseppe)强加给这个修道院作院长。约瑟佩从1292
至1313年担任此职。但丁第一次去维罗纳,在巴尔托罗美
奥·德拉·斯卡拉的宫廷作客时(据佩特洛齐考证,在1303
年5、6月—1304年3月底之间),大概知道此人的事。

"身残而心更坏又是私生的儿子":指约瑟佩。拉纳在注释中
说:"他不配担任这样的高级教士职位,第一,他体格上是跛
子;第二,他的灵魂和肉体一样有毛病;第三,他是私生子。"本
维努托在注释中说:"他是一个卑鄙的人……一个贪婪的狼,
一个凶暴的人,夜间带着武装的伙伴们在城外郊区游荡,破坏
很多,使这个地方充满娼妓。"

"代替合法的牧师":根据教会规定,私生子不能担任教士职
位。约瑟佩是私生子,而且身有残疾,道德败坏。阿尔伯尔托
滥用权力,强行任命他做著名的圣泽诺修道院院长,把合法
的、适当的人选排斥在外。但丁虽然在飘泊中受到他的儿子
们的优待,却仍然借这个犯怠惰罪的修道院院长之口揭发他
的罪行,足见但丁对待历史和当代人物的善恶是非问题是铁
面无私的。

㉛ 犯怠惰罪者的灵魂们不站住说话,而是边跑边说:因此但丁不
知道,那个修道院院长是沉默了,还是又说了些什么,由于已
经相距很远,听不见了。他愿意把已经听到的记在心里,因为
这些话"重新给他证实伦巴第人马可给他阐明的真理:〔政
教〕两种权力混淆是各种灾难的来源。"(彼埃特罗波诺的注
释)他在这里用这些话告诫世俗政权不要干涉教会的事务。

㉜ 指维吉尔。

㉝ "你转身向这里":就是说你转身向我(维吉尔)。如果维吉尔
和但丁一直在背山面海坐在石梯最后一级或平台地面上的
话,他们看着那群灵魂跑过去,听着那个修道院院长说那些话
时,必然已经转过身来面山背海了。当初他们背山面海坐着
时,维吉尔显然是在但丁右边,因为他现在要但丁看的两个跑

在最后面的灵魂是从他自己那边来的（所有的灵魂都逆时针方向从右向左环山奔跑）。现在他们既然已经转过身来面向着山，维吉尔当然就在但丁右边了。他要但丁注视那两个跑在最后面的灵魂时，但丁正目送着那个修道院院长继续向前跑去，所以他要遵命去看他们，就必须转身向维吉尔。

㉞ "你瞧他们当中两个谴责怠惰的人来了"：指跑在那群灵魂最后面的两个人，他们高声喊出两个因怠惰罪受惩罚的事例，正如跑在最前面的两个人高声喊出两个体现勤快美德的范例一样，都是为了使大家时时警告自己，进行反省。

㉟ "海水为他们分开的那些人"：指以色列人。当以色列人逃离埃及时，法老率领大军追袭他们，上帝让红海的水分开，使以色列人平安过去，逃脱了危难（事见《旧约·出埃及记》第十五章）。

"在约旦河尚未看到它的继承者之前就死了"："约旦河"这里泛指巴勒斯坦地区，这是《圣经》中上帝赐给以色列人定居的地方，因此，诗中用"它的继承者"指以色列人。

诗句大意是：以色列人过了红海以后，害怕路途艰苦，发出怨言，不肯再跟随摩西前进，因而受到上帝的惩罚，未达到巴勒斯坦以前，除迦勒和约书亚二人外，统统死于旷野（事见《旧约·民数记》第十四章、《旧约·申命记》第一章）。这第一个因怠惰罪受惩罚的例子来源于《圣经》。如同上述伊斯美努斯河和阿索浦斯河一样，约旦河在这里也被人格化。

㊱ 指特洛亚人跟随埃涅阿斯到达西西里后，其中有些人贪图安逸，愿定居城市，不肯再和埃涅阿斯一起忍受海上的艰险，前往神意指定的国土意大利，"这些都是没有成就大事业思想的人""沉溺于毫无光荣的生活。"这第二个因怠惰罪受惩的例子来源于古代史诗《埃涅阿斯纪》卷五。

第 十 九 章

在白昼的热量被地球的、有时被土星的冷气战胜,不再能温暖月亮的寒光的时辰①——当土占家们看到他们的"大吉"之象黎明前由对它来说还暂时昏暗的道路在东方升起的时候②,一个口吃、斜眼、瘸腿、手部残缺、面色苍白的女人出现在我的梦中③。我凝视着她;正如太阳使夜间冻僵的肢体活动起来一样,我的目光使她的舌头变得灵敏,随后,她全身霎时间就挺直了,并且如同爱所要求的那样,她的苍白的面孔也有了血色④。在这样消除了说话的障碍后,她就开始唱歌,唱得我即使想不再注意她也难以做到⑤。"我是,"她唱道,"我是甜蜜的塞壬,使水手们在大海中央迷;我的声音听起来那样悦耳!我用我的歌迷住了尤利西斯,使他不再漂泊远航;习惯于同我在一起的人,很少离开我;我使得他那样心满意足⑥!"

她的嘴还没闭上,一位殷勤的圣女就出现在我旁边,使她狼狈不堪⑦。"啊,维吉尔,维吉尔,这是谁⑧?"她严厉地说;维吉尔就走过来,眼睛一直只注视着这位圣女。他抓住那个女人,撕破她的衣服,使她露出前身,给我看她的肚子⑨;它放出的臭气把我惊醒了。我转眼四顾张望,和善的老师说:"我至少已经叫了你三声啦!起来吧,你来,我们去找你能从那里进去的豁口吧。"

我站起身来,只见这座圣山的各层平台都已满布高高升起的太阳的光辉,我们背部对着新升的太阳向前走去⑩。我在后面跟着他,如同陷入沉思的人一样,低着头,身子弯得像拱桥的半个拱券似的⑪,忽然听到说:"你们来吧;这里就是豁口。"说话的语调那样温柔和蔼,在这尘世间是听不到的。这样对我们说话者已经张开天鹅般的翅膀,指点我们从坚硬的岩石构成的两道墙壁中间向上攀登,接着就摆动翎毛扇我们,断言"Qui lugent",有福了,因为他们的灵魂将获得安慰⑫。

"你怎么啦,眼睛总看着地⑬?"当我们俩上到比天使站的地方稍高之处时,我的向导对我说。我说:"一个新的梦幻使我怀着这样疑惧的心情走去,它吸引着,使我不能不想它⑭。"他说:"你看见那个古老的女巫了,只是由于她的缘故如今人们才在我们上边那些平台上哭泣;你看见人如何摆脱她了。这对你来说也就够了。你就加快脚步吧⑮;把眼睛转向永恒的国王通过使诸天旋转所展示的诱饵吧⑯。"如同猎鹰先看一看自己的脚,随后就应猎人的呼唤掉转目光,由于想得到食物把身子伸向猎物吸引它的方向,我当时就变得像它那样⑰;我还怀着那样急切的心情走完岩石断裂使人可以攀登的那一段路,直到开始环行的地方⑱。当我走出来到达第五层平台时,只见上面哭泣的人们统统趴在地上⑲。"Adhaesit pavimento anima mea⑳。"我听到他们说,一面发出那样深的叹息,使得说的话都几乎听不出来。"啊,上帝的选民哪,正义和希望都使你们的痛苦减轻㉑,你们指点我们向高处攀登的路吧。""如果你们来到这里不必趴在地上,而要尽快找到路的话,你们就让你们的右手总向外边吧㉒。"那位诗人这样请求,在我们前面不远有声音这样回答我们;因此,我从这说话的声音就发现了隐藏的那另一部分,于是,我把眼睛转过去对着我的主人的眼睛:他一见我这样,就递了个喜悦的眼色表示同意我的流露出渴望神情的目光所请求的事㉓。

当我能自由依照自己的意愿去做时,我就向那个说话的声音已经引起我注意的灵魂走近,说:"灵魂哪,你的哭泣使那种果实成熟,没有这种果实,就不能回到上帝那里,请为我稍停一下你更关切的事吧㉔。告诉我,你是谁,你们为什么把背部朝上,你要不要我在人间为你求得什么,我是活着从那里来的。"他对我说:"为什么上天使我们臀部对着它,你这就会知道;但你先得要 scias quod ego fui successor Petri㉕。希埃斯特里和契亚维里之间有一条美丽的河奔流而下,我的家族的封号以此河之名为其顶峰㉖。我在一个多月的期间,就体验到那件大法衣对于使它不受泥污者来说多么沉重,一切其他的重负相比之下都似乎轻如鸿毛㉗。唉!我思想转变得晚了;但是,当我被选为罗马牧人时,我就发现了生活的虚妄,我看到,在那里心是不能平静的,而且在那一生不可能升得更高,因此,我心中就燃起了对这一生的爱。到这时为止,我一直是个不幸的灵魂,远离上帝,完全受贪婪支配㉘。现在,如同你看到的,我为此在这里受惩罚。贪婪造成的后果在悔悟的灵魂们赎罪的方式中显示出来;这座山再也没有更苦的刑罚了㉙。正如我们两眼生前只注视尘世的事物,不向高处抬起,同样,正义就使它们下沉到地㉚。正如贪婪熄灭了我们对一切善的爱,使得我们无所作为,同样,正义使我们受到拘捕,手脚被捆绑着,身子紧贴着地趴着;公正的主愿意让我们直挺挺地、身子一点都不动地在这里趴多久,我们就要趴多久㉛。"

　　"直起腰来,站起来吧,兄弟,"他回答说,"不要弄
错了:我和你以及其他的人同是一个权威的仆人。"

我已经跪下了,想要说话;但是,当我一开始,他只凭听觉就觉察到我对他表示恭敬的举动③,他说:"什么原因使你这样弯下身子?"我对他说:"由于您的尊严我的良心责备我站着③。""直起腿来,站起来吧,兄弟,"他回答说,"不要弄错了:我和你以及其他的人同是一个权威的仆人③。假如你理解那个神圣的福音的声音所说的'Neque nubent',你就会明白我为什么这样说③。现在你走吧:我不愿意你待在这儿了,因为你的逗留妨碍我哭泣,通过哭泣我使你所说的那种果实成熟。在世上我有个侄女名叫阿拉嘉,她本性善良,只要我们的家族不以自己的榜样使得她变坏;她是我留在世上的唯一的亲人③。"

注释:

① 　意谓在地球所积累的热量被其本身自然的冷气、有时被土星放射的冷气抵消,而不再能温暖月亮的寒光的时辰,即在黎明前。

欧洲古代和中世纪的人都认为土星是寒星,放射冷气;"有时":指每逢它在夜晚出现在地平线上时。

"月亮的寒光":"月亮本身并不冷,但它把太阳射到它上面的光线向下反射就产生冷气。……因此月亮夜晚使空气和大地变凉。"(布蒂的注释)

② 　土占(geomanzia)是一种迷信活动,土占家(geomante)在沙上随意画一些点,用线条连接成图形,然后研究出图形与一定的星座的形象(天象)的关系,以占卜吉凶祸福。诗中所说的"大吉"之象(La "Fortuna Maior")是这样一种图形:

这一图形很像由前面六颗星构成不规则四边形、后面由两颗星构成尾巴的双鱼星座。实际上,在但丁虚构的游炼狱的时节(春分时节),双鱼星座黎明前在东方地平线上。因此,这句诗是以迂回的方式来指黎明前的时刻。

"由对它来说还暂时昏暗的道路":指天际(地平线的一部分)。"对它来说还暂时昏暗":即对"大吉"之象来说,也就是对和它形状相似的双鱼星座来说,还暂时昏暗,因为这时太阳还没有出来,但是不久就会出来的。

③ 雷吉奥指出,但丁在游炼狱的历程中,做过三次梦:第一次是在从炼狱外围进入炼狱本部时,也就是在悔罪开始时;第二次是在现在进入炼狱的最后的一部分时,在这里要消除的是人所最容易犯的贪恋虚妄的尘世之福的罪(包括贪财、贪食、贪色);第三次是在净罪过程终结后,进入山顶上的地上乐园时。三次做梦的时间都是黎明前,因为中世纪的人相信,凌晨的梦最为灵验,能预示未来的事(见《地狱篇》第二十六章注③、《炼狱篇》第九章注⑤)。

萨佩纽在注释中说明,这个在注视她的人眼中变得妖艳迷人的奇丑的女人象征尘世的种种虚妄的福,这些福过于令人迷恋,使他无心去爱至善,而陷入种种无节制罪(贪财、贪食、贪色)。

④ 意即但丁的目光凝视着她,使得她的苍白的脸呈现出白里透红的颜色,女性必须有这种脸色,才能引起爱情。

⑤ 但丁的目光凝视着她,使得她非但不再口吃,而且唱出美妙迷人的歌,但丁越听越入神,即使欲罢,也不可能,正如人们一旦热中尘世的虚妄的福,就沉溺其中而不能自拔一般。

⑥ 这些诗句的译文根据戴尔·隆格的解释。有些注释家把"使水手们……着迷"(dismago)理解为"使水手们在人海中央离开正确的航路"。还有许多注释家把"漂泊"(vago)理解为"渴望",指尤利西斯渴望继续向目的地航行。但牟米利亚诺认为,这种解释合乎逻辑,却缺乏诗意,而戴尔·隆格的解释则是根据诗歌的韵律节奏作出的,因而更为可取。

"塞壬"(sirena):据古代神话,是一种海仙,上身是美女,下身是鸟,见荷马史诗《奥德修纪》卷十二。在中世纪,塞壬的形象被描写成腹部以上为美女,以下为海怪。关于这种怪物的数目和居住地,古代神话中说法不一,后来确定总共有三四个,都住在意大利半岛和西西里岛之间的墨西拿海峡附近。塞壬的特点是以其甜蜜悦耳的歌声迷住海上的水手们,使他们遭到毁灭。

据《奥德修纪》卷十二中的叙述,尤利西斯遵照女神刻尔吉的嘱咐,预先用蜜蜡捏成的丸子把伙伴们的耳朵塞起来,不让他们听到塞壬的歌声,他自己的耳朵虽然没有塞起来,但他预先叫伙伴们把他绑在船的桅杆支柱上,一直等到过了塞壬所在的地方,听不到歌声时,才给他松绑,从而免于被那美妙的歌曲迷惑住。但丁诗中则说,塞壬用她的歌"迷住了尤利西斯,使他不再漂泊远航",与荷马史诗中的叙述恰恰相反。注释家们认为,但丁必然另有所本:有的断定,他的说法来源于西塞罗和塞内加的著作中有关此事的叙述,有的说,他所根据的或许是我们所不知道的一种中世纪资料。

"习惯于同我在一起的人,很少离开我":这里的寓意显然是,世人沉溺于尘世虚妄的福后,就难以自拔。

⑦ 诗中没有说明这位圣女是谁。早期和现代注释家们提出了种种不同的猜想:圣母马利亚、卢齐亚、贝雅特丽齐;有的则认为她象征真理,有的认为她象征理性,有的认为她象征哲学,有的认为她象征仁爱,有的认为她象征节制,有的认为她象征上帝的恩泽。迄无定论。格拉伯尔指出,正如《筵席》第一篇第二章所说,诗人如不说明其真正命意何在,任何人都是无法知道的,这里的问题也是这样,试图做出任何假设和推测都是徒劳。关于象征意义,我们只要知道诗中这一显而易见的事实也就够了:这位圣女从天上降临,促使象征理性的维吉尔把"塞壬"的本质揭露给但丁,来援助他摆脱她的诱惑。

⑧ 这显然不是真正的问话,而是责备维吉尔疏忽,竟然听任但丁受塞壬的迷惑。

⑨ 寓意是:维吉尔作为理性的象征,把尘世虚妄的福的本质彻底揭露给但丁,使他醒悟过来。

⑩ 但丁和维吉尔在炼狱山的北侧,现在正向西走,所以背部对着初升的太阳。

⑪ "如果我们记得中世纪拱桥的桥洞一般都是尖拱,这个比喻就
会显得更为贴切。"(斯卡尔塔齐-万戴里的注释)

⑫ 对两位诗人说话者是殷勤天使(angelo della sollecitudine),他
指点他们顺着岩石构成的夹道中的石梯拾级而上去第五层平
台,随即扇动翅膀,去掉了但丁额上的第四个 P 字,一面唱道,
"Qui lugent"有福了,因为他们的灵魂将获得安慰。他唱的是
《新约·马太福音》第五章耶稣登山训众论福的话。Qui lu-
gent 是拉丁文《圣经》的译文。中文《圣经》对耶稣的话的译
文是:"哀恸的人有福了,因为他们必得安慰。"这话对犯怠惰
罪者具有教育意义,因为这些人生前"由于意志薄弱,缺乏迎
战痛苦和为灵魂之福而忍受和哭泣的力量"(托拉卡的注
释)。

⑬ 维吉尔知道但丁内心的思想活动,当然明白他走路时,为什么
眼睛总看着地;他之所以明知故问,是为了勉励但丁自己说出
原因。

⑭ 但丁对刚才做的梦感到疑惧,因为他不知它预兆着什么;他心
里一直在想这个梦,所以走路时,才那样低着头,弯着身子,
"如同陷入沉思的人一样"。

⑮ 维吉尔向但丁解释这个梦的意义:指出他梦见的女人是个古
老的女巫,她象征在上面的三层平台上要消除的对尘世虚妄
的福的贪心(贪财、贪食、贪色)。

"古老的女巫":因为她所象征的贪心自有人类以来就存在,亚
当就是在贪心的驱使下堕落的。

"只是由于她的缘故如今人们才在我们上边那些平台上哭
泣":意谓只是由于受她所象征的贪心的驱使,人们才在上面
的平台上受苦,来消除贪财、贪食、贪色罪。

"你看见人如何摆脱她了":指在上天的力量促使下,由理性把
她迷人的外表掩盖的丑恶本质彻底揭露出来。

"你就加快脚步吧":原文是 batti a terra le calcagne,有的注释
家认为,这句话在这里是转义,意谓"鄙视尘世的福"。

⑯ "永恒的国王":指上帝。"通过使诸天旋转所展示的诱饵":
"诱饵"原文 logoro 是一种鹰猎用具,鹰猎者用来招回猎鹰(见
《地狱篇》第十七章注㉕)。诗句意谓上帝转动诸天,展现穹

苍和日月星辰之美,来召唤我们去追求天国之福,如同鹰猎者挥动诱饵来招回在空中盘旋的猎鹰一样。值得注意的是,上帝是从天上召唤我们向上仰望诸天(第十四章末尾有类似的召唤),鹰猎者则是从地上召唤猎鹰从空中飞下来,二者方向相反。

⑰ 这个比喻说明但丁在维吉尔的催促下,被自己对天国的向往之情所驱使,加快脚步去攀登的情况,犹如猎鹰应鹰猎者催促它去捉空中的猎物(这里显然指飞鸟)的呼唤,展翅迅猛飞向天空一样。

"先看一看自己的脚":这一细节异常真实。鹰猎者胳膊上架着猎鹰时,鹰腿是用皮带或丝带绑在猎人手腕上的。在猎鹰被放出去捕捉猎物时,它总要先看一看自己的脚是否绑着。但丁在实际生活中观察到猎鹰的这种习惯,一经写入诗中,就使得猎鹰临飞前的动态跃然纸上。猎鹰在飞去捕捉猎物前,先低头看自己的脚这一姿态,显然是用来比拟但丁当时低着头,弯着身子,眼睛看着地的姿态。

"随后就应猎人的呼唤掉转目光,由于想得到食物把身子伸向猎物吸引它的方向":这是猎鹰听到猎人催促它去捕捉猎物的呼声,在从猎人腕上向空中的猎物飞去以前,先向上看,然后展开翅膀,把身子伸向猎物所在的方向时的情景,这种情景和但丁听到维吉尔催促他加快脚步向上攀登时的情景很相像。

"由于想得到食物":"食物"这里指鹰猎者通常把猎鹰捕获的猎物分给猎鹰吃的那一部分,即所谓"猎鹰的份儿"。

⑱ 意即但丁还急切地由岩石中间那道石梯拾级而上,眼睛望着天空,一直上到重新开始环山而行的地方,即第五层平台。

⑲ "走出来"原文是 fui dischiuso,因为原先由石梯拾级而上时,好像被两侧的岩石封闭着,现在从狭窄的通道中走出来,感到豁然开朗。

在第五层平台上受苦的都是生前贪财(或挥霍浪费)者的灵魂。他们趴在地上,手脚被捆绑着,不能动弹,一直不住地痛哭流涕,忏悔自己的罪孽。

⑳ "Adhaesit pavimento anima mea":这是拉丁文《圣经·旧约·诗篇》第一百十八篇第 25 节(英文《圣经·旧约·诗篇》第一

百十九篇第 25 节）中的话。英文《圣经》译文是 My soul cleaveth unto the dust,中文译文应是"我的灵魂依恋尘土"（中文《圣经》译为"我的性命几乎归于尘土",和英文《圣经》的译文不相符合）。犯贪财罪者的灵魂们深深地叹息着背诵这句诗进行忏悔,因为他们的罪孽就是对尘世的财富贪得无厌。

㉑ "上帝的选民":维吉尔把这些悔罪的灵魂叫作上帝的选民,因为他们消除自己的罪孽后,就升入天国,享受永生之福。

"正义和希望都使你们的痛苦减轻":意谓你们认识到自己受惩罚是罪有应得,又怀着净罪后,一定能享受永生之福的希望,二者都使你们觉得受苦的程度有所减轻。

㉒ "如果你们来到这里不必趴在地上":说这话的灵魂脸朝下在地上趴着,看不见但丁和维吉尔,只听到维吉尔问路的声音,他猜想他们一定是新来到这层平台的灵魂,否则他们就不会不知道石梯在哪里了,并且猜想他们不必留在这里趴在地上受苦,而可以继续前进,否则他们就不问向上攀登的路了。在这里我们初次得知,进炼狱的灵魂来到某一层平台时,如果生前未犯须在该层消除的罪,就可自由越过该层,继续前进。以后,我们将看到罗马诗人斯塔提乌斯的灵魂和但丁及维吉尔结伴同行,经过最后两层平台,而不受那里的灵魂们所受的惩罚。不过,这种自由越过某层而不受惩罚的例子大概非常罕见,这足以使得那个说话的灵魂好奇,想知道这两个新来的灵魂是谁。当时他还不知但丁是活人,后来才知道了。"你们就让你们的右手总向外边吧":也就是说,你们走路时,右手要一直向着平台的外沿,而不要向着平台内侧的峭壁。换句话说,就是要一直逆时针方向,向右走。

㉓ "因此,我从这说话的声音就发现了隐藏的那另一部分":对这句诗注释家们提出了不同的解释。早期注释家本维努托和塞拉瓦雷(Serravalle)认为大意是:因为那回答的话来自我们前面不远的地方,我从那说话的声音就知道它是那些趴着的灵魂当中哪一个的嘴里说出的("隐藏的那另一部分"指嘴,因为他们趴在地上,脸朝下,看不见他们的嘴),也就是说,我从那说话的声音辨别出说这话的是哪一个灵魂。巴尔比也同意这种解释。但是,布蒂、兰迪诺、托玛塞奥认为大意是:我从那

些话里觉察到其中还有某些尚未表达出来的、不明确的部分。现代注释家托拉卡、波雷纳、牟米利亚诺都同意这种解释。至于尚未表达出来的、不明确的部分具体指什么,各家的意见又有分歧。有人认为指这个灵魂疑心但丁还活着,有人认为指他想知道问路的人的名字,有的人认为指他想知道这两个新来的人为什么不必趴在地上,有的人认为,从诗中"如果你们来到这里不必趴在地上"这句话,就可以想见"隐藏的那另一部分"指的是那个灵魂的话里含而未露的怀疑和困惑。

"我把眼睛转过去对着我的主人的眼睛":"我的主人"指维吉尔。但丁的这一动作是为了使吉尔能从他的眼睛的表情看出他内心想同那个灵魂交谈的意愿。

㉔ "你的哭泣使那种果实成熟,没有这种果实,就不能回到上帝那里":大意是,你痛哭流涕进行忏悔,使赎罪之果得以成熟,除非有这种成果,灵魂才能进入天国。

"为我稍停一下你更关切的事":意谓暂停悔罪的行动,同我交谈。

㉕ "scias quod ego fui successor Petri":这句拉丁文含义是"你要知道我曾是彼得的继承者",也就是说,我生前曾是一位教皇。这个灵魂用教会的官方语言向但丁说明自己的身份。

这位教皇是阿德利亚诺五世(Adriano V),出生于 1210—1215 年间,世俗姓名是奥托波诺·德·菲埃斯齐(Ottobono dei Fieschi),属于热那亚的拉瓦涅(Lavagna)伯爵家族,是教皇英诺森四世的侄子。他升任枢机主教后,曾数次担负重大的外交使命,为英诺森四世以及后任的几位教皇的政策服务。1265—1268 年任教廷驻英国的使节,曾对英国在封建主内战后恢复和平做出贡献。他鼓吹组织第八次十字军(1272)。1276 年 7 月 11 日当选为教皇,尚未加冕,就于 8 月 18 日在维泰尔博(Viterbo)去世,在位仅三十八天。

关于阿德利亚诺五世的贪婪和他在短暂的在位期间的思想改变都无历史文献证明。有些但丁学家认为,他的贪婪并不是贪财,而是贪求权力。据波斯科考证,诗中把阿德利亚诺五世写成一位贪得无厌,最后翻然悔悟的教皇,是由于但丁把他和教皇阿德利亚诺四世(1154—1159 年在位)混淆了的缘故(详见注㉘）。

㉖ 希埃斯特里（Siestre）和契亚维里（Chiaveri）是利古里亚海岸东段的两个城市。从这两个城市之间流下去，注入热那亚湾的小河名拉瓦涅（Lavagna）河。

"我的家族的封号以此河之名为其顶峰"：因为这个家族原来的封号是菲埃斯科伯爵，最后升为拉瓦涅伯爵。有些注释家把"为其顶峰"的原文 fa sua cima 理解为"来源于此河之名"。雷吉奥驳斥此说，认为，伯爵封号不可能来源于一条河的名称，而是来源于一个采邑的名称，文献证明这个采邑和位于河口附近的城堡均名拉瓦涅。

㉗ "大法衣"：指教皇的法衣（象征教皇的职位和权威）。"使它不受泥污"：意谓穿着这件法衣而不把它弄脏，也就是说，廉正无私地行使教皇的一切职责。"一切其他的重负相比之下都似乎轻如鸿毛"：意谓对于立志忠于教皇职守的人，任何其他重大的职责和教皇的职责相比，都是极轻的。

㉘ "我思想转变得晚了"："思想转变"原文是 conversione，即皈依上帝之意。阿德利亚诺虽然在教会中历任要职，但一直热衷世俗权力，几乎迟至生命的最后时刻才真心皈依上帝。

"罗马牧人"：即罗马教皇。"发现了生活的虚妄"：意谓认识到尘世生活不能使人得到真正的幸福。

"在那里心是不能平静的"：意谓在教皇的崇高职位上都不可能心满意足。

"在那一生不可能升得更高"：意谓在尘世生活中再也没有更高的职位可升，因为教皇是教会最高的领袖。

"燃起了对这一生的爱"：意谓产生了对天国永生的爱。

"到这时为止"：指一直到思想转变、皈依上帝时为止。"完全受贪婪支配"：根据当时神学家的学说，贪婪（avarizia）是对一切尘世之福的过分贪求。注释家大多认为，教皇阿德利亚诺五世的罪是对权力贪得无厌。

波斯科指出，诗中阿德利亚诺五世所说的这些话，类似十二世纪英国人塞理斯伯利的约翰（John of Salisbury）在《波利克拉提库斯》一书中辑录的教皇阿德利亚诺四世的话："他说，彼得的椅子（译者按：指教皇的宝座）是很不舒服的；那件长袍（译者按:指教皇的法衣)完全布满尖钉,分量那样沉重,甚至压在最强壮的肩膀上都会把它压坏、压垮。……〔他常常对我说〕,他从隐居于修道院里的修士逐步高升,历任各种职位,最后当了教皇,他的升迁从未给他生前的幸福或宁静增加丝毫。"因此,他断定但丁在诗中把阿德利亚诺四世和五世混淆了。这一论断已为多数注释家所接受。他还指出,阿德利亚诺四世那些话,但丁并不是直接从塞理斯伯利的约翰的书中获悉的,而是来源于另一本书中的转述。

㉙ 意谓从我们这些已经悔悟的灵魂在这里进行赎罪的方式就明显地看出贪婪造成的后果;炼狱山上赎罪的刑罚以此为最苦,因为它是使人感到羞辱的。

㉚ 意谓我们生前不向往天国,而只贪求尘世的种种权力、财富,神的正义就使我们在炼狱里把眼睛一直对着地,受一报还一报的惩罚。

㉛ 意谓贪婪熄灭了我们对一切真善的爱,使得我们生前不可能有什么善行,因此,神的正义就让我们四肢捆绑着趴在地上,身子丝毫动弹不得;公正的上帝愿意让我们受这种一报还一报的惩罚多久,我们就受多久。

㉜ 阿德利亚诺五世眼睛向着地,看不见但丁,但从他这时说话的声音觉察到他已经跪下,因为声音听起来要比以前近。

㉝ 意谓由于您生前的崇高的职位(教皇作为教会最高的领袖),我作为基督教徒站在您旁边感到内疚。值得注意的是:但丁对教皇阿德利亚诺五世说话时,为了表示敬意,用尊称"您",在地狱中对教皇尼古拉三世说话时,则用"你",因对象善恶不同而区别对待。

㉞ "兄弟"(frate = fratello):指我们大家都是天父的儿子,都是兄弟。

"不要弄错了:我和你以及其他的人同是一个权威的仆人":意即在这里不要像在世上那样向我表示敬意,要那样做,就错了,在这里我和你以及一切其他的人同是一个权威的仆人,即上帝的仆人。阿德利亚诺五世对但丁说的这话使人忆起《新约·启示录》第十九章中圣约翰俯伏在天使脚前要拜他时,天使对圣约翰所说的话:"千万不可,我和你并你那些为耶稣作见证的弟兄同是作仆人的。你要敬拜上帝。"

㉟ "神圣的福音的声音":指《新约·马太福音》第二十二章中耶
稣回答撒都该人的话。撒都该人向耶稣辩驳人死后有肉体复
活的事。他们说:"从前我们这里有弟兄七人。第一个娶了
妻,死了,没有孩子,撇下妻子给弟弟。第二第三直到第七个,
都是如此。末后,妇人也死了。这样,当复活的时候,她是七
个人中哪一个的妻子呢?因为他们都娶过她。"耶稣回答说:
"你们错了,因为不明《圣经》,也不晓得上帝的大能。当复活
的时候,人也不娶也不嫁,乃像天上的使者一样。""Neque
nubent"是拉丁文《圣经》的译文:"人们也不娶"。

阿德利亚诺引用福音书中这话,意在说明来世中凡是人间所
有的等级都不复存在,现在他不再是教皇,也就无权受到但丁
的崇敬:在超现实的世界中,所有的人在上帝面前都一律
平等。

"你就会明白我为什么这样说":意谓如果你想一想教皇乃教
会的"新郎"(见《地狱篇》第十九章)这个比喻的意义,你就会
明白我为什么引用福音书中"人也不娶也不嫁"这句话了。

㊱ "你所说的那种果实":指赎罪之果(见注㉔)。

"阿拉嘉"(Alagia)是皇帝代表尼科洛·德·菲埃斯齐
(Niccolò de' Fieschi)的女儿,嫁给乔瓦嘉罗(Giovagallo)伯爵
摩罗埃罗·玛拉斯庞纳(Moroello Malaspina)为妻。佛罗伦萨
无名氏的注释说:"她……以卓越的品德和善行闻名;作者〔译
者按:指但丁〕曾在卢尼地区(Lunigiana)同这位摩罗埃罗·玛
拉斯庞纳在一起待过一些时间,认识这位夫人,看到她继续不
断地慷慨施舍,让人为她这位伯父〔译者按:指教皇阿德利亚
诺五世〕做弥撒和祈祷。因此,作者作为耳闻、目睹、熟知她的
美好声誉的人,为她做出这种证明。"

"只要我们的家族不以自己的榜样使得她变坏":本维努托认
为,这句诗暗示"菲埃斯齐家族的妇女们是贵族妓女"。不仅
如此,这个家族的成员、生前任腊万纳大主教的卜尼法斯的灵
魂因贪食罪在上一层平台上受苦(见第二十四章);出身于这
个家族的另一位教皇阿德利亚诺四世(见注㉘)则以权谋私,
重用亲属(但丁在第十一封书信中以轻蔑的语气提到他)。

"她是我留在世上的唯一的亲人"：意谓只有她还想着我,只有她作为蒙受神恩的人,我可以指望为我祈祷,使我得以缩短在炼狱里停留的时间。这句诗流露出无限伤感。

第 二 十 章

愿望不能抗拒更好的愿望①；因而我为了使他高兴而违反自己的意愿把未浸透的海绵从水中捞出②。我动身向前走；我的向导也动身紧贴着岩石拣空的地方向前走，就像人们在城墙上紧挨着雉堞行走一样③；因为，在另一边，那些把支配着全世界的那种罪恶从眼里一滴一滴融化的人太靠近外沿了④。

愿你受到诅咒，古老的母狼，由于你的饥饿像无底洞一样深，你比一切别的野兽捕食的猎物都多⑤！啊，天哪，人们似乎相信下界人事变化的原因在于你的运转，那么，请问迫使这只母狼离开的人何时来呀⑥？

我们正迈着缓慢、短小的脚步走去，我正注意那些我听见哭泣和哀叹得令人可怜的灵魂⑦；我偶然听见我们前面有人就像正在分娩的妇人一样在哭泣中喊叫"温柔的马利亚！⑧"接着又喊道："从你在那个马厩里生下你所怀的神圣的胎儿，就可以看出你多么贫寒⑨。"我随后又听见喊道："英勇的法布里求斯，你宁愿贫寒而有美德，也不愿占有大量财产而有罪⑩。"这些话对我来说非常入耳，使得我往前走近那个似乎是说这些话的灵魂，以便认识他。他还继续讲下去，讲述尼古拉慷慨赠金给三个少女，为了把她们的青春引向贞洁之路⑪。

我说:"啊,讲述这样的伟大善行的灵魂哪,告诉我你生前是谁,为何只你一人重温这些值得赞美的行为吧。如果我返回人世去走完那飞快就到终点的人生的短促的旅程,那么你对我说话就不会没有报酬⑫。"他说:"我要告诉你,不是为了期望从人世得到安慰,而是因为这样的恩泽在你未死以前就照临你⑬。我是那棵恶树的根,这棵恶树荫影遮上了整个基督教国土,致使从那里很少摘到好的果子⑭。但是杜埃、里尔、根特和布鲁日一旦有了能力,就会立刻对它进行报复⑮;我向审判一切者请求此事⑯。在世上我叫休·卡佩;从我生出了近代统治法国的腓力们和路易们⑰。我是巴黎的一个屠户的儿子⑱:当古王朝诸王身后,除了一个穿灰色僧衣做修士者外,别无后嗣时⑲,我看到驾驭王国的缰绳紧握在我的手中,我还从新获得的领地享有那样大的权力,周围又有那么众多的朋友,以致得以使我的儿子高升,把无人戴的王冠戴在头上,那一代代神圣的骸骨就从他开始⑳。

"在普洛旺斯的巨大嫁妆夺去它的廉耻以前,我的家族一直没有什么了不起,但也没有作恶㉑。从那儿它开始用武力和诈术进行掠夺㉒。然后,为了抵偿,它夺取了庞迪耶、诺曼底和加斯科尼㉓。为了抵偿,查理来到意大利,使康拉丁成为牺牲对象㉔;然后,为了抵偿,他又把托马斯推回到天国㉕。我看到,今后时间过不了多久,另一个查理就走出法国,为了使他自己和他的家族被人认识得更清楚㉖。他从那里来不带武器,只带着犹大比武用的长矛,他把长矛瞄准佛罗伦萨一捅,就捅破她的肚子㉗。他由此获得的不是土地,而是罪孽和耻辱,他把这种损害看得越轻,对他来说后果就越严重㉘。我看到,先前曾被俘、从船里走出的另一个查理,跟人讨价卖自己的女儿,如同海盗把人家的女儿当女奴来卖一样㉙。啊,贪婪哪,既然你已完全迷住我的家族,使它连自己的骨肉都不顾,你还能怎样更为害于我们哪㉚?为了使已作和未作的恶显得微小,我看到,百合花徽进入阿南尼,基督在他的代理人身上遭到逮捕㉛。我看到,他又一次被戏弄;我看到,他又尝到醋和苦胆,在活的强盗中间被杀㉜。我看到,新彼拉多那样残酷,以至于这还不使他满足,而无教皇谕旨,就扬贪婪之帆冲进圣殿㉝。啊,我的主啊,我何时能高兴地看到,那隐秘不可知的、使你内心的愤怒平息下来的惩罚呀㉞?

"刚才我关于圣灵的唯一新娘所说的、使你向我要求做一些解释的话,就是整个白天伴随我们一切祈祷的应答轮唱的颂歌㉟;但天一黑,我们就开始用相反的声音代替那些颂歌㊱。那时,我们就重述匹格玛利翁在贪图黄金的欲望驱使下成为背叛者、盗贼和杀害近亲者㊲,以及财迷的弥达斯由于提出贪得无厌的要求,结果陷入永被耻笑的悲惨境地的事例㊳。然后每人都回忆愚妄的亚干如何盗窃战利品,致使约书亚的怒气似乎仍在这里刺痛他㊴。然后我们谴责撒非喇和她丈夫㊵;赞美赫利奥多洛斯挨踢㊶;全山周围回荡着杀死波吕多鲁斯的波吕墨斯托尔的骂名㊷。最后我们在这里喊:'克拉苏,告诉我们,因为你知道,黄金是什么滋味㊸?'有时,我们讲述这些事例,有的人声音高,有的人声音低,这是由于热情驱使我们时而用较大的,时而用较小的力量进行讲述所致:因此,刚才并不只是我一个人讲述白天在这里所讲的善行的事例来着;只是这里近处没有别人提高声音来讲罢了㊹。"

我们已经离开了他,正在努力就我们力所能及克服路径的困难快速前进㊺,我忽然觉得山在震动,好像要倒塌似的;

因此我感到胆战心寒,如同去受死刑的人通常会感受的那样。提洛斯在拉托娜没在那里安身来生下天的两眼以前,肯定也没有震动得那么剧烈㊻。随后,就开始发出那样一片呼喊,使得我的老师向我靠近,说:"不要害怕,有我给你带路呢。"

"Gloria in excelsis Deo",根据我从呼声可以听得清楚的、附近的灵魂们所了解的,大家都在说这句话㊼。我们站着不动,心里惶惑,如同第一次听到那支歌的牧羊人一样,直到震动停止和那支歌终结㊽。随后,我们就又出发继续我们神圣的行程㊾,一面注视着躺在地上的灵魂们,这些灵魂已经又照常哭泣起来。如果我的记忆力在这件事情上没有弄错,我对任何事物的无知从来没像我当时在进行思索之际㊿那样强烈地刺激我,使我急于求知;由于匆忙走路,我没敢发问,单靠自己我又看不出其中的道理:所以我怀着畏怯的心情,沉浸在苦思冥想中向前走去。

注释:

① "愿望":指但丁还想继续同阿德利亚诺谈话。"更好的愿望":指阿德利亚诺想再继续忏悔赎罪,以求早日升入天国,这是更好的愿望,因为它具有崇高的目的以及由这种目的激起的热情(根据格拉伯尔的注释)。

② 意谓但丁为了满足阿德利亚诺的愿望而没再同他交谈,但自己心里的求知欲尚未得到满足,在诗中把这种情况比作"把未浸透的海绵从水中捞出"。布蒂的注释说得更明确:"他在这里打比方,就是说,他的愿望如同一块海绵,他想从那个灵魂口中知道别的事情的愿望仍未满足,如同海绵尚未完全浸透就被人从水中捞出时一样。"

③ "我的向导也动身紧贴着岩石拣空的地方向前走":"岩石",指壁立于这层平台内侧、构成上一层平台基础的悬崖。"空的地方",指无趴在地上的灵魂妨碍走路之处。"就像人们在城

墙上紧挨着雉堞行走一样”;拉纳的注释说:诗中“用城墙和城堡的墙的例子〔来说明〕,其雉堞脚下都有一条狭窄的走道,供哨兵环行巡逻”。中世纪城堡中这种走道术语叫作“巡逻道”(cammini di ronda)。美国但丁学家葛兰坚说:“两位诗人顺着平台内侧、贴着悬崖小心翼翼地走去,正如兵士们在城堡的壁垒上贴着雉堞行进一样。这种雉堞墙至今依然围绕着卡尔卡松(Carcassonne)和艾格毛特(Aigues-Mortes)〔均在法国南部利翁湾附近的地区〕,在阿维农和佛罗伦萨也可以看到。”

④ “在另一边”:指平台外侧。“支配着全世界的那种罪恶”:指贪婪。圣保罗说,“贪财是万恶之根”(见《新约·提摩太前书》第六章)。“支配”原文是 occupa,直译应作“占领,占据”;意谓“贪心支配着全人类,因为它是一切其他罪恶的根源”(卡西尼-巴尔比的注释)。“把支配着全世界的那种罪恶从眼里一滴一滴融化的人”:指通过哭泣来消除贪婪罪的灵魂;“从眼里一滴一滴融化”是个贴切而有力的比喻,意谓“把他的罪像坚硬的冰块似的融化成泪水”(托拉卡的注释)。“太靠近外沿”:意即这些趴在地上悔罪的灵魂占据了整个地面,一直到平台的外沿,所以两位诗人不能顺着外沿行走。

⑤ “古老的母狼”:象征贪婪(见《地狱篇》第一章注⑮)。“古老”:因为自有人类以来,它就存在。当初魔鬼忌妒亚当和夏娃在乐园里的幸福,从地狱里放出象征贪婪的母狼,他们俩受贪欲的诱惑,偷吃了分别善恶之树的果子,被上帝逐出乐园(《地狱篇》第一章注㉞)。
“你的饥饿像无底洞一样深”:即贪得无厌、欲壑难填之意。《地狱篇》第一章中用“它本性穷凶极恶,永远不能满足自己的贪欲,得食后,比以前更饿”表达了同一命意。
“你比一切别的野兽捕食的猎物都多!”:“一切别的野兽”,指一切别的罪恶。“捕食的猎物”,指受害者。意谓贪婪的危害性甚于一切别的罪恶。

⑥ “天”原文虽是单数,但并不指某一特定的天,而指诸天。“人们似乎相信下界人事变化的原因在于你的运转”:意谓一般人相信世上人事变化取决于诸天的运转。“人们似乎相信”:这句话的语气令人忆起第十六章中伦巴第人马可关于世人轻信

一切事情发生的原因都在于天,诸天运转必然带动一切的话。"迫使这只母狼离开的人":和《地狱篇》第一章中所说的猎犬(veltro)一样,大概指但丁理想中的皇帝。

⑦ "迈着缓慢、短小的脚步走去":"由于地方狭窄不能迈开大步也不能加紧脚步"(布蒂的注释)。"我正注意那些我听见哭泣和哀叹得令人可怜的灵魂":意即我行走时正在注意趴在地上悔罪的灵魂们,以免踩在他们身上。

⑧ "我偶然听见我们前面有人……在哭泣中喊叫'温柔的马利亚!'":这是忏悔贪婪罪的灵魂在哭喊体现与这种罪相反的贫寒美德的范例。这第一个范例照常来源于《圣经》中有关圣母马利亚的事迹。

"就像正在分娩的妇人一样":温图里指出,这是个"美妙、贴切的比喻,因为那些灵魂心中的巨大痛苦被他们对一种长远的幸福(译者按:消罪后升入天国的幸福)感到的内心喜悦所补偿,正如在〔正分娩的〕妇人心中被将要当母亲的纯洁思想所补偿一样。"

⑨ "从你在那个马厩里生下你所怀的神圣的胎儿":"那个马厩",指在伯利恒的那个马厩。"神圣的胎儿",指耶稣。《新约·路加福音》第二章中说:"马利亚的产期到了。就生了头胎的儿子,用布包起来,放在马槽里,因为客店里没有地方。"

⑩ 第二个体现贫寒的美德的范例来源于古罗马史。法布里求斯(Gaius Fabricius,绰号 Luscinus〔独眼的〕)是罗马大将和英雄。他在公元前 282 年任执政官期间,因促成了罗马与萨莫奈人(Samnites)媾和,萨莫奈人向他赠送厚礼,他严词拒绝。两年后,他同入侵意大利的伊庇鲁斯(Epirus)王皮洛士(Pyrrhus)谈判交换俘虏时,皮洛士企图利用珍奇的礼品以及其他好处把他争取过来,他都一一加以拒绝。公元前 275 年任监察官期间,他严厉制止罗马人奢侈浪费的风气,鲁菲努斯(P. Cornelius Rufinus)由于买了十镑的银餐具而被他逐出元老院。他死时家境极其贫苦,丧葬费只好由国家负担。维吉尔在《埃涅阿斯纪》卷六把他列在安奇塞斯在冥界指点给埃涅阿斯看的等待投生的罗马名人之中,称之为"执掌大权而两袖清风的法布里求斯"。但丁自己在《筵席》第四篇第五章和《帝制论》

卷二第五章中盛赞他忠于祖国、拒绝重金厚礼的高风亮节。

⑪ 第三个范例是圣尼古拉慷慨赠金给三位少女作嫁妆,使她们免于被迫为娼。圣尼古拉是小亚细亚西南部吕西亚(Lycia)地区密拉(Myra)城主教,生活在公元四世纪君士坦丁大帝时代,曾参加尼西亚(Nicaea)宗教会议(325)。希腊东正教会和罗马天主教会均尊他为圣徒,后来成为儿童们所敬爱的圣诞老人(Santa Claus)。公元十一世纪他的遗骸被运到意大利南部的巴里(Bari),成为该城的守护神。

公元十三世纪末热那亚大主教雅各布斯·德·瓦拉吉内(Jacobus de Varagine)在《黄金传奇》(Legenda aurea)卷三第一章中叙述,尼古拉为了阻止同城的一个陷入穷困的市民迫使三个女儿做妓女,连续在三个夜晚悄悄地把装满金币的钱包扔到她们的窗子里,来给每人提供一份嫁妆。

⑫ 意即如果我回到人间去走完那极短的人生之路,而且我确实是要回去的,那我就可以请你的亲属为你祈祷或者由我自己来为你祈祷。

⑬ 意谓我要告诉你我是谁,并非为了期望世上有人为我祈祷,使我早日升入天国,而是因为上帝给予你这样特殊的恩泽,让你作为活人来游炼狱。言外之意是:他并不期望他的后代子孙为他祈祷,因为他们中间没有一个善人,而且他们根本不想祈祷,即使祈祷也不可能上达于天。

⑭ "那棵恶树":指法国卡佩王朝。"根"指始祖。在但丁时代,家系图一般都画成根子在地下往上生长的树形。所以诗中把法国王朝比作一棵大树,王朝的始祖休·卡佩是树根,其子孙后代是树枝。"这棵恶树荫影遮上了整个基督教国土,致使从那里很少摘到好的果子":"荫影遮上了"原文是 aduggia,含义是遮上荫影,把草木遮住,使之枯萎,转义为损害,这里指扩散坏影响。"遮上了整个基督教国土":意谓不仅把坏影响扩散于法国,而且波及整个基督教世界。"致使从那里很少摘到好的果子":"从那里很少摘到"原文是 se ne schianta,按本意说,"那里"应指那棵恶树;"但意象的连贯性要求诗句中所宣布的遮上荫影的坏影响应指被遮上荫影的事物,即指'基督教国土'这样,被伦巴第人马可认为是由坏教皇们引起的世风败

坏,休·卡佩把它也归罪于法国王室。这是符合但丁的思想的,他把法国王室反对皇帝的政策和它与堕落的教皇们同谋,视为他那个时代根本的灾祸之一,尤其是自从教廷迁到阿维农,教皇们受法国国王奴役,所以法国国王也就通过这一途径施加他的坏影响。"(波雷纳的注释)但丁在《帝制论》卷二第一章中称法国的君主们为"罗马人民的篡夺者和压迫者"也证明这一点。"很少摘到好的果子":意谓整个基督教世界由于受到法国卡佩王朝的坏影响而很少出现有美德的君主。

⑮ 杜埃、里尔(现属法国)、根特和布鲁日(现属比利时)是佛兰德尔(Flanders)的四个主要城市,这里代表整个佛兰德尔地区。诗中所说的事件发生于1297—1304年间,这四个城市在事件中起了重大的作用:1297年,法国国王腓力四世开始征服佛兰德尔,把佛兰德尔公爵围困在根特的堡垒中,在许诺给以自由的条件下公爵投降,但腓力背信弃义,把他和他的儿子们带到巴黎囚禁起来。事后不久,布鲁日以及其他佛兰德尔城市都相继起义,起义军大都是农民和手工业工人,1302年7月11日大败法军于库尔特累(Courtrai)附近。腓力四世侵占佛兰德尔后不久,就遭到意外的惨败,这真像是上帝对他的贪婪和背信弃义的惩罚。

⑯ "审判一切者":指上帝。休·卡佩的灵魂对但丁说这话的时间是但丁游炼狱之年(1300),两年后,腓力的侵略军果然在库尔特累遭到惨败。诗中以事后预言的方式暗示此事为上帝对他的惩罚。

⑰ "休·卡佩"(Hugues Capet):西法兰克王国大封建主法兰西公爵休(史称"大公")之子,987年,统治王国的加洛林朝绝嗣,在教俗诸侯的支持下,被选为国王,建立了卡佩王朝(987—1328),王国随之改称法兰西王国。"腓力们和路易们":卡佩王朝除休·卡佩及其子罗伯特、其孙亨利外,以后的各代国王均名腓力或路易。从亨利去世到但丁幻游炼狱那年(1300)共有四位名腓力、四位名路易的国王。世系如下:

法兰西公爵休(史称"大公",卒于956年)

休·卡佩(987—996)

罗伯特一世(996—1036)

亨利一世(1031—1060)

腓力一世(1060—1108)

路易六世(1108—1137)

路易七世(1137—1180)

腓力二世(获得"奥古斯都"尊号,1137—1223)

路易八世(1223—1226)

路易九世(被教皇卜尼法斯八世封为"圣徒",1226—
1270)

腓力三世(1270—1285)

腓力四世(1285—1314)

⑱ 这是中世纪的一种传说。维拉尼的《编年史》卷四第四章也提
到,据说休·卡佩的父亲是巴黎的一个屠户或牲口贩子出身
的有钱又有势力的平民。但丁采用了这种传说,表明卡佩家
族来源微贱。

⑲ "古王朝诸王"(i regi antichi):"古王朝"指法兰克王国第二王
朝,其第一代国王为查理大帝之父矮子丕平,但王朝得名于武
功卓著、把王国扩大为帝国的查理大帝:查理拉丁文为 Caro-
lus,历史家遂称王朝为加洛林王朝。843 年,查理大帝之孙罗
退尔、路易和秃头查理把帝国三分,划归秃头查理的部分称西
法兰克王国,诗中所说的"古王朝诸王"指这个王国的各代
国王。

"除了一个穿灰色僧衣做修士者外,别无后嗣":这也是当时流
行的一种传说,布蒂的注释对此有以下的记述:"休 · 卡
佩……是巴黎的一个屠户的儿子,由于非常英勇而成为巴黎
伯爵、法国国王手下的最大的宫相和亲近的顾问,几乎整个王
国都是通过他的手进行统治;他在这样地位上娶了王室的女
子为妻;因此,法国国王一死,由于没有儿子,除了一个已经做
了修士穿上僧衣不愿要王冠者外,根本无人能继承王国统治
权,休·卡佩的一个名叫罗伯特的儿子就被加冕为国王……;
休·卡佩是那样善于利用他的金钱、权力和友谊进行活动。"
但丁大概采用了这个传说。历史事实却是:西法兰克王国加
洛林王朝的末代国王路易五世死后没有后嗣,休·卡佩在教
俗诸侯支持下被选为王。他即位后不久,即预为其子罗伯特

251

加冕,以保证王位世袭。加洛林王朝只剩下查理五世的叔父查理一人有王位继承权,但他作为加洛林公爵是德国萨克森王朝皇帝的陪臣,不为法国人所拥护,在试图以武力夺回王国的斗争中被围困于拉昂,结果被休·卡佩俘获并囚禁起来,992年瘐死于狱中。关于诗中所谓"穿灰色僧衣做修士者",有些注释家认为,这是但丁把墨洛温王朝(法兰克王国第一王朝)的结局和加洛林王朝的结局混淆了的说法,因为当初矮子丕平废黜了墨洛温王朝的末代国王希尔德里克三世后,确实把他关进修道院做修士,后来死在那里。但是,雷吉奥指出,"穿灰色僧衣做修士"(renduto in panni bigi)这句话并无以暴力强迫的含义,况且诗中休·卡佩紧接着又说自己已经掌握了统治全国的大权,而满朝都是自己的亲信,可见使他儿子登上王位,不是通过使用暴力,而是凭借许多有利条件。

诗中这些不符合历史事实之处,都无关宏旨,因为但丁是诗人,不是历史学家,他写的是一部史诗,不是一部法国史。许多但丁学家指出,诗中的休·卡佩与其说是个独立自主的人物,毋宁说是但丁的代言人。诗人让这个著名的历史人物出现在第二十章中,命意在于借他的口愤怒揭发他的后裔腓力四世等人的滔天罪行,因而休·卡佩对于他自己所犯的是什么贪婪罪和如何悔悟都未提及。

⑳ "驾驭王国的缰绳":指王国的统治权。休·卡佩作为无冕之王已经大权在握。

"从新获得的领地享有那样大的权力":原文是 tanta possa di nuovo acquisto。有的注释家把 nuovo acquisto 理解为"新获得的财富"(recenti richezze)。译文根据雷吉奥的注释。

"周围又有那么众多的朋友":意谓周围又有那么多人拥护休·卡佩。

"我的儿子":指罗伯特。"无人戴的王冠":指加洛林王朝路易五世死后,王位虚悬。"以致得以使我的儿子高升,把无人戴的王冠戴在头上":这句话也不符合历史事实,因为路易五世死后,休·卡佩自己在教俗诸侯拥护下被选为王,稍后他才为罗伯特加冕,以确保王位世袭(参见注⑲)。

"那一代代神圣的骸骨就从他开始":意谓法国卡佩王朝的王

统从罗伯特开始。法国各代国王均在兰斯大教堂由大主教举行加冕仪式,成为合法的君主。"神圣的"(sacrate):指经过大主教加冕。"骸骨"(ossa):辛格尔顿指出,"使用'骸骨'这一词时,诗人在回顾当时已经埋葬并正式立碑纪念的一代代的国王。"历史事实是,卡佩王朝的王统从休·卡佩而非从其子罗伯特开始。

㉑ "普洛旺斯的巨大嫁妆":普洛旺斯在法国东南部。843 年,查理大帝的三个孙子罗退耳、日尔曼人路易和秃头查理签订凡尔登条约,把帝国三分时,普洛旺斯被划入罗退耳的领土,罗退耳承袭了皇帝的尊号,885 年,他把自己的儿子查理封为普洛旺斯王。后来,普洛旺斯作为封建采邑成为阿尔(Arles)王国的一部分。1033 年,皇帝康拉德二世把普洛旺斯并入神圣罗马帝国,但合并几乎一直是名义上的,各代普洛旺斯伯爵都自称是独立的。1245 年,法国国王路易九世的弟弟安茹伯爵查理和普洛旺斯伯爵莱蒙德·贝伦杰四世的嗣女贝雅特丽齐结婚,于是,普洛旺斯作为"巨大嫁妆"变成法国王室的领地,一直为安茹家族所占有,1486 年被查理八世正式并入法国。
"夺去它的廉耻":意即使它恬不知耻,肆意作恶。"没有什么了不起":意谓卡佩家族没有什么美德善行。

㉒ 意谓卡佩家族用武力和诈术进行掠夺是从"普洛旺斯的巨大嫁妆"开始的。贝雅特丽齐继承了普洛旺斯伯爵领地后,安茹伯爵查理与其兄路易九世合谋并吞这一领地。当法军压境时,贝雅特丽齐的监护人首相罗密欧·迪·维拉诺瓦(Romeo di Villanova,见《天国篇》第六章)被迫解除她和图卢兹伯爵莱蒙多的婚约,把她嫁给查理为妻,所以,"普洛旺斯的巨大嫁妆"实际上是用武力和诈术得来的。

㉓ "为了抵偿":原文是 per ammenda,意即"为了赔偿掠夺而进行更大的掠夺"(布蒂的注释),这显然是辛辣的讽刺。诗中三次重复 per ammenda 作为韵脚,来加强讽刺的力量。
"它夺取了庞迪耶、诺曼底和加斯科尼":1066 年,法国诺曼底公爵征服者威廉侵入英国,建立了诺曼底王朝,传至亨利一世,因死后无嗣,王位继承问题引起纷争,1154 年,其外孙法国安茹伯爵继位为英国国王,建立了金雀花王朝。这一王朝的

君主作为法国国王的封臣在法国拥有许多领地,包括庞迪耶(Ponthieu)伯爵领地、诺曼底(Normandie)公爵领地和加斯科尼(Gascogne)公爵领地,这些领地先后被卡佩王朝夺去。

诺曼底公爵领地在法国北部,腓力二世利用英国国王无地约翰和他的法兰西附庸之间的冲突,以领主身份宣召约翰来巴黎受审,被约翰拒绝,于是腓力二世在1202年宣布剥夺约翰在法国所有的封土,并向诺曼底进攻,1204年占领了诺曼底。庞迪耶伯爵领地在法国北部,1279年,腓力三世之女马格丽特和爱德华一世结婚时,作为嫁妆割给英国,腓力四世力图占领这一领地。加斯科尼公爵领地在法国西南部,属于金雀花王朝,腓力四世为从爱德华一世手中夺取这一领地,发动了战争。1204年,双方达成协议,爱德华一世同意腓力四世占领加斯科尼和庞迪耶六个星期,期满须交还英国。但腓力违反协议,过期拒不交还。可见这两个领地是通过武力和诈术夺去的。许多注释家指出,诺曼底被腓力二世夺去在1204年,时间早于并吞普洛旺斯四十一年,与诗中"从那儿它开始用武力和诈术进行掠夺"的说法有矛盾。但是我们不要忘记,诗中这段历史概要"是……一首激昂慷慨的抒情诗,其中列举的事是根据一般概念,或许是根据历史哲学概念归类的,因此我们不能而且也不应要求它做到年代准确。"(帕罗狄的评语)

㉔ 指法国安茹伯爵查理一世杀死德国霍亨斯陶芬王朝皇帝康拉德四世之子、西西里王曼夫烈德之侄康拉丁。1265年,查理一世应教皇克力门四世的邀请,率军来意大利,从曼夫烈德手中夺取西西里王国。次年,曼夫烈德在本尼凡托之战阵亡,查理登上西西里王位,建立了安茹王朝。王国臣民不堪法国贵族的统治,意大利各地吉伯林党人不甘失败,要求康拉丁从查理手中夺回应由他继承的王位。1267年,康拉丁率军从德国南下来到意大利,1268年8月23日,在塔利亚科佐之战被俘。10月29日,查理悍然下令把他斩首,死时年方十六岁。他的死引起了普遍的同情,连查理的追随者都不禁怜悯和愤怒(参看《地狱篇》第二十八章注⑦和注⑧)。

㉕ 这里所说的"托马斯"指中世纪最大的经院哲学家和神学家托马斯·阿奎那斯(1225—1274)。1274年1月,他奉教皇格利

高里十世之命去参加里昂会议,从那不勒斯登程,3月7日,途中得病,死于那不勒斯和罗马之间的海滨城镇泰腊契纳(Terracina)附近的浮萨诺瓦(Fossanova)修道院中。1323年,托马斯·阿奎那斯被教皇封为圣徒。据传说,他是被查理命人毒死的。维拉尼在《编年史》卷九第二百十八章提到此事时,说:"他(指托马斯·阿奎那斯)在前往教廷准备去参加里昂会议的途中,据说被上述国王(指查理一世)的医生在药物中下毒害死;认为这会使国王查理高兴,因为托马斯属于反抗他的阿奎诺(Aquino)封建主家族,国王怕他由于他的见识和美德被任命为枢机主教。"这种传说缺乏历史根据,但丁则信以为真,借此进一步突出查理的罪孽。诗中用"推回到天国"(ripinse al ciel)作比喻,说明"杀害"似乎是查理对托马斯的一种恩惠,更使得诗人的讽刺倍加尖锐。

读者不禁要问,既然查理生前有这些严重的罪行,但丁为什么还把他的灵魂放在炼狱外围的"君主之谷"中,而不打入地狱呢?彼埃特罗波诺认为,这是因为,正如维拉尼所说,"他以至诚的忏悔"请求上帝饶恕自己的罪。

㉖ "我看到":休·卡佩的灵魂讲完了他的家族在1300年以前将要犯下的罪行,现在开始预言它在1300年以后将要犯下的罪行。在叙说这些罪行时,反复使用"我看到"来加强预言的语气和力量。

"今后时间过不了多久":意即在最近的将来,具体指1301年。

"另一个查理":指法国国王腓力四世的弟弟瓦洛亚伯爵查理(Carlo di Valois)。

"走出法国":1301年9月,查理应教皇卜尼法斯八世的邀请,从法国来意大利帮助那不勒斯国王查理二世(安茹王朝查理一世之子)夺回1282年西西里晚祷起义后落入阿拉冈王国之手的西西里岛。查理觐见教皇后,教皇派他先去佛罗伦萨调解黑白两党的争端。他在教皇的授意下,帮助黑党战胜白党。他乘机向佛罗伦萨市民搜刮钱财,以饱私囊。黑党夺取政权后,大肆报复、迫害敌对者,但丁也因此遭到放逐。1302年4月,查理离开佛罗伦萨,帮助查理二世进军收复西西里,结果失败。"为了使他自己和他的家族被人认识得更清楚":意谓他在意大利的所作所为将使人们更清楚地认识他自己和他的家族的丑恶的本性。

㉗ "不带武器":实际上,他来意大利时,"有许多伯爵、男爵和大约五百名骑兵随同他来"(维拉尼《编年史》卷八第五十章)。他带来的人马很少,因为进军西西里可以动用查理二世的军队。他来佛罗伦萨时,没带武装随从,因为他主要使用权术来实行他的计划。

"犹大比武用的长矛":指犹大害基督时使用的欺诈和叛卖手段。查理对佛罗伦萨所使用的也是这种手段。他来时做出诺言,要保持佛罗伦萨的繁荣,结果却使她遭受损害。

"捅破她的肚子":诗人用这句粗俗的话作为比喻,来指查理用诈术帮助黑党夺取政权后,在佛罗伦萨出现的流放、杀戮、没收、掠夺等对敌对者的报复行动。"那时,佛罗伦萨已经发胖,满腹都是市民,不禁傲气冲天。这位查理捅破她的肚子,使得她的内脏,也就是她的主要市民,进出来〔指放逐〕,其中就有这位著名诗人〔指但丁〕。"(本维努托的注释)

㉘ "他由此获得的不是土地":"由此",指他南下进入意大利和佛罗伦萨。"不是土地",暗指当时人们给他起的外号"无地查理"。法国人说,他是"一位国王的儿子,一位国王的弟弟,三位国王的叔父,一位国王的父亲,但始终不是国王"。他野心很大,前后曾希望获得阿拉冈、西西里、君士坦丁堡(由于其妻卡特琳乃君士坦丁堡皇帝腓力之女)、神圣罗马帝国四个王(皇)位,结果一一落空。

"而是罪孽和耻辱":维拉尼在《编年史》卷八第五十章中写道:"当时有句俏皮话说:'查理老爷到托斯卡那来作和事佬,却使此地处于战争中而去;他去西西里为了作战,却获得可耻的和平'";还添加道:"他在人马损失殆尽后,很不光彩地回到法国。"诗中所说的"罪孽和耻辱":指他使用欺诈、叛卖手段给佛罗伦萨造成的灾祸。

"他把这种损害看得越轻,对他来说后果就越严重":意谓查理不正视自己的罪行和耻辱及时忏悔,死后必然受到上帝的严重惩罚。

㉙ "先前曾被俘、从船里走出的另一个查理":指那不勒斯国王查

理二世(见注㉖)。1282年,西西里落入阿拉冈王国之手后,他父亲查理力图夺回此岛,把舰队交给他统帅,1284年6月,他在那不勒斯湾同阿拉冈海军上将卢吉埃罗·迪·劳利亚(Ruggero di Lauria)交战败绩,在船里被俘虏,送往西西里囚禁起来,1288年,查理一世死后,才被释放,继承了王位。

"跟人讨价卖自己的女儿":指1305年,查理二世把他的幼女贝雅特丽齐嫁给年岁比她大得多的斐拉拉侯爵埃斯提家族的阿佐八世(见第五章注⑮)为妻。迪诺·康帕尼在《当代大事记》卷三第十六章中说,阿佐八世为了获得和一位王家公主结婚的光荣,为了促使查理"肯屈尊把她下嫁给他,他超出通常的习俗买了她",满足于接受安德里亚(在意大利南部巴里附近)这一小块伯爵领地作为嫁妆,却送给岳父一大笔钱,据说,还把摩德纳和勒佐两地送给新娘。所以诗中说查理二世"跟人讨价卖自己的女儿"。

"如同海盗把人家的女儿当女奴来卖一样":原文是come fanno i corsar dell'altre schiave,有的注释家把altre schiave理解为"把人家的女儿当女奴",有的注释理解为"任何女奴"。译文根据前一种解释,由于照这样来理解,就使查理二世的贪婪显得更为突出,因而同下文表达的意义结合得更为紧密。

㉚ 休·卡佩预言他的后裔查理二世将像海盗卖女奴一般卖自己亲生的女儿后,不禁悲愤交集,对贪婪发出厉声诅咒。"你还能怎样更为害于我们哪?":据戴尔·隆格的注释,"我们"这里指我们人类,休·卡佩说这话时,好像把自己看成是重新回到人世的活人。

㉛ "为了使已作和未作的恶显得微小":休·卡佩这话意谓,他现在要预言的这件罪行比过去和未来的任何罪行都严重得多。"我看到,白合花徽进入阿南尼,基督在他的代理人身上遭到逮捕":指1303年9月8日,教皇卜尼法斯八世被法国国王腓力四世派去的人逮捕。"百合花徽"(fiordaliso = 法语fleurs de lis)是法国王室的纹章。"阿南尼"(Anagni,《神曲》原文作Alagna)是卜尼法斯八世的家乡,这个城镇坐落在罗马东南约六十公里的一座小山上。"基督在他的代理人身上遭到逮捕":西方教会认为,罗马教皇是圣彼得的继承者,耶稣基督在

世上的代理人;从这个意义上来说,教皇遭到逮捕不啻基督遭到逮捕。因此,但丁虽然对卜尼法斯八世深恶恶绝,在诗中多次揭发批判他的罪行,称他为"新法利赛人之王",当他还在世时,就宣布他一定要入地狱,但是,对于他作为基督在世上的代理人遭到逮捕,则痛心疾首,义愤填膺,借休·卡佩之口,义正词严地声讨罪魁祸首腓力四世。

十三世纪末叶,罗马教廷和法国王室(包括它在意大利南部建立的安茹王朝)由于利害关系,一直互相勾结,成为政治上的同盟军。但是封建统治集团之间的联合不是持久不变的。腓力四世即位以来,好大喜功,野心勃勃,由于推行战争政策,经常感到财政困难,开始向教会领地征税,引起与罗马教廷的冲突,结果,双方关系决裂。1303 年 4 月 13 日,卜尼法斯八世发布训令,开除腓力四世的教籍,腓力则于 6 月 10 日召开主教全体会议,废黜教皇。然后派遣亲信大臣诺加雷(Nogaret)去罗马宣布废黜教皇的决议,并联合教皇的仇敌科隆纳家族共同反对教皇。1303 年 9 月 7 日,沙拉·科隆纳(Sciarra Colonna)带领一批人马和诺加雷进入阿南尼逮捕了卜尼法斯八世。维拉尼《编年史》关于此事的叙述反映出这一事件给那个时代的人留下的深刻印象,值得参考:"沙拉·科隆纳带领骑兵……和步兵,举着法国国王的王徽和旗帜,在一天清早进入阿南尼;他们来到教皇行宫,发现并无守卫,就上去占领了行宫,因为这次袭击对教皇和他的亲属来说,都是意想不到的,他们没有提防。教皇卜尼法斯听到喧哗,看到所有的枢机主教……和几乎大部分亲属都已叛离,自以为必死,但他作为豪迈、勇敢的人说:'既然我由于被出卖要像耶稣基督一样遭到逮捕,而且一定得死,我就至少要作为教皇而死。'说罢,就立刻令人给他穿上彼得的法衣,头戴君士坦丁的皇冠,手持那两把钥匙和十字架,摆好姿势坐在教皇圣座上。沙拉和其他敌人来到他面前,用粗野的话戏弄他,逮捕了他和留下来同他在一起的亲属;戏弄他的人当中有……诺加雷,他还威胁他说,要把他捆绑着带往罗纳河畔的里昂,到那里在主教全体会上废黜他并给他定罪。"(引自卷八第六十三章)

㉜ "我看到,他又一次被戏弄":《新约·马太福音》第二十七章

258

中这样叙述耶稣基督当初被戏弄的详情："巡抚的兵就把耶稣带进衙门，叫全营的兵都聚集在他那里。他们给他脱了衣服，穿上一件朱红色袍子，用荆棘编作冠冕，戴在他头上，拿一根苇子放在他右手里，跪在他面前，戏弄他说，恭喜犹太人的王啊。又吐唾沫在他脸上，拿苇子打他的头。戏弄完了，就给他脱了袍子，仍穿上他自己的衣服，带他出去，要钉十字架。"

"他又尝到醋和苦胆"：《新约·马太福音》同一章中说："兵丁拿苦胆调和的酒，给耶稣喝。他尝了就不肯喝，他们就将他钉在十字架上。"当他快要断气时，"内中有一个人赶紧跑去，拿海绵蘸满了醋，绑在苇子上，送给他喝。"

"在活的强盗中间被杀"：《新约·马太福音》同一章中说："当时，有两个强盗，和他同钉十字架，一个在右边，一个在左边。"诗中所说的"活的强盗指的是诺加雷和沙拉·科隆纳"；那两个和基督同钉十字架的强盗因罪而被处决，他们俩则犯下凌辱基督的代理人的罪行后，逍遥法外，若无其事。卜尼法斯八世遭到逮捕，但并未"被杀"，在被囚禁了三天后，阿南尼的市民群众就把他救出，送往罗马。这位气焰万丈、不可一世的教皇因遭受此意外的奇耻大辱，羞愤成疾，于10月12日去世。

㉝ "新彼拉多那样残酷，以至于这还不使他满足"：彼拉多是罗马帝国派驻犹太地区的巡抚。犹太的众祭司长和民间的长老要治死耶稣，把他捆绑解去彼拉多前受审。彼拉多查不出耶稣有什么罪。那时正是逾越节。"巡抚有一个常例，每逢这节期，随众人所要的，释放一个囚犯给他们。当时，有一个出名的囚犯叫巴拉巴。……巡抚原知道，他们是因为忌妒才把他（指耶稣）解了来。……祭司长和长老，挑唆众人，求释放巴拉巴，除灭耶稣。巡抚对众人说，这两人，你们要我释放哪一个给你们呢？他们说，巴拉巴。彼拉多说，这样，那称为基督的耶稣，我怎么办他呢？他们都说，把他钉十字架。巡抚说，为什么呢？他作了什么恶事呢？他们便极力地喊着说，把他钉十字架。彼拉多见说也无济于事，反要生乱，就拿水在众人面前洗手，说，流这义人的血，罪不在我，你们承当吧。众人都说，他的血归到我们，和我们的子孙身上。于是彼拉多释放巴拉巴给他们，把耶稣鞭打了，交给人钉十字架。"（引自《新

约·马太福音》第二十七章）诗中所说的"新彼拉多"指腓力四世，因为他把卜尼法斯交给其死敌科隆纳家族，如同彼拉多把基督交给要治死他的人们一样；也因为，继任的教皇格利高里十一世1304年在佩鲁贾发表演说谴责这次暴行后，腓力推卸罪责，硬说诺加雷做得超出了他的指示，如同彼拉多"拿水在众人面前洗手，说，流这义人的血，罪不在我，你们承担吧"一样。格利高里十一世在演说中称腓力为"新彼拉多"，但丁对此可能也有所知。"这还不使他满足"：意即迫害教皇的暴行还不能使腓力感到满足。

"而无教皇谕旨，就扬贪婪之帆冲进圣殿"：指腓力四世因贪得无厌，企图把圣殿骑士团巨大财产据为己有，而残酷迫害其成员的暴行。

圣殿骑士团是第一次十字军结束后，教会为了保卫在侵占的土地上建立的耶路撒冷王国而派往东方的僧侣骑士团。这个骑士团成立于十二世纪初年，主要由法国骑士组成，其创始人为勃艮第骑士休·德·帕扬（Hugues de Payens）。由于驻扎在位于莫利亚（Moriah）山上被认为是所罗门圣殿的耶路撒冷国王的宫廷中，故名圣殿骑士团。它是一种宗教军事组织，直属教皇，在东方拥有许多地产。十字军东方领地丧失后，它回到欧洲继续活动，占有土地，经营商业，放高利贷，因而拥有无数的资产。

腓力四世为了夺取圣殿骑士团的财产，1305年指控该团犯有异端罪，教皇克力门五世下令进行调查。1307年，腓力不等调查清楚，就逮捕了骑士团团长雅克·德·莫莱（Jacques de Molay）和在巴黎的骑士团团员，把他们交给宗教裁判所用酷刑拷问逼供，最后，在无教皇明令定罪的情况下，处以火刑，没收其财产。1312年，教皇在腓力的压力下，宣布圣殿骑士团犯异端罪，下令解散该团，将其财产转移给医护骑士团。腓力预先把所有记载他欠圣殿骑士团债的账簿统统销毁，还自称是这一骑士团的债权人，要求医护骑士团付给他20万里拉来还清一切债务。他不顾教皇的规定，借口补偿他所负担的圣殿骑士团员长期坐牢和受审讯期间的生活费，继续享有该团的不动产的租金。

"无教皇谕旨":意谓腓力四世为了夺占圣殿骑士团的财产,不等教皇发布命令,擅自逮捕和迫害其首脑及成员,这是无法无天的行径,因为圣殿骑士团直属教皇,唯有他有权审判和处罚。

"扬贪婪之帆冲进圣殿":原文是 portar nel Tempio le cupide vele,诗中用这个贴切有力的比喻表现腓力四世悍然掠夺圣殿骑士团的财产如同海盗船冲进港口肆意掳掠一样。

㉞ 休·卡佩(作为但丁的代言人)讲完他所预见的种种罪行后,不禁对上帝发出呼吁,迫切希望他早日施加惩罚。

"高兴地看到":"高兴"指正直的人看到恶有恶报感到喜悦。《旧约·诗篇》第五十八篇中说:"义人见仇敌遭报,就欢喜,要在恶人的血中洗脚。"

"那隐秘不可知的":指上帝预定的惩罚隐藏在他的意志中,世人无从知悉。

"使你内心的愤怒平息下来的":万戴里的注释说:"上帝不像世人那样在激情的冲动下立即发怒,而是等待最适当的时间给有罪者以应有的惩罚,同时在注定这种惩罚上使得他的愤怒平息下来。"辛格尔顿的注释则引用托马斯·阿奎那斯的话:"上帝虽不为各种惩罚本身感到高兴,他却为这些惩罚是由他的正义注定的而感到高兴。"

㉟ "圣灵的唯一新娘":指圣母马利亚,她从圣灵怀孕生了耶稣。

"应答轮唱的颂歌":诗中原文是 risposto,含义相当于 responsorio(〔礼拜仪式中〕应答轮唱的颂歌),因为犯贪婪罪的灵魂们"把念祈祷文和重述美德范例交替进行,……这些范例起到应答轮唱的颂歌的作用,其地位类似礼拜仪式中应答轮唱的颂歌"。(佩特洛齐的注释)

诗句的大意是:整个白天,我们都重述体现贫寒和慷慨之德的范例。

㊱ 意即天一黑,我们就开始重述因贪婪受惩罚的事例。

㊲ 匹格玛利翁(Pigmalion)是腓尼基城市国家推罗的国王。他妹妹狄多同腓尼基最富有的地主希凯斯结了婚。匹格玛利翁因为图财偷偷地杀死了希凯斯。他长期隐瞒着这件事。后来,希凯斯的灵魂给狄多托梦,揭穿了全部罪行,劝她赶快离开推

罗出走,并把埋藏着祖传的金银财宝的地方告诉她。她召集了一批同伙,把金银财宝装上船,运出了海,在非洲登陆,在现今的突尼斯地区建立了迦太基城。匹格玛利翁贪财的欲望完全落空,只留下犯背信弃义、盗窃、杀害近亲罪者的恶名(事见《埃涅阿斯纪》卷一)。

㊳ 弥达斯(Midas)是佛律癸亚国王。酒神巴克科斯的义父羊人西勒诺斯喝醉了酒,被农民捉住,送往国王宫中。弥达斯认得他,就设宴欢迎他,然后把他交还了他的义子。为了答谢弥达斯,酒神就请他自己选一样东西作为礼物。他对酒神说:"请你答应我,凡是我的身体所触到的东西都能变成黄金。"酒神答应了他的要求。他回去一试,新得的点金之术果然很灵,心里高兴极了,但是他的喜悦随即转变成惶恐,因为任何食品和饮料经他一沾,就化为黄块和金水,害得他饥渴难忍,不禁喊道:"酒神啊,饶恕我吧。我错了。请你可怜我,救救我。这东西看着美好,其实是灾祸。"酒神见他悔过了,就收回了早先应他请求而赐给他的本领,让他跳到帕克托鲁斯(Pactolus)河源的水中,洗清他的罪孽。弥达斯遵照酒神的指示去做。他的点金的能力从他身上转移到水中,因而这条河流的泥沙中从此就含有大量黄金(事见奥维德的《变形记》卷十一)。弥达斯因提出贪得无厌的要求而陷入几乎饿死渴死的悲惨境地,必然永远传为笑柄。

㊴ 亚干是犹太支派的人迦米的儿子。摩西死后,他的帮手约书亚奉上帝之命率领以色列人继续向赐给他们的地方前进,渡过约旦河,到了耶利哥城附近,看到城门紧闭。上帝晓谕约书亚说,命以色列人绕耶利哥城七次,城墙就会塌陷,落入他们之手。约书亚吩咐以色列人遵照上帝所指示的去做,但城破之后,一切战利品都要放入耶和华上帝的库中,谁都不许拿走,否则就连累以色列的全营。大家都听从了约书亚的话。唯有亚干受贪欲驱使,在所夺的财物中,拿去了他所喜爱的一件美好的衣服和一些金银,藏在自己的帐篷里。因为愚妄的亚干拿去了这些战利品,上帝就向以色列人发怒,使他们被艾城人击败。他吩咐约书亚追查拿走财物的人。亚干在约书亚面前认了罪,约书亚说,"你为什么连累我们呢? 今日耶和华

必叫你受连累。"于是,以色列众人用石头打死他,将石头扔在其上,又用火焚烧他所有的(事见《旧约·约书亚记》第六章、第七章)。

"约书亚的怒气似乎仍在这里刺痛他":"这里"指第五层平台。意谓在这层平台上忏悔赎罪的灵魂们回忆亚干的罪行时,那样严厉地责备他,真像当初约书亚在人间怒气冲冲地申斥亚干时的情景一样。

⑩ 最初的基督教信徒有一种风尚:卖掉自己的田产,把钱存放在公共的钱柜里。这种做法是自觉自愿的,并无强制性。撒非喇同她丈夫亚拿尼亚皈依了基督教后,也卖了田产,但把价银私自留下几分,其余的几分拿来放在使徒脚前。圣彼得当面揭穿了亚拿尼亚的虚伪,说他这样做不是欺哄人,是欺哄上帝了。亚拿尼亚听见这话,就仆倒断了气。约过了三小时,他的妻子撒非喇进来,还不知此事。圣彼得问她,他们卖田地的价银是否就是这些。她说,就是这些。圣彼得说,她和她丈夫同心欺哄圣灵。撒非喇立刻就仆倒在圣彼得脚前,断了气(事见《新约·使徒行传》第五章)。

⑪ 赫利奥多洛斯(Heliodorus)是叙利亚塞琉古王朝的国王塞琉古四世(前187—前175年在位)的财政大臣。国王派他去掠取耶路撒冷圣殿中的财宝。他一进圣殿,就有一位身穿金甲的勇士骑着一匹烈马出现在他前面,这匹烈马向他猛冲过来,用前蹄踢他,勇士身边的两位青年不住地用鞭子抽他。他突然昏倒在地上,随从的人就用担架把他抬走了(事见《玛喀比传》下卷第三章)。

⑫ 波吕墨斯托尔(Polymestor)是特剌刻(Thraca)国王,特洛亚老王普利阿姆斯的女婿。当特洛亚人和希腊人交战时,普利阿姆斯把儿子波吕多鲁斯(Polydorus)送到波吕墨斯托尔的宫中寄养,使他远远离开战争,同时还送去了一大批金银财宝。贪婪的波吕墨斯托尔见财就存了歹心。他一听到特洛亚被希腊人攻占的消息,就丧尽天良杀死了托付给他的波吕多鲁斯,并把尸体从悬崖上推落海中灭迹(事见奥维德的《变形记》卷十三)。

"全山周围回荡着……波吕墨斯托尔的骂名":意谓这层平台

上所有的灵魂都在反复地骂他。

㊸ 克拉苏（Marcus Licinius Crassus，约前112—前53）是古罗马大奴隶主和最富、最贪财的人。公元前71年出任掌军权的执政官时，镇压了斯巴达克起义。前70年和庞培出任执政官。前60年和庞培、恺撒结成反对元老院贵族派的秘密同盟，形成所谓"前三头"。前55年再次和庞培出任执政官。任满后，前54年去叙利亚做总督，企图在那里大大增加自己的财富。前54—前53年，率军同帕提亚（安息）人交战，这是罗马和帕提亚第一次大战，结果罗马败绩，几乎全军覆没，克拉苏本人被杀，帕提亚人把首级送交国王奥罗戴斯（Orodes）。奥罗戴斯知道他贪财，就命人把金水灌到他的口腔中，嘲笑道："你渴望得到黄金，那你就喝金水吧！"（诗句中灵魂们所喊的那句讽刺话显然脱胎于此）

㊹ 这里休·卡佩回答方才但丁向他提出的第二个问题："为何只你一人重温这些值得赞美的行为"，说明这层平台上的灵魂白天都在讲述善行的范例，但是由于讲述时热情程度不同，有的人声音高，有的人声音低。因为方才近处没有别人高声讲述，但丁只听到他的声音，误认为只他一个人讲述来着，才产生了上述疑问。

㊺ "克服路径的困难"：指道路狭窄，路旁又有许多灵魂趴在地上，在这种困难的条件下，尽可能地快速前进。

㊻ 提洛斯（Delos）是爱琴海南部基克拉迪群岛中的一个小岛。据古代神话，这个小岛是海神涅普图努斯用神力使它从海浪中涌出的，原先一直在海里漂来漂去。女神拉托娜（Latona）和众神之王朱庇特相爱怀了孕，为了逃避天后朱诺的忌妒，逃到此岛，在岛上生了日神阿波罗和月神狄安娜一对孪生子女（诗中所谓"天的两眼"指日、月）。阿波罗为了感谢此岛，用神力把它固定下来（《埃涅阿斯纪》卷三、《变形记》卷六均提到此事）。

辛格尔顿指出，用提洛斯岛的动荡来比拟炼狱山的震动特别贴切，因为后者也是海岛。

雷吉奥则认为，漂来漂去的海岛即使是在大风暴中的摇动，似乎都不可与地震的震撼相比拟；因此，看来大概但丁相信提洛

264

斯岛曾被一次真正的地震震撼过。早期注释家的话足以证实此点,他们说,相传在《圣经》所说的大洪水以前,提洛斯岛经常被地震震撼。

㊼ "Gloria in excelsis Deo":意即"在至高之处荣耀归与上帝"。这是耶稣降生时,天使所唱的赞美上帝的歌的第一句,《新约·路加福音》第二章中全文是:"在至高之处荣耀归与上帝,在地上平安归与他所喜悦的人。"《炼狱篇》第二十一章告诉我们,地震表明一个灵魂从炼狱之苦中解脱出来。为此所有的灵魂同感喜悦,大家齐声合唱这支赞美上帝的歌。

㊽ "心里惶惑":因为弄不清地震和唱歌是怎么回事。
"如同第一次听到那支歌的牧羊人一样":《新约·路加福音》第二章中说,耶稣降生时,"在伯利恒之野地里有牧羊的人,夜间按着更次看守羊群。有主的使者站在他们旁边,主的荣光四面照着他们。牧羊的人就甚惧怕,"但没有说,他们听到天使唱那支歌时,心里惶惑;这一细节是但丁加上的,雷吉奥认为,它是对《圣经》经文中所加的极富有诗意的诠释。"直到震动停止和那支歌终结":萨佩纽指出,连词"和"(ed)强调地震停止和那支歌终结这两件事是同时发生的。

㊾ "神圣的行程":因为这是悔罪、净罪的行程。

㊿ "在进行思索之际":指在思索地震和唱歌的原因之际。

第二十一章

　　除非喝撒玛利亚的小妇人请求恩赐的水，就永远解不了的那种自然的渴折磨着我①，急于向上的心情鞭策着我跟在我的向导后面由那条受阻碍的道路前进，公正的惩罚一直使我痛心②。你瞧！正如路加为我写下的，已经复活走出墓穴的基督突然显现在两个行路的人跟前那样，一个灵魂显现在我们跟前，他是从我们后面来的，当时我们正注意看趴在我们脚边的那群灵魂，直到他先说了话，我们才觉察到他，他说："啊，我的兄弟们，愿上帝赐予你们平安③。"我们迅速转过身去，维吉尔用与之相当的示意动作向他还礼④，然后开始说："愿那使我处于永久流放的正确无误的法庭使你平安进入享受天国之福者的大会⑤。""怎么，"他说——在这同时我们急速前行——"如果你们是上帝认为不配升天的灵魂，谁引导你们由他的阶梯⑥往上走得这么远哪？"我的老师说："如果你仔细看一下这个人额上带着的那些被天使刻下的记号⑦，你就会明白，他是注定要和善人们一起在天国的。但是由于那位日日夜夜纺线的女神还没有给他卸下克罗托为每个人放在纺锤上绕紧的那一定分量的羊毛⑧，他的灵魂是你的和我的姊妹，上来时不能独自走来，因为它不按我们的方式看事物⑨。因此我被调出了地狱的宽阔的喉咙前来引导他，我还要引导他再往前走,我的教导能引导他走多远就引导他走多远⑩。但是,如果你知道的话,就请你告诉我,为什么刚才这座山那样震动,为什么全山一直到湿润的山脚都似乎用一个声音呼喊⑪。"他这样一问就给我把线那样准确地穿过我的意愿的针眼,以至于使得我的渴仅仅通过希望就变得不那么难忍了⑫。

那个幽魂开始说:"这座山的神圣法则不容许有任何无秩序或者出乎常规之外的事物。这里没有地上的一切变化⑬:这里任何变化的起因只能是天自身产生的、接受到自身中的力量,而不是别的⑭。因此雨、雹、雪、露、霜都不降到那三磴短小的台阶以上的地方⑮。浓云或薄云、闪电和常常变换方位的陶玛斯之女也都不出现⑯;干燥的地气也不在我所说的那三磴台阶顶端、彼得的代理人放脚处以上的地方升起⑰。在那以下的地方也许有或小或大的地震;但是在这上方从未由于地中潜藏的风发生过地震,我不知什么缘故⑱。每逢某一个幽魂觉得自己已经变得纯洁,可以站起来或者可以动身上升时,这里地就震动;随后就发出那种呼喊⑲。幽魂已经变得纯洁的唯一证明就是能完全自由变换处所的意志,这种意志突然降临于它,对它有益⑳。在这以前幽魂固然也想上升,但是欲望不许可,神的正义使欲望与意志背道而驰,倾向于受苦,如同过去倾向于犯罪一样㉑。我趴在这层平台上受苦已经五百多年了,现在才觉得有了向更幸福的门槛迈进的自由意志㉒:因此你感觉到地震,听到山上虔诚的幽魂们赞美主,我祝愿他早日打发他们上升㉓。"

他这样对我们说;由于人越渴,喝到水时,乐趣就越大㉔,我简直说不出他的话使我获得了多大的教益。那位睿智的向导说:"如今我明白了把你们缠在这里的网是什么,你们怎样从网中解脱,这里为什么地震,你们为什么共同欢呼㉕。现在请你让我知道你是谁,并且从你的话里明白你为什么趴在这里这么多世纪。"那个灵魂回答说:"当英勇的狄托靠至高无上的帝王之助,为流出被犹大出卖之血的伤口报仇时,我以流传最久和最光荣的名称在世上很负盛名,但尚未有信仰㉖。我的诗歌的音调那样悦耳,使得罗马把我这个图卢兹人吸引了去,在那里我获得了头上戴爱神木叶冠的荣誉㉗。世上的人如今还以斯塔提乌斯这个名字称道我,我歌咏忒拜,然后歌咏伟大的阿奇琉斯;但我在担负着这第二个重担的途中倒下了㉘。引起我写诗的热情的火种是那神圣的火焰迸发出来的、使我情绪激奋的火花,一千多位诗人的创作热情都是被这神圣的火焰点燃起来的㉙;我说的就是《埃涅阿斯纪》,在作诗上,它对我来说是妈妈又是乳母:没有它,我连分量只有一德拉玛的东西都写不出来㉚。假若我能在维吉尔在世时活在人间的话,我情愿为此比规定的期限多留一年再结束我的流放㉛。"

这些话使得维吉尔转身向着我,用脸上的表情默不作声地说:"别说话";然而意志的力量并不是万能的;因为微笑和哭都紧随其所由来的激情发出来,在最真诚的人身上最不服从意志约束㉜。我只微微笑了笑,好像使眼色的人似的㉝;因此那个幽魂就沉默了,细看着我的眼睛,在那里表情最为集中㉞。他说:"祝愿你能顺利结束如此艰苦的旅程;请问你脸上刚才为什么向我闪现一丝微笑呢㉟?"现在我陷入了左右为难的境地:一边要我保持沉默,另一边祈求我说话;因此,我的老师理解我的苦衷,对我说:"不要害怕说话;只管说吧,把他这样关心来问的事告诉他吧。"于是,我说:"古代的幽魂哪,也许对于我露出微笑你感到惊异;但我还要你知道一件更使你惊奇不置的事。这位指引我的眼睛向上的[36],就是你从他那里获得歌咏人和诸神的灵感的那位维吉尔[37]。如果你曾相信我微笑是由于别的缘故,那你就放弃这种不真实的想法,而相信那是由于你刚才关于他所说的那些话吧。"他已经俯身去抱我老师的脚[38],但他对他说:"兄弟,不可如此,因为你是幽魂,你见到的也是幽魂[39]。"他站起来,说:"现在你可以明白我心中对你燃起的爱是多么强烈,我忘了我们的形体是空虚的,把幽魂当作固体的东西看待了。"

注释:

① "撒玛利亚的小妇人请求恩赐的水":这个典故出自《新约·约翰福音》第四章:耶稣"到了撒玛利亚的一座城,名叫叙加,靠近雅各给他儿子约瑟的那块地。在那里有雅各井。耶稣因走路困乏,就坐在井旁。那时约有午正。有一个撒玛利亚的妇人来打水。耶稣对她说,请你给我水喝。那时门徒们进城买食物去了。撒玛利亚的妇人对他说,你既是犹太人,怎么向我一个撒玛利亚妇人要水喝呢?原来犹太人和撒玛利亚人没有来往。耶稣回答说,你若知道上帝的恩赐,和对你说给我水喝的是谁,你必早求他,他也必早给了你活水。妇人说,先生,没有打水的器具,井又深,你从哪里得活水呢?我们的祖宗雅各将这井留给我们。他自己和儿子并牲畜也都喝这井里的水,难道你比他还大吗?耶稣回答说,凡喝这水的,还要再渴。人若喝我所赐的水就永远不渴。我所赐的水要在他里头成为泉源,直到永生。妇人说,先生,请把这水赐给我,叫我不渴,也不用这么远打水。"

"撒玛利亚的小妇人":诗中用小词 La femminetta(小妇人)表示她低微和心地单纯。她"请求恩赐的水"象征耶稣启示的真理,即《筵席》第四篇第十二章中所说的"基督最真实的教义,它是道、真理和光"。

"永远解不了的那种自然的渴":指人的求知欲。但丁在《筵席》第一篇开端引用亚里士多德《形而上学》开宗明义的话说:"凡人皆自然具有求知欲",作为笃信基督教的中世纪诗人,他认为人的求知欲只有接受基督启示的真理才能最终得到满足。诗中此处所说的求知欲具体指他想知道炼狱山地震的原因。

② "公正的惩罚":指犯贪婪罪者的灵魂受到手脚被捆绑着趴在地上眼睛不能仰视的惩罚,这种惩罚是公正的,因为它是上帝规定的,对那些灵魂来说,是罪有应得的。但丁之所以痛心,一则由于目睹他们受苦的悲惨情景,二则由于哀怜他们不幸成为贪欲的奴隶。

③ 当但丁怀着强烈的求知欲和对那些受苦的幽魂的哀怜之情跟随着维吉尔匆忙前进时,一个幽魂突然出现在他们俩跟前。诗中用《新约·路加福音》第二十四章所述基督复活后突然出现在两个行路的门徒跟前的场面来比拟上述情景:"正当那日,门徒中有两个人往一个村子去,这村子名叫以马忤斯,离耶路撒冷约有二十五里。他们彼此谈论所遇见的这一切事。正谈论相问的时候,耶稣亲自就近他们,和他们同行。只是他们的眼睛迷糊了,不认识他。"

"愿上帝赐予你们平安"是《新约·路加福音》同一章中复活后的耶稣对使徒们所说的问候话:"正说这话(指关于耶稣已经复活)的时候,耶稣亲自站在他们当中,说:愿你们平安。"《新约·马太福音》第十章说,耶稣嘱咐使徒们都使用这句问候话。

④ 意即维吉尔用与那个幽魂的话同样亲切的示意动作向他还礼致谢。至于他使用的是什么具体的示意动作,诗中没有说明。

⑤ "永久流放":指维吉尔永远留在地狱,不得进天国。"正确无误的法庭":指上帝的公正无误的判决。

"平安":这里指"永恒平安"(la pace eterna),即天国之福。

"享受天国之福者的大会":指天国。

⑥ "他的阶梯":指炼狱作为升入上帝所在的天国的阶梯。

⑦ 指看守圣彼得之门的天使在但丁额上刻下的七个 P 字。

⑧ 希腊神话中的三位命运女神(Moirae)是三姊妹,她们主宰人的生死寿夭。"日日夜夜纺线的女神"是拉刻西斯(Lachesis),她昼夜不停地给每个人纺生命之线。克罗托是命运女神中年龄最小的;她"为每个人放在纺锤上绕紧的那一定分量的羊毛":每个人出生时,她都把一定分量的亚麻放在拉刻西斯的纺锤上,亚麻需要纺多少时间,人的寿命就有多么长。"绕紧"原文是compila,意即把一定分量的亚麻放在纺锤上后,用手转动纺锤,把羊毛好好地、紧紧地绕在纺锤上。"还没有给他卸下……那一定分量的羊毛":意即她还没有给但丁纺完生命之线,也就是说,但丁阳寿未尽,还是活人。

⑨ "他的灵魂是你的和我的姊妹":因为所有的灵魂都是上帝创造的。"它不按我们的方式看事物":维吉尔与他交谈的人都是已经脱离肉体的幽魂;但丁则是活人,灵魂与肉体结合在一起,受到肉体的阻碍,不能像他们那样运用心智(intelletto)清晰地看到真理,所以不能独自来炼狱,而必须有向导带路。

⑩ "地狱的宽阔的喉咙":指维吉尔所在的"林勃",它是第一层地狱,最靠外也最宽阔,诗中把它比作通往地狱内部的喉咙。"我的教导能引导他走多远就引导他走多远":指维吉尔象征理性和哲学,只能引导但丁走到象征现世幸福的地上乐园。

⑪ "湿润的山脚":指炼狱山濒海的山麓。"用一个声音呼喊":指幽魂们高声齐唱耶稣降生时天使所唱那支赞美上帝的歌(见第二十章注㊼)。

⑫ "给我把线那样准确地穿过我的意愿的针眼":比拟维吉尔通过他向那个幽魂提出的问题完全猜中了但丁心里渴望知道的事。"以至于使得我的渴仅仅通过希望就变得不那么难忍了":意谓由于维吉尔猜中了但丁的心愿,替他向那个幽魂提出了有关的问题,但丁仅仅因为心中的疑问有希望得到解答,急于求知的心情就已经有所缓和了。

⑬ 因为炼狱本部处于气、水、土、火四大要素区域以外。

⑭ "天自身产生的、接受到自身中的力量":指天的一部分对天的另一部分起作用的力量,由于天是永恒不变的,这种力量也不能产生真正的变化。所以炼狱本部出现的一些现象(例如地

震)看来似乎和四大要素区域内的一些现象相同,实际上却是另一回事,其起因完全不同于前者。(根据万戴里的注释)

⑮ "那三磴短小的台阶以上的地方":指圣彼得之门以内的炼狱本部区域。

⑯ "常常变换方位的陶玛斯之女":据希腊神话,陶玛斯(Thaumas)是彭图斯(Pontus,大海)和盖亚(Ge,大地)之子。他和海洋仙女埃勒克特拉(Electra)生下象征彩虹的女神伊里斯(Iris)。伊里斯是众神的使者,上天下地传达信息时都架彩虹。她在这里指虹,虹出现在和太阳相对着的方向,太阳在东方,虹就出现在西方,反之亦然,所以诗中说:"常常变换方位"。

⑰ "干燥的地气":根据亚里士多德的物理学,地上出现的种种自然现象均来源于地中的气体:潮湿的地气升起就造成雨、雪、雹、露、霜等降水现象;干燥的地气如果稀薄,升起就成为风,如果浓重,潜藏在地中是风,一冲出地面,就造成地震。

"那三磴台阶顶端":圣彼得之门在此处。"彼得的代理人":指守门天使,因为他手里拿着圣彼得的两把钥匙。"放脚处":天使坐在门槛上,两脚放在第三磴台阶上。

诗句的大意是:干燥的地气不在炼狱本部升起,所以无风也无地震。

⑱ "那以下的地方":指炼狱外围区域。"也许有或小或大的地震":因为炼狱外围仍在大气扰动的范围以内;"也许"表明那个幽魂不敢肯定说那里有地震。但他以肯定的语气说"在这上方(指炼狱本部)从未由于地中潜藏的风发生过地震"。"不知什么缘故":萨佩纽的注释说:"当一座山的底部被地震震撼时,山的高处怎么能保持不动,的确是神秘不可思议的事。"

⑲ 诗句的大意是:每逢炼狱中的一个幽魂觉得自己已经把罪涤除净尽时,如果它原来坐着(犯忌妒罪者)或者在地上趴着(犯贪婪罪者),它就"站起来",动身上升天国,如果它原来被限定在某一平台上走(犯其他罪者),它就一直动身上升天国,在这同时,就发生地震,随后全山就传出高声齐唱赞美上帝的歌声。

⑳ 诗句的大意是:幽魂已经涤除罪孽的唯一证明是意志能完全

272

自由变换居留处所,也就是说,从炼狱上升天国,这种已经完全自由的意志对幽魂有益,因为自由的意志力能促使幽魂站起来和动身上升。

㉑ 托马斯·阿奎那斯在《神学大全》第三卷中把人的意志区分为绝对意志和相对意志或条件意志。绝对意志总是向善的,相对意志或条件意志即诗中所说的"欲望"(talento)则把不好的事物错当成好的事物而倾向它。通过这种区分,他论证了炼狱中的幽魂受苦的自愿性(volontarieta)。这些诗句也突出这一点,大意是:幽魂在觉得自己已经把罪孽涤除净尽以前,就绝对意志来说,当然也想升天,但条件意志(也就是"欲望")不许可它;正如在世上时,人的条件意志或者"欲望"与绝对意志相反,倾于犯罪,如今在炼狱中,其幽魂在神的正义支配下,感到赎罪的必要性,因而倾向于受苦,受磨炼;这是与想使它升天的绝对意志背道而驰的。只有当净罪过程圆满结束,条件意志完全消失在绝对意志中时,幽魂才不再感到任何阻碍而能自由上升天国。

㉒ "我趴在这层平台上受苦已经五百多年了":我们从下文知道这个幽魂是古罗马诗人斯塔提乌斯(Publius Papinius Statius),在注释中我们已经多次提到他的史诗《忒拜战纪》。他大约死于96年,从这年算起到1300年维吉尔和但丁在炼狱中见到他时,他在炼狱中已停留了一千二百多年:在这层平台上(涤除浪费罪)受苦五百多年,在第四层平台上(涤除急惰罪)受苦四百多年(见第二十二章),其余的时间可想而知是在炼狱外围和第一、二、三层平台上度过的。

"向更幸福的门槛迈进的自由意志":"更幸福的门槛",指天国的门槛。"自由意志",指不再受"欲望"(talento)阻碍的意志。

㉓ 斯塔提乌斯自己已经净罪后,祝愿上帝使仍在炼狱中受苦的幽魂们早日升天,表现出真正的基督教徒的爱。

㉔ 这里继续用"渴"来比拟求知欲,意谓求知欲越强烈,得到满足后,内心就越快乐。

㉕ "把你们缠在这里的网":"网"作为比喻指使幽魂们滞留在炼狱中的障碍,即条件意志或"欲望",它促使幽魂们愿受神的正

义规定的刑罚。

"你们怎样从网中解脱":指通过幽魂们自己意识到净罪过程已经圆满结束。

"这里为什么地震":指由于有幽魂已经把罪涤除净尽,开始上升。

"你们为什么共同欢呼":指其他的幽魂统统为此感到和表示欢欣,齐唱赞美上帝的歌。

㉖ "英勇的狄托":指罗马帝国弗拉维王朝(69—96)的建立者韦帕芗(Vespasianus)的长子狄托(Titus)。66年,犹太人由于罗马总督劫掠耶路撒冷圣殿及其宝库举行起义,韦帕芗奉命前去镇压,狄托随父出征。70年,韦帕芗被拥戴为罗马皇帝,返回意大利登基,狄托留在巴勒斯坦,继续围攻耶路撒冷,当年九月占领了此城。71年,狄托回到罗马与其父韦帕芗共同举行凯旋仪式,庆祝征讨犹太人的胜利。79年,韦帕芗死后,狄托继承帝位,81年去世。

"靠至高无上的帝王之助":意即靠上帝的帮助。

"为流出被犹大出卖之血的伤口报仇":意即为耶稣基督被出卖钉死在十字架上对犹太人进行报复。据史书记载,罗马军队重新占领耶路撒冷后,把被俘的起义者都钉在十字架上处死,以至于"没有地方再立十字架,没有十字架再钉人"。除了死难者外,耶路撒冷居民被卖为奴隶的多达七万人。奥洛席乌斯在七卷《反异教徒史》卷七中把这说成是犹太人因陷害耶稣基督使他被钉死在十字架上所遭受的报复:"在占领和摧毁耶路撒冷,……使犹太国家完全灭亡后,被上帝的命令指定替主耶稣基督的血报仇的狄托就和他父亲韦帕芗一起以凯旋的仪式庆祝了他的胜利,关闭了雅努斯(Janus)神庙(译者按:雅努斯是古罗马的门神,战时,罗马广场上的雅努斯神庙庙门大开,表示神保护战士出征,战争结束,庙门关闭,以示和平),……为纪念替主的受难报仇而举行与纪念他的降生所举行的那种同样光荣的庆典,的确是正确的。"但丁接受了他的看法。

"流传最久和最光荣的名称":指诗人。卢卡努斯在史诗《法尔萨利亚》卷九中说:"啊,诗人的工作多么伟大,多么神圣啊!

他使一切事物免于毁灭,赋予人以不朽。"作为人文主义的先驱,但丁把诗人看得很高,认为这是"流传最久和最光荣的名称",因为诗不仅是美,而且是对人生的教导(见第二十二章)。

"尚未有信仰":意即尚未皈依基督教。这几句诗的大意是:在罗马皇帝韦帕芗在位期间(70—79),当他的儿子英勇的狄托靠上天的帮助摧毁了耶路撒冷,为耶稣基督被钉死在十字架上对犹太人进行了报复时,我在世上是享有盛名的诗人,但还不是基督教信徒。

㉗ "我的诗歌的音调那样悦耳":古罗马讽刺诗人尤维纳利斯(约60—约140)的第七首讽刺诗中提到斯塔提乌斯的诗歌音调悦耳:"当斯塔提乌斯答应朗诵一天使这个城市(指罗马)欢乐时,人们成群结队地去听他的悦耳的声音和他的受人们喜爱的《忒拜战纪》;他们的心灵被他的美妙悦耳的诗歌迷住了,听众听他朗诵听得那样入神!……"

"我这个图卢兹人":图卢兹城在现今法国西南部。其实,斯塔提乌斯并非图卢兹人,他大约于45年出生在那不勒斯,96年死在那里。诗中之所以把他误认为图卢兹人,是由于但丁如同其他的中世纪学者一样,把他和同名的修辞学家斯塔提乌斯(Lucius Statius)混淆了,后者于罗马皇帝尼禄执政初年(约58)出生在图卢兹。

"爱神木叶冠":为什么不授予他桂冠,而授予他爱神木(mirto)叶冠,对此注释家们感到困惑不解。波雷纳猜想,给他戴上爱神木叶冠表示承认他作为爱情诗人的成就,但举不出使用这种冠的事实来证明他的想法。雷吉奥认为,给他戴上爱神木叶冠或许只意味着给他加冠为诗人而已。斯塔提乌斯在罗马确实曾被加冠为诗人,此事见于他的《诗草集》(Silvae)第三卷第五首。此书的手抄本十五世纪才被发现,因而但丁不可能从此书获悉这一事实,而是另有所本。

㉘ "世上的人如今还以斯塔提乌斯这个名字称道我":斯塔提乌斯在中世纪确实享有盛名。他的两部史诗在学校里被广泛诵读、学习,许多学者都对之进行深入的研究,但丁自己就是最显著的例子。

"我歌咏忒拜":指他根据希腊七将攻忒拜城的传说,以《埃涅阿斯纪》为楷模,创作史诗《忒拜战纪》十二卷,近万行,历时十二年完成。

"然后歌咏伟大的阿奇琉斯":指他创作史诗《阿奇琉斯纪》,描述荷马史诗中的英雄阿奇琉斯的生平和业绩,现仅存有关其童年时代的第一卷和第二卷的一半。有人认为作者生前未能写完全书,也有人认为其余部分已经散失。但丁诗中肯定前一种说法。

"但我在担负着这第二个重担的途中倒下了":"这第二个重担",指《阿奇琉斯纪》。这个比喻表明斯塔提乌斯生前没有写完此书就去世了。

格拉伯尔指出,斯塔提乌斯向维吉尔和但丁说明他的史诗的题材和创作史诗的艰苦劳动,这种艰苦劳动使得他在写作这第二部作品时,累得中途倒下了。"倒下了"(caddi)一词分量极重。断送人性命的死和他作为艺术家经受的巨大磨难这两种意象交融在"倒下"(cadere)一词中。

㉙ "那神圣的火焰":指《埃涅阿斯纪》。斯塔提乌斯在《忒拜战纪》的结尾就用"神圣"这一形容词说明《埃涅阿斯纪》是千古绝唱,他对自己这部史诗说:"你长存吧! 我祈祷,但是不要与神圣的《埃涅阿斯纪》竞争,要远远地跟在它后面,永远尊敬它的足迹。"(《忒拜战纪》第十二卷)

"一千多位诗人":"一千多位"是不定数,极言其多。

诗句的大意是:我的诗的灵感来源于《埃涅阿斯纪》,无数诗人从这个光辉的典范中受到教益和启发。

㉚ "它对我来说是妈妈又是乳母":说它是"妈妈",因为它是我的诗的灵感来源;说它是"乳母",因为它教会了我作诗的艺术。斯塔提乌斯的话实际上也表达出但丁对维吉尔的热爱和崇敬。托玛塞奥说:"'妈妈'这个日常用语表示情谊和尊敬,说明但丁觉得维吉尔不仅是养育者,而且是新的美的生育者。"

"我连分量只有一德拉玛的东西都写不出来":"德拉玛"(dramma)是一盎司的八分之一,约四克。这里作分量极小解。

意即倘若没有《埃涅阿斯纪》这一光辉的典范,我根本写不出任何一部稍微有点价值的作品。

㉛ "我的流放":指他滞留在炼狱中(流放于天国外)。

斯塔提乌斯大约出生于45年,维吉尔死于公元前19年。斯塔提乌斯在诗中说,假若他能生在维吉尔在世时,得以认识这位大诗人的话,他情愿为此在炼狱比规定的期限多留一年再上升天国。这话表达出刚解除了炼狱的磨难,行将升入天国享受永恒之福的斯塔提乌斯对维吉尔的无比热爱和景仰。

㉜ "微笑和哭都紧随其所由来的激情发出来,在最真诚的人身上最不服从意志约束":"其所由来的激情"即引起微笑和哭的感情:指喜悦和悲痛。"紧随……发出来":意即人一喜悦就由不得微笑,一悲痛就由不得哭。"在最真诚的人身上最不服从意志约束":意即越真诚的人,就越自发地表露出内心的喜怒哀乐之情,而非意志力所能抑制;反之,虚伪、阴险之徒则能喜怒不形于色。

㉝ "我只微微笑了笑":"只"原文是 pur,有些注释家作"还是"解,从上下文看,也讲得通。

但丁的微笑是会心的微笑,向维吉尔暗示已经领会了他的无声的命令。

㉞ 斯塔提乌斯见但丁微笑了一下,感到奇怪,就沉默了,仔细瞅着他的眼睛,想从眼神猜度出微笑的原因。

"在那里表情最为集中"原文是 ove'l sembiante più si ficca,意谓人的眼睛比脸上其他部分更明显地流露出内心的情感。

㉟ "如此艰苦的旅程"(原文是 tanto labore,这里意译):指以天国为终极目的的旅程。

"闪现一丝微笑"原文是 un lampeggiar di riso,意谓微笑像闪电一般短促。

㊱ "指引我的眼睛向上":"向上"(in alto)这个副词在此处意义宽泛含蓄,正如万戴里的注释所指出的,不可把它确定为指天或者确定为指地上乐园。

㊲ "歌咏人和诸神":这是古代史诗的共同题材。

㊳ 由于对维吉尔的无比热爱和崇敬,斯塔提乌斯不等但丁说完,就情不自禁地俯身去拥抱他的脚。

㊴ 第二章中,但丁和卡塞拉相见时,曾互相拥抱,结果不成,发现卡塞拉已是幽魂而无肉体;第六章中间和第七章开头,维吉尔和索尔戴罗相见时,曾互相拥抱了三四次而并未意识到他们已经是幽魂,这就和第二章中的场面以及此处所写的场面互相矛盾。雷吉奥认为这种矛盾应作为一种美学上的需要来理解。萨佩纽指出,这里的场面和第十九章末尾但丁跪在教皇阿德利亚诺五世身边的场面相似,这两处都袭用了《新约·启示录》中天使对圣约翰所说的那句话。但维吉尔阻止斯塔提乌斯跪下抱他的脚表示敬意时,只是通过向他指出他俩都是幽魂,不复具有肉体,而不像阿德利亚诺那样明白说出谦卑的话语,至多也不过是用"兄弟"一词暗示谦卑之意,也可以说这个词中已经含蓄着那种意思了。

第二十二章

　　那位擦去我额上的一道伤痕,指点我们去第六层的天使已经留在我们后面了;他曾对我们说,渴慕正义的人有福了,他的话以"sitiunt"结束,没有说别的①。我继续向前走,比走别的通道时脚步轻快,因而跟随两位捷足的幽魂攀登毫不吃力②,这时,维吉尔开始说:"美德燃起来的爱,只要它的火焰外现,向来都要燃起他人的爱③;所以,自从尤维纳利斯降临地狱的林勃中,留在我们中间,使得你对我的情谊为我所知的时候,我就对你怀着那样深的友爱,以至于从来没有更深的友爱把一个人的心同一个未曾见过的人连在一起,因此现在我觉得这些石磴走起来太短了④。但是请你告诉我——假如过分的坦率使我说话放纵不羁,你就作为朋友原谅我吧,并且现在就作为朋友同我谈话吧——在你的心中,由于你的勤奋而充满那样大的智慧中间,贪婪怎么能找到一席之地呢⑤?"这些话先引起了斯塔提乌斯微微一笑,随后他就回答说:"你的一言一语对于我都是亲切的爱的表示。然而确实常有一些事情出现,由于真正原因不明而带来一些使人产生疑问的理由。你提出的问题使我确信,你一定认为我在世上是贪财的,或许是因为我曾留在那一层的缘故⑥。现在我要你知道,贪财这种毛病离开我太远了,这种失之过分的罪使我受了几千个月的惩罚⑦。若非我注意到,你在诗中的一处好像对人性感到气愤似的喊道:'啊,可诅咒的黄金欲,你引导世人的欲望什么邪道不走呢?'我就矫正了我的毛病,如今我一定在滚动着重物,受悲惨的比武之苦呢⑧。那时,我领悟到花钱手会张开太大⑨,我就忏悔了这种罪和其他的罪。不知多少人由于无知,活着的时候和临终都未能忏悔这种罪,将来要剃光头发重新爬起来呀⑩!我还要你知道,凡是与任何一种罪恰恰相反的罪都要同那种罪一起在这里使其青枝绿叶干枯⑪。因此,如果说我曾在那些赎贪财罪的人中间涤除我的罪,我这种遭遇就是由与贪财恰恰相反的罪所致⑫。"那位牧歌诗人说:"当你歌咏伊俄卡斯忒的双重悲哀之间的残酷的战争时,从克利俄同你在那里所讲述的看来,似乎那种信仰尚未使你成为它的信徒,没有这种信仰,单靠善行是不够的⑬。如果是这样的话,那么,什么太阳或者什么蜡烛给你驱散了黑暗,使得你以后扬帆跟从那位渔夫去了⑭?"他对他说:"是你先引导我走向帕耳纳索斯山去喝它洞中的水,是你先启发我向上帝走去⑮。你的诗中写道:'时代更新了;正义和人类的原始时代重新到来,一个新的后裔从天上降临,'你这样说,就像夜间行路的人,背后提着灯,对自己无用,却使自己后面的人看清了道路⑯。由于你,我成了诗人,由于你,我成了基督教徒;但是,为了使你对我所画的草图看得更清楚,我要动手给它着色⑰。全世界都已充满永恒的王国的信使们传播的真正信仰⑱,上面引用的你那些话又和新的信仰宣讲者们合拍⑲;因此,我养成了和他们交往的习惯。后来渐渐使我觉得他们是那样圣洁,以至于在图密善迫害他们时⑳,他们的哭泣并非没有使我落泪。我活在世上时,一直帮助他们,他们的正直的风尚使我鄙视一切其他的教派㉑。在我尚未写诗叙述希腊人抵达忒拜的河边以前㉒,我就领受了洗礼;但我由于害怕而是秘密的基督教徒,长久假装信奉异教;这种怠惰使我绕着第四层转了四个多世纪之久㉓。你给我揭开了掩盖着我所说的那种善的面纱㉔,那么,趁我们往上攀登的时间还有富余,如果你知道的话,就请告诉我,我们的古老的泰伦提乌斯㉕、凯齐留斯㉖、普劳图斯㉗和瓦留斯㉘在何处,还告诉我,他们是否入了地狱和在哪一处。"我的向导回答说:"他们同佩尔西乌斯㉙和我以及许多其他的人,都同那位受到缪斯的哺育比任何其他的人都多的希腊人㉚一起,在幽冥地狱的第一层㉛;我们经常谈论我们的乳母们永久居住的那座山㉜。欧里庇得斯㉝和我们一起在那里,还有安提丰㉞、西摩尼得斯㉟、阿伽同㊱和许多其他曾头戴桂冠的希腊人㊲。那里可以看到你的人物㊳安提戈涅㊴、得伊皮勒㊵、阿耳癸亚㊶以及仍然和从前一样悲哀的伊斯墨涅㊷。那里可以看到那个指出兰癸亚泉的妇女㊸。那里还有泰瑞西阿斯的女儿㊹和忒提斯㊺以及戴伊达密娅㊻和她的姐妹们。"

现在两位诗人都沉默了,他们上完了石磴,视线不再受石壁遮蔽,现在才注意向周围看㊼。白昼的四个使女已经留在后面,第五个在日车的车辕旁边,一直继续使燃烧着的车辕尖端向着上方㊽,这时,我的向导说:"我想我们应该把右肩转向平台的外沿,像往常那样绕山而行㊾。"这样,习惯在那里就是我们的向导㊿,因为那位高贵的灵魂赞同,我们就怀着更少的疑虑出发[51]。

他们在前面走,我独自在后面走,听他们的谈论,使我在诗艺方面得到了教益。但这愉快的谈论由于我们发现路正中的一棵树㉝而突然被打断了,树上有许多芳香好闻的果子。正如枞树越往上树枝就越小一样,那棵树越往下树枝就越小,我想这是为的不让人上去㉝。在我们的路被屏蔽的那一侧㉝,一泓清水从高大的岩石上落下,沾洒在树叶上。两位诗人向那棵树走近,一个声音从树叶间喊道:"你们将吃不到这种食物㉝。"然后,它又说:"马利亚只想怎样设法使娶亲的筵席体面、周全,想不到她自己的口㉝,这口现在替你们求情㉝。古罗马的妇女们满足于以水为她们的饮料㉝;但以理鄙视御膳,获得智慧㉝。第一个时代如同黄金一样美,那时人饿了就觉得橡子味道可口,渴了就觉得每条小河的水都是玉液琼浆㉝。蜂蜜和蝗虫是那位施洗礼者在旷野中充饥的食物;因此,他如同福音书向你们所启示的那样光荣、伟大㉑。"

注释:

① 萨佩纽指出,三位诗人一面谈,一面急速前行,来到了登第六层平台的通道前,当天使擦掉但丁额上的第五个 P 字,朗诵了耶稣登山训众论福时所讲的福中之一后,他们就拾级而上。诗中其他地方对这一过程的叙述都比较详细,在这里则用寥寥数语加以概括,为的是不打断维吉尔和斯塔提乌斯谈话的线索。

这位天使对他们说的是耶稣所讲的第四福:"饥渴慕义的人有福了,因为他们必得饱足。"(见《新约·马太福音》第五章)这福恰恰"与贪婪相反,因为贪婪的人企图把属于他人者据为己有,正义的人则欲使人人均享有其所应有"。(《最佳注释》)但他并不机械地背诵经文,而是根据具体情况,灵活地加以变动;"他的话以' sitiunt '结束,没有说别的":sitiunt 是拉丁文《圣经》经文"饥渴慕义的人有福了"这句中的"渴"字。天使在背诵这句经文时,省去"饥"字,把它留给第五层平台的天使去说,因为第六层是消除贪食罪的地方。有的注释家认为,这句诗意谓天使背诵经文时,还省去了下句"因为他们必得饱足"。

② 但丁拾级而上时,脚步比先前轻快,因为解除了又一种罪的重负。

③ 意谓有道德的爱,只要以某种方式表示出来,总会引起别人的爱,迫使被爱者以爱还报。这种说法是对弗兰齐斯嘉·达·里米尼的所谓"不容许被爱者不还报的爱"(见《地狱篇》第五章)的修正和限制。弗兰齐斯嘉所指的爱是色情,这里所指的爱则是有道德的爱。"肉体的爱并不总燃起他人的爱,因为它只能燃起淫荡之人的爱;但有道德的爱却总燃起有道德之人的爱。"(布蒂的注释)

④ 尤维纳利斯(Decimus Junius Juvenalis)是古罗马讽刺诗人,约60年出生于罗马东南的阿奎努姆(Aquinum)。中年以后开始写诗,留下讽刺诗6卷16首,后来因诗获罪朝廷,年近八旬被遣往埃及(一说不列颠),约140年死在外地。他和斯塔提乌斯是同时代的人,欣赏后者的史诗《忒拜战纪》。但丁在《筵席》第四篇第十二章和《帝制论》卷二第三章中提到他。

诗句说明自从尤维纳利斯死后灵魂进入"林勃",把斯塔提乌斯对维吉尔的仰慕之情告诉了维吉尔的时刻起,维吉尔就对这位闻名而不相识的诗人怀有无比深挚的好感或情谊。对闻名而不相识的人发生感情是中世纪宫廷文学中常见的主题之一,普洛旺斯抒情诗中称这种感情为"遥远的爱"。彼特拉克的诗中和薄伽丘的《十日谈》中都讲到这种爱。

"因此现在我觉得这些石磴走起来太短了":因为不容许我同你长谈。

⑤ "放纵不羁"原文是 m' allarga il freno(放松缰绳),比喻说话言语失控,没有分寸。

"由于你的勤奋":萨佩纽指出,这是一句客套话,意思是说:"你获得的智慧完全是你自己的功绩",以此方式委婉回绝斯塔提乌斯对他所说的那些谦卑的感激话。诗句的大意是:在你的充满智慧的心中,怎么容得下贪婪这种卑污的罪呢?也就是说,你这样富有智慧的人怎么会犯贪婪罪呢?

⑥ "那一层":指犯贪婪罪者所在的第五层平台。

⑦ "贪财"原文是 avarizia,这个词具有"贪财"和"吝啬"两种含义,这里指后者。斯塔提乌斯说"贪财"离开他太远,意即他和"吝啬"相距太远,走另一极端,犯了浪费罪,挥霍无度,也就是"失之过分"(dismisura)。萨佩纽指出,根据亚里士多德的伦理学,各种美德都是两种极端的罪过之间的中庸之道;有节制地使用钱财就是浪费和悭吝两种过分之罪中间美德;盲目的占有和狂热的挥霍来自同一根源,即对世上的财富的无节制的贪求。

"使我受了几千个月的惩罚":指他被罚在第五层平台上趴了五百多年,约计六千多个月。

⑧ "在诗中的一处":指在《埃涅阿斯纪》卷三中,埃涅阿斯叙述波吕多鲁斯的亡魂诉说波吕墨斯托尔背信弃义杀害了他,把他带去的大量黄金据为己有一事(详见第二十章注㊷)的场合。维吉尔就此事借埃涅阿斯之口愤慨地说:"可诅咒的黄金欲,人心在你的驱使下什么事干不出来呢?"(杨周翰译本译文)这句话原文是"Quid non mortalia pectora cogis, auri sacra fames?"但丁在诗中把它译成"Per che〔有些版本作 Perché〕non reggi tu, o sacra fame de l'oro, l'appetito de' mortali?"注释家们对但丁的译文大致有两种不同的看法:

有些注释家(如萨佩纽、佩特洛齐、格拉伯尔)认为但丁的译文忠实于拉丁文原文。在他们的校本中采用 Per che,把 sacra fame de l'oro 理解为"可诅咒的黄金欲",相当于原诗中的 auri sacra fames,把 reggi 理解为"引导",这句话的含义是:"啊,可诅咒的黄金欲,你引导世人的欲望什么邪道不走呢?"基本上符合原诗的意义。维吉尔的诗句谴责的是世人对金钱的贪欲,悭吝者和浪费者同样受这种贪欲支配:前者为了守财,后者为了能任意挥霍。斯塔提乌斯受到这句诗的启发,认识了自己犯浪费罪的根源,及时忏悔了这种罪,避免了死后灵魂入第四层地狱受苦。从诗中所写的具体场合来看,这种解释是正确的。

有些注释家(如布蒂、波斯科-雷吉奥、彼埃特罗波诺、牟米利亚诺、齐门兹)认为维吉尔的诗句是谴责贪财的,犯浪费罪的斯塔提乌斯能从中受到启发,忏悔这种罪,这在情理上很难说得通,因为在他们看来贪财和浪费是互相对立的。他们在版本中采用异文 Perché;把 reggi 理解为"控制";把"sacra fame de l'oro"理解为"神圣的黄金欲",因为意大利文 sacro 通用的词义是"神圣的"(santo),在《神曲》中一般不用作贬词。他们认为,为了说明斯塔提乌斯从维吉尔的诗句中受到启发,及时忏悔了所犯的浪费罪,得以避免死后灵魂入第四层地狱与犯各啬罪者受同样的惩罚,但丁误解或者有意识地曲解了维吉尔的诗句,把它译成"啊,神圣的黄金欲,你为什么不控制世人的欲望呢?"根据他们的解释,"神圣的黄金欲"意谓对金钱的欲望适中,既不爱财如命,也不挥金如土;"控制世人的欲望"意谓使之不走极端,避免犯悭吝罪和浪费罪,这正是但丁在《筵席》第四篇第八章中以及一些诗中表达的对金钱问题的观点。现在他在维吉尔的诗句中攙用自己这种观点,来说明维吉尔的话给斯塔提乌斯敲了警钟,促使他认识到浪费是罪而及时忏悔此罪,得以死后灵魂不入地狱。这种解释似乎颇能自圆其说,实际上却有不少的破绽:(1)但丁"长久学习和怀着深爱研寻"维吉尔的《埃涅阿斯纪》(见《地狱篇》第一章注㉖),对其中这样一句意义十分明确的话不可能误解。(2)斯塔提乌斯作为诗中的人物,对维吉尔极为爱戴和崇敬,当面引用他的诗句时,公然曲解其意义,也是不可能的事。(3)"黄金欲"即使是适中的,有节制的,也不能说成是"神圣的"。(4)诗中明明说,维吉尔"好像对人性感到气愤似的",咒骂"黄金欲";如果把他的话理解为"神圣的黄金欲,你为什么不控制世人的欲望呢?",那就不再是咒骂而是恳求的话了,这就上下文来看是讲不通的。(5)意大利文 sacro 如同其词源拉丁文 sacer 一样,具有"神圣的"和"可诅咒的"这两种不同的、甚至相反的词义。以《神曲》中 sacro 一般不用作贬词为理由,断定它在这句译文中的含义是"神圣的",而不是"可诅咒的",论据也不充足,难以令人信服。

根据以上的评断,译文采用前一种解释。

⑨ 原文是"troppo aprir l'ali potean le mani a spendere"(直译:"花钱手会把翅膀张开太大"),比喻人挥霍无度,与汉语说"花钱大手大脚"相类似。

⑩　"由于无知"：意即由于不知浪费是罪。"将来要剃光头发重新爬起来呀!"：指受最后审判时,浪费者将剃光头发从坟墓里爬起,表示他们已经倾家荡产,一贫如洗(见《地狱篇》第七章注⑬)。

⑪　"使其青枝绿叶干枯"：原文是 suo verde secca(直译：使其绿色干枯),诗中使用这一大胆的比喻,说明炼狱中的灵魂经受痛苦的磨炼使罪孽消失,如同草木枯死一样。诗句的大意是：炼狱中的灵魂凡是犯有与七大罪中的任何一种恰恰相反的罪者,都与犯那一种大罪者的灵魂们在同一层平台上受同样惩罚消除自己的罪孽。从斯塔提乌斯的话看来,这是炼狱中的具有普遍性的法则,实际上,唯一的具体事例是犯浪费罪者和犯贪财罪者的灵魂同在第五层平台上受苦。

⑫　意即由浪费罪所致。

⑬　"牧歌诗人"：指维吉尔,他最早的重要作品是牧歌十章。
　　"当你歌咏伊俄卡斯忒的双重悲哀之间的残酷的战争时"：意即当你创作史诗《忒拜战纪》时。
　　"伊俄卡斯忒的双重悲哀"：伊俄卡斯忒(Jocasta)是忒拜王拉伊俄斯的妻子,和他生下了一个男孩。拉伊俄斯预知这个儿子注定要杀父娶母,就让一牧人把他抛弃。这个弃婴被科林斯王收为养子,取名俄狄浦斯,他长大后,受命运支配,在毫不知情的状况下杀死了自己生身的父亲拉伊俄斯,做了忒拜王,并且娶了生身的母亲王后伊俄卡斯忒,还和她生了两个儿子：厄忒俄克勒斯和波吕尼刻斯,两个女儿：安提戈涅和伊斯墨涅。厄忒俄克勒斯和波吕尼刻斯长大后,强迫父亲俄狄浦斯退位,离开忒拜。俄狄浦斯祷告诸神,让这两个孪生兄弟永远互相仇视。他们约好逐年轮流执政,但厄忒俄克勒斯任期满后,拒不让位。波吕尼刻斯请求阿尔戈斯国王援助他夺回王位,因而发生了七将攻忒拜的战争。后来,这两个结下不共戴天之仇的兄弟在对打时互相杀死(参看《地狱篇》第二十六章注⑮)。对他们的母亲伊俄卡斯忒来说,他们是"双重悲哀"的原因：一来由于他们是乱伦生的,二来由于他们最后是互相杀死的。"从克利俄同你在那里所讲述的看来"：克利俄(C'lio)是九位缪斯中主管史诗、历史的女神。斯塔提乌斯在

《忒拜战纪》叙事的过程中多次祈求她的帮助。"在那里":指
在这一史诗中。

"似乎那种信仰尚未使你成为它的信徒":意谓似乎那时你还
不信仰基督教。

"没有这种信仰,单靠善行是不够的":意谓不信仰基督教,即
使行善,也不足以使灵魂得救。

⑭ "太阳":指神的启示。"蜡烛":指人的教诲。"黑暗":指对真
理蒙昧无知的状态。"扬帆跟从那位渔夫去了":"扬帆",比
喻走上某种生活道路。"那位渔夫",指使徒圣彼得;《新约·
马太福音》第五章中说:"耶稣在加利利海边行走,看见弟兄二
人,就是那称呼彼得的西门,和他兄弟安得烈,在海里撒网。
他们本是打鱼的。耶稣对他们说,来跟从我,我要叫你们得人
如得鱼一样。他们就立刻舍了网,跟从了他。"诗句的意思是
皈依了基督教。

⑮ "帕耳纳索斯山"(Parnassus):即今利雅库腊山(Liakoura),坐
落在希腊半岛的科林斯湾北面,在雅典西北约一百四十四公
里。据希腊神话,此山是阿波罗和九位缪斯居住的地方。山
有两峰,因而古典作家常称之为双峰山,还用此山代表诗歌本
身。山的南麓得尔福(Delphi)阿波罗神庙的正上方是卡斯塔
利亚(Castalia)泉,从泉里涌出的水象征诗的灵感。诗句中所
说"它洞中的水"指的就是此泉的水。"走向帕耳纳索斯山去
喝它洞中的水":意即成为诗人。诗句的大意是:首先引导我
成为诗人的是你,首先启发我信仰上帝的也是你。

⑯ 这是但丁对维吉尔的第四首《牧歌》5—7行的意译,拉丁文原
文是:

> magnus ab integro saeclorum nascitur ordo.
>
> iam redit et Virgo,redcunt Saturnia regna;
>
> iam nova progenies caelo demittitur alto.
>
> (世纪的大循环重新开始了。现在那位处女回来了,萨图
> 努斯的统治复返了;现在一个新的后裔从高天降临了。)

这是那不勒斯以北库迈(Cumae)地方的阿波罗神庙的女祭司
(西比尔)的著名预言。这里所说的 Virgo(处女)指正义女神
阿斯特拉埃娅(Astraea),所以但丁在译文中使用 giustizia(正

义）。"Saturnia regna"（"萨图努斯的统治"）：朱庇特的父亲萨图努斯（Saturnus）被朱庇特逐出奥林普斯，来到意大利，他统治意大利的时期是传说中的"黄金时代"，相当于《圣经》中亚当和夏娃未犯罪前在伊甸乐园中的天真无邪状态，所以译文用"人类的原始时代"来表达。第三句几乎是逐字译出的。维吉尔的诗句本来是歌颂在奥古斯都的统治下"黄金时代"重新到来。这些诗句大概作于执政官波利奥（Gaius Asinius Pollio，前76—5）的儿子诞生之际，第三句中的"一个新的后裔"指的就是这个婴儿。但是早在基督教兴起的最初时期，这句诗就被牵强附会地说成是预言基督的降生。这种说法给中世纪关于维吉尔是预言家的传说奠定了基础（参看《地狱篇》第一章注⑰）。斯塔提乌斯引用维吉尔这些诗句，并不是说他是预言基督教兴起的先知，而是说他的话启发自己去皈依基督教，他本人却依然滞留于异教的黑暗中。但丁使用了一个美妙的比喻来说明这种情况。注释家们指出，十三世纪的一位波伦亚诗人在一首十四行诗中已经使用过这样的比喻。托玛塞奥还引证圣奥古斯丁的《论象征》中的类似的话："啊，犹太人哪，你们手里拿着律法的火炬，给别人照明道路，你们自己却被黑暗笼罩着。"这可能是但丁诗中这个比喻的来源。

⑰ "这个比喻来源于绘画技法，特别是壁画技法：先画草图，然后给草图着色。"（雷吉奥的注释）诗句意谓，为了让你更清楚地了解我刚才向你提到的这一点（草图），我要详细地加以说明（着色）。

⑱ "永恒的王国的信使们"：即天国的信使们，也就是传播基督教的使徒们。"真正信仰"：指基督教。"全世界"："自然是指当时欧洲所知的世界，大致等于罗马帝国的疆域。实际上，在斯塔提乌斯时代，基督教到处在一些小的中心传播，无论哪里都有一点：不管怎样，在圣保罗进行传教活动后，'福音'就不复局限于东方了。"（雷吉奥的注释）

⑲ 意即我刚才引用的你那些话的意义又与新的布道者所宣讲的教义一致。

⑳ 图密善（Titus Flavius Domitianus）是罗马帝国弗拉维王朝（69—96）的建立者韦帕芗的次子，生于51年，81年其兄狄托

288

死后,即位为罗马皇帝。他实行个人专制,蔑视元老院,以"主上和神"自居。96年,他在政变中被杀。早期基督教历史家都讲到他迫害基督教徒的罪行。但丁诗中根据的无疑是奥洛席乌斯的七卷《反异教徒史》卷七第十章中有关图密善的话:"在十五年间,这位统治者的邪恶不断升级,经历了一切程度。最后,他胆敢发布几道进行普遍的、最残酷的迫害的敕旨,以根除如今在全世界十分牢固地建立起来的基督教会。"现代历史家已经否定了有关图密善残酷迫害基督教徒的说法。

㉑ "一切其他的教派":"教派"原文是 sette(这里不含贬义),包括学派在内。公元一世纪时,有许多宗教和哲学派别在罗马互相竞争。

㉒ 早期注释家拉纳、本维努托和《最佳注释》都认为这句诗的意思是:在我还没有在史诗中写到前来支援波吕尼刻斯的希腊人到达忒拜的伊斯美努斯河和阿索浦斯河的场面以前,也就是说,在我还没有写到《忒拜战纪》第十一卷以前。但是,牟米利亚诺说,"这种解释似乎过于迂腐刻板,也看不出但丁为什么要想提供一部这样详细的编年史。"他认为,诗句的意思是:在写作《忒拜战纪》以前;萨佩纽、雷吉奥、格拉伯尔都提出同样的解释。

㉓ "由于害怕":意谓害怕受迫害。"长久假装信奉异教":异教是当时统治阶级信奉的宗教。有些注释家认为副词"长久"(lungamente)属于上句,把这句理解为"我长久是个秘密的基督教徒",强调其怠惰罪。

"这种怠惰使我绕着第四层转了四个多世纪之久":"怠惰"在于爱善不足。上帝是至善;斯塔提乌斯因害怕受迫害而迟迟不公开自己的基督教徒身份,这说明他爱上帝不足,犯了怠惰罪。为了消除这种罪,他在第四层平台上绕山跑了四百多年。

㉔ "我所说的那种善":指基督教信仰。全句的大意是:你的诗句揭开了面纱,使我认识了基督教信仰。

㉕ "我们的古老的泰伦提乌斯":泰伦提乌斯(Publius Terentius Afer),通称泰伦斯(Terence),是古罗马喜剧作家,他的六部喜剧都是依据希腊新喜剧改编的,这些作品全部流传下来,在文艺复兴时期和古典主义时期被译成欧洲其他文字,成为公认

的典范。莎士比亚和莫里哀的喜剧都受到其影响。在中世纪时，他的喜剧由于其道德主义精神而颇为人所知，但是但丁似乎没有阅读过，他所引用的《阉奴》一剧中的话，是从西塞罗的著作中得来的（见《地狱篇》第十八章注㉒）。

格拉伯尔指出，泰伦提乌斯（约前195—约前159）时代早于维吉尔和斯塔提乌斯，所以后者称他为"古老的"泰伦提乌斯。但"古老的"（antico）还含有一位古典作家令人肃然起敬的意味，"我们的"（nostro）则使人感到，对这两位诗人的灵魂来说，泰伦提乌斯是多么亲切。

㉖ 凯齐留斯（Caecilius Statius，约前220—约前166）是古罗马喜剧作家。据说他写了四十部剧本，但一部都未流传下来。但丁大概是从贺拉斯的《书札》第二卷中和圣奥古斯丁的《天国论》（De civitate Dei）第二卷中得知他的名字的。

㉗ 普劳图斯（Titus Maccius Plautus，约前254—前184）是古罗马喜剧作家，有二十一部喜剧流传至今。他的喜剧主要是依据希腊新喜剧改编的，以希腊形式表现罗马现实生活，当时的一些社会问题，如贫富不均、妇女地位卑贱、世风败坏等，都在其中得到反映。中世纪时，由于教会敌视世俗文学，他的喜剧被埋没，十五世纪才被发现，重新受到重视。莎士比亚的《错误的喜剧》就是模仿他的《孪生兄弟》编写的。法国古典主义喜剧以及十六、十七世纪意大利假面剧和西班牙喜剧都受到他的喜剧的一定影响。但丁肯定没有读过他的剧本，他的名字大概也是从上述贺拉斯的和圣奥古斯丁的书中见到的。

㉘ 瓦留斯（Lucius Varius Rufus）是奥古斯都时期的古罗马诗人，与维吉尔、贺拉斯在同一文人团体内，彼此有深厚的友谊。维吉尔在遗嘱中要求他和作家图卡（Tucca）把《埃涅阿斯纪》手稿焚毁，但他们没有执行，因为屋大维命他们整理编辑这部史诗，公之于世。瓦留斯写的一部悲剧受到古罗马修辞学家昆提利安（公元一世纪）的推崇，誉为可与希腊悲剧媲美。他还写了两部史诗。这些作品都已失传，只剩下一部史诗中寥寥可数的片断。贺拉斯在《讽刺诗》和《书札》中，维吉尔在《牧歌》中都提到他。此外，但丁自然还可能从某一部维吉尔传记中得到有关他的材料。

㉙ 佩尔西乌斯（Aulus Persius Flaccus,34—62）是古罗马讽刺诗人，生当暴君尼禄统治时期。传世的作品有讽刺诗一卷六首，诗中敢于揭露社会罪恶。中世纪时，他的诗很流行，勃鲁内托·拉蒂尼在《宝库》第二卷中两次引用他的诗句，但使用的都是间接得来的材料。但丁对佩尔西乌斯的作品不熟悉。

㉚ 指荷马。在《地狱篇》第四章中，他被称为"诗人之王"。这里以"受到缪斯的哺育比任何其他的人都多"来说明他高于任何其他的诗人。

㉛ 指"林勃"。"幽冥地狱"原文是 carcere cieco（不见天日的牢狱）。

㉜ "我们的乳母们"：指九位缪斯。"那座山"即帕耳纳索斯山，这里指诗。诗句的大意是：在"林勃"中的诗人们经常谈诗。

㉝ 欧里庇得斯（Euripides,约前485—前406）是古希腊三大悲剧诗人之一。据说他一共写过九十二部剧本，现存十七部悲剧和一部"羊人剧"。他对罗马和后世欧洲戏剧的影响，比他的两位前辈悲剧诗人埃斯库罗斯和索福克勒斯大得多。但丁在《神曲》中只提到他，而未提他的两位前辈悲剧诗人，大概由于连他们的名字都不知道。关于他，但丁也只是通过亚里士多德、西塞罗、昆提利安等人的著作而略有所知的。

㉞ 安提丰（Antiphon,公元前四世纪）是古希腊悲剧诗人。亚里士多德在《修辞学》第二卷中提到他。普卢塔克把他誉为最伟大的悲剧诗人之一。他的作品只有三部悲剧的片断保存下来。

㉟ 西摩尼得斯（Simonides,约前556—前468）是古希腊抒情诗人，生于希俄斯岛，死于西西里。他的诗歌创作具有泛希腊的意义。他歌颂马拉松战役和温泉关战役中希腊将士殊死抵抗波斯侵略的诗非常著名，这些诗作激发人们的爱国热情和民族自豪感。可惜，除少数著名的短诗外，他的作品只有一些残篇传世。但丁是从亚里士多德和西塞罗的著作中间接知道他的。

㊱ 阿伽同（Agathon,约前448—约前402）是古希腊悲剧诗人。他的剧本无一流传下来。但丁在《帝制论》卷三第六章中提到亚里士多德在《尼可马克伦理学》卷六第二章中引用的阿伽同的

警句。

㊲　意即许多其他的希腊诗人。

㊳　"你的人物"：指斯塔提乌斯的两部史诗中的人物，这里所说前六个出现在《忒拜战纪》中，后两个出现在《阿奇琉斯纪》中。但丁显然把他们全当作真正的历史人物。

㊴　安提戈涅（Antigone）是俄狄浦斯和伊俄卡斯忒的女儿，伊斯墨涅的姐姐（参看注⑬），因违犯禁令埋葬她哥哥波吕尼刻斯的尸体，被忒拜的新国王克瑞翁处死。

㊵　得伊皮勒（Deipyle）是阿尔戈斯王阿德剌斯托斯的女儿，攻打忒拜的七将之一提德乌斯的妻子。

㊶　阿耳癸亚（Argia）是得伊皮勒的姐姐，波吕尼刻斯的妻子。

㊷　伊斯墨涅（Ismene）是安提戈涅的妹妹，和她一起被克瑞翁处死。"仍然和从前一样悲哀"：意谓由于生前看到自己的亲人——死亡，如今在"林勃"中面上仍然带着悲哀的表情。

㊸　指楞诺斯岛妇人国的女王许普西皮勒（Hypsipyle）。她和伊阿宋相爱，但被他遗弃了（见《地狱篇》第十八章注⑰）。后来，她被强盗抢走，卖给涅墨亚王吕枯耳戈斯做女奴，奉命看顾小王子俄斐尔忒斯。有一天，她抱着小王子坐在森林中，前往攻打忒拜的七将率领大队人马路过那里，焦渴难忍，又找不到水。她把他们带到林中的兰癸亚（Langia）泉，使他们喝到了清凉的水，但她暂时离开后，小王子却不幸被蛇咬死。

㊹　"泰瑞西阿斯的女儿"：指曼图（Manto）。但丁在《地狱篇》中把她放在第八层地狱第四"恶囊"，并且把她说成是"残酷的处女"（见《地狱篇》第二十章注⑯）。在这里，却说她在"林勃"中，同"那些伟大的灵魂"在一起。许多注释家力图说明诗人前后自相矛盾的原因，但都没有足够的说服力。我们只能认为这种矛盾是诗人写作长篇史诗的过程中偶然出现的疏失。

㊺　忒提斯（Thetis）是海中女神，阿耳戈英雄之一珀琉斯的妻子，特洛亚战争中希腊最大的英雄阿奇琉斯的母亲。

㊻　戴伊达密娅（Deidamia）是斯库洛斯岛的国王吕科墨得斯的女儿。阿奇琉斯的母亲忒提斯把他装扮成女孩，送到吕科墨得斯的宫廷，以避免他长大后去参加特洛亚战争。他同戴伊达

密娅公主生活在一起，和她相爱，使她生了一个儿子。后来，尤利西斯和狄俄墨得斯奉命去斯库洛斯国王的宫廷邀请他参战。他们识破了他的伪装，在他们的劝说下，他同意去参战。他离开斯库洛斯岛后，戴伊达密娅悲痛而死（参看《地狱篇》第二十六章注⑲）。

㊼ 斯塔提乌斯方才对维吉尔说："趁我们往上攀登的时间还有富余"，这话似乎表明，他们二人这样交谈，一登上第六层平台，就要结束。现在他们走完了石磴，登上平台，视线不再被两侧的岩石遮蔽，才得以聚精会神地四下张望。

㊽ "使女"：指作日神使女的时辰女神们（见第十二章注㉗）。"白昼的四个使女已经留在后面"：意即日出后最初的四个时辰已经过去。"第五个在日车的车辕旁边，一直继续使燃烧着的车辕尖端向着上方"：意即她在车辕旁边驾驭着马，一直向上方行驶。这是以形象化的方式说明，太阳在上午第五个时辰仍继续顺着抛物线的路线上升，向中天运行，这个时辰尚未过半，也就是说，现在是上午10时和11时之间。"燃烧着的车辕尖端"：因为这时已经临近中午，太阳的光芒已经很强烈。

㊾ 意即他们应向右转，逆时针方向绕山而行，这是炼狱中的规则。

㊿ "习惯在那里就是我们的向导"：维吉尔和但丁在前五层平台上都是向右绕山而行，现在在六层平台上照例这样走，这就是以习惯为向导之意。"向导"原文是insegna（旗，麾），这里意译。"如同旗给军队指明应走的路一样，'习惯'，也就是我们在其他各层所遵循的惯例，也在这第六层给我们指路。"（布蒂的注释）

(51) "那位高贵的灵魂"：指斯塔提乌斯，他已消除罪孽，即将上升天国。既然他赞同向右走，我们就毫不迟疑了，因为他的话受上天启示，是不会错的。

(52) 这棵树是用来惩罚贪食罪的，但丁并没有说明它的来源。在距离第六层的出口不远的地方，他将看到另一棵功用与此相同的树（见第二十四章），听到一个声音说，这棵树来源于伊甸乐园中夏娃从上面摘果子吃的那棵树，即分辨善恶的树。由于这两棵树功用相同，多数注释家认为这里所说的这棵树也来源于伊甸乐园（即炼狱山顶上的地上乐园）的分辨善恶的树。

㊼ 这棵树长得非常奇怪，越往下树枝就越短小，仿佛一棵树梢朝下倒栽的枞树似的。但丁寻思它长成这样准是为的不让人爬上去摘果子。实际上，它也具有这种象征的意义。

㊺ "屏蔽"原文是 chiuso（封锁），指平台的内侧为壁立的岩石所屏蔽。

㊻ 意谓你们想吃也吃不到树上的果子，想喝也喝不到从岩石上流下来的清水。这是那个神秘的声音对走近那棵树的人发出的警告。

㊼ 发出这句警告后，它接着就针对贪食罪列举一些节制饮食的范例。第一个范例仍然是圣母马利亚的事迹：在迦拿的娶亲筵席上，她操心的是使筵席体面、周全，宾客高兴，而不考虑满足自己的食欲（见《新约·约翰福音》第二章）。她在这个场合所说的"Vinum non habent"（他们没有酒了）这句话，已被引用作为体现爱的范例（见第十三章注⑧）。

㊽ 意即"这口现在为你们向上帝祈祷"（本维努托的注释）。雷吉奥指出："这一细节与作为范例的场面无关，但它给马利亚的慈母形象添加了一笔，写出她的神圣的关怀之情：当初在迦拿的娶亲筵席上，她想不到满足自己的口腹之欲，现在她用自己的口为那些赎罪的灵魂向上帝祈祷。"

㊾ 第二个节制饮食的范例是古代罗马妇女。公元一世纪初的罗马历史家瓦雷利乌斯·马克西姆斯（Valerius Maximus）说："从前罗马妇女们不知道饮酒，因为她们不陷入什么不正当的行动中。"托马斯·阿奎那斯在《神学大全》第二卷中引用他的话，说："在古代罗马人中，妇女们是不饮酒的。"

㊿ 第三个节制饮食的范例是先知但以理。巴比伦王尼布甲尼撒征服耶路撒冷后，命人挑选了但以理等四名以色列贵族中的美少年，教养他们做自己的侍从。他派定将自己所用的膳和所饮的酒，每日赐给他们一份。但以理却立志不以王的膳和王的酒玷污自己，而吃素菜，喝白水，另外那三个少年也同他一起这样做。为了奖励他们，"上帝在各样文字学问上，赐给他们聪明知识。但以理又明白各样的异象和梦兆。"（事见

294

《旧约·但以理书》第一章）

⑥⓪ 第四个节制饮食的范例是神话传说中黄金时代的人。关于这个时代,奥维德在《变形记》卷一中写道:"人们不必强求就可以得到食物,感觉满足;他们采集杨梅树上的果子,山边的草梅,山茱萸,刺荆上密密层层悬挂着的浆果和朱庇特的大树上落下的橡子。……土地不需耕种就生出了丰饶的五谷,田亩也不必轮息就长出一片白茫茫、沉甸甸的麦穗。溪中流的是乳汁和甘美的仙露,青葱的橡树上淌出黄蜡般的蜂蜜。"但丁的诗句对此做出了理性主义的解释,使诗人所说的其中流的是乳汁和仙露的河流以及淌出蜂蜜的树木符合于《圣经》中关于伊甸乐园的叙述。

⑥① 第五个节制饮食的范例是施洗礼者圣约翰。他在犹太的旷野传道,"吃的是蝗虫野蜜"(见《新约·马太福音》第三章)。耶稣对众人讲论约翰说:"我实在告诉你们,凡妇人所生的,没有一个兴起来大过施洗约翰的。"(见《新约·马太福音》第十一章)

第二十三章

　　我正像浪费一生时光猎鸟的人惯于做的那样，目不转睛地盯着那片翠绿的树叶时[①]，那位比父亲还亲切的人[②]对我说："儿子啊，现在往前走吧，因为指定给我们的时间[③]须要分配得当，用在更有益的事情上。"我立即把眼睛转向两位哲人[④]，还同样迅速地把脚步跟上他们，他们正在谈论，谈得那样动听，使得我走路一点都不觉得累。这时，突然听见哭着唱道："Labïa mëa，Domine"，这声音那样使得人听了产生喜悦和悲痛[⑤]。我开始说："啊，和蔼的父亲，我听见的是什么声音哪？"他说："那或许是去解他们的罪债的结子的幽魂们的声音[⑥]。"

　　正如陷入沉思的朝圣者在路上赶上不相识的人们时，就转身向他们看一眼，并不停住，同样，一群沉默、虔诚的幽魂从我们后面走来，走得比我们快，赶上并超过我们时，就惊奇地看我们[⑦]。每个幽魂的眼睛都是黑糊糊的，眍瞜进去，面孔是惨白的，身体瘦得皮都露出骨骼的形状。我不相信，厄律西克同对饥饿感到莫大的恐惧时[⑧]，曾饿得这样，瘦成只剩下一层皮。我心里对自己说："瞧，这就是马利亚啄食她的儿子时，那些失掉耶路撒冷的人的样子啊[⑨]！"他们的眼窝像宝石脱落的戒指[⑩]：凡是在人脸上读出"OMO"的人，一定会在那里清楚地认出 M 来⑪。不知道这是怎么回事的人，谁会相信，一种果子的气味和一种水的气味引起欲望，会造成这般状态呢⑫？

我因为还不知道他们消瘦和他们皮肤惨白、干巴、有鳞屑⑬的原因，正在惊奇地琢磨着什么使他们饿成了这样，突然间，一个幽魂从头颅深处⑭把眼睛转向我，凝视着我；随后就大声喊道："这对我是什么恩泽呀？⑮"从他的相貌我决不会认出他来；但他的声音给我显示出他的面孔本身所毁掉的东西⑯。这颗火星重新燃起我对这改变了的容颜的全部记忆⑰，我又认出了浮雷塞⑱的面孔。

他祈求说："啊，不要极力注意使我的皮肤变得惨白的那些干巴的鳞屑⑲，也不要极力注意我身体缺少肉⑳，要告诉我你自己的真实情况㉑，告诉我那边那两个给你做向导的幽魂是谁；你可不要不肯对我说。"我回答他说："当初我曾对着你死后的面孔流泪，现在，看到你的面孔这样变了样，在我心中引起的悲痛不小于当时，以至于使得我哭泣㉒。因此，看在上帝的面上告诉我，什么使你这样消瘦吧㉓；在我正惊奇的时候，不要促使我说，因为心里充满别的愿望的人是说不好的㉔。"他对我说："一种力量从永恒的意志降入现在已经留在我们后面的那一泓清水中和那棵果树中，由于这种力量我这样消瘦㉕。所有这些哭着歌唱的人都因生前贪食过度，而在这里通过受饥渴之苦使自己重新变得圣洁㉖。来自那棵果树的香味和来自果树的绿叶上散布着的水珠儿的香味，在我们心中燃起饮食的欲望㉗。在这个地方环山行走，我们的苦重复不只一次㉘：我说苦，其实应说乐㉙，因为，引导我们向那些树走去的，是基督以他的血拯救我们时，引导他欣然说 El

的那种意志㉚。"我对他说:"浮雷塞,从你改换世界到更美好的生活中去那天,至今五年时光尚未流转过去㉛。如果使我们得以与上帝重新结合的那个良好的沉痛时刻来救助你以前,你的再犯罪的可能性就已消失的话,你怎么会已经来到这上边呢㉜?我原以为我会在下边那个以时间补偿时间的地方遇到你㉝。"于是,他对我说:"引导我这样快的来饮这苦刑的甜艾酒的是我的奈拉!她以她的痛苦、她的虔诚的祈祷和叹息从须要在那儿等待的山坡上把我拉上来了,还使我免于在其他各层停留㉞。我生前热爱的、我的可怜的遗孀在善行上越显得独一无二,她对上帝来说就越可爱、可喜;因为萨丁岛的巴巴嘉地方的女人们都比我把她撇下在那里的巴巴嘉地方的女人们贞洁得多㉟啊,亲爱的兄弟,你要我说什么呢㊱?一个未来时刻已经在我眼前,对这个时刻来说,此时此刻将不是很古的,在这一时刻,将从布道台上下令禁止厚颜无耻的佛罗伦萨女人们袒胸露乳行走㊲。曾有什么蛮族女人们,什么撒拉森女人们需要教会的禁令或其他的禁令使她们把身体遮蔽起来行走呢㊳?但是,那些无耻的女人倘若知道上天不久就给她们准备的什么,她们早已张开嘴号叫起来㊴;因此,如果我们在这里的预见不欺骗我的话,在现今用催眠曲安慰的婴儿两颊没有生出绒毛以前,她们就要伤心㊵。啊,兄弟呀,你不要再对我隐瞒自己了!看,不只我,而且所有这些人都注视着你把太阳遮住的地方呢㊶。"因此我对他说:"如果你回忆起当初你同我一起怎样,我同你一起怎样的话,这种记忆如今会仍然是沉痛的㊷。在我前面走的这位几天前使我脱离了那种生活。"我指着太阳说:"当时它妹妹向你们呈现圆形;这位引导我带着这真实的肉体跟随他穿过真实的死者的深夜㊸。

"……告诉我那边那两个给你做向导的幽魂是谁；
你可不要不肯对我说。"

从那里他以他的劝导把我拉上来^㊹，攀登和环游这座矫正你们被尘世引入斜路者的山^㊺。他说，他要陪伴我，直到我走到贝雅特丽齐来到的地方^㊻；在那里，我就得没有他做伴了。说这话的人就是维吉尔。"我指着他说："另外这位就是刚才你们的王国为他震撼各个山坡来使他离开此山的那个幽魂^㊼。"

注释：

① 但丁为好奇心所驱使，目不转睛地盯着那棵树的绿叶深处，想知道刚听见的那些话是谁从那里说的。"目不转睛地盯着"原文是 ficcava gli occhi。温图里指出，这个动词很有力，"同时描绘目光的好奇神态及其强烈集中的程度。"诗中用猎鸟者在树林中到处搜索禽鸟的好奇心来比拟但丁凝望着绿色的树叶，想知道说话的人是谁的好奇心，并且表明两种好奇心都是浪费时光，徒劳无益的。中世纪贵族一般都以猎鸟为乐，但丁认为这是一种浪费时光的娱乐。

② 指维吉尔。

③ 指上天限他们旅行的期限。

④ 指维吉尔和斯塔提乌斯两位诗人。中世纪称诗人为哲人，因为诗人不仅是修辞大师，而且是智慧卓越的人。

⑤ "Labïa mëa, Domine" 是拉丁文《圣经》《旧约·诗篇》第五十一篇中的话。全文是"Domine, labïa mëa aperies; et os meum annuntiabit laudem tuam"（"主啊，求你使我的嘴唇张开，我的口便传扬赞美你的话。"），犯贪食罪者的灵魂们在赎罪时唱这句诗，因为它恰当地表达出他们的忏悔和决心净罪的心情："他们好像说：我先前把嘴唇和嘴过分用在吃喝上，现在，上帝呀，求你使我的嘴唇张开，以同样大的热情赞美、歌颂你的名字吧。"

"产生喜悦和悲痛"：歌声产生喜悦，哭声产生悲痛之情。

⑥ "去解他们的罪债的结子"：意谓去还清他们由于犯罪而对上帝欠下的债。

⑦ 波雷纳指出，那些灵魂和朝圣者的类似点并不限于表面上：

"那些灵魂由于时而唱歌,时而停顿,而且,如同朝圣者一样,在停顿时的肃静中沉思默想,也使人联想起朝圣者来。"

⑧ 厄律西克同(Erysichthon)是忒萨利亚王子。他鄙视天神。有一次他用斧头砍倒了五谷女神刻瑞斯的树林中的一棵大橡树。刻瑞斯派一名女仙去请饥饿女神惩罚他。饥饿女神趁他酣睡时,向他的喉咙、胸口、嘴里吹气,把自己的精气吹进他的身体,把馋欲送进他的血管。他醒来后,就饿得要命,把几桌酒席吃光,还要吃。肚子吃进去的东西,只能引起他的食欲;他愈吃得多,肚子里愈空虚。他把家财完全吃光,只剩下了一个亲生女儿,只好连女儿都卖了。最后,竟落得用牙咬自己的肉吃,用自己的身体来喂养自己(详见奥维德《变形记》卷八)。"感到莫大的恐惧时":指厄律西克同最害怕没有东西吃把自己饿死时,由于这种恐惧,他竟吃自己的肉来延长生命。

⑨ 据公元一世纪历史家弗拉维优斯·优素福(Flavius Jesephus)的《犹太战争》卷六第三章记载,70年,罗马皇帝韦帕芗的儿子狄托围困耶路撒冷期间,城中绝粮,居民大饥,有一个名叫马利亚的犹太妇女饿得杀死自己的幼儿吃他的肉充饥。"啄食"(diè di beccö)表达出她的兽性,为了活命竟然像猛禽啄食其他鸟类和小动物一样吃自己儿子的肉。

⑩ 犯贪食罪者瘦得眼睛深陷在眼眶里,几乎都看不到,所以眼窝在头颅中就像戒指上镶嵌的宝石脱落后留下的坑儿似的。

⑪ 中世纪有一种很流行的说法,在人脸上可以认出 OMO(古意大利语,意义为"人")一词。M 字母(这里指哥特体的大写 M)由颧骨和眉弓构成侧面的曲线,由鼻子构成中间的直线;两个 O 字母由两眼构成。须要注意的是,在铭文上两个 O 字母都放在 M 字母的内部:ꟽ。这种写法在我们看来很奇怪,在当时却是非常规范的。犯贪食罪者瘦得颧骨和眉弓的轮廓显得特别突出,所以 M 字母就变得特别明显。

⑫ 意谓会使得他们瘦成了这个样子。

⑬ "皮肤惨白、干巴、有鳞屑":原文是 trista squama(悲惨的鳞片),含义晦涩,这里根据注释意译。

⑭ 指眼窝深处。

⑮ 意谓上天让我在这里见到你，对我来说这是多大的恩泽呀！这句话后面虽然是问号，但实际上并非疑问句，而是惊叹句。说话者是但丁的朋友浮雷塞（Forese），他在炼狱中见到但丁，不禁惊喜交集。许多注释家指出，浮雷塞和但丁相见的情形与勃鲁内托·拉蒂尼和但丁相见的情形（见《地狱篇》第十五章）有相似之处。

⑯ "毁掉"：原文是 conquiso（征服），由这一词义引申为"毁掉"。"他的面孔本身所毁掉的东西"：指浮雷塞生前的相貌。这相貌由于他的面孔如今瘦得变了样已经无法辨认，但他说话的声音并未改变，使得但丁认出了他是老朋友浮雷塞（下句具体说明这点）。

⑰ 但丁"用火星比拟浮雷塞的声音，因为正如前者能燃起整整一场大火，同样，后者足以使浮雷塞的整个形象重现于他的脑海中"。（彼埃特罗波诺的注释）

⑱ 浮雷塞（Forese）属于佛罗伦萨世家窦那蒂（Donati）家族，是黑党首领寇尔索·窦那蒂（Corso Donati）的兄弟和但丁的好友及远亲（因为但丁的妻子杰玛来自这一家族的支派），生年不详，死于 1296 年 7 月 28 日。他和但丁的友谊曾因双方以十四行诗互相指责而受到损害。这些所谓争斗诗（tenzone）共六首，每人各三首，诗中用嘲讽、谐谑的笔调揭发对方，甚至涉及其家属。但丁在两首诗中指责浮雷塞好贪食，在另一首诗中指责他的不正当的生活习惯使他的妻子陷入悲惨的境地。浮雷塞在诗中把矛头指向但丁的父亲，说他是懦夫。他们使用粗鄙放肆的言词互相攻击，主要是受当时托斯卡那的所谓平民诗人（rimatori borghesi）的诗风影响。这些争斗诗都是 1290 年以后写的，属于但丁道德上、思想上误入歧途的时期。这场青年时期的争斗构成两位旧友亲切相见这一场面的历史背景。

⑲ "干巴的鳞屑"原文是 asciutta scabbia，指前面所说的 trista squama（见注⑬）。

⑳ 因为消瘦得出奇。

㉑ 尤其要但丁说明自己是活人怎么能来到炼狱，因为那些幽魂发现他在日光下身体有影子投在地上。

㉒ 大意是：你死去时，我曾对着遗体的面孔流泪，此时此地看到

你的面孔消瘦得完全变了样,我的心情如同当初一样沉痛,而不禁声泪俱下。

㉓　原文是 che sì vi sfoglia。动词 sfoglia 含义是剥去树叶,诗中用来作为隐喻,说明身体皮肤脱屑,肌肉逐渐消瘦,如同冬天树木的叶子枯黄凋落,只剩下光秃秃的枝干似的。

㉔　意即在我正对于你们这样消瘦感到惊奇,很想知道其原因时,不要促使我回答你所提的那些问题,因为心里对于别的事物怀有疑问而急于得到解答的人,即使让他回答问题也回答不好。

㉕　"一种力量":指一种超自然的力量。"永恒的意志":指上帝的意志。诗句的大意是:来自上帝的意志的一种超自然的力量降入我们已经离开的那棵果树中和果树叶子上的水珠儿中,这种力量使树上的果子和树叶上的水珠儿产生一种香味,一闻见这种香味,我们就想吃树上的果子,喝树叶上的水,但又够不着,因而饿得、渴得我们一天天消瘦。

㉖　生前放纵口腹之欲者的灵魂在炼狱中通过受饥渴之苦来消自己的罪,他们所受的这种刑罚是典型的报复刑。"重新变得圣洁":原文是 si rifà santa,意谓重新变得无罪如同上帝把他们创造成的那样。

㉗　"燃起饮食的欲望":用"燃起"(accende)作为隐喻来表明欲望异常强烈。

㉘　因为下句说"向那些树走去",第二十四章后半又说明但丁在这层平台上看到两棵这样的果树。波雷纳指出,但丁只行经这层平台的一小部分,假如作为惩罚这些幽魂的工具的果树就只有但丁所看到的那两棵,那么,平台上很长的一段路就没有果树,因而也就没有为消罪所必需的惩罚了。注释家们认为,从逻辑上推断,平台上应该有好几棵这样的果树,使得这些净罪的幽魂每次绕山一周,都要感受几次饥渴之苦。

㉙　意即我把这种刑罚叫作"苦",其实应该把它叫作"乐":也就是说,这些净罪的幽魂不仅愿意忍受,而且怀着内心的喜悦忍受上帝的正义所判处的刑罚,受完这些刑罚之后,就可获得天国之福。

㉚　"基督以他的血拯救我们时":指基督为了给人类赎罪而被钉

十字架时。诗句的大意是:引导我们向那些棵给我们造成苦难的果树走去的,是当初使基督欣然受钉死在十字架上的刑罚的那种意志,他在受难过程中的最痛苦的时刻,感觉自己被上帝离弃而"大声喊着说:以利,以利,拉马撒巴各大尼?(Elì,Elì,Lamma sabachtani?)就是说,我的上帝,我的上帝,为什么离弃我?"(见《新约·马太福音》第二十八章)

㉛ "从你改换世界到更美好的生活中去那天":意即从你死那天。"改换世界":指离开人世到炼狱去;"更美好的生活":因为从炼狱最后进入天国。

"至今五年时光尚未流转过去":意即到现在还不满五年。浮雷塞死于 1296 年 7 月 28 日,距离 1300 年 4 月但丁的炼狱之行实际上还不到四年。这时间上的差错无关紧要,因为,正如托拉卡所说,那个场合不是计算年数的场合。

㉜ "使我们得以与上帝重新结合":意谓使我们与上帝和解。"良好的沉痛时刻":原文是 l'ora del buon dolor,指忏悔时刻。"来救助"(sovvenisse):因为忏悔使犯罪者的灵魂得与上帝和解。"你的再犯罪的可能性就已消失":意谓你就到了生命的最后一刻(那时你已不可能再犯什么罪)。

诗句的大意是:如果当初你迟至临终时刻才忏悔的话,那你现在怎么就已经来到这第六层平台呢?

据早期的注释本《最佳注释》:"作者(指但丁)对这些事知道得很清楚,因为他曾同浮雷塞连续不断地谈话;这位作者由于对他的爱和亲密关系而促使他忏悔;他就在死以前对上帝进行了忏悔。"这种说法想必有事实根据。

㉝ 意谓我原以为会在炼狱外围的山坡上遇到你,凡是迟至临终才忏悔的幽魂必须在那里停留到和他们有罪的年数相等的时间,才能进入炼狱本部开始净罪。

㉞ 波斯科-雷吉奥的合注本对这两句诗的断句和标点与佩特洛齐的校勘本以及几乎一切其他的版本不同。它给第一句诗加上感叹号,把"以她的痛哭"这一诗组放在下句诗的句首,使得文气更连贯、有力。这种断句和标点方式是托拉卡首先提出的。译文也照样采用。

"来饮这苦刑的甜艾酒":意即来服这种既苦而又甜的刑罚。

艾酒(assenzio)是一种味苦的酒,这里用作隐喻来比拟炼狱中的刑罚,说明那里的刑罚是痛苦的,但它对灵魂是有益的,因为它能涤除罪孽,使幽魂们上升天国,而为他们所乐于接受。

"我的奈拉":奈拉(Nella)是浮雷塞的妻子的名字(这个名字可能是乔万娜[Giovanna]的昵称乔万奈拉[Giovannella]的缩写)。她的姓氏和生平不详。

"须要在那儿等待的山坡上":指注㉝所说的炼狱外围的山坡上,浮雷塞由于迟迟至临终时刻才忏悔,须要在这里停留到和他有罪的年数相等的时间,才能进入炼狱本部开始净罪。"叹息":指心情沉痛,忍泪不哭而发出的长吁短叹。"把我拉上来":意谓感动上天,使我得以离开炼狱外围。"还使我免于在其他各层停留":意谓还使我能直接来到第六层平台消除贪食罪,而免于在下面的五层平台停留去消除其他的五种罪。

㉟ "我的可怜的遗孀":原文是 la vedovella mia,vedovella 是 vedova(寡妇)的缩小词,这里作为昵称并在后面加上物主形容词mia(我的),以强调浮雷塞提到奈拉时,语气充满无限深情。"在善行上":原文是 in bene operare,指在品行端正上。"独一无二":原文是 soletta,因为除她以外,其他的佛罗伦萨妇女甚至还远不如萨丁岛的巴巴嘉妇女贞洁。但丁在上述的争斗诗的第一首十四行诗里,描写奈拉为她丈夫的行为而悲愤,说他对她失去了感情,忘掉了自己做丈夫的责任。这些含沙射影的话虽然是针对着浮雷塞的,但反过来也伤害了奈拉,因此,但丁在这里借浮雷塞的口称赞她贞洁无比,从而彻底推翻旧作的内容。

"萨丁岛的巴巴嘉地方的女人们":巴巴嘉(Barbagia)是萨丁岛中部的山区,那里的居民迟至公元六世纪才皈依基督教,在但丁时代还保留着一些野蛮的风俗。据早期注释家说,巴巴嘉人生活放荡,品行不端在中世纪成为谚语。本维努托特别提到巴巴嘉女人好袒胸露乳:"由于气候炎热,风俗淫僻,她们行走都穿着白亚麻布外衣,衣领低得露出乳房。"在但丁时代,巴巴嘉人形成一个半野蛮的独立部落,拒不承认比萨政府的统治。本维努托说,他们是当初比萨从撒拉森人手中夺回萨丁岛后,残留在岛上的撒拉森人。从下句提到"撒拉森女人"

这一事实看来,但丁似乎也认为巴巴嘉人来源于那些撒拉森人。

"我把她撒下在那里的巴巴嘉地方":指佛罗伦萨。但丁把佛罗伦萨说成新巴巴嘉(Barbagia),可能是由于这个地名在他心中引起了有关"野蛮"(barbarie)这一概念的联想,因为以后他又把佛罗伦萨女人与其他蛮族女人相比,而"野蛮"(barbaro)这一概念自然而然地就引出"裸体"(nudo)这一概念来。

㊱ "这句诗既热情又悲怆,以亲密的语气问:'你要我说什么〔更坏的事〕呢?'以此事引起下句的预言。"(雷吉奥的注释)

㊲ "对这个时刻来说,此时此刻将不是很古的":意谓他预言的未来时刻距离现在不很远,也就是指最近的将来。然而事实上并无文献或史书证明,在 1300 年以后不久的年代;曾由主教下令禁止佛罗伦萨妇女袒胸露乳外出行走。

㊳ "这句话是骂诗中所说的女人们的;他说,妇女首要的行动和最普通的贞操观念就是把情理要求隐蔽着的那些器官遮蔽起来;而合乎情理的事是到处相同的。因此他说:跟我们的风俗距离那样远的蛮族女人们,沉溺于淫欲那样深的撒拉森女人们……都把乳房和胸部遮蔽着;你们(指佛罗伦萨妇女)应该是遵守罗马法生活的,难道还须要被开除教籍,并且在广场上公之于众吗?他还说,不仅主教管区的禁令是必要的,城邦政府也必须颁布禁令。"(《最佳注释》)

㊴ 意谓倘若她们知道,上帝不久就要给她们降下什么可怕的灾难,她们早就吓得张口号叫了。"号叫"原文是 urlare,关于这个词,波斯科指出:"但丁不说'哭'(piangere),也不说'喊叫',他这句诗中的'号叫'(urlo)听不见,看得见;这号叫是,她们面部肌肉挛缩,洋洋自得的心情完全化为乌有:唯有恐怖。……她们是在等候可怕的惩罚时,准备号叫:她们忘掉自己美,也忘掉愿意美了;她们在将要号叫时,把嘴咧着。但丁在这里可能是想起了某些画里被罚入地狱者的形象永恒地张着嘴,在无声地号叫。"

浮雷塞的预言似乎指 1300 年但丁游炼狱以后不久,佛罗伦萨就要遭受上天的可怕的惩罚。

㊵ 诗句的大意是:在现在的小孩到达青春期以前,这种可怕的惩

306

罚就要降临,使无耻的佛罗伦萨女人们陷入悲惨的境地。浮雷塞的预言是1300年对但丁说的,人的青春期一般在十五岁前后开始,因此这个预言应在1315年前后实现。至于具体指哪年哪一历史事件,注释家们有种种不同的说法。许多学者都正确地指出,诗句的语气和措辞与但丁用拉丁文写的《致穷凶极恶的佛罗伦萨人的信》有相似之处。这封信是在1311年亨利七世南下来意大利,佛罗伦萨准备武装反抗他时写的。但丁在信中警告佛罗伦萨人,预言种种灾祸将降到他们头上:房屋被破坏或烧毁,庶民起来造反,教堂被抢劫,儿童无辜被迫去抵偿父亲的罪,市民大部分被杀或俘虏,少数残余者被驱逐流放。信中还有与这里的诗句"如果我们在这里的预见不欺骗我"(意谓如果我们在炼狱中的预见不欺骗我)相似的话:"如果我的预言的智能没有弄错。"因此,他们认为诗中的预言指亨利七世南下。然而但丁的信中列举的灾祸并未成为事实。萨佩纽认为,也许但丁心里并没有暗指什么具体的历史事件,他在这里只不过表示他坚信上帝一定要惩罚佛罗伦萨,他的正义感和愤怒的良心使他觉得这种惩罚是不可避免的,大致在不久的将来就会实现。

㊶ 意谓现在我已经回答了你的问题,你可得告诉我,你活着怎么来到了这里,陪伴着你的那两个幽魂是谁。你看,我们大家都在惊奇地注视着你的身体的影子呢。

㊷ "这是但丁对于自己在道德上误入歧途所说的最伤感、最沉痛的话。有些人把meco(同我)和teco(同你)解释为verno di me(对我)和verno di te(对你),认为这句诗仅仅指已经提到的那场争斗(tenzone),这是一种贬低这一片段,'一种缩小回忆的伤感之情的严重性'(见波斯科的《但丁》〔Dante〕一书第168页)的说法。"(雷吉奥的注释)

"当初你同我一起怎样,我同你一起怎样":意谓当初你同我和我同你在一起过的是什么生活。这里指的是他们在道德上误入歧途时期的不正当的生活,但丁在《地狱篇》第一章中用幽暗的森林象征这个时期的生活。

"这种记忆如今会仍然是沉痛的":意谓浮雷塞如今在炼狱中回想起那种生活来,记忆犹新,一定仍然感到沉痛。

㊸ "几天前":确切地说,是五天前。"在我前面走的这位几天前使我脱离了那种生活":指象征理性的维吉尔使但丁离开了那种不正当的生活,"走另一条路"(见《地狱篇》第一章注㉗)。"我指着太阳说,'当时它妹妹向你们呈现圆形'":在古代神话中,太阳神阿波罗的妹妹是月神狄安娜,这里用她来指月亮;意谓那天(1300年4月8日)是望日,月亮已经圆了;《地狱篇》第二十章末尾曾提到"昨天夜里月亮已经圆了",指的是同一天(见该章注㊱)。

"真实的死者的深夜":"真实的死者"指死后被罚入地狱受苦的人,因为这种人精神上已死(萨佩纽、雷吉奥等的解释),永远不会有真正的生命,即在天国永生(牟米利亚诺的解释)。"深夜"指地狱的黑暗。诗中用整个词组指地狱。

㊹ "劝导"原文是 conforti(复数)。许多注释家认为 conforti 在这里指劝告、忠告(consigli);萨佩纽认为指劝告,忠告和指引(guida)。彼埃特罗波诺认为,安慰所起的作用比劝告、忠告多,维吉尔的种种安慰给但丁注入活力。格拉伯尔认为,conforti 在这里指"鼓励"(incoraggiamenti)等等,总之,指一切起振奋精神作用的力量。

诗句的大意是:维吉尔通过种种劝导促使但丁从地狱"返回光明的世界去"(见《地狱篇》第三十四章末尾)。

㊺ 意谓但丁跟随维吉尔(从右向左)攀登和环游供亡魂们净罪的炼狱山。"矫正"(drizza):这里指涤除亡魂们的罪,使他们端正纯洁。"你们被尘世引入斜路者"(voi che'l mondo fece torti):指生前受尘世间种种物欲引诱,误入歧途,犯有各种不同的罪者的灵魂。

㊻ 指炼狱山顶上的地上乐园。雷吉奥指出,这是全诗中但丁唯一的一次对一个幽魂说出自己所爱的女性的名字,但他是对自己的一位认识她的友人说出的。

㊼ 指斯塔提乌斯。

第二十四章

我们说话不误走路,走路也不误说话,而是一面说,一面
如同好风推动的船似的快步前进①。那些像死而又死之物②
的幽魂觉察到我是活人,都从眼窝深处凝视着我,显露出对我
的惊奇。我却把我的话继续下去,说:"或许他是为了别人的
缘故而往上走得慢些,否则,他不会这样③。但是,告诉我,如
果你知道的话,毕卡尔达现在何处④;告诉我,在这些注视我
的人中,我是否能看到值得注意的人。""我妹妹,我不知道应
该说她更美还是更善,已经欣幸地戴着她的宝冠凯旋于崇高
的奥林普斯⑤。"他先这样说;然后又说:"在这里不禁止指出
每个人的名字,因为我们的相貌由于禁食而这样消瘦⑥。这
个人,"他用手指指着说,"是波拿君塔,卢卡的波拿君塔⑦;
在他那边的那个比别人面孔更为消瘦露骨的人,曾把神圣的
教会抱在怀里:他来自图尔,正在通过禁食来洗清生前贪食博
尔塞纳湖鳗鱼和维尔纳洽酒的罪孽⑧。"他向我逐一说出许多
别的人的名字;对于说出名字,他们大家似乎都满意,所以我
没看到一个为此面带不悦之色⑨。我看到乌巴尔迪诺·达·
皮拉⑩和曾用主教权杖放牧众多人群的卜尼法齐奥⑪饿得用
牙齿空嚼⑫。我看到马尔凯塞老爷,他先前在福尔里有充分
时间开怀畅饮,并不像现在这样口渴⑬,但他是那样嗜酒如命

的人,所以永远不感到酒已尽量。

但是,正如一个人先看了一下,然后表示对某一个比对别人更为重视,我对那个来自卢卡的人就是这样,他似乎最知道我的情况⑭。当时他正喃喃自语;从他感到那使他们这样消瘦的正义惩罚之苦的地方,我听见说什么"简图卡",不知道指的什么⑮。我说:"啊,渴望同我说话的灵魂哪,大声清楚地说吧,使我明白你的话,并且通过你说话满足你和我的愿望⑯。"他开始说:"一位女性已经出生,但尚未戴上妇女头巾,她将使你喜欢我们的城市,不管人们怎样指摘它⑰。你要带着这个预言去:如果你从我的喃喃自语的话里产生了什么疑问,将来事实会给你解释得更清楚⑱。但是,告诉我,我在这里是否见到了那位以'懂得爱情的女士们'这首诗开始,创作出新体诗的人⑲。"我对他说:"我是这样的一个人,当爱神给予我灵感时,我就记下来,并且依照他口授给我心中的方式写出来⑳。"他说:"啊,兄弟呀,现在我明白,使得那位公证人、圭托内和我达不到我听见你说的温柔的新体那种高度的症结所在啦㉑!我明白你们的笔紧紧追随着口授者,我们的笔的确不这样做㉒;谁要开始进一步考察,谁就看不出这一诗体和那一诗体之间有什么别的差别。"于是,他就像心满意足似的,沉默了。

正如在尼罗河沿岸过冬的鸟有时在空中聚集成群,然后排成行更快速地飞去,同样,所有在那里的幽魂们统统转过眼去,加紧脚步,由于体瘦也由于净罪心切,走得轻快㉓。正如跑累了的人任凭同伴们前进,自己慢步走去,直到胸中喘息已定,同样,浮雷塞任凭那群神圣的幽魂跑过去,自己同我一起在后面走㉔。他说:"我什么时候再见到你呀㉕?"我回答他说:"我不知道我活多久;但我回到这里肯定不如我渴望到达这海岸那样快;因为我注定生活在那里的地方善日益减少,看来势必趋于悲惨的毁灭㉖。"他说:"现在你去吧,因为我看到那个对此最负有罪责的人被拴在一头牲口的尾巴上,拖往罪孽永不被赦免的谷中去㉗。那头牲口走得一步快似一步,速度总在增加,直到最后给他致命一击,把那毁坏得不成样子的躯体扔下而去㉘。那些轮子不用转许多周,"他眼睛望着天说,"你就会明白我的话不能讲得更清楚的事㉙。现在你留在后面吧;因为时间在这个王国中是宝贵的,所以我和你这样同步行走,损失太大㉚。"

正如有时一名骑兵从袭击敌军的马队中飞驰而出,为争取首先交锋的荣誉;同样,浮雷塞离开我们迈着更大的脚步而去;我单独同那两位生前是世界上那样伟大的统帅者留在路上㉛。当他在我们前面走得那样远了,使得我目送着他如同我的心思索着他的话那样时㉜,另一棵树的果实累累的、欣欣向荣的枝柯出现在我前面,距离并不很远,因为那时我才转向了那边㉝。我看见人们在树下举着双手,不知他们向树叶喊什么,好像想要什么而又够不着的孩子们似的恳求着,但是被恳求者并不回答,却高举着他们想要的东西,不藏起它来,为的使他们的欲望更加强烈㉞。后来,他们似乎已经醒悟,就离开了;我们立刻来到了那棵拒绝那么多的恳求和眼泪的大树跟前。"你们走过去吧,不要靠近:夏娃吃过果子的那棵树在更高处,这棵树就是从它生出来的㉟。"我不知谁在树枝丛中这样说;因此,维吉尔、斯塔提乌斯和我就紧紧地互相靠拢,顺着岩石壁立的一侧向前走去㊱。那个声音说:"你们记住那些云中生成的、被诅咒的东西,他们吃饱喝足时,就挺起双重胸腔同特修斯格斗起来㊲;记住那些希伯来人,他们喝水时显得那样软弱,使得基甸下山去米甸时,不要他们伴随㊳。"

　　我们就这样紧挨着平台的一侧走过去,不断听到犯贪食罪必遭悲惨的报应的例子㊴。后来,我们彼此散开了,沿着冷清清的路走去㊵,足足向前走了一千多步,每人都沉浸在冥想中,默默无言。"你们孤零零的三人为何这样边走边想啊?"一个突如其来的声音说;我因此吃了一惊,如同受惊的懒散的牲口一样㊶。我抬起头来看是什么人;从来没见过熔炉中的玻璃或金属像我所见的这一位那样明亮、那样红㊷,他说:"你们要愿意上去,就必须在这里拐弯;想去求和平的从这里去㊸。"他的容光夺去了我的视觉,我因此转身跟在我的老师们背后,如同顺着听到的声音行走的人一样㊹。

　　犹如预告破晓的五月微风吹起,完全渗透了草味和花气,散发出芳香;我觉到一丝这样的微风打在我额部正中,还觉到翅膀扇动,使这风闻着有天香㊺。我听见说:"这样的人有福了,他们蒙受如此洪恩启迪,使得对美味的爱好在他们心中不激起太大的食欲,他们感到饥饿的总是正义㊻!"

注释:

① 这里用"好风"(buon vento)来比拟良好的愿望;但丁渴望迅速到达旅行的终点,浮雷塞渴望早日消除自己的罪,这种良好的愿望驱使他们快步前进,如同好风推动帆船飞速行驶一样。

② "死而又死"这一词语源于《圣经》:他们"是秋天没有果子的树,死而又死,连根被拔出来"。(《新约·犹大书》第十二节)诗中用 rimorte(死而又死)来加强语意,说明犯贪食罪的幽魂们饿得瘦成了骨头架子的样子。

③ 这句话接续前一章末后一句。"他"指斯塔提乌斯,"别人"指维吉尔。斯塔提乌斯已经消除一切罪,本来可以迅速离开炼

狱,上升天国,为了陪同维吉尔上山,而"走得慢些",因为维吉尔要给活人但丁带路,不能走得太快。诗句间接表达出斯塔提乌斯对维吉尔的情谊。

④ 毕卡尔达(Piccarda)是浮雷塞的妹妹,但丁将在第一重天(月天)见到她。

⑤ "浮雷塞回答问题说,毕卡尔达身体很美,灵魂很完善,不知是善超过美,还是美超过善,她反抗尘世已经胜利凯旋在天国。"(《最佳注释》)

"宝冠"(corona):在基督教用语中,指获得天国之福,也意味着为此所必须经历的艰苦奋斗。

"凯旋"(triunfa):在基督教用语中,指享天国之福。

"崇高的奥林普斯"(l'alto Olimpo):奥林普斯是希腊高山,据希腊神话,此山为众神所居。但丁在这里借用"崇高的奥林普斯"来指基督教所说的天国,正如他在第六章中借用"至高无上的朱庇特"来指耶稣基督一样。

⑥ "在这里":指在这一层。"不禁止":是间接肯定语(litore),意即"必须"。诗句的大意是:在六层平台消罪的幽魂们由于饥饿瘦得面貌无法辨认,所以必须指出他们的姓名。

⑦ 卢卡的波拿君塔(Bonagiunta da Lucca):托拉卡说,波拿君塔在佛罗伦萨是个常见的名字,所以必须指出这个幽魂是卢卡人波拿君塔。

波拿君塔的家族姓氏是奥尔比恰尼·德·奥维拉尔迪(Orbicciani degli Overardi)。他是十三世纪后半的诗人,生年不详,1296年还在世。他的诗模仿西西里诗派的风格。康提尼(Contini)在《十三世纪诗人》中说,他是真正把西西里诗派的诗风引进托斯卡那的诗人。他曾和温柔的新体诗派的创立者圭多·圭尼采里(Guido Guinizelli)通信,展开了有关新诗体的论战。但丁在《论俗语》中指摘他的语言的地方色彩(municipale)。格拉伯尔认为,但丁正确地选择了波拿君塔作为代表人物,以突出"温柔的新体"与旧体相比的优点。

⑧ 浮雷塞并未提这个人的名字,大概以为但丁听他的叙说,就知道指的是教皇马丁四世。这位教皇是法国人西蒙·德·勃里(Simon de Brie),约1210年生于勃里附近的蒙班塞

（Montpincé）。诗中说他来自图尔（Tours），是由于他曾是该城圣马丁大教堂管理财产的司铎。1261年，升为枢机主教。1264年，作为教皇使节，受权谈判迎立安茹伯爵查理为那不勒斯和西西里国王。查理夺取西西里王位，建立安茹王朝后，1280年施加影响，使他当选为教皇，称马丁四世。他利用教皇权力为安茹王朝的利益服务。即位后，就遵照查理的意旨，开除了拜占廷皇帝米凯尔八世的教籍，致使东方和西方教会统一的可能性完全消失。1282年"西西里晚祷起义"，消灭了岛上的法军，使阿拉冈王彼得罗三世登上西西里王位后，马丁四世曾命令后者把此岛交还给查理，但遭到拒绝。他死于1285年，据说因贪食鳗鱼过多所致。关于这位教皇的贪食罪，早期注释家拉纳说，他"除了经常食其他的美味佳肴外，还令人捕捞博尔塞纳湖中的鳗鱼，放在维尔纳洽酒中泡死，然后烤熟了给他吃。"马丁四世贪食鳗鱼的癖性成为当时许多轶事、小说和讽刺作品的题材。

"消瘦露骨"：原文 trapunta 本义是"刺绣的"。早期注释家解释为"消瘦""瘦得皮包骨"。现代注释家认为，这个词形容马丁四世的面孔瘦骨嶙峋，凹凸不平，仿佛布满花纹的刺绣品似的。

"曾把神圣的教会抱在怀里"：意即他生前是教皇。中世纪神秘主义者和神学家把教皇比拟作教会的新郎（见《地狱篇》第十九章注⑭）。

"博尔塞纳湖鳗鱼"：博尔塞纳（Bolsena）湖在拉齐奥（Lazio）地区，是意大利中部的大湖，以产鳗鱼闻名。

"维尔纳洽酒"（la vernaccia）：托拉卡的注释说："维尔纳洽酒是一种白葡萄酒，因出产在维尔纳乔（Vernaccio）而被称为维尔纳洽酒，此地今名维尔纳扎（Vernazza），距离斯培西亚仅数公里，在齐亚瓦里附近……出产大量的维尔纳洽酒，那个地方的酒是最好的。"

⑨ 因为但丁回到人间，能让人们知道他们在炼狱里，并促使他们的亲属为他们祈祷，使他们早日升入天国。

⑩ 乌巴尔迪诺·达·皮拉：此人出身于有权势的乌巴尔迪尼（Ubaldini）家的一个支派，这一支派因其城堡名皮拉（La Pila）

堡而被称为皮拉的乌巴尔迪尼家族(Ubaldini dalla Pila)。乌巴尔迪诺是枢机主教奥塔维亚诺·德·乌巴尔迪尼(见《地狱篇》第十章注㉝)和乌格林·迪·阿佐(见《炼狱篇》第十四章注㉟)的兄弟、比萨大主教卢吉埃里(见《地狱篇》第三十三章注①)的父亲。他大概死于1291年3月。

早期注释家讲到他贪食时,各不相同。拉纳说,他放纵食欲,吃得"过量";《最佳注释》说,他在质的方面过于讲究,刻意"挑选最喜爱的食品";本维努托说,"他异常精于供应他的口腹之欲。每天都同他的管家商量午餐或晚餐的计划;当被告知菜单上有这样和那样的菜时,他总是说,'我们也要这种、那种菜。'他的管家从来未能计划出一顿使主人不再另外添加某些特殊菜肴的正餐。"

⑪ 卜尼法齐奥·德·斐埃斯齐(Bonifazio dei Fieschi)出身热那亚贵族世家(斐埃斯齐家族世袭拉瓦涅〔Lavagna〕伯爵封号),是教皇英诺森四世的侄子,1274—1295年任腊万纳大主教,1285年,被派往法国协助英王爱德华一世调停,促使阿拉冈王阿尔方斯三世同法王腓力四世和解,并为释放那不勒斯王查理二世(参看第二十章注㉙)进行谈判,死于1295年。就其生活作风而言,与其说是教会中人,毋宁说是政治人物。

"曾用主教权杖放牧众多人群":意即卜尼法齐奥生前是腊万纳大主教,这个教区很大,包括罗马涅地区全部和艾米利亚地区的一部分,受他的宗教权威支配的教徒人数当然很多。

"主教权杖"象征宗教权威,原文是rocco,这个词又具有"(国际)象棋的车"的含义;据拉纳的注释说:"腊万纳大主教的权杖上端不像其他的大主教的权杖那样弯曲,而是做成国际象棋的车形。"也就是说,上端呈塔形。

⑫ "饿得用牙齿空嚼":奥维德使用了类似的表现手法描写厄律西克同(见第二十三章注⑧)受到饥饿女神惩罚时的惨状:"他在睡梦中梦见自己在吃酒席,嘴不断地一张一合,但是嚼不着东西,牙齿都嚼痛了。"(见杨周翰译《变形记》卷八)

⑬ "马尔凯塞老爷"(messer Marchese):指马尔凯塞·德·阿尔戈琉西(Marchese degli Argogliosi)。他属于福尔里的显贵家族,1296年任法恩扎最高行政官(podestà),是个有名的酒徒。

据本维努托的注释说:有一天,他派人把看守他的酒窖的人叫来,问城内的人们说他什么,看守酒窖的人回答说:"老爷,人人都说您什么都不做,老是喝酒。"一听这话,他微笑着说:"他们为什么不说我老是口渴呀?"

"并不像现在这样口渴":意谓马尔凯塞生前在福尔里有充分时间开怀畅饮当地出产的好酒,而并不像如今在炼狱第六层这样焦渴。浮雷塞说这话带有点嘲讽意味。

⑭　"那个来自卢卡的人":指波拿君塔。"他似乎最知道我的情况":原文是 che più parea di me aver contezza(佩特洛齐的校勘本)。aver contezza(知道)有异文作 voler contezza(想知道);佩特洛齐对此强调指出:"从这一场面的全部上下文清楚地推断出,奥尔比恰尼(按:此乃波拿君塔的姓氏)的表情并不是想知道(voler contezza)什么情况的人的表情,而毋宁说是知道(aver contezza)什么情况要想说的人的表情。"

⑮　"从他感到那些他们这样消瘦的正义惩罚之苦的地方":意谓从波拿君塔的嘴里。"消瘦":原文是 pilucca,这个动词本义是"把一串葡萄一粒一粒地摘下来:所以这里意思就是说,使他们瘦得像没有葡萄粒的果柄似的,成了一副一副的骨头架子"(齐门兹的注释)。"正义惩罚之苦":指神的正义惩罚犯贪食罪者,使他们吃不到树上的果子,喝不到岩石上流下来的泉水,忍受着饥渴的痛苦;嘴是人最强烈地感到饥渴之苦的地方。

"我听见说什么'简图卡',不知道指的什么":因为波拿君塔喃喃自语,声音低,吐字不清楚,但丁只听到他嘴里仿佛说什么"简图卡",不明白是什么意思。"简图卡":原文是 Gentucca,早期注释家几乎都误解为贬义词 gentuccia(小人,卑不足道之徒)。布蒂最先指出,这是一位女性的名字,这位女性就是波拿君塔在预言中所说的那位女性:"作者(指但丁)佯言不知道指的什么,因为,根据他所虚构的情节,预言中所说的这些事尚未发生:他将从佛罗伦萨被放逐到卢卡,将爱上一位名叫简图卡的贵妇人。实际上在作者写这一部分时,已经发生了这事:作者由于不能留在佛罗伦萨而住在卢卡,爱上了罗西姆佩罗(Rossimpelo)家族的一位被称为简图卡夫人(madonna Gentucca)的贵妇人,由于她具有的伟大美德和贞操,并非由于什么别的爱。"

几乎一切现代注释家都同意布蒂的说法,但是很难确定这位贵妇人究竟是谁,因为在当时卢卡的公文档案中发现了好几个名叫简图卡的女性。

⑯ "使我明白你的话":因为但丁虽然听见他嘴里说什么"简图卡",但不明白是什么意思。"通过你说话满足你和我的愿望":但丁看出波拿君塔渴望同自己说话,他一说话,当然就满足了他的愿望;但丁渴望明白"简图卡"是什么意思,他说话加以解释,就满足了但丁的愿望。

⑰ "一位女性已经出生,但尚未戴上妇女头巾":这位女性即上面所说的名叫简图卡的贵妇人。1300 年(但丁虚构的炼狱之行的时间),她已经出生,但还是个妙龄少女,尚未结婚。"妇女头巾"(benda):一种遮盖头发、两鬓和下巴的头巾,有带子可以在下巴颏儿下边系起来。当时城邦法令规定,已婚的妇女戴黑色的妇女头巾,寡妇戴白色的妇女头巾(参看第八章注㉑),未婚的少女不戴妇女头巾。"她将使你喜欢我们的城市":波拿君塔预言,但丁在流放中来到卢卡时,将受到她的殷勤招待,从而对卢卡产生好感。"不管人们怎样指摘它":当时托斯卡那各城市的居民囿于狭隘的地方主义思想,好说别的城市的坏话。但丁在《地狱篇》第二十一章中也借一黑鬼的口说:"那里(指卢卡)……每个人都是贪污犯;那里为了钱把'否'说成'是'。"现在似乎是借波拿君塔的口附带否定自己在前诗中的说法。

⑱ "你要带着这个预言去":意即你要记着我这个预言去卢卡。至于但丁在流放中何时去过卢卡,遇到这位高贵的女性,可惜没有文献记载。据注释家推测,大概在 1306 年,他在卢尼地区玛拉斯庇纳侯爵宫廷作客期间。

⑲ 这句话并非提出疑问,而是为收到证实的效果而提出的、不必回答的反问(domanda retorica),因为波拿君塔一见但丁,立即认出了他是谁,并且对他说出上述的预言。这个反问句意思就是说:"那么,你就是那位以'懂得爱情的女士们'这首雅歌开始,创出新体诗的诗人但丁吗?"波雷纳的注释指出,波拿君

塔这句问话表达的是,他见到那位诗人就在自己面前,心中产生的愉快的惊奇之情(meraviglia gioconda)。萨佩纽认为,波拿君塔用这句恭敬的赞扬话把话题引到他最关心的问题上去。

"懂得爱情的女士们":原文是 Donne ch'avete intelletto d'amore。这是但丁的第一首赞扬贝雅特丽齐的雅歌(canzone)的第一行。这首雅歌在《新生》第十九章中,内容概要如下:诗人向懂得爱情的女士们歌颂他所爱的贝雅特丽齐,来倾诉自己的激动的心情:天使恳求上帝让她去同他们在一起,但是神的慈悲要她仍然留在尘世。诗人叙述她的美德:她无论出现在何处,都使得一切邪恶思想熄灭,使得同她说话的人获得上帝的恩泽。爱神(Amor)自己不知道她怎么会是凡人,认为她是神力所造的,因为她的身体呈美妙的珍珠色,她的眼睛刺中看她的人的心,她的整个面部现出爱的微笑。最后,诗人发出这首雅歌,好让它找到去贝雅特丽齐身边的路,嘱咐它停下来只向高贵的女士和有教养的男人打听她,使他们送它到它能推荐他给爱神的地方去。诗中所说的"爱神"原文是 Amor,并非指古代神话中的爱神,而是把爱情人格化,原文通过第一个字母大写表示出来,译文勉强借用"爱神"一词。

但丁在诗坛享有很高的声誉是从这首雅歌开始的。

据诗人自己说,这首诗发表后不久,"颇在人们中间传诵",以致人们对他怀有"过高的希望"(见《新生》第二十章)。

"创作出新体诗":"新体诗"(nove rime)指温柔的新体诗,这些新体诗的创作使但丁成为这个诗派的代表人物。

⑳ 但丁用这两句真诚的谦卑话回答波拿君塔的表示赞扬的反问。早期注释家拉纳和佛罗伦萨无名氏对这两句诗作出了在字面上也忠于原作的解释:"爱神是口授者,我是他的文书。"萨佩纽指出,这两位注释家准确地领会了但丁的话流露的谦卑意味,他认为,诗句的含义是:"我像一些其他的诗人一样,当爱神对我说什么时,我就把他的话笔记下来,然后努力绝对忠实地表达出他所口授给我心中的内容。"通过这话,但丁否认开创新体诗是他个人的功绩,否定自己的创作经验具有独特性,因为这不只是他一个人的经验,而且也是温柔的新体诗

318

派其他诗人的经验;他坚持诗人的灵感的超验性(natura tras-
cendente),认为获得灵感的诗人们的职责只不过是一种做忠
实、勤奋记录的次要工作。

㉑ "现在我明白,……"意谓现在,我听了你的话后,才明白,……
"那位公证人":指雅各波·达·伦蒂尼(Jacopo da Lentini)。
他是西西里王和神圣罗马皇帝腓特烈二世宫廷的公证人和诗
人,约死于 1250 年。这个宫廷的诗人们使用提炼过的西西里
方言,模仿普洛旺斯诗人写爱情诗,形成所谓西西里诗派。他
们的作品是意大利最早的文人诗歌,虽然大多缺乏真实的感
情,但对意大利文学用语的形成起了一定的作用。雅各波·
达·伦蒂尼是这一诗派的领袖。但丁在《论俗语》第一卷第十
二章中引用他的一首雅歌,作为措辞精炼的例子。
"圭托内":指圭托内·达·阿雷佐(Guittone d'Arezzo)。他大
约于 1235 年出生在阿雷佐,1294 年死在佛罗伦萨。1268 年
法国安茹伯爵查理夺取西西里王国后,意大利文学中心北移
到托斯卡那地区,出现了模仿普洛旺斯诗歌的托斯卡那诗派。
圭托内是这个诗派的领袖。他的爱情诗缺乏真实的感情,说
理过多,语言不纯,往往晦涩难解。但丁在《论俗语》第一卷第
十三章和第二卷第六章中以及《炼狱篇》第二十六章中对他和
他那一派诗人作出很低的评价。

㉒ "你们的笔紧紧追随着口授者":意谓但丁和其他温柔的新体
诗派诗人的爱情诗忠实地抒写真实的爱情。"我们的笔的确
不这样做":意谓以雅各波·达·伦蒂尼和波拿君塔自己为代
表的西西里诗派的爱情诗、以圭托内·达·阿雷佐为代表的
托斯卡那诗派的爱情诗,并不忠实地抒写真实的爱情,而只是
模仿普洛旺斯诗人的爱情诗的风格。

㉓ "在尼罗河沿岸过冬的鸟":指灰鹤(gru)。"灰鹤通常成单行
飞。这样,这个比喻就符合这里的幽魂们的情况:当他们停下
来惊奇地注视活人但丁时,他们改变了沿着平台前进的序列,
聚成了一群,现在又像灰鹤似的成单行匆忙前进。"(辛格尔顿
的注释)
"转过眼去":这些幽魂先前注视着但丁,现在把眼光从但丁身
上转过去,对着他们前进的方向。

㉔ 雷吉奥指出,这个比喻以字面上都相吻合的方式表达出浮雷塞行走的状态:浮雷塞通常和其他犯贪食罪者一起奔跑,后来,为了不离开但丁,而慢步行走;最后,离开了他,快步跑去,为了追上和他一同净罪的伙伴们。

㉕ 雷吉奥指出,两个朋友离别时,非常自然地说出的这句问话,使整个片段充满兄弟情谊的气氛跃然纸上。显然,只有在但丁将来去世后,他们才重新相见。

㉖ "这海岸"(lariva):指炼狱海岸。有的注释家认为,指台伯河口附近、亡魂们集合由天使驾轻舟接引到炼狱去的海岸,也讲得通。诗句意谓我回到炼狱肯定不如我所希望的那样快。

"我注定生活在那里的地方":指佛罗伦萨。"注定"原文是 di-oposto,指上天安排但丁生于斯,长于斯。诗句意谓我的家乡佛罗伦萨为善的人越来越少,道德风气每况愈下,看来势必要灭亡。

波雷纳指出,这些诗句表明作家但丁在这里代替了诗中的人物但丁,因为 1300 年春天(幻游炼狱时),但丁在佛罗伦萨政治生活中还非常积极,竟有这样沮丧悲观、想早日离开人世的心情,这简直是不可能的。

㉗ "现在你去吧":原文是 Or va,波雷纳认为这里的意义是"你放心吧"。浮雷塞向但丁预言,那个对佛罗伦萨的灾难"最负有罪责的人"不久将极不光彩地死去,以此来安慰但丁。这个人就是浮雷塞的胞兄寇尔索·窦那蒂(Corso Donati),但由于在预言中通常都不把话讲得十分明白,也由于指的是自己的兄弟,浮雷塞没有明说他是什么人。寇尔索大约生于 1250 年,为人粗暴专横,竟然从修道院中劫走他妹妹毕卡尔达,把她嫁给佛罗伦萨有势力的罗塞利诺·德拉·托萨(Rossellino della Tosa)。他历任波伦亚、帕多瓦、皮斯托亚、巴马等城市的最高行政官或人民首领。1289 年堪帕尔迪诺之战,他率领皮斯托亚军对阿雷佐军作战。1300 年 5 月 1 日佛罗伦萨春节,窦那蒂家族和切尔契家族两大敌对集团发生了流血冲突,但丁当选为行政官就职后,建议政府将两党首领流放到边境,以稳定社会秩序。寇尔索指望获得教皇卜尼法斯八世的同情,逃往罗马。1301 年 6 月,黑党在三位一体教堂集合,阴谋策划反对

政府,执政的白党政府指控他是这一颠覆活动的唆使者,把他缺席判处死刑。他恳求教皇出面干涉。教皇派法国瓦洛亚伯爵查理去佛罗伦萨,以调解两党的争端为名,实则帮助黑党战胜白党。1301 年 11 月 1 日,查理到达佛罗伦萨,不久寇尔索就同一帮被流放的黑党分子冲进城去,打开监狱,带领暴民攻占白党分子的房舍,抢夺烧杀了五天五夜。他们在查理的支持下,推翻了白党政府,对反对党大肆报复迫害,但丁被迫永久流亡,至死未能返回故乡。在黑党夺取政权后最初的几年,寇尔索是佛罗伦萨的实际主宰者;但他不断地施展阴谋,时而与低层民众联合,时而和吉伯林党分子勾结(他是佛罗伦萨的敌人吉伯林首领乌古乔内·德拉·法吉奥拉的女婿),引起了许多同党对手的怀疑,大家联合起来,1308 年 10 月 6 日指控他犯有叛国罪,以共和国政府名义判处他死刑。他在逃跑的途中被抓获杀死。

"因为我看到那个对此最负有罪责的人被拴在一头牲口的尾巴上,拖往罪孽永不被赦免的谷中去":意即我预见到他被拖往地狱里去,那里和炼狱里不同,罪孽是永不能消除的。

㉘ "直到最后给他致命一击,把那毁坏得不成样子的躯体扔下而去":意谓最后他踢死,或者把他摔下马来,碰在岩石上死去,身体遭到惨重的损坏。

据维拉尼的《编年史》卷八第九十六章中的记载,寇尔索独自逃走,被政府的雇佣军卡塔兰骑兵抓获,押送回佛罗伦萨,走到圣萨尔维(San Salvi)修道院,他许诺以重金酬报,恳求他们放他,但遭到拒绝。他害怕落入仇敌手里,当时手脚又严重痛风,顿时从马上摔下来,被一名骑兵用长矛刺穿咽喉而死。这是历史事实。本维努托和其他的早期注释家从流行的传说中吸取材料,说寇尔索落马时,一只脚别在马镫上,被马拖了好长的一段路。当时一些城邦的法律规定,犯叛国罪者所受的惩罚是:被拴在马尾巴上拖往刑场或者直到拖死为止。此外,许多中世纪传说叙述罪人骑上马后被直接拖到地狱里去。从诗中可以看出,这一切都对但丁的想象力起了作用,使得诗人把罪魁祸首寇尔索·窦那蒂的下场勾勒成阴森恐怖的画面:被拴在一匹鬼马的尾巴上,飞快拖往地狱,躯壳被毁弃在路上,灵魂堕入幽冥世界受永劫之苦。这一画面通过浮雷塞的预言呈现在读者心目中,更添加了一层神秘色彩。

值得注意的是,同一家庭的三个兄弟姐妹由于生前品行各不相同,死后得到不同的归宿:寇尔索怙恶不悛,结果被鬼马(魔鬼)拖入地狱,浮雷塞通过忏悔得以在炼狱涤除罪孽,毕卡尔达品德纯洁,死后灵魂上升天国。

㉙ "轮子":指一重一重的天。"不用转许多周":意即过不了许多年。"我的话不能讲得更清楚的事":指寇尔索之死。他死于1308年,距离但丁虚构的炼狱之行(1300)不到八年,所以浮雷塞的预言说过不了许多年。"不能讲得更清楚":从下句来看,这是由于浮雷塞恐怕一直同但丁一起慢步走去,耽误自己净罪,想独自快速前进;但似乎也可能由于天机不可泄露,不必说破,但丁到时自然就会明白。

㉚ 意谓因为炼狱中的幽魂们都想尽快消除罪孽,早日升入天国,时间对他们来说异常宝贵,浮雷塞和但丁一起慢行,浪费不少时间,损失太大。

㉛ "统帅"原文 marescalco,含义是中古时代的军事统帅,这里用来指维吉尔和斯塔提乌斯在世时都是诗坛领袖;因为上句的比喻来源于军事方面,所以这里使用军事名词与之呼应、配合。

㉜ "使得我目送着他如同我的心思索着他的话那样":原文是 che li occhi miei si fero a lui seguaci come la mente alle parole sue(直译是:使得我的眼睛成为他的追随者如同我的心成为他的话的追随者那样)。对此注释家们有不同的解释,大多数都认为大意是:浮雷塞在我们前面走得那样远了,我的眼睛已经看不清楚他的背影,如同我的心理解不清楚他的预言一样。牟米利亚诺则认为,这种解释是冷冰冰的,而且是错误的,据他说,这三行诗的意思是:"当他已经离开我们那样远了,使得我的眼睛努力留住他的形象,如同我的心努力记住他的话一样时",……"这好像是对这位朋友的形象和他的话的亲切的告别。"

㉝ "因为那时我才转向了那边":原文是 per esser pur allora volto in laci,大多数注释家理解为:这棵树距离我们并不很远,但我

起先没看见它,因为它在道路拐弯处的另一边,我的视线被弧形的山坡遮蔽了。那时我才转过弯去看到它。波雷纳认为,如果按照这种说法,转弯处就应该是个急弯,但这是不可能的事,因为各层平台均呈宽弧形。再说,假如转弯处(无论急弯或缓弯)遮蔽了但丁的视线的话,他怎么能望见已经离开很远的浮雷塞的背影呢?他提出了另一种解释:"因为那时我才把先前一直凝视着浮雷塞的眼睛转向了那棵树。"雷吉奥认为应该接受这种解释,尽管也有这点不足之处:但丁虽然在同友人谈话,但他连那棵距离不很远的大树和树下那群正在呼喊的人都没看见,这似乎很奇怪。但我们不应该过于吹毛求疵,因为这里所说的是诗,而不是什么详细的情况报告。

㉞ 但丁看见一群犯贪食罪的幽魂在那棵大树下举着双手想摘树上的果子而又够不着,不知他们向树叶丛中喊什么话而没人回答他们。诗中使用了一个美妙的比喻来说明这种情景,这个比喻来源于现实生活,把那些幽魂的动作十分逼真地描绘出来,使之鲜明生动地呈现在读者面前,如同当场见到的一样。

㉟ "他们似乎已经醒悟":意即他们似乎终于认识到自己不可能摘树上的果子。

"那棵拒绝那么多的恳求和眼泪的大树":意即那棵不满足他们那样的苦苦哀求而最后使得他们流下失望之泪的大树。

"夏娃吃过果子的那棵树":指《圣经》中所说的智慧之树,吃了树上的果子就知道善恶。夏娃被蛇(魔鬼所变)诱惑,违背上帝的命令,吃了树上的果子,又给亚当吃,结果受到惩罚(见《旧约·创世记》第三章)。

"这棵树就是从它生出来的":诗中通过这句话把贪食罪同夏娃的罪及人类的堕落联系起来。雷吉奥在注释中提出这一问题:为什么树枝丛中神秘的声音警告他们不要靠近这棵树,而他们却曾靠近第二十二章中所说的那棵树呢?他解释说,或许是立刻提到夏娃犯罪所吃的禁果对但丁的想象力起了作用。但是,如果树上的果子的香味加强吃果子的欲望,从而加强想吃而吃不到的痛苦的话,为什么还禁止靠近这树呢?或许这个警告不是对一般犯贪食罪的幽魂们、而是只对这三位诗人发出的,其中一位是活人,另一位如今已经解脱了炼狱之苦,第三位不是炼狱中的幽魂。

㊱ 三位诗人听到这个警告后,就互相靠拢,顺着平台内侧,贴着壁立的岩石走过去,为的距离那棵大树越远越好。

㊲ "那些云中生成的、被诅咒的东西":指肯陶尔(见《地狱篇》第十二章注⑭)。除了其中一个名奇隆者外,这些半人半马的怪物都是忒萨利亚山中拉庇泰(Lapithae)人之王伊克西翁(Ixi-on)和云女涅菲勒(Nephele)所生。希腊文"云"是nephele。据神话传说,伊克西翁为了免付他所许诺交付的彩礼而杀死了他的岳父,因此人们都躲避他。宙斯把他带到天上,给他涤净了杀人的罪,但他却滥用天神的厚待,竟然妄图诱奸天后赫拉。宙斯预知他心怀邪念,把一片云变成了赫拉的形象,他以为真是赫拉,就拥抱云变的美女涅菲勒,使她怀孕生下了这群肯陶尔,所以诗中说他们是在云中生成的。最后,他受到宙斯的惩罚,被打入塔尔塔路斯(地狱最深处),绑在不停地转动的火轮上。

"他们吃饱喝足时,就挺起双重胸膛同特修斯格斗起来":"双重胸膛"指半人半马的胸膛。据古代神话,伊克西翁之子、拉庇泰人之王珀里托俄斯(Pirithoüs)与希波达弥亚(Hippodam-ia)结婚时,邀请亲友来吃喜酒。新郎那群异母兄弟肯陶尔也都来了,在盛大的宴会上,他们任意大吃大喝,其中最放荡的一个是欧律托斯(Eurytus),他酒后顿起淫心,竟然揪住绝色的新娘希波达弥亚,企图把她抢走,其他的肯陶尔也触起兽欲,各自拉住一个美貌的妇女不放。秩序登时大乱。新郎的好友雅典王特修斯(见《地狱篇》第九章注⑬)挺身而出,奋勇同欧律托斯等肯陶尔格斗,杀死其中的大部分,救出了希波达弥亚和其他的妇女。关于这场格斗,奥维德的《变形记》卷十二有极其生动的叙述。诗中采取了奥维德所讲的这个异教神话故事作为放纵口腹之欲受到惩罚的第一个例子。

㊳ 第二个例子来源于《圣经》。《旧约·士师记》第七章叙述以色列士师基甸(Gideon)率领希伯来人去抗击侵扰他们的米甸(Midian)人。耶和华对他说,带的人过多,凡惧怕胆怯的,可以回去。于是有二万二千人回去,只剩下一万。耶和华说:

"人还是过多。你要带他们下到水旁,我好在那里为你试试他们。我指点谁说,这个人可以同你去,他就可以同你去。我指点谁说,这人不可同你去,他就不可同你去。"基甸就带他们下到水旁。耶和华对他说:"凡用舌头舔水,像狗舔的,要使他单站在一处。凡跪下喝水的,也要使他单站在一处。"于是用手捧着舔水的有三百人。其余的都跪下喝水。耶和华对他说:"我要用这舔水的三百人拯救你们,将米甸人交在你手中。其余的都可以各归各处去。"诗中所说的"那些希伯来人":指上述的其余的希伯来人。"他们喝水时显得那样软弱":"软弱"原文是 molli,指他们太不能耐渴,为了喝水方便和尽可能多喝,竟然跪在水边喝起来,毫无节制,显得缺乏军人应有的坚强性格。

"基甸下山去米甸时":指基甸率领三百人去攻打米甸营时。《圣经》经文说:"米甸营在他下边的平原里",因而他必须下山去攻打。"不要他们伴随":意即不要那些软弱的希伯来人同去。

㊴ "紧挨着平台的一侧":指平台的内侧。

"悲惨的报应":"报应"原文是 guadagni,直译是"挣到的钱"或"收益",加上形容词 miseri,意义就变为"惩罚"。

㊵ "我们彼此散开":三位诗人刚才互相靠拢着、贴着峭壁前行,现在已经过了那棵大树,就不必再那样行走了,因而他们就离开峭壁,彼此之间拉开一点距离,诗中没有说明他们三人究竟是并排而行,还是维吉尔和斯塔提乌斯在前面走,但丁在后面跟着。彼埃特罗波诺认为三位诗人是并排行走,万戴里认为是但丁跟随两位古罗马诗人行走。

"冷清清的路":因为大树下那些净罪的幽魂已经离开那里,走得很远了。

㊶ "如同受惊的懒散的牲口一样":"懒散的"原文是 poltre。有些注释家认为指 puledre(牲口驹子)。一般牲口驹子都胆小,容易受惊。但多数注释家认为指牲口懒散地卧着休息(poltrire)。诗句的意思是:如同牲口在懒散地卧着休息时,受到惊吓一样。这种解释比第一种解释更切合但丁当时的情况。戴尔·隆格认为 poltre 含义是牲口慢慢地往前走,有点打瞌睡

的样子,上句的"突如其来的声音"也是比喻的组成部分,就牲口来说,指赶牲口的人的声音。但丁在一面走,一面冥想的状态中,听到那个突如其来的声音,顿时吃了一惊,正如懒散地、慢腾腾地走着的牲口受了赶牲口的人的吆喝声的惊吓一样。

㊷ "我所见的这一位":指代表节制美德(temperanza)的天使。
　　"那样明亮、那样红":根据中世纪的圣像画法,天使的脸常被画成红色以表示他们的幸福的光辉。

㊸ "你们要愿意上去":天使假装不知道他们想上去,因为善行应该是自觉自愿的(布蒂的注释)。"就必须在这里拐弯":意即从这儿向左转,那里是上第七层平台去的石级。
　　"去求和平":指寻求天国之福的永恒和平。

㊹ "夺去了我的视觉":指天使的容光异常强烈,照得但丁睁不开眼睛。
　　"我因此转身跟在我的老师们背后":意即但丁听到天使的指示后,就转身向左走;因为当时他们三人正在逆时针方向环山前进,天使把守的石级在平台的内侧,无论是和两位古罗马诗人并排而行,还是在后面跟着,但丁都必须向左转弯,尾随他们朝天使说话的方向走去。
　　"如同顺着听到的声音行走的人一样":温图里和彼埃特罗波诺都认为这是真正的比喻,但提出各不相同的解释。前者在《但丁的明喻》中说,"诗人被天使异常明亮的容光照得睁不开眼睛,不得不转身在维吉尔和斯塔提乌斯背后跟着他们,如同盲人听从给他带路的人一样。"后者在注释中说,这句诗意即"如同摸黑走路的人没别的向导而只靠听觉一样"。但许多注释家把这句诗看成形式上的比喻,诗人用这种方式说明他被天使的红光照得睁不开眼睛,而不得不在后面跟随两位古罗马诗人,朝着天使说话的方向走去。

㊺ "打在我额部正中":指天使扇动翅膀,擦掉但丁额上代表贪食罪的 P 字。
　　"使得这风闻着有天香":"天香"原文是 ambrosia,含义是(希腊罗马神话中)神仙的食物,或许但丁以为是一种香草。这里根据萨佩纽的注释意译。

㊻ 这是天使针对贪食罪而说的祝福话,末句用的是《新约·马太

福音》第五章中耶稣登山训众论福中"饥渴慕义的人有福了"这句话。但是诗中破例不直接引拉丁文《圣经》的经文,而把它意译为意大利文,省去句中的渴(sitiunt)字,专用饥(esuri-unt)字,因为这里是消除贪食罪的地方(参看第二十二章注①)。这段祝福词大意是:这样的人有福了,他们蒙受如此大的神恩启迪,使得人类生来就有的口腹之欲在他们心中不变成贪食无厌的癖性,因为他们如同饥饿一般迫切追求的总是正义,而不是什么别的东西。由于诗中把"正义"(iustitiam)译成 quanto è giusto,有些注释家就理解为"适度的",指的是食欲有节,这种解释固然切合诗中的具体场合,但偏离经文的真正命意太远,因为耶稣在这里所说的"福"恰恰在于"慕义"。

第二十五章

现在是往上攀登刻不容缓的时刻了;因为太阳已经离开子午圈让位给金牛座,黑夜已经离开子午圈让位给天蝎座①。所以我们就像人受急需刺激时,无论什么在面前出现,都不停住,而一直赶路一样,走进了夹道,就一个挨一个地拾级而上,因为石级狭窄,不容登山的人并排行走。

犹如雏鹳因为想飞而抬起翅膀,又因不敢离巢而垂下翅膀,我心里燃起发问的欲望,等到要做出人准备说话的动作时,就又熄灭了这种欲望②。尽管我们走得很快,我的和蔼的父亲还是说:"你把话语的弓已经拉得箭头碰着弓背了,射出去吧③。"于是,我放心大胆地开口说:"感觉不到营养的需者,何以会消瘦呢?④"他说:"假如你想起墨勒阿革洛斯是随着一块燃烧的木头烧完而死的,这事对你来说就不会是那样难以理解的了。假如你想一想,你们稍微一闪动,你们在镜子里的影子就闪动,这件似乎难以理解的事对你来说,就容易理解了⑤。但是,为了使你的求知欲得到充分满足,有斯塔提乌斯在此;我呼吁并恳求他,现在做医治你的伤口的人⑥。"斯塔提乌斯回答说:"如果我在你面前给他阐明永恒的真理的话,我就只能以对你不能违命为理由来原谅自己了⑦。"

于是,他开始说:"儿子啊,如果你的心接受并且记住我的话,它对于你所问的'何以'将是一盏明灯⑧。完美的血,有一部分后来未被干渴的血管吸收,而如同你从饭桌上撤去的食物一般残留下来,在心脏中获得形成人的一切肢体的能力正如另外一部分在血管中流动以滋养已经形成的肢体一样⑨。这部分完美的血经过再一次消化,就向下流入那个不指名比指名好的地方⑩;以后,它就从那里滴到天然的小容器中别人的血上⑪。在那里,这一种血同那一种血聚在一起,一种天性是被动的,另一种天性是主动的,因为它是从完美的地方流出的⑫;它同那一种血结合后,开始活动,先起凝固作用,然后将生命赋予其使之凝固作为其材料之物⑬。它的主动力先变成灵魂,类似植物的灵魂,不同之点是前者在途中,后者已靠岸⑭;然后它继续起作用,直到能像海绵一样运动和感觉⑮;从这里,它开始给各种以它为种子的能力形成器官⑯。儿子啊,现在那种来源于男性生殖者心脏的能力在自然致力于形成各肢体的地方扩大、延伸⑰。但是它如何从动物变成人,你还不明白⑱。这是个难点,曾使从前一位智慧比你高的人陷于错误,在他的学说中把可能心智与灵魂分离开来,因为他看到没有为这种心智所用的器官⑲。现在敞开你的怀接受我阐述的真理吧;你要知道,胎儿脑的机构一完成,第一原动力就转向它,欣赏自然所创造的这一非凡的艺术品,把充满力量的新的灵气吹入其中,这种灵气把发现在那里活动的因素吸收到自身的实体中,成为有生命、感觉和自省能力的单一灵魂⑳。为了使你对我的话不过于惊异,你就想一想太阳的热力与葡萄树流出的汁液结合而变成酒吧㉑。当拉刻西斯没有了线时,灵魂就脱离肉体,把人性能力作为潜力和神性能力一起带走㉒,其他的能力全都静默;记忆、智力和意志活动比以前还锐敏得多㉓。灵魂片刻不留,神奇地自行落到两河之一的岸上㉔。在那里,它才知道自己的路㉕。那里的空间一包围它,形成力就以对活的肢体所使用的方式和分量向周围辐射㉖。宛如空气饱含水分时,由于另一物体的光射入其中而变得绚烂多彩,同样,在这里,附近的空气呈现出留在那里的灵魂通过自身的潜力印在其中的形象㉗;如同火焰随处跟着火移动一样,这新的形体随处跟着灵魂移动㉘。因为灵魂后来由此而有形,所以被称为幽灵;然后由它给每种感觉,甚至视觉形成器官㉙。我们由它说话,由它发笑;由它流泪、叹息,这些你在这座山上大概已经听到了㉚。根据各种欲望和其他情感对我们的刺激,幽灵呈现出不同的外貌;这就是使你惊异的事情的原因㉛。”

我们已经来到最后的一条环行路上㉜,向右转弯走去,全神贯注在别的须要注意的事上㉝。这里的峭壁喷射火焰,平台沿儿上有风向上吹,迫使火焰倒退,离开那里㉞;因此我们必须沿着平台无屏蔽的一侧鱼贯而行:我这边怕火,那边怕摔下去㉟。我的向导说:“在这个地方,眼睛决不可失控,因为稍一疏忽,就会失误啊㊱。”那时,我听见大火中间唱道“Summae Deus clementiae”,使得我同样热切地把眼光转过去㊲;我看到幽魂们在火焰中行走;因此,我不时交替着转移视线,看一下他们,又看一下自己的脚步。那首赞美诗一结束,他们就高呼:“Virum non cognosco。”㊳随后,就又开始低声唱赞美诗。唱完了,他们还呼喊:“狄安娜留在森林里,赶走中了维纳斯的毒的艾丽绮㊴。”然后,他们又重新唱那首诗;接着,就高声称颂那些符合道德和婚姻要求的贞洁的妻子和丈夫㊵。我相信,在火烧着他们的期间,他们都一直在这样做:必须用这种

同时,我听见大火中间唱道"Summae Deus clemen-
tiae",使得我同样热切地把眼光转过去。

疗法和这种食物才能使这个伤口最后愈合㊽。

注释：

① 但丁幻游炼狱的时间是春分时节,太阳在白羊宫。在黄道带上,白羊宫之后是金牛宫。"太阳已经离开子午圈":指天已过了晌午。"让位给金牛座":指金牛座现已达子午圈。黄道十二宫每宫长30度,太阳需行两小时。因此炼狱现在时间是下午两点钟。"黑夜"这里指午夜,但丁把她人格化,想象她是一颗行星,在另一半球和太阳同时绕着地球运转(参看第二章注②)。太阳在白羊宫时,"黑夜"就在与白羊宫正对面的天秤宫。天秤宫之后是天蝎宫。"黑夜已经离开子午圈":指时间已经过了午夜。"让位给天蝎座":指天蝎座现已达另一半球的子午圈。"黑夜"和太阳运转速度相同;炼狱此刻是下午两点钟,耶路撒冷此刻就是早晨两点钟。

② 这里但丁以羽毛未丰的雏鹳抬起翅膀想飞,又怕离开窝摔死,而重新垂下翅膀的本能动作作为比喻,来说明自己心里想提出疑问,又怕在维吉尔正拾级而上之际给他添麻烦,以致话到嘴边而不敢开口的心理状态,使之跃然纸上。

③ "和蔼的父亲":指维吉尔,他时时注意但丁的表情,发现他胆怯不敢发问,尽管正奋力快步登山,还是亲切地开口,鼓励他把问题提出来。

维吉尔的话是隐喻,把但丁已到嘴边而不说出的话比作弓箭手引满了弓而不发出的箭,意思就是,快把你心里想说的话说出来吧。

④ 但丁提出的问题就是:炼狱中的幽魂没有肉体,不需要饮食营养,怎么还会消瘦呢?

⑤ 维吉尔先用有关墨勒阿革洛斯之死的传说启发但丁去思考这一问题。墨勒阿革洛斯(Meleagros)是卡吕冬(Calydon)王俄纽斯(Oeneus)和王后阿尔泰亚(Althaea)的儿子。他出生后不久,三位命运神就做出预言:克罗托说,他一定会是个勇猛的人;拉刻西斯说,他一定会是个强壮的人;阿特洛波斯把一根木头扔在燃烧着的灶火上说,这根木头能烧多久,他就能活多久。他母亲阿尔泰亚等三位命运女神离开后,就从火里

取出那根木头，把它保藏起来。后来，俄纽斯向诸神献祭时，忘了祭女猎神阿耳忒弥斯，女猎神进行报复，使一头大野猪祸害卡吕冬国。墨勒阿革洛斯邀请希腊各国英雄前来会猎，捕杀野猪。阿耳卡狄亚公主阿塔兰塔（Atalanta）也参加会猎，墨勒阿革洛斯爱上了她，他杀死野猪后，就把野猪头送给了她。他的两个舅父不依，从她手里抢去野猪头，他一怒之下，杀死了他们。他母亲阿尔泰亚听到这个消息后，悲愤交加，为了替两个兄弟报仇，就拿出那根木头来烧掉，木头烧完，墨勒阿革洛斯也在痛苦中死去（事见《变形记》卷八）。接着，维吉尔又举出人照镜子时，不论多么迅速、多么细微的动作，都立刻在镜中反射出来这一事实，来启发但丁思考。"这两个例子显然都不是对有关的现象做出的事理性的解释：墨勒阿革洛斯虽然能使人明白，身体也能由于跟营养无关的外在原因而消瘦，甚至消灭，但是并未说明其所以然。镜子的例子用来使但丁明白，幽魂的虚空的形体反映出其所受之苦，犹如镜子反映出人的形象一样，但这也还不是解释。维吉尔将委托斯塔提乌斯去解释。"（雷吉奥的注释）

⑥　"医治你的伤口的人"：意即解决你的疑问的人，因为疑难问题折磨人的心，犹如疼痛的伤口折磨人的肉体一样。
　　诗中为什么让斯塔提乌斯代替维吉尔解释幽魂不需要营养何以会消瘦？一些早期注释家和不少现代注释家认为，这不仅仅是个哲学问题，而且涉及神学。维吉尔作为理性的代表，由于自身的局限性，对这个疑难问题不能做出全面的解释。斯塔提乌斯生前已经从博学的异教诗人转变为基督教徒，接受了启示的真理，死后在炼狱中已经涤净自己的罪孽，正准备升入天国，因而对此能够胜任。

⑦　这句话表达出斯塔提乌斯的谦卑和对维吉尔的尊敬。

⑧　"儿子啊"：斯塔提乌斯一开口就这样称呼但丁。"他是经过考虑说的呢？还是自然脱口而出的呢？在这两种情况下，肯定都意味着他对但丁的态度和维吉尔对但丁的态度恰恰相同。"（彼埃特罗波诺的注释）
　　"你所问的'何以'"：指幽魂何以消瘦这一疑难问题。

⑨　为了彻底解决但丁提出的疑难问题，斯塔提乌斯从人的生殖

过程讲起。他的讲述主要根据托马斯·阿奎那斯所解释的亚里士多德的理论,内容概括起来有四点:首先讲述关于人的生殖方面的理论,胎儿的逐渐发育,人体能力即植物性灵魂和感性灵魂的逐渐发展;然后说明理性灵魂如何赋予人体;然后说明肉体死亡后,灵魂存在的方式;最后说明幽魂的来源和状态。

"完美的血":纳尔迪在《中世纪哲学研究》中指出:根据亚里士多德的学说,食物经过一系列的变化或消化(digestioni)才变成其所滋养的身体的养料,经过这些消化过程,食物不再是不同的(dissimile),而变成完全可以吸取的(assimilabile)。根据阿维森纳的理论,食物必须经过四个消化过程:第一个在胃和腹中完成;第二个在肝脏中完成,在那里,乳糜(chilo = 英语 chyle)开始变成血;第三个在血管中完成,在那里,从肝脏中排出的粗糙的、不完美的血被净化,去掉多余的水分,变成完美的血,汇合在心室中;第四个在各个肢体中完成,在那里,血的养料弥补损失,促进发育。

"后来未被干渴的血管吸收":意即后来未在血管中循环。诗人用"干渴"(assetate)来形容血管,因为血管必须用血来滋养身体的各部分。牟米利亚诺指出,"干渴的血管"使人感觉到由于血液循环而在人体中流动着的生命。从这个实例可以看到但丁如何把科学题材化为生动的诗。"如同你从饭桌上撤去的食物一般残留下来":意即原封不动地留下来。

"在心脏中获得形成人的一切肢体的能力":意即这一部分不循环的、残余下来的完美的血,留在心脏中,获得使将出生的婴儿的肢体形成的能力,正如另一部分完美的血在血管中循环来滋养人的已经形成的肢体一样。这里所说的这一部分完美的血指的是将变成精液使女人受孕的血。

⑩　意即这一部分完美的血再经过最后一个消化(即净化)过程,就变成精液,向下流入男人的生殖器官中去。

⑪　"天然的小容器":指子宫。"别人的血":指月经。

⑫　意谓精液和月经在子宫中汇合在一起,月经准备受胎,精液准备发挥其形成力,使女人受胎,因为它是从完美的地方,即从心脏中来的,在那里,血液经过"消化"变成完美的血液后,被

压出来,通过主动脉输送,成为精液。

"一种天性是被动的,另一种天性是主动的":托马斯·阿奎那斯说:"正如那位哲学家(指亚里士多德)所说,在通过性交生殖的完美的动物方面,主动力在男性的精液;但胚胎物质是由女性提供的。"(见《神学大全》第一卷);又说:"在生殖中,行为有主动与被动之分。因此,全部主动力在男性方面,被动力在女性方面。"(见《神学大全》第三卷)

⑬ "它同那一种血结合后":意即精液同月经汇合后,开始发挥其主动性,先使月经凝固,然后赋予生命,使之成为接受它的主动力形成胚胎的材料。

"先起凝固作用":纳尔迪在《中世纪哲学研究》中指出:"亚里士多德确实把男人的精液对女人的月经所起的作用比拟作凝乳酶对牛乳所起的作用。这种说法被阿维森纳接受并发展后,成为中世纪胚胎学的共同观念。"佛罗伦萨无名氏的注释引用了这个比喻。

⑭ 意谓精液的主动力先变成植物性灵魂,它和一般植物的灵魂一样具有生命,不同之处在于它"在途中",也就是说,它还要继续发展,而一般植物的灵魂则"已靠岸",也就是说,已经完成其全部发展过程。

⑮ 意谓精液的主动力变成植物性灵魂后,继续起作用,发展到能像海绵一般运动和感觉的阶段,也就是说,变成了感性灵魂(anima sensitiva)。

但丁在《筵席》第三篇第二章中说:"那位哲学家(指亚里士多德)在《论灵魂》第二卷中分析灵魂的能力时,谓灵魂主要有三种能力,即生命、感觉和理性;他也提到运动;但运动可以与感觉合而为一,因为每个有感觉的灵魂(或是具有一切感觉,或是只具有其中的某些),也都有运动;所以运动是一种与感觉连在一起的能力。"

"直到能像海绵一样运动和感觉":意即直到它仅仅能像海绵一般运动和感觉。在亚里士多德和中世纪的动物学中,海绵是最低级的动物,介于动物界和植物界之间。

⑯ 意谓从这个阶段,精液的主动力开始给各种感觉能力形成器官(即所谓感官),这些感觉能力都由精液的主动力而生,如同

植物由种子而生一样。

⑰　根据雷吉奥的解释,"自然(natura)致力于形成各肢体的地方":指胚胎;"自然致力于形成各肢体":指自然致力于完成整个有机体。

诗句的大意是:现在,从这个阶段,来源于男性生殖者心脏的形成力在胚胎中发展、扩大、延伸,形成各个肢体。

⑱　"如何从动物变成人":"人"原文 fante 来源于拉丁文 fari(说话),含义是会说话者(parlante)。这个词突出表现人类区别于其他动物的特征:会说话意味着有思想须要表达,有思想意味着能思维,能思维必然具备心智和理性。

诗句的大意是:胎儿发展到有感性灵魂(能感觉和运动)、具备各种感官和肢体的阶段后,自然(natura)已经尽其能事;但它如何具有理性灵魂(anima razionale),也就是说,如何获得心智和理性,成为万物之灵的人,对你来说,还是个疑难问题。

⑲　"曾使从前一位智慧比你高的人陷于错误":指阿威罗厄斯(见《地狱篇》第四章注㊳)在亚里士多德《论灵魂》一书的注释中做出错误的解释。

为了理解他的说话,必须指出,一切亚里士多德学派思想家都把人的心智区分为活动心智(intelletto agente o attivo)和可能心智(intelletto possibile o passivo)。前者通过抽象作用使感官提供给我们的种种个别印象形成概念,从而使我们获得感性认识;后者使我们明白普遍原理,也就是获得理性认识,因而是人类真正的高级智力。阿威罗厄斯由于看到人身上没有与这种作为人类的高级智力的可能心智相当的器官,如同眼睛之与视觉,耳朵之与听觉那样,就认为它是一种独特的、超验的普遍性智力(intelligenza universale),这种智力在人活着的时间,为一切个人的灵魂所共同具有,但又与之互相分离,如同太阳和它所照亮的透明的物体一样。人一死亡,就不复具有可能心智,因此他认为人根本没有所谓不灭的个人灵魂。这种说法被经院哲学家视为邪说,特别受到托马斯·阿奎那斯的抨击,因为否定个人灵魂不灭,就意味着否定死后善人得福,恶人受罚的教条。

⑳　"第一原动力"(lo motor primo):这是亚里士多德使用的哲学

名词,经院哲学家用它来指上帝。

"欣赏自然所创造的这一非凡的艺术品":意谓胎儿脑的机构
一完成,上帝就转向胎儿,欣赏它作为自然创造的一件非凡的
艺术品。

"把充满力量的新的灵气吹入其中":意谓上帝把富有思维能
力的理性灵魂赋予胎儿。

根据基督教教义,理性灵魂作为人的不灭的部分,是由上帝赋
予人的,而非来源于自然。托马斯·阿奎那斯说:"……既然
它(指理性灵魂)是非物质的实体,它就不能通过生殖形成,而
只能由上帝创造而成。所以认为理性灵魂来源于父亲,只不
过是认为灵魂并非永生的,而是随肉体毁灭的而已。因此理
性灵魂是随精液遗传而来的说法是邪说。"

"把发现在那里活动的因素吸收到自身的实体中":意谓理性
灵魂把它发现在胎儿中活动的、先变成植物性灵魂、然后变成
感性灵魂的形成力吸收到自身的实体中,成为一个浑然一体
的灵魂,有了这单一的灵魂后,胎儿就不仅像植物一样有生
命,像其他动物一样有感觉,而且还有潜在的思维能力,这种
能力使人类成为万物之灵。

㉑ "我的话":指斯塔提乌斯关于上帝如何把理性灵魂赋予胎儿
以及理性灵魂如何吸收植物性灵魂和感性灵魂,成为单一的
灵魂的说法。

"过于惊异":来源于上帝的理性灵魂如何能与来源于自然的
植物性灵魂及感性灵魂融合成一个整体,会使但丁感到不可
思议,而惊异不置。为此,斯塔提乌斯让但丁"想一想太阳的
热力与葡萄树流出的汁液结合而变成酒"这一事实,使他通过
类推的方法来理解这一难题。

"葡萄树流出的汁液":指葡萄树分泌到葡萄中的汁液。诗句
的大意是:太阳的热力与葡萄树分泌到葡萄中的汁液结合就
变成葡萄酒,也就是说,由一种来源于葡萄树的物质因素与一
种来源于太阳的非物质因素结合而成为新的因素;同样,来源
于上帝的理性灵魂与来源于自然的植物性灵魂及感性灵魂融
合,就成为浑然一体的单一的灵魂。

㉒ "当拉刻西斯没有了线时":"拉刻西斯"是给每个人纺生命之

线的命运女神(见第二十一章注⑧);诗句意即人死时。

"把人性能力作为潜力和神性能力一起带走":"人性能力",指植物性能力和感觉能力,因为它们都来源于父亲的精液,所以诗中称之为人性能力。"作为潜力"(in virtute＝in potenza),指灵魂脱离肉体后,这些能力由于没有器官,不能活动,而处于潜在状态。

㉓ "其他的能力全都静默":指人性能力,即植物性能力和感觉能力,一概停止活动,处于潜在状态。

"记忆、智力和意志活动比以前还锐敏得多":记忆、智力、意志是理性灵魂的能力,人死后,这三种能力的活动由于不受肉体阻碍,而比生前还锐敏得多,"因而人们具有能铭刻不忘的记忆,毫无缺陷的智力和坚定不移的意志。"(布蒂的注释)

㉔ "片刻不留":指脱离肉体的亡魂受内心驱使,立刻离开原地。

"神奇地自行落到两河之一的岸上":"两河",指地狱中的阿刻隆河和罗马的台伯河;意即亡魂由于神秘的天命而自行落到这两条河之一的岸上,如果是被罚入地狱的,就落到阿刻隆河岸上,如果是得救入炼狱的,就落到台伯河岸上。

㉕ 意即亡魂落到两河之一的岸上时,才知道自己的命运如何:入地狱受苦还是去炼狱净罪。

㉖ "那里的空间一包围它":意即阿刻隆河岸上或台伯河岸上充满空气的空间一包围亡魂。

"形成力就以对活的肢体所使用的方式和分量向周围辐射":意谓"曾在母亲的子宫中形成有机的人体的同一形成力,现在辐射到附近的空气中,开始形成一个更轻的、更灵敏的形体,在这个形体中重新获得完全具备五种感官的植物性和感性灵魂的功能"(纳尔迪在《中世纪哲学研究》中的解释)。这种由空气形成的形体,对亡魂来说,代替了生前具有的肉体。

㉗ "空气饱含水分时":指雨后空气中充满小水珠时。"另一物体的光":指日光。"变得绚烂多彩":指形成红、橙、黄、绿、蓝、靛、紫七种颜色的彩虹。

"留在那里的灵魂":指落在两河之一的岸上的亡魂。"通过自身的潜力":原文是 virtualmente;意即通过灵魂自身的形成力(virtù informativa),人死后,这种形成力还作为潜力保存下来。"印在其中"：意即亡魂通过自身保有的潜力把生前的形象像盖图章一般印在空气中。

诗句的大意是：正如日光照射在雨后空气中的小水珠上，由于折射和反射作用而形成绚烂的彩虹，同样，亡魂落在两河之一的岸上，它的形成力向周围的空气辐射，从而给他造成貌似生前的形象。

㉘ 根据亚里士多德的学说，火焰是火印在空气中的形象，也就是说，火被认为是无形的基本要素，在火焰中才具有可见的形象，同样，这新的形体是亡魂自身的形成力向周围的空气辐射造成的，亡魂在空气构成的新的形体中才具有可见的形象；所以诗中的比喻说，亡魂的新的形体随处跟着灵魂移动，如同火焰随处跟着火移动一样。

㉙ "后来由此而有形"：脱离了肉体的亡魂是无形的，后来由于有了空气构成的新的形体才变得有形象可见了。"所以被称为幽灵"："幽灵"原文是影子（ombra），因为亡魂有了空气构成的形体后，就变成像影子一般看得见、摸不着的物体。"然后由它给每种感觉，甚至视觉形成器官"：意谓亡魂有了形体后，就借以形成各种感觉器官，甚至最复杂的视觉器官。

㉚ 意谓亡魂借新的形体说话、发笑、哭泣、叹息，表达各种情感，这些想必你在这座山上已经听到了。

㉛ 意谓亡魂们因受不同的欲望和情感（恐惧、喜悦、希望等）刺激，而相应地呈现出不同的外貌；这就是使你感到惊异的事——犯贪食罪者的灵魂何以消瘦的原因。纳尔迪解释说："食欲，毋宁说大吃大喝的欲望，在人世生活中造成贪食者的罪孽，在这里（指炼狱）变成他们所受的惩罚，因为这种欲望引起了得不到满足的饥饿感觉，令人恐怖的消瘦是这种感觉的具体表现。"（《但丁讲座》〔Lectura Dantis〕，《炼狱篇》第二十五章）

辛格尔顿解释说："幽灵呈现出这样或者那样的外貌；在我们所讲的这一场合，呈现出来的是由食欲产生的极端消瘦的外貌。所以他们貌似消瘦的形体是一种欲望的表现，并非实际上挨饿的结果，挨饿在这里是不可能的事。"

㉜ 意即我们已经来到了最后的一层平台上。"环行路"原文是

tortura,含义为酷刑。有些注释家认为指第七层平台上犯贪色罪者的灵魂所受的刑罚。但本维努托理解为"弯路,环山弯曲的道路"。这两种解释实际上都指第七层平台。译文根据后一种解释。

㉝ "别的须要注意的事":意即与听斯塔提乌斯的讲话完全不同的事;指下面诗句中所说的被烈火烧着和从平台外沿上摔下去的危险。

㉞ "这里的峭壁喷射火焰":意即第七层平台内侧的峭壁向平台上喷射火焰。"平台沿儿上有风向上吹,迫使火焰倒退,离开那里":意谓平台靠外面的边沿儿上有风向上吹,吹得火焰倒退,在那里让出了一条极其狭窄的路。

㉟ "因此我们必须沿着平台无屏蔽的一侧鱼贯而行":"平台无屏蔽的一侧"即平台靠外面的边沿;"鱼贯而行"意谓边沿上的路太窄,只容单人行走,所以三位诗人必须排成单行前进。"我这边怕火,那边怕摔下去":但丁在炼狱中一贯逆时针方向环山而行,所以诗句的意思是:他在这条路上行走时,左边怕火烧着,右边怕从平台上摔下去。

㊱ "眼睛决不可失控":原文是 si vuol tenere a li occhi stretto il freno(直译:应该对眼睛严加控制),意即不要东张西望。
"稍一疏忽,就会失误":"失误"原文是 errar,这里指被火烧着或失足摔下去。

㊲ "Summae Deus clementiae"(无上仁慈的上帝呀):这是但丁时代天主教会星期六早课唱的一首拉丁文赞美诗的首句。犯贪色罪者的幽魂们在烈火中唱这首诗,因为诗中说:"请用正义的火焰焚烧我们的腰和软弱的肝,使得它们严格,远离色情吧。"腰和肝是人体的性欲部位,因而诗中祈求上帝用正义的火焰焚烧,消除色情。
"使得我同样热切地把眼光转过去":意即我听到唱赞美诗的声音时,不由得像约束自己的眼睛那样热切地把视线转向那里。

㊳ "Virum non cognosco"是拉丁文《圣经》的译文,中文《圣经》的译文是"我没有出嫁"。童女马利亚听到天使向她问安,预报她要怀孕生耶稣时,对天使说:"我没有出嫁,怎么有这事呢?"

（见《新约·路加福音》第一章）诗中以马利亚作为童女体现贞洁美德的第一个范例。

㊴ 狩猎女神狄安娜为了保持自己的贞洁,同陪伴她的仙女们一起居住在森林中。阿尔卡狄亚国王的女儿艾丽绮(Elice)是这些仙女之一,朱庇特爱上了她,使她生下一子名阿尔卡斯(Arcas)。因此狄安娜把她赶出去了,以免自己的住处被她玷污。"中了维纳斯的毒":指艾丽绮犯下色情罪,丧失了贞洁。这个仙女的更为人熟知的名字是卡利斯托(Callisto)。据《变形记》卷二中的叙述,她遭到天后朱诺的忌妒,被变成了母熊,最后,朱庇特把她和她的儿子放在天上,成为大熊星座和小熊星座。诗中以狄安娜作为童女体现贞洁美德的第二个范例。

㊵ 意即幽魂们高声称颂那些品行上符合婚姻道德要求的贞洁的妻子和丈夫。牟米利亚诺认为"道德和婚姻"(Virtute e matrimonio)在这里可以看作是重言法(endiade):即"婚姻道德"(Virtù matrimoniale)。

㊶ "他们都一直在这样做":意即他们时而低声唱赞美诗,时而高声呼喊体现贞洁美德的范例,二者一直在交替进行。

"必须用这种疗法和这种食物才能使这个伤口最后愈合":"这种疗法",指在烈火中行走。"这种食物",指唱赞美诗和默想体现贞洁美德的范例作为规定的精神食物。"使这个伤口最后愈合":"这个伤口",指贪色罪,具体地指刻在但丁额上的、代表这种罪的 P 字母,因为彼埃特罗波诺的注释说:"在神秘主义者的用语中,罪经常被称为 vulnera(伤口);因此但丁把天使刻在他额上的 P 字母也叫作伤口。""最后愈合",意即完全愈合,收口,也就是说,使贪色罪消灭净尽。

第二十六章

当我们这样顺着平台外沿鱼贯而行时,善良的老师屡次对我说:"留神哪,让我的警告对你发生效力吧"[1];太阳正照在我的右肩上,它的光芒已经把整个西方的天空从蓝色变成白色[2];我的影子使火焰显得更赤热[3]。我瞥见许多幽魂一面行走,一面直在注意这一如此微细的迹象[4]。这是引起他们谈论我的原因;他们开始你对我、我对你说:"那个人好像不是虚幻的形体"[5];后来,其中的几个尽可能向我靠近,但一直注意不走出他们被火烧得着的范围[6]。

"啊,这位不是由于动作较慢,或许是由于恭敬而走在别人后面的人哪,请你回答我这在渴和火中燃烧[7]的人吧;你的回答不单单对我来说是必要的;因为这些人统统渴望你的回答,比印度人或埃塞俄比亚人渴望冷水还迫切。请告诉我们,你怎么会使自己成为一堵墙遮住太阳,就好像你还没进入死神的网中似的[8]。"其中的一个这样对我说[9]。我本来会立刻说明我的情况,假如我没把注意力放在当时出现的另一件新奇的事上;原来,正有一群人在火燃烧着的路当中向这一群人迎面走来[10],使我不由得凝视着他们。我看到那时来自双方的幽魂个个都匆忙迎上前去,互相接吻,而不停留,只满足于简短的问安[11];犹如蚂蚁在它们的褐色队伍中这个同那个碰头,或许为了探询它们的路和它们的运气一样⑫。

他们友好的会晤一结束,每个人在迈出第一步以前,都竭力用高于他人的声音呼喊,新来那群人喊:"所多玛和蛾摩拉"⑬,那另一群人喊:"帕西准钻进木制的母牛中,好让那头公牛来满足她的淫欲⑭。"之后,犹如灰鹤,一部分可能飞往黎菲山脉,一部分可能飞向沙漠,前者避烈日,后者避严寒⑮,同样,那群人走过去,这群人走过来⑯;他们都流着泪,重唱先前唱的歌,并高呼对他们最适合的范例⑰;那些曾恳求我回答的人们像原先那样重新挨近我,他们脸上都显露出准备注意听我回答的神情。

我两次看出了他们想要知道的事⑱,开始说:"啊,不论等到何时,反正准会获得和平境界⑲的幽魂们哪,我的肢体既非在我未成熟时,也非在我成熟时留在了人世,而是带着它的血液和关节同我一起来到了这里⑳。我由这里往上去,为的是不再盲目㉑;上界的一位圣女㉒为我求得恩泽,使得我能带着肉体来到你们的世界。但是,祝愿你们的最大的愿望㉓很快得到满足,使得那层充满爱的、圈子最广大的天㉔容纳你们成为你们的归宿,请告诉我你们是谁,在你们背后走开的那一群是什么人,使得我还可以写在纸上㉕。"

幽魂们听了以后,一个个的表情都无异于粗犷、村野的山里人进城时,眼花缭乱,惊奇得说不出话来的样子㉖;但是,惊奇在高贵的人心中迅速消失,他们解除了这种情感后,先前向我发问的那个人又开始说㉗:"为了死后灵魂得救,而把自己在我们的地区的经历珍藏于心的人哪,你有福了㉘!那一群不同我们一起走来的人,犯的是从前恺撒凯旋时,听到人们嘲讽地对他喊'王后'的那种罪㉙;所以,他们高呼'所多玛'离开我们而去,如同你听到的那样,自己责备自己,以羞愧帮助火烧㉚。我们的罪是在两性合二而一方面㉛;但是,因为我们没遵循人的法度,而像兽一样顺从性欲冲动㉜,我们和他们分离时,就高呼那个在制成兽形的木板片里像兽一般宣淫的女人的名字㉝来羞辱自己。现在你知道我们的行为和犯的是什么罪了;要是你或许还想知道我们每个人的名字,我可没时间说,也说不出来㉞。至于我的名字,我愿意满足你的愿望:我是圭多·圭尼采里,我已经在净罪,因为我在命终以前就及时忏悔了㉟。”

当我听到我的和比我优秀的其他曾写作温柔、优雅的爱情诗的诗人们的父亲㊱说出自己的名字时,我的心情就变得像那两个儿子在吕枯耳戈斯悲愤之际重新见到他们的母亲时一样,但我的感情并未表现到他们那样的程度㊲;我不再听、不再说什么,长时间凝视着他,沉浸在冥想中向前走去;由于火的缘故,我没向他走得更近。在饱看他后,我自己提出愿全心全意为他服务,还通过发誓促使人家相信。他对我说:“由于我听到你的那些话,你在我心中留下如此深刻、鲜明的印象,以至勒特河的水都去不掉它,也不能使它模糊㊳。但是,如果你的话刚才发誓说是真的,那你就告诉我,你在说话和注视我当中都表示爱我,是由于什么缘故吧。”我对他说:“您的温柔的诗,只要现代用俗语写诗之风㊴持续下去,就会使其手抄本仍然珍贵。”“啊,兄弟呀,我用手指给你的这位,”他指着前面的一个幽魂说,“是使用母语更佳的工匠,他超过一切写爱情诗和写散文传奇的作家㊵;让认为那个里摩日人㊶高于他的那些愚人,随口乱说吧。他们面向传言,而不面向真理,不先听艺术和理性的声音,就这样决定他们的看法㊷。许多前辈对待圭托内就是这样,他们口口相传,一直继续赞美他,直到真理由于多数人的正确评价战胜了这种赞誉㊸。好了,既然你有上帝恩赐的这样广大的特权,允许你到基督是修士们的院长的修道院去㊹,就请你为我念主祷文吧,只念我们在这个世界所需要的部分,在这里我们不再有犯罪的可能了㊺。"然后,或许是为让位给他附近的另一个幽魂,他就像鱼潜入水底一般没入火中㊻。

我稍微向前走近他指给我的那个幽魂说,我的愿望为他的名字准备好惬意的地方㊼。他乐意地开始说:"您的彬彬有礼的请求使我非常高兴,我不能、也不愿对您隐瞒自己。我是阿尔诺,我哭,我边走边歌唱;我懊悔地看到过去的荒唐,欣喜地看到我所盼望的欢乐在前面。现在我恳求您,看在那引导您到阶梯顶端的力量面上,在适当的时候想起我的痛苦吧㊽!"

> "Tan m'abellis vostre cortes deman,
>
> qu'ieu no me puese ni voill a vos cobrire.
>
> Ieu sui Arnaut,qui plor e van cantan;
>
> consiros vei la passada folor,
>
> e vei jausen lo joi qu'esper,denan.
>
> Ara vos prec,per aquella valor
>
> que vos guida al som de l'escalina,
>
> sovenha vos a temps de ma dolor!"

然后,他就隐藏在精炼他的火中。

注释:

① 意即你行走时要留神,希望我提的警告有效,使你不致被火烧

着或者摔下去。

② "太阳正照在我的右肩上"：这一细节说明那时天色已晚，夕阳西下，大约是下午四五点钟。但丁顺着平台外沿向西南偏南方向行走，太阳光几乎平射在他的右肩上。

三位诗人下午两点钟开始拾级而上，费了大约两个小时才登上第七层平台。斯塔提乌斯在这段时间详细解答了但丁的疑难问题。

"它的光芒已经把整个西方的天空从蓝色变成白色"：意谓斜阳的光辉使西方的蔚蓝的天空变成白色，天空的其余部分则仍然是蔚蓝色。这是通常的现象。

③ "火焰在日光照耀下，红色减退，变得发白，几乎看不见；但是，如若被什么影子遮盖，致使日光照不到它，它的颜色就变得更鲜明。"（兰道诺的注释）所以但丁在火焰旁边走过时，火焰就显得比以前赤热。

④ "直在注意这一如此微细的迹象"：托拉卡指出，火焰在影子下比在光照下更明亮，这是明显的事实；但是，在诗人的旅行中，它是第一次在这里出现；幽魂们若干年、若干世纪以来，一直"在火烧的路当中"行走以涤除他们的罪，也是第一次看到这一事实；因此，他们的谈话由于意料不到的原因而以独特的方式开始。牟米利亚诺指出，通过这一细节，但丁"变换了《地狱篇》和《炼狱篇》中幽魂们觉察但丁是活人的习惯方式：不再因为他'脚碰着什么，什么就动'，或者他呼吸，或者他把影子投射在地上，而是因为他使火焰显得更红。这一迹象并非作为旅行中的奇事孤立地存在，而是嵌入这层平台的介乎戏剧性和绘画性之间的场面中：'我的影子使火焰显得更赤热'这句话是火的主题最强的着色笔触之一，从第二十五章末尾一直到第二十七章都曲折地贯串着这一主题"。

⑤ "虚幻的形体"：原文是 corpo fittizio，指由空气形成的形体。

⑥ 这几个幽魂被好奇心所驱使，尽可能地走近但丁，但注意不走到火烧不着的地方，因为他们连片刻都不肯中断净罪的进程。

⑦ "在渴和火中燃烧"："渴"指焦渴般的求知欲，渴望知道但丁是否确是活人。"火"指净罪的火焰。

⑧ 意即你的身体怎么会挡住太阳，就好像你还活着似的。这句

346

话把死神比拟作猎人或渔人张网捕捉猎物或鱼；"网"强调死神抓住所有的人，谁都不可能逃脱的意象。

⑨ 我们从后面的诗句得知，这位向但丁发问的幽魂是诗人圭多·圭尼采里。

⑩ 在这层平台上的烈火中环山而行的犯贪色罪的幽魂们分成两队：和三位诗人一起向同一方向行走的是犯邪淫罪者，向他们迎面走来的是犯鸡奸罪者。"因为三位诗人已经按照炼狱中的常规向右转弯，从左向右行走，犯鸡奸罪者在平台上行走的方向与此相反，从右向左行走，或许这是为强调他们的罪行的违反自然性（innaturalità）。"（齐门兹的注释）

在地狱中，犯邪淫罪者在第二层被狂飙刮来刮去，受永远不得安息之苦。犯鸡奸罪者在第七层第三环受永远在火雨中行走之苦。在炼狱中，这两种罪人都作为犯贪色罪者在第七层平台上的烈火中行走以涤除各自的恶孽。

⑪ "互相接吻"："他们互相接吻是出于爱和纯洁的友情，他们这样做是为了忏悔荒淫无耻的接吻。"（兰迪诺的注释）在同一动作中，对以往的罪过的痛苦回忆就这样与现在的热烈欢快的友爱之情交织在一起。这种动作使人想起古时的基督教徒互相接吻问安的习俗（见《新约·罗马书》第十六章）。

⑫ "它们的褐色队伍"：指从蚁穴中来的和回蚁穴去的蚁队。

"或许为了探询它们的路和它们的运气"：意谓或许是为了探询它们路上的情况和它们觅食的运气如何。

温图里指出，这个明喻是从自然界观察而来的。但丁以前的诗人，如维吉尔在《埃涅阿斯纪》卷四中，奥维德在《变形记》卷七中，曾描写勤奋忙碌的蚁群。"但他们谁都未注意到但丁诗中确切说出的'互相接吻'的动作（ammusasi），这一动作是那样自然而且完全是蚂蚁们所特有的：这个动词被他适时地造出来，使得那些幽魂亲切地互相接吻的形象真切生动地呈现在我们面前。"

但丁不仅观察到并描写出这一动作，还力图凭借对这些昆虫的生活的直觉，说明动作的原因：它们有一种语言，或许怀着急切的心情打听路上的情况和觅食的运气好坏吧。

⑬ "所多玛和蛾摩拉"：是巴勒斯坦的两座古城，由于居民犯鸡奸

罪而为上帝用天火烧毁(见《旧约·创世记》第十八—十九章)。

新来的那群人是犯鸡奸罪的幽魂,所以他们呼喊这种罪受惩罚的事例,警告自己。

⑭ 据希腊神话传说,克里特岛的国王米诺斯的王后帕西淮对一头公牛产生了强烈的淫欲,她无法达到目的,就与能工巧匠代达罗斯商议。他用木料制造了一头母牛,上面盖上一张母牛皮,然后让王后钻进母牛肚里。那头公牛以为是真母牛,就与之交配,结果,王后怀了孕,生下了上半身是相貌凶恶的人、下半身是公牛的怪物米诺淘尔(参看《地狱篇》第十二章注③)。诗中把帕西淮的淫行作为放纵色欲不加控制的事例。这一群幽魂是贪色纵欲的人,所以他们呼喊这一事例,进行反省。

⑮ "黎菲山脉"(Le montagne Rife,拉丁文 Rhipaei 或 Rhiphaei):古代人认为这道山脉位于欧洲东北部,那里天气严寒,山顶积雪终年不消,但具体在什么地方则无法确定。这里泛指北方寒冷地区。

"沙漠"指利比亚沙漠,这里泛指南方温暖地区。

这个明喻中所说的并非自然界的事实,而纯粹是一种假设。勃朗(Blanc)在《关于〈神曲〉的一些晦涩和引起争论之处的语文学性质的解释》第二部分(《炼狱篇》)中,最早指出:"无人看出这个明喻根据的是件不可能的事。因为,这些鸟春天确实向北方移栖以躲避夏季的酷暑,秋天向南方移栖以躲避冬季的严寒,但它们受本能引导,无一例外地统统顺着同一条路飞去;这同一种鸟在同一时间一部分飞往冷地方,另一部分则飞往热地方,是不可能的。唯一可以为诗人辩解的说法是:但丁讲这些鸟飞往方向相反的地方,并非用直陈式现在时 volan,作为一件事实来讲,而是用虚拟式过去未完成时 volasser,作为一种假设(ipotesi)来讲:也就是说,假若这样分飞对它们来说是可能的话,它们就和那两队幽魂在这里分别朝不同的方向走去一样了。"

⑯ 指那队犯鸡奸罪的幽魂向左走,这队犯邪淫罪的幽魂如同三位诗人一样向右走。

⑰ "先前唱的歌":指他们原先唱的赞美诗。"对他们最适合的

范例":指针对他们各自的罪行的贞洁美德的范例。

⑱ "我两次看出了他们想要知道的事":"他们想要知道的事"指但丁是不是活人。但丁第一次看出他们想知道此事是在那队犯鸡奸罪的幽魂来到之前,因为当时有一个人以他们大家的名义向但丁提出了这个问题;现在但丁第二次看出他们这一愿望,因为他们脸上都显露出准备注意听他的回答的神情。

⑲ 意谓你们这些幽魂已经得救,迟早肯定会享天国之福。

⑳ "我的肢体既非在我未成熟时,也非在我成熟时留在了人世":这里以水果作为隐喻,来比拟人的年龄;"未成熟时"指年轻时,"成熟时"指年老时。诗句意谓:我既非在年轻时,也非在年老时死去,遗骸留在了人世。

"而是带着它的血液和关节同我一起来到了这里":"血液和关节"说明但丁的肉体是活人的肉体,幽魂的由空气形成的形体是没有血液和关节的。诗句意谓:我的肉体是同我的灵魂一起来到了这里。

㉑ "往上去":意谓往天上去。"盲目":这里指罪孽使心智迷糊,看不见真理之光。

㉒ "上界的一位圣女":指贝雅特丽齐。

㉓ "你们的最大的愿望":指享天国之福。

㉔ "那层充满爱的、圈子最广大的天":指净火天(即上帝所在的严格意义上的天国),一切超凡入圣的灵魂均在此与上帝在一起。《天国篇》第三十章中说这层天是"充满爱"的天。《筵席》第二篇第三章中说:"这是宇宙最高的大厦,其中包含着整个宇宙,没有任何事物在它之外。"

㉕ "我还可以写在纸上":诗中没有说明但丁为何要这样做。多数注释家认为,但丁要把这些幽魂的名字和情况笔之于书,向活人传播,使人们记住他们,为他们祈祷。彼埃特罗波诺提出另一种解释,认为但丁所以讲这话,是因为"他在那些幽魂面前,记得自己是上天选定在世人中间重新燃起对更健康、更幸福的生活之光的一位诗人"。格拉伯尔同意他的说法。

㉖ 温图里指出,"'粗犷'(rozzo)指言语和行为方面;'村野'(salvatico)指那种孤僻近乎野人般的姿态,使他看来好像是要躲避文明社会似的。"

在这些诗句中,但丁用山里人第一次进城时,面对着目不暇接的新奇事物显露的惊奇表情,比拟那些幽魂听了他那番话时,显露的惊奇表情。温图里指出,这个明喻仅限于表情方面,就内心而言,山里人初次进城时的惊奇是无知者的惊奇,由于对种种事物感到莫名其妙所致,那些幽魂听了但丁的话时的惊奇,则是由于赞赏所致,二者根本不同。

"诗人(指但丁)特别了解亚平宁山区的居民第一次来佛罗伦萨的情景:一见高耸的宫殿、文明的市民、非凡的美女,他看都看不饱;这些从未见过的事物使他目不暇接,惊讶不置。诗人在自己家乡曾多次见到山里人这种惊讶的神态。"(本维努托的注释)

㉗ "惊奇在高贵的人心中迅速消失":因为高贵的人能用理性控制自己的感情。与此相反,山里人的惊奇之情则持续很久。
"先前向我发问的那个人":指诗人圭多·圭尼采里。

㉘ 这是对但丁当面说的赞赏话。"为了死后灵魂得救":原文是per morir meglio(为了更美好的死),这里意译。"珍藏":原是imbarche(装上船),意谓把经历"放在心里,如同人把要带的东西放入船里一样。"(布蒂的注释)

㉙ 据公元一世纪历史家苏埃托尼乌斯(Suetonius)的《恺撒传》,恺撒由于少年时代与比提尼亚(Bithynia,在小亚细亚)王尼科墨得斯(Nicomedes)有同性爱关系,在一次公众集会上被一个名叫奥克塔维尤斯(Octavius)的人称为"王后";在他征服高卢的凯旋式上,兵士们利用在这种场合可以对统帅说嘲讽话的机会,唱道:"恺撒征服高卢人,尼科墨得斯征服恺撒;瞧!征服高卢人的恺撒现在凯旋,征服恺撒的尼科墨得斯不凯旋。"但丁诗中所说兵士在凯旋式上称恺撒为"王后",与苏埃托尼乌斯的说法不同。现在注释家们认为,但丁根据的不是苏埃托尼乌斯的记载,而是乌古乔内·达·比萨(Uguccione da Pisa)在他编纂的拉丁文《词源》(*Magnae derivationes*)中对triumphus(凯旋)一词的解释:"在这一天,任何人均可随意对凯旋者说他想说的任何话。"因此,当恺撒凯旋进城时,有人说:"给秃头国王和比提尼亚王后开城门吧!"这指的是已经秃顶的他曾跟比提尼亚国王同床睡觉。另一个人暗示同一秽行

说:"欢迎国王和王后!"

有些注释家认为,但丁只不过借用这个有关恺撒的传说来表明那一群幽魂犯的是鸡奸罪,并非肯定这是事实,因此他在《地狱篇》把恺撒放在"林勃"中,作为罗马帝国的奠基者和名传后世的伟大的灵魂之一。

③⓪ "以羞愧帮助火烧":意谓他们对自己的罪行感到羞愧,羞愧心增加了火焰的净罪效力,也就是说,羞愧心加强了悔罪之情,帮助他们涤除罪孽,与火焰的净罪力共同起作用。原文只用了三个词 aiutan l'arsura vergognando,言简意赅,显见但丁文笔的凝练。

③① "两性合二而一":原文 ermafrodito 来源于拉丁文 Hermaphroditus。赫尔玛芙罗狄特斯(Hermaphroditus)是希腊神话中天神的使者赫尔墨斯(Hermes)和爱神阿佛洛狄忒(Aphrodite)的儿子(他的名字是由父母的名字合成的)。他生来具有双亲的美貌,因而引起了居住在萨尔玛奇斯(Salmacis)泉水附近的一位仙女对他的爱恋;她试图得到他的爱情,一直没有成功。有一天,他正在泉水中洗澡,仙女乘机拥抱住他,并祈求众神让她永久同他结合在一起。众神答应了她的请求,他们俩的身子就合二而一了,但还保留着男女两性的特征(事见奥维德的《变形记》卷四)。这个人名后来由专有名词演变为普通名词,含义是"两性人"或"阴阳人"。但丁把它作形容词用,指异性之间所犯的性行为方面的罪。

③② "人的法度"(umana legge):指理性的法度。但丁在《筵席》第二篇第七章中说:"须要知道,事物的名称均应从其形式(forma)〔即本质〕的最高贵的部分来定;例如,人这个名称应从理性,而不应从感觉(senso),也不应从其他不及理性高贵的东西来定。因此,当我们说人活着时,我们应理解为他在运用理性,这是人类独特的生活,是他最高贵的部分的行动。所以,谁离开理性,只运用感觉部分,谁就不是作为人,而是作为兽生活。"

诗句的大意是:性行为对繁殖种族是必要的,但人具有天赋的理性,必须以理性控制情欲,不能像兽一样顺从生理上的性行为要求。这些幽魂在世时,在性方面不遵循理性的约束,而一味好色纵欲,乱搞男女关系,所以受烈火中行走之苦来消除这种罪孽。

㉝ "那个……女人的名字":指帕西淮(见注⑭)。

㉞ 意谓时间紧迫,因为已经是黄昏时分,再者,圭尼采里也不是所有的同伴都认识。

㉟ "圭多·圭尼采里":圭多·圭尼采里(Guido Guinizzelli)是十三世纪著名的诗人,出生在波伦亚,年份不详。他曾任法官,参加了城邦内部的政治斗争,站在以兰伯尔塔齐(Lambertaz-zi)家族为首的吉伯林党一边。1274 年以杰雷美伊(Geremei)家族为首的贵尔弗党掌权后,被放逐到蒙塞利切(Monselice),1276 年死在那里。他继承了普洛旺斯诗人和西西里诗人以及托斯卡那诗派的领袖圭托内的传统,开创了"温柔的新体"诗派。他的作品流传下来的很少,主题都是爱情。晚期普洛旺斯诗人把爱情看成是一种能使人道德高尚的感情。圭尼采里的最著名的雅歌《爱情总寄托在高贵的心中》发展了这种思想,以经院哲学的方式,通过种种比喻,说明爱情来源于高贵的心。高贵的心中潜在的爱情被女性之美激发出来,成为促使人向上的道德力量。这首雅歌可以说是"温柔的新体"诗派的纲领。他的十四行诗抒写自己对爱情的道德力量的感受,把所爱的女性塑造成下凡的天使,诗中带有宗教、神秘的色彩,对但丁的抒情诗影响很大。但丁在《新生》中的《爱情与高贵的心》(Amore e' l cor gentil)这首十四行诗里,称他为哲人(saggio),在《论俗语》第一卷第十五章中,称他为最伟大的圭多(maximus Guido),书中还引用了他另外两首雅歌。

诗句意谓我未到生命的最后一刻之前,就已及时忏悔了,所以如今已在这里净罪,否则,现在我一定还停留在炼狱外围呢。

㊱ 但丁这句充满景慕之情的话肯定圭多·圭尼采里是"温柔的新体"诗派的领袖。"温柔、优雅的爱情诗":指这一诗派的爱情诗,温柔(dolce)和优雅(leggiadro)这两个词说明其特点。
"比我优秀的其他曾写作温柔、优雅的爱情诗的诗人们":指的大概是圭多·卡瓦尔堪提和齐诺·达·皮斯托亚(Cino da Pistoia)。这话是但丁自谦之词。

㊲ 这一比喻中的故事来源于《忒拜战纪》第五卷:涅墨亚(Nemea)王

吕枯耳戈斯(Lycurgus)命令女奴许普西皮勒(Hypsipyle)看顾他的小儿子俄斐尔忒斯(Opheltes)。有一天,她抱着小王子坐在森林里。前往攻打忒拜的七将率领部队路过那里,焦渴难忍。她把小王子放在草地上,带他们到兰葵亚泉边去喝水,在她暂时离开后,小王子不幸被蛇咬死。吕枯耳戈斯悲愤交加,决定把许普西皮勒判处死刑。在即将行刑之际,她的两个儿子,托阿斯(Thoas)和欧纽斯(Euneus)来到了刑场,"他们一直冲入武装的部队中,二人流着泪急切地向他们的母亲扑过去,轮流把她紧紧地抱在自己怀里",终于救了她(参看第二十二章注㊸)。

"但我的感情并未表现到他们那样的程度":原文 ma non a tanto insurgo(但我并未达到那样的高度)措辞过于简约,意义不明确,这里根据注释意译。大意是:但我并没像那两个儿子冲入武装的部队中去拥抱他们的母亲那样,扑到烈火中去拥抱我们"温柔的新体"诗派诗人的父亲圭尼采里。

㊳ "由于我听到你的那些话":意即由于我听到你说,你是获得上帝的特殊恩泽带着肉体来游炼狱的。

"勒特河的水":勒特(Lethe)河是古代神话中冥界的河,意谓"忘川",因为灵魂喝了河水,就忘记生前一切。但丁想象勒特河在炼狱山顶的地上乐园里,灵魂喝了河水,就忘记生前的罪行,而非忘记一切。在这句话里,"勒特河的水"的作用应照古代神话所讲的来理解。

㊴ "您的温柔的诗":但丁对圭多·圭尼采里说话使用尊称"您",如同对其他敬重的人,法利那塔和勃鲁奈托·拉蒂尼一样。

"现代用俗语写诗之风":《新生》第二十五章中说:"最初出现这些俗语诗人距今并没有许多年。"

㊵ 圭多·圭尼采里听了但丁的话,好像由于谦虚,表示当不起那样的赞美似的,随即指给但丁另一个幽魂,称他"是使用母语更佳的工匠"。根据但丁的语言学观点,"母语"(parlar materno)是从母亲口里学来的话,与文言(Grammatica),即从学校和书本中学来的拉丁文相对立。圭尼采里指的幽魂是十二世纪后半叶著名的普洛旺斯诗人阿尔诺·丹尼埃尔(Arnaut

Daniel)。他"是使用母语更佳的工匠":"更佳的工匠"原文是miglior fabbro;意谓他使用普洛旺斯俗语写诗比圭尼采里自己使用意大利俗语写诗的艺术水平高。这位诗人出身贵族,诞生在佩里高尔(Périgord)郡的黎贝拉克(Ribérac)城堡中。生平事迹不详。曾在英王理查一世(狮心王)的宫廷中生活多年。似乎是诗人贝尔特朗·德·鲍恩(见《地狱篇》第二十八章注㉟)的朋友。他的文艺创作全盛时期在1180—1210年间。但丁在《论俗语》第二卷中赞美他,还在抒写自己对一位无情的女性之爱的所谓"石头诗"中模仿他。

"爱情诗"(Versi d'amore)这里指用普洛旺斯语、法语、意大利语写的抒情诗;"散文传奇"(prose di romanze)指用法语写的爱情和冒险故事。诗句意谓阿尔诺·丹尼埃尔高于一切普洛旺斯语作家和法语作家。

㊶ "那个里摩日人":指普洛旺斯诗人吉洛·德·波尔奈尔(Giraut de Bornelh)。他出生在佩里高尔郡埃克斯席德伊(Excideuil)镇附近,邻近里摩日郡(Limousin),因而被圭尼采里称为里摩日人。生于十二世纪中叶,大约死于1220年。当时享有盛名,被称为"行吟诗人们的大师"。他的诗风格比较平易。但丁对他评价很高。在《论俗语》中,把他作为写正义的代表作家,与写爱情的代表作家阿尔诺·丹尼埃尔、写战争的代表作家贝尔特朗·德·鲍恩并列。

㊷ 意谓他们听信传言,人云亦云,不问这位诗人的真正造诣如何;不先考虑艺术上的理由,不先运用理性判断,就贸然决定他们的看法。

㊸ "圭托内":托斯卡那诗派的领袖(详见第二十四章注㉑)。但丁在《论俗语》第一卷第十三章中指摘他使用地方性的俗语,在第二卷第六章中猛烈抨击那些"无知的追随者"赞美他和其他永不改变他们在用词和句法结构上的粗俗作风的人。

"一直继续赞美他":原文是 pur lui dando pregio。由于 pur 除了表示"持续"的意义,还具有"只,仅仅"的含义,有些注释家把这几句诗理解为:"他们口口相传,只赞美他,直到真理战胜了这种赞誉,表明许多诗人高于他",或者"他们口口相传,只赞美他,直到真理由于许多高于他的诗人声誉已经确定而战胜了对他的赞美"。

㊹ 意即允许你去天国,"天国是享受永恒幸福的灵魂们的隐修处,如同修道院是宗教家的隐修处一样";"如同修道院院长是修士们的父亲和主人一样,基督更是享受永恒幸福的灵魂们的父亲和主人。"(布蒂的注释)

㊺ 意即请为我在基督面前念主祷文,只念我们在炼狱中所需要的部分,省去"不叫我们遇见试探,救我们脱离凶恶",因为我们在炼狱中不可能再犯什么罪。

㊻ "或许是为让位给他附近的另一个幽魂":原文是 forse per dar luogo altrui secondo che presso avea。"secondo"在句中的意义不明确,因而注释家们对这句诗有几种不同的解释。译文采用的是格拉伯尔的解释。"他就像鱼潜入水底一般没入火中":但丁用鱼从水面潜入水底的动作比拟圭尼采里的灵魂没入火中的动作。正如牟米利亚诺所说,"这个比喻赋与那个灵魂在火中消失以一种魅力,使人一时忘掉苦刑的折磨。"

㊼ 但丁由于这个幽魂是诗人,所以用这句委婉动听的客气话询问他的名字。

㊽ 他用自己的母语普洛旺斯语回答。"我边走边歌唱":意即我一面走,一面唱赞美诗 Summae Deus clementiae。"过去的荒唐":原文是 la passada folor,指过去的罪恶生活;"folor"是行吟诗人的术语,指色情和色情诗。"我所盼望的欢乐":指天国永恒的欢乐。"阶梯顶端":指炼狱的阶梯顶端。"力量"(valor):指上帝。"在适当的时候想起我的痛苦吧!":言外之意要但丁为他祈祷。

窦维迪奥在《但丁新研究》卷一中说:"阿尔诺……悔恨他过去的荒唐,他的消失在我们心中留下某种温柔的、悲郁的韵味,使我们想起(第五章末尾)毕娅(Pia)的消失。"

第二十七章

　　太阳把最初的光线射到它的创造者流血的地方,伊贝罗河在高悬的天秤座下奔流,恒河的波浪被午时的日光晒热时,就是这里太阳那时所在的方位①;因此,上帝的喜悦的天使出现在我们面前时,白昼渐渐消逝②。他站在火焰外的岸上唱"Beati mundo corde!"③,声音远比我们凡人的声音嘹亮。"神圣的灵魂们,如果不先让火烧,就不能再往前走;进入火中吧,也不要不听那边的歌声。"④当我们走近他后,他对我们说。因此,我听到他的话时,变得如同被放进坑里的人一样⑤。我双手交叉着探身,去看那火,在想象中鲜明地浮现出先前看见过的被火烧的人体⑥。善良的向导们转身向着我;维吉尔对我说:"我的儿子啊,这里会有痛苦,但不会有死⑦。你记得,你记得⑧! 如果我甚至还引导你安全地骑上格吕翁,现在离上帝更近了,你想我要做什么呢⑨? 你要确信,如果你在火焰的中心待上整整一千年之久,也不会使你秃一根头发⑩。如果你或许认为我骗你,那你就去靠近火焰,用你的双手把你的衣服的边缘在火上试验一下。现在把一切畏惧抛掉,抛掉;转身向这里来:放心走进去吧!"

　　我违背良心,一直固执不动⑪。

　　他见我继续顽梗地站着不动,稍微有些心烦地说:"我的儿子啊,现在你瞧,贝雅特丽齐和你之间就隔着这道墙了⑫。"

正如皮剌摩斯临死时,听到提斯柏的名字,就张开眼皮看她,那时桑葚变成了红色,同样,我听到我心里经常涌出的那个名字时,我的顽梗态度从而软化,我就转身面向睿智的向导⑬;对此,他摇了摇头,说:"怎么!我们要待在这边吗?"然后,就像对一个用苹果哄得听了话的孩子似的,微微一笑⑭。

于是,他就在我前面置身于火中,并且请求斯塔提乌斯殿后,原先在很长的一段路上,我们一直被他隔开⑮。我一到火中,就真恨不得跳进溶化的玻璃中凉快一下,那里火的热度高得无法计量⑯。我的和蔼的父亲为了慰勉我,一面走,一面不断地讲贝雅特丽齐,说:"我好像已经看见她的眼睛了⑰。"

那边有歌声引导着我们;我们一直注意听着,就在登山的地方走出火焰⑱。"Venite,benedicti Patris mei",声音从那里的一片光芒中响出,这片光芒照得我目眩,不能看它⑲。"太阳将没,"声音补充说,"黄昏来临;你们不要停下来,而要趁西边天色还没有黑加快脚步⑳。"

磴道朝着那样的方向在岩石中间笔直地往上延伸,致使我截断那已经很低的太阳射向我前面的光线㉑。我们刚刚上了几磴台阶,我和我的两位圣哲就觉察到我们背后太阳已没,因为我的影子消失了。在地平线上寥阔的天穹完全变成一色,黑夜占领一切归它统治的领域以前,我们已经各自把一磴台阶作为自己的床㉒;因为这座山的性质使我们失去了再往上攀登的力量和愿望㉓。

如同一群在没吃饱以前曾矫捷大胆地在山顶上乱跑乱跳的山羊,当太阳很热时,在阴凉里安安静静地反刍,由牧人看守,他一直倚着牧杖站着,使它们得以休息;如同野外露宿的牧人在自己的安静的羊群旁边过夜看守着,防备野兽驱散它㉔。我们三人那时就是这样,我像山羊,他们像牧人,这边和那边都被很高的岩石屏蔽着。在那里只看得见一线天空,但我从那一线天空看见星辰比往常又大又明亮㉕。我这样反思、这样凝望着星辰,不觉进入睡梦中;睡梦常常使人在事情发生以前知道消息㉖。

我想,那是在似乎总燃着爱情的火焰的基西拉刚从东方照到这座山上的时辰㉗,我恍惚梦见一位又年轻又美丽的女性在原野中边走边采花,她唱着歌,说:"谁问我的名字,就让他知道我是利亚㉘。我边走,边向周围挥动美丽的双手给自己编一个花环。我在这里装饰自己,为了在镜中顾影自喜㉙;但我妹妹拉结却从不离开她的镜子,整天坐着㉚。她爱看她自己的美丽的眼睛,如同我爱用手装饰自己一样。静观使她满足,行动使我满足㉛。"

天边现出了鱼肚白,对此,还乡的游子途次距离家乡越近,就越欣喜㉜,四面的黑暗已因此消散,我的睡梦随之消失;所以,看见两位大师已经起来,我就起来了。"世人费尽苦心在那样多的枝柯上寻求的那种甜美的果子,今天将消除你的饥饿了㉝。"维吉尔对我说了这句这样的话;从来没有任何喜讯像这一样令人欢欣㉞。渴望到达上面的意愿就这样一个接着另一个涌上我心头,使得我后来每走一步都觉得好像生长羽毛飞升似的㉟。

当我们迅速走完整条磴道到达最高的一级台阶时,维吉尔眼睛凝视着我,说:"儿子啊,暂时的火和永恒的火你都已见过了㊱;你来到了我靠自身的能力不能再辨明道路的地方㊲;我已用智力、用技巧把你带到了这里㊳;现在你就以你的意愿为向导吧㊴;你已经走出陡路,走出狭路㊵。你看照在你额上的太阳㊶;你看这里的土地自生自长的嫩草、繁花和小树㊷。直到当初含着泪促使我来到你身边的那一双美丽的眼睛欣喜地来临㊸,你可以在这些花草树木中间坐着,也可以在其中走动㊹。不要再期待我说话、示意了㊺;你的意志已经自由、正直、健全㊻,不照其所欲而行就是错误;因此我给你加王冠和法冠宣告你为你自己的主宰㊼。"

注释:

① 本章开端叙述太阳将没时,一位天使出现在三位诗人前面。诗中以迂回曲折的方式表明这个时间:"太阳把最初的光线射到它的创造者流血的地方":指北半球的中心耶路撒冷是凌晨时分(6时前后)。"它的创造者":指耶稣基督,因为基督教说天地万物都是圣父、圣子、圣灵三位一体的上帝创造的(参看《地狱篇》第三章注③、④)。"流血的地方":指耶路撒冷,耶稣基督在那里受难,被钉死在十字架上。"最初的光线":指曙色。耶路撒冷凌晨,南半球的对跖地炼狱山就是傍晚时分,"太阳那时所在的方位":就是它贴近西方的地平线上。
诗中还以同样的方式表明北半球大陆极东方的印度(在耶路撒冷以东90度)和极西方的西班牙(在耶路撒冷以西90度)是什么时间。"恒河的波浪被午时的日光晒热":恒河是印度著名的河流,这里泛指印度。春分时节"太阳在白羊宫,是在东亚上空,所以恒河的水被'午时的日光晒热'。"(葛兰坚的注释)诗句说明印度那时是中午。
"伊贝罗河在高悬的天秤座下奔流":"伊贝罗(Ibero)河",今名埃布罗(Ebro)河,是西班牙北部的河流,这里泛指西班牙。天秤座在黄道带中与白羊座相对;春分时节太阳在白羊宫,因而天秤座也就与太阳相对;如果太阳中午在印度恒河上空,天秤座午夜就在西班牙伊贝罗河上空,也就是说,与印度相距180度的西班牙那时是午夜。

② 炼狱山其他各层平台都只有一位天使,唯独这层平台有两位:

一位在火焰这边，另一位在火焰那边。在火焰这边的是象征
纯洁美德（caotità）的天使，他负责守护这层平台。诗中除了
说他是"喜悦的"（lieto）外，关于他的外表只字未提。据彼埃
特罗波诺的解释，他面带喜悦的表情是因为他看见灵魂们到
达净罪进程的终点。

"白昼渐渐消逝"：时间是 4 月 12 日下午 6 点钟。

③ "火焰外的岸上"：指平台外沿上，三位诗人当时正沿着这条狭
路走去。

"Beati mundo corde!"：意即"清心的人有福了"。这是拉丁文
《圣经》《新约·马太福音》第五章中耶稣登山训众论福的话。
下句是"因为他们必得见上帝"。

④ "神圣的灵魂们"：指一切将从炼狱上升天国的灵魂。托拉卡
认为，天使以这种称呼来缓和他讲的话的严峻性："如果不先
让火烧，就不能再往前走；进入火中吧。"

《旧约·创世记》第三章中说，亚当和夏娃被赶出后，上帝"在
伊甸园的东边安设嘻嘞啪和四面转动发火焰的剑，要把守生
命树的道路"。早期神学家对《圣经》的注解把发火焰的剑说
成是一堵围绕伊甸园的火墙。但丁根据这种说法，想象炼狱
山上的地上乐园四周被火焰围绕。火焰既是犯贪色罪的灵魂
所受的刑罚，又是一切得救的灵魂须要经受的锻炼。《新约·
马太福音》第三章中施洗的约翰说："我是用水给你们施洗，
……但那在我以后来的（指耶稣），……他要用圣灵与火给你
们施洗。"这里的火焰就是火的洗礼，只有经过这一洗礼，人才
回到原来的清白状态。

"那边的歌声"：指站在火焰那边的另一位天使唱歌来引导进
入火中的灵魂们从火中走出，因此这位天使要三位诗人注意
听这歌声。

⑤ "变得如同被放进坑里的人一样"：对这句诗注释家们有两种
不同的解释：（1）惨白冰冷如同死尸一样。（2）面无人色如同
被判头朝下被活埋的刑罚者一样。

⑥ "我双手交叉着探身，去看那火"：原文是 In su le man com-
messe mi protesi, guardando il foco. 注释家们对这句诗中所说
的姿势有不同的理解。著名的但丁学家米迦勒·巴尔比

（Michele Barbi）的解释最为合理：但丁用十指交叉的双手把身子尽可能向后按着（以防被火烧着）。

"去看那火"："如同人看他所怕的东西似的。"（布蒂的注释）

"在想象中鲜明地浮现出先前看见过的被火烧的人体"：意即但丁从前在世上亲眼看到的受火刑的人被活活烧死的惨状鲜明地浮上他的脑海。

这些诗句描写但丁听到天使的话，身心两方面做出的反应，异常真实深刻，使得他当时的恐怖之情跃然纸上，因而被托玛塞奥誉为诗中最美妙的三韵句之一。

⑦ "善良的向导们"：指维吉尔和斯塔提乌斯。"这里会有痛苦，但不会有死"："这里"，指在炼狱中。"在这个境界中指定的种种刑罚，还有这火，都使人痛苦，但不致死。因为净罪的地方没有罚入地狱的事，而有消除污点、使人重获幸福生活的刑罚。"（兰迪诺的注释）

⑧ "你记得，你记得！"："为了证明自己的话的真实性和鼓励但丁，维吉尔提起自己使他摆脱的那样多的危险来；但他这样做时，只简单地说了一句'你记得，你记得！'，这话使人回忆起一切，而不明确指任何事物。"（格拉伯尔的注释）

⑨ "骑上格吕翁"：事见《地狱篇》第十七章。随后，维吉尔就单单举出此事，因为它是但丁的记忆中最可怕的危险之一。

"现在离上帝更近了，你想我要做什么呢？"：意谓我在地狱中连格吕翁都制服了，现在在距离上帝更近的炼狱中可随时获得上天的救助，你想我还不保证你安全穿过这火吗？

⑩ "火焰的中心"："中心"原文是 alvo（腹，子宫），这里作隐喻用。

"也不会使你秃一根头发"：耶稣对门徒说："你们要为我的名被众人恨恶。然而你们连一根头发也必不损坏"（见《新约·路加福音》第二十一章）；圣保罗乘船去意大利，途中遇到狂风大浪，众人多日没有吃饭。他劝他们吃，说："这是关乎你们救命的事。因为你们各人连一根头发也不至于损坏。"（见《新约·使徒行传》第二十七章）诗中大概袭用了《圣经》中的说法。

⑪ "我违背良心，一直固执不动"：意谓我的良心深信维吉尔的话

可靠,劝我听从,但是眼前的熊熊烈火的危险威力太大,使得我违背自己的良心,一直固执不动。"固执":原文是 duro(硬),这里是转义,指态度;"不动":原文是 fermo,指身体。

⑫ "这道墙":指火焰。意谓现在只有这火焰构成的墙把你和贝雅特丽齐隔开,你不越过这道墙,就见不到贝雅特丽齐。

⑬ 巴比伦城的青年皮剌摩斯(Pyramus)和少女提斯柏(Thisbe)彼此相爱,渴望结成婚姻,但双方父母反对,禁止他们俩来往。他们私下里约定夜晚出城,在亚述王尼诺(《地狱篇》第五章中所说的女王塞米拉密斯的丈夫)墓前的大桑树下相会。夜晚人静时,提斯柏先到了桑树下。忽然来了一只雌狮,吓得提斯柏急忙藏在一个土洞里,匆忙之中把外套丢在地上。雌狮刚吃了一头牛,来桑树附近的泉边喝水,看见这件衣服,就用带血的嘴把它扯烂,然后回到树林中去。皮剌摩斯来到时,看见野兽的足迹,又看见沾上鲜血的外套,吓得面无人色,料想提斯柏一定被野兽吃了,在绝望中痛不欲生,拔剑剌腹自杀,鲜血浸湿了桑树根,使"桑葚变成了红色"。提斯柏回来时,发现皮剌摩斯处于垂死状态,就放声大哭,喊道:"皮剌摩斯,是哪里飞来的横祸,把你一把从我手里夺走。皮剌摩斯,回答我呀!是你最亲爱的提斯柏叫你呢。你听啊,抬起头来吧!"皮剌摩斯听到提斯柏的名字,张开了沉重的眼皮,看了看她,又阖上了。提斯柏悲痛万分,决定跟他一道死,就用那把带血的剑自杀(见奥维德《变形记》卷四)。

"奥维德讲述的这个传说属于中世纪人最喜爱的故事之列,曾多次被意译和改写成一些拉丁语系的语言,广泛流行于民间。但丁把握故事的高潮时刻(一句话,一个名字的神奇的魅力):'皮剌摩斯,回答我呀!是你最亲爱的提斯柏叫你呢。'皮剌摩斯听到提斯柏的名字,张开了沉重的眼皮,看了看她,又阖上了,使用缩小技法再现这一故事的感动力。"(萨佩纽的注释)诗句的大意是:固执不动的但丁听到贝雅特丽齐的名字,疑惧顿时消失,立刻向维吉尔表示愿意进入火中,如同奄奄一息的皮剌摩斯听到提斯柏的名字,立刻张开了沉重的眼皮,看了看她一样。

⑭ "他摇了摇头":开玩笑地假装表示惊讶和不信之意。

"怎么！我们要待在这边吗？":这是他假装不明白但丁转身向他是表示被他最后的一句话说服了,而讲的善意的讽刺话;意谓我说了"贝雅特丽齐和你之间就隔着这道墙了"后,你还不是不想待在火焰这边了嘛!

"微微一笑":意即维吉尔随后就向但丁微微一笑,如同大人通常对一个用苹果哄得听了话的犟孩子,脸上露出慈祥的笑容一般。

⑮ "他就在我前面置身于火中":作为向导和榜样。

"请求斯塔提乌斯殿后":为的是,万一但丁被火烧痛而想后退,斯塔提乌斯好安慰他、鼓励他、阻止他。

"原先在很长的一段路上,我们一直被他隔开":意谓三位诗人自从顺着很长的石级从第六层平台攀登第七层平台一直到现在,都是维吉尔在前头,斯塔提乌斯在中间,但丁殿后,也就是说,斯塔提乌斯把维吉尔和但丁隔开。

⑯ "真恨不得跳进溶化的玻璃中凉快一下":溶化的玻璃"是最热的"(本维努托的注释),但和那"热度高得无法计量"的火相比,就像凉水一般。

⑰ 通过这一句话,"这位精明的老师在他的弟子心中唤起对所爱的女性的妩媚的明眸的记忆以及马上能再见她的有把握的希望,来增加他继续走这段很短而极痛苦的路的勇气。"(斯卡尔塔齐-万戴里的注释)

⑱ "那边有歌声引导着我们":因为三位诗人在火中行走,辨不清正确的方向。"在登山的地方走出火焰":他们遵照第一位天使的指示,一直全神贯注地听着歌声,得以在攀登山顶的磴道所在的地方从火中走出来。

⑲ "Venite,benedicti Patris mei":是拉丁文《圣经·新约·马太福音》第二十五章中耶稣在最后审判的日子将对得救的灵魂们说的话。意思是"你们这蒙我父赐福的,来吧",中文《圣经》句子全文是"可来承受那创世以来为你们所预备的国"。

"声音从那里的一片光芒中响出":意谓《圣经》中耶稣这句话的声音来自登山的地方的一片光芒中。这就是引导三位诗人在那里从火中走出的另一位天使的歌声。但丁在火中行走时,不知道歌声是谁发出的,从火中走出后,才觉察到歌声来自一片光芒中,并且听出唱的是耶稣的那句话,但那片光芒照得目眩,不能看它。它就是那位天使的光芒,他站在磴道口守卫着地上乐园。

⑳ 这位天使引用《圣经》中那句话请他们登山时,还敦促他们加快脚步,因为太阳没后,就不能攀登了。"但丁和他的同伴们进入火焰中时,离太阳没只差几分钟,他们从火焰中走出时,太阳还没有没,而且是一小会儿后才没;由此可见他们穿过火焰是在极短的时间完成的,这正是活人但丁对火焰的热所能忍受的限度。"(卡西尼-巴尔比的注释)

格拉伯尔指出,已经到达这样的境界,天使又做出这样美好的诺言,但丁觉得,再去说明额上最后的 P 字母结果如何,是多余的,它很可能被这位天使或者那另一位天使去掉了。译者认为,设想它是但丁穿过火焰时被烧掉的,也讲得通,因为这火焰根本是用来净罪的。

㉑ "朝着那样的方向":意谓朝着东方,也就是说,这条磴道是东西走向。"在岩石中间":指它开凿在岩石中。"笔直地往上延伸"意谓它笔直地通到山顶上的地上乐园(伊甸)。"致使我截断那已经很低的太阳射向我前面的光线":意谓由于磴道向东延伸,我由磴道登山时,我的身体把将没未没的太阳从西方的地平线上射来的光线截断,把影子投在我面前的石级上。

萨佩纽指出,因为当初但丁和维吉尔开始向炼狱山走去时,他们背部对着东方初升的太阳(见第三章),现在则背部对着西方,也就是说,他们盘旋而上,已经绕这座山半周了。

㉒ "完全变成一色":意即一片漆黑。"黑夜占领一切归它统治的领域":意即夜幕笼罩大地。"各自把一磴台阶作为自己的床":意即各自躺在一磴台阶上。

㉓ 意谓上帝为炼狱山订的法规不许日没后登山,这一法规使得我们既没有力量也没有心思继续攀登。

㉔ 正如《最佳注释》所说,这两个以牧人和山羊组成的明喻,第一个主要说明但丁当时的情况,把他比作吃饱后,由牧人看守,安静地休息、反刍的山羊,第二个主要说明维吉尔和斯塔提乌斯当时的情况,把他们比作牧人夜间在野外过夜守护自己的羊群。

㉕ "看见星辰比往常又大又明亮":因为夜间天空那样晴朗,他们又已经上到那样的高处。

英国但丁学家穆尔(E. Moore)指出,"我们读到这段,就到了第三天的末尾,也就是说,四月十二日星期二的末尾,诗人们现在已经到了炼狱本部的尽头。"

㉖ "反思":原文是 ruminando(反刍),继续上述明喻中山羊的意象,但这里是其引申义(心中反刍),意谓回想自己所见的种种事物和所克服的种种困难,吸收所获得种种知识和智慧。

"睡梦常常使人在事情发出以前知道消息":尤其是凌晨的梦常常预示即将发生的事(见《地狱篇》第二十六章和《炼狱篇》第九章)。

㉗ "我想,那是在似乎总燃着爱情的火焰的基西拉刚从东方照到这座山上的时辰":"基西拉"(Cytherea)是希腊伯罗奔尼撒半岛东南沿海的一个小岛。据说爱神维纳斯是从这个小岛附近的海浪泡沫中诞生的,岛上的人特别崇拜她,给她建造了庙宇,因此基西拉成为她的名号之一。由于天文学家用"维纳斯"(Venus)来指金星(太白星),但丁在这里就用"基西拉"来指金星(太白星)。金星早晨出现在东方时叫启明星,晚上出现在西方时叫长庚星。但丁诗中指的是启明星(他在第一章第14—15行曾说日出前不久金星出现在炼狱的地平线上);实际上,在1300年这个时节,金星晚上才出现。

"总燃着爱情的火焰":因为基西拉(维纳斯)是爱情。

这句诗表明但丁做梦大概是在天快明的时候。"我想":意谓但丁在睡梦中不能肯定具体的时辰。

㉘ 利亚(Lia,希伯来文含义是"疲劳的"):雅各的母舅拉班的大女儿,雅各的第一个妻子。神学家以她象征行动生活(vita attiva)。诗中把她写成美丽的女性,其实她并不美("眼睛没有神气"),只是生育力强(见《旧约·创世记》第二十九章和第三十章)。

㉙ "向周围挥动美丽的双手给自己编一个花环":意即用美丽的双手四处选折好花给自己编一个花环。

"美丽的双手意味着做出体现美德的行为,这些行为像各种花一样,给把它们采来戴在头上的人构成美誉和光荣之冠。"(布

蒂的注释)

“我在这里装饰自己”:意即我用这一个花环装饰自己。

“为了在镜中顾影自喜”:意谓“为了照镜子时对我自己感到满意;也就是说,当我在〔我的〕良心中检查和考虑我的德行如何时,〔因为〕良心是我们每个人的镜子”。(布蒂的注释)

㉚ 拉结(Rachele,希伯来含义是“小绵羊”):雅各的母舅拉班的小女儿,雅各的第二个妻子(参看《地狱篇》第四章注⑯),“生得美貌俊秀,但长久不孕”(见《旧约·创世记》第二十九章)。神学家以她象征冥想生活(vita contemplativa)。

“从不离开她的镜子”:“镜子”(miraglio)这里是其引申义“沉思”“冥想”;意即拉结一直在专心冥想,从不分心。

“整天坐着”:“整天”(tutto giorno)意即“经常”“不断”;“坐着”:意即“静坐冥想”。(本维努托的注释)

㉛ “她爱看她自己的美丽的眼睛”:但丁在《筵席》第四篇第二章中说:“进行哲学思考的心灵不仅思考真理,而且还对自己的思考本身以及其美进行思考。”这就是这句诗的寓意。

“静观使她满足,行动使我满足”:意即冥想生活使拉结感到满足,行动生活使利亚感到满足。萨佩纽指出,人通过行动生活的途径达到现世幸福的目的,通过冥想生活的途径达到享受天国永恒幸福的目的。前一种幸福就是实现人自身的能力,而以地上乐园为其象征;后一种幸福就是见到上帝的福,这是人自身没有神的光辉帮助力所不及的,它以天上乐园(天国)为其象征(见《帝制论》卷三第十六章)。在但丁的梦中,利亚和拉结分别预示他即将在地上乐园中遇到的两位女性的形象:一是玛苔尔达,她象征人通过爱他人和为善获得现世的幸福;二是贝雅特丽齐,她象征人通过认识启示的真理获得天国永恒的幸福。

㉜ “鱼肚白”:原文是 li splendori antelucani。antelucano 含义是“天亮前的”;splendore 据《筵席》第三篇第十四章中的释义,是反射的光。整个词组意即天亮前由东方天空反射出来的太阳光,相当于中文的“鱼肚白”。

“对此,还乡的游子途次距离家乡越近,就越欣喜”:意谓还乡的游子在途中距离家乡越近,就越急于到家,如果天黑被迫在旅店过夜,就盼望天明,早点儿上路,因此,一见天边现出了鱼肚白,就特别高兴。

㉝ "那种甜美的果子":这里是比喻,指世人渴望得到的"福",即《帝制论》卷三第十六章中所说的"以地上乐园为其象征的现世幸福"。

"在那样多的枝柯上":这里是与"果子"相连贯的比喻,意即"以各种不同的方式、方法"。

"世人费尽苦心……寻求的":这句诗中的思想来源于五六世纪间的罗马哲学家波埃提乌斯(Boethius)的《论哲学的安慰》第三卷中的话:"世人都为各种心事所苦,这些心事的由来固然不同,但都力图达到同一目的,即幸福的目的。""消除你的饥饿":继续上句的比喻,意谓使你的愿望完全得到满足。

㉞ "这句这样的话":意谓这句如此庄严的、意味深长的话。

"喜讯":原文 strenne 是 strenna 的复数,strenna 原义为新年的礼物;由于礼物可以说成为好运的征兆,词义就引申为预告(annunzio),预兆(augurio)。所以拉纳把 strenne 解释为 novelle(新闻,信息)。巴尔比认为这样解释就上下文来看比解释为 dono(礼物)还好。

㉟ "渴望到达上面的意愿就这样一个接着另一个涌上我心头":"上面"指炼狱山顶上。"一个接着另一个":意谓但丁心中原先就有迅速登上山顶的愿望,现在听了维吉尔这句话,受到很大的鼓舞,从而产生了新的、更强烈的登上山顶获得那种幸福的愿望。"羽毛":指翅膀,即力气。维吉尔曾对但丁说过,这座山越上越容易,最后的一段路将如顺水行舟一般轻松(见第四章和第十二章);现在果然如此,但丁觉得拾级而上就仿佛生了翅膀往上飞似的。

㊱ "暂时的火和永恒的火你都已见过了":意谓我已经引导你游过地狱和炼狱了。"火":这里指有罪的人死后在来世所受的刑罚。托马斯·阿奎那斯的《神学大全》补遗附录中说:"罚入地狱者的刑罚是永恒的,根据《新约·马太福音》第二十五章第四十六节所说,'这些人要往永刑里去'("刑"字拉丁文《圣经》作"火")。但炼狱的火是暂时的。"因此,诗中所说的"暂时的火"指炼狱的刑罚(它存在到最后审判日为止)。"永

恒的火"指地狱的刑罚。

㊲ "你来到了我靠自身的能力不能再辨明道路的地方":指但丁到达了地上乐园,在那里,象征理性和哲学的维吉尔不能再做他的向导,而必须由象征信仰和神学的贝雅特丽齐来代替(参看《地狱篇》第一章注㊲)。

㊳ "智力":原文是 ingegno,这里指由智力而来的办法;"技巧":原文是 arte,这里指将办法付诸实施的方式。

㊴ 意谓你灵魂已经纯洁,意志已经自由,能"从心所欲不逾矩",自动奔向至善。

㊵ 意谓"但丁现在已经达到精神自由的境界:'陡路和狭路'不仅要从物质意义上,还要、而且尤其要从精神意义上理解。"(雷吉奥的注释)

"在道德自由的境界中,美德不再是不断奋斗和艰苦努力的结果:在那里,'按照美德去生活非但不困难,而且是极大的乐趣'〔兰迪诺语〕。"(萨佩纽的注释)

㊶ 从字面上理解,意即但丁面向东站着,因而清晨的阳光射在他额上;寓意则是:太阳象征上帝的恩泽,现在对但丁来说是唯一的向导。

㊷ 这句诗是下一章地上乐园风景描写的前奏。"自生自长":意即"自然生长起来,不经过人工种植培育,如同奥维德所说(《变形记》卷一),在黄金时代那样;解释《圣经》的基督教神学家们也把最初的人在地上乐园中的生活理解为无任何劳动"。(萨佩纽的注释)

㊸ 意谓直到贝雅特丽齐来临为止。"当初含着泪促使我来到你身边":指贝雅特丽齐从天上来到"林勃",请求维吉尔前去拯救被母狼挡住去路的但丁:"她对我说了这番话以后,就把含泪的明眸转过去,使我来得更快。"(见《地狱篇》第二章)

"那一双美丽的眼睛":《地狱篇》第二章中维吉尔说:"她眼睛闪耀着比星星还明亮的光芒。"彼埃特罗波诺指出:"关于这位温柔的圣女,维吉尔首先看到的是她的美丽的眼睛:他思慕这一双眼睛,将对之永远怀念和向往。"

"欣喜地来临":意谓贝雅特丽齐现在将由于但丁已经得救而欣喜。格拉伯尔指出:"那一双先前因但丁迷失正路而含着泪的美丽的眼睛,现在将由于欣喜看到他得救而更加明亮。"

㊹ 意谓"你可以坐着,如同拉结一样,观赏它们的美;也可以走动,如同利亚一样,去采花"。(彼埃特罗波诺的注释)

㊺ "我说话、示意":意谓我通过言语或者各种示意动作所表达的劝告。(萨佩纽的注释)

㊻ "自由":意谓"摆脱了罪孽的束缚"。(布蒂的注释)
"虽然每人心中均有自由意志,但在肉欲对抗理性的人心中,这种自由就十分暗淡,好像欲望变成了暴君似的;然而在涤净了罪的人心中都有真正的意志自由,因为他的意志是正直的(retto),也就是说,它不偏离真理之路,而且是健全的(sano),因为它不为任何邪恶的贪心所压抑。这就是为什么这样的人的心不需要任何人领导。"(兰迪诺的注释)

㊼ "加王冠和法冠"(corono e mitrio):这里并没有任何政治意义,维吉尔只不过以此表示他这样宣告是郑重其事的。萨佩纽指出:"'加王冠和法冠'这一词组——有些早期注释家(《最佳注释》、布蒂、兰迪诺)曾理解为暗指世俗权力和宗教权力这两种权力——毋宁说是一种固定的程式,具有一般的含义。维吉尔实际上不能授予他人宗教权力,那是超出他的权限的;但丁自己也没有成熟到可以接受这种权力。"
"维吉尔讲话的简洁有力的结尾,其中有如此热烈的感情激动着——这是他的最后的话——庄严地结束了他作为向导和老师的崇高使命。"(格拉伯尔的注释)
牟米利亚诺指出:"维吉尔的意味深长的凝视伴随着他的庄严的告别词。他的讲话概括了他的使命并且圆满完成了这一人物形象的塑造。"

第二十八章

渴望探察这座繁密、欣欣向荣、使晨光变得不刺眼的圣林的内部和周围,我不再等待,就离开台地边沿,取路原野,在处处散发着香气的土地上慢慢走去[1]。一种自身无变化的、温柔的微风打在我额上,犹如通常和风掠面一样轻柔;因此,随风颤动的树枝都朝着这座圣山投下它最初的影子的方向温顺地倾斜[2];但并未过于偏离天然姿态,以至于使树梢上的小鸟停止施展它们的一切技能[3];相反,它们在树叶间唱歌,喜洋洋地迎接清早的时辰,树叶的沙沙声为它们的歌伴奏,这种沙沙声犹如埃俄洛斯释放出西洛可风时,基雅席海岸上的松林中枝柯与枝柯间形成的松涛一样[4]。

缓慢的脚步已经把我带入这座古老的森林那样深[5],我都望不见我是从什么地方进来的了,忽然瞥见一条小河挡住了我的去路,河中的细小的波浪使岸边生出的草向左倾斜[6]。这条小河虽然是在从来不让日光或月光射入的永恒的林荫下暗中流动,却清澈见底,和它相比,世上一切最纯净的水都会显得有些杂质。

我的脚步停下了,眼睛却越过小河去观赏彼岸万紫千红、美不胜收的花枝;正如某一令人惊奇得抛弃一切其他思想的事物突然出现一样,那里一位淑女独自出现在我眼前,一面

　　缓慢的脚步已经把我带入这座古老的森林那样
深,我都望不见我是从什么地方进来的了……

走,一面唱着歌采集一朵一朵的花儿,她的路全由花绘成⑦。我对她说:"啊,美丽的淑女,如果我可以相信通常是内心的明证的面容,你在感受爱的光辉的温暖⑧,恳请你劳步向前走得离这条小河那样近,使我能听懂你唱的什么。你令我想起普洛塞皮娜当母亲失去她、她失去春天时,她在什么样的地方,是什么样的容貌⑨。"

正如淑女跳舞转身时,脚掌贴地,互相靠拢,几乎不把一只脚放在另一只前面移动,她就那样转身在红的和黄的小花上向我走来,犹如一位含羞垂下眼睛的处女⑩;她使我的祈求得以满足,走得离我那样近,她的悦耳的歌声连同歌词含义一起传到我耳边。一来到嫩草被优美的小河的波浪浸湿的地方,她就惠然向我抬起她的眼睛⑪。我不信维纳斯被她儿子完全违反他的习惯刺伤时,她的眼睑下曾发出这样明亮的光芒⑫。她亭亭玉立在河的对岸上微笑着,用手编她采来的这高地上无种子而生的各种颜色的花。这条河使我们相隔只有三步远;然而薛西斯渡过的赫勒斯滂托斯海峡——至今还是约束世人一切狂妄行动的缰绳——由于在塞斯托斯和阿比多斯之间波涛汹涌而受到莱安德的憎恨,都不比这河水由于当时不分开而受到我的憎恨更深切⑬。她开始说:"你们是新来的,或许因为我在这被选定作人类的窠巢的地方微笑,你们感到惊奇,怀着一些疑问⑭。但是诗篇 Delectasti 发出的光会驱散你们心中的疑云⑮。这位在前头的、曾祈求我的人⑯,如果你还想听我讲什么别的,那你就说吧;因为我来是准备回答你每个问题的,直到你完全满意为止。"我说:"这水与森林的声音在我心里反驳我所相信的新近听到的一种与这一事实相反的说法⑰。"为此她说:"我要告诉你,令你惊奇的事如何由其自身的原因产生,我要驱散困扰你的迷雾⑱。

"那只有他自己使自己喜悦的至高之善把人创造成性善的和向善的,并且把这个地方给了他作为天国至福的保证⑲。由于他的过错,他留在这里时间很短⑳;由于他的过错,他把正当的欢笑和快活的娱乐换成了眼泪和劳苦㉑。为了使那随着太阳的热尽可能上升的、由水和地散发的气在下边引起的扰动不至于危害人,这座山向天空耸起那样高,它从锁着的地方起就不受那些扰动㉒。且说,因为整个大气层永远同原动天一起旋转,除非其旋转在某一部分被某种障碍打断,这种运动冲击这个完全高耸入纯净的空气中的山巅,使得这座森林由于茂密而发出响声㉓;受冲击的植物具有那样强大的力量,使得其生殖力浸透大气,大气在旋转中,随后就把种子向周围散布;那另一陆地根据其土壤性质和气候条件,从各种不同的种子的生殖力受精,生出各种不同的植物㉔。听了这番话,如果世上有什么植物在那儿扎了根而未经人播种,就没有什么可惊奇的了。你要知道,你所在的神圣的原野充满了一切植物的种子,还有世上摘不到的果子㉕。

"你所看到的水不像水量时增时减的河流那样,从水蒸气遇冷变成雨来补充水量的泉中涌出;而从水量不变的、也不枯竭的泉中涌出,这个泉的水分别向两边流去,它流出多少,就依照上帝的意旨重新得到多少㉖。向这边流的水有消除人罪行的记忆的功能;向那边流的水有恢复人一切善行的记忆的功能㉗。向这边流的水名叫勒特河㉘;向那边流的水名叫欧诺埃河,如果不先尝向这边流的水和向那边流的水,它就发生不了效力:这水的味道在一切其他的味道之上㉙。尽管你的求知的欲望可以说已经完全得到满足,即使我不再向你揭示什么,我还是要自动奉献给你一个补充说明;如果我的话超出我对你许诺的范围,我想你也会同样爱听。那些歌颂黄金时代及其幸福状况的古代诗人,或许曾在帕耳纳索斯山梦见这个地方㉚。在这里,人类的始祖曾是天真无邪的;在这里,四季常春,什么果实都有;这河水就是他们每人所说的仙露㉛。"

于是,我完全转过身去面向那两位诗人,看到他们听了这最后的一些话脸上带着笑容㉜;随后,我又转过脸来面向这位美丽的淑女㉝。

注释:

① 牟米利亚诺指出,三位诗人走完全部石级后,地上乐园(伊甸)当然就已呈现在他们眼前,然而但丁并没有讲,而是当攀登刚一结束,诗中就使维吉尔开始讲他的告别话。这样一来,乐园中的圣林之美刚刚隐约出现在维吉尔的话里,立即吸引住但丁的注意力,所以维吉尔的话一落,他就开始"在处处散发着香气的土地上慢慢走去"。

"圣林":是"上帝为人类创造的住处,具备一切美和乐事"(布蒂的注释)。"耶和华上帝在东方的伊甸立了一个园子,把所造的人安置在那里。耶和华上帝使各样的树从地里长出来,可以悦人的眼目,其上的果子好作食物。"(《旧约·创世记》)因为伊甸的森林是上帝的神力造的,所以但丁称之为圣林。

"读者在这以前并不知道山顶上有一座森林,更不知是'圣林',这个形容词足以造成一些悬念,直到后来才说明其存在的理由。"(辛格尔顿的注释)

地上乐园的圣林和《地狱篇》开端所说幽林在形象上和寓意上均截然相反:前者繁密、欣欣向荣,后者荒野、艰险、难行;前者象征纯真无邪的幸福状态,后者象征人陷入罪恶和谬误时的悲惨状态。

"内部和周围":"内部"一词使人感到圣林之深,"周围"一词使人感到圣林之大。

"我不再等待":意即不再等待维吉尔的指示,这是但丁重新获得意志自由的标志。

"慢慢走去":为了观赏各种美景。

② "自身无变化":指风的强度和方向永远不变。

"朝着这座圣山投下它最初的影子的方向温顺地倾斜":意谓这座圣山在日出时把影子投向西方;被微风吹动的树枝也都随风向西倾斜。

③ "它们的一切技能":本维努托、布蒂和兰迪尼都认为主要指小鸟们唱歌;有些注释家则认为,也指小鸟们从这一树枝飞到那一树枝以及在树上搭窝,因为这时正是春季。

④ "埃俄洛斯释放出西洛可风":指古代神话,埃俄洛斯(Aeolus)是风神,他把各种风关在一个山洞里,随意释放出其中任何一种。"西洛可"(Scilocco = Scirocco)是从撒哈拉沙漠越过地中海向意大利吹来的炎热的东南风。

"基雅席海岸上的松林":"基雅席"(Chiassi)东临亚得里亚海,是腊万纳古时的港口,沿着海岸有一座绵延好几公里的大松林。但丁在流亡中晚年寓居腊万纳,肯定多次到过这里,当东南风吹来,林中的松涛声想必给他留下了深刻的印象。他在诗中描写地上乐园的圣林时,记忆犹新,就用来作为比喻。诗句意谓这座圣林中随着微风颤动的树叶发出的沙沙声,犹如西洛可风吹来时,基雅席海岸上的松林中响起的松涛声一样。

应该附带一提的是:五个世纪后,英国诗人拜伦(1788—1824)在这座松林中写出"但丁的预言"一诗,译出《神曲·地狱篇》第五章有关弗兰齐斯嘉·达·里米尼的片段;他的杰作讽刺史诗《唐璜》中关于这座松林有这样美妙的诗句:

"黄昏的美妙的时光呵! 在拉瓦那(即腊万纳)
　那为松林荫蔽的寂静的岸沿,
参天的古木常青,它扎根之处
　曾被亚得里亚海的波涛漫淹,
直抵恺撒的古堡;苍翠的森林!"

(引自查良铮的译本第三章第一〇五节)

⑤ 但丁"由于赏心悦目而几乎没意识到自己在行走：不是他迈开脚步，而是脚步带动他，使得他不知道怎样就已经在圣林深处了"。(彼埃特罗波诺的注释)

⑥ 这条小河由南向北流去，但丁正由西向东走，在左岸(即西岸)被河水挡住了去路。因为小河向北流，河里的细小的波浪轻轻地拍打着河岸，使得岸边生出的草也都向北弯曲，对于左岸上的但丁来说是"向左倾斜"。

⑦ "淑女"：原文是 donna，译者觉得，在这里译成少女、女郎、圣女、仙女，都不恰当，但也想不出确切的译法，只好勉强译成淑女。

我们读到《炼狱篇》末尾才知道她的名字是玛苔尔达(Matelda)，她的职务是把灵魂们浸入勒特河水中，然后带他们去喝欧诺埃河的水，以完成他们净罪的过程。关于她的象征意义，注释家们有不同的说法：早期注释家和多数现代注释家认为，玛苔尔达如同但丁梦中所见的她的先驱者利亚一样，是行动生活的象征；萨佩纽则认为，与其说她象征行动生活，不如说她象征现世幸福，即亚当未犯罪前在伊甸园里处于天真无邪状态的幸福。但丁在《帝制论》中称之为现世幸福，认为人类有原罪以后，在现世生活中，如果行为上能遵循伦理的和心智的道德原则(secundum virtutes morales et intellectuales operando)，就能获得这种幸福。波斯科-雷吉奥的注释倾向于此说。辛格尔顿认为，玛苔尔达是人类居住在地上乐园中犯罪以前的情况的象征；如今她仍然居住在那里，作为实例来说明犯罪以前的人性是什么样子，假如当初没有犯罪，会继续是什么样子。

注释家们还提出玛苔尔达是否指某一同名的历史人物问题。一切早期注释家和许多现代注释家都认为，诗中的玛苔尔达就是著名的托斯卡那女伯爵玛蒂尔达(contessa Matilda di Toscana，1046—1115)，这位女伯爵在教皇格利高里七世与皇帝亨利四世争夺任命主教权的斗争中支持教皇。后来皇帝迫于形势，来到她的卡诺沙(Canossa)城堡中屈辱地向教皇请罪，历史上称为卡诺沙事件。她还将其托斯卡那领地作为遗产奉献给教皇。但丁一贯反对教皇掌握世俗权力，似乎不可能以地上乐园中的天人般的玛苔尔达来指这样一位女伯爵。

牟米利亚诺断言,玛苔尔达是想象的人物,而非历史人物。他认为,在《炼狱篇》末尾,但丁才借贝雅特丽齐之口说出她的名字来,这一事实就足以证明此点。假若她是历史人物,但丁就不会附带说出她的名字,而必然像对诗中其他主要的历史人物(维吉尔、卡托、斯塔提乌斯)一样加以强调。

正如波斯科-雷吉奥的注释所说,玛苔尔达这一人物形象充满了诗意的美,被诗人安置在地上乐园的梦幻空灵的妙景中显得十分协调,她似乎是自然生长在那里作为这种妙景的补充。克罗齐说,在玛苔尔达这一形式完美的人物身上,"青春、美、爱和微笑的魅力均浮现于每个意象中"。(见《但丁的诗》第四章《炼狱篇》)

"她的路全由花绘成":意谓她的路上繁花满地,仿佛画出来的一样。

⑧ "通常是内心的明证的面容":在《新生》第十五章的十四行诗第5行,但丁表达了同样的意思:"我的脸色显露我的心的颜色。"

"感受爱的光辉的温暖":这里"爱"指圣爱(amore divino)。格拉夫(A. Graf)在《但丁讲座》中说,当然指圣爱,然而不总是爱,它增加一切其他魅力的力量。

⑨ 普洛塞皮娜(Proserpina)是众神之王朱庇特和"地母"克瑞斯(Ceres)生的女儿。有一天,她正在西西里岛亨那(Henna)城外不远的林中游戏、采花,冥王普鲁托忽然出现,对她一见钟情,即刻把她抢走,从此她就成为冥界王后。奥维德在《变形记》卷五中描述了这一场面:

> "在亨那城外不远,有一个深邃的池塘,名叫佩尔古斯。池上天鹅的歌声比利比亚的卡宇斯特洛斯河上的天鹅的歌声还要嘹亮。池塘周围的高岗上有一片丛林,像一把伞似的遮挡住炽热的阳光。树叶发出沁人的清凉,湿润的土地上开着艳丽的花。这地方真是四季如春。普洛塞皮娜这时候正巧在林中游戏,采着紫罗兰和白百合,像个天真的姑娘那样一心一意地在把花朵装进花篮里,插在胸前,想要比同伴们采得多些,不想却被普鲁托瞥见了。

他一见钟情,就把她抢走,爱情原是很冒失的。姑娘吓坏了,悲哀地喊着母亲和同伴们,只是叫母亲的时候更多些。因为她把衣服的上身撕裂了,她所采的花纷纷落了出来,她真可以算是天真的姑娘,就在这样的关头,还直舍不得这些花呢。"(引自杨周翰的译本)

但丁在塑造玛苔尔达这一人物形象时,除了受"温柔的新体"诗派某些诗人的作品影响外,显然还从奥维德的描写中吸取了一些细节。

"当母亲失去她、她失去春天时":指冥王普鲁托把她抢走时。注释家们对"春天"(primavera)在这里的意义提出了不同的解释:布蒂认为,指"普鲁托把她抢走时,她正在那儿采花的草地和田野";拉纳认为,指"她所采集的花",当她被普鲁托突然抱住时,这些花从她的怀里纷纷落了出来。多数注释家同意这种解释。但是 primavera 在但丁以及十四世纪其他作家的作品中还有 floritura(开花及开花时节)的含义。因此,牟米利亚诺把"她失去春天"理解为"她失去百花盛开的土地,因为普鲁托把她带入冥界";萨佩纽理解为"她失去她在其中像天真的孩子般游戏的、百花盛开、四季如春的世界";雷吉奥则理解为"她失去那个地方存在的永恒的春天",这种解释更接近诗句的字面意义。

这三行诗的大意是:你令我想起普洛塞皮娜被冥王抢走时,她所在的亨那丛林风景多么绮丽,她的容貌多么美。言外之意就是,这位淑女所在的圣林风景和亨那丛林一样绮丽,她的容貌和普洛塞皮娜一样美。

⑩ "脚掌贴地":意即擦着地移动;"互相靠拢":意即两脚互相对合;"几乎不把一只脚放在另一只前面移动":意即小步向前移动。这是中世纪跳舞的方式。诗中用来作为明喻,贴切地说明玛苔尔达听到但丁的请求后,转身在红的和黄的小花上向他走来的姿态。这个明喻和第二个明喻"犹如一位含羞垂下眼睛的处女"加在一起,使得这位淑女端庄娇羞的神情和苗条轻盈的体态跃然纸上。"转身在红的和黄的小花上向我走来"形容她身子似乎轻得像踩不坏那些娇嫩的小花似的。

⑪ "她就惠然向我抬起她的眼睛":原文是 di levar li occhi suoi mi

378

fece dono。诗句的大意是:她向河边走来时,"犹如一位含羞垂下眼睛的处女",一到河边,就向但丁抬起她的眼睛,这是给予他的"最大的厚礼,最期望的恩惠"。(格拉伯尔的注释)

⑫ 意谓我不信爱神维纳斯爱上了美少年阿多尼斯(Adonis)时,她的眼睛发出的光芒,像玛苔尔达抬起头来望我时,眼睛发出的光芒那样明亮。这一神话故事情节来源于奥维德《变形记》卷十,其中写道:

> 阿多尼斯长大成人后,"比以前出脱得更加俊美了。甚至连维纳斯看见了也对他发生爱情,……原来维纳斯的儿子,背着弓箭,正在吻他母亲,无意之中他的箭头在母亲的胸上划了一道。女神受伤,就把孩子推到一边,但是伤痕比她想象的要深,最初她自己也不觉得。她见到这位凡世的美少年之后,便如着迷一样,……"(引自杨周翰译本)

"被她儿子完全违反他的习惯刺伤":凡中维纳斯的儿子小爱神箭伤者,必堕情网。小爱神惯于有意识地放箭射伤他所选定的目标;这次却不然,他"正在吻他母亲,无意之中他的箭头在母亲的胸上划了一道",也就是说,使母亲受箭伤"完全违反他的习惯"。

⑬ "薛西斯渡过的赫勒斯滂托斯海峡":赫勒斯滂托斯(Hellespontus)海峡即达达尼尔海峡。古代波斯国王薛西斯(Xerxes,前486—前465年在位)是个野心勃勃的君主,前480年,亲率海陆大军渡过赫勒斯滂托斯海峡远征希腊;但陆军攻入雅典时,居民都已事先撤离,海军则在海面狭窄的萨拉米湾几乎全被歼灭,薛西斯遭到惨败后,被迫重新渡过赫勒斯滂托斯海峡逃回亚洲。

"至今还是约束世人一切狂妄行动的缰绳":意谓薛西斯渡过赫勒斯滂托斯海峡远征希腊,遭到惨败,被迫重新渡过海峡,逃回亚洲,这一事实至今还是制止世人一切狂妄行动的鉴戒。

"在塞斯托斯和阿比多斯之间波涛汹涌":"塞斯托斯"(Sestos)在色雷斯,"阿比多斯"(Abydos)在小亚细亚,两城之间隔着赫勒斯滂托斯海峡最狭窄的部分。

"莱安德"(Leander):据古代神话传说,他是阿比多斯城的美少年,与塞斯托斯城维纳斯神庙的女祭司赫萝(Hero)相爱。他每天夜里都游过赫勒斯滂托斯海峡去同她幽会;但在一暴风雨之夜,波涛汹涌澎湃,他不幸溺死,赫萝因而痛不欲生,跳海身亡。奥维德《列女志》(*Heroides*)第十八—十九篇叙述这个故事,这大概是但丁诗中有关的典故的出处。

"这河水由于当时不分开":意谓勒特河挡住了但丁的去路,使得他无法走近站在对岸上的玛苔尔达,因而他痛恨这河水当时没像红海的水那样分开,使海成了干地,让逃出埃及的以色列人得以安全走过(参看第十八章注㉟)。诗中强调甚至莱安德对赫勒斯滂托斯海峡的痛恨都超不过但丁对这河水的痛恨。

⑭ 诗句的大意是:你们(指但丁、维吉尔和斯塔提乌斯)是新来地上乐园的。或许因为看到我在这个被上帝选定为人类居住的地方微笑,你们心里感到惊奇,怀有一些疑问。

从玛苔尔达的话看来,她大概认为,他们或许由于看到她在这令人想起亚当和夏娃犯罪招致人类堕落的地方微笑,而感到惊奇,显然是他们不知道她欣喜微笑的原因。

⑮ 她对他们说,诗篇 Delectasti 可以解释他们的疑问,使他们知道她欣喜微笑的原因。她所说的"诗篇"是拉丁文《圣经·旧约·诗篇》第九十一篇(中文《圣经·旧约·诗篇》第九十二篇),"Delectasti"(你叫我高兴)是这一诗篇第四行的第二个词。她认为其中的下列诗句足以说明她何以欣喜微笑:

> "因你,主啊,藉着你的作为叫我高兴,我要因你手的工作欢呼。主啊,你的工作何其大。"(引自中文《圣经》,译者根据英文《圣经》把引文中的"耶和华"改为"主"。)

由此可见玛苔尔达是由于观看伊甸园中上帝所创造的种种美妙的奇迹感到欣喜而微笑。辛格尔顿的注释解释得更为透彻:"我们不仅要知道,玛苔尔达对上帝亲手创造的这些奇迹感到喜悦和快乐,正如亚当在这里时一定曾感到的那样。玛苔尔达通过引用这一诗篇来告诉我们,她所感到的快乐是爱的快乐,她的歌(这首歌的歌词我们没有听到)是一首赞美创造这些事物的造物主的情歌。这样但丁立刻就明白,他初次瞥见这位淑女时,她正在爱慕。假定我们要问:什么叫'正在爱慕'？她既是独自一人在伊甸园里,她的爱的原因和对象是什么呢？现在由诗篇 Delectasti'驱散我们心中的疑云'来回答这个问题:正如诗篇作者一样,玛苔尔达是为上帝的创造物而欣喜,她的歌是一首赞美上帝的歌。"牟米利亚诺认为:"从她讲这话起,这位单独的美丽女性的形象开始变得苍白:诗的魅力消失了,继之而来的主题是阐述学理,这一主题占去了本章其余部分。引证诗篇 Delectasti 代替了直接表达幸福的情感,这种情感从这位单独的女性唱歌和编花的姿态中肯定已经更好地表露出来。"

⑯ 指但丁,他进入圣林中后,一直在维吉尔和斯塔提乌斯前头行走;他刚瞥见玛苔尔达唱歌和采花时,曾请求她走近些,使得他能听懂她唱的什么。

⑰ "我所相信的新近听到的一种与这一事实相反的说法":指但丁在第五层平台上听到斯塔提乌斯说,炼狱山门以上的地方无雨、雹、霜、露、电、雷等大气变化(参看第二十一章注⑮、⑯、⑰)。他相信这种说法,但是现在他看到了这河水,听到了森林树叶的沙沙声;他想,有河水必然有水源,有水源必然有雨、雪来提供、补充;这一事实和斯塔提乌斯的说法恰恰相反,因而他心里感到困惑。

⑱ "由其自身的原因产生":意谓由其特殊的原因产生,这种原因不是你所设想的那种原因。

"驱散困扰你的迷雾":这一比喻类似上面的比喻"驱散你们心中的疑云"。

⑲ "那只有他自己使自己喜悦的至高之善":"至高之善"(Lo sommo Ben)指上帝。"只有他自己使自己喜悦":意谓只有上帝自己使上帝感到喜悦,因为只有他自己是绝对完美无缺的。

"把人创造成性善的和向善的":意谓上帝把人创造成天性善良和趋向善行的。《旧约·传道书》第七章末句说:"……上帝造人原是正直。"

"把这个地方给了他作为天国至福的保证":意谓上帝把地上乐园(伊甸园)赐予人居住,以此来保证以后让他进入天国享受至福(la pace eterna)。

⑳ "由于他的过错":意谓由于亚当违背上帝的禁令,吃了夏娃摘

下来给他吃的分别善恶树上的果子（见《旧约·创世记》第三章）。

"他留在这里时间很短"：亚当在第八重天上亲口对但丁说,他在地上乐园中仅仅待了六个多小时（见《天国篇》第二十六章）。

㉑ "正当的欢笑和快活的娱乐"：泛指地上乐园的幸福生活。正如如今玛苔尔达一样,亚当和夏娃当初在那里过的曾是这种生活。

"眼泪和劳苦"：泛指他们被逐出地上乐园后,过的悲惨劳苦的生活。上帝对亚当说："你既听从妻子的话,吃了我所吩咐你不可吃的那树上的果子,地必为你的缘故受诅咒;你必终身劳苦,才能从地里得吃的。地必给你长出荆棘和蒺藜来,你也要吃田间的菜蔬。你必汗流满面才得糊口,直到你归了土,因为你是从土而出的;你本是尘土,仍要归于尘土。"（见《旧约·创世记》第三章）

诗中连用"由于他的过错",以此强调亚当咎由自取,应对失乐园负道德责任。

㉒ 诗句大意是：根据当时的气象学说,水和地散发出来的气随着太阳的热尽可能上升,在地上和炼狱外围引起扰动;水气引起的是雨、雪、雹等,地气引起的是风和地震。为了防止这些扰动危害在地上乐园中的人,上帝使炼狱山耸入云霄,从圣彼得门起就不受这些扰动的影响。

㉓ "且说"：原文是 Or = ora,表示话题转了。玛苔尔达上面的话只不过证实斯塔提乌斯的说法,现在她开始回答但丁提出的问题,说明不受大气扰动影响的地上乐园中所以有水和风的特殊原因。

关于有风的原因,她指出,大气层永远同原动天（Primum Mobile）一起环绕地球旋转,除非其旋转在某一部分被某种障碍打断,例如碰到山和树。这种旋转运动冲击耸入太空的炼狱山巅,使枝叶茂密的圣林沙沙作响,换句话说,使圣林发出响声的不是地气形成的风,而是大气层的旋转运动冲击炼狱山巅引起的风。

㉔ 玛苔尔达讲清了关于风的来源问题后,接着就说明地球上的

植物的来源,这并不是但丁提出的问题,但与大气层旋转冲击炼狱山巅引起的风有关。诗句的大意是:伊甸园中受大气层旋转运动冲击的各种植物有足够强大的力量,使其种子的生殖力浸透大气;大气在环绕地球旋转中,使这里的植物种子的生殖力降落到地球上各个地方;人类居住的北半球大陆(诗中所说的"另一陆地")根据土壤的性质和气候条件,从各种不同的种子生殖力受精,生出各种不同的植物。托马斯·阿奎那斯在《神学大全》第一卷中说,地球上一切植物原来都是上帝在伊甸园中创造的,从那里各种植物的种子散布到人类居住的大陆上。诗中根据这种说法。

㉕ "神圣的原野":指地上乐园(伊甸园)。"充满了一切植物的种子,还有世上摘不到的果子":《旧约·创世记》第三章中说:"耶和华上帝使各种的树从地里长出来,可以悦人的眼目,其上的果子好作为食物。园子当中又有生命树和分别善恶的树。"

㉖ 玛苔尔达现在说明地上乐园中有水的原因:她说,这水并不像一般河流那样来源于靠雨来补充水量的泉,而是来源于依照上帝的意旨水量永远不变、也永不枯竭的泉(在第三十三章中,但丁将亲眼看到此泉),从泉中涌出的水分为两股,向彼此相反的方向流去,成为两条同源的河。

㉗ "向这边流的水":即挡住但丁的去路的小河(名勒特河);当时但丁面向东方,这条小河从他左边流过来,也就是从北向南流;"向那边流的水":指从南向北流的河(名欧诺埃河)。

㉘ "勒特河":"勒特"(Lethe)即希腊文 λήθη,含义为"忘",勒特河意即"忘川",是古代神话中冥界的河,"鬼魂们喝了忘川的水就忘却了忧愁,永远忘却了一切。"(见《埃涅阿斯纪》卷六)所以但丁游地狱时,曾向维吉尔询问此河在何处,维吉尔回答说,"勒特河你以后会看到的,但它是在这深渊之外,在灵魂们通过忏悔解脱罪过后前去洗净自己的地方。"他所指的就是炼狱山顶上的地上乐园。由于哲理上和艺术上的原因,但丁把古代神话中这条冥界河改变成基督教《圣经》所说的伊甸园中的河流。不仅如此,他还把这条河水的功能仅仅限于使灵魂们饮后忘掉生前的一切罪行。

㉙ "欧诺埃河":欧诺埃(Eunoe)相当于希腊文 ε'υνους。这是但丁利用中世纪词典中提供的两个希腊字 ευ(好,善)和 νους(心,记忆)编造的河名,含义是记忆善行的河。诗句的大意是:如果不先喝勒特河的水然后再喝欧诺埃河的水,欧诺埃河的水就不能发生效力,因为"如果对自己的过失的记忆使人一直心情沉重,就不可能充分享受到对自己的善行记忆犹新之乐";"欧诺埃河的水味道之美超过任何其他的味道,因为人对善行的记忆感到的乐趣是忘掉罪过的乐趣所不能比的。"这是巴尔比提出的解释,格拉伯尔、萨佩纽、雷吉奥均同意此说。斯卡尔塔齐-万戴里的注释本的解释与此不同。这一注释本在"向那边流的水名叫欧诺埃河"这句诗后面不用逗号,而用分号;认为"发生不了效力"(non adopra)的主语不是欧诺埃河,而是本段首句中"你所看到的水",也就是勒特河和欧诺埃河两河的水;认为诗句的大意是:"如果不把两河的水都尝到,水就不能产生其真正的效果,这种效果就是使人得以完全配升天国;因为灵魂们为了升天国,不仅须要忏悔和涤净自己的罪过,还必须去掉对罪过的记忆(喝勒特河的水)和重新唤起心中对善行的记忆(喝欧诺埃河的水),才会专心向善,只习惯于为善";认为"这水的味道在一切其他的味道之上",指的不是欧诺埃河水的味道,而是勒特河和欧诺埃河两河的水的味道。这种解释为牟米利亚诺、彼埃特罗波诺、辛格尔顿所接受。但这种解释有两个弱点:(1)把"你所看到的水"作为"发生不了效力"的实际主语,在句法结构上,主语和谓语距离太远,不符合但丁诗中行文的习惯;(2)认为"这水的味道在一切其他的味道之上",指的不是欧诺埃河的水的味道,而是勒特河和欧诺埃河两河的水的味道,也不符合但丁自己的说法,因为诗人在第三十三章末尾只把欧诺埃河的水誉为"使我永远也喝不足的甘美的饮料"。

㉚ "那些歌颂黄金时代及其幸福状况的古代诗人":主要指奥维德,他在《变形记》卷一中描写了人类黄金时代的状况。"或许曾在帕耳纳索斯山梦见这个地方":帕耳纳索斯山是缪斯和阿波罗的神山,通常用来代表诗的灵感或者诗的创作本身。在中世纪,诗常被视为一种隐含真理的寓言。古代异教诗人

描写黄金时代时,在诗的意境中隐隐约约地反映出地上乐园中的状况。人类最初在那里的全部真实状况是《旧约·创世记》中的描述。古代异教诗人关于黄金时代的描写只不过是对基督教《圣经》中所说的伊甸园的预示而已。

㉛ "人类的始祖":原文是l'umana radice(人类的根),指亚当和夏娃,他们原是天真无邪的,后来因违背上帝的禁令吃了分别善恶树上的果子,才被逐出伊甸园。

"在这里,四季常春,什么果实都有":《变形记》卷一中也说,在黄金时代,"四季常春","土地不需耕种就生出了丰饶的五谷。""这河水就是他们每人所说的仙露":"他们每人",指古代那些歌颂黄金时代的异教诗人,尤其是奥维德,他在《变形记》卷一中说,"溪中流的是乳汁和甘美的仙露"。所谓"仙露"(nettare)即众神所饮的玉液琼浆。

㉜ "这最后的一些话":指玛苔尔达的补充说明。维吉尔和斯塔提乌斯听了她这些话,面上露出会心的微笑。

㉝ 希望知道一些其他的真理。

第二十九章

　　她刚一说完话,紧接着就如同充满了爱的淑女一般继续唱歌,唱道:"Beati quorum tecta sunt peccata①!"那时,她在河岸上逆着水流的方向走去,犹如那些在林荫中独自行走,有的愿见日光,有的愿避日光的仙女似的②;我迈小步伴随她的小步,和她并排走去③。她的脚步和我的脚步加在一起走得还没有一百步远,两边的河岸就拐了同样的弯,使得我又面向东方④。我们朝这个方向还没走多远,那位淑女就全身转过来面向着我,说:"我的兄弟,你看、你听!"瞧!一种突如其来的光闪过这座大森林的各个部分,这光那样强烈和突然,以至于使我疑心是闪电⑤。但是,由于闪电刚一闪现就停止,这光却持续存在,越来越亮,我心里就想道:"这是什么东西呀?"而且还有一种悦耳的旋律在明亮的空气中回荡;因此义愤使我责备夏娃,在天与地皆服从的地方,她作为女人和唯一的、刚被造成的女人,胆敢不忍受蒙着什么面纱⑥,倘若当初她温顺地忍受着,我早就享受到那些无法表达的快乐了,而且会享受更长的时间⑦。当我全神贯注地在这么多使我预先尝到永恒之福的新鲜事物中前进,并渴望更大的喜悦时⑧,在我们前面,绿树枝下的空气看起来像一片燃起的火光;那悦耳的声音现在听得出来是合唱的歌曲⑨。

啊,极神圣的处女们哪,如果我曾为你们忍受饥、寒和熬夜之苦,崇高的动机现在促使我向你们祈求报酬⑩。现在赫立康必须给我倾注泉水,乌拉尼娅必须和她的女伴们一起帮助我把难以想象的事物写成诗⑪。

我们再往前走了不远,一些事物由于和我们还隔着一段长的空间,而被误认为是七棵金树;但是,当我走得距离它们那样近,以致那欺骗感官的共同对象不会由于距离而失去其任何特点时,那为理性准备素材的能力就确知它们实在是七个大烛台,听出歌声中唱"和散那"⑫。那美好的一套器物上面放射着火焰的光,比望日午夜晴空的月色明亮得多⑬。我充满惊奇转身向着善良的维吉尔,他用惊奇不下于我的目光回答我⑭。于是,我又转过脸向着那些崇高的事物,它们正向我们慢慢地移动,慢得会被正去结婚的新娘超过⑮。那位淑女大声责备我道:"你为什么只贪看那些强烈的光芒,而不注意后面来的什么呀?"于是,我就看见一队身穿白衣的人像跟随他们的向导们似的在后跟着来了⑯。那样白的颜色世上从未有过。河水在我们左边闪闪发光⑰,如果我向它看,它就像镜子一般照出我左半边身子⑱。当我在这边的岸上走到和行进的仪式队伍只有这一水之隔的地方时,为了看得更清楚些,就停止了脚步⑲,只见那些火焰向前移动,犹如挥动着的画笔一般,给后面的空气涂上颜色⑳;致使那里的上空一直呈现七道条纹,全部是太阳做他的弓、德丽娅做她的腰带所用的那些颜色㉑。这些旗帜向后伸展得超出了我的视野㉒;据我的估计,最靠外面的那两道条纹相距有十步㉓。在这像我所描写的那样美丽的天穹下,有二十四位长老两个两个地并排走来,头上戴着百合花冠㉔。他们都唱:"你在亚当的女儿们中是有福的,愿你的美千秋万代受到祝福㉕!"

那些高贵的人从我对面的河岸上的花和嫩草中间走过去后,接着,四个活物就像一个星座接替一个星座在天空出现似的,在他们后面走来,每个头上都戴着绿叶冠㉖。它们各有六个翅膀;羽毛上充满了眼睛㉗;假若阿尔古斯活着,他的眼睛就会是这样㉘。读者呀,我不再浪费诗句描写它们的形状;因为其他方面的需要迫使我不能对此多费笔墨;你去读以西结的书吧,他描写它们说,他曾见它们和风、和云、和火一起从寒冷的地方来㉙;你在他的书中看到它们是什么样子,它们在这里就是什么样子,只是关于翅膀的数目,约翰书中所说的与我所看见的相合,而与他所说的不同㉚。

这四个活物当中的空间有一辆两轮凯旋车,套在一只格利丰的脖子上拉来㉛。他的两翼分别向上伸到正中的那一条光带和左边的三条光带之间及右边的三条光带之间的空间,把这些光带隔开而不触及、阻断任何一条㉜。这两翼一直伸展到望不见了的高度㉝;他的肢体鸟形的部分是金色的,其余的部分是白色带朱红色的㉞。不仅罗马未曾用这样豪华的凯旋车庆祝阿非利加努斯的或者奥古斯都的胜利,而且日神的车和它相比都会显得简陋㉟;后者走错路时,在大地的虔诚祈求下,被焚毁了,朱庇特执行了他的神秘的正义㊱。凯旋车的右轮旁边,三位仙女围成一圈儿舞蹈着而来,一位颜色那样红,她若在火中会难以辨认;另一位似乎她的肉和骨都是绿宝石做的;第三位颜色有如新降的雪㊲;看来她们似乎时而由白色的,时而由红色的领导跳舞;根据后者的歌声,其他的仙女们决定她们舞蹈的节奏快慢㊳。在凯旋车的左轮旁边,四位穿鲜红衣服的仙女按照其中的一位头上有三只眼睛者的舞蹈

　　……右轮旁边，三位仙女围成一圈儿舞蹈着而来，一位颜色那样红，她若在火中会难以辨认；另一位似乎她的肉和骨都是绿宝石做的；第三位颜色有如新降的雪……

节奏跳舞作乐㊿。在我所描写的这一队后面,我看到两位衣服不同,但态度同样端庄、严肃的老人㊵。一位显示出他是大自然为了其最珍贵的活物而生的最卓越的希波克拉底的门徒㊶;另一位显示出他的用心相反,手持一把明亮、锋利的宝剑,使我隔岸都望而生畏㊷。接着,我又看到四位其貌不扬的老人㊸;在所有的人后面走来一位孤独的老人,他正在睡梦中,脸上显露出睿智㊹。这七位老人穿的衣服和第一队相同,但他们头上戴的花冠不是用百合花,而是用玫瑰花和其他的红花编成的㊺;从稍远的地方望见他们的人会发誓说,他们的眉毛以上都真在冒火焰呢㊻。当凯旋车到达我对面时,只听一声雷响,那些高贵的人似乎被禁止再前进,就同先头的旗帜一齐停在那里㊼。

注释:

① "如同充满了爱的淑女一般继续唱歌":原文 Cantando come donna innamorata 显然是化用圭多·卡瓦尔堪提的诗《我在林中看到一牧女》(*In un boschetto trova' pasturella*)中的话:cantava come fosse' nnamorata(她仿佛充满了爱一般在唱歌)。但卡瓦尔堪提诗中的牧女的爱是世俗的男女之爱,玛苔尔达的爱则是圣洁的爱,即对上帝所怀的爱;诗句意谓她为这种爱所激动而唱歌。"Beati quorum tecta sunt peccata":引自拉丁文《圣经·旧约·诗篇》第三十一篇,相当于英文和中文《圣经·旧约·诗篇》第三十二篇,这句诗全文是"Beati quorum remissae sunt iniquitatis,et quorum tecta sunt peccata"(得赦免其过,遮盖其罪的,这人是有福的)。但丁把它压缩成"Beati quorum tecta sunt peccata"(得遮盖其罪的,这人是有福的),使之更像耶稣登山训众论福的话。"遮盖其罪"一语中的"遮盖"(tecta)意谓被上帝赦免。布蒂指出,这一诗篇引用得切合主题,因为作者就要渡过消除罪行记忆的勒特河去。

② “她在河岸上逆着水流的方向走去”：意即玛苔尔达顺着河岸向上游走去，也就是说，这时她向南走去，因为勒特河在这里向北流。

“犹如那些在林荫中独自行走，有的愿见日光，有的愿避日光的仙女似的”：但丁用古代神话中居于山林水泽的仙女（ninfe）比拟玛苔尔达，以表达她顺着河岸行走时，优美轻盈的姿态。

③ 意谓但丁迈着同样的小步，和她隔河并排行走。

④ “她的脚步和我的脚步加在一起走得还没有一百步远”：意谓我们各自走了还不到五十步。

“两边的河岸就拐了同样的弯”：意谓两边的河岸均以同样的角度拐了弯，看来是转成了直角，因为它使得顺着河岸行走的但丁“又面向东方”了：但丁进入地上乐园时，面向东方前进，后来被向北流的勒特河挡住了去路，接着，就和在对岸上的玛苔尔达隔河逆着水流的方向并排小步南行，走到了河岸急转弯的地方，于是被迫向左转，重新面向东方：这就是说，勒特河拐弯转成了直角。雷吉奥认为，这里肯定含有象征意义：“勒特河发源于东方（太阳是上帝的象征），在上述的急转弯后向北流，也就是流向人类居住的北半球，地狱的入口在那里，河水从而把世人的罪冲入地狱的深渊中去（参看《地狱篇》第十四章）：但丁向东方前进，也就是说，向着上帝启迪人心的恩泽（la Grazia divina illuminante）前进。”

⑤ 只是暂时疑心而已，因为斯塔提乌斯和玛苔尔达曾先后向但丁说明，炼狱本部和地上乐园都不受大气的干扰。

⑥ “义愤”原文是 buon zelo，指但丁对夏娃胆敢违背上帝的禁令，吃了分别善恶树上的果子，致使人类失去伊甸园的罪行产生的愤怒。

“天与地皆服从的地方”：意谓天地万物皆服从上帝的意旨的地方，指伊甸园。“她作为女人和唯一的、刚被造成的女人”：这句诗强调夏娃具有三种特性，这三种特性使她当初理应服从上帝的禁令：(1)她是女人，因而更不该自己做主；(2)她是唯一的女人，因而不会有好胜心，想超过别的女人，也不会受到别的女人胆大妄为的恶劣影响；(3)她是刚被造成的女人，因而是天真无邪的。"胆敢不忍受蒙着什么面纱"："面纱"
（velo）这里作为比喻来指无知状态（ignoranza）。当初蛇诱惑
夏娃违背上帝的禁令,劝她吃分别善恶树上的果子时说,上帝
不许你们吃,"因为上帝知道,你们吃的日子眼睛就明亮了,你
们便如上帝能知道善恶"。（见《旧约·创世记》第三章）"不
忍受蒙着什么面纱"：意即不肯停留在上帝规定的认识范围
之内。

托马斯·阿奎那斯在《神学大全》第二卷中说,夏娃的罪"比
男人（亚当）的罪更严重",因为夏娃率先犯罪,对人类的原罪
负有罪责。

⑦ "我早就享受到那些无法表达的快乐了"：意谓夏娃倘若温顺
地遵从上帝的意旨,人类就不至于有原罪,但丁和所有的人就
会自出生之日起享受伊甸园中的快乐,一直享受到最终升入
天国之时。

⑧ "这么多使我预先尝到永恒之福的新鲜事物"：指突然闪现的
光辉和在明亮的空气中回荡的悦耳的旋律;目睹耳闻地上乐
园中这些新鲜事物使但丁预体验到天国永恒之福。

"更大的喜悦"：指见到贝雅特丽齐。

⑨ "在我们前面"：指东方。

"绿树枝下的空气看起来像一片燃起的火光;那悦耳的声音现
在听得出来是合唱的歌曲"：大意是,当我们渐渐走近时,那片
突然闪现的光辉看起来像燃起来的烈火照得森林中的空气通
红;那种悦耳的旋律原来隐隐约约地传来,现在听出来是歌手
们合唱的歌曲。

⑩ "极神圣的处女们"：指九位文艺女神缪斯（Muse）。在第一章
开头,但丁向她们祈求帮助时,曾称呼她们为"神圣的缪斯"
（sante Muse）;现在须要动笔描写极神奇的事物,不得不再祈
求她们,在称呼她们时,使用"极神圣的"（saerosante）一词。

"为你们忍受饥、寒和熬夜之苦"：指但丁为热爱诗和献身于诗
歌创作而经受的种种苦,尤其指他在异乡流亡的艰苦生活中
创作《神曲》。

"崇高的动机现在促使我向你们祈求报酬"："崇高的动机",
指须要描写难以想象的神奇事物,原文是 cagion,根据萨佩纽

的注释意译。"报酬"(mercé),指对但丁为诗的创作所经受的
饥、寒和熬夜之苦的酬劳。

⑪ "赫立康"(Helicon):山名,在雅典以北的彼奥提亚(Boeotia),
据希腊神话,为九位缪斯所居,最高峰达 1748 米,有阿迦尼佩
(Aganippe)和希波克雷内(Hippocrene)二泉,泉水能使诗人产
生灵感。

"乌拉尼娅"(Urania):司天文的缪斯。但丁现在须要写有关
天上的事物,所以特别向她祈求帮助。"她的女伴们":原文是
coro(合唱队),指其他的缪斯。

"难以想象的事物":意谓这些事极为神奇,简直不可思议,更
不用说用文字来表达。

⑫ "共同对象"(obietto comune):即经院哲学家所谓 sensibile
commune,这一名词来源于亚里士多德的《论灵魂》第二卷。
雷吉奥的注释指出,亚里士多德在书中区分"独特感知对象"
(sensibili propri)和"共同感知对象"(sensibili comuni);前者
是单由一种感官感知的,例如光和色都是单由视觉感知的,这
种对象不会欺骗感官,例如眼见是光就是光;后者是由一些感
官共同感知的,运动、静止、数目、形状、大小均属于这一范畴,
例如运动是由视觉、触觉两种感觉器官感知的,这种对象会欺
骗感官,使之产生错觉。但丁在《筵席》第三篇第九章和第四
篇第八章中讲述了亚里士多德书中此说,并沿用了原来的名
称"共同感知对象",现在则简称为"共同对象"。

"那为理性准备素材的能力":指"认识外界事物真相,从而为
理性准备进行思考,也就是说,进行推理和判断的素材"的能
力(托玛塞奥的注释);经院哲学家称之为 vis estimativa 或 vis
cogitativa。(辛格尔顿的注释)

诗中使用经院哲学名词,结果成为一种文字障碍,致使诗句意
义不易理解。简单地说,大意就是:起初由于距离远,那些事
物的形状作为"共同〔感知〕对象"使但丁产生了错觉,误认为
那是七棵金树;当他走近时,看清楚了它们的形状,才知道那
实在是七个烛台。

"烛台"原文是 candelabri,含义是枝形大烛台(复数)。雷吉奥
认为,诗中指的究竟是可插许多枝蜡烛的枝形大烛台(cande-

labro)，还是只插一枝蜡烛的普通烛台（candeliere），还成问题。但丁由于距离远而把烛台误认为金树这一事实似乎说明诗中指的是枝形大烛台，但从诗中的描写和这些事物的象征意义看来，应该设想这七个烛台上面都各插着一枝蜡烛。但丁之所以使用带学术色彩的名词 candelabro（来源于拉丁文 candelabrum）代替普通的名词 candeliere，主要是由于描写伟大的景象在文体上的需要，尤其因为他发现 candelabrum 这个拉丁文名词出现在所有那些给他的想象力提供养料的《圣经》章节中。

注释家们认为，这七个烛台可以溯源于《圣经》中所说的在圣幕（古代犹太人的移动式神堂）前点着的七盏灯（见《旧约·出埃及记》第二十五章和《旧约·民数记》第八章）。但其直接出处则是《新约·启示录》第一章中圣约翰所说，他"既转过来，就看见七个金灯台，灯台中间，有一位好像人子〔指救主耶稣基督〕，……七灯台就是〔亚细亚的〕七个教会"，第四章中所说，他"见有一个宝座安置在天上，又有一位坐在宝座上，……又有七盏火灯在宝座前点着，这七灯就是上帝的七灵"。诗中所说的七个烛台即圣约翰所见的这七盏火灯，因而象征"上帝的七灵"，也就是《旧约·以赛亚书》第十一章中所说，由七种因素形成的上帝的灵（il settemplice spirito di Dio），此乃圣灵的七种恩赐（见注㉑）的来源。

"听出歌声中唱'和散那'"："和散那"（Hosanna）来源于希伯来文 hōshi' ah-nā，原是求救的呼声，后来成为称颂的话。《新约·马太福音》第二十一章中，耶稣骑驴进耶路撒冷时，"前行和后随的众人喊着说，和散那归于大卫的子孙，奉主名来的是应当称颂的。高高在上和散那。"托玛塞奥指出，"在诗人青年时代的一首雅歌中〔指《新生》第二十三章中抒写但丁病中梦见贝雅特丽齐死去的那首雅歌（canzone）〕，天使们唱和散那，送贝雅特丽齐的灵魂升天。"

⑬ "那美好的一套器物"（il bello arnese）：指"那套秩序井然的烛台"（布蒂的注释）。arnese（套）一词在早期意大利语作集体名词用，表示一切有共同的特点或形成一体的事物的整体。bello（美好）这里形容排列整齐。

"上面放射着火焰的光"："上面"(di sopra)被大多数注释家理解为烛台的顶端插蜡烛之处。但萨佩纽采用布蒂的注释："即在其上空，在空气中。"译者认为这种解释更确切，因为，正如格拉伯尔所说的那样，"在'上面'诗人不仅看到火焰，还看到火焰发出的光逐渐减弱，越远越柔和。"

但丁用"比望日午夜晴空的月色明亮得多"形容那七个烛台上面放射着的光，是很贴切的。安东奈里(Antonelli)指出，诗人"在两行诗中总括了月光最明亮的一般情况：'晴空'空气清新，连一片透明的薄云都没有；'午夜'距离清晨的曙色和黄昏的残照最遥远，漆黑的夜幕把月光衬得更明亮；'望日'……即月亮完全呈现所谓'望'的月相〔地球上看见圆形的月亮〕那天。"

诗人以最明亮、柔和的月光作为比喻，来说明"在从来不让日光或月光射入的永恒的林荫下"(见第二十八章第二段)闪耀着的那七个大烛台上的火焰的光辉，可谓恰到好处，倘若用日光代替月作为比喻，就会失之比拟不伦。

⑭ 但丁不明白这七个神奇的大烛台是怎么回事，就转过身去用惊奇的目光望着维吉尔，默示请他解释之意；但维吉尔已经来到他"靠自身的能力不能再辨明道路的地方"(见第二十七章末尾)，解答不了但丁的疑问，而用同样充满惊奇的目光回答他。

⑮ "那些崇高的事物"(l'alte cose)：指七个大烛台。多数注释家认为，但丁用形容词 alto 的转义"崇高的"作定语，因为它们是神奇的事物。但也有人按照 alto 的原义"高的"来理解这一词组，认为指的是七个大烛台上的火焰。

"慢得会被正去结婚的新娘超过"：因为她们"贞洁，在离开娘家时走得缓慢"(托坶塞奥的注释)。温图里在《但丁的比喻》中指出，"这个比喻很美，它以妙龄的新娘们在路上行走缓慢这一特点表示某种端庄、贞洁的姿态"。十四世纪后半的作家弗莱奇(Frezzi)在《四王国诗》(Quadriregio)模拟了这个比喻："犹如正去结婚的新娘在路上缓步而行，眼睛向下，满面含羞，一言不发。"

⑯ 即下文所说的二十四位长老，详见《新约·启示录》第四章。

他们跟在七个大烛台后面而来,"像跟随他们的向导们似的":七个大烛台"是上帝的七灵",诗句的寓义是:他们以上帝的七灵为向导。

⑰ "河水在我们左边闪闪发光":但丁和维吉尔、斯塔提乌斯三人顺着勒特河岸逆流朝东走去,和对岸上向他们迎面移动而来的七个大烛台相距越来越近了,烛台上的火焰照得他们左边的水面"闪闪发光"。

⑱ 波雷纳怀疑此句有寓义,因为但丁在河岸上看不到自己在水中的影子,除非探身去看,即使这样,他也只能看见自己的头部。雷吉奥认为,这"过分从现实出发理解诗中的意境,是这位极敏锐的学者的特点"。

⑲ 意谓但丁顺着河这岸向东走,以七个大烛台为前导的仪式队伍顺着对面的河岸向西走,当但丁走到恰好和仪式队伍隔河相望的地方,也就是相距最近的地方,就停下来,以便仔细观察。

⑳ "犹如挥动着的画笔一般":原文是 di tratti pennelli avean sembiante。早期注释家和许多现代注释家(斯卡尔塔齐-万戴里、彼埃特罗波诺、格拉伯尔、萨佩纽)都这样解释。美国但丁学家辛格尔顿指出,"这个比喻是贴切的。每个烛台上的火焰和烛台本身被恰当地比作画家的画笔,火焰相当于笔毫,烛台相当于笔杆。再者,由于这些烛台在向前移动,在其上空'画出'(dipinto)彩色的条纹,所以它们可以比作画笔蘸上颜料后,在一个平面(这里似乎是天花板)移动或者划过,每个在后面都留下一道有色的条纹。而且火焰在空气中移动时向后面倒,正如画笔在天花板上画时会向后弯曲一般。"

十六世纪注释家但尼埃罗(Daniello)则把 tratti pennelli 解释为"打着的旗子或(中世纪意大利城邦的)旌旗",因为 pennello 的另一意义是"三角旗",而且下文中有"这些旗帜"一语与此相呼应。这种解释也被许多现代注释家采用。译文根据前一种解释。

㉑ "那里的上空":指行进中的仪式队伍的上空。"七道条纹":指七个大烛台上的火焰在空中呈现的七条光带,象征来自"上帝的七灵"的所谓"圣灵的七种恩赐"(i sette doni dello Spirito

Santo)：智慧、聪明、谋略、能力、知识、虔诚、敬畏上帝（见《筵席》第四篇第二十章）。

"全部是太阳做他的弓、德丽娅做她的腰带所用的那些颜色"："太阳做他的弓"，指太阳在对面的天空造成的彩虹。"德丽娅做她的腰带"，指月亮在其周围造成的月晕；"德丽娅"（Delia）即月神狄安娜，由于诞生在爱琴海的提洛斯（Delos）岛上而有此别名，这里指月亮。

这句诗的意义不很明确。有些注释家理解为，每道条纹都有彩虹的七种颜色，有些注释家认为，如果是这样的话，这七道条纹的颜色就完全相同，却又象征七种不同的事物，这似乎不合乎情理，因此他们理解为，每道条纹各有彩虹的一种颜色，七道条纹合起来呈现彩虹的七种颜色，这样解释比较合乎逻辑。

㉒ "这些旗帜"：这里指上述的七道条纹或七条光带。"向后伸展得超出了我的视野"：意谓它们向后面的天空延伸得极远，我纵目去望都望不见其尽头；诗句的寓意是：圣灵的七种恩赐的益处无穷无尽。

㉓ 意谓最靠外面的两道条纹相隔十步，也就是说，七道发光的条纹合在一起形成的光束有十步宽。关于这句诗的寓意，早期注释家大多认为，"十步"象征上帝在西奈山上向摩西宣布的十诫（见《旧约·出埃及记》第二十章），遵守这十诫就使人获得圣灵的七种恩赐。

㉔ "天穹"（cielo）：指七条光带在天空形成的绚烂多彩的华盖。

"二十四位长老"：指上述那"一队身穿白衣的人"，他们的出处是《新约·启示录》第四章中的话："宝座的周围，又有二十四个座位，其上坐着二十四位长老，身穿白衣，头上戴着金冠冕。"

《新约·启示录》中这二十四位长老代表《旧约》中的十二族长和《新约》中的十二使徒。

圣杰罗姆（Jerome）在对其所译的拉丁文《圣经》所作的序言中，计算《旧约》全书共二十四卷：1.《创世记》，2.《出埃及记》，3.《利未记》，4.《民数记》，5.《申命记》，6.《约书亚记》，7.《士师记》，8.《撒母耳记》，9.《列王纪》，10.《以赛亚书》，

11.《耶利米书》,12.《以西结书》,13. 十二小先知书(算作一卷),14.《约伯记》,15.《诗篇》,16.《箴言》,17.《传道书》,18.《雅歌》,19.《但以理书》,20.《历代志》,21.《以斯拉记》和《尼希米记》(算作一卷),22.《以斯帖记》,23.《路得记》,24.《耶利米哀歌》)。他认为《新约·启示录》中的二十四位长老象征《旧约》全书二十四卷。但丁在诗中根据他的说法。

"头上戴着百合花冠"和"身穿白衣"象征《旧约》的教义和对未来的弥赛亚(耶稣基督)信仰的纯洁性。

㉕ 颂歌第一句"你在亚当的女儿们中是有福的"显然套用天使和以利沙白对马利亚所说的话:"你在妇女中是有福的"(见《新约·路加福音》第一章),但丁把"你在妇女中"改为"你在亚当的女儿们中",含义完全一样,而且十分恰当,因为二十四位长老是在伊甸乐园中唱这一赞歌的。他还在这句后面加上了一句对她的非凡的美表示赞颂和祝福的话。

关于歌中赞颂的女性是何人,注释家们有两种不同的说法:早期注释家布蒂认为她是马利亚,拉纳认为她是贝雅特丽齐。现代注释家们有的赞同前者的说法,有的赞同后者的说法;萨佩纽代表前者,认为"这首赞美救世主之母的颂歌放在这些人物的口中是恰当的,因为《旧约》充满对弥赛亚的信心十足的期待和预感"。牟米利亚诺代表后者,他说,这些人物"唱出'和散那'后,现在又对一位未知的人物唱这一神秘的颂歌。在这些诗句的描写中,最精彩之处是这一场面使人充满了悬念(sospensione),不知其结果如何。这种悬念感……为贝雅特丽齐的胜利降临庄严地做好准备,这一严肃的仪式队伍全是为了她而出动的"。

㉖ "那些高贵的人":指二十四位长老。

"四个活物":但丁在诗中告诉读者,出处是《旧约·以西结书》和《新约·启示录》。先知以西结在《旧约·以西结书》第一章中说,"我观看,见狂风从北方刮来,随着有一朵包括闪烁火的大云,……又从其中显出四个活物的形象来,他们的形状是这样:有人的形象。各有四个脸面,四个翅膀。"圣约翰在《新约·启示录》第四章中说,"宝座中和宝座周围有四个活物,前后遍体都长满了眼睛。第一个活物像狮子,第二个像牛

398

犊,第三个脸面像人,第四个像飞鹰。四活物各有六个翅膀,遍体内外充满了眼睛。"

这"四个活物"象征《新约》中的四福音书:第一个像狮子的象征《马可福音》,第二个像牛犊的象征《路加福音》,第三个脸面像人的象征《马太福音》,第四个像飞鹰的象征《约翰福音》。

"就像一个星座接替一个星座在天空出现似的":意谓二十四位长老过去后,接着就来了四个活物,如同恒星天环绕地球旋转,一个星座转过去后,就有一个星座转过来占它的位置一样。"这个比喻是恰当的,因为,正如夜间一颗星继一颗星之后在天空出现,照临世界,起初《旧约全书》的光芒在黑暗时代照临世界,后来在蒙恩〔指耶稣诞生后的〕时代,又有更大的光芒照临世界,这就是四福音书。"(本维努托的注释)

"在他们后面走来":因为《新约》四福音书比《旧约全书》(二十四位长老)年轻。

"每个头上都戴着绿叶冠":绿叶象征希望。诗句的寓意是:"福音书给被赎了原罪的人类带来拯救灵魂的希望。"(拉纳的注释)

㉗ "它们各有六个翅膀":六个翅膀是撒拉弗(最高级天使)所特有的(见《旧约·以赛亚书》第六章),神学家对之有不同的解释。根据拉纳、布蒂、佛罗伦萨无名氏的注释,诗句中"六个翅膀"的寓意是四福音书的传播向高度、广度和深度发展。

"羽毛上充满了眼睛":圣杰罗姆在拉丁文《圣经》的序中,把《新约·启示录》第四章所说的四个活物的翅膀上充满了眼睛,解释为他们知道过去和未来的事。但丁这句诗的寓意大概也是这样。

㉘ "阿尔古斯"(Argus):古代神话中的百眼人。众神之王朱庇特爱上了河神的女儿伊俄(Ino)。由于妻子朱诺忌妒,朱庇特把伊俄变成了一头白牛。朱诺仍不放心,就使阿尔古斯监视她。后来,朱庇特命令天神的使者墨丘利(Mercurius)用巧计杀死了他。他死后,朱诺取下他的眼珠,放在她的爱鸟孔雀的羽毛上(见《变形记》卷一)。

㉙ "从寒冷的地方":相当于《旧约·以西结书》中的"从北方"

（参看注㉖引文）。

㉚ 《旧约·以西结书》中说，四个活物各有四个翅膀，《新约·启示录》中则说，它们各有六个翅膀。雷吉奥认为，关于四个动物的翅膀的数目，但丁以《新约·启示录》的说法代替《旧约·以西结书》的说法，或许有什么用意，但我们无从知晓。

㉛ "这四个活物当中的空间有一辆两轮凯旋车"：意即这四个活物排成正方形的队，当中有一辆凯旋车。注释家们都认为这辆凯旋车象征教会；据多数注释家的解释，凯旋车的两轮，象征作为教会权威的根基的《旧约》和《新约》；但是，二十四位长老和四个活物已经分别被解释为《旧约》和四福音书的象征，现在又以此"两轮"象征《旧约》和《新约》，就嫌前后重叠了。此外，还有这"两轮"象征行动生活和冥想生活，或者象征智慧和爱，或者象征爱上帝和爱他人等说法。

"格利丰"（Grifone）：是狮身鹰头鹰翼的怪兽。注释家们都认为这只上半身鹰形、下半身狮子形的怪兽象征具有神性和人性的耶稣基督。西班牙塞维利亚主教伊西多尔（Isidor, 约560—636）在《词源》（Etymologiae o Origines）中形容格利丰为半鹰半狮子形，还把基督比作狮子和鹰。这可能是但丁诗中这只怪兽及其象征意义的直接出处。

"套在一只格利丰的脖子上拉来"：象征基督引导教会前进。

㉜ 大意是：这只格利丰拉着凯旋车，跟在七个大烛台和二十四位长老后面，沿着这个仪式队伍的中轴线，在上空的七条彩色光带正中的那一条下面前进；两个翅膀各自向上伸着，分别把这条光带和左边的三条以及右边的三条隔开而不触及、阻断任何一条（根据萨佩纽的解释，大概象征耶稣的教义与圣灵的智慧之间完全协调一致）。

㉝ "这无疑象征复活了的基督，他升了天，为我们的目力所不及。"（辛格尔顿的注释）

㉞ "他的肢体鸟形的部分是金色的"：意即他的鹰头鹰翼是金色的；"其余的部分是白色带朱红色的"：意即他的狮身是白色带朱红色的。注释家们认为鹰头鹰翼乃基督的神性部分，这部分是金色的，象征神性的完美，或者根据本维努托的解释，象征神性的不可损坏和永存不灭；狮身乃基督的人性部分，这部

分是白色带朱红色的,正如人的肌肤是白里透红的一样;本维努托则认为,白色表示他的人性纯洁,带朱红色是他受难流的血所致。

㉟ "阿非利加努斯"(Africanus):指罗马大将西庇阿(Publius Cornelius Scipio,前236—约前183)。公元前202年扎玛(Zama)之战,西庇阿最后战胜了迦太基大将汉尼拔,迦太基被迫求和,结果罗马成了西地中海的霸主。次年,他回到罗马,举行了凯旋式庆祝他的胜利,并获得"阿非利加努斯"(阿非利加的)这一称号。

"奥古斯都":罗马帝国第一位皇帝屋大维的尊号(见《地狱篇》第一章注㉒)。

"日神的车":(见《地狱篇》第十七章注㉒)这辆车异常豪华,"车轴是黄金打的,套杆是黄金打的,轮子也是黄金打的,一圈轮辐是银的。套圈上整整齐齐地嵌着翡翠和珠宝,日神一照,射出夺目的光彩。"(见《变形记》卷二)

㊱ 大意是:当日神之子法厄同驾着父亲的车在天空盲目驰行,致使大地上到处燃起熊熊烈火时,慈母般的大地惊慌失措,虔诚地祈求众神之父的朱庇特道:"如果海洋、陆地和天空都毁了,我们就回到原始的混沌状态了。挽救那些还没有烧掉的东西,考虑一下宇宙的安全吧!"于是,朱庇特执行了正义,用雷击死了法厄同,日神的车也被雷电烧坏,"他就这样用火克制了火"(见《变形记》卷二,参看《地狱篇》第十七章注㉒)。诗中所以谓之"神秘的正义",或许因为这里是以儿子遭雷殛惩罚其父之罪的缘故。再者这里大概是以朱庇特来指上帝,正如第六章中曾以朱庇特指耶稣基督一样,对于见解短浅的世人来说,上帝的正义永远是不可思议的。萨佩纽认为,这里可能还隐含着但丁希望上帝像用雷霆击中被法厄同驾驶走错了路的日神之车那样,用雷霆击中被其领导者引入歧途的教会之车的意思。这种推测可从但丁写给意大利的枢机主教们的信中的话加以证实:"你们居于战斗的教会〔指全体基督教徒〕首要的百人队队长的地位,玩忽了引导教会〔原文是上帝的新娘〕之车走耶稣基督〔原文是被钉死在十字架上者〕指示的道路的职责,你们离开了正路,与错误的驾驶者法厄同

无异。”

㊲ “右轮旁边”：是下手（位置较尊的一侧）。“三位仙女”：象征信、望、爱三超德，这三德是基督教的基础，各有象征其特性的颜色：象征信仰的仙女是白色的，象征希望的仙女是绿色的，象征爱的仙女是红色的。

“围成一圈儿舞蹈着而来”：这与其他的人物举止庄严肃穆形成鲜明对照，或许含有什么寓意，但难以确定。

㊳ 她们时而由象征“信德”的仙女，时而由象征“爱德”的仙女领导舞蹈，象征“望德”的仙女则随着她们一起舞蹈，因为希望是信仰和爱的结果，永不可能是原因。象征“信德”的和象征“望德”的仙女都根据象征“爱德”的仙女的歌声调整各自的舞蹈节奏，因为信、望、爱这三德“其中最大的是爱”（见《新约·哥林多前书》第十三章）。

㊴ “左轮旁边”：是下手（位置较卑的一侧）。“四位穿鲜红衣服的仙女”：象征义、勇、智、节四枢德（枢德意即行动生活中的基本道德）。她们都穿红衣，因为红色“象征爱德和爱的热情，任何人没有爱都不会有此四德”（兰迪诺的注释）；托马斯·阿奎那斯说：“没有爱德其他伦理道德是不可存在的。”

“按照其中的一位头上有三只眼睛者的舞蹈节奏跳舞作乐”：“有三只眼睛者”，指象征“智德”的仙女。她有三只眼睛，因为智德“要求对过去见到的事记得准确，对现在的事知道得清楚，对未来的事有预见”（见《筵席》第四篇第二十七章）。另外那三位仙女都按照她的舞蹈节奏跳舞，因为但丁在《筵席》第四篇第二十七章中说，智德乃一切“伦理道德〔即枢德〕的主导”。

㊵ 这两位老人象征《新约》中圣路加所著的《使徒行传》和圣保罗所写的《罗马书》《哥林多前书》《哥林多后书》《加拉太书》《以弗所书》《歌罗西书》等使徒书（epistole），而非如一些注释家所说，指圣路加和圣保罗自己。

㊶ 意谓圣路加所穿的衣服显示他是医生（圣保罗在《新约·歌罗西书》第四章中称他为“所亲爱的医生路加”）。

大自然的“最珍贵的活物”：指人类，因为人是万物之灵。为了保护人类的健康，大自然生下古希腊最著名的医学家希波克拉底（见《地狱篇》第四章注㊹）；他的门徒泛指古今一切医生。

㊷ 意谓圣保罗手持宝剑，显示他的用心与医生相反：医生诊治人身体的疾病，圣保罗则"拿着圣灵的宝剑，就是上帝的道"（见《新约·以弗所书》第六章）来刺中人的灵魂。有些注释家认为，圣保罗手持宝剑说明他是武士或军人。这种说法与事实不符，因为他从来不是武士或军人，而是制造和出售帐篷的商人。

㊸ "四位其貌不扬的老人"：象征《新约》中的《雅各书》《彼得书》《约翰书》《犹大书》。"其貌不扬"（in umile paruta）：因为此四使徒书篇幅短，在《新约》中是次要的。

㊹ 这位老人象征《启示录》。他是"孤独"的，因为《启示录》是一卷独特的书，与《新约》中其他各卷完全不同。"在所有的人后面走来"：因为《启示录》是《新约》最后一卷。"他正在睡梦中"：因为《启示录》中讲述的"必要快成的事"都是圣约翰在拔摩岛上"被圣灵感动"在梦幻中的灵见（visioni）。"脸上显露出睿智"：意谓脸上"表现出洞察力和智慧"（戴尔·隆格的注释），因为他象征一卷旨在预示未来的书。

㊺ "这七位老人穿的衣服和第一队相同"：意即他们也像那二十四位长老一样穿白衣服。白色象征信仰：《旧约》信仰未来的基督，《新约》信仰到来的基督，二者具有共同的信仰基础。
"但他们头上戴的花冠不是用百合花，而是用玫瑰花和其他的红花编成的"：红色象征爱。正如代表《旧约》的二十四位长老头戴白色的百合花象征对未来的基督的信仰，同样，这七位象征《新约》的老人头戴玫瑰花和其他的红花编成的花冠，说明"在预定的时候，在爱的律法〔指耶稣基督的教义〕中，实现了古时〔指《旧约》〕的诺言"（罗迦的解释）。另外一些注释家的解释是：这七位老人头戴玫瑰花和其他的红花编成的花冠，象征爱是基督教的基础。

㊻ 意即他们头上戴的花冠像火焰一般红，使得从稍远的地方（不像但丁那样从近处）望见他们的人都会发誓说，他们的头上都真在冒火苗呢。

㊼ "先头的旗帜"：指七个大烛台。

第 三 十 章

　　第一重天的北斗星从来不知没与升,除罪过外,从来不被别的雾遮住①;它在那里使每个人知道它的责任,如同较低的北斗星指引掌舵的人到达港口一般②;它停住了:那些在格利丰和它之间最先来到的体现真理的人,都转身向着凯旋车,仿佛向着他们达到的目标似的③;其中的一位似乎是天上派来的,连唱"Veni,sponsa,de Libano"三次,其余的人都跟着唱④。

　　正如一听到最后的召唤,圣徒们将立即从各自的墓穴中站起来,用刚才恢复的声音唱哈利路亚,同样,ad vocem tanti senis,一百位永恒生命的使者和信使就从那辆神圣的车上飞起来⑤。他们都说:"Benedictus qui venis!"一面向上、向周围散花,一面说:"啊,manibus date lilia plenis⑥!"

　　从前我曾看到,清晨时分,东方的天空完全是玫瑰色,天空其余的部分呈现一片明丽的蔚蓝色;太阳面上蒙着一层薄雾升起,光芒变得柔和,眼睛得以凝望它许久,同样,天使们手里向上散的花纷纷落到车里和车外,形成了一片彩云,彩云中一位圣女出现在我面前,戴着橄榄叶花冠,蒙着白面纱,披着绿斗篷,里面穿着烈火般的红色的长袍⑦。我的心已经这么久没在她面前敬畏得发抖,不能支持了,现在眼睛没认清楚她的容颜,通过来自她的神秘力量,就感觉到旧时爱情的强大作用⑧。

当我尚未超出童年时代以前,这种高贵的力量就曾刺穿我的心,这时它一击中我的眼睛,我就像小孩害怕或者感到为难时,怀着焦急期待的心情向妈妈跑去似的,转身向左,对维吉尔说⑨:"我浑身没有一滴血不颤抖:我知道这是旧时的火焰的征象⑩";但维吉尔已经走了,让我们见不着他了,维吉尔,最和蔼的父亲,维吉尔,我为了得救把自己交给了他⑪。我们的古代的母亲所失去的一切,都不足以阻止我那被露水洗净的两颊沾满泪水,重新变得模糊⑫。

"但丁,你为维吉尔已去,且不要哭,且不要哭;因为你须要为另一剑伤哭呢⑬。"

正如一位海军上将站在船头和船尾,视察在别的船上履行职责的人们,鼓励他们做好工作;同样,当我听见直呼我在此处必须记载的自己名字的声音,转身去看时,只见那位在天使们散花形成的彩云遮蔽下初次出现在我面前的圣女站在车上靠左的一边,把眼光投向河这边的我身上⑭。虽然从那戴着弥涅耳瓦树叶花冠的头上垂下的面纱不容看清楚她的容貌,她态度仍然像女王一般高傲,如同演说家把最激烈的话留到后面讲似的⑮,继续说:"你向这里看!我就是,我就是贝雅特丽齐。你怎么认为你配来到这山上?你不知道人在这里是幸福的吗⑯?"我把眼睛低垂到清澈的小河里,但我一瞥我的影子在水中,就把眼睛转移到草上,莫大的羞愧之情沉重地压在我头上;我觉得她对我无情,就如同儿子觉得母亲对他严厉一样,因为声色俱厉表现的慈爱是有苦味的⑰。

她沉默了;天使们立刻唱起:"In te, Domine, speravi;"但唱到 pedes meos 为止⑱。

正如意大利的脊背上活的木材间的积雪,被斯拉沃尼亚阵阵的风吹得冻结在一起,只要失去影子的地带的风吹来,就如同火熔化蜡烛一般,化为雪水,渗入自身内层滴下来;同样,在那些永远按照诸天运转的声音唱歌的天使唱歌以前,我一直没有泪和叹息;但是后来我一听出他们在那悦耳的音调中对我表示同情,好像说:"圣女呀,你为何这样挫伤他呢?"凝结在我的心周围的那层冰就化为叹息和泪水,从胸中憋闷吃力地冲口、夺眶而出⑲。

　　她继续站在车上靠上述的那一边不动,随即向那些慈悲的天使这样说:"你们在永恒的光中醒着,使得黑夜和睡梦不能从你们眼前偷去世人在其所行的路上迈出的任何一步⑳;所以,我的回答毋宁说是为了让在那边哭的那个人理解我,从而使他的痛苦和过错相当㉑。这个人不仅由于诸天体根据每人诞生时与诸天体会合的不同的星座把人引向特定目的的那种作用,而且还由于从我们的视力所不能接近的极高的云降下的深厚的神恩,在他的新生中蕴藏着那样的潜力,使得他的一切良好的志趣一经化为行动,就会产生非凡的成果㉒。但是播下不良的种子、不进行耕作的田地,土壤肥力越大,就会变得越坏、越荒芜㉓。有一段时间,我以我的容颜支持着他:让他看到我的青春的眼睛,指引他跟我去走正路㉔。当我一到人生第二时期的门槛,离开了人世,他就撇开我,倾心于别人㉕。我从肉体上升为精神,美与德在我均增加后,对他来说,就不如以前可贵、可喜了㉖;他把脚步转到不正确的路上,追求福的种种假象,这些假象决不完全遵守其任何诺言㉗。我曾求得灵感,通过这些灵感在梦中和以其他的方式唤他回头,均无效果:他对此无动于衷㉘!他堕落得那样深,一切拯

　　同样,天使们手里向上散的花纷纷落到车里和车
外,形成了一片彩云,彩云中一位圣女出现在我面前,
戴着橄榄叶花冠,蒙着白面纱,披着绿斗篷,里面穿着
烈火般的红色的长袍。

救他的办法都已不足,除非让他去看万劫不复的人群㉙。为此我去访问死者之门,哭着向引导他攀登到这里的那位提出了我的请求㉚。假若让他不付出流泪忏悔的代价,就渡过勒特河,尝到这样的饮料,那就破坏了上帝的崇高的谕旨㉛。"

注释:

① "第一重天的北斗星":指七个大烛台。"第一重天"即上帝所在的最高的净火天,从地球上往上数是第十重天。七个大烛台象征上帝的七灵和圣灵的七种恩赐,在这里被比作净火天的北斗星,这北斗星与地球上所见的北斗星不同,"从来不知没与升",意谓"圣灵的恩赐无始无终……也无变化"(布蒂的注释),而且"除罪过外,从来不被别的雾遮住",意谓"它不像我们上空的北斗星那样常常由于阴暗和云雾而见不到,除了被罪过蒙上眼睛,我们不会由于其他事物遮蔽而看不见它,因为只有罪过能使人见不到圣灵的恩赐"。(兰迪诺的注释)

② "较低的北斗星":指我们上空的北斗星,这一星座在恒星天,恒星天是从地球上往上数第八重天,在净火天之下,因而这一星座被称为"较低的北斗星"。
诗句的大意是:这七个大烛台在地上乐园中作为仪式队伍的领队使各个队员知道应该做什么,如同北斗星在天空给舵手指明方向,使他到达港口一样。

③ "体现真理的人":指象征《旧约》二十四卷的二十四位长老。他们体现真理,因为《旧约》是在上帝的启示下写成的,全书都是永恒的真理。"在格利丰和它之间最先来到":指在仪式队伍中,他们在格利丰前面和七个大烛台后面来到但丁对面的岸上。当七个大烛台停止前进时,他们"都转身向着凯旋车,仿佛向着他们达到的目标似的":"凯旋车"象征耶稣基督创建的教会。"仿佛向着他们达到的目标似的":因为《旧约》中所作所为,目的在于建立圣教会,基督是为了这一目的而来的"(布蒂的注释)。

④ "其中的一位似乎是天上派来的":指二十四位长老中象征所罗门的歌即《雅歌》的长老,他似乎是上帝从天上派来的。歌

词"Veni,sponsa,de Libano"见拉丁文《圣经·雅歌》第四章第八节,含义是"我的新妇,求你与我一同离开黎巴嫩"(中文《圣经》译文)。根据注释《圣经》的神学家们的解释,"新妇"象征教会。但丁诗中已用凯旋车象征教会,"新妇"在这里不可能再象征教会。许多注释家认为"新妇"在这里肯定指贝雅特丽齐,因为《筵席》第二篇第十四章、第三篇第十五章中说,《雅歌》中的"新妇"象征神学,而《神曲》又恰恰以贝雅特丽齐代表神学。

"连唱……三次":在《雅歌》中,"求你与我一同离开黎巴嫩"这句歌词接连出现两次。

"其余的人":指其余的二十三位长老。

⑤ "最后的召唤":指世界末日到来时,天使们将吹起号角,让一切世人的灵魂集合,去听候基督对他们的最后审判。那时每人的肉体都将与灵魂重新结合而得以复活,复活后,复归完美,苦和乐的感觉也随之增加,因而升天国的圣徒们复活后,将更感到福和乐(参看《地狱篇》第六章注㉒和注㉓)。

"用刚才恢复的声音唱哈利路亚":意谓圣徒们肉体与灵魂重新结合而复活后,将感到异常喜悦,因而用刚才恢复的肉体发音器官唱哈利路亚,歌颂上帝。

"ad vocem tanti senis":含义是"一听到这样一位高贵的老人的声音"。为了和下面两句拉丁文引文押韵,但丁用拉丁文写了这行诗。

"一百位永恒生命的使者和信使":即天使,他们执行上帝的命令,传达上帝的指示。"一百位"是不定数,意即一大群。

⑥ "Benedictus qui venis!":拉丁文《圣经》《新约·马太福音》第二十一章中耶稣骑驴进耶路撒冷时,众人欢迎他的话,中文《圣经》译文为"奉主命来的,是应当称颂的"(诗中引文省略 in nomine Domini〔奉主命〕)。

"manibus date lilia plenis!":《埃涅阿斯纪》卷六第 883 行诗句,含义为"给我满把的百合花〔洒出去〕吧!"这是埃涅阿斯的父亲安奇塞斯在冥界中赞美奥古斯都的外甥和女婿玛尔凯鲁斯(Marcllus)的话,但丁断章取义借用此句来表现天使们散花欢迎贝雅特丽齐降临的情景。

⑦ 这是全诗中最美妙的比喻之一。诗人用朝日在薄雾中升起的
景象来比拟贝雅特丽齐在天使们散花形成的彩云中出现的情
景,使得她的超凡入圣的高贵形象跃然纸上。

"白面纱""绿斗篷""烈火般的红色的长袍":象征信、望、爱三
超德。

"橄榄叶花冠":根据雷吉奥的解释,可能是和平的象征,但由
于橄榄树是智慧女神弥涅耳瓦(Minerva)的神树,它也可能象
征智慧(sapienza),或许后一种象征意义可能性较大,因为贝
雅特丽齐在诗中代表神学。

但丁在《新生》中叙述,贝雅特丽齐曾穿着红衣(书中第二章
第三节、第三十九章第一节)和白衣(第三章第一节)出现在
他面前;他曾在病中梦见她死,妇女们给她蒙上白面纱(第二
十三章第八节)。

⑧ "这么久":贝雅特丽齐于1290年去世,但丁游炼狱在1300
年,相隔十年之久。

"敬畏得发抖,不能支持":但丁在《新生》第二章第四节、第十
一章第三节、第十四章第四—五节、第二十四章第一节等处都
说,他见到贝雅特丽齐时感到这样。

"现在眼睛没认清楚她的容颜":她蒙着白面纱在万紫千红的
花朵形成的彩云中出现,但丁看不清楚她是贝雅特丽齐。

诗句大意是:我看不清楚她的容颜,由于来自她身上的一种神
秘的力量使我感觉到旧时爱情的伟大作用,而直觉地认出
是她。

⑨ "当我尚未超出童年时代以前":童年时代延续到十岁;但丁初
次见到贝雅特丽齐是在他九岁,她八岁时(见《新生》第二
章)。

"这种高贵的力量":指贝雅特丽齐的爱情的力量。

"一击中我的眼睛":原文为"Tosto che ne la vista mi percosse……"
雷吉奥解释说,percuotere在多次出现在但丁的诗中,它是爱
情诗,特别是"温柔的新体"诗派特有的辞藻,用来表现所爱的
女性的形象映入热恋中的诗人的眼帘对他所起的作用。

"我就像小孩害怕或者感到为难时,怀着焦急期待的心情向妈
妈跑去似的,转身向左,对维吉尔说":辛格尔顿指出,这时但

丁正面对着小河;维吉尔和斯塔提乌斯一直在后面跟着他,所以那时维吉尔正站在但丁左边。他认为,但丁在诗中常称维吉尔为父亲,现在却把他比作母亲,而此刻声色俱厉的贝雅特丽齐今后将时常被比作母亲。"母亲"一词可说是从第一位向导过渡到第二位向导的标志。

牟米利亚诺指出,但丁面对地上乐园中目不暇接的种种神奇景象,已经忘了维吉尔,现在一感到贝雅特丽齐的爱情的威力,就想起了他,因而按照向他求助的老习惯转身向他倾吐衷肠。

⑩ "我知道这是旧时的火焰的征象":这句诗原是迦太基女王狄多(见《地狱篇》第五章注⑮)对埃涅阿斯发生爱情后,对她妹妹安娜所说的话(《埃涅阿斯纪》卷四第二十三行),原文是 Adgnosco veteris vestigia flammae,但丁直译为 conosco i segni de l'antica flamma。"火焰":指爱情的火焰。这句诗意即狄多感到她对埃涅阿斯的新的爱情像她旧时对希凯斯的爱情那样热烈。但丁引用此句来说明他心中感到旧时对贝雅特丽齐的爱情的火焰复燃。

许多注释家认为,但丁在这一章中引用了维吉尔的诗句两次,是他对即将一去不复返的老师和向导表示崇高的敬意和无限惜别之情。

⑪ "但维吉尔已经走了,让我们见不着他了":"我们"指但丁和斯塔提乌斯(辛格尔顿认为也包括贝雅特丽齐在内)。"维吉尔是突然出现(见《地狱篇》第一章)和突然离开的,如同卡托一样(见《炼狱篇》第一章):他悄悄地、未被察觉地离开,在读者心中留下短暂的、神秘的印象。在这里也显示出伟大诗人的天才:倘若描写他如何离开,就会使其失去一切效果,把它推入理性的和散文的领域中去。"(牟米利亚诺的注释)

"维吉尔,我为了得救把自己交给了他":意即但丁把维吉尔作为艰难的旅途的向导而完全依靠他。雷吉奥指出,但丁在这个三韵句中,每行开头都重复维吉尔的名字,中间一行使用热情洋溢的词语"最和蔼的父亲"(dolcissimo patre),最后一行确认自己完全信赖、依靠这位老师的和蔼的引导,这些,一方面就如同萨佩纽所说,把早期注释家们强调的寓意("理性"让

位于"神学")化为极富有人情味的场面,另一方面还重新证
实他一贯把维吉尔的形象放在充满热情的氛围中。

⑫ "我们的古代的母亲":指夏娃。"所失去的一切":指地上乐
园的一切美景。"我那被露水洗净的两颊":指维吉尔用露水
把但丁在地狱中沾满烟尘的面颊洗净(见第一章末尾)。

诗句意谓:但丁为亲爱的老师一去不复返悲怆万分,地上乐园
中美不胜收的景物都不足以阻止他泪流满面。

⑬ "且不要哭,且不要哭":原文是 non pianger anco, non piangere
ancora,意谓"不要急忙为这件事哭:有别的事等着你哭呢"。
(齐萨里〔Cesari〕的解释)

"为另一剑伤":原文是 per altra spada,意谓"为被另一种武器
所伤,这另一种武器就是贝雅特丽齐即将对但丁说出的无情
的责备话,这些话将把他的心刺得更痛"(斯卡尔塔齐-万戴
里的注释);或者说:"为更大的痛苦;也就是说,为你(指但
丁)的过错感到的羞愧"(萨佩纽的注释);这两种解释都讲
得通。

⑭ 萨佩纽指出,"海军上将"这一形象化的比喻强调说明贝雅特
丽齐这个人物所具有的崇高的权威和严肃关切的态度这一特
征,她在这里同时是听忏悔的神甫、法官和教师。

牟米利亚诺指出,除了"海军上将"这一形象化的比喻以外,整
个复合句"只见那位……圣女站在车上靠左的一边,把眼光投
向河这边的我身上"都描写贝雅特丽齐的威严的女王气概。

"我在此处必须记载的自己名字":《神曲》中只有此处记载着
但丁的名字;在别处,即使有人问他的名字,他都不说。因为
他在《新生》第一章第二节中写道:"除非有必要,修辞学家不
许人讲自己。"他在此处有何必要写出自己的名字呢?根据
《最佳注释》,贝雅特丽齐在此处由于两个原因必须对但丁直
呼其名:一是因为要明确指出她向众人所讲的话是对其中何
人说的;二是因为通常对人表示好感时,如果直呼其名,所说
的话就显得更温柔,同样,在斥责人时,对受斥责者直呼其名,
斥责的话就显得更尖锐。总之,此处由贝雅特丽齐直呼但丁
之名,从而使他得以载入《神曲》中,并非出于诗人的虚荣心,
而是以此来加深其羞愧之情。

⑮ "弥涅耳瓦树叶花冠":即上述橄榄叶花冠(参看注⑦)。

"如同演说家把最激烈的话留到后面讲似的":指贝雅特丽齐把最重要的内容、最激烈的斥责留到最后讲。诗人在《筵席》中已经说过,"演说家应经常把打算主要讲的问题留在后面讲,因为最后讲的内容会在听众的心中留下更深的印象。"

⑯ "你怎么认为你配来到这山上?":原文是"Come degnasti d'accedere al monte?"注释家对此有两种不同的解释。动词 degnare 在古意大利语含义为 potere(能,会),但丁时代的文学用语中还保留着这一特殊含义,布蒂根据这种含义把这句诗解释为:"你怎么能来到这座神山,如果你并不配享受人在这里所享的福?"这样来理解就意味着贝雅特丽齐并非不知道但丁能够来到这里是由于神的恩泽,而是用这话引起他对自己误入歧途的回忆而加以斥责。兰迪诺则按照 degnare(屈尊,屑于)在近代意大利语的含义来理解,把这句诗解释为讽刺话,"你怎么屑于登上这座山啦? 难道你不晓得人在这里享真正的福吗?"(言外之意是:你一直迷恋着尘世间虚妄的事物,不屑于追求真正的福。)现代注释家有的采取第一种解释,有的采取第二种解释。雷吉奥认为,从上下文来看,贝雅特丽齐对但丁说了义正词严的话之后,又用带刺儿的话嘲讽他,似乎很奇怪,因而他选择了第一种解释。译者也觉得,如果理解为讽刺话,就与下面所说的"声色俱厉表现的慈爱"(La pietade acerba)不相符合。译文根据第一种解释。

⑰ "声色俱厉表现的慈爱":指母亲为了儿子好,而声色俱厉地教训他,所表现的慈爱。诗句意谓"正如受到母亲斥责时,儿子觉得母亲对他严厉一样,我当时觉得贝雅特丽齐对我无情,实际上她是慈爱的"。(兰迪诺的注释)

⑱ 天使们唱的是拉丁文《圣经·旧约·诗篇》第三十篇第二一九节(相当于中文《圣经·旧约·诗篇》第三十一篇第一——八节)。"In te,Domine,speravi"含义是"主啊,我投靠你"。(中文《圣经》译为"耶和华呀,我投靠你";译者认为不妥,因为中文《圣经》是从英文《圣经》重译的,而英文《圣经》中这句诗的译文是 In thee,o Lord,do I put my trust,与拉丁文译文完全一致,想必《旧约》希伯来文原文就是这样。)"pedes meos"含义

413

是"我的脚"。现将中文《圣经》《旧约·诗篇》第三十一篇第一——八节全文摘录如下：

> "耶和华呀，我投靠你，求你使我永不羞愧，凭你的公义搭救我。求你侧耳而听，快快救我，作我坚固的磐石、拯救我的保障。因为你是我的岩石、我的山寨，所以求你为你名的缘故引导我，指点我。求你救我脱离人为我暗设的网罗，因为你是我的保障。我将我的灵魂交在你手里，耶和华诚实的上帝呀，你救赎了我。我恨恶那信奉虚无之神的人，我却倚靠耶和华。我要为你的慈爱高兴欢喜，因为你见过我的困苦，知道我心中的艰难。你未曾把我交在仇敌手里，你使我的脚站在宽阔之处。"

天使们唱到"你使我的脚站在宽阔之处"为止，因为其余的部分不适合但丁的情况。

雷吉奥指出，在贝雅特丽齐对但丁说了那些严肃的话后，天使们就立刻介入，这肯定不仅是由于诗和心理原因，而且还有礼拜仪式的目的。实际上，天使们唱起了《旧约·诗篇》第三十篇的前八节，试图在贝雅特丽齐面前说明但丁登上这座山的理由。他们在这里行使了一种礼拜仪式的职能，不仅对诗人表示了同情，而且还使自己成为他的思想的解释者，代表他来说明上山的理由。使用《圣经》中这一热烈表达希望和确信神的慈悲的诗篇中的词句，正体现出这种礼拜仪式性质。

⑲ "意大利的脊背"：指纵贯意大利半岛南北的亚平宁山脉。

"活的木材"（vive travi）：指森林中生气勃勃的成材树（这些树经过初步加工后将成为木材）。

"斯拉沃尼亚阵阵的风"：指从南斯拉夫刮来的寒冷的东北风。

"失去影子的地带的风"：指从非洲刮来的热风。在非洲的赤道地带，每年有两次太阳中午时分直射在头顶上，一切物体都没有影子。

"渗入自身内层滴下来"：意谓积雪外层先融化，化成雪水后，渗入内层滴答下来。这一细节说明但丁对事物的观察极为精确。"就如同火熔化蜡烛一般"：这一比喻中的比喻，说明积雪融化如同火使蜡烛慢慢地熔化一样。

"那些永远按照诸天运转的声音唱歌的天使"：意谓"正如好

音乐家按照乐谱中标出的音符唱歌一样,天使们观察着诸天的永恒运转所产生的影响和作用,唱出他们在神意注定的必然秩序中所见到的一切"。(兰迪诺的注释)

"你为何这样挫伤他呢?":"挫伤"指贝雅特丽齐严词责备但丁,致使他痛苦、沮丧。

"凝结在我的心周围的那层冰":这是上句的"积雪"比喻的延续,指但丁内心凝结的痛苦。

萨佩纽指出,这一精心构想的比喻通过层次分明的细节,分析但丁心理情况的发展,从内心的痛苦凝结成冰到感情激动得哭出来这一瞬间的过程,使人感到郁结在心头的苦闷最后得以发泄是痛苦、吃力的。

⑳ "你们在永恒的光中醒着,使得黑夜和睡梦不能从你们眼前偷去世人在其所行的路上迈出的任何一步":意谓天使们在净火天永远醒着,凝神观照上帝的光,从其中看到世上过去、现在、未来的一切事,而不像人那样受黑夜和睡梦的限制,所见甚微(有的注释家认为"黑夜"和"睡梦"〔sonno〕寓意是"愚昧无知"和"懒惰")。

㉑ "我的回答毋宁说是为了让在那边哭的那个人理解我":"我的回答"指贝雅特丽齐在下面就天使们在歌中对但丁表示同情所做的回答。由于天使们无所不知,所以她的话实际上并非回答天使们,而是说给在河对岸哭的但丁听的。

"从而使他的痛苦和过错相当":意即使得但丁的悔恨深度与其过错的严重程度相当。

㉒ "诸天体根据每人诞生时与诸天体会合的不同的星座把人引向特定目的的那种作用":指诸天体对人产生的自然影响。

"诸天体":原文为 rote magne(巨轮),指随同月天、水星天、金星天、日天、火星天、木星天、土星大运转并作为各重天的名称来源的诸行星:月球、水星、金星、太阳、火星、木星、土星。"与诸天体会合的不同的星座":指黄道十二宫的双子、金牛、白羊……等星座,这些星座各有其独特的功能,对人发生不同的影响,例如,根据占星学家的说法,受双子座影响的人,生来就赋有文学天才。但丁诞生时,太阳在双子宫,也就是说,它与双子座会合,因而具有非凡的诗才,他在《天国篇》第二十二章中承认自己的才华受惠于双子星座。

"从我们的视力所不能接近的极高的云降下的深厚的神恩"："我们"指天使们和包括贝雅特丽齐在内的在天国享福者。意谓上帝的恩泽来源于上帝的意愿，如同雨来源于云一般；上帝的意愿的奥秘不可思议，诗中把它比作极高的云，连天使们和一切在天国享福者都感到可望而不可即。"在他的新生中"（en la sua vita nova）：意即在他的青少年时期（giovinezza）。但丁曾采用"新生"（vita nova）一词作为他的第一部文学作品的名称。

诗句的大意是：但丁不仅由于诸天的有利的影响，而且还由于上帝的深厚的恩泽，在青少年时期就蕴藏着极高的才华，因而他的一切良好的志趣一经化为行动，就会产生非凡的成果。

㉓ 言外之意是：人也如同田地一样，天资越优秀，如果接受外来的不良影响而不培养美德，就越会走上邪路，蜕化变质。

㉔ "有一段时间"：指1274年但丁初次遇见贝雅特丽齐到1290年她去世这十六年间。"我以我的容颜支持着他，让他看到我的青春的眼睛，指引他跟我去走正路"：意谓贝雅特丽齐在这段时间常常与但丁相见，让他看到她的青春的精神之美，以自己的道德力量支持他走正确的人生之路。《新生》中有许多处讲到但丁所受贝雅特丽齐的深刻的道德影响，例如，第十一章第一节写道："……每逢她出现在什么地方时，我由于希望受到她的效果不凡的招呼而感到自己已无任何敌人，不仅如此，在我心中还燃起博爱的火焰，使得我原谅任何得罪过我的人。"

㉕ "当我一到人生第二时期的门槛"：但丁在《筵席》第四篇第二十四章中说："人生分为四个时期。第一时期叫作青春期，即'生命增长'时期。第二时期叫作成年期，即'成就'时期。"又说："关于第一时期没有什么疑问，但所有的哲人都一致认为，它一直延续到二十五岁。"诗中所谓"人生第二时期的门槛"意即成年期开始之际。"离开了人世"：原文为mutai vita，直译是"我转变了生活"，即由尘世生活进入天国永生。根据《新生》第二十九章第一节的叙述，贝雅特丽齐于1290年6月刚满二十五岁时，也就是成年即将开始之际逝世。"倾心于别

人":注释家们大都认为"别人"指《新生》中所说的"高贵的女性"(donna gentile):但丁在贝雅特丽齐死后极度悲痛之时,有一天,瞥见"一位非常年轻貌美的高贵的女性从一个窗口"望着他表示同情,结果他就爱上了这位女性(见第三十五—三十九章)。后来他为此感到懊悔和内疚,认为这是对已故的贝雅特丽齐不忠。在《筵席》第二篇第十二章中,他赋予这位高贵的女性一种特殊寓意,以她来代表"极高贵的、极美妙的哲学"。事实上,在贝雅特丽齐死后,为了在悲痛中寻找精神上的安慰,但丁曾潜心研究哲学,先后阅读了波依修斯的《论哲学的安慰》、西塞罗的《论友谊》和阿拉伯哲学家阿威罗厄斯的著作,并且通过托马斯·阿奎那斯对亚里士多德著作的诠释上窥亚里士多德。雷吉奥认为,贝雅特丽齐指责但丁走上歧途,似乎可以从两种意义上来理解:一是在道德方面,他倾心于另外的女性,二是在求知方面,他相信在神的启示之外能在各种哲学学说中找到真理。

㉖ "从肉体上升为精神":意谓"贝雅特丽齐从具有肉体的凡人变成纯粹精神。但这种变化同时是升高和完善,因为她从短暂的人生进入永生,超凡入圣,美与德随之俱增"(格拉伯尔的注释)。

㉗ 意谓"但丁走上了一条错误的道路,追求那些表面的、虚妄的尘世利益的蜃景,这些尘世利益决不会完全兑现其给人带来幸福的诺言"。(萨佩纽的注释)

㉘ 意谓贝雅特丽齐从上帝求得了灵感,通过这些灵感试图通过托梦和其他的方式唤他回头,转到正路上来,结果无效,他对此毫不动心。《新生》第三十九章和第四十二章以及《筵席》第二篇第七章都提到但丁在梦幻中见到贝雅特丽齐(这些"灵感"产生了一些良好的效果,但效果是暂时的,不足以使但丁彻底悔悟,改过自新)。

㉙ "他堕落得那样深":意即但丁已经迷失正路太远了,《地狱篇》第一章开端所说的"幽暗的森林"即其象征。
"除非让他去看万劫不复的人群":意即除非让他去看被罚入地狱的人群受苦的情景,以引起他对罪恶的恐惧。

㉚ "为此我去访问死者之门":意即为了拯救但丁,贝雅特丽齐亲

自去访问"林勃"——"真正的死人们"（见第二十三章注㊸）所在的幽冥世界的门槛。

"哭着向引导他攀登到这里的那位提出了我的请求"：即哭着向维吉尔提出了她的请求（见《地狱篇》第二章倒数第二段末尾）。

㉛　"这样的饮料"：意即"像勒特河水这样的使人忘掉一切罪过的饮料"。（布蒂的注释）

"上帝的崇高的谕旨"：即天命。"崇高"：意谓深奥不可思议。

第三十一章

她这番旁敲侧击的话已经使我感到辛辣,随后,她又开口,把话锋转向我①,说:"啊,你这站在圣河那边的人哪,"随即不停顿地接下去,"你说,你说,我这些话是不是实情;你对这样的指责必须忏悔②。"我惊慌失措,声音刚一振动,尚未从发音器官中发出就消失了③。她只忍耐了片刻;随后就说:"你在想什么? 回答我吧;因为你心中那些惨痛的记忆④尚未被这河水消泯。"慌乱和恐惧混合在一起从我口里榨出了那样一个"是"字,这个"是"字须借助于眼睛才听得出来⑤。

正如弩弓在发射时拉得过紧,弦和弓就拉断,箭射中鹄的力量就较小,同样,我被沉重的精神负担压得涌出了泪水和叹息,话音经过其通路时因而减弱⑥。于是,她对我说:"你对我的爱慕引导你去爱在其外别无可以追求的那种善⑦,在这种爱慕过程中,你发现了什么横沟或者铁索⑧,因而你就得这样放弃前进的希望? 其他的福⑨表面显示出一些什么方便或者利益,使你由不得去追求它们?"我发出一声痛苦的叹息后,几乎没有声音回答,嘴唇难以把声音构成言语。我哭着说:"您的容颜一隐没,眼前的事物就以它们的虚伪的美,把我的脚步引上了歧途⑩。"她说:"假若你不说出或者否认你现在所坦白的,你的罪过同样会被察觉:有那样的法官知道嘛⑪!

但是,当责备罪过的话从自己的口中迸出时,在我们的法庭里,磨刀石就转过来对着刀刃⑫。然而,为了使你现在对自己的罪过感到羞愧,将来听到塞壬们的歌声时可以坚强些,你就放下流泪的种子,听我讲吧⑬:这样你就会听明白何以我的被埋葬的肉体本来应该推动你朝着相反的方向前进⑭。自然或艺术从未向你呈现出那曾经包着我、如今已在地中解体的肢体那样的美;如果这无上的美我一死你就失去了,后来还有什么尘世上的事物应该吸引你去爱它呢⑮?中了虚妄的事物的第一箭,你本应奋起跟随我上升,我已不再是虚妄的事物了⑯。你不应该让少女或者其他只能享受短暂时间的虚妄的事物引诱你展翅向下飞,等待再受打击⑰。新生的小鸟等待受两、三次;但在羽毛已丰的鸟眼前张网或放箭都是徒劳⑱。"

正如孩子们对自己所犯的过错感到羞愧,站在人前聆听训斥时,默不作声,眼睛看着地,脸上流露出认错和悔恨的表情,我站在那儿就是这个样子;她说:"既然你听了我的话就这样痛心,抬起你的胡须来看,你会觉得更加痛心⑲。"粗壮的栎树不论是被本洲的风还是被从雅尔巴斯的国土吹来的风连根拔起时,对风的抵抗,都弱于在她命令我抬起下巴时,我所显示的抗拒⑳;当她用胡须来指脸时,我完全明白她的措辞的尖刻意味㉑。我的脸一抬起来,视觉就觉察到那些最初的创造物已经停止散花㉒;我的仍然迟疑的眼光瞥见贝雅特丽齐已经转过身去俯视那只一身兼有二性的猛兽㉓。她虽然蒙着面纱而且在河的那边,但是,在我看来,如今她超过旧时自身的美比她在世时超过其他女子的美还多。那时懊悔之情像荨麻一般那样剧烈地刺痛了我,使得其他的事物当中最令我入迷的变成了我所最憎恨的。悔罪的情绪把我的心折磨得那样苦,致使我支持不住倒下了㉔;后来我的情况如何,只有是我晕倒的原因的那位㉕知道。

后来,当我的心恢复了对外界的知觉时,我瞥见先前发现的那位孤独的淑女在我上面,她说:"拉住我,拉住我!"她已经把我浸入河中,河水没到我喉部,她正拖曳着我,擦着水面走去,像梭一般轻快㉖。当我靠近幸福之岸时,我听见唱"Asperges me"㉗,这歌声是多么美妙,我记都记不得,更谈不到去描写了。这位美丽的淑女张开两臂,抱住我的头,把它浸入水中,使我不得不喝几口河水㉘。于是,她把我拉上岸来,我已被河水洗净,她就把我领到那四位跳舞的美女当中;每位就都用手臂掩护我㉙。"我们在这里是仙女,在天上是星辰;贝雅特丽齐降临世上以前,我们被指派给她做侍女㉚。我们将把你领到她眼前;但是在车那边的那三位仙女看得更深,她们将使得你的眼睛明亮,足以观照她眼中的喜悦的光芒㉛。"她们开始这样唱道;然后,她们就把我带到了格利丰胸前,贝雅特丽齐正站在那辆车上面向着我们㉜。她们说:"你可要看个饱啊;我们已经把你带到这双祖母绿般的明眸前面,当初爱神从这双明眸向你发射了他的武器㉝。"千种比火焰还热的愿望迫使我的眼睛一直凝视着这双继续把视线固定在格利丰身上的明眸㉞。如同太阳映在镜中一样,这只双性猛兽映在那双明眸中反射着光芒,忽而现出这种,忽而现出那种姿态㉟。读者呀,你想我看到此物自身静止不变,它的映象却不断改换姿态㊱时,惊奇不惊奇。

当我的心灵充满惊奇和喜悦正在品尝这令人吃饱了还想再吃的食物㊲时,另外那三位在仪态上显示出属于更高的品级的仙女,按照她们的天使般的歌的节奏跳着舞,走上前来㊳。"贝雅特丽齐,转过你的圣洁的明眸,转过去向着忠于你的人吧,他为了见你,走了这么远的路!愿你为施惠予他而惠允我们所求,揭开遮住你的口的面纱,让他看到你所隐藏的第二种美吧。"这就是她们唱的歌㊴。

啊,永恒的生命之光反射的光芒啊,当你在天与地配合差堪模拟你的美的地方揭开面纱,在澄澈的空气中现出自身时,哪一个在帕耳纳索斯山的林荫下变得苍白瘦弱,或者喝过这山的泉水的人,假若试图如实描写你,会不显得心余力绌啊㊵?

注释:

① "旁敲侧击":原文 per taglio 含义是"用(剑)刃"砍。诗人继续用前章中"剑"伤这一隐喻,把贝雅特丽齐的话比作一把利剑。她回答天使们时说的那段指责但丁的话,是间接说给但丁听的,犹如用剑刃砍伤人一般,已经使他感到触动了痛处。
"把话锋转向我":意谓她直接对但丁说。"话锋"原文是 per cunta,含义是"用(剑)尖"刺,这比"用(剑)刃"砍使人受伤更重。

② "圣河":指勒特河。
"你说,你说":连续说两次显示出贝雅特丽齐催促但丁回答时情绪激动。
"我这些话":指前章中她回答天使们时说的那段指责他的话。
"对这样的指责必须忏悔":意谓听了这样严正的指责,你必须忏悔自己的罪过。犯人忏悔是当时诉讼程序的主要组成部分,此外,从寓意和圣礼的角度上来说,"如若不先忏悔,罪是不能洗清的"。(布蒂的注释)

③ "尚未从发音器官中发出":意即尚未从喉咙和口腔中发出。

④ "惨痛的记忆":指对自己的罪过的记忆。

⑤ "慌乱和恐惧":指"对所犯的罪过的羞惭"和"对惩罚的恐惧"(兰迪诺的注释)。"这个'是'字须借助于眼睛才听得出来":

意谓为了听出他口中迸出来的是个"是"字,单靠听觉是不够的,还必须用眼睛看他嘴唇的动作和脸上的表情。

⑥ 诗句的大意是:正如战士发射弩弓时拉得过紧,就会把弦和弓拉断,箭射中目标的力量也就随之减弱,同样,但丁当时在慌乱和恐惧情绪交集的精神压力下,不禁涌出泪水和叹息,"是"字从口中发出时受其影响,而变得异常微弱,几乎听不出来。"弩弓是一种古代武器,由一张金属制的弓横着固定在一根木杆上构成,常安放在一种三角架上,向敌军放箭。弩弓的弓和弦可以用手拉,也可以使用轮子和齿轮装置,在第二种情况下,弓和弦的张力显然更大。"(雷吉奥的注释)

⑦ "在其外别无可以追求的那种善":意谓至善,即上帝,因为愿望和爱只有在上帝那里才能完全满足而无需再追求什么。辛格尔顿指出,但丁对贝雅特丽齐的爱慕引导他去爱上帝,是她在《新生》中对但丁所起的重要作用。

⑧ "横沟":指中世纪城堡周围的护城壕;"铁索":指设置在路上、桥头或大门口以禁止通行的铁索,这里用来比拟但丁在向往至善的过程中遇到的障碍。

⑨ "其他的福":原文是 li altri(阳性代词复数),注释家理解为其他的尘世幸福。异文作 le altre(阴性代词复数),注释家理解为其他的女性。但是,但丁在贝雅特丽齐死后走上歧途,并非仅仅在于爱恋其他的女性,贝雅特丽齐对他的责备也不能简单地归结为出于恋人的忌妒心。因此译文根据第一种解释。

⑩ "您的容颜一隐没":意即您一逝世。
"眼前的事物":指各种"看得见、摸得着的现世之福:财富、名誉、光荣、娱乐、世俗学术等"。(斯卡尔塔齐-万戴里的注释)牟米利亚诺指出,贝雅特丽齐对但丁说话时用"你"称呼他,但丁对贝雅特丽齐说话时则用尊称"您",在天国中仍然这样,直到他们到达净火天后,贝雅特丽齐回归原位,但丁向她唱赞歌致谢时,他才用"你"称呼她:那时,但丁的旅程已经告终,他和贝雅特丽齐之间的距离已经消失,只有那时,他才对她以"你"相称。

⑪ "那样的法官":意谓那样崇高的法官,指上帝。
诗句的大意是:即使但丁不坦白或者否认自己的罪过,也隐瞒

不了,因为上帝知道,贝雅特丽齐和天使们通过对上帝的观照会看到但丁的罪过。

⑫　"从自己的口中迸出":指罪人自己忏悔。"迸出"原文是scoppia(爆发),意谓受痛苦的悔恨之情驱使,用力发出。

"我们的法庭":指天国的法庭。

"磨刀石就转过来对着刀刃":这里所说的磨刀石和我们常用的磨刀石不同,它是凿了孔、能像轮子一般转动的粗大的砂石,使用时,要对着刀身转动,如果转过来对着刀刃,反而会把刀磨钝。这里用它作为比喻,诗句的大意是:由罪人自己的口中忏悔罪过,在天国的法庭里得以减轻执法的严厉性,"犹如磨刀石对着刀刃转动,就会把它磨钝、磨粗一样。"(佛罗伦萨无名氏的注释)

⑬　"塞壬们的歌声":塞壬们(sirene)是一种以她们的悦耳的歌声迷住航海者使之遇险身亡的海仙(详见第十九章注⑥)。塞壬们的歌声象征种种尘世之福的诱惑。

"流泪的种子":意即流泪的原因,指慌乱和恐惧。这一奇异的辞藻可能脱胎于《旧约·诗篇》第一百二十六篇中"流泪撒种的,必欢呼收割"这句诗。

"放下流泪的种子":意即去掉慌乱和恐惧心情。

⑭　"我的被埋葬的肉体":言外之意是我一死肉体就消失了。

"这句直言不讳的话旨在强调她的形体之美的空虚性。"(雷吉奥的注释)

"朝着相反的方向前进":意谓朝着与但丁选定的方向正好相反的方向前进,不追求尘世的,而追求天国之福。

⑮　"那曾经包着我、如今已在地中解体的肢体":"我"指贝雅特丽齐,她已死去多年,现在是她的灵魂对但丁说这话。"曾经包着我"指她在世时肢体作为外壳包着灵魂。

诗句意谓大自然或者艺术曾经向你呈现的美都比不上我的肢体的美,但我死后肢体埋在地中腐烂,变为尘土,其无与伦比的美亦随之消失;既然这无与伦比的美都随着我的肉体一起化为乌有,那么尘世间还有什么别的事物能使你觉得它那样美,以至心中产生占有它的欲望呢?

⑯　"中了虚妄的事物的第一箭":意谓受了贝雅特丽齐之死的打

击。这里"虚妄的事物"指在世时的贝雅特丽齐,因为她虽然具有无比的形体之美,但她一死,这种美就消失了。"你本应奋起跟随我上升,我已不再是虚妄的事物了":意谓她死后进了天国,获得永生,已不再是虚妄的事物,既然但丁热恋尘世间的女子贝雅特丽齐,在她死后,就应该使自己的爱升华,而钟情于已经超凡入圣的贝雅特丽齐。

⑰ "少女"(pargoletta):但丁在贝雅特丽齐死后,曾热恋一些别的少女,在表示他对她们的爱情的诗里,均使用这个词。但多数注释家认为,这个词在这里泛指这些少女,而不专指其中的任何一个。卡西尼-巴尔比的注释说:"贝雅特丽齐在这里只是一般地谈到那些在她死后引起了但丁的爱致使他走上歧途的少女:'最令她痛心的与其说是他的罪过,毋宁说是他的心离开了正路。假若特别提某些人和某些事的话,就不合乎她的极其端庄的品格,而且对她来说也毫无必要,因为但丁完全知道那些事实……她的目的并不是叙说这位诗人的种种轻率行为,而是要在他心中引起懊悔之情'。"(引自彼埃特罗的《但丁讲座》论《炼狱篇》第三十一章)

"展翅向下飞":这个比喻寓意与上句中"跟随我上升"正好相反。

"等待再受打击":意谓重受失望的痛苦。

牟米利亚诺指出,"这是但丁通过贝雅特丽齐的责备对他的过错所做的忏悔:全诗的结构要求他的忏悔采取这种间接的、更富有戏剧性而且更刚劲有力的形式;但丁秉性反对感情奔放的和公开表现自身的风格,他这种性格也要他的忏悔采取这一形式。此外,他借贝雅特丽齐之口忏悔他的过错和他借卡洽圭达之口描述他作为流放者的种种痛苦(见《天国篇》第十七章)是由于同一原因:在这两种情况下,诗中的场面都更富于戏剧性、更刚劲有力,而且获得更宽泛的意义。"

⑱ 这个比喻的大意是:尚未生羽毛的雏鸟受猎人两三次射击后,才谨慎起来,知道及时逃避危险;而羽毛已丰的鸟由于富有避祸的经验,猎人要张网去捕或者放箭去射它,结果就枉费心机。后一句化用《旧约·箴言》第一章第十七节:"好像飞鸟,网罗设在眼前仍不躲避。"

425

这个比喻言外之意是:你已经是成年人,理应努力克服种种物欲,以免重受失望的痛苦;此外,在义理上还和下文"抬起你的胡须来"前后相呼应。

⑲ "胡须":这里指下巴颏儿,泛指脸。贝雅特丽齐使用这个字眼儿有讥讽但丁之意,暗指他如今早已不是小孩子,行为举止理应像成年人的样子。

"你会觉得更加痛心":意谓但丁抬头看到贝雅特丽齐如今的天人之美,就会更悔恨在她死后忘了她而去追求尘世间种种虚妄的福。

⑳ "本洲的风":指从北欧向意大利吹来的风。

"从雅尔巴斯的国土吹来的风":指从非洲向意大利吹来的风。雅尔巴斯(Iarbas)是利比亚国王,曾向狄多求婚(见《埃涅阿斯纪》卷四)。"雅尔巴斯的国土"这里泛指非洲。

㉑ "她的措辞的尖刻意味":她在这句话里用胡须一词来指脸,言外之意是:"你已不是无知的小孩子,犯的错误可以原谅;你已经是成年人,犯的错误不能以无经验为理由受到原谅。"(卡西尼-巴尔比的注释)

㉒ "那些最初的创造物":指天使,因为他们是与诸天同时被上帝首先创造的。他们已经停止散花,为的是不妨碍但丁看清楚贝雅特丽齐的容颜。

㉓ "我的仍然迟疑的眼光":意谓但丁由于羞愧和恐惧,因而眼光投到贝雅特丽齐身上时,仍然显露出迟疑的神情。

"转过身去俯视那只一身兼有二性的猛兽":贝雅特丽齐本来站在凯旋车上左侧面向河那边对但丁说话,现在她已转身站在车上正中,俯视车前的猛兽格利丰,这只猛兽一身兼有狮子和鹰两种性质,分别象征基督的人性和神性。

"这一诗句说明贝雅特丽齐直到这里都以指责和处罚他的过错者的姿态出现在他心里;这时则以观照降世为人的圣子基督者的姿态出现,她在这一姿态中比在任何其他的姿态中都更美。"(布蒂的注释)

㉔ 诗句的大意是:内心的悔罪之情折磨得我不堪其苦,结果昏倒在地,像死了一般,"这种神秘的死是从罪过中解脱出来"(彼埃特罗波诺的注释),内心净化,从而获得新生。

㉕ 指贝雅特丽齐：但丁因为先听到她的责备，后来又看到她的容颜，而对自己的罪有悔恨和痛心得昏倒在地。

㉖ "当我的心恢复了对外界的知觉时"：意谓当但丁苏醒过来时。根据中世纪生理学家的说法，人在昏倒时或高度兴奋时，全身各肢体中的血液都流入心脏，致使各个其他器官的功能均随之停顿；当危机状态一过去，心脏就使血液流回各肢体中，各个其他器官的功能随之恢复，人就苏醒了。

"我瞥见先前发现的那位孤独的淑女"：指玛苔尔达，但丁起初发现她独自一人在圣林中（见第二十八章）。

"在我上面"：我们将从以下的诗句了解到但丁和玛苔尔达已开始过河，玛苔尔达在水面上走，但丁被浸入水中，她拉着他前进，因而诗中说她在他上面。

"拉住我，拉住我！"：玛苔尔达急切地对但丁说这句话，以免他被河水冲走。

"像梭一般轻快"：原文是 lieve come scola。古意大利语 scola 一词具有"小船"和"梭"两种含义，因而注释家们对这句诗提出两种不同的解释。有的注释家如雷吉奥等人都认为诗人是用小船或威尼斯轻舟在水上行驶来比拟玛苔尔达在勒特河上行走，以说明她身体动作多么轻快。但彼埃特罗波诺指出，"尽管小船和威尼斯轻舟都很轻，但其船身总要稍微入水，而玛苔尔达在勒特河上行走时，只脚掌擦过水面。"他以及另一些注释家认为，诗人是以织布机上的梭轻轻擦过所织的布作为比喻，来形容玛苔尔达在水面上行走如何轻快。雷吉奥反对这种解释，因为玛苔尔达只是渡河奔向对岸，并不像织布机上的梭那样来回地运动。温图里在《但丁的明喻》中断定但丁是用"梭"作为比喻，并把它列入用以说明"快速"的比喻门类中。他认为诗人是从"轻"的概念（leggerezza）出发用梭作为比喻的，因为织工在织布时轻轻地投梭，以免折断纬线；但这个比喻也表达出"快"的概念，因为织工织布时把梭投过来投过去，速度很高。我们认为，诗人在这里用梭或用小船作为比喻都很恰当，但用前者尤其能使玛苔尔达在水面上行走时身体动作之轻快跃然纸上，因此译文采用前者。

㉗ "幸福之岸"：指勒特河彼岸，"那里真正是幸福之境的开始"

427

（彼埃特罗波诺的注释）。"Asperges me"：拉丁文《圣经·旧约·诗篇》第五十篇第九节第一句，相当于中文《圣经·旧约·诗篇》第五十一篇第七节第一句，译文是"求你(指上帝)用牛膝草洁净我"；下文是"我就干净。求你洗涤我,我就比雪更白"。

据《最佳注释》，"教士在向已经忏悔的罪人洒圣水赦他的罪时,念这一节诗"；所以天使们在玛苔尔达把但丁浸入勒特河这一仪式中单唱这一节诗。

㉘ "河水原来没到但丁的喉咙;现在玛苔尔达把他的头(记忆的器官脑海所在处),浸入水中,迫使他喝下河水,从而失去一切罪过的记忆。"

"但丁已经悔悟(contrito)、忏悔(confesso)、悔改(pentito)了,现在被浸入勒特河中洗净,并且喝了河水,忘掉一切罪过,而终于获得了彻底解脱或赦罪。"（以上是斯卡尔塔齐-万戴里的注释）

㉙ "四位跳舞的美女"：指四位在车左边跳舞的象征谨慎(即智慧)、正义、勇敢、节制四种基本品德(通称智、义、勇、节四枢德)的美女(见第二十九章)。

"每位就都用手臂掩护我"：她们手拉手围着但丁跳舞,伸出的手臂在他头上交叉成十字架形掩护他。"义德的手臂防备不义,智德的手臂防备愚蠢,勇德的手臂防备怯懦,节德的手臂防备贪欲、淫欲。"（兰迪诺的注释）

㉚ "我们在这里是仙女"：据古希腊神话,仙女们(ninfe)居于山林水泽。四位象征四枢德的美女出现在地上乐园的圣林中,诗中称之为仙女,正如第二十九章开端把在勒特河边行走的玛苔尔达比作在林荫中独自行走的仙女一样,是由于她们当时所处的环境的原因。

"在天上是星辰"：即但丁看到的南极天空中那"四颗除了最初的人以外谁都未曾见过的明星"(见第一章)。

"贝雅特丽齐降临世上以前,我们被指派给她做侍女"：贝雅特丽齐象征启示的真理,四位仙女象征四枢德,因而诗句的寓义是："四枢德在异教时代已经为启示的真理、为基督教的到来做了准备。"（牟米利亚诺的注释）

㉛ 这三位仙女象征信、望、爱三超德。"看得更深":"三超德是观照的美德(contemplative virtues),四枢德则是行动的美德(active virtues),所以这三德比那四德看得更深。"(辛格尔顿的注释)

"她眼中的喜悦的光芒":指贝雅特丽齐的明眸闪耀着的喜悦的光芒。

诗句意谓:"三超德使头脑变得更聪明,能观照神圣的事物"(兰迪诺的注释),也就是说,人具有三超德才心明眼亮,得以领会启示的真理。

㉜ "她们开始这样唱道":意即她们用唱歌的声音开始这样说。

"她们就把我带到了格利丰胸前,贝雅特丽齐正站在那辆车上面向着我们":贝雅特丽齐一直站在凯旋车上,现在离开了左侧,站到正中,眼睛看着车前的怪兽格利丰;四位仙女把但丁带到了格利丰胸前,所以这时贝雅特丽齐在车上面向着他和四位仙女。

㉝ "这双祖母绿般的明眸":指贝雅特丽齐的眼睛。根据大多数注释家的理解,意谓她的眼睛像祖母绿一般闪闪发光。但是雷吉奥指出:"在(中世纪论述各种宝石特性的)宝石志中,祖母绿这种宝石除了象征纯洁外,还象征公正。此外,根据勃鲁内托·拉蒂尼在《宝库》(Tésor)第三卷第十三章第十六节中所说(这肯定是诗人所本的直接出处),碧绿的眼睛(祖母绿的颜色)被认为女性美的一种特征。最后还得补充指出,祖母绿这种宝石曾具有镜子的功能,而诗中把贝雅特丽齐的眼睛恰恰比作一面镜子。这一新的解释……可以视为定论。"

"当初爱神从这双明眸向你发射了他的武器":意谓当初在但丁少年时代,爱情从贝雅特丽齐的明眸向但丁射出了她的箭。根据罗马神话,维纳斯的儿子小爱神丘比特的箭射伤谁,谁就发生爱情。"温柔的新体"诗派的爱情诗常常使用这一神话典故来表现爱情的萌生,例如《新生》第十九章中雅歌第12节的诗句"她(指贝雅特丽齐)的明眸不论转向何处,都有充满热情的爱神从那双明眸中出来,把注视她的人的眼睛射伤",表明贝雅特丽齐的眼睛之美是但丁对她的爱的起因。

㉞ "这双继续把视线固定在格利丰身上的明眸":根据辛格尔顿

的注释,贝雅特丽齐的眼睛专盯住基督的象征——具有鹰、狮两性的格利丰——意味着她现在正体现出她作为启示的真理的意义。

㉟ 诗句意谓格利丰的形象映入贝雅特丽齐眼中,如同太阳映入镜中一样,发射出耀眼的光芒,它在她眼中的映象一会儿是鹰的姿态(象征基督的神性),一会儿是狮子的姿态(象征基督的人性)。

"格利丰映在贝雅特丽齐眼中,一会儿是鹰的姿态,一会儿是狮子的姿态。这两种映象交替出现,或许如萨佩纽所说,意谓世人只能把基督的神性和人性理解为两性不同的性质,但实际上,根据神学的解释,二者在基督本身只是单一的统一体。"(雷吉奥的注释)

㊱ "'此物自身'当然指格利丰自身;当但丁停在它前面凝视贝雅特丽齐的明眸时,它一直站在那儿静止不变;而它映在贝雅特丽齐眼中的形象则忽而现出这种姿态,忽而现出那种姿态。"(辛格尔顿的注释)

㊲ "这令人吃饱了还想再吃的食物":在《圣经》经外书《智慧》第二十四章第二十九节中,智慧讲到她自身时,说:"凡吃了我一些的,将仍然饿,凡喝了我一些的,将渴望再喝。"在《新约·约翰福音》第四章第十三节中,耶稣对撒玛利亚妇人说:"凡喝〔我〕这水的,还要再喝。"诗中这话显然化用上面所引的经文。这句诗所说的"这食物"象征"那种乃心灵的真正食物的神圣真理〔即启示的真理〕"。(彼埃特罗波诺的注释)

诗句的大意是:"我正在凝神观照贝雅特丽齐的明眸,在观照中我感到满足,同时又对观照产生更强烈的愿望。"(卡西尼-巴尔比的注释)

㊳ "另外那三位在仪态上显示出属于更高的品级的仙女":指象征信、望、爱三超德的三位仙女(见第二十九章注㊲),她们在品级上高于象征智、义、勇、节四枢德的四位仙女,因为三超德是观照的美德,四枢德是行动的美德。

"按照她们的天使般的歌的节奏跳着舞":"天使般的歌"原文是 angelicocaribo,有些注释家理解为天使们所唱的歌;但是彼埃特罗波诺不以为然,他正确地指出,根据第二十九章中的有关诗句和本句下文"这就是她们的歌"来看，"angelico canto"
指的是三位象征三超德的仙女自己所唱的歌。译文采用这种
解释。

"走上前来"：三位仙女原先在凯旋车右轮旁边围成一圈儿跳
舞（见第二十九章），现在她们载歌载舞走上前来，请求贝雅特
丽齐把眼光从格利丰身上转向但丁，并且揭开遮住她的口的
面纱，让他看到她的第二种美。

㊴　"走了这么远的路！"：指但丁跟随维吉尔下到地狱底层，再由
地心上到南半球炼狱山脚下，然后登山到达地上乐园这一漫
长、艰险的路程。原文 ha mossi passi tanti 直译是"迈了这么多
步"或"走了这么多步远的路"。句中 mossi 和 passi 两词第二
音节均由双辅音 ss 和元音 i 一起构成，这两个词连用，后面又
使用以元音 i 结尾的 tanti 一词，这些因素合起来，似乎表达出
路途遥远的意味。

牟米利亚诺指出，诗句"指从地狱到地上乐园的全部旅程。应
从字面意义上和寓意上来理解这一诗句：净罪的旅行使但丁
能配得上贝雅特丽齐，使他得以观照启示的真理"。

"愿你为施惠予他而惠允我们所求"：原文 Per grazia fa noi gra-
zia 仅由五个词构成，十分简练，并且巧妙地连用 grazia 两次。
译者对此苦于力不从心，勉强采取这样的译法。

"你所隐藏的第二种美"：几乎一切注释家都认为，"第二种
美"指贝雅特丽齐的口（第一种美指她的眼），因为但丁在《筵
席》第三篇第八章中说："灵魂在面部起作用主要是在两个地
方，……即在眼和口。"象征四枢德的四位仙女已经引导但丁
去观照贝雅特丽齐的眼睛，现在这三位象征三超德的仙女请
求她揭开面纱，使他得以观照她的口（即第二种美）。F·马
佐尼（Francesco Mazzoni）则认为，"第二种美"指贝雅特丽齐的
整个面部（包括眼和口）所反射的神的光芒之美。

"这就是她们唱的歌"：意即这些话就是三位仙女合唱的歌词。
牟米利亚诺认为，贝雅特丽齐的七位仙女的舞蹈，而且一般来
说，本章整个最后部分，都是但丁涤除罪过的主题向第三十二
章和第三十三章中贝雅特丽齐预言教会未来种种事变的主题
过渡的场面。

㊵　"永恒的生命之光反射的光芒":指贝雅特丽齐。"永恒的生命之光"乃上帝之光,贝雅特丽齐犹如明镜一般反射着它,这种反射的光芒就是她的口浮泛着的微笑之美,即诗中所谓第二种美(这种"美"妙不可言,译者觉得,我们看达·芬奇的《蒙娜丽莎》肖像画时,仿佛对此有所领会)。

"在天与地配合差堪模拟你的美的地方":原文 Là dove armonizzando il ciel t'adombra 比较晦涩,注释家们一致认为指地上乐园,对其含义则提出了种种不同的解释,其中最可靠的是安东奈里的说法:"那里的天与这片纯洁无垢之地配合,勉强可以模拟你(指贝雅特丽齐)的美。"托拉卡也赞同把 adombra 理解为"模拟"(imita)或"描绘",他说:"无论地上乐园中的天光多么明朗,它都不可能和贝雅特丽齐脸上反射的'永恒的生命之光'完全相等。"简单地说,诗句的大意是:在其无限绮丽的自然风光差堪比拟你的天人之美的地上乐园。

"在帕耳纳索斯山的林荫下变得苍白瘦弱":帕耳纳索斯山是阿波罗和九位缪斯居住的地方,古代作家常用它来代表诗歌(见第二十二章注⑮)。诗句意谓由于刻苦研究诗歌艺术而日益消瘦苍白。

"喝过这山的泉水":帕耳纳索斯山的卡斯塔利亚(Castalia)泉涌出的水常被古代作家用来象征诗的灵感(见同一注)。诗句意谓曾汲取诗的灵感。

"假若试图如实描写你":意谓假若他试图如实描写贝雅特丽齐揭开面纱,现出的微笑的容颜之美。

但丁自己也未描写这种美,而是对它表示热烈的赞叹,这段诗的大意是:任何一位诗艺精湛的或者充满灵感的诗人都描写不出这种美。

第三十二章

我目不转睛地看着她来满足十年的渴望,致使我的其他感官通通失去了效用①。我的眼睛这边和那边都有一堵漠不关心的墙——圣洁的微笑用旧时的情网把我的眼光吸引住了②!——就在这时,我的脸被那些女神迫使转向了我左边,因为我从她们口中听到了一声"看得太入神了③!"那时,我的视力如同眼睛刚被太阳刺激后一样,一时什么都看不见④。但是,当视力恢复到能辨别光度弱的对象后(我所谓"光度弱的对象",是就它与我的眼睛被迫离开的那个光度很强的对象相比而言),我就看到那支光荣的部队已经向右转,面向着太阳,由那七条火焰在前面引导着往回走⑤。

正如一支队伍为了自卫在盾牌掩护下退却时,先随军旗转弯,然后整个纵队才掉头行进一样,这支天国部队的前卫全部从我们面前走过后,那辆凯旋车才掉转车辕⑥。于是,那些仙女都回到车轮旁边⑦,格利丰就那样拉着这辆有福的凯旋车前进,翅膀上的羽毛一根都不曾因此晃动⑧。曾拉着我渡河的那位美丽的淑女、斯塔提乌斯和我都跟在那个转弯时划了较小的弧线的车轮后面⑨。我们就这样走过这座由于那个听信蛇的话的女人的过错而变得空无一人的深林⑩,一支天使的歌使得我们的脚步协调⑪。我们走了大约三箭之地,贝雅特丽齐就下了车。我听见人们通通嘟哝"亚当"⑫;然后他们就在一棵每个枝上的花和叶子都已被剥光的树四周围成了一个圈子⑬。那些枝柯越靠上的伸得越长,其高度会使印度森林里的人惊奇⑭。

"你有福了,格利丰,你不用嘴啄食这棵味道甘美的树的任何部分,因为那样就腹痛得痉挛⑮。"那棵坚固的树周围的人们这样喊道;那个双重性质的动物说:"一切正义的种子就这样保存下来⑯。"他转身向他所拉的车的车辕,把它拖到那棵无花无叶的树下⑰,用这棵树的树枝把它绑在这棵树上就离开了⑱。

正如我们的植物在太阳的光芒和天上的鲤鱼后面的星座所放的光合在一起射下来时,萌发幼芽,然后在太阳把它的骏马套在另一星座下以前,就都重新呈现出各自的色彩⑲;同样,这棵原先枝柯那样光秃秃的树变得面目一新,开满颜色比玫瑰暗淡、比紫罗兰鲜明的花⑳。那时人们都唱起一首人间从未唱过的颂歌来,我听不懂歌词,也未能支撑着听完全歌㉑。

假如我能描绘阿尔古斯在听有关绪任克斯的故事时,他那些残酷的眼睛,那些因持续睁着而付出那样高的代价的眼睛,如何闭上进入睡乡,我就要像照着范本去画的画家一样描绘我是如何睡着的㉒;但是谁想描绘入睡的过程,就让他能如实地描绘出来吧㉓。因此,我就略过去而描写我醒时的情况,我说那时一道光辉穿透了我的睡梦的面纱,一个声音喊道:"起来吧;你做什么呢㉔?"

正如彼得、约翰和雅各被带去观看那棵使天使们贪食它的果子而在天上摆永久的喜筵的苹果树的一些花时,他们一

　　我看见一个巨人站在她身边,好像是防备她被人从他手里夺去似的;他们一再互相亲嘴。

看见就晕倒在地，后来，一听见那唤醒了更沉酣的梦的话，就苏醒过来，看见他们那一群人中少了摩西，又少了以利亚，他们的老师的形象变了样；我就像那样醒了，只见当初沿着河行走作为我的向导的那位慈悲的淑女站在我旁边弯身向着我㉕；我充满疑惧㉖说："贝雅特丽齐在哪里？"她说："你看，她就在那一片新生的树叶下，坐在树根上㉗。你看，她的同伴们在她周围㉘；其余的人都唱着更悦耳、更深奥的歌㉙跟着格利丰升天去了。"我不知道她的话是否继续下去了，因为我已经在凝望那位使得我顾不及注意其他事物的圣女㉚。她独自席地而坐，好像留在那里看守那辆我看见被那个两性动物绑在那棵树上的凯旋车似的㉛。那七位仙女围成了一个圈子给她作围墙，各自手里举着不会被北风、也不会被南风吹灭的灯㉜。

"你将在这里短时做森林中的人㉝，然后你将同我一起永久做基督是罗马人的那个罗马的公民㉞。因此，为了对邪恶的世界有所裨益，现在你要把眼光集中在这辆车上，回到人间后，要把你所看见的写下来㉟。"贝雅特丽齐这样说；我是完全虔诚地拜倒在她的命令的脚下的㊱，立即把心和眼睛转向她所说的地方。浓云中射出的闪电从极辽远的高空降下时，从未像我看见朱庇特的鸟从那棵树上俯冲下来那样迅猛，它摧毁了一部分树皮和一些花和新生的叶子；随即用全力猛击那辆车；因此那辆车就如暴风雨中的船被波涛冲击得忽而向右舷，忽而向左舷倾斜一般㊲。随后，我又看见一只似乎从未吃过良好的食物的狐狸跳进凯旋车的车箱㊳；但是，我那位圣女斥责它犯下卑鄙龌龊的罪行，迫使它以瘦得皮包骨的身体所能跑的速度逃去㊴。随后，我又看见那只鹰从它初次飞下来的地方降落在车箱中，把自己的一些羽毛散布在那里㊵；一个像悲怆的心中发出来的声音从天上发出,这样说:"啊,我的小船哪,你装载了多少有害的货物啊[41]!"随后,两个车轮之间的土地似乎裂开了,我看见从地中钻出一条龙来,翘起尾巴把车底戳穿;随后,就像马蜂缩回毒刺一般,缩回凶恶的尾巴,拖曳着扯下来的一部分车底,蜿蜒而去[42]。剩余的部分如同肥沃的土地被杂草覆盖上一样,很快就被那一层或许是诚心善意奉献的羽毛覆盖上了,两个车轮以及车轴也都在比张开嘴叹一口气还短的时间被羽毛覆盖上[43]。经过这样变化后,这件神圣的器物各部分都长出头来,车辕上长出三个,车身每个犄角各长出一个;前面那三个都像牛头一般各有两角,另外那四个都只额上有一角;这样的怪物还从未见过[44]。随后,就有一个淫荡的娼妇出现在我眼前,如同高山上的城堡一般,泰然自若地坐在这个怪物上,用她的媚眼左顾右盼[45];我看见一个巨人站在她身边,好像是防备她被人从他手里夺去似的;他们一再互相亲嘴[46]。但是,因为她把充满情欲的、灵活的眼睛转向了我,那凶恶的情夫就从头到脚鞭打了她一顿[47]。他满怀醋意,因怒火中烧而心肠残忍,随后就把那个怪物解开,拉到森林深处去,结果,他仅以森林作盾牌就把我挡住,使我再也看不见那个娼妇和那个野兽了[48]。

注释:

① "十年的渴望":贝雅特丽齐于1290年逝世;但丁虚构的地狱、炼狱、天国之行是1300年。前后相距已十年之久。
"其他感官通通失去了效用":但丁的心神完全集中于视觉,使得其他感觉器官均不起作用。

② "我的眼睛这边和那边都有一堵漠不关心的墙":这一隐喻说明但丁全神贯注于凝视贝雅特丽齐,再也无心去注意其他的

事物,仿佛周围有一堵墙隔断了他与外界的联系。

"圣洁的微笑":指贝雅特丽齐的微笑的嘴,即其第二种美。

"旧时的情网":指旧时的爱的魅力。

③ "那些女神":指那三位象征信、望、爱三超德的仙女。这时,但丁站在格利丰前面,面向凯旋车和贝雅特丽齐;三位仙女已经从车的右轮旁边走上前来,站在但丁左边。

"看得太入神了":关于三位仙女说这句话的用意何在,注释家有不同的解释。有的认为,她们以此来告诫但丁,不要由于对已经超凡入圣的贝雅特丽齐的第二种美观之不足,而沉浸在对旧时的少女贝雅特丽齐之爱的回忆中。有的认为,应从寓意上来解释。贝雅特丽齐象征启示的真理。三位仙女告诫但丁,在智慧尚未达到应有的高度以前,不要刻意探究启示的真理。

④ 意谓但丁的眼睛凝视贝雅特丽齐后,就如同刚被太阳的强烈的光芒照射后一样,一时什么都看不见。

⑤ "光度弱的对象":指仪式队伍的七个大烛台的光焰和其他较小的亮光,这些光与贝雅特丽齐的容颜所反射的上帝之光相比,都显得微弱。

"我的眼睛被迫离开的那个光度很强的对象":指贝雅特丽齐的容颜。

"那支光荣的部队":指仪式队伍。"那七条火焰":指七个大烛台的光焰。

仪式队伍是从东向西沿着勒特河岸走来的,现在它开始往回走,就必须向右转,因为勒特河在它的左边;这时地上乐园大约是早晨十时,它掉头后由西向东走,自然面向着太阳。

⑥ "这支天国部队的前卫":指在凯旋车前排成行列行进的那二十四位长老。

"在但丁的明喻中,军队这一意象和诗中所说的'天国部队'这一意象是互相协调的;这个明喻在其细节方面是极贴切的。一个长队得先一部分一部分地转弯,才能全部转换方向:实际上是打旗子的先锋先转弯,然后大队逐步转弯,最后后卫转弯。这里也是这样,作为先导的七个大烛台先转弯,然后二十四位长老的行列转弯,最后凯旋车转弯。"(引自温图里的《但

438

丁的明喻》)

⑦ 象征义、智、勇、节四枢德的四位仙女本来在凯旋车左轮旁边舞蹈,象征信、望、爱三超德的三位仙女本来在凯旋车右轮旁边舞蹈(见第二十九章);后来,前者为引导但丁看贝雅特丽齐的明眸,后者为请求她揭开面纱,让他看到她的"第二种美",都来到了凯旋车前(见第三十一章);现在这七位仙女均回到了原处。

⑧ 凯旋车被称为"有福的车",因为贝雅特丽齐站在车上。"翅膀上的羽毛一根都不曾因此晃动":意谓格利丰毫不费力地拉着这辆车前进,他的翅膀依然向上挺立,一点也不摇摆。关于这句诗的寓意,注释家们有不同的解释:(1)一些早期注释家认为,意谓从《旧约》到《新约》的过渡和基督教的兴起,这一重大的发展并未使上帝关于正义和宽恕的安排有任何改变。(2)有的现代注释家认为,意谓耶稣基督引导他的教会前进,使用的是非物质的工具。(3)托玛塞奥和安德雷奥里(Andreoli)都认为寓意是:基督的教义的传布不使用暴力,这种和平进展是其力量的表征。

⑨ "曾拉着我渡河的那位美丽的淑女":指玛苔尔达,她拉着但丁渡过勒特河,到达彼岸(见第三十一章)。诗中一再使用"美"这个词形容她,但一直还未说出她的名字。罗马诗人斯塔提乌斯一直都和但丁一起在场,但他自从维吉尔离开时起,从未被提到过一次。

"转弯时划了较小的弧线的车轮":指凯旋车的右轮,它转弯时划的弧线比左轮小些,因为整个仪式队伍是向右转。玛苔尔达、斯塔提乌斯和但丁都到右轮旁与三位象征三超德的仙女会合,一同前进。

⑩ 诗句意谓这座森林因夏娃听信蛇的谎言,违犯神的禁令,摘了那棵分别善恶的树上的果子吃,又给亚当吃,他们二人都被逐出伊甸园,从此以后,就一直无人居住(事见《旧约·创世记》第三章)。

⑪ 这支歌大概是那些散花迎接贝雅特丽齐来临、在但丁受责备时对他表示同情的天使唱的。它的节奏使但丁、斯塔提乌斯等在深林中行走脚步协调一致。

⑫ 意谓但丁听见仪式队伍中的人异口同声责备亚当犯了违犯神的禁令罪,致使全人类生来就有所谓"原罪",正如《圣经》经外书《以斯得拉》(Esdras)第四卷第七章中所说:"啊,亚当啊,你做下什么事啦?因为犯罪的虽然是你,堕落的却不只是你一人,而是你的后代我们全人类。"

⑬ 在字面的意义上,这棵树就是伊甸园中上帝禁止亚当摘上面的果子吃的那棵分别善恶的树。根据《筵席》第二篇中的说法,诗中的事物除字面的意义外,还有寓言的、道德的、奥秘的这三种意义。在下一章中,贝雅特丽齐明确指出,从道德的意义上看,这棵树就是体现在不许动它这一禁令上的"上帝的正义"。实际上这就是但丁自己的说法。注释家们以此为根据,阐释了这棵树包含着的寓意:

葛兰坚在注释中说:"律法理所当然地采取'你不可'的禁令形式;分别善恶的树,作为上帝对人的最初的禁令的主题(见《旧约·创世记》第二章),是神的律法的恰当的象征。"纳尔迪在《但丁的境界》中说:"从道德的意义上看,伊甸园中这棵极高的树是'上帝的正义'的象征……由于最初的人不顺从上帝,犯了违背正义的过错,如今这棵树'每个枝上的花和叶子都已被剥光',……";辛格尔顿在注释中说:"这棵树上所有的叶子、花和果子都被剥光,明确地显示出亚当的罪在一般人性中的后果,象征人类由于始祖的罪如今忍受的痛苦。"

⑭ 意谓这棵树的枝柯越靠近树梢就伸得越长,构成了那样高的树冠,甚至印度森林中的居民看到这样高的树都会惊奇不已。"印度……森林中生长着极高的树,一箭的射程都达不到其参天的树梢。"(维吉尔的《农事诗》卷二第122—124行)

这棵树的形状和犯贪食罪者所在的第六层平台上那两棵树完全一样,诗中还说明那两棵树是这棵滋生出来的(见第二十四章注㉟),它们长成这种形状,"为的是不让人上去"(见第二十二章注㊾㊿),作用与这棵相同,形状本身就显示神的禁令。

⑮ 仪式队伍中的人先责备亚当违犯神的禁令,吃了分别善恶的树的果子,然后赞美格利丰(即耶稣基督)顺从神命,不啄食这棵树的任何部分。

"因为那样就腹痛得痉挛":彼埃特罗波诺指出,诗句强调味觉

440

尝到的甜头和腹部感受的剧痛、贪欲可望得到的"甘"和随后必然要受的"苦"之间的对照。

⑯ "一切正义的种子就这样保存下来"：这是格利丰所说的唯一的一句话,意谓遵守神的正义就保存了一切正义的基础(雷吉奥的注释),也就是说,一切正义的基础在于遵守神的正义(萨佩纽的注释)。注释家们都指出,格利丰这句话和耶稣在施洗的约翰表示自己不配给他施洗时,回答的话："……我们理当这样尽诸般的义",意思吻合,也就是说,遵照上帝的命令去做,就是正义,如同圣保罗在《新约·罗马书》第五章中所说："因一人〔指亚当〕的悖逆,众人成为罪人;照样,因为一人〔指耶稣基督〕的顺从,众人也成为义人。"

⑰ 注意"车辕"(temo=timone)这里是单数,表明格利丰拉的车只有一根车辕,和我们常见的车不同。

⑱ 原文是 e quel di lei a lei lasciò legato,句中的 di lei 意义不明确,因而注释家们对这句诗有不同的解释。本维努托把 di lei 理解为"用这棵树的树枝",认为诗句意谓格利丰用这棵树的树枝把车辕绑在这棵树上;布蒂则把 quel di lei 理解为"这棵树的木头做的车辕",认为诗句意谓格利丰把这棵树的木头做的车辕绑在这树上,他说,根据中世纪广泛流行的传说,"基督的十字架是用那棵树〔指分别善恶的树〕的木头做的;而且十字架确实是圣教会的车辕。"

许多现代注释家赞同本维努托的解释:卡西尼-巴尔比认为,这种解释最为简明而且符合但丁在诗中的寓意:耶稣基督通过以身作则顺从上帝之命来约束教会去顺从上帝之命。格拉伯尔认为,根据诗句的意义看,最合乎逻辑的解释是:用这棵树的一个枝子把车辕绑在这棵树上。波斯科-雷吉奥的注释认为布蒂的说法站不住脚,因为车辕如果是基督牺牲的象征,它就根本不可能变成后面所描述的那些怪异的形象了。这一论断很有说服力。因此译文根据本维努托的解释。

"就离开了"(lasciò):意即格利丰把车辕绑在树上就升天了。

⑲ "我们的植物":指北半球大陆生长的植物。"在太阳的光芒和天上的鲤鱼后面的星座所放的光合在一起射下来时":指春天。"天上的鲤鱼"即双鱼座,它后面的星座是白羊座。太阳

进入白羊宫为春分,在白羊宫的时间约一个月(见《地狱篇》第一章注⑫)。"在太阳把它的骏马套在另一星座下以前":另一星座指金牛座。太阳套它的骏马这一意象来源于古代神话:日神赫利奥斯早晨驾着驷马车辇从东方的宫出发,晚上到达西方的宫(《埃涅阿斯纪》卷一第568行使用了这个典故)。意谓在太阳从白羊宫进入金牛宫以前,也就是说,不到一个月的时间。

"就都重新呈现出各自的色彩":指各种植物都重新长出绿叶,开遍不同颜色的花。诗句的大意是:正如我们人间的植物春天开始发芽,不到一个月的时间,就呈现一片郁郁葱葱、万紫千红的新气象。

⑳ 诗句的大意是:如同人间的植物春天开始发芽,不久便生出绿叶,开遍各种颜色的花一样,格利丰刚把车辕绑在枝柯光秃秃的分别善恶的树上,这棵树就变得面目一新,长出了绿叶,开满了颜色比玫瑰暗淡、比紫罗兰鲜明的花。

关于诗句的寓意,帕罗狄(Parodi)说,格利丰用那棵树的树枝把车辕绑在那棵树上,那棵树就长满了绿叶,开满了花;他〔也就是耶稣基督〕就这样完成了其神圣的事业:恢复被破坏了的人和神之间的联系。辛格尔顿指出,诗人用"变得面目一新"(s'innovò)这个动词来表现这棵无花无叶的树重新欣欣向荣,以此来强调通过基督的血和赎罪〔即赎亚当的罪,这罪使此树变得无花无叶〕才能得来的新生。早期注释家大多认为,树上开的花颜色比玫瑰暗淡、比紫罗兰鲜明,是基督受难牺牲所流的血的颜色,他的血是赎救的象征和教会的基础。

㉑ 仪式队伍中的人们看到车辕被格利丰绑在那棵树上,树枝上长出了绿叶,开满了红花,就都唱起一首颂歌来庆祝。这首颂歌是人间从未唱过的。但丁听不懂歌词,但曲调极其美妙悦耳,使他心醉,未到曲终便恍惚睡去。

㉒ "阿尔古斯":古代神话中的百眼人。他奉朱诺之命去看守已被变成白牛的仙女伊俄。在他睡觉时,他的一百只眼睛轮流着闭上,睁着的继续看守,使伊俄无时不受到他的监视。朱庇特不忍她受这种迫害,就命墨丘利去杀死阿尔古斯。墨丘利扮成牧羊人,吹起芦笙催他入睡。但有的眼睛闭上了,有的眼

睛仍然睁着。阿尔古斯还问芦笙是怎样发明的,墨丘利就乘机给他歌唱半羊半人的林神潘(Pan)追逐仙女绪任克斯(Syrinx,希腊文意为"管","笙")向她求爱的故事,阿尔古斯在听他歌唱这个故事时,瞌睡得一百只眼睛都闭上了。墨丘利就挥刀砍下了他的头(详见《变形记》卷一)。

"那些残酷的眼睛":因为阿尔古斯用这些眼睛残酷地监视着伊俄。

"因持续睁着而付出那样高的代价":因持续睁着眼盯住伊俄而终于被墨丘利杀死。

诗句的大意是:假如我能描写百眼人阿尔古斯在听墨丘利歌唱林神潘追求仙女绪任克斯的故事时,受悦耳的歌声的催眠作用,他的一百只眼睛怎样一一合上而进入睡乡,我就会像照着范本绘画的画家那样容易地描写出我在听那首悦耳的颂歌时,为美妙的曲调所陶醉,如何闭目入睡的了。

原文是条件句:从句中的助动词 potessi("能")和主句中的动词 disegnerei("描绘")都是虚拟式过去未完成时,说明诗句表现的内容与事实相反,也就是说,但丁未能描写他听那首颂歌时,是如何睡着了的。

应当指出,奥维德在《变形记》中只告诉读者,墨丘利说到芦笙一直沿用绪任克斯的名字时,"还要说下去,阿尔古斯的眼睛早已全部睁不开了,都睡着了",并未具体描述他入睡的过程。因此奥维德书中的描写不能作为但丁的范本。

㉓ 诗句意谓别人谁想要描写入睡的过程,就让他如实描写出来吧,言外之意是,但丁本人不想勉为其难。

雷吉奥指出,奥维德如果写阿尔古斯入睡的过程,那还是客观的描写,他在书中都未做出;但丁如果写自己入睡的过程,那就是主观的描写,当然难度更大,因为人一瞌睡,就恍恍惚惚,以至于人事不知,也就记不得自己当时是如何睡着了的。

㉔ "一道光辉穿透了我的睡梦的面纱":有的注释家认为,这光辉是向天空上升的格利丰和仪式队伍的光辉,有的则认为是七个大烛台和贝雅特丽齐周围的代表三超德、四枢德的七位仙女的光辉。

"一个声音喊道":这是玛苔尔达的声音。

㉕ 这个明喻取材于《圣经》中耶稣变容的故事。《新约·马太福音》第十七章中的有关记载如下:"过了六天,耶稣带着彼得、雅各和雅各的兄弟约翰暗暗的上了高山,就在他们面前变了形象,脸面明亮如日头,衣裳洁白如光。忽然有摩西、以利亚向他们显现,同耶稣说话。……忽然有一朵光明的云彩遮盖他们,且有声音从云彩里说,这是我的爱子,我所喜悦的。你们要听他。门徒听见就俯伏在地,极其害怕。耶稣进前来,摸他们的手说,起来,不要害怕。他们举目不见一人,只见耶稣在那里。"

在明喻中,"苹果树"指耶稣基督;典故来源于《旧约·雅歌》第二章:"我的良人在男子中,如同苹果树在树林中。""一些花"指三位门徒见耶稣基督变容时预先尝到的天国之福。"它的果子"指天使们所享的观照耶稣基督之福。"在天上摆永久的喜筵":意谓在天上充分赐予他们这种福,也就是说,使他们永久观照他的容光,如同赴永久不散的喜筵一般;典故来源于《新约·启示录》第十九章:"天使吩咐我说,你要写上,凡被请赴羔羊的婚筵的有福了。""那唤醒了更沉酣的梦的话":指耶稣的话,"起来,不要害怕";他的话能"唤醒更沉酣的睡梦",意谓能起死回生,例如他使拿因城寡妇之子复活时,说"少年人,我吩咐你起来",那死人就坐起,并且说话(见《新约·路加福音》第七章),又如他使拉撒路复活时,大声呼叫说"拉撒路出来",那死人就出来了,手脚裹着布,脸上包着手巾(见《新约·约翰福音》第十一章)。"以利亚":《旧约》中的先知之一(见《旧约·列王纪上》第十七章)。"他们的老师的形象变了样":"形象"原文为 stola(衣裳),这里是广义,泛指耶稣的形象。当时他在三个门徒面前变得"脸面明亮如日头,衣裳洁白如光";现在他的形象又变得和平时一样。

"当初沿着河行走作为我的向导的那位慈悲的淑女":指玛苔尔达。当初但丁在勒特河左岸上行走时,曾以在对岸朝同一方向前进的玛苔尔达作为向导(见第二十九章)。"站在我旁边弯身向着我"(原文只用了 sovra me starsi 三个词,异常简练):这个姿态表示保护但丁之意。

这个明喻的大意是:正如彼得、约翰和雅各被耶稣带上高山去看他变容时,一见他变得脸面明亮如日头,衣裳洁白如光,同显现在面前的摩西和以利亚说话,又有声音从一朵彩云中说"这是我的爱子,我所喜悦的。你们要听他",他们就吓得昏倒在地,后来,一听见耶稣说"起来吧;不要害怕",他们就苏醒过来,发现摩西和以利亚不见了,只有耶稣在那里,他的形象和从前一样,同样,但丁在听那首曲调异常悦耳的颂歌时,不禁为之心醉,恍恍惚惚地倒在地上睡去,后来,一听见有声音说"起来吧;你做什么呢?"他就醒了,发现贝雅特丽齐、格利丰和仪式队伍都不见了,只有玛苔尔达站在他旁边弯身向着他。

温图里在《但丁的明喻》中指出,"这个明喻比一般的长,是不甚清晰的明喻之一,所含的概念都很美,但被过多寓言的表现方式掩盖上了。"这一论断是确切的。

㉖ "充满疑惧":意谓但丁恐怕贝雅特丽齐丢下他而去。

㉗ 诗句的寓意是:神学(贝雅特丽齐)坐在那里守护刚被基督(格利丰)连结在神的正义(分别善恶的树)上的教会(凯旋车),也就是说,守护神和已被赎救的人类之间的新关系。

㉘ 意谓象征三超德、四枢德的七位仙女在她周围。

㉙ 意谓比但丁至今听到的一切歌曲,或者比他方才听到那首令他心醉的颂歌,音调更悦耳,含义更深奥。

㉚ 指吸引着但丁的全部注意力的贝雅特丽齐,但丁只顾凝望她而没理会玛苔尔达是否还说了别的话。

㉛ "席地而坐":原文是 sedeasi in su la terra vera。多数注释家把 terra vera 解释为 terra nuda(无覆盖物的土地),认为诗句意即贝雅特丽齐席地而坐,句中不含任何寓意。有些注释家则认为她席地而坐象征原始教会的清贫。雷吉奥指出,这种说法根本站不住脚,因为贝雅特丽齐象征神学而不象征教会。译文根据多数注释家的解释。

"留在那里看守那辆……凯旋车":寓意是"启示的真理应守护、保卫教会"。(彼埃特罗波诺的注释)

㉜ 多数注释家认为,七位仙女手里举着的灯即第二十九章中所说的那七个烛台。但是,那七个烛台必然是异常巨大的,否则但丁从远处看,就不会误认为那是七棵金树。这样巨大的烛台如何能举在手中?读者自然会发生这样的疑问。或许可以

445

设想,诗人在这里侧重诗中事物的象征意义,而不大注意其实际状况。有些注释家认为,这七盏灯指基督教的七大圣典(洗礼、圣餐、坚信、忏悔、临终涂油、圣职、结婚)。从诗句的上下文来看,这种说法不如前一种恰当。

"不会被北风、也不会被南风吹灭":在意大利,北风和南风比较猛烈;诗句意谓这七盏灯任何狂风都吹不灭。

㉝ 意谓你将在这座森林中待很短的时间。贝雅特丽齐在这里预言但丁得救(这已在《地狱篇》中零星地提到过):这句诗显然暗指诗人死后在炼狱中完成净罪的过程之后,穿过这座森林的时间很短暂。(雷吉奥的注释)

㉞ 意谓然后你将和我一起永久做天国的公民,也就是说,永远在天国中。这里以基督为其第一公民的天上的罗马来指天国。雷吉奥指出,诗中不以天上的耶路撒冷而以天上的罗马来指天国,说明在但丁的心目中,罗马作为帝国和教会的中心具有的世界意义。

㉟ "因此":意即由于你是被上帝选中的人,能够教育世人。"为了对邪恶的世界有所裨益":意即为了使走上邪路的人类得到教益。诗句简括地申明了但丁作为诗人所负的历史使命和他写作《神曲》所要达到的目的。

"把眼光集中在这辆车上":意即注意这辆象征教会的凯旋车发生什么情况,也就是说,注意教会的种种遭遇和患难。

"回到人间后,要把你所看见的写下来":贝雅特丽齐这句话和《新约·启示录》第一章中耶稣嘱咐圣约翰的一些话很相似:"你所看见的当写在书上""……你要把所看见的、和现在的事、并将来必成的事,都写出来。"意在令但丁担负起"先知"的使命。

㊱ 意谓我是全心全意准备遵从和执行她的一切命令的。万戴里认为"拜倒在她的命令的脚下"一语颇有十七世纪作家那种矫揉造作的风格的味道。雷吉奥说,其实这是本着中世纪流行的一种富于形象的、藻饰华丽的文体风格写出的。与但丁同时而稍早于他的诗人圭托内·达雷佐,和稍晚于他的诗人彼特拉克都有类似的诗句。诗中使用这一意象是为表示诗人的忠诚态度,虔诚拜倒这一动作则是强调贝雅特丽齐的命令几

乎具有宗教意义。

㊲　"朱庇特的鸟"：指鹰。《埃涅阿斯纪》卷一中"朱庇特的神鹰从苍穹俯冲下来"之句可能是但丁此语的出处。雷吉奥认为，鹰迅猛地俯冲下来，毁坏了那棵树的树皮、花和叶子，并且猛烈袭击那辆车，象征尼禄、戴克里先诸帝统治下的罗马帝国对基督教徒的残酷迫害，这些迫害违反了神的正义，严重打击了教会。齐门兹认为，毁坏树皮寓意或许是对正义的真正违反，而毁坏花和叶子则是对耶稣基督赎救人类的成果的破坏。在年代顺序上，古罗马帝国的迫害是教会的第一次灾难。

诗人在这里用船作明喻来比拟教会，因为船是教会的传统象征。

㊳　"狐狸"：指异端邪说。"狡猾的狐狸比任何其他的事物都适合于象征异端邪说；它奸诈、欺骗。"（圣奥古斯丁语）诗中所指的是被早期教会的思想家驳倒的那些试图破坏教会的教派，如诺斯替教派（gnosticismo）、阿利乌斯教派（arianismo）等。异端邪说的进攻是教会遭遇的第二次灾难。

"从未吃过良好的食物"："良好的食物"指启示的真理。寓意是：异端邪说依据的都是谬误、虚妄的道理。

"跳进凯旋车的车箱"：企图在教会内部进行破坏。

㊴　"我那位圣女"：指贝雅特丽齐。

"卑鄙龌龊的罪行"：龌龊是异端邪说罪的特色；这种罪经常由卑鄙的动机产生。

"迫使它以瘦得皮包骨的身体所能跑的速度逃去"：意即贝雅特丽齐迫使这只瘦骨嶙峋的狐狸仓皇逃去，能跑多快就跑多快。

诗句的寓意是：启示的真理战胜了形形色色的异端邪说。

但是这句诗的含义究竟是它跑得快，还是跑得慢，并不明确。卡西尼-巴尔比和格拉伯尔都理解为它跑得慢，理由是瘦得这样的狐狸没有气力快跑，而且从寓意上说，异端邪说是不能迅速清除的。彼埃特罗波诺则认为它跑得快，因为瘦骨嶙峋的狐狸跑起来轻快、灵便，例如犯贪食罪者的灵魂们瘦成了骨头架子，但走得比但丁、维吉尔和斯塔提乌斯还快；从寓言上说，也是这样，因为异端邪说在启示的真理面前，犹如黑暗在初升的太阳的照射下一样,顷刻间即消失净尽。这两种解释均能自圆其说。

㊵ "那只鹰从它初次飞下来的地方降落在车箱中":意即那只鹰从树梢上沿着树干飞下来,降落在车箱中。

"把自己的一些羽毛散布在那里":指君士坦丁大帝迁都君士坦丁堡,把罗马赠赐给教皇席尔维斯特罗一世,史称"君士坦丁赠赐"(参看《地狱篇》第十九章注㉘)。鹰在这里象征君士坦丁皇帝;"把自己的一些羽毛散布在那里":指他把所执掌的一部分世俗权力让给教皇。这是教会的第三次灾难。"君士坦丁赠赐"这一事件的文书后来才证明是伪造的。但丁作为中世纪人相信它的真实性,在《帝制论》中对这一事件加以深刻的批判,因为他断定教会腐败的根本原因在于教皇掌握了他不应拥有的世俗权力,而"君士坦丁赠赐"乃教皇执掌政权的开端。

㊶ "我的小船":即圣彼得的小船,指教会。"你装载了多么有害的货物啊!":寓意是:"君士坦丁赠赐"使教会掌握了不应该由它执掌的世俗权力,以致蜕化变质。有些注释家认为这句伤心话是圣彼得说的;雷吉奥认为这也可能是基督自己的心声。但丁之子彼埃特罗的注释中说,根据君士坦丁传说中的记载,在君士坦丁赠赐时,听见天上喊道:"今天毒药灌入上帝的教会了。"这可能是这句诗所本。

㊷ 这条龙来源于《新约·启示录》第十二章的经文:"有一条大红龙,七头十角","大龙就是那古蛇,名叫魔鬼,又叫撒旦。"早期注释家拉纳认为,诗中这条龙的破坏行为象征七世纪初年,穆罕默德创立伊斯兰教,制造分裂夺去基督教许多地盘,阻碍基督教传遍世界(参看《地狱篇》第二十八章注⑫)。这是教会的第四次灾难。

"从地中钻出一条龙来":指魔鬼来自地狱。"翘起尾巴把车底戳穿":指他在教会内部制造分裂,进行破坏活动。

"拖曳着扯下来的一部分车底,蜿蜒而去":指伊斯兰教夺去基督教许多信徒。

"蜿蜒"原文是 vago vago,词义晦涩,注释家们有种种不同的解释。萨佩纽认为含义是 serpeggiando(蜿蜒),形容龙爬的样子。译文根据这种解释。此外,释义还有"心满意足""高高兴兴""慢慢腾腾""摇摇晃晃"等,也各有理由,这里不再一一加以说明。

㊸　凯旋车车底剩余的部分以及两个车轮和车辕很快就都被一层羽毛覆盖上,根据辛格尔顿的解释,指八世纪后半叶法兰克王矮子丕平及其子查理大帝对教会的赠赐。诗中认为,这些赠赐或许是出于诚心善意,但造成了严重的恶果:教会拥有更多的财产和世俗权力后,从教皇、主教到教士各级神职人员上行下效,迅速贪婪成风。所以这次赠赐是教会的第五次灾难。

㊹　"经过这样变化后":意谓经过这次赠赐而贪婪成风后。

　　"这件神圣的器物":指凯旋车(教会)。

　　"各部分都长出头来":指教会蜕化变质,面目全非。这是教会的第六次灾难。第五次和第六次灾难之间的因果关系非常明显。

　　"车辕上长出三个,车身每个犄角各长出一个;前面那三个都像牛头一般各有两角,另外那四个都只额上有一角":总共七头十角,意谓凯旋车(教会)变成了七头十角的怪物。

　　这个怪物的形象来源于《新约·启示录》第十七章。圣约翰在经文中说:"天使带我到旷野去。我就看见一个女人骑在朱红色的兽上,那兽有七头十角。"但丁曾在《地狱篇》第十九章中使用这个典故,但他根据所要表达的思想内容,把经文中所说的女人和七头十角的兽的形象合并起来,用七头十角的女人象征当时的教会。在这里,诗人又把二者合成的形象分开,单用七头十角的兽象征蜕化变质的教会。"七头十角"的寓意也和《地狱篇》第十九章中不同:在那里,"七头"象征圣灵施与初期教会的七种恩赐(智慧、聪明、学问、训诲、幸运、怜悯、敬畏上帝),或者象征教会的七种圣礼(洗礼、坚信、圣餐、补赎、结婚、神职、临终涂油),"十角"象征十诫;在这里,"七头十角"象征蜕化变质的教会丢弃了三超德(信、望、爱)、四枢德(智、义、勇、节)和十诫,沾染上七种大罪(骄傲、忌妒、愤怒、怠惰、贪财、贪食、贪色)。车辕上长出的三个头各有两角,象征骄傲、忌妒、愤怒三罪既得罪上帝又得罪他人,车身四个犄角长出的四头额上各有一角,象征怠惰、贪财、贪食、贪色四罪只得罪他人。这是多数早期和现代注释家的解释。

㊺　"淫荡的娼妇"：即《新约·启示录》第十七章中所说的那个骑在七头十角的朱红色的兽上的女人，经文中称之为"坐在众水上的大淫妇"，还说"地上的君主与她行淫"。在这里，她象征但丁时代的腐败透顶的教廷及其首领罗马教皇。

　　"如同高山上的城堡一般，泰然自若地坐在这个怪物上"：意谓由于掌握着教权和政权而自信可以安全地高踞于教会之上。

㊻　"我看见一个巨人站在她身边"：一般指在背后支配罗马教廷的法国王室，特别指法国国王腓力四世（但丁在第七封书信中曾以《旧约·撒母耳记》上卷第十七章中被大卫用机弦甩石子打死的巨人歌利亚指腓力四世）。"他们一再互相亲嘴"：象征教皇乌尔班四世、克力门四世、马丁四世、尼古拉四世等同法国王室互相勾结。

㊼　"她把充满情欲的、灵活的眼睛转向了我"：有些注释家认为，这指教皇卜尼法斯八世和腓力四世失和后，转而靠拢别的君主，如神圣罗马皇帝阿尔伯特一世或西西里王斐得利哥二世，以为外援。另一些注释家则认为，在这里，但丁代表信奉基督教的人民，特别是意大利人民。后一解释更为确切。

　　"那凶恶的情夫就从头到脚鞭打了她一顿"：注释家们一致认为，这指1303年腓力四世派密使去罗马勾结卜尼法斯八世的仇敌，带兵到教皇的家乡阿南尼逮捕并污辱了教皇，致使他愤恨成疾而死。

㊽　意谓这个巨人心中充满忌妒的情绪，在盛怒之下更加狠毒，顿时把格利丰绑在树上的凯旋车解开，拉到森林中很远的地方去，结果，他只利用森林茂密的枝叶就遮蔽了我的视线，再也看不见那个娼妇和野兽（指变成怪物的凯旋车）。注释家们都断言，这肯定指1308年腓力四世授意教皇克力门五世把教廷迁往邻近法国边境的阿维农城，从此教廷直接受法国控制。这一事件发生在但丁虚构的炼狱之行后八年，诗中作为预言以象征的形式加以表述。

　　但丁力图借助他所创造的那些象征上述七大灾难的鲜明的艺术形象，唤醒意大利人民促使教会进行改革，恢复原来的纯洁性，重新担负起上帝赋予的使命，以造福于基督教世界。

第三十三章

"Deus, venerunt gentes",那些仙女时而三人,时而四人,流着泪应答轮唱起悦耳的赞美诗来①;贝雅特丽齐满怀同情,听她们唱,一面叹息,面色变得几乎和马利亚在十字架旁一样②。但是,当其他的处女们给了她说话的时机后,她就直身站起来,脸色红得像火似的,回答说③:"我的亲爱的姊妹们哪,modicum, et non videbitis me; et iteram modicum, et vos videbitis me④。"然后,她就让她们七人在她前面走,而仅示意要我、那位淑女和那位留下来的哲人在她后面走⑤。她就这样向前走去;我想她迈的第十步还没着地⑥,她就把炯炯的目光转向我的眼睛,面带安详的神色对我说:"走快点儿,我跟你说话时,你好听得清楚。"我以应有的恭敬态度刚来到她身旁,她就对我说:"兄弟呀,现在你同我一起走,你为什么不敢向我发问呢⑦?"

正如人们遇到在自己的上级面前说话的场合,因为过于恭敬而话到嘴边吞吞吐吐,我的情况就是这样,开始低声嗫嚅地说:"圣女呀,您知道我的需要和用什么来满足。"她对我说:"我愿你今后从畏惧和羞怯中解脱出来,说话不再像做梦的人似的⑧。你要知道,那件被蛇破坏的器皿先前有,如今没有了⑨;但是,让那些对此应负罪责者相信上帝的惩罚是不怕吃汤的⑩。在凯旋车上留下羽毛，致使凯旋车变成怪物，随后变成猎获物的那只鹰不会永无继承者⑪；因为我确实看见，所以告诉你，一切障碍、一切拦挡均不能阻止的星辰已经临近，它将为我们带来一个时刻，在这一时刻，上帝派遣的一位'五百、十和五'将杀死那个女贼和同她一起犯罪的巨人⑫。我这话像忒弥斯和斯芬克斯的话一样隐晦，或许难以使你相信，因为它如同她们的话一样闭塞你的心智⑬；但事实不久将是解开这个难解之谜的纳伊阿得斯，而不损失羊群和收成⑭。你记住，我这些话怎么说的，你就怎么传达给那些正处在向死奔跑的人生进程中的人们⑮。你想着，写下这些话时，不隐瞒你所看到的那棵现在已经在这里被掠夺两次的树情况如何⑯。谁掠夺这棵树或者损坏它，谁就以亵渎行为冒犯上帝⑰，他为了使它专为自己所用，把它创造成神圣的树⑱。第一个灵魂因为吃这棵树的果子，而在痛苦中和在渴望中等待了那个在自己身上惩罚他吃那一口禁果之罪的人五千多年⑲。如果你的智力判断不出这棵树那样高耸，树梢部分那样倒置，是由于特殊的原因，他就是在打瞌睡⑳。如果虚妄的思想并未像厄尔萨河的水使浸在其中的物体石化那样使你的头脑僵化，这些思想的乐趣并未像皮剌摩斯的血使桑葚变色那样污染你的精神㉑，你仅仅从这些情况就会认识到，从其道德的意义上说，这棵树是禁令所体现的神的正义的象征㉒。但是，既然我看到你在智力上变成了石头，头脑模糊不清，致使我的言语的光芒照得你头晕目眩，我仍愿你即使不详细地、至少要简括地把这些话记在心里，这样做的目的和朝拜圣地者把棕榈叶缠绕在朝圣者使用的手杖上带回去一样㉓。"我说："现在您的话印在我的脑海里，如同封蜡上盖了印章，印记永远不变一样㉔。但是,您这些我所渴望听到的言语为何飞得超过我的视力所及的高度,使得我越努力去领会,就越把握不住它呢㉕?"她说:"为了使你认识你所信仰的那个学派,看出它的学说怎么能理解我的言语;而且看出你们的道和神的道相距之远,如同运转最速的天离地球一样㉖。"于是,我回她说:"我不记得我曾和你疏远,也未曾因此受过良心的责备㉗。"她微笑着说:"如果你不记得,现在你就回想一下你今天喝了勒特河的水吧;如果见了烟就可以断定有火,那么,你忘记曾和我疏远,就清楚地证明你有把心转向他处的过错㉘。但我今后的话将那样简明,足以使你的迟钝的智力能够理解。"

光芒更明亮、运行步子更缓慢的太阳正占据着根据观察的地点而移动到这里或那里的子午线㉙,这时,那七位仙女如同走在人们前头做向导者,如果发现新奇的事物或其迹象就停步一样,在森林不很幽暗之处的边缘停了下来,那里的树荫如同绿叶和黑枝掩映下的山峦投在寒溪中的影子一般㉚。我似乎看到,她们前面,幼发拉底河与底格里斯河从同一源头涌出,如同朋友们离别似的,各自慢慢地流去㉛。

"啊,光啊,啊,人类的光荣啊㉜,这里从同一源头涌出,分成两股各自流去的是什么水呀?"贝雅特丽齐回答我的问题说:"你请求玛苔尔达告诉你吧㉝。"那位美丽的淑女如同为自己开脱的人似的回答说:"我已经告诉他这是什么水和另外的事了;我确信勒特河的水没有使他忘记这些㉞。"贝雅特丽齐说:"或许是他更注意某些事物,这常常会削弱记忆力,因而他的心智的眼睛模糊了㉟。但是,你看欧诺埃河从那里流过来:你带他到河边去,像你经常做的那样,使得他的昏厥的功能苏醒过来㊱。"正如高贵的灵魂在他人的意愿刚以某种方式表示出来时,不找借口推脱,而是以他人的意愿为自己的意愿,同样,那位美丽的淑女拉住我后,就往前走,同时以女性的优雅姿态对斯塔提乌斯说:"跟他一起来㉟。"

读者呀,假若我有更长的篇幅可以写下去,我还要部分地歌颂这永不能使我喝够的河水;但是,由于为这第二部曲规定的篇幅已经完全写满,艺术的法则不许我再进行下去㊳。

我从最神圣的水波中返回,如同新的树木生出新叶一般得到新生,身心纯洁,准备上升到群星㊴。

注释:

① "Deus, venerunt gentes":拉丁文《圣经·旧约·诗篇》第七十八篇(相当于中文《圣经·旧约·诗篇》第七十九篇)开头三个词,这一诗篇哀诉圣城耶路撒冷为外邦人(巴比伦人)所毁的惨状。在象征教会的凯旋车变成怪物,一个娼妇坐在上面和一巨人调情,最后闹翻,连车带人一起被巨人拖走之后,七位仙女就流着泪应答轮唱起这一诗篇来。她们借用这一诗篇来哀诉罗马教廷为一些买卖圣职、贪求世俗权力的教皇所玷污,不久将在法国国王腓力四世的授意下迁往阿维农,并且祈求上帝伸张正义,惩罚罪魁祸首。诗中并未告诉我们七位仙女唱了多少段。考虑到她们唱这一诗篇目的在于哀诉教会正在遭的和即将遭的灾难,并为此祈求上帝进行干预,注释家大多认为她们所唱的是这一诗篇的前八段,中文《圣经》这前八段的译文如下:

> 上帝呀,外邦人进入你的产业,
> 污秽你的圣殿,使耶路撒冷变
> 成荒堆。把你仆人的尸首交与
> 天空的飞鸟为食,把你圣民的
> 肉交与地上的野兽。在耶路撒冷
> 周围流他们的血如水,无人葬
> 埋。我们成为邻国的羞辱,成为

我们四围人的嗤笑讥刺。耶和华
呀,这到几时呢?你要动怒到
永远吗?你的愤恨要如火焚烧
吗?愿你的忿怒倒在那不认识
你的外邦和那不求告你名的国
度。因为他们吞了雅各,把他
的住处变为荒场。求你不要记
念我们先祖的罪孽,向我们追
讨。愿你的慈悲快迎着我们,因
为我们落到极卑微的地步。

"应答轮唱":这正是教会的礼拜仪式中格利高里赞美诗的唱
法;这里七位仙女唱诗篇也依照人间的礼拜仪式进行。

"时而三人,时而四人":意即象征三超德的三位仙女为一组,
象征四枢德的四位仙女为另一组,一组唱完一段,另一组接着
唱下一段,两组互相接替唱完八段。

② "满怀同情,听她们唱,一面叹息":意谓听她们唱时,对教会遭
遇那七次灾难充满同情,悲叹不已。

"面色变得几乎和马利亚在十字架旁一样":圣母马利亚在十
字架旁望见耶稣基督死在十字架上,不禁脸色苍白,悲痛欲
绝;贝雅特丽齐当时内心的悲痛,脸色的苍白,几乎和她在十
字架旁一样。

③ "当其他的处女们给了她说话的时机后":意谓当仙女们唱完
了诗,使她得到说话的机会后。

"她就直身站起来,脸色红得像火似的,回答说":当仙女们唱
诗时,贝雅特丽齐一直还坐在树根上;等仙女们唱完后,她就
站起来说话,由于满怀先知的热情和对教会遭受祸害的义愤,
脸色红得像火似的,和方才极端苍白的脸色形成鲜明的对比。

④ "Modicum,et non videbitis me;et iteram modicum,et vos videbitis
me":拉丁文《圣经·新约·约翰福音》第十六章中耶稣基督
在最后晚餐时对门徒们说的话,中文《圣经》译文是"等不多
时,你们就不得见我,再等不多时,你们还要见我",这些话是
预言他不久将死,但不久又将复活。根据许多注释家的解释,
贝雅特丽齐借用这句话预言罗马教廷不久将迁往阿维农,以

455

后不久必将迁回罗马。但是,萨佩纽的注释说,或许应该认为
这句话具有更宽泛的意义:说明教会道德败坏已经达到极点,
不久必将开始深刻的改革。波斯科-雷吉奥的注释和辛格尔
顿的注释都提出了与此相同的看法。

⑤ 贝雅特丽齐在前几章中均以圣女的崇高身份和姿态出现,现
在屈尊称她的侍女七位仙女为"我的亲爱的姊妹们",让她们
在她前面走,态度变得亲切近人。

"那位淑女":指玛苔尔达。"那位留下来的哲人":指斯塔提
乌斯,因为他是诗人,所以称他为"哲人"(savio);维吉尔走
后,他留下来,同但丁在一起。贝雅特丽齐叫七位仙女在她前
面走,而仅招手或者点头示意要但丁、玛苔尔达和斯塔提乌斯
在她后面走,并没对他们说话。

⑥ "我想她迈的第十步还没着地":也就是说,贝雅特丽齐刚走了
九步。雷吉奥指出,"九"这个数字在《新生》中多次与贝雅特
丽齐的情况和行为相关联;这里说她走完九步也一定有寓意,
但不容易确定。那些认为贝雅特丽齐借用《新约·约翰福音》
第十六章中耶稣所说的话预言教廷不久将迁往阿维农、但不
久必将迁回罗马的。但丁学家都认为她走完九步的寓意是:
在十年之内教廷将迁回罗马;教廷迁往阿维农在 1305 年,迁
回罗马大约应在 1315 年,这个年份和后面所说的"五百、十和
五"的预言有关。

美国但丁学家葛兰坚也认为,"迈出的'这九到十步'很可能
表示九年多的时间:即从 1305 年克力门五世受腓力四世的劝
诱把阿维农作为教廷的所在到 1314 年克力门和腓力二人通
通死去这一段时间。他们死后,情况变得比较有利于基督教
世界所期望的拯救者出现。"

⑦ 贝雅特丽齐称但丁为"兄弟",表示亲爱,因为现在他已完成净
罪过程。炼狱中的灵魂们通常也都以兄弟相称呼。

⑧ "我愿你今后从畏惧和羞怯中解脱出来":"畏惧和羞怯(如同
第三十一章中所说的'慌乱和恐惧混合在一起'一样)形成一
套绳索,缠住但丁的感情和思想,因而也缠住他的言语。"(托
玛塞奥的注释)

"说话不再像做梦的人似的":意谓说话不再声音低微、含糊其

辞,像说梦话似的。

⑨　"那件被蛇破坏的器皿":指被龙破坏的那辆象征教会的凯旋车。

"先前有,如今没有":《旧约·启示录》第十七章中说,"你所看见的兽先前有,如今没有";贝雅特丽齐套用《圣经》中的说法。意谓教会已经这样腐化变质,就像如今它不复存在一样。

⑩　"那些对此应负罪责者":指贪图世俗权力的教皇和与他们勾结的法国王室。

"上帝的惩罚是不怕吃汤的":早期注释家都证明佛罗伦萨有一种风俗,杀人者在行凶后的前九天内能天天在被害者的坟上吃一次汤,被害者的亲属就不得再为他报仇,因此吃汤成为杀人犯免遭被害者亲属报复的手段。诗句意谓上帝的惩罚是无法逃避的,迟早会降到罪人们头上。

⑪　这里所说的鹰指的是神圣罗马帝国。"在凯旋车上留下羽毛":指皇帝使教会拥有一些土地和世俗权力。"致使凯旋车变成怪物":意谓教会因此蜕化变质。"随后变成猎获物":指教会迁到阿维农,受法国国王腓力四世摆布。

"不会永无继承者":意谓帝位不会永久虚悬。但丁认为,自从1250 年腓特烈二世逝世以来,帝位一直虚悬,因为当选的皇帝均未来意大利加冕(见《筵席》第四篇第三章),但他相信这种情况不会永久继续下去。

⑫　"我确实看见":因为贝雅特丽齐从上帝的心中观照出未来的事物。

"一切障碍、一切拦挡均不能阻止的星辰已经临近":意谓我确实看见天上吉祥的星辰即将升起,什么障碍也阻止不住,它将给世人带来一个可喜的时刻,也就是说,它将施加有利的影响促使这个时刻到来。

"上帝派遣的一位'五百、十和五'将杀死那个女贼和同她一起犯罪的巨人":毫无疑问,这里所说的"女贼"(fuia)和"巨人"即第三十二章末尾所说的"娼妇"和与她狎昵调情的巨人。诗人把那些像娼妇似的勾搭法国国王的教皇称为"女贼",是非常恰当的,因为他们窃据教皇的宝座,盗取属于帝国的世俗权力;雷吉奥认为这很可能具体指克力门五世。至于

"上帝派遣的一位'五百、十和五'"指的是什么人,由于诗中所说的话像我国古代的图谶一般隐晦,注释家们有种种不同的见解,其中最有说服力的是下面的说法:

"五百、十和五"写成罗马数字为 DXV,把后面两个字母掉换位置,就形成拉丁文 DVX(领袖)一词。关于这位领袖指的是何人,注释家们意见分歧;大多数认为指亨利七世(卢森堡伯爵,1308 年当选为皇帝)。他于 1311 年南下来意大利加冕,声称要伸张正义,消除各城市、各党派的争端,使一切流亡者返回故乡,还要重新建立帝国和教会之间的良好关系,实现持久和平。但丁得知这一消息后,对亨利七世抱着很大的希望,写了《致意大利诸侯和人民书》,号召他们对皇帝表示爱戴和欢迎,大概还亲自到意大利北部谒见皇帝,向他致敬。当佛罗伦萨联合贵尔弗党诸侯和城市武装反抗皇帝时,但丁写了《致穷凶极恶的佛罗伦萨人的信》,愤怒声讨他们的罪行,又上书给皇帝,敦促他从速进军讨伐。他还撰写了《帝制论》,从理论上捍卫皇帝的权力,并且在《神曲》中为"高贵的亨利的灵魂"在净火天上保留了一个宝座(见《天国篇》第三十三章)。应当指出,用数字表示预言中的人物,在但丁之前早有先例:圣约翰的《新约·启示录》第十三章末尾用"六百六十六"来指罗马皇帝尼禄。但丁在这里用"五百五十"来指亨利七世,显然受到《新约·启示录》的启发。

⑬ "我这话像忒弥斯和斯芬克斯的话一样隐晦":意谓我的预言像忒弥斯的神示和斯芬克斯的谜语一样难解。

"忒弥斯"(Themis):希腊神话中的正义女神。她是乌拉诺斯(天)和盖亚(地)之女,掌管预言,得尔福是她的神示所;后来阿波罗才司掌此职。据神话说,世界进入黑铁时期后,人类罪恶滔天,引起朱庇特的震怒,使洪水泛滥,淹死所有的人,只有最善良的人丢卡利翁和妻子皮拉乘坐他父亲普罗米修斯为他造下的小船逃到高出洪水的山上,幸存下来。洪水退去后,丢卡利翁和皮拉向忒弥斯祈祷,恳求女神告诉他们,如何再创造出人类来,使大地重新充满生机。忒弥斯的神示说:"蒙着你们的头,解开你们的衣服,一路走,一路把你们的母亲的骨头扔到你们身后。"他们对这神秘的话百思不解,后来丢卡利翁恍然大悟,对皮拉说:"大地是我们的母亲,她的骨头是石头,神示要我们扔到身后去的就是石头啊!"于是,他们俩一面走,一面扔石头,结果丢卡利翁扔下的都变成了男人,皮拉扔下的都变成了女人。

"斯芬克斯"(Sphinx):希腊神话中带翼的狮身人面女妖。她蹲在忒拜城外一座悬岩上,要求每个过路的人解答她出的谜语,凡是猜不中谜底的,统统被她撕碎、吞食。忒拜王拉伊俄斯的儿子俄狄浦斯路过那里,斯芬克斯让他猜:"早晨用四只脚走,中午用两只脚走,晚上用三只脚走的动物是什么?"俄狄浦斯毫不迟疑地回答说:"是人,在生命的早晨,他是软弱的婴孩,用两手两脚爬行,在生命的中午,他成为壮年人,用两脚走路,临到生命的迟暮,他年迈力衰,需要扶持,因而拄着手杖行走,作为第三只脚。"斯芬克斯一听谜底被俄狄浦斯猜中,顿时羞愤交加,纵身跳下悬岩摔死了。

"闭塞你的心智":意谓使心智昏昧,思想开不了窍。

⑭ "事实不久将是解开这个难解之谜的纳伊阿得斯":意谓事实不久即将说明我的预言所说的"五百、十和五"是何人。

"纳伊阿得斯"(Naiades)是居住在泉水旁边的仙女,能预言未来。

《变形记》卷七叙述俄狄浦斯猜中谜底后,斯芬克斯跳岩自杀的诗句是:"拉伊阿得斯〔(Laiades)即拉伊俄斯(Laius)的儿子俄狄浦斯(Oedipus)〕解答了前人所不能理解的谜语之后,斯芬克斯一头栽倒在地,……"但丁诗中则用仙女纳伊阿得斯代替拉伊阿得斯作为解答谜语的人。注释家们认为,但丁根据的《变形记》手抄本肯定是把 Laiades 误写成 Naiades 了。一字之差完全改变了故事的原意。

"而不损失羊群和收成":斯芬克斯因谜底被猜中而羞愤自杀后,忒弥斯决意惩罚忒拜,给她报仇。为此,她派一个野兽去吞食忒拜人的牲畜,毁坏他们的庄稼,使他们遭受重大的损失。诗句意谓事实不久将说明贝雅特丽齐预言的"五百、十和五"是谁,而不会像斯芬克斯的谜语被猜中使忒拜人损失羊群和收成那样,给世人带来灾害,相反,会使世人普遍受益。

⑮ "那些正处在向死奔跑的人生进程中的人们":指活在世上的

人们。"向死奔跑的人生进程":强调现世人生极其短促,只不过是向死奔跑而已,与天国永生形成鲜明的对比。"人生进程只不过是向死奔跑"一语出自奥古斯丁的《天国论》(*De civita-te Dei*,直译是《上帝之城》)。

⑯ "你所看到的那棵现在已经在这里被掠夺两次的树情况如何":这里所说的树指分别善恶的树。"被掠夺两次":拉纳认为,第一次是亚当摘树上的果子,扯掉一些树叶,第二次是第三十二章末尾所说的巨人从树上把凯旋车解下来,拖入森林中;本维努托认为,第一次是亚当捋掉树叶摘果子吃,第二次是鹰冲下来,损坏了一些新叶、花朵和树皮;布蒂则认为,第一次是鹰毁坏了一些新叶、花朵和树皮,第二次是巨人把凯旋车解下来拖走。

这三种解释各有优点和弱点,现代但丁学家有的赞同这种,有的赞同那种。巴尔比认为布蒂的说法更为中肯,因为从上下文来看,诗人把"or"(现在)一词放在"已经在这里被掠夺两次"前面,表明贝雅特丽齐所说的两次掠夺指的都是但丁亲眼看到刚才在那里发生的事,至于亚当摘果子吃一事,则在下句中才讲到。萨佩纽也赞同这种解释。不过布蒂的说法并非无懈可击:鹰从树上冲下来,毁坏了一些新叶、花朵和树皮,只可说是损坏了这棵树,不能说是对它的掠夺,因为鹰并未把那些新叶、花朵和树皮据为己有。诗句之所以很难解释圆满,就在于下句所说的"掠夺"和"损坏"两种行为在这句中交叉的缘故。

应当指出,贝雅特丽齐嘱咐但丁记住,写下她的话时,不要隐瞒这棵树是什么情况:情况指树的形状(高大,枝柯越靠上的向外伸得越远)和种种遭遇。

⑰ "谁掠夺这棵树":例如亚当摘树上的果子吃,巨人从树上解下凯旋车拖到森林中去。"或者损坏它":例如鹰冲下来,损坏了树叶、花朵和树皮。

"谁就以亵渎行为冒犯上帝":这种罪比用言语亵渎上帝更大。

⑱ 意谓上帝为了使这棵树体现他的正义而把它创造成神圣不可侵犯的树。

⑲ "第一个灵魂":指人类的始祖亚当(上帝创造的第一个人)。

"那个在自己身上惩罚他吃那一口禁果之罪的人"指耶稣基督自身无罪而甘心钉死在十字架上来赎亚当食禁果之罪(人类的原罪)。

"在痛苦中":指亚当被逐出伊甸园后,在世上的生活,和伊甸园中完全不同,因为上帝对亚当说:"地必为你的缘故受咒诅,你必终身劳苦才能从地里得吃的。地必给你长出荆棘和蒺藜来,你也要吃田间的蔬菜。你必汗流满面才得糊口,直到你归了土。"(见《旧约·创世记》第三章)

"在渴望中":指亚当死后,灵魂在"林勃"中渴望基督来临。

"等待了……五千多年":亚当在世九百三十年(见《旧约·创世记》第五章);在"林勃"中四千三百零二年(见《天国篇》第二十六章),才被基督带到净火天上去(见《地狱篇》第四章注⑩),一共五千二百三十二年。

⑳ "树梢部分那样倒置":指树梢部分越靠上向外伸得越远,和世上的树木形态恰恰相反。

"由于特殊的原因":上帝为了禁止人摘树上的果子吃,而使这棵树的形态表明人是爬不上去的。"打瞌睡":比拟智力处于迷离恍惚的状态,不能发挥其思考、推理和判断的功能。

㉑ "虚妄的思想":根据贾卡罗尼的注释,指谬误的学说。

"厄尔萨河"(Elsa):阿尔诺河的支流,发源于锡耶纳迤西的山中,向西北流去,在佛罗伦萨和比萨之间与阿尔诺河汇合,某些河段的水含有大量的石灰质,物体浸入水中不久,附着在物体上的石灰质就构成一层水碱。诗中以这种现象比拟虚妄的思想使但丁头脑僵化。

"皮剌摩斯的血使桑葚变色":据《变形记》卷四中叙述,青年皮剌摩斯和少女提斯柏相爱,受到双方父母禁止。二人约好夜晚在城外一棵大桑树下相会。皮剌摩斯来到时,在月光下看见尘土中有野兽的足迹,又发现提斯柏的外套在地上沾满血渍,认为是她先来到那里,不幸被野兽吃了,顿时痛不欲生,拔剑刺入自己腹部而死,鲜血溅到桑葚上,使白色的桑葚变成了红色(详见第二十七章注⑬)。诗中以皮剌摩斯的血使桑葚变色比拟但丁耽于虚妄的思想使他精神受其污染。

应当指出,在语法上,这句诗是条件复合句中的条件从句,其所假设的条件是不现实的,也就是说,但丁的智力实际上受到虚妄的思想的危害,因而认识不到贝雅特丽齐在主句中所说的道理。

㉒　"道德的意义":但丁在《筵席》中谓诗具有四种意义,即字面的、寓言的、道德的、奥秘的四种意义。这是中世纪流行的概念。诗句的大意是:上帝吩咐亚当说,你不可吃分别善恶树上的果子(见《旧约·创世记》第二章)。这条禁令体现上帝的意旨。神的意旨是公正的,因而从道德的意义上看,这棵树是这条禁令体现的神的正义的象征(参看第三十二章注⑬)。

㉓　诗句的大意是:贝雅特丽齐看到但丁深受谬误的学说的危害,不能理解她的言语蕴含的真理,如同人们不能注视太阳的光芒一般,但她仍然嘱咐但丁,即使不详细地、至少要简括地把她的话记在心里,作为他这次旅行的纪念和证明,正如朝拜圣地的人们回归故乡时,都把圣地的棕榈叶缠绕在朝圣者使用的手杖上,作为到过圣地的纪念和证明一样。

㉔　中世纪人对印章和封蜡的形象很熟悉,因为那时公函、文书等均须在这些文件的封蜡上盖公章才有效;在富于象征的意义的中世纪文艺作品中,印章和封蜡的意象也经常出现。

㉕　"为何飞得超过我的视力所及的高度":意谓你的言语为何如此深奥,使我难以理解。

㉖　"你所信仰的那个学派":"学派"在这里泛指单纯凭理性求真理的哲学。在贝雅特丽齐死后,但丁为寻求精神上的安慰,曾潜心研究哲学。他赞美说:"哲学是最崇高的东西,对哲学的热爱正在驱散、消灭一切其他的思想。"(见《筵席》第二篇第十二章)

"它的学说":泛指哲学学说,特指亚里士多德的学说。在贝雅特丽齐看来,但丁热爱哲学是思想上误入歧途。

"我的言语":贝雅特丽齐代表神学,她的言语所表达的是启示的真理。

"你们的道和神的道相距之远,如同运转最速的天离地球一样":这句话很像《旧约·以赛亚书》第五十五章中上帝的话,"我的意念非同你们的意念,我的道路非同你们的道路。天怎样高过地,照样我的道路高过你们的道路,我的意念高过你们的意念。"

诗中所谓"你们的道"指人凭借理性认识到的哲理,所谓"神的道"指神所启示的真理(以贝雅特丽齐为其代表)。

"运转最速的天":指原动天,这是托勒密天文体系的第九重天,距离地球最远。"根据托勒密天文体系,运转最速的天是原动天(Primo mobile)。由于这重天的推动,在其下面的各重天都一齐运转,显而易见,最高的、距离共同的中心(地球)最远的天是运转最速的"。(安东奈里的解释)

全句的大意是:贝雅特丽齐回答但丁说,她的言语之所以如此深奥难解,是为了使他认识到他所信仰的纯理性哲学及其哲理贫乏浅薄,不足以领会她的言语所表达的启示的真理,也是为了使他认识到哲学的道理和启示的真理相比,有霄壤之别。

㉗ 但丁这句话的寓意是:他不记得自己曾犯醉心于哲学的研究而忽视神学(和贝雅特丽齐疏远)的罪过,也不记得自己曾因这种罪过受到良心的责备。

㉘ 诗句的大意是:贝雅特丽齐提醒但丁,他今天刚喝了勒特河的水;他忘记曾和她疏远(忽视神学),恰恰证明他犯了这种罪过,他的心转向了别处(潜心研究哲学),正如有烟之处必然有火一样,因为勒特河水的特性是使人喝了就忘记所犯一切罪过。

牟米利亚诺指出,"她微笑着说"比她方才称但丁为"兄弟"更清楚地说明,从她责备但丁的场面一直到现在他们二人之间的心理距离已经消失了;"兄弟"的称呼表达的是一种宗教情感,"微笑着说"表达的则是人的情感,因而更亲近。

㉙ "太阳正占据着……子午线":指时间是正午。子午线(亦名子午圈)是为测量地球而假设的一条南(午)北(子)方向的线,即通过地面某点的经线。

"根据观察的地点而移动到这里或那里":意谓"子午线是根据观察者所在的地点的经度而移动到此处或彼处的"。(安东奈里的解释)

"光芒更明亮、运行步子更缓慢":萨佩纽指出,中午的太阳显得更明亮是事实,因为那时它的光线几乎是垂直射下来;它走得好像慢些则纯属视错觉。

㉚ 诗句的大意是:中午时分,那七位代表三超德和四枢德的仙女,如同走在前面做向导者一发现什么新奇的事物或者这种事物的迹象就停下来一样,走到森林不很幽暗的地方的边缘,忽然停止了脚步,那里森林已不像她们走过的路段那样幽暗,诗人用比喻加以说明:"那里的树荫如同绿叶和黑枝掩映下的山峦投在寒溪中的影子一般。"也就是说,如同树木荫翳的山峦倒映在寒溪的水面上,由于水光的反射作用,影子显得不很幽暗一般。

㉛ 诗句的大意是:中午时分,那七位仙女在森林的边缘树荫比较疏朗之处停了下来,但丁从后面看见她们前面有两条河,如同幼发拉底河和底格里斯河那样从同一泉源涌出,朝不同的方向慢慢地流去,好像朋友们舍不得分别似的。

波依修斯在《论哲学的安慰》卷五第一章中说:"底格里斯河与幼发拉底河一起从同一泉源中涌出,然后河水分开,朝不同的方向流去。"但丁受他的话启发,设想勒特河与欧诺埃河同出一源,如同底格里斯河与幼发拉底河一样。《旧约·创世记》第二章中说,伊甸园中有四条河从同一泉源中流出:第一条名叫比逊河,第二条名叫基训河,第三条名叫希底结河(即底格里斯河),第四条名叫幼发拉底河。但丁从地上乐园的道德意义上着眼,设想园中只有勒特和欧诺埃两条河,而把底格里斯河与幼发拉底河作为比喻来说明那两条河来自同一源头,对比逊与基训两河则根本不提。

㉜ 但丁这样称呼贝雅特丽齐,因为她代表神学,象征启示的真理。

㉝ 到现在读者才从贝雅特丽齐口中得知这位美丽的仙女的名字是玛苔尔达(Matelda)。她影射哪一历史人物,是但丁学家多年来争论不休的问题。早期注释家们一致认为她指托斯卡那女伯爵玛蒂尔达(Matilda,1046—1115)。但是她在教皇格利高里七世与皇帝亨利四世之间为争夺主教的任命权而发生冲突时,全力支持教皇;亨利被开除教籍,取消皇权后,曾到她在卡诺沙的宫廷向教皇屈辱地请罪;她临终遗嘱还把她在托斯卡那的领地献给教廷。我们很难想象,坚决反对教皇掌握世俗权力的诗人但丁会以玛苔尔达影射她这样一位历史人物。

此外,但丁学家们还提了一些其他的历史人物,但均不具有足够的说服力。也有人认为玛苔尔达影射《新生》中的某一位女性,甚至猜想这个名字是但丁把两个希腊文词根拼在一起造成的,含义为"对智慧之爱"。

㉞ 玛苔尔达认为贝雅特丽齐这句话旨在提醒她尽她的职责,就像为自己开脱似的回答说,她已经把河名和其他有关的情况告诉但丁了,她确信勒特河的水并未使他忘记她的话,因为人喝了这条河的水只忘记自己的罪过。

㉟ "更注意某些事物":早期注释家均未说明指什么事物。现代注释家大都认为指仪式队伍游行、贝雅特丽齐出现等场面,这些都是但丁在听了玛苔尔达说明河的名称以及其他有关的情况以后才看到的。

"常常会削弱记忆力":意谓注意力过度集中于某些事物上经常会使人容易忘事。

"他的心智的眼睛模糊了":意谓但丁看到勒特和欧诺埃两河时,由于上述那些事物特别引起了他的注意,一时想不起玛苔尔达曾对他提到过这两条河的名称,因而也不知道流过来的水是欧诺埃河的水。

㊱ "像你经常做的那样":因为玛苔尔达的职务是把一切净罪后准备升天的灵魂先浸入勒特河去喝河水,使之忘记生前的罪行,然后浸入欧诺埃河去喝河水,使之恢复对生前的善行的记忆。但丁作为活人由神恩特许带着肉身去游天国,也必须先喝这两河的水。

"使得他的昏厥的功能苏醒过来":牟米利亚诺指出:"'昏厥'和'苏醒'的对比是强烈的,这种对比迅速而鲜明地揭示出《炼狱篇》中一切灵魂所处的悔恨的心理状态:他们总想生前所作的恶,从来不想所行的善。由此可见,双重洗涤的构想是天才的、合乎诗中情理的创造:这双重洗涤消灭了灵魂们作恶的记忆,从他们在各层平台上的忧悒心情的压力下,把他们解放出来,在他们心中换上已被悔恨的心理熄灭的行善的记忆。这句诗仅仅是个暗示,但对细心的读者来说,点明了压在整个第二部曲中的灵魂们心上的精神负担。"

㊲ "刚以某种方式表示出来":意谓用言语或示意动作(如手势、

眼色等)表示出来。

"跟他一起来"：玛苔尔达让斯塔提乌斯跟但丁一起随她去欧诺埃河边，因为他也和所有其他已经净罪的灵魂一样，必须先喝两河的水，才能升天。诗中虽未明言他已经喝过勒特河的水，但那是不言而喻的，因为玛苔尔达曾告诉但丁，如果不先喝勒特河的水，然后再喝欧诺埃河的水，后者就不能发生效力（见第二十八章注㉙）。

㊳ "我还要部分地歌颂这永不能使我喝够的河水"：意谓我还要就我的艺术才能所及歌颂使我永远喝不够的欧诺埃河的水。

"艺术的法则"：这里指作品各部分之间比例匀称的法则，例如《神曲》三部曲均由三十三章构成（加上作为全书序曲的第一章共一百章），每部曲均有四千七百余行，篇幅大致相等。

㊴ 意谓但丁喝了欧诺埃河的水，回到贝雅特丽齐身边，犹如新树生出新叶一般获得了新生，准备跟随她上升天国。

外国文学名著丛书

〔意大利〕但丁／著

神曲·天国篇

田德望／译

"外国文学名著丛书"编委会

人民文学出版社
PEOPLE'S LITERATURE PUBLISHING HOUSE

目　次

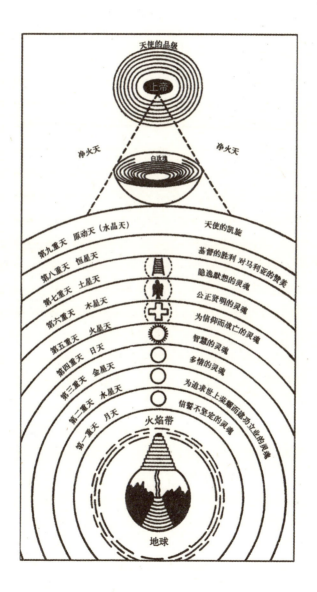

第　一　章

　　万物的原动者的荣光①照彻宇宙,在一部分反光较强,在另一部分反光较弱②。我去过接受他的光最多的天上③,见过一些事物,对这些事物,从那里下来的人既无从也无力进行描述④;因为我们的心智一接近其欲望的目的,就深入其中,以致记忆力不能追忆⑤。虽然如此,这神圣的王国的事物,凡我所能珍藏在心里的那些,现在将成为我的诗篇的题材⑥。

　　啊,卓越的阿波罗啊,为了这最后的工作,使我成为符合你授予你心爱的月桂的要求的、充满你的灵感的器皿吧⑦。迄今帕耳纳索斯山的一峰对我已经足够;但现在为了进入这尚未进入的竞技场,我需要这座山的双峰⑧。你进入我的胸膛,如同你战胜玛尔希阿斯,把他从他的肢体的鞘里抽出时那样,替我唱歌吧⑨。

　　啊,神的力量啊,如果你给予我那样大的援助,使我能把这幸福的王国在我脑海中留下的影子表现出来,你将看到我来到你心爱的树下,把它的叶子戴在我头上,诗篇的题材和你的援助将使我配戴这些叶子⑩。父亲哪,采摘这种叶子来庆祝恺撒或诗人的胜利的事,现今如此罕见——这是人的意志的过错和耻辱,所以无论何时珀纽斯之女的叶子使人渴望它,都会在喜悦的得尔福之神的心中产生喜悦情绪⑪。或许在我

1

之后将有人用更佳的声音祈祷,使契拉峰回应⑫。

世界之灯从不同的出口升起,为人类照明;但它从四个圆圈交叉成三个十字处的那个出口出来时,就走上最佳的运行轨道,同最佳的星座在一起,而且更能以它自己的方式对世界之蜡加以糅合,打上印记。差不多从这个出口升起的太阳已经使那里成为清晨,使这里成为黄昏⑬;当它把那半球全变成一片白,这半球全变成一片黑暗⑭时,我看见贝雅特丽齐转身向她的左方,凝望太阳;鹰从未这样定睛望它⑮。正如通常第二条光线来自第一条光线,而又向上升起,好像急于回家的游子似的,同样,她的动作通过眼睛传入我的想象力,产生了我的动作,我以超越凡人的能力凝望太阳⑯。我们的官能在那里能做到许多在这里做不到的事,因为那个地方是为作为人类本来的住处创造的⑰。我没有忍受太阳刺眼很久,但时间也不很短,就看到它同从火中抽出来的、烧红的铁一般光芒四射;忽然白昼似乎加上了白昼,好像全能者加上了另一个太阳装饰天空⑱。

贝雅特丽齐站着,全神贯注地凝望永恒运转的诸天;我的眼光也离开太阳注视她。在注视她的同时,我的内心发生了那样的变化,好像格劳科斯尝了仙草变成海中其他诸神的同伴一样⑲。超凡入圣的变化是不能 Per verba 说明的;因此就让将蒙受神恩得以体验这种变化者暂且满足于这个事例吧⑳。啊,主宰诸天的爱呀,你以你的光使我上升,你知道,我是否只是你最后创造的那部分自我在飞升㉑。你通过诸天对你的渴望使它们永恒运转㉒,当它们以其运转发出的、经过你的调节和调配的和声,吸引我的注意力时,我发现那时天空的极大部分被太阳的火焰点燃起来,霖雨或河流从未造成这样广阔的湖面。新奇的声音和浩大的光辉在我心中燃起了一种急于想知道其原因的欲望，这种欲望如此强烈，以致我从未感到㉓。于是，洞见我的内心如同我自己一样的贝雅特丽齐，为了使我的激动的心情平静下来，不等我问，就开了口，她开始说："你由于错误的想象使自己头脑迟钝，因而不明白你如果抛弃了这种想象，就会明白的原因。你并不像你相信的那样在地球上了；而是正在返回你本来的地方，雷电逃离它本来的地方都从未如此迅速㉔。"

如果说这些含笑说出的简短的话解除了我的第一个疑问，我又陷入了一个新的疑问的网中，我说："关于那件令我大为惊异的事，我的愿望已经得到满足；但是现在我感到奇异的是，我怎么会超越这些轻的物体上升㉕。"于是，她发出一声怜悯的叹息后，脸上带着母亲俯视神志昏迷、说胡话的儿子时的表情，把眼光转向我，说："一切事物之间都有秩序，这是使宇宙和上帝相似的形式。在这秩序中，高级创造物看到永恒的智能的足迹，这永恒的智能是上述宇宙秩序所力求达到的目的㉖。在我所说的秩序中，一切创造物都根据它们的不同的命运而有不同的倾向，因为有的距离它们的本源较近，有的距离较远；因此它们在宇宙万物的大海上被它们天赋的本能带往不同的港口㉗。这种本能使火向月天上升㉘；这种本能是灵魂必有一死的创造物心中的动力㉙；这种本能使地球粘合、凝聚在一起㉚。这弓弦上的箭不仅射那些无智力的，而且射那些有心智和爱的创造物㉛。那安排这一切的天命用他的光使那重天永远静止不动，在这重天的怀抱中，那重运转速度最高的天转动着㉜；那根射什么都射中一个喜悦的目标的弓弦的力量，现在正把我们带往天命指定的那个地方㉝。诚然，正如艺术品的形式由于材料不适用而常不符合艺术家的意匠，同样，人受本能这样向前推动，因为有转向别处的可能性，有时会离开这条正路；正如我们可以看到云层中的火落下来㉞，同样，这种自然倾向会把被虚妄的物欲引入歧途的人推向尘世。如果我的见解正确的话，对于你的上升，你不应比对于溪水从高山上落到山麓更感到惊奇，如果你已去掉了障碍㉟，而仍然滞留在下界，那才会是像地上的烈火静止不动一样的奇事呢。"

于是，她把眼光重新转向天上。

注释：

①　"原动者"：即亚里士多德所说的"第一原动力"（参看《炼狱篇》第二十五章注⑳）。他使用这个哲学名词来指上帝，因为他认为上帝乃一切运动的来源，而自身不动。"荣光"（gloria）：在《圣经》中主要指上帝之光。

②　意谓由于宇宙各部分接受上帝之光的能力不同，它们反射的光就有较强和较弱的差别。

③　指上帝所在的净火天。

④　"无从"：因为他已忘记所见的事物；"无力"：因为，如果他记得，他也缺乏描写那些事物的能力。

⑤　意谓"心智一接近其欲望的目的"即上帝，由于他是绝对真理，所以人的求知欲以他为其终极目的。心智接近上帝时，在那一瞬间深入于其中，以致事后不能追忆其所见。

⑥　意谓虽然但丁从净火天回到人间后，既无从也无力追述在那里所见的一切，但是，他在从地上乐园上升十重天的历程中所见的天国的事物，凡他当时铭记于心的，如今将是这第三部曲的题材。这段序诗说明《天国篇》的题材和主题。

⑦　为完成这最后的、异常艰巨的工作，但丁感到能力薄弱，因而祈求诗神阿波罗的援助。诗句的大意是：请你赐予我充分的灵感，使我写出的诗足以达到被授予桂冠的水平。"心爱的月

桂":典出于古代神话,阿波罗初恋的少女是珀纽斯河神的女
儿达芙涅。他不断地追求她,最后追到珀纽斯河边时,她向父
亲呼救,于是河神就使她变成了一棵月桂。诗句中"月桂"指
桂冠。

⑧ 帕耳纳索斯山有两峰,一名契拉峰,一名尼萨峰,前者是阿波
罗居住的地方,后者是九位缪斯居住的地方(参看《炼狱篇》
第二十二章注⑮)。"进入这尚未进入的竞技场":意谓迎接
这一尚未开始的、极其艰巨的写作任务。
诗句的大意是:迄今为止,对我来说,九位缪斯的援助已经足
够,但是现在要写难度最大的《天国篇》,我需要阿波罗和九位
缪斯双方的援助。

⑨ 意谓请求你用你在和玛尔希阿斯比赛音乐时,显示出的那样
大的力量,来替我唱歌。玛尔希阿斯是半人半羊形象的森林
之神,他向阿波罗挑战比赛音乐,阿波罗得胜后,剥了他的皮,
以惩罚他的狂妄(见《变形记》卷六)。

⑩ 诗句的大意是:如果你赐我援助,使我能描绘出天国在我心
中留下的模糊的形象,我的诗篇发表后,我将被授予桂冠,因
为《天国篇》的崇高的题材和你的援助使我配受这种荣誉。

⑪ "恺撒"泛指皇帝。"珀纽斯之女的叶子":即月桂树叶,这里
指这种树叶编的桂冠。"得尔福之神"指阿波罗,因为他最著
名的神殿在古希腊帕耳纳索斯山西南坡的得尔福小城中。
诗句的大意是:如今授予诗人桂冠的庆典极少举行,因此,任
何时候有人渴望获得戴桂冠的荣誉,都会使诗神阿波罗心中
增加喜悦。

⑫ 意谓微小的创举往往会给巨大的伟大的成就开路;或许在我
之后,会有比我更佳的诗人向诗神阿波罗求援,获得他的
答应。

⑬ "世界之灯"指太阳。在这些诗句中,但丁描述季节。太阳每
年每天从地平线上特定的一点升起,这一点每天都不同。这
些点叫作"出口"。最佳的出口是3月21日春分节日出处的
出口。这就是"四个圆圈交叉成三个十字处的那个出口"。它
就是三大天球圈与地平圈交叉,各自与之形成一个十字的那
一点。这三大天球圈是赤道圈、黄道圈和昼夜平分圈;后者是

一个穿过北天极和南天极的、在白羊座和天秤座与黄道圈相交的大圆圈。当太阳从这一点升起时，"就走上最佳的运行轨道，同最佳的星座在一起，"即同白羊座在一起。太阳在白羊宫时，对地球具有最良好的影响。但丁从地上乐园上升天国那天，太阳已经"差不多"过了那个"出口"：那天是 3 月 21 日以后好多天（精确地说，是 1300 年 4 月 13 日星期三），但太阳仍在白羊宫；所以诗中说"差不多从这个出口升起的太阳已经使那里（伊甸园）成为清晨，使这里（北半球大陆）成为黄昏"。（葛兰坚的注释）

⑭ 指正午。这里点明但丁随贝雅特丽齐从地上乐园向天国飞升的时刻。

⑮ 古代和中世纪人都相信，鸟类中唯独鹰的眼睛能直视太阳。

⑯ "第一条光线"：即入射光线；"第二条光线"：即反射光线。在这个明喻中，贝雅特丽齐的眼光相当于第一条光线，但丁的眼光相当于第二条光线。诗句意谓她凝望太阳的动作通过我的眼睛传入我的想象力（即我的心中），使我做出相同的动作。

⑰ "那个地方"指地上乐园。这是上帝为亚当、夏娃和他们的子孙后代创造的本来住处。但丁在炼狱净罪后，来到了地上乐园，意味着他已达到亚当和夏娃犯罪前的纯洁、清白的状态，所以他能以超越凡人的能力凝望太阳。

⑱ 但丁不知不觉地随贝雅特丽齐离开了地球，以不可思议的高速度向天国飞升，距离太阳越来越近，所以他觉得天空那样光辉灿烂。

⑲ 格劳科斯原为渔夫，有一天，他坐在一片从未有人去过的草地上数他捕得的鱼。忽然鱼开始在草上动来动去，随后就跑回海里去了。他寻思这草一定有一种神奇的功效；于是自己也尝了一些，顿时感到心中向往大海，便立即跳入其中，变成了海神之一（见《变形记》卷八）。

⑳ "Per verba"：是拉丁文，含义是"用文字表达"。诗句意谓超凡入圣的经历是不能用文字描述的；因此就让蒙上帝的恩泽将来得享天国之福的人，暂且满足于格劳科斯的事例，以后再亲自体验这种变化吧。

㉑ "你最后创造的那部分自我"：指灵魂。在胎儿的植物性灵魂

和感性灵魂已经形成后,上帝就把理性灵魂赋予他,然后理性灵魂吸收植物性灵魂和感性灵魂,成为单一的灵魂(详见《炼狱篇》第二十五章注㉑)。诗句意谓我不知道我是否只是灵魂在飞升。《新约·哥林多后书》第十二章说:"他(指圣保罗)前十四年被提到第三层天上去,或在身内,我不知道,或在身外,我也不知道,只有上帝知道。"但丁向天国飞升类似圣保罗被提到第三层天上,所以在这里重复圣保罗的话。

雷吉奥指出,但丁常常强调自己在地狱、尤其在炼狱中前进时,受到肉体重量的牵累,但他也体验到,越向上攀登,费力就越小,到最后就如履平地。如今他的肉体几乎像得救的灵魂在肉体复活后的肉体似的,成为一种无重量的物质。

㉒ "原动天(水晶天)是物质的宇宙最靠外的一重天,它的快速运转是由于它的每一部分都渴望与上帝所在的净火天的每一部分接触;原动天把它的运转传送给它所环绕的一切诸天。"(葛兰坚的注释)

上帝通过诸天对他的渴望使它们永恒运转,主要是亚里士多德的观点。

㉓ 诸天运转的声音经过上帝的调节和调配成为悦耳的和声,这种和声引起了但丁的注意,在这同时,他发现天空大放光明,在人间从未见过这种景象。他渴望知道这新奇的声音和浩大的光辉的起因。

㉔ "你由于错误的想象使自己头脑迟钝":意谓你由于错误地以为你还在地球上而心里糊涂。

"正在返回你本来的地方",意谓你正在返回人的灵魂本来应在的天国。

"闪电逃离它本来的地方都从未如此迅速":中世纪人认为雷电是火,它本来应在"火焰带"(sfera del fuoco)内,但它违反了自然规律,逃离火焰带,降落到地上。

㉕ "这些轻的物体":指空气和火,这两种要素都比肉体的重量轻。显然但丁认为自己在带着肉体飞升。

㉖ "形式":是经院哲学名词,含义为"本质"。"高级的创造物":指有理性的创造物,即天使与人类。"永恒的智能":指上帝。诗句意谓:上帝乃上述宇宙秩序的目的。

7

㉗ "它们的本源":指上帝。一切创造物(包括有理性的天使和人类以及有生命的植物、动物和无生命之物)各自距离上帝的远近都不相同,因此它们在宇宙中各自被天赋的本能或自然倾向带往不同的目的地("港口")。

㉘ "这种本能使火向月天上升":意谓这种本能推动火向其目的地——位于地球和月天之间的"火焰带"上升。

㉙ "灵魂必有一死的创造物"指畜类,它们只具有感性灵魂,这种灵魂是必有一死的。它们的行动由本能推动。

㉚ 意谓这种本能就是使地球粘合在一起的内聚力和使地球各部分向地心凝聚的地心引力。

㉛ "弓弦":在这里是隐喻,用来比拟"本能"。"那些有心智和爱的创造物":指天使和人类;"爱"指"心灵的爱",即经院哲学家所谓"有选择性的爱",它是由心智选择对象,由意志自由决定的(见《炼狱篇》第十七章注㉒);因此,这里所说的"爱"指自由意志。

㉜ "使那重天永远静止不动":意谓上帝以他的光使净火天的愿望完全得到满足而永远静止不动。"那重运转速度最高的天":指原动天(水晶天)。

㉝ "天命指定的那个地方":指净火天。诗句意谓:把一切创造物都引向其幸福所在的目的地的那种本能的力量,正把我们带往净火天。

㉞ 当时的物理学理论认为,雷电是因一些干燥的气体相撞在云层内部产生的火,它由于膨胀而冲破云层落到地上。既然它是火,它的本能就应使它上升,因为"火焰带"在上方,但它违背了它的本能而下降。

㉟ 意谓如果你已在炼狱中排除了罪恶的障碍,重新获得意志自由。

第 二 章

啊,你们乘一叶扁舟,渴望听我叙述而一直尾随着我这只一面唱歌一面驶向深海的船前进的人们,回到你们的岸上去吧:你们不要冒险进入远海,因为,你们如果落在我后,或许要迷失航向①。我所走的海路在我以前从未有人走过;弥涅耳瓦为我的船吹风,阿波罗为我掌舵,九位缪斯为我指出大小熊星②。

你们乃一些早已把脖子伸向天使的面包——这种为人类生存所必需而永远吃不饱的食粮——的少数人,确实可以把你们的船驶向深海,紧跟在我这只破浪行驶的船后面前进,不必等待航迹平复③。那些渡海到达科尔喀斯的光荣的人,在他们看到伊阿宋变成了耕夫时,感到的惊奇都不像你们将要感到的那样大④。

对于同神相似的王国的那种天生的和永久的渴望,促使我们以几乎如同你们所见的那重天的运转速度上升⑤。贝雅特丽齐望着上空,我望着她;或许在一支弩箭停住、飞去、从槽口射出的时间⑥,我就发现自己已经到了一种奇妙的事物吸引我的眼光的地方;因此,那位洞悉我内心一切思想的圣女转身向着我,她的美丽的容颜增加了喜色,对我说:"你向使我们到达这第一颗星的上帝表示心中的感恩之情吧⑦。"

我觉得好像一层发亮的、浓厚的、细密的、光滑的、如同日光照射下的金刚石一般的云裹住了我们。这颗永恒的宝石容纳我们，如同水容纳光线射入，而自身并不裂开⑧。如果我是带着肉体上升的话，那我们在世上不能理解一个物体会容纳另一物体，而一个物体进入另一个物体就必然如此⑨；这一事实理所当然地会在我们心中燃起更大的愿望，急于到那里去理解人性与神性合而为一的本性。我们在那里将理解那些我们作为信条来坚持的事物，我们理解那些事物并非作为证明的真理，而是作为像人们都相信的那些公理一样的不言而喻之理⑩。

　　我回答说："圣女呀，我怀着极度的虔诚谢他使我离开了尘世。但请您告诉我：这个天体上的那些引起下界地球上的人讲该隐的故事的阴影是什么⑪？"

　　她微微一笑，然后对我说："如果世人的见解在感觉的钥匙不能开门的地方发生错误，今后惊奇的箭不应刺痛你，因为你看到，即使理性紧跟在感觉后去飞，它的翅膀也很短⑫。但是，你告诉我，你对这个问题的想法吧。"

　　我说："我们从地球上看到这个天体表面各部分明暗不一样。我相信，那是由物体疏密不同造成的。"她说："如果你细听我反驳这种见解的论据，你就一定会明白你的想法深深地陷入谬误中。

　　"第八重天向你们呈现众多的星，这些星由于各自所发的光在质上和在量上都不同而显示出不同的面貌。假如这只是由物体疏密不同造成的，那么，所有这些星就应该都有一种作用或多或少或相等地分配在各自里面。不同的作用必然是不同的本质根源产生的结果，如果按照你的见解，这些本质根源,除了一个外,就会全被取消⑬。再者,假如物体的稀薄是产生你所问的那些暗斑的原因,那就可能有两种情况:或者,这个行星直到它的背面都缺乏物质,以至有些部分呈现出洞隙,或者,如同人体有些部分肥,有些部分瘦一样,行星这同一卷书本中有些页纸厚,有些页纸薄。假如是第一种情况的话,它就会在日蚀的时候显示出来,因为那时日光就应透过这个行星稀薄的物质像透过任何别的透明的物质一样射出。事实并非如此:因此我们须要那另一种情况;如果我能排除这另一种情况,那就证明你的意见是错误的。

"假如这稀薄的物质并非从行星这一面一直延伸到另一面,它就必须有一个界限,在界限那边,浓厚的物质把它挡住;另一个行星的光就会在那里被反射回来,如同背面涂上了铅的玻璃把带颜色的形象反映出来一般⑭。现在你将反驳说,从那里反射回来的光会比从其他部分反射的光线显得暗淡,因为它是从更远的地方反射回来的。实验向来是你们的学术的源泉,如果你有时做它一次,它就能使你摆脱这种异议。你拿三面镜子,把其中的两面放在距离你同样远的地方,恰好在那两面之间,你的眼睛可以看见的地方放上第三面。你面向着这三面镜子,让人把一盏灯放在你背后,灯光会照亮这三面镜子,而且从这三面镜子中反射到你眼里。虽然那面较远的镜中的映象不会像那两面较近的镜中的映象那样大,但是你如果向那面较远的镜子看去,你就会看到,那里的光的亮度必然与另外那两面镜子中的光亮度一样⑮。

"现在,犹如雪的基本物质在温暖的日光照射下,去掉了原来的颜色和寒冷一样,你的心智去掉了错误的见解,我就要以灿烂的真理之光照亮你的心智,这光像一颗明星一般向你闪耀⑯。

　　"在那重神圣的、静止的天里面转动着一个物体,这个物体所包含的一切事物的生命都以它的能力为基础⑰。下一重有众多的星星的天把这种能力区分为种种不同的能力,分配于它所包含的那众多的星中⑱。其他诸天都以不同的方式配置各自里面的不同的能力,以获得各自的效果,实现各自的影响⑲。如同你现在明白的那样,这些宇宙的器官⑳就这样一级一级地发生作用:从上接受并往下传送能力。你要好好地注意,我如何通过我的论证达到你想要认识的真理,以便你今后能独自沿着这条途径前进㉑。这九重神圣的天的运动和能力必然来自那些在天国享福的发动者,如同锤子的手艺来自铁匠一样㉒;那重由如此繁多的星装饰得很美的天,从发动它的那深奥的心智接受印记,把它盖在那些星上㉓。如同人的肉体内的灵魂通过各种适应不同的感觉官能的器官表现出来,同样,那重天的发动者的心智在各不同的星中显示出多种能力㉔,但在自身转动中保持其整一性。不同的能力与其赋予生命的珍贵物体形成不同的结合,结合的方式如同灵魂在人的肉体中一样㉕。这种混合的能力由于其来源的喜悦性质而透过那种物体发光,如同灵魂的喜悦透过灵活的瞳仁发光一样㉖。星与星所显示的不同的亮度是由这种混合的能力产生的,不是由其物质的稠密和稀薄产生的;这种混合的能力就是那根据其不同的力度产生天体的昏暗和明亮的本质原因㉗。"

注释:

　　① "乘一叶扁舟……的人们":指不懂哲学和神学的读者们。但

丁在继续叙述他的天国之行以前,先向这些读者提出警告,要他们考虑一下自己的能力,是否还能读懂他的诗篇的艰深的内涵。

"回到你们的岸上去":意谓中断你们的阅读,满足于你们以前读过的前两部曲。

② 意谓:在我以前,从未有人写过像我所写的这样充满神学思想的诗篇;司学问的女神弥涅耳瓦(在这里象征《天国篇》的深奥的哲理)为我的船吹顺风,促使它破浪前进;诗神阿波罗象征诗的灵感,在这里被想象为船的舵手。"九位缪斯为我指出大小熊星"意即给我的船指出航向。

③ "早已把脖子伸向天使的面包……的少数人":指那些长期以来就从事神学研究的少数读者。但丁在《筵席》第一篇第一一七章曾以"天使的面包"指神学。

④ "那些渡海到达科尔喀斯的光荣的人"指那些随伊阿宋到科尔喀斯国觅取金羊毛的阿耳戈航海家。他们到达科尔喀斯后,为了得到金羊毛,伊阿宋必须赶着两头铁犄角、青铜蹄、鼻孔喷火的公牛耕地,然后把龙牙播种在耕过的地里,接着地里就生长出一些带着刀枪的人,他们都来向伊阿宋进攻。那时,热恋伊阿宋的公主美狄亚念了一道符咒,伊阿宋乘机把大石头扔到敌人丛中,转移他们的目标,使他们自相残杀而死(见《变形记》卷七)。诗句意谓当那些随伊阿宋到科尔喀斯国觅取金羊毛的阿耳戈航海家看到伊阿宋变成了耕夫,赶着那两头公牛耕地,把龙牙播种在地里,地里就长出一些带着全副武装的人时,他们当时的惊讶程度都不如你们听到我在经过九重天到达净火天后,向你们描述的神奇的事物所感到的惊讶那样大。

⑤ "同神相似的王国":指净火天;这重天"不在空间,而是只在本原的心(即上帝的心)中形成的"(见《筵席》第二篇第三章),因而它分享上帝的神性成分较多。诗句的大意是:所有的人均怀有一种对天国的永不能解除的渴望;这种渴望促使贝雅特丽齐和但丁以一种极高的速度上升,这种速度几乎和你们所见的恒星天的运转速度相等。(牟米利亚诺的注释)

⑥ 诗句意谓在一支弩箭停止、飞去、从槽口射出所需的时间。

但丁在句中把放射弩箭的程序颠倒过来,表明弩箭从槽口射出、飞去和击中目标的过程,在人的眼中看来,是同一时刻,以此来强调弩箭射出速度之高。

⑦ "第一颗星":指月球,"它是围绕着地球转动的天体中的第一颗星,也就是说,距离地球最近的一颗星。读者要记住,但丁把这些天体(行星和恒星)想象为细密的、发亮的球体镶嵌于一些由透明的物质构成的厚层之中,这些球形的厚层即诗篇中所说的九重天。但丁想象自己从一重天上升到另一重天时,总是恰好到达那颗行星在那重天中所在的地点"(萨佩纽的注释)。因此,他和贝雅特丽齐到达月球就意味着他们登上了月天。

⑧ "一层发亮的、浓厚的、细密的、光滑的、如同日光照射下的金刚石一般的云裹住了我们":这层云指但丁和贝雅特丽齐进入的月球的物质。"这颗永恒的宝石容纳我们,如同水容纳光线射入,而自身并不裂开":意谓月球容纳我们进入其中,它自身却不裂开。

⑨ 诗句意谓"如果我是带着肉体向上飞升的话,那就令人不能理解一个固体物怎么能容纳另一个固体物进入其中,而一个物体进入另一个物体时,就不可避免地被它容纳"。(牟米利亚诺的注释)

⑩ 诗句意谓这一事实当然会使我们更渴望到天国去理解人性与神性在基督身上合而为一的奥秘。在那里,我们将理解那些我们在世上作为教义所坚信的真理并非通过论证的途径,而是通过先验的直觉,如同世人都懂得那些不言而喻的公理一样。

⑪ 中世纪民间故事把月球上的阴影说成是该隐由于犯杀弟罪,被放逐到月球上,受肩膀上永远背着一捆荆棘的惩罚。

⑫ 诗句意谓"如果世人的见解在感觉不能提供准确的认识的问题上发生错误,如今你不应该再感到惊讶了,因为你看到,即使我们的理性在知觉的引导下(即使在自然界的问题方面),它都不能前进得很远……"(萨佩纽的注释)

诗句中"因为你看到"一语具体指"但丁亲自到达月球,而仍然弄不清月球上的阴影是什么"。(彼埃特罗波诺的注释)

贝雅特丽齐的话只在强调理性的限度,根据知觉提供的资料得来的理性知识,也时常不充足或者错误,而必须借助于神学加以补充或纠正。

⑬ 根据雷吉奥的分析,贝雅特丽齐这篇从这里开始一直持续到本章结尾的有关月球上的暗斑(阴影)问题的讲话由迥然不同的两部分构成。第一部分用来驳斥但丁关于月球上暗斑的起因问题的错误见解(其实是但丁借贝雅特丽齐之口修正自己在《筵席》第二篇第八章中对这个问题的错误见解)。作为诗来读,这是《神曲》中最令人感到晦涩、枯燥的部分。

萨佩纽指出:"为了驳斥但丁的错误见解,贝雅特丽齐把对月球上的暗斑问题的特殊探讨转移到与之类似的对各恒星亮度不同问题的探讨上来。"

"第八重天":指恒星天。"本质根源"(principio formale):根据经院哲学,一切物体都具有其物质根源(principio materiale)——即其物质,还都具有其本质根源,即决定物体的独特性质的根源(牟米利亚诺的注释)。

对这些诗句的内涵,雷吉奥解释说:"如果密度不同是产生我们看到的月球表面亮度不同的本质根源,那它就同样是产生第八重天或恒星天所显示的亮度不同的本质根源。在这种情况下,其中所有的星就都应具有一种对地球上的唯一的同一作用或影响,也就是说,其中所有的星就都应具有一种唯一的同一特殊性质,这种特殊性质只有质的区别,而无量的区别:这是不可能的,因为各颗星都有各自不同的作用。但是,不同的作用都必有不同的本质根源:但丁的理论把各种不同的本质根源减成单一的密度原因,按照这个理论,那众多的星的作用就应该是单一的同样的作用,这种理论是荒谬的。"

⑭ "另一个行星的光":指日光。"背面涂上了铅的玻璃":指镜子。

⑮ "从这项实验得出的结果是,即使由距离月球表面较远的地方反射的光的亮度,也总具有同样的强度;因此,这不足以产生讨论中的那些暗斑。"(牟米利亚诺的注释)贝雅特丽齐的讲话的第一部分到这里为止。

⑯ 贝雅特丽齐的讲话的第二部分以一个美妙的比喻开始,向但

丁阐明月球上的暗斑的本质根源（也就是说，其根本原因或内在原因）。

"基本物质"（Suggetto）：即经院哲学名词 Subiectum。雪的基本物质是水。诗句意谓现在，如同在温暖的日光照射下，雪的基本物质去掉了原来的白色及其所引起的冷觉一样，你的心智去掉了原来的错误见解；也就是说，现在但丁的错误见解已被她的论证消除，他的心智易于接受她准备向他阐述的真理。

⑰ "那重神圣的、静止的天"：指上帝所在的净火天，这重天是上帝的心智之光形成的超越空间和时间的天，即严格意义上的天国。它包着托勒密天文体系的呈同心圆形的、由物质构成的九重天，从内向外数依次是：原动天（水晶天）、恒星天、土星天、木星天、火星天、日天、金星天、水星天和月天，这九重天都以不同的速度永远绕地球旋转，连同永恒静止的净火天一起构成但丁想象的广义的天国。

"转动着一个物体"：这个物体即原动天。"这个物体所包含的一切事物的生命都以它的能力为基础"：诗句意谓宇宙万物的生命都以原动天从净火天接受的能力为基础。但丁在《筵席》第二篇第十四章中说：原动天"通过它的运转带动一切其他诸天的日常运转，使它们每天都从上接受和向下传送它们各部分的能力；因此，假如这重天不这样带动它们的日常运转，它们的能力就来不到下界，世人就看不到它们……下界确实就不会有动物的生命或植物的生命产生；不会有夜也不会有昼，不会有周也不会有月和年，全宇宙就会陷入混乱状态，一切其他诸天的运动都会徒劳无益"。

⑱ "下一重有众多的星星的天"：指恒星天。"把这种能力区分为种种不同的能力，分配于它所包含的那众多的星中"：意谓恒星天把它从原动天接受的整一能力区分成各种不同的能力，并且把这种种不同的能力分配于它里面那众多的星中，使每颗星都具有独特的能力。

⑲ "其他诸天"：指土星天、木星天、火星天、日天、金星天、水星天和月天这七重天。"都以不同的方式配置各自里面的不同的能力，以获得各自的效果，实现各自的影响"：这句话说得比较笼统；根据"诸天……把人引向特定目的"这句诗（见《炼狱

篇》第三十章注㉒),雷吉奥作出明确的解释:"恒星天把它的能力分配于它里面的各颗星,而其他诸天则都只有一颗行星,它们就都把各自的能力传送给仅有的那一颗行星,使得它向下一重天施加影响。这样,原动天的原始的、未区分的能力就区分出来,成为多种能力,从一重天传送给另一重天,直至影响达到地球。"

㉑ "宇宙的器官":指诸天。因为诸天对于宇宙的生命的功能类似各种器官对于人体的生命的功能。

㉑ "以便你今后能独自沿着这条途径前进":言外之意是,你只要把我阐明各天体亮度不同的原因的论断途径应用于月球,你就会得出它表面的暗斑的本质根源。

㉒ "那些在天国享福的发动者":指发动九重天的第九品级的天使。诗句意谓"诸天的运转和影响来自各级天使:诸天只是产生效果的工具而已,效果的起因是天使,如同锤子是工具,但发挥锤子的效力的是铁匠一样"。(雷吉奥的注释)

㉓ "那重由如此繁多的星装饰得很美的天":指恒星天。"发动它的那深奥的心智":指发动恒星天的第二品级天使嗤嗠啪。诗句意谓"恒星天从嗤嗠啪的深奥的心智接受印记并把这印记盖在它里面的繁多的星上,也就是说,把它的影响施加于它们"。(雷吉奥的注释)

㉔ 诗句意谓"如同人的肉体中的整一的灵魂通过各种适应不同的感觉官能(如听觉,视觉,触觉等)的不同的器官表现出来,同样,发动恒星天的嗤嗠啪的心智在不同的星中表示出来,也就是说在其中产生多种不同的能力"。(雷吉奥的注释)

㉕ 诗句意谓"发动诸天的天使的整一的能力,在不同的天体中区分为不同的能力,与其赋予生命的天体的珍贵的物质形成不同的结合,结合的方式如同灵魂在肉体中一样"。(雷吉奥的注释)

㉖ 诗句意谓"发动诸天的天使的能力,与天体结合,由于能力的来源的喜悦性质而透过天体发光,如同灵魂的喜悦透过灵活的瞳仁发光一样。这意味着,一颗星,或者一颗星的一部分,亮度或大或小由发动这颗星的天使的喜悦产生,如同人内心的喜悦由目光顾盼神飞的表情显示出来"。(雷吉奥的注释)

17

㉗ 诗句意谓"星与星的亮度不同(而且一颗星的一部分与另一部分的亮度不同),由这种与各天体结合、形成各种不同的浑然一体的能力产生;这种能力,并非星的物质的密度的大与小,才是那根据其不同的力度产生天体的昏暗和明亮的根本原因"。(萨佩纽的注释)他的注释还指出:"所以各品级的天使的喜悦都在各天体中作为光表现出来;光的亮度较大或较小,相当于天体中或天体的各部分中天使喜悦的程度较大或较小。各天体中光的不同的亮度积累起来,在我们看得见的月球下方那层的表面上最为明显:这是由于月球是各行星中最靠下的一颗,其上的各重天的能力通通集合于其中,共同对地球的物质施加影响。"

在结束本篇的注释后,应该指出,在以后各章中将陆续出现类似的关于哲学和神学问题的议论。何以会出现这种现象?牟米利亚诺在本章末尾的注释中对这一问题提出了有说服力的见解,大意是:"这一方面是由于中世纪对诗的概念和对学术的概念并无十分明确的区别,另一方面是由于这一事实:倘若但丁放弃有关学术的谈论,他就得考虑如何解决他放进诗篇中的题材会使预定三十三章的篇幅显得太长的问题:根据他对《天国篇》的总的构思,他所想象的天国及其居民均具有抽象性,不容许他再像《地狱篇》和《炼狱篇》那样运用风景描写和心理刻画的手段。既然这一诗篇的大部分,对他来说,不能运用描写多样化的背景和刻画多样化的人物性格,他就只能谈论哲学和神学问题,这些问题对我们在思想上和他距离这样远的人们来说,意义甚小,对他来说,却极其重大。"

他的论断是实事求是的。《天国篇》中这些阐述哲学和神学理论的部分,不言而喻,对我们现代中国读者,当然更无任何现实意义。因此,我们只根据上文懂得大意即可,无须力求"甚解",何况这些哲理部分往往是隐晦的(例如本章)。

第 三 章

　　先前以爱情温暖我的心的太阳①，通过论证和反驳向我揭示出美妙真理的可爱面貌；为了表白自己纠正了错误，确信真理，我把头适度地抬高了点，准备说话；但是一种景象出现在我面前，牢牢地吸引着我去看它，使我忘了进行表白。

　　如同透过洁净而且透明的玻璃，或者透过清澈而且平静的、而不是深不见底的水，我们的面部轮廓如此模糊地映现出来，有如白皙的额上的珍珠映入我们的眼帘一样难以辨别②；我看到许多这样的人面准备说话；因此，我陷入了与点燃起人对泉水之爱的那种错误正好相反的错误之中③。一看到那些人面，我以为它们是镜子里照出来的形象，就立刻回头去看是什么人的脸；但是我什么都没看到，就掉转目光向前注视我的温柔的向导的眼睛，她微笑着，眼睛闪耀着神圣的光芒。她对我说："你不要惊奇，我对你的幼稚的思想浮现着微笑，因为它仍未立足于真理，而是像往常一样使你转向虚妄的道路：你看到的这些面孔都是实体④，由于未守她们的誓约而被谪于此处⑤。所以你就同她们交谈，聆听并且相信她们说的话吧，因为满足她们的愿望的那真理之光⑥是不许她们的脚步离开它的。"

　　于是，我转身向那位似乎最渴望说话的灵魂，如同因愿望太急切而发慌的人似的,开始说:"啊,被创造成为有福者的灵魂哪,你在观照永恒的生命之光⑦中,尝到了那种如果不曾尝过就永不知道的甜蜜滋味,假如你肯把你的名字和你们的境遇告诉我,使我感到满足,那对我来说,将是一件欣幸的事。"于是,她眼含着微笑的神情,热切地说:"我们的爱对正当的愿望不拒之于门外,正如那要使自己宫廷中所有的人都和自己相像者的爱一样⑧。我在世上是童贞的修女;如果你的记忆力好好回顾一下,如今我变得更美不会使你不认得我,你会认出我是毕卡尔达;我和另外这些有福之人一起,被安置在这个运转最慢的天体中享福⑨。我们的感情完全是由圣灵的热烈的爱点燃起来的,欣喜自身符合神所规定的秩序。我们之所以被注定在这个似乎如此低下的地方,是由于我们的誓约被我们忽视,有一部分没有履行。"于是,我对她说:"你们的容颜中有某种不可思议的神圣的因素发光,这种光改变了你们留在人们记忆中的本来容貌:因此我未能迅速地想起你来;但现在你所说的话帮助了我,使我更清楚地回想起你的面容。但是告诉我:你们这些在此处感到幸福的人,你们想上升到更高的地方,为了对神观照更深,同神的爱更接近吗?"

她和其他的灵魂一起微微一笑;随后,她就那样欣喜地回答我,好像她在初恋的火焰中燃烧似的⑩:"兄弟呀,神的爱的力量满足我们的愿望,使得我们只愿享有我们现有的,而不使我们渴望别的。假若我们向往更高的地方,我们的愿望就不符合注定我们在此处者的意志;假若我们在爱中存在于此处是必然性,假若你好好思考一下爱的性质,你就会明白,在这九重天里,那是不会发生的事。相反,把我们各自的意志保持在神的意志范围内,使得我们大家的意志变成一个意志,对于

我看到许多这样的人面准备说话……

这种幸福状况是至关重要的；所以，我们这样一级一级地分布在这个王国中，使整个王国满意，也使那位吸引我们的意志符合他的意志的国王⑪满意。合乎他的意志是我们的至福所在；他是他所创造的一切或者自然所生长的一切都流入的大海⑫。"

那时我才明白天上到处都是天国，虽然在那里"至善"⑬的恩泽并非以同等程度降于各处。如同有时吃饱了一种食物，还对另一种有胃口，因而乞求这一种，并为那一种道谢，同样，我以姿态和言语向她表示，我想知道她未把梭拉到织物纬线尽头的是什么布⑭。她对我说："完美的一生和崇高的功德使一位圣女上升于更高的天，在下界你们尘世间有些人遵照她的教规穿上修女衣服，戴上修女面纱，为了至死都同那位接受一切出于对他的爱因而符合他的意志的誓约的新郎一起醒，一起睡眠⑮。当我还是少女时，为了逃避人世，我就去追随她，穿上她那种衣服，立誓要过遵守她那派教规的生活。后来，惯于为恶甚于为善的人们⑯从甜蜜的修道院里抢走了我：以后我的生活如何，只有上帝知道⑰。在我右边显现给你的、被我们这重天的全部光辉照耀着的另一灿烂的形象，可把我所说的我的情况理解为她自身的情况⑱。她曾是一位修女，被人以同样方式扯下了遮着脸的神圣的面纱。但是，在她被人违反她的意志而且违反良好的习俗强迫还俗后，她永远未曾把她心中的面纱解下。这就是伟大的康斯坦斯的光辉形象⑲，她给士瓦本的第二阵风暴生下了第三阵风暴和最后的皇权⑳。"

她这样对我说，然后开始唱 Ave Maria㉑，一面唱，一面像重物沉入深水一般消失了。我尽可能目送着她，在看不见她之后,眼光就转向我更大的愿望的目标,完全转向贝雅特丽齐;但是她把光芒闪射在我的眼睛上,照得我眼睛起初不能忍受;这使我向她发问比较迟缓。

注释:

① "太阳":指贝雅特丽齐。

② "白皙的额上的珍珠":这是中世纪妇女的时髦的装饰,这里用来作为比喻,说明月天中出现的灵魂们面部轮廓如何模糊难以辨别;但丁诗中的比喻大多取材于现实生活。

③ 意谓我陷入了和那耳喀索斯的错误正好相反的错误中。根据希腊神话,美少年那耳喀索斯在泉水边饮水时,看到水中自己的影子,以为那是真人而对之发生爱情(见《变形记》卷三)。但丁看到那些灵魂的真实形象误认为那都是些虚幻的影子,那耳喀索斯看到水中自己的影子误认为那是真人,所以诗中说,但丁的错误与那耳喀索斯的错误正好相反。

④ "实体"(vere sustance):意即"真实的灵魂,真正存在的灵魂,不是虚幻的影子。'实体'是经院哲学术语"。(雷吉奥的注释)

⑤ 一切超凡入圣的灵魂都在净火天和上帝相伴。当但丁游天国时,他们分别出现在九重天中与自己的功德相适应的天体里,为了使他了解他们的不同的幸福程度以及在世上时所受的天体星象的影响:例如"不坚定的灵魂"出现在月天,"为追求世上的荣耀而积极建立功业者的灵魂"出现在水星天,等等。月天、水星天和金星天这三重天也被称为"低等的天",因为受其中的天体星象的影响而形成的性格倾向应该被人的意志克服或者抑制。在月天中出现的灵魂都是未能坚守所立的誓约而被谪于这一低等的天的。

⑥ "真理之光":指上帝,因为他是绝对真理。

⑦ "永恒的生命之光":指上帝。

⑧ 诗句意谓我们的爱不拒绝任何正当的愿望,正如上帝的爱允诺一切正当的祈求一样,因此我们的意志是完全符合上帝的意志的。

⑨　"毕卡尔达":是浮雷塞·窦那蒂和黑党首领寇尔索·窦那蒂的妹妹,生来容貌美丽,性格虔诚,幼小时候就进入佛罗伦萨的圣克腊拉修道院为修女。后来,她大哥寇尔索(此人的恶行详见《炼狱篇》第二十四章注㉗)在任波伦亚的最高行政官时,由于政治原因企图把她嫁给他黑党内性格粗暴的追随者罗塞利诺·德拉·托萨,为此他带领一批暴徒来到佛罗伦萨,从修道院中把她抢走,强迫她同罗塞利诺结了婚。

　　"如今我变得更美不会使你不认得我":毕卡尔达比在世时更美,因为天国的至福使她的美貌增加。但她认为这一事不会阻碍但丁认出她来。

　　"被安置在这个运转最慢的天体中享福":意即被安置在月天。诸天都围绕地球运转,速度各不相同;月天距离地球最近,运行轨道半径最小,运行速度最慢。

⑩　"好像她在初恋的火焰中燃烧似的":注释家们对这句诗的含义有不同的解释,因为"好像"原文是 parea,这个动词也可理解为"显现","初恋",原文是 primo amore,这个词组也可理解为"本原的爱"(即圣灵)。萨佩纽、卡西尼-巴尔比、格拉齐尔和斯卡尔塔齐-万戴里都认为,毕卡尔达在上面已经说过"我们的感情完全是由圣灵的热烈的爱点燃起来的",这里所说primo amore 应该是同一意义;因而他们都把这一诗句理解为"她确实显现着在神圣的爱的火焰中燃烧的样子"。认为把primo amore 理解为"初恋",用在毕卡尔达身上,会有损于她的圣徒形象。牟米利亚诺、彼埃特罗波诺和雷吉奥都认为,把诗句的意义理解为"好像她在初恋的火焰中燃烧似的"是很自然的。波斯科还指出,把"初恋"一词用在毕卡尔达身上,无损于她的圣徒形象,因为本章首句就以"先前以爱情温暖我的心的太阳"指贝雅特丽齐,何况在这里是作为比喻。因此译文根据这种解释。

⑪　"国王":指上帝。

⑫　"他所创造的一切":指天使、人类的灵魂等。诗句意谓他是"我们的一切愿望都得以满足的终极目的;凡是他直接创造的或者间接由自然产生的一切事物都归向他,犹如凡水都来源于海而回归于海一样"。(萨佩纽的注释)

⑬ "至善":即上帝。

⑭ "这个比喻用来说明诗人的心情:一面为他的问题得到满意的回答表示感谢,同时又想知道毕卡尔达未全履行的誓约是什么。"(雷吉奥的注释)

诗人用"她未把梭拉到织物纬线尽头的是什么布"作比喻,来指毕卡尔达未全履行的是何誓约,"因为梭把纬线牵引来又牵引去,直到最后织成布。"(兰迪诺的注释)

⑮ "一位圣女":指圣克腊拉(1194—1253),阿西西人,圣方济各的同乡和女信徒,受他的嘱托为他的女信徒们建立了方济各修女会和修女院,都以她的名字作为名称,教规也符合方济各会的教规。克腊拉修女会不久即传布于意大利各地。

"新郎":指耶稣基督。"一起醒,一起睡眠":意即一直到死日日夜夜都与耶稣基督在一起。四福音书中均有多处把耶稣基督比作新郎。"在毕卡尔达的话里,我们可以注意到神秘主义的习惯用语,这些用语把信徒同基督的结合比作结婚。"(雷吉奥的注释)

⑯ "惯于为恶甚于为善的人们":把她从甜蜜的修女院用暴力抢走的人们,实际上是她的大哥和他手下的暴徒;但她并未指出他们是谁,而仅使用这句笼统的话说明他们,因为她现在月天上作为圣徒俯视尘世上这些误入歧途的人们,心中只有怜悯而无怨恨。

⑰ "结尾的这句话是一声透露同时又隐盖莫大悲痛的短叹。"(牟米利亚诺的注释)

⑱ 意谓:"她可把我所说的我的情况理解为说的也是她的情况。她们俩的经历相同。"(格拉伯尔的注释)

⑲ "康斯坦斯":"西西里诺曼王朝的国王罗杰二世之女和王位最后继承人。1185 年,与神圣罗马皇帝腓特烈一世(巴巴洛萨)之子亨利六世结婚。通过这一政略婚姻,帝国得到对意大利南部的统治权。1194 年,其子腓特烈二世出生。1197 年,亨利六世卒,康斯坦斯摄政并监护其子,直到她 1198 年逝世。在腓特烈二世在位期间,贵尔弗党人编造传说,声言康斯坦斯曾违反自己的意愿被迫做过修女。后来,巴勒莫大主教迫使她离开修道院,嫁给亨利六世,生了腓特烈二世。所以这位皇

帝就是先前的修女和一个老妇人所生,因而是违反宗教上的和人世间的一切律法的。贵尔弗党的这种宣传旨在使皇帝名誉扫地。事实是康斯坦斯从未做过修女,在她三十一岁时与亨利六世结婚。但丁在本章中接受了她做修女的传说,去掉了其中一切消极方面,把这位皇后写成一位政治阴谋和暴力的无辜受害者,赋予她的形象一种崇高的诗的光环。"(雷吉奥的注释)康斯坦斯的孙子曼夫烈德也提到他这位皇后祖母(见《炼狱篇》第三章注㉖)。

⑳ "第二阵风暴":指士瓦本王朝(霍亨斯陶芬王朝)的皇帝亨利六世。"第三阵风暴":指其子腓特烈二世。"最后的皇权":因为他是士瓦本王朝的末代皇帝。但丁把他们称为"风暴",这一名词说明世俗权力的暴烈和短暂。

㉑ "Ave Maria":赞美圣母的拉丁文圣歌开头的两个词,含义是"万福马利亚"。

毕卡尔达是《天国篇》中最先出现的人物,也是其中寥寥可数的令人难以淡忘的人物之一。我们在阅读《炼狱篇》第二十四章注⑤时,已经从她二哥浮雷塞口中得知她品貌兼优:"不知是善超过美还是美超过善。"本章中说,她如水中映现的形象一般出现,又如沉入深水中的重物一般消失,足见她尚有模糊的人形;在她以后陆续出现的人物则全是一些亮度各不相同的发光体(诗中称之为火光,火焰或灯等)。

第 四 章

　　在两种距离相同、引起同样食欲的食物之间,一个有自由意志的人在决定把哪一种送入口中之前,就会饿死;同样,在两只凶猛、贪食的狼之间,一只羔羊由于同样害怕它们,而会站着不动;同样,一只猎犬在两只鹿之间,也会站着不动。因此,如果我在受两种疑问同样催促的情况下保持沉默,我既不责备自己,也不称赞自己,因为我势必如此①。

　　我保持沉默,但是我的愿望连同我的疑问显露在我脸上要比用言语说明更热切得多。正如但以理给尼布甲尼撒消除了使他变得无理残暴的怒火②,同样,贝雅特丽齐给我消除了因怀有疑问而焦急不安的情绪;她说:"我看得很清楚,你被一个愿望和另一个愿望以同样的力量吸引着,致使你的热切的心缠住了自身而不能用言语表达出来。你寻思:'如果我心中良好的誓愿保持下去,别人对我施加的暴力何以会减少我的功德?'③此外,灵魂们似乎回到星辰中,和柏拉图的说法一样,也引起你的疑问④。这就是对你的意志施加同样压力的两个问题⑤;因此,我要先谈最有毒素的那一个⑥。

　　"对上帝观照最深入的撒拉弗,摩西,撒母耳,两约翰中的任何一位,我说连马利亚在内,他们的座位都不在哪一重别的、与现在出现于你面前的这些灵魂所在的这重天不同的天里⑦,他们所享的幸福也没有时期较长或较短之分⑧;他们都使第一重天那样美,由于他们所感受的永恒的气息有的较多有的较少,他们的甘美的生活程度各不相同⑨。你所见的这些灵魂出现在这里,并非由于这个天体被分配给他们,而是为了形象化地向你说明,他们在净火天中所享的幸福程度最低。对你们人的智力必须以这样的方式讲解,因为它的认识只能从感性开始,然后提高到理性认识。因此《圣经》迁就你们的能力,把上帝写成有手和脚,而别有所指⑩;圣教会把加百利和米迦勒以及使托比亚双目复明的另一位大天使⑪给你们描绘成人形。提迈乌斯关于灵魂的说法和在这里看到的情形不同,因为他的想法看来就像他所说的一样⑫。他说,灵魂返回它的星中,因为他相信,当自然把它分给肉体作为形式时,它就离开了那里⑬;但他的看法或许和他的话的字面上的意义不同,可能含有不可嘲笑的意义。假若他的意思是说,这些天体的影响良好和恶劣都归功和归罪于这些天体自身,那他的弓就射中了一部分真理⑭。这个学说被误解,曾经使几乎全世界的人走上邪路,以至于给星辰取名朱庇特,墨丘利和玛尔斯⑮。

“那另一个令你心里烦恼的疑问有较少的毒素,因为它的毒害不会引导你离开我走向别处⑯。我们的公正在凡人眼里显得不公正,正是这种公正的证明,它会把人引向信仰,不会引向异端邪说⑰。但是,由于你们人的心智有能力很好地理解这一真理,我要如你所要求的那样使你感到满足。

“如果受强迫者对强迫他的暴行毫不妥协时,才是受暴力强迫,那么,这些灵魂就不能因此得到原谅;因为,意志如不愿意,就未熄灭,而是像火依照其本质一样⑱,即使风的暴力把它向旁边吹倒一千次。因为,意志如果或多或少地屈服,就是顺从了暴力;当她们能逃回那个神圣的地方时,这些灵魂的行为就是如此[19]。假如她们的意志保持完整,如同使罗伦佐坚持在烤架上受苦,使穆齐乌斯对自己的手如此严厉的那种意志一般,那么,她们一脱离了暴力,她们的意志就会把她们推回到被迫离开的路上去[20];但是这样坚定的意志太罕见了。如果你像你应该的那样,注意聆听了我这些话,今后还会多次令你烦恼的那个论断[21]就已被这些话所推翻。

"然而,现在你眼前还有另一个难关挡住你的去路,你在用自己的力量冲过它以前,就会疲惫不堪。我已经使你心里确信,在天国享福的灵魂不会说谎,因为它经常接近第一真理;以后,你又从毕卡尔达那里听到,康斯坦斯心中保持着对面纱的爱;因此,她的话在这一点上似乎和我所说相反[22]。兄弟呀,为了避免危险,人们违心做出不该做的事来。这种情形从前曾出现过多次;比如阿尔克迈翁答应父亲的要求,杀死了自己的母亲,为了不违背孝道而变得残酷无情[23]。讲到这一点,我愿你想一想,别人的暴力和忍受暴力者的意志混合在一起,做出的坏事不可原谅[24]。绝对意志是不同意做坏事的;但它在相对的意义上同意,因为它害怕,如果反抗,就会陷入更大的不幸[25]。因此,毕卡尔达说那句话时,指的是绝对意志,而我指的另一种;所以我们俩所说的同是真理[26]。"

从一切真理的泉源涌出的神圣的溪水荡漾奔流,就是这样;它使我对我的两个疑问的求知欲得以满足[27];于是,我说:"啊,第一爱人所爱的人哪,啊,圣女呀,您的话浇灌我,温暖我,使我越来越生机勃勃[28],我的感情无论深到什么程度,都不足以感激您的恩情;但愿全知全能者为此酬劳您。

"我明确地知道,世上独一无二的真理㉙若不照耀我们的心智,我们的心智就永远不能完全满足。它一到达它那里,就像野兽到了自己的窝里安息一般㉚;它一定能到达:否则,一切求知欲都要落空。由于这种欲望,疑问犹如嫩芽一般在真理的脚下萌生;这就是那促使我们从一个山头到另一个山头,最后登上顶峰的天然推动力。圣女呀,这种原因促使我,鼓励我恭敬地向您问另一个令我费解的真理。我想知道,人能不能以其他的善行来补偿未履行的誓约,使你们满意,而不认为这些善行在你们的天平上分量太轻。"

贝雅特丽齐用那样充满神圣之爱的火花的眼光看着我,使我的视力败阵而逃,我两眼低垂,几乎失去了知觉。

注释:

① 听完毕卡尔达的话后,但丁心中产生了两个疑问,急于向贝雅特丽齐请求解答而不知应先问哪个。诗中连用这个比喻来说明他犹豫不定而沉默起来的心理状态。

② 巴比伦王尼布甲尼撒做了一梦,醒后忘记是何梦,迫令术士们告诉他。众术士无人能告,他大怒,要把他们通通杀死。先知但以理受上帝的启示,告诉并且解说了他的梦,消除了他的怒气(见《旧约·但以理书》第二章)。

③ "毕卡尔达和康斯坦斯受暴力逼迫离开修道院后,当初促使她们进入修道院的意志仍然坚定不移。那么,别人的暴力何以会减少她们的功德呢?这是第一个疑问。"(牟米利亚诺的注释)

④ "第二个疑问:看到了第一群灵魂在月天中,似乎符合柏拉图的思想,他认为人们死后,灵魂都回到与肉体结合之前所在的星辰中去。"(牟米利亚诺的注释)

⑤ 意即"这就是对你的意志施加同样的压力,迫使它同样急于求得解答的两个问题"。(格拉伯尔的注释)

⑥ "指第二个问题。柏拉图的学说与天主教教义冲突,教义断言

灵魂是上帝创造的、由上帝灌输到肢体中去的。"（牟米利亚诺的注释）

⑦ "撒拉弗"是第一品级天使。"摩西"（见《地狱篇》第四章注⑫）。"撒母耳"：是先知和最后一位统治以色列人的士师，在以色列建立了君主制度。"两约翰中的任何一位"：施洗者约翰或福音书的作者约翰。关于前者，《新约·马太福音》第十一章中说"凡妇人所生的，没有一个兴起来大过施洗约翰的"；后者是耶稣最爱的门徒，耶稣被钉十字架时，他是唯一站在十字架下的门徒，耶稣亲自把他托给自己的母亲马利亚作为她的儿子（见《新约·约翰福音》第十九章）。马利亚是耶稣基督的母亲，圣徒中最神圣的。

诗句意谓上帝的这些崇高的被造物的座位并不在毕卡尔达、康斯坦斯以及其他的灵魂们所在的与月天不同的另一重天里，而是都永远居住在上帝所在的净火天（诗中所说的第一重天）。

⑧ 意谓他们在净火天所享的福是永恒的，并无年数较多或较少的分别（柏拉图则认为，灵魂们回到星辰中，留在那里的时间，依照其功德的多少，有的较长，有的较短，这种说法是又一与天主教教义矛盾之点）。

⑨ "永恒的气息"：即圣灵，也就是作为本原的爱的上帝。诗句意谓他们享受至福的程度不同取决于他们感受神之爱的能力的大小。

⑩ "而别有所指"：指上帝的能力无限。

⑪ "加百利"：向童女马利亚报信，说上帝要她怀孕生耶稣基督的那位大天使（见《炼狱篇》第十章注⑧）。
"米迦勒"：曾讨平天上撒旦的叛乱的大天使。"另一位大天使"：即大天使拉斐尔。

⑫ "提迈乌斯"：《提迈乌斯》是柏拉图所著的一篇对话，以书中的主要对话者哲学家提迈乌斯的名字为书名。
诗句意谓"柏拉图在（他的对话）《提迈乌斯》中关于灵魂们的命运的说法和在月球这里所见的不同（灵魂在这里出现，但不居住），因为他的想法看来确实和他的说法一样；也就是说，他的话应从字面上理解，不应从象征意义上理解"。（萨佩纽的

注释）

⑬ "形式"：在这里是经院哲学名词，经院哲学家把理性灵魂（anima razionale）称为人的肉体的形式，也就是说，它是肉体的能动性、有生命力的因素，人活着时，灵肉结合，死后灵肉分离，灵魂就不再是肉体的形式（见《地狱篇》第二十七章注⑯）。

诗句意谓"他说，灵魂回到它的星中，因为他相信，当自然把它给予肉体作为形式时，它就离开那里了"。（雷吉奥的注释）

⑭ "他的弓"：作为比喻指他的话。

诗句意谓"假若柏拉图在他的对话中只是说，诸天对灵魂施加的影响好坏，应归功或归罪于诸天自身，那么，他的话就说中了'一部分真理'。因为，但丁虽然接受星辰影响人的灵魂的学说，但只在他于《炼狱篇》第十六章注⑱说明的限度之内"。（萨佩纽的注释）

⑮ 诗句意谓柏拉图关于诸天影响世人的学说被误解，曾经使几乎全世界的人（犹太人除外）都误入歧途，以至于给星辰取名朱庇特，墨丘利和玛尔斯，认为这些神从星辰中发出他们的影响或者住在那些星辰中，甚至把它们视为神明而予以崇拜。

⑯ "不会引导你离开我走别处"：贝雅特丽齐代表神学，因此，"离开我"意味着离开启示的真理，堕入异端邪说。（雷吉奥的注释）

⑰ "我们的公正"："我们的"指我们的法庭的、天国的，即上帝的。

诗句意谓假若神的公正在凡人们看来似乎不公正，这种看法应会导致他们相信而不会导致他们不信基督教，因为他们知道主耶稣基督的判决都是不可思议的。想一想这种不可思议性，你就应该知足，不妄想理解不可思议事。（巴尔比根据斯卡尔塔齐的解释所作的注释）

⑱ "熄灭"：诗人使用"熄灭"作为"意志"的动词是由于下句以"火"作为比喻的缘故。

"依照其本质"：火的本质促使它向上升，与火焰界重新结合（见《炼狱篇》第十八章注⑨）。

⑲ "那个神圣的地方"：指修道院。

"这些灵魂的行为就是如此":意谓当这些灵魂(毕卡尔达、康斯坦斯)有可能逃回她们的修道院时,她们并没有试图这样做,这就意味着她们的意志在一定程度上屈服,而顺从了暴力。

⑳ "罗伦佐":即圣罗伦佐,一位殉道者,生于西班牙,任罗马副主祭,258年,受到皇帝瓦雷利亚努斯的残酷迫害,当时,他负责管理教会的财产,皇帝命令他把钱财交出来,他答应在三天内交出,期满时,他已经把财产全部分给了穷人。皇帝大怒,下令把他放在铁烤架上烤,他毫不畏惧,在剧痛中坚定不屈,一直到被烤焦而死。

"穆齐乌斯":古罗马传说的英雄。当埃特卢利亚人的国王波尔塞纳围困罗马时,穆齐乌斯试图刺死他,但误中他的秘书;敌人把他带到波尔塞纳面前,波尔塞纳下令把他活活烧死,他毫不畏惧,当场把自己的右手伸到祭神用的烧得很旺的大火盆上去烧,以惩罚它误刺之罪。波尔塞纳赞赏他的勇气,释放了他,并且与罗马议和,撤兵而去。从此以后,由于他失去了右手,人们称他为"左手的穆齐乌斯"(Muzio Scevola)。

㉑ "今后还会多次令你烦恼的那个论断":指关于神的判决表面上似乎不公正的论断,亦即本章诗中的话:"如果我心中良好的誓愿保持下去,别人对我施加的暴力何以会减少我的功德?"这种论断今后本来还会多次引起你的疑问。(萨佩纽的注释)

㉒ "第一真理":指上帝,他乃绝对真理。

"你又从毕卡尔达那里听到,康斯坦斯心中保持着对面纱的爱;因此,她的话在这一点上似乎和我所说相反":意谓你从毕卡尔达那里听到,"康斯坦斯从未把她心中的面纱解下";这就是说,她心中坚决保持着遵守誓言的意志;因此,毕卡尔达所说的这句话似乎和我现在说过的这话相反:康斯坦斯和毕卡尔达自己都无"完整的意志","完美的意志",否则,她们就会冒一切危险,尽一切努力回到修女生活中去。(萨佩纽的注释)

㉓ "危险"(periglio):在这里泛指"损害"(danno)。"阿尔克迈翁答应父亲的要求,杀死了自己的母亲"(详见《炼狱篇》第十二

章注⑱)。

㉔ 意谓讲到人们为避免危险而违心做不该做的事时,我愿你想一想,别人施加的暴力和忍受这种暴力者的意志混合在一起而做的坏事是不可原谅的,因为忍受这种暴力者的意志在坏事中也有罪责。

㉕ 贝雅特丽齐在这里向但丁说明绝对意志和相对意志(即有条件的意志)的区别。

㉖ 意谓因此,当毕卡尔达说,康斯坦斯"从未把她心中的面纱解下"时,指的是绝对意志,而我(贝雅特丽齐)在前面所说,毕卡尔达和康斯坦斯等灵魂有可能回到她们的修道院时,由于害怕遭到更大的不幸而不敢这样做,指的是相对意志;所以我们俩说的同是真理,不相矛盾。

㉗ 意谓贝雅特丽齐的论证如同从一切真理的泉源(即上帝)涌出的溪水一样;这样滔滔不绝的论证解决了我的两个疑问,使我感到满意。

㉘ "第一爱人":指上帝,亦即"本原的爱"(见《地狱篇》第三章注③)。"所爱的人":指贝雅特丽齐。
"浇灌我":意谓"灌溉我的干旱的心"(本维努托的注释)。这一动词的意义由"溪水"的比喻引申而来。
"温暖我":溪水灌溉植物的意象引起日光照射植物的意象;"生机勃勃":意即使我如植物一样欣欣向荣。

㉙ 指上帝。

㉚ "这一绝妙的比喻含有两层值得注意的、相似而不相同的意义:真理在已经认它的心智中安息,如同流动不定的野兽回到隐藏自己的窝里休息一样;心智在它那隐蔽所里保护自己不受谬误欺骗,如同野兽在窝里保护自己和它那些幼崽不受追捕它的猎人捕捉一样。"(温图里的注释)

第 五 章

"如果我由于热烈的爱而以世上见不到的方式,好像火焰一般对你发光,照得你的眼睛不能忍受,你对此不要惊奇,因为这种情况来源于对神的完美观照,在观照中所见越深,对所认识的至善的爱就越热烈,发的光就越耀眼①。我清楚地看到,永恒的光现在已经映射在你的心智中,这种光,唯独它一旦为人所观照,就总燃起人对它的爱;如果其他事物引诱起你们的爱,那只是由于你们误认为这种光射透那一事物而呈现的影像是这种光本身。现在你想要知道,人能不能以其他的贡献补偿自己未履行的誓约,以至能使自己的灵魂免于同神的正义对抗。"

贝雅特丽齐就这样开始这章的主题的议论;正如不肯中断自己的讲话的人一样,她就这样继续发挥这一神圣的论点:"上帝在创造时,出于慷慨而授予的最大、最与其本质相称而且最为他所重视的礼物就是意志自由,只有一切有理智的被造物以往和如今都被授予这种自由②。现在,如果你从这一点进行推理,假若人肯立下誓愿,同时上帝又肯接受这个誓愿,那么,对你来说,誓愿具有很高的价值就显而易见了;因为,在上帝和人之间的这一契约订立时,人就牺牲我所说的这一珍宝;而且这种牺牲是人的自由意志本身做出的;那么,人还有什么可以用来补偿呢？假若你认为，你还可以用你已经牺牲的自由意志行善，那你就像要用偷来的钱做好事一样。

"现在你对这个问题的主要的一点有了明确的认识；但是由于圣教会在这方面赐予特免，这似乎和我向你阐明的真理相矛盾，你还须要在餐桌旁再坐一会儿，因为你所吃的硬食还须要帮助才能消化③。现在敞开你的心来接受我向你阐明的道理，并且把它牢记在其中吧；因为理解了的道理而没有牢记下来就不成其为知识。这种牺牲的本质必须由两种东西组成：一是作为誓愿内容的东西；一是契约本身④。后者是决不能废除的，除非予以遵守；关于这一点，我在上面所说的话里已经讲得十分明确；所以希伯来人无论如何都必须献上许愿的祭品，虽然如你所知道的，有些祭品是准许替换的⑤。你所知道的那作为誓愿内容的另一种东西，假如人用别的东西加以代替，并不是罪过。但是，让他可别不经过转动白银的和黄金的那两把钥匙，就任凭自己的意愿替换肩上的重担⑥；让他相信，除非换下的东西包含在换上的东西之内，如同四含在六之内一样，任何更换都是蠢事。因此，任何由于其自身价值重得使一切天平都倾到一边的东西，是不能用别的东西补偿的⑦。

"让世人不要轻易立誓许愿：要忠实遵守誓言，立誓许愿时，不要像耶弗他许愿献上先从他家门出来迎接他的人为燔祭那样冒失；对他来说，与其遵守誓言，做出更坏的事来，不如说'我做错了'为宜⑧；你可以看出希腊人那位伟大的首领同样愚蠢，由于他的愚蠢伊菲吉尼亚为自己的美貌哭泣，而且使愚者和智者听到这种祭礼的传说后，都为她哭泣⑨。基督教徒们哪，你们在行动时要更慎重：不要像随风飘荡的羽毛，也不要以为什么都可以把你们洗净。你们有《新约》和《旧约》，有引导你们的那位教会的牧人⑩；愿这些足以使你们得救。假如邪恶的贪欲向你们呼喊什么别的东西，你们要做有理性的人，不要做愚蠢的羊，以免受到住在你们中间的犹太人嘲笑⑪！你们不要像那离开母羊的奶、天真活泼、爱好玩耍、任意蹦蹦跳跳的羔羊一样。”

贝雅特丽齐对我说了我写下来的这些话；然后满怀憧憬转身向着宇宙最有生气之处⑫。她的沉默和她的变容迫使我那已经出现了新的疑问而急于求知的心灵缄口结舌；正如一支箭刚射出去，弓弦的颤动还没有停止，就击中鹄的一样，我们就飞升到第二重天⑬。在那里，我看到我那位圣女一进入那一重天的光中，就那样喜悦，致使那颗行星由于她也变得更明亮。如果那颗星都那样为之变容和微笑，那么，我作为恰恰由于人类本性而易于变化的人，那时应该变成什么样子啊⑭！

如同在平静和清澈的鱼池中，群鱼一发现有什么东西从外面落入水中，使它们认为是它们的食物，就都直奔那里游去。同样，我们看到，足有一千多个发光体直奔我们而来⑮，听见每个都说："瞧，那个将使我的爱增加的人⑯。"当每个灵魂走近我们时，我都看到他发出的灿烂的光芒使他显得充满喜悦。

读者呀，假如我在这里开始的叙述不继续下去，你想你会感到多么痛苦的欲望，要多知道一些呀；你自己也可以想见，这些灵魂一出现在我眼前时，我多么愿意听他们叙说他们的情况。

"啊，生来幸福的人哪，神的恩泽特许你，在离开战斗生活以前，就看见那些永恒凯旋的宝座⑰，我们是被那普照整个天国的光点燃着的,因此,如果你想了解我们的情况,那你就随意发问来使自己得到满足吧。"那些虔诚的灵魂中的一位这样对我说;于是,贝雅特丽齐这样说:"你就说吧,放心说吧,相信他们就像相信神一样吧。"

"我看得清楚,你是隐藏在你自己的光芒形成的巢中而且是从你的眼睛里发出光芒的,因为当你微笑时,光芒就闪耀得更明亮。但是,高贵的灵魂哪,我不知道你是谁,也不知道为什么你被安排在这为另一天体的光遮住因而世人无法看见的天体里⑱。"我转身向那第一个和我说话的发光体说了这些话;他听了后,变得比先前还明亮得多。正如,当太阳的热力驱散了遮着阳光的浓雾时,太阳隐身于自己的过度强烈的光芒中,令人不能注视,同样,那一神圣的形象由于更加喜悦而藏在自己的光芒中,令我看不见他;他就这样完全被光包围着,像下一章所写的那样回答我。

注释:

① 这几句诗说明贝雅特丽齐的目光何以较前更明亮,照得但丁的眼睛不能忍受。

② 贝雅特丽齐的论点从意志自由开始。意志自由是上帝所授予人类的最宝贵的礼物,但丁在《帝制论》卷一中已经提到,他说:"我们可以进一步明了了,这种自由,或者我们的一切自由的这一本原,是上帝授予人性的最大的礼物;因为,通过它,我们作为凡人在现世幸福,通过它,我们作为圣徒在天上幸福。"
"一切有理智的被造物":指天使和人类。
"以往和如今都被授予这种自由":意谓上帝在创造他们时,都赋予他们意志自由,如今在人类的始祖亚当犯罪以后,人类仍然被赋予这种自由。

③ "这个问题的主要的一点":誓约本身不容许补偿。但是圣教会在誓约方面赐与特免,也就是说,特许废除或替换誓约,二

我们看到,足有一千多个发光体直奔我们而来……

者似乎互相矛盾,所以你必须听一听我给你讲解,因为你所听
到的难懂的教义还需要帮助才能理解。

用食物来比拟学理或知识,用饥或渴来比拟求知欲,是但丁诗
中常见的比喻。

④ 意谓这种牺牲自己的意志自由的誓约本质必须由两种东西组
成:一是作为誓约内容的东西,也就是说,自愿做出牺牲的东
西,如清贫生活、童贞生活等,一是契约本身。契约本身是绝
对不能废除的,必须予以遵守,因为它是人与上帝之间订立的
庄严契约。

⑤ 详见《旧约·利未记》第二十七章。

⑥ "这两把钥匙是基督交给圣彼得的"(详见《炼狱篇》第九
章注㉗)。

诗句意谓未经教会权威许可,人不可凭自己的意愿替换自己
的誓约的内容。

⑦ 这里显然指修士和修女的童贞生活。因此,毕卡尔达和康斯
坦斯不能变换她们的誓约。

⑧ 耶弗他是以色列士师。他向上帝许愿,若是他杀败亚扪人,平
安回家,他就将第一个出来迎接他的人献上为燔祭。他只有
一个独生女儿,此外无儿无女。当他回到自己的家时,不料,
第一个出来迎接他的正是他女儿。他心里难过极了,但已经
向上帝许愿,不得不还愿(见《旧约·士师记》第十一章)。

诗句意谓对耶弗他来说,与其遵守誓言,杀死自己的女儿,不
如说,"我做错了",承认自己在许愿时太轻率。

⑨ 特洛亚战争的希腊统帅阿伽门农率领大军从奥利斯起航开往
特洛亚时,为了祈求女神狄安娜息怒,停止逆风阻碍航行,许
愿要把自己国内那一年中所生的最美之物向她献祭,而这最
美之物却是他的女儿伊菲吉尼亚。阿伽门农在逆风停止后,
听从了随军出征的占卜家卡尔卡斯的话,杀了伊菲吉尼亚献
祭。所有听到这种祭礼的传说的人,都会为她哭泣。

⑩ "教会的牧人":指教皇。

⑪ 诗句意谓以免你们这些以基督教徒自豪而行为却根本相反的
人,受到住在你们中间的严格遵守他们的律法的犹太人嘲笑。

⑫ 诗句意谓贝雅特丽齐转身向上望着太阳。

⑬ "第二重天":指水星天。

⑭ 诗句意谓如果那颗本性不发生变化的行星都由于她进入其中而变容和微笑,那么,我这由于人类本性而容易接受一切影响的人,那时应该变得怎么样啊!

⑮ "注意这个比喻中美与准确性的协调。'平静和清澈'这两个修饰语符合这个天体的极度明静和晴朗的状态,群鱼奔向它们认为是它们可食之物的意象,也与那些灵魂想沉浸于爱之中的愿望协调。"(温图里在《但丁的明喻》中语)这一来源于生活中的美妙贴切的比喻,使水星天中多得数不清的灵魂直奔但丁和贝雅特丽齐而来的情景跃然纸上。

⑯ 意谓"瞧,那个将使我们的爱德增加的人"。(雷吉奥的注释)

⑰ 全体世间基督教徒被称为"战斗教会",全体天国圣徒被称为"凯旋教会"。"宝座":指圣徒们在净火天的座位。"在离开战斗生活以前":意即在死以前。

⑱ "为另一天体的光遮住":水星离太阳最近,被太阳光遮住,因而世人无法看见它。

第 六 章

　　"自从君士坦丁把当初跟随那位娶拉维尼亚的古人，顺诸天运行的路线飞来的鹰，逆它来时的路线带回去①后，二百余年来，这只上帝的鸟一直停留在欧罗巴的边境，邻近它当初的出发地点所在的群山；它在那里代代相传，统治着在其神翼荫庇下的世界，经过这样改朝换代，落到我的手中②。我生前是恺撒，如今是查士丁尼，我遵照我所领会的本原的爱的意愿，从法律中删去多余的和无用的部分③。在致力这种工作以前，我相信基督只有一性，并且满足于这种信仰；但是，最高的牧师、享天国之福的阿迦佩图斯用自己的话把我引向了纯正的信仰④。我相信他；如今我明白他的信仰所含的真理，正如你明白任何自相矛盾的说法中必有一个正确的和一个谬误的命题一样⑤。当我一和教会步调一致，上帝就欣然对我施恩，启迪我去做这件崇高的工作⑥，我就完全致力此事；我把战争的指挥权交给我的贝利撒留，上天的右手给了他大力支持，这是我应专心从事和平工作的征兆⑦。

　　"现在我对于你的第一个问题的回答到此为止；但是回答的性质使我不得不附加一些说明，为了使你看出，那些把这面神圣的旗帜据为己有的人和那些与它为敌的人，都有多少理由反对它⑧。你想一想，多么大的美德使得它值得受人尊敬。这种美德从帕拉斯为给它争得一个王国而死时开始⑨。你知道,这面鹰旗在阿尔巴停留了三百多年,直到最后三位勇士还同另外三位勇士为了它而战斗⑩。你知道,从萨宾妇女们的灾难到卢柯蕾齐亚的惨剧,在七代国王的统治期间,它征服四邻各民族,建立了什么业绩⑪。你知道,卓越的罗马人举着这面旗帜抗击勃伦努斯,抗击皮鲁斯,抗击一些其他的君主和共和国政府的军队,立下了什么功劳⑫。由于各自的丰功伟绩,托尔夸托斯,由于头发蓬乱而获得绰号的昆克提乌斯以及戴齐家族和法比家族,都享有我所乐意崇敬的盛名⑬。这面鹰旗打掉了跟随汉尼拔越过波河的发源地阿尔卑斯山的阿拉伯人的傲气⑭,在这面旗帜下,西庇阿和庞培还在青年时代就胜利凯旋⑮;对于你出生于其下的那座小山来说,这面旗帜显得残酷⑯。后来,在上天要使全世界处于如它那样晴和的状态之日临近时,恺撒按照罗马的愿望取得了这面鹰旗⑰。它从瓦尔河直到莱茵河所立的功绩,伊塞尔河,卢瓦尔河和塞纳河以及一切灌注罗纳河的河流通通看到了⑱。它从腊万纳出动,一跃飞越卢比康河,进军如此神速,以致舌头和笔都不能描述⑲。它挥师向西班牙,然后向杜拉佐,在法尔萨利亚痛击敌人,致使炎热的尼罗河都感到惨痛⑳。它重新看到它当初出发的地点安坦德洛斯城和席摩昂塔河,看到赫克托尔长眠之处㉑;然后它又飞起,结果使托勒密遭殃㉒。从那里,它像闪电一般降落在尤巴㉓;从那里,它又转向你们的西方飞去,因为听到那里还有庞培派的军号声㉔。它在后继的旗手手中获得的战果,使布鲁都和卡修斯一起在地狱中怒吼,使摩德纳和佩鲁贾悲痛㉕。悲惨的克利奥帕特拉仍在为此哭泣,她在鹰旗前面逃遁,利用毒蛇使自己猝死、凶死㉖。它随这位旗手驰骋一直到红海沿岸；它随这位旗手促使世界普遍处于和平状态，以致雅努斯的庙门一直关着㉗。

"但是这面促使我讲它的鹰旗，为了在其统治下的人类社会的利益，以前完成的和将来要完成的一切事业，如果用明锐的目光和纯挚的感情去看它在第三个恺撒手中的成就，相形之下，那一切事业就变得微不足道，黯然失色；因为那启迪我讲话的真实的正义，把惩罚那件使它震怒的罪的荣耀，赐予了我所说的第三个恺撒手中的鹰旗㉘。现在我在这里再对你说明这件令你惊叹的事；后来，它又随狄托驰去惩罚那一古老的罪㉙。当伦巴第人的牙齿咬着圣教会时，查理大帝在它的翼翅下战胜他们，解救了圣教会㉚。

"现在你可以判断我在上面谴责的那两帮人和他们的过错了，这些过错是你们的一切灾难的根源㉛。这一帮人用黄色的百合花旗反对帝国的公共旗帜，那一帮人则把帝国的公共旗帜据为己有，作为自己的党旗，因而难以判断哪一帮人的过错更大㉜。让吉伯林党人在别的旗帜下干他们的勾当吧，因为把帝国的鹰旗和正义分开的人，都不可能是真正拥护帝国者㉝。让这个新查理不要用他的贵尔弗党人去推倒帝国的鹰旗，而要害怕那双曾撕下强大的狮子的毛皮的鹰爪㉞。儿子们已经为父亲的罪过哭泣许多次了，他不要以为上帝会把百合花变为他的纹章㉟！

"这颗小星被为善的灵魂们装饰着，他们生前积极做好事，为了获得荣誉和名望：当愿望偏离正路，追求荣誉和名望时，真实的爱的光线向天上射的强度就必然减弱㊱。但是，我们的报酬与我们的功德相等，是我们的福的一部分，因为我们看到二者相比，皆不过小，也不过大。由这条途径，活的正义净化我们内心的感情到那样程度,使得它绝不会转向什么邪恶的事�37。不同的嗓音形成悦耳的旋律;同样,我们的天国生活中的不同等级的席位,形成诸天之间的美妙的和声�38。

"在这颗珍珠中,罗美奥的灵魂之光闪闪发亮�39,他的伟大的、美好的功劳获得了恶报。但是那些诬陷他的普洛旺斯人并未欢笑起来㊵;因为把别人做好事视为有损于自己的人走的是邪路㊶。莱蒙德·贝伦杰有四个女儿,每个都是王后,这件事是这个出身低微的外乡人为他做成的。后来谗言鼓动他去要求这位正人向他报账,这位正人把十报成十二。随后他就离开了那里,既贫穷又老迈;假如世人知道,他落到乞讨一片一片面包为生的地步时,怀有何等心胸,他们现在称赞他,将来会更称赞他。"

注释:

　　　　在本章开端回答但丁所提的第一个问题,说明自己是谁的灵魂者,乃东罗马(即拜占庭)皇帝查士丁尼。他说,在君士坦丁大帝(见《地狱篇》第十九章注㉘)把罗马帝国的首都迁到古希腊旧城拜占庭,定名君士坦丁堡(330)二百年后,他即位为皇帝。接着他向但丁叙说自己如何皈依正宗的信仰以及如何编成《查士丁尼法典》。

① "鹰"乃帝国的象征。"那位娶拉维尼亚的古人"指埃涅阿斯,他在伊利乌姆城被希腊人攻破焚毁后,从特洛亚经过种种波折来到意大利的拉丁姆地区,娶其王拉丁努斯之女拉维尼亚为妻,"因为在净火天上他被选定做神圣的罗马及其帝国的父亲"(见《地狱篇》第二章第三段)。这只鹰跟随埃涅阿斯顺着诸天运行的路线从东向西飞到意大利;君士坦丁大帝又把它逆着诸天运行的路线从西向东带到拜占庭。

② "上帝的鸟":指鹰作为天命注定建立的帝国的象征和旗帜。"它在那里代代相传,统治着在其神翼荫庇下的世界":意谓罗

马帝国各代皇帝统治着受帝国保护的世界。自从君士坦丁大帝以来，经过改朝换代，这只象征帝国权力的"鹰"落到了查士丁尼手里。

③ "我生前是恺撒，如今是查士丁尼"：意谓我生前是皇帝，如今在天国中，原先表示在世上的地位的称号已经消失，只有个人的名字存在。查士丁尼生于482年，527年即位，565年去世。在但丁时代，有关查士丁尼生平事迹的资料残缺不全；但丁或者由于所知不详，或者有意识地不提这位皇帝的罪恶行为，在诗中把他写成一个模范人物，几乎是一位十全十美的君主，与教会的职能协调一致，甚至把他刻画成依照完善的法律治理的帝国的象征。

"遵照我所领会的本原的爱的意愿"：意谓他从罗马法律中删除多余的和无用的部分，最后编成完善的法典，是根据圣灵的启示。

④ 在编纂法典以前，查士丁尼相信基督只有神性而无人性的教义，并且满足于保持这种信仰。但是教皇阿迦佩图斯为了与东哥德王议和来到君士坦丁堡，在提及信仰时，他说明基督只有神性而无人性的教义是异端邪说，让皇帝改信了基督有人性和神性的正统教义。

⑤ 意谓如今我在天国中明白这种教义的真实意义，如同你明白，凡矛盾都含有两个互相排斥的命题，如果一个是真实的，另一个就必然是虚妄的。矛盾律是亚里士多德逻辑学的众所周知的基本规律之一，因此查士丁尼以它作为比喻。

⑥ 意谓查士丁尼皈依正统的信仰，接受教会的精神领导。"崇高的工作"：指编纂法典。

⑦ "贝利撒留"（500—565）是查士丁尼的大将，在他的名字前面加上物主代词"我的"表示亲密和信任。"上天的右手给了他大力支持"：指的是贝利撒留在天意的支持下，率军灭北非的汪达尔王国，然后挥师渡海北上，征服东哥德王国，在腊万纳建立总督管辖地。这些战争的胜利就是我应完全致力于立法和和平事业的征兆。

⑧ 诗句的大意是：因为我的回答是从象征帝国的鹰旗说起的，所以我不得不附加一些说明，为的是令你明白，那些把这面旗帜

作为自己的旗帜的吉伯林党人,和公开反对这面旗帜的贵尔弗党人,都有多少理由反对它(这话是反话:真实意义是这两党都毫无理由去损害帝国的事业)。

雷吉奥指出,查士丁尼附加的这些说明都是帝国的鹰的历史,也是本章最重要的部分。

⑨ 根据《埃涅阿斯纪》的叙述,在埃涅阿斯同其对手图尔努斯双方交战相持不下时,年轻的帕拉斯奉父命去支援埃涅阿斯,在同图尔努斯单独交锋之际,被图尔努斯杀死。埃涅阿斯为他报仇,终于杀死了图尔努斯。"为给它争得一个王国":指帕拉斯之死是为给跟随埃涅阿斯来意大利的"鹰"争得一个王国。"美德":在这里指英勇之德,这一美德是从帕拉斯之死开始的,因为他是第一个为将来罗马帝国的兴起而牺牲的勇士。

上面所说的是史诗《埃涅阿斯纪》中的情节,但在但丁看来,却无异于历史事实,因为罗马帝国的全部发展过程都是天命注定的,维吉尔史诗叙述的这些情节乃其史前的阶段。

⑩ "这面鹰旗在阿尔巴停留了三百多年":指的是,埃涅阿斯成为拉丁姆国王后,建都拉维尼乌姆,其子阿斯卡纽斯迁都阿尔巴,他们的后代子孙在这里统治了三百多年。

"直到最后三位勇士还同另外三位勇士为了它而战斗":指的是,古罗马王政时期的第三个国王荷斯提留斯在位时(前670—前638),罗马人和阿尔巴人为了争夺这面鹰旗而相持不下,最后双方达成协议:由代表罗马人的荷拉提家族的三兄弟和代表阿尔巴人的库拉提家族的三兄弟单独交锋,战胜者就获得这面旗帜,结果,库拉提家族的三兄弟都战死了,荷拉提家族的三兄弟中尚有一人幸存,胜利就判给了罗马人,从此阿尔巴人完全失势。

⑪ "萨宾妇女们的灾难":指的是,阿尔巴的流亡者罗木路斯在罗马七山之一的帕拉提努斯山上建立了一个难民营,他还下山抢劫去那里参加节日娱乐的萨宾族妇女,把她们配给聚居在山上的流亡之徒。后来,他势力越来越强大,成为古罗马王政时期的第一代国王;相传他于公元前753年修建罗马城。"卢柯蕾齐亚的惨剧":第七代国王塔尔昆纽斯的儿子塞克斯图斯奸污了同族人的妻子卢柯蕾齐亚,致使她悲愤自杀。这一事

47

件促使罗马人民赶走了塔尔昆纽斯家族,废除了王政,建立了贵族共和国(前510)。从罗木路斯到塔尔昆纽斯七代国王统治期间,这面鹰旗陆续征服了邻近罗马的一切民族,使罗马的势力日益强大。

贵族共和国时期甚为长久。查士丁尼的补充说明略去了平民与贵族的长期斗争,着重向但丁简要地叙说罗马在统一意大利半岛和向外扩张的战争中出现的英雄人物以及其辉煌的战果。

⑫ 在共和国初期,卓越的罗马人举着鹰旗击退了率领高卢人入侵的首领勃伦努斯;击退了前来援助塔林敦的希腊人厄皮鲁斯王皮鲁斯:塔林敦是意大利南部最强的希腊移民城邦,当罗马向南扩张,舰队驶入塔林敦港湾时,城邦政府立即对罗马宣战,并向厄皮鲁斯王请援。公元前280年,皮鲁斯率精锐部队和战象进入意大利,曾两次获胜,但他的胜利付出的代价极大,得不偿失。他第二次获胜后,希腊移民城邦的宿敌迦太基和罗马缔结同盟,战争形势顿然改变,致使皮鲁斯不得不移兵西西里迎击迦太基,罗马人趁机集结兵力反攻。公元前276年,皮鲁斯被迫回到意大利,在罗马军团的迎头痛击下,遭到大败,终于退回希腊,塔林敦处于孤立无援的境地,只得降附罗马。

⑬ 下列英雄人物在为罗马进行的战斗中建立了不朽的功绩:古代罗马共和国的英雄昆克提乌斯来自田间,被任命为独裁执政官,公元前458年,率军保卫罗马,赶走了厄奎亚人,任期满后,即刻解甲归田;他绰号辛辛纳图斯(Cincinnatus),拉丁文cincinnus含义为鬈发,因为他的鬈发经常蓬乱。

"托尔夸托斯":公元前390年,击败勃伦努斯和他率领的高卢人;他还击败了拉丁人。

戴齐家族中三代同名戴丘·穆雷的英雄均在战场上为国捐躯:公元前390年,祖父在抗击拉丁人的维苏威之战中阵亡;公元前295年,儿子在抗击萨姆尼提人的交锋中战死于森提努姆;公元前279年,孙子在抗击厄皮鲁斯王皮鲁斯的阿斯科里战役中牺牲。

罗马贵族法比家族中最伟大的名将是昆图斯·法比乌斯·马

克西穆斯,他采取迟延战略,阻止了汉尼拔的节节胜利。

⑭ "这面鹰旗打掉了跟随汉尼拔越过波河的发源地阿尔卑斯山的阿拉伯人的傲气":指的是,公元前218年,爆发了第二次布匿战争(即罗马同迦太基的战争,因为罗马人称迦太基为布匿),汉尼拔被任命为迦太基军的统帅;他是古代奴隶主阶级最杰出的战略家之一。战争开始后,罗马正准备分兵北非和西班牙,一举歼灭汉尼拔军。但是汉尼拔却出其不意,越过阿尔卑斯山,得到先前已被罗马占领的山南高卢地区的高卢人的支援,得以两次突破罗马的防御。公元前217年,汉尼拔又绕过守军阵地,踏上通往罗马的大路。罗马执政官弗拉米尼回师尾追,在特拉西梅诺湖边遭到汉尼拔伏击,几乎全军覆没,弗拉米尼阵亡,罗马震动。但汉尼拔并未直接进攻罗马,而是直下中部和南部意大利,沿途补充给养,休整军队;对罗马和拉丁同盟的移民地劫掠一空,对其他意大利人的地区则予以保全,俘虏中的罗马人都戴上枷锁,无罗马公民权的意大利人则一律释放,不取赎金,意在利用罗马与意大利各同盟军之间的矛盾,来孤立和削弱罗马,最后再攻取它。查士丁尼把跟随汉尼拔进军的迦太基人称为阿拉伯人,因为在但丁时代,阿拉伯人占据着北非沿海、现今突尼斯一带,其地即古代的迦太基国。这种时代错误的表达方式,如同维吉尔对但丁说,"我的父母是伦巴第人"一样(见《地狱篇》第一章注⑲)。

⑮ "在这面旗帜下,西庇阿和庞培还在青年时代就胜利凯旋":对这两位罗马青年将领的胜利,根据时代先后予以分别叙述:
在汉尼拔军所向披靡的情况下,罗马保住了意大利的中心地带,而不断获得人力、物力的补充,逐渐恢复了军事力量。公元前211年,解除了汉尼拔对罗马城的威胁后,就把战争中心移到西西里和西班牙。公元前209年,由西班牙增援汉尼拔的迦太基军在中途被罗马歼灭。汉尼拔以雇佣军久战于外的一切弱点,随着战争的迁延逐渐暴露。罗马则收复本土城市,迫使汉尼拔局促于塔林敦一隅之地。公元前205年,西庇阿率罗马军进攻迦太基,迦太基急忙调回汉尼拔。公元前202年扎玛之战,西庇阿彻底打败了汉尼拔,迦太基被迫求和,第二次布匿战争以罗马成为西地中海的霸主告终。次年,西庇

阿回到罗马,获得了"阿非利加的西庇阿"称号,政府还为他举行了凯旋仪式庆祝他的胜利。

"庞培":生于公元前106年,大约在西庇阿死后七八十年。他们都是在青年时代立下战功的将领:西庇阿大约在三十三岁时获得扎玛之战的胜利;庞培年轻时,参加了反对改革家马略的战争,在他二十五岁时,政府为他的胜利举行了凯旋仪式。查士丁尼通过叙说这两位罗马名将在青年时代建立战功的共同特点,从共和国的鼎盛时期跳到其倾覆时期。这一时期罗马的内部斗争主要是元老贵族派和骑士民主派之间的权力斗争(骑士指第一次布匿战争后,渐露头角的商业金融阶层,这一阶层当时已经壮大到与元老贵族不相上下的程度)。在这样的形势下,抱有权力欲望的恺撒(前101—前44)成为民主派的领袖。克拉苏和庞培也转向民主派,讨好骑士和平民,公元前70年,当选为执政官。接着,庞培被任命为出征东方的统帅,公元前63年,征服了叙利亚和巴勒斯坦,而且在小亚细亚、叙利亚建立了行省,把行省的税收交给骑士包收,因而成为罗马最有权势的人。公元前62年,庞培由东方回到罗马。元老院不满庞培的骑墙态度,拒绝批准他在东方有利于骑士的措施。这就促使他更接近骑士。其时恺撒正想当选前59年的执政官,就趁势和庞培、克拉苏结成反对元老院贵族派的秘密同盟,形成公元前60年的"前三头"。

恺撒当选公元前59年执政官任满后,取得高卢总督的职位。公元前58年3月,他到达高卢时,正逢那里的各部落联盟进行着争夺统治权的战争。他首先击败了侵入高卢的日耳曼人,把他们驱逐到莱茵河东岸。此后几年,他继续进攻高卢境内克勒特和日耳曼诸部落,迫使他们相继投降,高卢全境成为罗马行省。恺撒的实力和声望由于在高卢的军事胜利而不断提高,三头之间的均势呈现不稳。庞培因嫉妒恺撒,又渐与贵族接近。为了缓和矛盾,三头于公元前56年在路卡会晤,达成协议:庞培和克拉苏出任公元前55年的执政官,任满后庞培为西班牙总督,克拉苏为叙利亚总督;恺撒在高卢的权力则延长五年。在个人独裁权力制出现之前,三头协议支配着罗马政府。

⑯ "你出生于其下的那座小山":指但丁的故乡佛罗伦萨位于其南麓的小山,山上的小城名菲埃佐勒。根据古代传说,罗马激进派领袖喀提林鼓动菲埃佐勒的居民背叛罗马。罗马在对喀提林的战争中,包围了菲埃佐勒,在喀提林败后,把它夷为平地。参加这次战争的罗马将领中有庞培(见维拉尼的《编年史》卷一)。"这面旗帜(即罗马的鹰旗)显得残酷":指罗马把菲埃佐勒城夷为平地。

⑰ "在上天要使全世界处于如它那样晴和的状态之日临近时":意谓上天要使全世界处于如同天上的和平状态之日即将来临时,也就是说,耶稣基督降世为人之日即将到来时。"恺撒按照罗马的愿望取得了这面鹰旗":指恺撒按照罗马人民的愿望独掌政权,成为罗马帝制的创始者,罗马的始皇帝,他所草创的罗马帝国为即将兴起的基督教的传播铺平道路。在他的甥孙和继承者屋大维即位后,耶稣基督终于降世为人,创立了新的宗教——基督教。

⑱ "它从瓦尔河直到莱茵河所立的功绩":指这支举着鹰旗的军队,在恺撒统率下,征服阿尔卑斯山北高卢地区时,从位于这一地区与阿尔卑斯山南高卢地区之间的瓦尔河直到位于这一地区与日耳曼地区之间的莱茵河,所建立的功绩。瓦尔河与莱茵河大致标明阿尔卑斯山北高卢地区疆界。"伊塞尔河,卢瓦尔河……通通看到了":这些大大小小的河流都在这一地区的疆界内,诗中把它们人格化,说它们通通看到了恺撒统率的举着鹰旗的军队在这个地区建立了什么样的功绩。

⑲ 在路卡协议时,恺撒有两个对手,庞培和克拉苏。三年之后,克拉苏在对帕提亚作战中阵亡,剩下来同他竞争的只有庞培。元老贵族对权势日盛的恺撒更具戒心,因而和庞培再度联合。公元前52年,罗马的平民因民主派领袖被贵族派杀害,掀起暴动。元老院任命庞培为独一的执政官。庞培镇压了暴动,并立即颁布法律,阻止恺撒延长高卢总督的任期,限令他于公元前49年3月任满时,必须解职。于是,恺撒和庞培最后决裂。拥护恺撒的保民官被庞培驱走,元老院授命庞培在意大利征募军队。恺撒借口保民官的合法权利遭到侵犯,以"保卫人民夙有权利"的名义,于公元前49年1月10日向意大利进

军,罗马内战开始。

"它从腊万纳出动,一跃飞越卢比康河,进军如此神速,以致舌头和笔都不能描述":卢比康河是腊万纳和里米尼之间的一条小河,标明意大利和阿尔卑斯山北高卢地区的边界。当时禁止军事首领率军越过这条界河进入意大利,违者就被宣布为祖国的敌人。"一跃飞越"形容动作的坚决迅猛。恺撒指挥这支举着鹰旗的部队,以无法叙说和描写的神速行动前进,使元老贵族和庞培不及回手,就仓皇逃出意大利。

⑳ "它挥师向西班牙":恺撒指挥举着鹰旗的部队向西班牙进军,因为那里驻扎着庞培的同盟者的军队,须要予以歼击。

"然后向杜拉佐":杜拉佐是达尔马提亚滨海的城市,恺撒在这里登陆,去追往逃往希腊色萨利地区的庞培。

"在法尔萨利亚痛击敌人":法尔萨利亚即法塞拉拉斯,在希腊色萨利地区,是恺撒和庞培两军决战的战场。决战结果,庞培军溃败。"致使炎热的尼罗河都感到惨痛"指庞培逃往埃及,躲避在托勒密王朝国王托勒密十二世的宫廷,受到背信弃义的杀害。

㉑ "它重新看到它当初出发的地点安坦德洛斯城和席摩昂塔河,看到赫克托尔长眠之处":安坦德洛斯城是小亚细亚古国弗里吉亚的海港城市,当初这只鹰跟随埃涅阿斯是从这里起航西行的;席摩昂塔河是特洛亚附近的一条河;赫克托尔的长眠之处,指特洛亚英雄赫克托尔的坟墓。

㉒ "然后它又飞起,结果使托勒密遭殃"指恺撒战胜庞培后,据史诗《法尔萨利亚》的叙述,先去小亚细亚游览特洛亚的废墟和古迹,如赫克托尔之墓,然后率军追击逃往埃及的庞培。"它"如同前面所注,即举着鹰旗的军队。"使托勒密遭殃"指恺撒借口托勒密十二世杀害庞培,废黜了他,把深得自己欢心的他妹妹克利奥帕特拉扶上王位。

㉓ "从那里,它像闪电一般降落在尤巴":"尤巴",是支持庞培的毛里塔尼亚国王,在塔泼索之战被恺撒击败,亡国而死。

㉔ "从那里,它又转向你们的西方飞去,因为听到那里还有庞培派的军号声":"你们的西方",指西班牙,因为对意大利人来说,西班牙在西方。"还有庞培派的军号声"指庞培的儿子们

和他部下的军队集结在那里,恺撒率军摧毁了他们最后的抵抗(前45)。

恺撒消灭庞培的势力后,回到罗马,公元前44年3月15日被布鲁都和卡修斯阴谋刺死。继而掌权的是执政官安东尼,恺撒的甥孙屋大维和骑兵长官雷必达。他们于公元前43年结成"后三头"同盟,以安东尼和屋大维实力最强,后三头瓜分了全国各行省:安东尼统治东方行省,屋大维管理西方行省,雷必达管辖阿非利加。安东尼对帕提亚作战失败后,全力在埃及建立自己的势力。

㉕ "它在后继的旗手手中获得的战果,使布鲁都和卡修斯一起在地狱中怒吼":指公元前42年秋,屋大维和安东尼为了给恺撒报仇,进军希腊,与布鲁都和卡修斯会战于马其顿的腓力比附近,布鲁都兵败自杀,卡修斯兵败后,假手于一名被释放的奴隶,结束了自己的生命。"它",指罗马的鹰旗,"旗手",指恺撒的继承者屋大维,对安东尼则略去不提。"使布鲁都和卡修斯一起在地狱中怒吼",指布鲁都和卡修斯由于叛卖和阴谋刺死恺撒,死后,灵魂各被魔王卢奇菲罗的一张嘴咬着,痛苦得一直在怒吼。"使摩德纳和佩鲁贾悲痛",指屋大维和安东尼的同盟关系破裂后,公元前41年,安东尼围困摩德纳,被屋大维击败于城下;当时安东尼的妻子和兄弟都在佩鲁贾,屋大维攻占此城后,他的军队把城中劫掠一空。

㉖ "悲惨的克利奥帕特拉仍在为此哭泣,她在鹰旗前面逃遁,利用毒蛇使自己猝死、凶死":指克利奥帕特拉引诱安东尼迷恋她,公元前31年,安东尼在厄皮鲁斯的阿克兴角海战中被屋大维击败,同她逃往埃及亚历山大里亚城,在敌军围城期间自杀。

"悲惨的克利奥帕特拉仍在为此哭泣":指她如今在地狱中仍为引诱安东尼同她犯邪淫罪而哭泣(这是她死后灵魂的状况)。"她在鹰旗前面逃遁,利用毒蛇使自己猝死、凶死":指公元前30年,她在举着鹰旗的屋大维面前逃遁,在敌军围城,安东尼自杀后,使毒蛇咬伤胸部,一瞬间结束了自己的生命(这是她穷途末路的状况)。牟米利亚诺指出,这三句诗以大力压缩的笔触,把克利奥帕特拉的终局勾勒成一幅悲剧性的画。

㉗ "它随这位旗手驰骋一直到红海沿岸":指屋大维举着鹰旗征
服了埃及。"它随这位旗手促使世界普遍处于和平状态,以致
雅努斯的庙门一直关着":古罗马神话中的神雅努斯在罗马的
庙,每逢罗马对外宣战,庙门就开启,和平停战时,庙门就关
闭。两个多世纪以来,罗马对外战争连续不断,因而雅努斯的
庙门一直开着,直到这面鹰旗在罗马的第二个皇帝屋大维手
中使世界普遍处于和平状态时,雅努斯的庙门才关闭;在这个
时候,耶稣基督降生了。

㉘ 诗句的大意是:但是罗马帝国的鹰旗为造福于天命注定受其
统治的人类社会,迄今已完成的和今后将完成的一切事业,如
果以受信仰启迪的目光和诚挚的感情来看这面鹰旗在第三个
恺撒提贝利奥手中取得的成就,那一切事业相形之下就变得
黯然失色,微不足道;因为启发我讲这话的上帝的真实正义,
把惩罚人类的始祖亚当违命食禁果,致使他震怒之罪的荣耀,
赐予了执掌帝国最高权力的第三个皇帝提贝利奥:在这位皇
帝统治下,具有人和神两性的耶稣基督,按照上帝的意愿,被
皇帝的代理人、巡抚彼拉多根据帝国的法律判处钉十字架,因
为只有合法的、被普遍承认的权威才能执行这样重大的惩罚。
在中世纪人,尤其是但丁看来,这一惩罚具有无与伦比的意
义,因为人类从此由神怒时代进入神恩时代,人只要领洗,就
可能使自己的灵魂得救,上升天国。

㉙ "后来,它又随狄托驰去惩罚那一古老的罪":指70年,罗马皇
帝韦帕芗的长子狄托攻占并且毁坏了耶路撒冷(详见《炼狱
篇》第二十一章注㉖)。这面鹰旗已经通过皇帝提贝利奥的代
理人彼拉多判处基督钉死十字架上,公正地惩罚了亚当的罪,
后来,它又在狄托手中通过毁坏耶路撒冷,公正地惩罚了那一
古老的罪("惩罚"不仅指毁坏耶路撒冷,还指犹太人因而散
居四方),这的确是一件令人惊叹的事(在下章中,贝雅特丽齐
的解答将使但丁不再对此事惊叹)。

㉚ "当伦巴第人的牙齿咬着圣教会时,查理大帝在它的翼翅下战
胜他们,解救了圣教会":伦巴第人是568年,民族大迁徙时期
最后一支入侵并定居意大利波河流域的日耳曼人。他们建立

王国,扩张领土,755 年末,劫掠了罗马城郊,使教皇大为震惊,急速写信给法兰克国王丕平求援。次年,丕平远征意大利,击败伦巴第国王,迫使他把腊万纳总督区割让给教皇。774 年,丕平之子查理(当时为法兰克国王,800 年圣诞节,由教皇加冕为"罗马人的帝国皇帝",史称查理大帝)在鹰旗的翼翅保护下,降伏了伦巴第末代国王德希德里奥,解救了罗马教会。但丁借拜占庭皇帝查士丁尼之口肯定查理大帝建立的帝国与古罗马帝国是一脉相承。

㉛ "我在上面谴责的那两帮人和他们的过错":指贵尔弗党人的过错和吉伯林党人的过错。"你们的一切灾难的根源":指意大利各城中的内讧,各邦之间的战争等灾难的根源。

㉜ 诗句意谓贵尔弗党人以法国王室的金色百合花旗对抗作为神圣罗马帝国公共旗帜的鹰旗,因为那不勒斯王国的来自法国的安茹王朝是他们的后盾;吉伯林党人把神圣罗马帝国的鹰旗据为己有,作为他们的党旗;因此难以看出哪个党的过错更大。

㉝ 诗句意谓让吉伯林党人在别的旗帜下去干他们的邪恶勾当吧,因为把帝国的鹰旗与正义分开的人,不可能是拥护帝国的人。

㉞ 诗句意谓让那不勒斯安茹王朝的新国王查理二世(1248—1309)不要幻想用他的贵尔弗党人去推倒帝国的鹰旗,而要害怕那双曾撕下强大的狮子的毛皮的鹰爪(也就是说要害怕神圣罗马帝国皇帝曾用来制服强大的诸侯的那种最高的权力)。"这个新查理":查理二世与其父前一代那不勒斯国王同名;诗中为了区别父子二人,在后者的名字前加形容词"新",意即"年轻"或"第二"。"这个"在此处表示"轻蔑"的意思。

㉟ "儿子们已经为父亲的罪过哭泣许多次了":意谓儿子们已经多次为父亲抵罪了。这句话来源于《旧约·出埃及记》,含有训诫世人的格言性质。
"他不要以为上帝会把百合花变为他的纹章!":意谓查理二世不要幻想上帝会以法国王室的金色百合花旗代替神圣罗马帝国的鹰旗,也就是说,他不要幻想上帝会容许帝国的各种权力转移到安茹王室。

㊱ "这颗小星被为善的灵魂们装饰着,他们生前积极做好事,为了获得荣誉和名望:当愿望偏离正路,追求荣誉和名望时,真实的爱的光线向天上射的强度就必然减弱。":意谓出现在托勒密天文体系的这颗最小的行星——水星中的灵魂,都是生前为了获得荣誉和名望而积极努力为善的人;当他们的愿望偏离正路,追求尘世间的荣誉和名望时,他们对上帝的真实的爱的热烈程度,就必然降低。

㊲ "但是,我们的报酬与我们的功德相等,是我们的福的一部分,因为我们看到二者相比,皆不过小,也不过大。":意谓水星中的为善的灵魂们在上帝的启迪下,看到他给他们的报酬和他们各自的功德相等,他们就深切地领会到上帝的正义而心满意足,这种心情就是他们所享的天国之福的一部分。"由这条途径,活的正义净化我们内心的感情到那样程度,使得它绝不会转向什么邪恶的事。":意谓上帝作为"活的正义"启迪这些灵魂,令他们看到他们所得的报酬和他们的功德相等,从而彻底净化他们内心的感情,使它绝不会转向任何邪恶的事,比如对福分级别高于他们的灵魂产生忌妒心等。

㊳ 诗句意谓犹如种种不同的嗓音共同形成悦耳的旋律,同样,这些灵魂在天上享有的不同等级的福,形成他们彼此之间的和谐气氛。这是查士丁尼对但丁在上一章提出的第二个问题的回答。

㊴ "这颗珍珠":指水星。"罗美奥":指罗米耶·迪·维勒诺浮,他出生于1170年前不久,死于1250年,是普洛旺斯末代伯爵莱蒙德·贝伦杰四世的首相和宫廷总管大臣,1245年,伯爵去世后,成为伯爵的第四个女儿和继承人贝雅特丽齐的监护人;1245年,由他做主,贝雅特丽齐和法国国王路易九世的弟弟安茹伯爵查理结婚,普洛旺斯伯爵领地作为"巨大嫁妆"变成法国王室的领地,为安茹家族所占有(参看《炼狱篇》第二十章注㉑);罗美奥一直到死负责管理普洛旺斯伯爵领地。这都是确凿的历史事实。但是,但丁时代,有这样一种传说:出身低微的朝圣者罗美奥从加里奇亚的圣雅各波返回时,到达普洛旺斯伯爵莱蒙德·贝伦杰四世的宫廷,由于"聪慧、勇敢、诚实、虔诚",很快就受到伯爵的宠爱,成为"领导和指挥"一切

的人,不久就靠他的勤奋和见识把他的主公的地租收入从十增加到十二,他还做主把他的主公的四个女儿嫁给四个国王(根据历史,只有贝雅特丽齐的婚姻是由罗美奥做主结成的):玛格丽特嫁给法国国王路易九世,埃蕾奥诺拉嫁给英国国王亨利三世,桑泐嫁给科诺瓦利亚伯爵、后来成为日耳曼王的理查德,贝雅特丽齐嫁给法国安茹伯爵、后来成为西西里王的查理一世。但是忌妒罗美奥的人们在伯爵耳边散布谗言,致使他要求罗美奥向他报账;罗美奥报完一切账目后,既贫穷又低微,"如同他来时那样离开了,谁都不知道他到了何处,要去何处";许多人都晓得"他的灵魂是圣洁的"(见维拉尼的《编年史》卷六第九十一章)。诗中的罗美奥形象是但丁根据这个传说,联系自己后半生的悲酸经历勾画成的,因而栩栩如生,为《天国篇》中少数令人难忘的人物之一。

⑩ "那些诬陷他的普洛旺斯人并未欢笑起来":指伯爵莱蒙德死后,宫廷中诬陷罗美奥的佞臣们并没有好日子,因为他们不得不受法国安茹家族的暴政统治,抵偿自己的罪。

⑪ "因为把别人做好事视为有损于自己的人走的是邪路。":意谓因为忌妒别人做好事而加以谗害的人走的是必受恶报的道路。

雷吉奥指出,本章中只有查士丁尼一人讲话,贝雅特丽齐也一直沉默着,因为但丁的命意是通过对罗马历史的概述,突出查士丁尼作为罗马帝国和罗马法的象征。

第 七 章

"Osanna, sanctus Deus Sabaoth,
superillustrans claritate tua
felices ignes horum malahoth!"①

我看到那个有两重光交相辉映的灵魂②这样按照他的歌的节奏旋转;这个灵魂和其他的灵魂都重新舞蹈起来,好像一瞬即逝的火花似的突然消失在远方,使得我看不见了。我怀着疑问,"对她说吧,对她说吧!"我心里自言自语,"对她说吧,对我那位常用真理的甘露给我解渴的圣女说吧。"但是,只要一听到 Be 和 ice,就会主宰我全身的那种敬畏之情③,使我像瞌睡的人似的低下头去。贝雅特丽齐没让我处于这种状态多久,就向我闪现出那样一种微笑,这种微笑会使在火中受苦的人感到幸福,她开始说:"根据我的正确无误的判断,公正的惩罚怎么会公正地受到惩罚④,这个问题正使你反复思索;但我要迅速驱散你心中的疑云,你要好好地听着,因为我的话将赠送给你一个伟大的真理。

"那个不是女人所生的人⑤,因为没有忍受那种为他自身的利益而对他的意志力所规定的限制,使自己获罪,也使他的一切子孙后代随之获罪;因此人类许多世纪以来病恹恹地躺在极大谬误的深渊中，直到‘上帝的道’自愿下凡，在那里，纯粹由于永恒的爱的作用，他把那背离了其造物主的人性结合在他自身的神性中⑥。

"现在把你的注意力对准我现在要说的话：这种和其造物主结合起来的人性在被创造时曾经是纯洁、善良的；但它由于其自身的错误而被逐出乐园，因为它背离了真理之路和它自身的生命。所以十字架施加给基督的刑罚，如果从他所获得的人性来衡量，是再也没有这样公正的惩治；同样，如果我们考虑一下那与人性相结合的受刑者自身，任何刑罚从来也没有如此伤天害理。所以从同一行动产生出不同的效果：因为同一死使上帝高兴，也使犹太人高兴；为这一死地震天开⑦。现在，对于公正的法庭后来为这一死施行了公正的惩罚的说法，你应该不再感到难以理解了。

"但是现在我看出，你的心在思路进程中被一个疑问的结子缠住，怀着很大的愿望等待从中解放出来。你说：‘我明白我听到你所说的话；但是我不明白，上帝为什么只愿以这种方式赎救我们。’兄弟呀，上帝做出这一决定的理由埋藏在神秘中，使一切智力未在爱的火焰里锻炼成熟的人的眼睛无法看到。但是，由于人们对这个问题探究得多，效果少，所以我要告诉你为什么这种方式是最合适的。

"从本身排除了一切忌妒的那种神圣的善，由于其本身是炽热的爱的火焰，因而散发出无数火花——即一切创造物，在这些创造物上，他显示出他自身的永恒的美。直接从他散发出来的创造物以后永远不灭，因为当他盖上章后，他的印记不变⑧。直接来源于他的创造物是完全自由的，因为不受一切新事物的影响。直接来源于他的创造物越和他相似，也就越使他喜欢;因为普照万物的神圣的爱的火焰照在最和他相似的创造物上是最明亮的。

"人类享有这一切天赋的优点⑨;如果少了任何一点,人类就必然从他原来的高贵地位堕落下来。只有罪剥夺他的自由,使他不再和至善相似;由于罪他很少受到至善之光照耀;他绝回不到他原有的尊严,除非他经受程度相当于他犯罪时的乐趣的公正刑罚来弥补他的罪过造成的空虚。你们的人性由于始祖犯罪而全都有罪,结果失去了这些尊严,也失去了乐园;如果你细心思考一下,就会认识到,这些尊严不可能由任何途径恢复,除了通过这两道关口之一:或者,上帝纯粹出于他的仁慈宽恕了此罪,或者人靠自身抵偿了他的狂妄的罪。现在你要尽可能全神贯注地听我讲话,把你的目光凝视着上帝的圣旨的无限深邃之处。人由于自身的局限性决不能以相应的方式赎此重罪,因为他事后服从上帝时,不能把自己谦卑地降低到当初他不服从上帝时,曾经妄想把自己提高的程度;这就是人类不可能自行赎罪的缘故⑩。所以上帝由他自己的途径,我的意思是说,由一条途径或由二者,来使人类恢复其完美无缺的生活⑪。但是,因为一种行为越能把那作为其来源于内心中的善表示出来,对于采取行动者来说,就越称心如意,所以那给宇宙盖上印章的至善高兴通过所有那两种途径把你们扶起来。在最后的黑夜和最初的白昼之间,未曾有过也不会有通过这一途径或那一途径完成的如此崇高、如此慷慨的行动⑫:因为上帝降世为人,使人足以赎罪得救,这比他仅仅出于仁慈宽恕了人类更为慷慨;假如上帝的儿子没有屈尊降世为人,一切其他赎救人类的办法都不足以满足正义的要求⑬。

"现在为了充分满足你的一切求知欲,我回过头来向你说明我的讲话中的一个地方,从而使你能像我一样清楚地理解那一点。你说:'我看到水,我看到火,气和土以及这些要素的混合物都要朽坏,不能久存;然而这些东西都是上帝创造的;所以,如果你所说的那句话是真理,它们就理应无朽坏之虞⑭。'

"兄弟呀,天使们和你所在的纯净的国度可以说当初被上帝创造得完全像如今这样;但是你所说的那些要素以及它们的混合物是由上帝所创造的力量赋予它们以形式的。构成这些要素的原料是上帝创造的;那种赋予它们以形式的力量也是上帝创造的,这种力量被分配在这些围绕各要素圈和要素混合物运转的星辰中。一切兽类的和一切植物的灵魂都是这些神圣的星辰的光线和运动从具有潜能的要素混合物中抽出来的;但是你们人类的灵魂是至善的上帝直接吹入的,而且上帝使它对自己如此热爱,以至于它以后永远渴望着他⑮。由此你还能推断出你们复活的道理,假若你考虑一下我们的两位始祖被创造时,人的肉体是如何造成的⑯。"

注释:

① 这是查士丁尼的灵魂讲完话后所唱的赞美上帝的拉丁文诗,意谓"和散那! 神圣的万军之主呀! 你从天上用你的万丈光芒使这些天国的幸福的火焰更加辉煌!"

② "两重光交相辉映的灵魂":指查士丁尼,他的身上具有立法者与皇帝的两重光辉。

③ "Be 和 ice"是贝雅特丽齐(Beatrice)名字的首尾字母。但丁一听到她的名字立即产生敬畏之情。

④ 意谓人类的始祖亚当和夏娃不听从上帝的命令,偷食"禁果";这是人类犯罪的开端和一切罪恶的根源,故称为"原罪"。因

此人一生下来就有"原罪"。上帝为了救赎世人本身无法补偿的"原罪",使自己的儿子耶稣降世为人,被钉死在十字架上,这既然是公正的惩罚,为什么罗马帝国弗拉维王朝的狄托靠上帝的帮助对犹太人进行报复呢?这就是但丁的疑问所在(详见《炼狱篇》第二十一章注㉖)。

⑤ 意谓亚当是上帝创造的,并非世人所生。

⑥ "上帝的道":指耶稣。耶稣说:"我就是道路、真理、生命"(见《新约·约翰福音》第十四章第6节)。基督教徒信仰的上帝是三位一体,即圣父、圣子和圣灵(见《地狱篇》第三章注③)。

⑦ 耶稣被钉死在十字架上,这种惩罚使上帝满意,因为平息了他的愤怒,同时使犹太人喜悦,因为使他们消除了对那些崇拜圣子的人的仇恨。本文中的"地震天开"指耶稣断气时,当地发生的强烈地震(见《地狱篇》第十二章注⑧)。

⑧ 那种神圣的善排除了一切忌妒,利己主义。上帝的创造是爱的行为,他的直接创造物是天使、诸天。理性的灵魂即人类。上帝用他所创造的原料:气、水、土、火四大要素来造人,因此这些创造物是永恒的、永久不变的。

⑨ 意谓人具有不朽、自由与上帝相似的优点。如果缺少其中优点之一的自由,人类注定要从其原有的高贵、尊严的地位堕落下来。

⑩ 人类自己不可能以相应的方式赎"原罪",因为它不可能把它的谦卑程度降到当初犯罪时的狂妄所达到的那样登峰造极的程度。

⑪ 意谓上帝通过怜悯或正义,或者二者的途径,来使人类恢复其完美的生活。

⑫ 意谓从创造世界的第一天到最后审判的最末的黑夜,上帝从来未曾,也不会通过这一途径或那一途径,做出如此崇高或如此慷慨的行为——赎救人类。

⑬ 意谓假如圣子没有降世为人,为人类赎罪,一切其他的办法都不足以满足正义的要求,因为任何一个人均不能抵偿全人类生来固有的"原罪",需要一个既是人而又高于人们之上的人为全人类赎罪,这个人就是圣母马利亚所生的耶稣基督,因为他既有人性又有神性。

⑭ 但丁的疑问是:水、火、气、土四要素以及这些要素的混合物,既然都是上帝创造的,它们为什么还会朽坏呢?

⑮ 贝雅特丽齐在回答但丁的问题时,如同长姊一般,称他为兄弟,是因为但丁经过炼狱净罪,已经和她处于平等地位。她说,四要素以及它们的混合物虽然都是上帝创造的,但是它们的本质来源于围绕它们旋转的星辰和诸天,而非由上帝直接创造的,所以能够朽坏。兽类和植物的灵魂都来自太阳和星辰的光照射的热和太阳和星辰的运转。但是你们的灵魂,也就是理性的灵魂是上帝直接创造的,因而是不朽的、永恒的。

⑯ 既然上帝直接创造的事物都是不朽的,那么,如果你想一想,上帝直接造了亚当和夏娃,人类就开始了,由此你就可以推断,人们死后都将复活。(牟米利亚诺的注释)

第 八 章

世人在危险的异教信仰时代惯于相信，在第三个本轮中转动的美丽的塞浦路斯女神向下界放射疯狂的爱情[①]；因此，陷入古代的迷信中的古代人不仅向她献上祭品，许愿祈祷，表示崇信；他们还崇信狄俄内和丘比特，前者是她的母亲，后者是她的儿子，据说他曾坐在狄多的怀里[②]；他们还采用我以之作为本章开端的女神的名字，给太阳时而在它背后，时而在它面前向它求爱的那颗明星命名[③]。我没有觉察到我已上升到这颗明星中；但我的圣女使得我确信我已在那里，因为我看到她变得更美了。

如同火星在火焰中可以看出来，如同声音在双人齐唱中，当一个音调保持不变，另一个音调抑扬起伏时，可以辨别出来，同样，我看到，许多别的发光体围成一圈跳舞，有的较快，有的较慢，我想，那是由于他们对上帝的观照深度不同[④]。这些神圣的发光体中断了他们在崇高的撒拉弗所在之处开始的圆舞，向我们走来[⑤]，谁若曾看到他们来的速度之快，谁都会觉得，任何可见的或不可见的风[⑥]从寒冷的云层中飞速下降，与之相比，都好像受到阻碍而缓慢；那些出现在最前面的发光体内发出了唱"和散那"的声音，异常美妙悦耳，以至于从那以后我无时不渴望再听到它。

　　罗纳河与索尔格河汇合后向南流的左岸那片土地
等待我在适当的时候做它的君主。

于是,其中一个向我更走近些,然后单独开始说:"我们大家都准备满足你的愿望,为了使你由于我们而感到喜悦。我们同三品天使们一起在同一圈子、以同一节奏、怀着同一愿望舞蹈。你在人间时曾向他们说:'你们以智力推动第三层天者'⑦;我们心里那样充满了爱,以至于觉得,为了使你喜悦而静止片刻⑧,对我们来说是同样甜美的事。"

我毕恭毕敬地抬起眼睛望着那位圣女,当她暗示她同意,使得我心里满意并且有了把握后,我就把眼睛转过去向着那个做出慷慨诺言的发光体,用印着深情的言语说:"请问你是谁。"我看到,他在我说了这句话后,由于心中喜上添加了新喜而变得比以前更为巨大,更为明亮了!形象这样一变后,他就对我说:"我在下界尘世间的时光很短;假若长些的话,许多发生的灾祸就不会发生⑨。我的喜悦的光芒向我周围发射,好像蚕茧包着蚕似的把我遮蔽着,使你看不见我。你曾十分爱我,而且有充分的理由;因为,假若我仍然在世的话,我向你表示的将不仅是我的爱的叶子而已⑩。罗纳河与索尔格河汇合后向南流的左岸那片土地等待我在适当的时候做它的君主⑪。奥索尼亚的一个角落也等待我君临其地,这一角落从特朗托河和维尔德河入海处起,直到巴里、迦埃塔和卡托纳形成的那道边界为止⑫。多瑙河离开它在德意志境内的两岸后所灌溉的那个国家的王冠已经在我额上闪耀着⑬。美丽的特里纳克利岛在帕奇诺和佩洛罗两岬之间⑭、最受欧鲁斯风打击的海湾上烟雾弥漫,并非由于提佛乌斯喘气,而是由于埃特纳火山喷发硫磺所致⑮;若不是向来都令被统治的人民痛心的暴政激起了巴勒莫的民众喊'杀死,杀死!'这一岛国如今还会等待由我传下的查理和鲁道夫的后代做它的国王⑯。假如我弟弟对此有先见之明,他就会避开那些贪得无厌的穷卡塔罗尼亚人⑰,以免他们使他受害;因为他或别人确实有必要采取措施,不让在他的已经满载的小船上再装更重之物。他是出生于慷慨的先人的吝啬的后代,这种天性使他需要一批不图谋中饱私囊的官员。"

我这样对他说:"我的主上啊,因为我相信,你在一切善的开始和终结之处看到了你的话注入我心中的深切的喜悦,如同我自己看到一样清楚,对我来说,这种喜悦就更为可喜;你是在对上帝的观照中照见这种喜悦的,对此我深为欣喜。你已经使我心中喜悦了,现在就请你给我解释一个问题吧,因为你说话时引起了我的疑问:甜种子怎么会产出苦果子来⑱。"

他对我说:"如果我能给你阐明一个真理,你就会对你所提的问题,如同把你原来背向着的东西放在你面前来看一样清楚。使你正在攀登的诸天转动和满足的至善,把他的意旨变成这些巨大的天体的影响力。自身尽善尽美的上帝不仅注定了人具有不同的本性,而且同时注定各种本性获得各自的幸福;因此这张弓不论射向什么,都会像把箭对准靶子一样射中预见的鹄的。若不是这样的话,你现在在游历的诸天所产生的影响,就不会是艺术品,而是一片废墟;这是不可能的,除非那些推动天体远行的天使有缺陷,作为原动者的上帝也有缺陷——他没有使那些天使完美⑲。你还要我把这个真理给你讲得更清楚吗?"

我说:"当然不要,因为我明白,'自然'对必要的事不可能怠工。"于是,他又说:"现在你说,假若人生在世上不是公民,他的景况会更坏吗?"我回答说:"肯定会,这一点我无须问有什么理由证明。""假若人生在世上不是各尽不同的职责,他能是公民吗？不可能,如果你们的大师⑳书中的话正确无误。"

他就这样逐步推演到这里;然后下结论说:"由此可见,使你们起作用的天性必然各不相同。因而一个天生是梭伦,另一个是薛西斯,另一个是麦基洗德,另一个是像在天空飞行中失去了儿子的能工巧匠⑳。运转的诸天体影响世人的性格,如同封印打在封蜡上一样,它们把这个任务完成得很好,但不分个人出自这个家族或那个家族。因此就发生这样的情况,以扫自母亲怀孕时就和孪生弟弟雅各秉性不同;奎里努斯的生身父亲那样卑贱,以至于世人认为他是玛尔斯所生。假如神意不以诸天的影响战胜遗传的倾向性,生育的儿子天性就总会走上和生身父亲相同的道路。现在,你背后的真理已经在你眼前了:但是,为了使你知道我喜爱你,我要附加一段推论作为大衣给你披上。如果天性发现命运与之不和,它就像任何其他的种子播在适宜的土地之外一样,得到不好的结果。如果下界的人注意天性奠定的基础而顺应它,他们就会得到良好的人材。但是,你们强使一个生来就适于佩剑的人去从事于宗教,把一个适于布道的人拥戴为国王;所以你们的足迹就偏离了正路⑳。"

注释:

① 据罗马神话,爱神维纳斯出生于塞浦路斯岛,故被称为塞浦路斯女神。"第三个本轮"即金星天。

② 爱神之母名狄俄内(Dione),其子名丘比特(Cupido),他是她与火和锻冶之神伏尔坎所生,他被称为小爱神,长着双翼,身背弓箭在空中飞翔。他射出的金箭使人得到爱情。他曾变成埃涅阿斯之子阿斯卡纽斯坐在迦太基女王狄多的膝上,使狄

多对埃涅阿斯发生爱情(见《地狱篇》第五章注⑮)。

③ 指金星。清晨它在日出前出现于东方,它在日没后出现于西方(见《炼狱篇》第一章注⑧)。天文学家以爱神维纳斯作为金星的名称。

④ 金星中各舞蹈的灵魂都是由人间的爱转变为对上帝的爱的灵魂。他们旋转的速度不同,表明他们对上帝的观照程度的深浅不同。

⑤ 意谓这些灵魂中断了他们在品级最高的天使撒拉弗(Serafini)所在的净火天中圆舞,迅速向但丁和贝雅特丽齐飞下来,他们被自身的光芒包着,看不见形体。

⑥ "任何可见的或不可见的风":根据亚里士多德的学说,热而干燥的蒸气上升到大气的第三区与寒冷的云层相遇时,就产生风。风本身是不可见的,但它一吹起尘土或吹动云雾,就成为可见之物。

⑦ 这个单独对但丁说话的发光体指查理·马尔泰罗(Carlo Martello,1271—1295)。他是安茹王朝那不勒斯和西西里王国的国王查理二世(1254—1309)的长子,其母马利亚为匈牙利王之女,他与神圣罗马帝国奥地利哈布斯堡王朝皇帝鲁道夫一世之女结婚,生了两女,贝雅特丽齐和克勒门萨与一子查理·罗伯特。1289年,在其父因重要事务去教廷和法国国王的宫廷期间,做了一年那不勒斯王国的代理人,显示出他是贤明正直的君主的典型。1292年,他率领一大队骑士随从由那不勒斯赴佛罗伦萨迎接从法国归来的父母,受到佛罗伦萨人的欢迎和敬爱,他对他们也表示非常热爱。在这个期间他很可能认识了但丁并且相互结下了友谊。查理·马尔泰罗在本章中对但丁所说,"你在人间时曾向他们说:'你们以智力推动第三层天者'"(这是《筵席》第二篇中但丁的一首歌曲的首行),意谓以智力推动第三层天转动的"帝座"天使们。

⑧ "静止片刻":意谓暂停舞蹈片刻。

⑨ 意谓他在世上的寿命很短,只活了二十多岁;假如活得长些的话,许多发生的灾祸就不会发生。

⑩ "我向你表示的将不仅是我的爱的叶子而已":意谓我还要用事实向你表现我的爱将结的果实。

⑪　"那片土地":指马尔泰罗的祖父查理一世从其岳父继承的普洛旺斯伯爵领地。"在适当的时候":意谓在马尔泰罗成为那不勒斯国王时。但他死得太早,未能继位。

⑫　"奥索尼亚"(Ausonia):即意大利。"特朗托(Tronto)河和维尔德(Verde)河":都是意大利南部的河流,前者今名嘉利里亚诺(Garigliano)河,流入亚得里亚海,后者流入第勒尼安海。"巴里(Bari)、迦埃塔(Caeta)和卡托纳"(Catona):都是当时的重要城市。马尔泰罗如果成为那不勒斯国王,就会统治这些城市。

⑬　"那个国家":指匈牙利。1292年,由于国王死后无子,马尔泰罗作为他的外甥,曾被加冕为匈牙利国王,但未亲自执政。

⑭　"特里纳克利(Trinacria)岛":即西西里岛,意谓三角岛,因为此岛为三角形,"帕奇诺"(Pachino)岬为其南角,"佩洛罗"(Peloro)岬为其北角。两岬之间是卡塔尼亚海湾。

⑮　"欧鲁斯(Euro)风":即东南风。"提佛乌斯"(Typhoeus)是吐火巨人,被朱庇特用雷殛死,埋在西西里岛的埃特纳(Etna)火山下(见《地狱篇》第三十一章注㉕)。

⑯　指查理一世对岛上的人民施行暴政,引起了人民的反抗。1282年,在首府巴勒莫举行了"西西里晚祷起义",赶走了岛上的驻军,推翻了安茹家族对该岛的统治,阿拉冈王彼得罗三世进行干涉,占领了此岛,称西西里王。因此安茹家族的统治只限于意大利半岛南部,改称那不勒斯王国。如果不发生"晚祷起义",马尔泰罗后来还会成为西西里和那不勒斯国王。

⑰　马尔泰罗之弟罗伯特曾在卡塔罗尼亚为阿拉冈国王的人质七年(1288—1295),结交了当地的一些穷贵族。后来罗伯特回国做那不勒斯国王时,带走了卡塔罗尼亚友人,任命他们掌管国库。这些人贪得无厌,敲诈勒索,引起了民愤和反抗。马尔泰罗认为罗伯特如有先见之明,就会在当时不结交这些贪婪的穷卡塔罗尼亚人。

⑱　马尔泰罗的话使但丁产生了这个疑问:品德优秀的人家为什么会出不肖的子孙,因为他想到耶稣所说的话:"好树不能结坏果子,坏树不能结好果子。"(见《新约·马太福音》第七章第17节)

⑲ 马尔泰罗以逐步推演的方法阐明他所说的真理,使但丁理解清楚这个真理,从而消除自己的疑问。他所阐明的真理就是:儿子必然不具有和父亲相同的本性。他说,至善的上帝使你(但丁)正在攀登的诸天体对下界地球上的影响力来自上帝的意志。上帝不仅注定了人具有不同的本性,而且同时还注定各种本性获得各自的幸福。因此诸天体不论对任何由上帝预定的对象施加影响,都会像弓射出的箭正中鹄的一样,达到其目的。假如不是这样的话,你所游历的诸天体的影响的结果,就不会是像美好的艺术品一般的东西,而是像废墟似的一片凌乱不堪之物;这是不可能的,除非推动诸天体运行的天使们有缺陷,而且当初没有把他们造得完美的上帝因而也有缺陷;这不言而喻是极端荒谬的。

⑳ "你们的大师"指亚里士多德,他在所著的伦理学和政治学中指出,人类天性是合群的动物,需要组成社会,才能生存和发展,而社会的存在和发展须要其成员都有某种能力,发挥各自的互不相同的能力,分工合作。社会与社会进而联合成国家后也是这样。人的一生不能离开社会,也不能离开国家,只能作为社会的成员,国家的公民,才能达到自身发展的目的。

㉑ "梭伦"(Solon)是公元前六世纪雅典的立法者,希腊七贤之一。"薛西斯"(Xerxes)是古代波斯王,公元前486—前465年在位,曾远征希腊,遭到惨败(见《炼狱篇》第二十八章注⑬),他是一位著名的英勇善战者。"麦基洗德"(Melchisedech)是撒冷王,又是至高上帝的祭司(见《旧约·创世记》第十四章第18节)。"在天空飞行中失去了儿子的":是代达罗斯(Daelus),代达罗斯用羽毛制成翅膀,父子二人用这种人工翅膀在天空飞行,结果儿子伊卡洛斯落入海中淹死(详见《地狱篇》第十七章注㉓)。

㉒ 诗句的大意是:运转的诸天体对世上所有的人都产生影响,不分其出自什么人家。因此,以扫生来就和他的孪生弟弟雅各的性格不同。以扫善于打猎,常在田野,雅各为人安静,常住在帐篷里(见《旧约·创世记》第二十五章第27节)。"奎里努斯"(Quirineo):即罗马的建造者罗木路斯,他是卑贱的父亲所生,由于其战功卓著,人们就传说他是战神玛尔斯之子。

第 九 章

美丽的克勒门萨呀，你的查理解释清楚我的疑难问题后①，就向我预言他的后代注定要遭受的欺诈和篡夺；但是他说："你保持沉默，让岁月流转吧，"因此我只能说正义的惩罚将跟随在你们遭受的不幸而来②。

那个圣洁的发光体的灵魂已经转向那使他的愿望得到满足的太阳，这太阳就是那足以满足一切愿望的至善③。啊，受骗的灵魂们和邪恶的人们哪，你们的心背离这至善，你们的眼光直盯着空虚的东西！瞧！那些发光体中另一个向我走来，它外面发出更明亮的光，表示他愿满足我的要求④。贝雅特丽齐的眼睛像先前那样凝视着我，使我确信她对我心中的愿望表示亲切的同意。

我说："啊，有福的灵魂哪，请你从速满足我的愿望，并向我证明我内心的思想能由你的回答反映出来。"一听这话，那个对我来说仍然陌生的灵魂，就如乐于为善的人一样，从她先前曾在其中唱歌的那个光体深处接着说："在腐败堕落的意大利国土那一位于里阿尔托岛和布伦塔河及皮亚维河的源头之间的地区，凸起一座不很高的小山，先前从那里降下了一束火炬，给这个地区造成极大的破坏⑤。我和他是同根所生：我名叫库尼萨，我在这里发光，因为这颗星的光曾支配着我；但是我欣然原谅我自己这种命运的起因,而不抱怨;这在世俗之人看来也许是难以理解的⑥。我们这重天中离我最近的这颗明亮、珍贵的珠宝留下了很大的声誉;还要过五百年后,这种声誉才会消失:你看人是不是应该使自己德才卓越,以便在今生之后能留下光荣的另一生⑦。如今住在塔里亚门托河和阿迪杰河之间⑧的人群不想这样做,他们虽然受到灾祸惩罚,还不悔改。但是,不久就要发生这样的事:由于这里的人顽梗不尽本分,邻近沼泽地的帕多瓦将使那条流经维琴察的河水变色⑨。在席雷河与卡尼亚诺河汇合的地方,有一个人正在称王称霸,高视阔步,如今人们已经把诱捕他的罗网编结好了⑩。菲尔特勒还将为它的邪恶的牧师所犯的罪痛哭,这罪将如此丑恶,以至于从未有人因犯同样的罪被关进马耳他牢狱⑪。这位慷慨大方的教士为表示忠于自己的党,将赠送斐拉拉人的血,盛血的木桶一定要最大的,假若一液两一液两去称,就一定会使人疲惫;这样的礼品将适合于那个地方的生活方式。上方有许多面明镜,你们称之为宝座⑫,这些明镜把最高审判者上帝之光反射给我们;所以我所说的这些话由于这个缘故似乎是适当的。"她说到这里就沉默了,使我看出她的心已转到别的事上,因为她重新回到她先前所在的圆舞队中了。

作为宝物已经为我所知的那另一欢乐的灵魂在我眼前闪闪发光,犹如纯净的红宝石受日光照射似的。在天上欢乐表现为光辉灿烂,如同在人间表现为微笑一般;但是在地狱里,心越悲哀,就越显得愁眉苦脸。

我说:"有福的灵魂哪,上帝洞见一切,由于你深入观照他,所以任何愿望都逃不过你的眼睛。那么,你的同那些以自己的六翼作为外衣的虔诚的热情天使⑬一起唱歌、永远使天国喜悦的声音,为什么不满足我的愿望呢?假若我能洞彻你的内心,像你洞彻我的内心一样,我就一定不会等待你问我了。"

于是,他开始说:"环绕大地的海洋的水流入那最大的内海,这内海南北相对的两岸之间的海域逆太阳运行的方向一直向前延伸得那样远,以致那同一圆圈在起点处是地平线,在终点处就是子午线。⑭我曾是那个内海的沿海居民,出生和生活在埃布罗河口与玛克拉河口之间的滨海地区,这后一条河的一短段流程把热那亚的领土和托斯卡那的领土隔开⑮。布杰亚和我出生的城市都坐落在几乎同时能各自看到日落和日出的地理位置上,这一城市曾以其鲜血使海港的水变热⑯。知道我的名字的人叫我浮尔科;这重天接受我的光的印记,如同我曾接受它的影响的印记一样⑰;因为贝鲁斯的女儿在做对不住希凯斯和克列乌莎的事时,心中的爱火都不比我在未生白发时期的爱火燃烧得更旺⑱;那位对德摩浮昂回来感到绝望的罗多佩山中的少女的爱火⑲,阿尔齐得斯在把伊奥勒深藏在心里作意中人时的爱火,也都不比我的爱火燃烧得更旺⑳。但是我们在这里并不为此懊悔,而是笑容满面,不懊悔,因为对过错的悔恨已经从记忆中一去不复返,笑容满面,因为神的力量注定我们受天体的影响,并使我们从中获得好处。在这里我们观照那使神所创造的世界显得如此美好的伟大艺术,而且看出天上对下界施加影响的善良目的。

"但是,为了使得你在这个天体中所产生的一切愿望完全满足再离开,我还得继续讲下去。你想知道,这里在我旁边这个像日光照在清澈的水上闪烁的发光体中的人是谁。现在我就让你知道,喇合在其中享至福;因为她加入了我们的队伍,我们的队伍得以接受她那最高亮度的光芒的印记㉑。在基督的凯旋中,她先于其他的灵魂升入这个作为你们的世界的圆锥形黑影投射的终点的天体中㉒。她作为基督由自己两只手掌被钉在十字架上所获的崇高胜利的象征,被接受到诸天之一中去,这是非常恰当的,因为她曾帮助约书亚在圣地建立第一个光荣的功绩,如今教皇却几乎忘了圣地㉓。

"你的城市是第一个背叛他的造物主者的产物,他的忌妒曾使人类如此痛哭流涕㉔,这个城市铸造、流转那万恶的弗洛林㉕,它使绵羊和羔羊离开了正路,因为它把牧羊人变成了狼。为贪财把福音书和伟大的教会圣师们的著作抛开,只醉心于《教会法令汇编》的研究,以致从书本的页边空白处看得出来㉖。教皇和枢机主教们都醉心于发财;他们的心思不转向加百利展翅致敬的地方——拿撒勒㉗。但是,梵蒂冈㉘以及罗马那些原是追随彼得的战士们的墓地的其他神圣地方,不久必将从这种非法买卖的亵渎下得到解放。"

注释:

① "美丽的克勒门萨呀,你的查理解释清楚我的疑难问题后"这句话中克勒门萨指查理·马尔泰罗的妻子还是指他的女儿,注释家们一直争论不休,因为她们母女二人同名,但丁诗中并没有明确的证据足以给这一争议作出结论。但是,注释家戴尔·隆格(Del Lungo)指出,"你的查理"(Tuo Carlo)根本是但丁向克勒门萨说到其夫时的用语;更重要的是,我们从整个上下文可以看出,这里所说的"美丽的克勒门萨"指的是马尔泰罗的妻子。

② "向我预言他的后代注定要遭受的欺诈":指马尔泰罗死后,他的儿子应继承的那不勒斯王位和普洛旺斯伯爵爵位均被查

理·罗伯特(马尔泰罗之弟)篡夺。"正义的惩罚将跟随在你们遭受的不幸而来":"你们遭受的不幸",指安茹家族的罪恶引来的不幸,这种种不幸都是上帝对查理·罗伯特的惩罚。

③ "圣洁的发光体":指查理·马尔泰罗。"使他的愿望得到满足的太阳":指上帝。

④ 意谓天国有福的灵魂不等但丁发问,就能回答但丁心中的问题。

⑤ "里阿尔托"(Rialto)是组成威尼斯城的最大的岛,这里指威尼斯。"一座不很高的小山":指罗马诺(Romano)山。"先前从那里降下了一束火炬":指埃采利诺·罗马诺(1194—1259),他出生在这座小山上的城堡中。据说,他母亲临产前梦见一束火炬引起了一场大火,烧毁了整个那一片地区。埃采利诺掌权后,多年用武力和暴政统治整个特雷维佐(Treviso)边区和帕多瓦城以及伦巴第地区大部分,是个最残酷的暴君(见《地狱篇》第十二章注㉗)。

⑥ "库尼萨"(Cunizza)是埃采利诺的妹妹(1198—1279),嫁给维罗纳的封建主李卡尔多·迪·圣卜尼法丘(Riccado di San Bonifacio)伯爵。行吟诗人索尔戴罗在伯爵宫廷时,爱上了库尼萨。大约在1226年,他俩一起逃到特雷维佐边区同居。索尔戴罗与另一情人秘密结婚后,被迫离开了那里(见《炼狱篇》第六章注⑱)。库尼萨后来爱上了特雷维佐某一名叫博尼奥(Bonio)的骑士,同他过了一段风流放荡的生活。之后,她又嫁给卜雷干泽(Breganze)伯爵阿梅里奥(Almerio)。1260年,她的家族失去权势后,她退隐于佛罗伦萨。她在晚年颇多行善,死后灵魂升天,成为圣徒。她在金星中对但丁说,她由于受这颗星的影响支配,生前有过许多爱情事件,但并不抱怨这种命运,因为她使尘世间的爱情转化为对上帝之爱,从而作为一个发光体来这颗星中会见他。

⑦ "离我最近的这颗明亮、珍贵的珠宝":指马赛的浮尔科(Folco di Marsiglia)的光辉的灵魂。他是普洛旺斯著名的行吟诗人,作为诗人活跃于1180—1195年间,后来做了修道士,成为法国南部图卢兹(Toulouse)的主教,死于1231年。他身后留下的盛名,五百年后也不会消失。库尼萨认为,人应该使自己成

为德才卓越的人,以便在今生之后,给后世留下光荣的声誉。但是,如今她的故乡特雷维佐边区的人们却不是这样想的。

⑧ "塔里亚门托(Tagliamento)河":在东面,"阿迪杰(Adige)河":在西面,它们形成特雷维佐边区的东西边界,这个区域就是帕多瓦区域。

⑨ 指吉伯林党的领袖、帝国的代理人维罗纳的封建主堪格兰德·德拉·斯卡拉(Can Grande della Scala)由于帕多瓦人违抗皇帝,出兵讨伐,使他们的血染红巴奇里奥内(Bacciglione)河流经维琴察在维罗纳附近形成的沼泽的水。

⑩ 指席雷(Sile)河与卡尼亚诺(Cagnano)河汇合处的特雷维佐地方的封建主里卡尔多·达·卡米诺(Riccardo da Camino)。他父亲盖拉尔多·达·卡米诺(Gherardo da Camino)是真正高贵的人(见《炼狱篇》第十六章注㉝)。里卡尔多以霸主自居,昂首阔步,像头狮子,1321 年,像只小鸟落入贵尔弗党贵族的罗网中,被捕获并杀害。

⑪ "邪恶的牧师":指亚历山德罗·诺维洛(Alessandro Novello)。他犯下的丑恶罪行是他任菲尔特勒(Feltre)主教时,1314 年背信弃义地把一些从斐拉拉逃来避难的吉伯林党人交给安茹王朝和教皇的代表皮诺·德拉·托萨(Pino della Tosa)。后来,这些吉伯林党人均被斩首。他们被囚禁和处决的地方是博尔塞纳湖附近的马耳他(Malta)牢狱,这是教皇判处宗教罪犯终身监禁之所。

⑫ "宝座"(Troni)是九品级天使中的第三品级,他们如同一面面的明镜把上帝将对世人的惩罚清清楚楚地照出来。库尼萨看到他们就预知将要发生上述的那些事件。

⑬ "虔诚的热情天使":据《旧约·以赛亚书》第六章记载:"我见到了土高高地坐在宝座上……在他周围有六翼天使撒拉弗侍立,每一个都有六个翅膀:两个遮脸,两个遮体,两个飞翔。"

⑭ "最大的内海":指欧、亚、非三大洲之间的地中海。这里所说的"南北相对的两岸":指欧洲与非洲。根据中世纪的计算法,地中海东西相距,即从子午线到其相应的地平线的距离,为90度。这是但丁时代的地理知识的错误,实际上相距不过42度。

⑮ "埃布罗（Ebro）河"：在西班牙，流入地中海。"玛克拉（Macra）河"：在意大利，下游一段为热那亚与托斯卡那的边界。浮尔科的出生地马赛位于埃布罗河和玛克拉河之间的地中海北岸。

⑯ "布杰亚"（Buggea）：即今阿尔及利亚的布日埃（Bougè），它与法国的马赛经度略同。"鲜血使渔港的水变热"：指公元 49 年恺撒与庞培之战，布鲁都包围马赛，城被攻破后，当地居民遭到大肆屠杀。

⑰ 意谓浮尔科说，他受金星天的影响，年轻时，十分富于爱情，以致下列这些著名的人物无一能超过他。

⑱ "贝鲁斯（Blus）的女儿"狄多（见《地狱篇》第五章注⑮），狄多钟情于埃涅阿斯，她背弃了对亡夫希凯斯临终前所发的永不再嫁的誓言，而且也使埃涅阿斯有负于其亡妻克列乌莎（Creusa）。

⑲ "罗多佩"（Rodope）是古希腊色雷斯的山名，住在此山中的少女是色雷斯国王之女菲利斯（Phillis）。"德摩浮昂"（Demophoö）：他爱上了这位公主并许诺要娶她为妻。他远行去雅典，没有预期回来完婚，菲利斯误认为被抛弃，因而自杀身亡。

⑳ "伊奥勒"（Iole）是俄卡亚王欧律托斯（Eurytus）之女，被阿尔齐得斯（Alcide 即赫剌克勒斯）所爱。阿尔齐得斯穿了其妻送去的染有毒血的内衣疼痛难忍，自焚而死（见《地狱篇》第十二章注⑯⑰）。

㉑ "喇合"（Raab）是耶利哥（Gerico）城的妓女，因为她隐藏了约书亚派到耶利哥城的两名探子，在该城被攻克后，约书亚保全了她和她全家的性命（见《旧约·约书亚记》第二章和第六章）。圣保罗在《新约·希伯来书》第十一章中说："妓女喇合因着信，曾和平平地接待探子，就不与那些不顺从的人一同灭亡。"《新约·雅各书》第二章中说："妓女喇合接待探子，又放他们从别路上出去，不也是一样因行为称义吗？"

㉒ 根据中世纪阿拉伯天文学家的理论，由地球投射的圆锥形黑影终点是在第三重天金星，因此灵魂在天上的位置，一部分仍受地上罪过的影响。

㉓ 在这里浮尔科谴责教皇根本不把圣地放在心中。1291年,阿克城(巴勒斯坦的濒海城市)——基督教的圣地被伊斯兰教徒攻占后,基督徒们在圣地无立足之地(见《地狱篇》第二十七章注㉑)。

㉔ 第一个背叛上帝的是卢奇菲罗(即撒旦)。"你的城市":指佛罗伦萨。撒旦对人祖的忌妒是原罪的根源,使人类一直在痛哭流涕(见《地狱篇》第十三章注㉗)。

㉕ 弗洛林是佛罗伦萨市铸造的金币,一面有百合花。牧师与教徒因追求金钱而变得贪婪凶狠。

㉖ 《教会法令汇编》即《圣法规则》,为诉讼的依据。熟读此书者可得到高报酬,因此研究的人不计其数,他们反复阅读该规则竟将书边都磨破,空白处均写满批注。

㉗ 据《新约·路加福音》第一章记载:上帝差遣天使加百利到拿撒勒告知童女马利亚,她将生耶稣。此处拿撒勒泛指基督教圣地。

㉘ 梵蒂冈是一个山丘,圣彼得在此处被钉死在十字架上并被埋葬于此处。

第 十 章

那原始的、难以形容的能力怀着父子双方永恒产生的爱注视着他的儿子，创造出由天使们的智力推动着在空间旋转的、那样秩序井然的诸天，使得观天的人莫不从而感知这能力①。因此，读者呀，请和我一同举目眺望那些高远的轮子，把眼光对准那一种运动和另一种运动交叉之处②；在那里怀着爱慕之情观赏那位大师的艺术作品，他心中如此热爱这件作品，以至于眼睛永远不离开它③。你看那包含着各行星轨道的倾斜的环状带像树杈一般从那里分出来，以满足那向各行星呼吁的世界的要求。假若它们的轨道不倾斜，诸天中的许多功能都会失效，地上几乎一切潜能都会死亡④；假若它离开那直路太远或太近，宇宙秩序在上界和下界许多方面都会出现缺陷⑤。

读者呀，如果你愿很快感到乐趣而很久也不疲倦的话，那你就仍旧坐在你的长凳上，继续思索你先尝到的东西吧。我已经把它摆在你面前；现在你就自己享用吧，因为我要写的那个题材吸引住我的全部心神。

自然界的最大使者把天的力量传递到世界上，用它的光为我们计时间，它和我在上面间接提到的那部分接合，正在沿着螺旋形的路线上升，一天比一天出现得早些⑥；我已经和它在一起了;但我没有觉察到我登它,正如人在产生了一个念头之前,觉察不到产生它。这是由于贝雅特丽齐引导我那样迅速地从一重天登上更高的一重天,她的行动简直不占什么时间⑦。

那些在我进入的日天之自身应该是多么辉煌啊,因为它们不是由于它们的颜色而是由于它们的光而显现在我眼前的!即使我召唤天才、艺术和写作经验来帮助我,我也不能把它描写那样鲜明,使人们会想象出它来;但愿人们相信它而且渴望看到它。如果我们的想象力不足以达到这样的高度,这不是令人惊奇的事,因为人的眼睛从未见过光度超过太阳的物体。这里,至高无上的父亲的这第四家族⑧就是那样光辉灿烂,这位崇高的父亲把他如何生子和如何与其子同生圣灵的奥义启示给这个家族而永远使它满足。那时,贝雅特丽齐开始说:"感谢,感谢天使们的太阳吧,他恩典你,把你提升到这物质的太阳上了。"凡人的心从未像我听到这些话时变得那样虔诚,那样怀着全部感激之情皈依上帝;我的爱完全献给了他,使得我一时忘了贝雅特丽齐。这并未令她不悦,对此她反倒那样微微一笑,结果她的含笑的眼光引得我的专一的心思分散到许多的事物上。

我看到许多光芒耀眼的、胜过太阳的发光体以我们二人为中心在周围形成了一个光环,他们一齐唱歌,声音的美妙超过了他们的光辉形象的亮度。有时,当空气所含的水蒸气已经饱和,拉托娜的女儿的光线被它留住而形成一个光环时,我们看到她就像这样被这个光环围绕着⑨。我回到人间后,记得天宫中有许多珍贵、美丽得无法带出天国的宝石;那些发光体的歌就是这些宝石之一。凡是得不到翅膀飞上天去的人,就让他期望从哑巴口里听到那里的消息吧⑩。当那些光芒耀眼的太阳这样美妙地歌唱着,如同靠近不动的两极运转的星辰似的围绕着我们转了三周之后,就像贵妇人们并未停止舞蹈,但停住了舞步,默默地倾耳细听着,直到她们听见了新的音调为止。我听到其中的一个开始说:"既然那点燃起真正的爱然后伴随着爱的增加而增加的天恩之光如此倍加辉煌地映射在你身上,以至于引导你登上那凡是下来的人没有不再上的天梯⑪,谁若不肯用他的酒瓶里的葡萄酒给你解渴,谁就如同水不流入海里一样不自由。你愿知道,正在满怀深情地围观那位使你有能力上天的美丽的圣女的我们这个花环是那些植物的花装饰成的。我曾是那神圣的羊群中的一只羔羊,这羊群由多明我⑫领到一条路上,在那里就会好好长肥,如若不误入歧途。这位在我右边离我最近的曾是我的兄弟和我的老师,他是科隆的阿尔伯图斯⑬,我是托马斯·阿奎那斯⑭。如果你想同样知道所有其余的人,那你就用你的眼光随着我的说明环视这个幸福的花环吧。那另一个火焰来自格拉契安⑮的微笑,他给两种法庭提供了那样大的帮助,使天国里感到欣喜。在他旁边装饰我们的合唱队的是一个火焰,是曾同那个穷寡妇一样把他的珍宝奉献给圣教会的那个彼得⑯。这第五个光在我们中间是最美的,他洋溢着那样强烈的爱,致使下方全世界的人渴望知道他的消息:这光中是那位被赐予极深湛的智慧的崇高心灵,如果真理是真实的话,以后从未有第二位赋有这样的睿智者出世⑰。你看他旁边那枝蜡烛的光,他在下界带着肉体时,就最深地洞见天使的性质及其职责。在他旁边的那另一个小光中,那位基督教时代的辩护者⑱在微笑着,奥古斯丁曾利用他的论述。现在你如果把你的心灵的眼光随着我的赞语从一个光移向另一个光,你就已经渴望知道那第八个光是谁了[19]。在其中的是那位由于见到一切善而喜悦的圣洁的灵魂,他使好好聆听他的人洞明这个虚妄的世界。从这个灵魂那里被驱逐的躯壳躺在下界的金天花板教堂里[20];这个灵魂则由殉道和流放中来到这平和境界。你看在他的那一边发光的是伊希多罗[21]、比德[22]和在冥想上高出凡人之上的理查德[23]的热情的灵魂。你的眼睛转移到那里就回到我身边的这光,是一位陷入痛苦的思想中而感觉死来得慢的灵魂的光:它是希吉尔的永恒的光,他在麦秸路讲课时,用三段论法推出了引起妒恨的真理[24]。"

　　正如同上帝的新娘从床上起来,向她的新郎唱晨歌让他爱自己的时候,那唤醒我们的时钟里一个部件牵引和推动另一个部件,发出那样美妙的丁丁声,使得那准备祈祷的心灵充满了爱;同样,我看到那光荣的轮子转动起来,使声音和声音协调、悦耳,只有在那永久欢乐的地方才能听到。

注释:

① "原始的、难以形容的能力":指圣父、圣子、圣灵三位一体的上帝创造万物的能力。

② 意谓太阳每日从东到西运动,与赤道平行;每年从西往东沿黄道运动。赤道和黄道形成一个23°26′角,相交于春分点(在白羊宫)和秋分点(在天秤宫)。

③ "那位大师":指上帝,他以创造宇宙时那样强烈的爱爱护宇宙。

④ 由于黄道与赤道之间有个倾斜度,地球上就有季节变化,使人类生活得舒适。如果无此角度赤道地带将永远是夏天,温带将永远是春天和秋天,大陆北部地带永会是冬天。

⑤ 反之,假如黄道与赤道的倾斜度过大或过小,就会扰乱阳光固

有的分布,也就会打乱人类生活所依靠的季节变化。

⑥ "自然界的最大使者":指太阳。人类受自然影响以太阳为最大。但丁诗中的描述说明太阳此时在春分点,由"冬至"到"夏至"太阳一天比一天升得早,由"夏至"到"冬至"每日则上升渐晚,以螺旋形升降。

⑦ 贝雅特丽齐象征"神智""神恩",她的光亮是太阳光比喻不了的。在日天上各灵魂的光亮均超过太阳所发出的光,因此但丁得以识别他们。

⑧ "第四家族":指第四重天上的幸福的灵魂,也就是本章中所讲的神学家和哲人。

⑨ 月神狄安娜是女神拉托娜和众神之王朱庇特之女。这里所说的光环即月晕。

⑩ "宝石":指那些灵魂的光辉。此处隐喻只有能飞上天国的有德、有功之人才能对这些珍贵、美丽的宝石有直接的体验。要想从但丁那里打听到消息,就好似问哑巴问题,因为他根本说不清楚情况。

⑪ "天梯":《旧约·创世记》第二十八章第12节说,雅各"梦见有一个梯子立在地上,梯子的头顶着天,有上帝的使者在梯子上"。

⑫ "圣多明我"(1170—1221):西班牙神父,他于1215年创立多明我修士会(详见第十一章)。

⑬ "阿尔伯图斯"(Alberto,1193—1280):即大阿尔伯图斯(Alberto Magno),是德国科隆人,多明我会会员,曾为累根斯堡(Regensburg)主教。他在科隆和巴黎讲学时,最喜爱的学生是托马斯·阿奎那斯。他著有许多神学、哲学和自然科学的书,以神学及哲学著名,曾取亚里士多德哲学作基督教教义的基础。但丁曾熟读他的著作,并在自己的论著中加以引用。

⑭ "托马斯·阿奎那斯"(Tommaso d'Aquino,1225—1274):即圣托马斯,1243年成为多明我会修士。他是阿尔伯图斯的学生和兄弟(因为师生二人同为多明我会修士,凡修士都互相称兄弟),曾在科隆、巴黎和那不勒斯任神学教授。1274年,他奉教皇之命去参加里昂会议,途中得病逝世,死因不明(见《炼狱篇》第二十章注㉕)。1323年,被封为圣者。他是十三世纪最

伟大的哲学家和神学家,他的著作很多,以《神学大全》(*Summa Theologie*)为最重要,但丁在《神曲》中阐述的哲学和神学理论大都根据此书。

⑮ "格拉契安"(Graziano):十二世纪间的意大利修士和法学家。他于 1140 年撰写了《教会法大全》,在这一巨著中,他调和教会法和民法,使二者一致,免于冲突。

⑯ 彼得·伦巴多(Pietro Lombardo,1100—1164),曾于巴黎教会学校任教,1159 年被任命为巴黎主教。他的最著名的著作是《箴言录》四卷,书中阐述有关上帝、创世、赎罪、圣典及末日的问题。在该书的序言里,彼得把自己的著作奉献给圣教会,就像《新约·路加福音》第二十一章里讲到的穷寡妇,把她仅有的两个小钱都投入了圣殿的奉献箱里。

⑰ 第五位灵魂指所罗门(Salomone)。他是以色列国王,具有卓绝的智慧。《旧约·列王纪上》第三章中说,所罗门向上帝祈求智慧,上帝喜悦他的祈求,因为他祈求的智慧是要以之公正地治理人民。上帝说:"赐你聪明智慧,甚至在你以前没有像你的,在你以后没有像你的。"中世纪,关于他被罚入地狱还是上升天国,曾有过争议。

⑱ 这里指古希腊雅典最高法院的法官丢尼修(Dionigi),他为圣保罗的信徒。《新约·使徒行传》第十七章末说:"有些人贴近他,信了主;其中有亚略巴古的官丢尼修。"

⑲ 指保罗斯·俄罗修斯(Paulus Orosius),他生活于四世纪末至五世纪初,是圣奥古斯丁的门徒,在后者的建议下,写了七卷《反异教史》(*Historiarum ad Versus Paganos*),书中用历史事实说明,基督教时代的灾难小于异教时代的灾难;这部书有助于奥古斯丁的《天国论》(*De civitate Dei*)一书的写作。

⑳ 第八位灵魂指的是波依修斯(Boethius,约 475—524),他是罗马贵族,510 年,东哥德王狄奥多里科(Teodorico)统治时期的罗马元老院议员和执政官,后来因故被国王定为死罪,囚禁在帕多瓦监狱中,在那里他写了《论哲学的安慰》一书。此书在中世纪仍有广大的读者。它对但丁具有深刻的影响,在贝雅特丽齐死后,但丁对此书爱不释手,因为他在巨大痛苦中从书里找到了安慰。波依修斯死后,安葬于帕维亚的金天教堂,

即圣彼得教堂。

㉑ "伊希多罗"（Isidoro di Siviglia，560—636）：西班牙人和塞维利亚城主教，中世纪著名的神学家、历史学家。他最著名的书为二十卷的百科全书《词源》（*Etymologiae*）。

㉒ "比德"（Beda il Venerabile，673—735）：英国教士，被称为尊敬的比德。他是英国历史学之父，最有名的著作为《英国教会史》。

㉓ "理查德"（Riccardo di San Vittore，卒于1173年）：被称为圣维克多的理查德，因为他从1162年到1173年任巴黎著名的圣维克多（Saint Victor）修道院院长。他是著名的经院哲学家和神学家，著有许多哲学著作，其中最著名的为《默想论》（*De contemplatione*）一书。他坚决反对唯理性主义。但丁深受他的影响，在作品中反映了他的哲学思想。

㉔ 第十二位即末位灵魂为希吉尔（Sigieri di Brabante，1226—1284），他在巴黎大学"麦秸路"讲授哲学。在哲学争论中托马斯·阿奎那斯是他的争辩对手。1277年，他的论点被主教判定为邪说并被法国宗教裁判所所长传讯。他到奥尔维埃托（Orvieto）的教廷去申诉，被自己的秘书杀害，原因不明。他在日天中由托马斯·阿奎那斯向但丁指出他是末位哲人的灵魂，表明他们的意志已与至高的真理上帝的意志合一，不复有任何争论。

第十一章

啊,世人的盲目操心的事啊,那些促使你振翼向下飞的论据多么谬误啊!有的人努力研究法律,有的人努力研究《格言集》①,有的人从事教士生涯,有的人从事以暴力或诈术进行统治,有的人从事掠夺,有的人从事政务,有的人沉溺于肉体的快乐,疲惫不堪,有的人沉溺于安逸怠惰的生活,而在这同时,我已从这一切事物中解脱出来,同贝雅特丽齐一起,在天上受到如此光荣的接待。

当每个灵魂转回到他在那光环中原来的位置后,就停在那里不动,犹如蜡烛插在烛台上一般。我听见原先对我说话的那个光体②中发出音乐,同时变得更明亮,微笑着开始说:"正如我的光来源于永恒的光,同样,在观照永恒的光中,我得知你的思想及其来源。你产生了疑问,渴望我用适合你的理解力的言语,明确、详细地解释一下我方才说过的这句话:'在那里就会好好地长肥'和另一句话:'没有出过第二个';这里需要区别清楚③。

"那以其为一切造物的眼光所不能窥见底的深邃的智慧统治世界的天意,为了使那个人通过大声喊叫、用神圣的血所娶的新娘④更坚定地走向她心爱的人而且对他更加忠实,给她指定了两位首领在她左边和右边做向导⑤。一位心中的热忧完全和撒拉弗一样；另一位的智慧如同噎嗒咟的光芒一样在世上闪耀着。我称赞其中的一位，由于称赞任何一位就同时称赞了他们二位，因为他们的工作是为了同一目的⑥。

"在图比诺河和那条从圣乌巴尔多所选定的小山流下的溪水之间，有一片肥沃的斜坡伸展在高山的一侧，这座高山使佩鲁贾由'朝阳门'感到寒冷和暑热⑦；在山背后，诺切拉和瓜尔多由于那条巨大的山脉而悲泣⑧。在这斜坡的坡度锐减的地方，一个太阳如同经常从恒河上升起一样，降生在世上⑨。因此，让提到这个地方的人不要说 Ascesi，那是不够的，而说 Oriente，如果他想说得恰当⑩。这个太阳离开他升起的时间还不很久，他就开始使大地感受到他的伟大力量所产生的一些影响；因为，在青年时代，他就为爱这样一位妇人跑去和他父亲争斗。对这位妇人，如同对死神一样，谁都不愿开门迎接；在宗教法庭上，当着父亲的面，他和她结了婚，以后他爱她一天比一天热烈⑪。这位妇人被夺去第一个丈夫后，一千一百多年间，受到轻视，默默无闻，在他来以前，一直无人向她求婚⑫；据说那个使全世界害怕的人发现，她和阿米克拉斯⑬在一起，听到他的声音时，泰然自若，这事也无助于她；她如此坚贞、无畏，以致同基督一起在十字架上受难，当时马利亚留在下面，这事也无助于她⑭。

"但是，为了避免用太隐晦的言语讲下去，现在我就让你明白，在我的长篇叙说中，这一对情人是方济各和'贫穷'。他们的和睦，喜悦的容颜，神奇的爱情和甜蜜的对视，都是令人产生圣洁思想的原因：可敬的伯尔纳尔多⑮率先脱鞋，光着脚跑去追求这样大的天福，跑着去还觉得慢。

"啊，人们不认识的财富啊！啊，肥沃的田产哪！埃吉迪奥脱了鞋,席尔维斯特罗脱了鞋去追随那位新郎,因为他们非常喜欢那位新娘。于是,这位父亲和老师就带着他的夫人和已经束上卑微的绳子[16]的家族出发了。他并没有因为他是彼埃特罗·伯尔纳尔多内的儿子,也没有因为他的样子看起来卑贱得使人惊奇,心里羞怯得低下头来;反而以国王般的尊严气概向英诺森公然说明了自己的坚决的意图,并且从他得到了为自己的修道会按下的第一个印记[17]。

"当追随他的穷人们人数增多后——他的超凡的生平最好由天使们的合唱队来歌唱,永恒的圣灵就通过奥诺里奥之手为这个大牧人的圣洁的意图加了第二顶王冠[18]。之后,由于渴望殉教,他在骄傲的苏丹面前,宣讲基督和他的使徒们的教义,因为发现那里的人太顽梗不化,无法使之改变信仰[19],为了不徒然在那里停留,他回到能获得丰硕的成果的意大利国土,在台伯河和阿尔诺河之间的巉岩上,他从基督得到了最后的印记,他的肢体带有这一印记两年之久[20]。当选定他去行如此之大的善的那位愿意把他召回天上,来接受他由于使自己变得卑微而应获的赏赐时,他就把他最亲爱的夫人,像托付给合法的后嗣们一般,托付他的弟兄们,嘱咐他们要忠实不渝地爱她;于是,这一光辉的灵魂决意离开她的怀抱,返回自己的国土,为他的肉体不要另外的棺木[21]。

"现在你想一想,那个在引导彼得的小船在深海上保持正确航向的这项任务上,配作为他的战友的人是怎样一个超凡入圣的人吧[22];我们的祖师就是这样的人;因此,你可以看出,凡是遵照他的命令追随他的人都装载上良好的货品。但是他的羊群却变得那样贪吃新的食物,因而不能不分散到各片荒僻的牧场上去;他的羊四处游荡离开他越远,回到羊圈时,就越无奶。其中固然有一些恐怕这样做有害而紧紧向牧人靠拢的,但为数那么少,只用很少的布就足够给他们提供僧衣㉓。

"如果我的话不隐晦,如果你曾注意听,如果你回想起我所讲的一切,现在你的愿望就会部分地得到满足,因为你会明白那棵树所以衰萎是由于什么原因,而且会明白我对'在那里就会好好长肥,如若不误入歧途'这句话的修正是什么意思㉔。"

注释:

① 《格言集》(*Aforismi*)是希腊著名医生希波克拉底(前460—前377)的医学著作。

② 这里指托马斯·阿奎那斯,下面是他的讲话。

③ 他说的两句话在前一章中已提到:"在那里就会……长肥"指在多明我会。"没有出过第二个"指所罗门。

④ "那个人":指耶稣。《新约·马太福音》第二十七章记载耶稣临终时大声呼喊:"我的上帝,我的上帝,为什么离弃我?"用血所娶的新娘指教会。《新约·使徒行传》第二十章记载保罗向众徒说:"牧养上帝的教会,就是他用自己的血所买来的。"

⑤ "两位首领":指圣方济各(San Francisco,1182—1226)和圣多明我(San Domingo,1170—1221),他们用仁爱和学问引导教友,扶持教会。

⑥ 六翼天使撒拉弗象征着仁爱,指圣方济各,另一位六翼天使噎嚼帕象征学问和智慧,指圣多明我;这两位圣徒以其仁爱或其学识引导教友,扶持教会。

⑦ 在这里但丁用他惯用的迂回手法描写圣方济各的诞生地阿西西(Assisi)。阿西西是位于意大利翁布里亚省的小城镇,其首府为佩鲁贾(Perugia)。这座城镇的东边是图比诺河,西边是契亚西奥河,两河会合在苏巴西奥山脚下。佩鲁贾的东门即"朝阳门",冬季遭受苏巴西奥山的积雪的寒气,夏季受到其阳

光反射的热气。

⑧ "诺切拉和瓜尔多":位于苏巴西奥山东麓的贫瘠荒芜之处,因而悲泣。

⑨ 这里指圣方济各诞生在阿西西,隐喻他为太阳。

⑩ "Ascesi"(阿塞西)是阿西西的古名,含义是"我升起了"。但丁认为应称之为 Oriente(东方),因为他把圣方济各比作太阳,太阳自然在东方升起。

⑪ 圣方济各是阿西西一个呢绒商人的儿子。他在年轻时,生活挥霍无度,由于一场大病改变了他的人生道路。1207 年,圣方济各为了修复达米亚诺小教堂变卖了父亲的一匹马和一些衣服。他父亲怒气冲冲地把他拉到主教面前痛斥他,并要他放弃将传给他的财产,方济各愉快地放弃了这份财产,把全部衣服脱下交还给父亲,并且当着父亲的面与贫穷夫人结婚。他用一根绳子束在身上,从此一直实践着符合福音书里所讲的贫穷。

⑫ 贫穷夫人的"第一个丈夫"指耶稣。耶稣死在十字架上和1182 年圣方济各出生相隔一千一百余年。

⑬ "全世界害怕的人":指恺撒。他与庞培作战要渡亚得里亚海,夜间为寻一条船找渔民阿米克拉斯(Amiclate);后者由于极为贫穷,不怕丢失什么,就把自家小屋的门大开,看到恺撒本人站在他面前时,仍然镇静自若。

⑭ 耶稣被钉死在十字架上时,全身裸露,绝对贫穷,这意味着"贫穷"同他一起在十字架上受难。

⑮ "伯尔纳尔多"(Bernardo da Qintavalle)是阿西西的贵族,约生于 1170 年。他以圣方济各为榜样,把大批的财产分给了穷人,于 1211 年在波伦亚(Bologna)建造了第一座修道院。他成为圣方济各的第一门徒。在下面提到的其他门徒有埃吉迪奥(Egidio)和席尔维斯特罗(Silvestro)。

⑯ 方济各会的修士腰束绳子,这是一条象征修道和悔罪的绳子。

⑰ 1214 年,教皇英诺森三世口头承认了方济各修士会,但该会没有得到正式批准。

⑱ 1223 年,教皇奥诺里奥三世颁布旨令,确认了他的修士会。

⑲ 1219 年,圣方济各到埃及去,想使苏丹王改信基督教,但他没

有成功。

⑳ 圣方济各的修士会不但受到耶稣基督的两位代理人（罗马教皇）的承认，而且他自身也得到了耶稣基督的庄严的印迹。1224年，当圣方济各在台伯河与阿尔诺河深谷之间的拉维尔纳（La Verna）山上进行赎罪苦行时，他请求耶稣使他亲身体验受难的痛苦。于是，耶稣在他身上印上了记号，即后来称为耶稣的五份印迹（两手、两脚和肋骨上的伤痕）。圣方济各带着此"圣迹"度过了两年，直到去世。

㉑ 1226年10月圣方济各预感死神即将来临。他让他的兄弟们把他死后安葬在波尔齐翁科拉（Porziuncola）。他要求在下葬时，脱去他的衣袍，将他赤裸着身子埋于土中。这是他的最后的行动，也就是把自己的一切献给了符合福音书的贫穷。

㉒ "彼得的小船"：指教会，它由两位圣徒在深海中穿过惊涛骇浪掌舵航行。这里的"战友"指圣多明我，另一修士会的缔造者。

㉓ 此处是托马斯·阿奎那斯斥责他所属的多明我修士会的修士们日益腐败不走正道。这里的"僧衣"指修士们经常穿着的带风帽的僧袍。

㉔ 意谓多明我修士会的大多数修士远离了多明我的教导，被金钱所诱惑而走入歧途。但丁的疑问从而得到了解答。

第十二章

　　被祝福的火焰刚说出最后的一句话，那圣洁的磨就转动起来；它还没转完一个整圈，另一盘磨就围着它转，使自己的动作和它的动作、自己的歌声和它的歌声相配合；这歌声来自那些美妙的管乐器，远胜于我们的缪斯的、我们的塞壬的歌声，就像射来的光远胜于反射的光一样①。正如，当朱诺命令她那个侍女降临下界时，两道颜色相同的、呈重叠的弧形的彩虹就透过薄云出现——外面的那一道从里面的那一道生出，如同那个流浪的仙女的声音从她说的话生出一样，她的爱情使她身体消瘦殆尽②，如同太阳使雾气消失一样，从而使得世人由于上帝与挪亚所立的约预知世界永远不再被洪水淹没：同样，那些永恒的玫瑰花组成的那两个花环围绕着我们转动，同样，外面的那个花环的动作和歌声与里面的那个花环相协调③。

　　当这两个花环的舞蹈和歌声以及其中的那些充满幸福和爱的发光体的光芒交相辉映，这些盛大的欢乐表现，正如两眼根据意志的推动必然一齐开阖一样，都同时、一致停止后，就从那些新的发光体之一的中心传来了一个声音，它使得我转向它所在的地方，好像磁针转向北极星一般；它开始说："那使我美的爱促使我讲另一位首领，因为他的缘故，在这里关于

93

我的首领说了那样赞美的话。在讲这一位的地方，也讲一下那一位，是恰当的；因为，这样一来，正如他们曾共同为同一目的战斗，他们的荣耀就同样可以在一起发光④。

"当付出那样高的代价才重新武装起来的基督的军队，在那面军旗后面，步伐缓慢、疑虑重重、人数稀少地前进时，那位永远统治一切的皇帝就设法救助这支处于危险中的军队，并非由于它值得他救助，而只是出于他的恩典；如同前面所说的那样，他用两位勇士来救助他的新娘，由于他们的行为、他们的言语，那些偏离正路的人都改悔了⑤。

"在温和的西风吹来，使草木长出新叶，因而人们看到欧罗巴重新披上绿装的那个区域，在距离波涛冲击的海岸不远的地方——太阳有时在长途运行后，隐没在那浩渺的波涛后面，不让世人看见——幸运的卡拉洛迦就坐落在那里，处于饰有狮子驯服和狮子欺压图案的强大盾牌的保护下⑥：在这个小城中诞生了那位基督信仰的热情的恋人，那位对自己人和善，对敌人严厉的神圣斗士⑦；他的灵魂刚一创造出来，就那样充满强大的能力，以致他在母亲的胎中就使她成为预言家。当他和信仰之间的婚礼在圣洗池旁完成，在那儿彼此互赠救助后，那位曾替他表示同意的夫人在梦中看到了那注定要从他和从他的后嗣生出的果实⑧；为了使他的名字表现出他是何等人，从这里降下灵感，促使他的父母以他所完全归属的'主'这个词的所有格给他命名。人们叫他多米尼克⑨；我在这里讲他，把他比作基督为了帮助使他的菜园繁荣而给它选派的农夫。他看来真是基督的使者和仆从：因为他心中显示出他第一爱的就是基督所给的第一个劝告⑩。他的乳母屡次看见他醒着而且默不作声地躺在地上，好像说：'我是为这事

　　……那些永恒的玫瑰花组成的那两个花环围绕着
我们转动,同样,外面的那个花环的动作和歌声与里面
的那个花环相协调。

来的'。啊,他父亲真是 Felice! 他母亲真是 Giovanna,假如可以根据这个名字的词源释义理解的话⑪!

"不像现在的人那样,为了尘世间的名利,努力钻研那个奥斯提亚人的和塔戴奥的著作,他由于爱真正的吗哪而立志求学,在短时间内成为伟大的宗师⑫;具备了渊博的学识,他就开始围绕那座葡萄园巡视,如果园丁失职,这座葡萄园很快就变得一片苍白⑬。他向宗座提出申请——宗座先前对真正的穷人比现在仁慈,不是由于它本身之过,而是在其位的人蜕化变质——,他不要求许可把应分发的慈善事业金分发三分之一或者一半,不要求首先空出来的肥缺,也不要求 decimas quae sunt pauperum Dei⑭,而要求许可为生长出现在环绕你的二十四棵树木的那粒种子而对走上邪路的世界进行战斗。然后,他就带着他的教义思想武器和宗教热诚连同教皇授予他的权力前进,好像急流从高山上的泉源奔腾而下;他猛力打击丛生的异端荆棘,对抵抗力最大的地方,打击就最强烈⑮。后来,从他那里涌出几条小溪灌溉着天主教菜园,使它的菜苗更加欣欣向荣。

"圣教会当初自卫并且在她的内部斗争的战场上获胜所乘的战车的一个轮子如果是这样的话,你就可以想见那另一个轮子多么卓越了,在我来以前,托马斯对他曾那样慷慨地加以赞颂⑯。但是,轮辋的最高部分压出的车辙已被放弃,结果,原先有酒垢的地方现在都长了霉⑰。他的家族原先踏着他的足迹一直往前进,现在掉转过来,脚后跟向前,往后倒退⑱;不久,当毒麦为不能入仓而哭泣时,就会看到耕种不良的后果。不过,我敢说,谁要把我们的书一页一页地翻阅一下,他还会发现,在一些页上可以看到'我一如既往'这句话;

但是,这些不会来自卡萨勒,也不会来自阿夸斯帕尔塔,从这两处来的那些,对待我们的教规,前者是严格它,后者是逃避它⑲。

“我是波那温图拉·达·巴尼奥雷吉奥的灵魂,我在担负重大的职务时,总把世俗的事放在后面。伊卢米那托和奥古斯丁在这里,他们都在那些系上围腰绳而成为上帝之友的最初的赤脚穷人之列⑳。圣维克多的雨果和他们一起在这里,还有‘吃多的人’彼埃特罗和以十二卷书闻名于世的西班牙人彼埃特罗㉑;还有先知拿单㉒,大主教克里索斯托姆、安塞尔姆和那位肯着手研究第一艺的窦那图斯㉓。拉巴努斯在这里,在我旁边发光的是卡拉勃利亚的修道院院长乔瓦齐诺,他赋有先知的灵见㉔。

“托马斯兄弟的热情慷慨和中肯的言语感动了我赞颂起这样一位伟大的勇士㉕,也感动了同我在一起的这些伙伴。”

注释:

① “被祝福的火焰”:指托马斯,他刚解答完但丁的疑问,十二位圣徒组成的圆环像一盘磨就旋转了起来。这里把他们围绕着但丁和贝雅特丽齐旋转比作一盘磨石在转动。“塞壬”为半人半鸟女妖,其歌声优美。

② 朱诺为主神朱庇特(宙斯)之妻,亦即天后。她的侍女即彩虹女神伊里斯(Iris)。两个由圣徒们组成的圆环好像重叠的彩虹,一道彩虹好像另一道彩虹的回声。山林水泽仙女厄科(Eco)爱上了美少年那耳喀索斯,但他对她冷淡,因此她日益消瘦,最后只剩下声音,她的声音产生了回声,回荡在山谷中。

③ 上帝命挪亚造方舟,以避洪水之灾,事后与挪亚及其子和一切获救的生物立约,洪水不再毁灭所有的生物;天空出现在太阳相对着的方向的彩虹就是上帝所立的永约的记号(详见《旧约·创世记》第九章)。

④ "传来了一个声音":指圣方济各的信徒波那温图拉(Bonaventura,1221—1274)。他生前是托马斯·阿奎那斯的密友和同事,于1238或1243年加入方济各修士会,1257—1274年为教团团长。他被称为撒拉弗博士,是方济各会中的神秘派的著名代表。他撰写了有关圣方济各的传记,但丁在上章所写的有关内容是根据此传记写成的。波那温图拉效仿托马斯的榜样,开始赞扬圣多明我并谴责自己的方济各会的修士们的腐败。

⑤ "基督的军队":指以耶稣被钉在十字架的牺牲为代价而被赎罪的人类。"军旗":即十字架。"永远统治一切的皇帝":即上帝。上帝的"两位勇士"指圣方济各和圣多明我。

⑥ 圣多明我的出生地为卡拉洛迦(Calaruega),位于加斯科尼湾(Gascony)附近。该小镇受西班牙的卡斯提尔(Castilla)国王统治。国王的盾形纹章分为四格,绘有两狮和两城堡,一狮子在城堡下表示"驯服",另一狮子在城堡上,表示"欺压"。

⑦ "神圣斗士":指圣多明我。

⑧ 传说圣多明我出生前,其母在梦中生下一只黑白色的花狗(多明我教派僧袍的颜色),狗的嘴中衔着一把要焚烧世界的火炬。他的教母也做了一梦,梦见他的额头上有颗星,象征着多明我将会拯救世界。

⑨ 他的名字叫"多米尼克"(Dominico),来源于拉丁文 Dominicus,这个词是 Dominus(含义为"主"即上帝)的所有格,意即"属于上帝的"。所以下句意谓"基督……选派的农夫"。"菜园":指教会。

⑩ 基督对门徒们的第一个劝告为贫穷。在《新约·马太福音》第十九章第21节中,耶稣说:"若愿意作完全人,可去变卖你所有的,分给穷人,就必有财富存在天上,你还要来跟从我。"下句中"我是为这事来的"表示他生来是为过贫穷生活。"躺在地上":意味着厌恶富贵生活。

⑪ 多明我的父亲名弗利切(Felice),意为快乐、幸福。母亲名乔万娜(Giovanna),来源于希伯来文 Joanna,意为"上帝的恩惠"。

⑫ "奥斯提亚人":指苏萨的恩利科(Enrico di Susa),生于十三世

纪初,曾在波伦亚、巴黎教过教会法,1262年,被任命为奥斯提亚红衣主教,因此被称作奥斯提亚人,1271年逝世。他的著名教会法典著作成为法律学院的基本教材(见第九章注㉖)。

"塔戴奥"(Taddeo d'Alderotto,约1215—1295):佛罗伦萨人,是著名的医学创始人,他的重要医学著作后来成为中世纪医学的基础教材。"吗哪"(manna):是希伯来文,含义为"这是什么"。《旧约·出埃及记》第十六章描述以色列人在摩西的率领下越过旷野时,天上降下吗哪,这是上帝赐给他们的口粮(详见《炼狱篇》第十一章注⑤)。在这里意谓多明我研究学问不是为了谋利,而是为寻求真理。

⑬ "葡萄园":指教会,教皇被比作园丁,如果他失职,葡萄叶就会枯黄,教会就受到毁坏。

⑭ 这句话是拉丁文,含义是:把什一税分给上帝的穷人。

⑮ "那粒种子":指信仰。"生长出现在环绕你的二十四棵树木":指上述二十四位被祝福的圣徒的灵魂。在《新约·马太福音》第十三章中,耶稣打了个撒种的比喻并做了详实的阐述。1215年,教皇英诺森三世口头批准了圣多明我建立的修士会;翌年,教皇奥诺里奥三世正式批准该修士会。在这之前的1205年,圣多明我去罗马,请求教皇批准他与异教徒的战斗,他的斗争促使阿尔比异教徒皈依基督教。反对异端的斗争是圣多明我毕生的主要奋斗目标。

⑯ 圣多明我与圣方济各被称为教会的战车上的两个车轮。

⑰ 方济各会的修士背离教规,犹如一个酒桶,原先有污垢的地方,现在因不清洁而发霉。

⑱ 原先,他的方济各会的兄弟们踏着缔造者的足迹前进,如今却在倒退。

⑲ "我—如既往":指方济各会中仍有不少恪守教规的忠实的弟子。在该会中展开了对教规的宽严的争论。乌柏提诺·达·卡萨勒(Ubertino da Casale)主张从严。他生于1259年,1273年加入方济各会,曾在巴黎大学讲授神学长达九年。阿夸斯帕尔塔的马泰奥(Matteo d'Acquastarta)主张教规从宽。他年轻时加入方济各会,1287年被选为教长;翌年,成为红衣大主教并被派遣到但丁的故乡佛罗伦萨,作为教皇的代表调停当

时的白党与黑党之争。

⑳　伊卢米那托和奥古斯丁是圣方济各的最早的门徒。

㉑　"圣维克多的雨果"(Ugo da San Vittore,1097—1141)是法国圣
维克多修道院院长,神秘派的杰出代表,他著有重要的哲学著
作,受到托马斯的极大赞扬。

"食量大的彼埃特罗"(Pietro Mangiadore)是法国神学家,属于
神秘派。在巴黎大学任职后,于1164年隐居在圣维克多修道
院,死于1179年。他的最著名的著作是《经院哲学史》。

"西班牙人彼埃特罗"(1226—1277):曾任大主教和红衣主
教。1276年被选为教皇,称约翰二十一世。他所著的十二小
册有关逻辑的书闻名遐迩。

㉒　"拿单"(Natàn)是希伯来先知,曾明斥大卫王借亚扪人杀死乌
利亚并霸占其妻的罪行(见《旧约·撒母耳记下》第十二章)。

㉓　"克里索斯托姆"(Crisostomo):原名乔万尼,345年生于安蒂
奥基亚,曾任君士坦丁堡大主教。他于407年死于流放中,因
曾斥责阿尔卡迪奥(Arcadio)皇帝宫廷的腐败。他是希腊教
会的主要代表之一,由于有雄辩之才荣获"金嘴"(Crisostome)
美称。

"安塞尔姆"(Amselm,1033—1109)为英国坎特伯雷(Canter-
bury)大主教,曾大胆地保障教会的权利,反对国王干预。他
又是卓越的神学家,撰写了许多这方面的名著,在其中的一书
里,他从本体论的角度出发,阐明救世主耶稣基督具有神性和
人性。

"窦那图斯"(Donatus)是四世纪著名的文法家,他的拉丁文法
论著成为学校的教科书;在中世纪学校有七艺:拉丁文法、逻
辑、修辞、音乐、算术、几何和天文;拉丁文法是这七艺之首(见
《地狱篇》第四章注㉖)。

㉔　"拉巴努斯"(Rabano Mauro,776—856)曾为主教。822—842
年为著名的弗尔达修道院院长。他著有许多神学和注释《圣
经》的著作和一部具有百科全书性质的二十二篇文集《论宇
宙》(De universo)。

"乔瓦齐诺"(Giovacchino da Fiore)是卡拉勃利亚人,生于
1130年前后,死于1202年。曾为齐斯特钦席修士会修士,后

来任修道院院长。1189 年,在席拉森林中的斐奥雷(Fiore)圣约翰修道院创立了一个新的修士会,因而他被称为乔瓦齐诺·达·斐奥雷。他撰写过许多著作。他认为世界历史分为三个时代:圣父时代,圣子时代,圣灵时代。人们称他为第三时代的先知,因为他认为这个时代将以默想、仁爱、和平为基础。但丁由于渴望教会恢复健全状态,在思想上和他接近。

㉕ "伟大的勇士":系圣多明我。

第 十 三 章

谁想了解清楚我现在看到的情景——我叙述时,要他把我所描绘的形象如同坚固的岩石一般牢记在心,就让他想象在天空各个区域以极灿烂的光芒战胜一切云雾,使天空异常明朗的十五颗星;想象我们北半球的天空足够其围绕北极星运转而永不隐没的北斗七星;想象从第一天轮绕着它转动的天轴顶端起始的那个号角形星座的口上的两颗星;想象这些星在天上共同形成了两个星座,如同米诺斯的女儿感到死的寒冷时变成的那个星座一样①;想象其中一个星座的星都在另一个星座的圈子发光;这样想象,他大致可以说对这个双重星座的真实形象以及对于那环绕着我所在的地点旋转的双重舞蹈有了一个影子:因为我所看到的星座和舞蹈都远远超过我们在下界所常见的,如同比其他诸天运转更快的那重天的速度远远超过洽纳河的流速一样②。在那里歌唱的不是巴克科斯,不是佩安纳,而是三位一体的神性和神性与人性合为一体的基督③。唱歌和舞蹈一齐结束了;那些圣徒的发光体就把注意力转向我们,他们的心思也欣然从一件事移到另一件事上。

于是,曾向我讲述"上帝的穷人"的神奇生平的那位圣徒④,在意志协和的圣徒灵魂们中间,打破沉默,说:"既然一捆麦子已经脱粒,既然麦粒已经入仓,甜蜜的爱现在促使我去打另一捆⑤。你相信在一个人的胸膛中——这胸膛的一条肋骨被抽出来造成那个面颊美丽的女人,她的口福使全世界大吃苦头——以及在另一个人的胸膛中——这胸膛被枪刺穿,从而清偿了人类先前的和以后的罪债,使得正义的秤杆上用来盛一切罪的秤盘升起——那创造这个人和那个人的力量都同样注入了人性所能接受的智慧之光;因此,当我在上面断言,从未有第二个人智慧比得上那第五个发光体中的灵魂时,你对这话表示惊异⑥。现在你睁开眼睛来看我对你的解答,你就会看到,你相信的和我所说的都在真理中,如同圆心在圆中间一样⑦。

"一切不死的事物和一切能死的事都是我们的'主'在爱中所生的'道'的反光⑧:因为,那从他的光源流出而不和光源分开,也不和同二者一起形成三位一体之神的爱分开的强光,出于他的善心,把他的光线聚集于九级天使身上,如同映射在九面镜子上一般,他自身则保持着永恒的整一性。从这九级天使那里,这'道'的强光一层天一层天地下降,直到降至下界的四种要素上,光的能量也渐次减少,以至于只能产生短暂的偶然事物;这些偶然性事物指的是诸天的运转由种子或不由种子所生的那些产物⑨。这些产物的蜡和把它们捏成形的诸天并不总处于相同的状态;所以蜡呈现出理念之光给它打上的印记有时比较清楚,有时比较模糊⑩。因而发生了这种情况:属于同一品种的树结出的果子有的较好,有的较坏;你们人生下来也具有程度不同的天资。假若蜡处在最适于接受诸天影响的状态,诸天也正值其影响力最大的时刻,那么打上印记的光就会完全显现出来;但是自然⑪却总不能把这光完美地表现出来,犹如具有艺术素养的艺术家在进行创作时手发抖一样。不过,如果那热烈的爱促使本原的力量的睿智在那里打上他的印记,那里就获得十全十美的人物。这样,当初地上的泥土就被用来造成完美无缺的人;这样,就使那位童女怀孕生耶稣;所以我同意你的见解,人性从来没有而且将来也不会有那两个人的完美性⑫。

　　"现在,假若我不再说下去,你就开始说:'那么,怎么会没人比得上另外那个人呢?'但是,为了使不明确的论点变得明确,你想一想他是什么人,想一想,上帝对他说:'你请求吧'时,是什么原因促使他提出请求的。我所说的话并不那样含糊,使得你不明白他是国王,他请求智慧,是为了使他能做一位称职的国王;不是为了知道这上界推动诸天运转者的数目,也不是为了知道,从一个 necesse 前提和一个偶然的前提是否能推出 necesse 结论;也不是为了知道,si est dare primum motum esse;也不是为了知道,在半圆内能不能画出一个没有直角的三角形⑬。所以,如果你细想一想我前面说的那句话和现在说的这些话,你就明白,我所说的那无比的智慧指的是王者的睿智。如果你的明敏的目光对准我那句话中的'崛起'一词,你就明白,它只可用在国王们身上,他们人数很多,好的却罕见。你把国王和一般人的区别考虑在内来理解我那句话⑭;这样,我那句话和你认为我们的始祖和我们所爱的那位都具有最高的智慧这一正确意见就能取得一致了⑮。

　　"让这一事例告诫你,今后对于你尚未理解透彻的命题下肯定或否定的断语时,要永远像两脚坠上了铅块,行动起来如同疲惫的人一样缓慢:因为不论对应该肯定的还是对应该否定的命题不加区别地匆忙下断语的人,是愚人中的无以复加者;因为匆忙形成的意见常常引发错误的论断,自以为是的情绪随后就把心智捆绑起来,使它不能认识错误。到真理之海去探求真理而不知道探求的方法者,离岸下海的结果比劳而无功坏得多,因为他回来时情况不像出发时那样。对此,帕尔梅尼德斯、梅里苏斯⑯、勃利逊⑰以及另外许多行走而不知道往何处去的人,都给世人提供了明证。萨贝利乌斯、阿利乌斯⑱和那些对于《圣经》像剑一样歪曲其真正面貌的愚人也都这样。

"再者,让世人在做出判断时,不要像那在田间的庄稼未熟以前就估计它的收成的人那样过于轻率;因为,我曾看到荆棘的枝条起初在整个冬天显得干枯、僵硬,后来顶端却开着朵朵的玫瑰花;我先前曾见一只船在全部航程中都一直迅速地在海上行驶,而到达目的地进入港口时却遇险沉没。让贝尔塔夫人和马尔提诺先生⑲不要因为看到一个人盗窃,另一个人奉献,就自以为知道他们在神的判断中结果如何;因为前者可能升入天国,后者可能堕入地狱。"

注释:

①　为了说明两个圆环中的灵魂及其运转,诗人请读者充分发挥自己的想象力。在天穹中运行着十五颗最明亮的星,大熊座的北斗七星和小熊座最大的两颗星。这二十四颗星组成两个星座,它们形成同心圆的两个环,各自朝着相反的方向运转,就像冥王米诺斯之女阿里阿德涅的皇冠。

②　"洽纳(齐亚纳)河":位于托斯卡那大区,在古代流入台伯河,在中世纪淤积成沼泽地,是瘴气弥漫的地区。现在土壤已经过改良,此河一部分成了水渠。在但丁时代河水流得极为缓慢。"运转更快的那重天":即原动天。

③　"巴克科斯":即酒神。"佩安纳"(Peana):指太阳神阿波罗。

关于三位一体的神性（详见《炼狱篇》第三章注⑩）。

④ "那位圣徒"：指托马斯·阿奎那斯，他曾描述了上帝的穷人——圣方济各的一生。

⑤ 圣托马斯在上一章中已回答了但丁的第一个有关圣多明我会的疑问，现在他要回答他的第二疑问有关所罗门王的智慧。

⑥ 上帝取了亚当的一条肋骨创造了夏娃。由于夏娃首先吃了禁果，他们夫妇被驱逐出伊甸园，因此他们的后裔人类一生下来就有原罪。耶稣被钉在十字架上，他的肋骨被一个士兵拿枪刺伤的受难，为人类还清了原罪。

⑦ 你（指但丁）相信亚当和基督的智慧，我对所罗门的智慧所说的一切都是真实的，也就是真理，如同圆周的这一点与其他点距离圆心是相等的。但丁要想以此指出相信和讲话与真理的关系是绝对相同的，如同圆心在圆中央一样。

⑧ "一切不死的"：指上帝直接创造的事物，如天使、诸天、灵魂，都是不朽的，"一切能死的"：指上帝间接创造的事物，如气、水、土、火以及其混合物；这两种造物均是上帝之光的反映；这光是由圣父的神圣的力量，圣子的最高的智慧和圣灵的本原的爱形成的，三者是永不分离的浑然一体的神，创造了上述那两种事物。

⑨ 上帝的强光逐步减弱，最后间接创造了短暂的偶然事物。有种子的事物指动物与植物，无种子的事物指无机物和矿物等。

⑩ "蜡"：指上帝间接造物的原料。天体运动的影响使"蜡"变成的各种物体，"蜡"受天体运动的影响不同，因而结果各异。

⑪ 在这里，"自然"指上帝通过媒介而间接创造的事物。

⑫ 如果上帝自备原料直接创造，就能造出十全十美的人亚当，也就能使童女马利亚孕育耶稣。

⑬ 圣托马斯对但丁明确说，所罗门王继其父大卫登上王位，在梦中上帝询问他要求什么时，他请求上帝恩赐他治理臣民的智慧。"推动诸天运转者"指天使，"necesse"为拉丁文，含义是必然的，"si est dare primum motum esse"意谓是否承认原动的存在。此处的整句意思是：所罗门不想知道天文学、伦理学、哲学、几何学等科学知识。

⑭ 实际上，上帝也赐给所罗门无比的知识。《旧约·列王纪上》

第四章说,所罗门的智慧超过东方人和埃及人的一切智慧。他的智慧胜过万人。他作箴言三千句,诗歌一千零五首。他讲论草木,自黎巴嫩的香柏树,直到墙上长的牛膝草;又讲论飞禽走兽、昆虫水族。天下列王听见所罗门的智慧,就派人去聆听他智慧的言论。

⑮ "我们的始祖":指亚当。"我们所爱的那位":指耶稣。

⑯ "帕尔梅尼德斯、梅里苏斯"(Parmenide,Melisso)是公元前五世纪希腊著名哲学家。亚里士多德对他们的评价是:他们虽有坚持真理的热情,但产生的结果却是错误的。(彼埃特罗波诺的注释)

⑰ "勃利逊"(Brisso)是希腊哲学家和数学家,为欧几里得的门徒,他力图求得圆的积分,但劳而无功。但丁知道他的名字和他的理论是通过阿基米德对他的理论的批驳了解的。

⑱ "萨贝利乌斯"(Sabellio)是异教徒,公元三世纪初生于非洲,死于265年。他否定三位一体。

"阿利乌斯"(Arrio,280—336):有名的异端学说的支持者,他否定圣子的永恒性和三位一体的同体性。325年的尼西亚(Nicea)宗教会议宣判他的理论为异端邪说。

⑲ 贝尔塔(Berta)和马尔提诺(Martino)是普通人的名字,用得很广。此处在这两个名字后面分别加上"夫人"和"先生"的称谓,就有表示鄙视之意。

第十四章

圆盆中的水,从外面一击,波纹就从盆沿儿向盆中心移动,从里面一击,波纹就从盆中心向盆沿儿移动:当托马斯的光荣灵魂沉默了,贝雅特丽齐随即欣然开始说话时,这一现象突然闪现在我心中,因为它和他向我们这里,她向他们那里说话的情景相似①,她说:"这个人须要对另一真理追根究底,他没有对你们说,而且思想上还不清楚他的疑问是什么。请你们告诉他,装饰你们的灵魂的光芒是否将永远像现在一样与你们一起存在下去;如果它永远存在下去,请告诉他,当你们变得重新具有可见的形体后,它怎么会不至于伤害你们的眼睛②。"

如同跳圆舞的人们有时为更大的喜悦所推动、所吸引,而引吭高歌,并且在动作中表现出忘情欢乐的样子,同样,那两个光环的圣徒们一听到贝雅特丽齐的迅速而且虔敬的请求,都在翩翩回旋的舞姿和神妙的歌声中表现出新的欢欣。那些悲叹我们在世上必须死才能在天上永生的人,都由于未曾见过那里的永恒之雨降到头上的快乐。

那永久存在,永久以"三、二、一"三位进行统治的、自身无限而限制一切的"一、二、三"三位一体的神,受到那些灵魂中每一个的三次歌颂,颂歌的曲调十分美妙,足以报答任何功德③。我听见从那较小的光环的最神圣的发光体中发出一个谦和的声音,或许像那位天使当初对马利亚说话的声音那样④,回答说:"天国的节日持续多久,我们的爱就将一直这样在我们周围发出如同衣服一般的光芒。光芒的亮度相当于我们的爱的热忱;爱的热忱相当于我们的观照的深度,后者取决于我们所享受的超过我们的功德的恩泽。当我们重新穿上光荣、圣洁的肉体之衣时,我们将因变得完美而更为可爱;因为我们已经完美,'至善'无偿赐予我们的、使我们得以观照他的那种光明将增加;因为那种光明增加,我们的观照必将增强,因而那由观照点燃起来的爱的热忱必然增长,那来自爱的热忱的光芒也因而增强。但是,正如炭发出火焰而又以其白热的强光战胜火焰,所以它在火中的形状仍然可见。同样,这些已经包围住我们的光芒将被我们那些仍然为土地所覆盖的肉体的亮度超过;这种如此灿烂的光也不能伤害我们的眼睛:因为我们身体的器官都将变得十分强健,足以接受一切能使我们喜悦的事物⑤。"

那两队灵魂看来都那样迅速、热切地说"阿美!"⑥确实显示出他们渴望和自己的尸身复合,或许不只是为了他们自己,而且是为了他们的妈妈、他们的父亲以及他们在成为永恒的火焰以前所有的其他亲爱的人。

瞧!那两个光环周围出现了一片各个部分亮度均相等的光辉,好像日出之前地平线上出现的亮光一般。正如暮色初临之际,天空开始出现一些最初的发光体,形象模糊,看来似乎是又似乎不是星,同样,我仿佛开始看到那片光辉中新的灵魂在另外那个光环外面围成了一个圈子⑦。啊,圣灵的真实阳光啊!它突如其来地变得那么强烈,使得我的眼睛不能忍受它的刺激呀！但是，贝雅特丽齐向我露出那样美丽的笑容，我只好像对在天上所见的、已从记忆中消失的那些其他的情景一样，不加以描写。看到她的笑容，我的眼睛重新获得力量抬起来看。我发现我独自同那位圣女登上更幸福的境界⑧。我清楚地意识到，我已上升到更高的天，因为那颗星的火红的微笑显得比往常更红⑨。我全心全意、用人人共同的心里话向上帝献上与他赐予我的新的恩泽相称的燔祭⑩；祭品在我胸中还没烧尽，我就觉察到它已被接受而且产生了可喜的效果；因为我看到，在两条光带中出现了许多那样灿烂、火红的发光体，使得我说："啊，赫利俄斯⑪，你给它们披上了这样绚烂的斗篷！"

如同大大小小的繁星布满的银河在天穹的两极之间形成那样一条白亮的光带，使得一些博学之士对它都产生疑问，同样，那两条布满发光体的光带在火星深处呈现出那一由两条垂直交叉、把圆分为四部分的直线构成的可尊敬的十字架形。在这里，我的记忆力胜过了我的才华；因为那十字架上闪现出基督，我苦于找不到与之相称的比喻；但是，背起他的十字架跟从基督的人将原谅我，当初看到基督闪现在那白亮的光中而来描写他的形象⑫。从十字架左臂到右臂，从顶端到底部，有无数发光体动来动去，每逢相遇和相互走过时，就闪耀出强光：正如，我们在一间为遮阴而运用心思和技艺设计成的暗室内，看到偶尔从一些缝隙里射入的光线中，有无数大小不同的尘埃向上下左右或快或慢地飞舞，形状不断地变化。正如，六弦提琴和竖琴的众多的弦调配得和谐，奏出玎玎的声音，使不懂曲调的人都感觉悦耳，同样，那里在我眼前出现的那无数发光体的歌声，在十字架上集合成一种美妙的旋律传来，使我陶

我发现我独自同那位圣女登上更幸福的境界。

醉,而并未听懂歌词。我洞悉那是崇高的颂歌,因为歌中"复活"和"战胜"二语,如同传到听而不懂全句含义的人一样,传到了我耳中[13]。我为之如此心醉神迷,直到那时还没有任何事物用这样甜蜜的锁链绑住我。我这话或许显得太冒失了,把那双美丽的明眸之美放在次要地位,而在注视这双明眸中,我的愿望得到充分满足;但是,谁要考虑到,这双生动的印下一切的双眸在越往上升时,就显得越明亮,考虑到,我在那里并未转眼去注视它们,谁就会原谅我为了辩解而责备自己说错的那句话;因为我在这句话里并没有排除那圣洁的美越往上升就变得越鲜明。

注释:

① 贝雅特丽齐向众灵魂透露但丁的新疑问。当时她与但丁正站在幸福的灵魂组成的圆圈中间,因此贝雅特丽齐位于圆环中央的声音与托马斯在圆圈上的声音就像盆中的波纹一个由里往外,另一个由外往里传送。

② 当灵魂回到肉体中即"重新具有可见的形体"复活时,灵魂被包着的强光对复活后的人的视力是否有损伤,这是诗人的疑问所在。

③ 指上帝是三位一体的。再次回到神的三位一体的形象(前面第十章和第十三章已提到过),现在以神秘的数字的往返给予绝对完美的印象。诗句中的"二"指人性和神性结合于圣子一身,就像指出那唯一的实体上帝是集三位为一身一样。

④ 所罗门从"较小的光环"回答有关灵魂与身体复合的问题。诗人说他的声音或许像大天使加百利向圣母马利亚通报耶稣将从她体内降生那样柔和甜美,其实《圣经》中并无此类描述,诗人只用了"或许"这一不肯定副词(见《炼狱篇》第十章注⑧)。

⑤ 所罗门说围绕众灵魂的光芒是永恒的,每个灵魂爱的热忱与其对上帝的观照深度是成正比的。在复活后,灵魂将变得更加完美,增加了光照度,因此也增加了快乐和光芒。他们的身

　　因为那十字架上闪现出基督，我苦于找不到与之相称的比喻。

体还像炭在燃烧的火焰中可见体一样,他们的眼睛更加能够承受不断增加的强光。《地狱篇》第六章最后讲到各灵魂重新和各自的肉体结合并具有的形象……在最后审判后,他们期待着比现在更接近完美(见《地狱篇》第六章注㉓)。

⑥ 众灵魂听说复活的喜讯都表现出无比的喜悦,脱口说出"阿美"(Amme),这是意大利托斯卡那地区的方言,至今人们还用它表达希伯来文的"阿门"(Amen):意谓但愿如此。

⑦ 在两个光环周围突然出现一个新的光。这是另外的灵魂组成的光芒,他们的光如此强烈致使诗人的眼睛忍受不了这种刺激,这一光环代表"圣灵"从而完成了三位一体的象征。

⑧ 诗人和贝雅特丽齐登上了第五重天——火星天。

⑨ 火星闪烁着火红的光芒,人的肉眼看去呈赤色。

⑩ "燔祭":从词源上说,意谓把祭品全部烧掉。诗人通过圣托马斯了解到该词也有获得光照的含义,本章的意思是光明之歌。

⑪ "赫利俄斯"(Helios):希腊文意为太阳,这里作隐喻用,指上帝。

⑫ 无数幸福的灵魂形成一个可尊敬的记号——十字架,它把火星球面分为四等份,构成两臂相等的、从顶端到圆心,从圆心到下端相等的希腊十字架。

⑬ 但丁从众光体发出的悦耳歌声中听出了"复活"和"战胜"二语,此二语赞美耶稣:是受难而死,又从死里复活的胜利者。

第 十 五 章

　　对正确对象的爱经常表现为善良的意愿,如同对尘世财富的贪欲经常表现为邪恶的意愿一样,这种善良的意愿使那悦耳的竖琴不再发声,使那由神的右手拨弄而一张一弛的神圣的琴弦停止了颤动①。这些为了促使我表达我对他们的请求而一致沉默起来的有福的灵魂,对于世人的正当的祈祷怎么会充耳不闻呢?为爱非永久性的事物而失去了他们那种爱的人,受永无穷尽的苦是理所当然的。

　　如同夜晚的寂静、晴明的天空中不时有突然出现的火亮飞掠而过,使得凝神静观天空的眼睛眨巴起来,它似乎是一颗转换位置的星,但它发光的地方并未失去一颗星,而且它一瞬间就消失了②;同样,在那里闪闪发光的那个星座中的一颗星,从那十字架的右臂飞奔十字架的脚下;这颗宝石没有离开它的丝带,而是顺着径向的发光线条奔驰,犹如在雪花石膏后面的火光一般③。如果我们最伟大的诗人的话可信,安奇塞斯的幽魂在乐土中看见自己的儿子时,就怀着同样的感情向他探身迎上前去④。"啊,我的骨血呀,啊,上帝给予你的深厚的恩泽呀,天国的门对谁,像对你那样,开两次呢⑤?"那火光这样说;因此我就注意他。接着,我就掉转眼光看我那位圣女,对这边和那边我都惊奇不置,因为她的眼睛里闪耀着那样美的微笑之光，以至于使我认为，通过我的眼睛我已达到我的福和我的天国的极限。

于是，那位灵魂以悦耳的音调和悦目的外貌，在开头所说的之外，补充了一些我听不懂的事物，他的话异常深奥；但他并非故意使我不懂，而是我必然不懂，因为他所表达的思想超过了凡人的理解力之箭的射程。当他对神的热爱之弓已经松弛下来，使得他的言语下降到我们的理解力的水平时，我所听懂的第一件事就是，"愿你有福，三位一体的上帝，你对我的后裔显示出这样的恩泽！"他继续说："儿子啊，阅读那本白纸黑字永不改变的大部头的书⑥，使我产生了一种幸福的、长期的渴望，多亏那位给你披上羽毛使你得以高飞的圣女，你已经满足了蕴藏于我在其中对你说话的发光体中的这种渴望。你相信，你的思想由第一存在者流入我心，正如由认识'一'这个数字概念而产生'五'和'六'等一切数字一样；因此你并不问我是何人，为何在你看来这一群欢乐的灵魂中我比别人更喜悦。你所相信的是真理；因为在这天国生活中福小的和福大的灵魂都观照那一面明镜，在你尚未进行思维活动以前，你就把你的思想显示在那面明镜中了⑦。但是，为了使那令我永久处于观照状态、并且在我心中引起甜蜜的渴望的神圣的爱，更好地得以实现，你就以坚定的、大胆的、喜悦的声音表达你的愿望吧，对此我的回答已经确定下来。"

我把眼光转向贝雅特丽齐，她没等我说就领会了我的意思，向我微微一笑暗示同意，这使得我的愿望的翅膀增强了。于是，我这样开始说："当第一平等者⑧一出现在你们眼前时，你们各自的感情和智力就都变成等量的了，因为普照你们、温暖你们的太阳，就他的热和他的光来说，是绝对相等的，任何别的相等的事物都不能与之相比。但是,对凡人来说,由于你们明白的原因,愿望和语言的翅膀却有不同的羽毛;因此,我作为凡人感到自己处于这种差别的矛盾中,所以我就只能从心坎里感谢你的慈父般的欢迎。但我恳求你,你这装饰这一鲜艳珍贵的珠宝的活的黄玉⑨,说出你的名字来满足我的愿望。"

"啊,我的树叶呀,我仅仅在盼望你时,就对你感到喜悦,我就是你的树根;"他这样开始回答我。然后对我说:"我的儿子是你祖父的父亲,你的家族的姓氏起源于他,他在第一层平台上已经环山行走了一百多年⑩;你确实应该通过你的祷告缩短他的长期劳役。

"佛罗伦萨那时在她如今仍然从其中的修道院的钟声得知第三和第九祈祷时刻⑪的古城圈内,一直过着和平、简朴、贞洁的生活。那时,没有项链,没有宝冠,没有绣花裙子,没有腰带使这些服饰比穿戴它们的女性更引人注目。女儿生下来还没有使父亲担心,因为出嫁的年龄和嫁妆这两方面都未超过适当的限度⑫。那时没有无家族居住的空房⑬;萨尔达纳帕鲁斯还没到达这里来显示在房间里能干出什么样的事⑭。那时蒙特马洛还没有被你们的乌切拉托约超过,后者兴起之速超过了前者,衰落之速也将超过前者⑮。我曾见贝林丘内·贝尔提⑯束着用兽骨做带扣的皮带出门,我曾见他的夫人离开镜子走来时脸上没涂脂抹粉;我曾见奈尔里家族的人和维契奥家族⑰的人满足于身穿无布面和衬里的皮上衣,他们的夫人满足于手拿纺锤和纺纱杆。啊,幸福的妇女们!她们每个都知道自己的葬身之地,还没有人由于法国的缘故独守空床⑱。这一个精心照看着摇篮,她哄哭着的婴儿时,用的是先使做父母的觉得逗乐儿的儿语;另一个一面把卷在纺纱杆上的羊毛拉到纺锤上,一面给家人讲有关特洛亚人、菲埃佐勒和罗马的故事⑲。那时出现一个像钱盖拉那样的人,一个像拉波·萨尔台莱洛那样的人,会像现在出现一个像辛辛纳图斯那样的人和一个像科尔奈丽亚那样的人一样,被认为奇事⑳。

"马利亚被我母亲在阵痛中高声呼叫㉑,使我在这样安定、这样美好的市民生活中,这样忠实可靠的市民社会中,这样称心如意的住所中诞生;我在你们的古老的洗礼堂㉒中同时成为基督教徒和卡洽圭达。牟隆托和埃里塞奥是我的兄弟;我的妻子从波河流域来到我家,你的姓氏出自她家。后来,我追随康拉德皇帝㉓;由于我的优良的政绩,我深受他的恩宠,他授予我骑士称号。我跟随他去讨伐那个教的罪,信奉它的民族由于教皇们的过错篡夺了你们的权利。在那里,我通过那些邪恶的人之手脱离了那使许多的灵魂因为爱它而被它玷污的虚伪世界㉔;我从蒙难殉教中来到这平和的福域。"

注释:

① 上帝让悦耳的竖琴停止弹拨,所有的幸福灵魂在诗人的请求下沉默不语,好让他与高祖父会面交谈。

② "火亮飞掠而过":指那颗星在移动,实际上那颗星仍在原来位置,并未移动。

③ 但丁的高祖父卡洽圭达(Cacciaguida)的光像那座星座(十字架)上的一颗星,落到星座下与但丁见面。"犹如在雪花石膏后面的火光":这是又一个极美的比喻。据说但丁曾见过灯光照耀在雪花石膏的祭坛和窗户上产生透明闪烁的效果。

④ 但丁又用埃涅阿斯与其父安奇塞斯的灵魂在乐土相会(见《埃涅阿斯纪》卷六)比喻他本人与高祖卡洽圭达的会面。

⑤　此段原文为拉丁文,意谓但丁生前和死后到过和进入天国,因此天国的门两度向他敞开。

⑥　"白纸黑字……的大部头的书":可理解为一页纸上未书写的空白部分和已写上黑字的部分,意谓神的真正意旨本身是永不会改变的。

⑦　"那面明镜":指上帝,他能照见一切人的思想。

⑧　"第一平等者":指上帝,他具有完全平等对待众幸福灵魂的感情和能力,然而凡人的感情和能力是不相同的,因此他们的愿望和表达思想的能力(语言工具)也不相同。

⑨　本章 22 行诗中写的"这颗宝石没有离开它的丝带",明显地指诗人在火星上看到的那个灵魂。

⑩　卡洽圭达的儿子是但丁的曾祖父阿利吉耶罗(Alighiero)一世,他随母亲的姓阿利吉耶里(Alighieri),也就是他家族的姓氏来源。但丁在诗中说其曾祖父在炼狱中环山行走了一百年之久。但从一份文件上得知,其曾祖父在 1200 年仍活在人世。

⑪　据说巴迪亚教堂是建在古城圈内,以钟声报时,第三和第九祈祷时分别为早晨九点和下午五点。古城墙建于九至十世纪间。第二城墙建于 1173 年。在但丁时代,1284 年又建造了较宽大的第三城墙。

⑫　诗人谈古佛罗伦萨的风俗,暗指在诗人生活的时代的坏风气:女儿出嫁时要陪送丰厚的嫁妆,因此在女儿一呱呱落地时,做父亲的就开始为妆奁发愁。

⑬　"那时没有……空房":对此句有几种理解,但从上下文看,最佳理解应为诗人暗指他生活的城市由于腐败的坏风气传入,子孙不旺有空房。

⑭　"萨尔达纳帕鲁斯"(Sardanapalo)是亚西里(Assiri)国王,于公元前 667—前 626 年执政,在中世纪被视为奢侈和腐败的典型。

⑮　"蒙特马洛"(Montemalo):或称马里奥山是罗马附近的山丘,乌切拉托约(Uccellatoio)山离佛罗伦萨仅五千步(古罗马的量度单位)。当时佛罗伦萨的建筑物数量之多及规模之宏大均超过罗马,然而它的兴起和衰落的速度也均超过后者。这里

所说的兴衰显然是指该城的政治道德。

⑯ "贝林丘内·贝尔提"(Bellicion Berti)是佛罗伦萨最有名的家族之一的族长,德高望重,堪称简朴和廉洁的典范;是贞洁贤淑的郭尔德拉达(Gualdrada)的父亲(见《地狱篇》第十六章注⑥)。

⑰ 奈尔里(Nerli)和维契奥均为昔日佛罗伦萨贵尔弗派的大家族。

⑱ 这里所说妇女"知道自己的葬身之地"及"没有人……独守空床"含义为:古佛罗伦萨男人不必出远门经商,在十三世纪中叶才有人结伙去法国经商或被流放到那里。

⑲ 指给家人讲述罗马和佛罗伦萨的起源及传说故事;关于菲埃佐勒城的历史(参见《地狱篇》第十五章注⑫)。

⑳ 钱盖拉(Cianghella)是佛罗伦萨人阿利果·达拉·托萨(Arrigo della Tosa)之女,曾嫁给一个伊摩拉人;是个伤风败俗的悍妇。

"拉波·萨尔台莱洛"(Lapo Salterello):但丁同龄人,法学家和诗人,曾参加反对卜尼法斯(Bonifazio)八世的入侵的爱国活动,因此被流放。但丁在此指责他是个政治上不光明磊落的人。"辛辛纳图斯":即昆克提乌斯的绰号,古罗马共和国的英雄(见第六章注⑬)。"科尔奈丽亚"(Cornelia):是古罗马时代的著名贤母(见《地狱篇》第四章注㊱)。

㉑ 意大利产妇在分娩时,祈求圣母马利亚使其减轻阵痛。

㉒ 指佛罗伦萨圣约翰洗礼堂。但丁对曾受洗的洗礼堂有数次难忘的回忆(见《地狱篇》第十九章注⑥)。

㉓ 康拉德三世(Conrado Ⅲ)自1138至1149年为日耳曼霍亨斯陶芬王朝皇帝,是第二次十字军东征(1147—1149)首领之一。

㉔ 卡洽圭达在与异教徒作战中殉教。

第 十 六 章

　　啊,我们微不足道的血统高贵呀,如果你在我们感情脆弱处的下界使人们以你为荣,这对于我来说,再也不会是奇异的事,因为我在欲望不会误入歧途之处,也就是在天上,曾以此为荣。你实在是一件迅速缩短的大衣:所以如不天天加上新布,时间就拿着剪刀围着你走①。

　　我重新开始说话,对他使用了"您"这一最先在罗马使用的、而它的居民最少坚持使用的尊称②;对此那站得离我们远些的贝雅特丽齐微微一笑,如同那位夫人对书中所说的圭尼维尔的第一次过错咳嗽一声一样③。我开始说:"您是我的父亲;您给了说话的一切勇气;你抬举我,使我超过了我自己。我的心由那样多的渠道把欢乐注入其中,使得它庆幸自己能容受而不破裂。那么,我的亲爱的老祖啊④,请告诉我,您的祖先是谁,您的童年是在哪些年月度过的。请告诉我圣约翰的羊圈的情况⑤,那时它有多大,它里面配得上占最高职位的都是哪些家族。"

　　如同点着的炭被风一吹就着得很旺冒出火焰,同样,我看到那个发光体听到我这些亲切的话就变得通红;正如他在我看来变得更美一样,他用更柔和的声音,但并非用这现代语言说⑥:"从天使说'Ave'那天到我的如今已是圣徒的母亲分娩生下胎中的我时，这火星回到它的狮子宫重新燃烧已有五百八十次⑦。我的祖先和我诞生在参加你们每年一度的赛马的人进入最后的一区时首先到达的地方⑧。关于我的祖先你听到这些就够了；至于他们是谁，从哪里来到这里，略去要比说出更为适当⑨。

"那时候，那里在玛尔斯神像和施洗者约翰洗礼堂之间能执兵器的人，是现在的人数的五分之一⑩。但是，现在市民中已经混杂着来自堪皮、切尔塔尔多和斐基内的人，而那时甚至最低下的工匠都自视为纯粹的佛罗伦萨人⑪。啊，假若我所说的那些人是邻居，你们的边界在加卢佐和特雷斯皮亚诺的话，那要比让他们住在城内，而你们去忍受阿古里奥内的野人和那个已经凝眸伺机营私舞弊的席涅人的臭气好多少啊⑫！假若那些在世界上蜕化变质最甚的人不像后母一般对待恺撒，而像生母对她的儿子一样和善，那样一个已经成为佛罗伦萨市民并以兑换货币和做生意为业的人，就势必继续住在他祖父当巡逻兵巡查的地方席米丰提城堡⑬。蒙特木尔罗城堡就会依然属于它的伯爵家族，切尔契家族就会在阿科内教区，波恩戴尔蒙提家族也许还在瓦尔迪格莱维⑭。人口混杂向来是城市的灾祸的起因，犹如胃里积存食物不消化是你们的疾病的起因一样。瞎眼的公牛比瞎眼的羔羊跌倒得更快；一把宝剑砍起来常常比五把宝剑更厉害、更准确⑮。

"如果你考虑一下卢尼和奥尔比萨利亚这两个城市是如何毁灭的，而且丘席和席尼加利亚这两个城市正在步它们的后尘，既然各个城市都有其存在的期限，那么，听到许多家族灭绝，对你来说，就不会是新奇难解的事了⑯。你们人世间的事物，正如你们人一样，都有其死之日；但有些事物持续很久，人的生命短促,看不到它们死亡。如同月天的运转使海水不断地涨落,把海岸覆盖又露出,时运之神对佛罗伦萨也这样做;因此,我要讲的一些高贵的佛罗伦萨人,他们的名声已被时间湮没,这不应视为是令人惊奇的事。我见过乌吉家族,见过卡斯台里尼家族,腓力比家族,这些都是有名的公民,当时已日趋衰落;我见过阿尔卡家族和桑奈拉家族的人以及索尔涅埃里、阿尔丁基和波斯提齐家族,他们势力之大依然与他们世系之古相适应⑰。如今已装满那样沉重的新的背叛罪以致不久将把小船压翻的那座城门附近,当时住着拉维尼亚尼家族,圭多伯爵和一切后来以高贵的贝林丘内的名字作为其姓氏的人,从母系上来说,均出于这一家族⑱。普赖萨家族的人已经知道要怎样进行统治,加利盖约家族的人家中的宝剑已有镀金的剑柄和剑柄上的圆头⑲。那个有上面刻着一条垂直的毛皮纹图案的纹章的家族⑳已经强大,萨凯蒂㉑、基奥齐、菲凡提、巴鲁齐、加利家族以及那些仍然为那一斗盐脸红的人㉒也已强大。派生出卡尔夫齐家族的那个世族已经强大,席齐伊和阿利古齐家族㉓已经被提选去担任最高的职位。啊,我曾见那个由于骄傲如今已经家破人亡的家族当时多么强大呀㉔!我曾见那个刻着金球图案的纹章在佛罗伦萨的一切伟大事业中都为她增光㉕。那些家族的祖先也曾这样为她增光,这些家族如今每逢你们教区的主教出缺时,就坐在教士会议厅里中饱公款而自肥㉖。那个尾追逃亡者如恶龙,面对龇牙者或拿出钱袋者如羔羊的、狂傲自大的家族集团已经发迹,但他们都是出身低微的人;所以乌伯尔提诺·窦那蒂不高兴他岳父后来使他成为他们的亲戚㉗。那时卡彭萨柯家族已经从菲埃佐勒山城下来迁居佛罗伦萨市场,丘达家族和殷凡加托家族已经是良好的公民㉘。我要告诉你一件难以置信的实事：进入这个小城圈内的一座门竟然以德拉·佩拉家族的姓氏作为名称㉙。圣托马斯节使人们对那位伟大人物的名字和品德永志不忘，凡是佩带这位伟大人物的美丽的纹章者都从他获得了骑士地位和特权㉚；虽然那个在纹章上镶上了一道金边的家族中的一个人今天和平民站在一起㉛。那时已经有了瓜尔台洛提家族和殷泡尔图尼家族；假如他们没有新邻居，他们那条街如今会仍然比较清静㉜。那个由于义愤使你们受到损害、使你们的幸福生活终结而成为你们的悲痛的根源的家族，它和它的同党那时都享有担任公职的荣誉：啊，波恩戴尔蒙特，你由于听从别人的劝告而逃避了和它家的女儿的婚礼，这件事带来了多大的危害呀！假如上帝在你第一次来这个城市时，就让你淹死在埃玛河里，许多如今悲伤的人就会是快乐的人㉝。但天命注定佛罗伦萨在她的和平的末日要向守卫那座桥的残缺不全的石像献上一个牺牲品㉞。

"我和这些家族以及同它们在一起的其他的家族看到佛罗伦萨处于这样的和平状态，以致没有任何令人悲痛的理由。我和这些家族一起看到佛罗伦萨的人民那样光荣，那样正直，以致百合花旗从未被倒挂在旗杆上；也从未由于内部分裂而变成红色㉟。"

注释：

① 高祖卡洽圭达告诉但丁，家族的贵族称号是皇帝封的。但门第的高贵将随着岁月的流逝变为过去，子孙后代要不断以自己的丰功伟绩加以发扬光大。

② 这里的尊称"您"在原文中为第二人称复数"你们"，据说这一尊称始用于古罗马，人们对大权在握、身兼数职的恺撒大帝的

　　但天命注定佛罗伦萨在她的和平的末日要向守卫
那座桥的残缺不全的石像献上一个牺牲品。

称呼,到了但丁时代,罗马人仍保留原来的称呼"您"。

③ "那位夫人":即加勒奥托。法国骑士传奇《湖上的朗斯洛》中的人物——王后圭尼维尔的女管家。当王后与骑士朗斯洛第一次相会接吻时,女管家以咳嗽警告骑士,她就在现场并知晓他的秘密。此处,贝雅特丽齐以微笑提醒诗人不要流露出内心的自高自大和虚荣心,如用"你们"代替"您"称呼高祖。

④ "亲爱的老祖":与前面说的"我的父亲"指族长卡洽圭达。

⑤ "圣约翰的羊圈":佛罗伦萨的别名,因为施礼者圣约翰成为保护该城的圣人(见《地狱篇》第十三章注㉗)。

⑥ 在这里卡洽圭达没有像前面的歌中用拉丁语说下面的话,而是用当时的古佛罗伦萨土语。但丁在其《论俗语》中指出,当时的口语没有被一种标准文字固定下来,因此变化很迅速。

⑦ 从3月15日圣母领报节即耶稣基督降生到卡洽圭达出世,这期间火星转回狮子座有580次,即1091年。根据Alfragano的计算:火星的恒星周为687天,687天×580为398,460天,再除以365天,为1091年。此计算结果与第十五章讲的卡洽圭达的生平年代完全相符。

⑧ 古佛罗伦萨分六个区,但丁的祖先就住在第六区内。每年在圣约翰节举行的赛马会首先进入圣彼得门到达老城圈内的斯佩齐亚利大街(Speziali),上章提到的埃里塞奥家族就住在这里。但丁家族的住房离此稍远点,在圣马丁教区,不在赛马经过的路线上。

⑨ 在这里不谈门第的高贵,以示谦逊。但丁认为自己有古罗马的血统(见《地狱篇》第十五章注⑱)。

⑩ 佛罗伦萨古桥的北端有战神玛尔斯雕像,南端有圣约翰洗礼堂,老桥坐落在第一城圈内,这意味着标志了整个城的面积。"能执兵器的人":指壮丁。

⑪ 佛罗伦萨的人口在1300年有三万余人,在卡洽圭达时代则不足六千人,均为地道的佛罗伦萨人。这说明从十一世纪末到十四世纪初城内人口增加了五倍,同时居民中混杂着外来户,他们来自:"堪皮"(Campi):离佛罗伦萨12公里的西边小镇,"切尔塔尔多"(Certaldo):瓦尔德尔沙(Valdelsa)的南边小乡镇,"斐基内"(Fegghine):离佛罗伦萨30公里,在东面的阿尔

诺河旁。很显然,但丁提这三个地方要说明:在十三世纪中叶这些地方的人还是些乡野村夫。

⑫ "加卢佐(Galluzzo)和特雷斯皮亚诺(Trespiano)":离佛罗伦萨市中心不远的两个小乡镇,在十一世纪为该市的南北边界。后来外地人的迁入使边界扩大。由于外来户进入未能与当地老住户融合起来,没有增加反而削弱了城市的力量。阿古里奥内的巴尔多(Baldo d'Aguglione)和席涅的法齐奥(Fazio dei Murubaldini da Signa)就是二例。巴尔多的家族是来自佩萨流域的阿古里奥内城堡,他本人是律师,政治家,是诗人同时代人。他参与了法律"改革"。1311 年 9 月 2 日他宣布召回被流放的吉伯林党和贵尔弗党回国,但明确宣布但丁除外。他曾于 1299 年受尼古拉·阿治伊奥里舞弊案牵连而受惩罚(见《炼狱篇》第十二章注㉝)。席涅是离佛罗伦萨不远的阿尔诺河旁的一个小镇。法齐奥是律师,几度为教长和最高司法官。1316 年但丁被流放,他起了坏作用。他从政局中伺机捞好处,1300 年后他加入黑党。

⑬ "蜕化变质最甚的人":指教皇,恺撒代表皇帝。教皇企图独揽政教两权,妨碍皇帝施政,压迫与阴谋并用,导致种种混乱,尤其是贵尔弗和吉伯林两党的纷争(见《炼狱篇》第六章)。席米丰提城堡被佛罗伦萨人拆毁。

⑭ "蒙特木尔罗"(Montemurlo):圭迪伯爵的城堡,坐落在帕拉托(Prato)和皮斯托亚(Pistoia)之间,由于抵御不了皮斯托亚人的攻击,伯爵将城堡出卖给佛罗伦萨城邦。切尔契家族(Cerchi)是"新人",暴发致富的商人,白党的首领(见《地狱篇》第六章注⑧)。"波恩戴尔蒙提家族"(Buondel Monti):其城堡位于佛罗伦萨南面阿尔诺河的支流瓦尔迪格莱维河旁,该城堡被毁灭后,波恩戴尔蒙提家族迁徙到城内。这两个家族的迁入引起了城邦的长期分裂和争斗。

⑮ 一个城市虽强大,若无计谋则比小城市衰败得更快。一个弱小的人民团结一致要比人数众多的一盘散沙的人民好得多。

⑯ "卢尼"(Luni):在古伊特鲁里亚城(Etruria),现已无人居住,成为废墟。奥尔比萨利亚城(Orbisaglia)被维西戈蒂人(Visigoti)摧毁。在但丁时代,在这座古罗马的废城旁兴起了

一座坚固的乡镇。"丘席"(Chiusi):古伊特鲁里亚的名城,在但丁时代衰败成一个不起眼的小镇。"席尼加利亚"(Sinigaglia):在十三世纪因遭到抢劫和疟疾的袭击而衰败。

⑰ 从乌吉家族(Ughi)到波斯提齐家族(Bostichi)均为古佛罗伦萨的名门望族,到但丁时代多数衰亡。

⑱ "那座城门":指圣彼得门。切尔契家族住在城门附近。昔日此屋宇为拉维尼亚尼家族所有,家族族长贝林丘内·贝尔提是嫁给圭多·贵拉四世的郭尔德拉达的父亲。贝林丘内的其他两个女儿嫁到阿狄玛里和窦那蒂家族。她们的后裔继承了外祖父的姓氏。圣彼得门附近的房屋转给了圭多(Guido)伯爵。1280 年被切尔契氏所买(见《地狱篇》第十六章注⑥⑦⑧)。

⑲ "普赖萨家族"(Pressa):住在大教堂门附近,属吉伯林党,在蒙塔培尔蒂(Montaperti)战斗中出卖了佛罗伦萨人。"加利盖约家族"(Galigaio):住在圣彼得门区,现已衰败。"镀金的剑柄和剑柄上的圆头":是骑士的标志。

⑳ "毛皮……纹章":指比利家族(Pigli)的松鼠皮毛的纹章。

㉑ 萨凯蒂(Sacchetti)家族是但丁家族的仇人(见《地狱篇》第二十九章注⑥)。

㉒ 指多纳托·德·洽拉蒙台西当盐务长官,利用职务之便,营私舞弊,以小斗出售公盐的事(见《炼狱篇》第十二章注㉝)。

㉓ "卡尔夫齐"(Calfucci):窦那蒂家族的支系。"席齐伊和阿利古齐家族":均属贵尔弗党。

㉔ 指乌伯尔蒂(Uberti)家族属吉伯林党,家族中最有名的人物是法利那塔(Farinata),曾与贵尔弗党战斗多年,最后取胜(见《地狱篇》第十章注⑧)。

㉕ 指朗贝尔提(Lamberti)家族。家族的纹章的图案为蓝地金球。家族成员的莫斯卡在佛罗伦萨市民分裂成贵尔弗和吉伯林两党问题上负有很大责任(见《地狱篇》第二十八章注㉘)。

㉖ 指维斯多米尼(Visdomini)和托星齐(Tosinghi)家族,他们在主教职位空缺期间掌管教堂的财务,从而中饱私囊。

㉗ 指阿米戴伊(Amidei)家族,出身低微、狂妄自大的新兴贵族。"乌伯尔提诺·窦那蒂":反对岳父贝林丘内·贝尔提把女儿

嫁给阿氏家族中的成员。

㉘ "卡彭萨柯(Capon Sacchi)家族":从菲埃佐勒迁到老市场附近,属吉伯林党,后被流放。"丘达(Giuda)家族和殷凡加托(Infangato)家族":均属吉伯林党。

㉙ 佛罗伦萨古城墙的小城圈内有一城门叫佩鲁萨门(Porta Peruzza),可能名称来自德拉·佩拉(Della Pera)家族,但注释家们众说不一。

㉚ "那位伟大人物":指乌哥(Ugo il Grande),托斯卡那的男爵,日耳曼皇帝奥托三世(Otto Ⅲ)王室代表,卒于1001年12月21日圣托马斯节。家族的纹章图案为白地上有七条朱红色条纹。

㉛ 德拉·贝拉(Giano della Bella)男爵家族的纹章镶有金边。他是著名的"正义法规"的制定者,站在人民一边反对大贵族。1295年被放逐。

㉜ "瓜尔台洛提(Gualterotti)家族和殷泡尔图尼(Importuni)家族":均属贵尔弗党,居住在圣徒镇。他们的新邻居波恩戴尔蒙特搅得那里再无宁日。

㉝ 波恩戴尔蒙特从奥尔特拉诺(Oltrarno)迁到古城圈外,第二城圈的圣徒镇。迁徙途中他要渡过埃玛(Ema)河,如若当年他溺死于河中,就不会给佛罗伦萨造成种种灾难。

㉞ 佛罗伦萨在异教时代以战神玛尔斯为保护神,改信基督教后,以施洗礼者圣约翰代替玛尔斯,作为保护本城的圣者,将战神庙改为圣约翰洗礼堂,战神石像被移到阿尔诺河边的一座塔楼上,因为这事得罪了战神,他就经常用他的"法术"(即战争)祸害佛罗伦萨,使它不断地发生内讧,对邻邦以兵戎相见(详见《地狱篇》第十三章注㉘)。但是佛罗伦萨注定要在其和平的最后一刻献出一名牺牲者,给那个守卫横跨阿尔诺河的"古桥"的战神残缺不全的石像。这一牺牲者就是波恩戴尔蒙特,他在战神残像脚下被敌对的阿米戴伊(Amidei)家族的一员暗杀致死,从此佛罗伦萨不再有和平之日。

㉟ 佛罗伦萨的旗帜为红地上有白百合花。1251年贵尔弗党战胜吉伯林党后,旗帜的图案改成白地红百合花。但丁借此改变想表明:内战使百合花被鲜血染红。

第 十 七 章

　　如同那个仍使父亲不轻易答应儿子的要求的人来问克吕墨涅，他所听到那些对他不利的话是否属实；我就是那样，贝雅特丽齐和那盏为了我的缘故先前已改换了位置的神圣的明灯也看出了我是那样①。因此，那位圣女对我说："把你火焰般热烈的愿望表达出来，使之明确显示出你内心的感情打下的印记吧：这样做不是为了使我们增加对你的了解，而是使你习惯于说明你如何口渴，以便旁人给你提供饮料②。"

　　"啊，我亲爱的根源哪，你的睿智已经那样高深，以致你在观照一切时间对它来说都是现在的那一点中，预见一切尚未成为事实的偶然事件，如同凡人的心智知道一个三角形不能包含两个钝角一样③；当我同维吉尔一起走上那座治疗灵魂之病的山，下到那死人的世界中去的时候，我听到了一些关于我的未来生活的严重的话④，虽然我觉得自己对于命运的打击确实是坚如磐石；因此，如果我能预先听到什么命运将临到我头上，我的愿望将得到满足：因为预先见到的箭射来比较迟缓。"我对先前和我说话的发光体这样说；而且如同贝雅特丽齐所希望的那样，表达了我的愿望。

　　那位既隐藏而又显现在他自己的微笑之光中的慈爱的父亲，不以那种在消除罪孽的上帝的羔羊被杀以前曾使古代的愚民受其迷惑的模棱两可的隐语⑤，而以明确的话和贴切的言辞回答说："超不出你们的物质世界这卷书之外的偶然事件都一一显现在那永恒的心目中；但并不从那里获得必然性，正如顺急流而下的船不从它映入的眼帘获得动力一样。那等待着你的未来的生活遭遇从那里映现在我眼前⑥，犹如美好的和声从管风琴传入我耳中一般。像希波吕图斯由于残酷、奸诈的继母的诬陷离开了雅典那样，你将被迫离开佛罗伦萨⑦。这是在天天都拿基督做交易的地方的人们所要求的事，这是他们已策划好，不久将由此事的主谋予以实现的事⑧。如同通常出现的情况那样，舆论传闻将把罪过归咎于受伤害的一方；但上帝的公正的处罚将是事实真相的见证⑨。你将舍弃一切最珍爱的事物；这是放逐之弓射出的第一箭。你将感到别人家的面包味道多么咸，走上、走下别人家的楼梯，路够多么艰难⑩。压在你的肩上最沉重的负担将是那些和你一起堕入这个峡谷中的邪恶而且愚蠢的同伴；他们将通通忘恩负义、通通疯狂和穷凶极恶地同你作对；但不久之后，他们，而不是你，将为此碰得额角被鲜血染红⑪。他们的行动将证实他们的愚蠢；所以你自己独自成为一派对你来说将是光荣的⑫。

"你的第一个避难所和第一个寄居处将是那个伟大的伦巴第人的慷慨好客的宫廷，他的家族的纹章以梯子上落着神鸟为图案；他对你将予以如此深切的关怀，以至于在你们二人之间和在他人之间，情况截然相反，'乞求'要比'供给'来得缓慢⑬。在他那里，你将见到那个人，他在诞生时受到这颗行星如此强烈的影响，使得他的战绩将值得世人注意。由于他年纪幼小，这些层天围绕他才只运转了九年，人们尚未注意到他;但在那个加斯科涅人欺骗崇高的亨利以前,他的美德的火花将在轻财重义和不顾作战劳苦上闪现出来⑭。他慷慨英勇的行为那时将尽人皆知,使得他的仇敌们对此也不能保持缄默。你指望他和他施与的恩惠吧;许多的人将要被他改变,富人和行乞的人将要掉换地位。你要从这里把我说的有关他的话牢记在心,但不要说出去。"他还告诉我一些甚至将来的目睹者都会觉得难以置信的事。接着,他又说:"儿子啊,这些话就是别人对你说的那些话的注释;你看,这就是今后短短的几年隐藏着的陷阱。但我不愿你忌妒你的邻居们,因为你的生命将延长下去,直到他们背信弃义的行为受了惩罚许多年以后。"

那位圣洁的灵魂沉默了,表明他已完成了把纬线织进我捧到他面前的那块布的经线中去的工作⑮,于是,我像满腹疑团的人向一位明智的、满怀善意和慈爱之心的人求教那样开始说:"我的父亲哪,我看得清楚,时间正策马向我追来,为了给我一种对最无思想准备的人来说是最沉重的打击;因此,我最好以先见之明武装自己,使得我如若被剥夺了最心爱的地方,不至于因为我的诗歌再失去其他的地方⑯。在地下的痛苦无穷的幽冥世界,在我那位圣女的目光引导我从其秀丽的顶峰升空的那座山上,随后穿过这一重一重的诸天,我知道了一些事情,如果我加以重述,会使许多人感觉味道辛辣;如果我对于真理是胆怯的朋友,我又怕我不能在将把此时称为古代的人们中间永生⑰。"

我先前在那里发现的我那件宝贝正在他所在的发光体中微笑,这一发光体先像一面在日光中的金镜一般闪耀,然后回答说:"受到自己或他人的耻辱污染的良心的确会觉得你的话刺耳。但是,尽管如此,你要抛弃一切谎言,把你所见到的全部揭露出来,就让有疥疮的人自搔痒处吧。因为,你的声音乍一听会令人感到难堪,经过消化后,会留下摄生的营养。你这呼声将如同风一样,对最高的山峰打击最为猛烈;这将成为你获得荣誉不小的理由。为此,在这诸天中,在那座山上,在那个悲惨的深谷里,使你看到的只是闻名于世的灵魂,因为来源于不知名的、出身卑微的人的事例或者其他不明显的论证,都不能使听者的心对你的话感到满足和坚信不疑⑱。"

注释:

① 据希腊神话,法厄同是日神阿波罗之子,而他听信传言对此父子关系有怀疑,于是他急切地去询问母亲克吕墨涅(关于他后来的命运,见《地狱篇》第十七章注㉒)。像法厄同一样,但丁迫切地想从高祖卡洽圭达处了解自己的未来不幸。"明灯":指卡洽圭达。

② 但丁很想询问高祖父有关自己未来的前途,但欲言又止,而卡洽圭达和贝雅特丽齐已看透他的心思并要他坦率地倾吐出来。

③ "你在观照……的那一点":指上帝。在上帝的心目中不存在过去或未来,而只有永恒的现在。"偶然事件"指由人类意志自由的行动而发生的事。

④ 在前两篇的灵魂中,谈及但丁未来命运的有:《地狱篇》第十章的法利那塔,第十五章的勃鲁内托和第二十四章的万尼 · 符契;《炼狱篇》第八章的库拉多 · 玛拉斯庇纳,第十一章的欧德利西和第二十四章的波拿君塔。

⑤ "上帝的羔羊":指耶稣基督(见《炼狱篇》第十六章注②)。古代神灵预言未来均用隐语或难解的神谕。

⑥ "未来的生活遭遇":在上帝看来是一幅目前的图画。对人世间的各种偶然事件上帝都一目了然,但他任其自然,不加以干预。

⑦ "希波吕图斯":是雅典国家奠基人,为其父忒修斯与前妻所生,因遭后母费德拉的勾引和诬告,被迫离开雅典。但丁将像希波吕图斯一样,无辜地被迫离开佛罗伦萨。

⑧ 1300 年春,罗马教皇卜尼法斯八世在教廷策划帮助黑党推翻执政的白党。但丁认为他被判流放完全是教皇的命令。1302年初,对但丁进行了缺席审判,当时他作为代表被派往罗马。

⑨ 他们把社会的混乱罪过归咎于弱小的一边,而上帝的惩罚是真理的见证。此处暗指卜尼法斯的可悲下场和佛罗伦萨发生的种种灾难,如卡拉伊亚河桥的倒塌,严重火灾等。

⑩ 这些诗句以凝练而鲜明的笔触写出但丁被放逐后,无法返回家乡,多年四处流浪,备尝寄人篱下的种种酸辛,使以后遭受放逐的人士读后或忆起,不禁潸然泪下,成为《神曲》中公认的名句。

⑪ 放逐在外的白党同伙都共同忍受着远离祖国、家园和亲友的损失与痛苦,而但丁还多一层痛苦,即要忍受同那些邪恶而愚蠢的伙伴在一起所处的痛苦处境。

⑫ 1302 年初判决后不久,被放逐的佛罗伦萨人发动了几次试图重返家园的行动,但均以失败而告终。1304 年夏的行动但丁不赞成,结果其同伴在战斗中遭到彻底失败。

⑬ 但丁被放逐后,首先寄居在维罗纳的斯卡拉家族的宫廷,家族的纹章图案为一只鹰站立在梯子的顶端。"伟大的伦巴第人"指维罗纳的封建主巴尔托罗美奥·德拉·斯卡拉,他是堪格兰德的长兄。在《炼狱篇》第十八章中,但丁曾毫不留情地揭露他们的父亲阿尔贝托所犯的过错,足见诗人在《神曲》中秉正无私。

⑭ "加斯科涅人"(Gascogne):即教皇克力门五世(见《地狱篇》第十九章注⑳)。他起初赞成新当选的皇帝亨利七世南下意大利,后来又唆使各地贵尔弗党人起来反对他。那正是 1312年堪格兰德成为维罗纳封建主的那年,1329 年 7 月 22 日,他卒于特雷维佐。但丁对他非常崇敬和热爱,在他的宫廷客居到 1320 年初。

⑮ 卡洽圭达不再讲话,因为他已解答了但丁的两个疑问。但丁把问题比作织布机上的经线,把其高祖的回答比作纬线。

⑯ 但丁已被逐出他热爱的祖国——佛罗伦萨;他不想因在诗中揭露人们的罪恶而落得到处无栖身之地。

⑰ 但丁从其高祖的预言中清楚地了解了自己的未来命运,深知前面的道路是艰险的;他一方面担忧在《地狱篇》和《炼狱篇》中的见闻写出后,将会使许多有权势者感到愤怒或不悦,另一方面他又怕由于胆怯而不敢直言不讳,而在后人中失去良好的名声,因而感到犹豫。

⑱ 卡洽圭达晓谕但丁大胆讲出事实真相,不用顾虑得罪任何人。

第 十 八 章

　　那面幸福的明镜已经完全沉浸在他的思想中,我也在对我的思想进行反思,用甜蜜的来调节苦涩的①;那位引导我奔向上帝的圣女对我说:"改变思路吧;想一想我在那解除一切冤屈的重负者的身边吧②。"

　　一听见我的安慰者的充满爱的声音,我就转过身来;在这里,我不描写我看到她的圣洁的明眸闪耀着什么样爱的光芒;这不仅是因为我不相信我的语言能力,而且也因为我的记忆力回想不起它所记的情况,除非另一位③指引它。关于那一瞬间,我只能这样说,凝视她,我心中就一切其他意愿皆空;在那永恒的欢乐之光直射贝雅特丽齐的眼睛,由她的美丽的明眸反射到我的眼帘中,使得我感到心满意足时④,情况一直如此。她闪现微笑之光芒唤醒我,说:"转过身去听吧,因为天国并不仅是在我眼中⑤。"正如在世上人的感情如果强烈得占据了他的全部心灵,这种感情有时从他的脸上看得出来,同样,我一看到我转身面向的那个神圣的发光体⑥冒出的火焰,我就明白他心里还想继续和我说些话。他开始说:"从树梢获得生命、经常结果、永不落叶的大树,它这第五层枝条中有若干幸福的灵魂,他们来到天上以前,在下界享有大名,一切诗人都能从他们汲取丰富的素材。因此,你注意看那十字架的四条臂上：我说出名字的灵魂将如闪电穿过云层一般在那里迅速移动。"

他一说约书亚，果然我就看见一个发光体沿着十字架臂移动起来；而且我听见他说这个名字并不早于我看见发光体移动这一事实。他一说杰出的玛喀贝比⑦，我就看见另一个发光体一面移动，一面旋转；喜悦是它旋转的原因，如同抽陀螺上缠着的绳子是陀螺旋转的原因。同样，一听他说查理大帝和罗兰⑧，我就凝望二者的发光体移动，如同猎人凝望他的猎鹰飞翔一般。之后，威廉和雷诺阿尔德，高弗黎公爵和罗伯托·圭斯卡尔多的发光体就吸引着我的眼光沿着十字架移动⑨。后来，和我说话的那个灵魂就转移到其他的灵魂们中间同他们一起唱歌，向我显示他在天国的歌手中是多么伟大的艺术家。

我转身向我右边，去看贝雅特丽齐用言语或者用手势指示我下一步该做什么；我看到她的眼睛那样明澈，那样喜悦，使得她的容颜比任何其他时候，甚至比最近更美。犹如人因为感觉越行善就越快乐，从而意识到他的美德一天比一天进步，同样，我看到那个奇迹比以前更美，就意识到我和天体一起旋转的圆周已经扩大了⑩。如同面色白皙的女性脸上褪去害羞泛起的红晕时那一瞬间发生的变化，当我转过身去，看到把我接受在它里面的那温和的第六颗昪的白色时，这样的变化也出现在我眼前⑪。

我在朱庇特之星⑫中看到在那里的一些爱的发光体闪动，在我眼前形成一些书写我们人类的语言的符号。如同群鸟从河岸上飞起，好像在一起欢庆它们获得食物一般，时而排成圆的队形，时而排成其他的队形，同样，那些发光体内的圣洁的灵魂们一面飞翔,一面唱歌,他们排成的队形时而呈 D 字形,时而呈 I 字形,时而呈 L 字形⑬。他们先按照自己唱歌的节拍飞翔;然后,每逢他们排成这些字母之一的队形时,就暂停飞翔,沉默片刻。

啊,神圣的佩格索飞马泉哪,你使有天才的人们获得荣耀,永垂不朽,他们借助于你而使一些城市和王国获得荣耀,永垂青史,以你的光启发我吧,使得我能把我心中记忆犹新的那些灵魂所逐渐排成的各种队形鲜明地描绘出来⑭。愿你的全部能力显示在这些薄弱的诗句中!

那时,他们最后排成了由三十五个元音和辅音字母组成的图形;当各个组成部分像口说一般清晰地出现在我眼前时,我都依次记下来。"DILIGITE IUSTITIAM"是整个图形的第一个动词和名词;"QUI IUDICATIS TERRAM"是它的末尾⑮。他们依次逐渐排下去,最后都停止在第五个词的 M 字母上面⑯;所以木星在那个地方看来就像镶着金黄条纹的白银一般。我看到另一些发光体陆续下降,在 M 字母顶端停下来唱歌,我想他们是在歌颂把他们吸引到自己身边的至善⑰。之后,如同用力一打燃烧着的木头,就迸出无数的火星,愚人们以此来占卜自己的运气,同样,我看到一千多个发光体从 M 字母的顶端重新升起,有的升得高,有的升得低,都取决于点燃他们的太阳给他们注定的位置⑱;当每个发光体都固定在他的位置上时,我就看到那些在木星的白色背景上显得非常突出的发光体呈现出一只鹰的头和颈的图形。在那里描画出这鹰的图形者无人指导他画,但他却指导一切,我们认识鸟类筑巢的本能来源于他⑲。其他的幸福的灵魂起先似乎满足于停止在百合花形的 M 字母上,现在稍稍移动几下就完成了鹰

　　啊,神圣的佩格索飞马泉哪,你使有天才的人们获
得荣耀,永垂不朽,他们借助于你而使一些城市和王国
获得荣耀,永垂青史,以你的光启发我吧,使得我能把
我心中记忆犹新的那些灵魂所逐渐排成的各种队形鲜
明地描绘出来。

的图形[20]。

啊,温和的星啊,多么美,多么多的宝石向我显示出人间的正义来源于你所装饰的这层天的影响!因此,我祈求那作为你的运动和你的功能的本源的心,俯视那个冒出烟雾遮住了你的光线的地方,从而使他如今再一次对那些在这座用许多神迹和殉教者的血建成的圣殿里做买卖的人发怒[21]。啊,我现在还历历在目的天国的军队呀,你们为那些在世上效法坏榜样而通通走上邪路的人[22]祈祷吧。古时候习惯用刀剑作战,如今作战却以时而在这里,时而在那里,剥夺那位慈悲的父亲不拒绝赐予任何人的面包为武器[23]。但是,你这写下开除教籍令只是为了取消它的人[24],你要想一想,为了你正在毁坏的葡萄园而死的彼得和保罗仍然活着呢。你当然可以说:"我的心思已经完全放在那个愿意独自住在旷野里的、最后为奖赏一次跳舞而被拉去斩首殉道的人身上[25],所以我不知道那个打鱼的人,也不知道保罗[26]。"

注释:

① "那面幸福的明镜":即卡洽圭达的灵魂。但丁在听完高祖的讲话后,陷入沉思。"苦":指他将忍受放逐的痛苦,"甜":含义为他将受到维罗纳的斯卡拉家族的热情接待。

② 在上一章中但丁与高祖谈话时,圣女贝雅特丽齐在要求诗人毫无拘束地表达思想后,再没有插话;现在她看到但丁听了高祖的预言后,流露出不安的心绪,因此她才安慰但丁,要他不再想被放逐的悲伤,上帝会解除他的重负的。

③ "另一位":指上帝。

④ 意谓上帝是永恒欢乐的源泉,他的光芒直接射入贝雅特丽齐的眼中,再由她的眼睛反射到但丁的眼里,使得他感到心满意足。

啊，我现在还历历在目的天国的军队呀，你们为那些在世上效法坏榜样而通通走上邪路的人祈祷吧。

⑤　意谓你不要只定睛注视我的眼睛,而要转身向卡洽圭达,听他讲话。

⑥　指卡洽圭达。

⑦　"玛喀贝比":即犹大·玛喀贝比(卒于公元前160),他和四个兄弟战胜了叙利亚王安条克(前175—前163在位),把以色列人从这个暴君的压迫下解放出来(见《圣经》的逸经《玛喀贝比传》)。

⑧　"查理大帝":于778年征伐占领西班牙的撒拉森人(阿拉伯人),遭到失败,其侄儿最英勇的武士罗兰战死(见《地狱篇》第三十一章注④)。

⑨　奥兰治的公爵威廉是查理大帝的主要武士之一,806年,隐退于所建的修道院,卒于812年。雷诺阿尔德是他的战友,查理大帝的十二武士之一。威廉和雷诺阿尔德均非历史人物,而是中世纪法国传奇故事中的人物。"高弗黎公爵"(1058—1100)是第一次十字军的领袖,在攻克和保卫耶路撒冷的战斗中功勋卓著,成为耶路撒冷王国国王。"罗伯托·圭斯卡尔多"(1015—1085)是诺曼底公国的骑士,他来到意大利南部,打败了东罗马人,占领了阿普里亚和卡拉勃里亚,又从撒拉森人统治下解放了西西里岛,成为那不勒斯王国和西西里王国开创者(见《地狱篇》第二十八章注⑥)。

⑩　"那个奇迹":指贝雅特丽齐。但丁看到她比以前更美时,就意识到自己同贝雅特丽齐一起上升到另一重天。

⑪　这个比喻意谓但丁发现他进入的这重天的星球是银白色的,而他刚离的火星天的星球是火红的。"温和的第六颗星":即木星,因为根据托勒密的天文学说,火星热而土星冷,木星处于二者之间,是温和的星。

⑫　"朱庇特之星":即木星(古代人将它奉献给罗马的主神朱庇特)。

⑬　"群鸟从河岸上飞起":这里指群鹤从尼罗河岸上飞起,排列成不同的队形,用来比拟那些幸福的灵魂飞翔时,呈现的一些拉丁字母形。

⑭　"佩格索飞马泉":据希腊神话,佩格索飞马泉在九位缪斯所居的赫立孔山。在赫立孔山的最高峰有二泉,其一名希波克雷,

乃飞马佩格索用蹄踢出的。这里用这眼泉泛指缪斯。但丁祈求缪斯赐予他灵感,使得他能把记忆犹新的那些灵魂排成的各种队形鲜明地描绘出来。

⑮ 那些灵魂最后排成了总共由三十五个元音和辅音字母组成的五个拉丁字:DILIGITE IUSTITIAM, QUI IUDICATIS TERRAM。这五个拉丁词是《圣经》中所罗门的《箴言》的首句,含义是:"爱正义吧,你们做世间法官之人。"也就是说,治理天下者应秉公行事。

⑯ "停止在第五个词的 M 字母上面":M 为"Monarchia"(帝制)的第一个字母,在但丁看来,这个词与"Impero"是同义词,它和法律及正义是分不开的。

⑰ "至善":指上帝。

⑱ 意谓如同人用力敲打燃烧着的木头,就迸出无数的火星,愚昧的人们以此来占卜他们心里要得到的财物会有多少,同样,但丁看到一千多个发光的灵魂从 M 字母顶端重新升起,升起的高度各不相同,都根据点燃他们的太阳(即上帝)给他们注定的位置而定。

⑲ 指上帝。

⑳ 灵魂们组成的 M 先由马蹄形的哥特体字的 M 变为百合花形M:这预示帝国的权力将落入国旗为百合花图案的法国之手,但这个图形只停留短暂的时间,灵魂们就将 M 变为鹰的形状,这预示帝国的权力将复归神圣罗马帝国。

㉑ 中世纪的人都认为正义来源于温和的木星的影响。"宝石":指众灵魂。但丁祈求作为木星的运动和功能的本源上帝(诗中用 mente 指上帝)俯视那个冒出贪婪的烟雾遮住了木星的正义之光的地方,这个地方就是当时的教廷,那里贪婪是腐化的主要原因,结果使正义灭绝;并且如今对那些用许多神迹和殉教者的血建成的教会里的贪财玷污正义的教士们再一次发怒,如同当初耶稣基督为洁净耶路撒冷圣殿,赶出殿里一切做买卖的人一样(见《新约·马太福音》第二十一章)。

㉒ "天国的军队":指但丁所见的木星中的幸福的灵魂们。"效法坏榜样而通通走上邪路的人":指一切效法教皇们的坏榜样而贪婪成风的人们。

㉓　"那位慈悲的父亲不拒绝赐予任何人的面包":指上帝赐予一
切基督教信徒的精神食粮——圣餐;"时而在这里,时而在那
里":意谓对这个人或者对那个人;"剥夺……的面包":指教
皇下令开除他的教籍和禁止他参加宗教活动,以此作为政治
斗争的武器。注释家们认为,这特指教皇约翰二十四世,他于
1316 年被选为教皇,当阿维农下令开除帝国的代理人、维罗纳
封建主堪格兰德·德拉·斯卡拉的教籍时,但丁正在他的维
罗纳宫廷作客并继续写《天国篇》,故将此事牢记于心。

㉔　约翰二十四世发布开除教籍的命令,只是为了以此为手段来
搜刮钱财,只要被开除教籍的人一旦设法献上相当数量的钱
财,他被开除教籍的命令就被取消。

㉕　指施洗者约翰被希律下令斩首,因为希律答应了在他生日当
众跳舞的希罗底之女莎乐美的请求(见《新约·马太福音》第
十四章)。

㉖　"那个打鱼的人"即圣彼得(见《炼狱篇》第二十二章注⑭),这
里用打鱼的人代表他;"保罗"在原文中写作"Polo",而非"Pa-
olo",这都流露约翰二十四世说话时,对他们的轻蔑口气。

第十九章

那些在甜蜜的至福中欢乐的灵魂交织成的美丽的形象展开了双翼出现在我面前。他们每个都像被一线日光照射的红宝似的发出那样强烈的光,似乎把太阳折射到我的眼中。现在我需要转述的话是声音从未说过,笔墨从未写过,想象力从未构思过的;因为我看见并听见鹰嘴说话,声音听起来是"我"和"我的",虽然在概念上应该是"我们"和"我们的"①。它开始说:"由于做到了公正和慈悲,我在这里被提升到不可能为任何愿望超过的那种光荣程度;在世上,我留下了那样良好的纪念,甚至那里的恶人都加以赞扬,虽然他们并不效法历史流传的有关我的事迹。"正如从许多炭火只发出一种热,同样,从那个由许多热爱上帝的灵魂构成的形象中只发出一个声音。

于是,我立刻说:"啊,永恒幸福之境的永久不谢的众花朵呀,你们使得你们的一切香气在我闻起来只是一种香气②,请你们散发这种香气给我解除这巨大的断食之苦,我长期处于饥饿状态,因为在世上我找不到任何适宜的食物。我确实知道,如果神的正义以天国的另一重天做它的镜子,你们这一重天也并非隔着面纱看到它③。你们知道,我准备怎样聚精会神地去听;你们知道,我长期渴望解决的那个疑问是什么④。"

　　犹如摘了头罩的猎鹰一抬头振翅,表示高飞的意愿,显得神气十足,我看到那个由许多唱歌赞美神的恩泽的灵魂形成的形象变成了那个样子,他们所唱的那些歌只有在天上得享至福者能领略。于是,他开始说:"那转动圆规画出宇宙的边界并且在里面把如此繁多的隐秘的和明显的事物安排得秩序井然者,不可能不把他的力量印入全宇宙中,使得他的智慧无限高于他所创造的一切事物⑤。那第一个骄傲者证明了这点,他是创造物中的最高贵者,因为不等待神恩之光,未成熟就坠落下来;由此可知,一切低于他的创造物对那无限的、只能由自身测量自身的至善来说,显然都是太小的容器⑥。因而你们那必然是普遍渗透万物的神智的光线之一的智力,根据它的性质不可能那样强,以至于对它自身的来源的认识能远远超过它所能及的程度。所以你们世上的人从上帝接受的智力窥测永恒的正义,犹如肉眼窥测大海一般;它从岸边虽然看得见海底,在深海上却看不见;然而海底仍在那里,但是深不可见。除了来自那永不被遮蔽的、晴朗的天空的光以外,没有光;反之,来自别处的都是黑暗,或是肉体的阴影或其流毒⑦。

　　"现在已经向你足够明确地指出,你经常提的关于神的正义问题的隐蔽处在哪里⑧;因为你说:'一个人生在印度河畔,在那里,没有人宣讲基督的教义,也没有人传授,也没有人写这方面的书;就人的理性所见,他的一切意向和行为是善良的,行事或说话方面也无罪。他没受洗、没信仰而死:判他罪的这正义在哪里呢? 如果他没信仰,他的罪在哪里呢?'咦,你是什么人,你竟想坐在法官椅子上,用一拃视距的目光判断

　　那些在甜蜜的至福中欢乐的灵魂交织成的美丽的
形象展开了双翼出现在我面前。

千里之外的事物⑨？假若没有《圣经》在你们之上指导你们，过于精细地同我研讨有关神的正义问题者确实会有极大的理由产生疑问。啊，尘世上的众生啊！啊，愚钝无知的心哪！那自身是善的第一意志永不离开其作为至善的自身。凡是符合它的都是公正的：任何被创造的善都不吸引它，相反，它把它的恩泽射入被创造物中，造成了善⑩。"

正如母鹳喂了雏鹳后，在巢上空盘旋，吃饱了的那只雏鹳仰望着它；同样，那个有福的形象被众多的协调一致的意志推动振翅环绕我飞翔，同样，我也抬起眼睛看它。它边盘旋，边歌唱，它说："如同你不能理解我的歌一样，你们凡人不能理解那永恒的判断。"

那些神圣灵魂的光辉灿烂的火焰停止盘旋和歌唱后，仍以那使罗马人受到全世界尊敬的形象⑪，又开始说："不信基督者从未有人升入这个国度，不论在他被钉死在十字架上以前或以后⑫。但是你瞧：许多喊'基督，基督！'的人，在最后审判时，将比不知道基督的人距离他要远得多；当这两群人，一群永久富有，另一群一无所有，互相分离时，埃塞俄比亚人将谴责这种基督徒⑬。当波斯人看到那本展开的、其中记载着你们的国王们的一切恶行的案卷时，会向他们说什么呢⑭？在那里将看到，在阿尔伯特的事迹中，那件不久即将被动笔记载下来的、致使布拉格变成一片荒漠的行动⑮。在那里将看到，那个将被野猪撞死的人伪造钱币，给塞纳河畔带来的损失⑯。在那里将看到，渴望扩张领土的狂妄野心驱使苏格兰王和英格兰王发疯，不甘心守在各自的疆界以内⑰。将在其中看到，那个西班牙王和那个波希米亚王⑱的淫荡和奢侈逸乐的生活，后者从来不知道也不愿遵循为君的道德准则。将在其中看到,那个耶路撒冷的跛子的善行用一个 I 字母标明,而其与此相反的行为将用一个 M 字母标明[19]。将在其中看到,那个统治火岛的人的贪婪和怯懦,这个岛就是安奇塞斯终结他那漫长的一生之处[20];而且,为了使人知道他是多么没价值的人,有关他的记载将用缩小的字来书写,以便能在短小的篇幅内记下许多劣迹。而且,他的叔父和他的兄弟玷污了如此卓越的家世和两顶王冠[21]的秽迹,都将显现于一切世人眼前。而且,那个葡萄牙王和那个挪威王[22]将在那里为人所知,还有那个看到了威尼斯钱币使自己遭殃的拉沙王[23]。

"啊,匈牙利幸福啊,如果她不让自己再受虐待[24]!那伐尔幸福啊,如果他以围绕她的高山来武装自己[25]!大家都应该相信,作为此事的先例示警,尼科西亚和法马古斯塔[26]由于它们那只野兽的缘故已经在悲痛和发出怨声,这只野兽不离开其他野兽身边。"

注释:

① 在但丁眼前出现了鹰的美丽的图像,突然张开嘴说话。尽管这是无数灵魂组成的鹰形,但它代表公正的帝王们异口同声地讲话,表示一切公正的统治者的业绩是同一的,他们的声音是同一正义的声音。

② "永久不谢的众花朵":指在天国中的幸福灵魂。诗人以花朵作隐喻,说明他们散发的种种香味是他们发出的同一正义的声音。

③ 神的正义将由众宝座天使所在那重天反射出来,但木星天的诸灵魂也能明确地认识。

④ 未信仰基督者虽有德而不能入天国,似乎与神的正义不符合,这是很久以来但丁心中所怀的疑问。

⑤ 大意是:神的正义是高深莫测的;上帝的智慧是无穷的,一切创造物都不可能达到这样的智慧。

⑥ "第一个骄傲者":指卢奇菲罗(即魔王撒旦)。他本来是创造物中最高贵的,但他不等待上帝使他达到完美的程度,就背叛了上帝,从天上坠落下来。所以次于他的一切创造物都没有能力完全理解那无限的、只有它能测量其自身的至善(即上帝)。

⑦ 意谓对人类来说,真正的真理之光只能来自上帝,他是真理的永恒的源泉;反之,如果来自其他的源泉的光,就不是光,而是黑暗,或是损害灵魂的阴影,或是危害肉体的毒素。

⑧ 意谓现在已经足够透彻地给你说明,那隐藏着上帝的真正正义的幽暗的隐避所是什么,它使你的眼睛看不到你心中经常怀疑的问题的原因所在之处。

⑨ "鹰"明确指出长期萦绕但丁脑中的疑问:他不能同意以信仰或不信仰上帝来定一个人的罪。"一个人生在印度河畔":即泛指生在遥远东方的人;很奇怪的是但丁在本章从未提到威尼斯商人马可·波罗及其在《游记》中赞美的佛,很可能但丁未听说过这位伟大的旅行家。但丁本人及他人无法解答自己的疑问,因为这是关系到上帝的正义,必须求助于《圣经》,世间凡人以鼠目寸光是无法判断上帝深奥的正义深渊的。

⑩ 假如没有《圣经》为指导,人们肯定对神的正义很难理解,因此有理由感到惊讶和怀疑。"善的第一意志":即上帝的意志,凡符合上帝的意志的就是公正的。

⑪ 指"鹰"的形象使罗马人受到全世界尊敬,因为罗马帝国的国旗是鹰旗。

⑫ 那些把基督挂在嘴边上而不遵循他的教导的人是不能进入天国的(参看《新约·马太福音》第七章第21节)。

⑬ 这里泛指不信仰基督的非基督教徒,他们不知道基督并非他们的过错;他们有的生前为人正直,行为远比那些对基督的教训阳奉阴违的基督徒良好。在最后审判时,所有的人将被分为"永久富有"者(即得救者)和"一无所有"者(即被打入地狱者);他们将列入前一种人中。埃塞俄比亚及下句中的波斯人皆代表非基督教徒。

⑭ "记载着你们的国王们的一切恶行的案卷":指《新约·启示录》第二十章关于最后的审判所说的生命册:"死了的人都凭

着这些案卷所记载的,照他们所行的受审判。"

⑮ "阿尔伯特":指奥地利哈布斯堡家族的阿尔伯特一世,后来当选为神圣罗马帝国皇帝,自 1298 至 1308 年在位(见《炼狱篇》第六章注㉘)。他于 1304 年入侵波希米亚王国,这是一件受遣责的罪恶的军事行动,因为它使王国的首都布拉格成为一片废墟,而且又是滥用帝国的名义和权威进行的。

⑯ 法国国王腓力四世(1285—1314 年在位)是但丁最痛恨的人之一,但在《神曲》中从未指名提过他(见《炼狱篇》第七章注㉔)。他因在对佛兰德斯(Flanders)的战役中亏损很多,乃将金币含金量降低,价值仅及原币三分之一,结果使法国人受到严重损失。1314 年,他在一次打猎时,一只野猪(原文是 cotenna〔野猪皮〕,这里代表野猪)冲着他的马腿中间跑去,使他坠马受伤身亡。但丁认为,是上帝对他的种种罪行的惩罚。他死亡的真实原因也许不是野猪造成的。

⑰ 指英国金雀花王朝亨利三世之子爱德华一世(见《炼狱篇》第七章注㉚中有关说明)或其子爱德华二世与苏格兰王罗伯特·布鲁斯为争领土而进行的战争。

⑱ 指西班牙王斐迪南四世(1286—1312),他在其父死后(1295)继位,在位九年。波希米亚王:指瓦茨拉夫(见《炼狱篇》第七章注㉒)。

⑲ "跛子":指那不勒斯王查理二世(1285—1309),他是耶路撒冷的名义国王;I 是罗马数字的一,M 是一千;诗句意谓他所做的坏事是好事的一千倍。

⑳ 指阿拉冈的斐得利哥二世,从 1296 年起为西西里王(见《炼狱篇》第七章注㉖)。安奇塞斯是埃涅阿斯之父,在他们逃出特洛亚后的途中,死于火岛西西里,此岛因有活火山埃特纳,故被称为"火岛"。

㉑ "他的叔父":指阿拉冈国王斐得利哥二世的叔父贾科莫,他是巴利阿里群岛中马略卡岛之王;"他的兄弟":指斐得利哥二世的兄弟贾科莫二世,他先是西西里王,1291 年登上阿拉冈王位,死于 1327 年(见《炼狱篇》第七章注㉖),"两顶王冠":指马略卡王冠和阿拉冈王冠。

㉒ "葡萄牙王":指迪奥尼西奥(Dionisio Agricola,1279—1325)。

"挪威王":指阿科纳七世(Acone Ⅶ,其绰号为长腿)。

㉓ "斯特凡二世"(Stefano Urosio Ⅱ,公元1282—1321):为塞尔维亚王,因为拉沙(Rascia)地区相当于今南斯拉夫;他曾伪造威尼斯货币。

㉔ 意谓如果匈牙利能自卫,远离法国王族的暴政,将是幸福的。事实上,1301年,匈牙利是在查理·马泰罗之子的统治下。

㉕ 意谓如果北方的比利牛斯山能抵挡法国势力的侵犯,那伐尔将会有幸福。事实上,那伐尔王国的末代王之女乔万娜继承了王位,在她嫁给法国国王腓力四世后,她仍保有王位;她死后,他们的儿子路易廿世为法国国王和那伐尔王,那伐尔遂并入法国。

㉖ 尼科西亚和法马古斯塔为塞浦路斯的两座重要城池。"那只野兽":指原为法国人的那个塞浦路斯王亨利二世,他是个骄奢淫逸、残酷无情的人。"其他野兽":指前面提到的其他君主。

第 二 十 章

　　当普照全世界的太阳从我们这半球落下,白昼从四面八方消逝时,原先单独被太阳光照明的天空忽然由于来自这一种光的众多星光的闪烁而又明亮起来;当那只作为世界及其领袖们的旗帜的鹰刚闭上它的有福的嘴沉默了时①,天象的这种变化浮现在我心中;因为所有那些构成这只鹰的形象的明亮的发光体远比先前更加灿烂,并且齐声唱起一些迅速从我的记忆中消失的歌。

　　啊,披着微笑之光的外衣的甜蜜的爱呀②,你在那些单从圣洁的思想获得灵感的笛子的声音中表现得多么热烈呀!当我看到那些装饰第六重天的珍贵的、明亮的宝石停止天使般的歌声后,我仿佛听到清澈的流水从岩石下落的潺潺声,显示山顶水源的充沛。如同拨弄六弦琴颈而形成声音,又如吹奏风笛笛管中的气就在笛孔形成声音,同样,那种低沉单调的响声立刻就通过那只鹰的颈项升起,好像它的颈项是空的一样。这响声在那里变成嗓音,然后从这里以我所期望的言语形式通过它的嘴说出,这些言语我都铭记在心里③。

　　它开始对我说:“现在你必须注视我身上相当于尘世的鹰用它来看和忍受太阳的光芒的部位,因为在构成我的形象的众多灵魂的发光体中,那些在我头上那只眼里闪耀的灵魂品级最高。那位像瞳孔一般在中央发光的，就是曾把约柜从一城运到另一城的、圣灵的歌手④：如今他知道他的歌的功德，因为那是他的意志的成果，因为他获得了适当的报酬。在那五位构成我的弓形的上睫毛的发光的灵魂中，离我的嘴最近的就是那曾安慰可怜的寡妇，为她儿子洗雪冤屈的人：如今他知道，不跟从基督要付出多大的代价，因为他体验过这种甜蜜的生活和与之相反的生活⑤。那个在我所说的弧线上列在他之后、位于弓形睫毛较高处的灵魂，就是那通过真诚的悔罪推迟了死亡的人⑥：如今他知道，当下界的值得答应的祷告使注定在今天发生的事延迟到明天时，并非永恒的天命改变。在他之后的那位怀着善良的意愿而产生了恶果，为了让位给那位牧师，带着法律和我离开罗马，自己成为希腊人⑦：如今他知道，由他的善行产生的恶果虽然使世界因而遭到破坏，却无害于他。你所看见的在弓形的睫毛向下倾斜处的那位灵魂，就是为那个国家所痛惜的威廉，这个国家由于活着的查理和斐得利哥而哭泣⑧：如今他知道上天多么喜爱公正的国王，他还以他的光辉的外表显示出这点。在下界经常判断容易错误的世人当中，谁会相信特洛亚人里佩乌斯是这一弓形的睫毛上那些神圣的发光体中的第五位呢⑨？如今他对神的恩泽知道的比世人多得多，虽然他的视力对之不能彻底洞见⑩。"

如同在空中翱翔的小云雀，先歌唱，然后寂然无声，对令它陶醉的最终的悦耳歌调心满意足，同样，鹰的形象看来对"永恒的喜悦"打下的印记感到满足而沉默起来，根据"永恒的喜悦"的意志万物都各得其所。虽然我心里怀着的疑问如同玻璃板覆盖着的颜色一样明显，它还是忍受不了沉默的等待，而是以其重量的压力迫使我嘴里迸出来一句话："这些事

　　……所有那些构成这只鹰的形象的明亮的发光体
远比先前更加灿烂，并且齐声唱起一些迅速从我的记
忆中消失的歌。

怎么会发生啊⑪？"由于这句话，我看见那些灵魂们发出皆大欢喜的光芒。随后，为了不让我继续感觉惊奇，那鹰目光更加炯炯地回答我说："我看出你相信这些事，因为这都是我对你说的，但你不知其所以然；所以虽然相信，还不理解。你如同熟悉事物的名称，但他人若不加以说明，却不能认识其本质的人一样。Regnum celorum 受到热烈的爱和强烈的希望的猛烈进攻，二者战胜神的意志：并非以人征服人的方式，而是因为它愿被战胜，才战胜它，被战胜了，它又以其爱战胜⑫。那睫毛上的第一个灵魂和第五个灵魂令你感到惊奇，因为你看到他们装点着天使们的王国⑬。他们脱离肉体时并非如你所想的那样都是异教徒，而是有坚定信仰的基督教徒，一个相信两脚将受难的基督，一个相信两脚已受难的基督⑭。因为一个从绝无可能回心向善的地狱里重归自己的骸骨⑮，这是强烈的希望获得的报酬：这强烈的希望增加了恳求上帝使他复活所做的祷告的效力，致使他的意志得以转变向善⑯。我所讲的这个光辉的灵魂回到他的肉体中不久，他就信奉了能救助他的那位⑰；而且在信奉中燃起那样大的真实的爱的火焰，因而在第二次死时才配来到这欢乐的境界⑱。那另一个灵魂由于任何创造物用尽目力下视都不见其底的深泉涌出的神的恩泽，在世上时把他全部的爱放在正义上，因此，上帝恩上加恩，使他睁眼看到我们未来的得救⑲；所以他对之深信不疑，从那以后不再忍受异教的臭味；他还为此斥责那些走入邪路的人⑳。你曾看到的站在车子右轮旁边的那三位仙女，早在洗礼仪式制定以前一千余年，对于他来说，就代替了洗礼㉑。

"啊，天命预定的灵魂归宿啊，对于不能完全见到第一原因㉒的人们的目力来说，你的根源是多么遥远哪！你们凡人哪,你们在判断时要谨慎:因为我们这些看到上帝的人,还不知道上帝所有的选民;这种缺陷对于我们来说是惬意的,因为我们的福正是在这种福中得以完善,上帝的意志也就成为我们的意志㉓。"

为了使我明白自己的目光短浅,那神圣的形象就这样给了我美妙的药物㉔。如同熟练的六弦琴家拨弄琴弦为熟练的歌手伴奏时,琴弦颤动的声音使歌声更加悦耳,同样,我记得,在这个神圣的形象说话时,我看到那两个有福的灵魂的发光体使他们的火焰同他的言语一齐颤动,正如两只眼睛一齐眨巴似的㉕。

注释:

① 鹰的话一停,那些组成它的形象的众多的灵魂就齐声歌唱。当时但丁的脑海中就浮现出这样的天象:太阳隐没而众星闪现。牟米利亚诺对此在注释中作出了简洁而明确的表述,他的话大意是:"日没后,天空原来被一颗单独的星——太阳——照耀,如今则为众多的星照耀;同样,原来那单独的一种声音——鹰的声音的歌一停,众多的组成那个形象的有福的灵魂就继之一唱起来了。""作为世界及其领袖们的旗帜的鹰":意谓鹰象征世界帝国即罗马帝国,其他领袖们即组成鹰形的诸正义的帝王们的灵魂。

② "甜蜜的爱":指有福的灵魂们对上帝的热爱,这种爱由他们的光和他们的歌表现出来,他们的歌则来自上帝给予的灵感,而非来自世人的空虚的思想感情。

③ 但丁既用视觉又用听觉察觉木星天的众灵魂,这些正义的灵魂通过鹰的喉咙发出悦耳的声音。鹰又开始被中断的讲话。它所讲的正是但丁所期望知道的有关那些灵魂们的情况。

④ 众灵魂根据其享受至福的级别组成鹰体的各个部分。最高品级的六位灵魂组成鹰的眼睛部位。以色列王大卫居眼睛的中央,即瞳孔部位。大卫在当以色列犹太国王后,曾把约柜从山

上的亚比那达家运到迦特城,再运往耶路撒冷,他在约柜前欢
呼跳舞(见《旧约·撒母耳记下》第六章和《炼狱篇》第十章注
⑫)。

⑤ 罗马皇帝图拉真(Traianus)被誉为公正宽厚的君主,他在进军
前答应为贫穷的寡妇的儿子报仇(见《炼狱篇》第十章注⑰)。
据说他的灵魂是由教皇格利高里一世为他祈祷而从地狱中解
救出来的。"甜蜜的生活":指在天国的幸福生活;"与之相反
的生活":指在地狱中的亲身经历。

⑥ 指犹太王希西家(Ezechia),他患重病将死,因祈告上帝而得
延长十五年的寿命,并且使耶路撒冷不被亚述王占领(参阅
《旧约·以赛亚书》第三十八章)。

⑦ 指君士坦丁大帝(306—337年在位,见《地狱篇》第十九章注
㉘和《炼狱篇》第三十二章注㊶),他把罗马帝国的首都迁到
拜占庭,为的是将罗马赠给教皇。这种说法是不真实的,而但
丁却深信不疑,他断定君士坦丁的"赠送"是教皇执掌政权的
开端,也是教会腐败的根源所在。君士坦丁的本意是良好的,
却产生了极坏的后果。

⑧ 指西西里王威廉二世(1166—1189年在位),号称明君,正义
与和平的国王,深受臣民爱戴;与之相反,现在的那不勒斯国
王查理二世和阿拉冈王朝的西西里王斐得利哥的统治使人民
蒙受苦难。

⑨ 鹰睫毛上的第五位灵魂为里佩乌斯(Ripheus),维吉尔在《埃
涅阿斯纪》卷二中称他是"特洛亚最公正的人,从来是走正路
的人"。里佩乌斯阵亡于抵抗希腊人毁灭特洛亚的血战中。
但丁把这位公正的异教徒的灵魂放在木星天中,借以破除世
人的成见,以为上帝的仁慈是有限度的,不可能使异教徒
得救。

⑩ 意谓:里佩乌斯是由于上帝的恩泽而得救的,所以他对这种恩
泽知道的远比世人多,但他对之也不能透彻了解。而且不仅
如此,凡上帝的创造物(包括天使)都不能彻底了解上帝的所
为或将为的一切。

⑪ 但丁以小云雀在空中先飞鸣,然后寂然翱翔来比拟由众灵魂
组成的鹰的形象满足了讲话的意愿后而沉默的情况。对这个

比喻的后半,注释家们有不同的理解;万戴里和格拉伯尔都认为,意谓鹰的形象被上帝的永恒喜悦的正义的意志打上了印记,根据他这种意志万物得以各得其所。正当众灵魂沉默时,但丁迫不及待地说出心中的疑问:异教徒里佩乌斯和图拉真怎么能进入天国呢?

⑫ "Regnum celorum"源于拉丁文《圣经·新约·马太福音》第十一章第12节,中文《圣经》译文为:"天国是努力进入的,努力的人就得着了。"鹰引用《圣经》中的话,然后立即补充说,天国是通过三超德中的"爱"和"望"进入的,热烈的爱和强烈的希望战胜了神的意愿,但不是像人战胜他人那样通过武力,而是由于神的意愿自身愿意被战胜。被战胜了,它又转过来以其善心战胜人们(给予他们恩泽)。

⑬ "天使们的王国":指天国。

⑭ 指里佩乌斯和图拉真。他们一个生在耶稣前,一个生在其后。"两脚已受难的基督":意谓耶稣双脚被钉在十字架上。

⑮ 在地狱中的灵魂将永远留在地狱,不可能脱离永久的苦。只有当灵魂再归回肉体,他的意志才可能在地上改变。

⑯ 据传说,教皇格利高里一世祈祷上帝,使在地狱里的图拉真的灵魂得以超升天国。

⑰ 图拉真在灵魂和肉体合一后,就信奉耶稣基督。

⑱ 这里说的真实的爱的火焰使图拉真有了第二次有血肉的生命,只有这样才能进入天国。这与《地狱篇》第一章所讲的灵魂乞求第二次死不是一码事。

⑲ "那另一个灵魂":指异教徒里佩乌斯,他在世时崇尚正义,上帝对他格外施恩,像对以色列人那样,向他揭示了未来得救的奥秘。

⑳ 里佩乌斯深信有一天会得救,他不再信仰异教,还斥责那些被异教引入邪途的人。

㉑ "三位仙女":代表信、望、爱三超德(见《炼狱篇》第二十九章注㊳)。里佩乌斯在耶稣降生前一千年就已具备这三超德,因此他能进入天国。

㉒ "第一原因":即上帝。

㉓ "鹰"的形象在消失之前,第一次用第一人称复数"我们"说

话,这不仅指组成鹰的图形的灵魂,而且指所有出现在木星天的灵魂。

㉔　"鹰"没有指明神的正义有多么深不可测,而且这是无法明示的。但丁感到这一切大道理像灵丹妙药一样,使他明白他的目力与其他的上帝创造物的目力一样不可能,永远不可能达到永恒的天命的深处。

㉕　"那两个有福的灵魂的发光体":指图拉真和里佩乌斯的灵魂的发光体。

第二十一章

我的眼光已经重新集中在我那位圣女的容颜上,我的心也随着我的眼光离开了一切其他的意念。她没有微笑,而开始对我说:"倘若我现出微笑,你就会像塞墨勒一样化为灰烬①;因为如你所看到的那样,顺着这永恒的宫殿的台阶拾级而上,上得越高,我的美就点燃得越旺,如果它不被减弱,它就会发出那样强烈的光芒,你们凡人的视力被它一照,会像被雷击断的树枝似的。我们已经上升到第七重天的天体内,它现在炽热的狮子座的胸脯下,与这一星座的影响相结合,照射下界②。你要使你的心紧随着你的眼睛,要使你的眼睛成为这面镜子中将显示给你的那一形象的镜子③。"当我把注意力转移到另一对象上时,任何一个知道我的眼睛多么爱注视她那有福的容颜的人,只要衡量一下这一方面和另一方面,就会知道我是多么乐意听从我的天上的向导④。

这个围绕世界运转的水晶体以世上那位最佳领袖的名字为其名称,在他的领导下,一切邪恶均告灭绝⑤,我看到这个水晶体内有一个梯子⑥,呈现日光照耀下的黄金的颜色,而且竖起得那样高,为我的视力所不及。我还看到那样多的发光体顺着梯级下降,使得我认为天上出现的一切星辰都涌向了那里。

正如喜鹊依照习性天刚亮就结队飞出去温暖夜里冻僵的羽毛；然后，有的一去不复返，有的又飞回它们出发的地方，有的在空中盘旋，迟迟不离开原地；在我看来，那里那些结队而来的闪闪发光的灵魂一踩在某一梯级上，他们的举动就是这样。那个在离我们最近的地方停下来的灵魂变得那样明亮，使我心里想道："我很明白你暗示给我的爱。但是我等待她示意要我怎样以及何时说话和缄默的那位圣女没有任何表示；因此我还是违反自己的意愿不问为好。"她在观照洞见一切的上帝中看到我沉默的原因，对我说："表示你的热切的愿望吧。"我开始说："我的功德使我不配得到你的回答；但是，为了那位允许我发问的圣女的缘故，隐藏在你自己的喜悦的光辉中的灵魂哪，请让我知道使你停留在离我这样近的地方的原因吧；还请告诉我，在下面其他的天体中那样虔诚演唱的天国的美妙乐曲，在这个天体中为何沉寂。"

那灵魂回答我说："你的听觉如同你的视觉一样是凡人的，所以这里不唱歌和贝雅特丽齐没有微笑原因相同[7]。我顺这些神圣的梯级下到这样低的地方，只是为了用言语和我披着的光向你表示欢迎。不是由于我的爱更热烈促成我下来得更快，因为，从这里向上看去，梯子上的灵魂心中都点燃着爱，有的比我更热烈，有的和我一样热烈，如同他们的光芒给你显示的那样；而是由于使我们成为遵从主宰世界的天命的敏捷仆从的那至高无上的爱，给这里的灵魂们分配任务，如同你从我的情况可以看出来的那样。"

我说："神圣的明灯啊，我很明白，在天庭中，自发的爱足以使你们遵从永恒的天命；但是，在你的同伴们中，为什么唯独你被预定担负这一任务，这是我感到难以理解的事。"我的

　　我的眼光已经重新集中在我那位圣女的容颜上，
我的心也随着我的眼光离开了一切其他的意念。

话还没说完,那个光辉的灵魂就以自身作为轴心,像转得飞快的石磨似的旋转起来;随后,那在旋转的发光体内的、充满爱的灵魂回答说:"神的恩泽之光透过包裹着我的光直射到我身上,它的能力和我的心智结合起来,把我提高到远远超过自身的程度,以致我能见到那作为光的来源的'至高无上的本质'。那使我发出光焰的喜悦就来自这里;因而我的光焰的亮度相当于我对'至高无上的本质'观照的明晰程度。但是,连天上最光辉的灵魂,连眼光观照上帝最深刻的撒拉弗,都不能满足你的疑问,因为你所问的事是那样深藏在'永恒律法'的深渊中,使得一切创造物的眼光都与之隔绝。等你回到人间时,要转述这一点,使得人们不敢再向这样伟大的目标移动脚步。在这里闪闪发光的心智,在尘世就陷入迷雾之中;因此,你想一想,连升入天国者的心智都不能做到的事,在下界者的心智又怎能做到⑧。"

他的话给我的求知欲规定了限度,使我放弃了这个问题,只限于以谦卑的语气请问他是谁。"在意大利的两海岸之间,离你的家乡不远的地方,群山耸立,异常高峻,雷声都远在其下,还形成了一个顶峰,名卡特里亚,这顶峰下建有一座曾经常专为崇拜上帝用的修道院⑨。"他就这样又向我开始第三次讲话;随后继续说:"我在那里坚定不移地一心信奉上帝,只以橄榄油拌的食物充饥,轻快地度过一年一度的寒暑,满足于进行沉思默想⑩。那座修道院先前经常给这些重天供献丰富的收成;如今已经变得这样贫瘠,因而必然会显示它的后果⑪。我在那个地方名叫彼埃特罗·达米亚诺,在亚得里亚海滨的圣母院,名叫罪人彼埃特罗⑫。我在世上的余年无几时,被请求和拖去戴上一顶帽子,那帽子曾在许多个不配戴它

　　……在我看来，那里那些结队而来的闪闪发光的
灵魂一踩在某一梯级上，他们的举动就是这样。

的人头上戴过。矶法来时,圣灵的伟大的器皿来时⑬,都是身体削瘦而且赤脚,向任何人家去乞讨食物。如今,现代的牧师们需要一个人在这边、一个人在那边搀扶,一个人抬着他们,因为他们那样重,他们还需要一个人在背后给他们拉着袍裾。骑马时,他们的长袍覆盖着坐骑,结果是两头牲畜蒙着一张皮走路。啊,上帝的耐心哪,对这种事你已容忍到这样的程度了!"

我看到更多的发光体一听见这些话,就顺着梯子一级一级地下来而且旋转着,每转一圈都使他们变得更美。他们来到这个发光体周围,就停下来,发出在人世间找不到任何事物可以用来比拟的高声呼喊⑭;这巨大的声音压倒了我,使我听不懂其中的话。

注释:

① 贝雅特丽齐向但丁说明她不笑的原因,因为她微笑射出的强光会使但丁这个凡人的眼睛承受不了,将会像众神之王朱庇特所钟爱的塞墨勒一样被他的光芒烧为灰烬(详见《地狱篇》第三十章注①)。

② "第七重天"即土星天,此时土星正处在狮子座里。

③ 她让诗人注意观看"这面镜子"将给他呈显的形象。"镜子":即土星,在后文亦称之为"水晶体"。

④ 但丁乐意服从贝雅特丽齐的向导的程度,超过喜悦注视她的美丽的面容。

⑤ 土星是以萨图尔努斯神命名的,他是朱庇特的父亲。据传说,他主宰世界时期,被称为"黄金时代",人民过着和平幸福、无忧虑、无罪恶的生活。

⑥ 指"雅各梦中的梯子"(见《旧约·创世记》第二十八章"雅各在伯特利的梦")。

⑦ 此灵魂所在的这重天并未真的使歌声停止,但默想完全为内

心的活动,但丁身为凡人还没有接受这种歌声的听觉,如同他没有接受贝雅特丽齐的微笑之光的视觉一样。

⑧ 天上的灵魂与上帝交通,得以认识上帝的本质,但还不足以了解他的意志规定的永恒命令(即天命、宿命),因此世人不应存此奢望。

⑨ "卡特里亚"(Cateria)山:在靠近古毕奥(Gubbio)即阿戈毕奥(Agobbio)的亚平宁山脉中,高1700米。山下有阿维拉那泉(Fonte Avellana)的圣十字修道院。

⑩ 过着苦行者的生活,只食用橄榄油,不食动物油,一心一意地虔诚修行。

⑪ 意谓从前这修道院中出了不少高僧,而如今则已每况愈下。

⑫ 这位有福的灵魂名叫彼埃特罗·达米亚诺(Pietro Damiano),1007年生于腊万纳的穷人家。他年轻时致力于七艺和法学研究,在腊万纳和法恩扎当过教师和法庭辩护律师。他在较短时间内赢得了荣誉和财富。他在三十岁时,进阿维拉那泉修道院为修士。由于他在苦行修心方面有理论与实践,被选为修道院院长。1057年,他被任命为红衣主教。1072年卒于法恩扎。他留下许多著作(论文、宝训和诗歌等),这些著作突出体现了苦行主义,赞美僧侣生活,竭力反对教会的腐败堕落。"罪人彼埃特罗":有可能是达米亚诺在亚得里亚海滨的圣母院的名字,或是另一个同名人的称号。

⑬ "矶法"(Cefàs):即圣彼得(见《新约·约翰福音》第一章第42节)。"圣灵的伟大的器皿":指圣保罗,他乃上帝所拣选的器皿(见《新约·使徒行传》第九章第15节和《地狱篇》第二章注⑥⑧)。

⑭ "高声呼喊":即强烈恳求惩罚那些腐败堕落的神职人员的呼声。

第二十二章

　　我惊慌失措，转过身去向着我的向导，好像孩子受惊时总向最信赖的人跑去求救似的；她好像母亲立刻用她那常使得他安心的声音安慰惊恐失色、焦急气喘的儿子似的，对我说："你不知道你在天上吗？你不知道天上全是神圣的，这里的一切行为都出于正义的热情吗？既然这喊声使你如此激动，现在你可以想见，有福的灵魂们的歌声和我的微笑会使你的心情变得怎样；假如你听得懂那喊声中的祷告，你就会早已知道，在你死以前，你将看到什么样的惩罚①了。天上的宝剑向下砍既不会太早也不会太迟，太早或者太迟只不过是盼望它或者害怕它的人等待时的感觉。但是，现在你转身向着其他的人吧，因为你如果像我说的那样把眼光转过去，就会看到许多赫赫有名的灵魂。"

　　我遵照她的意旨把眼光转过去，看到一百个发光的小球体正以它们的光线互相照射而一同变得更美。我站在那里，好像生怕冒失而抑制内心愿望的刺激不敢发问的人似的；当时那些宝石中最大的、最灿烂的一个②走上前来满足我心中有关他的愿望。于是，我听见火光中说："假如你像我一样知道在我们中间燃烧着的爱，你早就表达出你的思想来了；但是，为了使你不会由于等待耽误你达到崇高的目的，我只回答你心里犹豫不敢说出的问题。喀西诺坐落在其斜坡上的那座山，从前那些被欺骗的、不愿改信新的信仰的人常去山顶上朝拜③；我是最先把那位向世上传播使我们得升天国的真理者④的名字带到那山上的人；上帝的恩泽之光照临我头上，我终于使周围的村镇脱离了迷惑世人的渎神的迷信。这些其他的火光都是专心沉思默想的人，他们的热情都是被那种产生神圣的花朵和果实点燃起来的。这里是玛卡里奥⑤，这里是罗穆阿尔多⑥，这里是我那些足不出修道院、心坚定不移的兄弟。"

我对他说："你跟我说话时表示的感情，我从你们大家的火焰中注视到的慈祥面容，使我的信心增大，犹如阳光使玫瑰花盛开一样。因此，我请求你，父亲哪，让我确切知道，我能否受到那样大的恩惠，使我可以看到你的不被光遮住的形象。"

于是，他说："兄弟呀，你的崇高的愿望将在最后的一重天上得到满足，在那里一切其他的灵魂的愿望和我的愿望都将得到满足⑦。在那里每个愿望都是完美的、成熟的、完整的；只有这一重天各部分都永久在各自所在之处，因为这一重天不在空间之内，也没有两极⑧；我们的梯子一直通到那里，因而为你的视力所不及。当梯子上有那样多的天使出现在族长雅各眼前时，他望见梯子的顶端一直伸到那一重天上。然而如今没有人为了登上这梯子把脚离开地的了，我的教规留在世上只不过是为了白费纸张来抄写它⑨。向来是修道院的四壁之处变成了贼窝，僧袍都是装满变质面粉的口袋。但是，严酷的高利贷违背上帝的意旨也不及使僧侣们的心那样发狂的果实严重⑩；因为教会保管的一切财物都属于以上帝的名义乞讨的人们；并不属于教士们的亲戚或者更肮脏的东西。

人类的肉体中的人性如此软弱,以至于在世上开始的善事保持不到从栎树发芽到结果那样长的时间。彼得既无金又无银开创了教会,我以祈祷和禁食开创了我的修道院,方济各以谦卑开创了他的修士会;如果你观察一下每个团体开始是什么情形,然后观察一下现在蜕化到什么程度,你就会看到白的变成了黑的。但是,当上帝做出决定时,约旦河就倒流,红海就奔逃,这比挽救这些蜕化变质的团体,看来是更不可思议的事。"

他对我这样说完后,于是从我身边回到他的同伴们中间,这些同伴们就集合在一起;然后,像旋风似的,全体迅速旋转着向上飞去。那位温柔的圣女只使了个眼色就促使我跟在他们后面登上了那个梯子,她的力量就这样战胜了我的身体的自然重量;在按照自然规律上升和下降的人世间,从来没有能同我的飞升相比的快速运动。读者呀,我真希望有朝一日能回去看那些虔诚的灵魂的凯旋,为此我经常痛哭、捶胸忏悔我的罪过,如同这个希望确实会实现一样,在你缩回伸入火中的手指的一瞬间,我就看到了金牛星座之后的双子星座而且进入其宫中⑪。

啊,光荣的星座呀,啊,孕育着巨大力量的光啊,我承认我所有的天才,无论是什么天才,都来源于你们,当我初次呼吸托斯卡那的空气时⑫,作为世上一切生命之父的太阳和你们一起升起,和你们一起隐没;后来,当上帝赐予我恩泽使我进入那带动你们运转的崇高的天体内时,天命又注定我来到你们所在的地方。现在我的灵魂虔诚地向你们祈求,为了获得力量来经受那吸收我的全部心力的艰苦考验⑬。

贝雅特丽齐开始说:"你离至福⑭如此之近,以致你的眼睛已经明亮、锐敏,因此,在你进入其中以前,你要放眼俯视下方,看一下我已使宇宙多大部分展现在你脚下,为的是令你的心对那群经由这个天体欣然前来的凯旋的人表示极度喜悦。"

我用目光逐一回顾走过的七个天体,看到这个地球那样小,不禁对它那副可怜相微微一笑;我赞同那种把它看得最轻的意见是最好的意见;心中想着别处的人可称为真正英明的人。我看到拉托娜的女儿闪耀着白光而没有我先前曾认为是因为她的身躯疏密不同所形成的那种阴影⑮。伊佩利奥内⑯呀,在那里我禁得起注视你儿子的面貌;看不到麦雅和狄奥内在他周围和他附近转动⑰。随后,在他父亲和他儿子之间起调和作用的朱庇特出现我眼底⑱;随后,我又看清楚他们的位置的变化⑲。这七颗行星都把它们各自的体积多大,转动的速度多快,所在之处相距多远显示给我。当我随着永恒的双子座一起转动时,那个使我们人类变得如此凶猛的小打谷场⑳从一座座的山丘到江河的入海口尽收眼底。于是,我把眼睛重新转向那双美丽的眼睛。

注释:

① 贝雅特丽齐说明呼喊原因是上帝对有罪司圣职者的惩戒。有的注释家认为,教皇卜尼法斯八世被俘致死就是上帝对他的惩罚。

② 指圣本笃(San Benedetto di Norcia,480—543),有关他的详细情况见下面的注释④。

③ 在喀西诺山(Montecassino,高500米),圣本笃建立了著名的修道院。原先在那里有一座阿波罗神庙,又有奉献给爱神维纳斯的神林。当地的居民信仰异教,在圣本笃的努力宣教下,他们皈依了基督教。

④ 圣本笃首先使山民知道"传播……真理者"的名字——耶稣基督。圣本笃生于翁布里亚的诺尔恰(Norcia),十四岁时,在苏比亚科(Subiaco)的山洞内过着隐士生活。他在喀西诺山上创建了第一座修道院和修士会即本笃会。后来于543年在修道院逝世。他为本笃会修士们制定祈祷、品德规范、学习和体力劳动等方面的规则。在蛮族入侵时期,本笃会修士们对文化发展和当地的农业经济繁荣起过重大的作用。

⑤ "圣玛卡里奥"(San Macario):四世纪埃及的隐修士。

⑥ 腊万纳的"圣罗穆阿尔多"(San Romualdo di Ravenna,954—1027):住在著名的卡玛尔多里(Camaldoli)的隐士修道院,在那里创建了卡玛尔多里修士会,成为这派修士会之祖(参看《炼狱篇》第五章注㉑)。

⑦ "最后的一重天":即净火天。在那里但丁将看到所有这些圣洁的灵魂在人间时的清晰真容,而且较前更为辉煌和美丽。

⑧ 意谓净火天是永恒的、静止的。"不在空间之内":指其大无穷,即空间的全部;"没有两极":指其静止不动。

⑨ 雅各的梯子标志着本笃会修士在默祷和苦行上已达到最高点。而后世的修士已不再遵守教规,过默想和苦行的生活,教规对他们来说是一纸空文,结果无人肯吃苦攀登天梯。

⑩ 修道院曾经是神圣的庇护所,后来变成那些腐化的僧侣搜刮民脂民膏的贼窝。教会的财产是属于教会和教民的,而他们中饱私囊要比高利贷者重利盘剥的罪恶更大。

⑪ "虔诚的灵魂的凯旋":指灵魂们进入天国。圣本笃对但丁说完话后,就离开但丁,回到他的同伴们中间,然后一同像旋风似的迅速向上飞升,在贝雅特丽齐的示意下,但丁立即跟在圣徒们后面登上了那个梯子进入金牛星座之后的双子星座。

⑫ 但丁出生于托斯卡那的佛罗伦萨。据推算但丁的生辰为1265年5月21日至6月21日间,在这期间太阳在双子宫。根据占星家的说法,受双子星的影响的人,生来就有文学天赋。

⑬ 指第八重天,即恒星天,双子座在此天中。"艰苦考验"指描写天国中第十重天——上帝所在的净火天中的事物。

⑭ "至福":指上帝。

⑮ 女神拉托娜的女儿是月神狄安娜,即月球;月球有两面:一面

172

朝天,一面向地;地球上的人只见到有黑斑的一面,现在但丁在第八重天看到它无黑斑那面。但丁在《天国篇》第二章曾认为月球上的阴影(黑斑)是由于月球各部密度不同所致。

⑯ "伊佩利奥内"(Ipperione)为太阳之父。

⑰ "麦雅"(Maia)之子为水星,"狄奥内"(Dione)之女为金星。

⑱ "朱庇特":即木星,其父为土星,其子为火星;木星在寒冷的土星和炽热的火星之间起调和作用。

⑲ "随后,我又看清楚他们的位置的变化":意谓他们对恒星来说如何变更位置,也就是说,他们时而出现在天空这个地方,时而出现在天空另一个地方。(万戴里的注释)

⑳ "小打谷场":但丁把地球比作打谷场。指责人类不该为财富争夺不已。

第二十三章

　　犹如一只在使人目不见物的夜里始终在所爱的枝叶丛中她的甜蜜的子女们的巢旁休息的鸟,为了看自己渴望看见的面貌,又为了寻觅食物来喂他们——在这件事上,艰辛的劳动对她来说也是愉快的,因而她提早飞上伸向外面的枝头,直在那里凝望着天色破晓,怀着热烈的愿望昂首挺立,把眼光转向了太阳似乎移动得最慢的那个方位①:看到她那热切期望的神态,我就变得像这样一个人,他心里希望得到他还没有的东西,在如愿以偿之前,暂且以这种希望使自己感到满足。但我等待的时刻和我看到天越来越明亮的时刻二者相隔极短。贝雅特丽齐随即说道:"你快看基督凯旋的大军和这诸天运转收获的全部果实②!"她看来似乎满面容光焕发,她的眼睛那样喜气洋溢,以致使我无法形容而只好从略。犹如在满月之夜的晴空,特丽维亚在装饰着天穹各处的永恒的仙女们当中微笑着,同样,我看到一个太阳在数千盏灯的上方把他们通通照亮,如同我们人间的太阳照亮我们看到的天空的星辰似的③;那个辉煌的本体④透过他的强烈的光芒对我的眼睛来说是如此明亮,致使我不能忍受。啊,贝雅特丽齐,和蔼的、亲爱的向导啊!她对我说:"那把你压倒的光是任何力量都不能与之对抗的力量。开通天地之间的道路的智慧和能力就在其中,世人对这条道路的开通已经盼望了那么长的时间⑤。"

正如云层中的火由于扩大到那里已不能容纳的程度而突破云层,违反它的本性向下落在地上,同样,我的心在那些精神食粮中扩大⑥,而脱离了自身,以后它做了什么,我现在记不得了。"张开眼睛来看我是什么样子吧;你已经看到那样一些事物,使你变得能忍受住观照我的微笑了⑦。"当我听到这一值得我感谢不尽,而决意使之在记载往事的书中永不磨灭的建议时,我就像一个人刚从已忘的梦中醒来,努力回忆梦中的情景,但枉费心机。即使波吕许尼亚和她的姊妹们用她们最甘美的乳汁哺育得灵感最丰富的诗人们现在全都用他们的舌头发出声音,来帮助我歌唱她那神圣的微笑以及这微笑使她那神圣的容颜浮现着多么纯洁的光彩,我也唱不出真实情景的千分之一⑧,因此,这神圣的诗篇在描写天国时,如同发现自己的思路被切断的人一样,不得不跳过这一点去。但是,谁若想一想这重大的主题,想一想把它担负起来的是个凡人,谁就不会责备他的肩膀在这重担下发抖。我的勇猛的船头破浪前进的航行,不是小船、也不是吝惜自己的力气的船夫所能胜任的。

"我的面容为什么令你那样迷恋,致使你不把眼睛转向那在基督的光芒照耀下百花盛开的美丽的花园?那里是'圣子'在其中成了肉身的那朵玫瑰⑨;那里是以他们的香气引导人走上善路的百合花⑩。"贝雅特丽齐这样说;对她的劝告,我是完全乐于听从的,于是,我就重新用视力衰弱的眼睛经受战斗的考验。犹如先前我的眼睛曾在阴影的遮蔽下看到明朗的日光透过云缝照射着开满鲜花的草坪,同样,现在我看到从上面射下强烈的光芒照耀着许多群发光体,却看不见那光芒的来源。啊,这样照耀着他们的仁慈的力量啊,你上升到最高的天上去,为着使我这双经受不了你的照耀的眼睛得以观察那些发光体⑪。

我经常朝夕祷告的那美丽的花的名字吸引我聚精会神地观照最大的火光⑫。这颗在天上胜过一切如同在下界曾胜过一切的晨星⑬的光度和体积刚映入我的两眼中,一个形似皇冠的光环就从天而降,在她周围旋转,好像给她加冕一般⑭。世上任何最悦耳、最吸引人灵魂的旋律,如若和围绕着那个给最明朗的天增加光彩的美丽的蓝宝石旋转的竖琴声相比⑮,就会像云层被其中的火突破时的雷声一样。"我是充满爱的天使,我环绕着散发至福的子宫旋转,这子宫是我们的愿望所在的旅舍;天上的女主啊,我要继续旋转,直到你跟随你儿子上升最高的天,使得这重天由于你进入其中而更光辉灿烂⑯。"他在旋转中唱出的旋律就这样终结;一切其他的发光体都一齐高呼马利亚这个神圣的名字。

那包裹着宇宙一切行星天的王袍,直接接受上帝的灵感和运动规律,因而它的运转速度最快⑰,它内侧的边沿在我们上方,和我相距那样遥远,以至于从我所在的地方还看不见它⑱:因此,我的眼睛不可能望着那个被加冕的火焰跟在她儿子后面上升⑲。如同婴儿吃过奶后,向妈妈伸着双臂,表现出心里的热爱,同样,那些发光体个个向上伸着头,我从而看出他们对马利亚的深厚爱慕之情。后来,他们都留在那里,在我望得见的地方,齐唱"Regina celi"⑳,唱得那样悦耳,致使我那时感到的喜悦后来永远没离开我的心。

啊,那些最丰富的箱子中装着的财富多么巨大呀,这些在人间曾是良好的播种者㉑!他们如今在这里生活,享受他们在巴比伦的流放中鄙弃金钱,受苦流泪,而获得的珍宝㉒。在这里,那个拿着天国的钥匙的人,在上帝和马利亚的崇高的圣子的光芒照耀下,同《旧约》和《新约》中的圣徒们一起,在他的胜利中凯旋㉓。

注释:

①　指太阳向南转向正午。向那方位运转的太阳显得比它在东方或西方要缓慢些。诗人想说明,在这一天中的任何时刻,太阳均在他与贝雅特丽齐的脚下,也就是说,他们已经上升到苍穹的最高点——天顶。

②　"基督凯旋的大军":指基督拯救的一切幸福的灵魂。"这诸天运转收获的全部果实":指因这些天体环绕地球运转对人类施加良好影响而走上获救之路的一切幸福。

③　"特丽维亚":月神狄安娜的另一个名字。"永恒的仙女们":指众星辰。"数千盏灯":指众幸福的灵魂。"太阳":指基督;全句意谓基督在众灵魂中,如同满月在众星之中,基督像太阳照亮众星一样,照亮众灵魂。

④　"那个辉煌的本体":指基督。

⑤　贝雅特丽齐的话根据圣保罗在《新约·哥林多前书》第一章第24节:"在那蒙召的,无论是犹太人,希利尼人,基督总为上帝的能力,上帝的智慧。"

⑥　"云层中的火":指闪电。据当时的科学家认为,火本性是往上冒,而闪电却往下射。天空的快乐是幸福的灵魂的"食粮"。

⑦　但丁看见基督及其信徒(凯旋的大军)的景象之后,眼力增强,因此他可忍受贝雅特丽齐微笑的强光。

⑧　"波吕许尼亚"(Polimnia):希腊神话中缪斯之一,主管颂歌。全句意谓即使她与她的姊妹们给予诗人全部灵魂,他也感到很难描述贝雅特丽齐的面容。

⑨　众幸福的灵魂俨如美丽花园中的花朵,在基督的阳光照耀下,鲜艳无比。"'圣子'在其中成了肉身的那朵玫瑰":指圣母马利亚。

⑩　"以他们的香气引导人走上善路的百合花":指基督的使徒们,

因为圣保罗在《新约·哥林多后书》第二章第14节说:感谢上帝,常率领我们在基督里夸胜,并借着我们在各处显扬那因认识基督而有的香气。

⑪　"那光芒的来源":指基督,他上升到净火天,从上往下照射诸灵魂的发光体。"仁慈的力量":即基督,他使但丁的视力能观察其强光所照射的那些发光体,而不使他的眼睛受害。

⑫　"那美丽的花的名字":即圣母马利亚,基督上升到净火天后,使最大的火光照耀着她。

⑬　指马利亚在天上以光辉胜于其他幸福的灵魂,如同她在地上曾以德胜过他人。在连祷中,"晨星":是对圣母马利亚的另一称呼。

⑭　"一个形似皇冠的光环":就是大天使加百利,他曾奉上帝的差遣来向童女马利亚问安,说她要怀孕生耶稣(见《新约·路加福音》第一章第28及31节),现在加百利从净火天下降,手持似皇冠的光环在她周围旋转,好像给她加冕一般。

⑮　"竖琴声":指天使优美的歌唱声。"蓝宝石":指马利亚。

⑯　"我们的愿望":意谓耶稣。"所在的旅舍":即耶稣从马利亚的腹中降生。马利亚随着儿子上升到净火天,使得这重天因而更加光辉灿烂。

⑰　指第九重天,即原动天,它像一件王袍一般包裹着其他旋转着的八重天;它直接接受上帝的灵感和运动规律,因而速度最快。

⑱　但丁这时处在第九重天内侧边沿下,和它相距极其遥远,从他所在之处还看不见它。

⑲　但丁的眼睛不能望着被大天使加冕的、跟在其子后面上升净火天的马利亚的光焰。

⑳　那无数的发光体一齐唱"Regina celi"(天后),歌声之美使我至今陶醉,犹如当时。

㉑　"最丰富的箱子":这里用来比喻圣徒们的灵魂,他们在人间曾是优秀的播种者,诗句使人忆起圣保罗的《新约·加拉太书》第六章第8节的话:"顺着圣灵撒种的,必从圣灵收永生。"

㉒　"在这里生活":指天国。在此,幸福的灵魂们享受着他们在人间鄙视物质利益、经受苦难而获得的精神财富。在基督徒

们的眼中,天国是真正的家乡,而人间是他们被放逐之地。
"巴比伦的流放":原指犹太人被巴比伦王尼布甲尼撒流放在
巴比伦,这里象征人类被放逐于地球上。

㉓　指圣彼得与其他《旧约》和《新约》中提到的圣徒们。

第二十四章

"啊,被选定去参加有福的羔羊为使你们的愿望总得以满足而举行的盛大晚宴的圣徒们哪①,由于这个人蒙受上帝的恩泽能在大限到来以前预先尝到从你们的桌子上掉下来的碎渣儿,请你们考虑他的无限的求知欲,赐予他一点甘露,你们所常饮的泉水稍微滋润他一下吧;因为他专心探求的真理就来自你们经常汲饮的那一泉源②。"贝雅特丽齐这样说;于是,那些喜悦的灵魂围成圈子绕着固定的中心旋转起来,一面像彗星一般闪耀着强烈的光芒。正如时钟的装置结构中的齿轮都各以互不相同的速度转动,以致在观察者看来,第一个齿轮似乎静止不动,最后的一个像飞也似的旋转;同样,那一圈一圈的跳舞的灵魂也都各以互不相同的节奏舞蹈,有的快,有的慢,使我得以推断他们的幸福程度。我看到,从我认为最美的那个圈子里走出一个异常灿烂的火焰,在他离开的圈子里没有任何一个比他③亮度更大;他围绕贝雅特丽齐旋转了三圈儿,还唱了一支歌,这支歌异常神妙,甚至我的想象力都无法使它重现在我心中。所以我的笔跳过它不加以描写;对于描绘这样的皱襞,我们的想象,我们的语言难以达到,因为色彩太鲜艳了④。

"啊,我的圣洁的姊妹呀,你这样真诚地请求我们,你的热烈的感情促使我离开了那个美的舞蹈圈子。"那有福的火焰停止舞蹈后,向我那位圣女发出声音说了我所转述的这些话。

她说:"啊,你这伟人的永恒之光啊,我们的主把他带到下界的那两把开启这不可思议的至福之门的钥匙交给了你,你曾靠信仰在海面上走⑤,现在就请你随意考试一下这个人对于信仰的次要和主要问题的理解吧。他是否具有信、望、爱三德,对你来说,不是隐秘的事,因为你的目光经常观照万物均被明晰绘出的地方;但是,既然这个王国已经使许多人通过真实的信仰成为它的公民,那么,为了赞扬这种信仰,给他一个机会来谈这个问题,是适宜的。"

正如应考的学士在老师提出问题以前,一直不说话,自己做好准备,为了提出论证,不是为了下断语,同样,在她说话的时间,我准备好各种论据,为了对这样一位主考应答如流,并且表明自己信奉这样的信仰。

"说话吧,良好的基督教徒,表明你的思想吧:信仰是什么呀?"于是,我抬起头来望了一下说这话的火焰之光;然后,我就转身向着贝雅特丽齐,她立即向我示意,让我从内心的泉源中把水倾泻出来。

我开始说:"但愿上帝的恩泽准许我,使我能向崇高的百夫长⑥把我对信仰的理解表达清楚。"随后我继续说:"父亲哪,正如与你一起使罗马走上正路的你那位亲爱的兄弟的诚实的笔所写的那样,信仰就是所望之事的实底,是未见之事的确据;我认为这是信仰的实质⑦。"那时我听到:"你理解得正确,如果你明白他为何先把信仰放在实体中,而又把它放在凭据中。"于是,我说:"由于神的恩泽在这里向我显现的那些深奥的事物,下界凡人的眼睛是无法看到的,因而它们在那里只存在于人的信仰中,在信仰的基础上建立崇高的希望;所以信仰就具有实旨之意。既然我们没有其他看到的事物作为根据,我们就必须从这种信仰进行推论:所以信仰又具有论证之意⑧。"

那时,我听到:"假如世上一切通过教育的途径学到的知识都被理解得这样透彻,那里就再也没有诡辩家卖弄才智的余地了。"从那燃烧的爱的光芒中发出这些话;然后补充说:"这种货币的合金成分与重量都已经过检验合格;但是,告诉我,你的钱袋里是否有这种货币?"我说:"有啊,我这枚货币锃亮溜圆,它的铸造方面没有任何使我怀疑的地方。"

于是,从正在那里闪耀的光辉深处发出这句话:"一切美德都建立在其上的这块珍贵的宝石,你从哪里得来的?"我说:"那倾注在《旧约》和《新约》的羊皮纸上的丰沛的圣灵之雨,就是向我如此锐利地证明了信仰的三段论法,与之相比,一切其他的论证在我看来,都显得钝拙⑨。"

随后,我就听到:"那使你得出这一结论的旧前提和新前提,你为何认为它们是神的言语⑩?"我说:"那给我揭示真理的证明的就是那些随之出现的奇迹,为造成这些奇迹,自然从未将铁烧热,也从未用锤子锤打铁砧⑪。"

他回答我说:"告诉我,谁向你保证曾经出现过那些奇迹?向你保证这件事的,并不是别的,正是那些自身还需要证明的经文⑫。"我说:"如果世界不需要什么奇迹就改信了基督教,这就是最大的奇迹,一切其他奇迹的总和都不及其百分之一⑬:因为你当初一无所有走进田园去播种那优良的植物,这种植物原先是葡萄树,如今变成了荆棘⑭。"

这话刚说完,那崇高的、神圣的宫廷就用天上所唱的曲调齐唱"上帝,我们赞美你"[15]这一支颂歌,歌声在各个圈子中回荡。

那位宫廷重臣[16]进行考试时,就这样把我从一根树枝引到另一根树枝上去,直到我们临近最后的一根树枝,他重新开始说:"那同你的心智息息相通的恩泽,使得你开口做出的回答直到此处为止都非常确切,因此我赞许出自你口中的话;但是,现在你应该表明你的信仰,以及它是从哪里提供给你的。"我开始说:"啊,神圣的父亲哪,你那样坚信我们的主,以至于向他的坟墓跑去时,你比那位年轻者的脚步先进他的坟墓里去[17]。你想要我在这里表明我那坚定的信仰的形式,你还问这种信仰的来源。我就回答:我信仰一神,唯一和永恒的上帝,他自身不动,而以爱和意愿使诸天转动;对这一信仰,我不仅有物理学的和形而上学的证明[18],而且从天上降下的真理形成的摩西五书、诸先知书和诗篇以及你们在火焰般的圣灵使你成圣后所写的各书中的真理,也为我给它提供了证明。我信仰那永恒的三位,信仰三位是一体,因此其动词谓语同时既容许用复数 sono,又容许用单数 este[19]。福音书的教义多次把我刚提到的这一深奥的、神圣的观念印在我心上[20]。这就是那根源,这就是那后来扩张成为火焰的、如同天上的一颗星似的在我心中闪耀的那颗火星。"

犹如一位倾听仆人报告一件喜讯的主人,等他一沉默,就拥抱他,和他一同为这件喜讯而欢欣;同样,我听他的命令而说了话的那位使徒的光焰,等我一沉默,就围绕我转了三周,一面唱着歌为我祝福,我的话令他如此喜悦。

注释：

① “有福的羔羊”：指耶稣基督。“晚宴”：指耶稣在天上设的永
久喜筵（见《新约·启示录》第十九章：“羔羊的婚宴”）。

② 贝雅特丽齐祈求上帝赐予但丁一点甘露，即圣徒们常饮的神
的智慧泉水。

③ 指使徒圣彼得的灵魂。

④ 但丁不能用想象和语言描绘优美的歌声的微妙之处，正如画
家无法用精细的皱襞表现他所画的织物层次的深浅度。

⑤ 门徒们坐在船上，耶稣从海面上向他们走来，彼得见这种情
景，就在耶稣许可下，从水面上走到耶稣那里去（详见《新约·
马太福音》第十四章：耶稣在海面上走）。

⑥ 但丁向圣彼得讲述自己对信仰的认识。他称圣彼得为古代罗
马军中的百人队队长（百夫长），以表明他是使徒中的领袖和
主考信仰的权威。

⑦ 与你一起使罗马走上正路的你“那位亲爱的兄弟”指圣保罗，
他论信仰说：“信仰就是所望之事的实底，是未见之事的确
据。”（见《新约·希伯来书》第十一章第1节）

⑧ 这段话的内涵大意是：“这里使我透彻了解的伟大的真理，对
凡人的眼睛来说，是如此视而不见，以致其存在只不过是被人
相信（不被人认识），而且在这种信念上（信仰）就具有实旨的
意义（就是说，因此信仰是所希望的事物的实质）。”（戴尔·
隆格的注释）

⑨ 圣彼得把信仰比作合金与重量都合格的货币，问但丁钱袋中
的这种货币（信仰）是从何处得来的，对此但丁回答说，是从阅
读《旧约》和《新约》得来的（二者是在圣灵的启示下由圣徒与
使徒们流传下来，抄在羊皮纸上的）。浸透《旧约》与《新约》
的圣灵所启示的真理，在但丁看来，是证明信仰的逻辑三段论
法，与之相比，一切其他的论证显得钝拙。

⑩ 随后，圣彼得说：“那使你得出这一结论的旧前提和新前提，你
为何认为它们是神的言语？”在这里，他继续用上句“三段论
法”的比喻，以旧前提和新前提指《旧约》和《新约》。他问但
丁：“你为何认为它们是神的言语？”

⑪ 为我证明《旧约》和《新约》是神的言语的那些奇迹，“为造成

这些奇迹，自然从未将铁烧热，也从未用锤子锤打铁砧"：后一句意谓为创造这些奇迹，自然本身是无能为力的，犹如铁匠在打造某件物品时，不动手把材料烧热，也不按照所要的样式打造出成品。

⑫ 圣彼得追问但丁："谁向你保证曾经出现过那些奇迹？向你保证这件事的，并不是别的，正是那些自身还需要证明的经文。"他这些话使但丁的回答陷入恶性循环（Circolo vizioso）方式。

⑬ 但丁为了打破这种恶性循环方式，胜利地提出这个最有力的回答：事实是"世界不需要什么奇迹就改信了基督教，这就是最大的奇迹，一切其他奇迹的总和都不及其百分之一"。

⑭ 但丁还举出圣彼得自己在罗马传播耶稣基督的教义获得成功这一事实作为令人信服的证明："你当初一无所有走进田园去播种那优良的植物，这种植物原先是葡萄树，如今变成了荆棘。"诗句大意是，你（圣彼得）当初没有任何物质手段，成功地播种了基督教信仰的优良植物，这种植物从前是茂盛的葡萄树，如今由于腐败的教士的过错，已经变成不结果实的荆棘。

⑮ "上帝，我们赞美你"（Te Deum Laudamus）：这支感恩颂歌是教堂中在庄严时刻歌唱的（见《旧约·诗篇》第九篇）。

⑯ "那位宫廷重臣"：指圣彼得。此处用封建等级中的男爵来表明圣彼得是天国宫廷重臣，上帝是天国皇帝。

⑰ 抹大拉的马利亚告诉圣彼得和圣约翰，耶稣的墓穴是空的。二人立刻向墓地奔去，约翰年轻，腿脚快，率先到墓地，但不敢入内；彼得随后赶到，进入墓穴（见《新约·约翰福音》第二十章）。

⑱ 指亚里士多德的《物理学》和《形而上学》有关上帝是"原动者"的理论（见第一章注①）。

⑲ 以圣父、圣子和圣灵"三位一体"说明上帝，其词谓语可用第一人称复数（sono），也可用第三人称单数（è），诗中的"este"是托斯卡那地区古谓语的单数形式。

⑳ 例如在《新约·马太福音》第二十八章第19节中，耶稣对门徒们说："你们要去使万民作我的门徒，奉父、子、圣灵的名给他们施洗。"

第二十五章

如果有朝一日这部天和地一同对它插手的、使得我为创作它已经消瘦了多年的圣诗，会战胜把我关在那美好的羊圈门外的残忍之情——我曾作为一只羔羊睡在那里，被那群对它宣战的狼视为仇敌；那时我将带着另一种声音，另一种毛发，作为一位诗人回去，在我领礼的洗礼盆边戴上桂冠①；因为我在那里进入了那使人为上帝所知的信仰之门②，后来彼得又为这种信仰的缘故那样在我的额前转圈子。

于是，从基督留下的第一位代理人③走出的那个圈子里，另一个发光体向我们走来；我那位圣女充满喜悦之情，对我说："你看！你看！这就是那位百夫长，由于他的缘故，下界的人朝拜加里齐亚④。"

正如鸽子落在它的伴侣身边时，这一个围绕着那一个转，一面咕咕地叫，向它表示爱情；同样，我看到这一位伟大、光荣的亲王如此受到那一位的欢迎，他们一同赞美天上供给他们吃的食物⑤。但是彼此相互祝贺完了后，他们就在我面前默默无言地停下来，闪耀着那样强烈的光芒，使我不得不低着头。那时，贝雅特丽齐微笑着说："曾在书中述说我们天宫的慷慨大方的辉煌的灵魂哪，请你使'希望'这一超德之名响彻这高处吧，你是熟知此德的，因为每逢耶稣对你们三位使徒表示更大的爱时,你都象征'希望'⑥。"

"你抬起头来,鼓起勇气来吧;因为凡是从人间来到这上界的,都必须锻炼自己的视觉适应我们的光。"这种鼓励话从第二个火焰来到我耳边;因此,我抬起眼睛望着那两座先前曾以太大的重量压得垂下了眼睛的高山⑦。"既然我们的皇帝由于对你的恩泽特许你在死以前同他的重臣们在最秘密的厅堂中见面⑧,从而使你在看到这个宫廷的真相后,得以在你心中和别人心中增强那在下界燃起人们对真福之爱的希望,你说希望是什么,你说它在你的心中开花到什么程度⑨,你说它从哪里来到你心中。"那第二个光焰这样继续说。

那位引导我的羽翅飞得这样高的慈悲的圣女抢先代我这样回答⑩:"如同普照我们全军的太阳心中所写的那样,战斗教会⑪没有任何一个儿子比他怀有更多的希望:因此允许他在他的战斗生活结束以前,从埃及到耶路撒冷来看⑫。那另外两点——你并不是为了自己想知道才问,而是为了使他可以告诉世人,你多么喜爱这一超德——我让他自己回答,因为这两点对他来说并不困难,也不会给他提供自夸的机会;就让他来回答吧,愿上帝的恩泽允许他做这件事。"

犹如学生欣然而且敏捷地回答老师提出的、自己所熟悉的问题,以表示自己的才能一样,我说:"希望就是对未来的天国之福的确有把握的期待,这种期待是神的恩泽和先前的功德产生的,这一真理之光从许多星辰来到我心中⑬;但最初使它透射到我心中的是那最高领袖的最高歌手⑭,他在他的颂神歌中说,'让知道你名字的人们寄希望于你':和我有同样信仰的人,谁不知道这个名字? 后来你又在你的书信中把希望滴入我心中,和他所滴入的加在一起⑮;所以我充满了希

187

望,又把你们的希望之雨倾注于别人心中。"

当我说这些话时,那个火焰内部的光像闪电一般迅速而且频繁地闪动。后来它发出声音说:"如今我心中对伴随我一直到我获得胜利而退出战场的那种美德仍然燃烧着的爱,要求我再同你这也爱此德的人谈论一下;我愿意听你说明希望许诺给你的是什么。"我说:"《新约》和《旧约》的经文揭示上帝选中的灵魂们所要达到的目标⑯,这一目标向我指出它是什么。以赛亚说,每个选中的人在他自己的家乡都将穿上双重衣服:他的家乡就是这天国;你的兄弟在讲到那些白衣的地方对这一启示给我们提供了更明确的叙述⑰。"

这些话刚说完,就先听到我们上方有声音说"Sperent in te"⑱,对此那些圈子里的一切正在舞蹈的灵魂都一齐回应;随后,其中之一的光变得那样灿烂,假若巨蟹宫中有这样的一个水晶体,冬天就会有不夜的一个月⑲。如同一位少女欣然站起来,前去参加跳舞,只是为了给结婚的新娘争光,不是出于任何虚荣心,同样,我看到那个变得更灿烂的火光向着另外那两个正在按照与他们热烈的爱相适应的歌曲节拍舞蹈的火光而来。他在那里加入他们的歌舞;我那位圣女凝眸注视着他们,正如一位沉默、不动的新娘。"这是靠在我们的鹈鹕的胸膛上的那位,这是被他在十字架上选定担任伟大的职务的那位⑳。"我那位圣女这样说;但她并没有因为说这话而转移她一直集中在三位使徒之光上的视线。

如同人定睛用力看日偏蚀,由于用力看,结果眼睛变得什么都看不见了;当我凝眸注视那最后来的火光时,我也变得这样了,直到那火光说:"你为什么要看这里没有的东西,结果使自己眼睛变得昏花呀?我的肉体在土里已经成了尘土,而且将同一切其他的肉体一起留在那里,直到我们的人数和永恒的神意所确定的数目相等为止㉑。穿着双重衣服上升到那幸福的修道院的只有那两个光焰;这个消息你要带到你们人间去㉒。"

他这话一开始,他们三位光辉的灵魂正在跳的圆舞,连同他们三人的嗓音混合成的那美妙的歌声都一齐停止,正如为了避免疲劳或危险,船夫们手中一直在水里荡着的桨,一听见哨子声,就都立刻停止一样。

啊,虽然我在贝雅特丽齐旁边,而且是在幸福的世界,当我转身去看她却看不见时,我心里多么惶恐不安哪!

注释:

① "美好的羊圈":指但丁的故乡佛罗伦萨。此段著名的诗句再次表达但丁在第一章所提的愿望,他将因有呕心沥血写成的名著《神曲》而头戴桂冠荣归故里。在此诗人对遥远的祖国怀有深切的眷念之情。他渴望在乡音已变,鬓发由金黄变白的时候,能在他曾受洗礼的教堂荣获桂冠。

② 但丁受洗礼处是佛罗伦萨的圣约翰教堂,在那里但丁跨入信仰基督教之门。圣彼得在其额前绕三圈表示赞赏他在前章中对信仰的论述。

③ "第一位代理人":指圣彼得,他是第一任教皇,即基督之代理人。

④ 指圣雅各。他死后,被埋葬在西班牙的西北部加里齐亚省。在中世纪,他的圣堂成为欧洲继罗马之后最大的朝圣地。

⑤ 指圣雅各和圣彼得,他们共同赞美上帝给予他们的幸福灵魂的精神营养。

⑥ 《新约·雅各书》第一章第5节:"如果你们当中有缺少智慧的,应该向上帝祈求,他会赐智慧给你们,因为他乐意丰丰富富地赐给每一个人。"
    耶稣对他的三大门徒彼得、雅各和约翰表示偏爱,指在最重大

的传教活动中,耶稣总选他们三人前往:耶稣带着他们三人到
会堂主管叶鲁家,使他的女儿死后复生;耶稣领着他们三人悄
悄地上了高山,在他们面前改变了形象;耶稣在客西马尼的三
次祷告,表露了他被出卖前的忧伤。耶稣想特别以神学上的
三美德启示他们,因此但丁以及许多《圣经》的注释家认为:彼
得表示"信",雅各表示"望",约翰表示"爱",以此方式他们得
到慷慨的救世主的特别的确认和证实。

⑦ "第二个火焰":指雅各;"那两座……高山":指二使徒。《旧
约·诗篇》第一百二十一篇第1—2节:"我要向高山举目,我
的帮助从何而来? 我的帮助从造天地的耶和华而来。"

⑧ "皇帝":即上帝。"他的重臣们":即幸福的灵魂们。"最秘密
的厅堂":指天国。

⑨ 圣雅各与圣彼得就"信"和"望"之德向但丁均提出三个问题,
只在第二个问题上的提法有所不同:彼得只是问但丁是否有
信仰,而雅各则问他心中的希望达到何种程度。

⑩ 贝雅特丽齐抢先代但丁回答了第二个问题,其他两个问题由
但丁自己回答,其原因是怕但丁可能表现出骄傲情绪,说自己
具有很高的希望。

⑪ "太阳":指上帝。"战斗教会":指在地上活着的全体信徒。
这与在天上的全体幸福灵魂组成的"凯旋教会"相对应。

⑫ "埃及":指地上的流放地,如以色列人在埃及受苦役。"耶路
撒冷":指天上的城市,象征灵魂脱离肉体的束缚,入耶路撒冷
是象征着尽善尽美的天国生活。

⑬ "希望":专指天国的幸福。但丁关于希望的定义,直接引自彼
得·伦巴多的《箴言录》(参见本篇第十章注⑯)。"许多星
辰":指教义作家们。

⑭ "歌手":指大卫。下面引颂的神歌即其所著的《诗篇》第九篇
第10节:"耶和华啊,认识你名的人,要依靠你,因你没有离弃
寻求你的人。"

⑮ "你的书信":指《新约·雅各书》第一章第12节:"遭受试炼
而忍耐到底的人有福了;因为通过考验之后,他将领受上帝所
应许那生命的冠冕。""他所滴入的":指大卫的教训。

⑯ "所要达到的目标":指但丁所在的天国。

⑰ 《旧约·以赛亚书》第六十一章第 10 节："我因耶和华大大欢喜,我的心靠上帝快乐;因为他以拯救为衣给我穿上,以公义为袍给我披上,好像新郎戴上礼帽,又像新娘佩戴首饰。""你的兄弟":指雅各之弟约翰在其书《新约·启示录》第七章第 9 节中说:"此后,我看见一大群人,数目难以计算。他们是从各国家、各部落、各民族、各语言来的,都站在宝座和羔羊面前,穿着白袍,手上拿着棕树枝。"

⑱ "Sperent in te":意谓"让他寄希望于你"。

⑲ 指约翰的灵魂变得异常灿烂。在黄道带上巨蟹宫和摩羯宫是遥遥相对的,这样太阳在一个星座上升起,在另一个星座上落下,如此反复运转。冬季太阳在摩羯宫的时间为 12 月 21 日至 1 月 21 日。如按但丁的离奇想象:在这期间,要是在巨蟹宫有约翰那样亮的星辰(即水晶体),那么光就会不间断,这一个月就会无黑夜只有白昼。

⑳ 据传说,鹈鹕以自己的血哺养幼鸟,故常被比作耶稣的象征。《新约·约翰福音》第十三章第 23 节说"门徒中有耶稣所钟爱的一个人,他坐在耶稣身边"。在十字架上时,耶稣向他的这个门徒托付母亲马利亚,要他照顾,此门徒即约翰(见《新约·约翰福音》第十九章第 27 节)。

㉑ 《新约·约翰福音》第二十一章第 21—23 节记载耶稣对门徒彼得讲的一句话,在门徒们中间产生一种错误的认识:约翰是永不会死的,而且以肉体登天。但丁在这里用力看看是否属实;而约翰告诉但丁他的身体留在地下已成尘土,待到幸福的灵魂的数目将与被天国驱逐的叛逆的天使数相等的那天,也就是在末日审判后,他将按神命复活。

㉒ 那两个光焰指耶稣和圣母,只有他们的灵魂与肉体一同登上天国(即幸福的修道院)。

第二十六章

当我因失去视力而疑惧不置时,那使我失去视力的灿烂的火焰中发出了一个引起我注意的声音,说:"在等待你因注视我而失去的视力完全恢复时,对你来说,最好是通过运用理性来补偿这个缺点。那么,现在就开始吧;你说,你的灵魂想达到的终极目的是什么,你要知道,你是暂时眼花,不是永久失明:因为引导你游历这一圣域的那位圣女的眼睛具有亚拿尼亚的手所具有的能力①。"我说:"让她随意或早或迟来医治好我的眼睛吧,这双眼睛是她带着那种我一直在燃烧着的火进来时的门口。那使这个宫廷得到满足的善,是'爱'以低声或高声给我讲授的一切感情的阿尔法和俄梅戛②。"那消除了我心中因突然眼花而产生的恐惧之情的同一声音又促使我重新讲话;他说:"但是你应该用更细的筛子把你的思想筛一下:你必须说明,谁使你弯你的爱之弓射这样的鹄的③。"

我说:"根据哲学的论证④,根据这里向下界所启示的真理的权威,这种爱必然印在我心里:因为,善一被人理解是善,就在人心里燃起对它的爱,善越大,人对它的爱就越大。因此,每个洞察这个论断所根据的真理者的心,都必然爱那至高无上的实体超过它爱其他的事物⑤,因为在这一本体之外的每一种善都只不过是其光辉的一种反射而已。向我的心智阐

　　那么，现在就开始吧；你说，你的灵魂想达到的终
极目的是什么，你要知道，你是暂时眼花，不是永久失
明……

明这一真理者,就是那位向我指明一切永恒的本体所爱的首要对象的哲学家⑥。那位作为真理的本体的声音把这一点讲得明白,他讲到自己时,对摩西说:'我要向你显示一切善行'⑦。你也在你那崇高的宣告的开头向我说明了它,这一崇高的宣告比任何其他的信息都更多地向下界高声启示了这里的奥秘⑧。"

我听到:"根据人的心智的论证,根据与这种论证一致的经文的权威,你的爱当中的最崇高的爱是以上帝为其对象。但是,你还得告诉我,你是否感到另有其他的绳索⑨把你拉向他,使得你可以说明这种爱用多少牙齿咬住了你。"

基督的鹰⑩说这话的神圣意图,对我来说,并非隐而不见,相反,我明白他要把我的话题引到何处去。因此我又开始说:"所有能把人咬住使其心转向上帝的那些牙齿统统对我的爱发生作用:因为宇宙的存在,我的存在,他为使我得以永生而自己忍受死⑪,以及每个信徒都像我一样所希望的天国之福,连同我在前面讲过的那一正确的认识⑫,这一切因素已经把我从谬误的爱的海中拖出,放在正确的爱的海岸上⑬。对那永恒的园丁的花园里长满的繁茂的枝叶,我全都爱⑭,爱的程度取决于它们各自从他那里得到的善的程度。"

我一沉默,一种极美妙的歌声就响彻天上,我那位圣女和其他的圣徒一同说:"圣哉,圣哉,圣哉!"如同熟睡的人一受到强光刺激,就突然惊醒,因为他的视神经奔上前去迎接那透过一层层的眼球内膜射来的光,这突然惊醒的人分辨不出他所见的事物,他继续处于这种不自觉的状态,直到觉察力来帮助为止;贝雅特丽齐用她那双明眸闪耀着的千里之外都看得见的光芒从我的眼睛上消除了所有的鳞屑,因此我那时比以前看得清楚：当我看到第四个光焰⑮和我们在一起时，我就像感到惊奇的人似的对之提出疑问。我那位圣女说："在这个光焰内，本原的力量所曾创造的第一个灵魂怀着爱慕之情观照他的创造者。"

犹如树在风吹过时，树梢向下弯曲，随后，它就凭自身的弹力使自身挺立起来，同样，我在她说话时，由于惊奇而低下头来，但我心中燃烧着的急于说话的愿望随即使得我恢复勇气，重新抬起头来。我开始说："啊，唯一生来就已成熟的果子⑯啊，啊，每个新娘都是你女儿和你儿媳的古老的父亲哪，我怀着最大的虔诚恳求你对我说话：你明白我的愿望，为了快些听到你的话，我不说出它来。"

有时候，一个被覆盖着的动物躁动起来，使得它的情绪必然显露出来，因为其覆盖物随着它一起动弹；同样，那第一个灵魂透过遮盖着他的光芒使我看出，他是多么喜悦前来满足我的愿望。于是，他说："虽然你没有向我表示出来，但我洞见你的愿望比你知道任何你认为是最真实的事物还清楚，因为我在那面真实的明镜中看到了它，这面明镜照出一切其他事物的形象，而任何其他事物都显示不出它的全貌⑰。你想从我这里知道，自从上帝把我安置在这位圣女使你准备好去登天的长梯之处的那座极高的花园里，到现在已经有多久，花园的美景使我赏心悦目多久⑱，当初使上帝震怒的真正原因是什么⑲，以及我所用的和所造的是什么语言⑳。我的儿子啊，现在我告诉你，那次影响如此深远的放逐的真正原因不是吃那棵树的果子本身，而只是这种行为超过了限度㉑。我从你那位圣女促使维吉尔去搭救你的地方渴望这一集会时间如此长久，太阳共计运转了四千三百零二次；当我在世上的时候,我看到它回到它的轨道上的一切星座间共计九百三十次㉒。我所说的语言,在宁录的人民还没致力于那种不可能完成的工程以前,就已经完全死亡了㉓:因为任何理性的产物从来都不可能是永久存在的,这是由于人的爱好随着天体的不同影响而不断地变化㉔。人要说话是自然所起的作用;但是,应该这样说或那样说,自然让你们随意决定。在我下到地狱之苦中去以前,那作为包裹着的喜悦之光的来源的至善,在世上的名字是 I㉕;后来他的名字是 El㉖:这种变化是必然的,因为人的语言的惯用法好像树枝上的叶子一样,这一片脱落,另一片生出来。我在那座耸立于海中的最高的山上,在纯洁的状态中和有罪的状态中,从第一个时辰一直住到第六个时辰之末,当时太阳移动了圆周的四分之一㉗。"

注释:

① 圣约翰问但丁有关爱的问题,爱的最高目的是什么? 贝雅特丽齐将像亚拿尼亚(Anania)一样帮助但丁恢复视力。亚拿尼亚是大马士革的基督信徒,他受耶稣的差遣把手按在一度失明的扫罗(Saulo)身上,立刻有鱼鳞似的东西从扫罗的眼睛掉下来,他的视觉又恢复了(见《新约·使徒行传》第九章第10—18 节)。

② 希腊语的第一个字母为阿尔法,最末一个字母为俄梅戛,这里意谓:但丁始终爱着至善(即上帝),圣女贝雅特丽齐总是带着爱映入但丁的眼帘。

③ 圣约翰认为但丁的回答太一般化,因此问他是什么促使他产生对上帝的爱,要求他在回答爱的来源时要更加详尽些。

④ "哲学的论证":指亚里士多德的学说,他认为世界是由造物主上帝的渴望所推动的。

⑤ 凡认识上帝为最高的善者,就会爱上帝爱至最高程度。

⑥ "哲学家":指亚里士多德。他在《形而上学》中写道:"上帝是

爱的第一个对象,在这爱里欲望和理性统一了起来。"

⑦ 《旧约·出埃及记》第三十三章第 19 节上帝对摩西说:"我要
使我所有的光辉在你的面前经过,并宣告我的圣名。我是耶
和华;我向我所拣选的人显示慈悲怜悯。"

⑧ "崇高的宣告":指《新约·约翰福音》的第一章讲述有关生命
之道,即道就是上帝,道就是生命的根源,这生命把光赐给人
类。光明照射黑暗,黑暗从来没有胜过光。又见《新约·启示
录》第一章第 8 节载:昔在、今在、将来永在的主——全能的上
帝说:"我是阿尔法,就是开始,是俄梅戛,就是终结!"

⑨ "其他的绳索":指其他的理由可激起对上帝的爱。

⑩ "基督的鹰":指圣约翰。有关圣约翰为"飞鹰"的比喻见《炼
狱篇》第二十九章注㉖。

⑪ 指耶稣的死。《新约·约翰一书》第四章第 9 节说:"上帝差他
的独生子到世上来,使我们借着他得到生命。"

⑫ "正确的认识":即上帝的爱是至高无上的,因此是值得爱的。
这种认识是有哲学论证和经文的权威的。

⑬ 本章有关爱的一切论述使但丁纠正了过去对爱的错误认识,
即追求那些表面的、虚妄的尘世利益的蜃景,属于次善,而现
在但丁认识到只有上帝是善的本质,作为善的本质的造物主
上帝是一切善的缘由和来源(根)(参见《炼狱篇》第三十章注
㉗和第十七章注㊳)。

⑭ "永恒的园丁":指上帝。"花园":指大地。"枝叶":指上帝的
一切创造物。这里指但丁对上帝所造之物的爱,即仁爱或
博爱。

⑮ "第四个光焰":是亚当。亚当是上帝继创造天使后,首先创造
的第一个人类。

⑯ 亚当一被造成,就已处于成人阶段。他的成人没有经过人类
的通常的成长过程。

⑰ "真实的明镜":指上帝。意谓亚当从上帝的明镜已明白但丁
欲问的问题。

⑱ 但丁的第一个问题:上帝创造了亚当并把他放在置于山顶的
地上乐园即伊甸园直到当时经过了多长时间? 对此问题亚当
没有直接回答。第二个问题:亚当在地上乐园住了多久?

⑲ 第三个问题:亚当使上帝震怒,被驱逐伊甸园的真正原因是什么?

⑳ 第四个问题:亚当所使用的和创造的语言是什么?

㉑ 亚当没有按顺序回答问题,而是根据问题的重要性首先回答第三个问题。亚当说:使上帝把我赶出伊甸园,而使我的后代很长时间得不到幸福的原因并非是偷尝了禁果这事本身,而是违背了上帝对人的限令,因此并非嘴馋之罪,而是骄傲之过。

㉒ 贝雅特丽齐请维吉尔营救但丁时,亚当在"林勃"(地狱边缘)已待了4302年。亚当在地上活了930年(《旧约·创世记》第五章)。因此4302年+930年=5232年,从耶稣之死到1300年为1266年,总共为6498年。该数字符合亚当出世到但丁写诗的时间,这正是但丁欲知道的时间。

㉓ 亚当所使用的语言,也就是他的所有后代所使用的语言,此语言延续到宁录建造巴别塔前。上帝乱了建筑工人的语言,使彼此思想不能交流,导致塔未造成(见《地狱篇》第三十一章注⑭)。

㉔ 此话有两种解释:一、人类的爱好,因星球的影响而不断产生变化;二、注释家齐门兹(Chimenz)否认第一种说法,因为根据《筵席》第一篇第九章,语言的变化是由于人性的不稳定,由于地方和时间的相距而变化,但是从来不受星球的影响,这种影响不是指方言的变化,而是指人性的影响;人性的不稳定自然影响语言的变化。

㉕ "I":是人间称上帝的名字,但也可能是但丁创造的最初称呼上帝的符号。

㉖ "El"(依尔):是希伯来语称呼上帝的第一个名字。"后来":指亚当死后,但丁未明确指出是在建造巴别塔之前或是之后。

㉗ 亚当在伊甸园共待了六个时辰,因为太阳按圆形旋转,从一日的第一时到第六时,即从早晨六点待到中午十二点,刚好是太阳移动圆周的四分之一。

第二十七章

"荣耀归于圣父,归于圣子,归于圣灵!"全天国唱起这首颂歌,那美妙的歌声使得我沉醉。我觉得,我所看见的景象似乎是全宇宙都现出一副笑容:因为我这种沉醉状态是由听觉又由视觉进入内心的。啊,喜悦呀!啊,无法表达的欢乐呀!啊,爱与平和构成的完美圆满的生活呀!啊,使人不再有渴望的、稳固可靠的财富啊!

那四枝燃烧着的火炬站在我眼前,当初最先来的那枝①逐渐更加明亮起来,他的面貌变得像木星一样,假使他和火星都是鸟,互相交换了羽毛②。当在天上决定任务的分配和动静的交替的天命已令各处的有福的合唱沉默下来后,我听见最先来的火炬说:"如果我变色,你不要惊讶,因为,在我说话时,你将看到所有这些圣徒都要变色。那个在世间篡夺了我的座位的人——我的座位,在上帝的儿子面前仍旧空着——他使我的墓地成了发出血腥和臭味的阴沟③;因此那个从这上界坠落下去的邪恶者在地狱里感到高兴④。"

当时,我看到满天都染成了那种颜色,如同傍晚和清晨时分从对面射来的日光把云层染成的那样⑤。犹如贞洁的、意识到自己的清白的淑女,仅仅听到别人的过错,就害起羞来,贝雅特丽齐就那样改变了面色⑥;我想,当初那至高无上的权力受难时,天上的日头变黑了就是这样⑦。

　　于是,他的话继续说下去,声音变得和原来大不相同,连他的面色变化的程度都不比这种变化更大:"基督的新娘被我的血、黎努斯的血和克雷图斯的血养活着,不是为的用来获得黄金⑧,而是为的获得这种幸福生活,西克斯图斯、庇乌斯、卡利克斯图斯和乌尔班在受迫害流过许多泪水之后,终于流血牺牲⑨。我的意图不是让一部分基督教人民坐在我们的后继者右边,一部分坐在他们左边⑩;也不是使赐与我的那两把钥匙成为对受过洗礼的人们作战的军旗的标志⑪;也不是使我成为刻在印玺上的形象,通过盖上这种印玺的文件使出售的、虚假的种种特权生效⑫,为这种行为,我经常脸红而且冒火。从天上这里看见一切牧场上都有穿着牧人衣服的贪婪的狼:啊,上帝的救助啊,你为何迟迟不行动起来⑬?卡奥尔人和加斯科涅人准备喝我们的血⑭:啊,良好的开端哪,你势必落个多么恶劣的结局!但是,那曾使西庇阿为罗马保卫世界光荣的崇高的天命⑮,正如我所知道的那样,将迅速提供援助;儿子啊,你由于有肉体的重负还得回到下界去,届时,你必须开口述说,不要隐讳我不隐讳的话。"

　　正如天上的摩羯座的角被太阳触及时⑯,我们的大气层使那由水蒸气凝结成的雪花纷纷飘下,同样,我看到那里的天被那些曾同我们一起在那里逗留的凯旋的灵魂之光装饰起来,他们像雪片一般纷纷向上飘去⑰。我目送着他们的形象,一直目送到我和他们之间的距离变得太大,致使我不能向上望得更远为止。那位圣女见我不再向上望了,就对我说:"垂下眼睛看一看你已经随着这重天转了多大的空间了⑱。"

　　我看到,自从我第一次俯视下界时以来,我已经从第一气

　　"荣耀归于圣父,归于圣子,归于圣灵!"全天国唱
起这首颂歌,那美妙的歌声使得我沉醉。

候带所形成的整个弧线的正中移动到其终点⑲。所以我一方面看到当初尤利西斯越过加的斯所走的那条疯狂冒险的航路⑳，另一方面看到欧罗巴成为愉快的负担的那个海岸附近一带㉑。这个打谷场更多的地面还会映入我的眼帘；但是太阳在我脚下运行着，已经向前走了一个星座多远了㉒。

　　我经常乐于注视那位圣女的、满怀爱慕之情的心，当时比以前任何时候更渴望把目光移到她身上。当我转身凝视她的笑容时，我心里觉得，如果那些魅力足以通过悦目而使人赏心的人体的自然美或者人体画的艺术美，所有这些美全都加在一起，比起她那向我闪耀着光芒的笑容的神圣的美来，就似乎等于零。她的目光给予我的力量把我从勒达的美丽的巢中拖去，一直推到运转最速的那重天中㉓。

　　这重天距离地球最近和最远的部分如此相同，所以我说不出贝雅特丽齐给我选择了什么地方停下来。但是，她看出了我的愿望，面带那样喜悦的笑容，仿佛上帝自身在她的脸上表示出欣喜似的，开始说："那使作为其中心的地球静止不动而使地球周围的其他诸天运转不息的宇宙的性质，以这重天为起点，从这里开始㉔。这重天不在别处而在神的心中，在那里点燃起转动它的爱，产生它降下的影响力㉕。光和爱合成一个圈子包围着它，正如它包围着其他的诸天一般；至于这个圈子是什么样的东西，那只有包围着它的那位知道㉖。这重天的运行不是由另一重天的运行测定，而其他的诸天的运行却由这重天的运行测定，正如十由其一半和其五分之一测定一般。现在你应该明白，时间的根在这样的一个花盆里，叶子在那些其他的花盆里㉗。

　　"啊，贪心哪，你使世人沉没到你的水下那样深，以至于谁都没有力量从你的波浪中抬起眼睛㉘！为善的愿望在人们心中当然还会开花；但是连阴雨使结成的李子变成虫蛀的李子。信仰和纯洁只在儿童中发现；以后，在他们的两颊还没长满胡子以前，这两种美德就都消失了。有些小孩在说话还口齿不清的时期守斋，以后，舌头发音变得流利无阻时，他就不管在什么月，面对什么食物都狼吞虎咽；有些在说话还口齿不清的时期热爱并听从他的母亲，以后，学得能说会道时，就渴望看到她被埋葬。正如美丽女儿的白皙皮肤一见那带来清晨和离开夜晚者的面，就变黑一样㉙。为了使你对此不至于感到惊异，你要想一想，如今世上无人治理㉚；因此人类走入歧途。但是，由于下界所忽略的那每年一天的百分之一，使得元月完全超出了冬季㉛，这一重高天将放射出它们的影响力，促使被期待已久的时运到来，把船尾转向船头所在的地方，从而使船队朝着正确的航向行驶；而且使花开后结出完好的果实来㉜。"

注释：

① 指圣彼得，其余三位即圣雅各、圣约翰和亚当。

② 圣彼得像水星一样发出银白色的光辉；由于对教会的腐败深恶痛绝，圣彼得在谴责教会的讲话时，他的光由白色变成血红，听他讲话的众灵魂的光也变为红色。在天国，白色代表欢乐，而红色则象征愤怒和忧伤。

③ 圣彼得谴责卜尼法斯八世篡夺了教皇的圣职，因为他诱迫当选不久的、能力弱的教皇切勒斯蒂诺五世声明把圣职让给自己（见《地狱篇》第三章注⑫）。但丁在其《地狱篇》和《炼狱篇》中曾多次提到这位他所憎恨的、使他永远流放异乡的教皇，但他抨击这个死敌的语言从来没有这次猛烈、尖刻。在《地狱篇》第十九章，但丁只用了讽刺和蔑视的语言，对于卜尼

法斯八世的教皇地位的合法性未加否定；在《天国篇》此处，但丁采用了"篡夺"一词是对卜尼法斯的彻底否定。

④ 据传说，圣彼得殉道于罗马并被埋葬在那里。由于教皇卜尼法斯八世在教派中挑起争端，罗马教廷成了充满血腥、罪恶的地方。"邪恶者"：指地狱的魔王——撒旦。

⑤ 但丁见到当时的天空变成红色，犹如朝霞和晚霞映红了云层。

⑥ 贝雅特丽齐因羞羞而垂下眼睛，在这一瞬间，她的脸色与其热烈的眼光相比就变得暗淡阴沉。

⑦ 此处指耶稣受难时的情景。《新约·路加福音》第二十三章记载："那时约有午正，遍地都黑暗了，直到申初，日头变黑了。"

⑧ "基督的新娘"：指教会。"黎努斯"（Linus）是罗马的第一位主教（66—78），圣彼得的继承人，于78年9月23日殉难。"克雷图斯"（Cletus）：即阿纳克雷图斯（Anacletus），罗马教士，是圣黎努斯的继承人，后殉教。这些圣彼得的最早继承人为教会流血牺牲直至献出生命，而后来的教皇们则利用教会中饱私囊。

⑨ "西克斯图斯、庇乌斯、卡利克斯图斯"：第二世纪和第三世纪的罗马主教，后来殉教。"乌尔班"（Urbanus）：于222年至230年任罗马教皇，后来殉教。

⑩ 圣彼得的意图不希望教民分成两派，一部分人站在上帝的选民、受宠者（教皇）一边，一部分人站在上帝摈弃的、受审判者一边（见《新约·马太福音》第二十五章：论最后的审判）。此处的两派暗指但丁时代的贵尔弗党和吉伯林党。

⑪ 贵尔弗派打教皇的旗帜，该旗上绘有圣彼得的钥匙。

⑫ 教皇的印玺上印有圣彼得的像，盖上此印玺的文件，即使是假的也具有合法性。

⑬ 买卖和造假特权的结果是教会普遍腐败，主教和教士通过买卖而得到神职。这些圣职成为他们攫取无数财富和权势的源泉。因此牧羊人的形象成为贪婪的恶狼。见《新约·马太福音》第七章第15节："你们要防备假先知。他们到你们那里来外面披着羊皮，里面却是残暴的狼。""牧场"：显然指神职人员们掌管的教区（主教区，高级教士的教区），这里暗指：这不是真放牧羊群的草场，而是虚假的牧羊人的牧场。

⑭ 指约翰二十二世(1316—1334年在位)和克力门五世(1305—1314年在位);前者生于法国南部城市卡奥尔,在中世纪,这个城市的居民中有甚多的重利盘剥者,因而人们通常称高利贷者为卡奥尔人,后者是加斯科涅人,这两位教皇的教廷均在阿维农。

⑮ 古罗马帝国将军西庇阿在公元前202年的扎玛之战中打败了汉尼拔,迦太基被迫求和,第二次布匿战争以罗马成为西地中海霸主而告终(见第六章注⑮)。

⑯ 太阳在摩羯星座应是冬季12月21日至1月21日。

⑰ 与冬季寒冷的雪花往下飘落的方向相反,众圣灵之光纷纷向上飘去。

⑱ 贝雅特丽齐发现但丁不再往上望,就让他往脚下看,让他看看已随着第九重天运行了多远。

⑲ "第一气候带":指由印度的恒河至西班牙的加的斯(Cadice),在其中间有耶路撒冷;但丁第一次从双子座往下俯瞰时(见本篇第二十二章),他所见的地面是自恒河至耶路撒冷,而这次往下看时,所见的地面是自耶路撒冷至加的斯,但丁在天上已随双子座移动了四分之一圆周。

⑳ 尤利西斯的航程是越出直布罗陀海峡入大西洋(见《地狱篇》第二十六章注㉞)。

㉑ "那个海岸":指腓尼基,在希腊神话中,众神之王朱庇特变为一头白牛,把腓尼基王阿莱诺耳的女儿欧罗巴(Europa)劫到克里特岛。一些注释家认为,但丁见到的"那个海岸"实际上是朱庇特劫欧罗巴到达的地方克里特岛,而不是出发地腓尼基,因为但丁当时走的位置不可能看到在黑暗中的腓尼基。

㉒ 但丁在双子星座,因此太阳在其脚下。太阳此时在白羊星座,它们之间隔着两个星座的一部分和金牛星座的全部,因此但丁说,他能看到"这个打谷场"(地球)的大部分地面。

㉓ "勒达":是变为天鹅的朱庇特的情人,他们生下了卡斯托耳(Castor)和波吕丢刻斯(Polydeuces)一对孪生兄弟,后来朱庇特使他们升为星宿即双子星座(见《炼狱篇》第四章注⑯)。此处意谓但丁由恒星天上升到原动天。

㉔ "中心的地球静止……其他诸天运转":根据托勒密的"地静

说",地球居于宇宙的中心,静止不动,太阳、月球、其他星球均围绕地球运行。在哥白尼提出"日心说"之前,此学说占统治地位,原动天包围其他一切天体在其内,因此为宇宙的空间的起始。

㉕ 净火天是给一切其他诸天点燃爱并降下影响的源泉。

㉖ 净火天的光与爱围绕原动天,只有上帝知悉其内容。

㉗ 这里但丁将时间比作一棵植物,它的根在原动天而其枝叶在其他天体里。尽管原动天的运行不可见,但时间的根在此天体里,而其他天体的运行是可见的。原动天是时间的度量。

㉘ 贝雅特丽齐指出,人们被世上财富所诱惑,即使想抬起双眼,已无能为力了,因为他们周围腐败的环境在阻止他们这样做。

㉙ "那带来清晨和离开夜晚者":指太阳,太阳为一切生物之父。"美丽女儿":指人类,人类的皮肤由原来的白色变黑,这说明人类起初是正直清白的,而后来就变得腐败堕落了。

㉚ 世间人堕落是因教会无教皇,国家无皇帝君临意大利,但丁在《炼狱篇》第六章提到:"意大利是暴风雨中无舵手的船",因此强调由皇帝掌舵,意大利才能得救。

㉛ 公元前46年罗马使用儒略历,以当时罗马统帅儒略·恺撒之名命名,在天文学家索西吉内(Sosigeno)的建议下,决定采用此年历。这个年历是我们现在使用的阳历的前身,它每年有365天零6小时,每四年有一闰日,而实际上比回归年(太阳年)长11分40秒(但丁称之为一日的百分之一):这样算下来,儒略年要比实际的季节的日期要推迟数日;这样几世纪后,年历所标的月份已与季节到来的真实情况不相吻合,因此但丁说元月已出了冬季,他认为修改年历是势在必行。到了十六世纪末,春分日由3月21日提早到3月11日。罗马教皇格利高里十三世(Gregorius XIII)于1582年命人加以修订,而成为现今通用的公历。

㉜ 此处隐喻神意,人类将完全改变航程走上正道,回到本章前面说的为善的愿望:它在人们心中当然还会开花,结成真正的李子,而不是虫蛀的李子。

第二十八章

　　那位使我得以进入天国的圣女揭露可怜的人类的现实生活和启示真理以后，接着，如同一个人在没看到或没想到以前，忽然在镜子里瞥见在他背后给他照明的双枝烛台的蜡烛的火焰，他转身去看镜子里的火焰形象是否和实物一样，看到前者和后者如同歌词和与之配合的乐谱那样一致；同样，我的记忆力现在想起，凝视那位圣女的一双被爱神作为俘获我的绳索的美丽的明眸时，我也曾看到同样的情景。当我转身向后，那重旋转的天中出现的事物接触到我的眼睛时，每次在其圆圈中凝视，我都看到一点放射着那样强烈的光芒，致使其所照射的眼睛由于其极大的强度而不得不闭上；这一点是那样小，以至于任何一颗从地球上看似乎是最小的星，假如像天上一颗星和另一颗并列似的放在这一点旁边，都会像个月亮①。

　　大约距离这一点如同雾最浓时产生的晕圈②和它围绕的那颗给它着色的行星那样近，一个火环围绕它飞快地旋转，我想速度之高超过那重围绕宇宙运转最快的天③。这个火环被另一个围绕，这另一个被第三个，第三个被第四个，第四个被第五个，第五个被第六个围绕。第六个外面是第七个，它已经扩展得那样广大，假若朱诺的使者彩虹呈圆形，都会显得狭小，不能容纳它④。第八个和第九个都是这样；每个在数目上距离发光点越远的火环,转动得就越缓慢;和这纯净的火花相距最近的火环发出的火焰最明亮,我相信,这是由于它从这纯净的发光点获得更多的真理之光的缘故⑤。

我那位圣女见我的心悬在难以解决的疑团中,说:"天和整个自然都依靠这一发光点⑥。你看离它最近的那个火环;你要知道,它转动得那样快是由于受炽热的爱的刺激。"我对她说:"假若宇宙是依照我所看到的那些火环中的秩序安排的,那么,摆在我面前的那种精神食粮就会使我得到满足了;但是,在我们感知的世界中可以看到,离宇宙中心越远的天具有越多的神性⑦。因此,如果在这座仅以爱和光构成的天为边界的、奇妙的天使殿堂中,我的愿望应该达到它的目的,我还须要聆听你阐明何为原型和摹本⑧,因为我对这个问题单靠自己的智力去探索会徒劳无功。""如果你的手指无法解开这个结,那不奇怪,因为一直没有人试着去解它,它已经变得更紧了。"我那位圣女这样说;接着,她又说:"如果你的求知欲想完全得到满足,你要把我将对你说的话都接受下来;而且还要殚精竭虑去理解它。这九重天由于各自含有的能量不同而面积不同。较大的善必然产生较大的福祉;较大的天如若其各部分均同样完美,就含有较大的福祉⑨。因此,这重带动着宇宙其余部分同它一起运转的天与那个具有最热烈的爱和最多的智慧的火环相对应⑩。因此,如果你衡量你所见的那些呈环形的实体能力的多寡,不衡量它们的外形大小,你就会看到每重天和主管它的天使之间的那种神奇的对应,即较大的天与较大的天使,较小的天与较小的天使对应⑪。"

如同波瑞阿斯鼓起他那吹出较柔和的风的面颊时⑫,天穹变得明亮、晴朗,原先使它阴沉的云层被清除、驱散,因而天空呈现出它各部分的美向我们微笑;我那位圣女给我提供她的明确的解答后,我也是那样,看到真理如同天上的一颗明星一般。

她的话终止后,那些火环都散发出火星,与熔化的铁被锤子打击时迸发火星无异。每粒火星都随着它所在的火环旋转;它们为数极多,以至于超过棋盘上所有的方格加倍的总和几千位数⑬。我听见一个个合唱队都向保持他们而且将保持他们永久在各自原来的 ubi⑭ 的那一固定不动的发光点歌唱和散那。她看出了我心中的疑念,说:"那头两个火环向你显示的是撒拉弗和噻嘧帕,他们依据对上帝之爱的纽带旋转得如此迅速,因为他们在最大可能的限度内和那个发光点相似;他们能和它相似,因为他们对它的观照达到最高深的限度。围绕他们转的那些其他的天使称为上帝的宝座,他们是第一品级的三级体的终结⑮;你应该知道,一切天使的福祉是和他们各自对那使每一个心灵从中获得平静的真理观照的深度成比例的。由此可知,福祉是建立在观照的行动上,并非建立在随后产生的爱的行动上⑯;观照的深度取决于上帝的恩泽和被造物的善意所产生的功德:就这样一层一层地推演下去。

"第二品级的三级体在这不受夜间升起的白羊座剥夺的永恒的春天那样萌芽开花,它用三种旋律永久不断歌唱和撒那⑰,这三种旋律在由三级欢乐的天使形成的三级体中回荡着。这第二品级的三级体中有三级天使:第一是权德,第二是德能,第三是威力⑱。其后,在倒数第二的两个欢乐的火环中,统权天使和大天使在旋转;最后的一个火环中都是欢乐的天使⑲。所有这些品级的天使都怀着仰慕之情向上观照,向下施加影响,吸引那些较低的品级,因此,他们都被吸引向上帝,而又都在吸引⑳。丢尼修㉑怀着极大的愿望开始思考这些天使的品级,从而得以如我所说的那样给他们命名和区分他们。但是后来格利高里跟他意见分歧;因此,他来到天国一睁眼看到事实,就对自己的错误失笑㉒。如果一个凡人在世上揭示了如此奥秘的真理,我愿你不要感到惊奇,因为有一位在这里看到事实者向他启示了这一真理以及有关这些火环的许多其他的真理㉓。"

注释:

① 在贝雅特丽齐刚刚谴责人类的腐败后,但丁转向她,看到她的眼中反射出一点强光并看到九个火环。此光点表示上帝本体之光。此光点无物质的大小,与从地球上看见的最小星相比,大如月亮。这使人们想到,但丁曾从贝雅特丽齐的眼中看到格利丰与耶稣的双重性(人性和神性,参见《炼狱篇》第三十一章注㉓)。这里显然说明,通过神学(贝雅特丽齐为代表)有可能在某种标志上认识神的奥秘,即在《炼狱篇》中了解耶稣的两重性,在本章中认识上帝和天使的品级。

② 指白晕或月晕。

③ "围绕宇宙运转最快的天":指原动天的运行。

④ 女神伊里斯是陶玛斯之女、朱诺及众神的使者,她象征着彩虹;这里意谓火环不断扩大,到了第七圈就连彩虹弧呈圆形也圈不住它。

⑤ 意即离纯光点越远,旋转速度越慢,得到的真理之光越少。

⑥ 这里但丁引用亚里士多德的话:天和整个自然都依靠这一原则,但丁用"这一发光点"取代抽象词"原则"。这一发光点具有神秘的意义,它揭示了上帝本身的存在。

⑦ 贝雅特丽齐解释说:那一发光点为上帝。但丁直觉感到围绕发光点运转的九个火环是使诸天运动的天使排列秩序,因此发光点与火环一起成为宇宙秩序的原型的光的发射,而但丁眼前见到的火环(天使世界)离中心越近运转越迅速的现象与他在感知世界(物质世界)中看到的相反(即离宇宙中心越远

......那些火环都散发出火星，与熔化的铁被锤子打击时迸发火星无异。

神性越大)。

⑧ 但丁想从贝雅特丽齐的回答中了解天使世界和感知世界(原型和摹本)之间的关系,此问题他本人无法解释。

⑨ 阐明问题的总前提是:诸天的大或小是根据它们包含的德性(善)的大小而定的,因此,大德(善)产生大爱,大爱是包含在大实体中的,所以最大实体的天就是具有大德性的天。天使世界与感知世界之间的关系不应以其大小衡量,而是要看德性的多少而定。

⑩ 原动天相当于天使圈最小的,此圈的主管天使为撒拉弗级,因它离上帝(第一原因)最近,德性也就最大。

⑪ 天使环由内向外,诸天由高向下,它们的德性的大小是成比例的。

⑫ 在地图上以人的面部表示四个基本方位的风,此方法延用到十八世纪。风是从嘴的中央(北面)胀颊鼓气,吹向三方面。波瑞阿斯(Borea)代表北风,其左边的是东北风(Grecale),右边是西北风(Maestrale)。在意大利西北风为最柔和的。

⑬ 但丁在此用一个古代传说明组成火环的天使(火星)是不计其数的。据传,波斯国王问六十四格棋戏发明人欲要何报酬时,发明人回答说,只要麦粒:即第一格一粒麦,第二格两粒麦,第三格四粒麦,第四格八粒麦,以此类推,实际上为二的六十四次方。国王起初以为这个要求是很容易满足的,但经过计算,整个王国一年收的麦子数量远远不够。若地上全种麦子,八年后才能产出那么多麦子。

⑭ "ubi":即拉丁语的"空间"。此处强调围绕发光点的天使轨道永久不变地在各自空间运行,就像各行星围绕太阳运行一样。

⑮ 天使分为三个品级,每品级由三级体组成。头两个火环名为撒拉弗(Seraphim)和噎喀帕(Cherubim),它们离"发光点"最近。这一品级的第三级体为宝座(Troni)。撒拉弗以翼高举而到达上帝,噎喀帕以眼力深入到上帝,则象征上帝的权力,上帝判断的明镜。

⑯ 意即天使们享有的幸福是与他们对上帝的认识成正比的。

⑰ 秋分以后,经过冬至到春分,白羊宫在傍晚时,可以在天空看到,因此天国是没有秋天,也没有冬天的地方。

⑱　第二品级的三级体天使为治权天使（Dominazioni），德性天使（Virtù）和权势天使（Podestà）。

⑲　第三品级的三级体天使为王国天使（Principatà），大天使（Archangeli）和天使（Angeli）。

⑳　即所有这些品级的天使定睛仰望上帝，被吸引到上帝身边，他们向下使低于他们品级的天使受其影响，吸引到自己身边，所以天使们同时处于被吸引和吸引的地位。

㉑　丢尼修（Dionigi I' Areopagita）是圣保罗的信徒，他正确地命名和区分天使品级。

㉒　教皇大格利高里一世（他拯救古罗马图拉真皇帝的灵魂"取得伟大的胜利"）对天使的分级法与丢尼修不同；当他到了天国，亲眼见到那里的实情才对自己的错误的分类感到好笑。按照他的排列：第一品级：撒拉弗，嗗嗘啪，宝座；第二品级：治权，王国，权势；第三品级：德性，大天使，天使。

㉓　贝雅特丽齐最后说，这没什么奇怪的，丢尼修能够无误地了解如此奥秘的真相，是因为他受到圣保罗的启示，圣保罗生前曾到过第三层天（见《地狱篇》第二章注⑧）。

第二十九章

当拉托娜的两个孩子,一个在白羊座下方,一个在天秤座下方,同时都以地平线为腰带时,天顶使他们保持平衡,但一刹那间二者就都脱离那条腰带,各自转到相反的半球去,而失去平衡,那时贝雅特丽齐面带笑容,凝望曾照得我不得不闭上眼睛的那一发光点,就沉默了那样的一刹那①。于是,她开始说:"我不问,就能说出你想听到什么,因为我在一切 ubi(空间)和一切 quando(时间)集中之点看到了你的愿望②。不是为给自己获得善(这是不可能的),而是为使反射他的光的被造物在反射时可以说'Subsisto'(我存在),永恒的爱在其永恒中超越时间,超越一切其他空间限制,出于自愿开放出新的爱来③。他在这以前也并不像无所事事似的躺着;因为上帝运行在这水面上,既不是以前也不是以后进行的④。本质和物质,结合的和单纯的,同时从上帝的心中创造出来,完美无缺,好像三支箭一齐从一张三弦的弓发出似的。犹如光线映射在镜子上,琥珀上,或水晶上,到它完全渗入之间,毫无间歇,同样,这三种创造成果各自作为完全的实体都一齐从它们的主的心中像光线似的射出来,也无先后之分⑤。和这三种实体一起被创造和建立的实体是其秩序;那些被创造成纯粹行动的实体是宇宙的最高峰⑥;纯粹潜能占最低部分;在中间部分的是,永不解开的纽带系在一起的潜能和行动⑦。杰罗姆为你们写的关于天使的书中说,创造天使远在创造宇宙的其余部分许多世纪以前⑧;但是我所讲的这一真理见于受圣灵启示的著者们所写的书中许多地方⑨,如果你好好地注意看,你就会发现;而且理性对这一真理也看到了几分,它不能承认,那些原动力会这么久尚无诸天以使它们完美无缺⑩。现在你知道,这些爱是在何处、何时和如何创造的:所以在你的愿望中三个火焰已经熄灭⑪。

"随后,在人若数数目从一还没数到二十以前的时间,一部分天使就从天上掉下来扰乱你们的四大要素的下层⑫。另一部分留在天国,开始以那样喜悦的心情去尽你所看到的这种职责,以至永不终止旋转⑬。那部分天使堕落的根源是你曾看到的那个被宇宙的全部重量压住者的被诅咒的骄傲⑭。你在这里看到的那些天使是谦卑的,承认自己来源于使他们生来即有如此伟大智慧的至善。因此,他们的灵见被上帝的启迪恩泽和他们自己的功德提高,使得他们具有坚定的、完全的意志。我要你不怀疑,而要你深信,接受恩泽也是功德,功德和接受恩泽的愿望成比例。

"现在,如果你领会了我的话,关于天使这个集体的状况,你就能不要别人帮助,自行思考出很多来。但是,既然世上你们的学校里,讲授天使的本性也像人类一样具有心智、记忆和意志⑮,我还要再讲一些,为了使你得以看到在下界被这样的讲授中使用的双关语混淆了的纯正的真理。这些实体自从他们起初看到上帝的容颜而喜悦以来,眼光从未离开他们在其中洞见一切的容颜。因此他们的眼光不被新事物阻断,因此他们不必因为思路被打断而回忆什么⑯;所以下界那些说天使具有记忆的人是在睁着眼做梦，其中有的相信自己说的是实话，有的不相信自己说的是实话；但后者的过错和耻辱更大。你们下界进行哲学探究的人们不走同一途径，爱炫示自己的虚荣心和思想，驱使你们离开正路这样远！然而天上对这种炫示自己的行为的愤怒比对《圣经》被忽视时或被曲解时要小。世人不想一想，为在世界上传播《圣经》付出了多少血的代价，谦卑地遵循《圣经》的教义者多么为上帝所喜。人人都想方设法炫示自己，制造自己独特的说法；布道的人们大讲特讲这些说法，宣讲《福音》的声音沉寂了。有人说，在基督受难时，月亮后退，使自己介于太阳和地球之间，因而太阳光照不到下界，他是在撒谎，因为太阳光是自行隐避起来的：所以这样遍地都黑暗的日蚀，西班牙人和印度人，都像犹太人一样，可以看到⑰。每年各地的布道坛上都宣讲这类的神话，其数量多于佛罗伦萨所有的名叫拉波和宾多的人⑱。因此无知的羊群吃饱了一肚子风从牧场上回来，不知道所吃的东西的害处也不足以使它们受到宽恕。基督没有对他最初的使徒们说：'你们去向世界传布空话'，而给他们讲真理的基础。从他们的口中只听到他所讲的真理，所以他们在为燃起信仰而进行的战斗，把《福音》作为矛和盾。如今人们用俏皮话和打诨去讲道，只要能引起哄堂大笑，讲道者戴的风帽就得意地膨胀起来，他对听众就不再要求什么。但是那风帽尖里有这样的鸟⑲做窝，假如老百姓看见它，就会知道他们相信的赦罪券有什么价值了：由于盲目相信赦罪券的心理，世人的愚蠢行为大大增加，以至于人们对每一种赦罪券都赶快跑去设法弄到，而不问其有无教会权威的证明。安东尼会的修士们就利用人们这种轻信赦罪券的心理，把无印记的赝造货币付给他们，来养肥圣安东尼的猪和另外许多比猪还肮脏的人⑳。

"但是，因为我们的话离题已经够远了，现在你就把眼睛转向正路上去，以便我们谈论的进程能根据我们可以使用的时间缩短。这一级一级的天使的数目极大，决非凡人的言语和思想力所能及；如果你仔细看一看但以理所启示的他梦中的那种异象，你就会知道，他所说的千千万万中隐藏着确定的数目㉑。本原的光普照一切天使，以各种不同的方式被他们接受，方式多得如同光所照耀的天使们一样。因此，既然对上帝的爱随着对他的观照产生，这种爱的幸福在他们当中也相应地在程度上有热和温的不同。现在你看这永恒的善的崇高和伟大，因为他使自己形成这么多面反射他的光的镜子，而他本身依然如同先前那样浑然一体㉒。"

注释：

① 贝雅特丽齐沉默片刻，目不转睛地望着"那一发光点"。但丁却用一复杂的天文现象的变化说明这一瞬间的短暂。"拉托娜的两个孩子"指日神阿波罗和月神狄安娜（见《炼狱篇》第二十章注㊻）。昼夜平分时，太阳落山而月亮升空。这时天顶使它们在地平线上处于平衡状态。一瞬间后平衡被打破，它们各自向相反的半球运转。

② 从"那一发光点"的光照，贝雅特丽齐已明白了但丁心中的疑问。她指出，上帝是任何空间和任何时间的集合点，也就是无所不在，无时不在的。她这样解释了但丁的疑问：天使是如何被造出来的？

③ 上帝（永恒的爱）创造天使不是为自己增添其他的爱（善），这是不可能的，因为他本身就是至高无上的，有无穷尽的爱。上帝的这种创造是出于自愿，为了使被造物反射他的光辉，而造物因发扬光辉而有"自我存在"的感觉。

④ 时间本身也是创造物之一，在上帝创造天地，特别是原动天时，时间才开始。创造行动显然是超越时间、空间的，永恒既无以前，也无以后，但丁用这一委婉的表达说明造物的过程是模仿《圣经》的说法。《旧约·创世记》中说："起初上帝创造天地。……上帝的灵运行在水面上。"

⑤ 纯粹形式（天使），纯粹能量（第一物质）和形式与物质的结合（物质世界即诸天体）三者是上帝在一瞬间同时创造的。这三种创造物同时射出，就像光线映射并渗入到透明体中无时间先后一样。在但丁时代，人们相信光线的散布是瞬时的，据亚里士多德物理学的理论：光在半透明体里散布自己时并不占时间。

⑥ 创造纯粹行动的实体（天使）的地方是在天顶。

⑦ 纯粹潜能在最低的地方，即在地球上，而形式和物质的结合（天体）是介于地球和天顶之间。这一宇宙秩序的建立是中世纪思想的最伟大的想象之一。

⑧ "杰罗姆"（San Girolamo）是拉丁教会的著名神学家，曾把《旧约》从希伯来文翻译成拉丁文。他的观点是创造天使要比创造物质世界提前很多年。圣托马斯等不同意此观点，但丁在此引用《圣经》说明自己的观点。

⑨ 在许多宗教书籍中多次提到天使与物质世界是同时被创造的。在基督教的《旧约·传道书》中说："谁永久活着，就同时创造一切物质。"在《旧约·创世记》第一章开头说："起初上帝创造天地。"均证明天使并未先造成。

⑩ 天使的职责是推动诸天运行，因此长期没有天体的存在，天使是无法完成所负的使命的。

⑪ 贝雅特丽齐结束了有关天使的第一部分论述，解答了但丁的三个疑问：天使是在何处、何时及如何创造出来的。

⑫ 天使分为叛逆的和忠诚的。在上帝创造天使不久，有一部分天使就从天上坠入地球的中心（地狱）（见《地狱篇》第三章注④）。但丁的另一个疑问是：那些天使从造出到叛变经过多长时间。这也是神学家和教士们争论的问题。他们各持己见，但几乎一致的意见是经过的时间极为短暂。但丁认为不超过从一数到二十的时间，也就是不超过一分钟。这些叛变

天使与对他们的叛变持中立的天使加在一起不超过整个天使数的十分之一。

⑬ 留在天国的忠实天使开始完成他们的"职责",围绕发光点不休止地旋转,推动诸天体运行。

⑭ 卢奇菲罗(魔王撒旦)坠落到地球上的原因是他骄傲自大,藐视上帝。他曾想:"我要与至上者同等。"(见《地狱篇》第三十四章注⑩)

⑮ 此处谈论天使的本性问题。据说,人死后人性能力与感觉能力停止活动,但由神而来的理性灵魂的能力:记忆,智力和意志虽与肉体分离,但不消失(参见《炼狱篇》第二十五章注㉓)。虽然天使也具有与人类一样的智力和意志,但人们对他们是否具有记忆的说法不一,颇有争议。

⑯ 天使们不需要有记忆力,因为没有东西使他们的眼光离开"上帝的容颜",从而发生中断现象。人们为了想起中断前的事,才需要回忆。

⑰ 贝雅特丽齐谴责哲学家和教士们的虚荣炫耀。他们编造了种种无益的说教,夸夸其谈,而把传播基督的真理的《圣经》置之脑后。此处提到的:"基督受难时……遍地都黑暗"是他们编造的"神话"的例证之一。

⑱ 在但丁时代的佛罗伦萨,名叫拉波和宾多的人为数甚多。

⑲ "鸟":指恶鬼,以黑色的鸟形象出现,表示说教者心术不正。在《地狱篇》第二十二章,第三十四章有以鸟描述魔鬼,而在《炼狱篇》的第二章,第八章则以鸟形容天使,称之为"神鸟""鹰",但《天国篇》没有此类的形容。

⑳ "圣安东尼"(Sant'Antonio,约251—356):修道院院长。据传说,有一魔鬼幻化成的猪绕其脚前,圣安东尼战胜了魔鬼的企图,因此他被视为猪的保护神。在中世纪,安东尼教派的名声极坏,农民们称之为募捐者,教士们用赠送的实物在修道院周围养猪,猪到处乱窜,被视为圣物。此处意谓安东尼会教士像猪一样被养肥了,用伪币愚弄信赦罪券的教民,因此这些教士比猪更肮脏更恶劣。

㉑ 天使的数目是无穷无尽的,超过人的想象力。《旧约·但以理书》第七章第10节说:"事奉他(指上帝)有千千,在他面前侍

立的有万万。"但这不是确定数目,仅表示超于人类想象之外而已。

㉒ "本原的光""永恒的善"即上帝。上帝的光普照在无数的天使身上,而这些天使以多种多样的方式接受此光。他的光反射到这些无数面的镜子(天使)上,上帝的伟大在于,他虽把自己的光分散给诸天使,而他本身永远是完整如一的。

第 三 十 章

　　第六时辰在距离我们或许六千里的地方炎热如焚,这个世界已经把它的影子几乎投到地平线上,在这同时,我们上方的高高的天空开始发生这样的变化:一些星星在这宇宙的底部看不到了;当太阳的最辉煌的侍女逐渐前进时,天就把一颗一颗的星直到那颗最美的都关闭上①。同样,永远环绕那个光芒照得我睁不开眼睛的发光点,欢迎凯旋的、看起来包围着这发光点而实际上被它所包围的九级天使的光环都像那些颗星似的逐渐从我眼前消失:因此一无所见的情况和爱迫使我的眼光回到贝雅特丽齐身上②。假使把我一直到这里所曾说过的一切有关她的话综合成一句赞语,它都会显得太轻微,不足以完成目前这一任务。我所看到的美不仅超越了我们人的心智所能理解的限度,而且我确信,只有创造这种美者能完全欣赏它③。我承认,我在这一难关遭到的失败超过任何一位喜剧或悲剧诗人④在他的主题的难点上所曾遭到的;因为,犹如太阳的光芒射在它使之晃动最甚的眼睛上一样,回忆她那甜蜜的微笑使我的心智自身都失去功能⑤。自从我今生在世上第一次看到她的容颜那天起到这次在此处看到她,我对她的歌颂从来未被困难阻断;但是现在我必须像每个艺术家达到他的能力的极限时一样,停止作诗歌颂她那不断增加的美。

我把她如此超绝的美留给比我的号角更大的声音去宣扬，因为我的诗表现的主题如今快要完结⑥；那时，她以一位完成了任务的向导的姿态和声音重新开始说："我们已经走出最大的天体来到纯粹由光形成的天，这光是心智之光，充满了爱；这爱是对真善之爱，充满了喜悦，这喜悦超过一切快乐。在这里你将看到天国的两支军队⑦，一队均以你将在最后审判日看到的那些形象出现⑧。"

如同突如其来的闪电剥夺了视觉的能力，致使眼睛看不见光度更强的物体，同样，在我周围发出一片强烈的光辉，这片光辉以它如此耀眼的纱幕包起，致使我任何物体都看不见⑨。

"那使这重天静止不动的爱总是以这样的欢迎方式接纳灵魂们到它跟前，为了使蜡烛得以适应它的火焰⑩。"这些简短的话一进入我内心，我就立刻感到自己在超出原有的能力以上，一种新的视力在我心中重新点燃起来，使得我的眼睛对多么灿烂的光都能经受⑪；我看到一条形状像河一般的光，在由神奇的、仿佛春季盛开的繁花荟成的两岸中间闪耀着金黄的颜色。从这条河里飞出一颗颗活泼灿烂的火星，落到河每一边的花里，好像镶嵌在黄金里的红宝石似的；然后，它们似乎被香气熏醉，重新跳进神奇的河流，一颗进入，另一颗从中飞出。

"现在使你心情激动、急于了解你所看到的那些事物的深切愿望越高涨，就越使我欣喜；但是你必须先喝这水，才能解你心里这种焦渴。"我的眼睛的太阳对我这样说。她还补充说："这条河，这些跳入和跳出的黄玉，这些草的微笑，都是隐含它们的真相的序言。这些事物并非本身有缺陷，缺陷是在你这方面,因为你还没有这样强的视力⑫。"

没有任何婴儿在他比通常醒得甚迟时,如此急速地把脸扑向母亲的奶,像我当时那样,为了使我的眼睛成为更佳的镜子,俯身向那奔流的波浪,以使视力在那里得以改善。我的眼睫毛一触到河中的水,我就看到这条长河变成了圆形。随后,犹如戴着假面具的人们,摘掉掩盖他们的面貌的假面具,样子看起来就和先前不同,同样,那些花和那些火星在我眼前都变成了更盛大的节日景象,使得我看到天国的两班宫廷的臣属出现⑬。啊,神的光辉呀,在你的照耀下我看到这真实的王国的崇高的凯旋,请给我力量来叙述我是如何看到它的!

那重天上有一种使那些在观照造物主中得享至福的被造物能看到他。这光扩展成那样广大的圆形,以致它的圆周即使做太阳的腰带都会显得太大。它呈现的全部形象是由神的光被原动天的表面反射出来形成的,原动天的生命和力量来源于它⑭。如同一座小山在绿草和鲜花繁茂时,倒映在山麓的水面上,好像俯视自己的盛装一般,同样,我看到,所有那些从人间回到天上的灵魂,在那片光上方四周一千多排围成圆形的席位上,倒映在光中⑮。如果最低的一排席位的圆周能容纳这样大的光,这朵玫瑰最靠外的那些花瓣会多么大呀!在这一圆形露天剧场的广度和高度中,我并未眼花缭乱,相反,却完全领会了那些灵魂们所享的那种福的量与质。在那里,距离近不能增加、距离远不能减少事物的能见度:因为,在上帝直接统治的地方,自然法则毫无作用。贝雅特丽齐把当时正保持沉默而愿说话的我拉到那朵永恒的玫瑰的黄色中心,这朵玫瑰逐渐扩大而且向那造成永久的春天的太阳散发着赞美的芳香⑯;她说:"你看,那穿白衣的团体多么大⑰!你看,我们的城市的范围多么广大;你看,我们的席位已经那样满了,如今那里被虚位以待的人为数很少了。

"由于上面已经放着那顶皇冠而令你注目的那把大椅子上,将在你来赴这喜筵之前,坐着那位在下界将居皇帝之尊的亨利的崇高的灵魂,他将在意大利尚未准备接受整顿时前来整顿她⑱。蛊惑你们的那种盲目的贪欲使你变得如同快要饿死还赶走自己的乳母的小孩一样。那时,这样一个公开和暗中不同他走一条路的人,将是那神圣的宫廷的最高长官⑲。但是以后他被上帝容许留在这一种职上很少的时间:因为他将很快被打入术士西门罪有应得的受苦之处,并使那个来自阿南尼的人陷入更深的地方⑳。"

注释:

① "里"(miglia):古罗马量名,合一千步。但丁认为地球周长为二十余万里;由意大利向东方行六万里地,正好与意大利相距四分之一圆周,所以那个地方的中午(即第六时,因为一日间分十二时,以早晨为第一时),为这个世界即意大利的黎明,其时物影与地平线平行。"太阳的……侍女":指晨光(Aurora),晨光出现,众星就一一隐没。

② 但丁用一日间天时变化的情况来描述上帝和九级天使在净火天中凯旋,消失在他的视野之外状况。诗句的那个发光点指上帝。看起来,上帝为九级天使所围绕,实际上九级天使为他所包围,因为他包围着一切。但丁由于上帝和九级天使不见了,这种一无所见的情况和他心中的爱迫使他的眼光回到贝雅特丽齐身上。

③ 但丁认为,贝雅特丽齐的美不仅超越了人的心智所能理解的限度,而且只有创造这种美者(即上帝)才能完全欣赏。

④ 这里喜剧和悲剧并没有戏剧的涵义。中世纪惯于根据题材内容和语言风格的不同,把叙事体的文学作品也称为悲剧或喜剧,用拉丁文写成的华贵典雅者为悲剧,用意大利俗语写成的

风格平易朴素者为喜剧。

⑤ 意谓如同我们用眼正视太阳,眼被它照得睁不开而一无所见一样,同样,但丁试图回忆贝雅特丽齐的微笑,却使得记忆的功能已经失去。

⑥ 贝雅特丽齐说,她和但丁已经走出最大的天体原动天来到净火天,这是他的诗表现的主题快要完结的时候。净火天是纯粹由光形成的天。这光是心智之光,因而能为赋有理性的一切被创造物(即诸天使及人类)所理解。这光充满了爱,这爱即对真善之爱,这对真善之爱的感觉是一种不可思议的快乐。

⑦ "两支军队":指天使们和圣徒们(幸福的灵魂们)。

⑧ 但丁将看到这些从地球上升到净火天的圣徒的面貌和最后审判日一切灵魂与其肉体重新结合时所具有的面貌一样。

⑨ 贝雅特丽齐刚说完话,一道强烈的光,如同突如其来的电光似的包围了但丁,使他的眼睛什么都看不见;她急忙使他放心,说这是他以及任何进入净火天者都要发生的事。因为上帝自身使这重天受欢迎,用这种方式接受灵魂们,使他们倾向于观照上帝。

⑩ "爱":指上帝,爱充满净火天,这重天是永恒不动的。"蜡烛":指新来净火天的灵魂们,"火焰":指这重天的无比辉煌的光焰。

⑪ 在贝雅特丽齐说这些话时,但丁感觉到自己的视力获得了一种超自然的力量,以至于能经受任何更强大的令人睁不开眼睛的光。

⑫ 但丁的眼睛恢复了视力,向天上定睛望去,就看到一条形状像河似的光,这条河仿佛由春季盛开的繁花荟成两岸,中间闪耀着金黄的颜色。从这条河里飞出一颗颗灿烂的火星,落到河每一边的花里,好像镶嵌在黄金里的红宝石似的。然后,它们似乎被香气熏醉,重新跳进神奇的河流,一颗进入,另一颗从中飞出。

"我的眼睛的太阳":指贝雅特丽齐;她对但丁说,他要想了解他所看到的事物,就必须先喝这水,才能满足心中的焦渴的求知欲。她还补充说:"这条河,这些跳入和跳出的黄玉,这些草的微笑,都是隐含它们的真相的序言。""序言":来源于拉丁文,有影子的意义。但丁不能看到这些事物的真相,因为他没有这样强的视力。

⑬ 但丁的眼睫毛一触到河中的水,它片刻前曾呈现长形,现在呈现圆形,那些花和那些火星分别变成了圣徒和天使,这种盛大景象使但丁清楚地看到了天国的两班宫廷的臣属出现:天使们和圣徒们。他们的座位排列成圆形,因为圆形没有起点,也没有终点,最恰当地表示永恒之意。

⑭ 光由上帝下降,再由原动天表面反射出来形成了圆形的光的海洋,原动天的生命和力量来源于此。

⑮ 但丁把一座小山在春暖花开、绿草如茵的时节倒映在山麓的水面上的景象用作比喻,来说明从人间回到天国的一切灵魂在那片光上方四周一千多排围成圆形的席位上,倒映在光中,其诗情画意之美跃然纸上。

⑯ 贝雅特丽齐把但丁拉到那朵永恒的玫瑰的黄色中心,也就是上文所说那一圆形剧场中心,这朵玫瑰逐渐扩大而且向造成永久的春天的太阳(即上帝)散发着赞美的芳香。

⑰ 她说:"你看,那穿白衣的团体多么大!"这句是有根据的,因为《新约·启示录》第四章说:"宝座的周围,又有二十四个座位,其上坐着二十四位长老,身穿白衣,头上戴着金冠冕。"第七章说:"我观看,见有许多的人,没有人能数过来,是从各国各族各民各方来的,站在宝座羔羊面前,身穿白衣,手拿棕树枝。"

⑱ 但丁看到许多椅子中有一张空着,上面放着一顶皇冠,很为惊异,贝雅特丽齐说,那张空椅是保留给崇高的皇帝亨利七世的,他原是卢森堡伯爵,1308 年被选为神圣罗马帝国皇帝。他南下来意大利加冕,声称要伸张正义,消除各城市、各党派的争端,使一切流亡者返回故乡,还要重新建立帝国和教会之间的良好关系,实现持久和平。

但丁得知这一消息后,对他寄托了很大的希望,写了《致意大利诸侯和人民书》,号召对皇帝表示爱戴和欢迎。但是对亨利七世的南下意大利加冕,佛罗伦萨联合贵尔弗党诸侯和城市首先武装反抗。为此但丁于 1311 年 3 月 31 日愤怒地写了《致穷凶极恶的佛罗伦萨人的信》,声讨他们的罪行,又于 4 月

16 日上书给皇帝敦促他从速进军讨伐。亨利七世并未向佛罗伦萨进军,而于 1312 年前往罗马加冕。但那不勒斯国王罗伯特公然和他为敌,否认他的权力,预先占领了梵蒂冈,阻止皇帝在圣彼得教堂加冕,致使加冕礼被迫在拉特兰的圣约翰教堂举行。

⑲ 此人指教皇克力门五世(1305—1314 年在位),"神圣的宫廷的最高长官":指教廷的最高首脑教皇。

克力门五世把教廷从罗马迁到阿维农后,害怕法国国王腓力四世权力太大,企图以神圣罗马帝国皇帝为外援,所以曾赞助亨利七世来意大利,但后来在腓力四世的压力下改变了态度,唆使当地贵尔弗党起来反对皇帝,并警告亨利七世不得进攻那不勒斯王国。在这种情况下,亨利七世离开了罗马,挥师北上包围佛罗伦萨,不久逝世于比萨。但丁以为亨利七世是意大利的救星,在这段时间用拉丁文撰写了《帝制论》,为的是从理论上捍卫皇帝的权力。

⑳ "因为他将很快被打入术士西门罪有应得的受苦之处,并使那个来自阿南尼的人陷入更深的地方":克力门五世和他的前任卜尼法斯八世都是犯买卖圣职罪的教皇,他们死后灵魂都被打入地狱的第三恶囊中的同一孔洞里受苦。克力门五世的灵魂后被打入,所以他的灵魂把先已在孔洞的卜尼法斯的灵魂压得更靠下。卜尼法斯八世因腓力四世向教会征税,开除了他的教籍,腓力为了报复,派自己的亲信诺加雷去罗马,诺加雷联合卜尼法斯八世的宿敌科隆纳家族的沙拉·科隆纳,一同逮捕了教皇。他被囚禁了三天后,被阿南尼的市民群众救出;他因遭此奇耻大辱,羞愤成疾而死,所以诗中说他是从阿南尼来到地狱中的受苦之处的(详见《炼狱篇》第二十章注㉛㉜)。

第三十一章

　　如同前面所说的那样，基督用自己的血使它成为他的新
娘的那支神圣的军队，以纯白的玫瑰花形显现在我眼前。但
那另一支军队——它在飞行的同时，观照并歌颂那令它爱慕
者的荣耀，歌颂那使得它如此光荣的至善——好像一群时而
进入花丛，时而回到它们的劳动成果变的味道甘甜的蜜之处
的蜜蜂似的，正降落到那朵由那么多的花瓣装饰起来的巨大
的花中，又从那里重新向上飞回它的永久停留之处①。他们
的脸全都像灿烂的火焰，翅膀像黄金的颜色，其余部分如此洁
白，连雪都达不到那样白的程度。当他们降落到那朵巨大的
花中时，他们就把振翅向两胁扇风时获得的平安和热爱传送
给那一级一级的座位上的灵魂②。这样众多的一群在上方和
那朵花之间飞来飞去的天使，并不妨碍那些灵魂看到上帝的
光，也不妨碍他的光照射那些花瓣：因为神的光按各部分所配
接受的程度普照全宇宙，从而使得任何事物都不能阻碍它。
这个太平和欢乐的王国里的席位上，坐满了《旧约》和《新约》
中的人物，他们都把眼光和爱集中于唯一的目标③。

　　啊，三位一体的光啊，你作为整一的星在他们的眼中闪
耀，令他们的愿望那样满足！请你俯视一下我们下界的暴风
雨吧④！

……那支神圣的军队，以纯白的玫瑰花形显现在我眼前。

如果那些来自每天都被她和她心爱的儿子一起运转的艾丽绮的光照射的地带的野蛮人，在拉泰兰宫凌驾一切人间的事物的年代，看到罗马及其高大的建筑时，不禁目瞪口呆⑤；何况我，从人间来到天国，从时间来到永恒，从佛罗伦萨来到正直的健全的人民中间，心中该充满何等惊奇呀！这种惊喜交集的心情确实使我乐得不聆听也不说什么。好像朝圣者来到自己许愿去朝拜的圣殿内仔细观看，从而解除了长途的疲劳，已经渴望回家重述圣殿是何种情况⑥，同样，我借助那强烈的光，举目顺着那圆形剧场内的一级一级的座位慢慢地看去，眼光时而向上，时而向下，时而转向周围。我看到他们那些浮泛着另一位的光和他们各自的微笑而引起爱慕的面容⑦，看到他们那种种体现一切尊严的姿态。

我已经把天国的概貌尽收眼底，而尚未定睛注视其中任何部分；现在我怀着重新燃起的求知欲，转身向我那位圣女去问有关我心中的一些悬而未决的问题。我期待的是一种情形，发生的却是另一种情形：我以为会看到贝雅特丽齐，却看到一位穿着和那些圣徒一样的衣服的长者。他的眼睛和脸上都露出祥和的喜悦，他的态度十分亲切，与仁慈的父亲相称。"她在哪儿?"我立刻说。于是他说："为了使你的愿望终结，贝雅特丽齐促使我离开了我的座位；如果你向从最高的那一级往下数第三环中仰望，你将重新看到她坐在她的功德使她获得的宝座上。"

我不回答就举目仰望，看见她反射永恒的光辉给自己形成一个光环。任何一个凡人，即使潜入海中最深处，他的眼光距离那发出雷声的大气层最高处，都不及在那里我的眼光距离贝雅特丽齐那样遥远；但这对我毫无影响，因为她的形象直接由上方向下映入我的眼帘,而无任何物体介于其间使它模糊不清⑧。

"啊,圣女呀,我的希望在你身上得到生命力,你为拯救我,不惜在地狱里留下你的足迹,我承认,我获得了恩泽和能力使我得以看到在旅途中所见的一切,完全是由于你的力量和你的好心。你在有权做到的范围内,通过一切途径,通过一切方法,把我从奴隶境地引到了自由。愿你守护好你赐予我的慷慨的礼物,使得我的经过你的教诲已经变得纯洁的灵魂,能在令你欣慰的状况下脱离肉体。"我这样祷告;她,在看来似乎那样遥远的地方,向我微笑,凝望着我;然后就把眼光重新转向那永恒的源泉⑨。

那位神圣的长者说:"为了你得以圆满地完成你最终的旅程——她的祈求和神圣的爱促使我前来——你就举目环视这座花园吧;因为注视它将使你的眼光更能适合于通过神的光向上方观照⑩。我完全对她燃烧着爱的天国女王将赐予我的一切恩泽,因为我是她的忠诚的伯纳德⑪。"

如同一个或许从克罗地亚前来瞻仰我们的韦罗尼卡的人⑫,由于这是他多年的夙愿,他在这一圣物展出时间总看不够,心里想道:"我主耶稣基督,真正的神哪,您的相貌就是这样吗?"我注视这位在世上于默想中曾尝到那种福者面上表露的热烈的爱时,心情也像他那样⑬。

他开始说:"蒙恩的儿子啊,如果你的眼睛只注视这下面,你就无从认识这至福的情况;你要向上看那一排一排的座位,直到最远的一排,在那儿你会看到那位坐在宝座上的女王,这个王国全臣服于她,忠于她。"

我抬起眼睛来;如同清晨时分地平线上东方天空比日没

处天空更亮,同样,当我举目犹如从山谷向山顶望去时,看到最高的边缘上一处发的光胜过那里其余各处的光。又如在人间我们等待那辆法厄同驾御不好的车出现的地方发出最强的光⑭,而在它这边和那边光的强度却逐渐减少,同样,那面和平的金色火焰旗在正中闪闪发光⑮,在左右两旁,光均以相等的程度减弱。在那正中,我看到一千多展开着翅膀欢庆的天使,他们每个的光和职务都不相同⑯。我看到,一位美人对他们的欢庆表现和歌声都显露着微笑,在一切其他圣徒的眼中,她都映出喜悦之情⑰。假若我有和我的想象力同样丰富的表现力,我也不敢对她的美引起的喜悦试图形容其万一。

伯纳德看到我凝眸注视他所热烈爱慕的对象时,就面带那样的深情把他的眼光转向她,使得我的眼光更热情地注视她。

注释:

① "基督用自己的血使它成为他的新娘的那支神圣的军队":指基督与之永不可分、结合在一起的圣徒们;它以纯白的玫瑰花形显现但丁眼前,因为他们都身着白袍。"那另一支军队":即天使们,他们像一群蜜蜂一样,时而降入那朵巨大的亮白的玫瑰中,时而又由那里向上飞,飞回永久停留之所,也就是飞到上帝周围。

② 这些天使降落在那朵亮白的玫瑰中,就把他们从上帝那里得到的平安与热爱传送给一级一级座位上的圣徒们的灵魂。

③ 至福至乐的天国的席位上坐满了《旧约》和《新约》中的人物,他们都把眼光和爱集中于唯一目标——上帝。

④ 但丁看到这种情景后,请求三位一体的上帝,把眼转向动乱纷争的人世间的暴风雨般的情景。

⑤ 但丁用了一个比喻描述他当时心中如何惊奇不置:他把自己比作来自东北的野蛮人看到罗马拉泰兰宫的心情。拉泰兰宫

　　我看到，一位美人对他们的欢庆表现和歌声都显露着微笑，在一切其他圣徒的眼中，她都映出喜悦之情。

原为皇宫,在但丁时代已经成为教皇宫廷。此处的"她和她心爱的儿子"指仙女艾丽绮(Elice)和她与朱庇特生的儿子阿尔卡斯。朱庇特把他们放在天上,成为大熊星座和小熊星座(见《炼狱篇》第二十五章注㊴)。

⑥ 但丁在用比喻描述自己的惊奇的心情后,开始专心致志地把所见的情景印在自己的心中。他再次使用一个明喻来讲这时的心态:他说,他如同一个朝圣者到达其所朝拜的圣殿时,一则为了通过观赏每一件事物,消除长途的疲劳,二则为了预先尝到向亲友们讲述旅游中的乐趣。

⑦ 但丁看不够圣殿中的圣徒们充满爱的面容,那是他们各自的微笑而引起的爱的面容。

⑧ 但丁通过上述两个明喻说明他看到了天国的概况,而尚未了解其细节,因而转向贝雅特丽齐,请求解答一些疑问;但是她已不在了,来者却是一位身穿白衣,态度和蔼,如同慈父一般的长者。他是圣伯纳德(San Bernardo,1091—1153),保卫基督教教义的英勇战士,克莱尔沃修道院的创建人,第二次十字军东征的鼓动者,他对圣母马利亚的虔诚崇拜表现于他的讲道集中。圣伯纳德告诉但丁,贝雅特丽齐为了使但丁的天国之行得以终结,请求他前来代替她为向导。如果但丁想看到她现在何处,他会在这巨大的亮白玫瑰花朵中的座位的最高一级往下数第三环中望见她,她坐在按功德排列的宝座上。

但丁举目仰望,清楚地看见贝雅特丽齐的形象,因为在他们之间无任何物体挡住视线。

⑨ 贝雅特丽齐听到但丁的祷告后,在那似乎如此遥远之处向但丁微笑,凝望着他;然后把眼光重新转向永恒的源泉——上帝。

⑩ 圣伯纳德要求但丁仰视这座花园,也就是这朵巨大的亮白的玫瑰花,因为这样将使他的眼光更能适合于通过上帝之光向上方观照。

⑪ 此句意谓圣伯纳德是最崇拜和仰慕圣母马利亚的默想者。

⑫ "克罗地亚"(Croazia):当时是南斯拉夫的一部分。"韦罗尼卡"(Veronica):本义为真容像,传说当年耶稣基督被押往刑场时,有一妇人曾以布巾拭他的面,他的面像因而留印迹于其

上。此布巾作为圣物珍藏于罗马的圣彼得教堂中,每年新年及复活节向公众展示。

⑬　但丁注视圣伯纳德当时的心情,犹如克罗地亚人前来罗马瞻仰韦罗尼卡圣迹时,惊奇不置一样:心里想,圣伯纳德真就是这位眼前的圣徒吗?

⑭　指太阳将出之处;法厄同驾着日神之车的故事(详见《地狱篇》第十七章注㉒)。

⑮　"那面和平的金色火焰旗"(Oridfiamma):原为天使加百利赐给古时法兰西王的军旗。用此旗征伐,则战无不胜。在天上,金色旗则非为战争,而为和平。这里表示圣母马利亚所在之处最为明亮。

⑯　中世纪研究"天使学"者谓每个天使为一种类,各不相同,每个天使的光彩及姿态各有特殊的美。

⑰　"一位美人对他们的欢庆表现和歌声都显露着微笑":这位美人即圣母马利亚。

第三十二章

　　全神贯注于他的爱的对象，那位默想者自动担任导师职务，开始讲这番话："马利亚医治得愈合了的、涂上了油的创伤，当初弄破它、刺穿它的人，是那位坐在她脚下的如此之美的女性①。在她下面，拉结同贝雅特丽齐一起坐在那第三排座位上②。如同你看见的那样。接着，你可以看到撒拉、利百加、犹滴和作为因悔恨自己的罪而喊'Miserere mei'的那位歌手的曾祖母的妇人，她们依次由上而下坐在一排低于一排的座位上③，如同我按照她们在玫瑰花瓣中座位的高低由上而下指出每个的名字那样。从第七排起往下数，正如从第一排数到第七排那样，接连不断坐的全都是希伯来妇女，她们这条直线把这朵玫瑰所有的花瓣垂直地分成两半。因为，根据她们信仰基督的眼光对着什么方向，她们就形成一道把那些神圣的阶梯分开的墙壁。这一边，这朵玫瑰所有的花瓣都已成熟，坐的是那些信仰未来的基督的人；那一边，两个半圆间或被一些空着的座位打断，坐的是那些把信仰的眼光对着已来的基督的人。如同在这边，天国的女王的光荣座位及其下面的其他座位形成了一条如此重要的分界线，同样，在对面，那位向来是神圣的、忍受了旷野和殉道之苦然后又在地狱里忍受了两年的伟大的约翰，也像她一样；在他下面，方济各、本笃

236

和奥古斯丁和一些其他圣徒被注定去形成另一条由上而下一级一级直到此处的分界线④。现在赞叹神的高深的预见吧：因为眼光朝这个方向看基督的信徒们和朝另一方向看基督的信徒们将同样坐满他们各自在这个花园里的座位。你要知道，从这一道把那两条分界线拦腰切断的横线起往下，坐的都是那些并非由于自己有什么功德，而是在某些条件下，由于别人的功德得救的灵魂：因为所有这些都是在具有真正的选择能力以前解脱了的灵魂⑤。如果你仔细看，仔细听，你就可以从他们的脸，也可以从他们的幼儿声音觉察到这一点。

"现在你感到困惑，而在困惑中保持沉默；但我要给你解开你的微妙的思想捆绑着你的这条绳索的死结。在这个王国的广大的疆域内，偶然的事物，如同悲哀或饥渴一样，一点没有存在的余地；因为你所看到的一切都是永恒的法则规定的，致使彼此得以完全适合，正如指环适合手指一般。因此这些急忙早来获得真正生命的人，他们之间彼此相比在这里所享的福或多或少并非 sine causa。那位使这个王国沐浴在这么大的爱和这么大的福中，以至于没有人敢于再有所希求的国王，在创造所有这些灵魂时，他的眼光都流露着喜色，他随自己的意思赐予它们程度不同的恩泽；关于这一点，就满足于知道事实吧⑥。这一点在《圣经》关于那两个孪生兄弟彼此动怒相争的叙述为你们清楚明确地记载下来。因此那至高无上的光必然按照他赐予他们的恩泽的不同发色，恰如其分地给他们加上光环。所以他们被安排在不同等级的座位上，不是由于他们自己的行为建立的功德，而只是由于他们生来具有的观照力敏锐程度不同⑦。在创世后最初的数世纪间，单靠他们父母的信仰连同他们自身无罪，就足以使他们得救；在那些最初时代终结后,男孩们就必须通过受割礼使他们无罪的翅膀获得力量;但是在蒙受神恩时代到来后,未曾领受基督的完善的洗礼的小孩们就被留在底下那个去处⑧。

"现在你注视上方那个和基督最相像的面孔吧,因为只有这个面孔的光辉可以使你能够经受观照基督⑨。"我看到由那些被创造出来去飞越那高处的天使心中带来的如此大喜悦降落在她的面孔上,以致与此相比,我以前看到一切事物都不曾令我持续处于惊奇状态,也不曾向我显示和上帝这样相像的形象。先前降临她那里,歌唱着"Ave Maria, gratia plena"的那位天使现在在她面前展开翅膀⑩。那享真福的朝廷从四面八方应和这圣歌,因而一切朝臣都更加容光焕发。

"啊,神圣的父亲哪,为了我的缘故,你屈尊离开那个由永恒的命运注定你所坐的美好的地方,来到这底下,请问,你面带那样喜悦的表情凝视我们的女王的眼睛,内心对她的爱慕如此热烈,致使他看来像火焰似的那位天使是谁?"我这样重新向那位如同启明星从太阳获得美一样从马利亚获得美的导师求教。他对我说:"凡是天使或者灵魂可能具有的自信心和欢乐,他都具备;我们大家都愿他这样,因为当神的儿子情愿担负我们的肉体的重荷时,把棕榈叶带到下界给马利亚的就是他⑪。

"但是,现在你来用你的眼光随着我要对你说的话,注视这最正义、最慈悲的帝国中的伟大的贵族们吧。坐在那高处的、由于和皇后相距最近而最幸福的那两位,可说是这朵玫瑰的两个根子⑫:在她左边挨着她坐的,是因为胆敢尝那个禁果致使人类尝到这么大的苦果的那位父亲;在她右边,你可以看到当初基督把这美丽的花朵的钥匙交给了他的那位圣教会的年高望重的父亲。坐在他旁边的,是在死以前预先看到基督通过受枪扎和钉子钉而获得的美丽的新娘将要经历苦难时代的那位使徒⑬,在亚当左旁边坐的是那位领导那群忘恩负义、反复无常、执拗不遵命的人在旷野中吃吗哪充饥的首领⑭。你可以看到安娜⑮坐在彼得对面,注视着她女儿,显露出那样满意的神色,以至于唱'和散那'时,都不移动她的眼睛;坐在全人类的始祖对面的是卢齐亚⑯,当你垂下眼睛,正要向下退回毁灭之路时,推动你那位圣女去救助你的就是她。

"但是许可你作为凡人游历这里的时间过得飞快,因此我们要像好裁缝根据他现有的布料多少来做衣服一样,就此停止⑰;我们要把眼光转向那本原的爱,为的是使你在注视他时,可以尽你的视力所能及,深入观照他的荣光的本质。但是为了免得你或许会在振翅飞向他时,以为你在前进而实际在后退,就必须通过祷告求得恩泽,恩泽来自能帮助你的那位皇后;你要以你的感情随着我祈祷,使得你的心不离开我的话。"

于是,他开始这神圣的祷告。

注释:

① 圣伯纳德全神贯注于其仰慕的对象圣母马利亚,开始自动向但丁说明玫瑰花朵中圣徒们的座位。他指出,马利亚生育耶稣,后来通过他的自我牺牲,医治好人类的原罪,这原罪是坐在她脚下的无比美丽的女性夏娃造成的。

② 在夏娃下面,拉结同贝雅特丽齐一起坐在那第三排座位上。拉结为雅各之妻(见《地狱篇》第二章注⑲)。

③ "撒拉"为亚伯拉罕之妻(见《旧约·创世记》第十七章第15节)。

"利百加"(Rebecca)为以撒之妻(见《旧约·创世记》第二十四章第67节)。

"犹滴"(Yudit)为刺杀亚述将军奥洛费尔内的年轻寡妇(见《炼狱篇》第十二章注㉑)。

那位喊"Miserere mei"(意即愿上帝怜悯我)者的曾祖母路得(Ruth)为波阿斯之妻,波阿斯生俄备得,俄备得生耶西,耶西生大卫(见《旧约·路得记》第四章末)。大卫因与乌利亚之妻拔示巴犯奸淫,又将乌利亚谋杀(见《旧约·撒母耳记下》第十一章);后作忏悔诗,即《旧约·诗篇》第五十一篇(参看《炼狱篇》第五章注⑥)。"那位歌手"指大卫。

④　如同马利亚(天国的女王)及其下面的其他座位形成了一条重要的分界线,同样,那位伟大的施礼者约翰也在对面形成了一条重要的分界线。他是耶稣的先驱,耶稣曾说:"凡妇人所生的,没有一个兴起来大过施洗约翰的。"他是"从母腹里被圣灵充满了";他曾吃蝗虫野蜜在旷野传道;他因责备希律王而被杀,后两年,耶稣入地狱"林勃"救其灵魂上升天国(见《地狱篇》第四章)。

"方济各":全称阿西西的圣方济各,他创建了著名的方济各修士会。

"本笃"(Benedetto):即圣本笃,他创建了以积极的和沉思默想为宗旨的本笃修士会。

"奥古斯丁"(Augustino,354—430)是中世纪教义神学的集大成者,为天主教中四大教义思想体系决定者之首。

⑤　经过这两条分界线的中点的圈子以下,坐的那些自身无功德的灵魂,在一定的条件下,依靠别人的力量才得以到此;因为他们死亡时,还不能做出真正的选择,这些就是那些夭折的天真的孩童,得到上帝的恩泽而升入天国者。因而这些孩童在这里所享的福或多或少并非 sine causa(拉丁文,意谓"没有缘故的")。

⑥　"那位使这个王国沐浴在这么大的爱和这么大的福中"指上帝,他在创造这些灵魂时,眼光都显示着喜色,他随意赐予它们程度不同的恩泽;关于这一点,你就满足于知道事实吧。

⑦　《旧约·创世记》第二十五章载以撒之妻利百加怀孕,胎儿在腹中活动,随后生以扫及雅各,为两族的起源,这说明一胎所生者,其命运也有别。

⑧　在创世后最初的数世纪间,单靠他们父母的信仰连同他们自身无罪,就足以使他们得救;在那些最初时代终结后,男孩们就必须通过受割礼才能使天真无罪的力量上升天国。但是,在蒙受上帝的恩泽的时代,也就是耶稣降世为人的时代,未领受完善的洗礼而夭折的小孩们就得留在地狱中的"林勃"里。"在那些最初时代终结后,男孩们就必须通过受割礼使他们无罪的翅膀获得力量":意谓在最初的数世纪中,即从亚当到亚伯拉罕,儿童们除天真无罪外,其父母的信仰就足以使之得救。但是,托马斯·阿奎那斯在《神学大全》第三卷第七十章中说,在亚伯拉罕时代,信仰已经减少,因为许多人都崇拜偶像,天生的宗教心为淫欲所蔽,因而那时制定了割礼,作为信仰的表示。他还在《神学大全》第一至二卷中说,割礼只限于男子,因为"原罪的造成在父亲,不在母亲"。

⑨　意谓那个和基督最相像的面孔的光辉指圣母马利亚的面孔的光辉,只有她的面孔的光辉可以使但丁能够经受观照基督。

⑩　指大天使加百利下降到马利亚前,他所唱的是:"福哉,马利亚,你为神恩所充满"(Ave Maria,gratia plena)。

⑪　意谓圣伯纳德反射圣母马利亚之美如同启明星从太阳获得美一样。"当神的儿子情愿担负我们的肉体的重荷时":意谓耶稣愿降世为人时。"棕榈叶":古时,使者拿着它表示胜利。

⑫　"这朵玫瑰的两个根子":指在马利亚左边挨着她坐的因胆敢尝那个禁果致使人类尝到莫大的苦果的亚当和在她右边挨着她坐的圣彼得。

⑬　坐在圣彼得旁边的,"是在死以前……的那位使徒",即圣约翰,他在《新约·启示录》中预言教会将来要受的迫害。在座位中,圣约翰处于圣彼得之右。

⑭　坐在亚当左边的是摩西,他引导以色列人出埃及,过旷野时天降粮食吗哪。

⑮　指圣安娜(Santa Anna),是马利亚的母亲。

⑯　指人类的始祖亚当的对面,坐的是圣卢齐亚(Santa Lucia)。

⑰　上帝给但丁规定的游天国的时间将终,因而他必须像良好裁缝一样,对现有的很少的布料加以裁剪,将若干圣徒的名字略去不讲。

第三十三章

"童贞的母亲,你儿子的女儿,卑微与崇高超过一切创造物,永恒的天意的固定目标,你使得人性如此高贵,以致它的创造者都肯使自己成为它的创造物①。在你的子宫中,爱被重新燃起,这种爱的温暖使得这花在永恒的平安中这样发芽开放②。你在这里对于我们是爱的正午的火炬,你在下界,凡人们中间,是希望的活的源泉。圣母啊,你那样伟大,那样有力量,谁要是想获得神的恩泽而不向你求助,谁的愿望就如同企图无翼而飞。你的慈悲不只对祈求者必应,而且屡次在祈求以前先应。你心里充满怜悯,你心里充满同情,你心里充满慷慨施舍的意愿,凡是创造物所有的一切美德都集于你的心里。这个人,从宇宙最低的深坑直到这里已经看到一个一个的灵魂的状况③,现在祈求你恩赐他那样大的力量,使得他能把眼睛抬得更高,直接向终极拯救的幸福目标仰望。我先前渴望见到上帝从未甚于我现在渴望他,我向你奉上我的一切祷告,愿我的祷告不会不足以令你感动,以你的祷告促使最高的福显示给他。我还向你祈祷,能做到你所欲做的女王啊,在他获得如此伟大的灵见后,愿你使得他的感情保持健全④。愿你的保佑克服他作为凡人的种种感情冲动:请看贝雅特丽齐和多少位圣徒一同为我的祷告向你合掌!"

那双为神所敬爱的眼睛凝望着那位祈祷者,向我们流露出,虔诚的祷告使得她多么喜悦;随后就转向了那永恒的光,我们确信,任何创造物的眼光都不能这样深入其中,把它看得那么清楚⑤。我正在接近一切心愿的目的,我的渴望的热烈程度自然而然地达到了极点。伯纳德以微笑示意我向上看,但我已经自动做出了他愿我做的动作;因为我的视力变得越来越纯净,对那自身是真实的崇高的光观照得越来越深入。自此以后,我所看到的一切超过我们的语言表达力的极限,我们的语言对之无能为力,而且记忆力对所见的如此繁多的情景也无能为力。犹如梦见什么的人,梦醒以后,梦中的经历留下的印象还存在,其他一切都回想不起来,我就是这样,因为我所见的一切几乎完全消失,从其中产生的甜蜜之感还滴在我的心中。雪在日光下消融就是这样;西比拉写在单薄的叶片上的神谕随风散失就是这样⑥。

啊,至高无上的光啊,你那样远远超出凡人思想的极限之上,请你重新让你当时显现给我的形象稍微浮上我的脑海,并使我的语言表达力那样强,以至于它能把你的荣光的一小粒火星留传给将来的人们;因为,如果我的灵见的一星半点儿能回到我的记忆中,而且有几分能在这些诗句中得到反响,人们将对你的胜利获得更清楚的理解。

我相信,由于我所忍受的活生生的光极其强烈,假如当时我的眼睛离开了它,我一定会感到迷失在茫茫一片黑暗中⑦。我记得,由于这个缘故,我更勇敢地忍受下去,直到我使得我的观照与无限的善合一为止⑧。

啊,浩荡的神恩哪,依靠你,我才敢于定睛对永恒的光如此深入地观照,以至于为此竭尽了我的视力!

在那光的深处，我看到，分散在全宇宙的一切都结集在一起，被爱装订成一卷⑨：各实体和各偶然性以及它们之间的相互关系，好像以如此不可思议的方式熔合在一起，致使我在这里所说的仅仅是真理的一线微光而已⑩。我确信，我看到了把宇宙间的一切熔合成和谐的整体的这个结子⑪，因为我说这话时，感到更加快乐。

　　仅仅一瞬间就使我忘记了我看到了什么，忘记的程度超过二十五个世纪使人们淡忘那一令涅普图努斯对阿耳戈的船影惊奇不置的冒险之举⑫。我的心就这样全神贯注、坚定不移、固定不动、视线集中地观照，越观照越燃起观照的欲望。面对着那光，人就变得如此幸福，以致永不肯从那里转移视线去看其他的事物；因为善作为意志的对象全集中在那光里，凡在其中的都完美，在其外的则都有缺陷⑬。

　　现在我的语言甚至对于表述我所记得的一些情景，都要比一个仍用舌头舔乳头的婴儿的语言还更不足。并非因为我所观照的活生生的光不仅有一种外貌，相反，它的外貌一直同先前一样；而是因为我的视力在观照的进程中逐渐增强，由于我自身发生的变化，它的唯一的外貌，在我看来，就不断地变化⑭。

　　在那崇高的光的深奥而明澈的本性中，我看到具有三种不同的颜色和同一容积的三个圆圈显现在我眼前；一个似乎是由另一个反射的，犹如彩虹的一条弧形彩带是由另一条弧形彩带反射的，第三个似乎是由那两个同样发出的火焰⑮。

　　啊，我的语言与我的概念相比是多么不足，多么无力呀！我的概念与我的所见相比相差那么多，说它"微不足道"都还不够。

啊,永恒的光啊,只有你在你自身中,只有你知道你自身,你为你自身所知道而且知道你自身,你爱你自身并对你自身微笑⑯!

那个这样作为反射的光产生的、显现在你里面的圆圈,经我的眼睛细看了稍久,我发现,似乎它自身里面显现着一个用与它自己相同的颜色画成的人像⑰:因此我的视线完全集中于这人像上面。

如同一位几何学家专心致志地测量圆周,为了把圆化为等积正方形,反复思索都找不出他所需要的原理,我对于我所看到的新的形象也是这样:我想要知道那个人像如何同那个圆圈吻合,它如何在那里面有它的位置;但是我自身的翅膀飞不了这样高⑱:忽然我的心被一道闪光照亮,在这道闪光中它的愿望得以满足⑲。至此我的崇高的想象力缺乏能力了⑳;但是我的欲望和我的意志已经在爱的作用启动下好像各部分全受相等的动力转动的轮子似的转动起来,这爱推动着太阳和其他的群星㉑。

注释:

① 诗句前三个词组都由对立的词构成:马利亚是童贞女,又是生育圣子耶稣基督的母亲,她既卑微又崇高,超过上帝所创造的一切,她是永恒的天意所选定的拯救人类的固定目标。
圣母马利亚使人性无比高贵,以致创造人性的上帝都肯降世为人,成为她的儿子。

② 意谓圣母马利亚的子宫怀孕而诞生的圣子耶稣,重新燃起上帝对人类的爱,由于这爱的力量,在净火天永恒的至福中形成了这朵洁白的玫瑰。

③ "这个人":指但丁,他从地狱直到这净火天已经看到各种处于不同情况的灵魂们的真相。

④　意谓在他(但丁)观照上帝后,愿你保护他,使他的感情健全纯洁,永不再犯罪。

⑤　"那双为神所敬爱的眼睛":指圣母马利亚的眼睛。"永恒的光":指上帝。诗句意谓任何创造物的眼光都不像她的眼光那样深入、明确、透彻地观照上帝。

⑥　"西比拉"(Sibilla):古代的女巫和预言家,她把掌握的神谕写在单薄的树叶上,被风一吹,就散失了(见《埃涅阿斯纪》卷三第443—450行)。

⑦　意谓但丁的心灵直接观照上帝时,他一直忍受的上帝的光的极大的力量是这样:观照者通过直觉知道,如果他一把眼光移开,他会感到迷蒙,迷失在一片茫茫深暗的海洋中(斯泰奈尔的注释)。

⑧　因此,但丁坚持继续进行观照,直到他的视力与上帝的无限善的本质合一为止。

⑨　万物如同一页一页的纸一样分散于宇宙,被爱,即上帝,装订成一卷书。

⑩　但丁对于宇宙已能窥见其全体。

⑪　但丁确信,已经洞彻把宇宙间的一切熔合成和谐的整体的是上帝。

⑫　意谓但丁能回忆内心的快乐,不能回忆看见了什么:一刹那就足以使他忘却其所见的一切,忘却的程度超过他在二十五个世纪后(即在1300年他游天国时)对古代伊阿宋和他的伙伴们乘坐名叫阿耳戈(Argo)的大船去取金羊毛的故事忘却的程度。(关于伊阿宋和他乘坐的阿耳戈船,参看《地狱篇》第十八章注⑰)。

阿耳戈船是自古以来航行海上的第一只船,所以海神涅普图努斯看见阿耳戈船的船影而对之惊奇不置。

⑬　因为善作为意志的对象完全集中在上帝,在上帝之外,就只有不完美的、有缺陷的东西。

⑭　"我所观照的活生生的光……":上帝之光不动不变,然而但丁的视力在观照的进程中逐渐增强,由于但丁自身发生的变化,上帝的光始终不变的外貌,在他看来,就不断地变化。

⑮　但丁在越来越深入观照上帝之光时,记得在其中看到三个具

有三种不同的颜色和同一大小的圆圈;第二个圆圈似乎是第一个圆圈反射的,犹如一道彩虹是由另一道彩虹反射的,第三个圆圈似乎是那两个共同发出的火焰。

这三个圆圈代表三位一体的三位,三种颜色代表它们的特征,同一大小代表它们的平等;反射者的圆圈代表圣父,被反射的圆圈代表圣子,由第一与第二个共同发出火焰的圆圈代表圣灵。

⑯ 此诗句意谓圣父只有其自身知道其自身,而且了解其自身的光:即圣子,爱其自身并且对其自身微笑的光:指圣灵。

⑰ 圣子的光圈内现出人像:表示降世为人的耶稣基督一身具有人性和神性。

⑱ 如同几何学家专心测量圆周,为把圆化为等积正方形作法而不得其法,同样,但丁想知道那个人像如何同那个圆圈吻合,如何在里面有它的位置。但这个问题超过了他的凡人理解力的极限。

⑲ "忽然我的心被一道闪光照亮"意谓但丁被上帝的恩泽之光启发,得以满足了心中的愿望。

⑳ "至此我的崇高的想象力缺乏能力了"意谓但丁把自己的想象力提高到描写上帝的高度至此没有力量了。

㉑ 指但丁的欲望和意志至此已经被上帝之爱转动着,好像各部分全受相等的动力推动起来的轮子似的,这爱推动着太阳和其他的群星。

应该指出,《地狱篇》《炼狱篇》和《天国篇》最后一章最后一行皆用"群星"押韵,目的在于祛除现世人类生活的悲惨状态,引导他们达到幸福光明的境界。这是诗人创作这部新型史诗的主旨。

译 后 记

　　为在有生之年如愿译完《神曲·天国篇》全书，我接受了朋友们的劝告，先译正文再作注释。待译完正文开始作注时，果因年迈体弱，视力衰退，工作难以为继。此时，一位意大利友人推荐吴淑英女士做我的助手。吴女士在中国国际广播电台工作了三十多年，是一位资深的意大利语言学者，曾留学于罗马大学，选修过意大利文学课程。她具有一定的文学素养和高尚的敬业精神，在《天国篇》的审读、校订和注释中与我密切合作，并独立完成本篇第七至二十九章的注释以及本篇全部插图的说明文字。对她的奉献精神和友好情谊，我表示衷心的感谢。

　　《神曲》(分为《地狱篇》《炼狱篇》和《天国篇》)的翻译和出书过程长达十余年，现在才终于全部完成。在此，译者对企盼早日见到《神曲》全貌的读者表示歉疚；对给予这项工作以大力支持和帮助的人民文学出版社、意大利驻华使馆文化处、社科院外文所、北京大学外语系以及各界同行和朋友深表谢忱并致崇高敬意。

田 德 望

二〇〇〇年八月六日

"外国文学名著丛书"书目

第 一 辑

书 名	作 者	译 者
伊索寓言	〔古希腊〕伊索	周作人
源氏物语	〔日〕紫式部	丰子恺
堂吉诃德	〔西班牙〕塞万提斯	杨 绛
泰戈尔诗选	〔印度〕泰戈尔	冰 心 石 真
坎特伯雷故事	〔英〕杰弗雷·乔叟	方 重
失乐园	〔英〕约翰·弥尔顿	朱维之
格列佛游记	〔英〕斯威夫特	张 健
傲慢与偏见	〔英〕简·奥斯丁	王科一
雪莱抒情诗选	〔英〕雪莱	查良铮
瓦尔登湖	〔美〕亨利·戴维·梭罗	徐 迟
欧·亨利短篇小说选	〔美〕欧·亨利	王永年
特利斯当与伊瑟	〔法〕贝迪耶	罗新璋
巨人传	〔法〕拉伯雷	鲍文蔚
忏悔录	〔法〕卢梭	范希衡 等
欧也妮·葛朗台 高老头	〔法〕巴尔扎克	傅 雷
雨果诗选	〔法〕雨果	程曾厚
巴黎圣母院	〔法〕雨果	陈敬容
包法利夫人	〔法〕福楼拜	李健吾
叶甫盖尼·奥涅金	〔俄〕普希金	智 量
死魂灵	〔俄〕果戈理	满 涛 许庆道

书　名	作　者	译　者
波斯人信札	〔法〕孟德斯鸠	罗大冈
伏尔泰小说选	〔法〕伏尔泰	傅　雷
红与黑	〔法〕司汤达	张冠尧
幻灭	〔法〕巴尔扎克	傅　雷
莫泊桑中短篇小说选	〔法〕莫泊桑	张英伦
文字生涯	〔法〕让-保尔·萨特	沈志明
局外人　鼠疫	〔法〕加缪	徐和瑾
契诃夫小说选	〔俄〕契诃夫	汝　龙
布宁中短篇小说选	〔俄〕布宁	陈　馥
一个人的遭遇	〔苏联〕肖洛霍夫	草　婴
少年维特的烦恼	〔德〕歌德	杨武能
德国，一个冬天的童话	〔德〕海涅	冯　至
绿衣亨利	〔瑞士〕戈特弗里德·凯勒	田德望
斯特林堡小说戏剧选	〔瑞典〕斯特林堡	李之义
城堡	〔奥地利〕卡夫卡	高年生

第 三 辑

埃斯库罗斯悲剧二种	〔古希腊〕埃斯库罗斯	罗念生
索福克勒斯悲剧二种	〔古希腊〕索福克勒斯	罗念生
欧里庇得斯悲剧二种	〔古希腊〕欧里庇得斯	罗念生
神曲	〔意大利〕但丁	田德望
西班牙流浪汉小说选	〔西班牙〕克维多　等	杨　绛　等
阿拉伯古代诗选	〔阿拉伯〕乌姆鲁勒·盖斯　等	仲跻昆
列王纪选	〔波斯〕菲尔多西	张鸿年
蕾莉与马杰农	〔波斯〕内扎米	卢　永
莎士比亚喜剧五种	〔英〕威廉·莎士比亚	方　平
鲁滨孙飘流记	〔英〕笛福	徐霞村

第 五 辑